商務
學生
實用詞典

王濤 編著

商務印書館

部 首 索 引

商務學生實用詞典

王濤 編著

商務學生實用詞典

編　　著	王　濤
責任編輯	鄒淑樺　王卓穎　李蔚楠
封面設計	明日設計事務所
出　　版	商務印書館 (香港) 有限公司
	香港筲箕灣耀興道 3 號東滙廣場 8 樓
	http://www.commercialpress.com.hk
發　　行	香港聯合書刊物流有限公司
	香港新界荃灣德士古道 220-248 號荃灣工業中心 16 樓
印　　刷	中華商務彩色印刷有限公司
	香港新界大埔汀麗路 36 號中華商務印刷大廈
版　　次	2022 年 4 月第 1 版第 1 次印刷
	© 2022 商務印書館 (香港) 有限公司
	ISBN 978 962 07 0367 6
	Printed in Hong Kong

目　錄

前　言

　　語言學習重在應用。詞典除了解釋語義、提供例證，最重要的是能幫助讀者解決語文實際運用上的疑難問題。《商務學生實用詞典》就是為認識漢字書寫、了解詞彙規範，學習詞彙運用而編成的中文詞典，供小學生中文學習之用，也可供教師參考。

　　本詞典的編寫，斟酌香港教育局 2007 年《香港小學學習字詞表》收錄了 4345 個學生常用漢字，詞條 6910 個，包括香港小學第一和第二階段常用字詞、四字詞及成語，如基本詞彙、一般詞彙、政治詞彙、科技術語、外來語、國名、首都名等，也包括一些新詞和一些常用科技詞彙，如“大灣區”、“創科”等等。

　　語言學習離不開形音義三者的緊密聯繫，例如大多數漢字可從語音辨認，如“啊”輕讀、“一”異讀等；漢字的某個筆畫或部件也可能有重要的辨認作用，如“科”、“抖”等；而從字到詞，單音節詞與雙音節詞、單義詞與多義詞等都需要學習辨認分析。詞典有針對性地在條目下設立語文學習框，提示字詞運用重難點、辨析詞語意義、列舉同反義詞。

　　語言的學習除了理解詞彙的表層意義，還要學習深層的文化內涵。漢語在演化過程中，吸收了不同方言或外來語詞彙，甚至還繼承了一部分原始印歐語同源的詞彙。為了幫助學生讀者提供切實的中文學習輔助，詞典中從詞語自身有趣而豐富的歷史起源和發展來梳理易錯易混淆詞語。在有關字詞目下，更注意選收了漢字筆順、易錯易混淆字詞提示、同義詞辨析和關聯詞詞語運用及搭配。

　　為了加深學生讀者對漢字書寫筆順的印象，書末有“漢字書寫筆順規則表”、“漢字合體字結構類型表”、“漢字偏旁名稱表”三種附錄，幫助學生讀者掌握正確的書寫規範。

　　由於最後的校訂時間比較緊迫，我們懇切盼望廣大讀者提出批評和修改意見，以便再版時加以改正。

商務印書館編輯部

凡　例

　　本詞典收錄漢字 4345 個，詞條 6910 個，簡明解釋字音和意義，重點説明詞語的意義、用法，重視語文學習中的漢字字形、詞語辨析，根據這個階段的學習焦點來設計詞典內容，旨在為學習者提供切實有效的幫助，主要供小學生使用。

一、切合學習需求收錄字詞

　　參酌教育局 2007 年《香港小學學習字詞表》，根據兩岸三地的語言研究和統計數據，結合香港社會語言實際運用，同時根據商務語料庫，收錄香港小學第一和第二階段常用字詞、四字詞語及成語。

　　1. 條目分單字和多字條目。

　　(1) 單字條目按部首、筆畫順序排列。同部首內，依筆順多少排序。同筆畫者，按照起筆筆順橫豎撇點折排序；首筆相同者，按照第二筆順序排列，依此類推。

　　(2) 多字條目按音節數順序排列，同音節數者，依筆畫多少順序排列。同筆畫者，按照起筆筆順排序。

　　2. 簡體字、全等異體字不單立條目，分別用方括號加在繁體字後面。非全等異體字立條目。異體字只適用於繁體字的部分義項時，在所適用的義項下標同“某”。

　　3. 意義相同而寫法不同的多字條目，一般分別立目，以較常用者為主條目，以非常用者為附條。主條目詳加釋義；附條目一般不釋義，只註明同“某某”，釋義見主條目。如【韵】…同“韻”。詳見“韻”。

　　4. 本詞典採用《康熙字典》的部首架構，參考香港教育局《香港小學學習字詞表》所附《常用字字形表》歸部，共立 213 部。副部首除單獨列目之外，並附於主部首之後，讓讀者一目瞭然，如：刀（刂）、心（忄 㣺）、玉（𤣩）、水（氵 氺）。另設“漢語拼音檢索表”、“總筆畫檢索表”，為讀者檢字提供便利。

二、注重漢字書寫與讀音規範

充分考慮香港小學生學習漢字的實際需要，除標出漢字的拼音、筆畫、粵音等，還分拆出漢字書寫的筆畫順序，更通過形近字辨析及字形辨析，指出學生考試中常見易錯字，幫助學生讀者掌握正確的書寫規範。

1. 每個字頭均標註普通話和粵語讀音。普通話注音在前，粵語注音在後。

2. 多字條目只標註普通話讀音。

(1) 多音詞的普通話拼音，以分詞連寫為原則。

(2) 由"一"、"不"兩個變調字構成的多字條目，依照其在詞目中的實際變調音標註，如：【一應俱全】yì yīng jù quán。

3. 粵語讀音採用香港語言學會注音系統為字頭注音，粵語注音一般都標注了直音字。

4. 字頭音項的標註方式，大抵採用以下幾種形式：

(1) 若一個字普通話有幾個讀音，各有不同的意義，而粵語讀音相同者，則按照普通話讀音分設音項。如：

切 ⁽⁻⁾ ⓹qiē ⓺cit³ 設
切 ⁽⁻⁾ ⓹qiè ⓺cit³ 設

(2) 若一個字粵語有幾個讀音，各有不同的意義，而普通話讀音相同者，則按照粵語讀音分設音項。如：

奘 ⁽⁻⁾ ⓹zàng ⓺zong¹ 裝
奘 ⁽⁻⁾ ⓹zàng ⓺zong⁶ 狀

(3) 有些字複合了上述兩種情形。如：

仇^(一) 普chóu 粵sau⁴ 愁

仇^(二) 普qiú 粵kau⁴ 求

5. 對於意義相同，有幾個不同讀音的字，在第一音後加註又讀音，以斜槓 "/" 分隔。如：**使** 普shǐ 粵si² 史 / sai² 洗。

三、注重詞語運用及關聯詞正確搭配使用

本詞典針對語文考試中常見的易錯點，在對應詞目下為學生設置學習點模塊，主要有幾種形式：詞語組合、詞語運用、詞語辨析。詞典共收錄了 100 組易錯易混字辨析、200 組同反義詞辨析、100 組古今同義詞語分析以及 100 組關聯詞搭配提示，讓學生在擴大詞彙量的同時，學會舉一反三運用詞語。

1. 詞典釋義主要收錄現代漢語通用義，兼收現代書面語中比較通用的古義。排列次序，一般是常用義在前，引申義在後。

2. 釋義按意義劃分義項，先依序號①、②、③等排列，一義中需要分述的再依序號 (1) (2) (3) 等排列。

3. 有些單字條目，只帶一個多音詞（尤其是聯綿詞和專名詞），一般直接附在單字注音後，不另立條目。如：邐…【邐迤】…。

4. 釋義後例證不止一個的，例與例之間用斜槓 "/" 隔開。

5. 釋義的同義詞、反義詞用 同、反 標示。如：【冷淡】…… 同 冷漠 反 熱情。

6. 音譯外來詞一般附註外文，用圓括號 ( ) 列於條目釋文或例證之後，標明語別，如英、法、梵語等。

四、注重語文知識積累

參酌 2021 年教育局為配合中國語文課程的實施，課程提供"建議篇章"，推薦適合學生程度的文言經典作品，收錄必須學習的詞語，如【天涯】[古詩文] 海內存知己，天涯若比鄰《送杜少府之任蜀州》，幫助學生通過了解詞語用法及意義，感受作品語言與思想之美。

1. 部分條目後附註【簡明詞】、【附加詞】，增加同類詞彙表達、豐富詞語積累，提高寫作能力。

2. 本詞典設"語文知識框"，對一些有特殊用法或容易用錯的詞加以說明或提示，並適量介紹與詞目相關的歷史文化知識、生活習慣、詞源及相關詞等。一般放在相關詞目後，並用特殊符號標註。

3. 本詞典末附"漢字書寫筆順規則表"、"漢字合體字結構類型表"及"漢字偏旁名稱表"。

使用說明

反義詞

詞語運用舉一反三

羅列簡明詞，輕鬆累積詞彙量

漢字筆順與結構清楚可見

例詞

例句

部首外筆畫數

普粵雙語注音

同義詞

詞目釋義簡明清晰，例句貼近日常生活

88　　　　　　　　　　　　　　　　　　　　古 可

氣溫和 / 口氣嚴厲 / 好大的口氣！② 話語中透露出來的意思：聽他的口氣，這件事辦不成。
【口授】kǒu shòu ① 口頭傳授：口授祖傳醫術。② 口頭説，叫別人記錄：口授書稿。
【口袋】kǒu dài ① 裝東西的袋子：布口袋 / 紙口袋。② 衣袋，縫製在衣服上的袋子。
〔簡明詞〕口才：説話的能力。口吻：説話的口氣、腔調。口述：口頭敍述或陳述。
【口碑】kǒu bēi 別人的評價，讚揚或批評的輿論。
〔附加詞〕口碑載道：到處都是讚揚聲。
【口號】kǒu hào 供口頭呼喊的、起鼓動作用的簡短句子。
【口語】kǒu yǔ 口頭説話用的語言：英語口語 / 日語口語。⑱ 書面語
【口實】kǒu shí 藉口，話柄：授人以口實 / 不要給人留下口實。
【口齒】kǒu chǐ ① 説話的發音：口齒清楚。② 口頭表達能力：口齒伶俐（能説會道，善於應對）。
【口頭】kǒu tóu ① 用説話方式表達的：口頭報 / 口頭文學。② 指語言表達能力：他口頭可以，筆頭差一點。
〔附加詞〕口頭禪：經常掛在口頭的詞句。

² 古 古古古古古 [古]

⑱ gǔ ⑲ gu² 鼓

① 遙遠的過去：古代 / 遠古 / 古老（歷史久遠）/ 古往今來（從古代到現在）。② 古老的；古代的：古文（文言文）/ 古都 / 古廟。
【古代】gǔ dài 古時候。⑱ 近代 * 現代 * 當代
【古怪】gǔ guài 怪異得少有：脾氣古怪。⑩ 怪異 * 怪誕
【古稀】gǔ xī 指人七十歲：年逾古稀 / 古稀之年。⑭ 人生七十古來稀
【古典】gǔ diǎn 古代流傳下來的正宗的或典範

的：古典文學 / 古典音樂。⑱ 現代
【古董】gǔ dǒng 珍貴罕見的古代器物。
🖊 古董、古玩與古代字畫：凡是古代的器物都叫古董，包括流傳下來的和考古發掘出來的；古玩則是可供玩賞的古代器物。古董包括古玩，古玩只是古董中的一部分。古代字畫不屬於器物，不算古董古玩。
【古跡】gǔ jì 古代留傳下來的建築物或文化遺跡。
【古舊】gǔ jiù 陳舊，很久以前的：至今仍用着那一套古舊的傢伙。⑱ 嶄新

² 可 可可可可可 [可]

⑱ kě ⑲ ho² 河 ²

① 允許，同意：許可 / 不置可否。② 能；可能；可以：話可長可短 / 無可無不可。③ 讓（人）、使（人）、叫（人）：可愛 / 可憐 / 可氣。④ 適合：可口（合口味）/ 可人意。⑤ 可是，然而：別看人小，可志氣不小。⑥ 真是，確實是：那位姑娘可漂亮了。⑦ 到底；是否：她的痛苦你可想過？
【可以】kě yǐ ① 能，能夠：可以做到 / 可以勝任。② 准許，同意：我不去可以嗎？③ 還算好，不錯：他的為人可以。
【可行】kě xíng 可以這麼辦；行得通：她的主意可行 / 此事萬萬不可行。
【可否】kě fǒu 許可或不許可；能不能：未置可否 / 我可否提個問題？
【可見】kě jiàn ① 能夠看見：水很清，可見池中游魚。② 可以想見：從這件事可見他的為人。
【可是】kě shì ① 然而：水雖然很急，可是我一定能游過去。② 真是、確實是：這個問題可是把我難住了。
【可笑】kě xiào ① 逗人發笑：滑稽可笑。② 叫人笑話：行為可笑。⑩ 好笑
【可能】kě néng ① 表示能夠實現：有可能考上中文大學。② 可能性：看來，無非兩種可能。

語文知識框

包括詞語辨析、易混易錯字、多樣表達、關聯詞搭配等。

【壁畫】bì huà 畫在牆壁上或天花板上的圖畫：
宮廷壁畫／敦煌壁畫。

🔍 壁畫 "璧" 指的是環狀中空的玉石。"壁" 指
的是用泥土築成的牆垣。"壁畫" 指的是畫在牆
上的圖畫，與玉石無關。兩字形近易寫錯。

> 將易錯易混淆字用紅色標示，並附註
> 字義加以說明或提示。

【就算】jiù suàn 哪怕、即使：就算你去說，我
看也沒用。同 即便

✏️ "就算……也……"表示假設關係的關聯詞
固定搭配，如：就算是一個小小的孩子，也懂
得要尊重別人的道理。

> 介紹詞目的關聯詞搭配，並附例加以
> 說明。

【對不起】duì bu qǐ ① 傷害到別人，內心有愧：
不怪她恨我，實在對不起她。② 表示抱歉的通
用語：對不起，打擾您了。

💡 對不住：問心有愧，對不起別人。對得起、
對得住：該做的都做了，問心無愧。① "對不
起"、"對不住"、"對得起"、"對得住"，當中
的 "不" 輕讀 "bu"、"得" 輕讀 "de"。② 表
示歉意用 "對不起"，不用 "對不住"。

> 針對漢字的普通話讀音易錯點重點
> 提示。

漢語拼音檢索表

A

ā
啊 109
阿 619
āi
哎 102
哀 104
唉 107
埃 129
挨 251
ān
安 163
鞍 636
鵪 666
āng
骯 655
āo
凹 59
á
啊 109
ái
挨 251
癌 407
皚 411
áng
昂 284
áo
熬 376
鰲 662
鼇 673
ǎ
啊 109
ǎi
矮 422
藹 512
ǎn
俺 36

ǎo
拗 245
à
啊 109
ài
唉 107
愛 224
曖 290
礙 426
艾 495
隘 625
àn
岸 183
按 248
暗 289
案 306
黯 672
àng
盎 412
ào
傲 42
奧 148
懊 229
拗 245
澳 365
a
啊 109

B

ba
吧 97
罷 470
bā
八 52
叭 90
吧 97
岜 183

巴 189
扒 237
捌 250
疤 404
笆 441
芭 497
bān
搬 259
斑 277
班 391
般 493
般 493
頒 640
bāng
幫 193
梆 306
邦 593
bāo
包 75
煲 373
胞 481
褒 528
鮑 675
bá
拔 242
跋 563
bái
白 409
báo
薄 510
雹 631
bǎ
把 240
bǎi
佰 30
擺 266
柏 302
百 410

bǎn
板 300
版 381
闆 617
阪 619
bǎng
榜 313
綁 459
膀 486
bǎo
保 32
堡 132
寶 172
飽 647
bù
壩 137
把 241
爸 380
罷 469
霸 633
bài
拜 245
敗 272
bàn
伴 28
半 79
扮 239
拌 244
瓣 395
絆 457
辦 575
bàng
傍 42
棒 308
磅 425
蒡 507
蚌 515
謗 546

bǎn
鎊 609
bào
刨 64
報 132
抱 244
暴 290
曝 291
爆 378
豹 552
鮑 660
bēi
卑 79
悲 221
揹 256
杯 299
碑 424
bēn
奔 147
bēng
崩 185
繃 462
繃 464
běi
北 76
běn
本 297
běng
繃 465
bèi
倍 38
備 42
憊 228
狽 386
背 481
背 481
蓓 506
被 525
被 525

被 526
貝 552
輩 572
bèn
奔 147
笨 441
bèng
繃 465
蚌 515
蹦 567
迸 579
bī
逼 585
bīn
彬 207
斌 277
濱 365
瀕 366
繽 467
賓 557
bīng
兵 54
冰 56
bí
鼻 674
bǐ
俾 38
匕 76
彼 208
比 329
筆 443
鄙 595
bǐng
丙 8
屏 180
柄 301
炳 369
秉 431

稟 434
餅 647
bì
壁 135
婢 156
幣 192
庇 196
弊 202
必 214
敝 273
斃 276
怭 329
璧 395
畢 401
痺 406
碧 425
祕 428
秘 432
臂 488
蔽 508
避 592
閉 614
陛 621
bìn
殯 327
鬢 658
bìng
並 9
併 31
病 404
biān
編 463
蝙 518
邊 592
鞭 636
鯿 662

biāo		搏	258	cān		càn		查	301	炒	368	誠	538
標	314	柏	302	參	84	燦	378	茬	499	chà		chě	
彪	513	泊	340	餐	648	璨	394	茶	500	刹	66	扯	238
鏢	609	渤	353	cāng		cēn		chái		叉	85	chěng	
biǎn		脖	483	倉	39	參	84	柴	306	岔	183	逞	581
匾	78	膊	486	滄[滄沧]		céng		豺	552	差	188	騁	652
扁	234	舶	493		357	層	181	chán		杈	298	chè	
貶	554	薄	511	艙	494	曾	293	單	112	汊	335	徹	213
biào		鉑	603	蒼	506	cè		嬋	158	衩	524	掣	255
表	524	駁	651	cāo		側	39	禪	430	詫	540	撤	263
錶	606	bǒ		操	264	冊	55	纏	468	chàn		澈	363
biàn		簸	447	糙	452	册	55	蟬	519	顫	643	chèn	
便	32	跛	564	cái		廁	199	饞	649	chàng		稱	434
辮	467	bò		才	235	測	353	cháng		倡	37	襯	528
變	549	簸	447	材	298	策	442	償	47	唱	108	趁	561
辨	575	薄	511	裁	525	cèng		嚐	118	暢	289	chèng	
辯	575	bo		財	553	蹭	567	場	131	chē		秤	432
遍	588	蔔	508	cán		chā		嫦	158	車	569	chī	
biāo		bǔ		慚	227	叉	85	常	192	chēng		吃	93
鰾	662	卜	80	殘	326	喳	111	嘗	290	撐	262	喫	111
biē		哺	105	蠶	520	差	188	腸	485	稱	434	嗤	115
憋	227	堡	132	cáng		扠	237	裳	527	chén		痴	406
鱉	663	捕	248	藏	511	插	257	長	612	塵	134	癡	407
鼈	673	補	526	cáo		chāi		cháo		忱	215	chí	
bié		bù		嘈	115	差	188	嘲	116	晨	287	匙	76
別	63	不	5	曹	292	拆	243	巢	186	沉	337	弛	203
蹩	567	佈	25	槽	314	chān		朝	295	沈	337	持	246
biè		埗	128	漕	359	摻	261	潮	362	臣	488	池	335
彆	205	埠	129	cǎi		攙	267	chǎ		辰	575	遲	591
bō		布	190	彩	207	chāng		叉	85	陳	622	馳	651
剝	67	怖	217	採	253	倡	37	衩	524	chéng		chǐ	
播	262	步	324	睬	419	娼	156	chǎn		丞	9	侈	31
撥	263	簿	447	綵	461	昌	283	剷	69	乘	13	呎	97
波	342	部	594	踩	566	猖	386	產	398	呈	95	尺	179
玻	391			采	599	鯧	661	鏟	609	城	128	恥	218
菠	504			cǎn		chāo		闡	618	懲	230	豉	550
蕃	509	C		慘	227	抄	238	chǎng		成	231	齒	675
bó		cā		cǎo		超	561	場	131	承	241	chì	
伯	27	擦	266	草	499	鈔	602	廠	200	橙	317	叱	90
勃	71	cāi		cài		chá		敞	274	澄	363	斥	278
博	80	猜	386	菜	503	察	170	chǎo		盛	412	熾	377
帛	191			蔡	508	搽	258	吵	96	程	433	翅	472

赤　559

chōng
充　49
憧　228
沖　335
涌　347
衝　523

chōu
抽　242

chóng
崇　185
蟲　519
重　600

chóu
仇　20
愁　224
稠　433
籌　448
綢　462
躊　568
酬　597

chǒng
寵　172

chǒu
丑　8
醜　598

chòng
衝　523

chòu
臭　490

chū
出　59
初　64

chūn
春　284

chú
廚　199
橱　320
躇　567
鋤　605
除　621
雛　628

chún
唇　105
淳　351
純　454
脣　483
醇　598
鶉　666

chǔ
儲　47
杵　299
楚　310
礎　426
處　513

chǔn
蠢　520

chù
畜　401
矗　421
處　514
觸　533
黜　672

chuāi
揣　257

chuān
川　186
穿　437

chuāng
創　68
瘡　407
窗　438

chuán
傳　43
椽　312
船　494

chuáng
幢　193
牀　193

chuǎi
揣　257

chuǎn
喘　112

chuǎng
闖　617

chuàn
串　10

chuàng
創　68

chuī
吹　97
炊　369

chuí
垂　128
捶　257
槌　312
錘　607

chuō
戳　233

chuò
綽　461
輟　572
齪　675

cī
差　189
疵　405

cí
慈　225
瓷　396
磁　425
祠　428
茲　501
詞　537
辭　575
雌　627

cǐ
此　324

cì
伺　28
刺　64
次　321
賜　558

cōng
匆　75
囪　122

聰　477
蔥　505

cóng
叢　87
從　211
淙　351

còu
湊　352

cū
粗　449

cūn
村　298

cún
存　159

cù
促　33
簇　446
蹴　567
醋　597

cùn
吋　92
寸　173

cuān
躥　568

cuàn
竄　439

cuī
催　44
崔　184
摧　260

cuǐ
璀　394

cuì
悴　222
粹　451
翠　473
脆　482
萃　504

cuō
搓　260
撮　262
磋　425
蹉　566

挫　250
措　251
銼　605
錯　606
錯　606

D

dā
搭　258
答　443

dāi
呆　95
待　208

dān
丹　11
單　112
擔　265
耽　476

dǎng
噹　117
當　402

dāo
刀　61
叨　90
魛　660

dá
打　236
答　443
達　585

dǎ
打　236

dǎi
歹　325
逮　585

dǎn
膽　487

dǎng
擋　264
黨　672

dǎo
倒　36

導　176
島　184
搗　259
禱　430
蹈　566

dà
大　140

dài
代　21
大　143
岱　183
帶　191
待　208
怠　217
戴　233
殆　326
袋　525
貸　555
軚　570
逮　585
黛　672

dàn
但　26
彈　205
憚　228
擔　265
旦　282
氮　332
淡　351
石　422
蛋　516
誕　543

dàng
檔　318
當　403
盪　414
蕩　509

dào
倒　36
到　64
悼　222
盜　413

導　176
稻　435
道　587

dēng
燈　377
登　408
蹬　568

dé
得　210
德　213

děi
得　211

děng
等　442

dèng
凳　59
澄　363
瞪　420
鄧　595

de
地　126
底　197
得　211
的　410

dī
低　27
堤　131
提　256
滴　360
隄　624

dīng
丁　3
仃　20
叮　89
町　414
酊　596
釘　601

dí
嫡　158
敵　275
滌　360
狄　385
的　410

笛 441	奠 148	動 72	頓 639	**é**	蕃 509	販 553
迪 577	店 197	棟 309	**duān**	俄 33	藩 512	飯 646
dǐ	惦 222	洞 342	端 440	娥 155	**fāng**	**fàng**
底 197	殿 328	**dòu**	**duǎn**	峨 184	坊 127	放 270
抵 243	淀 351	痘 405	短 422	蛾 516	方 279	**fēi**
邸 593	澱 365	讀 548	**duàn**	訛 536	芳 497	啡 108
dǐng	甸 400	豆 550	斷 279	額 642	**fá**	妃 150
酊 596	電 630	逗 581	段 327	鵝 665	乏 12	緋 461
頂 638	**diào**	鬥 658	緞 463	**éng**	伐 23	菲 503
鼎 673	吊 93	**dū**	鍛 608	嗯 114	筏 442	非 634
dì	弔 202	督 419	**duī**	**ér**	罰 469	飛 645
地 125	掉 252	都 594	堆 129	兒 50	閥 617	鯡 661
帝 191	調 543	**dūn**	**duì**	而 474	**fán**	**fēn**
弟 203	釣 602	噸 117	兌 50	**ěng**	凡 11	分 61
的 410	**diē**	墩 135	對 175	嗯 114	樊 315	吩 96
第 442	爹 380	敦 274	隊 624	**ěr**	煩 374	氛 331
締 463	跌 563	蹲 567	**duō**	爾 380	繁 464	紛 454
蒂 505	**dié**	**dú**	咄 100	耳 475	蕃 509	芬 496
遞 589	疊 403	毒 329	哆 104	餌 647	**fáng**	**fēng**
dìng	碟 425	犢 384	多 139	**è**	坊 127	封 173
定 164	蝶 517	獨 388	**duó**	厄 82	妨 152	峯 184
訂 534	諜 545	讀 548	奪 148	惡 220	房 234	楓 311
釘 601	迭 577	黷 672	度 198	扼 238	肪 480	烽 371
錠 607	**diū**	**dǔ**	踱 566	萼 505	防 619	瘋 406
diān	丟 9	堵 129	鐸 610	遏 585	**fǎ**	蜂 516
巔 186	**dōng**	睹 419	**duǒ**	鄂 594	法 338	豐 550
滇 356	冬 56	肚 479	朵 297	顎 642	**fǎn**	鋒 605
癲 408	咚 100	賭 557	躲 569	餓 648	反 85	風 644
顛 642	東 300	**dù**	**duò**	鱷 664	返 577	**féi**
diāo	鼕 673	妒 152	墮 135	**èng**	**fǎng**	肥 480
凋 58	**dōu**	度 197	惰 225	嗯 114	仿 24	**fén**
刁 60	兜 50	杜 298	舵 494	**èr**	倣 38	墳 134
叼 90	都 594	渡 355	跺 564	二 15	彷 207	汾 336
碉 424	**dǒng**	肚 479	馱 651	貳 554	紡 455	焚 371
雕 628	懂 228	蠹 520			訪 536	**féng**
鵰 666	董 505	鍍 608	**E**	**F**	**fà**	縫 466
diǎn	**dǒu**	**dùn**			髮 657	逢 582
典 54	抖 240	沌 335	**ē**	**fā**	**fàn**	馮 651
碘 424	斗 277	燉 377	婀 156	發 408	泛 340	**fěi**
點 671	陡 621	盾 417	阿 619	**fān**	犯 384	匪 77
diàn	**dòng**	遁 585	**ēn**	帆 190	範 445	翡 473
墊 134	凍 58	鈍 602	恩 218	番 401	范 499	菲 503
				翻 473		

誹 542	拂 244	**G**	**gǎng**	**gé**	鞏 636	呱 99
fěn	服 294		崗 184	擱 265	**gǒu**	瓜 395
粉 449	浮 346	**gā**	港 352	格 305	狗 385	颳 645
fěng	福 429	咖 100	**gǎo**	葛 505	苟 498	**guāi**
諷 545	符 442	夾 146	搞 259	閣 617	**gòng**	乖 13
fèi	芙 495	**gāi**	槁 313	隔 624	供 30	**guān**
吠 96	蝠 518	該 539	稿 435	革 635	共 53	冠 56
廢 200	袚 526	**gān**	**gà**	骼 655	貢 553	官 165
沸 341	輻 572	乾 14	尬 178	**gě**	**gòu**	棺 310
肺 480	梟 664	尲 178	**gài**	葛 505	垢 128	觀 532
費 555	**fǔ**	干 193	丐 5	**gěi**	夠 140	關 617
fèn	俯 38	杆 297	概 311	給 458	構 312	**guāng**
份 24	府 197	柑 301	溉 355	**gěng**	購 558	光 48
分 61	撫 262	甘 396	芥 496	咁 99	**gū**	胱 482
奮 149	斧 278	竽 441	蓋 506	哽 105	估 25	**guǎ**
忿 215	甫 399	肝 479	鈣 602	梗 306	咕 99	寡 170
憤 228	腑 484	**gāng**	**gàn**	耿 475	呱 99	**guǎi**
糞 452	腐 484	剛 67	幹 195	鯁 661	姑 153	拐 243
fēng	輔 571	岡 183	幹 312	**gè**	孤 161	**guǎn**
俸 35	釜 602	崗 184	贛 559	個 37	菇 504	管 445
奉 146	**fù**	扛 237	**gàng**	各 94	辜 574	莞 502
縫 466	付 21	綱 461	鋼 606	**gèng**	骨 655	館 649
鳳 664	傅 42	缸 468	**gào**	更 292	**gǔ**	**guǎng**
fó	副 67	肛 479	告 98	**gōng**	古 88	廣 199
佛 29	呋 99	鋼 606	膏 486	供 30	穀 434	**guà**
fǒu	婦 156	**gāo**	**gàng**	公 52	股 480	卦 81
否 95	富 169	篙 446	鋼 606	功 70	谷 549	掛 251
fū	復 212	糕 451	**gē**	宮 167	賈 556	褂 527
伕 22	服 295	羔 471	割 68	工 187	骨 655	**guài**
夫 144	父 380	膏 486	哥 105	弓 202	鼓 673	怪 217
孵 161	縛 464	高 656	戈 231	恭 218	**gǔn**	**guàn**
敷 274	腹 485	**gǎi**	擱 265	攻 269	滾 360	冠 56
膚 486	複 528	改 270	歌 322	蚣 515	鯀 661	慣 227
fú	覆 529	**gǎn**	胳 483	躬 569	**gù**	灌 367
伏 23	訃 534	感 223	鴿 665	龔 676	僱 45	罐 468
佛 29	負 552	敢 273	**gēn**	**gōu**	固 122	觀 532
俘 34	賦 557	杆 297	根 305	勾 75	故 271	貫 554
夫 145	赴 560	桿 307	跟 565	溝 356	顧 643	**guàng**
幅 192	阜 618	橄 316	**gēng**	鈎 602	**gùn**	逛 582
弗 203	附 620	稈 433	庚 197	鉤 603	棍 309	**guī**
彿 208	馥 650	趕 562	更 292	**gǒng**	**guā**	歸 325
扶 238			羹 472	拱 246	刮 65	瑰 394
			耕 475			

規 530
閨 616
鮭 660
龜 677

guǐ
癸 408
詭 539
軌 569
鬼 659

guì
劊 69
桂 304
櫃 319
貴 555
跪 564
鱖 663

guō
郭 594
鍋 607

guó
國 122

guǒ
果 301
裹 527

guò
過 586

H

hā
哈 103

hāi
咳 104

hān
酣 596
鼾 674

hái
孩 161
還 591
骸 655

hán
函 60
含 98

寒 169
汗 334
涵 352
韓 637

háng
杭 300
航 493
行 522

háo
嚎 118
壕 136
毫 330
號 515
豪 551

hǎi
海 345

hǎn
喊 111
罕 469

hǎo
好 150
郝 594

hài
害 166
駭 652

hàn
悍 220
憾 229
捍 249
撼 263
旱 283
汗 334
漢 358
焊 371
銲 605

hàng
巷 189

hào
好 151
浩 345
皓 411
耗 475

號 514

hē
呵 99
喝 111

hēi
嘿 116
黑 670

hēng
亨 17
哼 106

hé
何 25
合 93
和 100
核 305
河 339
涸 350
盒 413
禾 431
荷 501
閤 617

hén
痕 405

héng
恆 218
橫 316
衡 523

hěn
很 209
狠 385

hè
和 101
喝 111
嚇 118
荷 502
賀 555
赫 560
鶴 666

hèn
恨 219

hèng
哼 106

橫 317

hōng
哄 102
烘 370
轟 574

hóng
宏 164
弘 203
洪 342
紅 452
虹 515
鴻 665

hóu
侯 35
喉 113
猴 386

hǒng
哄 102

hǒu
吼 97

hòng
哄 103

hòu
候 38
厚 83
后 93
後 209

hū
乎 12
呼 100
忽 215
惚 222
糊 451

hūn
婚 156
昏 284
葷 506

hú
和 101
壺 137
弧 203
湖 352

狐 385
猢 386
瑚 393
糊 451
胡 480
葫 504
蝴 518
鬍 658

hún
渾 355
餛 648
魂 659

hún2
混 350

hǔ
滸 360
琥 393
虎 513

hù
互 16
戶 234
滬[滬沪] 361
糊 451
護 548

hùn
混 349

huā
嘩 115
花 496

huān
歡 322

huāng
慌 225
肓 479
荒 500

huá
划 63
劃 69
嘩 116
滑 356
猾 387

華 502

huái
徊 208
懷 230
槐 312
淮 350
踝 565

huán
環 394
還 591

huáng
凰 59
徨 212
惶 225
潢 362
煌 375
皇 410
磺 426
簧 446
蝗 518
黃 669

huǎn
緩 463

huǎng
恍 219
晃 287
謊 546

huà
劃 69
化 76
樺 316
畫 402
畫 402
華 502
話 539

huài
壞 136

huàn
喚 113
宦 165
幻 196
患 219

換 258
渙 355
煥 375
瘓 406
鯇 661

huàng
晃 287

huī
徽 213
恢 219
揮 258
灰 368
詼 538
輝 572

huí
回 121
迴 578

huǐ
悔 220
毀 328

huì
匯 77
卉 79
彗 206
彙 206
惠 221
慧 226
晦 287
會 293
檜 319
穢 435
繪 467
蕙 509
薈 510
誨 541
賄 556

huō
豁 549

huó
和 101
活 342

huǒ		jīn		給	458	浸	347	jiāng		檢	318	見	530
伙	24	今	21	脊	482	燼	378	僵	45	減	353	賤	558
夥	140	巾	190	**jìn**		盡	413	姜	154	瞼	420	踐	565
火	367	斤	278	僅	42	禁	429	將	174	簡	446	鍵	608
huò		津	344	儘	46	近	577	江	334	繭	466	鑒	611
和	101	禁	429	緊	460	進	584	漿	361	**jiǎng**		鑑	611
惑	221	筋	443	謹	546	**jìng**		疆	403	獎	149	間	616
或	232	襟	528	錦	606	勁	72	繮	467	槳	316	餞	648
獲	388	金	601	**jǐng**		境	134	薑	510	獎	387	**jiàng**	
禍	429	**jīng**		井	16	徑	210	**jiāo**		蔣	508	匠	77
穫	436	京	18	憬	228	敬	274	交	17	**jiǎo**		將	174
豁	549	競	51	景	288	淨	350	姣	155	僥	44	強	205
貨	553	晶	288	警	547	痙	405	嬌	158	攪	268	漿	361
霍	632	涇	344	阱	619	竟	440	教	271	狡	385	糨	452
		睛	419	頸	641	競	440	椒	309	皎	411	醬	598
J		精	450	**jì**		鏡	609	澆	362	矯	422	降	620
		經	459	伎	23	靜	634	焦	373	絞	459	**jiào**	
jī		荊	499	劑	70	**jiā**		礁	426	繳	467	叫	90
几	59	莖	501	季	160	佳	29	膠	487	腳	485	教	272
唧	107	驚	654	寄	168	傢	42	蕉	509	角	532	校	305
嘰	116	鯨	662	寂	168	加	70	跤	565	餃	647	窖	438
圾	126	**jí**		忌	214	嘉	115	郊	593	**jià**		覺	531
基	130	即	81	技	238	夾	146	驕	653	假	41	較	571
奇	147	及	86	既	281	家	166	鮫	660	價	45	轎	574
姬	155	吉	91	濟	365	枷	303	**jiá**		嫁	157	酵	597
幾	196	嫉	157	祭	429	茄	499	夾	146	架	303	醮	599
擊	265	急	216	紀	453	迦	578	莢	501	稼	435	**jian**	
機	317	棘	310	績	464	**jiān**		裌	526	駕	652	檻	319
激	364	極	311	繫	466	兼	54	頰	641	**jiàn**		**jiē**	
犄	384	汲	336	繼	467	堅	130	**jiáo**		件	23	接	254
畸	403	疾	404	計	534	奸	150	嚼	119	健	41	揭	257
稽	434	籍	447	記	535	尖	177	**jiǎ**		僭	45	皆	411
積	435	級	455	跡	565	殲	327	假	41	劍	69	結	458
箕	444	藉	511	際	625	濺	366	甲	399	建	201	街	522
緝	462	輯	572	驥	654	煎	374	賈	556	毽	330	階	623
羈	470	集	627	鯽	661	監	413	鉀	603	漸	359	**jié**	
肌	479	**jǐ**		鱭	663	箋	444	**jiǎn**		澗	363	傑	42
譏	547	己	189	**jìn**		緘	462	儉	45	濺	366	劫	71
雞	628	幾	196	勁	72	肩	480	剪	68	監	413	孑	159
飢	646	戟	232	噤	116	艱	494	揀	256	箭	445	截	233
饑	649	擠	266	晉	286	間	616	撿	264	艦	494	捷	252
		濟	365	晉	286			柬	303	薦	510	潔	362

睫	419	駒	652	**juān**		看	416	殼	327	**kǔ**	
竭	440	**jūn**		圈	123	龕	676	苦	497	逵	584
節	444	君	98	娟	155	**kāng**		**kǔn**		魁	659
結	457	均	126	捐	250	康	198	可	88	捆	249	**kuǐ**	
jiě		菌	503	鵑	665	慷	227	坷	127	**kù**		傀	42
姐	152	軍	570	**juǎn**		**káng**		渴	354	庫	198	**kuì**	
解	532	鈞	602	卷	82	扛	237	**kěn**		褲	528	愧	226
jiè		龜	677	捲	254	**kǎi**		啃	108	酷	597	潰	363
介	20	**jú**		**juàn**		凱	59	墾	135	**kùn**		饋	649
借	35	局	179	倦	38	慨	225	懇	229	困	121	**kuò**	
屆	179	桔	304	卷	82	楷	311	肯	480	睏	418	廓	199
戒	232	橘	317	圈	123	鎧	609	**kè**		**kuā**		括	246
界	400	焗	371	眷	418	**kǎn**		克	50	誇	538	擴	267
芥	496	菊	504	絹	460	坎	126	刻	65	**kuān**		闊	617
藉	511	**jǔ**		**jué**		檻	319	可	89	寬	171		
解	533	咀	99	倔	38	砍	423	客	165	**kuāng**		**L**	
誡	540	矩	422	嚼	119	**kǎo**		課	542	筐	442		
jiū		舉	491	孑	159	拷	246	**kōng**		**kuáng**		**lā**	
揪	257	齟	675	崛	185	校	305	空	436	狂	384	啦	107
究	436	**jù**		掘	255	烤	370	**kōu**		**kuǎ**		垃	127
糾	452	俱	37	決	337	考	474	摳	260	垮	128	拉	244
赳	560	具	54	爵	380	**kàn**		**kǒng**		**kuǎn**		**lāo**	
鳩	664	劇	69	絕	459	看	416	孔	159	款	321	撈	263
jiǔ		句	91	腳	485	瞰	420	恐	218	**kuà**		**lá**	
久	12	巨	188	覺	531	磡	426	**kǒu**		挎	246	拉	244
九	13	懼	230	角	532	**kàng**		口	87	跨	564	**lái**	
灸	368	拒	241	訣	536	抗	240	**kòng**		**kuài**		來	29
玖	390	據	263	蹶	567	**kào**		控	254	塊	133	**lán**	
酒	596	炬	369	**juè**		犒	384	空	437	快	215	婪	156
韭	637	聚	476	倔	38	銬	603	**kòu**		會	293	嵐	185
jiù		距	563			靠	635	叩	90	筷	444	攔	267
就	178	踞	566	**K**		**kē**		寇	168	**kuàng**		瀾	277
救	272	鋸	607			棵	309	扣	237	曠	291	欄	320
疚	404	颶	645	**kā**		瞌	420	釦	602	框	304	瀾	367
臼	490	**jùn**		咖	100	科	431	**kū**		況	339	籃	448
舅	491	俊	35	**kāi**		苛	497	哭	106	眶	417	藍	511
舊	492	峻	184	揩	256	顆	642	枯	301	礦	426	蘭	513
jū		竣	440	開	614	**kēng**		窟	438	**kuī**		襤	528
居	180	菌	503	**kān**		坑	127	骷	655	盔	412	**láng**	
拘	243	郡	594	刊	62	鏗	609	**kūn**		窺	439	廊	199
車	569	駿	652	勘	72	**ké**		坤	127	虧	515	狼	386
鞠	636			堪	131	咳	104	崑	184	**kuí**		琅	392
								昆	283	葵	506	螂	518

láo		léi		鸝	667	lǐn		聯	477	liàng		lōng	
勞	74	擂	263	麗	668	凜	58	蓮	507	亮	18	隆	624
嘮	116	累	456	黎	670	凜	58	連	580	晾	288	lōu	
牢	382	鐳	610	lín		凜	58	鐮	611	涼	351	摟	260
lǎ		雷	631	嶙	185	líng		鰱	662	諒	544	lóng	
喇	111	léng		林	299	嶺	186	liáng		輛	572	嚨	118
lǎn		棱	308	淋	348	領	640	梁	308	量	600	朧	296
懶	230	lěi		琳	393	lì		樑	315	靚	634	隆	439
攬	268	儡	47	臨	488	例	30	涼	350	liào		籠	448
欖	320	壘	136	鄰	595	俐	33	粱	450	廖	199	聾	478
纜	468	累	456	鱗	663	利	63	糧	452	料	277	隆	624
覽	531	蕾	510	麟	668	力	70	良	494	鐐	610	龍	676
lǎng		蕾	510	líng		勵	74	量	600	liě		lóu	
朗	295	lěng		伶	27	屬	83	liáo		咧	103	樓	315
郎	594	冷	57	凌	57	吏	92	僚	44	liè		髏	655
lǎo		lè		玲	390	曆	290	嘹	116	冽	57	lǒng	
佬	30	勒	72	綾	460	栗	306	寥	171	列	62	壟	136
姥	154	樂	315	羚	471	歷	325	潦	362	劣	71	攏	267
老	473	lèi		翎	472	瀝	366	燎	377	烈	370	籠	448
là		擂	263	聆	476	痢	405	療	407	獵	388	隴	626
臘	488	淚	351	菱	503	礪	426	繚	466	裂	526	lǒu	
落	506	累	456	鈴	603	立	439	聊	476	liū		摟	260
蠟	520	肋	479	陵	622	粒	449	遼	590	溜	357	lòng	
辣	575	類	643	零	631	荔	501	liǎ		蹓	566	弄	201
lài		lèng		靈	633	莉	501	倆	35	liú		lòu	
賴	558	愣	225	綾	661	蒞	507	liǎn		劉	69	漏	361
làn		le		齡	675	隸	626	臉	487	榴	313	鏤	609
濫	365	了	14	líu		靂	633	liǎng		流	346	陋	620
爛	379	līn		餾	649	鬲	658	倆	36	瀏	366	露	633
làng		拎	243	lǐ		麗	668	兩	51	琉	392	lūn	
浪	347	lí		哩	105	lìn		liǎo		留	400	掄	253
lào		厘	83	李	298	吝	98	了	14	瘤	407	lú	
嘮	116	喱	111	浬	345	淋	349	燎	377	硫	424	盧	200
澇	363	梨	307	理	391	賃	556	瞭	420	騮	653	爐	379
烙	371	灘	367	禮	430	lìng		liàn		liǔ		盧	414
落	506	犁	383	裡	526	令	22	戀	230	柳	302	蘆	512
酪	597	狸	386	裏	526	另	90	殮	327	liù		顱	644
la		璃	394	里	599	li		煉	374	六	53	鱸	664
啦	107	籬	448	鋰	605	哩	105	練	462	溜	357	lǔ	
lēi		罹	470	鯉	661	lián		鍊	607	蹓	566	櫓	319
勒	72	蠡	601	體	663	廉	199	鏈	609	遛	589	艣	654
lēng		離	629			憐	228			陸	622		
棱	308					簾	447						

lún		攣 268	瞞 420	**mào**		**mèi**		泌 341		**mó**
倫 38		**luǎn**	蠻 520	冒 55		妹 153		祕 428		摹 260
崙 184		卵 81	饅 649	帽 192		媚 157		秘 432		摩 261
淪 350		**luàn**	鰻 663	茂 498		昧 285		蜜 517		模 313
論 544		亂 14	**máng**	貌 552		魅 659		覓 530		無 372
輪 572		**lüè**	忙 214	貿 555		**mèn**		**mìng**		磨 426
lǔ		掠 254	岷 331	**ma**		悶 223		命 101		膜 486
擄 264		略 401	盲 415	嗎 114		**mèng**		**miāo**		蘑 512
虜 514		**luō**	芒 495	嘛 115		夢 140		喵 108		魔 660
魯 660		囉 119	茫 500	**me**		孟 160		**mián**		麼 669
鹵 667		**luó**	**máo**	麼 669		**men**		棉 309		**móu**
lǔ		玀 389	毛 329	**mēn**		們 37		眠 417		牟 382
侶 33		籮 448	矛 421	悶 223		**mī**		綿 461		謀 545
呂 96		羅 470	茅 499	**méi**		咪 104		**miáo**		**mǒ**
屢 181		蘿 513	錨 607	媒 156		**mí**		描 255		抹 241
履 181		螺 519	髦 657	嵋 185		彌 205		瞄 419		**mǒu**
旅 280		邏 592	**mǎ**	枚 299		瀰 367		苗 498		某 301
縷 464		鑼 612	嗎 114	梅 307		獼 389		**miǎn**		**mò**
褸 528		騾 653	瑪 394	沒 336		謎 546		免 50		寞 170
鋁 605		**luǒ**	碼 425	煤 374		迷 579		冕 55		抹 241
lù		裸 527	螞 518	玫 390		糜 667		勉 72		末 296
碌 424		**luò**	馬 651	眉 417		**mín**		娩 155		沒 337
祿 429		洛 343	**mǎi**	莓 501		民 330		緬 462		沫 338
賂 556		絡 458	買 555	酶 597		**míng**		黽 673		漠 358
路 564		落 505	**mǎn**	霉 632		冥 56		**miǎo**		脈 482
錄 607		駱 652	滿 358	**mén**		名 94		渺 353		茉 497
陸 622			**mǎng**	門 613		明 283		秒 431		莫 501
露 633		**M**	莽 501	**méng**		茗 500		**miàn**		陌 620
鹿 667			蟒 519	朦 296		銘 604		面 635		墨 670
鷺 667		**mā**	**mà**	檬 319		鳴 664		麵 668		默 671
麓 668		媽 157	罵 469	濛 365		**mǐ**		麵 668		**mú**
lǚ		抹 241	**mài**	盟 413		米 449		**miào**		模 314
律 209		麻 669	脈 482	萌 503		**mǐn**		妙 152		**mǔ**
慮 226		**māo**	賣 557	蒙 507		憫 228		廟 200		姆 154
濾 366		貓 552	邁 591	**měi**		敏 272		**miè**		拇 245
率 389		**má**	麥 668	每 328		皿 411		滅 356		母 328
綠 462		嗎 114	**màn**	美 470		閩 616		蔑 508		牡 382
lùn		麻 668	曼 87	鎂 608		黽 672		蠛 521		畝 400
論 544		**mái**	慢 227	**měng**		**mǐng**		**miù**		**mù**
luán		埋 128	漫 359	猛 386		酩 597		謬 546		募 74
攣 162		霾 633	蔓 507	蒙 507		**mì**		**mō**		墓 134
巒 186		**mán**	蔓 508	錳 607		密 169		摸 260		幕 192
		埋 129								

慕	226	鈉	602	**nǐng**		**niú**		毆	328	旁	280
暮	290	**nài**		擰	266	牛	382	鷗	666	磅	425
木	296	奈	146	**nì**		**niǔ**		**ó**		膀	486
沐	335	耐	474	匿	77	扭	240	哦	106	螃	518
牧	382	**nàn**		泥	341	紐	455	**ǒu**		**páo**	
目	414	難	629	溺	358	鈕	602	偶	39	刨	64
睦	419	**nàng**		膩	487	**niù**		嘔	115	炮	369
穆	435	齉	674	逆	579	拗	245	藕	511	袍	525
		nào		**nìng**		**nóng**		**ò**		跑	564
N		鬧	658	寧	170	噥	117	哦	106	**pǎi**	
		哪	106	擰	266	濃	364			迫	578
nā		**na**		濘	366	膿	487	**P**		**pǎo**	
南	80	哪	106	**niān**		農	576			跑	563
那	593	**néng**		拈	242	**nòng**		**pā**		**pà**	
ná		能	483	**nián**		弄	201	啪	107	帕	190
拿	248	**něi**		年	195	**nú**		趴	563	怕	217
nán		餒	648	黏	670	奴	149	**pāi**		**pài**	
南	80	**nèi**		**niáng**		**nǔ**		拍	243	派	343
喃	111	內	51	娘	155	努	71	**pān**		湃	354
男	400	**nèn**		**niǎn**		弩	203	攀	267	**pān**	
難	629	嫩	157	輾	573	**nǚ**		潘	363	劈	69
náng		**ne**		**niǎo**		女	149	番	402	噼	117
囊	119	呢	100	鳥	664	**nù**		**pāng**		批	238
náo		**ngǒ**		**niàn**		怒	217	乒	12	披	245
撓	261	唔	105	唸	109	**nuǎn**		膀	486	霹	633
nǎ		**nī**		念	215	暖	289	**pāo**		**pīn**	
哪	106	妮	153	**niàng**		**nüè**		拋	242	拚	245
那	593	**ní**		釀	599	虐	513	泡	340	拼	247
nǎi		呢	100	**niǎo**		**nuó**		**pá**		**pīng**	
乃	12	尼	179	尿	179	娜	155	扒	237	乒	12
奶	149	泥	341	溺	358	挪	250	杷	300	**pí**	
nǎn		霓	632	**niē**		**nuò**		爬	379	啤	109
腩	484	鯢	662	捏	249	懦	230	琶	393	枇	299
nǎo		**nín**		**niè**		糯	452	**pái**		琵	393
惱	225	您	220	孽	162	諾	544	徘	210	疲	405
瑙	394	**níng**		聶	478			排	252	皮	411
腦	485	凝	58	躡	568	**O**		牌	381	脾	484
nà		嚀	118	鎳	609			**pán**		**pín**	
吶	96	寧	170	鑷	611	**ō**		盤	414	貧	554
娜	155	擰	266	齧	675	噢	117	胖	481	頻	641
捺	251	檸	319	**niū**		**ōu**		**páng**		**píng**	
納	454	**nǐ**		妞	152	區	78	龐	200	坪	127
那	593	你	28			歐	322	彷	207		
		擬	266								

屏	180	**piē**		舖	492	騏	652	親	531	瞧	420	**qióng**	
平	194	撇	261	鋪	604	騎	652	**qiā**		蕎	509	瓊	395
憑	228	瞥	420			鰭	662	掐	254	**qiǎ**		窮	438
瓶	396	**piě**		**Q**		麒	668	**qiān**		卡	80	**qiū**	
萍	504	撇	261			齊	674	千	78	**qiǎn**		丘	9
蘋	512	**pō**		**qī**		**qín**		慳	227	淺	349	秋	431
評	536	坡	128	七	3	勤	74	牽	383	譴	548	邱	593
pǐ		泊	340	凄	58	擒	264	簽	447	遣	589	鞦	636
劈	70	潑	364	妻	152	琴	393	籤	448	**qiǎng**		鰍	662
匹	77	頗	641	悽	222	禽	430	謙	546	強	204	龜	677
否	95	**pōu**		戚	232	秦	432	遷	589	搶	259	**qiú**	
疋	403	剖	67	期	295	芹	496	鉛	603	**qiào**		仇	20
pǐn		**pó**		柒	303	**qíng**		阡	618	巧	187	囚	119
品	103	婆	156	棲	309	情	221	韆	637	悄	220	求	333
pǐng		繁	464	欺	321	擎	264	**qiāng**		**qià**		泅	339
馮	651	鄱	595	淒	349	晴	288	搶	259	恰	219	球	391
pì		**pò**		漆	359	**qǐ**		槍	312	洽	343	裘	526
僻	46	珀	390	萋	503	乞	13	腔	484	**qiàn**		酋	596
屁	179	破	423	蹊	566	企	24	鏘	610	倩	35	**qū**	
譬	548	粕	449	**qīn**		啓	110	**qiāo**		塹	134	區	77
闢	618	迫	578	侵	34	啟	273	悄	220	嵌	185	屈	180
pìn		魄	659	欽	321	稽	434	敲	274	欠	320	嶇	185
聘	476	**pū**		親	531	豈	550	蹺	567	歉	322	曲	291
piān		仆	20	**qīng**		起	560	鍬	608	茜	499	趨	562
偏	40	撲	262	傾	43	**qǐn**		**qián**		**qiào**		軀	569
片	381	鋪	604	卿	82	寢	170	乾	14	俏	32	驅	653
篇	446	**pú**		氫	332	**qǐng**		前	66	峭	183	**qú**	
翩	473	僕	45	清	347	請	542	潛	362	殼	327	渠	353
piāo		菩	504	蜻	517	頃	638	虔	513	竅	439	**qún**	
漂	359	葡	505	輕	571	**qì**		鉗	603	鞘	636	羣	471
飄	645	蒲	507	青	634	器	117	錢	606	**qiē**		裙	527
pián		**pǔ**		**qí**		契	147	黔	671	切	61	**qǔ**	
便	32	圃	122	其	54	憩	227	**qiáng**		**qié**		取	86
piǎo		埔	128	奇	147	棄	310	強	204	茄	499	娶	156
漂	359	普	288	崎	184	氣	331	牆	381	**qiě**		曲	291
piàn		樸	317	旗	281	汽	336	薔	509	且	9	齲	676
片	381	譜	547	棋	308	泣	341	**qiáo**		**qiè**		**qù**	
騙	653	蹼	567	歧	324	砌	423	僑	45	切	61	去	84
piào		**pù**		淇	348	訖	534	喬	113	妾	153	趣	562
漂	359	堡	132	琪	393	迄	576	憔	228	怯	217	**quān**	
票	428	曝	291	祈	427	**qìng**		橋	317	竊	439	圈	123
		瀑	366	臍	488	慶	227	樵	317	鍥	607		

quán		rēng		rú		sǎ		shān		shàn		shéi shuí	
全	51	扔	237	儒	46	撒	262	刪	63	單	112	誰	543
拳	248	**rén**		如	150	灑	367	删	63	善	114	**shén**	
權	320	人	18	孺	162	**sǎn**		姍	153	扇	234	什	20
泉	338	仁	19	濡	365	傘	42	山	182	擅	265	甚	396
痊	405	任	24	茹	501	散	274	扇	235	汕	334	神	427
詮	539	壬	137	**rǔ**		**sǎng**		搧	260	膳	487	**shéng**	
顴	644	**réng**		乳	13	嗓	115	煽	375	贍	559	繩	467
quǎn		仍	20	辱	575	**sǎo**		珊	390	鱔	663	**shě**	
犬	384	**rě**		**rù**		嫂	157	衫	524	**shàng**		捨	253
quàn		惹	223	入	51	掃	255	**shāng**		上	4	舍	492
券	65	**rěn**		**rùn**		**sà**		傷	44	上	5	**shěn**	
勸	74	忍	215	潤	363	薩	511	商	110	尚	178	嬸	158
quē		**rè**		閏	614	**sài**		**shāo**		**shào**		審	172
缺	468	熱	375	**ruǎn**		塞	133	捎	249	哨	105	沈	337
qué		**rèn**		軟	570	賽	559	梢	307	少	177	瀋	366
瘸	407	任	23	阮	619	**sàn**		燒	377	紹	457	**shěng**	
què		刃	61	**ruǐ**		散	273	稍	433	邵	593	省	416
卻	82	紉	453	蕊	509	**sàng**		筲	443	**shē**		**shè**	
確	425	認	541	**ruì**		喪	110	**shá**		奢	148	射	173
雀	627	韌	637	瑞	393	**sào**		啥	109	賒	557	拾	246
鵲	665	飪	646	銳	605	掃	255	**sháo**		**shēn**		攝	267
		rì		**ruò**		**sēn**		勺	75	伸	26	涉	344
R		日	281	弱	203	森	308	**shǎ**		參	84	社	427
		róng		若	498	**sēng**		傻	44	呻	99	舍	492
rāng		容	167			僧	45	**shǎi**		深	351	設	536
嚷	119	戎	231	**S**		**sè**		色	495	燊	377	赦	560
rán		榕	313			嗇	114	**shǎn**		申	399	麝	668
然	373	榮	313	**sā**		塞	134	閃	613	紳	456	**shèn**	
燃	377	溶	357	撒	262	澀	366	陝	621	身	568	慎	226
ráo		熔	375	**sāi**		瑟	393	**shǎng**		**shēng**		滲	361
饒	649	絨	457	塞	133	色	495	上	5	升	78	甚	396
rǎn		蓉	507	腮	485	**shā**		賞	557	牲	383	腎	483
染	303	融	518	鰓	662	刹	66	**shǎo**		生	397	**shèng**	
rǎng		鎔	609	**sān**		殺	327	少	177	甥	398	剩	68
嚷	119	**róu**		三	3	沙	335	**shà**		笙	441	勝	73
壤	137	揉	258	**sāng**		煞	374	廈	199	聲	477	盛	412
rǎo		柔	303	喪	111	砂	423	煞	374	**shé**		聖	476
擾	266	**rǒng**		桑	306	紗	454	霎	632	折	239	**shi**	
ràng		冗	56	**sāo**		鯊	661	**shài**		舌	492	匙	77
讓	549	**ròu**		搔	260	**shāi**		晒	287	蛇	515	**shī**	
rào		肉	479	騷	653	篩	446	曬	291			失	145
繞	466												

屍 180	柿 302	**shǔ**	**shuǎi**	**sōng**
師 191	氏 330	屬 182	甩 398	嵩 185
施 280	示 426	數 275	**shuǎng**	松 300
濕 365	視 530	暑 288	爽 380	鬆 657
獅 387	試 538	曙 290	**shuài**	**sōu**
詩 538	誓 540	署 469	帥 191	嗖 113
shí	逝 580	薯 510	率 389	搜 257
什 20	適 590	蜀 517	蟀 519	艘 494
十 78	釋 599	黍 670	**shuàn**	**sǒng**
實 171	飾 647	鼠 674	涮 352	慫 226
拾 246	**shōu**	**shǔn**	**shuǐ**	聳 477
時 286	收 269	吮 97	水 332	**sòng**
石 422	**shóu**	**shù**	**shuì**	宋 164
蝕 517	熟 376	墅 134	睡 420	訟 536
蝕 517	**shǒu**	恕 219	稅 433	誦 542
識 547	守 162	戍 231	說 541	送 579
食 646	手 235	數 275	**shuō**	頌 640
鰣 662	首 649	束 298	說 541	餸 649
shǐ	**shòu**	樹 316	**shuò**	**sòu**
使 30	受 86	漱 359	數 275	嗽 115
史 90	售 110	術 522	爍 379	**sū**
始 154	壽 137	豎 550	碩 425	甦 398
屎 180	授 253	述 577	**sī**	穌 435
矢 421	獸 388	**shùn**	司 91	蘇 512
豕 551	瘦 406	瞬 420	嘶 116	酥 597
駛 651	**shū**	舜 493	思 216	**sūn**
shì	叔 86	順 639	撕 262	孫 161
世 8	抒 241	**shuā**	斯 278	猻 387
事 15	書 292	刷 65	私 431	**sú**
仕 21	梳 307	唰 109	絲 459	俗 33
似 26	樞 314	**shuāi**	鷥 666	**sǔn**
侍 30	殊 326	摔 261	**sǐ**	損 258
勢 74	淑 349	衰 524	死 326	筍 443
嗜 114	疏 403	**shuān**	**sì**	**sù**
士 137	舒 492	拴 246	似 26	塑 133
室 165	蔬 509	栓 304	伺 28	宿 168
市 190	輸 572	閂 613	四 120	溯 357
式 202	**shú**	**shuāng**	寺 173	粟 450
恃 218	塾 134	雙 628	巳 189	素 453
拭 245	熟 376	霜 632	祀 427	肅 478
是 285	贖 559	**shuǎ**	肆 478	訴 537
		耍 475	飼 647	速 581

suān	**tān**
酸 597	坍 126
suàn	攤 268
算 444	灘 367
蒜 506	癱 407
suī	貪 553
雖 628	**tān g**
suí	劏 69
遂 588	搪 260
隋 623	湯 353
隨 625	趟 562
suǐ	蹚 567
髓 655	**tāo**
suì	叨 91
歲 325	掏 253
碎 424	滔 357
祟 428	濤 365
穗 435	韜 637
遂 587	**tái**
隧 626	台 91
suō	抬 245
唆 107	擡 265
梭 307	枱 303
縮 466	檯 319
suǒ	臺 490
嗦 114	苔 499
所 234	鮐 645
瑣 394	**tán**
索 454	壇 135
鎖 608	彈 205
	檀 319
T	潭 362
tā	痰 406
他 22	談 544
塌 133	譚 547
她 151	**táng**
它 162	唐 107
牠 382	堂 131
踏 565	塘 133
tāi	棠 310
台 91	糖 451
胎 481	

苔 499 (sōng column top)

膛	486	藤	512	甜	396	**tòu**		陀	620	挽	250	為	370

膛 486　藤 512　甜 396　**tòu**　陀 620　挽 250　為 370

táo
桃 304　騰 653　田 399　透 582　馱 651　晚 287　維 461

tè　**tiáo**　**tū**　駝 652　碗 424　違 588
淘 350　特 383　條 307　凸 59　鴕 665　莞 502　韋 637

tī　調 543　禿 431　**tuǒ**　鞔 572　**wén**
萄 504　剔 67　迢 578　突 437　妥 151　文 276

逃 579　梯 307　**tiǎn**　**tūn**　橢 317　**wǎng**　紋 455

陶 623　踢 565　舔 492　吞 95　**tuò**　往 208　聞 476

tǎ　**tīng**　**tiǎo**　**tú**　唾 112　枉 299　蚊 515

塔 132　廳 201　挑 247　圖 124　拓 241　網 461　**wěi**

tǎn　汀 334　**tiào**　塗 133　**wà**　偽 40

坦 127　聽 478　眺 417　屠 181　**W**　襪 528　偉 41

毯 330　**tí**　跳 564　徒 210　**wài**　委 153

tǎng　啼 113　**tiē**　途 582　**wā**　外 138　尾 179

倘 37　提 256　帖 190　**tún**　哇 102　**wàn**　萎 503

帑 191　蹄 566　貼 554　屯 182　挖 248　腕 484　葦 506

淌 349　題 642　**tiě**　臀 487　窪 438　萬 504　**wěn**

躺 569　**tíng**　帖 190　豚 551　蛙 516　**wàng**　吻 97

tǎo　亭 18　鐵 610　飩 646　**wāi**　妄 149　穩 436

討 534　停 40　**tiè**　**tǔ**　歪 325　忘 214　紊 455

tà　庭 198　帖 190　吐 92　**wān**　旺 283　**wèi**

拓 242　廷 201　**tōng**　土 124　彎 205　望 295　位 28

撻 263　蜓 516　通 583　**tù**　灣 367　**wa**　味 98

榻 312　霆 632　**tōu**　兔 50　蜿 517　哇 102　喂 112

踏 565　**tǐ**　偷 40　吐 92　豌 550　**wēi**　尉 174

tài　體 655　**tóng**　**tuán**　**wāng**　偎 40　慰 227

太 145　**tǐng**　同 92　團 124　汪 335　危 81　未 296

態 226　挺 250　桐 304　**tuī**　**wá**　威 154　渭 354

汰 335　艇 494　潼 363　推 252　娃 154　巍 186　為 370

泰 338　**tì**　瞳 420　**tuí**　**wán**　微 212　畏 400

tàn　剃 67　童 440　頹 642　丸 11　薇 510　胃 481

嘆 115　雁 181　銅 604　**tuǐ**　完 163　**wēn**　蔚 508

探 255　惕 222　**tóu**　腿 486　玩 390　溫 354　衛 523

歎 322　替 292　投 239　**tuì**　頑 639　瘟 407　謂 545

炭 369　涕 347　頭 641　蛻 516　**wáng**　鰮 662　餵 649

碳 425　**tiān**　**tǒng**　退 580　亡 17　**wēng**　魏 659

tàng　天 143　捅 250　**tuō**　王 389　嗡 115　**wèn**

燙 378　添 348　桶 307　托 237　**wǎ**　翁 472　問 108

趟 562　**tiāo**　筒 442　拖 243　瓦 395　**wéi**　**wèng**

tào　挑 247　統 459　脫 483　**wǎn**　唯 109　甕 396

套 148　**tián**　**tòng**　託 534　婉 156　圍 123　蕹 510

téng　填 132　痛 406　**tuó**　宛 165　惟 222

疼 405　　　　通 584　跎 564　惋 222　桅 304

wō
喔 113
渦 354
窩 438
蝸 518

wǒ
我 232

wò
握 258
沃 336
臥 488
齷 676

wū
嗚 115
屋 180
巫 188
污 334
烏 370
誣 540
鎢 609

wú
吾 95
吳 97
唔 105
梧 307
毋 328
無 371
蕪 509
蜈 516

wǔ
五 16
伍 23
侮 33
午 78
捂 249
武 324
舞 493
鵡 665

wù
兀 47
務 73
勿 75
悟 220
惡 221
戊 231
晤 287
物 382
誤 541
霧 633
鶩 653
鶩 666

X

xī
吸 97
嘻 116
夕 138
奚 148
嬉 158
希 190
息 218
悉 220
昔 283
晰 288
析 299
溪 357
熙 375
熄 375
犀 384
犧 384
稀 433
膝 486
茜 499
蟋 519
西 529
蹊 566
錫 606

xīn
心 213
新 278
欣 321
薪 510
辛 574
鋅 605
馨 650

xīng
星 285
猩 386
腥 485
興 491

xí
媳 157
席 191
習 472
襲 528

xíng
刑 62
型 128
形 206
行 521
行 522
邢 592

xǐ
喜 110
徙 210
洗 342

xǐng
省 416
醒 598

xì
係 34
戲 233
系 452
細 457
繫 466
隙 625

xìn
信 34
釁 599

xìng
倖 35
姓 153
幸 195
性 217
杏 298
興 491

xiā
瞎 420
蝦 518

xiān
仙 22
先 49
掀 253
纖 468
鮮 660

xiāng
廂 199
湘 353
相 415
箱 445
鄉 595
鑲 611
香 650

xiāo
削 66
囂 119
消 344
瀟 367
簫 447
蕭 511
逍 581
銷 604
霄 632

xiá
俠 32
峽 183
暇 289
狹 385
瑕 394
轄 573
霞 633

xián
咸 102
嫌 157
弦 203
舷 494
賢 557
衡 603
閑 616
閒 616
鹹 667

xiáng
祥 429
翔 472
詳 539
降 621

xiáo
殽 327
淆 350

xiǎn
蘚 513
蜆 516
險 626
顯 643
鮮 661

xiǎng
享 18
想 223
響 638
餉 647

xiǎo
小 176
曉 290

xià
下 4
嚇 118
夏 138
廈 199

xiàn
憲 229
獻 388
現 391
綫 460
線 463
縣 464
羨 471
腺 485
見 530
限 621
陷 623
餡 648

xiàng
像 45
向 93
嚮 118
巷 189
橡 317
相 416
象 551
項 639

xiào
嘯 117
孝 160
效 271
校 305
笑 441
肖 479

xiao
宵 167

xiē
些 16
歇 322
蠍 520

xié
偕 39
協 79
挾 249
携 259
攜 268
斜 277
脅 483
諧 545
邪 592
鞋 636

xiě
寫 172
血 521

xiè
卸 82
屑 181
懈 229
械 306
榭 312
泄 339
洩 342
瀉 366
蟹 520
解 533
謝 546

xiōng
兄 48
兇 49
凶 59
匈 76
洶 343
胸 482

xióng
熊 375
雄 627

xiū
休 22
修 36
羞 471

xiǔ
宿 168
朽 297

xiù
嗅 114
宿 169
秀 431
繡 467
臭 490
袖 525
銹 605
鏽 611

xū
吁 92
墟 134
戌 231
虛 514
需 631
須 639
鬚 658

xūn					
勛 73	宣 165	焉 371	陽 624	驗 654	迎 577
勳 74	軒 570	煙 374	**yáo**	**yàng**	**yǐ**
熏 375	**xuán**	燕 377	堯 131	樣 315	乙 13
燻 378	懸 230	胭 482	姚 155	漾 360	以 21
薰 511	旋 281	醃 598	搖 259	**yào**	倚 36
xú	漩 360	**yāng**	瑤 394	耀 473	已 189
徐 210	玄 389	央 145	窯 438	藥 512	椅 309
xún	**xuǎn**	殃 326	謠 546	要 529	蟻 520
尋 175	癬 407	秧 432	遙 589	鑰 611	**yǐn**
峋 183	選 591	鴦 665	饒 648	鷂 666	引 202
循 212	**xuàn**	**yāo**	**yǎ**	**ya**	癮 407
旬 282	旋 281	夭 145	啞 108	呀 96	隱 626
詢 539	渲 355	妖 152	雅 627	**yē**	飲 647
巡 576	炫 369	腰 485	**yǎn**	噎 116	**yǐng**
鱘 663	絢 458	要 529	掩 251	椰 310	影 207
xǔ	**xuē**	邀 592	演 361	耶 475	穎 435
許 535	削 66	**yá**	眼 418	**yé**	**yì**
xù	薛 510	崖 184	衍 522	爺 380	亦 17
婿 157	靴 636	涯 349	魘 674	**yě**	億 45
序 197	**xué**	牙 381	**yǎng**	也 13	奕 147
恤 219	學 161	芽 496	仰 24	冶 57	屹 183
敍 273	**xuě**	衙 522	氧 331	野 600	弈 202
旭 283	雪 630	**yán**	癢 407	**yè**	役 207
煦 373	鱈 663	嚴 118	養 647	咽 103	意 224
畜 401	**xuè**	岩 183	**yǎo**	夜 140	憶 229
絮 457	穴 436	巖 186	咬 104	業 312	抑 239
緒 460	血 520	延 201	舀 490	液 351	易 284
續 467		檐 319	**yà**	腋 484	毅 328
蓄 507	**Y**	沿 340	亞 16	葉 504	溢 357
酗 596		炎 369	訝 535	頁 638	異 401
xùn	**yā**	研 422	軋 569	**yī**	疫 404
徇 208	丫 9	筵 445	**yàn**	一 1	益 412
殉 326	呀 96	簷 447	厭 83	伊 24	義 471
汛 334	壓 136	言 533	咽 103	依 31	翌 472
訓 535	押 242	閻 617	宴 167	壹 137	翼 473
訊 535	鴉 664	顏 642	焰 373	揖 257	肆 478
迅 576	鴨 665	鹽 667	燕 376	衣 523	藝 512
遜 589	**yān**	**yáng**	硯 424	衣 524	裔 526
馴 651	咽 103	揚 256	艷 495	醫 598	詣 539
xuān	奄 147	楊 311	諺 545	**yīn**	誼 544
喧 113	殷 327	洋 343	豔 551	因 120	譯 548
	淹 349	羊 470	雁 627	姻 155	議 548

(yīng column, page 6)

yīng: 嬰 158 · 應 229 · 櫻 320 · 膺 487 · 英 498 · 鶯 666 · 鷹 667 · 鸚 667

yí: 儀 46 · 咦 103 · 夷 146 · 姨 155 · 宜 164 · 怡 217 · 疑 404 · 移 432 · 胰 482 · 蛇 515 · 遺 590 · 頤 641

yín: 吟 96 · 寅 168 · 淫 350 · 銀 604 · 齦 675

yíng: 瀅 366 · 熒 375 · 營 378 · 瑩 394 · 盈 412 · 螢 518 · 蠅 519 · 贏 559

逸	585			雲	630	鵒	666	樂	316	**zài**	
yìn		**yǒu**		**yǔ**		**yùn**		粵	450	再	55
印	81	友	85	予	14	孕	159	越	561	在	126
蔭	508	有	293	宇	162	暈	289	躍	568	載	570
飲	647	酉	595	嶼	186	熨	376	鑰	611	**zàn**	
yìng		黝	672	禹	430	蘊	513	閱	617	暫	290
應	229	**yòng**		羽	472	運	588	龠	676	讚	549
映	285	佣	27	與	490	醞	598	**yueū**		贊	559
硬	424	用	398	語	540	韵	638	說	541	**zàng**	
yō		**yòu**		雨	630	韻	638			奘	148
唷	113	佑	25	齬	675	**yuān**		**Z**		奘	148
yōng		又	84	**yǔn**		冤	56			臟	488
傭	44	右	89	允	48	淵	354	**zā**		葬	504
庸	198	幼	196	隕	625	鴛	665	紮	454	藏	511
擁	265	柚	302	**yù**		**yuán**		紮	455	**zàng**	
鱅	663	誘	541	喻	113	元	47	**zāi**		噪	117
yōu		**yo**		域	129	原	83	哉	102	燥	378
優	46	唷	113	寓	170	員	105	栽	303	皂	410
幽	196	**yū**		尉	174	圜	123	災	368	躁	568
悠	219	淤	351	御	212	圓	123	**zāng**		造	581
憂	226	迂	576	愈	224	垣	128	臢	559	造	582
yóu		**yūn**		慾	226	援	257	髒	655	**zēng**	
尤	178	暈	289	欲	321	源	356	**zāo**		增	135
柚	302	**yú**		浴	346	猿	387	糟	452	憎	228
油	339	于	15	獄	387	緣	464	遭	589	曾	292
游	355	娛	155	玉	389	袁	524	**zá**		**zé**	
猶	387	愚	224	癒	407	轅	573	砸	423	則	66
由	399	愉	225	禦	430	**yuǎn**		雜	628	擇	264
遊	587	於	280	籲	448	遠	588	**zán**		澤	364
郵	595	榆	311	育	480	**yuàn**		咱	103	責	553
鈾	603	渝	354	與	491	怨	216	**záo**		**zéi**	
魷	660	漁	360	芋	495	苑	498	鑿	612	賊	556
yǒng		瑜	394	裕	526	院	622	**zǎi**		鰂	662
勇	72	禹	430	諭	545	願	643	仔	22	**zěn**	
恿	220	輿	573	譽	548	**yuē**		宰	168	怎	216
永	333	逾	587	豫	551	曰	291	崽	185	**zèng**	
泳	341	餘	648	遇	585	約	453	載	571	贈	559
涌	347	魚	660	郁	593	**yuè**		**zǎo**		**zhā**	
湧	355	**yún**		預	640	岳	183	早	282	喳	111
蛹	517	云	16	鬱	658	嶽	186	棗	310	查	302
詠	537	勻	75	籲	659	悅	220	澡	364	楂	310
踴	566	紜	454			月	293	藻	512	渣	353
		耘	475					蚤	515		

zhǎng	蜇 516	**zhèn**	旨 282	粥 450	**zhǔn**	撞 263

zhǎng		**zhèn**			**zhǔn**	
掌 255	蜇 516	圳 124	旨 282	粥 450	准 58	撞 263
漲 361	遮 590	振 249	止 323	舟 493	準 356	狀 385
長 613	**zhēn**	賑 556	祉 427	週 584	**zhù**	**zhuī**
zhǎo	偵 39	鎮 608	紙 455	**zhóu**	住 28	椎 309
找 238	幀 192	陣 621	趾 563	軸 570	助 71	追 578
沼 341	斟 278	震 632	帯 672	**zhǒng**	柱 302	錐 606
爪 379	珍 390	**zhèng**	**zhì**	種 434	注 340	**zhuì**
zhà	真 417	掙 253	制 65	腫 485	祝 428	墜 135
柵 302	貞 552	政 270	幟 193	**zhǒu**	箸 444	綴 462
榨 313	針 602	正 323	志 214	帚 191	築 446	**zhuō**
炸 369	**zhēng**	症 404	摯 261	肘 479	著 502	拙 244
詐 537	征 208	證 547	擲 267	**zhòng**	蛀 515	捉 249
zhài	徵 213	鄭 595	智 288	中 10	註 537	桌 306
債 42	掙 253	**zhe**	治 342	仲 23	貯 555	**zhuó**
寨 170	正 324	着 419	滯 359	眾 418	鑄 611	卓 79
zhàn	爭 379	**zhī**	炙 368	種 434	駐 652	啄 108
佔 26	睜 419	之 12	痔 405	衆 521	**zhuā**	濁 364
戰 233	箏 445	吱 96	秩 432	重 599	抓 239	灼 368
棧 309	蒸 507	支 268	稚 433	重 600	**zhuān**	琢 393
湛 352	**zhé**	枝 299	窒 438	**zhòu**	專 173	着 418
站 439	哲 104	汁 334	緻 464	咒 99	磚 426	茁 499
綻 462	折 239	知 421	置 469	宙 165	**zhuāng**	著 503
蘸 513	摺 261	織 466	至 490	晝 287	妝 152	酌 596
顫 643	蜇 516	肢 480	致 490	皺 411	椿 313	鐲 611
zhàng	蟄 519	脂 482	製 527	驟 654	莊 502	**zī**
丈 4	轍 574	芝 497	誌 540	**zhū**	裝 527	吱 96
仗 21	**zhě**	蜘 517	識 547	朱 297	**zhuǎ**	咨 104
帳 192	者 474	隻 626	質 558	株 304	爪 379	姿 154
杖 298	**zhěn**	**zhí**	質 558	珠 391	**zhuǎn**	滋 355
漲 361	枕 300	侄 31	鷙 666	蛛 516	轉 573	茲 501
脹 484	疹 405	值 35	**zhōng**	誅 539	**zhuài**	諮 545
賬 557	診 537	執 130	中 9	諸 542	拽 246	資 556
障 625	**zhěng**	姪 155	忠 215	豬 551	**zhuàn**	齜 675
zhào	拯 248	植 308	終 456	**zhú**	傳 43	**zǐ**
兆 49	整 275	殖 326	衷 525	燭 378	傳 43	仔 22
召 91	**zhè**	直 414	鍾 608	竹 441	撰 263	姊 153
照 373	浙 344	職 478	鐘 610	逐 581	賺 558	子 159
罩 469	蔗 508	**zhǐ**	**zhōu**	**zhǔ**	轉 574	滓 358
趙 562	這 582	只 89	周 102	主 11	**zhuàng**	籽 449
zhē	**zhèi**	址 126	州 186	囑 119	壯 137	紫 457
折 239	這 583	指 247	洲 344	煮 371	幢 193	**zì**
				矚 421		字 160

漬	358	踪	566	**zòu**		**zú**		**zuān**		醉	598	**zuò**	
自	488	蹤	567	奏	147	卒	80	鑽	612	**zuó**		作	26
zi		**zǒng**		**zū**		族	280	**zuàn**		昨	285	做	39
子	159	總	465	租	432	足	563	鑽	612	琢	393	坐	127
zōng		**zǒu**		**zūn**		**zǔ**		**zuǐ**		**zuǒ**		座	198
宗	164	走	560	尊	174	祖	427	嘴	117	佐	25		
棕	310	**zòng**		樽	317	組	456	**zuì**		左	188		
綜	462	粽	451	遵	591	阻	619	最	55	撮	262		
		縱	465	鱒	663			罪	469				

總筆畫檢索表

一畫

一	1
乙	13

二畫

(一)

二	15
丁	3
十	78
七	3

(丨)

卜	80

(丿)

人	18
入	51
八	52
九	13
几	59
匕	76

(フ)

刁	60
了	14
乃	12
刀	61
力	70
又	84

三畫

(一)

三	3
于	15
干	193
土	124
士	137
工	187
才	235
下	4
寸	173
丈	4
大	140
兀	47

(丨)

上	4
小	176
口	87
山	182
巾	190

(丿)

千	78
乞	13
川	186
凡	11
丸	11
久	12
勺	75
及	86
夕	138

(丶)

亡	17
丫	9
之	12

(フ)

己	189
已	189
巳	189
弓	202
子	159
孑	159
孓	159
也	13
女	149
刃	61
叉	85

四畫

(一)

王	389
井	16
天	143
夫	144
元	47
云	16
丐	5
木	296
五	16
支	268
不	5
太	145
犬	384
友	85
尤	178
歹	325
匹	77
厄	82
巨	188
牙	381
屯	182
戈	231
比	329
互	16
切	61
瓦	395

(丨)

止	323
少	177
日	281
曰	291
中	10
內	51
水	332

(丿)

午	78
手	235
牛	382
毛	329
壬	137
升	78
夭	145
仁	19
什	20
仃	20
片	381
仆	20
仇	20
化	76
仍	20
斤	278
爪	379
反	85
介	20
父	380
今	21
凶	59
分	61
乏	12
公	52
勻	75
月	293
氏	330
勿	75
欠	320
丹	11
勾	75

(丶)

六	53
文	276
方	279
火	367
斗	277
戶	234
冗	56
心	213

(フ)

尺	179
弔	202
引	202
丑	8
孔	159
巴	189
以	21
允	48
予	14
毋	328
幻	196

五畫

(一)

玉	389
刊	62
未	296
末	296
示	426
打	236
巧	187
正	323
卉	79
扒	237
功	70
扔	237
去	84
甘	396
世	8
古	88
本	297
可	88
丙	8
左	188
右	89
石	422
布	190
戊	231
平	194

(丨)

卡	80
北	76
凸	59
占	81
且	9
旦	282
目	414
叮	89
甲	399
申	399
田	399
由	399
只	89
叭	90
史	90
央	145
兄	48
叱	90
叼	90
叩	90
另	90
叨	90
冊	55
皿	411
凹	59
囚	119
四	120

(丿)

生	397
失	145
矢	421
禾	431
丘	9
仕	21
付	21
仗	21
代	21
仙	22
白	409
仔	22
他	22
斥	278
瓜	395
乎	12
令	22
用	398
甩	398
印	81
句	91
匆	75
册	55
犯	384
外	138
冬	56
包	75

(丶)

主	11
市	190
立	439

字	頁	字	頁	字	頁	字	頁	字	頁	字	頁	字	頁
玄	389	扣	237	同	92	全	51	安	163	攻	269	豕	551
半	79	托	237	吊	93	合	93	（フ）		赤	559	尬	178
汀	334	考	474	吃	93	兆	49	那	593	折	239	（丨）	
汁	334	圳	124	因	120	企	24	弛	203	抓	239	步	324
穴	436	老	473	吸	97	兇	49	阱	619	扮	239	肖	479
它	162	圾	126	屹	183	肌	479	阮	619	孝	160	旱	283
必	214	地	125	帆	190	肋	479	收	269	坎	126	盯	414
永	333	扠	237	回	121	朵	297	阪	619	均	126	呈	95
（フ）		耳	475	肉	479	危	81	防	619	坍	126	貝	552
司	91	共	53	（丿）		旨	282	丞	9	抑	239	見	530
尼	179	朽	297	年	195	旬	282	奸	150	投	239	助	71
民	330	臣	488	朱	297	旭	283	如	150	坑	127	里	599
弗	203	吏	92	先	49	匈	76	妃	150	抗	240	呆	95
弘	203	再	55	廷	201	各	94	好	150	坊	127	吱	96
疋	403	西	529	舌	492	名	94	她	151	抖	240	吠	96
出	59	戌	231	竹	441	多	139	羽	472	志	214	呀	96
阡	618	在	126	伕	22	色	495	牟	382	扭	240	足	563
奶	149	有	293	乒	12	（丶）		巡	576	把	240	男	400
奴	149	百	410	兵	12	冰	56			抒	241	困	121
加	70	存	159	休	22	亦	17	**七畫**		劫	71	吵	96
召	91	而	474	伍	23	交	17			克	50	串	10
皮	411	匠	77	伎	23	次	321	（一）		杆	297	呐	96
孕	159	灰	368	伏	23	衣	523	弄	201	杜	298	呂	96
台	91	成	231	臼	490	充	49	玖	390	材	298	吟	96
矛	421	列	62	伐	23	妄	149	迂	576	村	298	吩	96
母	328	死	326	延	201	羊	470	形	206	杖	298	吻	97
幼	196	成	231	仲	23	米	449	戒	232	杏	298	吹	97
		夷	146	件	23	州	186	吞	95	巫	188	吳	97
六畫		邪	592	任	23	汗	334	扶	238	李	298	呎	97
		划	63	份	24	污	334	技	238	权	298	吧	97
（一）		至	490	仰	24	江	334	扼	238	求	333	吼	97
邦	593	（丨）		仿	24	汕	334	拒	241	車	569	别	63
丢	9	此	324	伙	24	汲	336	找	238	甫	399	吮	97
式	202	尖	177	自	488	汛	334	批	238	更	292	删	63
刑	62	劣	71	伊	24	池	335	芋	495	束	298	（丿）	
邢	592	光	48	血	520	汉	335	址	126	吾	95	牡	382
戎	231	吁	92	向	93	忙	214	扯	238	豆	550	告	98
扛	237	早	282	似	26	宇	162	走	560	酉	595	牠	382
寺	173	吐	92	后	93	守	162	抄	238	辰	575	我	232
艾	495	吋	92	行	521	宅	163	芒	495	否	95	利	63
吉	91	曲	291	舟	493	字	160	芝	497	夾	146	秃	431

秀	431	邱	593	快	215	**八畫**		拉	244	奈	146	咄	100
私	431	甸	400	完	163			幸	195	奔	147	咖	100
迄	576	免	50	宋	164	（一）		拌	244	奇	147	岸	183
每	328	狂	384	宏	164	奉	146	拂	244	奄	147	岩	183
兵	54	狄	385	牢	382	玩	390	拙	244	來	29	帖	190
邱	593	角	532	究	436	武	324	招	244	妻	152	帕	190
估	25	删	63	良	494	青	634	坡	128	到	64	岡	183
何	25	卵	81	初	64	玫	390	披	245	（丨）		（丿）	
佐	25	炙	368	社	427	表	524	抃	245	非	634	制	65
佑	25	刨	64	祀	427	抹	241	抬	245	叔	86	知	421
佈	25	系	452	罕	469	長	612	亞	16	歧	324	氛	331
佔	26	（丶）		（フ）		卦	81	拇	245	肯	480	垂	128
但	26	言	533	君	98	坷	127	拗	245	些	16	牧	382
伸	26	亨	17	即	81	拓	241	其	54	卓	79	物	382
作	26	庇	196	迅	576	拔	242	耶	475	虎	513	乖	13
伯	27	吝	98	屁	179	抛	242	取	86	尚	178	刮	65
伶	27	冷	57	尿	179	坪	127	昔	283	旺	283	和	100
佣	27	序	197	尾	179	抨	242	直	414	具	54	季	160
低	27	辛	574	局	179	芙	495	枉	299	味	98	委	153
你	28	肓	479	改	270	拈	242	林	299	果	301	秉	431
住	28	冶	57	忌	214	芽	496	枝	299	昆	283	佳	29
位	28	忘	214	阿	619	花	496	杯	299	咁	99	侍	30
伴	28	判	64	壯	137	芹	496	枇	299	哎	102	岳	183
身	568	灼	368	妝	152	芥	496	杵	299	咕	99	佬	30
皂	410	弟	203	阻	619	芬	496	枚	299	昌	283	供	30
伺	28	汪	335	附	620	芳	497	析	299	門	613	使	30
佛	29	沐	335	陀	620	坦	127	板	300	呵	99	佰	30
囪	122	沛	335	妙	152	坤	127	松	300	明	283	例	30
役	207	汰	335	妖	152	押	242	杭	300	易	284	兒	50
彷	207	沌	335	姊	153	抽	242	枕	300	昂	284	版	381
希	190	沙	335	妨	152	拐	243	杷	300	典	54	侄	31
兌	50	沖	335	妒	152	芭	497	軋	569	固	122	岱	183
坐	127	汽	336	妞	152	拖	243	東	300	忠	215	佩	31
谷	549	沃	336	努	71	拍	243	或	232	咀	99	侈	31
妥	151	汾	336	邵	593	者	474	卧	488	呻	99	依	31
含	98	泛	340	忍	215	拆	243	事	15	咒	99	併	31
岔	183	沈	337	災	368	拎	243	刺	64	咐	99	帛	191
肝	479	沉	337			抵	243	兩	51	呱	99	卑	79
肚	479	決	337			拘	243	雨	630	呼	100	的	410
肛	479	沒	336			抱	244	協	79	咚	100	阜	618
肘	479	忱	215			垃	127	郁	593	呢	100	欣	321

近	577	底	197	性	217	妮	153	范	499	勃	71	星	285
征	208	疢	404	怕	217	始	154	拽	246	軌	569	昨	285
往	208	卒	80	怪	217	帑	191	哉	102	要	529	咧	103
爬	379	郊	593	怡	217	弩	203	苴	499	酊	596	咦	103
彿	208	庚	197	宗	164	姆	154	茄	499	柬	303	昭	286
彼	208	妾	153	定	164	糾	452	苔	499	咸	102	畏	400
所	234	盲	415	宜	164			茅	499	威	154	趴	563
返	577	放	270	宙	165	**九畫**		挺	250	歪	325	胃	481
舍	492	刻	65	官	165			括	246	研	422	界	400
金	601	於	280	空	436	（一）		郝	594	頁	638	虹	515
命	101	育	480	宛	165	契	147	垢	128	厘	83	迪	577
斧	278	氓	331	郎	594	奏	147	拴	246	厚	83	思	216
爸	380	券	65	肩	480	春	284	拾	246	砌	423	品	103
采	599	卷	82	房	234	珀	390	挑	247	砂	423	咽	103
受	86	並	9	衫	524	珍	390	指	247	砍	423	咱	103
爭	379	炬	369	衩	524	玲	390	拼	247	面	635	哈	103
乳	13	炒	368	祉	427	珊	390	挖	248	耐	474	哆	104
念	215	炊	369	祈	427	玻	391	按	248	耍	475	咬	104
忿	215	炎	369			毒	329	挪	250	殃	326	咳	104
肺	480	沫	338	（フ）		型	128	拯	248	殆	326	咪	104
肢	480	法	338	建	201	拭	245	某	301	皆	411	哪	106
朋	294	泄	339	帝	191	封	173	甚	396	毖	329	炭	369
股	480	河	339	屆	179	持	246	革	635	勁	72	峇	183
肪	480	沾	339	居	180	拷	246	巷	189	（丨）		峋	183
肥	480	油	339	刷	65	拱	246	故	271	韭	637	骨	655
服	294	況	339	屈	180	垣	128	胡	480	背	481	幽	196
周	102	泅	339	弧	203	垮	128	南	80	貞	552		
昏	284	泊	340	弦	203	挎	246	柑	301	虐	513	（丿）	
兔	50	沿	340	承	241	城	128	枯	301	省	416	卸	82
狐	385	泡	340	孟	160	茉	497	柄	301	削	66	缸	468
忽	215	注	340	陋	620	苦	497	查	301	昧	285	拜	245
狗	385	泣	341	狀	385	苛	497	相	415	是	285	看	416
炙	368	泌	341	陌	620	政	270	柚	302	則	66	矩	422
迎	577	泳	341	孤	161	若	498	柵	302	盼	416	迭	577
（丶）		泥	341	降	620	赴	560	柏	302	眨	417	怎	216
冽	57	沸	341	函	60	赳	560	柳	302	哇	102	牲	383
京	18	沼	341	限	621	茂	498	柱	302	哄	102	秒	431
享	18	波	342	妹	153	苗	498	柿	302	冒	55	香	650
店	197	治	342	姑	153	英	498	述	577	閂	613	秋	431
夜	140	怯	217	姐	152	苟	498	枷	303	映	285	科	431
府	197	怖	217	姍	153	苑	498	枱	303	禺	430	重	599
				姓	153							竿	441

段	327	勉	72	洞	342	韋	637	珠	391	捅	250	殉	326
便	32	風	644	洗	342	眉	417	班	391	埃	129	致	490
俠	32	炗	385	活	342	陝	621	素	453	挨	251	晉	286
修	36	狠	385	派	343	孩	161	匿	77	絭	454	（｜）
俏	32	怨	216	洽	343	陛	621	匪	77	耿	475	柴	306
保	32	急	216	染	303	除	621	栽	303	耽	476	桌	306
促	33	（丶）		洶	343	院	622	埔	128	恥	218	虔	513
侶	33	計	534	洛	343	娃	154	捕	248	恭	218	時	286
俄	33	訂	534	洋	343	姥	154	悟	249	晉	286	畢	401
俐	33	訃	534	洲	344	姨	155	馬	651	真	417	晒	287
侮	33	哀	104	津	344	姪	155	振	249	框	304	財	553
俗	33	亭	18	恃	218	姻	155	挾	249	梆	306	眠	417
俘	34	亮	18	恆	218	姚	155	荊	499	桂	304	晃	287
係	34	度	197	恢	219	姣	155	埗	128	桔	304	哺	105
信	34	奕	147	恍	219	娜	155	茜	499	桐	304	哽	105
皇	410	弈	202	恤	219	怒	217	荏	499	株	304	閃	613
泉	338	庭	198	恰	219	架	303	起	560	栓	304	唔	105
鬼	659	疫	404	恨	219	迢	578	草	499	桃	304	剔	67
迫	578	疤	404	宣	165	迦	578	茵	500	桅	304	蚌	515
侵	34	咨	104	宦	165	飛	645	茶	500	格	305	畔	400
禹	430	姿	154	室	165	盈	412	茗	500	校	305	蚣	515
侯	35	音	637	突	437	勇	72	荒	500	核	305	蚊	515
帥	191	帝	191	穿	437	怠	217	捎	249	根	305	哨	105
俊	35	施	280	客	165	癸	408	茫	500	索	454	員	105
盾	417	差	188	冠	56	蚤	515	捍	249	軒	570	哩	105
待	208	美	470	軍	570	柔	303	捏	249	哥	105	圃	122
徊	208	姜	154	扁	234	紅	452	貢	553	鬲	658	哭	106
徇	208	叛	87	祖	427	約	453	埋	128	栗	306	哦	106
衍	522	籽	449	神	427	級	455	捉	249	酌	596	恩	218
律	209	前	66	祝	428	紀	453	捆	249	配	596	盎	412
很	209	酋	596	祕	428	紉	453	捐	250	翅	472	哼	106
後	209	首	649	祠	428			袁	524	辱	575	唧	107
剎	66	炳	369	（フ）		**十畫**		捌	250	唇	105	啊	109
卻	82	炸	369	郡	594			姑	501	夏	138	唉	107
食	646	炮	369	既	281	（一）		荔	501	砸	423	唆	107
盆	411	炫	369	屍	180	耕	475	茲	501	砰	423	豈	550
胚	481	剃	67	屋	180	耘	475	都	594	破	423	峽	183
胞	481	為	370	屏	180	耗	475	哲	104	原	83	峭	183
胖	481	洪	342	屎	180	泰	338	挫	250	套	148	峨	184
胎	481	柒	303	陡	621	秦	432	挽	250	烈	370	峯	184
負	552	洩	342	陣	621	鬥	658	恐	218	殊	326	迴	578

峻 184	射 173	留 400	迸 579	朗 295	紛 454	堆 129
剛 67	躬 569	(丶)	拳 248	扇 234	紙 455	推 252
(丿)	息 218	討 534	送 579	袖 525	紋 455	頂 638
缺 468	島 184	訖 534	粉 449	袍 525	紡 455	埠 129
氧 331	烏 370	託 534	料 277	被 525	紐 455	掀 253
氣 331	倔 38	訓 535	迷 579	祥 429		逝 580
特 383	師 191	訊 535	益 412	冥 56	十一畫	捨 253
郵 595	追 578	記 535	兼 54	冤 56		掄 253
乘 13	徒 210	凌 57	逆 579	(フ)	(一)	採 253
秤 432	徑 210	凍 58	烤 370	書 292	彗 206	授 253
租 432	徐 210	凄 58	烘 370	退 580	球 391	掙 253
秧 432	殷 327	衰 524	烙 371	展 181	責 553	教 271
秩 432	般 493	畝 400	浙 344	屑 181	現 391	掏 253
秘 432	航 493	衷 525	酒 596	弱 203	理 391	掐 254
笑 441	釘 601	高 656	涇 344	陸 622	琉 392	培 129
笆 441	針 602	郭 594	涉 344	陵 622	琅 392	接 254
俸 35	殺 327	席 191	消 344	陳 622	規 530	執 130
倩 35	拿 248	庫 198	涅 345	奘 148	捧 251	捲 254
倖 35	逃 579	准 58	浩 345	孫 161	掛 251	控 254
借 35	釜 602	座 198	海 345	崇 428	堵 129	探 255
值 35	爹 380	症 404	浴 346	陰 622	措 251	掃 255
倆 35	舀 490	病 404	浮 346	陶 623	描 255	掘 255
倚 36	豺 552	疾 404	流 346	陷 623	域 129	基 130
俺 36	豹 552	疹 405	涕 347	陪 623	捺 251	聆 476
倒 36	奚 148	疼 405	浪 347	姬 155	掩 251	勘 72
條 307	倉 39	疲 405	浸 347	娟 155	捷 252	聊 476
倘 37	飢 646	脊 482	涌 347	恕 219	排 252	娶 156
俱 37	翁 472	效 271	悟 220	娛 155	華 502	勒 72
們 37	胰 482	紊 455	悄 220	娥 155	焉 371	乾 14
倡 37	胱 482	唐 107	悍 220	娩 155	掉 252	械 306
個 37	胭 482	凋 58	悔 220	娘 155	莢 501	彬 207
候 38	脈 482	瓷 396	悅 220	婀 156	莽 501	婪 156
俾 38	脆 482	站 439	害 166	脅 483	莖 501	梗 306
倫 38	脂 482	剖 67	家 166	能 483	莫 501	梧 307
隻 626	胸 482	部 594	宵 167	務 73	莉 501	梢 307
俯 38	胳 483	旁 280	宴 167	桑 306	莓 501	桿 307
倍 38	狹 385	旅 280	宮 167	剝 67	荷 501	梅 307
傲 38	狽 386	畜 401	窄 437	紜 454	莞 502	麥 668
倦 38	狸 386	羞 471	容 167	純 454	莊 502	梳 307
健 41	狼 386	羔 471	宰 168	紗 454	捶 257	梯 307
臭 490	卿 82	瓶 396	案 306	納 454	赦 560	

桶	307	晨	287	崑	184	皎	411	訛	536	淋	348	寄	168
梭	307	眺	417	崗	184	假	41	訟	536	涯	349	寂	168
紮	455	敗	272	崔	184	偉	41	設	536	淹	349	宿	168
救	272	販	553	崙	184	術	522	訪	536	淒	349	窒	438
軛	570	貶	554	崩	185	徘	210	這	582	渠	353	密	169
斬	278	眼	418	崇	185	徙	210	訣	536	淺	349	啟	273
軟	570	野	600	崛	185	得	210	毫	330	淑	349	啓	110
連	580	啪	107	圈	123	從	211	烹	371	淌	349	袱	526
專	173	啦	107	（丿）		舶	493	麻	668	混	349	視	530
曹	292	啞	108	氫	332	船	494	痔	405	涸	350	（フ）	
速	581	喵	108	造	581	舷	494	疵	405	渦	354	晝	287
副	67	閉	614	甜	396	舵	494	產	398	淮	350	敢	273
區	77	問	108	梨	307	敘	273	痊	405	淪	350	尉	174
堅	130	曼	87	犁	383	斜	277	痕	405	淆	350	屠	181
豉	550	晦	287	移	432	途	582	廊	199	淫	350	雁	181
逗	581	冕	55	透	582	釦	602	康	198	淨	350	張	204
票	428	晚	287	動	72	釣	602	庸	198	淘	350	強	204
酗	596	啄	108	笨	441	盒	413	鹿	667	涼	350	隋	623
脣	483	啡	108	笛	441	悉	220	章	440	淳	351	蛋	516
戚	232	異	401	笙	441	欲	321	竟	440	液	351	階	623
帶	191	距	563	符	442	彩	207	商	110	淤	351	隈	624
奢	148	趾	563	第	442	覓	530	族	280	淡	351	陽	624
盔	412	啃	108	敏	272	貪	553	旋	281	淙	351	隆	624
爽	380	略	401	做	39	翎	472	望	295	淀	351	隊	624
逐	581	蛀	515	偕	39	貧	554	率	389	淚	351	娼	156
盛	412	蛇	515	袋	525	脖	483	牽	383	深	351	婢	156
匾	78	累	456	偵	39	豚	551	着	418	涮	352	婚	156
雪	630	鄂	594	悠	219	脫	483	羚	471	涵	352	婉	156
頃	638	唱	108	側	39	魚	660	眷	418	婆	156	婦	156
（｜）		國	122	偶	39	象	551	粘	449	梁	308	習	472
鹵	667	患	219	偎	40	猜	386	粗	449	情	221	翌	472
彪	513	唾	112	傀	42	逛	582	粕	449	悽	222	通	583
處	513	唯	109	偷	40	凰	59	粒	449	悼	222	惠	220
雀	627	啤	109	您	220	猖	386	剪	68	惕	222	參	84
逍	581	啥	109	貨	553	猛	386	敝	273	惟	222	貫	554
堂	131	唸	109	售	110	逢	582	焊	371	惚	222	鄉	595
常	192	唰	109	停	40	夠	140	烽	371	惦	222	組	456
眶	417	帳	192	偽	40	祭	429	焗	371	悴	222	紳	456
匙	76	崖	184	偏	40	（、）		清	347	惋	222	細	457
逞	581	崎	184	鳥	664	訝	535	添	348	寇	168	終	456
晤	287	眾	418	兜	50	許	535	淇	348	寅	168		

絆	457	菩	504	戟	232	雄	627	蛙	516	程	433	鈉	602
紹	457	萍	504	朝	295	雲	630	蛛	516	稀	433	欽	321
巢	186	菠	504	喪	110	雅	627	蜓	516	黍	670	鈞	602
		堤	131	辜	574	（丨）		勛	73	稅	433	鈎	602
十二畫		提	256	棒	308	悲	221	喝	111	喬	113	鈕	602
		場	131	棱	308	紫	457	喂	112	筐	442	殷	327
（一）		揚	256	棋	308	虛	514	單	112	等	442	番	401
貳	554	揖	257	椰	310	犈	672	喘	112	策	442	爺	380
琵	393	博	80	植	308	敞	274	嗖	113	筒	442	傘	42
琴	393	揭	257	森	308	棠	310	喉	113	筏	442	禽	430
琶	393	喜	110	焚	371	掌	255	喻	113	筵	445	舜	493
琪	393	彭	207	棟	309	晴	288	喚	113	答	443	創	68
琳	393	揣	257	椅	309	喫	111	啼	113	筋	443	鈍	646
琢	393	菇	504	棲	309	暑	288	喧	113	筍	443	飪	646
琥	393	插	257	棧	309	最	55	喔	113	筆	443	飯	646
斑	277	揪	257	椒	309	晰	288	喲	113	傲	42	飲	647
替	292	搜	257	棵	309	量	600	嵌	185	備	42	脹	484
款	321	塊	133	棍	309	睏	418	幅	192	傅	42	脾	484
堯	131	煮	371	椎	309	貼	554	凱	59	牌	381	腋	484
堪	131	達	584	棉	309	貯	555	幀	192	貸	555	腑	484
搽	258	援	257	棚	310	鼎	673	買	555	順	639	勝	73
塔	132	換	258	棕	310	喃	111	帽	192	堡	132	腔	484
搭	258	裁	525	棺	310	喳	111	崽	185	傑	42	腕	484
揀	256	搓	260	極	311	閏	614	嵐	185	集	627	週	584
項	639	報	132	軸	570	開	614	嵋	185	焦	373	逸	585
揩	256	揮	258	惠	221	閑	616	黑	670	進	584	猢	386
揹	256	壹	137	甦	398	晶	288	圍	123	傍	42	猩	386
著	502	殼	327	惑	221	間	616	過	586	傢	42	猥	387
菱	503	壺	137	腎	483	閒	616	（丿）		皓	411	猴	386
越	561	握	258	粟	450	悶	223	甥	398	衆	521	猶	387
趁	561	搔	260	棗	310	喇	111	無	371	街	522	然	373
超	561	揉	258	棘	310	喊	111	犅	255	御	212	貿	555
萋	503	惡	220	酣	596	喱	111	短	422	復	212	（丶）	
菲	503	斯	278	酥	597	景	288	智	288	徨	212	評	536
萌	503	期	295	硬	424	晾	288	毯	330	循	212	詐	537
菌	503	欺	321	硯	424	跋	563	氮	332	須	639	訴	537
萎	503	黃	669	硫	424	跌	563	鍵	330	艇	494	診	537
菜	503	散	273	雁	627	跑	563	犄	384	舒	492	註	537
萄	504	惹	223	殖	326	跎	564	剩	68	鈣	602	詠	537
菊	504	募	74	殘	326	跛	564	稍	433	鈍	602	詞	537
萃	504	敬	274	裂	526	貴	555	稈	433	鈔	602	馮	651

就	178
敦	274
廂	199
廁	199
斌	277
痘	405
痙	405
痢	405
痛	406
童	440
竣	440
棄	310
善	114
翔	472
普	288
尊	174
奠	148
曾	292
焰	373
勞	74
湊	352
湛	352
港	352
湖	352
渣	353
湘	353
渤	353
減	353
渺	353
測	353
湯	353
溫	354
渴	354
渭	354
滑	356
湃	354
淵	354
渝	354
渙	355
盜	413
渡	355

游	355
滋	355
渲	355
渾	355
溉	355
湧	355
慌	225
惰	225
愣	225
惶	225
愧	226
愉	225
慨	225
惱	225
割	68
寒	169
富	169
寓	170
窖	438
窗	438
補	526
袱	526
裡	526
裕	526
裙	527
禍	429
祿	429

（ㄱ）

尋	175
畫	402
逮	585
犀	384
費	555
粥	450
疏	403
靭	637
隔	624
隙	625
隕	625
隘	625
媒	156

絮	457
嫂	157
媚	157
婿	157
賀	555
登	408
發	408
綁	459
絨	457
結	457
給	458
絢	458
絡	458
絞	459
統	459
絕	459
絲	459
幾	196

十三畫

（一）

瑟	393
瑚	393
瑞	393
瑰	394
瑜	394
瑕	394
瑙	394
頑	639
魂	659
肆	478
摸	260
填	132
載	570
搏	258
馱	651
馴	651
馳	651
葉	504
葫	504

葬	504
萬	504
葛	505
萼	505
董	505
葡	505
葱	505
蒂	505
落	505
葷	506
塌	133
損	258
鼓	673
葦	506
葵	506
攜	259
搗	259
蜇	516
搬	259
勢	74
搶	259
搖	259
搞	259
塘	133
搪	260
達	585
搠	260
聖	476
聘	476
斟	278
勤	74
靴	636
墓	134
幕	192
夢	140
幹	195
禁	429
楂	310
楚	310
楷	311
楊	311

想	223
槐	312
槌	312
榆	311
嗇	114
楓	311
概	311
椽	312
裘	526
較	571
逼	585
賈	556
酪	597
酩	597
酬	597
感	223
碘	424
碑	424
碉	424
碎	424
碰	424
碗	424
碌	424
匯	77
電	630
雷	631
零	631
雹	631
頓	639
盞	413

（丨）

督	419
歲	325
虜	514
業	312
當	402
睛	419
睹	419
睦	419
瞄	419
睫	419

睡	420
賊	556
賄	556
賂	556
睬	419
睜	419
嗎	114
嗜	114
嘩	115
鄙	595
嗦	114
閘	616
黽	672
遇	585
愚	224
暖	289
盟	413
煦	373
歇	322
遏	585
暗	289
暈	289
暇	289
號	514
照	373
畸	403
跨	564
跳	564
跺	564
跪	564
路	564
跡	565
跤	565
跟	565
園	123
蜈	516
蜆	516
蛾	516
蛻	516
蜂	516
蛹	517

農	576
嗯	114
嗅	114
嗚	115
嗡	115
嗤	115
嗓	115
署	469
置	469
罪	469
罩	469
蜀	517
嵩	185
圓	123
航	655

（丿）

矮	422
稚	433
稠	433
愁	224
筥	443
筷	444
節	444
與	490
債	42
僅	42
傳	43
毀	328
舅	491
鼠	674
傾	43
煲	373
催	44
賃	556
傷	44
傻	44
像	45
傭	44
躲	569
鳧	664
魁	659

粵	450	煞	374	煉	374	媳	157	蔭	508	酸	597	嘛	115
奧	148	**（、）**		煩	374	嫉	157	蒸	507	屬	83	嶄	185
遁	585	試	538	煌	375	嫌	157	赫	560	碟	425	嶇	185
衙	522	詩	538	煥	375	嫁	157	截	233	厭	83	罰	469
微	212	誇	538	溝	356	預	640	誓	540	碩	425	圖	124
鉗	603	詼	538	漠	358	彙	206	境	134	碳	425	骷	655
鉀	603	誠	538	滇	356	經	459	摘	260	磋	425	**（丿）**	
鈾	603	誅	539	滅	356	絹	460	摔	261	磁	425	舞	493
鉑	603	話	539	源	356			墊	134	爾	380	製	527
鈴	603	誕	543	滌	360	**十四畫**		撇	261	奪	148	犒	384
鉛	603	詮	539	準	356			壽	137	需	631	舔	492
鉤	603	詭	539	塗	133	**（一）**		摺	261	霆	632	種	434
逾	587	詢	539	滔	357	瑪	394	摻	261	**（丨）**		稱	434
愈	224	詣	539	溪	357	瑣	394	聚	476	翡	473	熏	375
會	293	該	539	滄	357	碧	425	慕	226	雌	627	箸	444
愛	224	詳	539	溜	357	瑤	394	暮	290	對	175	箕	444
亂	14	詫	540	溢	357	璃	394	摹	260	嘗	290	箋	444
飾	647	裏	526	溯	357	熬	376	榦	312	裳	527	算	444
飽	647	稟	434	溶	357	髦	657	熙	375	夥	140	箏	445
飼	647	廈	199	滓	358	摳	260	兢	51	賑	556	管	445
頒	640	廓	199	溺	358	駁	651	構	312	賒	557	僥	44
頌	640	痴	406	粱	450	蒜	506	樺	316	墅	134	僚	44
腩	484	痺	406	慎	226	蓋	506	模	313	嘆	115	僭	45
腰	485	痰	406	塞	133	蓮	507	榻	312	暢	289	僕	45
腸	485	廉	199	寞	170	趙	562	榭	312	閨	616	僑	45
腥	485	資	556	窩	438	趕	562	槍	312	聞	476	僧	45
腮	485	裔	526	窟	438	墟	134	榴	313	閩	616	僱	45
腫	485	新	278	運	588	蓓	506	槁	313	閱	617	鼻	674
腹	485	韵	638	遍	588	蒼	506	榜	313	閣	617	魄	659
腺	485	意	224	褂	527	蓬	508	榨	313	閤	617	魅	659
腳	485	剷	69	裸	527	蒡	507	榕	313	嘈	115	遞	589
腿	486	遊	587	福	429	蓄	507	輔	571	嗽	115	衛	603
腦	485	義	471	**（フ）**		蒲	507	輕	571	嘔	115	銬	603
詹	537	羨	471	肅	478	蒞	507	塹	134	遣	589	銅	604
釦	660	煎	374	羣	471	蓉	507	鞅	572	蜻	517	鋁	605
肄	478	道	587	殿	328	蒙	507	歌	322	蝸	518	銘	604
猿	387	遂	587	違	588	摟	260	監	413	蜘	517	銀	604
鳩	664	塑	133	裝	527	遠	588	緊	460	蜿	517	鄱	595
獅	387	慈	225	際	625	嘉	115	酵	597	螂	518	貌	552
解	532	煤	374	障	625	臺	490	酷	597	團	124	餌	647
猻	387	煙	374	媽	157	摧	260	酶	597	鳴	664	蝕	517

餉	647	彰	207	滲	361	緋	461	撮	262	甌	328	數	275
餃	647	竭	440	慚	227	綽	461	蔚	508	豎	550	嘹	116
餅	647	端	440	慳	227	綱	461	蔣	508	賢	557	影	207
領	640	齊	674	慢	227	網	461	賣	557	豌	550	踐	565
膜	486	旗	281	慷	227	維	461	撫	262	醋	597	踝	565
膊	486	養	647	慘	227	綿	461	熱	375	醃	598	踢	565
膀	486	精	450	慣	227	綵	461	播	262	醇	598	踏	565
鳳	664	鄰	595	寨	170	緔	462	擒	264	醉	598	踩	566
疑	404	粹	451	寬	171	綢	462	摯	636	碼	425	踪	566
颱	645	粽	451	賓	557	綜	462	墩	135	憂	226	踞	566
獄	387	鄭	595	寡	170	綻	462	撞	263	磅	425	蝶	517
獐	387	歎	322	窪	438	綴	462	撤	263	確	425	蝴	518
孵	161	弊	202	察	170	綠	462	摰	261	豬	551	蝠	518
遙	589	幣	192	蜜	517			增	135	震	632	蝗	518
遛	589	弊	205	寧	170	**十五畫**		撈	263	霄	632	蝙	518
（丶）		熄	375	寢	170			穀	434	霉	632	蝦	518
誠	540	榮	313	寥	171	（一）		撰	263	鴉	664	嘿	116
誌	540	熒	375	實	171	慧	226	撥	263	（丨）		噢	117
誣	540	熔	375	複	528	鬧	658	歐	322	輩	572	嘮	116
語	540	煽	375			靚	634	鞋	636	齒	675	嘰	116
誤	541	漬	358	（丆）		璀	394	鞍	636	劇	69	罵	469
誘	541	漢	358	劃	69	髮	657	椿	313	膚	486	罷	469
誨	541	潢	362	盡	413	撓	261	槽	314	慮	226	幢	193
說	541	滿	358	屢	181	墳	134	樞	314	輝	572	幟	193
認	541	漆	359	墮	135	撻	263	標	314	賞	557	嶙	185
誦	542	漸	359	隨	625	撕	262	樓	315	劊	69	墨	670
裹	527	漕	359	獎	149	撒	262	樊	315	瞌	420	骼	655
敲	274	漱	359	遜	589	駛	651	麹	668	暴	290	骸	655
豪	551	漂	359	墜	135	駒	652	橡	317	賦	557	（丿）	
膏	486	滯	359	隧	626	駐	652	樟	315	賬	557	靠	635
塾	134	漫	359	嫩	157	駝	652	樣	315	賭	557	稽	434
廣	199	漁	360	嫦	158	趣	562	樑	315	賤	558	稻	435
麼	669	滸	360	嫡	158	趟	562	橄	316	賜	558	黎	670
腐	484	滾	360	頗	641	撲	262	橢	317	賠	558	稿	435
瘟	407	滴	360	翠	473	蔓	507	輛	572	瞎	420	稼	435
瘦	406	漩	360	熊	375	蔑	508	暫	290	噴	116	箱	445
瘓	406	漾	360	態	226	蔔	508	輪	572	嘻	116	範	445
瘋	406	演	361	凳	59	蔡	508	輟	572	噎	116	箭	445
塵	134	滬	361	鄧	595	蔗	508	敷	274	嘶	116	篇	446
廖	199	漏	361	緒	460	蔽	508	遭	589	嘲	116	僵	45
辣	575	漲	361	綾	460	撐	262	歐	322	閱	617	價	45

※表中「綾」字後「綫」460 一項已列入。

儉 45	皺 411	澗 363	練 462	頤 641	鴨 665	儘 46
億 45	(丶)	潰 363	緘 462	樹 316	噤 116	衡 523
儀 46	請 542	澳 365	緬 462	橫 316	閹 617	艙 494
躺 569	諸 542	潘 363	緝 462	樸 317	噸 117	錶 606
皚 411	諾 544	潼 363	緞 463	橋 317	嘴 117	錯 606
樂 315	誹 542	澈 363	線 463	樵 317	踱 566	錨 607
僻 46	課 542	澇 363	緩 463	樽 317	蹄 566	錢 606
質 558	誰 543	澄 363	締 463	橙 317	蹉 566	錫 606
衝 523	調 543	潑 364	編 463	橘 317	蹋 566	鋼 606
德 213	論 544	憤 228	緣 464	機 317	遺 590	鍋 607
徵 213	諒 544	懂 228		輻 572	螞 518	錘 607
慫 226	談 544	憫 228	**十六畫**	輯 572	蟒 519	錐 606
徹 213	誼 544	憬 228		輸 572	螃 518	錦 606
衛 523	熟 376	憚 228	(一)	整 275	噹 117	錠 607
艘 494	廚 199	憔 228	靜 634	賴 558	器 117	鍵 608
盤 414	遮 590	懊 229	駱 652	融 518	噥 117	錄 607
舖 492	廟 200	憧 228	駭 652	頭 641	戰 233	鋸 607
鋪 604	摩 261	憐 228	撼 263	遷 589	噪 117	錳 607
銷 604	褒 528	憎 228	播 263	醒 598	鴛 665	墾 135
鋹 605	廠 200	寫 172	蕙 509	醜 598	嘯 117	餞 648
鋤 605	瘡 407	審 172	據 263	勵 74	噼 117	餛 648
鋰 605	瘤 407	窮 438	擄 264	磡 426	罹 470	餚 648
銹 605	慶 227	窯 438	蕪 509	磺 426	嶼 186	餡 648
銳 605	廢 200	翩 473	蕎 509	磚 426	默 671	館 649
銼 605	凛 58	褲 528	蕉 509	歷 325	黔 671	膩 487
鋒 605	凜 58	(フ)	蕃 509	曆 290	(丿)	膨 487
鋅 605	毅 328	熨 376	擋 264	奮 149	憩 227	膳 487
劍 69	敵 275	慰 227	蕩 509	頰 641	積 435	雕 628
劊 69	適 590	劈 69	蕊 509	遼 590	穆 435	穌 435
慾 226	糊 451	履 181	操 264	霓 632	頹 642	鮑 660
貓 552	導 176	層 181	蔬 509	霍 632	勳 74	獲 388
餓 648	憋 227	彈 205	擇 264	霎 632	築 446	穎 435
餘 648	瑩 394	漿 316	撿 264	頸 641	篩 446	獨 388
餒 648	潔 362	獎 387	擔 265	(丨)	篷 446	鴛 665
膝 486	澆 362	漿 361	壇 135	頻 641	篙 446	(丶)
膛 486	澎 362	險 626	擅 265	餐 648	舉 491	謀 545
膠 487	潮 362	嬉 158	擁 265	盧 414	興 491	諜 545
魷 660	潭 362	嬋 158	鞘 636	瞞 420	學 161	謊 546
魯 660	潦 362	嬌 158	燕 376	縣 464	儜 228	諧 545
颳 645	潛 362	駕 652	邁 591	曉 290	儒 46	謂 545
劉 69	潤 363	豫 551	擎 264	瞰 420	鴕 665	諭 545

諷	545	褸	528	擲	267	嚇	118	鍔	607	濤	365	藏	511
謠	545	禪	430	擦	266	闐	617	鍊	607	濫	365	薰	511
諺	545	（フ）		擰	266	闊	617	鍬	608	濡	365	蟄	673
謎	546	遲	591	聲	477	曙	290	鍾	608	盪	414	擺	266
憑	228	壁	135	聰	477	曖	290	鍛	608	濕	365	聶	478
磨	426	選	591	聯	477	蹈	566	鍍	608	濟	365	職	478
瘤	407	隱	626	艱	494	蹊	566	鎂	608	濱	365	鞦	636
凝	58	縛	464	鞠	636	蹓	566	龠	676	濘	366	鞭	636
親	531	繳	464	舊	492	螺	519	鴿	665	澀	366	繭	466
辨	575	縫	466	韓	637	蟋	519	爵	380	懦	230	檯	319
辦	575			隸	626	蟑	519	懇	229	豁	549	櫃	319
龍	676	**十七畫**		檬	319	蟀	519	餿	649	賽	559	檻	319
劑	70			檔	318	嘴	118	餼	649	禮	430	櫚	319
糙	452	（一）		檢	318	雖	628	朦	296	（フ）		檸	319
糖	451	璨	394	檜	319	嚎	118	膿	487	臀	487	轉	573
糕	451	環	394	檐	319	嚀	118	臉	487	臂	488	覆	529
遵	591	幫	193	檀	319	還	591	膽	487	避	592	醫	598
瞥	420	擡	265	轅	573	嶺	186	鮭	660	彌	205	礎	426
燒	377	聘	652	轄	573	嶽	186	鮫	660	孺	162	殯	327
燎	377	駿	652	輾	573	點	671	鮮	660	牆	381	霧	633
燃	377	薔	509	擊	265	黜	672	颶	645	翼	473	（丨）	
燉	377	薑	510	臨	488	黝	672	（丶）		嚓	118	叢	87
熾	377	趨	562	醢	598	（ノ）		謝	546	績	464	題	642
燊	377	蕾	510	壓	136	矯	422	謠	546	縷	464	瞼	420
螢	518	薯	510	礁	426	穗	435	謗	546	繃	464	瞻	421
營	378	薛	510	檻	178	黏	670	謙	546	總	465	闖	617
燈	377	薇	510	殮	327	魏	659	氈	330	縱	465	曠	291
濛	365	薈	510	霜	632	簀	446	膺	487	縮	466	蹟	567
燙	378	薦	510	霞	633	簇	446	應	229			蹚	567
濃	364	薪	510	（丨）		繁	464	療	407	**十八畫**		蹦	567
澡	364	薙	510	戲	233	輿	573	癌	407			蹤	567
澤	364	薄	510	虧	515	優	46	廉	667	（一）		壘	136
濁	364	蕭	511	瞭	420	黛	672	齋	675	豐	550	蟲	519
激	364	擱	265	顆	642	償	47	甕	396	瓊	395	蟬	519
澱	365	戴	233	瞧	420	償	47	糟	452	鼇	601	顎	642
憾	229	薩	511	購	558	儲	47	糞	452	鬆	657	鵑	665
懈	229	擬	266	嬰	158	舺	674	斃	276	騏	652	（ノ）	
憶	229	壕	136	賺	558	邀	592	燦	378	騎	652	鵝	665
憲	229	擴	267	瞬	420	徽	213	燥	378	擾	266	穠	436
窺	439	擠	266	瞳	420	禦	430	燭	378	藉	511	穢	435
窿	439	蟄	519	瞪	420	聳	477	鴻	665	藍	511	馥	650

簡 446	澄 366	櫥 320	鏗 609	寵 172	躁 568
雙 628	瀉 366	轎 574	鏢 609	襪 528	嚼 119
軀 569	潘 366	轍 574	鏤 609	襤 528	嚷 119
龜 677	竄 439	繫 466	鏡 609	（フ）	巉 186
歸 325	竅 439	醮 599	鏟 609	疆 403	髏 655
鎮 608	額 642	麗 668	鏘 610	韜 637	（丿）
鏈 609	襟 528	礪 426	辭 575	鶩 653	犧 384
鎖 608	禱 430	礙 426	饅 649	繮 467	籍 447
鎧 609	（フ）	礦 426	鵬 666	繩 467	籌 448
鎳 609	璧 395	願 643	臘 488	繳 467	籃 448
鎢 609	醬 598	鶴 666	鵰 666	繪 467	譽 548
鎊 609	隴 626	（丨）	鯪 661	繡 467	覺 531
鎔 609	嬙 158	贈 559	鯡 661		嶸 521
翻 473	戳 233	曝 291	鯧 661	**二十畫**	艦 494
雞 628	繞 466	關 617	鯢 662		鐐 610
餾 649	繚 466	蹺 567	鯨 662	（一）	鐘 610
臍 488	織 466	蹶 567	蟹 520	驪 653	釋 599
鯁 661	斷 279	蹼 567	（丶）	蘋 512	饒 649
鯉 661		蹴 567	譚 547	蘆 512	饋 649
鯀 661	**十九畫**	蹲 567	識 547	蘇 512	饑 649
鮸 661		蹭 567	譜 547	蘄 512	朧 296
鯽 661	（一）	蹬 568	證 547	蘑 512	騰 653
獵 388	鵝 665	蠅 519	譏 547	藻 512	鰂 662
雛 628	鬍 658	蠍 520	鶉 666	攔 267	鰛 662
（丶）	騙 653	蟻 520	盧 200	蘊 513	鰓 662
謹 546	騷 653	嚴 118	癡 407	攘 267	鰍 662
謬 546	藕 511	獸 388	癢 407	壤 137	鯿 662
顏 642	藝 512	嚨 118	龐 200	馨 650	觸 533
癒 407	藥 512	羅 470	麒 668	麵 668	獼 389
雜 628	藤 512	（丿）	瓣 395	飄 645	（丶）
離 629	藩 512	牘 384	蠆 136	（丨）	護 548
糧 452	壞 136	贊 559	韻 638	齟 675	譴 548
糨 452	攏 267	穩 436	羹 472	齡 675	譯 548
鱉 567	難 629	簸 447	類 643	齙 675	議 548
燻 378	鵲 665	簽 447	爆 378	鹹 667	魔 660
燼 378	勸 74	籤 447	爍 379	獻 388	辮 467
濾 366	孽 162	簾 447	瀟 367	耀 473	競 440
鯊 661	警 547	簿 447	瀝 366	黨 672	贏 559
瀑 366	顛 642	簫 447	瀨 366	懸 230	糯 452
濺 366	麓 668	邊 592	懶 230	贍 559	爐 379
瀏 366	攀 267	懲 230	懷 230	闡 618	灌 367

瀾 367
瀰 367
寶 172
（フ）
譬 548
鶩 666
響 638
纈 467
繼 467
二十一畫
（一）
齧 675
蠢 520
鰲 662
攝 267
驅 653
驟 653
蘭 513
蘚 513
擷 268
歡 322
權 320
櫻 320
欄 320
轟 574
覽 531
殲 327
霸 633
露 633
霹 633
（丨）
齜 675
齦 675
臟 559
闞 618
躊 568
躍 568
蠟 520
囂 119

黯 672
蘚 655
髓 655

(丿)

鐵 610
鎇 610
鐸 610
鐲 611
鐮 611
鏽 611
鷁 666
臟 488
鰭 662
鰱 662
鰣 662

(丶)

癮 407
爛 277
麝 668
辯 575
爤 379
鷥 666
灘 367
懼 230
顧 643
襯 528
鶴 666

(フ)

屬 182
續 467
纏 468

二十二畫

(一)

鬚 658
攤 268
驕 653
鷟 666
聽 478
驚 654
囊 119
鷗 666
鑒 611
霾 633

(丨)

鯃 675
鮸 675
贖 559
疊 403
囉 119
巖 186
體 655

(丿)

籠 448
鑄 611
鑑 611
龕 676
鰾 662
鱈 663
鰻 663
鱅 663
玀 389

(丶)

讀 548
戀 186
彎 205
孌 162
顫 643
癬 407
聾 478
龔 676
襲 528
鰲 663
灘 367
灑 367
竊 439

(フ)

鷯 666
鷺 659

二十三畫

(一)

鼉 673
驗 654
蘸 513
蘿 513
攬 268

(丨)

曬 291
顯 643
巔 186
邏 592

(丿)

罐 468
籤 448
齇 674
鱖 663
鱔 663
鱗 663
鱒 663
鱘 663

(丶)

攣 268
變 549
戀 230
麟 668

(フ)

鷸 666
纖 468
鷥 666

二十四畫

(一)

艷 495
鬢 658
攬 268
驟 654
壩 137
轤 637
觀 532
矗 421

蠱 520
鹽 667
釀 599
靂 633
靈 633
蠹 520

(丨)

齲 676
齷 676
鸄 667
囑 119
羈 470

(丿)

籬 448
鱧 663

(丶)

讓 549
鷹 667
癱 407
癲 408
贛 559
鼈 673

二十五畫

(一)

欖 320

(丨)

顱 644
躡 568
躦 568

(丿)

籲 448
鑰 611
鑲 611
饞 649
鱝 663

(丶)

蠻 520
廳 201
灣 367

二十六畫

(一)

驥 654
驢 654
顴 644

(丨)

矚 421

(丿)

釁 599
鑷 611

(丶)

讚 549

二十七畫

(丨)

顳 672

(丿)

钁 612

鑽 612
鱸 664
鱺 664

(フ)

纜 468

二十八畫

(一)

豔 551

(丨)

鑿 612
鸚 667

二十九畫

鬱 658

三十畫

鸛 667

三十二畫

籲 448

三十六畫

龘 674

一部

0

一

普 yī 粵 jat¹ 壹

① 數目字。一本書的"一"：一天 / 一頭牛 / 一道數學題。② 第一：一等 / 一級 / 一流。③ 全部；整體；滿：一世（一生）/ 出了一身汗。④ 相同：一致 / 一齊。⑤ 專一：一心一意。⑥ 剛剛；稍微：一學就會 / 天一亮就走了。⑦ 另，又：馬鈴薯，一名土豆。俗 一朝天子一朝臣

【一一】yī yī 一個一個地：一一回答 / 都一一問清楚了。

【一下】yí xià ① 一次：問一下 / 看一下。② 忽而，一會兒：一下冷得半死，一下熱得出汗。

【一切】yí qiè 全部；所有的：一切都為了子女 / 媽媽為她受的一切苦，她都記得。

【一心】yì xīn ① 齊心，同心：萬眾一心。② 專心，用心：一心學好英文。

【一旦】yí dàn ① 一日之間，短時間：十年之功，毀於一旦。② 忽然有一天；如果哪一天：一旦她走了，那你怎麼辦呢？

【一共】yí gòng 總共，總計：一共九千元 / 一共八十多人。同 合共

【一再】yí zài 多次；反覆多次：一再犯錯 / 一再叮囑。同 再三 俗 一而再，再而三

【一同】yì tóng 共同；一起：一同上學 / 兩人一同看電影。同 一齊

【一向】yí xiàng 從來，向來如此：待人一向寬厚 / 學習成績一向很好。同 向來

【一直】yì zhí 照樣下去，始終不變：一直玩到天黑 / 雨一直下個不停。

【一些】yì xiē ① 少數，不多的未確定的數量：買了一些新鮮果品 / 一些學生去旅遊了。② 一點兒：病好一些了 / 放鬆一些吧，別跟自己過不去！

【一味】yí wèi 總是：不能一味遷就孩子。同 老是 * 一直

【一併】yí bìng 合在一起：一併回覆 / 兩筆債一併償還。同 一同 * 一起

【一定】yí dìng ① 必定，必須：一定要這麼做 / 要是想身體好，一定要堅持鍛練。② 規定的：按照一定的條件選人。③ 肯定，沒有錯：一定是他幹的，錯不了。④ 得當的、適合的：種子發芽，須要一定的溫度。

【一面】yí miàn 一個方面；一方：獨當一面 / 她那一面，由你去勸說。

✏ ① 兩個"一面"並用，表示動作行為同時發生，如：一面聽，一面做筆記。②"一面…一面…"可換成"一邊…一邊…"，意思不變。

【一致】yí zhì ① 完全相同：言行一致 / 兩人理念一致。② 一齊；一同：一致推舉他當學生會主席。

【一律】yí lǜ ① 一樣，相同：千篇一律。② 全部如此，無一例外：一律穿校服。

【一度】yí dù ① 一次：一年一度的頒獎典禮又到了。② 指過去的一段時間：她曾一度住在英國。

【一起】yì qǐ ① 一塊兒：一起上學 / 一起玩遊戲。② 總共；加到一塊兒：三雙鞋子，一起不到五百元。

【一時】yì shí ① 一個時間段、一個時期：風行一時。② 短暫的時間：一時還真想不起來了。③ 忽然間：一時心血來潮。

【一般】yì bān ① 同樣；一個樣：天下烏鴉一般黑。② 平常、普通，不突出：那篇文章寫得太一般了 / 都説她漂亮，我看長得一般。③ 通常、常常：基督徒一般都在教堂舉行婚禮。

【一流】yì liú ① 上等，優等：學習一流 / 一流歌手。② 同類，一類：兩個人是一流貨色，好吃懶做。

【一貫】yí guàn 向來都是這樣：一貫作風。⑥ 一向 * 向來

【一番】yì fān ① 一回、一次、一片、一遍、一席、一陣子：吃喝了一番 / 一番好意 / 細說了一番 / 聽完這一番話，心服口服了 / 媽媽很生氣，就數落了她一番。② 一種、一類：這道菜別有一番風味 / 他有自己的一番見解。

🔍 一翻 "翻" 的意思是反轉。"番" 表示單位計算的量詞。

【一概】yí gài 沒有例外，全都如此：一概不見客 / 孩子的事，我一概不過問。⑥ 一律

【一路】yí lù ① 沿途；全程：一路平安 / 一路順風。② 一樣；同類：一路貨色。③ 一直：物價一路上漲。

【一道】yí dào ① 一同，一起：我們天天一道上學。② 一條；一片：手上劃了一道傷口 / 眼前是一道亮麗的風景。

【一齊】yì qí 同時；一塊兒：一齊鼓起掌來 / 一齊到山頂看夜景。⑥ 一起

【一樣】yí yàng 一個樣子，沒有區別：他和媽媽一樣，脾氣很暴躁 / 數學和英文，他們的分數都一樣。⑰ 不同 * 異樣

【一邊】yì biān ① 一旁；一側：站在一邊看熱鬧。② 一方；一方面：你究竟是站在他一邊，還是站在我一邊？

✏️ ① 兩個 "一邊" 並用，表示動作行為同時發生，如：一邊哼着歌，一邊整理架上的書。② "一邊…一邊…" 可換成 "一面…一面…"，意思不變。類似 "A……A……" 形式的關聯詞還有 "有時……有時……"、"一會兒……一會兒……"。（注意這些都是固定搭配，"有時" 不能與 "一邊" 搭配使用。）

【一刹那】yí chà nà 轉眼之間，極短的時間：比賽從鳴槍的一刹那開始。⑥ 一霎那

🔍 一殺那 "殺" 指的是使人或動物失去生命。"刹" 的意思是表示短促的時間。

【一部分】yí bù fen 整體或全體當中的局部：一部分貨被雨淋了 / 當中一部分人叫喊起來 / 雲的那一部分像一隻狗。

【一部份】yí bù fen 同 "一部分"。

【一塊兒】yí kuàir ① 一起，一同：一塊兒去旅遊 / 咱倆一塊兒走吧。② 同一個地方：把書放到一塊兒 / 幾個人住在一塊兒。

【一會兒（一會）】yí huìr（yí huì）很短的時間：等我一會兒 / 一會兒就把功課做完了。

💡 兩個 "一會兒（一會）" 連用，表示 "一時這樣，一時那樣"：天氣一會兒晴，一會兒陰 / 一會這麼說，一會那麼說。

✏️ "一會兒……一會兒……" 表達同時存在的各種關係或情況的關聯詞固定搭配，如：小貓兒一會兒跳上跳下，一會兒圍著尾巴轉圈，可愛得不得了。

【一霎那】yí shà nà 眨眼之間，極短的時間：他遲疑了一霎那。⑥ 一刹那

【一瞬間】yí shùn jiān 轉眼之間，時間極短：一瞬間就不見了 / 來了一瞬間就走了。⑥ 轉瞬間 * 轉眼間 * 一霎那

【一點兒（一點）】yì diǎnr（yì diǎn）些許，數量很少：分一點給他好了 / 一點兒面子都不給。⑥ 一點點

【一日千里】yí rì qiān lǐ 一天跑一千里路。形容進步、發展得極快。⑰ 老牛破車 * 蝸行牛步

【一心一意】yì xīn yí yì 專心，沒有雜念：一心一意應對考試。⑥ 全心全意 * 專心致志 ⑰ 三心二意

【一本正經】yì běn zhèng jīng 莊重嚴肅的樣子。⑰ 嬉皮笑臉

【一目了然】yí mù liǎo rán

【一目瞭然】yí mù liǎo rán 一眼就看清楚了；一看就全明白了。

【一事無成】yí shì wú chéng 一件事也沒做成。⑰ 功成名就

【一知半解】yì zhī bàn jiě 知道一點，又不全知道。俗 好讀書，不求甚解

【一席之地】yì xí zhī dì ① 鋪開一張坐席的地方。② 比喻很小的一塊兒地方：沒有容身的一席之地。③ 比喻一個位置、一個職位：終於當了個小官，有了一席之地。

【一視同仁】yí shì tóng rén 同等對待，不分親疏厚薄。反 厚此薄彼

【一勞永逸】yì láo yǒng yì 辛苦一次，把事情徹底做好，以後就不用再花力氣了。

【一絲不苟】yì sī bù gǒu 連最細微的地方也不放過，非常認真。苟，馬虎。同 精益求精 反 粗枝大葉

【一鳴驚人】yì míng jīng rén 鳴，鳥叫。比喻平時默默無聞，突然間做出了驚人的成績。俗 不鳴則已，一鳴驚人

【一模一樣】yì mú yí yàng 沒有差別，完全相同：兄弟二人長得一模一樣。反 截然不同

【一舉兩得】yì jǔ liǎng dé 做一件事，同時得到兩種收穫。

【一應俱全】yì yīng jù quán 應該有的，全都有了：冷氣機、雪櫃、洗衣機、電視機，各種電器一應俱全。同 應有盡有

丁

普 dīng 粵 ding¹ 叮

① 在天干中的順序排列第四位。常用以表示"第四"：甲、乙、丙、丁。詳見"干支" ② 人口：添丁／人丁興旺。③ 成年男人：壯丁。④ 從事專業勞作的人：園丁。⑤ 切成小方塊的菜或肉：肉丁／雞丁。俗 丁是丁，卯是卯（比喻互不相干）

⁷ 七

七 七

普 qī 粵 cat¹ 漆

① 數目字。六加一就是七：七零八落（形容零碎散亂）／七嘴八舌（人多口雜，議論紛紛）。② 第七：七樓／七姑。③ 中國民俗，人死後每七天計為一個"七"，共七個"七"、四十九天。每個"七"的最後一天都要祭奠亡靈：頭七／斷七。

【七夕】qī xī 古代傳說，牛郎織女每年農曆七月初七晚上，在天河鵲橋上相會。中國古代民俗，婦女在七夕進行"乞巧"活動，後來漸漸演變成節日。

【七彩】qī cǎi ① 太陽光譜中的紅、橙、黃、綠、藍、靛、紫七種顏色。② 指多種色彩：七彩繽紛。

【七上八下】qī shàng bā xià 形容心神凌亂不安。同 七上八落 俗 十五個吊桶，七上八下

² 三

三 三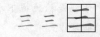

普 sān 粵 saam¹ 衫

① 數目字。二加一就是三：三令五申（再三發出命令、多次申明）／三六九都是吉祥數字。② 第三：三層／三等／三級。③ 表示多次：三思。俗 三天打魚，兩天曬網

【三思】sān sī 反覆思考：凡事都要三思，可保萬無一失。俗 三思而後行

【三軍】sān jūn ① 古代軍隊分為上軍、中軍、下軍，後人用"三軍"指軍隊：勇冠三軍。② 陸軍、海軍、空軍：三軍統帥／三軍儀仗隊。

【三峽】sān xiá 長江三峽，即瞿塘峽、巫峽、西陵峽。在重慶市和湖北省交界的長江上，全長204公里。兩岸懸崖峭壁，雲雨變幻，景物奇絕，是著名的風景區。近年在峽區的三斗坪建成長江三峽大壩。

✎ "朝辭白帝彩云間，千里江陵一日還。兩岸猿聲啼不住，輕舟已過萬重山。"這是唐代李

白最著名的詩《早發白帝城》，描寫乘船沿長江三峽順流而東，疾如奔馬的情景。

下 ²

下 下 田

⊕ xià ⊜ haa⁶ 夏

① 在低處的：山下／下層／樓底下。② 等級低的：下等／下級／下策（不高明的主意）。③ 排在後面的：下次／下回。④ 由高處向低處；向下降：下山／下小雨／順流而下。⑤ 拿下來；取下來：連下三城／下架。⑥ 動物產仔：下了一窩小豬。⑦ 放入；投入：下注／下大本錢。⑧ 發出、做出：下命令／下決心。⑨ 結束：下班／下課。⑩ 在範圍或條件之內：在他的名下／在老師的鼓勵下。⑪ 表示時間點：眼下／刻下／時下（當前）。⑫ 次、回：連打三下／敲了五下。

(一)【下水】xià shuǐ ① 比喻拉人入夥做壞事：他就是被她拖下水的。② 新船入水試航：新型航母昨天下水。

【下文】xià wén ① 後文，後面的文字：結局如何，下文沒有交待。② 後續情況或結果：從此再也沒有下文。⊜ 上文 * 前文

【下列】xià liè 下邊所開列的、列舉的：下列事實說明只要努力，學習成績就會好起來。⊜ 上列 * 前列

【下旬】xià xún 一個月的後十天叫下旬，前十天叫上旬，中間十天叫中旬。⊜ 上旬 * 初旬

【下風】xià fēng ① 逆風的位置：站在下風口。② 比喻地位低或處於劣勢：甘拜下風。⊜ 上風

【下降】xià jiàng ① 由高處落向低處：飛機開始下降。② 程度由高變低，數量由多變少：氣溫下降／出生率下降。⊜ 上升

【下場】xià chǎng ① 退場：演員還沒下場，大幕已徐徐落下。② 不好的收場或結局：沒想到落得這種下場。③ 進場參加比賽：終於輪到他下場了。⊜ 上場 * 出場

【下筆】xià bǐ 用筆寫：寫作文切忌"下筆千言，離題萬里"。／讀書破萬卷，下筆如有神。⊜ 落筆 ⊜ 擱筆 * 絕筆

【下游】xià yóu 把河流大體劃分為三段，最後一段叫下游，上兩段叫上游和中游。詳見"上游"。

【下落】xià luò 去向；在何處：他出走三年，至今不知下落。

丈 ²

丈 丈 夬

⊕ zhàng ⊜ zoeng⁶ 象

① 長度單位，合十市尺。② 丈夫：姐丈／姨丈。

【丈人】zhàng ren 岳父。

【丈夫】zhàng fu ① 有志氣有作為的成年男子：男子漢大丈夫。② 女子的配偶。⊜ 太太 * 妻子。

【丈量】zhàng liáng 測量土地面積。⊜ 測量

上 ²

(一)

上 上 上

⊕ shàng ⊜ soeng⁶ 尚

① 位於高處的；處在頂端的：上等／敬若上賓／欺上瞞下。② 次序、時間排在前面的：上次／上一天。③ 表示"表面、處所、場合、範圍"：臉上／衣服上／在江面上／在我心上／情面上說不過去。⊜ 上不着天，下不着地

【上午】shàng wǔ 每日清晨到十二時為上午，十二時前後為中午（一般指十一時到十三時這段時間），中午到日落前稱下午，日落前後至天黑前稱黃昏，深夜十二時前後叫午夜或子夜，天亮之前稱作凌晨，日出前後稱作清晨。

【上升】shàng shēng 升高；增加：地位上升／溫度持續上升。⊜ 下降 * 降低

【上古】shàng gǔ 歷史分期中較遠的古代，古代史分為遠古、上古、中古和近古。中國的上古時期，包括夏商周三代和秦漢兩朝，將近三千年。⊜ 中古 * 近古

【上旬】shàng xún 一個月的前十天叫上旬,中間十天叫中旬,後十天叫下旬。反 下旬

【上風】shàng fēng ① 風颳的方向:上風的火勢很猛。② 比喻優勢或有利的地位:人家有錢有勢,説話佔上風。反 下風

【上進】shàng jìn 向上走,求進步:這是個肯上進的年輕人 / 不求上進,沒出息!反 退步

【上訴】shàng sù 訴訟當事人不服法院的判決,向上級法院提出改判請求的訴訟。

【上游】shàng yóu 大的河流分為上游、中游、下游三段,包括各段流經的地區。發源地以下、中游之上的一段稱作上游,上游之下、下游之上的一段稱作中游,最後一段直到入江、入海口稱作下游:湘江中游 / 珠江上游。反 中游 * 下游

2 上(二)

普 shǎng 粵 soeng⁶ 尚

上聲:漢語聲調之一。① 登、到、去:上樓 / 上街 / 上北京。② 添加,增補,塗抹:上油 / 上色 / 上漆。③ 陷入;遭受:上圈套 / 上當受騙。④ 登載,記錄:上榜 / 上了名單。⑤ 登台,出場:上演 / 上場。

【上漲】shàng zhǎng ① 水位升高:潮水緩緩上漲。② 商品價格上升:連日暴雨,菜價一路上漲。同 上升 反 下降 * 下跌

【上頭】shàng tou ① 上邊,上面:一隻蜻蜓立在荷花的上頭。② 上級部門、上司領導:人家上頭有人,沒有辦不成的事。反 下頭

【上繳】shàng jiǎo 把收到的錢財物品交給主管部門或機構:上繳國庫 / 上繳拾到的銀包。

2 上(三)

普 shàng 粵 soeng⁵ 尚⁵

① 表示完成:鎖上大門 / 關上電腦。

【上下】shàng xià ① 上面和下面:洞庭湖水天一色,上下天光開闊極了。② 優劣、勝負:分不出高低上下。③ 大概、大約、左右:大概三十上下 / 做完這件事,要十五天上下吧。④ 從上往下、從下往上:上下車要小心 / 朝來人上下打量了一番。俗 半斤八兩,難分上下

✎ ①"上下"可以疊用:上上下下,也不知跑了多少趟。②"上下"可以對仗使用:上不上,下不下(進退兩難)/ 上山容易下山難。

【上當】shàng dàng 因為受騙而吃虧:小心點,別上當。

✎ "上當"一詞可分開,在中間插進詞語,如:上過一次當 / 再也不上他的當了。

3 丐

普 gài 粵 koi³ 概

乞討:乞丐。

3 不

普 bù 粵 bat¹ 筆

① 否定;沒有:不知道 / 不一(不一樣,不同)/ 不學無術(沒學問,沒本事)/ 不了了之(拖延了事)。② 不必、不用:不客氣。③ 表示疑問:你知道不?

【不久】bù jiǔ 時間不長,相隔不遠:工作不久就去讀碩士了。反 長久 * 許久

【不止】bù zhǐ ① 停不住:大笑不止 / 咳嗽不止。反 停止 ② 不止於,多過:我打了不止一個電話。

【不及】bù jí ① 不如,比不上:説到唱歌,我可不及他。② 來不及,已無法挽回:後悔不及。同 莫及 反 及得上

【不可】bù kě 不能夠:不可缺少 / 不可不去。反 可以

💡 "非……不可",表示"一定"的意思。

【不平】bù píng ① 不平坦：凹凸不平。反平坦 ② 不公平：世事不平，比比皆是。反公平 ③ 對不公正感到憤怒不滿：不平則鳴／憤憤不平。

【不只】bù zhǐ 不僅，不單：不只數學沒學好，英文也不行啊！同不止 * 不只是

【不用】bú yòng 沒有必要，不須要：不用怕，沒甚麼大不了／不用急，這事兒好辦！同不必

【不必】bú bì 不須要，用不着：這事你不必過問。同無須反務必

【不再】bú zài 不重覆，沒有第二次：我好好讀書，今後不再逃學了。反一再 * 再三

【不行】bù xíng ① 不允許，不可以：不好好做功課不行。② 不勝任：陪你吃飯可以，喝酒我不行。反可行

【不安】bù ān ① 不安寧，不安定：動盪不安。反安定 * 安心

【不如】bù rú 比不上：妹妹不如姐姐漂亮／我的數學不如她好。反勝過 * 超過

✎ "與其⋯⋯不如⋯⋯"表達有不同選擇的關聯詞固定搭配，如：與其在家無所事事，你不如去參加義工活動，令假期過得更有意義吧！（注意："與其"不能與"還"搭配在一起）

【不足】bù zú ① 不充分；不夠：糧食不足／先天不足。② 不須；不值得：不足掛齒／不足為奇。③ 不可以：這件事不足為外人道。

〔附加詞〕不足為奇、不足為怪：不必驚奇；不值得奇怪。不足為憑、不足為據：不能作為根據；不能做為憑據。不足掛齒：不值一提。

【不但】bú dàn 不僅僅，不只：她不但英文好，數學也好。

✎ "不但⋯⋯而且⋯⋯"表達事情有更進一步意思的關聯詞固定搭配，如：地球上不但有氧氣，而且還有二氧化碳等其他氣體。（注意："不但"一般不與"更"搭配）

【不住】bú zhù 不停，制止不下來：按捺不住／控制不住受驚的馬。反止住 * 停住

【不免】bù miǎn 自然而然：一到端午節，不免會想到詩人屈原、粽子和龍舟。

【不妨】bù fáng 沒甚麼壞處，可以這麼做：不妨試試／不妨多讀兩遍《三國演義》。同何妨

【不忍】bù rěn ① 心裏、感情上過不去：於心不忍／不忍看着她受苦。② 捨不得：一直讀到深夜都不忍釋手。反忍心

【不幸】bú xìng ① 倒霉，遭受災禍：不幸的孩子。② 不希望發生而竟然發生：不幸言中。俗不幸中的萬幸

【不宜】bù yí ① 不適合：他的身體不宜作劇烈運動。反適合 ② 不應該：這是件小事，不宜過分計較。

【不要】bú yào 不該；不許：不要打擾他／不要學壞孩子的樣子！

【不是】bú shì ① 話柄；過錯：好心告訴你，反落了不是／要是這麼做，那就是你的不是了。② 表示"否定"：他不是這麼說的／她不是你說的那種人。

✎ ① "不是"常與"就是"、"便是"連用，表示"若非前者，必是後者，二必擇一"。② "不是"常與"而是"連用，表示"否定前面的，確認後面的"。

【不便】bú biàn ① 不方便；不便利：交通不便／行動不便。② 不適宜，不合適：不便馬上拒絕。反方便 * 便於

【不時】bù shí 經常，隨時，時時：以備不時之需／聽眾不時報以熱烈的掌聲。

【不料】bú liào 沒想到，沒預見到：我不過開個玩笑，不料他大發脾氣。同豈料

【不許】bù xǔ 不允許：不許吸煙／不許在公共場所大聲喧嘩。反允許

【不惜】bù xī 捨得，不顧惜：為去英國留學，不惜變賣家產。反可惜

【不堪】bù kān ① 承受不了：媽媽受的苦難不堪回首。② 不可，不能：不堪設想／不堪入目。

③ 極端，非常：凌亂不堪／困苦不堪。

【不單】bù dān 不只，不僅：不單會彈鋼琴、小提琴、小號，他都會／她不單照料父親，還照顧伯伯。圓 不只＊不僅＊不但

【不然】bù rán ① 不是；不是這樣：看上去他很忠厚，其實不然。② 不這樣、不如此：幸虧你不讓我接手，不然就糟了。

【不曾】bù céng 從來沒有：不曾離開過父母。圓 未曾

【不禁】bù jīn 忍不住；不由得：忍俊不禁／聽到最後不禁大笑起來。

💡 禁 jīn 不讀 jìn：禁 jīn，禁得住；禁 jìn，禁止。

【不當】bú dàng 不合適，不妥當：措詞不當／不當之處，請您指教。

💡 當 dàng 不讀 dāng：當 dàng，穩妥；當 dāng，應該。

【不過】bú guò ① 只是：不過是隨便問問／不過說說罷了，別當真。② 但是，然而：多謝您指正，不過這件事不好辦。③ 表示"到頂"、"超不過"：再也美不過她了／你能幫我，那再好不過。

【不僅】bù jǐn 不但，不只：有這種想法的不僅是我一個人／她不僅會彈鋼琴，還會拉小提琴。圓 不僅僅

✏ "不僅……還……"表達事情有更進一步意思的關聯詞固定搭配，如：他不僅能彈鋼琴，還能彈得很好。

【不對】bú duì ① 錯誤：你的看法不對。② 情況異常：她的臉色不對，莫非有甚麼事？反 正確＊正常

【不管】bù guǎn 無論，不論：不管多難，我都要學會／我不管他同不同意，反正就這樣了。俗 不管三七二十一

✏ "不管……都……"表示各種條件下發生的事情結果的關聯詞固定搭配，如：不管我將來去到哪裏，都會永遠記住我是中國人。

【不滿】bù mǎn 有意見，不滿意：不滿情緒／表面不說，心裏不滿。反 合心＊滿意

【不盡】bú jìn 不完全，不止是：不盡如她所說的那樣。

【不論】bú lùn ① 無論，不管：不論困難多大，我都要學到手。② 不必探討：是否屬實，姑且不論。

【不適】bú shì ① 不舒服：近日身體不適。反 舒適＊適合

【不錯】bú cuò ① 比較好：畫得不錯／這次考得不錯。② 正確，沒有錯誤：答案不錯。

【不懈】bú xiè 不懈怠，不鬆勁：堅持不懈／經過不懈的努力終獲成功。反 懈怠

【不斷】bú duàn 連續：不斷生病／接連不斷出問題。反 斷絕

【不顧】bú gù ① 不回頭看：掉頭不顧，揚長而去。② 不照應，不關心：只管自己，不顧別人。③ 不顧忌，不考慮：不顧道途艱難。圓 不管

【不一定】bù yí dìng 兩可，可此可彼：去不去還不一定。反 一定＊必定

【不由得】bù yóu de ① 自然而然地：說到傷心處，不由得眼淚汪汪。② 不得不：他有憑有據，不由得你不信。

【不在乎】bú zài hu 不當回事，無所謂：不在乎分數高低，在乎是不是學到知識。反 在乎＊在意

【不至於】bú zhì yú 還不到那種地步；還沒到那種程度：雖說兩人關係不好，總不至於翻臉吧！反 以至於

【不見得】bú jiàn dé 未必，不一定：有錢人不見得快樂，窮人不見得痛苦。反 一定＊必定

【不要緊】bú yào jǐn 不妨，無關大體：不要緊，別着急／擦破點皮不要緊，塗點萬花油就好了。反 要緊＊緊要

【不得了】bù dé liǎo ① 表示很嚴重：不得了，鬧出人命來了！② 表示非常、極其：悔恨得不得了。

【不得已】bù dé yǐ 無可奈何，沒有辦法：萬不得已 / 迫不得已。

【不得不】bù dé bù 無可奈何，必須這樣做：實在沒辦法，不得不如此。⑤ 必須

【不敢當】bù gǎn dāng 承當不起、承受不起：不敢當，您過獎了。⑤ 當之無愧 * 受之無愧

【不景氣】bù jǐng qì 蕭條不興旺：生意不景氣 / 市場不景氣。⑤ 景氣 * 繁榮 * 興旺

【不一會兒】bù yí huìr 短暫的時間：等等我，不一會兒就回來 / 真是快手，不一會就做好了。

【不可或缺】bù kě huò quē 一點也不能缺少：如同空氣和水，學習是終生不可或缺的。

【不可思議】bù kě sī yì 難以理解，無法想像。

【不以為然】bù yǐ wéi rán 不認為是對的；不贊同。

【不求甚解】bù qiú shèn jiě 滿足於一知半解，不求深入理解。⑥ 好讀書，不求甚解

【不知不覺】bù zhī bù jué 沒察覺到；沒感受到：不知不覺又過了兩個月 / 兩年沒健身，不知不覺體質就弱下來了。

【不約而同】bù yuē ér tóng 事先沒有約定，卻完全一致。

【不恥下問】bù chǐ xià wèn 向學問少、地位低的人請教，不覺得屈辱。形容謙虛好學：敏而好學，不恥下問。（《論語 · 公冶長》）⑤ 好為人師 * 妄自尊大

【不堪設想】bù kān shè xiǎng 後果無法想象：吸毒的悲慘後果不堪設想。

【不勝枚舉】bú shèng méi jǔ 數量很多，不能一一列舉。枚，個：優秀學生勤學的事例不勝枚舉，一時說不完。

【不擇手段】bù zé shǒu duàn 為達到目的，甚麼手段都使得出，甚麼事都做得出。

³ 丑
丑丑丑
⑧ chǒu ⑨ cau² 醜
① 在地支的順序中排列第二。詳見 "干支"。
② 戲曲、雜技馬戲中的滑稽角色：丑角 / 小丑。

⁴ 世
世世世世 世
⑧ shì ⑨ sai³ 細
① 古代以三十年為一世：流芳百世。② 人的一輩子：一生一世都過得很快活。③ 時代：亂世 / 盛世。④ 社會：世俗（流行的風俗習慣和觀念）/ 世道（社會狀況和社會風氣）。⑥ 世上無難事，只怕有心人

【世代】shì dài ① 一代又一代：世代相傳。② 朝代，時代：世代更替 / 長城跨越了許多世代。

【世故】shì gù ① 處世經驗，生活經驗：人情世故。② 處事圓滑，交際圓通周到：年紀不大，卻非常世故。

【世界】shì jiè ① 自然界和人類社會，包括所有國家和地區：如今的世界變化得太快了。② 特定的領域、範圍：海底世界 / 兒童世界。

【世紀】shì jì 計算年代的單位，每一百年為一個世紀：二十一世紀。

【世間】shì jiān 社會上，人世：世間萬事都是人做的，有志者事竟成。⑤ 世上

⁴ 丙
丙丙丙丙
⑧ bǐng ⑨ bing² 炳
在天干中的順序排在第三位。常用來表示 "第三"。詳見 "干支"：丙級 / 甲乙丙丁。

且

且 且 且 且

4

(普) qiě (粵) ce² 扯

① 暫時；姑且：得過且過／且慢，聽他把話說完。
② 並且；而且：為人善良且淳樸。③ 又：且歌且舞。

丘

丘 丘 丘 丘 丘

4

(普) qiū (粵) jau¹ 休

① 小山，土堆：丘陵（小山連綿不斷的地帶）。
② 像土堆似的東西；突起來的東西：沙丘／丘疹（皮膚上長的疹子）。

丟 [丢]

丟 丟 丟 丟 丟

5

(普) diū (粵) diu¹ 雕

① 遺失；失去：丟失（遺失）／丟了手袋。② 扔；拋棄：丟棄（扔掉；拋棄）／亂丟果皮是壞習慣。
③ 擱置；放下：丟下不管。
【丟掉】diū diào ① 遺失：弄丟了一支筆。② 喪失：丟掉了信心。③ 放棄，拋棄：丟掉幻想。
　〔附加詞〕丟醜、丟臉、丟人：出醜、丟面子、失去體面。
【丟三落四】diū sān là sì 做了一部分，漏掉一部分。
　💡 落 là 不讀 luò：落 là，丟失；落 luò，自上面掉下來。

丞

丞 丞 丞 丞 丞

5

(普) chéng (粵) sing⁴ 乘

輔佐，佐助：丞相（古代輔佐君王的最高官員）。

並 [并]

並 並 並 並 並 並

7

(普) bìng (粵) bing⁶ 兵⁶

① 平列，並列：並行／並排站在一起。② 同樣；同時：並重（同樣看重）／相提並論／並存（同時存在）。③ 並且：讚揚他的貢獻並予獎勵。
【並且】bìng qiě ① 表示同時發生：天氣突然轉冷，並且下起大雨來。② 表示進一步、進一層：獲得冠軍並且打破世界記錄。
【並列】bìng liè 平列，不分主次：並列冠軍／並列第一。
【並非】bìng fēi 並不是，不是：事實並非如此／原因複雜，並非他的錯。

　　　　丨 部

丫

丫 丫

2

(普) yā (粵) aa¹ / ngaa¹ 鴉

① 樹枝的分杈：榕樹的枝丫上有個鳥窩。② 物體前端的叉形部分：大腳丫／小腳丫。
【丫頭】yā tou 女孩子：那丫頭長得可好看了。

中 (一)

中 中 中 中

3

(普) zhōng (粵) zung¹ 忠

① 中心位置：當中／正中央。② 裏面、內部：家中／心中。③ 兩端之間的；上下之間的：中間／中途（半途，半路）／中等／中學。④ 表示正在進行的：問題正在解決中。⑤ 適合、適宜：說話不中聽。⑥ 指中國：中方／古今中外。
【中心】zhōng xīn ① 中央：湖中心／廣場中心。② 核心，最重要的部分：經濟中心／指揮中心。
(反) 邊緣

【中古】zhōng gǔ 古代歷史的中期，中國史所稱的中古，約當魏晉南北朝、隋唐時期，約六百多年。參見"上古"。

【中央】zhōng yāng ① 處於中心的位置：湖中央有個小島。② 國家或政治團體的最高領導機構：中央政府。同 中心 反 旁邊

【中年】zhōng nián 四十到五十多歲的年齡段稱為中年。

【中肯】zhòng kěn 正確恰當，切中要害：中肯的批評 / 他說得很中肯。反 偏頗

【中和】zhōng hé ① 平和，和順：為人中和，說話總是笑咪咪的。② 調和折中，不偏向一方：中和不同的意見。③ 化學反應，使酸性和城性消失，成為中性：中和胃酸 反 暴躁 * 偏激

【中秋】zhōng qiū 中國的傳統節日，在農曆八月十五日。民間風俗，這一天賞月、吃月餅、全家團圓。

【中華】zhōng huá 黃河流域一帶古稱中華，是漢族的發祥地，後來指中國：中華兒女 / 振興中華。

　　🖇 中華為甚麼是中國：中，指中原地區，以河南、陝西關中地區和山西南部為中心的黃河流域；華，指華夏，是中華民族的古稱。"中華"的意思，指的是華夏民族生活的黃河流域這片地區，這就是中國的來源。還有另一種解釋，按照古代經典中的說法，中國古稱"華夏"，"華"就是"花"，華美的意思，"夏"是大的意思。我們是個地域廣闊的大國，所以叫夏；我們民族文化燦爛、服飾華麗，美若鮮花，所以稱作"華"。生活在黃河中原地區，地方大，文化華美，這就是中華，也叫大中華，就是中國。

【中間】zhōng jiān ① 正當中；裏面：正中間 / 到森林中間採蘑菇。② 兩端之間：兩人在路中間邊走邊聊。反 兩端 * 旁邊 * 邊緣

【中等】zhōng děng 處在中間的等級；普通的：中等教育 / 學習成績中等。反 高等 * 優等 * 低等

【中葉】zhōng yè 一個世紀或一個朝代的早期叫初葉，中期叫中葉，後期叫末葉：清朝中葉 / 十九世紀中葉。

【中樞】zhōng shū 起主導作用的那一部分。樞，中心、關鍵：指揮中樞 / 中樞神經。

【中醫】zhōng yī ① 中國傳統的醫學。② 用中國醫術治病的醫生。反 西醫

【中斷】zhōng duàn 中途停止或斷絕：中斷學業 / 中斷聯繫。反 接續 * 繼續

【中藥】zhōng yào 中國傳統醫學使用的藥物，用植物、動物和礦物成分製成。反 西藥

3 中（二）

普 zhòng　粵 zung¹ 忠

① 正對上；正符合：中意（滿意）/ 百發百中 / 正中下懷。② 獲得、得到；遭受：中標 / 中獎 / 中暑。俗 中看不中用

【中毒】zhòng dú ① 被毒害而毒性發作：食物中毒。② 受不良意識毒害：年輕人看黃色書籍容易中毒。反 解毒 * 消毒

6 串

　串 串 串 串 串 串

普 chuàn　粵 cyun³ 寸

① 貫穿起來：把問題串起來深入思考。② 連貫而成的東西：珍珠串 / 羊肉串。③ 串聯勾結：串通（暗中勾結、聯絡、配合）/ 串謀（串通一氣，合謀策劃）。④ 錯亂地連接：看書串行。⑤ 走訪；走動：串門（到別人家做客或閒談）/ 四處流串。⑥ 與數目字連用，表示"成串的東西"的數量：一串鑰匙 / 兩串魚丸子。

丶部

凡 [2]   凡 凡 凡

⟨普⟩fán ⟨粵⟩faan⁴ 煩

① 平凡，平常：自命不凡。② 人世：凡人／仙女下凡。③ 凡是：大凡／但凡。④ 總綱；要點：發凡／凡例。

【凡是】fán shì 只要是；所有的，全部的：凡是答應下來的，我一定做到。

丸 [2]   丸 丸 丸

⟨普⟩wán ⟨粵⟩jyun⁴ 元

① 小的球狀物：彈丸之地。② 丸藥，中成藥的一種：丸散膏丹。③ 粒：每次吃一丸。

丹 [3]   丹 丹 丹 丹

⟨普⟩dān ⟨粵⟩daan¹ 單

① 紅色的：丹心（赤誠的心）。② 配製的中藥，顆粒狀或粉狀：靈丹妙藥。

〔古詩〕人生自古誰無死，留取丹心照汗青。

主 [4]   主 主 主 主 主

⟨普⟩zhǔ ⟨粵⟩zyu² 煮

① 處在支配地位的人：主人／君主／一家之主。② 支配、支使：主使。③ 主持：主婚／主禮。④ 當事人：事主／失主。⑤ 主要的；最重要的：主力（起主要作用的力量）／主次（主要的和次要的）／主謀（主要的策劃者）。⑥ 主意，辦法：主見（自己獨立的見解）／六神無主。⑦ 決定；主

張：婚姻自主／主戰派。⑧ 基督教徒稱呼所信仰的神。⟨俗⟩家有千口，主事一人

【主人】zhǔ rén ① 同客人相對的一方：主人盛情接待。② 所有權的擁有者：土地的主人。⟨反⟩客人 * 僕人

〔附加詞〕主人公、主人翁：主人或文藝作品中的主要人物。

【主旨】zhǔ zhǐ 核心的東西：文章的主旨／以培養技術人才為主旨。⟨同⟩宗旨

【主角】zhǔ jué ① 主要演員；扮演主要演員的人。② 主要當事人或起主要作用的人：事情的主角不是她，是她爸爸。⟨反⟩配角

【主使】zhǔ shǐ 授意別人做錯事做壞事：是他主使人幹的。⟨同⟩支使

【主持】zhǔ chí ① 負責掌管和處置事務：主持家務／主持工作。② 主張、維護：主持公道／主持正義。

【主要】zhǔ yào 最重要的；起決定作用的：主要人物／學生最主要的，就是讀好書。⟨反⟩次要

【主席】zhǔ xí ① 會議的主持人。② 國家、政府、黨派、社團、企業的領導人。

【主流】zhǔ liú ① 主體，最重要的那一部分：不被社會主流認可。② 主要的；佔多數的：主流媒體／主流民意。⟨反⟩支流 * 末流

【主動】zhǔ dòng ① 自覺地行動：主動承擔責任。② 能控制駕馭局面：此活動由他們主動。⟨反⟩被動

【主張】zhǔ zhāng ① 提出自己的見解；拿出解決問題的辦法：主張和平／主張改革。② 見解、辦法：這是我一貫的主張。

【主意】zhǔ yi 主見；辦法：沒主意的人／是個好主意。

【主義】zhǔ yì ① 觀念、主張：樂觀主義／個人主義。② 社會制度及其政治經濟體系：社會主義／資本主義。

【主管】zhǔ guǎn ① 承擔主要管理責任：主管部

門。② 負主要管理責任的人：主管今天不在。
反分管

【主演】zhǔ yǎn ① 表演的主角。② 扮演主要
角色。

【主辦】zhǔ bàn 承辦：主辦大學生運動會 / 本屆
書展由我們主辦。反協辦

【主導】zhǔ dǎo 主持領導：他主導這項研究工
作。反追隨 * 服從

【主禮】zhǔ lǐ 主持儀式、典禮的人：主禮嘉賓。

【主題】zhǔ tí ① 作品的主旨。② 重點所在；主
要內容：保護環境是本次講座的主題。

【主權】zhǔ quán 國家獨立自主處理內外事務的
權力。

【主觀】zhǔ guān ① 不顧實際情況，堅持自己的
想法做法：這個人很主觀，說不通。反客觀

ﾉ 部

1 乃 乃

普 nǎi 粵 naai[5] 奶

① 是：乃是（就是；卻是）/ 此書乃父親遺作。
〔古詩文〕林則徐：“海納百川，有容乃大”②
才：虛心學習，乃能進步。③ 你；你的：乃
兄 / 乃父。俗失敗乃成功之母

2 久 久 久

普 jiǔ 粵 gau[2] 九

① 時間長：久遠（遙遠；長遠）/ 天長地久。
② 所經歷時間的長短：病了多久？

3 之 之 之 之

普 zhī 粵 zi[1] 知

① 相當於 “的”：不毛之地 / 成人之美。② 代替
人或事物，相當於 “他”、“它”：受之無愧 / 取之
不盡，用之不竭。

〔附加詞〕之內（在……的裏面）、之外（在……
的外面）、之前（在……的前面）、之後（在……
的後面）、之際（在……的時候）。

4 乏 乏 乏 乏 乏

普 fá 粵 fat[6] 佛

① 缺少；沒有：缺乏 / 乏味（單調、枯燥）/ 乏人
問津。② 疲倦：人困馬乏。

4 乎 乎 乎 乎 乎 乎

普 hū 粵 fu[4] 符、fu[1] 呼

① 相當 “於”：出乎意料。② 沒有實際意義，只
起襯托、突出 “乎” 前面一個詞語的作用：幾乎 /
胖乎乎 / 熱乎乎。

5 乓 乓 乓 乓 乓 乓

普 pīng 粵 ping[1] 平[1]

① 形容槍聲、碰撞聲：乓的一聲關住了門。
② 乒乓球運動的省稱：乒壇 / 世乒賽。

【乒乓】pīng pāng ① 形容連續的碰撞聲。② 指
乒乓球。

5 乒 乒 乒 乒 乒 乒

普 pāng 粵 pong[1] 滂

形容槍聲、碰撞聲：乒地一聲撞到牆上 / 槍聲乒
乒地響個不停。

7 乖 乖乖乖乖乖乖 乖

普 guāi 粵 gwaai¹ 怪 ¹

① 小孩子聽話：乖孩子。② 機靈、伶俐：乖巧（聰明伶俐，討人喜歡）。

9 乘 乘乘乘乘乘乘 乘

普 chéng 粵 sing⁴ 成

① 坐，乘坐：乘客 / 乘搭（乘坐）。② 趁着；利用：乘勝追擊 / 乘虛而入（趁對方沒有防備，採取行動）。③ 數學上的乘法運算。

【乘涼】chéng liáng 熱天在風涼的地方休息：在榕樹下邊乘涼。囸 納涼

【乘機】chéng jī ① 利用機會：乘機一轉身溜走了。② 乘坐飛機。

乙 部

0 乙 乙

普 yǐ 粵 jyut³ 月 ³

在天干中的順序排在第二位。常用來表示"第二"：乙等 / 甲乙丙丁。

1 九 九 九

普 jiǔ 粵 gau² 狗

① 數目字。八加一就是九：九月。② 第九：九樓 / 九妹。③ 表示多次、多數：九死一生。

俗 九牛二虎之力 / 九折臂成良醫

【九牛一毛】jiǔ niú yì máo 許多頭牛身上的一根毛。比喻只佔全部中的一點點，微不足道。囸 滄海一粟

【九死一生】jiǔ sǐ yì shēng 形容經歷極大的危難幸存下來。九死，多次面臨死亡。

【九霄雲外】jiǔ xiāo yún wài 形容極高極遠的地方。九霄，天的極高處：早就把煩惱拋到九霄雲外。

2 乞 乞乞 乞

普 qǐ 粵 hat¹ 核 ¹

乞求；討要：乞討（向人討飯要錢）/ 乞丐（靠向人要飯要錢過日子的人）/ 乞憐（乞求得到別人的同情）。

【乞求】qǐ qiú 請求給予：乞求延期償還 / 自由不能靠乞求得來。囸 請求

2 也 也也 也

普 yě 粵 jaa⁵

① 表示兩件事並列：也許（或許，也可能）/ 左也不是，右也不是。② 表示強調或緩和的口氣：再難的事，我也不怕 / 我看，也就算了吧。

【也好】yě hǎo ① 也可以，也行：不買也好，反正不急着用。② 表示並列：學業也好，品行也好，都讓人稱道。③ 便於，方便：來之前打個電話，我也好有個準備。

【也罷】yě bà ① 算了，那就作罷：她不同意也罷，不必勉強。② 也好，也可以：你聽也罷，不聽也罷，該說我還得說。

7 乳 乳乳乳乳乳乳 乳

普 rǔ 粵 jyu⁵ 雨

① 乳房：乳汁（奶汁）。② 奶汁：牛乳。③ 像奶汁似的食品：豆乳。④ 初生的、幼小的：乳豬。

【乳臭未乾】rǔ xiù wèi gān 乳臭，奶味。身上還有奶味。比喻年幼無知。囸 老奸巨猾

臭 xiù 不讀 chòu：臭 xiù，氣味；臭 chòu，臭味。⑤ 乳齒：人和一些哺乳動物幼年長出的牙齒，以後逐漸脫落換成恆齒。

10 乾 (一)
乾 乾 乾 乾 乾 乾

🔊gān ⑳gon¹ 干

① 不含水分：乾枯（枯萎；沒有水了）/ 乾燥（乾燥清爽）。② 盡；空虛：外強中乾（貌似強大，其實很虛弱）。③ 徒然，白白地：乾說不起作用。④ 虛假的，徒具形式的：乾笑。⑥ 乾打雷不下雨

【乾旱】gān hàn 無雨或少雨，氣候和土壤乾燥：乾旱不雨，小麥歉收。⑫ 澇災

【乾脆】gān cuì 直截了當；爽快無礙：辦事乾脆利落 / 乾脆一走了之。⑫ 膩歪 * 糾纏不清

【乾淨】gān jìng ① 沒有灰塵、沒有污垢。② 精光，一點不剩：喝乾淨 / 吃乾淨。③ 爽快：一口答應下來，乾淨利落。⑤ 潔淨 ⑫ 骯髒

【乾燥】gān zào 沒有水分、缺少水分：乾燥的沙漠。⑫ 濕潤 * 潮濕

10 乾 (二)

🔊qián ⑳kin⁴ 虔

排在首位的八卦之一，代表天：乾坤（天地）。
【乾坤】qián kūn "乾" 和 "坤"，八卦中的兩個卦名，借指天地：扭轉乾坤（從根本上改變局面）。

12 亂 [乱]
亂 亂 亂 亂 亂 亂 亂

🔊luàn ⑳lyun⁶ 聯⁶

① 沒秩序；沒條理：亂吵亂鬧 / 越說越亂，誰也聽不明白。② 混亂：亂糟糟 / 亂七八糟（混亂不堪）/ 心慌意亂。③ 擾亂，混淆：搗亂 / 以假亂真。④ 任意，隨便：亂收費。⑤ 變亂，動盪不

安：天下大亂。⑥ 亂世出英雄

〕部

1 了 (一)
了 了

🔊liǎo ⑳liu⁵ 聊 ⁵

① 懂，明白：一目了然 / 不甚了了（不太清楚）。② 全，全然：了無痕跡 / 了無懼色。③ 完結，結束：私了 / 不了了之 / 沒完沒了。

【了不得】liǎo bu dé 非比尋常；非常嚴重：沒有甚麼了不得的小把戲。

【了結】liǎo jié 解決；結束：了結這段關係 / 那件事還沒了結。⑤ 了斷 * 結束

【了不起】liǎo bu qǐ 突出，超過一般：每科都考滿分，真了不起！

✏ "了不起" 與 "了不得"：了不起，是從正面、好的方面說，如：她的學問好，了不起；了不得，是從負面、壞的方面說，如：這個人壞得了不得。

1 了 (二)

🔊le ⑳liu⁵ 聊 ⁵

① 表示已經完成：喝了一瓶水。② 表示肯定、命令感嘆等語氣：颱風了 / 別打了 / 太美了。

3 予
予 予 予

🔊yǔ ⑳jyu⁵ 雨

給：授予 / 給予。
【予以】yǔ yǐ 給予，加以：予以重視 / 予以優先接待。

7
事

事事事事事事　事

⑱ shì ⑲ si⁶ 士

① 事情；事件；事業：事件（發生的大事情）/ 事由（事情的經過和由來）/ 事態（事件的現狀）。
② 工作：差事 / 他還沒找到事做。③ 事故；變故：事端（糾紛）/ 飛機失事。④ 做；從事：大事吹捧 / 無所事事。⑳ 有志者事竟成

〔古詩文〕：風聲雨聲讀書聲，聲聲入耳；家事國事天下事，事事關心。顧憲成《題東林書院》

【事先】shì xiān 事情發生之前：應該事先告訴我。⑨ 事前 ⑳ 事後

【事事】shì shì ① 每一件事，件件事：事事他都要管 / 最近事事都不順利。② 做事：無所事事。⑳ 飽食終日，無所事事

【事物】shì wù 人、社會、自然界發生和存在的種種事情、各種東西、種種現象，都叫事物：舊的事物消亡了，新的事物便會出現。

✎ "事物"與"事情"：事物，泛指社會和自然界的萬物，包羅萬有；事情，指親歷和身邊發生的事，是一件件的、具體的。

【事例】shì lì 發生過的事情：這幾件事例，說明環境污染已很嚴重。

【事宜】shì yí 等待安排、處理的事情：商討賠償事宜 / 地鐵加價事宜。

【事故】shì gù 意外的災禍：交通事故 / 沉船事故。

【事情】shì qing ① 發生的每一件事，都叫事情：事情很棘手 / 他的事情我不管。② 職業，工作：幫她找個事情做做。③ 差錯；事故：果然出了事情。

【事務】shì wù 日常的事情；日常工作：家庭事務 / 教學事務 / 繁瑣的事務。

【事項】shì xiàng 分成項的事情：注意事項。

【事業】shì yè 追求實現目標願景的努力與活動及其成果：事業心 / 教育事業。

【事跡】shì jì 為世人所稱道的事情：模範事跡 /

感人的事跡。⑳ 劣跡

【事實】shì shí 事情的真實情況。⑳ 事實勝於雄辯

【事半功倍】shì bàn gōng bèi 只花一半的功夫，卻收到加倍的成效。形容費力小、收效大。⑳ 事倍功半

二 部

0
二

二　二

⑱ èr ⑲ ji⁶ 異

① 數目字。一加一就是二：二心 / 二龍戲珠
② 第二：二哥 / 二嫂。③ 低一級、次一等：二級文物 / 二等貨。

【二手】èr shǒu 已經買賣交易過的；別人用過或做過的：二手樓 / 二手貨 / 二手書。⑳ 一手

【二十四節氣】èr shí sì jié qì 中國古代曆法，把一年劃分為二十四個時節，兩個時節的交匯點為一個節氣，合共二十四個節氣，由年頭至年尾依次是：立春、雨水、驚蟄、春分、清明、穀雨、立夏、小滿、芒種、夏至、小暑、大暑、立秋、處暑、白露、秋分、寒露、霜降、立冬、小雪、大雪、冬至、小寒、大寒。二十四節氣代表氣候的不同變化，農民依據節氣進行農耕操作。清明、冬至也是中國人的兩大節日。

1
于

于 于　于

⑱ yú ⑲ jyu¹ 於

① 同"於"。詳見"於"。② 姓。

井

井 井 井

普 jǐng **粵** zing² 整 / zeng² 鄭²

① 水井。人工由地面向下挖成,多呈圓形,井壁砌上磚石。② 形狀像井的東西:礦井 / 油井 / 天然氣井。**俗** 井水不犯河水

【井井有條】jǐng jǐng yǒu tiáo 形容有秩序、有條理,不混亂。**同** 井然有序 * 有條不紊

【井底之蛙】jǐng dǐ zhī wā 水井底下的青蛙,只看見井口大小的天空。比喻眼界狹窄、見識短淺的人。**同** 坐井觀天 **反** 高瞻遠矚

云

云 云 云

普 yún **粵** wan⁴ 雲

說:不知所云。

五

五 五 五

普 wǔ **粵** ng⁵ 午

① 數目字。四加一就是五:五官(耳、目、口、鼻、舌) / 三五成羣 / 五湖四海(全國各地;四面八方)。② 第五:五哥 / 五弟。

【五味】wǔ wèi 酸甜苦辣鹹五種味道;各種各樣的味道。

〔附加詞〕五味雜陳:心裏甚麼滋味都有。

【五嶽】wǔ yuè 中國五大名山:東嶽泰山、南嶽衡山、西嶽華(huà)山、北嶽恆山、中嶽嵩山,合稱五嶽。**俗** 五嶽歸來不看山,黃山歸來不看嶽。

【五光十色】wǔ guāng shí sè 花樣繁多,色彩繽紛。五、十表示很多:櫥窗裏的首飾五光十色。

【五花八門】wǔ huā bā mén ① 形容多種多樣:這店鋪賣的東西五花八門,甚麼都有。② 形容變化多端:他的想法五花八門,怪主意一個接一個。**同** 各色各樣 * 多種多樣 * 雜七雜八

【五彩繽紛】wǔ cǎi bīn fēn 形容色彩多種多樣,

眼花繚亂:春天的山坡上,盛開着五彩繽紛的野花。**同** 五色繽紛 * 五顏六色

互

互 互 互

普 hù **粵** wu⁶ 戶

互相:互助(互相幫助) / 互惠(互相給予優惠待遇) / 互敬互愛 / 平等互利。

【互相】hù xiāng 彼此同樣對待:互相愛護 / 互相學習 / 互相尊重。**同** 相互

【互動】hù dòng 一同參與,溝通交流,取長補短:互動教學。

亞 [亚]

亞 亞 亞 亞 亞 亞

普 yà **粵** aa³ / ngaa³ 阿

① 差,不好:他的水平不亞於你。② 次一等的;降一級的:亞軍(第二名) / 亞熱帶。③ 指亞洲:東亞 / 歐亞大陸。

【亞洲】yà zhōu 位於東半球的東北部,北靠北冰洋,東臨太平洋,南臨印度洋,陸地總面積約4400萬平方公里,是世界第一大洲,西同歐洲相連,形成歐亞大陸。在地理上,習慣分為東亞、東南亞、南亞、西亞、中亞和北亞和東北亞。主要國家有中國、日本、印度、巴基斯坦、印度尼西亞、哈薩克斯坦、伊朗、沙特阿拉伯等國,中國位於亞洲東部、太平洋的西岸,是亞洲最大的國家。

些

些 些 些 些 些 些

普 xiē **粵** se¹ 賒

① 表示不確定的數量。前面的數字只能加"一":這些 / 吃些東西 / 那一些人。② 表示"略微"、"比較"的意思:些許(少量、少數、一點兒) / 些微(一點兒;稍微) / 聲音大些 / 看得遠些。

一部

亡　　亡 亡 亡

〔普〕wáng　〔粵〕mong⁴ 忙

① 逃跑；逃亡：亡命。② 失去；丟失：亡佚。
③ 死亡：亡故。④ 死去的：亡友。⑤ 滅亡：亡國。
〔簡明詞〕亡命：逃命；拼命。亡故：去世。
亡國：國家滅亡。亡靈：亡者的靈魂。

亦　　亦 亦 亦 亦 亦　亦

〔普〕yì　〔粵〕jik⁶ 譯

也；也是：人云亦云 / 不亦樂乎。

交　　交 交 交 交 交　交

〔普〕jiāo　〔粵〕gaau¹ 郊

① 交叉；對接：相交 / 交界（分界線）/ 交會（會
合）。② 遇到；接觸：交上好運 / 交頭接耳。
③ 結交、來往：遠交近攻 / 交遊（與人結交往
來）。④ 友情、友誼：絕交 / 斷交。⑤ 交給；轉
給：送交 / 交接。
【交叉】jiāo chā ① 不同方向的線條、線路互相
穿過：立體交叉 / 交叉路口。② 部分重疊：交叉
學科。
【交付】jiāo fù 交給；付給：交付保險金。
同 支付
【交代】jiāo dài ① 移交給接替的人：離職前交代
工作。② 説明，説明白：交代任務 / 交代清楚。
　✎ "交代" 還是 "交待"？在表示囑咐意或表
　示交代工作時，只能用 "交代"；而在 "交代政
　策" 或 "交代罪行" 時，可與 "交待" 換用。

【交易】jiāo yì ① 買賣：現金交易。② 利益交換
活動：政治交易 / 幕後交易。
【交往】jiāo wǎng 來往：平時很少與舊同學交
往。同 往來
【交待】jiāo dài 同 "交代"。
【交涉】jiāo shè 跟對方商談解決問題：嚴正交
涉 / 據理交涉。
【交流】jiāo liú 溝通交換：交流信息 / 交流學習
方法。同 交換
【交納】jiāo nà 向政府部門或機構交付錢物：交
納利得税 / 交納強積金。同 繳納
【交接】jiāo jiē ① 對接；連接：兩國交接處。
② 移交：交接儀式。
【交情】jiāo qing 友情、友誼：生死交情。
反 仇恨
【交通】jiāo tōng 運輸的統稱：城市交通 / 地鐵
是最便利的交通工具。
【交替】jiāo tì ① 接替：新舊交替。② 輪流替換：
替補隊員交替上場。同 輪換
【交換】jiāo huàn ① 雙方都把自己的東西告知或
給予對方：交換意見 / 交換禮品。② 互相調換：
交換場地 / 交換俘虜。同 互換
【交際】jiāo jì 與人接觸交往：交際面很廣 / 頭腦
靈活，擅於交際。
【交錯】jiāo cuò 交叉；錯雜，夾雜在一起：縱橫
交錯 / 枝葉交錯，繁花盛開。
【交織】jiāo zhī ① 混合在一起：愛恨交織 / 雨霧
交織。② 編織：用五彩線交織而成的布料。
【交響樂】jiāo xiǎng yuè 由管弦樂隊演奏的大型
樂曲。最初形成於歐洲，通常由四個樂章組成，
氣勢宏偉。

亨　　亨 亨 亨 亨 亨 亨　亨

〔普〕hēng　〔粵〕hang¹ 鏗

通；順利：亨通（順利暢通）。

京

京京京京京京 京

〔普〕jīng 〔粵〕ging¹ 經

① 首都、國都：京城。② 指北京：京腔 / 京廣鐵路。

【京劇】jīng jù 中國戲曲的主要劇種之一。18 世紀末，由傳入北京的徽劇、漢劇逐漸融合演變而成，唱腔以西皮、二黃為主。同 京戲

〔簡明詞〕京師、京都：國都、首都。

享

享享享享享享 享

〔普〕xiǎng 〔粵〕hoeng² 響

享受；享有：享用（享受使用）/ 享樂（享受快樂）/ 享譽（享有聲譽）/ 坐享其成。

【享有】xiǎng yǒu 擁有、佔有：享有獨家優惠 / 男女享有同等的權利。反 剝奪

【享受】xiǎng shòu ① 被自己佔有、體驗、使用：享受人生 / 享受讀書求知的快樂。② 享有的和受用的；享樂：追求生活享受。反 苦難

【享福】xiǎng fú 生活得舒適美滿：如今富裕起來，該享福了。反 痛苦＊受罪

亭

亭亭亭亭亭亭 亭

〔普〕tíng 〔粵〕ting⁴ 停

① 亭子，有頂無牆的小型建築，多建在園林或名勝處，供人休息和觀賞景物：涼亭 / 半山亭。② 形狀像亭子的小屋：書亭 / 報亭。

亮

亮亮亮亮亮亮 亮

〔普〕liàng 〔粵〕loeng⁶ 諒

① 亮光；光線：屋裏黑洞洞的，一點亮兒都沒有。② 明亮：敞亮。③ 露出亮光；發光，閃光：雪亮 / 天亮了 / 亮晶晶。④ 清楚，明白：心明眼亮。⑤ 顯示出來，拿出來：亮底牌。⑥ 聲音大：響亮 / 歌聲嘹亮。

【亮光】liàng guāng 光線。

【亮相】liàng xiàng ① 演員上下場時做出的短暫靜止姿勢，突出角色神態、加強戲劇效果。② 公開露面；公開展出、展示：擔任市長後初次亮相 / 新型跑車首度亮相。

【亮堂】liàng tang ① 明亮；光明：新裝修的客廳更亮堂了。② 開朗：心裏亮堂了。③ 聲音響亮：聲線亮堂。反 晦暗

【亮麗】liàng lì ① 閃亮而美麗：青春亮麗。② 出色，耀眼：交出了亮麗的成績。

人部

人

人 木

〔普〕rén 〔粵〕jan⁴ 仁

① 同我們自己一樣的高等動物：男人 / 女人 / 成人 / 老人。② 成年人：長大成人。③ 每人；人人；大家：人所共知 / 人心所向。④ 別人、他人：用寬容的心態待人。⑤ 人才：正當用人的時候，他辭職走了。⑥ 名譽、品德：丟人。

【人稱】rén chēng 語法名詞。稱自己時叫第一人稱（"我"、"我們"）；稱對方時叫第二人稱（"你"、"你們"）；稱其他人時叫第三人稱（"他"、"她"、"他們"、"她們"）。

【人丁】rén dīng 人口。

〔附加詞〕人丁興旺：子孫滿堂，家門興旺。

【人力】rén lì ① 人的能力：非人力所及。② 做事的人：人力不足，進展緩慢。反 物力

【人士】rén shì 有一定影響或知名度的人物：知名人士 / 消息靈通人士。

【人工】rén gōng ① 人力：人工挑選良種。

② 工錢：阿爸人工很少，養不活一家三口。
③ 人為的、人造的：人工湖。

【人才】rén cái ① 人的品貌：一表人才。② 有才幹有品德的人：人才難得 / 招聘人才。

【人口】rén kǒu ① 人的數目：控制人口增長。② 人：拐賣人口。

【人心】rén xīn ① 人內心的所思所想：深得人心 / 人心渙散。② 真實的內心。⑯ 人心隔肚皮 / 路遙知馬力，日久見人心

【人生】rén shēng ① 人的一生。② 人的生活：人生受挫折是常事。

【人民】rén mín 百姓，大眾。⑩ 公民

【人次】rén cì 參加同一項活動的人數的總和：聖誕節外出旅遊的人超過百萬人次。

【人材】rén cái 同 "人才"。

【人事】rén shì ① 人與人之間的關係：人事糾紛。② 人情事理：不懂人事。③ 意識、思維能力：不省人事。

【人物】rén wù ① 有代表性或有名望的人：重量級人物。② 文學作品所描繪的角色：把小說的人物寫得活靈活現。

【人性】rén xìng ① 人的本性：有人說人性本善，有人說人性本惡。② 人的感情和理性。⑫ 獸性

【人品】rén pǐn 人的品性品德：我交的朋友人品都很好。

【人為】rén wéi ① 由人去做：事在人為。② 人造成的：土地沙漠化大都是人為的。

【人格】rén gé 人品，個人在道德、性格、自尊、氣質、作風等方面的品格：人格高尚的人。

【人員】rén yuán 任職的人；做事的人；某一類人：公務人員 / 工作人員 / 勤雜人員。

【人氣】rén qì 受歡迎的程度：促銷活動使商場人氣驟升。

【人海】rén hǎi 像大海一樣的人羣，人極多：茫茫人海 / 人山人海（人多得像山和海一樣）。

【人家】rén jiā ① 住戶：小橋流水人家。② 家庭：富貴人家。

【人家】rén jia ① 別人：人家幫我，我幫人家。② 稱對方：好好向人家學 / 看人家多有出息。③ 稱自己：人家忙得要死，你還在這裏添麻煩。
〔古詩文〕遠上寒山石徑斜，白雲生處有人家。（《山行》杜牧）

【人情】rén qíng ① 人之常情：有人情味 / 不近人情。② 情面；情誼：不講人情 / 做事顧及人情。③ 交際方面的習俗：中國太大，風土人情各不相同。⑯ 人情冷暖，世態炎涼

【人間】rén jiān 人世間；社會：人間樂園 / 歷經人間滄桑。⑫ 天上

【人道】rén dào ① 做人的道德規範。② 愛護生命、尊重別人的道德：提供人道救援。

【人羣】rén qún 成羣的人，稠密的許多人：人羣越聚越多 / 人羣漸漸散去。⑫ 個人

【人選】rén xuǎn 推舉或挑選出來的人：推薦人選 / 物色適當人選。

【人類】rén lèi 人的總稱，地球上所有的人：造福人類 / 據說類人猿是人類的祖先。
〔簡明詞〕人身：自身，個人的生命。人世：人間、世間。人造：人工製造的。

【人權】rén quán 人所享有的各項權利，如民主、自由、平等、名譽、安全等政治權利和人身權利：人權保護組織 / 保障人權。

【人滿為患】rén mǎn wéi huàn 因為人多而造成種種困難，成了大問題。

² 仁

仁 仁 仁 仁

⑪ rén ⑱ jan⁴ 人

① 親善、友愛：仁愛（同情、有愛心和樂於助人）。② 尊稱對方：仁兄 / 仁弟。③ 感覺靈敏：麻木不仁。④ 果核或果殼裏面的種子；硬殼裏面包着的肉：杏仁 / 蝦仁 / 花生仁。⑯ 仁者見仁，智者見智

〔古詩文〕智者自知，仁者自愛。《孔子家語·三恕》

【仁義】rén yì ① 仁愛和正義：仁義道德是做人的基本品質。② 符合仁愛、正義的心地和行為。 俗 錢財如糞土，仁義值千金

【仁慈】rén cí 慈善、有愛心：母親對人十分仁慈。 同 慈愛

【仁至義盡】rén zhì yì jìn 盡了最大的努力，去關心、愛護、幫助別人。

2 什 (一)

什什什 什

普 shí 粵 sap⁶ 十

同 "甚"。詳見 "甚"。

2 什 (二)

普 shén 粵 sap⁶ 十

見 "甚麼"。

【什麼】shén me ① 提出問題、提出疑問，相當於 "哪種、哪些、哪類"：留什麼給你 / 搞什麼鬼 / 這話是什麼意思。② 表示不滿、不同意或不以為然：明明知道，裝什麼糊塗 / 年輕什麼，都六十歲了 / 問路有什麼不好意思的！③ 表示——列舉：什麼打掃房間啊，什麼照顧老人啊，她都行 / 林子大了，什麼鳥都有。也作 "甚麼"。

2 仃

仃仃仃 仃

普 dīng 粵 ding¹ 丁

伶仃，孤單的樣子：孤苦伶仃。

2 仆

仆仆仆 仆

普 pū 粵 fu⁶ 父

向前跌倒：前仆後繼。

2 仇 (一)

仇仇仇 仇

普 chóu 粵 sau⁴ 愁

① 強烈的恨：恩將仇報。② 仇敵：仇人（強烈憎恨、敵視的人）/ 疾惡如仇。

【仇恨】chóu hèn ① 強烈憎恨敵視：燃起仇恨的怒火。② 憎恨敵視的情緒：滿腔仇恨。 反 恩情

2 仇 (二)

普 qiú 粵 kau⁴ 求

姓。

2 仍

仍仍仍 仍

普 réng 粵 jing⁴ 形

① 還是；照樣：仍像平時一樣。② 依照；沿用：一仍舊貫。

【仍然】réng rán 仍舊；照舊：雖然年過半百，精力仍然充沛。 同 依舊 * 依然

✎ "就算……仍然……" 表達假設關係的關聯詞固定搭配，如：就算這次任務失敗了，我仍然會繼續努力，爭取下一次做得更好。

【仍舊】réng jiù 照老樣子不變：一切仍舊 / 公眾的不滿仍舊沒有平息。 同 依舊

2 介

介介介 介

普 jiè 粵 gaai³ 界

① 在兩者當中：介乎兩山當中 / 介乎兩者之間。② 介紹：買樓找中介。③ 留着，保存着：她很介意別人在背後議論她。④ 耿直：為人耿介。⑤ 相當於 "個"：一介書生。⑥ 這麼、這樣：煞有介事。

【介入】jiè rù 參與，置身其中：警方已介入調查。

【介紹】jiè shào ① 把兩者拉到一起建立關係：

介紹你們兩位認識一下 / 這筆生意是她介紹的。
② 說明情況，讓別人了解：介紹學校的歷史。
【介意】jiè yì 放在心上：小事一樁，何必介意。
⑩ 在意 ⑰ 釋懷

今　今今今今
⑪ jīn ⑭ gam¹ 甘
① 現在：如今 / 當今有誰能和他比。② 眼前的、
當下的：今日 / 今朝（今天、現在）/ 今宵（今
夜）/ 今後（今天以後）。③ 此；這：今生 / 今世。

以　以以以以
⑪ yǐ ⑭ ji⁵ 耳
① 用；拿：以理服人 / 以權謀私。② 按照；依
據：物以類聚，人以羣分。③ 因為，由於：不以
自己成績好就驕傲自滿。④ 表示時間、方位、
數量的界限：五點以後 / 兩天以前 / 三十歲以上。
⑩ 以牙還牙，以眼還眼 * 以其人之道，還治其人
之身
【以及】yǐ jí 還有：有校長、老師、同學，以及家
長到會。
【以至】yǐ zhì ① 一直到：一次不行，就兩次三
次，以至更多次。② 因此，故而：開車分心想事，
以至造成事故。⑩ 以至於
✎ "以至"還是"以致"？"以致"是從而招致
的意思，表示由前面的原因引出不良後果；
"以至"是一直到的意思，表示到達的程度、
範圍或結果。
【以免】yǐ miǎn 避免、免除、免得：做好充分準
備，以免到時出錯。⑩ 避免
【以來】yǐ lái 自那之後；自那時起算，直到現在：
自上學以來，從沒有過這麼好的成績！
【以往】yǐ wǎng 過去：懷念以往的好日子 / 以往
那件事，我不放在心上。⑩ 過往 ⑰ 以後 * 往後

【以致】yǐ zhì 致使；使得；造成：財迷心竅，以
致六親不認 / 河水長期受污染，以致發臭。
【以便】yǐ biàn 便於、便利、方便：請留下手機
號碼，以便聯繫。⑩ 便於
【以後】yǐ hòu 在此之後：我做錯了，以後一定
改。⑰ 以前
【以前】yǐ qián 在這前面，在此之前：以前的事
不必再提了。⑩ 之前 ⑰ 以後 * 之後
【以為】yǐ wéi 認為：總以為自己比別人強。

仕　仕仕仕仕
⑪ shì ⑭ si⁶ 士
做官：出仕 / 仕途（官場；做官的前途）。

付　付付付付
⑪ fù ⑭ fu⁶ 父
① 交給：支付 / 付訖（交清）。② 一雙，成對的
通 "副"：一付眼鏡 / 兩付手套。
【付諸東流】fù zhū dōng liú 把東西丟進東流的
江水裏。比喻希望落空或成果盡失：多年的心血
付諸東流。⑩ 付之東流

仗　仗仗仗仗
⑪ zhàng ⑭ zoeng⁶ 象
① 憑藉、依靠、靠着：依仗 / 狗仗人勢 / 仗勢欺
人（倚仗權勢欺侮人）。② 刀槍等兵器的統稱：
儀仗 / 明火執仗。③ 戰鬥：打了勝仗。

代　代代代代
⑪ dài ⑭ doi⁶ 待
① 代替；更換：代購 / 代辦。② 代理：代市
長 / 代省長。③ 一輩為一代：後代 / 代代相傳。

④ 朝代：漢代 / 唐代。⑤ 一段歷史時期：時代 / 古代 / 近代 / 現代。
【代表】dài biǎo ① 受委託或推舉、選舉出來，出面替個人或公眾辦事、表達意見：代表總經理參加會議。② 做代表的人：工會代表。③ 有代表性的；典型的：代表作品。④ 體現；反映：他的意見代表了校方的看法。
【代理】dài lǐ ① 臨時替人擔任職務：代理市長。② 受人委託代做事情：代理訴訟。
【代替】dài tì 取代；替換：我代替他去一次 / 電腦代替不了人腦。同 替代
【代價】dài jià 付出的錢財；付出的精力；付出的犧牲：不惜代價 / 代價十分昂貴。

仙

仙仙仙仙 **仙**

普 xiān 粵 sin¹ 先
仙人，神仙：仙女 / 仙丹（長生不老或起死回生的藥丸）。俗 八仙過海，各顯其能
【仙境】xiān jìng ① 神仙和仙人活動的境域。② 比喻景物極美的地方：美得像仙境一般。

仔 (一)

仔仔仔仔 **仔**

普 zǎi 粵 zai² 濟
方言。① 幼小的動物：豬仔。② 小孩子；年輕人：男仔 / 女仔 / 靚仔 / 肥仔。

仔 (二)

普 zǐ 粵 zi¹ 咫
見 "仔細"。
【仔細】zǐ xì ① 細心；周密：仔細分析 / 仔細看了一遍。② 小心、注意：回答考題時要仔細一點。同 細心 * 認真 反 粗心 * 馬虎

他

他他他他 **他**

普 tā 粵 taa¹ 它
① 稱自己和對方以外的第三人。② 別的、其他的：他人（別人）/ 他鄉（異鄉）/ 留作他用。
【他日】tā rì 以後；將來：此事他日再說吧 / 今天努力學習，他日出人頭地。反 今日 * 今朝
【他們】tā men 稱自己和對方以外的若干人：他們走了 / 他們這幾個人最愛開玩笑。

令

令令令令 **令**

普 lìng 粵 ling⁶ 另
① 命令；指示：手令 / 三令五申。② 使、叫、讓：利令智昏。③ 美善；美好：令德 / 令名。④ 時節、季節：夏令 / 冬令。⑤ 敬稱對方的親屬：令尊（對的父親）/ 令堂（對方的母親）/ 令愛（對方的女兒）。⑥ 酒令：猜拳行令。⑦ 古代官名：縣令。

伕 [夫]

伕伕伕伕伕伕 **伕**

普 fū 粵 fu¹ 呼
服勞役的人；做特種體力勞作的人：拉伕 / 車伕 / 馬伕。

休

休休休休休 **休**

普 xiū 粵 jau¹ 丘
① 歇息，休息：休養（休息調養）/ 正在午休。② 停止、終止：罷休 / 善罷甘休。③ 別，不要：往事休提 / 休想拿走一分錢！俗 一不做，二不休
【休息】xiū xi 歇息，不做事。反 繁忙 * 忙碌 同 休想：別想，不要想。休假：享受假期。
【休閒】xiū xián 輕鬆悠閒，沒有負擔。同 清閒 * 悠閒

【休憩】xiū qì 休息：園內設有長椅，供人休憩。
🈯 忙碌 * 勞作

伍 伍伍伍伍伍 伍

㊗ wǔ ㊀ng⁵ 五

① 同伴；同夥的人：落伍 / 羞與為伍。② 指軍隊：退伍軍人。③ 數目字"五"的大寫。

伎 伎伎伎伎伎 伎

㊗ jì ㊀gei⁶ 技

① 以歌舞為業的女子：歌伎。② 技，技巧、本領：伎倆（手段；花招）/ 故伎重施。

伏 伏伏伏伏伏 伏

㊗ fú ㊀fuk⁶ 服

① 趴着；身體向前傾：伏在地上 / 伏案讀書。② 低下去：此起彼伏 / 起伏不定。③ 埋伏；隱藏：潛伏 / 危機四伏。④ 制服：降龍伏虎。⑤ 低頭認可；屈服：伏罪（認罪）。

伐 伐伐伐伐伐 伐

㊗ fá ㊀fat⁶ 佛

① 砍：採伐 / 砍伐。② 征討；批判：征伐（討伐）/ 口誅筆伐。

仲 仲仲仲仲仲 仲

㊗ zhòng ㊀zung⁶ 頌

① 位在當中：仲裁。② 一年四季每季的第二個月：仲春 / 仲夏 / 仲秋 / 仲冬。
【仲裁】zhòng cái 發生爭執時，由雙方同意的第三者作出裁決。

件 件件件件件 件

㊗ jiàn ㊀gin⁶ 健

① 相當於"個"：一件小事 / 幾件行李。② 可用"件"計算的事物：案件 / 零件。③ 文件：密件 / 急件。

任 (一) 任任任任任 任

㊗ rèn ㊀jam⁶ 音⁶

① 擔負、擔當、承受：任勞任怨（不辭勞苦，不怕招來埋怨）/ 任教。② 責任：以天下為己任。③ 委任：任用（委派使用）/ 任免（任用和免職）/ 任職。④ 官職；職位：走馬上任。⑤ 由着；聽憑：放任自流。⑥ 相信：很受信任。⑦ 任何，不論甚麼：任人皆知。

〔古詩文〕士不可以不弘毅，任重而道遠。《論語・泰伯》

【任由】rèn yóu 放縱，不加約束：任由他去吧，我沒辦法管。🈁 任憑 * 聽憑

【任何】rèn hé 無論甚麼：任何時候 / 沒有任何藉口。

【任命】rèn mìng 委派：任命新校長。🈁 委任
🈯 撤職

【任性】rèn xìng 由着性子行事：這孩子不聽話，太任性。

【任務】rèn wù 擔當的工作：任務如期完成。

【任意】rèn yì 沒有拘束，不受限制。🈁 隨意
🈯 管束 * 約束

【任憑】rèn píng ① 聽憑、聽任：任憑他幹甚麼，反正我管不了。② 即使：任憑跑到天涯海角也要找到他。

【任重道遠】rèn zhòng dào yuǎn 擔子很重，路途遙遠。比喻責任重大，須要長期努力奮鬥。

4 **任** (二)

⟨普⟩ rén ⟨粵⟩ jam⁴ 吟

姓氏；地名用字。

4 **份**　份份份份份 份

⟨普⟩ fèn ⟨粵⟩ fan⁶ 昏 ⁶

① 整體中的一部分：份量（在整體中所佔的數量）/ 股份 / 分成三份。② 表示從整體中劃分出來的單元：年份 / 月份 / 省份。③ 與數目字連用，表示"分出來"或"組合起來"的東西的數量，大致相當於"個"、"件"：一人兩份 / 一份禮品 / 兩份報告 / 找份好工作。

✎ "表示個數、件數"時，口語多用"份兒"（fènr），書面語多用"份"，如書面語"一份"、"兩份"，口語則説"一份兒"、"兩份兒"。

【份量】fèn liàng 重量：這本書份量不輕啊。又作"分量"。

4 **仰**　仰仰仰仰仰 仰

⟨普⟩ yǎng ⟨粵⟩ joeng⁵ 養

① 臉朝上：仰視 / 仰望（抬頭往上看）。② 敬慕：信仰 / 久仰大名。③ 依靠：仰仗（依賴、依靠）。

【仰慕】yǎng mù 敬仰嚮往：自幼就仰慕大詩人李白。圓景仰 * 敬仰 圓鄙視 * 歧視

4 **仿**　仿仿仿仿仿 仿

⟨普⟩ fǎng ⟨粵⟩ fong² 訪

① 相似、好像：相仿。② 仿照，照着樣子做：模仿 / 仿冒（假冒；仿造冒充）。

【仿效】fǎng xiào 模仿，照着樣子去做：仿效別人的做法。圓效仿。

【仿照】fǎng zhào 模仿，按照已有的樣子去做：

仿照他的辦法做肯定行。圓模仿

4 **伙**　伙伙伙伙伙 伙

⟨普⟩ huǒ ⟨粵⟩ fo² 火

① 伙食：伙房 / 包伙。② 同伴：同伙 / 伙伴（同伴）。③ 共同：合伙開店。④ 相當於"羣"：一伙人聚在門口。

💡 ②③④ 義也可寫作"夥"，"伙"與"夥"意義相同。

4 **伊**　伊伊伊伊伊 伊

⟨普⟩ yī ⟨粵⟩ ji¹ 衣

他、她：你不認識伊麼？

【伊斯蘭教】yī sī lán jiào 公元七世紀初阿拉伯人穆罕默德創立的宗教，奉《古蘭經》為經典，是世界主要宗教之一，盛行於亞洲西部、非洲北部和東南亞，分為遜尼派和什葉派兩大派別。唐代傳入我國，又稱回教。

4 **企**　企企企企企 企

⟨普⟩ qǐ ⟨粵⟩ kei⁵ 其 ⁵

① 抬起腳跟站着：企立（站立）。② 盼望；希望：企盼 / 企求。③ 趕上：不可企及。

【企求】qǐ qiú 希望，盼望得到：企求幸福 / 企求考進好大學。圓企盼 * 期盼

【企業】qǐ yè 從事商品生產或商品經營活動的單位，如工廠、貿易公司等。

【企圖】qǐ tú ① 打算，想達到某種目的：企圖散佈流言，敗壞她的聲譽。② 意圖，想法：不良企圖被識破了。

估

估估估估估估 估

⟨普⟩ gū ⟨粵⟩ gu² 古

推算；估計：估算 / 估量（估計，估算）。

【估計】gū jì 大概推斷、大約推算：風險估計 / 我估計他快到了。⟳ 估量

【估算】gū suàn 大致推算，大體測算一下：你估算一下，要花多少錢 / 到底有多少人受感染，一時還難以估算。⟳ 估量

何

何何何何何何 何

⟨普⟩ hé ⟨粵⟩ ho⁴ 河

① 甚麼？表示疑問：為何？② 哪個、哪裏？表示疑問：去向何方 / 何去何從？③ 怎麼樣、行不行？表示反問：如此處理，何如？

【何不】hé bù 為甚麼不？表示"應該、本該"：何不告訴他 / 何不見她一面？

【何止】hé zhǐ 豈止，表示"不止、超過"：我看過的書何止這些。

【何以】hé yǐ ① 拿甚麼、用甚麼、憑甚麼：不學無術，何以謀生 / 落到這步田地，何以見人？② 為何、為甚麼：已經說定的事，何以反悔 / 明明做錯了，何以死不認錯？

【何必】hé bì 表示"不必、沒必要"：事情已經過去了，何必放不下呢？

【何妨】hé fáng 不妨：何妨把心裏話都說出來。

【何況】hé kuàng 更不要說，更不必說。表示"更進一層"：坐車都來不及，何況步行？

✎ "……（更）何況……"表達事情有更進一步意思的關聯詞，如：傷者被送進深切治療部，連家人都不能進去探望，更何況是你！（注意："況且"與"何況"都有表達事情更進一層的意思，但"況且"多數作補充說明，"何況"有任何情況的意思，語氣態度更強烈）

【何苦】hé kǔ 表示"不值得、沒必要"：何苦為

這點小事生氣！

【何等】hé děng ① 怎樣的、甚麼樣的：不知是何等人物，口氣這麼大！② 多麼；不同尋常：駕車在大雨中兜風，何等痛快！

【何須】hé xū 哪裏須要，不須：這點小問題，何須問老師，我告訴你吧。⟳ 哪須 * 無須

【何曾】hé céng 哪裏，表示"沒有"：我何曾見過他？

【何嘗】hé cháng 不是；怎麼會：我何嘗不想早點退休 / 我何嘗不想去英國讀書。

【何去何從】hé qù hé cóng 怎樣做才好？怎樣決定才好？表示須要作出選擇：在這情況下不知道該何去何從。

佐

佐佐佐佐佐佐 佐

⟨普⟩ zuǒ ⟨粵⟩ zo³ 左³

輔助；幫助：佐助 / 輔佐 / 佐證（證據）。

佑

佑佑佑佑佑佑 佑

⟨普⟩ yòu ⟨粵⟩ jau⁶ 右

保護和幫助：上帝保佑 / 佑助（幫助）。

佈 [布]

佈佈佈佈佈佈 佈

⟨普⟩ bù ⟨粵⟩ bou³ 布

① 散佈；分佈：星羅棋佈 / 濃雲密佈。② 宣佈，向公眾發佈：公佈 / 佈告。③ 安排；設置：佈防（佈置防禦）/ 任人擺佈。

【佈告】bù gào ① 張貼出來的通告：招生佈告。② 宣佈，告訴所有人：佈告天下。

【佈景】bù jǐng 供演出或攝影使用的、佈置在舞台或攝影場上的景物。

【佈置】bù zhì ① 陳設安排各種物件：房間佈置得很漂亮。② 安排：佈置工作 / 佈置夏令營的

活動。

5 佔 [占]　佔 佔 佔 佔 佔 佔 佔

🔸zhàn 🔹zim³尖³

① 據為己有：強佔／霸佔。② 處於有利地位：佔上風。

【佔用】zhàn yòng 佔有並使用利用：佔用空地放東西／佔用你點時間商量件事。 🔄歸還

【佔有】zhàn yǒu ① 用強力或不正當手段獲得：無償佔有別人的成果。② 處於某個位置上：京劇在戲曲中佔有重要地位。 🔄佔據

【佔領】zhàn lǐng ① 用武力獲得：佔領敵軍的陣地。② 佔據並擁有：佔領市場一半的份額。 🔄喪失＊丟失

【佔據】zhàn jù 取得；佔有：佔據優勢／佔據了有利地形。 🔄據有 🔄失去

5 似 (一)　似 似 似 似 似 似 似

🔸sì 🔹ci⁵恃

① 相同、一樣：酷似／長得好相似。② 似乎；好像：似曾相識（好像認識；好像見過面）。③ 過、超過：日子一年好似一年。

【似乎】sì hū 彷彿；好像：似乎不太可能／老師似乎看出了我的心事。 🔄好似 🔄不似

5 似 (二)

🔸shì 🔹ci⁵恃

見"似的"。

【似的】shì de 同某種事物、某種情況相像：一團團棉花似的白雲。

5 但　但 但 但 但 但 但 但

🔸dàn 🔹daan⁶憚

① 只是；僅僅：但願（只願，只希望）。② 只管、儘管：但說無妨。③ 可是；不過：題目雖然很難，但我都答對了。 🔄不求有功，但求無過

【但是】dàn shì 可是、然而：看上去不難，但是做起來，恐怕沒有那麼容易。

✏️ "雖然……但是……"表達後來發生的事情有變化的關聯詞固定搭配，如：雖然冬天的溫度很低，但是細菌還是能生存下去。

5 伸　伸 伸 伸 伸 伸 伸 伸

🔸shēn 🔹san¹身

① 展開、舒展；伸直、挺直：伸懶腰／伸張（擴大；擴展）。② 說明；表白：伸述（陳述說明）／伸冤（申訴冤屈；洗刷冤情）。 🔄伸手不見五指

【伸展】shēn zhǎn 延伸；展開：小路一直伸展到遠方／伸展雙臂，活動腰肢。 🔄收縮

【伸縮】shēn suō ① 伸長和縮短；伸展和收縮：伸縮進退／伸縮自如。② 變通：留一點伸縮餘地。

5 作　作 作 作 作 作 作 作

🔸zuò 🔹zok³昨³

① 起，興起來：振作／風聲大作。② 做事；進行活動：工作／作報告／作奸犯科（進行違法犯罪活動）。③ 製造：製作。④ 寫；畫：作詩／作畫（繪畫）。⑤ 作品：處女作。⑥ 裝；扮：故意做作／裝腔作勢。⑦ 算作；當成；作為：認賊作父／以身作則。 🔄為他人作嫁衣裳

【作文】zuò wén ① 寫文章：上作文課。② 學生作為寫作練習所寫的文章：他寫的作文刊登在校刊上。

【作用】zuò yòng ① 影響；效果：積極作用／消

極作用／發揮作用。② 產生影響、效果的活動：光合作用／胃的消化作用。

【作曲】zuò qǔ 譜曲，譜寫歌曲或樂曲。

【作弄】zuò nòng 捉弄、戲弄：命運作弄人／你讓人家作弄了。

【作坊】zuō fang 傳統手工業者的工作場所。

【作秀】zuò xiù ① 表演，演出。② 在公開場合作出某種姿態，以博取宣傳效果或博得歡心、同情。

【作怪】zuò guài ① 鬼、神、妖魔與人為難：一到半夜房子裏就有鬼魂作怪。② 搗鬼、搗亂：在暗中作怪。

【作品】zuò pǐn 文學藝術創作出來的成品。

【作風】zuò fēng 生活處事中所表現的態度和行為：作風正派／官僚作風。

【作為】zuò wéi ① 當做、當成：把唱歌作為職業。② 行為：她平時的作為無可挑剔。③ 做出成績：有所作為／無所作為。④ 成績：工作上很有作為。⑤ 從某個方面說、從某個方面看：作為立法會議員／作為給孩子看的書，應該多一點圖畫。

【作息】zuò xī 工作和休息：按時作息／新的作息時間表。

【作家】zuò jiā 在文學創作上有成就的人。

【作答】zuò dá 回答：一下子給問住了，一時真難以作答。圓 答覆

【作業】zuò yè ① 教師給學生佈置的功課：課堂作業。② 做工作、做事情：野外作業／井下作業／海底潛水作業。

【作弊】zuò bì 作假：考試作弊，斷送了前程。

【作罷】zuò bà 取消：就此作罷／只好作罷。圓 罷手

【作孽】zuò niè ① 造成災難；做壞事：我這輩子從不作孽。② 遭罪受苦：半輩子窮，半輩子作孽。③ 可憐；悲慘：病成這樣，真作孽。圓 造孽 俗 天作孽，猶可恕，自作孽，不可活

伯

伯伯伯伯伯伯　伯

普 bó 粵 baak³ 百

① 在弟兄中排行第一：伯仲叔季。② 父親的哥哥：伯伯／伯父。③ 尊稱年紀較大的、與父親同輩的男子：老伯／李大伯。

〔簡明詞〕伯仲叔季：伯，老大；仲，老二；叔，老三；季，排行最小。

伶

伶伶伶伶伶伶　伶

普 líng 粵 ling⁴ 零

① 戲曲演員：優伶／名伶。② 孤單、單一的樣子：孤苦伶仃（孤單無依靠）／瘦骨伶仃（形容瘦弱）。

【伶俐】líng lì 靈活，機靈：口齒伶俐／聰明伶俐／活潑伶俐。

佣

佣佣佣佣佣佣　佣

普 yòng 粵 jung² 擁

佣金，交易付給中間人的報酬。

低

低低低低低低　低

普 dī 粵 dai¹ 底¹

① 矮，不高：高低起伏。② 凹下去，低窪：低谷／死海是世界上最低的地方。③ 向下垂：低頭／雲層低垂。④ 等級或標準在下面的：低溫／低檔貨／低年級。⑤ 低落，消沉：情緒低沉。

【低下】dī xià ① 在一般標準之下的：效率低下。② 庸俗，低俗：格調低下，說話粗俗。反 卓越 * 突出

【低落】dī luò ① 向下降：水位低落。② 消沉：情緒低落。圓 高漲

【低廉】dī lián 價格低：價格低廉／收費低廉。

⑰ 便宜 ⑰ 昂貴

【低頭】dī tóu ① 垂下頭。② 比喻屈服：從不向困難低頭。⑰ 屈從 * 屈服

你

你 你 你 你 你 你 **你**

⑮ nǐ ⑯ nei⁵ 您

① 稱對方一個人：我和你一同去 / 你找誰呀？② 你們：你校 / 你方。③ 指任何人：他的口才叫你不得不佩服。

住

住 住 住 住 住 住 **住**

⑮ zhù ⑯ zyu⁶ 主⁶

① 居住：衣食住行 / 住所（人居住的處所）/ 住宿（在外居住，多指過夜）。② 停止；停頓，不再改變：住口（停止説話；不准再説下去）/ 呆住了。

【住戶】zhù hù 在當地居住的個人或家庭：四合院內有三家住戶。

【住宅】zhù zhái 供人居住生活的房屋。

【住址】zhù zhǐ 居所的所在地：請告訴我您的住址。⑰ 地址

位

位 位 位 位 位 位 **位**

⑮ wèi ⑯ wai⁶ 慧

① 位置：座位 / 各就各位。② 職位；地位：聽説他升了官，位在您之上。③ 皇位：繼位 / 在位十年。④ 為祖先或神設立的牌位：靈位。⑤ 用於稱呼別人，表示尊敬：各位 / 諸位 / 這位。⑰ 不在其位，不謀其政

【位置】wèi zhì ① 所佔的地方：找到自己的位置坐下。② 職位：找了一個小學老師的位置。③ 地位：李白在中國文學史上佔有重要的位置。

伴

伴 伴 伴 伴 伴 伴 **伴**

⑮ bàn ⑯ bun⁶ 叛

① 夥伴：結伴而行。② 陪同，陪伴：陪伴 / 作伴。

【伴奏】bàn zòu 用器樂配合演奏：鋼琴伴奏 / 樂隊伴奏。

【伴侶】bàn lǚ ① 夥伴，同伴：旅途伴侶。② 指夫妻：終身伴侶。

〔簡明詞〕老伴：老年夫妻中的一方。伴郎：男儐相，婚禮中陪伴新郎的男子。伴娘：女儐相，婚禮中陪伴新娘的女子。

【伴隨】bàn suí 陪伴；跟隨、跟着：愛心伴隨着我 / 一道閃電過後，響雷伴隨而來。

伺 (一)

伺 伺 伺 伺 伺 伺 **伺**

⑮ sì ⑯ zi⁶ 自

① 察看；偵察：窺伺。② 等待：伺機（等待或尋找機會）。

伺 (二)

⑮ cì ⑯ zi⁶ 自

伺候，服侍人。

【伺候】cì hòu ① 照料別人的生活：我伺候了老太太一輩子。② 為上司或他人辦事：真難伺候 / 決不伺候這種人。⑰ 侍候 * 服侍

🔑 伺侯 "侯" 是爵位名、姓氏。"候" 是照料、等候。兩字形近易錯。

✎ "侍候" 還是 "伺候"？"侍候" 的意思是服侍，含有尊重被照料者的意味；"伺候" 的意思是在人身邊供使喚，照料生活起居，帶有口語色彩。

5 **佛** (一)　佛佛佛佛佛佛 佛

⑧ fó ⑨ fat⁶ 乏

① 佛陀，佛教徒稱佛祖釋迦牟尼，簡稱 "佛"：拜佛。② 佛教。

【佛教】fó jiào 世界主要宗教之一。相傳為公元前六至五世紀古印度迦毗羅衛國（在今尼泊爾境內）王子釋迦牟尼所創立，西漢末傳入中國，並傳到亞洲的緬甸、泰國、柬埔寨、越南、日本等國。

5 **佛** (二)

⑧ fú ⑨ fat¹ 乏 ¹

同 "佛"。彷彿。

6 **來**[来]　來來來來來來 來

⑧ lái ⑨ loi⁴ 萊

① 由別處到此處：她從澳門來。② 搞，做出：別來這一套。③ 產生，發生：這下麻煩來了。④ 從過去到現在：有史以來 / 冬去春來。⑤ 往後的、以後的：來年（下一年）/ 繼往開來。⑥ 表示大約、左右：十來個 / 三十來歲。⑦ 表示能、能夠、可以：談得來 / 唱不來。⑧ 表示列舉：這次出門，一來是購物，二來想看朋友。⑨ 起來，表示開始並繼續下去：說來話長 / 看來有把握。

【來日】lái rì 以後，以後的日子。⑰ 前日 * 往日
〔附加詞〕來日方長：將來的日子還很長。

【來由】lái yóu ① 因由，原因：說說你名字的來由。⑯ 由來 ② 來歷：調查她的來由。

【來回】lái huí 一來一往，去一趟再返回來。
〔附加詞〕來回回：往返多次。

【來自】lái zì 從哪裏來；自何處來：藥品來自德國。

【來到】lái dào 到達目的地：來到北京三天了 / 來到家我才算安心。⑯ 到達 ⑰ 離去

【來往】lái wǎng ① 往返，來和去：來往兩地。② 交際、交往：與鄰居來往不多。⑯ 往來

【來電】lái diàn ① 打電報、打電話：剛剛來電詢問。② 打來的電報、電話：來電收到 / 來電顯示。

【來路】lái lù ① 通向此地的道路：回望來路煙塵滾滾。② 來源：失業斷了生活來路。③ 來歷：來路不明。

【來源】lái yuán ① 來自哪裏、出自哪裏：信息來源 / 生活來源。② 起源；產生：靈感來源於生活經驗。

【來頭（來頭兒）】lái tou (lái tour) ① 來歷，人的經歷或背景：此人來頭不小。② 來勢：一看來頭兒不妙，悄悄地溜走了。

💡 口語多讀兒化音來頭兒，一般不讀來頭。

【來歷】lái lì 所經歷的過程和情況：來歷不明 / 這筆錢的來歷清楚嗎？⑯ 來路

【來臨】lái lín 到來，來到：春天來臨 / 夜色悄悄來臨。⑯ 來到 * 到來

【來不及】lái bu jí 趕不出來；趕不上了。表示時間太短或時間已過：要得這麼急，不睡覺也來不及啊 / 就算現在能趕到，也來不及了，船都開了。⑰ 來得及。

【來得及】lái de jí 能趕得上，時間還夠：現在就去，還來得及見一面。⑰ 來不及。

6 **佳**　佳佳佳佳佳佳 佳

⑧ jiā ⑨ gaai¹ 街

美；好：佳餚（品優味美的菜餚）/ 漸入佳境 / 佳音（好消息）。

【佳節】jiā jié 歡樂愉快的節日：中秋佳節 / 元宵佳節。

〔古詩文〕獨在異鄉為異客，每逢佳節倍思親。《九月九日憶山東兄弟》王維)

侍 6

侍侍侍侍侍侍　侍

普 shì　粵 si⁶ 士

伺候；陪伴：侍候（服侍）。

【侍奉】shì fèng ① 侍候奉養：侍奉雙親。② 侍候，服侍：侍奉公婆。⟳ 奉侍 * 伺候

佬 6

佬佬佬佬佬佬　佬

普 lǎo　粵 lou² 勞 ²

① 成年的男子；漢子：肥佬 / 北方佬。② 替人調解爭端的人：和事老。

供 6 （一）

供供供供供供　供

普 gōng　粵 gung¹ 工

① 供給；供應：供款 / 供水供電。② 提供：僅供參考。

【供款】gōng kuǎn 定期向銀行交納借貸、按揭所規定的欠款。⟳ 貸款

【供給】gōng jǐ 把物資、錢財給予需要的人。

💡 給 jǐ 不讀 gěi：給 jǐ，供應；給 gěi，拿給對方。

【供養】gōng yǎng 供給所需要的錢財和生活物品：供養父母 / 供養孤兒。

【供應】gōng yìng 供給物資，滿足需求：石油供應緊張。⟳ 斷絕

【供不應求】gōng bú yìng qiú 所供給的東西滿足不了需要。⟳ 供過於求。

供 6 （二）

普 gòng　粵 gung¹ 工 / gung³ 貢

① 奉獻祭品：供佛 / 供神。② 陳述案情：供認 / 招供 / 作供。③ 供詞：口供 / 逼供。④ 從事；擔任：供事（在一塊工作）/ 供職（擔任職務）。

【供奉】gòng fèng ① 誠懇敬重地供養神、佛或祖先。② 供養；奉養：孝敬父母，供奉天年。

使 6

使使使使使使　使

普 shǐ　粵 si² 史 / sai² 洗

① 用；使用：你買的菜刀不好使。② 差遣；派遣：指使 / 鬼使神差。③ 奉使命辦事：出使。④ 讓、令、叫：使人非常失望。⑤ 假如：假使 / 倘使。⑥ 駐在他國代表本國辦理外交事務的官員：大使 / 公使。

【使用】shǐ yòng 派用途、派用場，利用來做事或發揮效用：合理使用資金 / 選拔使用人才。⟳ 放棄 * 廢棄

【使命】shǐ mìng ① 交辦的重大任務：完成使命。② 承擔的重大責任：歷史使命。

【使勁（使勁兒）】shǐ jìn (shǐ jìnr) 用大力：使勁拉住她，才沒掉下去 / 使勁兒推了半天，總算鬆動了。⟳ 用力 * 用勁

【使得】shǐ de ① 讓、令、叫：她的這番話使得我百感交集。② 可用：這支筆使不使得？③ 行，可以這樣做：這辦法使得。⟳ 使不得。

佰 6

佰佰佰佰佰佰　佰

普 bǎi　粵 baak³ 百

數目字"百"的大寫。

例 6

例例例例例例　例

普 lì　粵 lai⁶ 麗

① 類、列，範圍內：不在此例。② 已有的成例，可用作依據、當作標準、可照着做的：先例 / 舉例 / 慣例 / 案例。

【例子】lì zi 可以説明問題或照着做的先例。

【例外】lì wài ① 不按規定行事：無一例外 / 在學

校必須穿校服，沒有例外。② 不合常規的情況：爸爸一下班就回家，很少有例外。🔄 特例

【例如】lì rú 比如說、就好像：叫"魚"的動物可多了，例如金魚、墨魚、鯨魚。

💡 "例如"通常可換成"例如說"、"比如"、"比如說"，意思一樣。

【例證】lì zhèng 援引來證明真實或正確的例子：你舉的例證不足以說明問題。

---

6 **侄**　侄侄侄侄侄侄 侄

(普) zhí (粵) zat⁶ 疾

同"姪"。詳見"姪"。

---

6 **佩**　佩佩佩佩佩佩 佩

(普) pèi (粵) pui³ 配

① 掛在身上：佩帶。② 尊敬佩服：敬佩／佩服（欽佩敬服）。

【佩帶】pèi dài 在腰上掛着：警察都佩帶手槍和警棍。

✎ 佩戴與佩帶：佩戴，側重點在"戴"，沒有"攜帶"的意思，用於徽章、首飾裝飾品和代表榮譽、身分的東西；佩帶，側重點在"帶"，是"攜帶"的意思，用於可"攜帶"的東西。槍和警棍可以"攜"，但不能"戴"；首飾和胸花可以"戴"，但不能"攜"。

【佩戴】pèi dài 把裝飾品或標誌物佩掛在或別在身上：佩戴首飾／給她佩戴一朵胸花。

---

6 **侈**　侈侈侈侈侈侈 侈

(普) chǐ (粵) ci² 齒

① 鋪張浪費：奢侈／侈靡（奢侈鋪張浪費）。
② 過分：侈望（過高的期望）。

---

6 **依**　依依依依依依 依

(普) yī (粵) ji¹ 衣

① 靠着；依靠：依偎（緊靠着）／相依為命。
② 聽從、順從：依從（聽從、順從）／百依百順。
③ 按照、遵循：依法辦事。

【依託】yī tuō ① 依靠：依託秀麗的山川發展旅遊業。② 依靠的人或事物：父母去世後，舅父是我唯一的依託。

【依傍】yī bàng ① 緊靠着：校園依傍着林木繁茂的郊野公園。② 依靠：不依傍別人，凡事都靠自己。🔄 依託

【依然】yī rán 照舊，仍舊：風采依然／儘管久病在牀，他依然樂觀。🔄 仍然＊依舊

【依照】yī zhào 按照：依照規定，你不合資格。🔄 遵照

【依靠】yī kào ① 倚仗、仰仗、依賴：依靠關係賺了一筆大錢。② 可依靠的人或事物：他是她的精神依靠。

【依據】yī jù ① 根據：依據預報，明天會下大雨。② 作為根據的事物：這不能作為依據。🔄 根據

【依賴】yī lài 依靠：事事依賴父母。🔄 仰仗＊依仗 🔄 自立

【依舊】yī jiù ① 同過去一樣：青山依舊，綠水長流。② 仍舊，仍然：經過多番討論，依舊不同意。🔄 照舊＊依然

---

6 **併**[并]　併併併併併併 併

(普) bìng (粵) bing³ 兵³

合在一起：合併／兼併／歸併／吞併（將別國領土或他人財產強行據為己有）。

便 (一)

便便便便便便 便

🗣 biàn 🔊 bin⁶ 辨

① 適合；適宜：不便在公開場合說。② 容易；方便：便當（方便；簡便）/ 便於操作。③ 順道；就便：搭便車 / 順便買斤糖回來。④ 簡便的；非正式的：便條 / 吃頓便飯。⑤ 屎、尿：大小便。⑥ 排泄屎、尿：便秘 / 不可隨處小便。⑦ 就：一生平安便是幸福。⑧ 即使、即便、就算：有爸爸在，便是媽媽不來也行。

【便利】biàn lì ① 方便：地處市中心，交通便利。② 提供方便，讓別人方便：巴士改進服務，盡量為乘客帶來便利。🔄 方便

〔附加詞〕便利店：全天候、晝夜營業的零售商店。

便 (二)

🗣 pián 🔊 pin⁴ 蹁⁴

見 "便宜"。

【便宜】pián yi ① 價錢低：俗話說 "便宜無好貨"。② 划算，合算：天下哪有這樣便宜的事！③ 不該得到的好處；意外的好處：得了便宜賣乖。④ 不該給而給的照顧：這次放他一把，算便宜他了。

【便捷】biàn jié ① 靈活敏捷：身手便捷。② 方便快捷：香港到澳門的快船十分便捷。🔄 笨拙 * 不便

俠 [侠]

俠俠俠俠俠俠 俠

🗣 xiá 🔊 haap⁶ 狹

① 俠客：劍俠。② 講義氣、主持公道：俠義（見義勇為、捨己助人）/ 行俠仗義。

〔附加詞〕俠客、劍客：武藝高強、仗義勇為的人。

俏

俏俏俏俏俏俏 俏

🗣 qiào 🔊 ciu³ 肖

① 嬌媚漂亮：俊俏 / 俏麗（俊俏漂亮）。② 商品貨物銷路好：緊俏 / 行情走俏。

【俏皮】qiào pí 舉止活潑；詼諧風趣：這孩子機靈俏皮 / 俏皮話（幽默風趣或含諷刺意味的話語）。

保

保保保保保保 保

🗣 bǎo 🔊 bou² 寶

① 養育，撫養：保育。② 保護、保衛：保藏（收藏保存）/ 保全（保護好，不受損害）。③ 保存：保鮮。④ 保證、擔保：放心，我保你沒事。

【保存】bǎo cún 保持原狀，沒受損害：故宮保存着很多珍貴文物。🔄 丟棄 * 毀壞

【保守】bǎo shǒu ① 保護，守護：保守秘密。② 保持原狀，不求改進：風格保守 / 不思進取，理念保守。🔄 激進

【保安】bǎo ān ① 保護安全，保障安全：保安服務公司。② 做安全保護工作的人：學校聘請了五名保安。

【保佑】bǎo yòu 神給予庇護和幫助：上帝保佑 / 菩薩保佑。🔄 懲罰

【保育】bǎo yù ① 照料和教育嬰兒幼兒。② 對自然環境及天然資源的保護：生態保育。

【保持】bǎo chí 維持原狀，不發生變化：保持傳統的粵菜風味。🔄 改變

【保重】bǎo zhòng （希望別人）愛護身體，注重健康：多多保重。🔄 珍重

【保留】bǎo liú ① 保持原有的，不加改變：保留粵劇的傳統劇目。② 留在自己這裏：坦誠相待，毫無保留 / 保留勢力。

【保健】bǎo jiàn 保持身體健康：保健食品 / 保健運動。

【保密】bǎo mì 嚴守秘密，不洩漏出去。 反 解密
* 泄密

【保溫】bǎo wēn 保持溫度不變；保持在一定的
溫度上：保溫瓶 / 鴨絨被保溫，天冷也不怕。

【保管】bǎo guǎn ① 保存和管理：學校圖書館
的書保管得非常好。 ② 確保，保證：只要肯學，
保管你能學會。

【保障】bǎo zhàng ① 保護；切實做到：保障人
權。 ② 保證，擔保：晚年沒有保障。

【保衛】bǎo wèi 護衛；守衛：保衛邊疆的安全。
同 警衛

【保養】bǎo yǎng ① 保護調養：保養身體。
② 保護維修，保持良好狀態：保養電梯 / 保養設
備。 反 損壞 * 破壞

【保險】bǎo xiǎn ① 穩妥；靠得住：放在他家裏
比較保險。 ② 保證，肯定：這事交給她辦，保險
不出差錯。 ③ 向保險公司購買的醫療、人身或
財產安全的保障：人壽保險 / 為新車買保險。

【保鮮】bǎo xiān 保持食品新鮮不變質：保鮮紙。
反 變質

【保證】bǎo zhèng ① 承諾或擔保切實做到：我
保證以後會用功學習。 ② 保障，提供的擔保：誠
信是合作的保證 / 勤學好問是積累知識的保證。
同 擔保

【保護】bǎo hù 加以照顧、護衛，不使受傷害受
損害：保護好古建築 / 保護大熊貓人人有責。
反 傷害 * 損害

促 [7]
促促促促促促　促

普 cù 粵 cuk¹ 速

① 挨近、靠近：促膝談心。 ② 時間短；緊迫：
短促 / 倉促。 ③ 催促；推動：敦促 / 促進 (推動
向前發展) / 促成 (從中推動，辦成事情)。

【促使】cù shǐ 從中推動，讓事情辦成：促使早
下決心 / 促使承認錯誤。 同 敦促

侶 [侶] [7]
侶侶侶侶侶侶　侶

普 lǚ 粵 leoi⁵ 呂

同伴：伴侶 / 情侶。

俄 [7]
俄俄俄俄俄俄　俄

普 é 粵 ngo⁴ 鵝

① 時間短促：俄而 / 俄頃 (剎那、頃刻)。 ② 俄
羅斯的簡稱：俄國。

俐 [7]
俐俐俐俐俐俐　俐

普 lì 粵 lei⁶ 利

伶俐：伶牙俐齒。

侮 [7]
侮侮侮侮侮侮　侮

普 wǔ 粵 mou⁵ 母

① 看不起：侮慢 (輕視慢待)。 ② 欺凌，欺負：
平等待人，不能欺侮人。

【侮辱】wǔ rǔ 羞辱：侮辱人格 / 不堪侮辱。 反 尊重

俗 [7]
俗俗俗俗俗俗　俗

普 sú 粵 zuk⁶ 族

① 風俗，習俗：移風易俗 / 入鄉隨俗。 ② 大眾
的、通行的：俗話 (俗語) / 通俗文學。 ③ 平常
的、一般的：取得不俗的成績。 ④ 趣味低的、
不高雅的：庸俗 / 粗俗。

【俗氣】sú qì ① 情趣庸俗、格調低下：言談舉止
很俗氣。 ② 粗俗，不高雅：一身俗氣的打扮。
反 高雅

【俗稱】sú chēng ① 習慣上、通俗地叫做：馬鈴
薯俗稱土豆。 ② 通俗的或非正式的名稱：土豆
是馬鈴薯的俗稱。

【俗語】sú yǔ 普羅大眾使用的定型的話語：俗語説"少壯不努力，老大徒傷悲"，年輕人要懂得上進。

7

俘

俘俘俘俘俘俘 俘

㊀fú ㊁fu¹ 呼

① 俘虜：戰俘。② 抓、捉住（敵人）：俘獲（俘虜敵人；繳獲物資）。
【俘虜】fú lǔ ① 活捉敵人：俘虜了六百人。② 被活捉的敵人：大批俘虜坐在地上。

7

係 [系]

係係係係係係 係

㊀xì ㊁hai⁶ 系

① 關聯；關係：一定跟他逃關係。② 是：他説的那些事確係實情。

7

信

信信信信信信 信

㊀xìn ㊁seon³ 迅

① 確實、真實：信言不美，美言不信。② 信用：誠信／言而無信。③ 相信：信以為真／半信半疑。④ 信奉：信徒／她信佛教。⑤ 消息：通風報信／至今沒有音信。⑥ 書信：寫信／信封（裝書信的封套）／信箋（信紙）／信件（書信）。⑦ 憑證；依據：信物／印信。⑧ 聽憑；隨意：信步（隨步、漫步）／信手（隨手）。
〔古詩文〕言必信，行必果。《論語‧子路》
【信心】xìn xīn 確信必定成功的心理：滿懷信心／喪失信心。
【信用】xìn yòng 誠實可靠，不失信、不違約：講信用／守信用。㊀誠信
【信任】xìn rèn 相信，不懷疑：互相信任／互不信任。㊁懷疑
【信仰】xìn yǎng ① 崇拜信奉：媽媽信仰佛教，爸爸信仰基督教。② 崇尚、信奉、追求的東西：每人都有自己的信仰。
【信奉】xìn fèng ① 信仰並崇奉：信奉觀音。② 相信並身體力行：我信奉"做人必須講誠信"。
【信念】xìn niàn 堅信不疑的想法：他有一個信念——好好讀書，就會有好的未來。
【信服】xìn fú 從心裏相信：難以讓人信服。㊀心服口服
【信息】xìn xī ① 音信、消息：信息靈通人士告訴他。② 用網絡數碼手段傳遞的數據內容：我剛收到她發來的信息。
【信徒】xìn tú ① 信仰某一宗教的人：基督的信徒。② 信奉某一主義、學派、主張或其代表人物的人：地平説的信徒。
【信號】xìn hào 由一方傳給另一方、代表特定意思的符號或標誌物，常用的信號有光、電波、聲音、旗語等
【信箱】xìn xiāng ① 郵局設置的郵筒。② 設在郵局內有編號、供人租用來收信的箱子。③ 設在住宅門前用來收信的箱子。④ 網絡通訊使用的電子信箱。
【信賴】xìn lài 值得信任和依靠：同學們信賴李老師。㊁猜疑＊猜忌
【信譽】xìn yù 信用和名譽：品質第一，信譽至上。

7

侵

侵侵侵侵侵侵 侵

㊀qīn ㊁cam¹ 尋¹

① 進犯；侵佔；侵犯：侵略（侵犯別國的領土和主權）／侵權（侵佔、損害他人的合法權益）／侵害（侵犯損害）。② 滲透，漸漸進入：侵蝕（逐漸侵害腐蝕）。
【侵犯】qīn fàn ① 損害他人權益：侵犯人權／公眾利益不容侵犯。② 進犯或侵入別國的領土、領海、領空。
【侵吞】qīn tūn ① 非法佔有不屬於自己的財產：

侵吞公款。② 用武力吞併、佔有別國的領土：
沙俄帝國侵吞了大片中國領土。⑤ 侵佔
【侵佔】qīn zhàn ① 非法佔有不屬於自己的財
產。② 侵略並佔有別國的領土。
【侵襲】qīn xí 侵入襲擾：氣溫下降，寒潮侵襲
香江。

7 侯　　侯 侯 侯 侯 侯 侯　侯
普hóu 粵hau⁴ 猴
① 諸侯：王侯將相。② 指達官貴人：侯門深似
海。③ 爵位名：侯爵。

7 俊　　俊 俊 俊 俊 俊 俊　俊
普jùn 粵zeon³ 進
英俊：俊俏（容貌漂亮）/ 俊美（清秀美麗）/ 俊男
美女。

8 俸　　俸 俸 俸 俸 俸 俸　俸
普fèng 粵fung⁶ 奉
薪俸，薪酬。

8 倩　　倩 倩 倩 倩 倩 倩　倩
普qiàn 粵sin³ 線
① 臉頰現出酒窩：巧笑倩兮，美目盼兮（笑起來
酒窩很美，漂亮的眼睛黑白分明）。② 俊秀可愛。
【倩影】qiàn yǐng ① 俏麗的身影。② 美稱青年
女子的照片。

8 倖[幸]　　倖 倖 倖 倖 倖 倖　倖
普xìng 粵hang⁶ 幸
① 寵愛：寵倖。② 僥倖，撞上好運氣：倖存（僥

倖保存下來）/ 倖免（僥倖避免）。

8 借　　借 借 借 借 借 借　借
普jiè 粵ze³ 蔗
① 借給別人，把錢或東西交給另一人在限期內使
用：借書給同學 / 把房子借給朋友住。② 向別人
借，拿過別人的錢物使用，按期歸還：向朋友借
錢。③ 假託：借故（找個借口或理由）/ 借題發揮。
【借口】jiè kǒu ① 假藉：以母親重病為藉口，一
走了之。② 假藉的理由：找個借口推掉算了。
⑤ 藉口
【借助】jiè zhù 依靠他人他方的幫助：借助社會
捐款辦學校。
【借貸】jiè dài ① 向別人借錢。② 把錢借給別人。

8 值　　值 值 值 值 值 值　值
普zhí 粵zik⁶ 夕
① 碰到；遇上：正值新春佳節 / 值此全家團聚的
日子。② 輪值，輪流擔當：值班（當班）/ 當勤。
③ 價值；價格：幣值 / 貶值 / 升值。④ 合算；有
意義、有價值：值得買 / 不值一提。
【值得】zhí dé ① 合算，劃得來：值得投資 / 絕
對值得。② 有必要；有意義：值得學 / 為他賣命
不值得。⑤ 不值
【值勤】zhí qín 在安全、巡邏、警衛之類的崗位
上值班：警員上路值勤。

8 倆[倆]⁽一⁾　　倆 倆 倆 倆 倆 倆　倆
普liǎ 粵loeng⁵ 兩
兩個：兄弟倆 / 他倆一塊走了。

倆 [俩] (二)

⊛ liǎng ⊜ loeng⁵ 兩

伎倆：手段、花招。

倚

倚倚倚倚倚倚　倚

⊛ yǐ ⊜ ji² 椅

① 靠着：半倚半靠。② 憑借；仗着：倚仗（仗恃、靠着）/ 倚賴（依賴、依靠）。③ 偏向；歪斜：不偏不倚。

【倚靠】yǐ kào ① 身體靠在物體上：倚靠着椅背睡着了。② 仰仗；依靠：倚靠父母。③ 所依靠的人：丈夫是我終身的倚靠。⊜ 依靠 * 靠着

俺

俺俺俺俺俺俺　俺

⊛ ǎn ⊜ jim³ 厭

方言。我：俺家鄉山水很美。

倒 (一)

倒倒倒倒倒倒　倒

⊛ dǎo ⊜ dou² 賭

① 立着的東西倒下來：倒塌（坍塌下來）/ 東倒西歪 / 樹被風颳倒了。② 垮台；失敗：倒台 / 倒閉（企業破產或停業）。③ 換，替換：倒替（倒換）/ 從左手倒到右手。⑩ 牆倒眾人推。④ 顛倒過來：倒影（倒立的影子）/ 本末倒置。

【倒楣】dǎo méi 同 "倒霉"。

【倒霉】dǎo méi 運氣和遭遇不好：簡直倒霉透了 / 倒霉的事一樁接一樁。⊜ 晦氣 * 霉運 ⊝ 走運 * 好運

倒 (二)

⊛ dào ⊜ dou³ 到

① 從裏面倒出去；傾出來：倒茶 / 向記者倒苦水。② 往回；反向：倒車 / 倒轉。③ 反而，反倒，倒是：妹妹倒比哥哥高 / 照你說的，我倒不如她了 / 想得倒美，事情沒那麼容易。④ 到底，究竟：你倒是得罪誰了？

【倒是】dào shì ① 反而，卻是，反倒是：兩科不及格倒是好事，逼他努力勤學。② 究竟是，到底是：你倒是去，還是不去？

【倒映】dào yìng 倒過來映照在另一物體上：清清的湖面上倒映着藍天白雲。

【倒退】dào tuì 向後退；退回去：嚇得倒退了幾步 / 改革只能向前，不能倒退。⊜ 後退 ⊝ 向前 * 前進

修

修修修修修修　修

⊛ xiū ⊜ sau¹ 收

① 修理：修補 / 工人在檢修地鐵列車。② 興建；建造：修橋築路 / 興修水利。③ 削剪、修剪：修剪花枝。④ 修改；裝飾：修辭（修改潤色文辭）裝修。⑤ 學習：進修 / 選修 / 必修。⑥ 寫；編寫：修書（寫信）/ 修史（編寫歷史書）。⑦ 學佛或學道：出家修行。⑧ 長（cháng）：修長（細長）/ 茂林修竹（茂密的樹林、高高的翠竹）。

〔古詩文〕路漫漫其修遠兮，吾將上下而求索。《楚辭·離騷》

【修正】xiū zhèng 修改；改正：修正條例 / 修正錯誤。⊜ 糾正 ⊝ 犯錯

【修改】xiū gǎi 改正文本裏面的缺點或錯誤：修改劇本 / 修改章程。⊝ 更改

【修訂】xiū dìng 修改不足之處，改正錯誤：修訂教科書 / 修訂教學大綱。

【修建】xiū jiàn 建築：修建新機場 / 修建高速

路 / 在半山修建豪宅。回建造

【修理】xiū lǐ 把損壞的東西修好。回修補 * 維修
反破壞 * 拆毀

【修剪】xiū jiǎn 用剪刀等工具剪除多餘的東西：
修剪果木 / 修剪手指甲。回剪修

【修補】xiū bǔ ① 把破損的東西修理好：修補道
路 / 修補牆壁。② 改善、彌補：修補關係 / 修補
裂痕。

【修飾】xiū shì ① 修整裝飾：修飾房間。② 修
改潤色：修飾畫作 / 修飾發言稿。

【修養】xiū yǎng ① 做人的素質、素養：注重個
人修養 / 父親是很有修養的人。② 人在某一方面
所達到的水準：文學修養 / 音樂修養。回質素 *
素養。

〔簡明詞〕修女、修士：天主教和東正教稱修
道的女教徒為修女、男教徒為修士。

【修築】xiū zhù 修建、構築：修築公路 / 修築河
堤 / 修築工事。回建築 * 建造

倘 倘倘倘倘倘倘 倘

普 tǎng 粵 tong² 躺

倘若，假如：倘能如願以償，那就再好不過了。

【倘使】tǎng shǐ 假如，如果：能賺錢也還好，倘
若要賠，你該如何支持？回倘若 * 假若 * 假使

【倘若】tǎng ruò 假如，假使：賺了好說，倘若
賠了，如何交待？回如果 * 假如

✎ "倘若……就……"表達猜想的情況和結果
的關聯詞固定搭配，如：倘若我不是剛好經
過，老爺爺就已經失去生命了。(注意："倘若"
的用法與"如果"一樣，都表示假設的情況)

俱 俱俱俱俱俱俱 俱

普 jù 粵 keoi¹ 拘

全；皆：聲淚俱下 / 一應俱全。俗萬事俱備，只

欠東風

們 [们] 們們們們們們 們

普 men 粵 mun⁴ 門

表示兩個以上的人：我們 / 同學們 / 孩子們。

倡 (一) 倡倡倡倡倡倡 倡

普 chàng 粵 coeng³ 唱

發起；首先提出來：倡導（帶頭提倡）/ 提
倡 / 首倡。

【倡議】chàng yì ① 首先建議；首先發起：倡議
舉行探訪獨居長者的義工活動。② 首先提出的
建議：一致同意她的倡議。

倡 (二)

普 chāng 粵 coeng¹ 窗

古代歌舞藝人：倡優

個 [个] 個個個個個個 個

普 gè 粵 go³ 哥³

① 與數目字連用，表示人和東西的數量：一個
月 / 三個人 / 十個相架。② 單個的、個別的：個
性 / 個人的想法。③ 身材；體積：個子高 / 個兒
矮 / 這苦瓜個兒真大。

💡 說東西的體積大小，多用"個兒"，不用
"個"。

【個人】gè rén ① 指某個人：個人財產。② 本
人：這是我個人的一點心意。反羣體 * 他人

【個別】gè bié ① 單個；單獨：個別人說的話豈
能算數？② 特殊的；少有的：個別情況。反大
家 * 普遍

【個性】gè xìng 獨具的特點、特徵：像他這種個

性的人，招人喜歡／這件紫砂壺很有個性。同 特
性 反 共性

【個案】gè àn 個別的、單獨的案件或事例：個案
處理／罕見的病例，作為個案追蹤觀察。同 專案

【個體】gè tǐ 單個的人；單個生物：離羣的動物
個體很難生存。反 羣體

候 候候候候候候 候

⑧ hòu ⑧ hau⁶ 后

① 等待：等候／候診（等候診斷治療）／候補球
員。② 情況、特徵：症候／火候。③ 時間；季節：
時候／候鳥。④ 問好：問候。

【候鳥】hòu niǎo 隨着季節變化而定時遷徙的鳥，
如燕子、大雁等。

【候選人】hòu xuǎn rén 選舉之前成為選舉對象
的人。

俾 俾俾俾俾俾俾 俾

⑧ bǐ ⑧ bei² 比

使，使得：俾使／俾有所依據。

倫[伦] 倫倫倫倫倫倫 倫

⑧ lún ⑧ leon⁴ 鄰

① 類；同類：精美絕倫／不倫不類／無與倫比。
② 人之間的道德關係：人倫／倫理（社會道德準
則）。③ 條理；順序：語無倫次。

俯 俯俯俯俯俯俯 俯

⑧ fǔ ⑧ fu² 苦

低頭，面向下：笑得前俯後仰。

【俯衝】fǔ chōng 飛行物斜着急速向下衝。

【俯瞰】fǔ kàn 從高處向下看：站在太平山頂，
俯瞰維港風光。反 仰視

倍 倍倍倍倍倍倍 倍

⑧ bèi ⑧ pui⁵ 佩 5

① 翻一番：事半功倍／事倍功半。② 跟原數目
相等的數：增長三倍／倍增（大增，成倍增加）。
③ 越發、更加：倍加（更加）。

〔古詩文〕每逢佳節倍思親

倣[仿] 倣倣倣倣倣倣 倣

⑧ fǎng ⑧ fong² 訪

同 "仿"。詳見 "仿"。

倦 倦倦倦倦倦倦 倦

⑧ juàn ⑧ gyun⁶ 捐 6

① 勞累；疲乏：疲倦／倦意（疲倦的感覺）／一臉
倦容。② 厭煩；懈怠：厭倦／好學不倦。

倔 (一) 倔倔倔倔倔倔 倔

⑧ jué ⑧ gwat⁶ 掘

頑固，固執：倔強。

【倔強】jué jiàng 剛強固執，不肯低頭：老爺爺
像公牛一樣倔強。反 屈從

倔 (二)

⑧ juè ⑧ gwat⁶ 掘

性子直，態度生硬：脾氣倔／倔頭倔腦（說話處
事生硬）。

倉[仓]   倉倉倉倉倉倉 倉
8

(普)cāng (粵)cong¹ 蒼

① 倉庫，存放糧食或物資的建築物。② 匆忙：
倉促（匆忙急促）/ 倉皇（慌慌張張）。

做   做做做做做做 做
9

(普)zuò (粵)zou⁶ 皂

① 做事：做工作 / 做功課。② 製作：做傢具。
③ 寫作：做文章。④ 擔任；充當：做官 / 做伴。
⑤ 當作；用作：花瓶送給你做紀念。⑥ 舉行慶
祝活動：做壽 / 做生日 / 做滿月。⑦ 裝成、假裝
做出（某種模樣）：做鬼臉 / 故做可憐相。(俗) 一
不做，二不休

【做人】zuò rén 待人處事：要學會做人。

【做主（做主兒）】zuò zhǔ zuò zhǔr 掌握決定權；
由自己做決定：婚姻大事，自己做主。

  💡 口語通常説 "做主兒"，不説 "做主"。

【做作】zuò zuò 裝模作樣，故意做出一種樣子
來。(反) 自然 * 泰然自若

〔簡明詞〕做東：當東道主。做手腳：耍手腕；
暗中使壞。

【做事】zuò shì ① 工作或處理事情：認真做事，
誠實做人。② 工作；任職：你在哪家公司做事？
(同) 辦事 (反) 休閒 * 消閒

【做法】zuò fǎ 方式方法；策略辦法：像你這種
做法效果不好 / 兩種做法兒都行得通。

偕   偕偕偕偕偕偕 偕
9

(普)xié (粵)gaai¹ 佳

① 一起、一同：白頭偕老。② 同別人一起：偕
同（陪同）/ 偕友遊澳門。

偵[侦]   偵偵偵偵偵偵 偵
9

(普)zhēn (粵)zing¹ 精

暗中察訪；探查。

【偵查】zhēn chá 調查了解情況。

  ✎ 偵查與偵察：偵查，可以公開、也可秘密
進行；偵察，一般是秘密進行。

【偵探】zhēn tàn ① 暗中調查了解。② 做偵探
工作的人：私家偵探。

【偵察】zhēn chá 進行秘密的調查和探察活動：
偵察兵。

側[侧]   側側側側側側 側
9

(普)cè (粵)zak¹ 則

① 旁邊：側面 / 在山的另一側。② 向一邊傾斜：
側重（偏重、着重）/ 側耳傾聽。

【側目】cè mù 斜着眼睛看。形容畏懼、憤怒或
驚訝的表情：上海的快速發展令人側目。

偶   偶偶偶偶偶偶 偶
9

(普)ǒu (粵)ngau⁵ 藕

① 人工做成的人像：木偶 / 玩偶。② 成雙的；成
對的：配偶 / 無獨有偶。③ 偶然；偶爾：偶發事件。

〔古詩文〕一日見頤，頤偶瞑坐，時與游酢侍
立不去。《宋史・楊時傳・程門立雪》

【偶然】ǒu rán ① 巧合，碰巧：偶然的機會 / 偶
然遇到多年不見的老同學。② 個別時候：偶然
高興了，也會喝兩杯。

【偶爾】ǒu ěr 偶然間、個別時候：偶爾也會發
脾氣。

【偶像】ǒu xiàng ① 用土、木等材料雕塑的神像。
② 受崇拜的對象：他是歌迷心中的偶像。

偎

偎 偎 偎 偎 偎 偎　偎

㊀wēi ㊁wui¹ 煨

依，緊靠着：依偎 / 偎山靠水。

偷

偷 偷 偷 偷 偷 偷　偷

㊀tōu ㊁tau¹ 頭¹

① 偷竊：偷人家東西。② 賊：小偷。③ 瞞着人隱秘地做事：偷襲 / 偷情。④ 抽出（時間）：忙裏偷閒。㊗ 偷來的鑼鼓打不得

【偷偷】tōu tōu 不讓人察覺：偷偷地溜走了 / 偷偷地望着她。㊁ 暗暗 * 悄悄。

〔附加詞〕偷偷摸摸：暗中做見不得人的事。

【偷盜】tōu dào 盜竊別人的東西。㊂ 偷竊 * 竊取

【偷渡】tōu dù 暗中渡過封鎖的水域；非法越過關卡、國境：偷渡出境。

【偷懶】tōu lǎn 貪圖安逸而不做事或少做事：偷懶是壞習慣 / 讀書不能偷懶。㊃ 勤奮 * 勤快 * 勤勞

【偷竊】tōu qiè 盜竊：銅鑼灣遊人多，偷竊銀包的事時有發生。㊂ 偷盜

停

停 停 停 停 停 停　停

㊀tíng ㊁ting⁴ 亭

① 停止，止住；停留：停車 / 雨停了 / 停滯（停頓不前，停止不前）。② 停放；停靠：停車場 / 船停在碼頭上。③ 穩妥：停當（妥當）/ 停妥（妥帖）。

【停止】tíng zhǐ 中止；停住；止住：停止救援行動 / 暴雨停止了。

【停泊】tíng bó 船隻停靠碼頭或在水面拋錨停留：碼頭停泊着兩艘軍艦 / 巨輪停泊在港口外的海面上。

【停息】tíng xī 停止，平靜下來：風雨停息了 / 一場風波終於停息下來。

【停留】tíng liú ① 暫時留下來：我只能停留七天。② 停頓，停滯不前：停留在目前的銷售水準上。

【停頓】tíng dùn ① 停止，中止：終身奮鬥，永不停頓。② 說話時語音上的間歇：朗讀要注意語調語氣的變化，該停頓的地方要停頓，不能一口氣讀下去。

【停靠】tíng kào 交通運輸工具停在車站、碼頭或登機口：列車停靠廣州站 / 郵輪停靠碼頭。

偽[伪]

偽 偽 偽 偽 偽 偽　偽

㊀wěi ㊁ngai⁶ 毅

假的：偽鈔 / 去偽存真。

【偽善】wěi shàn 假裝善良，虛偽。

偏

偏 偏 偏 偏 偏 偏　偏

㊀piān ㊁pin¹ 篇

① 斜，傾斜；歪，不正：太陽偏西 / 偏心（偏向一方，不公正）/ 偏見（成見；片面的見解）。② 同應該的相反；同願望相反：孩子偏在這時哭了起來 / 出門沒帶傘，老天偏下起雨來。㊗ 兼聽則明，偏信則暗

【偏重】piān zhòng 着重，給予特別重視：投資偏重地產股，風險較大。㊂ 着重。

【偏食】piān shí ① 日偏食和月偏食的統稱。② 挑食，只吃喜歡的食物：孩子偏食，不利健康成長。

【偏旁】piān páng 在多個漢字中共用的組成部分，如"吃、吹"中的"口"、"樹、枝"中的"木"。

【偏差】piān chā 不是很大的差錯：大膽去做，出點偏差不要緊。㊃ 正確 * 準確

【偏偏】piān piān ① 同期望的相反：想叫我走，

我偏偏不走 / 盼望下雨，偏偏陽光似火。② 唯獨、單單：誰都不愛，就偏偏愛她！

【偏僻】piān pì 偏遠荒涼，交通不便：深山裏偏僻的小村莊。反 熱鬧 * 繁華

【偏激】piān jī 過火、走極端：想法偏激 / 看問題很偏激。反 中庸 * 理性

⁹**健**　健健健健健健 健

普 jiàn 粵 gin⁶ 件

① 強壯：健步（邁步輕快有力）/ 健壯。② 強壯起來：健身（強身健體）。③ 健康：健在（健康地活着）。④ 善於；易於：健談（説起話來滔滔不絕）/ 健忘（記憶力差）。

〔古詩文〕天行健，君子以自強不息。《周易・象傳》

【健全】jiàn quán 完美、完好、完善：身心健全 / 教學設備健全。同 齊全 反 殘缺

【健壯】jiàn zhuàng 強壯：體格健壯 / 肌肉健壯。同 強健 * 壯實 反 虛弱

【健美】jiàn měi 身體健康，體態優美：健美的身段 / 德才兼備體健美。反 病態

【健康】jiàn kāng ① 人體發育健全，體質良好，心理正常。反 羸弱 ② 健康的身體狀況：吸煙有害健康。③ 良好：內容健康的兒童讀物。

⁹**假**（一）　假假假假假假 假

普 jiǎ 粵 gaa² 加²

① 不真實的、虛假的：假名牌 / 假面具 / 假仁假義。② 借用；利用：假道東京 / 狐假虎威。③ 假定的、假設的：假説 / 假想敵。④ 如果：假如 / 假使。

【假如】jiǎ rú 如果：假如時光倒流，人人都會避免犯愚蠢的錯誤。同 如果 * 假若 * 倘若

✎ "假如……就……"表示假設關係的關聯詞固定搭配，如：假如天氣不太熱，我們就會去郊遊。

【假使】jiǎ shǐ 如果：絕不能借錢炒股，假使炒虧了，拿甚麼還！同 假如 * 假若

【假定】jiǎ dìng 假設，如果：假定明天走，來得及嗎？同 假若

【假若】jiǎ ruò 如果，倘若：假若你不去，那她也肯定不去了。同 假使 * 假如 * 假設

【假冒】jiǎ mào 以假充真，冒充：認準商標，謹防假冒。

🔍 "冒"易錯寫，上方並不是"曰"，而是"冃"再添上兩畫。

【假設】jiǎ shè 假使，如果：假設六十歲退休，我的財力恐怕不夠養老。同 假定

⁹**假**（二）

普 jià 粵 gaa³ 嫁

公休日；假日：放假 / 暑假 / 度假。

【假期】jià qī 放假或休假的日子：過個快樂的假期。同 假日

⁹**偉**[伟]　偉偉偉偉偉偉 偉

普 wěi 粵 wai⁵ 葦

① 高大：魁偉（高大魁梧）。② 偉大：偉人（偉大的人物）/ 豐功偉績。

【偉大】wěi dà 超出尋常，令人景仰的：偉大的文學家 / 長城是偉大的建築。反 渺小

【偉業】wěi yè 偉大的業績：千秋偉業 / 立志要成就一番偉業。同 大業

備[备]　備備備備備備　備

（普）bèi（粵）bei⁶ 鼻

① 齊全；完備：齊備。② 具有：德才兼備。
③ 預備；準備：有備無患。④ 設備，設施：裝備。
【備至】bèi zhì 到頂了、到極點了：關懷備至。
（同）至極
【備受】bèi shòu 受盡、受到很多：備受欺凌 /
備受關注。

傅　傅傅傅傅傅傅　傅

（普）fù（粵）fu⁶ 父

① 教導。② 教導或傳授技藝的人：師傅。

傀　傀傀傀傀傀傀　傀

（普）kuǐ（粵）faai³ 快

傀儡，木偶戲中由人控制動作的木頭人，比喻受
人操縱的人：傀儡皇帝。

傑[杰]　傑傑傑傑傑傑　傑

（普）jié（粵）git⁶ 潔⁶

① 才智超羣的人。② 超越一般的：傑出的。
【傑出】jié chū 出類拔粹；超越他人：傑出人材 /
傑出成就獎。（反）一般＊普通
【傑作】jié zuò 出眾的、非比尋常的作品：《三國
演義》是中國古典小說的傑作。

傍　傍傍傍傍傍傍　傍

（普）bàng（粵）bong⁶ 磅

臨近；靠近；靠着：傍晚（黃昏，臨近晚上的
時候）/ 依山傍水 / 傍人門戶（不能自立，依靠
別人）。

傢　傢傢傢傢傢傢　傢

（普）jiā（粵）gaa¹ 家

見"傢伙"。
【傢伙】jiā huo 稱呼人用的俗語，含不同的褒貶
語氣：壞傢伙 / 小傢伙真聰明 / 你這傢伙真懶。

傘[伞]　傘傘傘傘傘傘　傘

（普）sǎn（粵）saan³ 汕

① 遮擋雨或陽光的用具：雨傘 / 太陽傘。② 像
傘狀的東西：傘兵。

債[债]　債債債債債債　債

（普）zhài（粵）zaai³ 齋³

欠別人的錢財物品：債務（所欠的債款）/ 債台高
築（形容負債極多）。
【債券】zhài quàn 借債人承諾還本付息的書面憑
證。多指國債券、金融債券和公司債券。
🔍 債卷 "券"的意思是憑證、契約或票證。"卷"
的意思是書卷、文書。兩字形近，但意義不同。

傲　傲傲傲傲傲傲　傲

（普）ào（粵）ngou⁶ 懊⁶

自高自大，以為了不起：驕傲 / 傲慢（高傲自大，
看不起人）。

僅[仅]　僅僅僅僅僅僅　僅

（普）jǐn（粵）gan² 緊

只，只是：不僅能說會道，而且是個實幹家。
【僅僅】jǐn jǐn 不外，不過；只有，只是：僅僅是
一句空話 / 僅僅你我的財力做得成嗎？

¹¹ **傳**[传]^(一) 傳傳傳傳傳傳 傳

⟨普⟩chuán ⟨粵⟩cyun⁴ 全

① 轉給別人；傳遞：傳話 / 傳宗接代（子孫代代延續下去）。② 傳播：宣傳 / 名不虛傳。③ 表示，表達：眉目傳情。④ 召喚，把人叫來：傳召 / 傳喚 / 傳訊（叫人到案接受訊問）。⟨俗⟩只可意會，不可言傳

【傳人】chuán rén ① 延續血統的人：龍的傳人。② 繼承學術、技藝並把它流傳下去的人：京劇梅派傳人。③ 傳授給別人：祖傳秘方不輕易傳人。

【傳奇】chuán qí ① 離奇的故事：傳奇式人物。② 唐代興起的短篇小説。③ 明清兩代以唱南曲為主的戲曲。

【傳承】chuán chéng 延續繼承：儒家文化傳承二千年。

【傳染】chuán rǎn 傳播、感染：新冠肺炎可以經飛沫傳染。

〔附加詞〕傳染病：把病菌、病毒傳給別人或別的動物。

🔍 傳染 常見把"染"字的"九"錯寫成"丸"，是不了解"染"字的構字部件及其意義。首先，要把紡織品染上顏色，必須在水中進行，因此"染"與"水"有關；古代，染色用的顏料採自一種樹木（梔子）的果實，因此"染"又跟"木"有關；古人一般用"九"表示多的意思，染色需要經過多次反覆進行，因此"染"字中有一個"九"字。若是把"九"寫成"丸"，這個在"染"字中顯然是無法解釋的。

¹¹ **傳**[传]^(二)

⟨普⟩zhuàn ⟨粵⟩zyun⁶ 轉⁶

記載人生平事跡的書或文字；敍述人物故事的作品：寫完了自傳 /《射雕英雄傳》。

【傳記】zhuàn jì 記述人物生平事跡的書或文字：名人傳記 / 古代畫家傳記。

【傳送】chuán sòng 傳遞輸送：傳送帶 / 傳送信息。⟨同⟩傳輸＊傳遞。

【傳授】chuán shòu 把知識、技藝教給別人：傳授球技 / 傳授武功。

【傳教】chuán jiào 宗教人士傳播教義，引導他人信奉教義、加入教會。

【傳媒】chuán méi ① 新聞報道等方面的傳播媒介，如報紙、廣播、電視、網絡等。

【傳統】chuán tǒng ① 世代相傳的社會價值觀：優良傳統 / 民族傳統。② 歷史悠久、世代相傳的：傳統工藝 / 傳統文化。

【傳達】chuán dá ① 把內容轉告給他人：傳達總裁的決定。② 表達、表白：借這束鮮花傳達我的愛意。

【傳遞】chuán dì 轉送過去：傳遞情報 / 傳遞了一個含情脈脈的眼神給她。⟨同⟩傳送

【傳説】chuán shuō ① 口頭流傳：傳説遠古時代有十個太陽。② 民間流傳的故事或説法：孟姜女哭倒長城的傳説未必真實。⟨同⟩傳聞

【傳播】chuán bō 廣泛散佈；傳授：傳播消息。

¹¹ **傳**[传]^(三)

⟨普⟩zhuàn ⟨粵⟩zyun³ 鑽

驛站、驛站的車馬、古代宿驛站和使用驛站車馬的憑證：傳馬 / 傳驛。

¹¹ **傾**[倾] 傾傾傾傾傾傾 傾

⟨普⟩qīng ⟨粵⟩king¹ 鯨¹

① 歪；偏斜：傾斜 / 身子向前傾。② 斜着向下倒東西：往她的杯中傾注了一點紅葡萄酒。③ 倒下：傾覆（倒塌了；翻倒了）。④ 偏向：車向左傾，差點翻了。

〔簡明詞〕傾注：傾倒；傾瀉。傾盆大雨：形容雨下得很大很急。

【傾向】qīng xiàng ① 偏向：雙方都傾向和解。② 趨勢：學生吸煙的傾向引起校方注意。

(一)【傾倒】qīng dǎo ① 斜着倒下去：大樓轟然傾倒。② 極其愛慕；極其佩服：女孩兒漂亮得叫人傾倒 / 大師的演講讓聽眾傾倒。

(二)【傾倒】qīng dào 把裏面的東西全部倒出來：傾倒廢物會污染環境。

【傾斜】qīng xié ① 歪斜不正：佛塔已經傾斜了。② 側重；偏向：房屋政策向弱勢羣體傾斜。 🔄 直立＊挺立＊矗立

【傾瀉】qīng xiè 從高處急速倒下來或流下來：瀑布傾瀉而下 / 山泥傾瀉。

【傾聽】qīng tīng 側耳聽，仔細聽：傾聽市民的呼聲 / 父母要傾聽孩子的想法。 🔘 聆聽

催
催 催 催 催 催 催　催
〔普〕cuī 〔粵〕ceoi¹ 吹

催促：催逼（逼迫加緊加快）/ 催命（緊逼）。

〔簡明詞〕催促：督促加緊加快。

傷 [伤]
傷 傷 傷 傷 傷 傷　傷
〔普〕shāng 〔粵〕soeng¹ 商

① 受傷、受損害的部位：燒傷 / 重傷。② 傷害；損害：傷和氣 / 傷筋動骨。③ 致病、得病：傷風感冒。④ 悲哀：憂傷 / 悲傷 / 感傷（感慨傷情）。⑤ 妨礙：無傷大雅 / 有傷風化。

〔簡明詞〕傷亡：受傷和死亡的。傷疤：傷口留下的痕跡。傷痕：傷疤。傷風：感冒。傷神：耗費精神。

【傷心】shāng xīn 感傷痛心：人人都有傷心事。

【傷害】shāng hài ① 損害、損傷：受到意外傷害。② 挫傷；讓別人受損害：不要傷害別人的自尊心。

【傷殘】shāng cán 受傷落下殘疾：尊重和照顧傷殘人士。

【傷痛】shāng tòng ① 因受傷而疼痛。② 悲傷和痛苦：心裏的傷痛一輩子都忘不了。

【傷勢】shāng shì 受傷的具體情況和程度：傷勢加劇 / 傷勢嚴重。

【傷感】shāng gǎn 內心悲涼，感觸很深：看着母親的遺照十分傷感。

傻
傻 傻 傻 傻 傻 傻　傻
〔普〕shǎ 〔粵〕so⁴ 所 ⁴

① 蠢，不聰明、沒腦子：裝傻 / 傻乎乎。② 呆呆地失神的樣子：嚇傻了。

〔簡明詞〕傻子、傻瓜：沒腦子的人；智力低下的人。

傭 [佣]
傭 傭 傭 傭 傭 傭　傭
〔普〕yōng 〔粵〕jung⁴ 容

① 僱用，花錢請人為自己做事：僱傭。② 僕人：女傭。

僥 [侥]
僥 僥 僥 僥 僥 僥　僥
〔普〕jiǎo 〔粵〕hiu¹ 囂

僥倖。

【僥幸】jiǎo xìng 同“僥倖”。

【僥倖】jiǎo xìng 碰巧，借助偶然的機會：僥倖取勝 / 僥倖逃出虎口。

僚
僚 僚 僚 僚 僚 僚　僚
〔普〕liáo 〔粵〕liu⁴ 聊

官吏：官僚 / 同僚（在同一官署任職的人）。

¹² 僭　僭僭僭僭僭僭　僭

（普）jiàn （粵）zim³ 佔

超越職權或規定的標準：僭建物（超出規定、多出來的建築物）。

¹² 僕 [仆]　僕僕僕僕僕僕　僕

（普）pú （粵）buk⁶ 瀑

僕人：女僕 / 奴僕 / 僕從（跟隨在身邊的僕人）。

¹² 僑 [侨]　僑僑僑僑僑僑　僑

（普）qiáo （粵）kiu⁴ 橋

① 寄居：僑居（居住在外國）。② 寄居他國的人：華僑 / 外僑。

¹² 像　像像像像像　像

（普）xiàng （粵）zoeng⁶ 象

① 依照原貌做成的人物形象：頭像 / 肖像。
② 似乎，好像：從此以後，他像換了一個人。

¹² 僧　僧僧僧僧僧僧　僧

（普）sēng （粵）zang¹ 曾

和尚：僧侶（僧人的統稱）/ 僧尼（和尚尼姑）/ 僧多粥少（比喻人多東西少）。（俗）天下名山僧佔多

¹² 僱 [雇]　僱僱僱僱僱僱　僱

（普）gù （粵）gu³ 故

出錢請人為自己做事：僱主（出錢僱用人的人）/ 僱用（出錢請人為自己做事）/ 僱員（僱用的員工）/ 僱傭（出錢僱用人）。

¹³ 僵　僵僵僵僵僵僵　僵

（普）jiāng （粵）goeng¹ 疆

① 僵硬，不能活動：關節僵直疼痛。② 陷入僵局：僵持（相持不下）/ 把事情搞僵了。（俗）百足之蟲，死而不僵
【僵局】jiāng jú 僵持的局面：從中調停，打破僵局。
【僵硬】jiāng yìng ① 硬邦邦，堅硬：緊張得全身僵硬。② 生硬、不靈活：口氣僵硬，説話嚴厲。（反）柔軟 * 靈活

¹³ 價　價價價價價價　價

（普）jià （粵）gaa³ 駕

價格；價值：物價 / 價目（標明的價格）/ 無價之寶。
【價格】jià gé 商品所值的錢數：名牌手袋的價格很貴。（同）價值 * 價錢
【價值】jià zhí ① 價錢，商品的幣值：價值不菲。② 用途；作用：參考價值 / 營養價值高。
【價錢】jià qian ① 價格：您要是真的想買，價錢可以商量。

¹³ 儉　儉儉儉儉儉儉　儉

（普）jiǎn （粵）gim⁶ 檢⁶

節省：儉省（節約）/ 儉樸（節省用度，生活樸素）/ 省吃儉用。

¹³ 億　億億億億億億　億

（普）yì （粵）jik¹ 益

① 數目。一萬萬：身家過億。② 指極大的數目：億萬人 / 億萬富豪。

13 儀

儀儀儀儀儀儀 儀

（普）yí （粵）ji⁴ 兒

① 禮節；儀式：禮儀 / 司儀。② 人的外表：儀容（外表和容貌）/ 儀態（人的儀容和舉止姿態）。③ 禮品：謝儀 / 賀儀。④ 嚮往、傾心：心儀。⑤ 儀器：地球儀。

【儀仗】yí zhàng 舉行典禮或迎接貴賓所使用的，區分隊列、表示禮節的旗幟、標語、模型、武器等物。

〔附加詞〕儀仗隊：在典禮上執掌儀仗的小型隊伍；在歡迎儀式上，攜帶禮節儀仗、向貴賓致敬的小型隊伍。

【儀式】yí shì 禮儀的程序和形式：升旗儀式 / 頒獎儀式。

【儀表】yí biǎo 人的容貌、姿態、風度：儀表堂堂 / 儀表不俗。

【儀器】yí qì 用於計量、觀測、導航、指示各項數據的精密器具或裝置。

13 僻

僻僻僻僻僻僻 僻

（普）pì （粵）pik¹ 癖

① 偏遠，荒僻：偏僻 / 僻靜（偏僻清靜）/ 窮鄉僻壤（偏遠、荒涼、窮困的地方）。② 古怪不合羣：性情怪僻。③ 少有，不常見的：冷僻 / 生僻字。

14 儒

儒儒儒儒儒儒 儒

（普）rú （粵）jyu⁴ 餘

① 古代的讀書人；知識分子：腐儒 / 秦始皇焚書坑儒。② 孔子創立的思想學術流派：儒學 / 儒家（以孔子為代表的學派）。

【儒學】rú xué 儒家的學問學術。提倡以"仁"為中心的道德觀念，主張"以德治天下"。

14 儘

儘儘儘儘儘儘 儘

（普）jǐn （粵）zeon² 準

① 任憑，聽憑，隨便：剩下的儘你拿。② 力求，儘量：儘早（盡力提前）/ 儘快（盡量加快）/ 儘量（盡可能）。③ 讓別人佔先：儘着別人先去。④ 最：巷子儘頭就是她家。⑤ 總是、老是：儘說空話，不幹實事。

【儘管】jǐn guǎn ① 只管，盡管：有想法儘管説。② 老是，總是：別儘管説風涼話，幫着出出主意吧。③ 雖然；縱然：儘管貴，還是值得買。

✎ "儘管……但是……"表示轉折關係的關聯詞固定搭配，如：儘管姐姐已經很餓，但是為了減肥，她仍然忍着不吃東西。

【儘可能】jǐn kě néng 盡量實現，盡力做到：儘可能考出好成績 / 儘可能滿足你的願望。（同）盡力 * 力求

15 優

優優優優優優 優

（普）yōu （粵）jau¹ 休

① 美好，特別好：優異（特別好，非常出色）/ 優劣（好的和壞的）。② 充足；富裕：優渥（富足充裕）/ 養尊處優。③ 勝過；佔上風：優勢 / 優勝（佔先，勝過別人）。④ 優待，厚待。

【優先】yōu xiān 放在別人或他事之前：優先發展潔淨能源。（反）滯後 * 延後

【優秀】yōu xiù 很出色，非常好：優秀兒女 / 優秀的年輕歌手。（反）惡劣 * 劣等

【優良】yōu liáng 優秀，非常好：優良品種 / 品質優良。（反）惡劣 * 粗劣

【優厚】yōu hòu 豐厚：待遇優厚 / 報酬優厚。（反）微薄 * 菲薄

【優待】yōu dài ① 給予超越一般的待遇：優待長者。② 優厚的待遇：給予特別優待。（同）厚待 （反）虐待

【優美】yōu měi 優雅美妙；美好：優美的詩篇／海灣風景優美。

【優越】yōu yuè 特別好，比一般的好很多：條件優越／位置優越／環境優越。

【優惠】yōu huì 優待，特別照顧：推廣期間以優惠價發售。

【優雅】yōu yǎ 雅致、高雅：環境優雅／舉止優雅大方。同 典雅 反 粗俗

【優質】yōu zhì 品質上等；質地優良：優質服務／優質產品。反 劣質 * 劣等

【優點】yōu diǎn 長處：虛心學習同學的優點。反 缺點 * 弱點

15
償　　償償償償償償 償
普 cháng 粵 soeng⁴ 常
① 歸還：償還（歸還）。② 抵償，補償：償命／賠償／得不償失。③ 代價；報酬：有償轉讓。④ 實現；滿足：如願以償。

15
儡　　儡儡儡儡儡儡 儡
普 lěi 粵 leoi⁵ 呂
傀儡。詳見“傀”。

15
儲　　儲儲儲儲儲儲 儲
普 chǔ 粵 cyu⁵ 柱
① 積蓄；儲存：儲蓄／儲藏。② 儲存起來的東西、物資：倉儲／增加儲備。③ 太子，王位的繼承人：王儲／儲君。

【儲戶】chǔ hù 在銀行等金融機構開戶存款的個人、企業或團體。

【儲存】chǔ cún ① 存放起來，暫時不用：把餘下的錢儲存起來。② 儲存的財物：一點儲存都沒有，遇到急事怎麼辦？同 儲備 * 儲蓄

【儲值】chǔ zhí 把錢儲存到支付卡裏面去：“八達通”儲值卡。

【儲量】chǔ liàng 地下礦產資源的儲藏量：黃金儲量／內蒙古稀土資源儲量豐富。

【儲備】chǔ bèi ① 存起來備用：儲備足夠的戰略物資。② 存起來備用的東西：石油儲備／糧食儲備。同 儲存 反 耗費。

【儲蓄】chǔ xù ① 把積累的財物存起來；把錢存入銀行。② 積存的財物：年年有儲蓄，老來不發愁。同 儲存 反 耗費

【儲藏】chǔ cáng ① 存起來保藏好：儲藏室／儲藏藥物。② 埋藏，蘊藏：南海儲藏着豐富的石油。

ㄦ 部

1
兀　　　　兀兀 兀
普 wù 粵 ngat⁶ 迄
① 高高地突起：突兀（高聳、聳立）。② 禿光光的：兀鷹。

【兀鷹】wù yīng 一種頭上沒毛的兇猛禽鳥，鈎形的嘴非常尖利，吃動物腐屍或捕食小動物。

2
元　　　　元元元 元
普 yuán 粵 jyun⁴ 原
① 開始的：元始／紀元。② 為首的、居第一位的：元首（國家最高領導人）／元勳（建立特大功勳的人）。③ 主要的、基本的：元氣（生命力）。④ 元素，要素：多元社會。⑤ 圓形的金屬貨幣；中國的貨幣單位：銀元／拾元人民幣。⑥ 朝代名。蒙古人建立，都城在大都（今北京），後被明太祖朱元璋推翻。

【元旦】yuán dàn 一年的第一天，公曆 1 月 1

日，又稱 "新年"。

【元老】yuán lǎo　君王的老臣、政界有資歷聲望高的人或年紀大資歷深的人，都可稱元老。

【元帥】yuán shuài　① 統帥全軍的主帥。② 高於將官的軍銜。

【元素】yuán sù　① 基本因素：在教學中加入創意元素。② 化學元素的簡稱。

〔簡明詞〕元曲：元代的雜劇和散曲。元月：農曆正月；公曆每年的第一個月。元年：① 帝王即位或改號後的第一年。② 計算年代的第一年：公元元年 / 民國元年。

【元宵】yuán xiāo　① 農曆正月十五日古為上元節（今稱元宵節），這天的夜晚稱元宵。② 元宵節吃的球形食品，用糯米粉做成，裏邊有餡。

🔑 元宵 "宵" 是夜晚的意思。"霄" 的意思是雲、天空。兩字形近，意義不同。

2 允　　允 允 允 允

普 yǔn　粵 wan⁵ 韻

① 答應；許可：應允 / 允許（准許）允准（許可）/ 允諾（答應）。② 公平；公正；恰當：公允。

3 兄　　兄 兄 兄 兄 兄

普 xiōng　粵 hing¹ 卿

① 哥哥：兄妹 / 家兄。② 同輩親戚中比自己年長的男子：表兄 / 堂兄。③ 尊稱男性朋友：仁兄 / 學兄。

（一）【兄弟】xiōng dì　哥哥和弟弟。

（二）【兄弟】xiōng di　① 專指弟弟。② 指同輩中比自己年齡小的男子。③ 男子謙稱自己，等於說 "小弟我"：兄弟有不周之處，還請包涵。

【兄長】xiōng zhǎng　① 哥哥。② 尊稱男性朋友。

4 光　　光 光 光 光 光 光

普 guāng　粵 gwong¹ 廣¹

① 陽光；光線：晨光 / 萬道霞光 / 借油燈的光讀書。② 明亮：光輝燦爛 / 一片光明。③ 光榮，榮譽：為國爭光。④ 顯耀；感到榮耀：光臨（敬稱賓客來臨）/ 光宗耀祖。⑤ 光滑，平滑：光溜溜 / 光潤（潤滑有光澤）。⑥ 赤裸，裸露：光頭 / 光禿禿（表面上沒有任何東西）。⑦ 只，僅：光說不幹。

【光芒】guāng máng　四射的強烈光線：光芒萬丈。

【光明】guāng míng　① 亮光：重見光明。② 形容美好的、前途的：光明一片光明。反 黑暗 * 昏暗

【光亮】guāng liàng　① 明亮，有光澤：車擦得光亮照人。② 亮光：半點兒光亮都透不進來。

【光彩】guāng cǎi　① 光澤和色彩：光彩照人。② 榮耀，有臉面：耍這種手腕很不光彩。反 羞恥

【光陰】guāng yīn　時間：光陰過得真快。同 時光 俗 光陰似箭，日月如梭 * 一寸光陰一寸金

【光景】guāng jǐng　① 風光景色：遠處是一派雪山光景。② 情況；情景：兒時的光景，就像在眼前一樣。

【光復】guāng fù　恢復；收復：光復舊物 / 光復國土。反 淪陷

【光滑】guāng huá　物體表面平滑細膩。同 滑溜 * 平滑。反 粗糙

【光榮】guāng róng　公認的值得尊敬的：父母為子女的成就感到光榮。反 恥辱

【光輝】guāng huī　① 閃耀的光芒：太陽的光輝普照大地。② 閃耀光芒的；光彩燦爛的：光輝榜樣。

【光線】guāng xiàn　光，亮光：室內光線充足。

【光澤】guāng zé　閃亮的光：光澤鑒人。

【光明正大】guāng míng zhèng dà 胸懷坦白，為人正派。⟨同⟩光明磊落 ⟨反⟩鬼鬼祟祟

⁴ **先**　先先先先先 先

⟨普⟩xiān ⟨粵⟩sin¹ 仙

① 時間在前；排在前面：爭先恐後。② 次序、時間在前面的：先頭部隊 / 先期到達。③ 早些時候；開始時：原先 / 起先。

〔古詩文〕先天下之憂而憂，後天下之樂而樂。《岳陽樓記》范仲淹

【先天】xiān tiān ① 人或動物出生前的孕育期：先天不足。② 生來就有的：先天性心臟病。⟨反⟩後天

【先生】xiān sheng ① 老師。② 尊稱男子：先生尊姓？③ 稱別人或自己的丈夫：我先生今天不在。④ 稱呼管賬、算卦等職業人：賬房先生 / 算命先生。

【先兆】xiān zhào 預兆、徵兆：這是發生大地震的先兆。⟨同⟩前兆 * 兆頭

【先例】xiān lì 已有過的事例：不乏先例 / 不可開此先例。⟨同⟩前例

【先後】xiān hòu 前後；先前和此後：請按先後排好隊。

【先前】xiān qián 以前；從前：學習比先前勤奮多了。⟨同⟩過去 ⟨反⟩現在 * 如今

【先進】xiān jìn 處於領先地位的：先進理念 / 先進分子。⟨反⟩後進 * 落後

【先機】xiān jī 有利時機、有利地位：搶佔先機。⟨俗⟩先下手為強，後下手遭殃

〔簡明詞〕先祖：祖先。先輩：前輩。先父：已離世的父親。

⁴ **兆**　兆兆兆兆兆 兆

⟨普⟩zhào ⟨粵⟩siu⁶ 紹

① 跡象，預兆：吉兆 / 兆頭（先兆）。② 預示；顯示：瑞雪兆豐年。③ 數目字。一百萬；一萬億。

⁴ **兇**[凶]　兇兇兇兇兇 兇

⟨普⟩xiōng ⟨粵⟩hung¹ 空

① 兇惡：兇殘（兇惡殘暴）/ 兇相畢露（兇惡面目完全暴露）。② 殺人傷人的行為：行兇。③ 兇手：追捕疑兇。④ 厲害；猛烈：火勢兇猛 / 吵鬧得很兇。

【兇狠】xiōng hěn ① 兇惡狠毒：為人兇狠毒辣。② 兇猛有力：一個兇狠的扣球，得分！⟨反⟩柔和 * 溫和

【兇猛】xiōng měng ① 兇惡猛烈：花斑虎兇猛地撲了上來。② 形容氣勢猛烈：兇猛的颱風橫掃海港。

【兇惡】xiōng è ① 性情、行為兇殘惡劣。② 面相兇狠：臉上一道刀疤，兇惡可怕。⟨同⟩兇殘 ⟨反⟩溫和

〔簡明詞〕兇徒、兇手：行兇作惡的人。兇犯：行兇的罪犯。

【兇暴】xiōng bào 兇狠粗暴；兇狠暴虐。⟨反⟩平和 * 溫柔

⁴ **充**　充充充充充 充

⟨普⟩chōng ⟨粵⟩cung¹ 沖

① 滿；足：充足（豐富；足夠）/ 生活很充實。② 填滿；補足：填充 / 補充 / 充飢（填飽肚子）。③ 擔任；擔當：充當 / 充任。④ 用假的當真的：冒充。

【充分】chōng fèn ① 足夠：充分的根據。⟨反⟩欠缺

【充斥】chōng chì 充滿，塞滿：假藥充斥市場 /

郵箱裏充斥着垃圾郵件。

【充沛】chōng pèi 充足；旺盛：充沛的雨量／精力充沛。🔄缺少＊不足

【充裕】chōng yù 充足，富裕：資金充裕／充裕的人力。🔄拮据＊欠缺

【充當】chōng dāng 擔當，擔任：充當調解人／充當劇中的一個角色。🔄承擔＊承當。

【充滿】chōng mǎn ① 處處都有；佈滿：讓世界充滿愛。② 充分具有：充滿自豪感。

【充實】chōng shí ① 充足；豐富：庫存充實／暑期生活充實愉快。🔄貧乏＊空虛 ② 填補進去：這次調整充實了董事會。🔄削弱

克 克克克克克克　克
(普) kè (粵) hak¹ 黑

① 戰勝；攻取：攻無不克／克敵制勝（戰勝敵手）。② 制服，壓制；約束，限制：克制（抑制；控制）／克服（制伏，控制住）／以柔克剛／克期完成。③ 能，能夠：克勤克儉（勤勞節儉）。④ 重量單位。一千克為一公斤、兩市斤。

免 免免免免免免　免
(普) miǎn (粵) min⁵ 勉

① 除掉；解除：免責／免稅／免除（解除；消除）。② 逃脫；避免：幸免於難／免卻許多麻煩。③ 不；不要：閒人免進。

【免疫】miǎn yì 避免疾病侵害免疫系統。

〔附加詞〕免疫力：人和動物本身具有的抵抗疾病侵害的能力。

【免得】miǎn de 避免：免得麻煩大家。

【免費】miǎn fèi 不收費用，不出錢：免費午餐。🔄收費

兌 [兑] 兑兑兑兑兑兑　兑
(普) duì (粵) deoi³ 對

① 混合：往湯裏兌點水。② 換，掉換：兌換（兩種貨幣按匯率交換）。

【兌現】duì xiàn ① 實現承諾：兌現諾言。② 憑票據換取現金：中獎者當場兌現獎品。

兒 [儿] 兒兒兒兒兒兒　兒
(普) ér (粵) ji⁴ 而

① 小孩兒，兒童：孤兒。② 兒子：兒媳。③ 青年人。多指男青年：運動健兒。

【兒女】ér nǚ ① 子女：一心照顧好兒女。② 青年男女：兒女情長。

【兒戲】ér xì 兒童做遊戲。比喻不嚴肅不認真：別把這件事當兒戲。

【兒化音】ér huà yīn 漢語普通話中的一種語音現象，把"兒"和前面的音節合成一個捲舌音，"兒"不另成音節，例如："花兒"的發音是 huār，不讀 huā ér。

兔 兔兔兔兔兔兔　兔
(普) tù (粵) tou³ 吐

哺乳動物。兔子。

兜 兜兜兜兜兜兜　兜
(普) dōu (粵) dau¹ 豆¹

① 口袋一類的東西：褲兜／網兜。② 做成口袋形把東西盛住：用手帕兜着雞蛋。③ 繞；轉：沿着會展中心兜了一圈。④ 翻上來，翻出來：把材料翻兜一下。⑤ 招攬，引過來：兜售（推銷）／兜攬（招攬，招引）／兜生意。⑥ 對着，衝着：兜頭給了他一巴掌。

12 兢 兢 兢 兢 兢 兢 兢

〔普〕jīng 〔粵〕ging¹京

① 小心謹慎：兢業業。② 恐懼，發抖：嚇得戰戰兢兢。

【兢兢業業】jīng jīng yè yè 勤懇認真：做事一向兢兢業業。〔同〕勤勤懇懇

入部

0 入 入 大

〔普〕rù 〔粵〕jap⁶泣⁶

① 進去；從外面到裏邊：進入 / 入手（着手，開始做）/ 入迷（達到沉迷的程度）。② 切合、合乎：入時（時尚、時髦）/ 入情入理。③ 收入：量入為出。④ 到，達到：體貼入微 / 出神入化。⑤ 入聲，漢語四個聲調之一：平上去入。

【入場】rù chǎng 進入某一個場所：憑票入場 / 運動員相繼入場。〔反〕出場

【入圍】rù wéi 取得進入選拔範圍或參加更高一級賽事的資格。〔反〕出局 * 淘汰

【入境】rù jìng 進入國境；從一國進入另一國：入境美國 / 三日前自新加坡入境。〔同〕出境 * 離境

【入選】rù xuǎn 被選中了：入選繪畫大展。〔同〕中選〔反〕淘汰

【入讀】rù dú 進入學校讀書：入讀真光中學。〔同〕就讀

2 內[内] 內 內 內 兩

〔普〕nèi 〔粵〕noi⁶奈

① 裏邊、裏面；內部：屋內 / 校內 / 內情（事情的深層情況）/ 內幕（隱秘的內部情況）。② 心

裏；體內：內疚 / 內傷。

【內疚】nèi jiù 做了對不起人的錯事，內心慚愧不安。〔同〕歉疚

【內容】nèi róng 包含在裏邊的：內容豐富 / 談話的內容。〔反〕外表 * 表面

【內部】nèi bù 在範圍以內：學校內部 / 內部消息。〔反〕外部

4 全 全 全 全 全 全 全

〔普〕quán 〔粵〕cyun⁴存

① 完整；齊備：健全 / 十全十美。② 全體；全部：全民（一國之內的全體公民）/ 全球（整個地球；全世界）/ 全力以赴（投入全部的力量或精力）。③ 保全；成全：此事很難兩全。④ 都；完全：全準備好了 / 人全到齊了。

【全力】quán lì 使出全部力氣；用上全部力量：全力做好我的工作。〔同〕盡力 * 極力

【全局】quán jú 整體的局面或局勢：把握全局 / 事關全局。〔反〕局部

【全面】quán miàn 所有方面，各個方面：全面合作 / 考慮問題要全面。〔反〕片面

【全部】quán bù ① 各部分的總和；所有的：全部家產。② 完全：全部符合要求。〔反〕部分 * 局部

【全體】quán tǐ 全部；所有的人：全體成員 / 全體起立。〔反〕個別 * 部分

【全心全意】quán xīn quán yì 一心一意：全心全意讀書。〔反〕三心二意

【全神貫注】quán shén guàn zhù 精神高度集中；注意力高度集中。〔同〕專心致志 * 聚精會神

6 兩[两] 兩 兩 兩 兩 兩 兩 兩

〔普〕liǎng 〔粵〕loeng⁵倆

① 數目字"二"：兩個 / 兩隻鳥 / 兩棟新樓。

② 對應的雙方：兩全其美（讓雙方都滿意）/ 兩袖

清風（做官清廉，家無餘財）/ 兩面三刀（表裏不一，存心不良）。③ 表示不多的未定數目：三三兩兩 / 過兩天再來。④ 重量單位：半斤八兩。

【兩旁】liǎng páng　左右兩邊：大門兩旁卧着一對石獅子。圓 兩邊 反 一旁 * 一邊

【兩極】liǎng jí　① 地球的北極和南極。② 兩頭，兩個極端：貧富兩極分化。

【兩邊】liǎng biān　① 左右兩旁：小路兩邊都是草坪。② 兩方面，雙方：兩邊討好 / 兩邊都滿意。圓 兩旁 * 兩面 反 一面 * 一邊

八部

八

普 bā　粵 baat³ 捌

數目字。七加一就是八。

【八方】bā fāng　① 東、南、西、北、東南、東北、西南、西北八個方位。② 指周圍或各地：八方來客。

🖋 東西南北四個方位的文化含義：東，太陽昇起的方位，旭日東升代表陽氣，所以春風也可說東風，東是代表欣欣向榮的方向；西，太陽落下的方位，有衰敗、沒落的意味，所以說日薄西山，秋風一起萬物蕭條敗落，所以西風又表示秋風，古人有「碧雲天，黃葉地，西風緊，北雁南飛」的名句；南，正對太陽的向陽方向，山的南面叫陽坡，北面叫陰坡，房屋、豪宅的正面都以南向為佳，君王的宮殿和座位都是坐北朝南，坐北朝南是尊貴的位置；北，古文字的北是背對背站著的兩個人，所以打敗仗說「敗北」，朝相反方向逃跑的意思，北向與向陽的南向相反，朝北的房子比朝南的房子冷，北是代表「陰」的方位。

【八仙】bā xiān　道教中的八位神仙：漢鍾離、張果老、呂洞賓、鐵拐李、韓湘子、曹國舅、藍采和、何仙姑。傳說八位仙人各顯神通，乘風破浪渡過東海。俗 八仙過海，各顯神通 * 八仙過海，各顯其能

【八字】bā zì　中國星相家的算命方法：用天干和地支相配來表示出生的年、月、日、時四項，四項共用八個字，根據這八個字來推算人的一生命運。

【八卦】bā guà　中國古代《周易》中，用代表陰的"－－"和代表陽的"－"這兩個基本符號，組合成八種不同的符號，稱作"八卦"，象徵天、地、雷、風、水、火、山、澤，八卦互相搭配得六十四卦，象徵各種自然和社會現象，其中"乾"和"坤"兩卦最重要，代表天和地，是萬物的本源，是各種社會現象的支配者。

公

普 gōng　粵 gung¹ 工

① 大家的、全體國民的、國際的：公安（社會治安）/ 天下為公 / 公海。② 讓大家都知道，不隱瞞：公開 / 公佈（公開發佈）。③ 公正：公平（公正合理）/ 分配不公。④ 丈夫的父親：公婆。⑤ 雄性的：公牛。

【公元】gōng yuán　公曆紀元。公曆將耶穌誕生的那一年定為公元元年，此前定為"公元前"。

【公仔】gōng zǎi　① 小人兒，依照人像造型製作的小玩具。② 繪畫或電腦設計製作出來的小型人物。

【公用】gōng yòng　社會公共使用、大眾使用的：公用資源。反 私用

【公主】gōng zhǔ　帝王的女兒：白雪公主與七個小矮人。

【公立】gōng lì　政府設立並負責管理的為公眾服務的機構：公立學校 / 公立醫院。圓 官立

反 私立

【公民】gōng mín 具有確定的國籍，並根據法律規定享有權利和承擔義務的人。同 國民

【公共】gōng gòng 公眾共同所有的：公共利益。反 私有

【公告】gōng gào 政府或團體向公眾發佈的通告。同 佈告 * 通告

【公事】gōng shì 公家的或公眾的事務：公事公辦／有公事在身。同 公務 反 私事

【公約】gōng yuē ① 指三個或三個以上國家簽訂的條約。② 公眾訂立的、必須共同遵守的協議：學生道德公約。

【公益】gōng yì 社會的公共利益：積極參加社區的公益活動。

【公海】gōng hǎi 各國都可以自由航行、利用，不受任何國家支配的海域。反 領海

【公眾】gōng zhòng 普羅大眾：公眾利益。同 大眾

【公務】gōng wù 公眾或官方的事務：公務繁忙。

〔附加詞〕公務員：政府僱員，在政府機構中從事法定工作的人員。

【公開】gōng kāi ① 不保密、透明的：公開活動。② 把秘密或內情公佈出來：公開內幕消息。同 公佈 * 透明 反 隱秘 * 保密

【公道】gōng dào ① 公正的道理：主持公道。② 公平合理：公道的裁決／價錢公道。同 公正 * 公平 反 不公 * 偏心

【公僕】gōng pú 為公眾服務的人：社會公僕。

【公認】gōng rèn 大家一致承認、一致認為：她是大家公認的美女。反 否認

【公德】gōng dé 公共道德：亂拋垃圾是沒有公德心的行為。

【公論】gōng lùn ① 公眾議論：事件引起公論。② 公正的評論：是非自有公論。

【公轉】gōng zhuàn 一個天體環繞另一天體運轉。如地球沿軌道繞太陽轉動、月亮繞地球轉動，都是公轉。反 自轉

【公證】gōng zhèng 法院或被授權的機構對於民事方面的權利、義務關係做出證明。如公證買賣合同、委託授權、遺囑等。

【公信力】gōng xìn lì 這是一份有公信力的報章。

六

六 六 六

普 liù 粵 luk⁶ 陸

數目字。五加一就是六。

【六書】liù shū 古代漢字造字的六種方法：象形、指事、會意、形聲、轉注、假借。

【六朝】liù cháo ① 中國歷史上以建康（今南京）為首都的六個朝代：三國吳、東晉、南朝的宋、齊、梁、陳。② 指中國歷史上的南北朝時期。

共

共 共 共 共 共

普 gòng 粵 gung⁶ 工⁶

① 相同的；都具有的：共識（相同的認識）／共同語言。② 一起；互相：共勉（互相鼓勵）／同舟共濟。③ 總共，合計：共計（總計、合計）／共有（總共有）。

【共用】gòng yòng 一起使用，共同使用：兩人共用一台洗衣機。同 合用

【共同】gòng tóng ① 屬於大家的，共有的：共同的利益／共同的心情。同 相同 ② 一起，一齊：共同商討。同 一同

【共事】gòng shì 在一起做事：兩人共事多年／不願與小人共事。

【共和】gòng hé 共和制，國家元首和國家權力機構定期由選舉產生的政治制度，區別於君主專制制度。

〔附加詞〕共和國：實行共和制的國家。

【共鳴】gòng míng 受他人感染，自己產生相同的反應：他的故事引起同學的共鳴。

5 兵

兵兵兵兵兵兵　兵

⑧ bīng　⑨ bing¹ 冰

① 武器：兵器（各種武器裝備的統稱）。② 軍隊，士兵。

【兵力】bīng lì　軍隊兵員和武器裝備的實力。

【兵法】bīng fǎ　用兵作戰的方法策略。

6 其

其其其其其其　其

⑧ qí　⑨ kei⁴ 期

① 相當於"他（她）"、"他（她）的"、"他（她）們的"：任其發展／物盡其用。② 相當於"此、這、那、這些、那些"：查無其人／身臨其境。③ 起加強語氣的作用，沒有實際意義：極其感激／感觸尤其深。

【其中】qí zhōng　當中，裏面：學校成立籃球隊，我是其中一員。同 當中 反 其外 * 其他

【其他】qí tā　別的：只要畢業找到好工作，其他的事就好辦了。反 當中 * 其中

【其次】qí cì　① 次序排在第二：看人先看品德，其次看才幹。② 次要的：人品是主要的，長相倒在其次。同 次要 反 主要

【其間】qí jiān　① 這中間：他最近情緒很差，其間必有原因。② 那段時間：他出國其間，我們從未斷過聯繫。同 當中 * 中間

【其實】qí shí　實際上、事實上：他看上去挺嚴肅，其實是個很幽默的人。

【其餘】qí yú　剩下的；其他的：請經理留下，其餘的人散會。同 餘下

6 具

具具具具具具　具

⑧ jù　⑨ geoi⁶ 巨

① 器物，用具：餐具。② 有，具有：別具一格。③ 備辦，準備：聊具薄禮一份。④ 寫；列明：具名（簽名）。

【具有】jù yǒu　有，有着：這個孩子具有很高的智商。

【具備】jù bèi　齊備；具有：具備獨立工作的能力。

【具體】jù tǐ　確定的，實在的：策劃得很具體。
反 空洞 * 空泛

6 典

典典典典典典　典

⑧ diǎn　⑨ din² 電²

① 制度；法規；準則：法典。② 典禮：盛典。
③ 典範、權威：經典／典籍（古代文獻和圖書）。
④ 以物作抵押向人借錢：典當／典押（抵押借錢）。

【典型】diǎn xíng　① 有代表性的：典型經驗。
② 具有代表性的人或事件：自學成才的典型。

【典雅】diǎn yǎ　高雅、雅致：陳設典雅／舉止典雅。同 文雅

【典範】diǎn fàn　楷模、模範：做人的典範。
同 榜樣

【典禮】diǎn lǐ　隆重的儀式：開學典禮。

8 兼

兼兼兼兼兼兼　兼

⑧ jiān　⑨ gim¹ 檢¹

① 合到一起：兼併（把對方的轉為己有）。
② 同時涉及兩個方面：兼顧（同時照顧）／中文科長的職位由班長兼任。② 加倍的：日夜兼程。

俗 兼聽則明，偏信則暗

〔古詩文〕窮則獨善其身，達則兼善天下。《孟子·盡心上》

【兼職】jiān zhí　① 在正職之外同時承擔另一職務：兼職教授。② 兼任的職務：晚上做兼職，多賺一份錢。

冂部

3
冊 [册]
冊 冊 冊 冊 　冊

（普）cè （粵）caak³ 策
① 裝訂好的本子：賬冊／手冊。② 本。用於書籍：上中下共三冊。

3
册
册 册 册 册 　册

（普）cè （粵）caak³ 策
同“冊”。詳見“冊”。

4
再
再 再 再 再 再 　再

（普）zài （粵）zoi³ 載
① 又一次，第二次：一而再，再而三。② 重複或繼續：再來一次／我不再受你的氣了！③ 更，更加，進一步：再加把勁／再多給一點。
【再三】zài sān 一次又一次：再三警告／再三挽留。（同）一再
【再生】zài shēng ① 重生，死而復活：再生之恩／枯樹再生。② 加工處理廢棄物，變成可使用的新產品：再生資源。
【再次】zài cì 又一次，第二次：再次問媽媽／再次向他解釋。
【再見】zài jiàn 期待再次見面。禮貌用語。（同）再會
【再度】zài dù 第二次：再度説起／再度去新加坡旅遊。（同）再次

7
冒
冒 冒 冒 冒 冒 冒 　冒

（普）mào （粵）mou⁶ 務
① 上升；透出來：冒煙／冒汗。② 頂着、迎着：冒險（不顧危險）／頂風冒雪。③ 觸犯：冒犯。④ 以假的充當真的：冒充（以假充真）／冒名頂替。⑤ 魯莽、輕率：冒失（莽撞）。
【冒犯】mào fàn 用不當的言行衝撞對方或觸犯對方的尊嚴：説話粗魯，常常冒犯人。（反）迎合
【冒牌】mào pái 冒充他人的品牌：一看就知是冒牌貨。（反）正牌

9
冕
冕 冕 冕 冕 冕 冕 　冕

（普）miǎn （粵）min⁵ 免
① 禮冠，正式場合戴的冠：冠冕堂皇／皇帝加冕禮。② 比喻榮譽地位：衛冕冠軍。

10
最
最 最 最 最 最 最 　最

（普）zuì （粵）zeoi³ 醉
① 到頭、到頂點，不能再向上加了：最好／最早／最重／最愛。② 表示方位的盡頭：最上邊／最右邊／最北面。③ 處在首要地位的：世界之最。
【最初】zuì chū 開始的時候；最早的時期：最初的想法／最初的幾天。（同）最早（反）最終
【最近】zuì jìn ① 近日：最近我學了不少東西。（反）昔日 ② 路程或距離最短：書店離我家最近。
【最後】zuì hòu 時間最晚；次序在最末：最後出門／最後通牒。（反）最初
【最終】zuì zhōng ① 最後的；終極的：最終結果／最終目標。② 直到最後：最終不了了之。（同）最後

一部

2 冗　冗冗冗 冗

⊕ rǒng　⑧ jung⁵ 勇

① 多餘的：冗員（多出來的人員）。

【冗長】rǒng cháng 拖拖拉拉，沒用的太多：文章冗長／冗長的報告，聽得心煩。⊜簡明＊簡短

7 冠 (一)　冠冠冠冠冠冠 冠

⊕ guān　⑧ gun¹ 官

① 帽子：怒髮衝冠。② 形狀像帽子的東西；位置在頂上的東西：樹冠／雞冠。

7 冠 (二)

⊕ guàn　⑧ gun³ 罐

① 把名號、文字加在前面：文章寫定，冠以題目。② 位居第一：冠軍（比賽第一名）／在決賽中奪冠。

8 冥　冥冥冥冥冥冥 冥

⊕ míng　⑧ ming⁴ 名

① 昏暗。② 深沉：冥思苦想。③ 天空：蒼冥（蒼天）。④ 糊塗愚昧：冥昧（愚昧）。⑤ 陰間：冥世。

8 冤　冤冤冤冤冤冤 冤

⊕ yuān　⑧ jyun¹ 淵

① 冤枉、冤屈：不白之冤／鳴冤叫屈。② 吃虧、上當：白跑一趟，真冤！

【冤枉】yuān wang ① 遭誣陷的不實罪名或惡名：這輩子受了不少冤枉。② 把罪名或惡名橫加給別人：冤枉人家使不得。③ 不值得；吃虧：這錢花得真冤枉！

【冤屈】yuān qū ① 受屈辱不公的待遇；蒙受無端的指責或罪名：一肚子的冤屈向誰訴說。② 硬被加上惡名或罪名：說他偷東西可真冤屈了他。⊜委屈＊冤枉

冫部

3 冬　冬冬冬冬 冬

⊕ dōng　⑧ dung¹ 東

冬季：冬令（冬天）／春夏秋冬／寒冬臘月。

【冬至】dōng zhì 中國傳統二十四節氣中的一個，在公曆 12 月 22 日前後。這一日白天最短、夜晚最長，中午的太陽位置最低、日影最長，是農曆冬季的起點。

【冬季】dōng jì 一年四季中的最後一季。中國傳統指立冬至立春的三個月，也就是農曆十至十二月這段時間。⊜夏季

【冬眠】dōng mián 冷血動物過冬，伏於洞中不吃不動的現象。

4 冰　冰冰冰冰冰 冰

⊕ bīng　⑧ bing¹ 兵

① 水遇冷而凝結成的固體：冰雪／冰霜／冰封（被冰雪覆蓋住）。② 樣子像冰的：冰棒／冰糖。③ 讓東西降溫變冷：冰西瓜／啤酒冰過了。

⑯冰凍三尺，非一日之寒

【冰山】bīng shān 冰川斷裂、滑到海洋中形成的漂浮在海中的巨大冰塊：泰坦尼克號郵輪首航

就撞上冰山沉沒。

【冰川】bīng chuān 高山和南北極地區、沿地面緩慢移動的大冰塊。

【冰冷】bīng lěng 像冰一樣寒冷：冰冷的湖水。

〔簡明詞〕冰淇淋：用牛奶、雞蛋、糖、果汁等調製而成的半固體冷食。

5 **冷** 冷冷冷冷冷冷 冷

(普)lěng (粵)laang⁵

① 寒冷：天氣冷了。② 冷淡：冷酷（苛刻無情）/ 冷漠（冷淡，不關心）。③ 受冷落的；無人過問的：冷遇 / 打入冷宮。④ 消沉，冷卻下來：心灰意冷。⑤ 冷清；寂靜：街上很冷清，連個人影都沒有。⑥ 不受歡迎的：冷門。

【冷淡】lěng dàn ① 淡漠，不熱情：態度冷淡。② 慢待；怠慢：別冷淡了顧客。🔁 冷漠 🔄 熱情

【冷汗】lěng hàn 人受驚嚇出的汗；患病出的汗。🔄 大汗 * 熱汗

【冷卻】lěng què 溫度降下來；熱情降下來。🔄 熾熱 * 熱烈

【冷氣】lěng qì ① 指空調機等製冷設備：請把冷氣關上。② 製冷設備送出的冷空氣。🔄 熱氣

【冷笑】lěng xiào 冷冰冰地笑一笑。多含輕視、不屑一顧的意味：冷笑一聲，揚長而去。🔄 大笑

【冷眼】lěng yǎn ① 冷靜看待的眼光：冷眼旁觀。② 冷淡輕視的眼光：寄人籬下，遭人冷眼。🔁 白眼

【冷清】lěng qīng ① 冷落、沉寂：冷清的小巷。② 不興旺；不熱鬧：生意冷清 / 場面冷清。🔁 清冷

【冷飲】lěng yǐn 低溫飲料或冰激凌一類冷凍食品。🔄 熱飲

〔簡明詞〕冷遇：冷淡的待遇。冷不防：突然，沒有料到。

【冷落】lěng luò ① 冷清清的，沒有生氣：冷落

的秋景。② 冷淡，不關心：熱情一點，別冷落新同學。🔄 火熱 * 熱情。

【冷暖】lěng nuǎn ① 寒冷和溫暖：冷暖人生。② 比喻人際關係冷酷。"暖"起陪襯作用，無實際意義：人情冷暖，世態炎涼。

【冷箭】lěng jiàn 乘人不備射出的箭。比喻暗中害人的手段。🔁 暗箭 ⒄ 明槍易躲，冷箭難防

【冷僻】lěng pì 偏僻：我住的地方太冷僻。🔄 熱鬧

【冷靜】lěng jìng ① 沉着鎮靜：冷靜一下，別太激動。🔄 激動。

5 **冶** 冶冶冶冶冶冶 冶

(普)yě (粵)je⁵ 野

① 熔煉：冶金（冶煉金屬）/ 冶煉（從礦石中提煉金屬）。② 修養、培養：陶冶性情。③ 美麗的、妖媚的：妖冶。

6 **冽** 冽冽冽冽冽冽 冽

(普)liè (粵)lit⁶ 列

清冷、寒冷：泉水清冽 / 凜冽的寒風。

8 **凌** 凌凌凌凌凌凌 凌

(普)líng (粵)ling⁴ 零

① 冰塊：冰凌。② 升高；超越：凌空 / 凌駕（超越；高出）。③ 侵犯；欺侮：凌辱（欺負侮辱）/ 盛氣凌人。④ 逼近、迫近：凌晨四點。⑤ 錯雜、雜亂：凌亂（雜亂，沒有條理）。

【凌晨】líng chén 天將亮的時候；午夜到天亮的一段時間：凌晨起來看日出。

 零晨 "零" 的意思是零碎，或表示沒有數量。"凌" 是時間詞。兩字音近易寫錯。

8 **凍**[冻] 凍凍凍凍凍凍 凍

㊟dòng ㊣dung³ 東³

① 水遇冷而凝結：凍土 / 凍肉。② 受冷或感覺冷：凍得發抖 / 手凍僵了。② 把食物和其中的汁液凍結起來的食品：果凍。

【凍結】dòng jié ① 受冷凝結。② 中止人員、資金的變動或流動：凍結人員交流 / 凍結銀行存款。反 解凍。

8 **凄** 凄凄凄凄凄凄 凄

㊟qī ㊣cai¹ 妻

同"淒"。

8 **准** 准准准准准准 准

㊟zhǔn ㊣zeon² 準

允許、許可：批准 / 准許（允許、許可）/ 准予（准許）。

8 **凋** 凋凋凋凋凋凋 凋

㊟diāo ㊣diu¹ 丟

枯萎；衰敗：凋落（枯萎掉下來）。

〔古詩文〕歲寒，然後知松柏之後凋也。《論語・子罕》

【凋零】diāo líng ① 草木凋謝零落：花易凋零草易生。② 比喻衰落或死亡：百業凋零 / 親人離散，好友凋零。反 茂盛 * 歡聚

【凋謝】diāo xiè ① 花木枯落：百花凋謝。② 比喻死亡：父輩日見凋謝。反 盛開 * 強健

凋謝 "凋" 古義同 "周"，指圍繞。"凋" 有草木衰落的意思。兩字筆劃近似易寫錯。

13 **凜** 凜凜凜凜凜凜 凜

㊟lǐn ㊣lam⁵ 廩

同"凛"。詳見"凛"。

13 **凛**[凛] 凛凛凛凛凛凛 凛

㊟lǐn ㊣lam⁵ 林⁵

① 寒冷：凛冽的寒風。② 形容威嚴：凛若冰霜（像冰霜一樣嚴肅）/ 凛然不可侵犯 / 威風凛凛。

14 **凝** 凝凝凝凝凝凝 凝

㊟níng ㊣jing⁴ 形

① 氣體化作液體，流體物結成固體，水因受冷而凍結。② 專注；集中：凝思（專心考慮）/ 凝神（精神集中）。

【凝固】níng gù ① 由流體結成固體：水泥凝固了。② 結合成一個整體，固定不變了：她覺得空氣好像凝固了似的。反 消散 * 渙散

【凝望】níng wàng 目不轉睛地看着遠處。

【凝視】níng shì 目不轉睛地看着。

【凝結】níng jié ① 由氣態變成液態；由液態變成固態：水氣凝結在窗户上 / 河面上凝結了一層薄冰。反 融化 ② 緊密聚集在一起：他的成長凝結着老師的心血。

【凝聚】níng jù ① 集中在一起：凝聚力。② 凝結：每一分錢都凝聚着父親的血汗。反 分散

几部

几

⁰ 几　几 凡

[普]jī [粤]gei¹ 機

中國古代供人放東西和憑靠的小桌。古人"席地
而坐"，几擺在面前。一種長條形的傢俬：几案。

凰

⁹ 凰　凰凰凰凰凰凰 凰

[普]huáng [粤]wong⁴ 王

鳳凰。

凱 [凱]

¹⁰ 凱　凱凱凱凱凱凱 凱

[普]kǎi [粤]hoi² 海

軍隊打勝仗後奏的樂曲：凱歌 / 凱旋（勝利歸來）。

凳

¹² 凳　凳凳凳凳凳凳 凳

[普]dèng [粤]dang³ 登³

凳子，有腿沒有靠背的坐具。

凵部

凶

² 凶　凶凶凶 凶

[普]xiōng [粤]hung¹ 空

不吉利；災禍；災荒：凶兆（不祥的預兆）/ 吉凶
未卜。

凸

³ 凸　凸凸凸凸 凸

[普]tū [粤]dat⁶ 突

高過周圍：凸起（隆起，高出來）/ 凸顯（非常清
楚地顯示出來）。

凹

³ 凹　凹凹凹凹 凹

[普]āo [粤]nap¹ 粒

低過四周：凹陷（向下或向裏陷進去）/ 凹凸不平。

出

³ 出　出出出出 出

[普]chū [粤]ceot¹ 齣

① 自內往外；從裏面到外面：出沒（時隱時現）/
進進出出。② 往外拿，拿出來：出示（拿出來給
人看）/ 出具（開出；寫出）/ 出主意。③ 越過；超
出：出奇（少有，不同尋常）/ 出人頭地。④ 顯露，
露出：出名（享有聲譽）/ 出醜（丟人）/ 水落石出。
⑤ 出產；產生，生出；發生：南海出石油 / 綠豆出
芽了 / 出錯（造成差錯；發生事故）。⑥ 到，來到：
出席 / 出庭作證。⑦ 出版；製作：出書 / 出唱片
【出入】chū rù ① 出去和進來：出入的人很多。
🔄 進出 ② 不符合，有偏差：情況跟你說的有出
入。🔄 差距
【出土】chū tǔ 從地下發掘出來：出土文物。
【出口】chū kǒu ① 出去的門口：運動場的出口
在左邊。🔄 入口 ② 隨口說出：出口傷人。③ 把
本國的商品轉到他國銷售：出口到歐美各國。
🔄 進口
【出手】chū shǒu ① 往外拿：出手闊綽。② 行
動；動手打：果斷出手。③ 一開始就展示出來
的本領：出手不凡。
【出去】chū qù ① 由裏邊來到外面：早上出去，
晚上回來。② 表示動作做完了：跳出去 / 話說出
去收不回來。🔄 進來

【出世】chū shì ① 出生：兩人同一天出世。
圓 誕生 ② 超脫人世：他早有隱居出世的想法。
反 謝世
【出任】chū rèn 就任，出面擔任：出任聖保羅小
學校長。反 卸任
【出色】chū sè 特別好：學習出色 / 出色的樂手。
反 遜色
【出走】chū zǒu 離開當地；離家而去：離家出
走 / 為躲債匆匆出走。反 回來
【出身】chū shēn 經歷、資歷、身份：學生出
身 / 科班出身。
【出局】chū jú ① 失去下一輪的參賽資格。② 被
取消資格；被迫退出。
【出來】chū lái ① 從裏邊來到外邊：剛從學校出
來。② 產生；出現：沒想到鬧出來一大堆事兒。
③ 表示動作完成或目的達到：一直沒想出來 / 看
得出來是個好學生。反 進去
【出版】chū bǎn 把作品等編印製作出來：出版
了幾百種書。
【出於】chū yú 出自：出於名家之手 / 出於同情，
資助他一萬元。
【出面】chū miàn ① 拋頭露面：不願意在這種場
合出面。圓 露面 ② 直接出來做事情：這件事得
他出面才行。
【出神】chū shén 精力過度集中，露出呆呆的神
情：看得出神了 / 聽得出神了。
【出馬】chū mǎ 出面做事：必須你親自出馬。
圓 出面
【出息】chū xi ① 志氣；發展前途：這孩子很有
出息。② 長進：眼見得姑娘一天比一天有出息了。
【出現】chū xiàn 呈現在面前；產生：廣場上出
現了一羣人 / 婚事出現問題了。反 隱藏
【出動】chū dòng ① 派出：出動防暴警察鎮壓。
【出產】chū chǎn 天然生成；人工生產出來：
長白山出產人參 / 金華出產的火腿遠近聞名。
圓 生產

【出發】chū fā ① 起程到別處去：明天從上水出
發。② 着眼或着手：從實際情況出發。反 到達
【出路】chū lù ① 前途：學習好、成績好，就
有出路。② 銷路：過時產品很難找到出路。
反 退路
【出賣】chū mài ① 出售，以物換錢：出賣農產
品。圓 銷售 反 收購 ② 為獲取私利而背叛別人、
背叛國家。圓 背叛 反 收買
【出線】chū xiàn 進入高一輪比賽的資格：只有
在亞洲區出線，才能參加世界盃決賽。反 淘汰 *
出局
【出頭】chū tóu ① 從苦難、困境中解脫出來：
兒子大學畢業，我就熬出頭了。② 出面；帶頭：
喜歡出頭露面。③ 整數後的餘數，有零頭：看上
去二十歲出頭。
【出擊】chū jī 主動攻擊；主動發起攻勢。
【出籠】chū lóng ① 從籠子裏放出來：小鳥出籠。
② 從籠屜中取出蒸熟的食品：剛出籠的熱包子。
③ 比喻拋出、推出：講話一出籠，便遭到批評。
【出人意表】chū rén yì biǎo 出乎意料，沒人想
像得到。圓 出人意料

6
函
函 函 函 函 函

普 hán 粵 haam⁴ 咸
① 匣子；封套：鏡函 / 這部古書一共八函。
② 信件：函件（信函）/ 來函照登。

刀部

0
刁
刁 刁

普 diāo 粵 diu¹ 丟

狡猾；無賴：刁鑽（狡猾奸詐）/ 刁蠻（刁鑽蠻

横）／刁難（故意難為人）。

0 刀　刀刃

（普）dāo（粵）dou¹ 都

① 切、割、砍、削的工具：刀子／菜刀／餐刀。
② 古代兵器：大刀／刀槍。

〔簡明詞〕刀光劍影：① 形容激烈搏鬥。② 形容殺氣騰騰。刀山火海：比喻極險惡的境地。

1 刃　刃刃刃

（普）rèn（粵）jan⁶ 孕

① 刀劍的鋒利部分：迎刃而解。② 刀劍一類武器：利刃／兵刃。

2 切（一）　切切切切

（普）qiē（粵）cit³ 設

① 用刀把東西分開：切麵包／切成小塊。② 截斷；斷開：切斷電源／切斷退路。

2 切（二）

（普）qiè（粵）cit³ 設

① 接觸；摩擦：切脈／切齒痛恨。② 靠近、貼近：親切。③ 符合；切合：確切／切實。④ 緊急；急迫：急切／迫切。⑤ 深切，很深：悲切／殷切。⑥ 務必；千萬：切記（務必記住）／切忌（務求避免）／切勿（千萬不要）。

【切實】qiè shí 切合實際；實實在在：切實改正錯誤。

【切磋】qiē cuō 互相商討研究，取長補短：和同學切磋學問。（同）探討、研討。

2 分（一）　分分分分

（普）fēn（粵）fan¹ 昏

① 分開；分割：瓜分／分手（分開；離別）／分成三份。② 從總體分出來的：分校／分店。③ 分配；分發：分成（按比例分配）／分到手只有二千元。④ 份額、比率：考試需要的是，八分努力，兩分運氣。⑤ 區別；辨別：分析／分辨（區分辨別）。（俗）不分青紅皂白

【分工】fēn gōng 劃分工作的責任、職權與義務。（反）合作

【分寸】fēn cùn 恰當的尺度、範圍：說話有分寸／開玩笑也要知分寸。

【分子】fēn zǐ 物質中能夠獨立存在的最小微粒。分子由原子組成。

【分化】fēn huà 分裂，向不同的方向發展變化：貧富兩極分化。（反）同化

2 分（二）

（普）fèn（粵）fan¹ 昏

① 成分：糖分。② 本分，自己應該做的、應該遵守的：安分守己／分內的事。③ 名譽、情義、關係、面子：名分／情分／看在朋友的分上。④ 份、部分，整體中的局部：股分／三分資料。

【分子】fèn zǐ 屬於某個階層的人；具有某類特徵的人：知識分子／投機分子／綠色環保分子。

【分內】fèn nèi 責任和義務之內：尊老愛幼是分內該做的事。（反）分外

【分外】fèn wài ① 本分以外的，責任和義務之外的：工作時不做分外事。（反）分內 ② 格外；特別：月到中秋分外明。

【分別】fēn bié ① 不同：請注意"要"和"耍"的分別。② 區分；辨別：分別輕重緩急。③ 分頭、各自，一個一個地：根據情況分別處理。④ 離別，分手：分別的時候很傷心。

【分佈】fēn bù 散佈在一定區域內：名牌大學大都分佈在歐美地區。

【分析】fēn xī ① 分解開來深入思考，找出原因和解決辦法：他很善於分析問題、解決問題。② 把總體分解成若干部分，找出各部分的屬性和相互關係：化學分析。

【分歧】fēn qí 有差別；不一致：存在分歧 / 消除分歧。囡 一致

【分明】fēn míng ① 清楚；明確：四季分明 / 文章層次分明。② 顯然；明明：看他那種神氣的樣子，分明是個勝利者。

【分享】fēn xiǎng 同別人分着享受：分享美食 / 分享成功的喜悅。囘 共享

【分泌】fēn mì 從中產生出某種物質來：內分泌 / 橡膠樹分泌白色的汁液。

【分配】fēn pèi ① 安排；分派：等待分配工作。② 按標準分發：每人分配一盒飯盒。

【分散】fēn sàn 分在多處；不集中：精力分散 / 兵力分散。囡 集中

【分裂】fēn liè 整體分解開來；把整體分開：細胞分裂 / 分裂國家。囡 聯合 * 統一

【分量】fèn liàng ① 重量：行李的分量不輕。② 比喻價值、作用：這話很有分量 / 在行業裏說話有分量。又作"份量"。

【分開】fēn kāi ① 分到兩處；各到一個地方：自分開後沒再見過面。② 各自，分頭：把東西分開放起來。囘 分別

【分割】fēn gē 把一個整體分解開來：分割財產 / 同學情誼難以分割。囘 切割

【分解】fēn jiě ① 把整體分成多個部分：演示舞蹈的分解動作。② 解說；說明：不容分解 / 且聽下回分解。

【分隔】fēn gé 分開；分成兩部分：分隔兩地 / 把卧室分隔成兩小間。囘 隔離

【分擔】fēn dān 分別承擔；承擔一部分：費用分擔 / 分擔責任。

【分曉】fēn xiǎo ① 明白；清楚：問個分曉。② 揭開來，說明白：欲知後事如何，且聽下回分曉。③ 結果、結局：賽場上見分曉。④ 道理：此人好不知分曉。⑤ 主意；辦法：心中自有分曉。

【分離】fēn lí ① 分開來；分出來：二人早有分離的打算 / 用化學方法分離出來。② 離散；離別：骨肉分離。囡 團聚

【分類】fēn lèi ① 分成的類別：我們要做好垃圾分類。② 分到各個類別中去：把貨品分類放好。

---

3 刊　　刊 刊 刊 刊　刊

〔普〕kān 〔粵〕hon¹ 罕¹

① 排版印刷：刊印 / 創刊。② 刊物雜誌；報紙上的專版：期刊 / 副刊。③ 修訂：刊誤。

【刊物】kān wù 有固定名稱、定期或不定期的出版物。囡 報紙

〔簡明詞〕刊登、刊載：在報刊上登載。

---

4 刑　　刑 刑 刑 刑　刑

〔普〕xíng 〔粵〕jing⁴ 形

① 刑罰：無期徒刑。② 施刑、體罰：禁止嚴刑逼供。

【刑事】xíng shì 刑法方面的：刑事犯罪 / 刑事法庭。囡 民事

【刑罰】xíng fá 罪犯所受的法律制裁。囘 懲罰

【刑警】xíng jǐng 刑事警察，從事刑事偵查或刑事鑒定的警察。

---

4 列　　列 列 列 列　列

〔普〕liè 〔粵〕lit⁶ 烈

① 排；行列：隊列 / 前列。② 按順序排列；羅列：列隊 / 列舉（逐一提出來）。③ 安排；放進去：列入計劃 / 列為學習的重點。④ 類；範圍：

系列 / 不在此列。⑤ 各：列島 / 列位。⑥ 表示
成排成行的：一列火車。
【列車】liè chē 由機車牽引、連掛成列沿軌道運
行的車輛。
【列島】liè dǎo 排列成線形或弧形的群島，又稱
"羣島"。
【列席】liè xí 非正式成員參加會議，有發言權無
表決權。

4 划　划划划划划划　划
（普）huá （粵）waa¹ 娃
用槳撥水：划船。

5 別 [别]　別別別別別別　別
（普）bié （粵）bit⁶ 必⁶
① 分辨；辨別：鑒別 / 識別。② 類別：派別。
③ 差別：天壤之別。④ 分離；離別：久別重逢。
⑤ 另外的：別名 / 別人。⑥ 插住、卡住、固定
住：把門別上 / 把信紙別在一起 / 腰裏別着把玩
具槍。⑦ 不要；莫：別走 / 別開玩笑。
【別字】bié zì 把一個字誤讀或誤寫成另一個字，
另一個字就是別字。
【別致】bié zhì 同"別緻"。
【別墅】bié shù ① 不是常住的、另一套庭園式住
宅。② 環境優美的庭園式住宅，一般建在郊區。
【別緻】bié zhì 新奇雅致，別有風味：款式很別
緻 / 別緻的住宅。（反）俗氣
【別出心裁】bié chū xīn cái 與眾不同的構想或
辦法：別出心裁的設計，使居室非常獨特。
【別具一格】bié jù yì gé 另有一種獨特的風格、
格調。（同）獨具一格
〔簡明詞〕別名、別稱：非正式的名稱。

5 刪　刪刪刪刪刪刪　刪
（普）shān （粵）saan¹ 山
去掉：刪除（刪掉）/ 刪改（去掉或改動）。
【刪節】shān jié 去掉文章中多餘的或無關緊要的
部分。（反）增加。

5 利　利利利利利利　利
（普）lì （粵）lei⁶ 吏
① 鋒利：犀利 / 銳利。② 順當；吉利：無往而
不利。③ 利益；好處：利弊（好處和壞處）/ 互
助互利。④ 有利，得到利益：利國利民。⑤ 利
息；利潤：利率（利息和本金的比率）/ 有利可圖。
（俗）良藥苦口利於病，忠言逆耳利於行
【利用】lì yòng ① 使用，應用：廢物再利用 / 合
理利用資源。② 借對方來為自己服務：他可不
會讓你利用 / 要互利，不要只想利用別人。
【利是】lì shì ① 獎金，紅包，壓歲錢，禮金。
【利息】lì xī 存款或貸款除本金以外，另得的報
酬。（反）本金
【利益】lì yì 好處：個人利益 / 利益共享。（反）損失
【利害】lì hài 利益和害處：利害得失在所不計。
　✎ "利害"還是"厲害"？"利害"的"害"普
　通話讀輕聲時，"利害"與"厲害"都表示劇烈、
　兇猛的意思。當"害"普通話讀第四聲時，是
　利益和損害的意思，不能寫作"厲害"。
【利落】lì luo ① 靈活敏捷：辦事利落。② 整齊，
有條理：房間收拾得乾淨利落。（同）爽利＊麻利
【利潤】lì rùn 盈利，淨賺的錢：利潤豐厚。（反）本錢

5 删　删删删删删删　删
（普）shān （粵）saan¹ 山
同"刪"。詳見"刪"。

刨 (一)

刨刨刨刨刨刨　刨

普 páo 粵 paau⁴ 咆

① 挖掘：刨個土坑／刨根問底（追究底細）。
② 減去；扣除：刨除你的錢，我所剩無幾。

刨 (二)

普 bào 粵 paau⁴ 咆

① 刨子，刮平木料的工具。② 用刨子刮平：刨光木板。

判

判判判判判判　判

普 pàn 粵 pun³ 潘³

① 區分；分辨：判別（辨別；分清楚）／判明是非。② 評定；裁定：評判／裁判。③ 判決：判案／宣判／判處（判決處以何種刑罰）。

【判決】pàn jué 案件法院經過審理做出決定：不服判決／終審判決。

【判斷】pàn duàn 辨別斷定：判斷準確／判斷失誤。

初

初初初初初初　初

普 chū 粵 co¹ 礎

① 開始的一段：年初。② 開始的：初春／初始（最初）／初期（早期）／初時（早先，當初）。③ 最低的、低級的：初級／初等／初賽（第一次比賽）。④ 原來的；原來的情況：初衷／和好如初。

〔古詩文〕守其初心，始終不變。蘇軾《杭州召還乞郡狀》

【初步】chū bù 開始一段的；不完全的：選舉結果初步揭曉。 反 全部

【初衷】chū zhōng 原來的心願：不改初衷／她

的初衷並非如此。

刺

刺刺刺刺刺刺　刺

普 cì 粵 ci³ 次

① 像針似的尖銳東西：魚刺。② 扎進去、穿進：刺傷／刺穿。③ 刺激：氣味刺鼻。④ 偵察；探聽：刺探（暗中偵察打探情況）。⑤ 諷刺、嘲諷：譏刺／說話帶刺。

【刺眼】cì yǎn ① 光線太亮刺激眼睛：劃過一道刺眼的閃電。② 不順眼，看上去不舒服：打扮得很刺眼。 同 刺目

【刺激】cì jī ① 外界因素影響感覺器官，產生反應：受不了辣椒的刺激。② 激發，激起：刺激創作靈感。③ 激發情緒；打擊情緒：性格脆弱，別刺激她。

🔍 刺激 "刺" 的意思是違背常理。兩字筆劃近似易寫錯。

【刺繡】cì xiù ① 用彩色線在織物上織出人物、圖案花紋和各種景象。② 刺繡作品：蘇州的刺繡很有名。

到

到到到到到到　到

普 dào 粵 dou³ 刀³

① 抵達；到達：報到／馬到成功。② 往，去往：到同學家去。③ 達到目的；達致預定結果：到手（拿到手；獲得）／禮物收到。④ 周到；周全：面面俱到。

【到底】dào dǐ ① 到終點；到盡頭；直到最後：堅持到底，就是成功。② 終於，最終還是：到底盼來了／你的病到底好了。③ 畢竟；終究：到底還是合作有成效。④ 究竟：你到底搞清楚了沒有？

【到處】dào chù 各處；四處：到處尋找／街上到處是人。 同 處處

【到場】dào chǎng 來到活動場所：官員都已到場 / 校長還沒到場。⊗ 離場

【到達】dào dá 抵達；進展到某個階段：到達香港 / 到達理想境界。⊗ 動身

制

制 制 制 制 制 制 制

㊀ zhì ㊁ zai³ 際

① 規劃；規定：制訂計劃 / 修改制度。② 禁止；限定；約束：制止（強行阻止）/ 控制 / 制裁（懲罰、懲處）。③ 規則；制度：法制 / 學制。

【制服】zhì fú ① 強迫服從：終於制服了那匹烈馬。⊜ 控制 ② 按規定式樣做的服裝：醫生在工作時需要穿上制服。

【制定】zhì dìng 制訂出來並加以確認：制定出一套教學計劃。

【制訂】zhì dìng 擬定：制訂新學年的課程表。

✎ "制定"與"制訂"：這兩個同音詞語，容易錯用。制定，是把擬定出來的規則、條例、方針、政策確定下來，含有"經已確定"、"經已確認"的意思；制訂，則是擬定規則、條例、方針、政策，並未定案，並未"確定"、"確認"下來，簡單地説，"制定"是"擬定條文並定下來"的意思，"制訂"是"擬定條文"的意思，二者有同有異，要區分清楚，避免用錯。

【制度】zhì dù ① 規矩、準則：考試制度。② 管理社會運行的體制和一整套規則：政治制度 / 經濟制度。

刮

刮 刮 刮 刮 刮 刮 刮

㊀ guā ㊁ gwaat³ 颳

① 削去表層的東西：刮臉 / 刮鬍鬚。② 壓榨、榨取：搜刮民財。

【刮目相看】guā mù xiāng kàn 另眼看待，説對方進步很大，已非昔日可比。⊜ 另眼相看。

刻

刻 刻 刻 刻 刻 刻 刻

㊀ kè ㊁ hak¹ 黑

① 雕刻：精雕細刻。② 雕刻出來的成品：石刻 / 碑刻。③ 程度深；做得很過分：深刻 / 苛刻 / 刻薄（過分苛求）。④ 限定；約定：刻期完成。⑤ 計時單位，十五分鐘為一刻。

【刻苦】kè kǔ ① 能吃苦，下苦功：刻苦求學反懶惰 * 懶散。② 儉樸：生活刻苦。⊗ 浪費

🔍 克苦 "刻"本義是雕刻，引申為程度深等義。"克"本義是戰勝、攻克，引申為克服、克制等義。

【刻意】kè yì 特別注意；用盡心思：刻意修飾 / 刻意經營。⊜ 特意 * 用心 ⊗ 大意 * 不在意

【刻不容緩】kè bù róng huǎn 事情緊迫，絲毫不能耽擱。⊜ 急如星火 * 十萬火急

券

券 券 券 券 券 券 券

㊀ quàn ㊁ hyun³ 勸

憑證、票據：證券 / 獎券 / 入場券。

【券商】quàn shāng "證券承銷商"的簡稱，接受客戶委託，代其買賣證券的機構或個人，俗稱"證券經紀"、"證券經紀人"。

刷

刷 刷 刷 刷 刷 刷 刷

㊀ shuā ㊁ caat³ 察

① 刷子。② 用刷子來回抹：刷牙 / 刷上白漆。③ 淘汰：初試就被刷了下來。

【刷洗】shuā xǐ 用刷子在水或別的液體中清洗東西。⊜ 洗刷 * 清洗

【刷新】shuā xīn 洗刷一新。比喻創記錄、創出新成績：刷新奧運記錄。

削 (一)

削 削 削 削 削 削　削

⦿xiāo ⦿soek³ 爍

用刀切下來：削梨 / 削鉛筆。

削 (二)

⦿xuē ⦿soek³ 爍

減少；割出去：削減（減少）/ 削地賠款。

💡當"削"釋為"用刀切去物體的表層"的意義時，一些常用詞語習慣上讀 xuē，如：剝削、削弱、削平、刪削、斧削、削髮為僧。"剝削"習慣上只讀 bō xuē，不讀 bō xiāo。

【削弱】xuē ruò 減弱，降下來：國力削弱 / 削弱競爭力。⊟增強

則

則 則 則 則 則 則　則

⦿zé ⦿zak¹ 側

①規章；法規：總則 / 法則。②規範；標準；榜樣：準則 / 以身作則。③條；項：寓言兩則 / 新聞三則。④就；便：窮則思變。俗既來之，則安之 / 兼聽則明，偏信則暗 / 有則改之，無則加勉

剎 (一)

剎 剎 剎 剎 剎 剎　剎

⦿chà ⦿saat³ 殺

①"剎多羅"的省稱。佛塔；佛寺：寶剎 / 千年古剎。②剎那，短促的瞬間：停了一剎就走了。

【剎那】chà nà 一瞬間：跑得飛快，剎那就沒蹤影了。⊜剎時 * 霎那

剎 (二)

⦿shā ⦿saat³ 殺

制止；停住：剎車 / 剎住歪風邪氣。

【剎車】shā chē ①停下車子；停止機器運轉：急剎車。②管剎車的機件：計劃突然剎車了。②中止，不再進行下去：投資過熱該剎車了。

前

前 前 前 前 前 前　前

⦿qián ⦿cin⁴ 錢

①前面；前方：前呼後擁。②朝前走，前進：停滯不前。③次序、時間在先的：前後 / 前天 / 前排 / 前半夜。④從前的，先前的：前妻 / 前任校長。⑤未來的；將來的：前途 / 向前看。俗前怕狼，後怕虎 / 前事不忘，後事之師

【前人】qián rén 古人；在我之前的人：借鑒前人的學習經驗。⊟今人 * 後人

【前夕】qián xī ①前一天晚上：出國前夕。②將要發生大事的時刻：決戰前夕。

【前列】qián liè 在行列的前面。比喻處於領頭的地位：能源技術位居世界前列。⊜領先 ⊟落後

【前兆】qián zhào 預兆，徵兆：火山爆發的前兆。⊜先兆

【前言】qián yán ①以前說過的話：背棄前言。②圖書的序言、引言。⊜序言 ⊟後記

【前來】qián lái 到來，從別的地方過來：前來香港學習。⊜來到 * 過來

【前往】qián wǎng 前去，到另一地方去：明天前往杭州。⊜去往

【前後】qián hòu ①前面和後面：前後左右 / 同學都坐在他前後。②左右，比一個時間點早一些或晚一些：你九點前後來吧。③從開頭到結尾；從前邊到後邊：前後不到五小時 / 前後排了二三百人。

【前途】qián tú 前方的路途；前景：前途平坦 / 光明前途。⊜前程

【前提】qián tí 先決條件：消除摩擦的前提是要有誠意。

【前景】qián jǐng 將要出現的景象或情況：光輝前景 / 前景不妙。

【前程】qián chéng ① 前途：前程似錦。② 指功名、官職、職位等。⑥ 前途

【前進】qián jìn ① 向前行進：運動員冒雨前進。② 發展、進步：社會前進的步伐加快了。⑫ 後退 * 退卻

【前輩】qián bèi 輩分高或資歷深的人：老前輩 / 醫學前輩。⑥ 先輩 ⑫ 後輩

【前鋒】qián fēng ① 先鋒，先頭部隊：前鋒已到達預定位置。② 籃球、足球等球類比賽中主要擔任進攻的隊員。⑫ 後衛

【前頭】qián tou 前面，前邊。⑫ 後頭 * 後面 * 後邊

【前瞻】qián zhān 朝前方看；展望：這個計劃很有前瞻性，相信會成為一大突破。【前所未有】qián suǒ wèi yǒu 未曾有過的：這種怪事，前所未有。⑥ 前所未見

7 剃

剃 剃 剃 剃 剃 剃　剃

⑯ tì ⑱ tai³ 替

用刀刮去：剃鬍子。

【剃度】tì dù 給出家人剃髮受戒，成為僧尼。

8 剔

剔 剔 剔 剔 剔 剔　剔

⑯ tī ⑱ tik¹ 惕

① 把肉從骨上刮下來：骨頭上的肉剔得乾乾淨淨。② 從縫隙中往外挑：剔牙 / 剔指甲。③ 去掉，排除：挑剔 / 剔除（除去；去掉）。④ 漢字的一種筆劃。由左斜着向上，形狀是"㇀"。

8 剛

剛 剛 剛 剛 剛 剛　剛

⑯ gāng ⑱ gong¹ 江

① 堅硬；堅強：以柔克剛 / 剛強（意志、性格堅強）。② 強盛：血氣方剛。③ 恰巧；正好：剛好。

④ 才；僅僅：六點剛放學 / 這點錢剛夠花。

【剛才】gāng cái 此前，剛過去的時間：剛才還下大雨呢，現在就出太陽了。⑥ 方才 * 剛剛

【剛巧】gāng qiǎo 碰巧；恰好：兄弟倆剛巧同一天到家。⑥ 剛好 * 正好 * 恰巧

【剛好】gāng hǎo 正合適；正好、恰巧：手上的錢剛好夠 / 今天是中秋節，剛好也是媽媽的生日。⑥ 正巧 * 正好

【剛剛】gāng gāng ① 恰好；正巧：這雙鞋剛剛合適。② 才，剛過去的時間：剛剛上市就搶購一空。③ 只；僅僅：剛剛二十五歲就出名了。

8 剖

剖 剖 剖 剖 剖 剖　剖

⑯ pōu ⑱ fau² 否 / pau² 掊²

① 切開；破開：解剖 / 剖開。② 分辨：剖析（分辨，分析）。

8 剝

剝 剝 剝 剝 剝 剝　剝

⑯ bō ⑱ bok¹ 博¹ / mok¹ 莫¹

① 去掉外殼或外皮：生吞活剝。② 分開來；脫落：剝離 / 剝落（一片片脫落下來）。③ 拿走；奪走：剝削（無償佔有他人的成果）。

💡 當"剝"釋為"去掉外殼或外皮"的意義時，在多數口語詞句中也讀 bāo，如：剝橘子、剝花生、把皮兒剝掉。

【剝奪】bō duó ① 用強制的手段奪去。② 依照法律強制取消。

9 副

副 副 副 副 副 副　副

⑯ fù ⑱ fu³ 庫

① 居第二位的；輔助的；附帶的：副食（指菜餚）/ 副手（助手；二把手）副校長 / 副作用。② 符合；相稱：名不副實 / 名實相副 ③ 相當於

"對"、"張"、"套"：一副對聯 / 一副愁容 / 兩副撲克牌。

〔古詩文〕盛名之下，其實難副

【副食】fù shí 下飯的魚肉蔬菜、腌漬品、乾製品等。反 主食

【副修】fù xiū 主修課程之外，附帶學習的課程。同 選修

---

9 **剪**　剪剪剪剪剪剪　剪

⟨普⟩jiǎn ⟨粵⟩zin² 展

① 剪刀，剪子。② 剪開，剪斷：把紙剪成兩半。③ 除去、削除：剪除（鏟除；消滅）/ 剪除黑社會惡勢力。

【剪裁】jiǎn cái ① 按尺寸剪開（衣料）：剪裁洋服。② 寫作時取捨安排材料。

---

10 **剩**　剩剩剩剩剩剩　剩

⟨普⟩shèng ⟨粵⟩sing⁶ 盛

多餘；餘下：剩下（沒用完，剩餘下來）/ 殘菜剩飯。

【剩餘】shèng yú ① 多餘；餘留下來的：剩餘物資 / 剩餘不少酒菜。② 餘留下來的東西：略有剩餘。

---

10 **創**⁽一⁾　創創創創創創　創

⟨普⟩chuàng ⟨粵⟩cong³ 倉³

① 開始做；初次做：首創 / 創建（首次建立起來）/ 創始（創建；開創）。② 新的，過去未曾有的：創意。

---

10 **創**⁽二⁾

⟨普⟩chuāng ⟨粵⟩cong³ 倉³ / cong¹ 倉

① 創傷，外傷：創口 / 創痛（傷痛）。② 傷害；打擊：重創敵軍。

【創立】chuàng lì 初次建立：創立義工社團 / 創立廣雅中學。同 創建

【創作】chuàng zuò ① 寫作文藝作品。② 文藝作品：唐詩是不朽的創作。

【創造】chuàng zào ① 新產生出；新製造出：大自然創造了海洋和高山。② 創造出來的東西：這項發明創造出於中學生之手。

【創業】chuàng yè 開創基業；創辦事業：創業難，守業更難。反 守業

【創傷】chuāng shāng ① 由鋒利物導致的外傷；傷口：身上有十幾處創傷。② 遭受到的損害：感情創傷 / 戰爭創傷。

【創新】chuàng xīn 創造出過去沒有的：現在是創新的時代。反 保守 * 守舊

【創意】chuàng yì ① 創出新意念或推出新東西來：年輕人的前途靠創意。② 創新的理念：她的廣告設計很有創意。

【創製】chuàng zhì 過去沒有過的首次製作。反 仿製

【創舉】chuàng jǔ 未曾有過的重大舉動或措施：穿梭機是航空航天史上的創舉。

【創辦】chuàng bàn 開創舉辦：創辦一所學校 / 創辦一本美容雜誌。同 開辦

---

10 **割**　割割割割割割　割

⟨普⟩gē ⟨粵⟩got³ 葛

① 切開；截斷：割斷繩索。② 分割；劃分；放棄：割地 / 割據 / 忍痛割愛。

〔古詩文〕寧割席分坐。劉義慶《管寧割席》

【割捨】gē shě 捨棄；放棄：兩人雖已分手，但

感情始終難以割捨。🔄 隔斷 * 切斷

【割讓】gé ràng 把部分財富、產業或領土劃分給他國：割讓股權 / 割讓產權 / 被迫割讓土地。

11 剗
（普）chǎn （粵）caan² 產
同"鏟"。

12 劃 （一）
（普）huà （粵）waak⁶ 或
① 分；劃分：劃出一條界限。② 調撥；轉撥：劃款 / 劃賬。③ 計劃；籌謀：出謀劃策。④ 漢字的筆劃："林"字有八劃。
【劃分】huà fēn ① 分割成若干部分：劃分成四個小組。② 區別；分別：劃分清楚責任。

12 劃 （二）
（普）huá （粵）waak⁶ 或
① 割開；分開：劃玻璃 / 閃電劃破長空。② 擦；摩擦：劃火柴 / 劃破了一塊皮。

13 劇 [剧]
（普）jù （粵）kek⁶ 展
① 戲劇：喜劇。② 事件：鬧劇 / 醜劇 / 慘劇。③ 激烈；猛烈；深重：劇變 / 病情加劇。
【劇本】jù běn 文藝作品名，演出戲劇所依據的文字底本。
【劇烈】jù liè 激烈；猛烈：劇烈運動 / 劇烈爆炸。
🔄 緩和 * 溫和
【劇痛】jù tòng 劇烈疼痛：強忍劇痛，一聲不吭。
〔簡明詞〕劇情：戲劇的情節。劇院、劇場：演出戲劇的固定場所。

【劇種】jù zhǒng 戲劇種類，如歌劇、粵劇、京劇等。

13 劏
（普）tāng （粵）tong¹ 湯
割開；劏開：劏豬 / 劏雞殺鴨。

13 劍 [剑]
（普）jiàn （粵）gim³ 檢³
一種前端尖、兩邊有刃、後端有短柄的兵器。
〔簡明詞〕劍客：古人稱精通劍術的人。劍俠：古人稱精通劍術、行俠仗義的人。劍術：運用寶劍的武功。

13 劊 [刽]
（普）guì （粵）kui² 繪
割斷；砍斷。
〔簡明詞〕劊子手：① 執行死刑的人。② 殺人兇手。

13 劉 [刘]
（普）liú （粵）lau⁴ 流
古代一種斧頭形狀的兵器。
【劉海】liú hǎi 婦女和兒童垂在前額的短髮。

13 劈 （一）
（普）pī （粵）pik¹ 僻 / pek³
① 砍；破開：劈成兩半 / 用斧頭劈柴。② 正對着；衝着：劈面（正對着臉面）/ 劈頭蓋腦（對着頭部和臉部）。

13 劈 (二)

⊕pǐ ⊜pik¹ 僻 / pek³

① 分開；分出來：劈成兩份 / 劈一半給他。
② 叉開：劈腿 / 劈開手指。

14 劑 [剂]

劑 劑 劑 劑 劑 劑

⊕jì ⊜zai¹ 擠

① 調配；調和：調劑。② 可產生物理、化學作用的東西：溶劑 / 化學試劑。③ 按照配方調製的藥品：藥劑。

【劑量】jì liàng 用量；藥品的服用分量。

力 部

0 力

力 力

⊕lì ⊜lik⁶ 曆

① 力量；氣力、體力：引力 / 推動力 / 有氣無力。② 能力；效能：視力 / 藥力 / 購買力。③ 努力；盡力；極力：力爭（竭力爭取）/ 力排眾議 / 據理力爭。

【力求】lì qiú 極力追求；盡力謀求：力求好的學習成績。⊜不求

【力氣】lì qì ① 體力，力量：人小力氣大。② 功夫：花力氣學好英語。⊜氣力

【力量】lì liàng ① 力氣：兩個人的力量不足以拉動這個箱子。② 能力：盡一切力量去完成。③ 作用；效力：夢想的力量真大。

【力圖】lì tú 極力謀求達到目的：力圖擺脫困境。⊜力求

【力不從心】lì bù cóng xīn 心有餘而力不足。⊜應付自如

3 功

功 功 功 功 功

⊕gōng ⊜gung¹ 工

① 功勞、功績：功勳（極大的功勞和貢獻）/ 論功行賞。② 成功；成效：急功近利 / 好大喜功。③ 功夫；精力：下苦功。④ 功力、功底；基本素養：唱功 / 基本功。

【功夫】gōng fu ① 精力和時間：不花功夫，學習哪能好？② 時間：沒有功夫逛街。③ 本領、本事：寫作功夫還不到家。⊗ 只要功夫深，鐵杵磨成針

✎ "功夫"還是"工夫"？表示本領義時，不能寫作"工夫"；表示時間義時，"功夫"與"工夫"通用。

【功用】gōng yòng 功能和用處：東西不同，各有各的功用。

【功臣】gōng chén ① 有功之臣：開國功臣。② 立下大功勞的人。

【功效】gōng xiào 效率；功能：功效極低 / 茶有推動消化的功效。

【功能】gōng néng 作用；效能：消化功能 / 功能沒發揮出來。

【功勞】gōng láo 做出的成績和貢獻：立下汗馬功勞。

【功德】gōng dé ① 功績和恩惠：他的功德，至今仍留在百姓的心裏。② 佛教指做善行善事：做功德 / 功德無量。

【功課】gōng kè ① 課程：各門功課都很優秀。② 作業、練習：在家做功課。

【功績】gōng jì 功勞和業績：教學三十年，功績不凡。

3 加

加 加 加 加 加

⊕jiā ⊜gaa¹ 家

① 合在一起：二加四等於六。② 增加；增添：加

價（提價）/ 加薪（增加薪酬）。③ 加以：嚴加防範。

【加入】jiā rù 添加進去；參加進去：加入些水，濃度就降低了 / 最近加入了綠色環保組織。同 加進 * 參加 反 減少 * 退出

【加工】jiā gōng ① 把原材料或半成品製成成品：成衣加工廠。② 在原有基礎上進一步做完做好：為了趕得及發貨時間，工人連夜加工。/ 這件作品需要加工一下。

【加以】jiā yǐ ① 施加，予以：教學方法應當加以改進。

【加快】jiā kuài 比過去更快起來：加快工程進度 / 加快速度追了上去。反 減慢

【加油】jiā yóu ① 添加燃料油、潤滑油：車子要中途加油才能開到廣州。② 加一把勁，加緊努力：香港隊，加油！

【加急】jiā jí ① 變得更急：快來不及了，快加急腳步！② 特別緊急的，要加快處理的：加急費 / 加急郵件。反 放慢 * 放緩

【加深】jiā shēn 深化；進一步增加：加深了友誼 / 加深了了解。反 淡化

【加強】jiā qiáng 增強；加大力度：加強實力 / 加強環境保護工作。反 減弱

【加插】jiā chā 半途中加進來。

【加盟】jiā méng 加入團體或機構：加盟連鎖店 / 簽約加盟職業籃球隊。

【加緊】jiā jǐn 加快進行，抓緊不放鬆：加緊學習 / 加緊準備。反 放鬆

【加劇】jiā jù 加快；加重；激化：心跳加劇 / 病情加劇 / 加劇緊張局勢。反 減緩

劣　　劣劣劣劣劣 劣　　(4)
普 liè 粵 lyut³ 捋
① 次等的；不好的：低劣 / 劣質（質量低劣）/ 優勝劣汰。② 惡；壞：惡劣 / 卑劣 / 劣勢（不利的形勢）。

劫　　劫劫劫劫劫劫 劫　　(5)
普 jié 粵 gip³
① 強奪；搶奪：劫掠（搶劫掠奪）/ 劫案（搶劫案件）/ 趁火打劫。② 威逼；脅迫：劫機 / 劫持（暴力挾持）。③ 災禍、災難：劫難 / 劫後餘生。④ 命中注定的：在劫難逃。

助　　助助助助助助 助　　(5)
普 zhù 粵 zo⁶ 左⁶
幫助：愛莫能助 / 助手（協助處理事務的人）。俗 得道多助，失道寡助
【助長】zhù zhǎng 促使發展起來：助長壞風氣。
【助理】zhù lǐ 承擔協助處理事務職責的職務：部長助理 / 總裁助理。
【助養】zhù yǎng 資助金錢，幫助扶養：助養非洲的愛滋病孤兒。
【助興】zhù xìng 增加興致，激發興致：唱首歌給大家助興。同 佐興

努　　努努努努努努 努　　(5)
普 nǔ 粵 nou⁵ 腦
凸出，鼓起來：努努嘴，暗示她少說話。
【努力】nǔ lì 費盡心力；勤奮向上：小時候努力學習，長大後勤奮工作。
〔古詩文〕少壯不努力，老大徒傷悲

勃　　勃勃勃勃勃勃 勃　　(7)
普 bó 粵 but⁶ 脖
興起；旺盛：蓬蓬勃勃。

勁 (一)

勁 勁 勁 勁 勁 勁　勁

(普) jìn (粵) ging³ 敬

① 力量;力氣:費大勁了。② 精神;情緒:勁頭兒 / 很帶勁 / 真沒勁。③ 神情;態度:看他那副傲慢勁兒!

勁 (二)

(普) jìng (粵) ging³ 敬

堅強有力:蒼勁有力 / 勁敵(強有力的敵人或對手)。(俗) 疾風知勁草,日久見人心

【勁頭兒】jìn tóur ① 力量;力氣:他年輕,勁頭兒大。② 積極的精神,高漲的情緒:越學勁頭兒越大。③ 神情;態度:一看那個勁頭兒,就知道他反對這事兒。

勉

勉 勉 勉 勉 勉 勉　勉

(普) miǎn (粵) min⁵ 免

① 盡力;努力:勤勉向上。② 激勵、鼓勵:勉勵。③ 勉強,不情願:勉強。(俗) 有則改之,無則加勉

【勉強】miǎn qiǎng ① 不是心甘情願地:勉強同意 / 勉強接受下來。② 讓別人做不情願的事:不想去就不要勉強他了。③ 將就;牽強:這點飯勉強夠一個人吃 / 舉出的理由很勉強。

【勉勵】miǎn lì 激勵、鼓勵:同學之間要互相勉勵、互相幫助。

勇

勇 勇 勇 勇 勇 勇　勇

(普) yǒng (粵) jung⁵ 蛹

勇猛有膽量:勇士(勇敢的人)。

【勇氣】yǒng qì 敢作敢為、毫無畏懼的氣概。

【勇猛】yǒng měng 勇敢無所畏懼。(反) 怯懦

【勇敢】yǒng gǎn 有勇氣,有膽量。(反) 膽怯

勘

勘 勘 勘 勘 勘 勘　勘

(普) kān (粵) ham³ 瞰

察看;探測。

【勘探】kān tàn 探測查明地質構造和礦藏分佈情況。

【勘察】kān chá 實地察看,調查情況。

勒 (一)

勒 勒 勒 勒 勒 勒　勒

(普) lè (粵) lak⁶ 肋

① 讓奔跑的牲口停下來:懸崖勒馬。② 強制;脅迫:敲詐勒索。

【勒令】lè lìng 強制、強迫:勒令停學 / 勒令停業。(同) 強令

【勒索】lè suǒ 用威脅的手段索取財物:巧立名目,勒索百姓。

勒 (二)

(普) lēi (粵) lak⁶ 肋

捆住或套住之後再拉緊:勒緊行李的繩子。

動

動 動 動 動 動 動　動

(普) dòng (粵) dung⁶ 洞

① 運動,離開原來的位置:滾動 / 動彈(活動;挪動) / 動身(出發;啟程)。② 行為;舉動:一舉一動。③ 用,使用:動腦筋 / 動手自己做。④ 觸動;感動:動心 / 動人。

【動人】dòng rén 讓人產生強烈的感受:動人的事跡 / 故事非常動人。(同) 感人

〔附加詞〕動人心弦:打動人心,讓人十分激動。

【動力】dòng lì ① 推動物體前進或轉動的力量：飛機依靠發動機提供動力。② 激發人追求達到目的的力量：追求美好前途，是她努力學習的動力。

【動手】dòng shǒu ① 開始進行；做：早動手早完工。② 指打人：動手打人。俗君子動口不動手

【動用】dòng yòng 使用，啟用：動用儲備金 / 動用後備隊。

【動向】dòng xiàng 發展的趨向，變化的趨勢：教育界的最新動向。同趨向＊趨勢

【動作】dòng zuò ① 身體本身的活動：舞蹈動作 / 動作笨拙。② 採取的行動；推行的措施：看他下一步的動作，再做打算。

【動物】dòng wù 有神經、有感覺、會運動的生物：哺乳動物 / 爬行動物。
〔附加詞〕動物園：供觀賞動物的公共園林。

【動員】dòng yuán ① 宣傳鼓動：動員捐款救災。② 國家由和平狀態轉入戰時狀態：戰爭總動員。

【動脈】dòng mài ① 心臟往身體各部位輸送血液的血管：主動脈。② 比喻交通幹線：京廣鐵路是南北交通的大動脈。反靜脈

【動畫】dòng huà 形成活動畫面的藝術影視作品。

【動搖】dòng yáo ① 搖擺不定。② 搖晃，撼動：挫折和失敗動搖不了決心。反堅定

【動態】dòng tài ① 發展變化的情況：科技新動態。② 變化的態勢：股市的動態分析。

【動靜】dòng jìng ① 動作或說話的聲音：房間裏沒有一絲動靜。② 情況；消息：一有動靜就告訴我。

【動盪】dòng dàng ① 起伏；不平靜：水面微微動盪 / 心裏不安寧，動盪不定。② 情況不穩定；局面不安定：社會動盪不安。反安定＊安寧＊穩定

【動機】dòng jī 想法、願望、企圖：作案動機 / 動機不純。

【動蕩】dòng dàng 同“動盪”。

【動聽】dòng tīng 聽起來令人感動；聽起來優美悅耳。同中聽

9 **務** 務務務務務務
普 wù 粵 mou⁶ 冒
① 從事；全力做：不務正業 / 當務之急。② 追求；謀求：求真務實 / 不務虛名。③ 事務；事情；工作：公務 / 財務 / 任務。④ 必須；一定：務必（必須）/ 務求（必須做到）。

10 **勛** 勛勛勛勛勛勛 勛
普 xūn 粵 fan¹ 芬
同“勳”。① 功勛；功勞：功勛卓著。② 勛章，榮譽證章：授勛儀式。③ 立下大功勞的人：元勛。
【勛章】xūn zhāng 表彰功勛的榮譽證章。

10 **勝** 勝勝勝勝勝勝 勝
普 shèng 粵 sing³ 聖
① 戰勝、獲勝：勝負（勝敗、輸贏）/ 戰無不勝。② 能承受；禁得起：勝任。③ 超過、勝過：西湖勝似日內瓦湖。④ 優美的、美好的：勝會。⑤ 優美的地方；優美的景物：名勝古跡。

【勝任】shèng rèn 能力足以承受或擔任：以他的能力而論，完全能夠勝任這項工作。

【勝利】shèng lì ① 打敗對方：我們勝利了。② 戰勝的成果：取得偉大的勝利。同成功反失敗

【勝算】shèng suàn 獲勝或成功的策略；獲勝或成功的把握：穩操勝算 / 這一招至少有八分勝算。
〔簡明詞〕勝況：盛況。勝地：風景優美的出名地方：廬山是避暑勝地。

10 勞　勞勞勞勞勞勞 勞

㊹láo ㊂lou⁴ 牢

① 勞動、幹活：勞作／辛勞。② 操勞、辛苦：勞碌（辛苦忙碌）／勞苦（勞累辛苦）任勞任怨。③ 功勞、功績：汗馬功勞。④ 慰問：慰勞。

【勞力】láo lì ① 幹體力活付出的氣力：用勞力掙錢。② 勞動力，有勞動能力的人：勞力不足。

【勞工】láo gōng 工人；做苦工的人：為勞工着想／為生活所迫，到海外當勞工。

【勞作】láo zuò ① 幹活，勞動：在烈日下的水田裏勞作。② 學生用日常用品以及個人的創意製成的物品：這個相框是妹妹在課上完成的勞作。㊒ 休閒

【勞役】láo yì 強制性的無償勞動：服勞役。

【勞累】láo lèi 疲乏，疲倦：工作了一天一夜，十分勞累。㊒ 辛苦 ㊃ 輕鬆

【勞動】láo dòng ① 花氣力幹活：下農田勞動。② 工作：體力勞動／腦力勞動。㊃ 休息

11 募　募募募募募募 募

㊹mù ㊂mou⁶ 冒

招收；徵集：招募新兵／募捐救災善款。

〔簡明詞〕募集：徵集。募捐：徵集捐款和物品。

11 勢　勢勢勢勢勢勢 勢

㊹shì ㊂sai³ 世

① 權力；權勢：仗勢欺人。② 力量；氣勢：聲勢浩大。③ 姿態；樣式：姿勢／裝腔作勢。④ 現狀；走勢：時勢／形勢／火勢。

〔古詩文〕地勢坤，君子以厚德載物。《周易·象傳》

【勢力】shì lì 力量或權勢：勢力範圍／有勢力的人。

【勢必】shì bì 必定，一定：不求上進，勢必落後。㊒ 必然

11 勤　勤勤勤勤勤勤 勤

㊹qín ㊂kan⁴ 芹

① 盡力做事，不偷懶：勤力／勤勞（勤奮努力，不怕辛苦）／勤學好問。② 經常；次數多：衣服要勤換洗。③ 遵照工作時間做工作：缺勤／考勤。

〔古詩文〕業精於勤荒於嬉，行成於思毀於隨。韓愈《進學解》

【勤快】qín kuài 勤奮努力不偷懶：做勤快人，不做懶惰人。㊃ 偷懶

【勤儉】qín jiǎn 勤勞節儉：勤儉持家。

【勤奮】qín fèn 始終不懈地努力：學習非常勤奮。㊃ 懶散

【勤懇】qín kěn 勤勞踏實，做事誠實：工作勤懇，學習努力。

14 勳　勳勳勳勳勳勳 勳

㊹xūn ㊂fan¹ 紛

同 "勛"。詳見 "勛"。

15 勵[励]　勵勵勵勵勵勵 勵

㊹lì ㊂lai⁶ 例

① 激發；鼓勵：勉勵／激勵／獎勵。② 振奮；磨煉：勵精圖治。

18 勸[劝]　勸勸勸勸勸勸 勸

㊹quàn ㊂hyun³ 券

① 勉勵，激發：勸人向善／勸孩子好好學習。② 勸說；勸導：勸阻（勸說阻止）／勸諭（勸告說服）。

〔古詩文〕勸君莫惜金縷衣，勸君惜取少年時。 杜秋娘《金縷衣》

【勸告】quàn gào ① 勸説：勸告他不要沉醉在 遊戲機裏邊。② 勸告的話：不聽勸告。

【勸解】quàn jiě ① 勸導寬解：經過勸解，終於 想通了。② 調停、排解糾紛：你去勸解一下，叫 他倆別吵了。

【勸説】quàn shuō 用道理説服：媽媽耐心勸 説她。

【勸導】quàn dǎo 規勸開導：再三勸導，耐心説 服。同 勸諭

勹部

1 勺 勺勺 勺

普 sháo 粵 zoek³ 爵

① 勺子，舀東西的有柄器具：湯勺。② 像勺的 東西：後腦勺。

2 勿 勿勿勿 勿

普 wù 粵 mat⁶ 物

不要：請勿吸煙。

2 勻 [勻] 勻勻勻 勻

普 yún 粵 wan⁴ 雲

① 均等，相等：均勻。② 分出，讓出：勻出點 時間去看望父母。

【勻稱】yún chèn 比例協調：姑娘長得很勻稱。 同 對稱

2 勾 勾勾勾 勾

普 gōu 粵 ngau¹ 鈎

① 掛；拉；引出：勾引（引誘）/ 勾結（互相串通， 結合在一起）/ 嘴角勾起一絲冷笑。② 彎曲的、 像鈎的形狀：鷹勾鼻子。③ 鈎形符號。打勾表 示認可或合格：勾銷（取消，抹去）/ 在小方格裏 打個勾就行了。④ 勾勒；描畫：勾畫出輪廓特 點。⑤ 填抹建築物的縫隙：勾地磚縫。⑥ 漢字 的筆劃形狀，如 “乛”、“亅”、“乚” 等。

3 匆 匆匆匆匆 匆

普 cōng 粵 cung¹ 充

急促；急忙：匆促（匆忙，倉促）/ 匆忙（急急忙 忙）/ 匆匆（匆忙的樣子）。

3 包 包包包包 包

普 bāo 粵 baau¹ 胞

① 裹：包庇（庇護）/ 把東西包緊。② 裹起來的 東西：郵包 / 菜包。③ 放東西的夾子、袋子： 錢包 / 旅行包。④ 容納，包容：無所不包 / 包涵 （請人原諒）。⑤ 圍住：包圍（四面圍住）/ 包抄。 ⑥ 凸出、突起的東西：頭上長了個包。⑦ 完全； 全部：包租 / 包吃包住。⑧ 擔保：包你滿意。 ⑨ 用來表示數量。等於説 “盒”、“袋”：一包香 煙 / 兩包大米。

【包含】bāo hán 當中含有，包括着：太陽光 包含紅、橙、黃、綠、藍、靛、紫七種顏色。 同 包括

【包括】bāo kuò 裏面含有，當中有：會議包括三 個議題。同 包含

【包容】bāo róng ① 容納：包容不同觀點。 ② 寬容；容忍：多一些包容，少一點指責。

【包袱】bāo fu ① 包着衣物的布包。② 比喻壓力

或負擔：生活的包袱越揹越重 / 我不想成為你的包袱。⃝ 負擔

【包裝】bāo zhuāng ① 包裹、保護和裝飾商品。② 設計並裝扮形象：經過包裝，這東西好賣多了。

【包裹】bāo guǒ ① 包紮、裹紮：包裹傷口。② 包紮着東西的包兒：郵寄包裹。

【包辦】bāo bàn ① 獨自負責辦理：這件事我包辦了。② 由非當事人作主辦理：包辦婚姻。

【包羅萬有】bāo luó wàn yǒu 甚麼都有，應有盡有。萬有，世間所有的東西。⃝ 應有盡有 * 包羅萬象

【包羅萬象】bāo luó wàn xiàng 形形色色、各種各樣的東西都有。⃝ 包羅萬有

4 匈　　匈匈匈匈匈 匈

⒈xiōng ⒉hung¹ 空

匈奴。中國古代的北方民族，秦漢時期強盛一時。

匕 部

0 匕　　匕 匕

⒈bǐ ⒉bei⁶ 泌

匕首，狹長的短尖刀。⃝ 圖窮匕首現

2 化　　化化化 化

⒈huà ⒉faa³ 花³

① 變化；改變：潛移默化 / 頑固不化。② 融解、溶化：雪化了。③ 消除；除掉：焚化垃圾 / 化食消積。④ 從舊的轉變成一種新的：綠化 / 現代化。⑤ 風氣、習俗：有傷風化。⑥ 化學：化肥。

【化石】huà shí 古代生物的遺體或遺跡，埋藏在地下經過自然界的長期作用而變成石頭一樣的東西：恐龍化石 / 古生物化石 / 猿人頭骨化石。

【化驗】huà yàn 檢查驗證物質的成分和性質。⃝ 檢驗

3 北　　北北北北 北

⒈běi ⒉bak¹

北方，面朝朝日時左側的方向：天南地北。

【北方】běi fāng ① 東、南、西、北四方中的北面一方。② 中國的黃河流域及其以北地區。⃝ 南方。

【北宋】běi sòng 朝代名。宋朝的前半期，建都汴 (biàn) 京 (今河南開封)，史稱北宋。宋朝的後半期，北方淪陷，遷都臨安 (今杭州)，史稱南宋。⃝ 南宋

【北半球】běi bàn qiú 見 "赤道"。

【北冰洋】běi bīng yáng 位於亞洲、歐洲和北美洲北極圈內的海洋，1310 萬平方公里，是地球四大洋中最小的一個。洋下蘊藏着豐富的石油和天然氣等資源。過去北冰洋大部分被冰層覆蓋，近年冰層融化加快，未來有望成為歐、亞、北美的新航道。

【北美洲】běi měi zhōu 位於西半球的北部，東臨大西洋，西臨太平洋，北靠北冰洋，南以巴拿馬運河同南美洲分界，陸地總面積約 2423 萬平方公里。主要國家有加拿大、美國、墨西哥等國。參見 "南美洲"。

【北極星】běi jí xīng 天空北部的一顆亮星，方位正北，位置長期不變，人們靠它來辨別方向。

9 匙 (一)　　匙匙匙匙匙匙 匙

⒈chí ⒉ci⁴ 詞

小勺子：湯匙 / 茶匙。

9 匙 ^(二)

⑱shi ⑲si⁴ 時

鑰匙。

ㄈ 部

4 匠

匠 匠 匠 匠 匠 匠

⑱jiàng ⑲zoeng⁶ 象

① 手藝人：木匠／能工巧匠。② 功底精深、成就偉大的人：藝術巨匠。③ 靈巧、巧妙：獨具匠心。

【匠心獨運】jiàng xīn dú yùn 具獨創性地運用精巧的心思：《紅樓夢》這部書可以説是匠心獨運。

8 匪

匪 匪 匪 匪 匪 匪

⑱fěi ⑲fei² 誹

搶劫財物、危害他人的壞人：土匪／匪徒（盜匪或像盜匪一樣作惡的壞人）。

11 匯 [汇]

匯 匯 匯 匯 匯 匯

⑱huì ⑲wui⁶ 會⁶

① 水流會合：幾條小溪都匯入珠江。② 聚集：字匯表／匯總（歸總到一起）。③ 將款項由一地撥付到另一地。通常經由銀行、郵政局進行：匯款／電匯／匯費。④ 指外國貨幣：外匯／結匯。

【匯合】huì hé ① 合流：黃浦江在吳淞口與長江匯合。② 合到一起：遊行隊伍在廣場匯合。
⒂ 分流＊分拆

【匯演】huì yǎn 多個文藝團體在一起獨立或同台演出，起展示、交流、學習的作用。

ㄈ 部

2 匹

匹 匹 匹 匹

⑱pǐ ⑲pat¹ 疋

① 相當，相配：匹配（般配）。② 用於表示馬和紡織品的數量：三匹馬／兩匹白布。

〔簡明詞〕匹夫：指普通人。⑯ 天下興亡，匹夫有責

9 匿

匿 匿 匿 匿 匿 匿

⑱nì ⑲nik¹ 昵

隱瞞；隱藏；躲避：隱匿／逃匿。

【匿名】nì míng 隱瞞真實姓名。

〔附加詞〕匿名信：不具名的信件，多為檢舉揭發、指責辱罵、要挾威脅恐嚇一類內容。

【匿藏】nì cáng 隱藏起來。

9 區 [区] ^(一)

區 區 區 區 區 區 區

⑱qū ⑲keoi¹ 拘

① 分別；劃分：區別／區分。② 空間、水面、陸地圈定的範圍：地區／礦區／臥龍大熊貓自然保護區。③ 行政管理單位：廣州天河區／西藏自治區。

【區分】qū fēn 找出不同點，分別開來：區分優劣／混成一片，區分不開了。⒂ 分辨＊區別

【區別】qū bié ① 區分辨別：區別真偽。② 不相同：看不出兩者之間有區別。⒂ 分別 ⒁ 混淆

〔附加詞〕區區小事：微不足道的事。

【區域】qū yù 一個範圍內的全部地區：區域經濟／港珠澳區域合作。

9
區 (二)

（普）ōu （粵）au¹ 歐

姓氏

9
匾

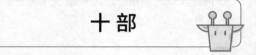

（普）biǎn （粵）bin² 貶

掛在門、牆的上部，有題字的橫牌：匾額／金匾。

十 部

0
十

（普）shí （粵）sap⁶ 拾

① 數目字。九加一就是十：一連做了十道數學題。② 第十：十層／十弟 ③ 到了頂點；完完全全：十分快樂／十全十美（完美無缺）。（俗）十年樹木，百年樹人

【十分】shí fēn 非常，達到最大的程度：十分艱苦／大家十分感動。（同）分外

【十足】shí zú 非常充足；非常充分：神氣十足／信心十足。

【十字架】shí zì jià 本是古代羅馬帝國處決人的刑具，因耶穌被釘死在十字架上，信奉耶穌的宗教就用十字架作為教會和信仰的標誌。

【十拿九穩】shí ná jiǔ wěn 形容有必定成功的把握。（同）萬無一失（俗）甕裏捉鱉，十拿九穩

1
千

（普）qiān （粵）cin¹ 遷

① 數目字。十個一百就是千。② 表示很多：成千上萬／千年古樹。（俗）物輕情義重，千里送鵝毛。

【千萬】qiān wàn ① 數目字。表示數量多。② 一定要，表示叮囑：千萬小心／千萬不可大意。（同）務必

〔附加詞〕千千萬萬：形容極其多。

【千里馬】qiān lǐ mǎ 能奔跑千里的駿馬。比喻優異的人材。

【千方百計】qiān fāng bǎi jì 想盡、用盡一切辦法。（同）想方設法

【千絲萬縷】qiān sī wàn lǚ 縷，線。千條絲，萬條線。形容關係密切複雜，不容易分清楚。

【千篇一律】qiān piān yí lǜ 差不多都是一個模樣，單調、缺少變化。（反）千變萬化

【千嬌百媚】qiān jiāo bǎi mèi 形容女子嬌柔動人的姿容。（反）醜陋不堪

2
午

（普）wǔ （粵）ng⁵ 五

① 地支的第七位。② 中午。

〔古詩文〕鋤禾日當午，汗滴禾下土。誰知盤中飧，粒粒皆辛苦。

【午夜】wǔ yè 半夜，夜裏十二點前後：午夜剛過，就下起大雨來。（反）午時

【午時】wǔ shí ① 古代指白天十一點到一點這段時間。② 指白天十二點：驕陽高懸，正當午時。（同）中午＊正午（反）午夜＊子夜

2
升

（普）shēng （粵）sing¹ 星

① 往上提；向上移動：升旗／旭日東升。② 晉升，提升：升級／升官／升學（進入高一級的學校學習）。

【升降】shēng jiàng 上升和下降；起飛和降落：每天有六百架飛機升降。

〔附加詞〕升降機：① 電梯。② 能夠上升和下降的機器。

【升級】shēng jí ① 從低級別升到高級別：暑假後升級，讀四年級了。② 規模擴大；事態加劇：產品升級換代／衝突不斷升級。⑤ 降級

卉

3

⑮ huì ⑧ wai² 委

各種草的總稱：花卉（花草）。

半

3

⑮ bàn ⑧ bun³ 般³

① 一半，二分之一：半年／半價／半斤八兩（比喻彼此相當，不分上下）。② 在中間的：半山／半途而廢（做事有始無終，不能堅持到底）。③ 不完全的、未完成的：半透明／半成品。⑯ 整瓶子不響，半瓶子晃（huàng）盪／一桶水不響，半桶水晃盪。

【半島】bàn dǎo 三面被海水或湖水包圍的陸地：九龍半島。

協[协]

6

⑮ xié ⑧ hip³ 脅／hip⁶ 挾⁶

① 共同；合在一起：協議／齊心協力。② 輔助，幫助：協辦／協助。③ 和諧；融洽：色彩協調／上下不協。

【協助】xié zhù 幫助；輔助：大力協助／協助解決困難。⑤ 阻撓

【協作】xié zuò 互相合作，互相配合：協作拓展海外市場。⑤ 合作

【協定】xié dìng 雙方訂立的共同遵守的條文、協議：君子協定／停戰協定。⑤ 協議

【協商】xié shāng 一起商量，求得一致意見：協商解決。⑤ 商量 * 磋商

【協會】xié huì 社會公眾團體。多為行業性質：作家協會／勞工協會。

【協調】xié tiáo ① 配合得好：關係協調，進展順利。⑤ 和諧 ② 協商調整，達致和諧：雙方關係仍需進一步協調。

【協議】xié yì ① 協商：兩人協議，合夥開一間飲食店。② 一致的意見；訂立的合約：談了許久，終於達成協議／簽訂了訂貨協議。

卓

6

⑮ zhuó ⑧ coek³ 桌

傑出；高明：卓越／遠見卓識。

【卓著】zhuó zhù 突出、顯著：功勳卓著／成效卓著。

【卓越】zhuó yuè 非常優秀，遠遠超過一般的：才華卓越／卓越的表現。⑤ 傑出

卑

6

⑮ bēi ⑧ bei¹ 悲

① 低下：尊卑長幼。② 低劣：卑鄙。

【卑劣】bēi liè 卑鄙惡劣：品行卑劣／卑劣的小人。⑤ 惡劣

【卑鄙】bēi bǐ 惡劣、不道德：卑鄙無恥。⑤ 正直 * 正派

【卑躬屈膝】bēi gōng qū xī 形容低聲下氣、奉承討好別人。⑤ 不卑不亢

🔍 卑躬曲膝 "屈""曲"都有彎曲的意思，"屈"表示彎曲的動作，"曲"形容形狀不直。"屈膝"意思是彎曲雙膝表示謙卑。

6 卒

卒卒卒卒卒卒 卒

〔普〕zú 〔粵〕zeot¹

① 士兵；差役：走卒／獄卒／馬前卒／身先士卒。
② 死亡：生卒年月。

7 南 (一)

南南南南南南 南

〔普〕nán 〔粵〕naam⁴ 男

① 方向。中午太陽的方位：南國 (指中國南方)。
② 南方的；有南方特點的：南音 (南方口音)／南味 (江南風味)。

【南方】nán fāng ① 南面，南邊：南方飛來的大雁。② 指長江以南地區。〔反〕北方
【南宋】nán sòng 詳見 "北宋"。
【南洋】nán yáng 指東南亞地區與印度尼西亞一帶大大小小的島嶼地區：下南洋／早年流落南洋。
【南半球】nán bàn qiú 見 "赤道"。〔反〕北半球
【南美洲】nán měi zhōu 位於西半球的南部，北靠加勒比海，西臨太平洋，東臨大西洋，北以巴拿馬運河同北美洲分界，陸地總面積約 1785 萬平方公里。參見 "北美洲"。
【南極洲】nán jí zhōu 位於地球南端，四周被太平洋、印度洋和大西洋包圍，面積 1400 平方公里，烈風暴雪，氣溫常年在攝氏零度以下，最低溫可達零下七八十度，土地被冰雪覆蓋，是地球上最大的自然冰庫和淡水儲存地。

7 南 (二)

〔普〕nā 〔粵〕naa¹ 哪

佛教語。

【南無】nā wú 源自梵語 (Namas)，對佛表示尊敬的稱號。

10 博

博博博博博博 博

〔普〕bó 〔粵〕bok³ 搏

① 大：博大精深 (學識廣博高深)。② 廣、多、豐富：廣博／地大物博。③ 普遍：博愛 (用愛心待人)。④ 通曉、知道得多：博古通今 (知識豐富，通曉古今的事情)。⑤ 取得，獲取：博得 (獲得)／博取 (取得)。

〔古詩文〕博學之，審問之，慎思之，明辨之，篤行之。《禮記‧中庸》
【博學】bó xué 學識廣博。〔同〕淵博〔反〕無知
〔附加詞〕博學多才：學問淵博，才華茂盛。
【博覽】bó lǎn 廣泛閱讀：博覽羣書。
〔附加詞〕博覽會：由眾多廠商參展、展品繁多的大規模展覽會。
【博物館】bó wù guǎn 收藏並展覽文物或動植物標本的場所：歷史博物館／自然博物館。

卜 部

0 卜

卜 卜

〔普〕bǔ 〔粵〕buk¹ 僕¹

① 占卜，預測吉凶禍福的活動：求神問卜。
② 預料，推測：生死未卜。
【卜卦】bǔ guà 算卦，根據卦象判斷吉凶命運。

3 卡

卡卡卡卡 卡

〔普〕qiǎ 〔粵〕kaa¹

① 被夾住不能移動：拉鏈卡住了。② 夾子：髮卡。③ 在通道上設立的檢查站：關卡／哨卡。
【卡片】kǎ piàn 記錄各種事項，方便使用、查考的厚紙片：識字卡片／資料卡片。

【卡車】kǎ chē 運輸貨物的載重汽車。

【卡通】kǎ tōng ① 動畫片。② 漫畫。

3

占

占占占占占

（普）zhān （粵）zim¹ 尖

占卜：占夢（解釋夢境預示的情況）。

〔簡明詞〕占卜、占卦：推算吉凶禍福，預測
未來命運。

6

卦

卦卦卦卦卦卦

（普）guà （粵）gwaa³ 掛

表示吉凶命運徵兆的符號或代表物：算卦 / 占卦。

卩 部

4

印

印印印印印印

（普）yìn （粵）jan³ 因³

① 圖章：印章。② 痕跡：手印 / 印跡。③ 壓上；
留下：印在心裏 / 心心相印。

【印刷】yìn shuā 把圖文製成版，印在紙上。

【印象】yìn xiàng 外界事物在人腦裏留下的影
象：印象深刻。

 印像 "像" 用作比喻，也有照人物原樣製成
的形象。而 "象" 指的是事物的形狀、樣子。"印
象" 的意思是感官受外界刺激而留存於心的意象。

【印製】yìn zhì 印刷製作圖書或印刷品。

【印度洋】yìn dù yáng 位於亞洲、非洲、澳洲和
南極洲之間的海洋，面積 7492 萬平方公里，是
四大洋中的第三大洋。

4

危

危危危危危危

（普）wēi （粵）ngai⁴ 霓

① 危險；危急；危難：垂危 / 居安思危。② 擔
憂；恐懼：人人自危。③ 嚴謹；端正：正襟危坐。

【危殆】wēi dài 危險：處境危殆。（同）危急

【危急】wēi jí 危險緊急：形勢危急 / 危急關頭。
（反）順利

【危害】wēi hài 損害；傷害：吸毒危害身體健康。
（反）維護 * 保護

【危機】wēi jī ① 促發危險的禍根：安樂中潛伏着
危機。② 遇到嚴重困難：經濟危機。（反）良機

【危險】wēi xiǎn 危急凶險：濫交朋友很危險。
（反）平安

【危難】wēi nàn 危險和災難：救人於危難之中。
（反）幸運

【危言聳聽】wēi yán sǒng tīng 故意説些嚇人的
話讓人吃驚。（反）實事求是

5

卵

卵卵卵卵卵卵

（普）luǎn （粵）leon⁵ 論⁵

① 女人和雌性動物的卵子，受精後孕育出下一
代：卵巢。② 動物的蛋：殺雞取卵 / 以卵擊石。

5

即

即即即即即即

（普）jí （粵）zik¹ 積

① 靠近；接近：若即若離。② 登上；來到：即
位 / 即席演説。③ 就着、憑着：即景生情 / 即興
作詩。④ 當前、眼下：即場（當場）/ 畢業在即。
⑤ 立刻；馬上：請即派人前往。⑥ 就；就是：
招之即來 / 非此即彼。（俗）可望而不可即

〔文言選錄〕朱柏廬《朱子家訓》："黎明即起，
灑掃庭除，要內外整潔。"

【即日】jí rì ① 當天：自即日起放假。② 近日，

幾天之內：本片即日放映。同當日

【即使】jí shǐ 就算，就算是：即使人再聰明，不努力也不行。同即便

✎ "即使……也……"表達猜想的情況和結果的關聯詞固定搭配，如：即使你不說，我也會把事情做好。

【即刻】jí kè 馬上、立刻：即刻趕到學校。同即時

【即便】jí biàn 即使：即便下雨，我也要去。同就算

✎ "即便……也……"表達在猜想的情況下發生的事情結果的關聯詞固定搭配，如：即便在最差的情況下，他也會想到解決問題的辦法。（注意："無論……都……"與"即便……也……"都是表示假設關係的關聯詞固定搭配，但"無論"後引出的是不確定的情況，"即便"引出的是一個確定的描述）

【即時】jí shí 立刻：即時啟程。同當即

【即席】jí xí ① 就席；入座：嘉賓陸續即席。② 當場：即席賦詩／即席發言。

〔簡明詞〕即食：速食，馬上就吃。即位：登基做皇帝。

【即將】jí jiāng 將要，就要：演出即將開始／大學即將畢業。

【即興】jí xìng 就着當前的感受；憑着眼下的興致：即興作畫／即興放聲高歌。同乘興

6 **卸**　　卸卸卸卸卸卸 卸

普 xiè 粵 se³ 瀉

① 搬運下去：裝卸／卸貨。② 去掉，除去：卸妝／卸任／卸責（推卸責任）。③ 分開；拆開：拆卸／把窗門卸下來。

〔簡明詞〕卸職、卸任：離職或辭職。

6 **卷** (一)　　卷卷卷卷卷卷 卷

普 juàn 粵 gyun² 捲

① 書卷；畫卷：開卷有益。② 書的一部分：第五卷。③ 試卷：考卷／交白卷。④ 存檔的文件：卷宗／案卷。

6 **卷** (二)

普 juǎn 粵 gyun² 捲

同"捲"：把衣服卷起來。

7 **卻** [却]　　卻卻卻卻卻卻 卻

普 què 粵 koek³

① 向後退：退卻／卻步（後退）。② 推辭、拒絕：盛情難卻。③ 去掉；了結：忘卻／了卻。④ 倒是；可是：話雖不多，卻有道理。俗卻之不恭，受之有愧

8 **卿**　　卿卿卿卿卿卿 卿

普 qīng 粵 hing¹ 兄

① 古人用的愛稱。② 高級官員名：國務卿。

〔簡明詞〕卿卿我我：形容夫妻或相愛男女的親密情景。

厂部

2 **厄**　　厄厄厄 厄

普 è 粵 ak¹ 握

災難、災禍、困苦。

【厄運】è yùn 壞命運；倒霉的遭遇：厄運當頭／

逃不脫厄運。🈂 鴻運＊紅運

7 厘 厘厘厘厘厘厘 厘

🈂lí 🈂lei⁴ 梨

① 長度單位。一米的百分之一。② 利率單位。年利率一厘為本金的百分之一，月利率一厘為本金的千分之一。

7 厚 厚厚厚厚厚厚 厚

🈂hòu 🈂hau⁵ 口⁵

① 不薄，厚度大：厚被子／厚顏無恥（臉皮厚，不知羞恥）。② 厚度：雪有兩寸厚。③ 大；多：送厚禮／寄予厚望。④ 深厚：深情厚誼。⑤ 寬厚，寬容純正：厚道（忠厚）／厚待下屬。⑥ 優待；重視：厚待／厚古薄今。⑦ 濃厚：酒味醇厚。

〔簡明詞〕厚望：抱有很大希望。厚古薄今：重視古代的，輕視現代的。

8 原 原原原原原原 原

🈂yuán 🈂jyun⁴ 元

① 根本的；最初的；本來的：原由（原因）／原始／原形（本來的形狀；真實的面目）。② 原本，原來：原是一片空地，如今都蓋了房子。③ 寬闊平坦的地方：我住在平原上，他家在高原上。④ 諒解，寬恕：情有可原。

【原本】yuán běn 原來，本來：原本是你的，怎麼她拿走了？🈂本來＊原來

〔附加詞〕原原本本：從始到終的全過程、全部情況。

【原因】yuán yīn 造成某種結果、導致某種情況的因素：沉迷在電腦是兒子學業退步的原因。🈂原由

【原先】yuán xiān 從前；起初：原先身體極差，

現在好多了。🈂起先

【原來】yuán lái ① 本來，沒有改變過：原來的計劃不變。② 本來面目、真實情況：原來如此／原來是他幹的！🈂後來

【原始】yuán shǐ 最初的；原本的：原始森林／原始記錄。🈂現代

【原則】yuán zé 準則，説話做事的標準：做事沒原則，説變就變。

【原料】yuán liào 製造產品用的初級材料：化工原料／紡織原料。🈂原材料

【原理】yuán lǐ 基本理論；最基本的道理：化學原理／電腦的原理。🈂推論

【原野】yuán yě 廣闊平坦的田野：原野上散發着青草的香味。🈂田野＊野外

【原諒】yuán liàng 寬恕所犯的過失、錯誤。🈂諒解

12 厭[厌] 厭厭厭厭厭厭 厭

🈂yàn 🈂jim³ 掩³

① 滿足：貪得無厭。② 厭倦；嫌棄：討厭／不厭其煩地説個沒完。

【厭倦】yàn juàn 失去興趣，不願繼續下去：千篇一律的生活讓人厭倦。🈂迷戀

【厭惡】yàn wù 對人對事物產生很大的反感：令人厭惡。🈂喜愛

💡 惡 wù 不讀 è：惡 wù，討厭；惡 è，壞。

【厭煩】yàn fán 厭倦、討厭：説話囉囉嗦嗦，叫人厭煩。🈂喜歡

13 厲[厉] 厲厲厲厲厲厲 厲

🈂lì 🈂lai⁶ 例

① 嚴格：厲行節約。② 嚴肅；嚴厲：正言厲色／聲色俱厲。③ 強烈；猛烈：變本加厲／雷厲風行。

【厲害】lì hai ① 兇猛；猛烈、劇烈：那傢伙厲

害／炸得很厲害。② 威脅、壓力：給他點厲害看
看。③ 難對付；難忍受：這一手真厲害／天氣熱
得厲害。

厶部

3
去　　去去去去

〔普〕qù 〔粵〕heoi³ 許³
① 到，前往：去澳洲旅行。② 離開：拂袖而去。
③ 距，距離：秦始皇去今已遠。④ 過去的：去
冬今春／去年今日。⑤ 消除；除去：去掉／去
除（清除、除掉）。⑥ 喪失，失去：大勢已去。
⑦ 表示走向；表示在繼續：上去／進去／看下
去。⑧ 死亡：去世／他竟先我而去。
〔簡明詞〕去年、去歲：上年，過去的一年。
【去向】qù xiàng ① 所去的地方：不知去向。
② 趨向，趨勢：所學專業與就業的去向大抵一
致。同 去處 * 走向
【去處】qù chù ① 所去的地方：不知道他的去
處。② 場所、地方：河邊是散步的好去處。

9
參　　（一）　叁叁叁叁叁叁

〔普〕cān 〔粵〕caam¹ 慘¹
① 加入；參與：參軍／參加（加入；參與）。
② 進見：參拜佛祖。③ 查閱；參考：參閱。
④ 探究、領悟：參不透其中的道理。⑤ 齊；相
等：古木參天／參半（各佔一半）。
【參考】cān kǎo 借鑒：他的想法值得參考／參考
別人的教學方法。同 借鏡
【參照】cān zhào 參考比照：參照過去的案例
判決。
【參與】cān yù 介入；參加進去：他不要參與這

件事／喜歡參與社會活動。反 退出

🔍 參予 "予"意思是給，"與"本義也是給，引
申為參加。在"參加"這個意義上，"與"不能寫
作"予"。
【參閱】cān yuè 閱讀材料供參考：參閱了數十
種資料。同 參看
【參謀】cān móu ① 參與制定作戰計劃、指揮作
戰行動的軍官。② 替別人出主意：請各位替我
參謀一下。
【參觀】cān guān 觀看查考；考察學習：參觀幼
稚園／參觀清潔能源展覽會。

9
參　（二）

〔普〕shēn 〔粵〕sam¹ 心
① 參類中藥材的統稱。多指人參：野山參／高麗
參。② 海參：梅花參。

9
參　（三）

〔普〕cēn 〔粵〕caam¹ 慘¹
見"參差"。
【參差】cēn cī 不整齊；不一致：參差不齊。
同 不齊 * 錯落 反 整齊 * 齊整

又部

0
又　　　又

〔普〕yòu 〔粵〕jau⁶ 右
① 再；再一次：洗了又洗／又颱風了。② 再加
上；更進一步：給了花紅，又給津貼／天冷，路
又遠，別去了吧。③ 表示兩種情況同時存在：又
驚又喜／既是親戚，又是同學。

1 叉 (一)

(普) chā (粵) caa¹ 差

① 柄上有長齒的器具：魚叉 / 刀叉。② 插進去取過來：在河裏叉魚 / 叉了一塊肉塞進嘴裏。③ 交錯；相交：交叉路口 / 雙手叉腰。

1 叉 (二)

(普) chà (粵) caa¹ 差

劈叉，兩腿向相反方向騰空分開，然後着地的動作。

1 叉 (三)

(普) chǎ (粵) caa¹ 差

張開：叉開兩條腿。

2 友 友友友

(普) yǒu (粵) jau⁵ 有

① 朋友：良師益友 / 友情（朋友間的感情）。② 交好；親近：友善（友好親切）/ 團結友愛。③ 友好的：友軍 / 友邦（友好國家）。

【友好】yǒu hǎo ① 親近和睦：與鄰國保持友好的關係。(反) 敵對 * 仇視

【友愛】yǒu ài 友好關愛：友愛互助。(反) 忌恨

【友誼】yǒu yì 朋友之間的情誼：純潔的友誼。(同) 友情

2 反 反反反

(普) fǎn (粵) faan² 返

① 翻轉；倒過來：反擊（回擊）/ 反駁（駁斥）/ 易如反掌。② 顛倒的；方向相反的：適得其反 / 衣服穿反了。③ 對抗；反抗：反對（不贊成）/

官逼民反。④ 違背，不合：反常（不正常）/ 違反常理 / 氣候反常。⑤ 反而：偷雞不着反蝕把米 / 我幫你，你反怨我！

【反之】fǎn zhī 倒過來説；倒過來做：學習靠勤力，反之，一定學不好。

【反正】fǎn zhèng ① 表示堅決、不改變：要去你們去，反正我不去 / 不管你贊不贊成，反正就這麼做了。② 總之，總而言之：不必算了，反正是賺到錢了。

【反面】fǎn miàn ① 跟正面相反的一面；對立面：反面有一幅卡通畫。② 壞的；消極的：反面人物 / 用他變壞的反面事例警示自己。(反) 正面

【反省】fǎn xǐng ① 思考做過的事情，衡量利弊得失：自我反省。② 檢查、檢討：反省犯錯誤的原因。(同) 反思

🔍 反醒 "醒" 本義是酒醒，引申為睡醒、覺醒。"省" 本義是察看。引申為覺悟、明白。"反省" 意思是回想自己的言行，檢查其中的過錯，這裏的 "省" 是檢查的意思。

【反映】fǎn yìng ① 折射出、顯示出來：這一番話反映他內心很苦悶。② 向上級報告、説明：反映情況 / 向署長反映公眾的建議。

✏️ "反映" 還是 "反應"？"反應" 強調事情所引起的意見、態度或行動；"反映" 則強調把情況、意見、等告訴有關部門。

【反思】fǎn sī 思考做過的事情，衡量利弊得失：反思過去，有益未來。(同) 反省

【反射】fǎn shè ① 光線折返回來：反射陽光的湖面閃閃發亮。② 神經受刺激做出反應：條件反射。

【反悔】fǎn huǐ 推翻已經定下來的事：一言為定，決不反悔。(同) 反口

【反覆】fǎn fù 同 "反覆"。

【反感】fǎn gǎn ① 厭惡，不滿：説話粗野讓人反感。② 厭惡、不滿的情緒：她那自私自利的做法激起他的反感。(反) 滿意 * 喜歡

【反彈】fǎn tán ① 彈向相反的方向：一鬆手，壓

緊的彈簧就反彈回來。② 比喻回升：股市反彈／
房市成交量反彈。同 回彈

【反應】fǎn yìng ① 受外來的刺激引發的變化：
藥物過敏反應／高原缺氧反應。② 化學變化、物
理變化的過程：化學反應／熱核反應。③ 反響；
回應：公眾反應強烈／對此事作出必要的反應。

【反覆】fǎn fù ① 多次重復；多次變化：反覆無
常／病情反覆。② 重復出現的情況：事情怕有
反覆，要多留心。

💡 "反覆"與"反復"：在這兩個詞中，"覆"和
"復"都是"來來回回"的意思，所以"反覆"
與"反復"是意思完全相同的同義詞。但"覆"
和"復"還有不同的意思，例如"覆"有"翻轉"
和"遮蓋"的意思，"復"則沒有，所以，不要
以為"反覆"與"反復"同義，"覆"和"復"就
同義，這兩個字的意思有同有不同。

【反響】fǎn 反應，對事件作出的回應：削減教育
開支引發強烈反響。同 反應

〔簡明詞〕反抗：抵抗；對抗；抵制。反而、
反倒：相反，反過來

2 **及**　及及及

🔤 jí 🔤 kap⁶ 級 ⁶／gap⁶ 急 ⁶

① 和、跟：英文及數學都考了第一。② 比得上：
學問不及妹妹。③ 達到；到：及格（達到規定的
最低標準）／由近及遠。④ 趕上、追上：望塵莫
及／及早（趁早，提前）。

〔文言選錄〕老吾老，以及人之老；幼吾幼，
以及人之幼。《孟子・梁惠王上》

【及至】jí zhì 等到，待到：及至兒子平安回來，
這才放了心。

【及時】jí shí ① 趕在最需要的時候：及時雨／及
時的幫助。② 不錯過時機：養病如養虎，一定要
及時治療。反 過時

6 **取**　取取取取取取

🔤 qǔ 🔤 ceoi² 娶

① 拿；從裏面拿：把東西取出來。② 得到；招
來：取勝（獲得勝利）／取得（獲得；得到）／自取
滅亡。③ 選用；採用：取名／取錄（錄取）。

【取代】qǔ dài 取而代之：誰都無法取代他在我
心中的地位。同 替代

　〔附加詞〕取而代之：排除原來的，佔有其
　位置。

【取材】qǔ cái 選取材料：小說取材於作者切身
經歷／建築材料取材於雲南最好的大理石礦。

【取笑】qǔ xiào 逗笑；譏笑：一夥人嘻嘻哈哈互
相取笑／要懂得尊重人，不要取笑別人。同 恥笑

【取消】qǔ xiāo 廢除；撤銷：取消農業稅／比賽
取消了。反 恢復

【取捨】qǔ shě 選擇，選用或不選用：有所取捨／
取捨得當。

【取締】qǔ dì 明令取消、除去：取締虛假廣告。

【取長補短】qǔ cháng bǔ duǎn 吸取別人的長
處，彌補自己的短處。

6 **叔**　叔叔叔叔叔叔

🔤 shū 🔤 suk¹ 縮

① 父親的弟弟；與父親同輩但年齡小的男子：
叔父／叔伯兄弟。② 在弟兄的排行裏位居第三：
伯、仲、叔、季。

6 **受**　受受受受受受

🔤 shòu 🔤 sau⁶ 售

① 得到；接受：受命（奉命）／受訓（接受訓練）／
受教育。② 遇到；受到：遭受／上當受騙。
③ 忍受；禁受：逆來順受／受不了（禁受不住）。
④ 適合：受用／受益（得到好處）。

【受用】shòu yòng ① 享受；享用：給老人的禮物都讓兒女受用了。② 受益；得益：這番話我終生受用。③ 喜歡；舒服；中意：她很受用恭維話／一聽批評話就不受用。

【受害】shòu hài ① 受損害；受損失：金融風暴他受害不淺。② 受傷、被殺：查明受害人的身分。

【受理】shòu lǐ 接受並處理；法院接納案件。

【受累】shòu lěi ① 受拖累；受連累：一人得病，全家受累。② 辛苦勞累：為兒女操心受累。

【受賄】shòu huì 接受賄賂：官商勾結，行賄、受賄、索賄成風。 反 行賄

【受騙】shòu piàn 被別人欺騙：上當受騙。 反 騙人

【受寵】shòu chǒng 備受寵愛。 反 失寵
　〔附加詞〕受寵若驚：因受寵而感到意外驚喜。

7 叛　叛叛叛叛叛叛　叛

(普) pàn (粵) bun⁶ 伴

① 背叛：叛變／眾叛親離。② 叛變投敵的人：招降納叛。③ 叛亂：平叛。

【叛徒】pàn tú 有背叛行為的人。 反 忠臣 * 烈士

【叛逆】pàn nì 有背叛行為的人：家族的叛逆／舊禮教的叛逆。

【叛亂】pàn luàn 叛變並使用暴力作亂。 反 平叛

9 曼　曼曼曼曼曼曼　曼

(普) màn (粵) maan⁶ 慢

柔美：輕歌曼舞。

【曼妙】màn miào 形容姿態輕靈柔美：體態曼妙／舞姿曼妙。

16 叢[丛]　叢叢叢叢叢叢　叢

(普) cóng (粵) cung⁴ 蟲

① 密集生長的草木：草叢／花叢。② 聚集，聚在一起：叢集（聚集）／叢林（大片茂密的樹林）。③ 聚在一起的人或物：人叢／亂山叢中。

【叢生】cóng shēng ① 聚集在一起生長：雜草叢生／草木叢生。② 同時發生；同時出現：百病叢生／懸念叢生。

【叢書】cóng shū 由多種書編集成系列的一套書：中學語文叢書。

口 部

0 口　口口　口

(普) kǒu (粵) hau² 侯²

① 嘴：口腔／口音（説話的語音）。② 口味：口輕／口重。③ 人口：拖家帶口。④ 上下、出入、通過的地方：井口／關口／瓶口／入海口。⑤ 口子，破裂開的地方：裂口／火山口。⑥ 鋒刃：勁頭用在刀口上。⑦ 與數目字連用，表示人、牲畜、器物的數量：五口人／三口豬／一口鍋。

(俗) 病從口入，禍從口出

(一)【口角】kǒu jué 爭吵、爭執：為了一點小事，就口角起來。

(二)【口角】kǒu jiǎo 嘴邊；嘴角：能説會道，口角生風。

【口味】kǒu wèi ① 食物的滋味：新鮮口味。② 喜愛的味道：正合我的口味。③ 比喻愛好：喜劇片不合他的口味。

【口風】kǒu fēng 從話語中透露出的意思：試探她的口風。 同 口氣

【口氣】kǒu qì ① 説話的語氣、語調或氣勢：口

氣温和 / 口氣嚴厲 / 好大的口氣！② 話語中透露出來的意思：聽他的口氣，這件事辦不成。

【口授】kǒu shòu ① 口頭傳授：口授祖傳醫術。② 口頭説，叫別人記錄：口授書稿。

【口袋】kǒu dài ① 裝東西的袋子：布口袋 / 紙口袋。② 衣袋，縫製在衣服上的袋子。

〔簡明詞〕口才：説話的能力。口吻：説話的口氣、腔調。口述：口頭敍述或陳述。

【口碑】kǒu bēi 別人的評價，讚揚或批評的輿論。

〔附加詞〕口碑載道：到處都是讚揚聲。

【口號】kǒu hào 供口頭呼喊的、起鼓動作用的簡短句子。

【口語】kǒu yǔ 口頭説話用的語言：英語口語 / 日語口語。㊐ 書面語

【口實】kǒu shí 藉口；話柄：授人以口實 / 不要給人留下口實。

【口齒】kǒu chǐ ① 説話的發音：口齒清楚。② 口頭表達能力：口齒伶俐（能説會道，善於應對）。

【口頭】kǒu tóu ① 用説話方式表達的：口頭匯報 / 口頭文學。② 指語言表達能力：他口頭可以，筆頭差一點。

〔附加詞〕口頭禪：經常掛在口頭的詞句。

古

② 古古古古 古

㊀ gǔ ㊁ gu² 鼓

① 遙遠的過去：古代 / 遠古 / 古老（歷史久遠）/ 古往今來（從古代到現在）。② 古老的；古代的：古文（文言文）/ 古都 / 古廟。

【古代】gǔ dài 古時候。㊐ 近代 * 現代 * 當代

【古怪】gǔ guài 怪異得少有：脾氣古怪。㊂ 怪異 * 怪誕

【古稀】gǔ xī 指人七十歲：年逾古稀 / 古稀之年。㊘ 人生七十古來稀

【古典】gǔ diǎn 古代流傳下來的正宗的或典範的：古典文學 / 古典音樂。㊐ 現代

【古董】gǔ dǒng 珍貴罕見的古代器物。

✎ 古董、古玩與古代字畫：凡是古代的器物都叫古董，包括流傳下來的和考古發掘出來的；古玩則是可供玩賞的古代器物。古董包括古玩，古玩只是古董中的一部分。古代字畫不屬於器物，不算古董古玩。

【古跡】gǔ jì 古代留傳下來的建築物或文化遺跡。

【古舊】gǔ jiù 陳舊，很久以前的：至今仍用着那一套古舊的傢俬。㊐ 嶄新

可

可可可可 可

㊀ kě ㊁ ho² 河²

① 允許；同意：許可 / 不置可否。② 能；可能；可以：話可長可短 / 無可無不可。③ 讓（人）、使（人）、叫（人）：可愛 / 可憐 / 可氣。④ 適合：可口（合口味）/ 可人意。⑤ 可是，然而：別看人小，可志氣不小。⑥ 真是，確實是：那位姑娘可漂亮了。⑦ 可曾；是否：她的痛苦你可想過？

【可以】kě yǐ ① 能，能夠：可以做到 / 可以勝任。② 准許，同意：我不去可以嗎？③ 還算好，不錯：他的為人可以。

【可行】kě xíng 可以這麼辦；行得通：她的主意可行 / 此事萬萬不可行。

【可否】kě fǒu 許可或不許可；能不能：未置可否 / 我可否提個問題？

【可見】kě jiàn ① 能夠看見：水很清，可見池中游魚。② 可以想見：從這件事可見他的為人。

【可是】kě shì ① 然而：水雖然很急，可是我一定能游過去。② 真是、確實是：這個問題可是把我難住了。

【可笑】kě xiào ① 逗人發笑：滑稽可笑。② 叫人笑話：行為可笑。㊂ 好笑

【可能】kě néng ① 表示能夠實現：有可能考上中文大學。② 可能性：看來，無非兩種可能。

③ 也許；或許：他可能不来了。

【可惜】kě xī 值得惋惜的。

【可惡】kě wù 叫人討厭痛恨。⃝ 可憎 ⃝ 可愛

【可貴】kě guì 寶貴，值得珍視：難能可貴 / 青春可貴。

【可愛】kě ài 讓人喜愛：天真爛漫，可愛無比。⃝ 可恨

【可靠】kě kào ① 值得信賴依靠：她很可靠。② 不假，真實可信：來源可靠。⃝ 可信 ⃝ 可疑

【可憐】kě lián ① 同情憐憫：自作自受，不值得可憐。② 值得憐憫：可憐的孤兒。③ 可愛：楚楚可憐。

【可謂】kě wèi 可以說是：人活九十，可謂長壽。

【可觀】kě guān ① 值得看：瓷器展覽大有可觀。② 形容大、多、高：規模可觀 / 收入可觀。

【可不是】kě bu shì ① 絕不是：可不是你說的那樣。② 正是，就是，當然是：可不是，人家說到做到。

【可能性】kě néng xìng 能夠實現、能夠做到的程度：可能性到底有多大？⃝ 不可能

² 可 (二)

⃝ kè ⃝ hak¹ 黑

古代鮮卑、突厥等民族最高統治者的稱號 可汗。

² 右   右右右右 右

⃝ yòu ⃝ jau⁶ 又

右手那一邊：向右走。

² 叮   叮叮叮叮 叮

⃝ dīng ⃝ ding¹ 丁

① 被蚊蟲叮咬：讓蚊子叮了一下。② 再三囑咐：叮囑。③ 追，一直不放：叮着問個不停。⃝ 千

叮嚀萬囑咐

【叮囑】dīng zhǔ 再三囑咐，反覆囑咐。⃝ 叮嚀

² 只   只只只只 只

⃝ zhǐ ⃝ zi² 止

僅僅；只有：只可（只能夠）/ 只她一個人去。⃝ 只知其一，不知其二 / 只可意會，不可言傳

【只有】zhǐ yǒu ① 僅有：只有一條路可走。② 唯有，唯有做到：只有齊心協力，才能度過難關。

✎ "只有……才……"表達在特別條件下發生的事情結果的關聯詞固定搭配，如：只有保持充足的體力，你才能完成這次馬拉松賽跑。

【只好】zhǐ hǎo 不得不：沒有錢，只好不去了。⃝ 只得

【只要】zhǐ yào 如能，如果能：只要他去，我肯定去 / 只要和氣了結，我不爭財產。⃝ 只要功夫深，鐵杵磨成針

✎ "只要……就……"表達在特別條件下發生的事情結果的關聯詞固定搭配，如：只要你認真做好準備，就不用擔心考試不及格。

【只是】zhǐ shì ① 僅僅是，不過是：我只是受了點涼，不要緊。② 就是：不管怎麼勸說，只是不改 / 別的沒甚麼，只是路太遠。③ 一直，一味地：看着她一句話不說，只是笑。

✎ "……只是……"表示轉折關係的關聯詞，如：爺爺最疼愛的就是姐姐，只是，姐姐的行為讓他太失望了。

【只能】zhǐ néng 必須，一定要：只能如此，別無他計。

【只得】zhǐ dé 只能，只好：談不攏，只得作罷。⃝ 不得不

【只管】zhǐ guǎn ① 只顧及：別的事都不管，只管複習功課。② 儘管：有話只管說。

【只顧】zhǐ gù 只專注一個方面，別的都不管：

只顧自己，不管別人死活。⑯只管

　〔簡明詞〕只許、只准：只允許、只准許。只

　怕：恐怕、唯恐、就怕。

²叭　　叭叭叭叭　叭

⑧bā　⑨baa¹ 巴

形容清脆短促的聲音：只聽外面叭叭響了兩聲。

²史　　史史史史　史

⑧shǐ　⑨si² 屎

歷史。

【史跡】shǐ jì 歷史的遺跡。

【史詩】shǐ shī 重大歷史事件或英雄傳說的敍事
式長詩：荷馬史詩。

【史無前例】shǐ wú qián lì 歷史上從來沒有過的
事例。多形容意義重大的事情。⑯前所未有

²叱　　叱叱叱叱　叱

⑧chì　⑨cik¹ 斥

大聲、厲聲指責：呵叱／怒叱。

【叱責】chì zé 大聲嚴厲指責。

　✎ 叱責與斥責：共同點是"指責"。叱責，有
高聲、大聲的意思；斥責，沒有大聲的意思，
重在指責、責備。

【叱罵】chì mà 大罵，厲聲責罵。⑯斥罵

²叼　　叼叼叼叼　叼

⑧diāo　⑨diu¹ 丟

用嘴銜住：嘴上叼着一支香煙。

²叩　　叩叩叩叩　叩

⑧kòu　⑨kau³ 扣

①敲；打：叩門／叩擊（叩打；敲打）。②磕頭：
叩頭／叩謝（磕頭拜謝）。③詢問；打聽：叩問。

²叫　　叫叫叫叫　叫

⑧jiào　⑨giu³ 驕³

①呼喊；喊叫；鳴叫：叫嚷（大聲喊叫）／叫聲很
大／雞叫三遍。②招喚；呼喚：外面有人叫你。
③叫作、稱為；稱呼：這東西叫手機／他叫我"傻
小子"。④讓，令，被：叫人難辦／這事叫他知
道了不好。

【叫好】jiào hǎo 大聲喊"好"，極為讚賞：台下
一片叫好聲。⑯喝彩

【叫做】jiào zuò 稱為，名稱是：鴻雁又叫做大雁。

【叫喚】jiào huan 大聲喊叫：疼得直叫喚。
⑯喊叫

【叫囂】jiào xiāo 大聲囂張地喊叫：匪徒叫囂要
抵抗到底。

²另　　另另另另　另

⑧lìng　⑨ling⁶ 零⁶

這個以外的：另外（這個以外的）／另有（還有，
另外有）／另一件事。

【另行】lìng xíng 另外再：另行公佈／另行商討。

²叨⁽一⁾　　叨叨叨叨　叨

⑧dāo　⑨dou¹ 刀

叨叨，不停地嘟囔着說：叨咕（小聲絮叨）／叨叨
（沒完沒了地說）。

　💡 叨咕的"咕 gu"和叨叨的"叨 dao"輕讀。

叨 (二)

2

〔普〕tāo　〔粵〕tou¹ 滔

得到；受到：叨擾（客套話。打擾、麻煩）。

句

2

句 句 句 句 句

〔普〕jù　〔粵〕geoi³ 據

① 句子：遣詞造句。② 與數目字連用，表示語句的多少：三句兩句 / 說了兩句就走了。

【句子】jù zi 能夠表達完整意思的一句話。

【句法】jù fǎ ① 句子的結構方式。② 語法學指詞的組合、句子結構和句子分類的方式。

【句號】jù hào 中文標點符號 “。”，用在句子末尾，表示結句。⑤ 句點

司

2

司 司 司 司 司

〔普〕sī　〔粵〕si¹ 思

① 主持；掌管：司儀 / 司機。② 政府裏的一個主管部門：政務司 / 外交部禮賓司。

【司令】sī lìng 統帥一方的軍隊高級指揮官：陸軍司令 / 海軍司令。⑤ 士兵

【司法】sī fǎ 掌管法律事務並執行法律。

【司儀】sī yí 舉行典禮或開會時主持儀式的人。

【司機】sī jī 火車、汽車、電車等機動車輛的駕駛員。⑤ 駕駛員

【司空見慣】sī kōng jiàn guàn 經常見到，不覺得奇怪。⑤ 屢見不鮮 * 習以為常 ⑥ 少見多怪

召

2

召 召 召 召 召

〔普〕zhào　〔粵〕ziu⁶ 趙

① 呼喚：召喚。② 調回售出的東西：召回。

【召見】zhào jiàn ① 上級叫下級來見面：部長召見兩名局長。② 外交部通知外國使節前來：召

見英國駐華大使。

【召開】zhào kāi 舉行：召開座談會。

【召集】zhào jí 通知人們集合起來：召集理事開會。

台 (一)

2

台 台 台 台 台

〔普〕tái　〔粵〕toi⁴ 抬

也作 “臺”。① 高出地表的平面建築物：亭台樓閣。② 台子一類設施或建築物：講台 / 舞台 / 主席台 / 觀禮台。③ 像台子的東西：窗台。④ 底座：燭台 / 燈台。⑤ 一些機構的名稱：天文台 / 電視台。⑥ 尊稱別人：兄台 / 台端。⑦ 與數目字連用，表示同 “台” 有聯繫的東西的數量：一台戲 / 兩台電腦。⑧ 台灣的簡稱：港台 / 台商。

台 (二)

2

〔普〕tāi　〔粵〕toi⁴ 抬

地名用字：台州、天台山（都在浙江省）。

💡 台 tāi 是浙江方言，專用於地名，不讀 tái。

吉

3

吉 吉 吉 吉 吉

〔普〕jí　〔粵〕gat¹ 桔

① 吉祥；順利：大吉大利。② 好；有福分的。⑥ 吉人自有天相

【吉日】jí rì 吉祥的日子：良辰吉日 / 黃道吉日。⑥ 凶日

【吉凶】jí xiōng 好運氣和壞運氣；吉利和凶險。

【吉祥】jí xiáng 幸運；吉利：見面說些吉祥的話。⑥ 晦氣 * 倒霉

〔附加詞〕吉祥物：象徵吉祥成功的標誌物。

吉祥如意：吉利祥和，事事稱心。

【吉光片羽】jí guāng piàn yǔ 相傳用神獸吉光的毛皮做成裘，入水不沉、入火不化。“吉光片羽”

指的是神獸吉光身上一小塊毛皮，用來比喻殘存的珍貴文物。

【吉星高照】jí xīng gāo zhào 福、祿、壽三星高照，好運當頭，事事如意。⊜ 鴻運當頭

〔簡明詞〕吉兆：吉利的預兆。吉利：吉祥順利。吉凶未卜、吉凶難卜、吉凶難料：命運如何，還是未知數。

吏

吏 吏 吏 吏 吏　吏

(普)lì (粵)lei⁶ 利

低級官員稱作"吏"：官吏／貪官污吏。

吁

吁 吁 吁 吁 吁　吁

(普)xū (粵)heoi¹ 虛

歎氣：長吁短歎（長一聲短一聲不停地歎氣）。

吐 (一)

吐 吐 吐 吐 吐　吐

(普)tǔ (粵)tou³ 兔

① 讓東西從嘴裏出來：吐碎骨頭。② 長出來；露出來：柳枝上吐出鵝黃的嫩芽。③ 説出來：吐露真情。

吐 (二)

(普)tù (粵)tou³ 兔

① 從嘴裏噴出東西來：嘔吐。② 交出來：吐出贓款。

吋

吋 吋 吋 吋 吋　吋

(普)cùn (粵)cyun³ 寸

英寸，長度單位，一英寸合 2.45 厘米。

同

同 同 同 同 同　同

(普)tóng (粵)tung⁴ 童

① 一樣；相同：同感（相同的感受）／同樣（相同）／大同小異。② 共同；合起來：一同／同心協力（齊心協作）。③ 跟；與；和：我同你一起去／同媽媽商量一件事。

【同一】tóng yī ① 共同的；同一個、同一種：同一目的／採用同一標準。② 一致；相同：兩人想法同一。⊜ 相同 ⊗ 不同

(一)【同行】tóng xíng 一起出行：同行的還有老師。

(二)【同行】tóng háng ① 行業或專業相同：我倆同行，都是教師。② 同行業同專業的人：在英國碰到一位香港同行。

【同志】tóng zhì ① 奮鬥目標相同的人；同一政黨的成員。② 中國公民彼此稱呼的慣用語：同志，你想買甚麼？

【同伴】tóng bàn 在一起工作、做事或生活的人。⊜ 夥伴

【同事】tóng shì ① 在一塊兒工作：同事多年。② 一起工作的人：他是我的好同事。

【同胞】tóng bāo ① 同父母所生的：同胞兄弟。② 同一國家或同一民族的人：台灣同胞。

【同時】tóng shí ① 同一時間：同時開始／同時回家。② 並且、而且：要學習好，同時還要身體好。

【同情】tóng qíng 別人的遭遇引起自己的感情共鳴：可憐、憐惜、憐憫都是表示同情的詞語。

【同窗】tóng chuāng 同學。窗，表示在窗戶下一塊學習。

【同盟】tóng méng ① 結成盟友：同盟國。② 聯盟：戰略同盟。⊗ 敵對

【同意】tóng yì ① 贊同、贊成：我的意見你同意嗎？② 批准；允准。⊗ 反對

【同學】tóng xué ① 在同一所學校學習：我們

同學多年。② 在同一所學校學習的人：老同學。
③ 稱呼學生：同學，請問校長室在哪裏？
【同類】tóng lèi 相同的類別；類似的東西：這兩
個好像是同類的東西。⓪ 異類
【同音詞】tóng yīn cí 讀音相同而意義不同的詞，
如 "反攻" 和 "返工"、"公式" 與 "工事"。
【同義詞】tóng yì cí 意義相同或相近的詞，如 "教
員" 和 "教師"、"讀書" 和 "唸書"。⓪ 反義詞

吊　吊吊吊吊吊 吊
3
⓹ diào ⓺ diu³ 釣
① 懸掛：吊燈。② 向上提；向下放：把水桶吊
上來 / 把人吊下去。③ 收回：吊銷（注銷）。

吃　吃吃吃吃吃 吃
3
⓹ chī ⓺ hek³
① 咀嚼咽下食物；服用；吸；喝：吃飯 / 吃藥 /
吃奶 / 吃喜酒。② 食物：有吃有穿。③ 依靠維
持生活：吃皇糧 / 吃大鍋飯。④ 消滅，拿掉：吃
掉敵人一個團。⑤ 消耗，耗費：吃力。⑥ 受，
承受：吃不消（禁受不住）/ 吃得消（禁受得
住）。⑦ 把握；領會；察看：吃不準 / 吃不透。
⓮ 喫 ⓯ 靠山吃山，靠水吃水
【吃力】chī lì ① 費力氣；費勁：活兒太重，吃
力得很。② 疲勞；疲乏：累了一天，很吃力。
③ 承受力量：樓房靠承重牆吃力。
【吃苦】chī kǔ 勞累；艱難困苦：前幾年的日子
可吃苦了。⓮ 受苦 ⓪ 享福
【吃緊】chī jǐn ① 緊張或嚴重：前線吃緊 / 銀根
吃緊。② 重要；緊要：考試吃緊，管不了別的
事了。
【吃醋】chī cù 嫉妒：爭風吃醋。⓮ 妒嫉
【吃虧】chī kuī ① 受損失：不會讓你吃虧。
② 不利，沒好處：小個子打籃球吃虧。⓪ 沾光 *

佔便宜
【吃驚】chī jīng ① 受驚嚇：猛然閃出一個人來，
吃了一驚。② 驚訝：她的悟性高得讓我吃驚。
⓮ 受驚 * 詫異

向　向向向向向 向
3
⓹ xiàng ⓺ hoeng³ 香³
① 方向；目標：風向 / 志向。② 對着，朝着：
朝向：向南 / 向遠方看去。③ 偏袒：偏向 / 向着
女兒。④ 從來；一貫：二人向無來往。
【向來】xiàng lái 一貫；從來：做事向來認真。
⓮ 一向
　〔附加詞〕向來如此：一向都是這樣。
【向着】xiàng zhe ① 朝着，對着：窗戶向着一
片小樹林。② 偏向，袒護：遇事總是向着她。
【向日葵】xiàng rì kuí 植物名，莖很高，大葉心
形，莖頂圓盤開黃花、有向陽性，故稱向日葵，
果實葵花子是重要的食用油料。

后　后后后后后 后
3
⓹ hòu ⓺ hau⁶ 後
① 古代君主、諸侯、天子都稱后。② 皇后。

合　合合合合合 合
3
⓹ hé ⓺ hap⁶ 俠
① 合在一起；閉起來：笑得合不上嘴。② 聚集；
共同：合唱 / 合資。③ 符合；投合；融洽：合意
（中意）/ 合心（稱心）/ 合得來（相處投合）/ 合不
來（合不到一塊兒）。④ 折合；相當於：一公頃
合十五市畝。⑤ 應當；應該：合當如此。⑥ 總
共，共計：連吃帶住合多少錢？
【合力】hé lì 一起出力：全家人合力辦農場。
⓮ 協力

【合乎】hé hū 符合：合乎他的想法。同 合於
反 違背

🔑 合符 "乎" 是介詞用在動詞或形容詞後，"合
乎" 表示兩者符合一樣。兩字音近易寫錯。

【合共】hé gòng 總共，合計：加在一起，合共
八十套教科書。同 總計

【合成】hé chéng 兩樣東西經過處理變成一樣東
西。反 分解

【合同】hé tong 當事雙方或幾方簽訂的有法律效
力的協議。同 合約 * 協議

【合作】hé zuò 做事互相配合；一塊兒做成一件
事：兩人合作完成了這部巨著。反 分工 * 單幹

【合併】hé bìng 合在一起：兩間學校合併。
反 分開 * 分裂

【合於】hé yú 合乎，符合：你的做法合於實
際嗎？

【合法】hé fǎ 符合法律規定：合法收入 / 合法經
營。反 非法

(一)【合計】hé jì 合起來計算：三雙鞋合計四百
元。同 總計

(二)【合計】hé ji 考慮；商量：這事兒合計合計
再說。

【合約】hé yuē 合同；協議書。

【合格】hé gé 合乎規格、合乎標準、合乎答案：
合格產品 / 考試合格。

【合理】hé lǐ 合乎道理；合乎事理：合理要求 /
合情合理。反 無理

【合照】hé zhào ① 一起照相。② 一起拍的照片：
大家拍張合照。同 合影

【合資】hé zī 雙方共同出資辦企業、辦事情。

【合算】hé suàn ① 花費少，得到的多：價錢合
算。同 划算 ② 算計；盤算：我合算過，這筆買
賣值得做。

【合適】hé shì 符合要求；適宜：大小正合適 / 說
這番話不合適。同 適合

3 **各** 各各各各各 各

普 gè 粵 gok³ 角

各個、多個；每個；各自：各種 / 各做各的事 /
各行其是（各自按自己的想法行事）。

【各自】gè zì 每人自己；各方自己：各自都在認
真讀書 / 把各自的工作做好。

【各個】gè gè ① 所有的；每一個：各個領域。
② 一個個，逐個：各個擊破 / 各個解決。

【各種】gè zhǒng 種種、多種。

〔附加詞〕各種各樣：許多種類，許多樣式。
各式各樣：各種方式、種種樣式。

3 **名** 名名名名名 名

普 míng 粵 ming⁴ 明

① 名字；名稱：姓名 / 書名。② 名字叫做：姓
張名寶。③ 名義：以生病為名。④ 名譽，聲譽：
慕名而來 / 大名鼎鼎。⑤ 出名的；著名的：名
曲 / 名師。⑥ 與數目字連用，表示人數的多少：
三名士兵 / 四名考生。

【名分】míng fèn 人的名位和身份：從不看重
名分。

【名目】míng mù 名稱；叫法：名目繁多。

【名次】míng cì 比賽、考試、競爭的先後排名：
考試不是為了爭名次。同 排名

【名貴】míng guì 珍貴有知名度：名貴字畫 / 名
貴珠寶。同 珍貴 反 低廉

【名勝】míng shèng 著名的風景優美的地方：江
南名勝。

〔附加詞〕名勝古蹟：風景勝地和古代文化
遺存。

【名詞】míng cí 表示人或事物名稱的詞。如：
人、牛、花草、電腦、香港。

【名義】míng yì ① 名分、身分、資格：以個人
名義 / 以校長的名義出席。② 表面上，形式上：

名義上他是主席，實際上沒有實權。

【名稱】míng chēng 事物的名字。圓 名字

【名額】míng é 定額，限定的數目：獎學金的名額有限。

〔簡明詞〕名流：社會知名人士。名氣：名聲，知名度。名望：聲望，聲譽。名聲：聲譽。名利：個人的名譽地位和利益。

【名譽】míng yù ① 名聲：愛惜名譽。② 名義上的、榮譽性的：名譽市民 / 名譽董事長。

【名副其實】míng fù qí shí 名稱或聲譽跟實際相合。圓 名符其實＊名實相副＊名實相符 圓 名不副實＊徒有虛名

🔍 名付其實 "付"的意思是交、給，如"支付、交付"等。"副"用作動詞時，意思是符合。"名副其實"就是名聲和實際相符合。

4 **吾** 吞吞吞吞吞吞 吞

普 tūn 粵 tan¹

① 不嚼就嚥下去：狼吞虎嚥。② 兼併、侵佔，據為己有：併吞 / 侵吞公款。

【吞沒】tūn mò ① 佔有他人的財物：吞沒了表哥的房產。② 淹沒：洪水吞沒村莊。

【吞併】tūn bìng 侵佔別國領土；佔有別人財產。圓 併吞

【吞吞吐吐】tūn tūn tǔ tǔ 想說又不敢說或有話不直說的樣子。圓 支支吾吾 圓 暢所欲言

4 **吾** 吾吾吾吾吾吾 吾

普 wú 粵 ng⁴ 吳

我；我的：吾輩（我們）。

4 **否** (一) 否否否否否否 否

普 fǒu 粵 fau² 剖

① 表示不同意、不認可：否認（不承認）。② 用在句尾，表示疑問：知道否 / 信收到否？

4 **否** (二)

普 pǐ 粵 fau² 剖

① 壞，惡：否極泰來。② 貶斥：陟罰臧否。

【否決】fǒu jué 否定；不同意：提案被否決。

〔附加詞〕否決權：推翻或否定他方議案的權利。

【否定】fǒu dìng ① 不承認，不認可：不能否定他的功勞。② 不被認可的；反面的：答案是否定的。圓 肯定

【否則】fǒu zé 如果不是這樣；不然的話：現在就去吧，否則就來不及了。圓 不然

4 **呈** 呈呈呈呈呈呈 呈

普 chéng 粵 cing⁴ 晴

① 表現出來；表現為：異彩紛呈 / 毒蛇的頭呈三角形。② 恭敬地送上：呈請（報請）/ 呈遞（恭敬地送上去）/ 呈上名片。③ 交給上司的文本：辭呈。

【呈現】chéng xiàn 顯出、露出：雨過天晴，天空呈現一片蔚藍色。圓 顯現

4 **呆** 呆呆呆呆呆呆 呆

普 dāi 粵 ngoi⁴ 皚 / daai¹ 歹 ¹

① 遲鈍；癡呆：呆子（呆笨或弱智的人）。② 發楞，人被凝固住似的：嚇呆了 / 驚呆了。③ 停留、逗留：你在這裏呆多久？。

【呆板】dāi bǎn 死板，不靈活：表情呆板 / 做事

呆板。 反 機靈 * 靈敏

【呆笨】dāi bèn 遲鈍愚蠢：看他那呆笨的模樣！
同 蠢笨

咦 (一)

咦 咦 咦 咦 咦 咦

普 zhī 粤 zi¹ 之

形容鳴叫聲或動作發出的聲音：汽車咦的一聲停
住了。

咦 (二)

普 zī 粤 zi¹ 之

形容尖細或鳴叫聲音：老鼠咦咦叫 / 咦咦喳喳 (形
容鳥類的鳴叫聲)。

吠

吠 吠 吠 吠 吠 吠

普 fèi 粤 fai⁶ 廢 ⁶

狗叫。

呀 (一)

呀 呀 呀 呀 呀 呀

普 yā 粤 aa¹ 丫

① 表示驚異：呀，這麼大的雪！② 模擬聲音：
門呀的一聲開了。

呀 (二)

普 ya 粤 aa¹ 丫

用在句末，表示疑問、催促、勸說等語氣：誰
呀 / 快點兒去呀。

吵

吵 吵 吵 吵 吵 吵

普 chǎo 粤 caau² 炒

① 聲音嘈雜：馬路上很吵。② 爭吵；口角：別
吵，有話好好說。

【吵架】chǎo jià 爭吵得很厲害：爸爸媽媽從來
不吵架。

💡 "吵架"和"打架"：吵架，只動嘴，不動手；
打架，動口又動手，主要是動手。

【吵鬧】chǎo nào ① 大聲爭吵：吵鬧不休。
② 發出大的聲音打擾別人：不要吵鬧，影響姐姐
讀書。③ 聲音嘈雜：街市人多，太吵鬧。

【吵嚷】chǎo rǎng 喊叫和爭吵：一片吵嚷聲 / 吵
吵嚷嚷 (吵鬧叫喊，一片亂哄哄)。

呐

呐 呐 呐 呐 呐 呐

普 nà 粤 naap⁶ 納

呐喊，大聲呼喊。

吕 [呂]

呂 呂 呂 呂 呂 呂

普 lǚ 粤 leoi⁵ 旅

姓。

吟

吟 吟 吟 吟 吟 吟

普 yín 粤 jam⁴ 淫

① 按照節奏誦讀：吟詩 (按節奏讀詩歌；作詩)。
② 呻吟，發出哼哼聲：無病呻吟。③ 鳴、叫：
虎嘯龍吟。

吩

吩 吩 吩 吩 吩 吩

普 fēn 粤 fan¹ 芬

吩咐。① 囑咐：再三吩咐。② 口頭指派：吩咐

女佣買菜。

4 吻 吻 吻 吻 吻 吻 吻 吻

(普) wěn (粵) man⁵ 敏

① 嘴脣：脣吻。② 用嘴脣接觸人或物：吻了一下女兒的面頰。

【吻合】wěn hé 相合，符合：老師和同學的意見吻合。(反) 不合

4 吹 吹 吹 吹 吹 吹 吹 吹

(普) chuī (粵) ceoi¹ 摧

① 用力吹氣：吹滅了蠟燭。② 吹奏：吹笛 / 吹簫。③ 誇口；吹噓；説大話：自吹自擂 / 大吹大擂。④ 風移動衝來衝去：風吹浪打。⑤ 破裂；失敗：婚事告吹 / 生意談吹了。(俗) 吹胡子瞪眼 / 不費吹灰之力

【吹牛】chuī niú 説誇張不實際的話：先別吹牛，把事幹成了再説。(同) 誇口 * 吹噓

〔附加詞〕吹牛拍馬：吹噓自己，奉承別人。

【吹噓】chuī xū 誇大、宣揚、抬高自己或別人：到處吹噓。(同) 吹捧

4 吸 吸 吸 吸 吸 吸 吸 吸

(普) xī (粵) kap¹ 給

① 抽進去：呼吸 / 吸食（用嘴抽進去）。② 吸收：海綿吸水。③ 吸引：異性相吸，同性相斥。

【吸引】xī yǐn 招引過來：維港的煙花吸引了觀眾的眼球。(反) 排斥

【吸收】xī shōu ① 把外界的物質吸取到自己內部：植物靠根系吸收養分。② 接納、接受：吸收新會員。(反) 釋放

【吸取】xī qǔ 從中取得：吸取養料 / 吸取經驗教訓。(同) 汲取

4 吳 [吴] 吳 吳 吳 吳 吳 吳 吳

(普) wú (粵) ng⁴ 吾

① 江蘇南部、浙江北部一帶地區，古代稱吳。② 姓氏。

4 呎 呎 呎 呎 呎 呎 呎 呎

(普) chǐ (粵) cek³ 尺

英尺。1 英尺為 0.3048 米。

4 吧 (一) 吧 吧 吧 吧 吧 吧 吧

(普) bā (粵) baa¹ 巴

① 形容聲音：吧的一聲，樹枝斷了。② 指提供時尚服務或休閒服務的場所：網吧 / 水吧。

4 吧 (二)

(普) ba (粵) baa¹ 巴

用在句末，表示贊同、揣測、命令等語氣：你快點走吧 / 好吧，就這麼辦。

4 吼 吼 吼 吼 吼 吼 吼 吼

(普) hǒu (粵) hau³ 口³ / haau¹ 敲

① 動物大聲叫：牛吼 / 獅子吼。② 人大聲叫喊：吼叫（大聲叫）/ 你吼甚麼？③ 風力發出的巨大響聲：狂風在怒吼。

4 吮 吮 吮 吮 吮 吮 吮 吮

(普) shǔn (粵) syun⁵ 宣⁵

縮起嘴脣吸取：吮吸。

告

告告告告告告 告

㊀ gào ㊁ gou³ 誥

① 告訴；報告：告知（告訴對方）/ 轉告 / 稟告。
② 告發：告密。③ 請求：告饒（求饒）/ 告假（請假）。④ 表明；宣告：自告奮勇 / 告一段落。

【告別】gào bié ① 向別人表示離別之意：告別友人。⒨ 辭別 ② 離開：告別故鄉 / 告別親友。③ 向死者表示最後敬意和永別的儀式：向遺體告別。

〔簡明詞〕告密：向當局告發他人的秘密活動。告發：舉報揭發。告急：告知情況緊急並求助。

(一)【告訴】gào su 說給別人聽，讓人知道：借錢的事不要告訴別人。⒨ 告知
(二)【告訴】gào sù 訴說，讓人了解或博取同情：受的苦楚無處告訴，傷心得哭泣起來。

【告誡】gào jiè 提醒對方注意可能出現的情況：告誡女兒晚上外出多注意安全。⒨ 叮囑
【告辭】gào cí 辭別：向朋友告辭。⒨ 告別 ⒩ 會面

含

含含含含含含 含

㊀ hán ㊁ ham⁴ 銜

① 東西在嘴裏不嚥也不吐：含着一粒話梅。
② 懷着；包藏在裏面：含羞 / 含有（當中包含有）/ 西瓜含水分多。③ 忍受：含辛茹苦（忍受種種辛苦）。

【含混】hán hùn 模糊，不清楚：概念含混不清 / 聲音含混，聽不清楚。⒨ 含糊
〔附加詞〕含混不清：不明確；不清楚。
【含量】hán liàng 在其中所佔的數量或份量：牛奶裏鈣的含量很高。
〔附加詞〕含金量：比喻包含的價值。
【含意】hán yì 包藏在當中的意思：不明白她這番話的含意。

【含義】hán yì 詞句等內容中包含的意義：弄不清這個詞的確切含義。⒨ 涵義

✎ "含義"和"含意"：① 相同點：都表示"意思"。② 區別點：含義，直接了當端出詞或句子的全部意思；含意，只點出詞句含蓄甚至潛藏的意思，並非直接了當、明確說出全部意思來，而是留有讓你意會的地方。

【含蓄】hán xù 含在裏邊，不明確表示出來：性格含蓄內向 / 話說得很含蓄。⒩ 直爽 * 直白
【含糊】hán hu ① 模糊；不明確；不清楚：措詞含糊，令人費解。② 馬虎；敷衍：這件事千萬含糊不得！

〔附加詞〕含糊其詞、含糊其辭：話說得模棱兩可。

吝

吝吝吝吝吝吝 吝

㊀ lìn ㊁ leon⁶ 論

捨不得；過分愛惜。
【吝惜】lìn xī 過分愛惜；捨不得：吝惜錢財。
【吝嗇】lìn sè 看重錢財，捨不得用：吝嗇鬼。

君

君君君君君君 君

㊀ jūn ㊁ gwan¹ 軍

① 國王、帝王：君王 / 國君 / 暴君。② 敬稱男子：張君 / 諸君。

〔古詩文〕君子以見善則遷，有過則改。《周易・象傳》
【君子】jūn zǐ 古代指地位高的人，現代指品德高尚的人。⒩ 小人 ㊗ 以小人之心度君子之腹

味

味味味味味味 味

㊀ wèi ㊁ mei⁶ 未

①滋味，味道：肉味 / 美味。② 食品菜餚：臘

味 / 野味。③ 氣味：香味 / 臭味。④ 意趣；情調、
情味：韻味 / 趣味。

【味道】wèi dào ① 滋味：今天的菜味道好極了。
② 氣味：一股油煙味道。③ 興趣；意味：越看
越有味道。

5 咁　咁 咁 咁 咁 咁 咁　咁

⑪ gěng ⑧ gam³ 噤

這；這麼；這樣：咁多 / 咁是啦。

5 咕　咕 咕 咕 咕 咕 咕　咕

⑪ gū ⑧ gu¹ 姑

咕咕，形容鴿子等鳥類的叫聲。

【咕噥】gū nong 自己低聲含混地説話：嘴裏不
停地咕噥。

5 呵　呵 呵 呵 呵 呵 呵　呵

⑪ hē ⑧ ho¹ 苛

① 呼氣；哈氣：呵欠（哈欠）/ 呵護（愛護；保
護）/ 一氣呵成 / 一邊寫，一邊呵手。② 呵呵，
形容笑聲：呵呵大笑。③ 大聲斥責：呵斥（訓斥，
大聲斥責）。④ 表示驚異、諷刺、看不起等語氣：
呵，真高 / 呵，看她美的 / 呵，就她那樣，還想找
婆家？

5 咀　咀 咀 咀 咀 咀 咀　咀

⑪ jǔ ⑧ zeoi² 嘴

含在嘴裏細嚼；品味：咀嚼。

【咀嚼】jǔ jué ① 用牙齒嚼食物：多咀嚼一會兒
容易消化。② 比喻反覆體會玩味：細細咀嚼戲
中那段台詞。

5 呻　呻 呻 呻 呻 呻 呻　呻

⑪ shēn ⑧ san¹ 身

生病或痛苦時，發出哎喲等微弱的聲音：呻吟。

5 咒　咒 咒 咒 咒 咒 咒　咒

⑪ zhòu ⑧ zau³ 奏

① 禱告，祈禱。② 詛咒；咒罵：暗中咒罵 / 厲
聲咒罵。③ 咒語：符咒。④ 誓言：賭咒。

【咒語】zhòu yǔ 僧、道、方士、神巫等做法術時
唸的口訣。

5 咐　咐 咐 咐 咐 咐 咐　咐

⑪ fù ⑧ fu³ 庫

見 "吩"。

5 呱 (一)　呱 呱 呱 呱 呱 呱　呱

⑪ guā ⑧ gwaa¹ 瓜

見 "呱呱 guā guā"。

5 呱 (二)　

⑪ gū ⑧ gwaa¹ 瓜

見 "呱呱 gū gū"。

(一)【呱呱】guā guā 形容青蛙、鴨子的叫聲。
〔附加詞〕呱呱叫：很棒，好到極點。

(二)【呱呱】gū gū 形容嬰兒的哭聲。
〔附加詞〕呱呱墜地：隨着一聲啼哭，降生
人世。

呼

呼 呼 呼 呼 呼 呼

普hū 粵fu¹ 膚

① 從口鼻中出氣：長長地呼了一口氣。② 喚、叫；喊：呼喚／呼叫／大聲疾呼。③ 稱呼：直呼其名。④ 形容風聲：呼呼地颳起了大風。

【呼叫】hū jiào ① 呼喊：在遠處呼叫。② 用呼號聯繫對方。

【呼吸】hū xī ① 呼氣與吸氣；吸氣：呼吸急促／呼吸新鮮空氣。② 一呼一吸之間。比喻很短的時間：命在呼吸之間。

【呼喊】hū hǎn 大聲喊叫。同 叫喊＊喊叫 反 沉默

【呼喚】hū huàn ① 召喚：呼喚緊急救援。② 呼喊：在睡夢中呼喚他的名字。

【呼嘯】hū xiào 發出又尖又長的聲音：狂風呼嘯／戰機呼嘯而過。

【呼應】hū yìng ① 一叫一應，互相配合：遙相呼應。② 前後關聯照應：文章首尾呼應。同 照應

【呼籲】hū yù 向個人或社會發出請求：呼籲社會幫助弱勢羣體。

咚

咚 咚 咚 咚 咚 咚

普dōng 粵dung¹ 冬

形容重物撞擊發出的聲音：鐵錘咚的一聲落在地板上。

呢 ⁽一⁾

呢 呢 呢 呢 呢 呢 呢

普ní 粵ne¹

呢子，一種毛織品：呢絨／呢大衣。

呢 ⁽二⁾

普ne 粵ne¹

① 表示疑問的語氣：怎麼辦呢？② 表示確定的語氣：收穫不小呢。③ 用在句中，表示停頓的語氣：如今呢，可比往年強多了。④ 表示狀態在持續：他們在開會呢。

【呢絨】ní róng 用羊毛、駱駝毛、人造毛等原料織成的毛織物的統稱。

咄

咄 咄 咄 咄 咄 咄

普duō 粵zyut³ 輟

表示驚詫或感觸強烈：咄咄。

〔簡明詞〕咄咄怪事：無法理解的事。咄咄稱奇：叫人感到很奇怪的情況。咄咄逼人：形容言語或神情盛氣凌人。

咖 ⁽一⁾

咖 咖 咖 咖 咖 咖

普kā 粵gaa³ 駕

一種產在熱帶和亞熱帶地區的常綠植物，種子叫咖啡豆，研成粉末製作飲料：咖啡。

咖 ⁽二⁾

普gā 粵gaa³ 駕

用姜黃、胡椒、番椒、茴香等原料製成的粉狀調味品，味道香辣：咖喱。

和 ⁽一⁾

和 和 和 和 和 和 和

普hé 粵wo⁴ 禾

① 溫順：性情溫和。② 協調：和諧／調和。③ 融洽：和睦相處。④ 平息事態：求和／講和。⑤ 不分勝敗：和棋／和局（平局、平手）。⑥ 跟、

與、同：爸爸和媽媽 / 我和這事沒關係。⑦ 對；
向：他和我說過那件事。⑧ 幾個數相加的總數：
二加四的和是六。

〔古詩文〕君子和而不同，小人同而不和。《論
語・子路》

5 **和**（二）

（普）hè （粵）wo⁴ 禾

跟着別人說或唱：隨聲附和 / 一唱一和。

5 **和**（三）

（普）huó （粵）wo⁴ 禾

加水攪拌揉搓，把粉狀物黏合起來：和麵 / 和泥。

5 **和**（四）

（普）huò （粵）wo⁴ 禾

把不同的東西攪拌在一起：往蓮子湯裏和點糖。

5 **和**（五）

（普）hú （粵）wo⁴ 禾

打麻雀得到獲勝的牌叫做 "和"。

【和平】hé píng 沒有戰爭的局面。（反）戰亂

【和好】hé hǎo ① 和睦友好。② 恢復和睦友好：
兩人和好如初。

【和尚】hé shang 俗稱出家的男性佛教徒。
（俗）和尚打傘，無法無天 * 一個和尚挑水吃，兩個
和尚抬水吃，三個和尚沒水吃（同）僧人 * 僧侶

【和服】hé fú 日本大和民族的傳統服裝。

【和氣】hé qì ① 態度溫和友好：待人和氣。
（同）溫和（反）粗暴 ② 和睦：相處得和氣無爭。
③ 友好的感情：別為小事傷和氣。

【和善】hé shàn 和藹友善；溫和善良：待人和

善 / 面容和善。

【和睦】hé mù 相處融洽，不爭吵：家庭和睦。
（同）融洽（反）反目

【和暖】hé nuǎn 暖和，氣候溫和：春天到了，天
氣和暖。

【和解】hé jiě 停止爭執，歸於友好：兩人終於和
解，言歸於好。

【和緩】hé huǎn ① 溫和平緩：性情和緩 / 藥
性和緩。② 緩解，緩和：和緩一下緊張氣氛。
（反）緊張

【和諧】hé xié ① 配合適當，各方協調：房間
佈置得很和諧。② 融洽：家裏的氣氛很和諧。
（反）失調 * 內鬥

【和藹】hé ǎi 態度溫和，待人親切：老師對我們
非常和藹。（反）粗野 * 粗暴

〔附加詞〕和藹可親：態度和藹，給人親切感。

🔍 和靄 "靄" 指雲氣，"藹" 指態度和氣。

5 **命** 命命命命命命命

（普）mìng （粵）ming⁶ 名⁶ / meng⁶

① 生命；性命；壽命：人命關天 / 長命百歲。
② 命運；天命：算命 / 認命。③ 命令；上對下
的指示：收回成命。④ 發命令，指示：命部隊
轉入進攻。⑤ 起；擬定：命名（起名字，給個名
字）/ 命題（擬定題目）。

【命令】mìng lìng ① 上級指示下級：命令凌晨
四點發起進攻。② 上級發給下級的指示：執行
命令 / 服從命令。

【命運】mìng yùn ① 人一生中注定的吉凶禍福。
② 指未來境遇的變化情況：掌握自己的前途和
命運。

5 周

周 周 周 周 周 周　周

普 zhōu　粵 zau¹ 舟

① 圈子，一個圈：繞場一周。② 四圍，周圍：周邊（周圍）/ 四周都是樹林。③ 繞一圈：周遊（四處遊歷）/ 周轉（調度流轉）。④ 全部；普遍：周身（全身）/ 眾所周知。⑤ 全面；完備；細密：周密 / 周詳（周到而詳盡）。⑥ 接濟；救助：周濟。⑦ 時間的一輪；一個星期：周年（滿一年）/ 周末。⑧ 朝代名：西周 / 東周。

【周到】zhōu dào 全面，沒有疏失：考慮周到 / 照顧周到。反 疏失

【周旋】zhōu xuán 應酬、打交道；調解、調和：我不想同這等人周旋 / 這事還得請你從中周旋才行。

【周密】zhōu mì 全面細密：計劃周密 / 佈置得很周密。反 疏忽 * 疏漏

【周期】zhōu qī 周而復始所需的時間：小參的生長周期 / 地球的自轉周期是一晝夜。

【周圍】zhōu wéi 圍繞中心的外面那一部分：屋子周圍 / 周圍的居民。同 四周 * 四圍

【周濟】zhōu jì 用財物幫助貧困的人：周濟孤寡老人。同 接濟 * 救濟

6 哉

哉 哉 哉 哉 哉 哉　哉

普 zāi　粵 zoi¹ 災

① 表示感嘆的語氣，相當於“啊”：嗚呼哀哉。② 表示反問的語氣，相當於“呢”、“嗎”：豈有他哉（難道還有別的嗎）？

6 咸

咸 咸 咸 咸 咸 咸　咸

普 xián　粵 haam⁴ 函

都，全：老少咸宜。

6 哇 (一)

哇 哇 哇 哇 哇 哇　哇

普 wā　粵 waa¹ 娃

形容聲音，多形容哭聲、嘔吐聲：孩子哇的哭了起來 / 哇的一聲吐了一地。

6 哇 (二)

普 wa　粵 waa¹ 娃

表示緩和委婉的語氣：快走哇 / 真好哇！

6 哎

哎 哎 哎 哎 哎 哎　哎

普 āi　粵 aai¹ / ngaai¹ 唉

表示驚異、不滿、提醒、呼喚等語氣：哎，你也知道啦 / 哎，你快來呀 / 哎！你不好這麼説。

【哎呀】āi yā 表示驚訝、痛苦、不滿、厭煩等情緒：哎呀，你怎麼瘦成這樣 / 哎呀，好難受哇 / 哎呀，七十分都考不到 / 哎呀，煩死我了！

【哎喲】āi yāo 表示惋惜、看不起、讚譽、痛苦、驚異等情緒：哎喲，差一點兒就及格了 / 哎喲，長得太難看了 / 哎喲，疼得要命！

6 哄 (一)

哄 哄 哄 哄 哄 哄　哄

普 hōng　粵 hung¹ 空

① 許多人同時發出聲音：哄動（轟動）。② 形容許多人同時發出的聲音：人羣哄的一聲笑了起來。

6 哄 (二)

普 hǒng　粵 hung¹ 空

① 用話語打動人；用動聽的話騙人：哄她開心 / 哄騙（用假話或設圈套欺騙人）。② 引逗：在家哄小孩兒玩兒。

6 **哄** (三)

(普) hòng (粵) hung¹ 空

同 "閧"。叫嚷吵鬧，製造混亂氣氛：亂嚷嚷，亂起哄。

【哄堂大笑】hōng táng dà xiào 形容在同一屋的人同時大笑。

6 **咧**　咧 咧 咧 咧 咧 咧　咧

(普) liě (粵) lit⁶ 列

嘴角向兩側展開：齜牙咧嘴。

6 **咦**　咦 咦 咦 咦 咦 咦　咦

(普) yí (粵) ji² 椅

表示驚異的語氣：咦，這水怎麼變清了？

6 **品**　品 品 品 品 品 品　品

(普) pǐn (粵) ban² 稟

① 物品、東西：海產品 / 手工藝品品牌（商品的牌子）。② 類別、品種：品類齊全。③ 等級；級別：次品 / 上品 / 一品大員。④ 品質、素質：品德（道德品質）/ 品行（品德和行為）/ 品學兼優。⑤ 鑒別、分辨：品評（辨別優劣，評議高下）。⑥ 嚐滋味：品茶 / 品嚐（嚐滋味，辨別味道）。

【品味】pǐn wèi ① 嚐滋味，辨別味道：請美食家來品味這道新菜。② 體會，領會；玩味：品味人生 / 品味詩人豪放的情懷。

【品格】pǐn gé ① 人的品質和性格：做人的品格。② 風格：行文流暢，品格清新。

【品種】pǐn zhǒng 產品、物品、東西的種類：培植新品種水蜜桃。

【品質】pǐn zhì ① 人的素質：高貴品質 / 優秀品質。② 物品的質素、質地：泰國稻米品質優良 /

上海棉織物的品質好。

6 **咽** (一)　咽 咽 咽 咽 咽 咽　

(普) yān (粵) jin¹ 煙

① 咽頭與喉頭：咽喉。② 比喻交通要衝。

6 **咽** (二)

(普) yàn (粵) jin¹ 煙

① 吞進去；咽下去：狼吞虎咽 / 細嚼慢咽。
② 忍住，控制住：話到嘴邊兒又咽回去了 / 實在咽不下這口氣！

✎ 狼吞虎咽 / 細嚼慢咽 又作 狼吞虎嚥 / 細嚼慢嚥。

6 **咽** (三)

(普) yè (粵) jin¹ 煙

哽咽，聲音阻塞：悲咽 / 嗚咽。

6 **咱**　咱 咱 咱 咱 咱 咱　

(普) zán (粵) zaa¹ 渣

我：咱聽不懂你說的話。

〔簡明詞〕咱們：我們。咱家：我的家；我們的家。

6 **哈**　哈 哈 哈 哈 哈 哈　哈

(普) hā (粵) haa¹ 蝦

① 張口呼氣：對着玻璃窗哈了口氣。② 形容笑聲：嘻嘻哈哈笑了一陣子。③ 表示得意、快意的驚嘆聲：哈哈，我贏了！④ 彎下來：點頭哈腰。

【哈欠】hā qiàn 人疲倦時張滿口深入吸氣又呼出的動作：打哈欠。

哆 6

哆哆哆哆哆哆

(普)duō (粵)do¹ 多

哆嗦,抖動、顫抖:凍得直哆嗦 / 嚇得直哆嗦 /
哆哆嗦嗦(不停地顫抖)。

咬 6

咬咬咬咬咬咬 咬

(普)yǎo (粵)ngaau⁵ 餚⁵

① 對緊上下牙齒用力:咬了一口麵包。② 緊緊
抓住、盯住:一口咬定 / 咬住線索,緊追不放。
③ 把別人拉進來:開脱自己,亂咬別人。④ 準
確唸出字音;再三斟酌字句:咬字清楚 / 咬文嚼
字。⑤ 蚊蟲叮咬:被蚊子咬了一口。⑥ 緊緊夾;
卡住:咬住鋼管別鬆開 / 齒輪咬死了,轉不動。
【咬牙】yǎo yá 咬緊牙關:恨得咬牙 / 氣得咬牙 /
一咬牙,也就挺過來了。

〔附加詞〕咬牙切齒:形容痛恨或氣憤到極點。
【咬字】yǎo zì 正確、清晰地讀出字音。⑥ 吐字
【哈達】hā dá 藏族和部分蒙古族人表示敬意和祝
賀用的絲巾或紗巾,常見用在迎送、敬神等日常
禮儀上。
【咬文嚼字】yǎo wén jiáo zì ① 仔細反覆斟酌遣
詞用句:要學好語文,少不得咬文嚼字。② 形容
拘泥於字眼兒,不知變通:他那咬文嚼字的性格
真叫人煩。

咳 6 (一)

咳咳咳咳咳咳 咳

(普)ké (粵)kat¹ 咭

咳嗽。

咳 6 (二)

(普)hāi (粵)kat¹ 咭

表示感觸或驚異的語氣:咳,真可惜 / 咳,你考

了第一名!

咪 6

咪咪咪咪咪咪

(普)mī (粵)miu¹ 喵

形容貓叫的聲音。

〔簡明詞〕咪表:設在路邊車位旁的停車計時
收費器。

哀 6

哀哀哀哀哀哀 哀

(普)āi (粵)oi¹ / ngoi¹ 埃

① 悲傷、悲痛:哀傷(悲痛傷心) / 哀痛(悲傷痛
苦)。② 同情:哀憐(同情可憐)。③ 悼念:默哀。
【哀求】āi qiú 央告,央求。⑥ 乞求
【哀悼】āi dào ① 悼念:哀悼亡靈。② 悼念之情:
表示深切的哀悼。
【哀嘆】āi tàn ① 悲傷地感嘆:哀嘆她的不幸遭
遇。② 哀傷的嘆息聲:獨自哀嘆。
(一)【哀樂】āi yuè 悼念死者的樂曲:哀樂低沉。
(二)【哀樂】āi lè 悲傷和歡樂:喜怒哀樂。

咨 6

咨咨咨咨咨咨

(普)zī (粵)zi¹ 之

詢問,聽取意見:咨詢(詢問,徵求意見)。

哲 7

哲哲哲哲哲哲 哲

(普)zhé (粵)zit³ 節

① 聰明有智慧:哲人。② 聰明有智慧的人:先
哲 / 聖哲。
【哲學】zhé xué 研究自然界、社會和思維基本規
律的科學。

哥

哥哥哥哥哥哥　哥

(普) gē (粵) go¹ 歌

① 哥哥，兄長：三哥。② 表哥、堂哥。③ 敬稱年齡相仿的男子：老大哥 / 張大哥。

唇

唇唇唇唇唇唇　唇

(普) chún (粵) seon⁴ 純

同 "脣"。詳見 "脣"。

哺

哺哺哺哺哺哺　哺

(普) bǔ (粵) bou⁶ 步

餵養：哺養（餵養；飼養）。

【哺育】bǔ yù 餵養；養育：哺育小鳥 / 不忘父母的哺育之恩。（同）養育

哽

哽哽哽哽哽哽　哽

(普) gěng (粵) gang² 耿

① 食物堵住咽喉：慢點吃，當心哽着。② 聲氣阻塞喉嚨、氣管：哽塞（哽咽）。

【哽咽】gěng yè 喉嚨堵塞，出聲不順暢：哽咽着向他哭訴。（同）哽塞

唔 (一)

唔唔唔唔唔唔　唔

(普) ńg (粵) ng⁴ 吳

發出疑問：唔？你説甚麼？

唔 (二)

(普) wú (粵) ng⁴ 吳

唔唔，形容叫聲、哭聲：唔唔地哭了起來。

哨

哨哨哨哨哨哨　哨

(普) shào (粵) saau³ 筲³

① 偵察；巡邏：哨探（偵探）/ 巡哨（巡查）。② 警戒防守的崗位。③ 哨兵，擔任巡邏、警戒工作的士兵：暗哨。④ 哨子，能吹出尖鋭聲音的小笛。

【哨卡】shào qiǎ 交通要道或邊境上，執行檢查警戒工作的處所。（同）關卡

員 [员]

員員員員員員　員

(普) yuán (粵) jyun⁴ 元

① 人員；專做某方面事情的人：會員 / 海員 / 公務員。② 四圍，一個圈：幅員遼闊。③ 同數目字連用，表示人員的數量，多用於武將：一員大將。

【員工】yuán gōng 職工、職員：學校員工 / 公司員工。

哩 (一)

哩哩哩哩哩哩　哩

(普) li (粵) li¹ 喱

① 表示確定的語氣：身體可好哩！② 表示疑問的語氣：你去做甚哩？③ 表示列舉：紙哩，筆哩，準備好了嗎？

💡 哩 li 的 "li" 輕讀。

哩 (二)

(普) lǐ (粵) li¹ 喱

英里。英美制長度單位。1 英里合 1.6093 公里。

哭

哭 哭 哭 哭 哭 哭 哭

（普）kū （粵）huk¹ 酷¹

因痛苦、悲哀、激動而流淚：哭泣（小聲哭）/ 哭
鬧（邊哭邊吵鬧）/ 哭訴（邊哭邊訴說）/ 哭哭啼啼
（斷斷續續地哭）。

哦 （一）

哦 哦 哦 哦 哦 哦 哦

（普）ó （粵）ngo⁴ 鵝

表示驚訝、疑惑等語氣：哦，他也來了 / 哦，還
有這種說法？

哦 （二）

（普）ò （粵）ngo⁴ 鵝

① 表示領會、醒悟等語氣：哦，我明白了 / 哦，
我想起來了。② 應答語氣，表示知道了、聽到
了：哦，我馬上就來。

哼 （一）

哼 哼 哼 哼 哼 哼 哼

（普）hēng （粵）hang¹ 亨

① 鼻子發出聲音：他輕蔑地哼了一聲。② 呻吟：
疼得哼個不停。③ 輕聲唱：一邊走一邊哼起流
行小調。

哼 （二）

（普）hèng （粵）hang¹ 亨

表示不滿、輕視、憤慨的語氣：哼，膽大妄為 /
哼，你有甚麼了不起！

哪 （一）

哪 哪 哪 哪 哪 哪 哪

（普）nǎ （粵）naa⁵ 那

①“哪一”，表示“當中的任一個”：你哪天走 /
哪本書是你的？②“任一”，表示“任何一個”：
哪種花色都行 / 哪天有空的話，一定來家裏玩。
③“哪裏”、“怎會”，表示反問：我不信，哪有這
樣的事？

🔍 那與哪：兩字形近，部件不同。“哪”是疑
問詞，而“那”指的是較遠的時間、地方或事物。

哪 （二）

（普）na （粵）naa⁵ 那

相當於“啊”：天哪 / 要當心哪 / 大家來看哪！

【哪些】nǎ xiē 哪一些、哪幾個、哪幾種：哪些
人去 / 你喜歡吃哪些菜？

【哪怕】nǎ pà 即使、即便、就算是，常和“也”、
“都”、“還”配合使用：哪怕遇到再大的困難，也
要幹下去。

【哪個】nǎ gè ① 哪個人，誰：你找哪個 / 這是哪
個幹的？② 哪一種、哪一個：哪個牌子好些？

【哪會】nǎ huì 哪裏會、怎麼會、怎麼可能：這
麼聰明的孩子，哪會考不上大學呢！

【哪裏】nǎ lǐ ① 等於說“何處”、“甚麼地方”：你
在哪裏上班 / 今天我哪裏都不去。②“怎能”、“怎
麼會”，用於反問：我哪裏知道天會下雨？③ 等
於說“不必”、“不要客氣”，答覆對方感謝話、客
氣話的慣用說法：“多謝您幫手啦！”“哪裏，哪
裏，不過舉手之勞。”

【哪樣（哪樣兒）】nǎ yàng nǎ yàngr 哪一類、
哪一種、哪種式樣：哪樣都不中意 / 哪樣兒都很
好看。

💡 哪樣與哪樣兒：“哪樣兒”是“哪樣”的兒化
音，口語習慣說“哪樣兒”，不說“哪樣”；“哪
樣”通常用於書面語。

7 唧

唧 唧 唧 唧 唧 唧

(普) jī (粤) zik¹ 即

抽；噴射：唧水 / 唧了他一身水。

【唧唧喳喳】jī jī zhā zhā 形容細碎雜亂的聲音：
幾隻小鳥唧唧喳喳地叫。(同) 嘰嘰喳喳 * 吱吱喳喳

7 唉 (一)

唉 唉 唉 唉 唉 唉 唉

(普) āi (粤) aai¹ 哎

① 表示應答的語氣：唉，我知道了。② 嘆息聲：
唉聲嘆氣 / 唉，真倒霉！

7 唉 (二)

唉

(普) ài (粤) aai¹ 哎

① 表示感慨、失望等語氣：唉，又沒談成。
② 表示惋惜、懊悔的語氣：唉，這筆錢花得太不
值得 / 唉，真不該讓她走。

7 唆

唆 唆 唆 唆 唆 唆

(普) suō (粤) so¹ 蔬

挑動、慫恿：教唆。

【唆使】suō shǐ 挑動、慫恿別人去做不合理、不
道德或違法的事。(反) 教導。

7 唐

唐 唐 唐 唐 唐 唐 唐

(普) táng (粤) tong⁴ 堂

朝代名，公元 618 − 907 年，李淵建立，國都
長安 (今西安)。

【唐詩】táng shī 唐代人做的詩歌。

　✎ 唐詩和唐代散文：中國的詩歌源遠流長，
自《詩經》算起，差不多有三千年的發展歷史，
到了唐代，可說是登峯造極，唐代是中國古代

詩歌的鼎盛時期，唐詩是中國的文化瑰寶，湧
現出李白、杜甫、白居易等一大批傑出的詩
人，留給我們寶貴的文化遺產。清朝康熙年間
搜集整理的《全唐詩》收錄唐詩五萬多首，作
者兩千二百多人，清人孫洙 (zhū) 編的《唐詩
三百首》至今仍是人們喜愛的讀本。唐宋散文
也極其優秀，著名的作家有：唐代的韓愈、柳
宗元，宋代的歐陽修、蘇洵、蘇軾 (蘇東坡)、
蘇轍、王安石和曾鞏，後人美稱"唐宋八大
家"。中國古典文學，除了唐詩和唐宋散文以外，
宋詞、元曲、明清戲曲和古典白話小說，也都
是優秀的文化遺產。

8 啪

啪 啪 啪 啪 啪 啪

(普) pā (粤) paak¹ 拍¹

形容放爆竹、拍擊、撞擊發出的聲音：啪啦 (拍
打聲、輕度撞擊聲) / 噼噼啪啪 (爆竹聲、爆
裂聲)。

8 啦 (一)

啦 啦 啦 啦 啦 啦

(普) lā (粤) laa¹ 喇¹

形容風聲、水聲、拍打聲等聲響：噼里啪啦 / 呼
啦啦地飄 / 泉水嘩啦啦地流。

8 啦 (二)

啦

(普) la (粤) laa¹ 喇¹

① 相當於"了"，表示完成、完結或正在進行中：
下雨啦 / 我讀完啦。② 相當於"了嗎"，表示疑
問、追問：那你就不去啦 / 你們倆這就算斷啦？

啞 [哑]　啞啞啞啞啞啞

(普) yǎ　(粤) aa² 瘂

① 不能說話：啞巴／裝聾作啞。② 不發聲的；不說話的：啞鈴（兩頭大中間細、練臂力的手握體操器械）／啞語（手語）。③ 聲音低悶、不亮、不潤：沙啞／嘶啞。

【啞巴】yǎ ba ① 沒有說話能力的人：兩個啞巴在打手語。② 一言不發：怎麼都啞巴了，說說你們的想法呀！

〔附加詞〕啞巴虧：吃了不便說、無法說的虧。

喵　喵喵喵喵喵喵 喵

(普) miāo　(粤) miu¹ 描¹

形容貓叫的聲音：白花貓衝着人喵喵叫。

問 [问]　問問問問問問 問

(普) wèn　(粤) man⁶ 紊

① 請人解答：追問／刨根問底。② 慰問：問安／問好／問候（詢問安好，表示關心）／探問。③ 審訊；追究：審問／問責（追究責任）。④ 管、干預：過問／不聞不問。⑤ 向，表示行為的朝向：他問我借十塊錢。(俗) 不問青紅皂白＊不分青紅皂白

【問答】wèn dá 發出問題和回答問題：老師留的作業是五道問答題。

【問號】wèn hào ① 標點符號"？"，用在疑問句末尾，表示提出問題。② 疑問：她是不是贊成還是個問號。

【問題】wèn tí ① 要求解答的題目：老師提出一個問題。② 必須解決的矛盾、疑難或關鍵的事情：當前最緊迫的問題／真正的問題在於她沒有毅力。③ 有毛病、有錯誤；事故、意外情況：想法有問題／電腦出問題了。

【問世】wèn shì ① 著作出版，(同) 與讀者見面：恭賀大作問世。② 指新產品上市供應或新成果出現：名錶新款問世／多年的研究成果問世。

啄　啄啄啄啄啄啄

(普) zhuó　(粤) doek³ 琢

禽鳥用嘴吃食或叩擊東西：雞在啄食碎米。

【啄木鳥】zhuó mù niǎo 一種益鳥，嘴尖銳有力，舌端有鈎，能啄穿樹皮啄食害蟲。

啡　啡啡啡啡啡啡

(普) fēi　(粤) fe¹

咖啡。詳見"咖"。

啃　啃啃啃啃啃啃 啃

(普) kěn　(粤) kang² / hang² 肯

① 用牙一點一點地往下咬：啃蘋果皮。② 比喻集中力氣做一件事：啃書本（鑽研書本知識）／一定能把這單生意啃下來。

唱　唱唱唱唱唱唱

(普) chàng　(粤) coeng³ 暢

① 唱歌、唱戲，照樂譜發樂音：獨唱／演唱會。② 高聲讀出來；大聲叫：唱名／唱票。(俗) 一個唱白臉，一個唱紅臉

【唱片（唱片兒）】chàng piān (chàng piānr) 上面刻着記錄聲音的螺旋紋的薄盤片，可用唱機再現錄進的聲音供人欣賞。今已很少使用。

💡 唱片與唱片兒：後者是兒化音，口語多用"唱片兒"。

唯

唯 唯 唯 唯 唯 唯 唯

普 wéi 粵 wai⁴ 圍

① 僅僅：唯獨／唯一。② 只是、僅僅是：人品長相都好，唯文化程度低了點兒。

【唯一】wéi yī 只此一個，獨一無二：鎮上唯一的一家酒館。又作"惟一"。

【唯有】wéi yǒu 只有：在他看來，唯有讀大學才是出路。又作"惟有"。

【唯恐】wéi kǒng 只怕，就怕：唯恐他出來攪亂。又作"惟恐"。俗 唯恐天下不亂

【唯獨】wéi dú 單單，就只是：同學考得都很好，唯獨她不合格。又作"惟獨"。

啤

啤 啤 啤 啤 啤 啤 啤

普 pí 粵 be¹

啤酒。

啥

啥 啥 啥 啥 啥 啥 啥

普 shá 粵 saa² 耍

甚麼：你想幹啥／想幹啥就幹啥。

唸 [念]

唸 唸 唸 唸 唸 唸 唸

普 niàn 粵 nim⁶ 念

① 出聲讀：唸一篇稿子。② 到學校讀書：兒子都唸中學了。

【唸佛】niàn fó 佛教徒反覆輕聲誦唸"阿彌陀佛"、"南無阿彌陀佛"，表示佛在我心、一心向佛：天天吃齋，夜夜唸佛。

💡 "阿"讀 ē 不讀 ā；"南無"讀 nā mó 不讀 nán wú。

【唸書】niàn shū 讀書；上學：他在高聲唸書／我兒子在國際學校唸書。

唰

唰 唰 唰 唰 唰 唰 唰

普 shuā 粵 syut³ 説／caat³ 擦

形容下雨的聲音：雨唰唰地下個不停。

啊 (一)

啊 啊 啊 啊 啊 啊 啊

普 ā 粵 aa¹ 丫

表示驚奇、讚歎的語氣：啊，這麼大的雪／啊，太美了。

啊 (二)

普 á 粵 aa¹ 丫

表示追問的語氣：啊，你説是她／啊，到底讓誰去？

啊 (三)

普 ǎ 粵 aa¹ 丫

表示疑惑、疑問的語氣：啊，怎麼回事／啊，他還在機場？

啊 (四)

普 à 粵 aa¹ 丫

① 表示應答或醒悟的語氣：啊，行，行／啊，原來是這樣！

啊 (五)

普 a 粵 aa¹ 丫

用在句末，表示催促、贊嘆等語氣：快點走啊／長得真靚啊！

售

售售售售售售　售

⑧

（普）shòu （粵）sau⁶ 受

賣：銷售／售樓處／售賣（出售，銷售）／售價（商品的出賣價格）。

商

商商商商商商　商

⑧

（普）shāng （粵）soeng¹ 雙

① 商人：外商／奸商。② 做買賣：經商／通商／商貿（商業和貿易）。③ 商量：磋商／協商。④ 朝代名。約在公元前 17 世紀初湯滅夏之後建立，公元前 11 世紀滅亡，商朝的中心地區在今河南。

【商品】shāng pǐn 放到市場上買賣的產品。

【商討】shāng tǎo 商量討論：商討建教學大樓的問題。（同）商議

　　🔍 相討 "相" 指的是事物的外觀，也有指雙方交互進行的行為或動作。而 "商" 指的是兩人或以上一起進行的討論、計劃或生意買賣。兩字粵讀音近易錯寫。

【商埠】shāng bù 與外國通商的、有碼頭的城鎮。（同）商港

【商量】shāng liang 商討，交換意見：好好商量再說。（同）商議 （反）爭鬥＊爭吵

【商業】shāng yè 做買賣的經營活動。（反）工業、農業。

【商標】shāng biāo 代表商品品牌的獨有標誌。

【商談】shāng tán 口頭商量：兩家商談兒女結婚的事情。（同）商量

【商議】shāng yì 在一起協商討論：商議補救的辦法。（同）商討

〔簡明詞〕商販：做生意的小販。商場：開設多種店鋪從事商品買賣的場所。商務：商業上的事務。

啓

啓啓啓啓啓啓　啓

⑧

（普）qǐ （粵）kai² 溪²

同 "啟"。詳見 "啟"。

喜

喜喜喜喜喜喜　喜

⑨

（普）xǐ （粵）hei² 起

① 高興、快樂：喜笑顏開／喜形於色。② 愛好：喜讀書，愛運動。③ 喜慶的事：喜訊（好消息）／喜上加喜。④ 懷孕：媳婦有喜了。

【喜好】xǐ hào ① 喜歡，感興趣：喜好唱歌。② 嗜好，喜歡做的事：喝紅酒是他的喜好。（同）愛好 （反）厭惡

【喜悅】xǐ yuè 高興歡快。（同）開心＊歡樂＊愉悅 （反）愁苦＊憂郁

【喜愛】xǐ ài 愛好，有濃厚興趣：喜愛書法和國畫。（同）喜歡

【喜劇】xǐ jù 戲劇的一種，台詞誇張、詼諧，情節引人發笑，結局圓滿：莎士比亞有四大悲劇、四大喜劇。（反）悲劇

【喜慶】xǐ qìng ① 值得高興和慶賀的：今天是兒子獲大獎的喜慶日子。② 喜慶的事：爸爸壽辰、女兒結婚，喜慶連連。③ 高興地慶祝：喜慶佳節。（俗）人逢喜慶精神爽，月到中秋分外光

【喜歡】xǐ huan ① 喜愛；愛好：喜歡養寵物狗。② 高興，開心：得到爸爸的誇獎，他喜歡得不得了。

喪 （一）

喪喪喪喪喪喪　喪

⑨

（普）sàng （粵）song¹ 桑

① 失去；丟掉：喪失（失掉、失去）／喪盡天良。② 死亡：喪生／喪偶。③ 喪氣；消沉：懊喪。

〔簡明詞〕喪禮、喪儀：辦喪事的禮儀。喪事：料理死者的身後事，哀悼、祭奠、舉行葬禮等。

喪 (二)

(普)sāng (粵)song¹ 桑

同處置死者有關的事：喪禮 / 喪儀 / 喪事。

〔簡明詞〕喪禮、喪儀：辦喪事的禮儀。喪事：料理死者的身後事，哀悼、祭奠、舉行葬禮等。

【喪氣】sàng qì 情緒低落：灰心喪氣 / 垂頭喪氣。

【喪氣】sàng qi 倒霉：碰上這種人，喪氣！

喫

(普)chī (粵)hek³

同"吃"。詳見"吃"。

喃

(普)nán (粵)naam⁴ 男

喃喃，連續發出的細碎聲音：喃喃自語 / 燕語喃喃。

喳 (一)

(普)zhā (粵)zaa¹ 渣

① 鳥鳴聲：清晨的鳥兒在枝頭喳喳亂叫。② 奴僕應答主人的用語。

喳 (二)

(普)chā (粵)zaa¹ 渣

喳喳，細碎的說話聲：嘁嘁喳喳說了半天。

喇

(普)lǎ (粵)laa³ 罅

見"喇叭"。

【喇叭】lǎ ba ① 一種吹奏的銅管樂器，吹氣端較細，末端圓形口張大，起擴音作用：敲鑼、打鼓、吹喇叭。② 形狀像喇叭的擴音器：高音喇叭 / 汽車喇叭。

【喇嘛】lǎ ma 尊稱藏傳佛教僧人，原意"上師"。

〔附加詞〕喇嘛教：藏傳佛教，中國藏族、蒙古族信奉的佛教。

喊

(普)hǎn (粵)haam³ 咸³

① 大聲叫：吶喊 / 喊叫（呼喊）/ 喊冤叫屈（鳴冤叫屈）。② 呼喚：喊輛出租車來。③ 稱呼：我喊他大伯。

喱

(普)lí (粵)lei¹ 厘¹

咖喱。詳見"咖"。

喝 (一)

(普)hē (粵)hot³ 渴

飲；飲酒：喝水 / 喝湯 / 喝醉了。

喝 (二)

(普)hè (粵)hot³ 渴

大聲叫：喝令（責令）/ 大喝一聲。

【喝彩】hè cǎi 大聲叫好，表示欣賞讚美：喝彩聲不斷。

〔附加詞〕喝倒彩：故意用叫"好"譏笑對方，多在演出場合。

🔍 渴彩 "渴"指的是迫切的樣子。"喝"有大聲喊叫的意思。兩字近似易寫錯。

喂

喂喂喂喂喂喂 喂

〔普〕wèi 〔粵〕wai³ 畏

① 同"餵":喂養 / 喂孩子吃飯。② 表示打招呼:喂,你是誰呀?

單 (一)

單單單單單單 單

〔普〕dān 〔粵〕daan¹ 丹

① 只一個:孤單 / 單獨(獨自)/ 單門獨戶。② 奇數的:單日 / 單月 / 單數。③ 簡單,單一:單調(單一,變化少)。④ 薄;薄弱:單薄。⑤ 憑證、單據、記事紙等:菜單 / 憑單 / 化驗單。⑥ 作牀上用品的大幅布:牀單 / 被單。⑦ 僅、只:單靠他辦不成。

單 (二)

〔普〕chán 〔粵〕daan¹ 丹

古代匈奴君主的稱號:單于。

單 (三)

〔普〕shàn 〔粵〕daan¹ 丹

姓氏

【單一】dān yī 單純;獨一個、獨有一種:思想單一 / 單一的經濟作物。〔同〕多元 * 複雜

【單元】dān yuán 在一個整體中被分割開來的各獨立部分:教學大綱分為八個單元。

【單字】dān zì 單個兒的字,一個個的漢字。

【單位】dān wèi ① 指計量用的標準量,一個標準量為一個計量單位。如:米、千克、秒分別是長度單位、重量單位和時間單位。② 指企業、團體或政府部門:你在哪個單位工作?

【單身】dān shēn 到婚齡未婚的人;夫妻沒有生活在一起的人:單身在外面闖蕩 / 四十多了,還

是單身。〔同〕獨身

〔附加詞〕單身貴族:指獨立未婚、自由自在、生活富裕的成年人。

【單純】dān chún ① 簡單純潔:孩子小,很單純。〔同〕單一〔反〕複雜 ② 單單,只是:不能不顧身體,單純追求學業。

【單單】dān dān 唯獨、只是、僅僅是:別的都沒忘,單單忘了帶照片 / 單單治病就花去一半積蓄。

【單詞】dān cí 單個兒的詞,一個一個的詞:今天學了"召喚"、"呼喚"、"使喚"三個新單詞。

【單薄】dān bó ① 不厚實:大冬天的,穿這麼單薄?② 瘦弱、不結實:從小身子就單薄。③ 簡略;薄弱:內容單薄 / 實力單薄。〔反〕厚實 * 結實

喘

喘喘喘喘喘喘 喘

〔普〕chuǎn 〔粵〕cyun² 川²

① 呼吸急促:氣喘吁吁。② 哮喘:喘病發作。

〔簡明詞〕喘息、喘氣:① 呼吸很急很吃力。② 緊張過程中的短暫休息。

唾

唾唾唾唾唾唾

〔普〕tuò 〔粵〕to³ 拖³

① 口水;唾沫;唾液:唾液(口水,唾沫)/ 拾人。② 吐口水:唾罵(鄙棄責罵)/ 唾手可得。

【唾棄】tuò qì 鄙棄,像往地上吐唾沫那樣遺棄不顧。

【唾手可得】tuò shǒu kě dé 就像往手上吐唾沫那樣,不費力就能得到。〔同〕垂手可得

💡 唾手可得與垂手可得:兩個是同義詞,都是非常容易的意思。但"唾手"是往手上吐口水,"垂手"是手向下一垂,二者不是一碼事,不要混為一談。

嗖

嗖 嗖 嗖 嗖 嗖 嗖　嗖

普 sōu　粵 sau¹ 收

快速飛過的聲音：嗖嗖的冷風／嗖的一聲，一塊
石子飛了過去。

喉

喉 喉 喉 喉 喉 喉　喉

普 hóu　粵 hau⁴ 侯

喉頭，呼吸器官的一部分，在咽和氣管之間：喉
嚨（咽喉）／耳鼻喉。
【喉舌】hóu shé 咽喉和舌頭。比喻代言人或媒體。

喻

喻 喻 喻 喻 喻 喻　喻

普 yù　粵 jyu⁶ 遇

① 知道、了解：家喻戶曉／不言而喻。② 說明、
告訴對方：喻之以理／喻以利害。③ 比喻。

喚

喚 喚 喚 喚 喚 喚　喚

普 huàn　粵 wun⁶ 換

呼喊；大聲叫：呼喚／叫喚。
　〔古詩文〕千呼萬喚始出來，猶抱琵琶半遮面。
【喚起】huàn qǐ ① 啟發對方覺醒，振奮起來：
喚起民眾。② 引起、引出來：眼前的景象，喚起
他童年的回憶。
【喚醒】huàn xǐng ① 從睡眠中叫醒。② 讓對方
清醒、醒悟過來：他執迷不悟，想喚醒他很難。

啼

啼 啼 啼 啼 啼 啼　啼

普 tí　粵 tai⁴ 提

① 哭出聲來：啼哭（大聲哭）。② 鳴、叫：虎嘯
猿啼。

喧

喧 喧 喧 喧 喧 喧　喧

普 xuān　粵 hyun¹ 圈

聲音又大又雜亂：喧嘩（吵嚷嘈雜）／喧嚷（大喊
大叫，吵吵嚷嚷）。
【喧鬧】xuān nào 聲音嘈雜，場面熱鬧：入夜的
曼谷，是個喧鬧的城市。同 吵鬧 反 安靜 * 寂靜
　🔍 暄鬧 "暄" 意思是溫暖，而 "喧" 意思是聲音
　　大。如 "寒暄" 指見面互相問候，談論天氣冷暖。
　　見面說話，問的是冷暖，而不是比誰的聲音大。
　　兩字形近易錯。

喔

喔 喔 喔 喔 喔 喔　喔

普 wō　粵 ak¹ / ngak¹ 握

① 公雞啼叫的聲音：公雞喔喔叫起來。② 表示
理解、明白的語氣：喔，我懂了。

喲 (一)

喲 喲 喲 喲 喲 喲　喲

普 yō　粵 jo¹ 唷

① 表示 "意外" 的語氣：喲，停電了／喲，你怎
麼來了？② 表示 "讚歎" 的語氣：喲，好漂亮啊！

喲 (二)

普 yo　粵 jo¹ 唷

① 用在句末，表示 "促請" 的語氣：快點兒跑喲。
② 用在句中，表示 "停頓" 的語氣：我看你喲，
信心不足。

喬

喬 喬 喬 喬 喬 喬　喬

普 qiáo　粵 kiu⁴ 橋

① 高：喬木（主幹高大的樹木）。② 假扮：喬裝
打扮（化妝修飾，變換服裝，隱瞞真實身分）。

善

善 善 善 善 善 善

普 shàn 粵 sin⁶ 羨

① 善良；美好：善心（好心腸）/ 善事（好事；慈善事）。② 好事、慈善行為：行善 / 積善成德。③ 友好；和睦：友善 / 親善。④ 做好；辦好：善後（處置好遺留的事情）/ 善始善終。⑤ 擅長；善於：循循善誘 / 能歌善舞。⑥ 容易；易於：多愁善感。⑦ 熟悉：此人好面善。

〔古詩文〕人誰無過，過而能改，善莫大焉。《左傳·宣公二年》

【善良】shàn liáng 心地好：品性端正，為人善良。反 惡毒 同 善人：好心人。善行：善事。善惡：好的和壞的。善意：好心好意。善舉：慈善的舉措。善款：給慈善事業的捐款。

【善於】shàn yú 擅長；在某一方面的本事最強：善於唱歌跳舞 / 他很善於做數學題。同 長於

嗇

嗇 嗇 嗇 嗇 嗇 嗇 嗇

普 sè 粵 sik¹ 色

小氣，捨不得用：吝嗇。

嗎 (一)

嗎 嗎 嗎 嗎 嗎 嗎 嗎

普 má 粵 maa⁴ 麻

甚麼：你幹嗎去？

嗎 (二)

普 ma 粵 maa⁴ 麻

表示疑問、反問、質問的語氣：懂了嗎 / 你對得起他嗎？

💡 嗎 ma 的 "ma" 輕讀。

嗎 (三)

普 mǎ 粵 maa⁴ 麻

嗎啡，從鴉片提取的鎮痛、鎮靜藥，有麻醉作用。

嗜

嗜 嗜 嗜 嗜 嗜 嗜

普 shì 粵 si³ 試

極端喜好：嗜好（過分愛好）。

嗦

嗦 嗦 嗦 嗦 嗦 嗦 嗦

普 suǒ 粵 sok³ 索

囉嗦；哆嗦。

嗯 (一)

嗯 嗯 嗯 嗯 嗯 嗯 嗯

普 éng 粵 ng² 吾²

表示疑問的語氣：嗯，你說甚麼？

嗯 (二)

普 ěng 粵 ng² 吾²

表示不認同或出乎意料：嗯，我看不是他幹的 / 嗯，他跑了？

嗯 (三)

普 èng 粵 ng² 吾²

表示肯定、允許：嗯，就這麼辦吧！

嗅

嗅 嗅 嗅 嗅 嗅 嗅

普 xiù 粵 cau³ 臭

用鼻子分辨氣味：嗅到一股香氣。

【嗅覺】xiù jué ① 用鼻子辨別氣味的感受：狗的

嗅覺很靈敏。② 比喻辨別是非真假善惡的能力：你的嗅覺太遲鈍，上當了吧！

10 嗚

嗚 嗚 嗚 嗚 嗚 嗚　嗚

普 wū　粵 wu¹ 烏

哭聲、風聲、汽笛聲：嗚咽（低聲抽泣）/ 風嗚嗚地刮 / 嗚——遠處傳來汽笛聲。

10 嗡

嗡 嗡 嗡 嗡 嗡 嗡　嗡

普 wēng　粵 jung¹ 翁

昆蟲飛行或機械運作的聲音：蜜蜂繞着花朵嗡嗡地飛。

10 嗤

嗤 嗤 嗤 嗤 嗤 嗤　嗤

普 chī　粵 ci¹ 癡

譏笑：嗤笑。

10 嗓

嗓 嗓 嗓 嗓 嗓 嗓　嗓

普 sǎng　粵 song¹ 桑

① 喉嚨：嗓子痛。② 嗓音：啞嗓。
【嗓子】sǎng zi ① 喉嚨：吃得急，嗓子咽住了。② 嗓音：金嗓子。

11 嘉

嘉 嘉 嘉 嘉 嘉 嘉　嘉

普 jiā　粵 gaa¹ 家

① 美好的：嘉名（美名）/ 嘉賓（貴賓）/ 嘉釀（陳年美酒）。② 表揚；誇獎：嘉獎（表彰獎勵）/ 嘉許（稱讚誇獎）。
【嘉年華】jiā nián huá ① 狂歡節。② 各種歡慶活動和大型綜合的歡慶演出。

11 嘆

嘆 嘆 嘆 嘆 嘆 嘆　嘆

普 tàn　粵 taan³ 炭

同 "歎"。詳見 "歎"。

11 嘈

嘈 嘈 嘈 嘈 嘈 嘈　嘈

普 cáo　粵 cou⁴ 曹

聲音雜亂：嘈雜（聲音雜亂，喧鬧）/ 人聲嘈雜。

11 嗽

嗽 嗽 嗽 嗽 嗽 嗽　嗽

普 sòu　粵 sau³ 秀

咳嗽。

11 嘔

嘔 嘔 嘔 嘔 嘔 嘔　嘔

普 ǒu　粵 au² / ngau² 毆

吐：嘔吐（從口腔噴湧出來）/ 嘔心瀝血（耗盡心血，費盡心思）。

11 嘛

嘛 嘛 嘛 嘛 嘛 嘛　嘛

普 ma　粵 maa³ 媽³

① 表示 "本當如此" 的語氣：各有各的想法嘛。② 表示建議、促請、希望的語氣：報上名再說嘛 / 走快一點兒嘛 / 你知道就講出來嘛。③ 用在句中停頓語氣，提示注意：本來嘛，這不是你的錯。

12 嘩 (一)

嘩 嘩 嘩 嘩 嘩 嘩　嘩

普 huā　粵 waa¹ 娃

水聲：一股清泉嘩嘩地流下去。

12 嘩 (二)

(普)huá (粵)waa¹ 娃

人聲嘈雜喧鬧：輿論大嘩／一片嘩然。

12 噴

噴 噴 噴 噴 噴 噴　噴

(普)pēn (粵)pan³ 貧³

受壓力而衝射出來：噴泉／噴氣戰斗機。

【噴射】pēn shè （氣體、液體、粉狀物）被壓力推動快速衝出去：噴射機／原油自井口噴射而出。

12 嘻

嘻 嘻 嘻 嘻 嘻 嘻　嘻

(普)xī (粵)hei¹ 希

笑聲：嘻笑（嘻嘻地笑）／嘻嘻哈哈（輕鬆歡快的樣子）。

12 噎

噎 噎 噎 噎 噎 噎　噎

(普)yē (粵)jit³ 熱³

① 食物、東西堵住喉嚨：吃得急了些，噎住了。② 頂撞別人，讓人説不出話來：一句話，把她噎了回去。

12 嘶

嘶 嘶 嘶 嘶 嘶 嘶　嘶

(普)sī (粵)sai¹ 西

① 聲音沙啞：嘶啞／聲嘶力竭。② 牲畜叫：嘶叫（大力叫）／嘶鳴（大聲鳴叫）／人喊馬嘶。

12 嘲

嘲 嘲 嘲 嘲 嘲 嘲　嘲

(普)cháo (粵)zaau¹ 爪¹

譏笑、諷刺：嘲笑（譏笑）／嘲弄（嘲笑戲弄）／嘲諷（譏笑諷刺）。

12 嘹

嘹 嘹 嘹 嘹 嘹 嘹　

(普)liáo (粵)liu⁴ 聊

嘹亮，響亮。

12 嘿

嘿 嘿 嘿 嘿 嘿 嘿　

(普)hēi (粵)hei¹ 希

① 表示讚歎、得意、驚奇：嘿，手腳真靈／嘿，憑我這本事，能沒飯吃？② 笑聲：嘿嘿地笑起來。

12 嘮 (一)

嘮 嘮 嘮 嘮 嘮 嘮　嘮

(普)láo (粵)lou⁴ 勞

嘮叨，反反覆覆地説：為件小事嘮叨了半天。

12 嘮 (二)

(普)lào (粵)lou⁴ 勞

談；聊：嘮家常。

12 嘰

嘰 嘰 嘰 嘰 嘰 嘰　

(普)jī (粵)gei¹ 機

小鳥的鳴叫聲：幾隻麻雀嘰嘰喳喳地叫。

13 噤

噤 噤 噤 噤 噤 噤　

(普)jìn (粵)gam³ 禁

① 閉住嘴不出聲：噤口不言。② 哆嗦：一陣冷風，打了個寒噤。

【噤若寒蟬】jìn ruò hán chán 像天冷時的蟬一樣，不出聲、不説話。

13 噸

噸 噸 噸 噸 噸 噸 　噸

(普) dūn (粵) deon¹ 敦

重量單位，1 噸為 1000 公斤。

13 嘴

嘴 嘴 嘴 嘴 嘴 嘴 　嘴

(普) zuǐ (粵) zeoi² 咀

① 口，吃東西的器官：嘴巴 / 嘴唇。② 像嘴的東西：壺嘴兒 / 瓶嘴兒。③ 吃的東西：貪嘴 / 忌嘴。④ 說話：插嘴 / 多嘴。(俗) 牛頭不對馬嘴 * 鴨子死了嘴巴硬

〔簡明詞〕嘴甜：說話讓人開心。嘴快：有話就說，憋不住。嘴緊、嘴嚴：不該說的絕不說。嘴笨：不善於說話，表達能力差。

13 噹

噹 噹 噹 噹 噹 噹 　噹

(普) dāng (粵) dong¹ 當

金屬器物撞擊的聲音：噹，噹，噹，廳裏的座鐘響了三下兒。

13 器

器 器 器 器 器 器 　器

(普) qì (粵) hei³ 氣

① 用具：瓷器 / 器具（用具；工具）/ 器物（日常使用的各種物品）。② 氣量、風度：器量 / 器度。③ 人才；才幹：大器晚成 / 不成器的孩子。④ 重視、看重：器重（看重、重視）。⑤ 人和動物的器官：消化器 / 生殖器。

💡 作"氣量、風度"解釋的"器"，現今一般用"氣"：如"氣量"（器量）、"氣度"（器度）、"氣宇"（器宇）。

【器皿】qì mǐn 盛放東西的杯、盤、碗、碟等用具統稱器皿：玻璃器皿 / 金銀器皿。

【器材】qì cái 用具、工具和材料：健身器材 / 滅

火器材。

【器官】qì guān 人和動植物體中的組成部分，各自發揮特定的生理作用。如人和動物的心臟、植物的根和莖。

【器械】qì xiè ① 有專門用途的器具：醫療器械。② 武器裝備：收繳戰場散落的器械。

13 噥

噥 噥 噥 噥 噥 噥 　噥

(普) nóng (粵) nung⁴ 農

咕噥，小聲說話。

13 噪

噪 噪 噪 噪 噪 噪 　噪

(普) zào (粵) cou³ 澡

① 蟲鳥之類鳴叫：樹上羣鴉亂噪 / 池塘裏眾蛙呱噪。② 許多人大聲吵吵嚷嚷：在一旁鼓噪起哄。③ 嘈雜刺耳：噪音 / 噪聲（雜亂刺耳的聲音）。

13 噢

噢 噢 噢 噢 噢 噢 　噢

(普) ō (粵) o¹ 柯

表示明白、領悟：噢，我知道了 / 噢，原來是這麼回事！

13 嘯

嘯 嘯 嘯 嘯 嘯 嘯 　嘯

(普) xiào (粵) siu³ 笑

發出又長又響的聲音：海嘯 / 虎嘯猿啼 / 心懷郁悶，仰天長嘯。

13 噼

噼 噼 噼 噼 噼 噼 　噼

(普) pī (粵) pik¹ 僻

噼啪，拍打、爆裂、撞擊的聲音：狂風颳得帳篷噼啪作響。

14 **嚇**（一）　嚇 嚇 嚇 嚇 嚇 嚇　嚇

（普）xià（粵）haak³ 客

① 害怕：嚇得發抖。② 嚇唬：嚇人（讓人害怕）。

14 **嚇**（二）

（普）hè（粵）haak³ 客

威脅；要挾：威嚇／恫嚇。

【嚇唬】xià hu 恐嚇，讓人恐懼。

💡 嚇唬 xià hu 的 "hu" 輕讀。

14 **嚐**　嚐 嚐 嚐 嚐 嚐 嚐　嚐

（普）cháng（粵）soeng⁴ 常

① 品嚐：甜的，給你嚐一點兒。② 親身經歷；切身體會：嚐到了讀書的樂趣。

【嚐新】cháng xīn 吃或品嚐新鮮食品、新品種食物。

14 **嚎**　嚎 嚎 嚎 嚎 嚎 嚎　嚎

（普）háo（粵）hou⁴ 毫

喊叫，大聲叫：嚎叫（吼叫）／嚎哭（又喊又哭）／嚎啕大哭（邊喊叫邊放聲痛哭）。

14 **嚀**　嚀 嚀 嚀 嚀 嚀 嚀　嚀

（普）níng（粵）ning⁴ 寧

見 "叮嚀"。

15 **嚮**　嚮 嚮 嚮 嚮 嚮 嚮　嚮

（普）xiàng（粵）hoeng³ 向

① 引導：嚮導。② 接近；將近：嚮晚。

【嚮往】xiàng wǎng 希望擁有，希望得到，希望達到：嚮往新生活／嚮往當一名律師。

【嚮導】xiàng dǎo ① 領路：遊覽泰山，她做嚮導。② 帶路人：登山隊請了一位嚮導。

16 **嚨**　嚨 嚨 嚨 嚨 嚨 嚨　嚨

（普）lóng（粵）lung⁴ 龍

喉嚨。

17 **嚴**　嚴 嚴 嚴 嚴 嚴 嚴　嚴

（普）yán（粵）jim⁴ 鹽

① 嚴密；緊密：做事嚴謹／關嚴窗戶。② 嚴厲、嚴格：嚴加管教／嚴守校規。③ 厲害，超過一般的：嚴寒（極寒冷）／嚴冬（極寒冷的冬天）。④ 莊重威嚴：莊嚴／態度嚴肅。

【嚴重】yán zhòng 事態過度糟糕：旱災嚴重／病情嚴重。反 輕微

【嚴格】yán gé 依照標準、遵守規定，一絲不苟：管教得很嚴格／嚴格遵守校規。反 鬆懈

【嚴峻】yán jùn 非常嚴重；異常嚴格：形勢嚴峻／嚴峻的考驗。

【嚴密】yán mì ① 緊密，沒有空隙：嚴密封閉起來。② 周密，沒有疏漏：佈局嚴密／考慮得很嚴密。反 疏漏

【嚴禁】yán jìn 嚴格禁止，任何情況下都不准許：圍內嚴禁吸煙。

【嚴肅】yán sù ① 莊重威嚴：說話一向很嚴肅。反 活潑＊輕浮 ② 嚴格認真：必須嚴肅對待。

【嚴緊】yán jǐn ① 緊密，沒有縫隙空洞：把門關嚴緊。② 嚴格；嚴厲：媽媽很疼愛我，但管得也很嚴緊。反 寬容

【嚴酷】yán kù ① 非常嚴重；十分嚴厲：嚴酷的教訓／嚴酷的考驗。② 冷酷；殘酷：對人很嚴酷／嚴酷的戰爭環境。

【嚴實】yán shi 密密實實，沒有縫隙空洞：箱子

蓋得很嚴實。同 嚴密

【嚴厲】yán lì 嚴肅不講情面：嚴厲制裁／受到嚴厲批評。反 寬容＊縱容

【嚴謹】yán jǐn 嚴格謹慎；嚴密周到：做事嚴謹／話說得很嚴謹。同 周密 反 疏忽＊疏漏

17 嚼（一）

嚼 嚼 嚼 嚼 嚼 嚼 | 嚼

普 jiáo 粵 ziu⁶ 趙

牙齒咬碎食物。

17 嚼（二）

普 jué 粵 zoek³ 雀

見“咀嚼”。

17 嚷（一）

嚷 嚷 嚷 嚷 嚷 嚷 | 嚷

普 rǎng 粵 joeng⁵ 壤

① 喊叫：叫嚷／大叫大嚷。② 爭吵；吵鬧：氣得跟他嚷了一頓。

17 嚷（二）

普 rāng 粵 joeng⁵ 壤

嚷嚷。

【嚷嚷】rāng rang 吵鬧：別嚷嚷，有話好說。

18 嚣

嚣 嚣 嚣 嚣 嚣 嚣 | 嚣

普 xiāo 粵 hiu¹ 僥

吵鬧，喧嘩：喧嚣／叫嚣／嚣張（猖狂；放肆）。

19 囊

囊 囊 囊 囊 囊 囊 | 囊

普 náng 粵 nong⁴ 瓢

① 袋子；口袋：皮囊／囊括（包攬）。② 樣子像袋子的東西：膽囊／膠囊。

19 囉

囉 囉 囉 囉 囉 囉 | 囉

普 luō 粵 lo¹ 羅¹

見“囉嗦”。

【囉嗦】luō suo ① 絮絮叨叨，說話拖泥帶水；一再說，重覆說：真討厭，他真的很囉嗦，一開始說就停不下來。／別跟他囉嗦了，我們走！② 麻煩；繁瑣；瑣碎：讓她辦事真囉嗦／你的囉嗦事兒真多。

21 囑 [嘱]

囑 囑 囑 囑 囑 囑 | 囑

普 zhǔ 粵 zuk¹ 足

① 吩咐，囑咐：再三叮囑。② 託付：囑託。③ 吩咐、託付的話：遺囑。

【囑咐】zhǔ fù ① 告訴，吩咐：囑咐他路上多加小心。② 囑咐的話：牢記恩師的囑咐。同 叮囑＊叮嚀

【囑託】zhǔ tuō ① 託付：把未了的事囑託給女兒。② 託付的事情：不辜負好友的囑託。同 付託

口 部

2 囚

囚 囚 囚 囚 | 囚

普 qiú 粵 cau⁴ 酬

① 關押：囚禁。② 被囚禁的人：囚犯（關押起

来的犯人) / 囚禁 (把人關押起來)。

四

四 四 四 四 四

[普] sì [粵] sei³ 死 ³

① 數目字。三加一就是四:四季 (春、夏、秋、冬) / 四周 (周圍)。② 第四:四樓 / 四年級。

【四下】sì xià 到處;四周:四下打聽 / 四下都是水。[同] 四處

【四方】sì fāng ① 東、南、西、北四個方向;天下各地:天下四方。② 正方形;立方體:四方桌 / 四方盒。[俗] 好男兒志在四方

【四面】sì miàn 東西南北四方;周圍。[同] 四方 〔附加詞〕四面八方:周圍;各地。

【四海】sì hǎi ① 指天下各地。古人認為中國居中央,四面環海,故稱天下為四海:五湖四海。② 指世界各地。[俗] 四海一家 / 四海之內皆兄弟

【四處】sì chù 到處、周圍各處:四處打聽 / 大院裏四處都種了花。[同] 處處

【四散】sì sàn 向四周散開:大雨過後,烏雲四散。[反] 集中 * 聚攏

【四聲】sì shēng ① 古漢語中的平、上、去、入四個聲調。② 普通話中的陰平、陽平、上聲、去聲四個聲調。

【四合院】sì hé yuàn 中國傳統的院落式住宅。正廳座北朝南,左右是廂房,中間是庭院;講究的四合院分成三進院落,一進是下人的住房,二進庭院有正廳和東西廂房,三進是家屬住的內宅。

【四面楚歌】sì miàn chǔ gē 形容勢單力孤,四面受敵。

🖊 秦朝滅亡後,楚霸王項羽和劉邦爭奪天下,項羽大敗,劉邦追擊項羽至安徽靈璧這個原本屬於楚國的地方,把項羽團團圍困起來,項羽兵少糧盡,夜聞劉邦軍中都唱"楚歌",大吃一驚,説:"劉邦已經佔領楚地了嗎?為

何楚國人這麼多!"這就是"四面楚歌"的歷史故事。

【四通八達】sì tōng bā dá 交通便利,道路通向四面八方。

因

因 因 因 因 因

[普] yīn [粵] jan¹ 欣

① 依靠;憑借:因人成事 (靠着別人才辦成了事)。② 緣故,原因:因果 (原因與結果) / 事出有因。③ 因為,由於:因小失大。④ 依照,根據:因材施教 (針對各人的情況進行適合的教育)。⑤ 依照老樣子:因襲 (沿襲) / 因循守舊 (按照老樣子不改變)。

【因由】yīn yóu 緣故;理由:你有甚麼因由缺席呢? [同] 緣由

【因而】yīn ér 因此:他剛剛就任校長,因而對學校的情況還不熟悉。[同] 故而 * 故此

【因此】yīn cǐ 因為這個原因:昨夜下大雨,因此沒去成。[同] 所以

【因為】yīn wèi 説明原因、表明為甚麼:因為生病,所以耽誤了功課 / 因為飛機晚點,所以沒趕到 / 我沒有去看奶奶,是因為最近考試很忙。[同] 由於

🖊 "因為……所以……"表達事情的原因和結果的關聯詞固定搭配,如:因為我在鋼琴比賽前沒有認真練習,所以在比賽中沒有獲獎。

【因素】yīn sù 原因;條件;起作用的成分:痴迷於電腦遊戲是成績不好的因素之一 / 多觀察勤思考是長經驗的重要因素 / 多鼓勵少批評是激發孩子勤奮好學的內在因素。

【因緣】yīn yuán 緣分;機緣:算我們有因緣,這筆交易終於做成了。

💡 "因緣"與"姻緣":兩個詞同音不同義,姻緣指婚姻的緣分,因緣則指婚姻以外的緣分。

【因應】yīn yìng ① 順應;適應:因應天氣的變

化穿衣服。② 應付；對付：做好準備來因應激烈競爭。圖 應對

3 回

回 回 回 回 回

普 huí 粵 wui⁴ 迴

① 歸來、回來：回歸（返回，回到）/ 春回大地。② 反過來：回擊 / 回暖（溫度下降後回升）。③ 答覆：回覆 / 那件事我還沒回他。④ 拒絕；辭去、辭謝：回絕（拒絕）/ 我回拒了兼職。⑤ 件、次：沒當回事 / 這回該成功了。⑥ 小説的章節：《三國演義》四十回。⑦ 指回族：回民 / 回教（伊斯蘭教）。

【回去】huí qù 回到原處；回到家：把書拿回去 / 你把她帶回去 / 每天回去都很晚。

【回合】huí hé ① 雙方對打，交鋒一次為一個回合：大戰三百回合。② 雙方較量完一次為一個回合，不論其間交鋒的次數：這場拳擊共十二個回合。

【回收】huí shōu ① 收集廢舊物品再利用。② 把發出去的錢或東西收回來：回收了一條信息。

【回來】huí lái 返回來；回家來：半天都不回來 / 半夜三更才回來。反 回去。

💡 回來與回去：相同點，都是"從一個地方到另一個地方"；不同點，"回去"是"從我所在的地方去到另一個地方"，"回來"則是"從另一個地方回到我這裏來"，二者的出發地點正相反。

【回味】huí wèi 回想體味經歷過的事情：回味童年的美好時光。

【回程】huí chéng 返程：購買了回程機票。

【回答】huí dá ① 答覆：回答老師的提問。② 所作的答覆：不滿意她的回答。

【回想】huí xiǎng 回憶：回想我們一起度過的日子，多美好啊！圖 追憶

【回頭】huí tóu ① 掉轉頭。比喻悔改：浪子回頭。② 回心轉意：只要你肯回頭，條件好談。俗 苦海無邊，回頭是岸 ② 過不久；等一會兒：回頭見 / 回頭再找你。

【回憶】huí yì ① 回頭想過去的事：回憶不起來了。圖 回想 ② 對過往的事的記憶：童年回憶。

【回聲】huí shēng 反射回來的聲音：喊了一聲，山谷裏回聲四起。圖 回音

【回應】huí yìng 應答；響應：眾多網友積極回應她的帖子。

【回饋】huí kuì ① 回贈：用信用卡結賬可獲現金回饋。② 收到要求或別的信息後，回覆對方；把商品的使用情況或意見告知生產方：書中夾着一張意見回饋卡。圖 反饋

【回顧】huí gù ① 回過頭看：回顧站在門口目送自己的母親。② 回憶：回顧當年的青春歲月。圖 回想

4 困

困 困 困 困 困 困

普 kùn 粵 kwan³ 睏

① 窮苦；為難、難辦：貧困 / 困境。② 陷入困境：這回真把我困住了。③ 包圍，圍困：被洪水困在土堆上。④ 疲乏：困乏（疲勞）。

【困苦】kùn kǔ ① 貧困窮苦。② 困難與苦楚：不怕艱難困苦。圖 窮困 * 艱苦

【困境】kùn jìng 艱難的處境：終於從困境中解脫出來。反 順境

【困擾】kùn rǎo ① 騷擾、擾亂：發動夜襲，不斷困擾敵人。② 陷入困境無法擺脫：被家庭瑣事困擾得煩心。

【困難】kùn nan ① 貧困：生活困難。② 難度大，阻礙多：學英文並不困難。反 順利

〔附加詞〕困難重重：形容面對的困難很多。

4 囪 囪 囪 囪 囪 囪 囪 **囪**

(普) cōng (粵) cung¹ 充

煙囪。

5 固 固 固 固 固 固 固 **固**

(普) gù (粵) gu³ 故

① 結實；堅牢；堅硬：牢固／穩固／固體。② 鞏固：固本養顏／固沙造林。③ 很難改變的：頑固／固習。④ 堅決地、堅定地：固守／固請（一再邀請）。⑤ 本來、原來：固當如此／固有文化。

【固有】gù yǒu 本來就有的、一直都有的。

【固定】gù dìng ① 不移動、不變動的：固定地點／固定收入。② 確定下來，不再變動：把收費標準固定下來。(反) 變動 * 變化

【固執】gù zhí 頑固堅持，不肯變通：固執倔強，不好商量。(反) 靈活

〔附加詞〕固執己見：堅持己見，絕不改變。

【固然】gù rán ① 雖然，雖說：你想的固然對，但是不是保守了一點？② 當然：對的固然要接受，錯的也可作為借鑒。

【固體】gù tǐ 堅硬的、體積和形狀不變化的物體，如鋼、石頭、木塊等。(反) 氣體 * 液體

7 圃 圃 圃 圃 圃 圃 圃 **圃**

(普) pǔ (粵) pou² 普

種植蔬菜、花草、樹苗的園子：菜圃／花圃／苗圃。

8 國 [国] 國 國 國 國 國 國 **國**

(普) guó (粵) gwok³ 郭

① 國家：國土（國家的領土）。② 代表國家的：國旗／國徽。③ 地域、區域：北國風光。④ 本國的、中國的：國產／國畫（傳統的中國繪畫）。

【國力】guó lì 國家所具有的軟硬實力，主要包括政治制度、經濟總量、文化影響力、軍事實力、科學技術和創造力。

【國文】guó wén ① 本國的語言文字；漢語中文：學習國文。② 指中小學語文課：國文教材。(同) 中文 (反) 外文

【國防】guó fáng 國家的武裝力量和安全設施：國防軍／國防力量。

【國庫】guó kù 國家金庫，保管和出納國家預算資金的機構。

【國家】guó jiā ① 由土地和人民、執行管理職能的政權組成的政治實體，叫做國家。② 在國家整體範圍內的政治、經濟、文化的方方面面：建設好我們的國家。

【國歌】guó gē 代表國家的法定歌曲：中國的國歌是《義勇軍進行曲》。

【國語】guó yǔ ① 本國人民共同使用的語言。② 中小學語文課：國語教師。

【國旗】guó qí 代表國家主權和尊嚴的法定旗幟：中國的國旗是五星紅旗。

【國際】guó jì ① 國家與國家之間；世界各國之間：國際往來／國際會議。② 同世界各國相關的：國際准則／國際公法。

〔簡明詞〕國人：本國人；全國人民。國民：國家公民。國粹：一國文化中的精華。國花：代表國家的法定的花。

【國慶】guó qìng 國慶節，國家成立或獨立紀念日。

【國學】guó xué 中國傳統的學術文化，包括文學、歷史、哲學、醫學、語言文字和自然科學。

【國徽】guó huī 代表國家的法定標誌：中國的國徽在五星照耀下的天安門周圍，環繞着穀穗和齒輪。

【國籍】guó jí 國家公民擁有的法律資格：中國國籍／雙重國籍。

8 **圈** (一) 圈圈圈圈圈圈圈 圈

〔普〕quān 〔粵〕hyun¹ 喧

① 中空的圓環形狀：畫了一個圈。② 環形的東西：用柳枝編了個圈兒。③ 範圍：影視圈 / 娛樂圈。④ 劃條界限：圈地 / 圈佔。

【圈子】quān zi ① 比喻固定格式、思維方式或傳統做法：跳出圈子，寫出立意新鮮的好文章。② 比喻範圍：生活圈子太狹窄。

【圈套】quān tào 套住東西的圈子。比喻引誘人上當的計謀：設下圈套。🔄 陷阱

8 **圈** (二)

〔普〕juān 〔粵〕gyun⁶ 捲

圈起來；關起來：圈起鴨子來 / 他被圈在拘留所裏。

8 **圈** (三)

〔普〕juàn 〔粵〕hyun¹ 喧

飼養家禽、家畜的棚或欄：羊圈 / 豬圈。

9 **圍** [围] 圍圍圍圍圍圍 圍

〔普〕wéi 〔粵〕wai⁴ 維

① 環繞；包圍：同學們圍起老師來問。② 四周：周圍 / 外圍。③ 周長：腰圍 / 胸圍。④ 雙手拇指、食指合攏成環形的長度；兩隻手臂合攏的長度：腰大十圍 / 樹幹有二圍粗。

【圍困】wéi kùn 團團圍住，陷於困境：被暴風雪圍困在山裏。🔄 突圍 * 解圍

【圍棋】wéi qí 中國傳統棋藝。在方形棋盤上畫有縱橫線各十九條，交匯出三百六十一個點位，雙方分用黑棋子和白棋子依照規則搶佔點位，以佔據點位多少決勝負。

【圍繞】wéi rào 圍在四周；環繞：孩子們圍繞在老師身邊 / 圍繞着試題議論紛紛。

10 **園** [园] 園園園園園園 園

〔普〕yuán 〔粵〕jyun⁴ 元

① 種植蔬菜、花果、樹木的地方：菜園 / 果園 / 園子。② 供人們遊賞娛樂的地方：公園 / 遊樂園。

【園丁】yuán dīng ① 園藝工人。② 比喻培育人才的教師：教師是育人的園丁。

【園林】yuán lín 人工建造的花園或風景點。通常是在園區內堆山、引水、植樹種花草，配以亭台樓閣，供人賞玩休息：蘇州園林。

〔簡明詞〕園地：花園、菜園、果園、苗圃的統稱。園藝：種植蔬菜、果樹、花卉的技術。

10 **圓** 圓圓圓圓圓圓 圓

〔普〕yuán 〔粵〕jyun⁴ 元

① 圓圈的形狀：半圓的月亮。② 圓形的：圓臉 / 圓月。③ 完整；全面：圓滿（完美無缺）/ 破鏡重圓。④ 球形：圓滾滾 / 珠圓玉潤。⑤ 圓潤：字正腔圓。⑥ 圓形的金屬貨幣：銀圓 / 銅圓。⑦ 中國的本位貨幣單位，1 圓 10 角，1 角 10 分。現也用 "元"。

【圓形】yuán xíng ① 圓圈的形狀：車輪都是圓形的。② 球形：地球、月亮都是圓的。

〔簡明詞〕圓圈：中空的圓形。圓通：隨機應變，靈活不死板。

【圓滑】yuán huá 為人八面玲瓏，四面討好。🔄 老實

【圓潤】yuán rùn ① 光滑潤澤：一串圓潤的珍珠。② 柔和甜潤：嗓音圓潤。🔄 嘶啞

11 團　團團團團團團　團

（普）tuán　（粵）tyun⁴ 屯

① 圓形的東西：紙團 / 飯團。② 聚合；合在一起：團聚 / 團結（聯合一致，緊密合作）。③ 團體：社團 / 代表團。④ 軍隊的建制單位，在師和營之間。⑤ 與數目字連用，表示團形東西的數量：一團毛線。

【團隊】tuán duì ① 政府、企業、機構、社團的領導集體，都可稱團隊：我的團隊年輕有活力。② 指全體成員：旅遊團隊一共二十人。

【團圓】tuán yuán 親人團聚：團圓飯 / 夫妻團圓。（反）離散

【團聚】tuán jù 分別後又相聚：父子團聚。（同）團圓（反）失散

【團體】tuán tǐ ① 由宗旨、目的、志趣相同的人結合成的集體：宗教團體 / 學術團體。② 全體的、整體的：團體操 / 團體票。（反）個體

11 圖　圖圖圖圖圖圖　圖

（普）tú　（粵）tou⁴ 途

① 圖畫：看圖識字。② 計劃；謀略：宏圖大略。③ 策劃、謀劃：圖謀不軌。④ 謀求、謀取：貪圖享受 / 另有所圖。

【圖示】tú shì 利用圖畫、圖形進行説明解釋。（同）圖解＊圖説

〔簡明詞〕圖片：以圖畫、圖形為主的片狀物，如照片、畫片。圖形：繪製成的或畫出來的物體形狀。圖畫：用線條和色彩描繪成的形象。圖案：裝飾用的花紋或圖形。圖表：明示各種數據、各種情況的圖形和表格。

【圖書】tú shū 書籍、刊物、圖片的總稱：圖書目錄。

〔附加詞〕圖書館：搜集、存儲圖書資料和音樂圖像製品，並向公眾開放的公益機構。

【圖像】tú xiàng ① 畫成、拍攝或印製的形象：圖像逼真。② 屏幕上的畫面：電視圖像。

【圖謀】tú móu ① 謀劃；企圖獲得：圖謀乘機發筆橫財。② 打算；想法：另有圖謀。

〔附加詞〕圖謀不軌：策劃做違規犯法的事情。

【圖騰】tú téng 上古氏族心目中的保護者和血族標誌，大都為動物、山林等自然物：圖騰崇拜。

土部

0 土　土土　土

（普）tǔ　（粵）tou² 討

① 泥土；土壤；土地：沃土 / 黃土 / 故土（家鄉）。② 本地的；地方性的；鄉下的：土著 / 土風（當地的風俗習慣）/ 土包子（鄉下人）。③ 民間的：土方子（民間藥方）。（俗）窮家難捨，故土難離

【土地】tǔ dì ① 土壤；田地：土地肥沃 / 土地越來越值錢了。② 疆土，疆域：中國土地廣大，人口眾多。

〔附加詞〕土地神：管理一方土地的神，古人供奉土地神、立土地廟，求豐衣足食、多福多壽。

【土壤】tǔ rǎng 地球陸地表層可生長植物的疏鬆物質，含有多種礦物質、有機物質、水分、空氣和微生物等。

3 圳　圳圳圳圳圳　圳

（普）zhèn　（粵）zan³ 振

① 田邊水溝。② 地名用字：深圳。

³地 ⁽一⁾

地 地 地 地 地

㊉dì ㊂dei⁶

① 陸地：地勢／盆地／天高地厚。② 土地；田地：地產／耕地。③ 地上；地面：飛機着地了。④ 地下：地鐵／地洞。⑤ 疆土、領土：地大物博。⑥ 區域；地區；地方：內地／本地／幫忙給我佔個地兒。⑦ 地點；場所：目的地／站在原地。⑧ 境地，處境：設身處地。⑨ 底子：白地紅花的布料。⑩ 路程：學校離家三里地。

(一)【地下】dì xià ① 地面之下；地層中：地下商場／地下礦藏。㊉地上 ② 秘密的、不公開的：地下工廠／地下刊物。㊉公開

(二)【地下】dì xia 地面；地面上：針落到地下了。

(一)【地上】dì shàng 陸地上；大地：從海洋來到地上，就像到了另一個世界。

(二)【地上】dì shang 地面上：別往地上亂丟東西！

【地支】dì zhī 子、丑、寅、卯、辰、巳、午、未、申、酉、戌、亥的統稱。也用以表示先後次序。詳見"干支"。

(一)【地方】dì fāng 中央政府屬下的各級行政區劃的統稱。② 本地、當地：地方上有頭有臉的人來了不少。

(二)【地方】dì fang ① 地區、地面、空間：對許多人來說，西藏是個神秘的地方／鋼琴佔的地方太大了／小得連站腳的地方都沒有。② 方面；事情：自己也有不對的地方／她說不出我哪些地方對不起她。

【地主】dì zhǔ ① 擁有土地，依靠地租為主要生活來源的人。② 住在本地的主人：略盡地主之誼。

【地形】dì xíng ① 地面的形態：地形開闊平坦。② 地貌：中國的地形複雜多樣。

【地址】dì zhǐ 居住或工作的地點。㊂住址

【地步】dì bù ① 處境；境況：想不到落到這種地步。② 程度：沒想到成績差到如此地步。

【地利】dì lì 優越的地理條件：天時、地利、人和。㊚天時不如地利，地利不如人和

【地位】dì wèi 人所處的境地、層次、等級：張教授在學術界的地位很高／她在學校裏不受重視、沒有地位。

【地面】dì miàn ① 大地的表面：地面上覆蓋着一層積雪。② 建築物的地上鋪設物料的那一層：大理石地面。

【地段】dì duàn 範圍不大的一片地區：商業地段／中心地段／買樓看地段。

【地球】dì qiú 太陽系八大行星之一，人類居住的星球，形狀像球而略扁，一晝夜自轉一周，一年繞太陽公轉一周，周圍被大氣層包圍着，表面是陸地和海洋，有一個衛星月球。參見"行星"。

〔附加詞〕地球儀：繪有國家、海洋、山川、城鎮等自然與社會情況的地球模型，可360度轉動，方便察看。

【地理】dì lǐ ① 指地球、國家或地區的山川、氣候等自然環境，以及物產、交通、城市、行政區等社會狀況。② 地理學，研究各種地理現象的學科。㊚上知天文，下知地理。

【地帶】dì dài 具有特點的大片地方：森林地帶／沙漠地帶／珠三角地帶。

【地區】dì qū 範圍較大的地方：長江中下游地區。

【地殼】dì qiào 地球的外殼，由土壤和巖石構成。

【地勢】dì shì 地面高低起伏的形態：地勢平坦／中國的地勢西高東低。

(一)【地道】dì dào 隧道，在地面下的通道：工人要穿過地道到礦坑。

(二)【地道】dì dao ① 正宗的；純正的；正派的：地道的北京烤鴨／一口地道的美式英語／我看那人不怎麼地道！㊂純粹＊純正

【地圖】dì tú 標示地球表面自然形態和社會景況分佈情況的圖：世界地圖／中國地圖／香港旅游地圖。

【地獄】dì yù ① 人死後靈魂受苦難的地方：十八

層地獄。② 比喻黑暗悲慘的生活環境：暗無天
日的活地獄。 反 天堂

【地震】dì zhèn 由於地球內部的變化，造成地殼
斷裂移位，引起大地震動的自然現象，海底地震
會引發海嘯。

【地質】dì zhì 地殼的成分和構造。

【地盤】dì pán ① 佔據控制的地方：爭奪地盤。
② 地基：過度開採地下水，引起地盤下沉。
③ 指建築工地：地盤工。

【地點】dì diǎn 所在的地方：集合地點 / 時間地
點不變。

³ 地 (二)
(普)de (粵)dei⁶

表示“地”前面的詞或短語是修飾後面動詞的：
人漸漸地走遠了 / 夜以繼日地工作。

³ 在　　　在 在 在 在 在　在
(普)zài (粵)zoi⁶ 再 ⁶

① 生存；存在：健在 / 留得青山在，不怕沒柴
燒。② 處於某一時間、地點或位置上：在即
（就在眼前）/ 在年底 / 在家裏 / 在職一天做好一
天。③ 取決；決定於：成功或失敗，在此一舉。
④ 正在：天在暗下來。 俗 謀事在人，成事在天

【在乎】zài hu ① 在於：幸福不幸福，全在乎你
如何看待。② 在意，放在心上：毫不在乎 / 他很
在乎我。

【在於】zài yú 取決於、決定於：健康在於運動 /
成就在於勤奮。 同 在乎

【在座】zài zuò 出席、到場：在座的嘉賓共有
二十位。

【在望】zài wàng ① 可以看見：晨霧中大橋隱隱
在望。② 就在眼前；就要到來：勝利在望 / 豐收
在望。

【在意】zài yì 留意，放在心上：區區小事，何必
在意。 同 留意 * 注意

⁴ 址　　　址 址 址 址 址　址
(普)zhǐ (粵)zi² 只

① 地基；地址：基礎 / 遺址。② 建築物所在的
位置、處所：地址 / 住址。

⁴ 坎　　　坎 坎 坎 坎 坎　坎
(普)kǎn (粵)ham² 砍

① 坑；凹下去的地面。② 高出地面的一條土：
田坎 / 土坎。

【坎坷】kǎn kě 困難挫折多，曲折不順：一生坎
坷，沒過過好日子。 反 順利

⁴ 均　　　均 均 均 均 均　均
(普)jūn (粵)gwan¹ 軍

① 均勻；相等：均衡（平衡）/ 勢均力敵 / 機會均
等。② 平均，把不等的變成平等的：均貧富。
③ 全；都：各方均已同意。

【均勻】jūn yún 分佈相等；差不多：今年的雨水
均勻 / 均勻攪拌。 反 參差

⁴ 坍　　　坍 坍 坍 坍 坍　坍
(普)tān (粵)taan¹ 灘

倒塌，倒下來：坍塌。

⁴ 圾　　　圾 圾 圾 圾 圾　圾
(普)jī (粵)saap³ 霎

垃圾。詳見“垃圾”。

4 **坊** (一)　坊坊坊坊坊坊 坊

（普）fāng （粵）fong¹ 方

① 街巷的傳統稱呼：三街六坊／坊間（街巷間；民間）。② 小店鋪：茶坊。③ 作坊。④ 牌坊：孝女坊。

4 **坊** (二)

（普）fáng （粵）fong¹ 方

作坊。

4 **坑**　坑坑坑坑坑坑 坑

（普）kēng （粵）haang¹

① 中間凹陷的地方：水坑／大土坑。② 地洞；地道；巷道：坑道／礦坑。③ 挖坑活埋：秦始皇焚書坑儒。④ 設計害人謀利：坑害／坑騙／坑人騙人。

〔簡明詞〕坑道：挖掘構築的地下通道，如坑道工事。

4 **坐**　坐坐坐坐坐坐 坐

（普）zuò （粵）zo⁶ 助

① 身體坐着：坐立不安。② 搭乘：坐車／坐飛機。③ 坐落：坐北朝南。④ 主持；掌管：坐莊／坐江山。⑤ 向下沉；向後移：地面下坐了半尺／步槍的後坐力很大。⑥ 比喻不勞而獲：坐享其成。（俗）坐山觀虎鬥

5 **坷**　坷坷坷坷坷坷 坷

（普）kě （粵）ho¹ 苛

① 土塊。② 見 "坎坷"。

5 **坪**　坪坪坪坪坪坪 坪

（普）píng （粵）ping⁴ 評

① 山區中的平地：坪壩（山區中的平坦場地）。② 平坦的場地：草坪／停機坪。

5 **坦**　坦坦坦坦坦坦 坦

（普）tǎn （粵）taan² 毯

① 又寬又平：平坦。② 平靜：舒坦／坦然（心情平靜、看得開）。③ 敞開，不隱瞞：坦誠（坦率真誠）／坦蕩蕩地做人。

【坦白】tǎn bái ① 心地純潔，語言直率：我是一個坦白的人，不喜歡拐彎抹角。② 如實説出來；交代出來：向老師坦白了實情。（反）隱瞞

【坦途】tǎn tú ① 平坦的道路：山區公路修通後，羊腸小道變成了坦途。② 比喻順利的境遇：人生沒有平直的坦途，只有艱難和奮鬥。

【坦率】tǎn shuài 坦白直率：愛心、真誠、坦率、光明正大是偉大的品格。（同）坦白 * 坦誠（反）狡猾 * 陰險

5 **坤**　坤坤坤坤坤坤 坤

（普）kūn （粵）kwan¹ 昆

① 八卦之一，代表地：乾坤（天地）。② 指女性：坤包（女式手提包）／坤錶。

5 **垃**　垃垃垃垃垃垃 垃

（普）lā （粵）laap⁶ 立

垃圾。詳見 "垃圾"。

【垃圾】lā jī ① 丟棄的廢物。② 不需要的；有害無益的：垃圾郵件／垃圾食品。

坡
坡坡坡坡坡坡　坡

⑤

（普）pō （粵）bo¹ 波

傾斜的地面：陡坡／坡度（斜坡傾斜的程度）／比賽爬山坡。

型
型型型型型型　型

⑥

（普）xíng （粵）jing⁴ 形

① 鑄造器物的模子：模型。② 類型：血型／體型／型號（產品的性能、規格）。③ 式樣：髮型／流線型。

垣
垣垣垣垣垣垣　垣

⑥

（普）yuán （粵）wun⁴ 緩

牆；矮牆：牆垣／殘垣斷壁。

垮
垮垮垮垮垮垮　垮

⑥

（普）kuǎ （粵）kwaa¹ 誇

① 倒塌；坍下：大水把牆沖垮了。② 潰敗；崩潰：打垮／垮台（崩潰瓦解）。③ 支持不住：累垮了。

城
城城城城城城　城

⑥

（普）chéng （粵）sing⁴ 成

① 城牆：長城／城門。② 城市：滿城風雨／城鄉（城市和鄉村）／城鎮（城市和集鎮）。③ 大型服務實體或專業市場：影城／電腦城。（俗）城門失火，殃及池魚

【城府】chéng fǔ 心機，內心潛藏的想法：胸無城府／此人城府很深，摸不透。

【城堡】chéng bǎo 四周有圍牆和堡壘護衛的建築物。

垢
垢垢垢垢垢垢　垢

⑥

（普）gòu （粵）gau³ 救

① 污穢；骯髒：蓬頭垢面。② 髒東西：污垢／藏污納垢。

垂
垂垂垂垂垂垂　垂

⑥

（普）chuí （粵）seoi⁴ 誰

① 東西的一頭向下；向下低着：垂柳／垂釣。② 向下流；向下滴：垂淚／垂涎三尺（形容極想得到）。③ 留傳：名垂千古。④ 將近；即將：垂危（面臨危急存亡）／垂死（臨近死亡）。⑤ “俯首”的意思，表示恭敬：垂聽（俯首聆聽）／垂詢（請教）。

【垂直】chuí zhí 由上向下成一條直線：把標語從樓頂垂直吊了下來。

埔
埔埔埔埔埔埔　埔

⑦

（普）pǔ （粵）bou³ 布

地名用字：大埔／黃埔軍校。

埗
埗埗埗埗埗埗　埗

⑦

（普）bù （粵）bou⁶ 步

① 碼頭。② 地名用字：深水埗。

埋 ⁽⁻⁾
埋埋埋埋埋埋　埋

⑦

（普）mái （粵）maai⁴ 買⁴

① 用土掩埋東西。② 隱藏：隱姓埋名。

【埋伏】mái fú ① 隱藏；潛伏：埋伏在山裏。② 秘密設伏兵，伺機出擊：埋伏在半山腰，截擊敵人的運輸車隊。③ 指埋伏下來的人：山勢險惡，怕有埋伏。

💡 埋伏 mái fú 的 "fú" 口語多輕讀 "fu"。

【埋沒】 mái mò ① 埋藏；埋在地下：秦始皇的兵馬俑埋沒地下兩千多年。② 掩蓋；壓制：埋沒功勞 / 埋沒人才。

【埋單】 mái dān 方言。① 在飯店用餐後結帳付款。② 出錢：居家養老由政府埋單。

【埋葬】 mái zàng ① 掩埋屍體。② 比喻掩蓋隱藏：把過去埋葬，展開新生活。反 挖掘

【埋頭】 mái tóu 專心幹活兒，專心工作：埋頭苦幹 / 埋頭工作。

【埋藏】 mái cáng ① 掩埋到地下：傳聞島上埋藏着黃金寶石。② 藏起來，不暴露：把委屈埋藏在心裏。反 暴露

埋 (二)

7

普 mán 粵 maai⁴ 買 ⁴

見 "埋怨"。

【埋怨】 mán yuàn 怪罪別人；訴說不滿：埋怨她不會辦事 / 對誰都不滿意，常常埋怨別人。同 抱怨

埃

7

埃 埃 埃 埃 埃 埃 埃

普 āi 粵 oi¹ / ngoi¹ 哀

灰塵；塵土：塵埃。

堵

8

堵 堵 堵 堵 堵 堵 堵

普 dǔ 粵 dou² 倒

① 牆：觀者如堵。② 擋住；阻塞：封堵 / 堵截（迎面攔截）/ 堵住洞口。③ 憋悶：心裏堵得透不過氣來。④ 與數目字連用，表示 "牆" 的數量：一堵牆 / 兩堵土牆。

【堵塞】 dǔ sè 塞住；阻塞：堵塞交通 / 排水管堵塞。反 通暢

域

8

域 域 域 域 域 域 域

普 yù 粵 wik⁶

① 區域，界限以內的地方：地域 / 海域 / 空域。② 範圍：藝術領域。

堆

8

堆 堆 堆 堆 堆 堆 堆

普 duī 粵 deoi¹ 對 ¹

① 堆積，聚積、累積到一塊兒：堆雪人 / 滿臉堆笑。② 堆積在一起的東西：土堆 / 草堆。③ 比喻很多：問題成堆。④ 與數目字連用，表示堆積物的數量：一堆書 / 兩堆青菜。

【堆放】 duī fàng 把東西堆積到一起擱置起來。

【堆填】 duī tián 堆積到一起，填充下去：堆填區（堆積和填埋垃圾的地方）。反 清除

【堆積】 duī jī 聚積成堆：堆積如山 / 書房裏堆積着許多舊書。同 累積

埠

8

埠 埠 埠 埠 埠 埠 埠

普 bù 粵 bou⁶ 步

① 碼頭：埠頭。② 有碼頭的城鎮；城市：本埠 / 外埠。③ 商貿口岸：商埠。

培

8

培 培 培 培 培 培 培

普 péi 粵 pui⁴ 陪

① 往根部或基底部分加土：為葡萄培土。② 教育訓練：培訓 / 培養。

【培塿】 péi lǒu 小土丘

【培育】 péi yù ① 陪養幼小的動植物發育成長：培育幼苗 / 培育乳牛新品種。② 培養教育：大學是培育人才的地方。同 培養

【培訓】 péi xùn 教授知識，訓練技能：培訓動漫設計 / 暑期電腦培訓班。

【培養】péi yǎng ① 增進，逐漸增長起來：培養感情 / 培養良好的生活習慣。② 教育訓練，使成才：培養專業人才。囗 摧殘

8 **執[执]** 執執執執執執 執

⑰ zhí ⑧ zap¹ 汁

① 握着、拿着：執筆 / 明火執仗。② 掌握；掌管：執政（執掌政權）/ 執掌（掌管）。③ 堅持不變：固執 / 執意（堅持想法不改變）。④ 憑證：回執。⑤ 執行、施行：執法。⑥ 做工作：執教（任教）。

【執行】zhí xíng 施行，付諸實行：執行命令 / 按教育署的規劃執行。

【執法】zhí fǎ 按照法律法令的規定處理事情：執法如山 / 秉公執法。囗 違法 * 犯法

【執筆】zhí bǐ 拿起筆寫；撰寫文稿。

【執着】zhí zhuó ① 堅持不懈。② 拘泥固執：死腦筋，執着得很。囗 靈活

【執業】zhí yè 擁有專業資格證書，合法開展業務：執業律師 / 執業醫師 / 執業會計師。

【執照】zhí zhào 由政府發給的，在准許的範圍內開展業務或其他活動的憑證：駕駛執照 / 營業執照。

8 **基** 基基基基基基 基

⑰ jī ⑧ gei¹ 機

① 地基；基礎：奠基 / 基石。② 主要的；基本的、根本的：基調 / 基本法。③ 依據、根據：基於（根據、依據）。

【基本】jī běn ① 根本、最重要的：基本法 / 基本方法。② 大致、大體上：基本完成 / 基本就緒。

〔附加詞〕基本功：基礎知識、基本技能。

【基石】jī shí ① 給建築物作基礎的石頭。② 根基；根本：城市基建是城市發展的基石。

【基地】jī dì ① 開展作業的中心場所：空軍基地 / 培訓基地。② 進行生產活動的中心地：煤炭基地。

【基因】jī yīn 生物細胞染色體上的遺傳因子，生物體的各項性徵借基因遺傳。

【基金】jī jīn ① 作特定用途的專項資金：福利基金 / 維修基金。② 個人出資建立的慈善事業儲備資金：老年癌症基金。

【基層】jī céng ① 建築物的底層。② 組織機構中最低的一級：政黨的基層組織。囗 底層 囗 上層 * 高層

【基礎】jī chǔ ① 地基；基石。② 打底的、奠基的：基礎課 / 基礎工業。

【基本法】jī běn fǎ ① 憲法，如德國的基本法。② 根本大法，施政、制定法律和司法裁決的依據。管治香港特區依據的就是香港基本法，全稱為 "中華人民共和國香港特別行政區基本法"。

【基督教】jī dū jiào 世界三大宗教之一。公元一世紀興起，相傳為耶穌創立。信仰上帝，奉耶穌為救世主，認為耶穌是上帝之子，降生人世拯救世界。天主教、正教、新教為基督教的三大派別。

8 **堅** 堅堅堅堅堅堅 堅

⑰ jiān ⑧ gin¹ 肩

① 堅硬；牢固：堅固（結實牢固）/ 堅不可摧。② 堅定，不動搖：堅守 / 堅信（堅定地相信）/ 堅持不懈。

〔古詩文〕千磨萬擊還堅勁，任爾東西南北風。（《竹石》鄭板橋）

【堅決】jiān jué 堅定不移，決不猶豫：這是原則問題，我們一定要堅決不從。囗 軟弱 * 退讓

【堅定】jiān dìng ① 堅信、堅持不動搖：意志堅定 / 處事堅定。② 鞏固、強化：堅定的信心。 動搖 * 搖擺

【堅持】jiān chí 一直保持下去不改變：成功在於

堅持。 ⓕ 變化 * 放棄

【堅強】jiān qiáng 堅定頑強，不可動搖、不可改變：性格堅強，做事果斷。 ⓕ 軟弱

【堅硬】jiān yìng 又硬又堅固：堅硬的巖石 / 堅硬平坦的水泥路面。 ⓕ 柔軟

【堅實】jiān shí ① 牢固結實：打下堅實的基礎。② 健壯；結實：身體堅實。 ⓕ 柔弱

【堅毅】jiān yì 堅定有毅力：目光堅毅 / 堅毅果敢。 ⓕ 軟弱 * 脆弱

---

8 **堂** 堂堂堂堂堂堂 堂

ⓟ táng ⓒ tong⁴ 唐

① 中國傳統住宅，前廳稱堂，後面的房子叫室：廳堂 / 堂屋。② 官署審理案件的處所：對簿公堂。③ 作特定用處的房屋：佛堂 / 靈堂。④ 尊稱母親：令堂 / 高堂。⑤ 同祖父、非嫡親的親屬關係：堂兄 / 堂叔。

【堂堂】táng táng ① 形容儀表端莊大方：儀表堂堂。② 形容威嚴、有志氣：堂堂男子漢。

〔附加詞〕堂堂正正：光明正大。

---

9 **堯** [尧] 堯堯堯堯堯堯 堯

ⓟ yáo ⓒ jiu⁴ 搖

傳說中的上古君主名，與舜和禹同為上古賢良君王的典範。

---

9 **堪** 堪堪堪堪堪堪 堪

ⓟ kān ⓒ ham¹ 含¹

① 忍耐；承受得住：難堪 / 痛苦不堪。② 可以；能夠：堪稱（算得上、可以說是）一絕 / 不堪設想。

〔古詩文〕花開堪折直須折，莫待無花空折枝。《金縷衣》杜秋娘）

---

9 **堤** 堤堤堤堤堤堤 堤

ⓟ dī ⓒ tai⁴ 提

在江河湖海邊上修築的攔擋水的建築物：堤防（大堤）/ 防波堤。 ⓖ 千里之堤潰於蟻穴

---

9 **場** (一) 場場場場場場 場

ⓟ chǎng ⓒ coeng⁴ 祥

① 場所，人聚集活動的地方：會場 / 廣場。② 地點，事情的發生地：現場 / 當場拿獲。③ 範圍，圈子：官場 / 名利場。④ 舞台：粉墨登場。⑤ 戲劇的一個片段：第一幕第二場。⑥ 與數目字連用，表示文化體育活動的次數：一場球賽 / 跳一場舞 / 玩一場遊戲。

【場地】chǎng dì 空地；進行活動的處所：堆放木料的場地 / 孩子們在社區場地踢足球。

【場合】chǎng hé 說話、做事、行動所處的具體環境：公開場合 / 今天的場合她不宜露面。

【場所】chǎng suǒ 地方；活動的處所：娛樂場所 / 疫情期間，進入不同場所也需要登記。 ⓘ 處所 * 場地

【場面】chǎng miàn ① 景況；情景：戰爭場面 / 場面非常壯觀。② 排場、氣派：這個場面也太囂張了。

---

9 **場** (二)

ⓟ cháng ⓒ coeng⁴ 祥

① 平坦的空地：曬穀場（曬乾稻穀的地方）。② 集市：趕場（農民到集市買賣東西）。③ 與數目字連用，表示全程經歷的次數：一場災難 / 一場風雪 / 下了兩場大暴雨。

9 報[报] 報報報報報報

（普）bào （粵）bou³ 布

① 告訴；傳達：報平安。② 向上司報告：把情況報了上去。③ 回答；回覆：報以冷眼 / 報以熱烈掌聲。④ 消息，信息：捷報 / 情報。⑤ 酬謝；答謝：報恩 / 投桃報李。⑥ 回擊；報復：報仇雪恨。⑦ 報應：善惡到頭終有報。⑧ 報紙、刊物：早報 / 日報 / 畫報。（俗）善有善報，惡有惡報

【報失】bào shī 把自己丟失的東西向主管部門備案：打電話向銀行報失信用卡。（同）掛失

【報名】bào míng 辦理要求參加考試、活動、組織的手續：報名參加暑期英語補習班。

【報告】bào gào ① 把事情、意見告訴上級或公眾。② 對上級或眾人所作的正式陳述：在會上作報告 / 連夜寫好調查報告。

【報到】bào dào 向主管者說明自己已經來到。

【報紙】bào zhǐ ① 以報道國內外新聞為主的定期散頁出版物。② 一種用來印報和印刷書刊的紙張，又叫新聞紙、白報紙。

【報答】bào dá 回報對方的恩惠：報答老師的栽培 / 報答父母的養育之恩。（同）答謝 * 酬謝

【報復】bào fù 打擊批評過或損害過自己的人。（反）報恩 * 寬恕

【報酬】bào chou 用工作或勞務換取的錢財：支付報酬 / 高額報酬。（同）薪酬 * 酬勞

【報道】bào dào ① 藉由信息網絡、電視、廣播、報紙等媒體，把新聞告訴人們：搶先報道重大消息。② 新聞稿：這篇報道是英國名記者寫的。（同）報導

【報應】bào yìng 善有善報、惡有惡報，一種由天理評判是非、主持正義的理念：因果報應 / 幹缺德事要遭報應的。

💡 口語多輕讀報應 bào ying。

【報警】bào jǐng 向警察部門報告危急情況；發出緊急信號：及時報警 / 報警器突然響了。

〔簡明詞〕報章：報紙的總稱。報刊：報紙和刊物的統稱。報社、報館：編輯出版報紙的機構。報國：為國家效力盡忠。報案：向警察或司法部門報告違法犯罪事件。

9 堡 (一) 堡堡堡堡堡堡 堡

（普）bǎo （粵）bou² 保

① 堡壘：碉堡 / 橋頭堡。② 堡壘式的建築羣；小城：古堡 / 城堡 / 堡壘（防禦用的堅固建築物）。

9 堡 (二)

（普）bǔ （粵）bou² 保

地名用字：盧森堡。

9 堡 (三)

（普）pù （粵）bou² 保

地名用字：十里堡 / 馬家堡。

10 塔 塔塔塔塔塔塔 塔

（普）tǎ （粵）taap³ 塌

① 俗稱寶塔、佛塔，一種尖頂、分層的佛教建築物，裏面保存舍利、佛經、法器和佛家的寶物。② 形狀像塔的建築物：水塔 / 燈塔 / 瞭望塔。

10 填 填填填填填填 填

（普）tián （粵）tin⁴ 田

① 向凹陷的地方投放土或其他東西：填平 / 移山填海。② 添加；補充：填補（補足空缺）/ 填空。③ 按照要求——寫明：填寫（寫上去、寫進去）/ 填報名表。

【填充】tián chōng ① 填補：填充物。② 在試

題空白處填寫答案：填充題。

【填空】tián kòng ① 填補空缺的位置：填空補缺。② 填充：老師出了兩道填空題。

塌

塌 塌 塌 塌 塌 塌 塌

㊀tā ㊁taap³ 塔

① 倒塌下來：坍塌。② 向下陷進去：塌陷（向下沉陷）/ 一傲夜眼窩就塌下去了。③ 安定；鎮定：塌實 / 塌下心來。

【塌方】tā fāng 方，土石方。坑道、隧道的頂部突然塌落；陡坡、斜坡的土石向下滑落：礦井塌方 / 山體塌方。

【塌實】tā shi ① 放心，心情穩定：聽大哥說完，心裏才塌實下來。② 腳踏實地，勤懇認真：這孩子不錯，學習很塌實。㊀ 踏實 ㊁ 浮躁

塊[块]

塊 塊 塊 塊 塊 塊 塊

㊀kuài ㊁faai³ 快

① 形似塊狀的東西：石塊 / 冰塊。② 相當於“圓”：三塊銀元 / 五塊港幣。③ 與數目字連用，表示塊狀或片狀物的數量：一塊磚頭 / 兩塊布料。④ 一起、一同：坐在一塊。

塘

塘 塘 塘 塘 塘 塘 塘

㊀táng ㊁tong⁴ 堂

① 堤岸：河塘（河堤）/ 海塘（海堤）。② 水池：水塘 / 魚塘 / 池塘。

塑

塑 塑 塑 塑 塑 塑 塑

㊀sù ㊁sou³ 掃

① 雕塑，塑造人或物的形象：塑像（雕塑成的人像）/ 塑造金身（雕塑佛像）。② 塑料：塑膠 / 全塑傢俬。

【塑造】sù zào ① 用泥土、石膏等可塑材料雕塑成人或物的形象：這個作坊塑造的泥人遠近聞名。② 用語言文字或藝術手段表現人物形象：劇本為他塑造了一個楚楚可憐的形象。

塗

塗 塗 塗 塗 塗 塗 塗

㊀tú ㊁tou⁴ 途

① 爛泥：塗炭（爛泥地和炭火）/ 灘塗（海邊的爛泥地）。② 塗抹：塗上一層白灰。③ 抹去；擦掉：塗去 / 塗改。④ 隨意寫、隨手畫：東塗西抹。

【塗改】tú gǎi 抹去原來的筆跡、痕跡，重寫重畫。

【塗抹】tú mǒ ① 在表面上塗一層東西：房間剛剛塗抹過牆漆。② 塗改：手稿有塗抹之處。

【塗鴉】tú yā 形容亂塗亂畫：在白紙上塗鴉玩兒。

✎ 塗鴉的來歷：唐朝詩人盧全寫過一首《示添丁》詩：“忽來案上翻墨汁，塗抹詩書如老鴉。”說小孩子爬到寫字的几案上玩弄墨汁，把詩書塗抹得黑乎乎的像隻烏鴉。後人便用“塗鴉”表示亂塗亂畫，文人則謙稱自己的作品為“信筆塗鴉”。

塞 (一)

塞 塞 塞 塞 塞 塞 塞

㊀sāi ㊁sak¹

① 堵住；密實地填進去：塞住漏洞 / 把袋子塞得滿滿的。② 塞子，堵容器口的東西：木塞 / 瓶塞。

塞 (二)

㊀sài ㊁coi³ 賽

邊塞；要塞：塞外（指長城以北的地區）/ 塞北江南。㊂ 塞翁失馬，安知非福

10 塞 (三)

(普) sè (粵) sak¹

堵住；密實地填進去。

✎ "塞 sāi" 與 "塞 sè" 都有 "堵住" 的意思，只因語言習慣造成音讀不同，"塞" 用作單音詞基本都讀 "塞 sāi"，書面語詞大都讀 "塞 sè"；讀 "塞 sè" 的常用詞有：阻塞、堵塞、閉塞、梗塞、搪塞、頓開茅塞、敷衍塞責。

11 墓　墓墓墓墓墓墓　墓

(普) mù (粵) mou⁶ 冒

墳墓。

〔簡明詞〕墓地：墳地。墓穴：埋棺材或骨灰的坑穴。墓碑：豎立在墳墓前後的石碑，刻有死者的姓名、生卒年月、生平事跡等。

11 境　境境境境境境　境

(普) jìng (粵) ging² 竟

① 國界；邊界：邊境 / 出入境。② 狀況；境況：境遇（處境）/ 順境 / 逆境 / 漸入佳境。
【境內】jìng nèi ① 國界之內。② 管轄範圍之內。
【境況】jìng kuàng 情況，狀況；處境：境況不佳 / 草根階層境況悲慘。📖 處境 * 境遇
【境界】jìng jiè 景況；情形；狀況：理想境界 / 社會終將邁入自由民主的境界。

11 墊 [垫]　墊墊墊墊墊墊　墊

(普) diàn (粵) din³ 電 ³

① 用東西支起來；用東西鋪在下面、襯在裏面：墊平 / 把床墊高 / 在裏面墊一層布。② 墊子：床墊 / 鞋墊。③ 墊付：錢我先墊上。
〔簡明詞〕墊支、墊付：先替人付錢，之後償還。

11 塹 [堑]　塹塹塹塹塹塹　塹

(普) qiàn (粵) cim³ 僭

① 壕溝：塹壕 / 長江天塹。② 比喻挫折：吃一塹，長一智。
【塹壕】qiàn háo 陣地前沿、有射擊掩體的壕溝。

11 墅　墅墅墅墅墅墅　墅

(普) shù (粵) seoi⁵ 緒

別墅。

11 塾　塾塾塾塾塾塾　塾

(普) shú (粵) suk⁶ 淑

古代民間教授學生識字讀書的處所：私塾。

11 塵　塵塵塵塵塵塵　塵

(普) chén (粵) can⁴ 陳

① 細小的灰土粒：塵埃（塵土）/ 沙塵滾滾。
② 人世：紅塵 / 塵世（人世，人間）/ 塵事（人間的事情）。

12 墳　墳墳墳墳墳墳　墳

(普) fén (粵) fan⁴ 焚

墓穴上的土堆；墳墓。
【墳墓】fén mù 埋葬死人的地方。墓上的土堆稱墳，地穴叫墓，統稱墳墓。

12 墟　墟墟墟墟墟墟　墟

(普) xū (粵) heoi¹ 虛

① 荒廢的遺址：丘墟 / 廢墟。② 村莊：墟落（村莊，村落）。

墩

墩墩墩墩墩墩 墩

（普）dūn （粵）deon¹ 敦

① 土堆：土墩。② 形如土堆、厚實的整塊物體：木墩／石墩。③ 指物體的根基、底座：樹墩／橋墩。

增

增增增增增增 增

（普）zēng （粵）zang¹ 憎

添；加多：與日俱增。

【增長】zēng zhǎng 增加；提高：增長知識／收入逐年增長。（反）減少＊降低

〔附加詞〕增長點：推動經濟發展的行業或經濟領域。

【增值】zēng zhí 在原有基礎上增加的產值或價值。（反）貶值。

〔簡明詞〕增援：增加人力物力，給予支援。增色：增添光彩、增添情趣。增多、增加、增益：在原有的基礎上加多。

【增添】zēng tiān 增加上去，添加進去：增添勇氣／爆竹聲增添了節日氣氛。（同）增加

【增強】zēng qiáng 增進，加強：增強信心／增強上進心。（同）加強＊提升（反）減弱

【增幅】zēng fú 在原有基礎上增加、提升的幅度。（反）跌幅＊減幅＊降幅

【增進】zēng jìn 增加並促進：增進友誼／增進相互了解。（同）加強（反）削弱

墮

墮墮墮墮墮墮 墮

（普）duò （粵）do⁶ 惰

落下；掉下：墮地（落地）／從高樓墮下。

【墮落】duò luò 變壞：腐化墮落／不能看着他墮落下去。（反）上進

✎ “墜落”還是“墮落”？“墜落”的意思是落、掉，如“隕星墜落”；“墮落”的意思是變壞或淪落，如“腐化墮落”。

墜

墜墜墜墜墜墜 墜

（普）zhuì （粵）zeoi⁶ 序

① 落下，掉下來：墜落（落下、掉下）／墜毀（從空中掉地毀壞）／天花亂墜／搖搖欲墜。② 垂，向下垂：荔枝在枝頭彎彎地墜下來。③ 供垂掛的裝飾品：耳墜／吊墜。

壇

壇壇壇壇壇壇 壇

（普）tán （粵）taan⁴ 檀

① 用土石材料築成的高台。古代用來舉行祭祀、誓師等典禮：天壇／祭壇。② 指文藝界、體育界或輿論場所：影壇／文壇／體壇／論壇。③ 用土堆成的平台：花壇。

墾

墾墾墾墾墾墾 墾

（普）kěn （粵）han² 很

① 翻地：墾田／墾地。② 開闢荒地：開墾／墾荒／墾荒。

壁

壁壁壁壁壁壁 壁

（普）bì （粵）bik¹ 碧

① 牆：家徒四壁。② 山和物體像牆的那一部分：胃壁／爐壁／懸崖峭壁。③ 古代軍營的圍牆或防禦工事：壁壘森嚴。

【壁立】bì lì 像牆壁一樣直立着。形容高聳陡峭：山崖鑽雲，壁立千尺。（同）聳立

【壁虎】bì hǔ 一種有益的小動物，腳趾上長着吸盤，能在牆壁上迅速爬行，吃蚊蠅，常出現在住

宅裏。

【壁畫】bì huà 畫在牆壁上或天花板上的圖畫：宮廷壁畫／敦煌壁畫。

🔍 壁畫 "璧" 指的是環狀中空的玉石。"壁" 指的是用泥土築成的牆垣。"壁畫" 指的是畫在牆上的圖畫，與玉石無關。兩字形近易寫錯。

---

14 壕 壕壕壕壕壕 壕

⓹ háo ⓺ hou⁴ 毫

① 護城河：城壕。② 溝：壕溝／戰壕。

---

14 壓[压] 壓壓壓壓壓壓 壓

⓹ yā ⓺ aat³

① 從上往下加重力：樹上的蘋果壓彎了枝頭。② 控制；鎮壓：壓住火氣／鎮壓反對派。③ 壓力：加壓／減壓／血壓。④ 勝過、超過：技壓羣芳。⑤ 擱置；積壓：把公文壓下來／資金壓得太久了。㊙ 強龍不壓地頭蛇

【壓力】yā lì ① 由上向下加的力。② 逼迫、威逼的力量；承受的負擔：進一步施加壓力／人無壓力不上進／面臨考試，壓力很大。

【壓抑】yā yì ① 抑制；控制：怒火壓抑不住。㊐ 壓制 ② 沉悶，不活躍：心情壓抑／氣氛十分壓抑。㊏ 舒暢

【壓制】yā zhì ① 壓迫：依靠權勢壓制人。② 強力抑制；強行制止：壓制民主／壓制批評。㊐ 抑制

【壓迫】yā pò ① 強制；制約：受歧視，受壓迫／一貫靠權勢壓迫人。② 加壓力；擠壓：腫瘤長大，壓迫神經。

【壓倒】yā dǎo 佔據絕對優勢；全面勝過超過：拿到壓倒性優勢／球賽一開場便壓倒對方。

【壓榨】yā zhà ① 用壓力把物體中的汁液擠出來：壓榨花生油。② 比喻剝削、搜刮：壓榨民

脂民膏。

【壓縮】yā suō ① 加壓力，讓體積變小：壓縮空氣／壓縮餅乾。② 減少：壓縮日常開支。㊏ 擴張＊擴大

【壓歲錢】yā suì qián 農曆年長輩給小孩子的賀歲錢。

---

15 壘[垒] 壘壘壘壘壘壘 壘

⓹ lěi ⓺ leoi⁵ 呂

① 防護用的厚土壁或工事：深溝高壘。② 用磚石等物料砌起來：壘起一道牆。

---

16 壞[坏] 壞壞壞壞壞 壞

⓹ huài ⓺ waai⁶ 懷⁶

① 不好的；不滿意的：壞蛋／壞脾氣／天氣太壞。② 學壞，不良後果：把孩子慣壞了。③ 損壞；敗壞：打壞瓶子／弄壞聲譽。④ 腐敗變質：天熱，肉壞了。⑤ 壞主意、壞心眼：暗中使壞。⑥ 相當於 "極"，表示程度深：樂壞了／忙壞了。

【壞事】huài shì ① 不好的、惡劣的事；違規、犯罪的事：做了壞事，總是心虛／幹壞事被抓起來了。② 把事情搞糟了：這下可壞事了！

【壞處】huài chu 不好的、有害的後果：請你想想，這麼做壞處可太大了！㊏ 好處＊益處

---

16 壟[垄] 壟壟壟壟壟壟 壟

⓹ lǒng ⓺ lung⁵ 隴

① 高丘，高地。② 田間成行的土埂，上面種植農作物：一壟一壟的小麥。

【壟斷】lǒng duàn 獨佔和控制：壟斷企業／大大小小的事，都被他壟斷起來。

壞

17

壞 壞 壞 壞 壞 壞 壞

（普）rǎng （粵）joeng⁶ 讓

① 泥土：土壤。② 地、大地：天壤之別。③ 疆域；地區：接壤 / 窮鄉僻壤。

壩 [坝]

21

壩 壩 壩 壩 壩 壩

（普）bà （粵）baa³ 霸

① 攔截水流的建築物：三峽大壩 / 大潭水庫的堤壩。② 保護堤岸的壩形構築物：防浪大壩。③ 平地。多用作地名：沙坪壩（在重慶）。

士 部

士

0

士 士 士

（普）shì （粵）si⁶ 示

① 古代男子的通稱。② 指讀書人：寒士。③ 指有學問或技術專長的人：博士 / 醫士 / 技士。④ 士兵：身先士卒。⑤ 軍銜的級別，在尉官之下：上士 / 中士 / 下士。⑥ 敬稱有特別身分的人：烈士 / 太平紳士。

【士氣】shì qì ① 軍隊的戰鬥意志：士氣低落。② 奮鬥向上的意志：登山隊員們看到主峯後士氣大振。

〔簡明詞〕士兵：軍隊中軍官以外的成員。士卒：① 古代的甲士和步卒。② 士兵。

壬

1

壬 壬 壬 壬

（普）rén （粵）jam⁴ 吟

天干的第九位。詳見"干支"。

壯 [壮]

4

壯 壯 壯 壯 壯 壯 壯

（普）zhuàng （粵）zong³ 葬

① 強健；結實有力：年輕力壯。② 精力旺盛的年齡段：壯年（指三四十歲的年紀）/ 青壯年 / 少壯派。③ 雄偉；豪邁：壯觀 / 壯志（宏大的志向）/ 壯士（豪邁勇敢的人）。④ 增添、增長；加強：壯膽 / 我為你壯威。（俗）人怕出名豬怕壯 * 少壯不努力，老大徒傷悲

【壯大】zhuàng dà 變得強大；強大起來：我們要壯大外賣團隊應付需求。（反）縮小

【壯舉】zhuàng jǔ 豪邁的舉動；偉大的行為：英雄壯舉 / 偉大壯舉。

【壯麗】zhuàng lì 雄偉美麗，雄偉瑰麗。

【壯觀】zhuàng guān 雄偉；雄偉闊大：奧運會的開幕式非常壯觀。

壹

9

壹 壹 壹 壹 壹 壹 壹

（普）yī （粵）jat¹ 一

數目字"一"的大寫。

壺 [壶]

9

壺 壺 壺 壺 壺 壺 壺

（普）hú （粵）wu⁴ 湖

有口有手把的裝水等液體的器具：茶壺 / 酒壺 / 油壺。

壽 [寿]

11

壽 壽 壽 壽 壽 壽 壽

（普）shòu （粵）sau⁶ 受

① 年歲；生命：福如東海，壽比南山。② 生日：壽辰（生日）/ 祝壽。③ 活着歲數大：人壽年豐。④ 婉辭。生前為死後喪葬準備的（東西）：壽材 / 壽衣。

【壽命】shòu mìng ① 生存的年限：蜜蜂的壽命

只有幾個月。② 使用的期限、存在的期限：保養得好，車的壽命就長。

〔簡明詞〕壽誕：壽辰。壽桃：祝壽的桃子，用鮮桃或麵粉做成的桃形食品。

夂 部

7 夏　夏夏夏夏夏夏 夏

(普) xià (粵) haa⁶ 下

① 夏季：夏令（夏天）/ 初夏之夜。② 朝代名，夏朝，中國歷史上第一個朝代。相傳為治理洪水的大禹所建。

【夏至】xià zhì 中國傳統二十四節氣中的一個，在公曆 6 月 21 或 22 日。這一日白天最長、夜晚最短，中午的太陽位置最高、日影最短，是農曆夏季的起點。反 冬至

【夏季】xià jì 一年四季中的第二季。中國傳統指立夏到立秋的三個月，也就是農曆四至六月這段時間。反 冬季

【夏娃】xià wá《聖經》故事中的人類始祖亞當之妻。

【夏曆】xià lì 中國古代的一種曆法，相傳夏代首創，故稱夏曆，又叫陰曆、農曆、舊曆。反 公曆

夕 部

0 夕　夕 夕 夕

(普) xī (粵) zik⁶ 直

① 黃昏，傍晚：夕照（黃昏的陽光）/ 朝夕相處。② 夜晚：除夕 / 危在旦夕。

【夕陽】xī yáng ① 傍晚的太陽：雨後的夕陽美極了。② 比喻晚年或衰落：夕陽產業 / 人到夕陽歲月，病痛難免。

〔古詩文〕夕陽無限好，只是近黃昏

✎ 描寫夕陽的詞語，說陽光的有，落日、落照、夕照、殘陽、殘照、斜陽；描寫晚霞的有，晚霞、落霞、紅霞、殘霞、飛霞、霞光。

2 外　外 外 外 外 外

(普) wài (粵) ngoi⁶ 礙

① 外面、外部，在範圍以外：屋外 / 城外。② 表面：外表 / 外觀。③ 外國：外語 / 外賓（外國賓客）。④ 另外：號外 / 外加。⑤ 非正式的；非正規的：外快 / 外號。

【外表】wài biǎo 人或物體的外觀：姐夫的外表很剛強 / 大廈的外表很美觀。反 內在

【外人】wài rén ① 沒有親朋關係的人：這是我的好朋友，不是外人。反 親人 * 友人 ② 某個範圍之外的人：本室圖書不借閱外人。俗 肥水不流外人田

【外出】wài chū 到別的地方去。反 回來 * 返回

【外地】wài dì 本地以外的地方；家庭或家鄉以外的地方。反 當地 * 本地 * 內地

【外交】wài jiāo 國與國之間的交際來往：建立外交關係。反 內政

〔附加詞〕外交官：從事外交活動的官員。外交辭令：外交場合使用的禮貌得體、有解釋餘地的語言。

【外衣】wài yī ① 穿在外面的衣服。② 比喻粉飾、遮掩真相的偽裝：剝去外衣，露出勢利小人的面目。

【外形】wài xíng 外觀的樣子，人或物體外表的形象：外形美觀。同 外貌 * 外觀

【外來】wài lái ① 從外地或外國來的：香港外來的人太多了。② 從外部、外界來的：外來影響 /

接受外來的新觀念。

〔附加詞〕外來語、外來詞：來自別的語種的詞語，如漢語中的"坦克"、"沙發"等。

【外面】wài miàn ① 外邊的地方：展廳外面／劇場外面。② 外表、表面：外面看長相不錯／大雄寶殿的外面修飾一新。③ 外部環境、外部情況：自疫情爆發以來，外面生意難做。④ 指外國：外面的日子比國內更難過。 同 外邊 反 裏面＊裏邊

【外界】wài jiè ① 本地以外的區域：外界輿論。② 外面社會：不能把自己同外界隔絕開來。

【外科】wài kē 以手術治療為主的醫學科別：外科醫生。 反 內科

【外套】wài tào ① 大衣。② 罩在外面的短上衣。

【外埠】wài bù 外地；本地以外的城鎮。 反 本埠

【外間】wài jiān 外界；外面：外間傳聞很多。 同 外邊 反 內部

【外景】wài jǐng ① 戲劇舞台上的室外佈景：外景的柳樹像真的一樣。② 影視攝影棚以外的景物：到西藏拍外景。 反 廠景

【外圍】wài wéi ① 周圍；四周：房屋外圍種着花草。② 核心外面的、機構外面的：外圍組織。

【外貿】wài mào 對外貿易，同國外進行的貿易：外貿出口上升。

【外匯】wài huì 用於國際結算的外幣和可兌換外幣的支票、匯票、期票、國外存款和債券、股票等有價證券。

〔附加詞〕外匯儲備：儲存備用的外匯和黃金。

(一)【外傳】wài chuán ① 向外人、外界傳播：只在內部說，不要外傳。② 傳授給外人：祖上的秘方不外傳。

(二)【外傳】wài zhuàn 正規歷史以外的人物傳記。

【外貌】wài mào 人或物體外表的形狀：外貌姣美。

【外頭】wài tou ① 外邊：外頭風很大，進屋來吧。② 外界、外間：外頭風聲很緊，先躲一躲

吧。③ 指國外：你在外頭生活多年，怎麼英語這麼差？ 同 外面

【外邊】wài biān 在範圍以外的地方：房子外邊冷得很。 同 外面 反 裏邊

【外籍】wài jí ① 外國國籍：外籍專家。② 外地戶籍：有不少外籍人來上海打工。

【外觀】wài guān 人或物體外表的樣子：傢具的外觀很雅緻。 反 外形

【外星人】wài xīng rén 生活在地球以外其他星球上的高等動物。

多

多 多 多 多 多

普 duō 粵 do¹ 朵¹

① 許多；數量大：多寡（多和少）／人多口雜。② 過分；超出；剩餘：多嘴多舌／多此一舉／不多也不少。③ 相差大；差別大：高得多／少得多／聰明得多。④ 幾，整數後的零頭：三十多歲。⑤ 多麼：你看他多高興／今天多精神啊！⑥ 表示詢問，大都用來詢問數字：珠穆朗瑪峯有多高？

【多久】duō jiǔ 多長時間。① 詢問時間有多長：你去多久？ ② 與"沒"、"沒有"、"不"、"不要"連用，表示"時間不長"：沒多久就回來／不要多久就見到他了。

【多元】duō yuán 多種成份；多個主體：香港是一個開放的多元社會。 反 一元

【多少】duō shǎo ① 數量大小，多和少：多少不等。② 或多或少：讀一本書多少都會有收穫。③ 稍微：多少給一點吧。④ 詢問數量：你家有多少人？

【多半】duō bàn ① 過半，過半數：人散了一多半。② 可能；多數情況下：題目太難，多半答不出來。 同 大半

【多時】duō shí 不短的時間；很長的時間：考慮多時／等候多時，她才匆匆趕到。 反 短暫

【多麼】duō me ① 詢問達到的程度、數量：有多麼貴 / 還有多麼遠？② 表示程度很高：父母養育你多麼辛苦啊！

【多樣】duō yàng 多種多樣，多個式樣：童裝有多樣款式。⚫反 單一

【多數】duō shù 大半，一多半：多數人不同意。⚫反 少數

【多虧】duō kuī 幸虧：多虧有你的照料，我這病才好了 / 多虧跑得快，不然就沒命了。⚫同 幸虧

【多義詞】duō yì cí 含有兩個或更多意義的詞。⚫反 單義詞

【多如牛毛】duō rú niú máo 像牛身上的毛，多得不得了。⚫反 鳳毛麟角 * 滄海一粟

【多姿多彩】duō zī duō cǎi 姿態多種多樣，色彩豐富。⚫反 單調乏味

【多種多樣】duō zhǒng duō yàng 各種各樣，品種式樣非常多。⚫同 形形色色 ⚫反 千篇一律

⁵ 夜　　夜夜夜夜夜夜　夜

⚫普 yè ⚫粵 je⁶ 佶

從天黑到天亮的這段時間：夜半（半夜、午夜）/ 夜深人靜。

【夜色】yè sè 夜晚的天色或景色。⚫同 夜間、夜晚：黑夜、晚上。

【夜幕】yè mù 黑夜；黑沉沉的夜色：夜幕降臨 / 在夜幕的掩護下。⚫同 夜色

【夜以繼日】yè yǐ jì rì 晝夜不停。形容勞苦勤奮。⚫同 日以繼夜

⁸ 夠[够]　夠夠夠夠夠夠　夠

⚫普 gòu ⚫粵 gau³ 救

① 能滿足需要：時間不夠用。② 合標準合條件；達到某種程度：夠格 / 夠醜的 / 夠便宜的。③ 超過限度，過頭了：夠累了 / 苦日子過夠了。

¹¹ 夢[梦]　夢夢夢夢夢夢　夢

⚫普 mèng ⚫粵 mung⁶ 蒙⁶

① 睡眠時腦子裏生成的幻象：夢境（夢中經歷的情景）/ 夢鄉（熟睡狀態；熟睡的境界）。② 做夢：昨夜夢見外婆了。③ 比喻幻想：夢想成真。

【夢幻】mèng huàn 夢中的幻境：夢幻世界。

【夢想】mèng xiǎng ① 渴望、期望：從小就夢想成為運動員。② 空想、幻想：夢想虛假，實幹才是真。

【夢話】mèng huà ① 睡夢中説的話。② 比喻虛幻、不能實現的話。⚫俗 大白天説夢話。

¹¹ 夥[伙]　夥夥夥夥夥夥　夥

⚫普 huǒ ⚫粵 fo² 火

① 同伴：同夥 / 夥伴。② 一羣人合成的小團體：入夥 / 結夥。③ 共同，聯合：夥同（跟別人一起）/ 合夥經商。④ 相當於"羣"：成羣打夥 / 來了一夥人。

大部

⁰ 大　⁽一⁾　　　大 大　夫

⚫普 dà ⚫粵 daai⁶ 帶⁶

① 體積或面積超過另一個：客廳很大 / 一座大樓和一座小樓。② 深；強；厲害：危害大 / 脾氣大。③ 居首位的；最上面的：大兒子 / 大法官。④ 時間上再往後或再往前：大後天 / 大前天。⑤ 敬稱同對方相關的：大作 / 尊姓大名。

(一)【大人】dà rén ① 敬稱自己或他人的長輩：岳父大人 / 尊堂大人。

(二)【大人】dà ren 成年人：你已經是大人了，

你的事自己做主。

【大大】dà dà ① 數量極多：她的學問大大超過你。② 在很大程度上：兩人的裂痕大大加深了。⑤ 極大

【大小】dà xiǎo ① 大人和小孩：一家大小。② 尺度、幅度、程度：帽子的大小正合適。③ 輩分、等級的高低：說話沒個大小 / 不論職務大小一視同仁。

【大凡】dà fán 總括説來；總體上看：大凡開會他總要遲到。⑤ 大抵

【大王】dà wáng ① 壟斷性的財閥：石油大王 / 橡膠大王。② 有特別專長的人：爆破大王。

（一）【大方】dà fāng 高尚人家；世家大戶：貽笑大方。

（二）【大方】dà fang ① 不計較；不小氣：出手大方 / 慷慨大方。② 瀟灑自然，不拘束：落落大方 / 談吐大方。③ 得體；不俗氣：衣着樸素大方。

【大半（大半兒）】dà bàn (dà bànr) ① 大部分：一大半兒都給了他。② 多半，很可能：我看這樓價大半得降。

💡 口語一般讀兒話音"大半兒"。

【大地】dà dì 廣大的地面；地球表面：夕陽照射着大地 / 大地非常美麗，有江河湖海、高山和森林 。⑳ 天空

【大多】dà duō 大部分；大多數：同行大多講粵語。⑤ 大都

【大多】dà duō 大都；大多數：大多是本地人，極少外地人。⑳ 個別

〔附加詞〕大多數：整體或總體中的大部分。

【大亨】dà hēng 有錢有勢、在行業中發揮主導作用的人：商界大亨 / 石油大亨。

【大局】dà jú 總的形勢，總的局勢：從大局考慮。⑤ 全局 ⑳ 局部

【大抵】dà dǐ 大概：我想，她大抵會來的吧。⑤ 大約

【大事】dà shì ① 重大的或重要的事情：關心世界大事 / 婚姻是終生大事。② 全力以赴地做：大事宣傳。⑳ 小事 ㊗ 大事化小，小事化了

【大使】dà shǐ "特命全權大使"的簡稱。本國派駐他國最高級別的外交代表。

【大於】dà yú 比……大，比某項或某東西大：今年的收入大於去年。⑳ 小於

【大型】dà xíng 形狀、體積、面積和規模大的：大型擺設 / 大型體育場 / 大型購物商場。⑳ 微型 * 小型

【大致】dà zhì ① 大約：大致不會錯。② 基本，大體上：他們的看法大致相同。

【大度】dà dù 氣度寬宏，胸懷開闊：寬容大度 / 做人要大度，不要小氣。⑳ 小氣

【大為】dà wéi ① 大大地，超過一般地：兩人的友誼大為增進。② 非常，十分：大為不滿 / 大為不快。

【大約】dà yuē 大概，差不多：已知的海洋動物大約有三萬種。⑤ 大抵

【大哥】dà gē ① 長兄。② 尊稱同自己年紀不相上下的男子。⑳ 小弟 * 老弟

【大師】dà shī ① 尊稱大學者、大藝術家：國畫大師 / 國學大師。② 尊稱高僧。

【大家】dà jiā ① 在範圍內的所有人：我們大家都喜歡他。② 著名的作家、專家：散文大家。③ 世家望族；大戶人家：大家閨秀（有教養有風度的女性）/ 大家子弟（名門大戶的子弟；質素高的男子）。

【大都】dà dōu 絕大部分：這些書我大都看過。⑤ 大多

【大眾】dà zhòng 百姓，眾多的人：普羅大眾 / 大眾未必滿意。

【大陸】dà lù ① 廣大的陸地。② 指中國的大陸地區，相對於台灣、港澳地區而言：由大陸移居香港。⑳ 海洋

〔附加詞〕大陸架：陸地向海底自然延伸的平淺海底那一部分；大陸架上面海區的自然資源屬於該陸地國家所有。

【大量】dà liàng ① 數量很多：一年來，看了大量的散文。② 氣量大：寬宏大量。⊠少量＊小量＊微量

【大肆】dà sì 毫無顧忌地。一般用於貶義：大肆揮霍／大肆貪污。⊜任意＊肆意

【大概】dà gài ① 主要內容；基本情況：大概如此／只能說個大概吧。② 差不多：山不高，大概上得去。③ 很可能：他大概不會來了。

【大腦】dà nǎo 高級動物腦的一部分，分左右兩半。人的大腦最發達，表層的神經細胞叫大腦皮質，具有思維和記憶、支配身體各部分活動的能力，是控制人意識行為的高級神經中樞。

（一）【大意】dà yì 主要的意思：劇情大意。

（二）【大意】dà yi 疏忽；粗心：出這麼大的問題，你也太大意了。

💡 成語和俗語是固定格式，其中的“大意”不輕讀，如“粗心大意”、“疏忽大意”、“大意失荊州”。

【大綱】dà gāng 概要，要點：語文教學大綱／會議講話稿大綱。⊜提綱＊綱要

【大寫】dà xiě ① 中文數目字的傳統寫法：壹、貳、叁、肆、伍、陸、柒、捌、玖、拾。② 漢語拼音字母和英文等拼音字母的一種寫法，如A、B、C、D。⊠小寫

【大舉】dà jǔ ① 大規模發起：大舉進攻。② 重大的舉動：共商大舉。

【大學】dà xué 實施高等教育的學校。

【大膽】dà dǎn ① 勇氣足，膽量大，遇難事、險事、怪事不退縮。② 斥責人頂撞冒犯或自說自話：大膽！反了你不成！⊠膽小＊膽怯

【大賽】dà sài 大型賽事；高級別的比賽：網球大賽。

【大體】dà tǐ ① 關乎全局的重要道理：識大體，明大義。② 大致；基本上：兩人的看法大體一樣。⊜總體

【大不了】dà bu liǎo ① 說到頭，最多不過是：大不了考不上，問題不大。② 不得了，非常嚴重：沒甚麼大不了，別害怕！

【大西洋】dà xī yáng 地球四大洋之一，位在歐洲、非洲與北美洲、南美洲之間，面積9336萬平方公里，平均深度3900米，洋底中央聳立着大西洋海嶺。

【大自然】dà zì rán 未經人工改造過的世界：到森林裏去體驗大自然的妙處。

【大拇指】dà mǔ zhǐ 人手掌上最粗最短的手指頭。

【大洋洲】dà yáng zhōu 世界上面積最小的一個洲，包括澳大利亞、新西蘭、新幾內亞島和太平洋上的波利尼西亞、密克羅尼西亞、美拉尼西亞三大島羣，合共一萬多個大小島嶼，陸地總面積897萬平方公里。主要國家有澳大利亞、新西蘭、巴布亞新幾內亞等國。

【大理石】dà lǐ shí 高級建築石料，白色灰色居多，也有帶色帶花紋的，加工成材後光澤照人，中國雲南大理所產最負盛名，故稱大理石。

【大排檔】dà pái dàng ① 領有營業執照，擺在路邊的餐飲攤點。② 設在公共場所、面向普羅大眾的平價餐飲攤點。

【大部分】dà bù fen 一個整體中的大多數，大大超過半數：大部分人不知道／大部分題目都答對了。⊠小部分

【大部份】dà bù fèn 同“大部分”。

【大無畏】dà wú wèi 不畏困難、不怕艱險：創業就要有大無畏的精神。⊠膽小怕事＊畏首畏尾

【大熊貓】dà xióng māo 中國特產的一種樣子像熊的哺乳動物，又叫熊貓，生活在四川等高山地帶，吃竹葉竹筍，黑眼圈，性情溫順，行為笨拙有趣，是中國的國寶級動物。

【大行其道】dà xíng qí dào ① 大力推行那一套。② 盛行起來：如今的官場吃喝玩樂大行其道。

【大張旗鼓】dà zhāng qí gǔ 形容聲勢很大或規模很大。圓 聲勢浩大 反 偃旗息鼓

【大開眼界】dà kāi yǎn jiè 開闊了眼界，增長了許多見聞。

【大街小巷】dà jiē xiǎo xiàng 指城市裏大大小小的街道里巷。

⁰ 大 (二)

(普)dài (粵)daai⁶ 帶⁶

大夫，醫生的俗稱。

¹ 天

(普)tiān (粵)tin¹ 田¹

① 天空：頂天立地。② 位置在上面的；架設在空中的：天窗／天橋。③ 一晝夜的時間；白天這段時間：前幾天／等了大半天。④ 季節；天氣、氣候：春天／天寒地凍。⑤ 天然的；天生的：天險／天分（天資）。⑥ 自然界：天災人禍。⑦ 上天，老天爺：天意／天命。俗 天高皇帝遠／天外有天，人外有人

【天干】tiān gān 甲、乙、丙、丁、戊、己、庚、辛、壬、癸的統稱，一般用做表示次序的符號，如甲、乙、丙、丁，等於説第一、第二、第三、第四；天干與“地支”配合，古人用以表示所在的年、月、日。詳見“干支”。

【天才】tiān cái ① 天賦的才能；有超常的創造力、想像力：數學天才／天才的發明家。② 有天才的人：此人是天才。反 庸才

【天下】tiān xià ① 全國；全世界：天下太平。② 國家政權：打天下，坐天下。

【天子】tiān zǐ 上天之子。古代稱帝王為天子。

【天文】tiān wén 日月星辰等天體在宇宙間分佈運行的現象。

〔附加詞〕天文台：觀測天體和研究天文學的處所和機構。天文數字：表示數目字大得驚人。

【天方】tiān fāng 稱中東阿拉伯人所建立的國家。

〔附加詞〕天方夜譚：著名的阿拉伯民間故事集，又名“一千零一夜”，內容為阿拉伯和伊斯蘭世界的寓言、神話、童話以及離奇故事。

【天生】tiān shēng 天然生成：本領不是天生的，是學來的。

【天主】tiān zhǔ 上帝，宇宙萬物的創造者和主宰者。

〔附加詞〕天主教：基督教的一個教派，以羅馬教皇為教會最高領袖，信奉天主上帝和耶穌基督，尊奉瑪利亞為聖母。

【天地】tiān dì ① 天和地。② 比喻人們活動的範圍：生活的新天地。俗 天地之大，無奇不有

【天色】tiān sè ① 天空的顏色：天色越來越暗了。② 指時間的早晚和天氣的變化：天色還早。圓 天光＊天時

【天使】tiān shǐ 基督教、伊斯蘭教等宗教指神的使者，文學藝術常用天使的形象比喻天真可愛的女子或小孩子。反 魔鬼

【天河】tiān hé 銀河。圓 河漢＊銀漢

【天性】tiān xìng 人先天具有的品質性情：善良。圓 稟性

【天空】tiān kōng 地面之上的廣闊空間：蔚藍色的天空飄着幾朵白雲。反 地面

【天亮】tiān liàng ① 清晨，東方泛白的時候：爸爸天亮時分就起牀，天天如此。② 天空明亮起來：陰雲散去，天亮了。反 天黑

【天真】tiān zhēn ① 心地單純真誠，不做作、不虛偽：天真爛漫。② 頭腦簡單，幼稚：想法很天真。反 世故

〔附加詞〕天真爛漫：兒童純真、自然、可愛的情態。

【天時】tiān shí ① 天氣，氣候：天時和暖。② 時間：天時已晚／天時不早了。俗 天時不如

地利，地利不如人和

【天氣】tiān qì 氣候狀況，一定時間內的氣候情況：天氣預報／天氣陰晴不定。

【天理】tiān lǐ 公認的道理、法理：天理人情。

【天堂】tiān táng ① 人死後靈魂居住的極樂世界。② 比喻幸福美好的生活環境：人間天堂。🔄 地獄

【天涯】tiān yá 天邊，極遠的地方。

〔附加詞〕天涯海角、海角天涯：天邊和大海的一角。形容非常偏遠的地方或相隔遙遠。

〔古詩文〕海內存知己，天涯若比鄰

【天象】tiān xiàng ① 宇宙天體運行的現象：觀測天象。② 氣候和氣象變化的現象。

【天然】tiān rán 自然存在的；自然產生的：西藏的天然景色美極了。🔄 自然 🔄 人工

〔附加詞〕天然氣：埋藏在地下的一種可燃氣體，主要成分是甲烷，用做燃料和化工原料。

【天資】tiān zī 天生的資質：天資過人。🔄 天分 * 天賦

【天意】tiān yì 上天的安排；命運的安排。🔄 命運

【天際】tiān jì 天邊，眼睛能看到的天地相接的地方。

✎ 唐代李白《送孟浩然之廣陵》詩："故人西辭黃鶴樓，煙花三月下揚州。孤帆遠影碧空盡，惟見長江天際流。"

【天賦】tiān fù ① 上天給予的；生來就具備的：天賦稟性。② 天資；資質：天賦很高。

〔附加詞〕天賦人權：人與生俱來就該享有的權利。

【天線】tiān xiàn 發射和接受無線電波的裝置。

【天機】tiān jī ① 神秘的天意。② 極重要、極秘密的事情。🔄 天機不可洩露／一語道破天機

【天險】tiān xiǎn 大自然造就的險要地方：長江天險。

【天藍】tiān lán 天空晴朗時的顏色：穿着天藍色

的校服，揹着天藍色的書包。🔄 蔚藍

【天鵝】tiān é 一種外形像鵝的鳥類，全身白色，純潔可愛，生活在湖邊、濕地和沼澤地帶。

【天邊】tiān biān ① 天際，天地相接的地方。② 遙遠的地方。🔄 遠在天邊，近在眼前

【天體】tiān tǐ 宇宙中一切星球、物質的統稱，如太陽、地球、月亮及其他恆星、行星、衛星、彗星、流星、星系等。

【天花板】tiān huā bǎn 裝飾屋頂的室內棚頂。

【天昏地暗】tiān hūn dì àn ① 風沙蔽日，天地間一片昏暗。② 形容達到了相當厲害的程度：殺得天昏地暗／哭得天昏地暗。③ 比喻社會黑暗腐敗：社會天昏地暗，腐敗不堪。🔄 昏天黑地

【天府之國】tiān fǔ zhī guó 土地肥沃、物產富饒的地區，四川號稱天府之國。

【天倫之樂】tiān lún 家庭成員在一起的歡樂與慰藉。天倫，指父母、夫妻、子女、兄弟姐妹等親屬。🔄 家破人亡

【天翻地覆】tiān fān dì fù ① 形容變化極其巨大。② 形容鬧得很厲害：把個家攪得天翻地覆。🔄 翻天覆地 * 地覆天翻

【天壤之別】tiān rǎng zhī bié 天和地的距離。形容相差甚遠。🔄 霄壤之別 * 雲泥之別

---

1 **夫** (一)　　　　夫 夫 夫 **夫**

🔊 fū 🔊 fu¹ 呼

① 丈夫，女子的配偶：夫婦（夫妻）。② 稱成年男人。③ 專門從事某種勞作職業的人：漁夫／車夫。🔄 一夫當關，萬夫莫開

【夫人】fū rén 尊稱別人的妻子：問候尊夫人。

【夫子】fū zǐ ① 尊稱學者：孔夫子。② 偏愛古書、思想陳腐的人：迂腐的老夫子。

【夫婿】fū xù 妻子稱自己的丈夫。

1
夫 (二)
(普)fú (粵)fu⁴ 符
古典詩常見的指示詞、助詞。

1
太
太 太 太
(普)tài (粵)taai³ 泰
① 高；大：太空 / 太湖。② 極；最：太古。
③ 身分最高的；輩分更高的：太祖 / 太公（曾祖
父）。④ 過度、過分、極、非常：水太熱 / 太多
了 / 太好了 / 太高了。⑤ 相當於“很”。多用“不
太”的否定形式：不太熱 / 不太多 / 不太好 / 不
太高。
【太子】tài zǐ 確定為皇位繼承人的帝王的兒子。
(同) 儲君
【太古】tài gǔ 又稱遠古，人類生存的最古老的
歷史時代，中國的夏代以前稱為太古時期，約在
四千多年之前。參見“上古”、“中古”、“近古”。
【太平】tài píng ① 安定，穩定：天下太平。
② 平安，安全：太平無事。(反) 動蕩 * 危險
【太空】tài kōng ① 極高的天空。② 地球大氣層
以外的宇宙空間。
〔附加詞〕太空船：宇宙飛船。太空人：① 宇
航員。② 借助宇航飛行器到太空行走的人。
【太湖】tài hú 中國第三大淡水湖，在江蘇省南
部，湖面兩千多平方公里，有著名的太湖風景
區，景色秀美。
〔附加詞〕太湖石：太湖產的石料，多孔洞，
玲瓏剔透，是堆疊假山、裝飾園林庭院的上好
建材。
【太陽】tài yáng ① 位於太陽系中心的恆星，是
個超高溫的氣體球，比地球大 130 萬倍，比地球
重 33 萬倍，表面溫度攝氏 6000 度，內部不停
地進行熱核反應，釋放大量能量，帶給地球光和
熱，地球和其他七大行星都圍繞它運轉，構成太

陽系。參見“行星”。② 太陽光：躺在海灘曬太陽。
【太歲】tài suì 歲星，即木星。古人認為在太歲
出現的方位破土建房，會招來禍事。(俗) 太歲頭上
動土（比喻觸犯強悍有勢利的人，招惹是非。）
【太平洋】tài píng yáng 地球上最大的海洋，位
於亞洲、南北美洲和澳洲、南極洲之間，佔地球
表面積的 35%，約佔地球海洋總面積的一半，廣
闊洋面上散佈着一萬多個島嶼。全球的活火山和
地震帶大都集中在太平洋地區。參見“大西洋”、
“印度洋”、“北冰洋”。

1
天
天 天 天
(普)yāo (粵)jiu¹ 腰
① 沒活到成年就死了：夭折 / 夭亡（早亡）。
② 夭夭，形容草木繁茂而美麗。

✎ 在古代詩歌集《詩經》裏叫作《桃夭》的詩
篇中，有一句很有名的詩句：“桃之夭夭，灼
灼其華。”華，就是“花”。説盛開的桃花光彩
閃耀，非常豔麗。後來人們説的“逃之夭夭”，
就是從“桃之夭夭”的音讀轉化來的。

【夭折】yāo zhé ① 未成年而死：不到三歲就夭
折了。② 比喻事情中途失敗：資金不足，計劃夭
折了。(同) 夭亡

2
央
央 央 央 央
(普)yāng (粵)joeng¹ 秧
① 中心：中央。② 請求：央告（懇求）/ 央求
（請求）。

2
失
失 失 失 失
(普)shī (粵)sat¹ 室
① 丟掉，失去：失散（離散）/ 失勢（失去權勢）/
坐失良機。② 沒有控制住；沒有把握住：失手 /

失算（算計失誤）／失事（發生意外事故）。③ 改
變、變化：失常（反常）／失態（言行舉止不當）。
④ 違背；背棄：失禮／失信。⑤ 錯誤；過失：
惟恐有失。俗 智者千慮，必有一失
【失手】shī shǒu ① 沒把握住，沒拿牢：失手打
碎了花瓶。② 比喻失利：生意失手賠了本錢。
【失控】shī kòng 失去控制，掌握不住：巴士失
控，衝上行人道。反 掌控 * 控制
【失敗】shī bài ① 被打敗，輸給對方 ② 沒有達
到目的；不合要求：試製新產品失敗了。反 成
功 俗 失敗者成功之母
【失望】shī wàng ① 不抱希望：沒讓父母失望。
② 希望落空，無可奈何：媽媽說不去旅遊了，弟
弟很失望。反 盼望 * 渴望
【失落】shī luò 遺失；丟失：身分證不慎失落。
〔附加詞〕失落感：遭受挫折或處境變化帶來
的空虛挫敗感。
【失業】shī yè 喪失工作；找不到工作。反 就業
【失意】shī yì 不得志；不如意。反 如意
【失誤】shī wù 造成差錯；產生錯誤：判斷失誤／
發球失誤。反 準確
【失蹤】shī zōng 下落不明。反 出現

3 夷　　　夷 夷 夷 夷 夷 夷
普 yí 粵 ji⁴ 兒
① 平坦；平安：化險為夷。② 削平：夷為平地。
③ 殺掉；滅掉：夷九族。

4 夾[夹]⁽一⁾　夾 夾 夾 夾 夾 夾
普 jiā 粵 gaap³ 甲
① 從兩邊用力固定住東西拿起來：用筷子夾
菜。② 從兩邊來的；在兩旁的：上下夾攻／夾道
歡迎。③ 夾雜；混雜：雨夾雪／夾在人羣裏。
④ 夾東西的用具：夾子／髮夾／文件夾。

【夾雜】jiā zá 混雜：夾雜個人成見。反 純粹

4 夾[夹]⁽二⁾
普 jiá 粵 gaap³ 甲
袷。雙層的衣被：夾襖／夾被。

4 夾[夹]⁽三⁾
普 gā 粵 gaap³ 甲
夾肢窩。

5 奉　　　奉 奉 奉 奉 奉 奉
普 fèng 粵 fung⁶ 鳳
① 送上；獻給：奉送／奉獻（恭敬誠懇地獻給）。
② 接受：奉命出發。③ 尊重，敬重：崇奉。
④ 侍候：侍奉。⑥ 表示敬重的意思：奉陪（敬
陪）／奉告（敬告）。
〔古詩文〕自奉必須儉約，宴客切勿留連。（《朱
子家訓》朱柏廬）
【奉命】fèng mìng 接受指示命令；接受使命任
務：奉命行事。同 受命 反 擅自 * 私自
【奉承】fèng cheng 說好聽話恭維別人：奉承有
權優勢的人。同 奉迎 * 恭維

5 奈　　　奈 奈 奈 奈 奈 奈
普 nài 粵 noi⁶ 內
① 如何；怎樣：無奈／怎奈。② 對付；處置：
奈他不得。
【奈何】nài hé ① 怎麼辦；應對：無可奈何／奈
何不得。② 如何，為何：你該去問他，奈何
問我？
〔簡明詞〕無可奈何：沒辦法；拿不出辦法來。

奔 (一)

奔奔奔奔奔奔　奔

〔普〕bēn 〔粵〕ban¹ 賓

急走；快跑：奔忙（奔走忙碌）/ 奔赴（急速前往）/ 東奔西跑。

奔 (二)

〔普〕bèn 〔粵〕ban¹ 賓

① 投奔；朝向：投奔親友 / 汽車奔東開走。
② 靠近；接近：真不像是奔七十歲的人了。
【奔走】bēn zǒu ① 快走；跑：奔走相告。② 四處進行活動：奔走門路，廣託人情。
【奔波】bēn bō 忙忙碌碌，四處奔走：奔波了大半生。〔反〕休息 * 休閒
【奔馳】bēn chí 飛跑；快速行駛：駿馬繞草地奔馳 / 駕車在大路上奔馳。

奇 (一)

奇奇奇奇奇奇　奇

〔普〕qí 〔粵〕kei⁴ 其

① 少見的、特殊的：奇景（奇異的景象）/ 奇形怪狀（奇特罕見的形狀）。② 驚訝；奇怪：不足為奇 / 奇聞（令人驚奇的事情或消息）。③ 極其，非常：奇缺（極其缺乏）/ 天氣奇寒。
【奇妙】qí miào 奇怪；稀奇美妙：這件事很奇妙 / 她講的故事奇妙極了。〔反〕平常
【奇怪】qí guài 稀奇怪異；不尋常：舉動很奇怪 / 奇怪的動物世界。〔反〕平常
【奇特】qí tè 不同尋常；奇怪而特別：裝束奇特。〔反〕一般 * 平常
【奇異】qí yì ① 奇怪；特別：奇異的海底世界。② 驚奇詫異：奇異的目光。〔反〕平淡 * 平常
【奇遇】qí yù 奇妙的或特殊的經歷：荒山奇遇 / 探險奇遇。
【奇跡】qí jì 超出想像、極難發生的事情：竟然奇跡般地活下來了。
【奇觀】qí guān 奇特的景象；稀奇的事情：今古奇觀 / 錢塘潮是一大奇觀。〔同〕奇景

奇 (二)

〔普〕jī 〔粵〕gei¹ 機

單數的；不成對的：奇數 / 奇偶。
【奇數】jī shù 不能成雙的整數，如 1、3、5、7、9、11。〔反〕偶數

奄

奄奄奄奄奄奄　奄

〔普〕yān 〔粵〕jim¹ 淹

奄奄，微弱：氣息奄奄。
〔簡明詞〕奄奄一息：氣息微弱的樣子。

契

契契契契契契　契

〔普〕qì 〔粵〕kai³ 溪³

① 契約；憑證：地契 / 房契 / 契約（雙方簽訂的協議文書）。② 投合；相合：契合（符合；投合）/ 默契 / 契機（轉機）。

奏

奏奏奏奏奏奏　奏

〔普〕zòu 〔粵〕zau³ 咒

① 演奏：獨奏 / 奏樂（演奏樂曲）。② 發生；取得：奏效（取得效果）/ 奏捷 / 奏凱。③ 臣下向帝王陳述意見：面奏 / 奏章。

奕

奕奕奕奕奕奕　奕

〔普〕yì 〔粵〕jik⁶ 亦

奕奕，精神飽滿的樣子：神采奕奕 / 精神奕奕。

套 套套套套套套 套

（普）tào （粵）tou³ 兔

① 套子，罩在外面的東西：手套／枕套。② 仿照，模仿：套用（搬用現成的辦法或模式）／生搬硬套。③ 引出；騙取：套取／從他口裏套不出來。④ 舊辦法、老方式、老規矩：俗套／老一套。⑤ 搭配組合成一個系統或整體：配套／套裝（上下身配套的服裝）。⑥ 與數目字連用，表示成套東西的數量：一套書／兩套傢俬。

【套票】tào piào ① 配搭成套出售的郵票等。② 享受優惠、可派多個用途的券證：參觀故宮博物院的套票。

【套話】tào huà ① 從別人口裏套取想要的內容：從他嘴裏套話很難。② 沒有針對性、不合實際的空話。（同）空話

【套餐】tào cān ① 搭配好的成套的飯菜：午間供應套餐。② 搭配組合起來的商品或項目：旅遊套餐。

奚 奚奚奚奚奚奚 奚

（普）xī （粵）hai⁴ 系⁴

奚落。用尖刻的話挖苦別人。

奘 （一） 奘奘奘奘奘奘 奘

（普）zàng （粵）zong¹ 裝

壯大。

奘 （二）

（普）zàng （粵）zong⁶ 狀

壯大，多用於人名：唐代高僧玄奘。

奢 奢奢奢奢奢奢 奢

（普）shē （粵）ce¹ 車

① 奢侈，不節儉：奢侈（過度豪華享受）／奢華（奢侈豪華）／窮奢極欲。② 過分：奢求。

【奢求】shē qiú ① 過分追求：不屬於我的，決不奢求。② 過高的期望：知足常樂，我沒有奢求。（同）奢望

【奢望】shē wàng ① 期望過高：奢望高，失望大。② 過高的期望：我很滿足，不抱奢望。（同）奢求

奠 奠奠奠奠奠奠 奠

（普）diàn （粵）din⁶ 電

① 祭祀追念逝去的人：祭奠抗日殉國的將士。② 奠定；建立：奠基。

【奠定】diàn dìng 確立下來；打好了基礎：刻苦讀書，奠定日後成功的基礎。

【奠基】diàn jī ① 打下建築物的基礎：校長為學校新大樓奠基。② 奠定事業的基礎：現代文學的奠基人。

奧 [奥] 奧奧奧奧奧奧 奧

（普）ào （粵）ou³ 澳

精深；深奧。

【奧妙】ào miào 深奧奇妙：海底是個奧妙的世界。（反）簡單＊單調

【奧秘】ào mì 奧妙神秘：探索自然界的奧秘。

奪 [夺] 奪奪奪奪奪奪 奪

（普）duó （粵）dyut⁶

① 搶奪；奪取；強行拿走：掠奪／奪權。② 爭取到；拿到：奪得（取得、獲得）／奪魁。③ 做

決定：定奪 / 裁奪。

【奪目】duó mù　耀眼：鮮豔奪目 / 光彩奪目。
反 暗淡

【奪取】duó qǔ　① 用武力強行取得。② 爭取到：
目標是奪取比賽第一名。同 奪得 反 喪失

11 獎 [奖]　獎 獎 獎 獎 獎 獎　獎
普 jiǎng 粵 zoeng² 掌
同 "奖"。詳見 "奖"。

13 奮 [奋]　奮 奮 奮 奮 奮 奮　奮
普 fèn 粵 fan⁵ 憤
① 奮勇；全力以赴：奮力（使出所有的力量）/
日夜奮戰。② 振作；勁頭十足：振奮 / 興奮。
③ 揮動；用力舉起：奮臂高呼。

【奮勇】fèn yǒng　鼓足勇氣，全力以赴：奮勇殺
敵。反 退縮
　〔附加詞〕奮勇當先：勇敢地衝在最前面。

【奮鬥】fèn dòu　不畏艱難，一直努力去做事：做
人應該有明確的奮鬥目標。

【奮戰】fèn zhàn　竭盡全力工作；奮勇戰鬥：日
夜奮戰，搶修橋樑 / 中國遠征軍在緬甸的雨林中
奮戰。

女 部

0 女　女 女　女
普 nǚ 粵 neoi⁵ 餒
① 女性；女人：男女。② 女兒：生兒育女。

【女人】nǚ rén　① 女性，婦女。② 指妻子：我女
人不在家。反 男人

【女性】nǚ xìng　① 人類兩性之一。② 女人：照
顧女性。③ 女人的性格：她的性格比較女性。
反 男性

2 奶　奶 奶 奶 奶　奶
普 nǎi 粵 naai⁵ 乃
① 乳房：奶頭（乳頭）。② 乳汁：讓孩子吃奶。
③ 餵奶：奶孩子。④ 嬰兒時期的：奶名（乳名；
童年時的名字）。

【奶奶】nǎi na　① 祖母。② 尊稱祖母輩或年紀相
仿的婦女：老奶奶您請坐。

【奶茶】nǎi chá　① 和進牛奶、可加糖的茶飲料，
多用紅茶。② 中國蒙族和藏族人民的飲料，用牛
羊馬奶和磚茶做成。

【奶酪】nǎi lào　乳酪，用牛、羊、馬的乳汁做成
的半凝固狀食品。

2 奴　奴 奴 奴 奴　奴
普 nú 粵 nou⁴ 努 ⁴
① 受奴役驅使的人：家奴 / 農奴。② 全面支配
驅使：奴役。③ 奴才：洋奴。
　〔簡明詞〕奴役：把人當奴隸一樣使用。奴僕：
　為主人做雜役或聽從差遣辦事的人。奴隸：①
　為奴隸主所有、沒有人身權利的人。② 受人
　支配驅使的人。

【奴才】nú cai　① 家奴、奴僕。② 甘心為人驅使
效勞的人：一副奴才相。③ 明清兩代太監和官
員對皇帝后妃的自稱。

3 妄　妄 妄 妄 妄 妄　妄
普 wàng 粵 mong⁵ 網
① 虛假不真實：虛妄。② 非分的、不可能的：
妄想。③ 狂妄：妄自尊大（自以為了不起了）。

④ 隨意、任意：膽大妄為。

【妄想】wàng xiǎng ① 空想；胡思亂想：妄想一夜成名。② 無法實現的想法：不少人曾經覺得用玻璃纖維上網是個妄想。同 幻想

奸 　奸 奸 奸 奸 奸

（普）jiān （粤）gaan¹ 艱

① 陰險狡詐不誠實：老奸巨滑。② 出賣國家民族或己方利益的人：漢奸／內奸。③ 姦，不正當或違法的性關係。

〔簡明詞〕奸滑、奸猾：奸詐狡猾。奸詐：虛偽狡猾。奸邪：① 奸詐邪惡。② 指奸詐邪惡的人。奸細：充當對方密探的人。

如 　如 如 如 如 如 如

（普）rú （粤）jyu⁴ 餘

① 符合；適合：萬事如意。② 似，好像：親如兄弟。③ 及，比得上：成績不如他好。④ 如果，假使：如無紅色的，就買黃色的。⑤ 依照，按照：如期完成。

如若：如果、假如、倘若。如是：如此；像這樣：情況如是。如實：據實，按照真實情況。如常：照常，跟往常一樣。如舊：照舊，跟過去一樣。如來、如來佛：佛祖釋迦牟尼的稱號。

【如此】rú cǐ 這樣；像這樣：年年如此／事已如此。同 如是

【如同】rú tóng 好像，好似：燈火通明，如同白晝。

【如何】rú hé 怎樣；怎麼樣：這事如何處理？

【如果】rú guǒ 假使，假如，假設。

✎ “如果……就……”表達猜想的情況和結果的關聯詞固定搭配，如：如果明天不下雨，我們就去郊遊。

【如期】rú qī 按照期限：高鐵站如期竣工。同 按

期 反 延期 ＊ 誤期

【如意】rú yì ① 符合心願：稱心如意。② 一種象徵吉祥的觀賞性器物。用玉製成，頂端呈靈芝狀或雲朵狀，有微曲的柄。同 合意 ＊ 如願 俗 不如意者常八九。

【如願】rú yuàn 合乎心願：事事如願。

〔附加詞〕如願以償：滿足了自己的願望。

【如今】rú jīn 現今；現在。反 從前 ＊ 過去

妃 　妃 妃 妃 妃 妃

（普）fēi （粤）fei¹ 飛

帝王的妾；太子、王侯的妻子：妃子／王妃。

好 ⁽一⁾ 　好 好 好 好 好

（普）hǎo （粤）hou² 號²

① 美麗：好醜（美醜）。② 優良；良好：好壞／好事情。③ 親密；和睦：相好／友好。④ 健康；痊癒：身體好／病好了。⑤ 完成；完畢：功課做好了。⑥ 容易，不難：這事好辦。⑦ 讚許；同意：辦得好／好，正合我意。⑧ 應該；可以：你好回家了／我好進來嗎？⑨ 很、非常：好遠／好熱鬧。⑩ 表示多、久：好幾十塊錢／等了好一陣子。

【好人】hǎo rén ① 品行端正的人；善良的人：他是大好人。② 健康的人：看上去像個好人，不像病人。反 壞人 ＊ 病人

【好不】hǎo bu 多麼；非常：好不讓人煩惱／街上好不熱鬧。同 實在

〔附加詞〕好不容易、好容易：不容易，非常難，如好不容易才找到她／好容易才考上大學。

【好歹】hǎo dǎi ① 好壞；善惡：不識好歹。② 意外；危險：萬一有個好歹。③ 將就，湊合：好歹吃點就行了。④ 不管怎樣；無論如何：好歹你得拿個主意。

【好比】hǎo bǐ ① 如同：自我反省好比洗臉，常反省，人就乾淨。② 譬如：好比說他，就比你強。⑩ 比如。

【好心】hǎo xīn 善心。

〔附加詞〕好心好意：出自善良的心意。

【好在】hǎo zài 虧得，幸虧：太冷了，好在帶了件外衣 / 好在有個棚子躲一躲，要不然就會被淋成落湯雞了。

【好好】hǎo hǎo ① 挺好、很好；好端端：本來好好的，突然鬧翻了。② 不胡來，老老實實：好好上學，別跟那些不三不四的人來往。③ 努力，花心思：好好做功課，別總想着玩。

【好似】hǎo sì ① 好像：聽他一席話，好似春風拂面。② 勝過；好於：日子一天好似一天。⑩ 就像 * 勝似 ⑰ 不似 * 不像

(一)【好事】hǎo shì ① 好事情，叫人高興的事。② 反話。表示不滿、責備：你幹的好事！③ 佛事，宗教法事：做了三天三夜好事。

(二)【好事】hǎo shì 多事，愛管閒事。⑰ 壞事。

【好奇】hào qí 覺得新奇，發生興趣：好奇的眼光。

〔附加詞〕好奇心：好奇的心態。

【好使】hǎo shǐ ① 好用，使用起來得心應手：新買的煤氣灶好使。② 聰明靈活，反應快：算得快，腦子好使。⑰ 難使

【好看】hǎo kàn ① 漂亮：小女孩很好看 / 這朵花真好看。② 體面，有光彩：孩子有出息，父母臉上也好看。③ 反話。讓人難堪：當心點，有人要你好看。⑰ 難看

【好笑】hǎo xiào ① 可笑：這有甚麼好笑的。② 有趣，引人發笑：她這人真好笑。

【好處】hǎo chu ① 利益；益處：得到很多好處。② 長處，優點：他肯幫助人，要看到人家的好處。⑰ 壞處

【好感】hǎo gǎn 喜愛或滿意的感情。⑰ 反感

【好意】hǎo yì 善意，良好的心意。⑰ 惡意

【好像】hǎo xiàng 好似，彷彿：好像要下雨了 /

兩人好像親兄弟。

【好說】hǎo shuō 好商量，可以考慮：別客氣，有話好說。

〔附加詞〕好說歹說：再三請求；再三勸說。

【好事多磨】hǎo shì duō mó 好事不順利，總有曲折障礙。

3 **好** (二)

⑪ hào ⑬ hou³ 耗

① 喜愛：勤奮好學。② 經常；常常：霉雨天衣服好發霉

【好強】hào qiáng 處處事事都想壓過別人。⑩ 要強 ⑰ 退讓

【好為人師】hào wéi rén shī 喜歡教育指導別人，自以為是不謙虛。

3 **她** 她 她 她 她 她

⑪ tā ⑬ taa¹ 他

女性的第三人稱：她長得很漂亮 / 她們（稱自己和對話者兩人以外的多位女性）。

4 **妥** 妥 妥 妥 妥 妥 妥 妥

⑪ tuǒ ⑬ to⁵ 橢

① 適當；穩當：妥當 / 妥帖（得當穩妥）。② 妥善；停當：說妥了 / 談妥了。

【妥協】tuǒ xié 互相作出讓步，讓問題得到解決。⑩ 退讓 * 讓步

【妥善】tuǒ shàn 穩當完美：妥善解決 / 處理欠妥善。⑰ 不妥

【妥當】tuǒ dàng 穩妥得當：想出一個妥當的辦法。⑩ 穩當

妝 [妆]　妝 妝 妝 妝 妝 妝　妝

⑧zhuāng ⑨zong¹ 莊

① 修飾；打扮：化妝。② 婦女或演員的妝飾品：上妝 / 卸妝。③ 女子的陪嫁物品：嫁妝。

【妝飾】zhuāng shì ① 打扮：妝飾一下就更漂亮了。② 打扮出來的樣子：妝飾高雅。

✎ 妝飾與裝飾：妝飾，指人化妝打扮；裝飾，指裝點修飾房屋、門面、櫥窗之類。

妙　妙 妙 妙 妙 妙 妙　妙

⑧miào ⑨miu⁶ 廟

① 高明；神奇：高妙 / 奇妙。② 美好；美妙：妙品（傑出的作品）/ 妙境。③ 年輕；年少：妙齡（女子的青春年華）。④ 精微，深奧：微妙 / 奧妙。

〔簡明詞〕妙招：高招兒，巧妙的手段計謀。妙計、妙策、妙算：高明的計策、謀劃。妙處：美妙之處；神奇之處。妙語連珠：美妙動聽的語句像成串珠子似的一句跟一句。

妖　妖 妖 妖 妖 妖 妖　妖

⑧yāo ⑨jiu¹ 腰

① 精靈；妖怪：降魔除妖。② 邪門歪道或迷惑人的：妖術 / 妖言。③ 艷麗：妖艷。④ 打扮奇特；舉止輕浮：一副妖裏妖氣的樣子。

【妖魔】yāo mó 妖怪魔鬼。比喻惡人或邪惡勢力。⑤ 妖怪、妖精：害人的怪物。

〔附加詞〕妖魔鬼怪：① 妖精魔怪。② 指惡人和惡勢力。

妨　妨 妨 妨 妨 妨 妨　妨

⑧fáng ⑨fong⁴ 防

① 損害，傷害：吸煙妨害別人。② 阻礙，妨礙：我不妨礙你做事了。

〔簡明詞〕妨害：防礙損害。妨礙：阻礙，讓事情不能順利進行。

妒　妒 妒 妒 妒 妒 妒　妒

⑧dù ⑨dou³ 到

忌妒；忌恨：妒忌（忌恨勝過自己的人）。

妞　妞 妞 妞 妞 妞 妞　妞

⑧niū ⑨nau² 紐

女孩子：小妞長得挺漂亮的。

妻　妻 妻 妻 妻 妻 妻　妻

⑧qī ⑨cai¹ 淒

男人的配偶：未婚妻。

姐　姐 姐 姐 姐 姐 姐　姐

⑧jiě ⑨ze² 者

① 同父母、同父異母、同母異父所生，年紀大於自己的女子。② 家族內的或有特殊關係的，比自己大的同輩女子：表姐 / 堂姐 / 師姐。③ 尊稱年紀大於自己的女子：大姐 / 趙姐。④ 稱呼年輕女子：空姐。

【姐妹】jiě mèi ① 姐姐和妹妹。② 指年紀相差不多的友人、同事：姐妹幾個都是服裝設計師。

〔附加詞〕姐妹篇：有內在聯繫的文章著作。

5 委　　委委委委委委 委

⊜wěi ⊜wai² 毀

① 託付，把事交給別人去辦：委以重任。② 拋棄：委棄（丟棄）。③ 推卸：委過於人。④ 曲折：委曲（彎曲）。⑤ 末尾：原委。⑥ 不振作：委靡不振。⑦ 的確、確實：委實（確確實實）。⑧ 委員或委員會的簡稱：編委 / 執委會。

【委任】wěi rèn 正式任命擔任某個職務：委任狀。⊜任命 ⊜革職 * 撤職 * 罷免

【委屈】wěi qū ① 感到冤屈，心裏抱屈：受委屈 / 訴説委屈。② 讓別人受委屈：委屈您了，實在抱歉。③ 指委屈的心情：受了一肚子委屈。⊜舒暢 * 痛快

🖊 "委曲" 還是 "委屈"？"委曲" 的意思是曲折；"委屈" 是指因受到不應有的指責或待遇而心裏難受。

【委派】wěi pài 交辦任務；委任職務：委派工作 / 董事會委派總經理。

【委員】wěi yuán 委員會的成員。

〔附加詞〕委員會：① 政府職能部門的名稱。② 政黨、社團、學校、企業內的領導機構或職能部門的名稱。

【委託】wěi tuō 請別人代辦：委託了律師打這場官司。⊜託付

【委婉】wěi wǎn 曲折婉轉：話説得含蓄委婉。⊜婉轉 ⊜生硬

【委靡】wěi mǐ 意志消沉；不振作：精神委靡 / 士氣委靡。⊜萎靡

5 妾　　妾妾妾妾妾妾 妾

⊜qiè ⊜cip³

在妻子之外另娶的女人：妻妾。

5 妹　　妹妹妹妹妹妹 妹

⊜mèi ⊜mui⁶ 昧

① 妹妹：姐妹。② 家族中年齡小於自己的同輩女子：堂妹 / 表妹。③ 稱年輕女子：打工妹。

5 姑　　姑姑姑姑姑姑 姑

⊜gū ⊜gu¹ 孤

① 丈夫的母親：翁姑。② 父親的姐妹：姑母。③ 丈夫的姐妹：姑嫂 / 小姑子。④ 年輕女子：村姑。⑤ 出家的女子；能溝通神靈的婦女：尼姑 / 三姑六婆。⑥ 暫且：姑且不説。

5 姍 [姍]　　姍姍姍姍姍姍 姍

⊜shān ⊜saan¹ 山

姍姍，走路緩慢從容的樣子：姍姍而來 / 姍姍來遲。

5 姓　　姓姓姓姓姓姓 姓

⊜xìng. ⊜sing³ 聖

家族血緣系統的標誌字。現代人的姓不過是個標誌符號，失去區分血統的意義了。

5 姊　　姊姊姊姊姊姊 姊

⊜zǐ ⊜zi² 只

姐姐：姊姊（姐姐）/ 姊妹（姐妹）。

5 妮　　妮妮妮妮妮妮 妮

⊜nī ⊜nei⁴ 尼

小女孩：小妮子 / 妮子真懂事。

💡 妮和妞：稱"妮"含有親切的語氣；稱"妞"帶有輕浮的語氣。

⁵ **始**　　始 始 始 始 始 始　始

普 shǐ　粵 ci² 此

① 最初；開頭：開始 / 始末（由頭至尾全過程）。② 才：下到半夜雨始停。俗 千里之行，始於足下

【始祖】shǐ zǔ ① 最早的祖先：據說老子李耳是李姓的始祖。② 指創始人：釋迦牟尼是佛教的始祖。

【始終】shǐ zhōng 從開始到結束，從頭到尾：始終不答應 / 我們始終支持你。同 一直

〔附加詞〕始終如一、始終不渝：一直不改變。

⁵ **姆**　　姆 姆 姆 姆 姆 姆　姆

普 mǔ　粵 mou⁵ 母

保姆，料理家務、照看小孩的女佣人。

⁶ **威**　　威 威 威 威 威 威　威

普 wēi　粵 wai¹ 委¹

① 威力；威勢：示威 / 狐假虎威。② 使用強力壓人：威脅 / 威逼。

【威力】wēi lì ① 具有壓倒性的強大力量：颱風山竹威力強大，帶來嚴重破壞。② 巨大的推動作用：網絡技術正在展現它的威力。

【威風】wēi fēng ① 讓人敬畏的聲勢氣派：威風掃地。② 威武：長得高大魁梧，很威風。

【威脅】wēi xié ① 威逼脅迫；逼迫恐嚇：勇敢堅強，不怕威脅。② 危害：免受洪水威脅。同 脅迫

【威嚇】wēi hè 威逼恐嚇：休想威嚇我，我不怕！

💡 "威嚇"、"恐嚇"與"嚇人"：威嚇、恐嚇的"嚇"是"逼迫"的意思，讀"hè"不讀"xià"；嚇人的"嚇"是"讓人害怕"的意思，讀"xià"不讀"hè"；二者字同音義不同。

【威嚴】wēi yán ① 嚴厲，嚴肅有威勢：父親威嚴地責問。② 權威和尊嚴：他覺得威嚴受到損害。

〔附加詞〕威信：威望和信譽。威望：威信和聲望。威武：英勇有威勢的樣子。威逼：威脅逼迫。

⁶ **姿**　　姿 姿 姿 姿 姿 姿　姿

普 zī　粵 zi¹ 之

① 容貌；容顏：姿容（容貌）/ 姿色（女子的容顏）。② 姿態、體態；形態：舞姿 / 千姿百態。

〔簡明詞〕姿勢、姿態：體態，身體的動態與靜態。

⁶ **姜**　　姜 姜 姜 姜 姜 姜　姜

普 jiāng　粵 goeng¹ 疆

姓。

⁶ **娃**　　娃 娃 娃 娃 娃 娃　娃

普 wá　粵 waa¹ 蛙

嬰兒、幼童、小孩子：娃娃（幼兒）/ 芭比娃娃。

⁶ **姥**　　姥 姥 姥 姥 姥 姥　

普 lǎo　粵 mou⁵ 母

① 姥姥，外祖母。② 姥爺，外祖父。

💡 姥姥和姥爺是外祖母和外祖父的口語稱呼，"姥姥"的後一個"姥"和"姥爺"的"爺"，都是輕讀；姥字不要寫成"老"或"佬"。

姨　姨 姨 姨 姨 姨 姨 ｜姨｜

(普) yí (粵) ji⁴ 兒

① 母親的姐妹：大姨 / 姨母。② 妻的姐妹：大姨子 / 小姨子。③ 尊稱與母親年齡相仿的婦女：張姨 / 王姨。

姪 [侄]　姪 姪 姪 姪 姪 姪 ｜姪｜

(普) zhí (粵) zat⁶ 疾

兄弟或同輩男性親友的兒子：姪子 / 姪女（兄弟或同輩男性親友的女兒）。

姻　姻 姻 姻 姻 姻 姻 ｜姻｜

(普) yīn (粵) jan¹ 因

① 結成夫妻關係：婚姻 / 聯姻 / 姻緣（結成夫妻的緣分）。② 有婚姻關係的親戚：姻親。(俗) 千里姻緣一線牽

姚　姚 姚 姚 姚 姚 姚 ｜姚｜

(普) yáo (粵) jiu⁴ 搖

姓。

姣　姣 姣 姣 姣 姣 姣 ｜姣｜

(普) jiāo (粵) gaau² 狡

美麗；美好：姣美（漂亮）/ 姣艷（美艷）。

姬　姬 姬 姬 姬 姬 姬 ｜姬｜

(普) jī (粵) gei¹ 機

① 女子的美稱：艷姬 / 瑤姬。② 妾：寵姬。③ 指以歌舞為業的女子：歌姬。

娟　娟 娟 娟 娟 娟 娟 ｜娟｜

(普) juān (粵) gyun¹ 捐

美好；秀麗：娟秀（秀美）/ 娟好（清秀靚麗）。

娛 [娱]　娛 娛 娛 娛 娛 娛 ｜娛｜

(普) yú (粵) jyu⁴ 餘

快樂：歡娛 / 娛樂。

娥　娥 娥 娥 娥 娥 娥 ｜娥｜

(普) é (粵) ngo⁴ 鵝

① 女子姿容美好。② 指美女：嬌娥。

【娥眉】éméi ① 女子彎而細長的眉毛。② 指美女。

娩　娩 娩 娩 娩 娩 娩 ｜娩｜

(普) miǎn (粵) min⁵ 免

婦女生孩子：分娩。

娘　娘 娘 娘 娘 娘 娘 ｜娘｜

(普) niáng (粵) noeng⁴ 孃

① 母親。② 稱呼母親輩的已婚婦女：嬸娘 / 大娘。

娜 (一)　娜 娜 娜 娜 娜 娜 ｜娜｜

(普) nuó (粵) no⁵ 懦 ⁵

婀娜。詳見 "婀娜"。

娜 (二)

(普) nà (粵) no⁴ 挪 / naa⁴ 拿

女性人名用字。

娶

娶 娶 娶 娶 娶 娶

〔普〕qǔ 〔粵〕ceoi² 取

男子與女子成親：娶妻／娶媳婦。

〔簡明詞〕娶親：① 男子成婚。② 男方到女方家裏迎娶新娘。

婪

婪 婪 婪 婪 婪 婪

〔普〕lán 〔粵〕laam⁴ 藍

貪心；貪圖：貪婪。

婆

婆 婆 婆 婆 婆 婆

〔普〕pó 〔粵〕po⁴ 破⁴

① 老年婦女：老太婆。② 丈夫的母親：婆媳／公婆。③ 稱祖母或親屬中跟祖母同輩的婦女：外婆／姑婆。④ 稱特定職業的婦女：產婆／巫婆／媒婆。

【婆婆】pó po ① 丈夫的母親。② 稱祖母。③ 尊稱老年婦女。

娼

娼 娼 娼 娼 娼 娼

〔普〕chāng 〔粵〕coeng¹ 昌

妓女：逼良為娼。

婢

婢 婢 婢 婢 婢 婢

〔普〕bì 〔粵〕pei⁵ 披⁵

受人使喚的女子：婢女／奴婢。

婚

婚 婚 婚 婚 婚 婚

〔普〕hūn 〔粵〕fan¹ 昏

① 結婚：婚禮（結婚典禮）／婚紗（新娘在婚禮上穿的輕紗禮服）。② 婚姻：結婚／離婚／婚約。

婉

婉 婉 婉 婉 婉 婉

〔普〕wǎn 〔粵〕jyun² 院

溫順；柔順：婉順（柔和溫順）。② 委婉：婉拒（客氣地拒絕）／婉謝（委婉客氣地謝絕）。

【婉言】wǎn yán 委婉的話：婉言勸導。〔反〕直言
〔附加詞〕婉言謝絕：委婉拒絕。婉言相勸：好言好語、委婉地規勸。

【婉轉】wǎn zhuǎn ① 言詞委婉含蓄：措詞婉轉。② 聲音動聽：笛聲婉轉。〔反〕生硬

【婉辭】wǎn cí ① 委婉的言詞：婉辭相拒。② 委婉地推辭、回絕：婉辭了朋友的請求。〔反〕嚴詞 * 嚴辭

婦

婦 婦 婦 婦 婦 婦

〔普〕fù 〔粵〕fu⁵ 苦⁵

① 已婚女子：寡婦／少婦。② 妻子：夫婦。③ 成年女子：婦幼（婦女和幼兒）。

〔簡明詞〕婦人、婦女：① 成年女子。② 已婚女子。婦孺：婦女和小孩子。婦孺皆知：盡人皆知。

婀

婀 婀 婀 婀 婀 婀

〔普〕ē 〔粵〕o¹ 柯

婀娜。詳見"婀娜"。

【婀娜】ē nuó 形容姿態輕柔美好：婀娜多姿（輕柔美好的種種姿態）。〔反〕笨拙

媒

媒 媒 媒 媒 媒 媒

〔普〕méi 〔粵〕mui⁴ 梅

① 介紹婚姻：媒人／作媒。② 媒介：傳媒。

【媒介】méi jiè 介紹或聯繫雙方的人或事物：新聞媒介／飛沫是傳播新冠病毒的媒介。

【媒體】méi tǐ 傳播和交流信息的載體，如電視、廣播、報刊、廣告、國際互聯網等。

嫂 [9]
嫂 嫂 嫂 嫂 嫂 嫂

(普)sǎo (粵)sou² 數

① 稱哥哥的妻子：大嫂／嫂子。② 稱未老的已婚婦女：大嫂／嫂夫人。

媚 [9]
媚 媚 媚 媚 媚 媚

(普)mèi (粵)mei⁶ 未

① 美好：明媚／嬌媚。② 討好、巴結：諂媚／媚外。③ 嬌媚的；獻媚的：媚態（嬌媚的姿態；獻媚的姿態）。

婿 [9]
婿 婿 婿 婿 婿 婿

(普)xù (粵)sai³ 世

① 女兒的丈夫：乘龍快婿。② 丈夫：夫婿。

媽 [10]
媽 媽 媽 媽 媽 媽

(普)mā (粵)maa¹ 嗎

① 母親：媽媽／媽咪。② 稱呼親族中與母親同輩的已婚婦女：姨媽／舅媽／姑媽。③ 尊稱年歲大的已婚婦女：張大媽／王大媽。④ 稱呼中老年女僕：趙媽／老媽子。

【媽祖】mā zǔ 中國東南沿海和台灣百姓信奉的掌管航海的女神。據傳是福建莆田湄洲島人，姓林名默，生於公元960年，終身未嫁，二十八歲升天為神，救苦救難。

媳 [10]
媳 媳 媳 媳 媳 媳

(普)xí (粵)sik¹ 色

① 兒子的妻子：兒媳／婆媳。② 弟弟或晚輩親屬的妻子：弟媳／侄媳。

【媳婦】xí fù ① 兒子的妻子：媳婦。② 弟弟或晚輩親屬的妻子：弟媳婦／侄媳婦／孫媳婦。

嫉 [10]
嫉 嫉 嫉 嫉 嫉 嫉

(普)jí (粵)zat⁶ 疾

① 妒忌：嫉妒（忌妒）。② 痛恨：嫉恨（憎恨）／嫉惡如仇（痛恨壞人壞事就像恨仇敵一樣）。

嫌 [10]
嫌 嫌 嫌 嫌 嫌 嫌

(普)xián (粵)jim⁴ 嚴

① 嫌疑：避嫌／涉嫌。② 厭惡；嫌棄：嫌貧愛富。③ 仇恨；怨恨：捐棄前嫌。

【嫌疑】xián yí ① 有作案的可能：有犯罪嫌疑。② 有參與或牽連進去的可能：嫌疑人／不避嫌疑。

嫁 [10]
嫁 嫁 嫁 嫁 嫁 嫁

(普)jià (粵)gaa³ 駕

① 女子結婚：出嫁／嫁娶（嫁人和娶妻）。② 推卸；轉移：轉嫁危機。

〔簡明詞〕嫁妝：出嫁時，娘家陪送給夫家的物品。嫁禍於人：將禍害、罪責轉移到別人身上。

嫩 [11]
嫩 嫩 嫩 嫩 嫩 嫩

(普)nèn (粵)nyun⁶ 暖⁶

① 初生的、柔弱的：嬌嫩／嫩芽（植物新長出來的柔嫩的芽兒）。② 形容細白柔滑：孩子的小手

兒真嫩。③ 鮮嫩，鮮美：魚蒸得很嫩，原汁原味兒。④ 顏色淺淡柔和：嫩白 / 嫩紅 / 嫩黃 / 嫩綠。⑤ 不老練；閱歷淺：她的年資太嫩了，做事還不夠可靠。

11 嫦
嫦 嫦 嫦 嫦 嫦 嫦

(普) cháng (粵) soeng⁴ 常

嫦娥：中國神話中月宮裏的仙女。本是"后羿(yì)"的妻子，偷吃了后羿從西王母處得來的不死藥，飛奔到月亮上成了仙女，住在廣寒宮，與白兔、蟾蜍、桂樹為伴。

11 嫡
嫡 嫡 嫡 嫡 嫡 嫡

(普) dí (粵) dik¹ 的

① 古代指正妻：嫡室 / 嫡妻。② 正妻所生的：嫡嗣 / 嫡子。③ 血統親近的：嫡親。④ 正宗；正統：嫡系。

〔簡明詞〕嫡系：① 血親相傳的正統支派：嫡系子孫。② 一脈相承或親近的派系：嫡系部隊。嫡親：血統最近的親屬，如姐妹兄弟等。

12 嬉
嬉 嬉 嬉 嬉 嬉 嬉

(普) xī (粵) hei¹ 希

遊戲玩耍：嬉戲（戲耍）。

〔簡明詞〕嬉笑：又笑又鬧。嬉笑怒罵：挖苦嘲弄、指摘責罵。

12 嬋
嬋 嬋 嬋 嬋 嬋 嬋

(普) chán (粵) sim⁴ 蟬

嬋娟：① 女性美好的樣子。② 指月亮。

12 嬌[娇]
嬌 嬌 嬌 嬌 嬌 嬌

(普) jiāo (粵) giu¹ 驕

① 柔嫩、柔弱：嬌嫩 / 嬌柔（嬌嫩柔弱）/ 嬌豔（柔美豔麗）/ 嬌妻。② 美麗可愛：江山多嬌。③ 寵愛，過分愛護：嬌縱 / 嬌慣（寵愛放任）。④ 嬌氣：吃過苦就沒那麼嬌了。

【嬌小】jiāo xiǎo 柔美小巧：身材嬌小。(反) 粗壯〔附加詞〕嬌小玲瓏：身材柔美小巧，姿態靈活可愛。

【嬌氣】jiāo qì ① 意志脆弱，不能吃苦：從小就很嬌氣。② 形容不堅固，容易損壞：這胸針兒太嬌氣了，還沒碰就斷了。(反) 堅強

【嬌貴】jiāo guì ① 貴重而不堅實：一套嬌貴的日本瓷器。② 因看重而過分愛護：就一個女兒，嬌貴得不得了。

14 嬰[婴]
嬰 嬰 嬰 嬰 嬰 嬰

(普) yīng (粵) jing¹ 英

初生的小孩兒：嬰兒 / 嬰孩 / 嬰孩兒（不足一歲的幼兒）。

15 嬸[婶]
嬸 嬸 嬸 嬸 嬸 嬸

(普) shěn (粵) sam² 審

① 叔父的妻子：嬸嬸。② 稱呼年紀小於母親的同輩已婚婦女：大嬸 / 二嬸。

子部

子 (一)

子子 子

〔普〕zǐ 〔粵〕zi² 只

① 兒女；兒子：子女／子孫（兒孫，指後代）／獨生子。② 指人：男子／女子。③ 尊稱有學問的男人：孔子／夫子。④ 指學生：弟子。⑤ 種子、果實：瓜子／果子。⑥ 動物的卵：蠶子／魚子。⑦ 幼小的；幼嫩的：子雞／子豬／子薑。⑧ 小塊狀、小粒狀的物體：石子／棋子／子彈（槍彈）。⑨ 銅錢；錢：窮得一個子兒都沒有。⑩ 派生的；從屬的：子母鐘／子公司。⑪ 地支的第一位：子午／甲子。⑫ 子時，古代計時法十二時辰之一，深夜二十三點到一點：子夜（半夜）。
【子女】zǐ nǚ ① 兒子、女兒的統稱：撫養子女。② 兒子或女兒：獨生子女。
【子弟】zǐ dì ① 指兒子、侄子、弟弟等近親晚輩的男子。② 指年輕後輩：富家子弟。

子 (二)

子子 子

〔普〕zi 〔粵〕zi² 只

在詞語中作後綴，沒有實義。作後綴的 "子"，一般都輕讀：帽子／兒子／胖子／兩箱子書／打了一下子。

孑

子子 孑

〔普〕jié 〔粵〕kit³ 揭

① 孤單；孤立：孑然一身（形容孤獨的樣子）。② 孑孓，蚊卵在水中孵化出來的幼蟲。

孒

子孒 孒

〔普〕jué 〔粵〕kyut³ 決

孑孒。詳見 "孑"。

孔

孔孔孔 孔

〔普〕kǒng 〔粵〕hung² 恐

① 小洞；窟窿：孔穴（小洞穴、窟窿）／無孔不入。② 與數目字連用，表示洞形物體的數量：頤和園有十七孔橋。
【孔子】kǒng zǐ 中國古代偉大的思想家、教育家和儒家學派的創始人。春秋時代魯國人，姓孔、名丘、字仲尼，後人尊稱他為孔子或孔夫子。
〔附加詞〕孔廟、夫子廟：祭祀孔子的廟宇，山東曲阜的孔廟規模最宏大。孔孟之道：以孔子和孟子的學説為代表的儒家思想。
【孔雀】kǒng què 一種生活於熱帶的觀賞鳥，有羽冠，雄鳥羽毛光澤美麗，長長的尾羽展開時如彩色屏風，稱為孔雀開屏。孔雀有不同品種，以綠孔雀為主。

孕

孕孕孕孕 孕

〔普〕yùn 〔粵〕jan⁶ 刃

① 懷胎：孕婦（懷孕的婦女）。② 指胎兒：懷孕。
【孕育】yùn yù ① 懷胎生育。② 生成，產生出：大地孕育萬物。

存

存存存存存 存

〔普〕cún 〔粵〕cyun⁴ 全

① 存在：名存實亡。② 活着：生死存亡。③ 保留：求同存異。④ 積蓄；積聚：積存／水庫存滿了水。⑤ 儲蓄：存款／存貨（存款和貨款）。⑥ 存放、寄放：寄存行李。⑦ 懷着：存心不良。

【存在】cún zài 有，沒有消失。反 消失

【存放】cún fàng 寄放；放置；存儲：單車存放處 / 存放在工人房 / 把錢存放在銀行裏。同 儲存 反 取出＊提取

【存款】cún kuǎn ① 儲存在銀行中的錢：提取存款。② 把錢存入銀行：去銀行存款。反 提款

【存疑】cún yí ① 有疑問或疑慮：雖說他解釋過了，可心裏仍然存疑。② 把疑難問題擱置起來：這個問題暫且存疑吧。

3 字 字字字字字 字

普 zì 粵 zi⁶ 自

① 文字：漢字 / 簡化字。② 字音：唱歌吐字清楚。③ 字體：草字。④ 書法作品：字畫（書法和繪畫作品）。⑤ 憑據、書信、便條：字據（書面憑據）/ 立字為憑 / 見字速歸。

【字母】zì mǔ 拼音文字或注音符號中的最小單位：漢語拼音字母 / 國語注音字母 / 英文字母。

【字典】zì diǎn 給文字一一注明讀音，並解釋字義、說明用法，編排有序的工具書。

【字帖】zì tiè 供學習書法的人臨摹的範本。多為書法家的墨跡拓本。

【字書】zì shū 古人解釋漢字字形、讀音和字義的工具書，最有名的字書是東漢時代許慎著的《說文解字》。

〔簡明詞〕字形：漢字的形體，由筆劃組成。字音：文字的讀音。字義：文字所表示的意義。字句：行文中的字詞和句子。字面：文字表面上的意思。

【字跡】zì jì ① 寫出的字的形體：字跡端正。② 字的痕跡：字跡模模糊糊。

【字體】zì tǐ ① 漢字的不同形體，如楷書、行書、草書，現代印刷用的黑體、宋體、仿宋體等。② 漢字書法的流派，如顏（顏真卿）體、柳（柳公權）體等。

【字斟句酌】zì zhēn jù zhuó 斟酌推敲每個字每句話，形容說話慎重、寫作認真。反 馬馬虎虎

4 孝 孝孝孝孝孝孝 孝

普 xiào 粵 haau³ 效³

① 孝順：忠孝 / 孝心（孝順父母的心意）/ 孝道（孝順父母的道義責任）。② 喪服：披麻帶孝。

〔古詩文〕香九齡，能溫席，孝於親，所當執。《三字經》

【孝子】xiào zǐ 孝順父母的兒子。反 逆子

〔附加詞〕孝子賢孫：① 孝順賢良的子孫。② 比喻邪惡勢力的追隨者、陳腐觀念的擁護者。

【孝順】xiào shùn 尊重父母的意願，盡心奉養伺候父母。

【孝敬】xiào jìng ① 孝順、尊敬父母長輩。② 給父母長輩錢物，表示孝心和敬意。

5 季 季季季季季季 季

普 jì 粵 gwai³ 貴

① 兄弟排行位居第四或最後：伯、仲、叔、季 / 季父（最小的叔父）。② 季度：春秋兩季。③ 農曆四季的第三個月：季秋。④ 時間段、年齡段：雨季 / 旱季 / 花季少年。⑥ 作物每年成熟一次稱單季、成熟兩次為雙季：單季稻 / 雙季稻。

【季節】jì jié 一年中按氣候變化、農時節氣劃分的時期：嚴冬季節 / 秋收季節 / 春暖花開的季節。

〔簡明詞〕季度：一季三個月的時間。季軍：競賽活動的第三名。

5 孟 孟孟孟孟孟孟 孟

普 mèng 粵 maang⁶ 猛⁶

① 兄弟排行中的首位：孟、仲、叔、季。② 農曆四季的第一個月：孟春 / 孟夏 / 孟秋 / 孟冬。

5 孤

孤孤孤孤孤孤 孤

〔普〕gū 〔粵〕gu¹ 姑

① 孤兒：遺孤。② 老而無子：孤老。③ 單獨；孤單：勢單力孤 / 孤寂（孤獨寂寞）/ 孤僻（孤獨怪僻）。④ 古代王侯謙稱自己：孤家 / 稱孤道寡。

【孤立】gū lì ① 獨自存在：平原上有一座孤立的山。② 得不到同情、幫助：孤立無援。〔反〕擁護

【孤兒】gū ér 喪父或喪失父母的兒童。

〔附加詞〕孤兒寡母：死去丈夫的母親和子女。

【孤苦】gū kǔ 一個人無依無靠，生活困苦。

〔附加詞〕孤苦伶仃：孤獨困苦，無依無靠。

〔同〕孤單、孤獨

6 孩

孩孩孩孩孩孩 孩

〔普〕hái 〔粵〕haai⁴ 鞋

嬰孩；兒童：小孩兒 / 男孩子 / 孩童（兒童，孩子）。

【孩子】hái zi ① 兒童。② 子女：六年生了六個孩子。

7 孫[孙]

孫孫孫孫孫孫 孫

〔普〕sūn 〔粵〕syun¹ 宣

① 兒子的孩子：孫子 / 孫女。② 孫子的直系後代：曾孫 / 玄孫。③ 跟孫子同輩的親屬：外孫 / 姪孫。

11 孵

孵孵孵孵孵孵 孵

〔普〕fū 〔粵〕fu¹ 呼

禽鳥孵卵或人工孵卵，發育出幼禽小鳥。

【孵化】fū huà 讓動物的受精卵發育成幼體。

13 學

學學學學學學 學

〔普〕xué 〔粵〕hok⁶ 鶴

① 學習：刻苦自學。② 學問：學識（學問）/ 博學多才 / 學有專長。③ 學堂，學校：小學 / 中學。④ 學科：數學 / 天文學。⑤ 模仿：學別人的樣子。

【學士】xué shì ① 學者、讀書人：文人學士。② 大學最低一級的學位：雙學士學位。

【學生】xué shēng ① 在學校求學的人。② 向老師、師傅學習的人。

【學者】xué zhě 在學術上有造詣和成就的人：學者風範。

【學府】xué fǔ 久負盛名、為社會公認的高等學校。

【學科】xué kē ① 按照性質劃分的知識門類，如化學、文學、生物學。② 學校教學的科目，如語文、數學、英文。③ 科學研究、軍事、各種訓練中的知識性科目。

【學風】xué fēng 學校或學術界的風氣：學風嚴謹，學生質素好。〔同〕校風

【學派】xué pài 同一學科中的不同學術派別：老莊學派 / 儒家學派。

【學校】xué xiào 教育學生的機構，一般分為小學、中學和大學，另有專科學校、職業學校等多種。

【學院】xué yuàn ① 大學內設立的專門學科教學單位：科技大學商學院。② 大學一級的、進行專門學科教育的學校：師範學院 / 理工學院。

【學問】xué wèn 系統的知識：鑽研學問。〔同〕學識

【學術】xué shù 成系統的專門學問。〔反〕技術

【學習】xué xí ① 獲得知識或技能：學習技藝 / 學習法文。② 仿效；模仿：學習他的治學方法。〔反〕教授

【學業】xué yè ① 課業，所學的課程：千萬不要荒廢學業。② 學識；學問：學業有成。

【學説】xué shuō 在學術上自成體系的理論主張：儒家學説。

【學歷】xué lì 求學的經歷，如小學、中學、大學、學士、碩士、博士。

💡 學歷、資歷與履歷：學歷指讀書的經歷；資歷指工作經歷及其經驗；履歷指個人的生活經歷、個人歷史。

【學以致用】xué yǐ zhì yòng 學到的知識要運用到實際中去。

【學有專長】xué yǒu zhuān cháng 有特長，學到了專門的學問技能。⊜ 學有所長

〔簡明詞〕學堂：學校。學年：學校的教學年度，一般從秋季開始到次年夏季，或從春季開始到冬末為一學年。學期：學年內劃分的階段，中國的一學年分兩個學期。學位：高等學校授予結業學生的學業頭銜，一般分學士、碩士、博士三級。

【學而不厭】xué ér bú yàn 勤奮好學，永不滿足。⊜ 好學不倦 ⊗ 學而不厭，誨人不倦

【學無止境】xué wú zhǐ jìng 知識沒有盡頭，學習沒有停止的時候。⊗ 學無止境，不進則退

14 孺

孺孺孺孺孺孺

(普) rú (粵) jyu⁴ 餘

① 年幼的：孺子（小孩）/ 孺子可教（這孩子聰明懂事，可以教育成才）。② 幼童，兒童：婦孺皆知。

16 孽

孽孽孽孽孽孽

(普) niè (粵) jit⁶ 熱 / jip⁶ 頁

① 邪惡；罪惡；壞事：造孽 / 罪孽。② 壞人，邪惡者：殘渣餘孽。③ 叛逆；不忠不孝：孽子（不孝之子）。

19 孿

孿孿孿孿孿孿

(普) luán (粵) lyun⁴ 聯

一胎懷兩個孩子：孿生子 / 孿生姐妹。

宀部

2 它

它它它它它

(普) tā (粵) taa¹ 他

指代人及動物以外的事物：事情過去了，忘掉它吧。

【它們】tā men 指代兩個以上的事物：江面上的帆船，它們都是白色的。

💡 它們 tā men 的 "men" 輕讀。

3 宇

宇宇宇宇宇

(普) yǔ (粵) jyu⁵ 雨

① 屋簷。借指房屋：屋宇 / 廟宇。② 上下四方；宇宙空間：環宇 / 宇航員。③ 儀表；風度；氣質：眉宇 / 氣宇軒昂。

〔簡明詞〕宇宙：包括地球在內的，由所有天體和各種物質構成的空間。宇航：① 宇宙航行，如宇宙飛船在太陽系內外空間航行。② 跟宇宙航行有關的：宇航員。

3 守

守守守守守

(普) shǒu (粵) sau² 手

① 防守、防衛：守衛 / 守門員。② 看護；看管：守護 / 看守。③ 遵守：守則（共同遵守的規則）/ 守紀律。④ 保持：守成 / 守業。⑤ 挨近、靠近：守着爐子不怕冷。

【守信】shǒu xìn 誠實有信用，不違約不失信。
同 守約 反 失信 * 爽約
【守候】shǒu hòu ① 看護，護理：守候病人。
② 等待；等候：守候多時。
【守衛】shǒu wèi ① 防守保衛：守衛大橋。
同 護衛 ② 負責防守保衛的人：門口站着守衛。
【守望相助】shǒu wàng xiāng zhù ① 臨近各方
協力警戒防衛，互相支援。② 互相支持，互相
幫助。

宅
3

宅宅宅宅宅　**宅**

普 zhái 粵 zaak⁶ 擇

住宅：深宅大院。
〔簡明詞〕宅第：有規模的住宅；豪門住宅。
宅門：深宅大院的正門。宅院：① 指住宅。
② 住宅的院落。

安
3

安安安安安　**安**

普 ān 粵 on¹

① 平安：安康（平安健康）/ 居安思危。② 平靜；
安定：心神不安 / 坐立不安。③ 舒適：安樂（安
寧快樂）/ 安逸（休閒舒適）。④ 感到滿足：安於
現狀。⑤ 放到適當的位置；找到合適的去處：
安放 / 安排 / 安家落戶。⑥ 安裝；設，設置：安
電話 / 桌子上安一盞檯燈。⑦ 存着、懷着：你安
的甚麼心！
【安心】ān xīn ① 放心：母親病好了，可安心旅
行去了。② 居心、存心：你這是安心捉弄人！
反 操心 * 擔心
【安全】ān quán 沒危險，平安無事：駕車安全
第一。反 危險
【安危】ān wēi ① 平安與危險：關心國家安危。
② 指危險：早把安危置之度外。
【安定】ān dìng ① 平靜穩定：社會很安定。

② 平靜穩定下來：安定人心。反 混亂
【安排】ān pái 有先後、有條理地處置：人事安
排 / 安排旅遊行程。
【安然】ān rán 安穩；坦然：安然無事 / 安然處之。
【安頓】ān dùn 做出適當安排：把一家老小安頓
妥當了才走。同 安置
【安置】ān zhì 安放；安排；安頓：安置行李 / 等
待安置工作。
【安詳】ān xiáng 從容不迫；平靜自然：舉止安
詳 / 神態安詳。反 煩躁
【安裝】ān zhuāng 把零件部件或成品組合成可
運作使用的裝置設備：客廳裏安裝了一套錄音
設備。
【安寧】ān níng 安定平靜，沒有干擾：終日不得
安寧 / 社區的環境很安寧。反 動亂
【安慰】ān wèi ① 寬解、滿足：孩子有出息，父
母很感安慰。② 安撫慰問：安慰失學的孩子。
同 寬慰
【安靜】ān jìng ① 沒有聲響：四周安靜得很。
② 安穩平靜：盼着過安靜的生活。反 嘈雜 * 吵
鬧 * 動蕩
【安穩】ān wěn ① 平安穩當；平穩：幾時才能過
上安穩的日子。② 穩妥；穩重：辦事安穩可靠。
【安居樂業】ān jū lè yè 安定地生活，愉快地做自
己的事業。反 流離失所

完
4

完完完完完完　**完**

普 wán 粵 jyun⁴ 元

① 齊全；不缺少：完滿（圓滿）/ 完完整整。
② 做成；完成：完畢（結束）/ 完成（全部做完）。
③ 盡；沒有剩餘：功課做完了 / 報紙看完了。
④ 失敗；了結：完了，沒救了。俗 金無足赤，
人無完人
(一)【完了】wán liǎo 結束；完成了：等裝修完
了，再買家俬。

(二)【完了】wán le 徹底失敗；沒一點指望了：完了完了，老本兒都賠光了。

【完全】wán quán ① 完整；齊全：修補得很完全。反殘缺 ② 全部：答案完全正確。反部分

【完好】wán hǎo 沒有損壞殘缺：地震過後，沒有一幢完好的樓房。同完整

〔附加詞〕完好如初：經歷變故，未受損害，完整得像變故前一樣。

【完美】wán měi 完備美好：他有個完美的家庭。

〔附加詞〕完美無缺：沒有缺點，非常完美。

【完善】wán shàn ① 又齊全又好：教學設備完善。② 改進到完美無缺：完善公司的規章制度。

【完整】wán zhěng 沒有殘缺、沒有損壞：領土完整 / 完整地交給你。同完好 反零碎 * 破碎

4 宋
宋宋宋宋宋宋　宋
普 sòng 粵 sung³ 送

朝代名。公元 960 − 1279 年，歷史上分為北宋和南宋。北宋建都汴梁（金河南開封市），南宋建都臨安（今杭州市）。詳見 "北宋"、"南宋"。

4 宏
宏宏宏宏宏宏　宏
普 hóng 粵 wang⁴ 弘

大；廣大；大範圍的：宏大（巨大）/ 寬宏大量。

【宏偉】hóng wěi 宏大雄偉：氣魄宏偉 / 宏偉的建築。反渺小

5 宗
宗宗宗宗宗宗　宗
普 zōng 粵 zung¹ 忠

① 祖先；血族；同一血族的：祖宗 / 宗親 / 同祖同宗。② 派別：宗派（派系；集團）/ 正宗粵菜。③ 根本；主旨：宗旨（基本目的；主要意圖）。④ 尊敬崇拜；學習效法：海內宗仰 / 他

的書法宗王義之。⑤ 件；批：一宗案卷 / 大宗款項。俗 萬變不離其宗

【宗教】zōng jiào 人類崇拜神明或自然神的形式。不同的族羣有不同的神明崇拜或自然神崇拜，因而形成多種宗教，天主教、基督教、伊斯蘭教和佛教，是目前世界上信奉人數最多的宗教。

〔附加詞〕宗族：由同一血族的人構成的親屬網。宗親：同宗族的親屬。宗廟：古代帝王、諸侯祭祀祖宗的地方。

5 定
定定定定定定　定
普 dìng 粵 ding⁶ 丁⁶

① 安穩；平靜：安定 / 心神不定。② 穩定下來；固定下來：定居（長期居住）/ 吃了定心丸。③ 規定的；約好的：定期 / 定購。④ 決定；確定：定奪（做出決定）/ 定位（確定所在位置）。⑤ 必定；一定：這當中定有原因。

【定期】dìng qī ① 限定日期或期限：定期完工。② 有明確期限的：定期存款。③ 按照一定時間的：定期班車。反活期

【定義】dìng yì 對事物性質所作的科學表述：行星的定義。

【定價】dìng jià ① 確定銷售價格：由市場部定價。② 售價：定價拾塊錢，不算便宜。

【定論】dìng lùn ① 確鑿不移的論斷：早有定論。② 做出最終論斷：尚待權威學者定論。

【定點】dìng diǎn ① 被限定的地點或範圍：定點推銷。② 準時、準點：火車定點到達。

5 宜
宜宜宜宜宜宜　宜
普 yí 粵 ji⁴ 兒

① 合適；適合：適宜 / 宜人（令人舒適；合人心意）。② 應當；應該：不宜操之過急。

【宜於】yí yú 適合於：花園城市墨爾本，宜於居

住。圓 適於

宙 宙宙宙宙宙宙 **宙**

（普）zhòu （粵）zau⁶ 就

古往今來的時間：宇宙。

〔簡明詞〕宙斯：希臘神話中的主神，主宰眾神和人類，威力無邊。

官 官官官官官官 **官**

（普）guān （粵）gun¹ 管¹

① 擔任官方職務的人員：軍官／外交官。② 屬於政府的：官辦／官立（政府辦的）。③ 器官：五官端正。

〔簡明詞〕官員、官吏、官僚：在政府任職、享有官銜的人員。官府、官署：指政府機構。官方：政府方面的，如官方聲明／官方人士。

宛 宛宛宛宛宛宛 **宛**

（普）wǎn （粵）jyun² 院

① 彎曲，曲折：委宛地訴説。② 彷彿，好像：宛若／宛如／宛似。

【宛轉】wǎn zhuǎn ① 盤曲，轉過來轉過去：宛轉的小路伸向大山深處。② 聲音委婉動聽：歌喉宛轉／音樂宛轉悠揚。圓 彎曲＊婉轉

宣 宣宣宣宣宣宣 **宣**

（普）xuān （粵）syun¹ 孫

① 公開説出來；公佈出來：心照不宣／宣佈。② 宣講：宣道（講道）。③ 傳播；散佈：宣傳／宣揚。④ 疏通，疏散：宣泄（疏通水流；發泄）。

【宣告】xuān gào 宣佈，告訴大家：又一個慈善社團宣告成立。

【宣佈】xuān bù 公佈出來，告訴公眾：宣佈選舉日期／宣佈任命新校長。

【宣言】xuān yán 國家、政黨或團體就重大問題的立場、政策、要求、做法所發表的文告：獨立宣言／和平宣言。

【宣判】xuān pàn 案件審理結束，法官向當事人宣佈判決。

【宣揚】xuān yáng 廣泛宣傳，讓大家都知道：大肆宣揚。

【宣傳】xuān chuán 用多種方式向公眾説明講解：宣傳教育改革方案。

【宣誓】xuān shì 在特定的儀式上當眾宣讀誓詞，並承諾履行誓言：宣誓就職。

〔簡明詞〕宣稱：公開表明。宣讀：當眾讀出。

宦 宦宦宦宦宦宦 **宦**

（普）huàn （粵）waan⁶ 患

① 官員：官宦人家。② 做官：仕宦。③ 太監：宦官。

室 室室室室室室 **室**

（普）shì （粵）sat¹ 失

① 房間；房屋：卧室／會議室。② 家族；家：宗室／十室九空。③ 妻子、家屬：妻室／家室。④ 政府、企業、學校等內部的工作部門：秘書室／檔案室。⑤ 器官內部的空腔：左心室。

客 客客客客客客 **客**

（普）kè （粵）haak³ 嚇

① 來賓；客人：賓客／座上客。② 從事特定活動的人：俠客／刺客／政客。③ 寄居、遷居外地的：客居他鄉。④ 外來的，不是出於本身本地的：客座教授。⑤ 與數目字連用，表示食品的數

量：一客炒飯／兩客甜食。

〔簡明詞〕客商：往來經商的人。客運：載運旅客的業務。

【客人】kè rén ① 來賓；被主人邀請來的人：迎送客人。⊘主人 ② 商家稱顧客：生意清淡，客人不多。

【客套】kè tào ① 表示客氣的舉動：謝謝，不必客套。② 説客氣話：彼此客套了幾句。⊘無理

〔附加詞〕客套話：應酬話、寒暄話、客氣話。

【客氣】kè qi ① 謙讓，有禮貌：待人很客氣。② 表現出謙讓的姿態：大家客氣了一番。⊘粗野

【客家】kè jiā 古代從中原地區陸續遷徙到南方定居的漢人族羣，分佈在廣東、廣西、福建、江西、台灣等地：客家人。

【客觀】kè guān ① 在人的觀念意識之外的一切事物：客觀環境。② 沒有成見偏見：他看人比較客觀。⊘主觀

害

⑦

害害害害害害 **害**

⊜ hài ⊕ hoi⁶ 亥

① 災禍，災難：災害／水害。② 損傷；殺害：損害／遇害／害人精。③ 有害的：害蟲／害處（壞處）。④ 患；生成；產生：害病／害羞／害怕。⑤ 妨礙：妨害。

【害怕】hài pà 內心不安或驚恐。⊜恐懼

【害羞】hài xiū 怕難為情；不好意思：小姑娘害羞，不肯出來。⊜怕羞

家

⑦

家家家家家家 **家**

⊜ jiā ⊕ gaa¹ 加

① 家庭：成家立業。② 家庭所在地：家在九龍灣。③ 做特定行業、具有特定身分或特徵的人：酒家／店家／廠家／船家／冒險家。④ 具有專業知識、專門技能的人：專家／醫學家。⑤ 跟自己有特定關係的人：親家／冤家對頭。⑥ 學術上的流派：儒家／自成一家。⑦ 謙稱自己的父母長輩和年長的平輩親屬：家父／家母／家叔／家兄／家姐。⑧ 家裏的：家規／家務。⑨ 人工飼養的：家畜／家兔。⑩ 與數目字連用，表示單位的數量：一家農戶／兩家公司／三家工廠。

【家人】jiā rén 家裏人；一家人、自家人：家人不在／親如家人。⊘外人

【家用】jiā yòng ① 家庭的生活費用：家用月月不足。② 家庭使用的：家用電器／家用攝像機。

〔簡明詞〕家鄉：故鄉。家書：家信。家具：家俬。家務：家庭生活中的日常事務。家禽：人工飼養的雞、鴨、鵝。家畜：家養的牲畜牛、馬、豬、羊等。

【家私】jiā sī 家庭財產：家私豐厚。⊜家財＊家產

💡 "家私"與"家俬"：家私，指私人財產；家俬，指家具，也寫作"傢俬"。

【家長】jiā zhǎng ① 一家之主。② 父母或監護人：學生家長。

【家事】jiā shì 家裏的事，家庭事務。⊘公事＊國事

〔古詩文〕風聲雨聲讀書聲聲聲入耳，家事國事天下事事事關心。

【家門】jiā mén ① 自己家的門；自己的家：來到家門口。② 出身、經歷：説清楚自己的家門。③ 家族；整個家庭：敗壞家門／為家門出醜！

【家居】jiā jū 家庭的居室：家居寬敞。⊜居家

【家俬】jiā sī 家具，家用的坐具、臥具等，如牀、櫃、沙發、座椅、寫字枱之類。⊜家具

【家庭】jiā tíng 由婚姻、血緣關係構成的社會基礎單位，包括配偶、子女、父母等共同生活的親屬：三代同堂的大家庭。

【家常】jiā cháng ① 日常生活中的事：閒話家常。② 普通的；平常的：家常菜。

〔附加詞〕家常便飯：日常吃的飯菜；習以為常的事情。

【家族】jiā zú 由同一血親組成的羣體，一般包羅幾代人：山西王氏是個大家族。

【家眷】jiā juàn ① 妻子兒女。② 妻子：他是單身漢，沒有家眷。⑩ 眷屬

【家業】jiā yè ① 自家擁有的產業：這份家業來之不易。② 家傳的財產、事業、學問、技藝：繼承家業。

【家傳】jiā chuán 家族世代相傳的：家傳秘方。⑩ 祖傳

【家境】jiā jìng 家庭經濟狀況；家庭的環境氛圍：家境貧寒／人多房子小，家境不適合讀書。

【家屬】jiā shǔ 戶主以外的家庭成員；員工的家庭成員：攜家屬外遊／邀請員工家屬參加。⑩ 眷屬

【家家戶戶】jiā jiā hù hù 每家每戶。⑩ 各家各戶

【家喻戶曉】jiā yù hù xiǎo 家家戶戶都明白，盡人皆知：張家朗是家喻戶曉的香港運動員。⑩ 婦孺皆知 ⑪ 秘而不宣

宵 宵宵宵宵宵宵 宵
⑧ xiao ⑧ siu¹ 消
① 夜，夜間：元宵／春宵／宵禁（夜間禁止通行）。
〔古詩文〕春宵一刻值千金
【宵夜】xiāo yè ① 夜晚。② 夜間吃酒食、點心：我們一起去宵夜。③ 在夜間吃的酒食、點心：吃點宵夜再睡。

宴 宴宴宴宴宴宴 宴
⑧ yàn ⑧ jin³ 燕
① 宴請：大宴賓客。② 酒席，筵席：家宴／宴席（請客的酒席）／設宴歡迎。

容 容容容容容容 容
⑧ róng ⑧ jung⁴ 溶
① 包容，納得下：容納。② 諒解；寬恕：寬容／情理難容。③ 允許；忍讓：容許／容忍。④ 相貌：面容。⑤ 神情，氣色：笑容／倦容。⑥ 形象；狀態：市容／陣容。

【容忍】róng rěn 寬容對待：不能再容忍下去了。⑩ 包容＊寬容 ⑪ 苛求

【容易】róng yì ① 簡便、不困難、不費事：試題很容易。② 很有可能：秋天容易感冒。⑪ 困難

【容納】róng nà 裝得下；承接：容納十萬人的廣場。

【容許】róng xǔ 允許；許可：公園裏不容許吸煙。⑪ 禁止

【容量】róng liàng 所能容納的數量：冰箱的容量／水庫的容量。

【容貌】róng mào 容顏面貌：容貌出眾／秀麗的容貌。⑩ 長相＊面貌

【容器】róng qì 盛東西的器具。⑪ 量器

宮 宮宮宮宮宮宮 宮
⑧ gōng ⑧ gung¹ 公
① 房屋。後來指帝王的住所：皇宮。② 神仙的住所：月宮／龍宮。③ 廟宇和道教道觀的名稱：天后宮／青羊宮。④ 現代文化娛樂活動場所：文化宮／少年宮。⑤ 指婦女的子宮：宮頸炎。

【宮廷】gōng tíng ① 帝王居住和處理政務的地方。② 比喻統治集團內部：宮廷政變。

【宮殿】gōng diàn 帝王處理政務和居住的房屋，高大莊重。⑩ 宮室

【宮燈】gōng dēng 一種用絹、紗、玻璃等做成的六角或八角形吊燈，燈上有繪畫，燈底懸裝飾物，因最初為宮廷專用，故名。

宰

⁷

宰宰宰宰宰宰 宰

(普) zǎi (粵) zoi² 災²

① 主管:主宰。② 殺牲畜:屠宰。

【宰相】zǎi xiàng 古代輔助帝王,總攬政務的最高官員。(俗) 宰相肚裏能撐船

【宰殺】zǎi shā 殺牲畜、家禽等。

【宰割】zǎi gē ① 宰殺切割。② 比喻支配、壓迫、役使、盤剝。

寇

⁸

寇寇寇寇寇寇 寇

(普) kòu (粵) kau³ 扣

① 盜匪;敵人:流寇 / 日寇 / 寇仇(仇人,仇敵)。② 侵犯:入寇邊關。

寅

⁸

寅寅寅寅寅寅 寅

(普) yín (粵) jan⁴ 人

① 地支的第三位。② 古代計時方法十二時辰中的寅時,指凌晨三點至五點鐘。詳見“干支”。

【寅吃卯糧】yín chī mǎo liáng 卯年的前一年是寅年,寅年就吃卯年的糧食,比喻入不敷出,透支以後的收入。

寄

⁸

寄寄寄寄寄寄 寄

(普) jì (粵) gei³ 記

① 通過郵局、快遞或託人帶交:寄信 / 寄包裹。② 依靠,依附:寄生(靠他人養活)/ 寄食(靠別人給食)。③ 委託;託付:寄售 / 小件寄存。

【寄託】jì tuō ① 託付:從小就寄託在叔父家。② 把希望、感情放在別人或別的方面:感情寄託。

【寄宿】jì sù ① 借住:寄宿同學家。② 住在學校宿舍裏:寄宿生 / 寄宿學校。

〔簡明詞〕寄存、寄放:暫時存放在一個地方代為保管。寄人籬下:依靠別人過日子。

寂

⁸

寂寂寂寂寂寂 寂

(普) jì (粵) zik⁶ 夕

① 安靜,沒有聲音:沉寂。② 孤單;冷清:孤寂。

【寂寞】jì mò ① 孤單冷清:獨自生活,倍感寂寞。② 無聲無息:寂寞的原野。(同) 孤寂 (反) 熱鬧

【寂靜】jì jìng 沒有半點聲音:寂靜的夜晚。(同) 安靜 * 寧靜 (反) 吵鬧 * 熱鬧

宿

⁸ (一)

宿宿宿宿宿宿 宿

(普) sù (粵) suk¹ 叔

① 住宿;過夜:曉行夜宿 / 風餐露宿。② 舊有的;過去的;有經驗的:宿敵(向來的敵人)/ 宿仇(深仇;舊敵)/ 宿將。③ 平素;向來:宿聞其名。

【宿營】sù yíng 軍隊住宿過夜;在露天過夜:在戰地宿營 / 到山野遠足宿營。(同) 扎營 * 野營

【宿舍】sù shè 供給轄下的人住宿的房屋:學生宿舍 / 職員宿舍 / 公務員宿舍。

〔簡明詞〕宿命、宿命論:認為人生的一切,生老病死、婚姻嫁娶、榮辱、貧富、禍福,都由上天主宰、命運決定,個人無法改變。

宿

⁸ (二)

(普) xiǔ (粵) suk¹ 叔

與數目字連用,表示“夜的多少”:住了一宿 / 一天一宿(一天一夜)。

宿 (三)

8

普 xiù 粤 sau³ 秀

古人稱星座：星宿。

密

8

密密密密密密 密

普 mì 粤 mat⁶ 物

① 隱蔽、不公開的：密議（秘密商議謀劃）/ 密謀。② 秘密：告密 / 泄密。③ 關係近、感情深的：親密 / 密友。④ 距離極近，空間極窄小：緊密 / 疏密。⑤ 周到；細緻：細密 / 緻密。

【密切】mì qiè ① 關係緊密：往來密切。② 嚴密、認真、仔細：密切關注局勢的進展。反 疏遠

【密佈】mì bù ① 密集排列；密集分佈：烏雲密佈。反 分散 * 消散 ② 暗中佈置：密佈心腹探聽消息。

【密度】mì dù 稀疏和稠密所達到的程度：香港的人口密度每年都有所上升。

【密集】mì jí ① 稠密地聚集在一起：灌木密集，無路可走。② 形容多而集中：銅鑼灣的遊人越來越密集。反 稀疏

【密碼】mì mǎ 保密的電碼或數碼：密碼破譯專家 / 存款密碼。

【密密麻麻】mì mì má má 又多又密的樣子：樹上密密麻麻都是螞蟻。反 零零星星 * 稀稀拉拉

寒

9

寒寒寒寒寒寒 寒

普 hán 粤 hon⁴ 韓

① 冷：寒風（冷風）。② 心灰；害怕：心寒 / 膽寒。③ 寒微、窮困：家境貧寒。

【寒食】hán shí 中國古代節日名，在清明前一日或兩日，自寒食起，三天不生火，只吃冷食，故稱寒食。

【寒流】hán liú 海洋由高緯度流向低緯度的洋流，能使流經的區域氣溫下降。反 暖流

💡 寒潮與寒流：寒潮，指強冷空氣團；寒流，指低溫的大洋水流。前者在天空裏，後者在海洋中，二者是兩碼事。

【寒帶】hán dài 地球北極圈和南極圈之內天寒地凍的地帶。

〔簡明詞〕寒意：寒冷的感受。寒冷：溫度很低，非常冷。寒夜：寒冷的夜晚；冬天的夜晚。寒假：學校在春節前後的寒冷時節放的假期。寒窗：指寂寞艱苦的讀書環境。寒暄：見面時問候起居冷暖。

【寒暑】hán shǔ ① 冬天和夏天。借指一年的時間：一恍就過了十個寒暑。② 冷和熱：不論風雨寒暑，堅持鍛煉身體。

【寒酸】hán suān ① 形容貧苦、窘迫的樣子：一副寒酸相。② 不體面，沒有氣派：門面寒酸。反 高貴

【寒潮】hán cháo 由寒冷地帶侵襲過來的強冷空氣團：大風寒潮警報。參見"寒流"。

【寒露】hán lù 中國節氣名。在公曆每年的十月八日或九日。詳見"二十四節氣"。

富

9

富富富富富富 富

普 fù 粤 fu³ 庫

① 多，豐富：富於感情。② 錢財多：富甲天下（天下最有錢）。③ 富裕起來：富民政策。④ 資源和財產的總稱：財富。

【富有】fù yǒu ① 擁有大量財產：富有的國度。② 充分具有：富有魅力。同 富足 反 貧乏

【富於】fù yú 長於、善於、多於，特別具有：富於文采 / 富於創新能力。

〔簡明詞〕富足、富裕：財物豐富充足。富翁：財產多得遠在一般人之上的人。富豪：擁有巨量財富的人；有錢有勢的人。

【富強】fù qiáng 財富充裕，力量強大：繁榮富

強。<u>反</u>虛弱 * 弱小

〔附加詞〕富國強兵：把國家搞富足、軍力搞
強大。

【富貴】fù guì 錢財充足，社會地位高：享盡榮華
富貴 / 孔子說：富貴對於我如同浮雲。<u>反</u>窮困

【富饒】fù ráo 財源足，物產豐富：富饒的珠江三
角洲。<u>反</u>貧瘠 * 貧困

寓

9 寓 寓寓寓寓寓 寓

(普) yù (粵) jyu⁶ 遇

① 居住：暫寓上海。② 住所：公寓 / 寓所（住
處）。③ 寄託，隱含着：寓情於物。

【寓言】yù yán 文學體裁之一。用故事或擬人的
手法說明一個道理或教訓，起勸誡和教育作用：
伊索寓言。

【寓意】yù yì ① 寄託、蘊含着的意思：讀寓言要
理解寓意。② 寄託意思；蘊含旨意：寓意於物 /
寓意山水。

寨

11 寨 寨寨寨寨寨 寨

(普) zhài (粵) zaai⁶ 債⁶

① 防禦用的柵欄：木寨 / 鹿寨。② 山寨；軍營：
寨主 / 營寨。③ 寨子，村莊：進寨的時候天已經
黑了。

【寨子】zhài zi ① 柵欄、籬笆：寨子上爬滿了瓜
藤。② 四周有柵欄的村落：九寨溝，因溝內有九
個寨子而得名。

寞

11 寞 寞寞寞寞寞 寞

(普) mò (粵) mok⁶ 莫

寂靜；冷落：寂寞。

寡

11 寡 寡寡寡寡寡 寡

(普) guǎ (粵) gwaa² 瓜²

① 少；缺少：沉默寡言 / 寡情薄義。② 清淡：
清湯寡水。③ 婦女喪夫：守寡 / 寡婦（死了丈夫
的婦女） / 寡居（喪夫後獨居）。④ 寡人，古代王
侯謙稱自己：稱孤道寡。

察

11 察 察察察察察 察

(普) chá (粵) caat³ 刷

① 仔細看：觀察 / 察看（查看了解）/ 察覺（發覺、
看出來）。② 調查了解：考察 / 察訪（通過考察
和訪問了解情況）。

寧

11 寧 (一) 寧寧寧寧寧 寧

(普) níng (粵) ning⁴ 檸

① 安定；平靜：安寧 / 寧靜（安靜，平靜）/ 坐臥
不寧。② 安定下來：息事寧人。③ 南京的別稱：
滬寧兩地。

寧

11 寧 (二)

(普) nìng (粵) ning⁴ 檸

寧可；寧願：寧死不屈。<u>俗</u>寧為玉碎，不為瓦全。

寧可、寧肯、寧願：兩相比較之下，做出選擇：
寧肯少些，但要好些。

寢

11 寢 寢寢寢寢寢 寢

(普) qǐn (粵) cam² 侵²

① 睡：寢室（臥室）。② 臥室：內寢。

11 寥

寥寥寥寥寥寥 寥

普 liáo 粵 liu⁴ 聊

① 空曠：寥廓（高遠空曠）。② 寂靜；空虛：寂寥。③ 稀少；稀疏：寥寥無幾（數量非常少）。

11 實

實實實實實實 實

普 shí 粵 sat⁶ 失⁶

① 果實；種子：開花結實。② 結果實：春華秋實。③ 實際；事實：實況（實際情況）/ 名存實亡 / 名實相副。④ 真實；實在：華而不實 / 貨真價實 / 實情（真實情況）。⑤ 充滿：充實 / 荷槍實彈。⑥ 富裕，富足：家道殷實。⑦ 確實、的確：實不相瞞。

【實用】shí yòng 有實際使用價值：半月形寫字枱不實用。反 無用

【實地】shí dì ① 堅實的地面：腳踏實地。② 現場；事件發生的地方：實地調查 / 實地考察。

【實在】shí zài ① 真實；老實：為人實在。② 的確；確實：實在不知道。③ 具體、切實：少說空話，多做實在的事。④ 紮實，不馬虎：事情做得實在，沒有水分。

【實現】shí xiàn 成為事實；成功了：夢想終於實現了。反 破滅

【實習】shí xí 在實際工作中訓練操作能力、獲取經驗：到會計師事務所實習。

【實話】shí huà 真實的話：要講實話，不說假話。反 假話

　　〔附加詞〕實話實說：老老實實照直說。

【實際】shí jì ① 事實；真實情況：把實際情況告訴我。② 實在的、具體的：不過是說說而已，並無實際行動。

【實踐】shí jiàn ① 履行；實際去做：她一心要實踐自己的計劃。② 人們所從事的各種活動：科學實踐 / 教學實踐。反 理論

【實質】shí zhì 本質；真實情況；真實目的：認清問題的實質。反 現象 * 表象

【實驗】shí yàn ① 進行驗證活動：實驗室。② 進行驗證的工作：老師指導同學做化學實驗。

　　〔附加詞〕實驗室：做科學實驗的工作室。同 實事：有成效的事；真實發生的事。實例：實際例子。實行、實施：執行，實際施行。實效：成效，實際取得的效果。實業：工商企業。

【實事求是】shí shì qiú shì ① 弄清事實，求得正確的結論。② 按照實際情況，正確對待和處理問題。反 自行其是 * 自以為是

12 寬

寬寬寬寬寬寬 寬

普 kuān 粵 fun¹ 歡

① 寬廣；範圍大：寬廣（廣闊）/ 寬敞（寬大、寬闊）。② 寬度：這張紙寬十厘米。③ 放寬；鬆弛下來：寬免（免除）/ 寬限（延長期限）/ 寬心（解除憂慮）。④ 寬裕，富裕：近日手頭不寬。

【寬大】kuān dà ① 面積大：主臥室很寬大。② 氣量大，不苛求：做人以寬大為本。③ 從輕處置：寬大處理。反 狹小 * 狹窄

【寬容】kuān róng ① 寬恕諒解：一犯再犯，不知改正，難以寬容。② 寬大容忍：待人和善，很寬容。反 嚴懲 * 嚴厲

【寬恕】kuān shù ① 饒恕：低頭認罪，請求寬恕。② 寬容諒解：念他初犯，寬恕一次算了。反 嚴辦 * 寬容

【寬裕】kuān yù 充足；富裕：日子過得很寬裕。反 窘迫

【寬慰】kuān wèi ① 欣慰：孩子病情轉好，母親很感寬慰。② 寬解安慰：她想用笑容來寬慰媽媽。反 焦慮

【寬闊】kuān kuò 寬廣，廣闊；博大：水面寬闊 / 寬闊的草坪 / 心胸很寬闊。反 狹窄 * 窄小

【寬鬆】kuān sōng ① 寬舒；寬敞：車廂裏人少，

很寬鬆。⊠擁擠 ② 鬆弛；輕鬆舒展：她開了個玩笑，氣氛頓時寬鬆下來 / 這兩年心裏就沒寬鬆過。⊠緊張 ③ 寬裕、富裕：日子過得還算寬鬆。

寫

[12]

寫寫寫寫寫寫 寫

⦅普⦆xiě ⦅粵⦆se² 捨

① 書寫；寫作：寫字 / 寫文章。② 描繪；描寫：速寫 / 寫生（依照實物或風景作畫）/ 寫景抒情。③ 文字的寫法：大寫 / 簡寫。

【寫作】xiě zuò 寫文章；進行文學創作：寫作課 / 寫作小說。

【寫照】xiě zhào 描寫出的真實模樣：毛手毛腳正是她性格的寫照。

【寫真】xiě zhēn ① 畫人像。② 照片；肖像。

【寫字樓】xiě zì lóu ① 商用辦公樓。② 指辦公室：我的寫字樓在中環廣場。⊜辦公樓 * 辦公室

審

[12]

審審審審審審 審

⦅普⦆shěn ⦅粵⦆sam² 沈

① 詳細；仔細；周密：精審 / 詳審。② 審查；審核：審訂 / 編審。③ 審問：審訊（向當事人查問案情）/ 庭審 / 審理案件。

【審判】shěn pàn 法庭對案件進行審理和判決。

【審查】shěn chá 仔細地查核：審查合格，准予開業。⊜審核

【審美】shěn měi 鑒別和欣賞：審美能力。⊜鑒賞

【審理】shěn lǐ ① 審查處理：審理稿件。② 法院審查和認定案件的證據、審問當事人、詢問證人，查清事實，確定案件的性質，做出相應判決：開庭審理。

【審問】shěn wèn ① 審訊：審問疑犯。② 詳細地問：審問方案的細節。

〔簡明詞〕審核：查核，審查核定。審定：審查決定。審議：審查議決。

【審慎】shěn shèn 慎重：審慎處理 / 持審慎的態度。⊜謹慎

【審察】shěn chá ① 仔細地察看：審查作戰地形。② 核查：審察計劃。

寵 [宠]

[16]

寵寵寵寵寵寵 寵

⦅普⦆chǒng ⦅粵⦆cung² 充²

過分喜愛；偏愛：恩寵 / 寵兒（受寵愛的人）。

【寵物】chǒng wù 人飼養來賞玩的動物，如狗、貓、鳥等。

【寵愛】chǒng ài 特別喜愛；嬌縱偏愛。⊠厭惡

寶 [宝]

[17]

寶寶寶寶寶寶 寶

⦅普⦆bǎo ⦅粵⦆bou² 保

① 古代玉石、玉器總稱"寶"：寶石 / 寶玉。② 珍貴的物品：珍寶 / 無價之寶。③ 佛教的事物多用"寶"字，以表神聖：寶座 / 寶蓮（蓮花）。

【寶石】bǎo shí ① 色澤漂亮、透明度高、硬度強的礦石，可製作裝飾品、儀表的軸承等：藍寶石 / 紅寶石。② 玉石：翡翠寶石吊墜。

【寶貝】bǎo bèi ① 稀有珍奇的物品。② 稱親愛者或小孩子：乖寶貝 / 小寶貝。③ 珍愛；疼愛：他很寶貝孩子。

【寶庫】bǎo kù 儲藏珍貴物品的處所：文學寶庫 / 藝術寶庫。

【寶貴】bǎo guì 極有價值的、珍貴的：唐詩是中國文化的寶貴財富。⊜珍貴 ⊠輕賤

【寶藍】bǎo lán 像藍寶石那種透亮有光澤的藍色。⊜寶石藍岡

【寶藏】bǎo zàng ① 埋藏於地下的自然資源。② 儲藏的珍寶或財富：故宮的寶藏有數十萬件。

寸 部

寸 ⁰

寸 寸　

（普）cùn （粵）cyun³ 串

① 市制長度單位，10 寸為 1 尺；1 寸為 1.3123 英寸。② 形容極短、極小：寸步難行（阻力重重，很難進展）/ 寸心（微薄的心意）。

寺 ³

寺 寺 寺 寺 寺　寺

（普）sì （粵）zi⁶ 自

① 僧侶供佛、進行宗教活動和居住的地方：寺院 / 佛寺 / 靈隱寺。② 伊斯蘭教進行宗教活動的地方：清真寺。
【寺廟】sì miào ① 佛寺，民間俗稱寺廟。佛教稱 "寺"，不稱寺廟。② 泛指廟宇。（同）寺院

封 ⁶

封 封 封 封 封 封　封

（普）fēng （粵）fung¹ 風

① 帝王賜給親屬和功臣的爵位、土地等：封爵位 / 分封諸侯。② 嚴密關閉、封閉或蓋住：封關 / 封存（封閉保存）。③ 封裝東西的紙包、紙袋：信封 / 封套（裝文件或出版物的套子）。④ 與數目字連用，表示有封套的東西的數量：發三封信。
【封面】fēng miàn 書刊正面最外邊的那一頁。（反）封底
【封閉】fēng bì ① 蓋住；關閉：暴雪封閉了道路。② 查封：封閉地下賭場。（反）敞開 * 開放
【封鎖】fēng suǒ 用強制手段與外界隔絕：封鎖消息 / 海上封鎖。（反）開放

射 ⁷

射 射 射 射 射 射　射

（普）shè （粵）se⁶ 捨 ⁶

① 借助彈力、衝力、推力迅速發出去或噴出去：射箭 / 射門 / 噴射機。② 放出光來：光芒四射。③ 話裏有話，有所指：影射。
【射擊】shè jī ① 用槍炮等武器向目標發射。② 體育比賽項目，比賽射擊的準確度。

專[专] ⁸

專 專 專 專 專 專　專

（普）zhuān （粵）zyun¹ 尊

① 專注；專門：專一（一心一意）/ 專線（專用的通訊或交通線路）。② 獨自掌握或佔有：專長（特長）/ 專斷（獨斷專行）/ 專權（獨攬大權）。
【專心】zhuān xīn 精力集中，全神貫注。（同）專注
〔附加詞〕專心致志：一心一意，聚精會神。
【專名】zhuān míng 只用於特定對象的名稱，如人名、地名、朝代名、公司名等。
【專利】zhuān lì 專利權，一項發明的首創者所擁有的獨享權益，專利權在規定期限內受法律保護。
【專門】zhuān mén ① 特地、特意：專門來給爺爺拜壽。② 限定於某一門類、某一方面、某一範圍：專門人才 / 專門研究中國文學。
【專制】zhuān zhì ① 君主、一黨或個人控制政權，獨斷專行。② 全面控制，一個人說了算：家裏是母親專制，母親說了算。（同）專權 * 獨裁
【專注】zhuān zhù 心思專一，全神貫注：專注於研究數學 / 玩電子遊戲很專注。（同）專一
【專科】zhuān kē 專項科目，特定的科目：專科學校 / 心血管專科醫生。
〔附加詞〕專科學校：實行專科教育的學校，如師範專科學校。
【專家】zhuān jiā 深入研究某一學科有成就的人；有技術專長的人：火箭專家。

【專案】zhuān àn ① 專門立案處理的重要案件或重要事件：專案調查。② 獨立事項；重要事項：此事專案研究。

【專訪】zhuān fǎng 專門採訪某一問題或某個人：接受記者專訪。

【專程】zhuān chéng 為特定的事來到某地：專程來看望大哥。同特地 反順便

【專業】zhuān yè ① 學業的特定門類。② 形容發揮專長，做得很道地：理財的事，他做得很專業。

【專橫】zhuān hèng 專斷蠻橫，為所欲為。

〔附加詞〕專橫霸道、專橫無理：行為蠻橫，處事霸道。

【專輯】zhuān jí 只收錄特定人或特定內容的出版物：散文專輯。

【專題】zhuān tí 專門研究討論的題目或事項。

【專欄】zhuān lán 報紙雜誌上用來刊登某類稿件或某位作者文章的那部分版面：專欄作家。

⁸尉 ⁽一⁾

尉 尉 尉 尉 尉 尉　尉

普wèi 粵wai³ 畏

① 古代官名：太尉 / 都尉。② 軍銜名。級別在“士”之上，“校”官之下：少尉 / 中尉 / 上尉。

⁸尉 ⁽二⁾

普yù 粵wat¹ 鬱

用於姓氏，如“尉遲”，“尉繚”。

⁸將[将] ⁽一⁾

將 將 將 將 將 將　將

普jiāng 粵zoeng² 幛

① 用；拿（多用於固定短語）：將功補過 / 恩將仇報。② 把：將電腦打開。③ 下象棋攻擊對方的“將”、“帥”；刺激或為難別人：將一軍 / 這事把

他將住了。④ 接近；就、就要：將近黃昏 / 飛機將要起飛。⑤ 表示“以後一定”、“將來肯定”的意思：學習成績將越來越好。⑥ 又：將信將疑。

【將來】jiāng lái 未來，此後的時間：相信虛擬銀行會成為將來的大趨勢。同未來 反現在

【將近】jiāng jìn 接近、差不多：今天太熱了，將近四十度。

【將要】jiāng yào 就要、快要：兒子將要升學了 / 太陽將要落山了。

【將軍】jiāng jūn ① 將級軍官；高級將領。② 下象棋攻擊對方的“將”、“帥”：跳馬將軍。

【將就】jiāng jiù 湊合、勉強湊合：今天菜少，將就着吃吧 / 日子將就着過。

⁸將[将] ⁽二⁾

普jiàng 粵zoeng¹ 章

① 高級軍官；軍官：王侯將相 / 調兵遣將。② 高級軍銜名。在元帥之下、校官之上：上將 / 中將 / 少將。③ 比喻能幹、敢幹的人：幹將 / 闖將。

⁹尊

尊 尊 尊 尊 尊 尊　尊

普zūn 粵zyun¹ 專

① 輩分高；地位高：尊卑長幼。② 敬重，尊重：尊師重教。③ 敬跟對方或跟對方相關的人：尊姓 / 尊夫人。④ 與數目字連用，表示塑像或炮的數量：一尊佛像 / 三尊大炮。

【尊重】zūn zhòng ① 尊敬，敬重：同學之間要互相尊重。② 莊重，言行舉止合乎規範：請說話放尊重些。反侮辱 * 凌辱

【尊貴】zūn guì 高貴，值得尊敬：請來兩位尊貴的客人。反下賤 * 輕賤

【尊敬】zūn jìng ① 禮貌、尊重地對待別人：尊敬師長。② 值得敬重的：尊敬的張先生。同敬

重 反 蔑視 * 輕視

【尊稱】zūn chēng ① 尊敬地稱呼：尊稱他為老師。② 表示尊敬的稱呼：先生是對男士的尊稱。同 敬稱

【尊嚴】zūn yán 不受侵犯的人格、身份或地位：不要傷害別人的尊嚴。

9 尋[寻] 尋尋尋尋尋尋 尋

普 xún 粵 cam⁴ 沉

找，尋找：尋覓（尋找）/ 尋獲（找到了）/ 尋事（故意挑起事端）。

【尋找】xún zhǎo 找。四處找，想辦法找：尋找機會 / 尋找答案。

【尋求】xún qiú 尋找探求：尋求真理。

【尋常】xún cháng 平常；普通：尋常人家 / 非比尋常。同 一般 反 特殊 * 特別

【尋問】xún wèn 打聽；探聽：走街串巷，也沒尋問到。

11 對[对] 對對對對對對 對

普 duì 粵 deoi³ 兌

① 正確；正常：説得很對 / 神色不對。② 對待：對人非常好。③ 回答：無言以對。④ 朝向，向着：窗户對着綠油油的山。⑤ 投合；適合：對胃口 / 文不對題。⑥ 比較；核對：對筆跡 / 對時間。⑦ 調整到符合標準：對焦距。⑧ 混和：對點涼水。⑨ 對於：他對花粉過敏。⑩ 兩個，一雙：成雙成對。⑪ 與數目字連用，表示成雙的東西的數量：一對花瓶。

【對比】duì bǐ ① 比較兩方面：大小對比 / 對比顏色。② 比例：雙方人數對比是十對二十。同 對照

【對手】duì shǒu ① 競賽或鬥爭的對方：對手是有經驗的老將。② 同自己不相上下的對方：這次總算遇到了對手。俗 棋逢對手，將遇良材

【對方】duì fang ① 跟己方相對的那一方：對方不接受這種要求。

【對付】duì fu ① 應付，應對：來者須要認真對付。② 將就、湊合：日子還能對付着過。

【對外】duì wài 應對外界；對付外界：對外交往要講究禮節 / 齊心協力，一致對外。反 對內

【對立】duì lì ① 相互排斥：不能把工作和學習對立起來。② 相互抵觸：對立情緒。反 統一

【對抗】duì kàng ① 對立抗爭，相持不下：對抗下去，對雙方都不利。② 抵抗；抵禦：對抗外來侵略。

【對於】duì yú 等於"對"、"就"，表示所説的範圍或對象：對於您來説，這可是大事 / 對於孩子出國留學，你怎麼看？

【對面】duì miàn ① 正對着的那一邊：學校在她家對面。② 正前方：對面來了一個人。③ 面對面，當面：這事須要當事人對面談。

【對待】duì dài 對人或事物表明態度或施加某種行為：用愛心對待別人 / 他對待學習的態度如何？

【對象】duì xiàng ① 説話做事面向的人或事物：訪問的對象 / 調查的對象。② 作為婚配目標的人：都二十八了，還沒對象。

【對照】duì zhào ① 互相對比參照：英漢對照 / 與原文對照。② 相比；對比：對照之下，我讀的書比姐姐讀的少。

【對話】duì huà ① 人之間的談話：動畫片的對話簡短生動。② 進行接觸或談判：雙方就貿易糾紛開始對話。

【對準】duì zhǔn 準確地正對着：對準目標，打個正着。

【對稱】duì chèn 相對的兩部分完全相當：蝴蝶的翅膀是對稱的 / 人的雙眼是對稱的。

【對調】duì diào 相互掉換：把兩盆花對調一下。同 對換 * 互換

【對應】duì yìng ① 吻合，正好對得上：中國文物的名稱，大都沒有對應的英文名詞。② 針對性的；相當的：對應措施／一一對應。

【對不起】duì bu qǐ ① 傷害到別人，內心有愧：不怪她恨我，實在對不起她。② 表示抱歉的通用語：對不起，打擾您了。

　💡 對不住：問心有愧，對不起別人。對得起、對得住：該做的都做了，問心無愧。①"對不起"、"對不住"、"對得起"、"對得住"，當中的"不"輕讀"bu"、"得"輕讀"de"。② 表示歉意用"對不起"，不用"對不住"。

【對症下藥】duì zhèng xià yào 針對病情用藥。比喻按照實際情況制定解決辦法。

13 導 [导]　導導導導導導　導

　普dǎo　粵dou⁶ 杜

① 引導；疏導：導向（引導走向）／因勢利導。② 教育；開導：教導／輔導。③ 導演：編導。④ 傳送：銅的導電性能好。

【導致】dǎo zhì 引起；造成：急於求成往往導致失敗。同 招致

【導師】dǎo shī ① 指導學生學習和研究的老師：研究生導師。② 引導人走正確途徑的人：他是我走向社會的導師。③ 指引人們完成偉大事業的偉人：革命導師。

【導航】dǎo háng 用衛星、雷達、無線電裝置、航標等指引飛機、船舶、車輛、宇宙航行器的行進方向：衛星導航／飛機場的導航塔。

【導遊】dǎo yóu ① 指導如何遊覽：導遊圖。② 帶領並指導遊客進行遊覽活動：請人導遊。③ 擔任導遊工作的人：我是旅行團的導遊。

【導演】dǎo yǎn ① 組織和指導演出。② 擔任導演工作的人。反 演員

【導彈】dǎo dàn 裝有彈頭和動力裝置的高速飛行武器，能依靠自身的飛行控制系統，準確擊中

預定目標：短程導彈／中程導彈／洲際導彈／巡航導彈／地對空導彈。

小部

0 小　　　小 小

　普xiǎo　粵siu² 笑²

① 不大；少；弱：小山／小量（少量）／小拇指（小指頭）／面積小／力氣小。② 不重要的；等級、地位低的：小事／小兒子／小人物。③ 小孩子：上有老，下有小。④ 稍微：小有成就。⑤ 謙稱自己或自己的：小弟／小店。

【小人】xiǎo rén ① 普通人謙稱自己：小人一向奉公守法。② 品格卑劣的人；沒知識、沒眼光的人：小人得志／小人之見。反 君子

　〔附加詞〕小人得志：卑下的人得勢或發達起來，便飛揚跋扈、忘乎所以。

(一)【小子】xiǎo zǐ 年幼的人，後輩：後生小子。

(二)【小子】xiǎo zi ① 男孩兒：生了個胖小子。② 對年青男子的輕蔑稱呼：這小子太不講情義了。

【小心】xiǎo xīn 當心，謹慎：小心火燭／小心點兒，別滑倒了。反 粗心 * 大意

　〔附加詞〕小心謹慎：說話做事非常謹慎，處處小心。小心翼翼：格外謹慎，唯恐出錯。

【小丑】xiǎo chǒu ① 戲曲、雜技中的滑稽角色。② 行為卑劣的人：跳梁小丑。

【小巧】xiǎo qiǎo 小而精巧：小巧玲瓏／精緻小巧。同 精緻 反 粗笨 * 笨重

【小於】xiǎo yú 比……小，比某項或某東西小：發展商推出小於七十平方米的公寓。反 大於

【小時】xiǎo shí 一晝夜的二十四分之一，六十分鐘。

【小偷】xiǎo tōu 偷東西的人。同 扒手

【小康】xiǎo kāng ① 中國儒家構想的社會藍圖：政治清明，社會安定，人民富足。② 表示達到一般的富裕程度。

【小費】xiǎo fèi 客人額外給服務人員的錢。

【小路】xiǎo lù ① 窄小的不重要的道路。② 近路：抄小路走。反 大路 * 大道

【小節】xiǎo jié 細小方面；瑣細事情：不拘小節 / 注重小節。

【小說】xiǎo shuō 一種文學體裁。一般都有曲折的故事情節，分為長篇小說、中篇小說、短篇小說等。

【小輪】xiǎo lún ① 載運旅客、貨物的小型輪船。2 香港稱載客量不大的小型渡輪。反 巨輪

【小寫】xiǎo xiě ① 漢字數目字的通常寫法，如 "一、十、百、千"，跟大寫 "壹、拾、佰、仟" 相區別。2 拼音字母的一種寫法，如 "a、b、c、d"，跟大寫的 "A、B、C、D" 相區別。反 大寫

【小學】xiǎo xué ① 實施初等教育的學校。② 漢字、音韻、訓詁方面的學問，古稱小學。反 中學、大學。

【小朋友】xiǎo péng yǒu ① 小童，小孩子。② 稱呼兒童。同 兒童 * 小童。

少 (一)

少 少 少 少

普 shǎo 粵 siu² 小

① 數量小，不多：少量（小量）/ 少數（數量少）。② 缺少；減少：齊了，一個不少 / 少說點話，多做點事。③ 欠，虧欠：我少他十元錢。④ 稍微：少候片刻。

少 (二)

普 shào 粵 siu³ 笑

① 年紀小的：少女（未婚的年輕女子）/ 年少。② 少爺：闊少 / 惡少。③ 等級、地位較低的：少將 / 少校 / 少尉。

【少有】shǎo yǒu 罕有，很少見的：這麼怪的性格，真少有。同 稀有

【少年】shào nián ① 十歲到十六七歲的階段：珍惜少年時光。② 處在少年時代的人：英俊少年。反 老年 俗 自古英雄出少年

【少見】shǎo jiàn 很少有，很難碰到：這孩子三歲就認識幾百字，聰明得少見。同 罕見 * 少有

【少壯】shào zhuàng ① 年輕力壯。② 年青的時候。同 青壯 反 老邁 俗 少壯不努力，老大徒傷悲

〔附加詞〕少壯派：由年輕人組成的派別。

【少許】shǎo xǔ ① 略微：帽子少許大了點。② 一點兒；少量：放少許胡椒調味。反 大量

【少不了】shǎo bu liǎo ① 不可缺少：辦這件事少不了她。② 不會少：放心吧，分量少不了。

💡 "少不了" 和 "少不得" 都有 "不可缺少" 的意思，可以互換使用；在 "不會少" 的意義上不能互換。

【少不得】shǎo bu dé 不可缺少，不能缺少：要想增長才能，少不得多讀書多思考。同 少不了

尖

尖 尖 尖 尖 尖

普 jiān 粵 zim¹ 沾

① 物體末端成錐形的：尖塔 / 尖頂。② 錐形的末端：針尖 / 筆尖。③ 聲音又細又高：尖嗓子 / 尖聲大叫。④ 視力好；聽覺靈敏：眼睛尖 / 耳朵尖。⑤ 突出：成績拔尖兒。

【尖端】jiān duān ① 物體尖銳的末端；錐形的頂端：發射塔的尖端閃閃發光。② 形容水準最高的：尖端技術。反 末端

【尖銳】jiān ruì ① 物體末端尖而鋒利：尖銳的刺刀。② 敏銳而深刻：眼光尖銳。③ 聲音高而刺耳：哨聲尖銳。同 銳利 反 遲鈍

【尖利】jiān lì ① 尖銳；銳利。② 敏銳。

尚

尚尚尚尚尚尚尚　尚

（普）shàng（粵）soeng⁶ 常⁶

① 崇尚，重視：禮尚往來。② 崇高：高尚。
③ 還：為時尚早。④ 尚且：簡單的事尚難做好，
何況更複雜的事？

【尚且】shàng qiě 表示強調的意思。與"更"、"何
況"連用，表示"進一層"、"進一步"：中文尚且
不肯學，更不必説英語了（連中文都不學，更不
要説學英語了）/ 大人尚且如此，何況是小孩子
（連大人都如此，更不用説小孩子了）。（同）尚有：
還有、仍然有。尚待：還要等待、還得等待。尚
可：還算可以；還好。尚未：還沒有。尚須：仍
須，還須要。

尢 部

尤

尤尤尤　尤

（普）yóu（粵）jau⁴ 由

① 過失，錯誤；惡行：以儆效尤。② 責怪埋怨：
怨天尤人。③ 優異的；突出的：尤物（優秀的人
或特別好的東西）。④ 尤其，更加：山谷裏的霧
氣尤甚於山上。

【尤其】yóu qí 特別；更加：喜歡學語言，尤其
喜歡學英語。

尬

尬尬尬尬尬尬　尬

（普）gà（粵）gaai³ 界

見"尷尬"。

就

就就就就就就　就

（普）jiù（粵）zau⁶ 宙

① 挨近；靠近：就近（在附近）/ 就着燈看書。
② 到：就職（正式到職）/ 就任（上任）/ 就讀（進
入學校讀書）。③ 順着；趁着：就勢（順勢，趁
勢）/ 就便（順便、趁便）/ 就她不在的時候悄悄
走了。④ 完成，做成：造就人才。⑤ 立刻、馬
上：我就去 / 天就要亮了。⑥ 單單，只：我就愛
讀書。⑦ 即使，就算：你就送來，我也不要。

【就地】jiù dì 原地：請大家就地休息。

【就此】jiù cǐ ① 到此：演出就此結束。② 從此
地：就此過去近一點。

【就是】jiù shì ① 是，明確地肯定下來：在家等
着就是了 / 原來就是你呀！② 對，正確：就是，
你説的沒錯。③ 認定了，不作改變：任她活説死
説，就是不答應。

✎ "不是……就是……"表述不同選擇的關聯
詞固定搭配，如：這裏收留的人，不是無家可
歸，就是有家不能回，這裏就是他們的家。

【就業】jiù yè 找到工作、謀到職業：經濟好轉，
就業機會增加。（反）失業

【就算】jiù suàn 哪怕、即使：就算你去説，我看
也沒用。（同）即便

✎ "就算……也……"表示假設關係的關聯詞
固定搭配，如：就算是一個小小的孩子，也懂
得要尊重別人的道理。

【就緒】jiù xù 已全部做好：準備就緒 / 安排就緒。
（同）妥當

【就範】jiù fàn 屈從於對方：逼他就範 / 不肯就
範。（反）抗拒 * 反抗

尷[尴]

尷尷尷尷尷尷　尷

（普）gān（粵）gaam¹ 監 / gaam³ 鑒

見"尷尬"。

【尷尬】gān gà ① 處境兩難，不知如何是好：説也不好，不説也不好，場面尷尬。② 神態很不自然：尷尬地笑了笑。⚫反⚫ 自然 * 從容

尸部

¹ 尺　　尺尺尺尺

⚫普⚫chǐ ⚫粵⚫cek³ 赤

① 中國的長度單位，一尺為三分之一米。② 尺子，量長度的工具：直尺 / 卷尺。③ 像尺子一樣細長扁平的東西：鎮尺 / 戒尺。⚫俗⚫ 尺有所短，寸有所長

【尺寸】chǐ cùn ① 衣服或物體的長短大小：腰圍的尺寸。② 形容狹小：尺寸之地。③ 分寸：做事要把握尺寸。

【尺度】chǐ dù 標準；分寸：無論做甚麼事，都要把握好尺度。

² 尼　　尼尼尼尼

⚫普⚫ní ⚫粵⚫nei⁴ 妮

尼姑，出家修行的女佛教徒：僧尼。

⁴ 屁　　屁屁屁屁屁屁

⚫普⚫pì ⚫粵⚫pei³ 譬

① 從肛門排出的臭氣：放屁。② 毫無價值、不值一提的：説些屁話 / 頂個屁用。

〔簡明詞〕屁滾尿流：形容驚恐或狼狽的樣子。

⁴ 尿　　尿尿尿尿尿尿

⚫普⚫niào ⚫粵⚫niu⁶ 鳥⁶

① 小便，人和動物由尿道排出的液體：撒尿。
② 排泄小便：尿牀。

⁴ 尾　　尾尾尾尾尾尾

⚫普⚫wěi ⚫粵⚫mei⁵ 美

① 尾巴：頭尾 / 搖尾乞憐。② 末端；末尾：有頭有尾。③ 跟在後面：尾隨（跟隨在後面）。
④ 與數目字連用，表示魚的數量：一尾金魚。

【尾巴】wěi ba ① 動物身體尾部突出的部分：魚尾巴 / 狗尾巴。② 指事物的最後部分：剩點兒尾巴，就快做完了。

💡 尾巴 wěi ba 口語又讀 yǐ ba。

⁴ 局　　局局局局局局

⚫普⚫jú ⚫粵⚫guk⁶ 焗

① 一定的範圍：局外人 / 局部（整體中的一部分）/ 局限（限制在一定範圍內）。② 按職能設立的政府辦事機構：醫院管理局。③ 商店和商業機構：正大書局 / 上海電訊局。④ 棋類、球類比賽一次或一場叫一局：三局兩勝。⑤ 形勢；情況：戰局 / 大局已定。⑥ 圈套：騙局。

【局面】jú miàn ① 態勢，形勢：有利的局面。
② 規模：店鋪局面不大，學生用品倒很齊全。

【局勢】jú shì 整體態勢；大的趨勢：局勢不穩 / 局勢惡化。

⁵ 屆[届]　　屆屆屆屆屆屆

⚫普⚫jiè ⚫粵⚫gaai³ 介

① 到……時候：時屆初春 / 年屆六十 / 屆時（到時侯）。② 期；次：本屆畢業生 / 商會第六屆年會。

⁵居　居居居居居居 居

（普）jū （粵）geoi¹ 句¹

① 居住：分居兩地／居民（定居在一個地區的人）。② 住所：遷居／故居／居所（住處）。③ 處在：居中（在中間）／後來居上。④ 儲存；存有：奇貨可居／居心難測。

【居然】jū rán 出乎意料之外：不用功居然考了第一名。（同）竟然

【居心】jū xīn 存心。

〔附加詞〕居心不良：懷着壞心思。居心何在：究竟懷着甚麼心思？

【居室】jū shì ① 住宅內的房間：一套三居室的公寓。② 臥室：五居室的豪宅。

【居留】jū liú 居住：居留上海多年。

〔附加詞〕居留權：在一國或一個地區居住的權利。

⁵屈　屈屈屈屈屈屈 屈

（普）qū （粵）wat¹ 鬱

① 彎曲：屈指可數。② 屈服：屈從（服從順從）／不屈不撓。③ 虧：理屈詞窮。④ 冤枉；被誤解：冤屈／受委屈。

【屈服】qū fú 從拒絕、不答應，轉為妥協、順從：脾氣倔強，不肯屈服。（反）抗爭

【屈辱】qū rǔ 蒙受委屈和恥辱：看得開，不覺得屈辱。（反）光榮＊光彩

⁶屍 [尸]　屍屍屍屍屍屍 屍

（普）shī （粵）si¹ 思

屍體。

〔簡明詞〕屍首：人的遺體。屍骨：① 遺體：屍骨未寒。② 屍體腐爛後留下的骨頭。

⁶屋　屋屋屋屋屋屋 屋

（普）wū （粵）uk¹

① 房子：小屋子／高屋建瓴。② 房間：屋子收拾得很乾淨。（俗）在人屋檐下，怎能不低頭

〔簡明詞〕屋子、屋舍：房屋。屋宇：寬敞的房屋。屋樑（屋梁）：架在兩邊牆壁上、支承屋頂的橫柱。屋檐（屋簷）：屋頂伸展在屋牆外面的那一部分。

⁶屏 (一)　屏屏屏屏屏屏 屏

（普）píng （粵）ping⁴ 評

① 屏風：畫屏。② 掛在壁上的條幅：條屏／掛屏。③ 遮擋：屏蔽（遮擋，遮蔽）。④ 像屏風一樣、豎立展開的東西：屏幕／孔雀開屏。

【屏幕】píng mù 電視、電腦等顯示圖像的部分：大屏幕電視機。

【屏障】píng zhàng 起遮蔽、阻擋作用的：高山大河是天然屏障。（同）障礙

⁶屏 (二)　屏

（普）bǐng （粵）bing² 丙

① 排除；除去：屏除惡習。② 忍住；止住：屏住呼吸。

⁶屎　屎屎屎屎屎屎 屎

（普）shǐ （粵）si² 史

① 大便，糞便。② 耳、眼、鼻的分泌物：耳屎／眼屎／鼻屎。

展

展展展展展展 展

⟨普⟩zhǎn ⟨粵⟩zin² 剪

① 展開；放開：愁眉不展。② 擴張；擴大：擴展／拓展。③ 延長；推遲：展緩／展到年底再說。④ 施行；發揮：施展／大展鴻圖。⑤ 展覽，陳列：展出／書展。

【展示】zhǎn shì 展現；顯示：在發佈會上展示研究成果。⟨同⟩顯示 ⟨反⟩潛藏

【展現】zhǎn xiàn 顯現出來：華燈飛彩，展現出一派繁榮景象。⟨同⟩展示＊顯現

【展望】zhǎn wàng ① 向遠處看：展望遠方的羣山。⟨同⟩遙望 ② 預測發展前途；評估前景：展望前景，大有希望。

【展開】zhǎn kāi ① 鋪開；張開：展開畫卷／展開翅膀。② 開展，開始全面進行：展開調查。

【展覽】zhǎn lǎn 陳列物品供人觀看：時裝展覽／展覽中心。

〔附加詞〕展覽會：集中展出商品物品，供人觀看選擇的宣傳推銷活動。展覽館：舉辦展覽會的場所。

【展露】zhǎn lù 展示顯露：展露出她的聰明才智。⟨同⟩展現＊展示 ⟨反⟩隱藏

〔簡明詞〕展品：展出的商品或物品。展銷：展出並銷售。

【展翅高飛】zhǎn chì gāo fēi 比喻奔向遠大的前程。⟨同⟩鵬程萬里

屑

屑屑屑屑屑屑 屑

⟨普⟩xiè ⟨粵⟩sit³ 泄

① 碎末：碎屑／麵包屑。② 瑣碎；細小：瑣屑小事。③ 值得：不屑一顧／不屑一提。

屠

屠屠屠屠屠屠 屠

⟨普⟩tú ⟨粵⟩tou⁴ 途

① 宰殺牲畜：屠宰。② 屠殺，大批殺害：屠城。

屜[屉]

屜屜屜屜屜屜 屜

⟨普⟩tì ⟨粵⟩tai³ 替

① 安裝在桌子、櫃子內、盛放物品的匣形器具，可以拉出來推進去：抽屜／六屜書桌。② 可以多層疊架起來蒸食品的炊具：籠屜。

屢[屡]

屢屢屢屢屢屢 屢

⟨普⟩lǚ ⟨粵⟩leoi⁵ 呂

多次，一次又一次：屢戰屢勝／屢戰屢敗。

〔簡明詞〕屢次、屢屢：次次、多次。

履

履履履履履履 履

⟨普⟩lǚ ⟨粵⟩lei⁵ 理

① 鞋：衣履／草履。② 腳步：步履艱難。③ 踩、踏：履險如夷（走險路如走平地，處險不驚）。④ 執行，履行：履約。

【履行】lǚ xíng 按照承諾的、分內的或責任內的去做：履行諾言／履行義務。

【履歷】lǚ lì ① 經歷：我的履歷很簡單。② 記述人經歷的材料：這是我的履歷。

層[层]

層層層層層層 層

⟨普⟩céng ⟨粵⟩cang⁴ 曾⁴

① 重疊；重複：層層（一層又一層）／層出不窮。② 層次：高層／深層問題。③ 重疊起來的東西：雲層很厚。④ 與數目字連用，表示層次的多少：雙層列車／八層樓房。

【層次】céng cì ① 順序，次序：層次分明。② 層級，所處的區段或位次：年齡層次／文化層次不高。

【層出不窮】céng chū bù qióng 接連不斷地出現。 ⑤ 無影無蹤

18 屬[属]　屬屬屬屬屬屬 屬

⑲ shǔ ⑭ suk⁶ 淑

① 類；類別：金屬。② 有婚姻或血緣關係的人：親屬／眷屬。③ 隸屬；歸屬：屬員（下屬，部下）／恐龍屬爬行動物。④ 屬相：屬猴。⑤ 是：屬實（確實）／純屬謊言。

【屬於】shǔ yú 隸屬、歸屬：房子屬於他的／說謊屬於品行不良。

【屬性】shǔ xìng 本身具有的性質、特徵：可以延展是黃金的屬性。

【屬相】shǔ xiàng 十二屬相，中國用來表示人出生年的十二種動物：鼠、牛、虎、兔、龍、蛇、馬、羊、猴、雞、狗、豬。生肖 參見 “干支”。

【屬下】shǔ xià ① 部下；下屬。② 管轄之下：那間公司是他的屬下機構。 ⑥ 轄下

中部

1 屯　屯屯屯 屯

⑲ tún ⑭ tyun⁴ 團

① 儲存：屯積商品。② 駐紮：屯兵／駐屯。③ 村莊、地名：屯落（村落）／皇姑屯。

山部

0 山　山山 山

⑲ shān ⑭ saan¹ 珊

① 地面向上高高隆起的部分：雲霧中的羣山。② 形狀像山的東西：假山／冰山。 ⑯ 山外有山，天外有天／山中無老虎，猴子稱大王

【山川】shān chuān 山嶽和江河。 ⑥ 山河 * 河山

【山水】shān shuǐ ① 有山有水的風景。② 以風景為題材的中國畫：大廳正中掛着一幅山水。 ⑯ 桂林山水甲天下。

【山地】shān dì ① 多山的地帶：在山地生活了一輩子。② 在山上開墾出來的土地：山地的水稻長得很好。 ⑤ 平地 * 平原

〔簡明詞〕山丘、山崗：低矮的山；小土山。山嶽：高大的山。山崖：山的陡峭崖壁。山峯：高聳的山；聳立的山尖。山嶺、山巒：連綿起伏的羣山。山脈：像脈絡一樣延伸的羣山。山梁：山脊，沿山頂走勢凸起的部分。山腳、山麓：山與平地交界的那一部分。山澗：有流水的山谷。

【山谷】shān gǔ ① 兩山間狹窄、凹陷下去的地方，有空谷，也有流水的山谷。② 山間較為平展的谷地：山谷裏散佈着幾十戶人家。 ⑤ 山頂

【山河】shān hé ① 山嶺和河流：山河秀麗。② 指國土：半壁山河。 ⑥ 河山

【山莊】shān zhuāng ① 山村。② 山中的住所；建在山裏的別墅：避暑山莊。

【山野】shān yě 山巒和原野：春天的山野，開遍野花。

【山寨】shān zhài 山區裏的村寨，大都有寨牆一

類防禦設施。⃝同 村寨＊寨子

〔附加詞〕山寨版：指仿製品。

3 屹

屹 屹 屹 屹 屹

〔普〕yì 〔粵〕ngat⁶ 兀

山勢直立高聳：屹立（高聳挺立的樣子）。

4 岔

岔 岔 岔 岔 岔 岔

〔普〕chà 〔粵〕caa³ 詫

① 山巒、江河、道路出現分支的地方：山岔 / 河岔 / 岔口（道路分岔的地方）。② 偏離：岔上小路，走錯了。③ 錯開；轉移：岔開上班時間 / 把話題岔開了。④ 錯誤；問題：出了岔子。

〔簡明詞〕岔路、岔道、岔道兒：從主路分出來的小一些的路。

5 岸

岸 岸 岸 岸 岸 岸

〔普〕àn 〔粵〕ngon⁶ 安⁶

① 江、河、湖、海邊的陸地：河岸 / 海岸。② 高大；雄偉：偉岸 / 魁岸。③ 高傲；嚴正：傲岸 / 岸然（嚴肅的樣子）。

5 岩

岩 岩 岩 岩 岩 岩

〔普〕yán 〔粵〕ngaam⁴ 癌

同 "巖"。詳見 "巖"。

5 岡 [冈]

岡 岡 岡 岡 岡 岡

〔普〕gāng 〔粵〕gong¹ 江

較低的、起伏平緩的山：山岡 / 高岡 / 岡巒（接連不斷的山岡）。

5 岳

岳 岳 岳 岳 岳 岳

〔普〕yuè 〔粵〕ngok⁶ 鱷

① 同 "嶽"。高大的山：山岳。② 尊稱妻子的父母：岳丈 / 岳母。

5 岱

岱 岱 岱 岱 岱 岱

〔普〕dài 〔粵〕doi⁶ 代

泰山的別稱。

〔簡明詞〕岱宗、岱嶽：稱泰山，泰山為五嶽之首，故稱 "岱嶽"，尊稱 "岱宗"。

6 峇

峇 峇 峇 峇 峇 峇

〔普〕bā 〔粵〕baa¹ 巴

譯名用字，峇厘島，在印度尼西亞。

6 峋

峋 峋 峋 峋 峋 峋

〔普〕xún 〔粵〕seon¹ 詢

見 "嶙峋"。

7 峽 [峡]

峽 峽 峽 峽 峽 峽

〔普〕xiá 〔粵〕haap⁶ 狹

兩山或兩塊陸地間的水道：峽谷（又深又狹窄的山谷，谷底大都有水流）/ 三峽 / 台灣海峽。

7 峭

峭 峭 峭 峭 峭 峭

〔普〕qiào 〔粵〕ciu³ 肖

山勢陡直向上：峻峭 / 峭壁（陡峭的山崖）。

⁷ **峨** 峨峨峨峨峨峨 峨

〔普〕é 〔粵〕ngo⁴ 鵝

高，高聳：巍峨的崑崙山。

【峨嵋】é méi 山名，在四川省，為佛教聖地，中國佛教四大名山之一。

⁷ **峯** 峯峯峯峯峯峯 峯

〔普〕fēng 〔粵〕fung¹ 風

同"峰"。

① 山尖，山峯：主峯／頂峯／峯巒（連綿的山峯）。② 形狀像山峯的東西：駝峯／洪峯。③ 最高處：登峯造極。

⁷ **島** 島島島島島島 島

〔普〕dǎo 〔粵〕dou² 倒

海洋、江河、湖泊中露出水面的陸地：半島／海島／島嶼（島的統稱）。

⁷ **峻** 峻峻峻峻峻峻 峻

〔普〕jùn 〔粵〕zeon³ 進

① 高；高大：峻險／峻峭（又高又陡）／崇山峻嶺。② 嚴厲；嚴酷：嚴峻／嚴刑峻法。

⁸ **崖** 崖崖崖崖崖崖 崖

〔普〕yá 〔粵〕ngaai⁴ 捱

山或高地陡直的側面：懸崖峭壁。

⁸ **崎** 崎崎崎崎崎崎 崎

〔普〕qí 〔粵〕kei¹ 畸

崎嶇。

【崎嶇】qí qū ① 道路高低不平：山上只有一條崎嶇的小路。② 比喻處境困難：前途崎嶇難料。

⁸ **崑**[昆] 崑崑崑崑崑崑 崑

〔普〕kūn 〔粵〕kwan¹ 昆

崑崙，山名，起於帕米爾高原，沿着新疆西藏之間向東延伸至青海省，有美麗的冰川，山北緣的和田盛產美玉。

⁸ **崗**[岗] (一) 崗崗崗崗崗崗 崗

〔普〕gāng 〔粵〕gong¹ 江

低平的山脊。

⁸ **崗**[岗] (二)

〔普〕gǎng 〔粵〕gong¹ 江

① 高起的土坡：土崗子。② 哨所；崗位。

〔簡明詞〕崗哨：① 執行警戒任務的地方。② 執行警戒任務的人。崗位：① 軍警執行守衛警戒任務的地方。② 工作職位。

⁸ **崔** 崔崔崔崔崔崔 崔

〔普〕cuī 〔粵〕ceoi¹ 吹

① 形容山高大：崔巍（高峻雄偉）。② 姓。

⁸ **崙**[仑] 崙崙崙崙崙崙 崙

〔普〕lún 〔粵〕leon⁴ 鄰

崑崙。詳見"崑"。

8 **崩** 崩 崩 崩 崩 崩 崩 崩

(普)bēng (粵)bang¹ 蹦

① 爆裂坍塌：崩坍／崩塌（崩裂倒塌）／山崩地裂。② 分裂、分開來：分崩離析。③ 槍擊：一槍崩了他。④ 指帝王死亡：駕崩。
【崩潰】bēng kuì ① 倒塌毀壞：堤岸崩潰。② 潰敗；垮台：全線崩潰／經濟崩潰。

8 **崇** 崇 崇 崇 崇 崇 崇 崇

(普)chóng (粵)sung⁴ 送⁴

① 高：崇山峻嶺（高大險峻的山嶺）。② 尊重；重視：推崇／崇敬（敬重）。
【崇拜】chóng bài 尊敬欽佩：從小就崇拜英雄。
⊜ 崇敬
【崇高】chóng gāo 高尚；極高：人格崇高／享有崇高的地位。

8 **崛** 崛 崛 崛 崛 崛 崛 崛

(普)jué (粵)gwat⁶ 掘

高起；突起。
【崛起】jué qǐ ① 聳起；突起：高樓大廈平地崛起。② 興起；奮起：大國崛起。

9 **嵌** 嵌 嵌 嵌 嵌 嵌 嵌 嵌

(普)qiàn (粵)ham³ 礩

把一物卡進另一物中：鑲嵌／嵌着翠玉的戒指。

9 **崽** 崽 崽 崽 崽 崽 崽 崽

(普)zǎi (粵)zoi² 宰

① 兒子。② 幼小的動物：母牛下崽。

9 **嵐**[岚] 嵐 嵐 嵐 嵐 嵐 嵐 嵐

(普)lán (粵)laam⁴ 藍

山林中的濕氣和霧氣：嵐氣／山嵐。

9 **嵋** 嵋 嵋 嵋 嵋 嵋 嵋 嵋

(普)méi (粵)mei⁴ 眉

峨嵋山。詳見"峨"。

10 **嵩** 嵩 嵩 嵩 嵩 嵩 嵩 嵩

(普)sōng (粵)sung¹ 鬆

嵩山，號稱中嶽，五嶽之一，在河南省，有著名的少林寺。

11 **嶄**[崭] 嶄 嶄 嶄 嶄 嶄 嶄 嶄

(普)zhǎn (粵)zaam² 斬／zaam³ 湛

① 高峻；突出來：嶄露頭角（比喻顯露才幹本領）。② 很，特別，非常：嶄新（全新）／嶄齊（很整齊）。

11 **嶇**[岖] 嶇 嶇 嶇 嶇 嶇 嶇 嶇

(普)qū (粵)keoi¹ 拘

崎嶇。

12 **嶙** 嶙 嶙 嶙 嶙 嶙 嶙 嶙

(普)lín (粵)leon⁴ 鄰

嶙峋。
【嶙峋】lín xún ① 形容山石聳立、重疊雜亂：怪石嶙峋。② 形容瘦削的樣子：瘦骨嶙峋。

13 嶼 [屿]　嶼 嶼 嶼 嶼 嶼 嶼　嶼

(普) yǔ　(粵) zeoi⁶ 序 / jyu⁵ 雨

小島：島嶼。

14 嶺 [岭]　嶺 嶺 嶺 嶺 嶺 嶺　嶺

(普) lǐng　(粵) ling⁵ 領

① 山頂，山嶺：翻山越嶺 。② 高大的山脈：南嶺 / 秦嶺。③ 指五嶺：嶺南。

〔簡明詞〕嶺南：在湖南、江西、廣東、廣西交界處有越城嶺、都龐嶺、萌渚嶺、騎田嶺、大庾嶺五座高大山嶺，合稱五嶺，橫跨五嶺山脈以南的地區稱作嶺南。

14 嶽 [岳]　嶽 嶽 嶽 嶽 嶽 嶽　嶽

(普) yuè　(粵) ngok⁶ 岳

高大的山：五嶽。

18 巍　巍 巍 巍 巍 巍 巍　巍

(普) wēi　(粵) ngai⁴ 危

高大：巍峨 / 巍巍（形容高大雄偉）/ 巍然（高大雄偉的樣子）。

19 巔 [巅]　巔 巔 巔 巔 巔 巔　巔

(普) diān　(粵) din¹ 顛

山頂：高山之巔 / 巔峯（最高峯；頂峯）。

19 巒 [峦]　巒 巒 巒 巒 巒 巒　巒

(普) luán　(粵) lyun⁴ 聯

小而尖的山；山嶺：峯巒 / 山巒。

20 巖 [岩]　巖 巖 巖 巖 巖 巖　巖

(普) yán　(粵) ngaam⁴ 癌

① 大石頭：花崗巖 / 巖石（大石塊）/ 巖層（地殼上由巖石構成的層面、層次）。② 山嶺：山巖。③ 山洞：七星巖是桂林名勝。

【巖畫】yán huà 刻畫在山洞或崖石上的圖畫，多為遠古人類所作。

《《 部

0 川　川 川　川

(普) chuān　(粵) cyun¹ 穿

① 河流：名山大川。② 平地，原野：一馬平川。③ 四川省的簡稱：川菜 / 川劇。

【川流不息】chuān liú bù xī 河水流個不停。比喻（行人、車馬、船隻）連續不斷、往來不絕。

🔍 穿流不息 "穿" 指的是通過。"川" 是河流，這裏指的是河水不停流動，也形容事物連續不斷。

3 州　州 州 州 州 州　州

(普) zhōu　(粵) zau¹ 周

中國介於省和縣之間的行政區：寧夏回族自治州。

8 巢　巢 巢 巢 巢 巢 巢　巢

(普) cháo　(粵) caau⁴ 抄 ⁴

① 鳥與昆蟲的窩：雀巢 / 蜂巢。② 比喻盜匪、壞人、敵人盤踞的地方：匪巢 / 賭巢。

【巢穴】cháo xué ① 蟲、鳥、獸棲身的地方。② 比喻盜匪、壞人、敵人盤踞的地方。

工部

工　工 工

普 gōng　**粤** gung¹ 公

① 工匠；工人：木工／礦工／勞工。② 做事情；幹活兒：工作／返工。③ 工業：工廠。④ 工程：工期／完工。⑤ 擅長；善於：工詩文書畫。⑥ 精致：工巧。

【工夫】gōng fu ① 時間；做事的時間：有工夫多陪陪父母／用了十年工夫才寫成這本書。② 時候：我讀書那工夫，可不像你這麼淘氣。圓 功夫。

　💡 "工夫"與"功夫"：跟"時間"有關的意思，兩個詞是相同的，所以"工夫"的詞義"功夫"都有，"功夫"還有"本事；武功"的意思，"工夫"則沒有。

【工友】gōng yǒu ① 工人：工廠有一百多工友。② 工人互稱工友，等於説"一起做工的朋友"：我的這位工友技術很高明。③ 提供勞務的勤雜人員：假期校園裏只有兩個工友。

【工匠】gōng jiàng 手藝人的總稱：有名的瓷器工匠。

【工作】gōng zuò ① 做事情；幹活兒：工作一天，晚上還要讀書。② 職業、職務：學習好，有本事，就能找到好工作。③ 業務、任務，分內該做的事：救援工作／教學工作。

【工序】gōng xù 產品分段加工裝配的先後順序：汽車裝配線上的工序。② 產品製造過程中的某道工藝。

【工具】gōng jù 做事情使用的器具：網絡是增長知識的好工具。

　〔附加詞〕工具書：供檢索查閱的詞典、百科全書和各類資料書。

【工場】gōng chǎng 手工業者的生產場所：陶器工場的匠人正在做陶壺。

　✐ "工場"與"工廠"：場，簡陋的場地；廠，現代廠房。工場，以較原始的手工藝小規模製作產品；工廠，以現代技術裝備大規模生產產品。

【工程】gōng chéng ① 指各種門類的實用科學技術：機電工程／水利工程／航天工程／生物醫學工程。② 指大型建設項目：三峽水壩工程／港珠澳大橋工程／三跑工程。③ 指有計劃的系統工作：希望工程（一項救助貧困地區失學兒童的事業）。

　〔附加詞〕工程師：負責項目技術設計與監督產品或施工質量的人。

【工業】gōng yè 開採自然資源、加工原材料、製造商品的生產事業：採礦工業／汽車工業／食品工業。

【工會】gōng huì 維護工人利益的工人組織。

【工廠】gōng chǎng 生產工業產品的單位。

【工整】gōng zhěng 整齊不亂；細緻整齊：對仗工整的對聯／卷面乾淨，書寫工整。🔄 凌亂

【工藝】gōng yì ① 將原材料或半成品製成產品的技術和操作：大型飛機的製造工藝很複雜。② 手工藝品的製作技藝：工藝美術／風格獨特，工藝精美。

巧　巧 巧 巧 巧 巧

普 qiǎo　**粤** haau² 考

① 技巧；技能：活到老學到老，七十三歲還學巧。② 巧妙；靈巧：心靈手巧。③ 欺詐，不實在：花言巧語。④ 正好；恰好：碰巧：恰巧／巧合（碰巧相合）。⑤ 捷徑；方便：學習不能討巧。🈲 無巧不成書／巧婦難為無米之炊

【巧妙】qiǎo miào 靈活精明；恰到好處：回答得很巧妙／事情做得很巧妙。

巨

² 巨　　巨 巨 巨 巨 **巨**

㊀ jù ㊁ geoi⁶ 具

大；極大；極多：巨大（極大，非常大）/ 巨款 /
巨著（有影響的宏大作品）/ 巨頭（影響巨大的頭
面人物）。
【巨人】jù rén ① 身材高大的人：身高兩米的巨
人。② 偉人：文學巨人 / 時代的巨人。③ 神話
童話中高大有神力的人。㊁矮人

左

² 左　　左 左 左 左 **左**

㊀ zuǒ ㊁ zo² 阻

① 左手邊，左手的方向：左行 / 向左走 / 左右
手（比喻最重要的助手）。② 向左：左看右看。
③ 附近；旁邊：左近 / 左鄰右舍。④ 歪斜不正：
旁門左道。⑤ 相反：兩人的意見相左。⑥ 激進
的；偏激的：左派 / 左傾。
【左右】zuǒ yòu ① 左邊和右邊。② 指兩方面：
左右討好。③ 旁邊；周圍：幾個人圍在左右問長
問短。④ 支配；操控：誰也別想左右她。⑤ 表
示大約、差不多：三歲左右 / 八點左右。⑥ 橫
豎；反正：左右是這樣了，看着辦吧！
【左鄰右舍】zuǒ lín yòu shè 鄰居，鄰里。㊁左
鄰右里

巫

⁴ 巫　　巫 巫 巫 巫 巫 巫 **巫**

㊀ wū ㊁ mou⁴ 毛

以裝神弄鬼替人消災求福為業的人。㊉ 小巫見
大巫（說自己比對方差多了）
〔簡明詞〕巫師、巫婆：以裝神弄鬼、替人
消災求福為業的男人稱巫師，女人叫巫婆或
女巫。

差（一）

⁷ 差　　差 差 差 差 差 差 **差**

㊀ chā ㊁ caa¹ 叉

① 相差，缺少：差不多 / 差一點兒。② 差錯、
錯誤：一念之差 / 陰錯陽差。③ 不同，不一樣：
差別。④ 稍微；相差不多：差強人意。㊉ 差之
毫釐，謬之千里
【差池】chā chí ① 差錯：當會計三年，不曾有半
點差池。② 事故：千萬當心，決不能出差池。
【差別】chā bié 差異；不同之處：中西文化的差
別 / 差別實在太大了。
【差異】chā yì 差別，相差；不同之處：中國南
北氣候差異很大。㊀ 差別
【差距】chā jù 相差的程度：貧富差距擴大 / 性格
差距太大，只怕合不來。㊀ 差別

差（二）

⁷ 差

㊀ chà ㊁ caa¹ 叉

① 相差；缺少：差得太多了 / 差五分鐘就熟了。
② 差錯、錯誤：說差了 / 算差了。③ 不好；不
合格：質量太差 / 字寫得很差。

差（三）

⁷ 差

㊀ chāi ㊁ caai¹ 猜

① 派，支使：差她去辦，行嗎？② 差事、公務：
專差 / 美差。③ 受差遣做事的人：信差 / 聽差。
【差人】chāi rén ① 派人去辦事：差人四處採購
名花異草。② 在官署當差的人：縣官派了兩個
差人去辦此事。③ 方言。警察：差人正在抄牌。
【差遣】chāi qiǎn 指派；支使：哪能隨便差遣他
做分外的事。
【差餉】chāi xiǎng ① 香港政府早期的稅種，用
作警察的薪餉，以及香港供水、街道照明、清潔
衛生等方面的開支。② 香港政府徵收的一種房產

間接稅，按房產的估值或租值的一定比率計算，由業主繳納。

7 **差** (四)

(普)cī (粵)ci¹ 雌

見"參差"。

✎ "差 chā"與"差 chà"音讀不同，但在"相差；缺少"和"差錯、錯誤"的意思上二者完全相同，只是有些詞語習慣上讀"chā"、有些詞語習慣上讀"chà"。讀"chā"的常用詞有：差錯、差誤、差別、差池、差距、差額、誤差、偏差、時差；讀"chà"的常用詞有：差勁、差點兒、差不多、差不離。

【差錯】chā cuò ① 錯誤；失誤：工作中難免出差錯。② 意外的禍事：上帝保佑，千萬別出差錯。🔄 差池 * 差誤

【差不多】chà bu duō ① 相差無幾：差不多辦好了。② 同要求、標準大抵相合：價錢差不多。

【差點】chà diǎn 相差一點點，相差很少：差點就考上香港大學了。

己 部

0 **己**

(普)jǐ (粵)gei² 紀

① 自己：舍己為人 / 以天下為己任。② 天干的第六位。參見"干支"。

💡 "己 jǐ"、"已 yǐ"、"巳 sì"的不同處："己"不封口，"已"半封口，"巳"全封口。例如：自己、記住、經紀；已經、早已、萬不得已；祭祀。

0 **已**

(普)yǐ (粵)ji⁵ 耳

① 停止：學不可以已。② 完畢：言猶未已。③ 算了，罷了：不鳴則已，一鳴驚人。④ 已經：已往（以前、以往）/ 事已至此 / 由來已久。

【已然】yǐ rán ① 已經：已然到達。② 已經這樣：自古已然。

【已經】yǐ jīng 表示事情完成或已達到某種程度：功課已經做完了 / 港珠澳大橋已經落成。

0 **巳**

(普)sì (粵)zi⁶ 自

地支的第六位。參見"干支"。

1 **巴**

(普)bā (粵)baa¹ 爸

① 原四川東部、今重慶市一帶地區：巴蜀 / 巴山蜀水。② 盼望：巴望 / 巴不得（非常盼望）。③ 緊貼；靠近：巴結 / 巴在牆上下不來。④ 粘結起來的東西：泥巴 / 鍋巴。⑤ 巴士的簡稱：中巴 / 小巴。⑥ 作詞尾，沒有實義：嘴巴 / 尾巴。

6 **巷** (一)

(普)xiàng (粵)hong⁶ 項

胡同，狹窄的小街道，巷內一般都是住宅，少有店舖：巷子 / 深巷 / 巷戰（在街巷中短兵相接的戰鬥）。🈚 酒香不怕巷子深

6 **巷** (二)

(普)hàng (粵)hong⁶ 項

礦井內的通道：巷道。

巾部

巾 [0]

巾 巾 巾

(普) jīn (粵) gan¹ 根

用來擦、包裹或覆蓋東西的小塊紡織品：毛巾 / 餐巾 / 頭巾。

布 [2]

布 布 布 布 布

(普) bù (粵) bou³ 報

做衣物的材料，用棉、麻等原料織成：棉布 / 布匹（布的總稱）/ 布帛（棉、麻、絲類紡織品）。

市 [2]

市 市 市 市 市

(普) shì (粵) si⁵ 思⁵

① 市場，集中做生意的地方：早市 / 夜市 / 門庭若市。② 城市、市鎮：市區 / 市容。③ 行政區劃管理單位：杭州市 / 上海市。

〔簡明詞〕市民：城市居民。市區：城區。市鎮：規模較大的集鎮。市政：維持城市正常運作的管理工作。市面：街面；市場。

【市場】shì chǎng ① 買賣交易的場所：服裝市場 / 金融市場。② 銷售商品的地區：美國市場 / 國際市場。

帆 [3]

帆 帆 帆 帆 帆 帆

(普) fān (粵) faan⁴ 凡

① 掛在船桅杆上的篷：揚帆出海。② 帆船：征帆（遠航的船）。

〔古詩文〕沉舟側畔千帆過，病樹前頭萬木春。

【帆船】fān chuán 利用帆篷鼓風行駛的船。

希 [4]

希 希 希 希 希 希 希

(普) xī (粵) hei¹ 嬉

① 盼望：敬希光臨。② 稀少；罕有。今多寫作"稀"：物以希為貴。

【希望】xī wàng ① 盼望：希望到牛津讀大學。② 願望：弟弟到哈佛唸書，是媽媽多年來的希望。③ 指望，期望：孩子是母親的希望。

帖 [5] (一)

帖 帖 帖 帖 帖 帖 帖

(普) tiē (粵) tip³ 貼

服從；順從：俯首帖耳。

帖 [5] (二)

(普) tiě (粵) tip³ 貼

① 請柬：請帖。② 寫上生辰八字、家世、身世等內容的柬帖：庚帖（男女訂婚互換的柬帖）/ 換帖（結拜兄弟互換柬帖）。

帖 [5] (三)

(普) tiè (粵) tip³ 貼

① 供摹仿的樣本：字帖 / 畫帖。② 對聯：春帖（春節對聯）。

帕 [5]

帕 帕 帕 帕 帕 帕 帕

(普) pà (粵) paak³ 拍

擦手、抹臉或包頭用的小織品：手帕 / 頭帕。

5 **帛** 帛帛帛帛帛帛 帛

(普)bó (粵)baak⁶ 白

絲織品的總稱：布帛／玉帛。

5 **帚** 帚帚帚帚帚帚 帚

(普)zhǒu (粵)zau² 走

掃除塵土、垃圾或刷洗東西的工具：掃帚。

5 **帑** 帑帑帑帑帑帑 帑

(普)tǎng (粵)tong² 躺

公款；國庫裏的錢財：浪費公帑。

6 **帥**[帅] 帥帥帥帥帥帥 帥

(普)shuài (粵)seoi³ 稅

① 軍隊的最高指揮官：元帥／將帥。② 英俊；
漂亮：帥哥／帥氣。

6 **帝** 帝帝帝帝帝帝 帝

(普)dì (粵)dai³ 諦

① 主宰人間、萬物的天神：上帝／玉皇大帝。
② 君主；皇帝：帝位（皇位）。

〔簡明詞〕帝國：實行君主制的國家。帝王：
　　君主國的最高統治者。

7 **師**[师] 師師師師師師 師

(普)shī (粵)si¹ 思

① 傳授知識、技藝的人：師生（老師和學生）／尊
師重道。② 掌握專門知識、專門技術的人：醫
師／工程師。③ 學習；效法：師表。④ 由師徒
關係決定的：師兄。⑤ 軍隊：正義之師。⑥ 軍

隊的建制單位，在軍和團之間。

【師表】shī biǎo 學習的表率、榜樣：為人師表／
萬世師表。

【師長】shī zhǎng ① 尊稱老師。② 軍隊建制
“師”的最高指揮官。

【師傅】shī fù ① 向徒弟傳授技藝的人。② 尊稱
有技能專長的人：大師傅（廚師）／裝修師傅。

【師資】shī zī 教師；可以當教師的人才：師資缺
乏／培養師資。

【師範】shī fàn 師範學校的簡稱。

7 **席** 席席席席席席 席

(普)xí (粵)zik⁶ 夕

① 坐、臥、搭棚用的片狀物。今多寫作“蓆”：
草席／竹席／席棚。② 席位、座位：席次（座
次）／貴賓席。③ 整桌的飯菜：酒席／筵席。
④ 與數目字連用，表示酒筵、談話的次數：一席
酒／一席話說得他大笑起來。(俗)聽君一席話，勝
讀十年書

【席位】xí wèi ① 座位。② 在議事、決策機構中
佔據的名額。③ 議席，議員在議會中佔據的名額。

8 **帶**[带] 帶帶帶帶帶帶 帶

(普)dài (粵)daai³ 戴

① 又窄又長的條狀物，用紡織品、皮革等物料
做成：帶子／皮帶／領帶。② 像帶子的長條：錄
音帶。③ 連帶；附帶：沾親帶故／帶上一筆。
④ 帶領；引導：帶路／帶頭（領頭；引領）／帶
徒弟。⑤ 攜帶：帶了一把小刀。⑥ 含，現：面
帶笑容／連說帶笑。⑦ 地區；區域：寒帶／沿海
地帶。

【帶有】dài yǒu 裏面包含着：她的話帶有警告的
意思。(同)含有

【帶來】dài lái ① 順便帶過來：託人帶來一封信。

② 引來；招致：帶來歡快／帶來災難。反 帶走 *
帶去

【帶動】dài dòng ① 牽引；推動；令轉動起來：
他們的演出帶動了全場的氣氛。② 做出榜樣，促
進他人效仿：帶動很多人捐款救災。

【帶領】dài lǐng 率領；領導。

8 **常** 常常常常常常 常

⑱ cháng ⑳ soeng⁴ 裳

① 長久不變的：松柏常青／常任理事。② 平常；
普通：照常／常人／常理（通常的道理）。③ 時
常；經常：常常／常見面／常事（經常的事；時
常發生的事）。

【常識】cháng shí 普遍應有的一般性知識：社
會常識／科學常識。

【常年】cháng nián ① 多年、終年：常年累月（年
年月月，長時間）。② 平常、一般的年份：今年
特別，常年可沒這麼熱。

【常規】cháng guī ① 普遍沿用的規矩、辦法：
常規做法／不按常規出牌。② 普普通通，不特殊
的：常規檢驗。反 特例

【常務】cháng wù ① 日常事務，日常工作：常務
工作。② 主持日常工作的：常務委員。反 臨時

8 **帳** [帐] 帳帳帳帳帳帳 帳

⑱ zhàng ⑳ zoeng³ 障

① 張掛起來遮蔽用的帳子：帳幕（帳篷）／蚊帳。
② 銀錢貨物的進出記錄。③ 記帳的簿子：帳目
（帳簿上記載的項目）。

💡 "帳" 的 ②、③ 義，今多寫作 "賬"。

9 **幅** 幅幅幅幅幅幅 幅

⑱ fú ⑳ fuk¹ 福

① 紡織品的寬度；寬度：單幅／雙幅／篇幅。
② 與數目字連用，表示布帛、圖、畫等物的數
量：兩幅布／一幅畫／一幅掛圖。

【幅度】fú dù ① 物體震動或搖擺的寬度。② 事
物變動的高低大小：物價大幅度上升。

9 **幀** [帧] 幀幀幀幀幀幀 幀

⑱ zhēn ⑳ zing³ 正

與數目字連用，表示照片、圖畫的數量：一幀山
水畫／幼年時的一幀照片。

9 **帽** 帽帽帽帽帽帽 帽

⑱ mào ⑳ mou⁶ 冒

① 帽子。② 形似帽子的東西：鉛筆帽／螺絲帽。

11 **幕** 幕幕幕幕幕幕 幕

⑱ mù ⑳ mok⁶ 莫

① 帳篷：帳幕。② 幕布：開幕／銀幕。③ 像帳
幕一樣的東西：煙幕／夜幕。④ 戲劇劃分的演出
段落：序幕／第三場第二幕。

〔簡明詞〕幕前：舞台幕布的前面，比喻公開
出面或公開參與事件。幕後：舞台幕布的後
面，比喻事件背後的情況。

11 **幣** [币] 幣幣幣幣幣幣 幣

⑱ bì ⑳ bai⁶ 陛

貨幣：硬幣／錢幣。

幢 (一)
12

幢 幢 幢 幢 幢 幢　幢

普 chuáng 粵 tong⁴ 堂

佛教的經幢：刻着佛經的石柱或寫着佛經的圓筒形綢傘。

幢 (二)
12

普 zhuàng 粵 cong⁴ 牀

座：兩幢寫字樓。

幢 (三)
12

普 chuáng 粵 cong⁴ 牀

石幢，幡幢，人影幢幢。

【幢幢】chuáng chuáng 影子搖晃的樣子：人影幢幢／花影幢幢。

幟 [帜]
12

幟 幟 幟 幟 幟 幟　幟

普 zhì 粵 ci³ 次

旗子：旗幟／獨樹一幟。

幫 [帮]
14

幫 幫 幫 幫 幫 幫　幫

普 bāng 粵 bong¹ 邦

① 幫忙、扶助、協助：請幫個忙／幫我一把。
② 民間結合在一起的集團：黑幫／幫會／拉幫結夥。③ 物體周邊直立的部分：鞋幫／菜幫／船幫。④ 夥、羣：來了一幫人。

【幫忙】bāng máng 幫助別人做事或解決困難：幫忙清理房間。🔁 幫助 * 協助

【幫助】bāng zhù 替別人出力；給以財物或精神支持：弟弟幫助媽媽做家務事。🔁 扶助 * 援助 * 幫忙 🔄 搗亂 * 打擊 * 干擾

干 部

干
0

干 干　干

普 gān 粵 gon¹ 肝

① 古代的盾牌：干戈。② 冒犯；觸犯：干犯（冒犯、觸犯）。③ 干預；干涉：請不要干擾我。④ 求：干求（請求；要求）。⑤ 關聯；牽涉：干你甚事？⑥ 天干：干支。⑦ 相當於"個"：若干。⑧ 相當於"夥"、"幫"：一干人馬。

【干支】gān zhī 天干和地支的合稱。天干有十個字：甲、乙、丙、丁、戊、己、庚、辛、壬、癸；地支有十二個字：子、丑、寅、卯、辰、巳、午、未、申、酉、戌、亥。古人用十天干和十二地支相配搭，表示年月日的次序。

✎ 古人用干支記載和計算年、月、日時和生肖。

① 干支紀年法：大約自漢代開始，直到現代，沒有中斷過，如今農曆的年份仍用干支表示，如甲午戰爭、辛亥革命。十天干和十二地支按順序搭配，十天干輪用六次，十二地支輪用五次，配成一個完美的循環，叫作"六十花甲子"，如天干"甲"和地支"子"配成甲子年、乙和丑配成乙丑年，以下為丙寅年、丁卯年、戊辰年等等。

② 干支紀月法：不用天干，只用地支的十二個字代表十二個月，如寅月（正月）、丑月（十二月）。

③ 干支紀時法：古人把一晝夜二十四小時分為十二等份，每一等份兩小時，稱作"時辰"；時辰用十二地支表示，自夜晚十一點算起，到午夜一點為子時，午夜一點到凌晨三點為丑時，依次類推，正午十一點到一點為午時，晚

上九點到十一點為亥時，從子時到亥時完成一晝夜十二時辰、二十四小時的循環。

④ 干支紀生肖（屬相）：用十二地支同十二種動物配成十二生肖，依次為：子鼠、丑牛、寅虎、卯兔、辰龍、巳蛇、午馬、未羊、申猴、酉雞、戌狗、亥豬。這就是我們所說的鼠年、牛年、虎年等等。

【干係】gān xì 牽涉到責任、後果、引起糾紛的關係：擺脫干係 / 這件事干係重大！

【干涉】gān shè 強行過問：別干涉我的事 / 父母不應干涉子女的婚姻。同 干預

【干預】gān yù 過問或參與：橫加干預 / 沒有出面干預。

【干擾】gān rǎo ① 打擾；擾亂。② 妨礙電子設備正常接收信號。同 騷擾

²平

平 平 平 平　平

普 píng 粵 ping⁴ 評

① 像水平面那樣不傾斜：平滑（平整光滑）。② 平均；公平：平分 / 不平則鳴。③ 對等；相等：平等。④ 安定；寧靜：心平氣和。⑤ 以武力壓制、征服：平叛。⑥ 平常的；普通的：平民百姓。⑦ 憑空、無緣無故地：平添（無端地增添）。⑧ 平聲，漢語四個聲調之一：平上去入。

【平凡】píng fán 平常；普通：不平凡的經歷 / 做個平凡的普通人。反 突出 * 卓越

【平日】píng rì 平時，日常：平日不喝酒，逢年過節才喝一點兒。同 平常

【平分】píng fēn 平均分配；均等分割：投資各佔一半，賺到錢利益平分。同 均分

【平台】píng tái ① 露台，陽台：客廳外面是長方形的平台。② 操作電腦、電子設備的軟硬件環境。③ 開展工作必備的環境條件：融資平台。

【平行】píng xíng ① 地位相等，不相從屬的：平行的機構。② 同時進行的：四種工序平行作業。反 交叉

【平安】píng ān 安全穩妥，沒有危險：飛機平安降落。反 危險 * 災禍

【平均】píng jūn ① 把總數分成相等的若干份：今年的平均氣溫比去年高。② 相等，沒有差別：平均分配。反 差別

【平坦】píng tǎn 平展，沒有高低起伏：草原平坦遼闊 / 她的前途未必平坦。反 起伏

【平和】píng hé ① 溫和：態度平和，待人誠懇。② 和緩：藥性平和。③ 安定和諧：氣氛平和 / 平和寧靜。反 劇烈 * 猛烈

【平定】píng dìng ① 平靜安穩：家庭和睦，心情就平定。反 混亂 ② 安定、穩定下來：不要發火，先平定下情緒再說。③ 用武力鎮壓：平定叛亂。

【平素】píng sù ① 平時；平日：平素喜歡讀點古典小說。② 往常；向來：平素膽小怕事，這次卻一反常態。同 平常

【平原】píng yuán 廣闊的平坦地區：一望無際的大平原。

【平時】píng shí 平日，日常：平時不努力，到考試着急就晚了。同 平日 俗 平時不燒香，急來抱佛腳。

【平息】píng xī ① 化解、消解：社工設法平息了這次風波。同 平定 反 暴發 ② 用武力平定：平息暴亂。

【平常】píng cháng ① 普通、一般的：大家都在過平常的日子。② 平時；通常：平常開車上下班 / 平常六點就起牀。同 平凡

【平庸】píng yōng 很一般，不突出：不甘平庸和寂寞，追求奮鬥與成功。反 非凡

【平淡】píng dàn 平平常常，沒有特別的地方：平淡無味 / 平淡無奇。

【平等】píng děng 彼此地位相等，享有相同待遇：法律面前人人平等。

【平緩】píng huǎn ① 起伏不大，比較平坦：地

勢平緩，土壤肥沃。② 平靜和緩：說話慢悠悠，語調低沉平緩。③ 平穩緩慢：載重卡車平緩地開過了橋。

【平靜】píng jìng 安定：心情平靜不下來／局勢漸漸平靜下來。⊠ 動盪

【平整】píng zhěng ① 平正齊整：過道上鋪着方磚，十分平整。② 把不平整的弄成平坦整齊的：平整土地，修建足球場。

【平衡】píng héng ① 相等；相抵：力量平衡／收支平衡。② 把不等的變成相等的：平衡預算／平衡各派勢力。③ 各種力量互相抵消，處於平穩狀態：飛機失去平衡。⊠ 失衡

【平穩】píng wěn ① 安穩，沒有波動、沒有危險意外：心態平穩／物價平穩／日子過得很平穩。⊠ 波動 ② 穩定，不搖晃：車子開得很平穩。⊠ 顛簸

3 年　年年年年年　年
⑲ nián ⑳ nin⁴

① 年度，地球繞太陽一圈的時間，平年有 365 天，閏年 366 天，每四年有一個閏年。② 年齡、歲數：年紀／年輕／年過半百。③ 指農曆春節：過年／賀年。④ 歲月；時期：年華（歲月；時光）／康熙年／民國年間。

【年代】nián dài ① 年數；歲月：年代太久，全變樣了。② 時代；時期：戰爭年代。③ 計年方式，十年為一個年代：1990 年至 1999 年是 20 世紀 90 年代。

【年份】nián fèn ① 指某一年：準確年份我早忘了。② 經歷的年代：這幅字畫年份不短。

【年青】nián qīng 年齡正處於青年時期：他很年青，大有可為。⊜ 年輕 ⊠ 年老

【年度】nián dù 依照規定起算和截止的十二個月：財政年度／納稅年度。

【年畫】nián huà 中國民間過春節時張貼的圖畫，色彩鮮明，畫面多為吉祥物或喜慶場面。

【年歲】nián suì ① 年代，年數：年歲太久，記不清了。② 年紀，年齡：上了年歲的人。

【年頭】nián tóu ① 每年的開頭：年頭歲尾。② 年，一整年：這事可有些年頭了。③ 時代：這年頭高學歷吃香。④ 年成：雨水調和，年頭不錯。

5 幸　幸幸幸幸幸幸　幸
⑲ xìng ⑳ hang⁶ 杏

① 好運；福氣：幸運／三生有幸。② 高興：幸事／慶幸。③ 僥倖：幸而（幸虧）／幸存（僥倖生存或保存下來）／幸免（僥倖躲過去）。④ 寵愛：寵幸。

【幸好】xìng hǎo 幸虧，多虧：幸好她來了，不然我還真應付不了。⊜ 幸虧

【幸運】xìng yùn ① 碰上好運氣；碰上好機會：你真幸運，頭一次買彩票就中了大獎。② 好運氣；好機會：幸運遠離我，年年光顧她。⊜ 好運 * 紅運

【幸福】xìng fú ① 舒適愉快的生活：她帶給我幸福。② 生活境況稱心如意：幼年的生活很幸福。⊠ 不幸 * 痛苦

【幸虧】xìng kuī 幸好、多虧，借助他人或外力幫助才解脫困難、逃脫危險：幸虧下場雨把火澆滅了／幸虧有你幫忙，不然真不知怎麼辦好！⊜ 幸好 * 多虧

10 幹 [干]　幹幹幹幹幹幹　幹
⑲ gàn ⑳ gon³ 干³

① 主體、重要部分：樹幹／骨幹。② 辦事能力：才幹。③ 做事情：實幹／埋頭苦幹。④ 有能力的，善於辦事的：聰明能幹的幹才（有辦事才能的人）。

【幹練】gàn liàn 有才幹有經驗，做事周到有效率：精明幹練／處事幹練。同 老練 * 能幹 反 無能

【幹線】gàn xiàn 主要的、最重要的路線：鐵路幹線／天然氣輸送管道幹線。反 支線

【幹活兒】gàn huór 做體力勞動的事；做事情：專心幹活兒／我要幹活，沒時間去。反 消閒 * 輕閒

〔簡明詞〕幹部：國家公職人員。幹勁、幹勁兒：做事的勁頭兒。

幺部

幻 幻 幻 幻

1 幻

普 huàn 粵 waan⁶ 患

① 虛構的、不存在的：幻想／幻覺（虛幻的感覺境界）。② 變化：奇幻／變幻莫測。

【幻想】huàn xiǎng ① 無法實現的想像：古人也曾幻想飛上天去。② 不可能實現的願望：腦子裏充滿奇妙的幻想。同 空想 反 現實 * 實際

2 幼 幼 幼 幼 幼 幼

普 yòu 粵 jau³ 休 ³

① 年紀小：幼兒園／幼年（年紀幼小的時期）。② 小孩：男女老幼。③ 初生的：幼苗。

【幼小】yòu xiǎo ① 年齡小。② 尚未長大的：幼小的心靈。

【幼兒】yòu ér 嬰兒；學齡前的兒童。

【幼稚】yòu zhì ① 年紀小：幼稚不懂事。② 天真無邪：幼稚可笑／幼稚的想法。

〔附加詞〕幼稚園：學前兒童的教育機構。

6 幽 幽 幽 幽 幽 幽 幽

普 yōu 粵 jau¹ 休

① 深；遠：幽谷（深谷）／幽遠（深遠；久遠）。② 隱藏不公開的：幽會。③ 昏暗；陰暗：幽暗的密林。④ 僻靜：幽寂（寂靜）。⑤ 囚禁：幽禁。⑥ 陰間、非人間的：幽魂／幽靈（鬼魂）。

〔簡明詞〕幽靜：寧靜；清靜。幽暗：昏暗不明。幽雅：幽靜雅致。幽默：詼諧風趣。

9 幾 [几] ⁽一⁾ 幾 幾 幾 幾 幾 幾 幾

普 jǐ 粵 gei² 己

多少；若干：你讀了幾本書／勤奮學習幾十年如一日。

〔簡明詞〕幾多：多少。幾時：甚麼時候。幾經：經過多次。幾分：多少；一些：對你總還有幾分情／帶着幾分怒氣闖了進來。

9 幾 [几] ⁽二⁾

普 jī 粵 gei¹ 姬

接近；差不多：幾乎不可能。

【幾乎】jī hū 接近於；差不多：嚇得幾乎要死／事情幾乎成功。同 差點 * 差點兒

【幾何】jǐ hé ① 多少：人生幾何？② 幾何學。

广部

4 庇 庇 庇 庇 庇 庇 庇

普 bì 粵 bei³ 秘

遮蔽保護：包庇／庇護。

〔簡明詞〕庇佑：庇護保佑。庇護：保護；包庇；袒護。

圖案、繪畫的底子：白底黑字 / 淡黃的底，殷紅的花。⑥ 剩餘的部分：倉底 / 貨底兒。俗 打破砂鍋問到底

序

序序序序序序 序

⑴ xù ⑵ zeoi⁶ 聚

① 先後排列的順序；次序：程序 / 循序漸進。② 開頭的：序論。③ 序言：自序 / 請他寫篇序。

【序言】xù yán 寫在著作正文前的文章。由作者撰寫，大都說明著作宗旨、寫作經過；由他人撰寫，則多屬評論、介紹等內容。

店

店店店店店店 店

⑴ diàn ⑵ dim³ 惦

① 商店。② 旅客臨時住宿的地方：旅店 / 酒店。

〔簡明詞〕店家、店鋪：商店、商鋪。店主、店東：店鋪的主人。

府

府府府府府府 府

⑴ fǔ ⑵ fu² 苦

① 稱官員辦公的地方；稱各級政府：官府 / 政府 / 港府。② 高官貴族的住宅；國家高層官員辦公或居住的地方：王府 / 相府 / 府第（高級官員的住宅）/ 總統府。③ 尊稱對方的家：貴府 / 府上。④ 官方收藏文書財物的處所：府庫。⑤ 人或事物聚集的地方：學府 / 食府。

底 （一）

底底底底底底 底

⑴ dǐ ⑵ dai² 抵

① 下面；最下面的部分：根底 / 井底之蛙 / 水清見底。② 末尾；盡頭：年底 / 學校在街底。③ 深處；裏面；內情：底細（原原本本的真實情況）/ 追根問底。④ 留作根據的：底稿。⑤ 文字、

底 （二）

⑴ de ⑵ dik¹ 的

同 "的"。舊時的結構助詞，用在定語後面，表示領屬關係：我底叔叔。

【底下】dǐ xia 下面；裏面：樹底下 / 底下的話不必說了 / 手底下的錢實在不多。同 下邊 反 上面

【底氣】dǐ qì ① 指人的氣血：人一老底氣就不足了。② 信心，自信力：財雄勢大，做事有底氣。

【底牌】dǐ pái 撲克牌遊戲中未亮出來的牌。比喻可同對方較量的優勢或條件：別小看她，她還有幾張底牌可打。

【底層】dǐ céng ① 最下邊的層次：老太太住在大樓底層。② 社會最下面的階層：關愛社會底層的弱勢羣體。反 高層

【底線】dǐ xiàn ① 內線。② 最低或最後的界限：不做違心的事，是他做人的底線。

庚

庚庚庚庚庚庚 庚

⑴ gēng ⑵ gang¹ 羹

① 天干的第七位。詳見 "干支"。② 年齡：請問貴庚？

度 （一）

度度度度度度 度

⑴ dù ⑵ dou⁶ 杜

① 計量長短：度量。② 法則；準則；規則：法度 / 制度。③ 限度：勞累過度 / 揮霍無度。④ 程度：溫度 / 濕度 / 高度。⑤ 時間或空間的範圍：年度 / 國度。⑥ 過，度過：歡度聖誕 / 虛度光陰。⑦ 器量、胸懷：為人大度。⑧ 外貌、氣

質：態度 / 風度翩翩。⑨ 次；回：一年一度 / 曾三度遊歷香江。

(一)【度量】dù liáng 計量長短、容積的標準。

(二)【度量】dù liàng 氣量，寬容忍讓的幅度：待人度量大，不計較小事。

【度過】dù guò 經歷過；走過：我們一起度過的日子 / 終於度過了艱難的歲月。

✎ "度過"還是"渡過"？"渡過"的本義是橫過水面，也用於通過困難、關隘、危機，在時間上的過只限於艱難時期；"度過"則是普通意義上的時間上的經過。

【度量衡】dù liàng héng ① 量長度、量容積、計重量的標準。② 量長度、量容積、計重量的器具。

6 度 (二)

普 duó 粵 dok⁶ 踱

推測；估計：以己度人 / 審時度勢。俗 以小人之心度君子之腹

7 庫 [库]　庫庫庫庫庫庫　庫

普 kù 粵 fu³ 富

① 儲存財物的地方：倉庫 / 金庫 / 庫房（倉庫）。② 在電腦內存儲信息的電子結構：數據庫。

【庫存】kù cún ① 在庫房內存放的：庫存物資。② 庫內存儲的現金或物資：清點庫存。

7 庭　庭庭庭庭庭庭　庭

普 tíng 粵 ting⁴ 停 / ting³ 聽

① 廳堂：大庭廣眾。② 院子：前庭後院。③ 法庭：開庭 / 庭審（法庭開庭審理）。

【庭院】tíng yuàn ① 四合院正房前的院子：庭院內種着兩棵海棠樹。② 住房和院子：月光照着寂靜的庭院。

7 座　座座座座座座　座

普 zuò 粵 zo⁶ 助

① 座位：對號入座。② 敬稱官長：帥座 / 局座。③ 底座：燈座。④ 星座：處女座 / 大熊星座。⑤ 與數目字連用，表示有底座的或巨大物體的數量：一座鐘 / 兩座山 / 一座水庫。

【座右銘】zuò yòu míng ① 放置在座位右邊的銘文，用來提醒警戒自己。② 警誡、激勵人的格言："難得糊塗"是他的座右銘。

🔑 坐右銘 "坐" 指坐下來的動作，是動詞。"座" 指坐具，是名詞。"座右銘" 是寫在座位右邊的用來自我警惕的銘文。

8 康　康康康康康康　康

普 kāng 粵 hong¹ 腔

① 平靜安寧：康樂（安樂（安康快樂））。② 富裕：小康人家。③ 健康，結實無病：康復（恢復健康）。④ 寬闊：康莊大道。

【康莊大道】kāng zhuāng dà dào ① 四通八達、寬闊平坦的大路。反 羊腸小道 ② 比喻光明美好的前程：努力學習，以後才能踏上康莊大道。

8 庸　庸庸庸庸庸庸　庸

普 yōng 粵 jung⁴ 容

① 平平常常，普普通通：庸才（才智能力低下的人）/ 庸醫（低能的醫生）。② 用、須：無庸置疑。

【庸人】yōng rén 見識淺薄、沒有本事的人。反 偉人 俗 天下本無事，庸人自擾之

〔附加詞〕庸人自擾：本來沒有事，卻自找麻煩、自尋苦惱。

【庸俗】yōng sú 平庸鄙俗：作風庸俗 / 庸俗趣味。同 俗氣 反 高尚 * 高雅

廂 [厢]

廂 廂 廂 廂 廂 廂　廂

⟨普⟩xiāng ⟨粤⟩soeng¹ 商

① 正房前面兩側的房屋：廂房／西廂／東廂。
② 分隔開來像房間一樣的地方：車廂／包廂。
③ 城門外的地區：城廂。④ 邊；方面：這邊廂／那邊廂／一廂情願。

廊

廊 廊 廊 廊 廊 廊　廊

⟨普⟩láng ⟨粤⟩long⁴ 郎

屋簷下的過道；有篷頂的室外通道：走廊／長廊／前廊後廈。

〔簡明詞〕廊簷：廊頂突出在柱子外面的部分。
廊柱：支撐廊簷的柱子。

廁 [厕]

廁 廁 廁 廁 廁 廁　廁

⟨普⟩cè ⟨粤⟩ci³ 次

① 洗手間；廁所。② 置，參與進去：廁身教育界。

廈 [厦] (一)

廈 廈 廈 廈 廈 廈　廈

⟨普⟩shà ⟨粤⟩haa⁶ 下

高樓；高大的房屋：商廈／高樓大廈。

廈 [厦] (二)

⟨普⟩xià ⟨粤⟩haa⁶ 下

地名用字，廈門，在福建省。

廉

廉 廉 廉 廉 廉 廉　廉

⟨普⟩lián ⟨粤⟩lim⁴ 簾

① 清白方正：清廉／寡廉鮮恥。② 價錢低：廉價（便宜）／價廉物美。

【廉政】lián zhèng ① 為政廉潔清明：廉政愛民。
② 保持政務清廉不腐敗：廉政公署。

【廉恥】lián chǐ ① 廉潔和恥辱：做人起碼要懂得禮儀廉恥。② 廉潔自律的好品德：見錢眼開，毫無廉恥。

【廉潔】lián jié 辦事公道，潔身自好：廉潔的政府能得到市民的信任。⟨同⟩清廉 ⟨反⟩腐敗
〔簡明詞〕廉潔奉公：清明廉潔，一心辦好公務。

廓

廓 廓 廓 廓 廓 廓　廓

⟨普⟩kuò ⟨粤⟩kwok³ 擴

① 廣大；空闊：寥廓。② 肅清，掃除：廓清（肅清）。③ 邊緣，外緣：輪廓／耳廓。

廖

廖 廖 廖 廖 廖 廖　廖

⟨普⟩liào ⟨粤⟩liu⁶ 料

姓。

廚 [厨]

廚 廚 廚 廚 廚 廚　廚

⟨普⟩chú ⟨粤⟩cyu⁴ 儲⁴／ceoi⁴ 除

① 廚房（做飯菜的地方）。② 烹調，做飯燒菜：掌廚／幫廚。③ 以烹調為職業的人：名廚／大廚。

【廚藝】chú yì 烹調的技藝；做飯菜的手藝。

廣 [广]

廣 廣 廣 廣 廣 廣　廣

⟨普⟩guǎng ⟨粤⟩gwong² 光²

① 寬闊：地廣人稀。② 擴大：廣開言路。③ 多：稠人廣眾／兵強將廣。④ 普遍；廣泛：廣為宣傳。⑤ 指廣東、廣州：廣貨／廣交會。

【廣大】guǎng dà ① 廣闊：廣大的華南地區。
② 人數眾多：獲得廣大歌迷的熱情支持。⟨反⟩狹

小 * 窄小 * 狹窄

【廣告】guǎng gào 通過媒體向公眾宣傳介紹商品、內容、節目的一種方式。

【廣泛】guǎng fàn 普遍，範圍廣大：影響廣泛 / 廣泛諮詢公眾意見。 反 狹窄

【廣場】guǎng chǎng ① 城市中寬廣的場地：紫荊花廣場。② 商場；商廈：時代廣場 / 太古廣場。

【廣播】guǎng bō 廣播電台播報的節目：收聽廣播。

【廣闊】guǎng kuò 廣大寬闊：走進廣闊的熱帶雨林。 反 狹窄 * 狹小

廟[庙] 廟廟廟廟廟廟 廟

普 miào 粵 miu⁶ 妙

供奉祖宗神位、歷史名人或神靈的建築物：宗廟 / 孔廟 / 土地廟。

〔簡明詞〕廟宇：供奉神佛或歷史名人的殿堂。

✐ 廟與寺：佛教的寺院叫"寺"不叫"廟"，中國人供奉祖宗、尊奉"神"和歷史人物的地方叫"廟"不叫"寺"；後來民間語言"寺"和"廟"有所混淆，"和尚寺"可以說"和尚廟"；至於"佛教寺院"和"祖宗、名人、神廟"的正規名稱，則絕不混淆，所以"靈隱寺"不叫"靈隱廟"，"岳飛廟"不叫"岳飛寺"，皇帝祭祖的"太廟"不叫"太寺"。

廠[厂] 廠廠廠廠廠廠 廠

普 chǎng 粵 cong² 闖

① 工廠：製鞋廠。② 堆放貨物或進行生產加工活動的場所：煤廠 / 發電廠。

〔簡明詞〕廠方、廠商、廠家：① 指工廠這一方面。② 指工廠老闆。

廢 廢廢廢廢廢廢 廢

普 fèi 粵 fai³ 費

① 衰敗；荒廢：興廢 / 廢墟（荒廢的建築遺址）。

② 停止；放棄；撤除：廢止（廢除）/ 半途而廢。

③ 沒用的：廢銅爛鐵 / 廢物（廢棄沒用的東西）。

④ 喪氣、頹唐：精神頹廢。

【廢除】fèi chú 取消；撤銷：廢除過時的規章制度。

【廢寢忘食】fèi qǐn wàng shí 顧不得睡覺，忘了吃飯，專心學習或做事。 同 廢寢忘餐 * 日以繼夜 反 好吃懶做

🔍 廢寢忘食 "費"是耗費、浪費。"廢"是顧不上。

廬[庐] 廬廬廬廬廬廬 廬

普 lú 粵 lou⁴ 勞

① 簡陋的房子：草廬 / 三顧茅廬。② 廬山，在江西九江，是著名的風景和避暑勝地。

✐ 宋代大詩人蘇軾遊廬山，作了一首《題西林壁》詩："橫看成嶺側成峯，遠近高低各不同；不識廬山真面目，只緣身在此山中。"後人於是用"廬山真面目"、"廬山真面"、"廬山面目"比喻事物的真相或本來面目。

龐[庞] 龐龐龐龐龐龐 龐

普 páng 粵 pong⁴ 旁

① 大；高大：龐大 / 龐然大物。② 多而雜亂：龐雜（又多又繁雜）。③ 臉盤：臉龐 / 面龐。

【龐大】páng dà 非常大，過於大：規模龐大 / 數目龐大 / 體型龐大。 反 微小。

（建立外交關係）。② 建造；修築：擴建機場／修建公路。③ 提出；倡議：建言獻策。
【建立】jiàn lì ① 成立；設置：建立新中國／建立醫學院。② 興建；建設：建立軍事基地。③ 產生；形成：建立友情／建立外交關係。⓪廢除
【建造】jiàn zào 建築；修建製造：建造金融大樓／建造航空母艦。⓪拆毀
【建設】jiàn shè ① 創建事業；修建設施：建設國家／建設新碼頭。② 建設方面的工作：經濟建設／城市建設。⓪破壞
【建築】jiàn zhù ① 興修建造：建築住宅樓。② 建築物，如寫字樓、體育館等：獲得優秀建築獎。⓪拆除
【建議】jiàn yì ① 提出自己的意見、主張。② 所提出的意見主張：她的建議可行。⓪提議

廳
22
廳 廳 廳 廳 廳 廳
⟨普⟩tīng ⟨粵⟩teng¹ 聽
① 會客、聚會或娛樂用的大房間：客廳／會議廳／歌舞廳。② 政府辦事部門的名稱：辦公廳／教育廳。

廴 部

廷
4
廷 廷 廷 廷 廷 廷
⟨普⟩tíng ⟨粵⟩ting⁴ 停
① 朝廷，古代君主受朝拜、處理政事的地方。② 王朝的最高統治機構：清廷。

延
5
延 延 延 延 延 延
⟨普⟩yán ⟨粵⟩jin⁴ 言
① 伸展；延長：延伸（延長伸展）／延年益壽。② 推遲：延擱（耽擱）／延誤（耽誤）。③ 引進；聘請：延請（聘請）。
【延長】yán cháng 持續下去；連續向前伸長：會議延長兩天／將公路延長到南京。⓪延續
【延緩】yán huǎn 延遲，推遲：延緩衰老。
【延遲】yán chí 推遲，拖延：考試延遲五天／早春氣候寒冷，開花期都延遲了。⓪延後 ⓪提早 ＊提前
【延續】yán xù 延長；持續：會議延續了四個小時。⓪縮短

建
6
建 建 建 建 建 建
⟨普⟩jiàn ⟨粵⟩gin³ 見
① 創設；建立：創建／建樹（創建的業績）／建交

廾 部

弄（一）
4
弄 弄 弄 弄 弄 弄
⟨普⟩nòng ⟨粵⟩lung⁶ 龍⁶
① 玩弄；戲弄：捉弄人／不要耍弄他。② 搞；做：把事情弄明白／你在弄甚麼東西？③ 攪擾：弄得鄰居睡不着覺。④ 想辦法得到：弄兩張電影票來。

弄（二）
4
⟨普⟩lòng ⟨粵⟩lung⁶ 龍⁶
小巷；小街道：里弄／弄堂。
〔簡明詞〕弄堂：小巷子。

6
弈
弈 弈 弈 弈 弈 弈
⟨普⟩yì ⟨粵⟩jik⁶ 亦
下棋：弈棋 / 對弈。

11
弊
弊 弊 弊 弊 弊 弊
⟨普⟩bì ⟨粵⟩bai⁶ 幣
① 害處；毛病：弊害（弊病）/ 興利除弊。② 欺騙行為：營私舞弊。
【弊病】bì bìng 漏洞；問題；缺點：現代社會，弊病越積越多。⟨同⟩ 弊端
【弊端】bì duān 存在的問題：消除弊端。⟨同⟩ 弊病

弋部

3
式
式 式 式 式 式
⟨普⟩shì ⟨粵⟩sik¹ 色
① 式樣、款式：西式上衣。② 規格；標準：格式 / 程式 / 模式。③ 儀式；典禮：結業式 / 開幕式。④ 式子：公式 / 算式 / 分子式 / 數學方程式。

弓部

0
弓
弓 弓
⟨普⟩gōng ⟨粵⟩gung¹ 工
① 靠弦的彈力發射箭或彈丸的器具：拉弓射箭。② 形狀像弓的東西：琴弓。③ 彎：弓腰 / 弓着背。⟨諺⟩ 開弓沒有回頭箭

1
弔 [吊]
弔 弔 弔 弔
⟨普⟩diào ⟨粵⟩diu³ 釣
① 慰問、撫慰；哀悼死者：形影相弔 / 弔孝（弔喪）。② 追念：憑弔先人 / 憑弔古人。
〔簡明詞〕弔喪：祭奠悼念死者，慰問家屬。弔唁：祭奠逝者，慰問家屬。
〔古詩文〕馬無故亡而入胡，人皆弔之。（《淮南子—塞翁失馬》劉安）

1
引
引 引 引
⟨普⟩yǐn ⟨粵⟩jan⁵ 蚓
① 伸展；延長：引吭高歌。② 拉；牽：引線 / 牽引機車。③ 帶領；疏導：引路 / 引水。④ 招致；招惹：引致（導致；招來）/ 引火燒身 / 引人發笑。⑤ 用來作證據或理由：援引 / 引用（拿別人的話或著作作為根據）。⑥ 推舉、推薦：引薦。
【引申】yǐn shēn ① 從字詞的基本意義生出新義：引申義（字詞派生出來的新意義）。② 延伸、牽涉：由一件小事引申開去，越鬧越大。
【引言】yǐn yán 放在書或正文前面的說明指引或評價性的短文，類似序言、導言。
【引進】yǐn jìn 由外地或外國引薦或引入進來：引進玉米新品種 / 引進技術人才。⟨反⟩ 輸出 * 輸送
【引號】yǐn hào 標點符號之一，分雙引號和單引號兩種，是表示引用、提示或貶義、否定的符號；雙引號一般套在單引號內使用。
【引誘】yǐn yòu 用財物利益或言語行為誘惑人。⟨同⟩ 迷惑 * 誘惑
【引導】yǐn dǎo 誘導，啟發指導：老師巧妙引導學生思考問題。
〔簡明詞〕引起、引發；誘發；觸發。引文、引語、引用語：引用別人的話語或著作，來說明自己的觀點。
【引擎】yǐn qíng 發動機：噴氣客機的引擎。

【引人入勝】yǐn rén rù shèng 把人帶入美好的境界。形容非常吸引人：西湖美景引人入勝／散文寫得引人入勝。⊘ 望而卻步

弗

弗 弗 弗 弗 弗

2

(普) fú (粵) fat¹ 忽

不：自愧弗如／揮之弗去。

〔古詩文〕徐君好季札劍，口弗敢言。(《季札掛劍》司馬遷)

弘

弘 弘 弘 弘 弘 弘

2

(普) hóng (粵) wang⁴ 宏

① 大：弘大（廣大；巨大；宏偉）。② 光大；擴大：弘揚傳統文化。

〔簡明詞〕弘揚：發揚光大。弘願：宏願，偉大的志向。

弛

弛 弛 弛 弛 弛

3

(普) chí (粵) ci² 始／ci⁴ 池

① 放鬆；鬆開：一張一弛。② 延緩；延遲：弛緩（延緩）／弛期（延期）。

弟

弟 弟 弟 弟 弟 弟

4

(普) dì (粵) dai⁶ 第

① 同父母或只同父只同母，晚於自己出生的男子：弟弟。② 親戚中年齡比自己小的男子：表弟／堂弟。③ 對朋友謙稱自己：愚弟／小弟。

【弟子】dì zǐ 學生、門徒：少林弟子。

【弟兄】dì xiōng ① 弟弟和哥哥。② 朋友、夥伴、戰友間的親切稱呼。

弧

弧 弧 弧 弧 弧 弧

5

(普) hú (粵) wu⁴ 胡

① 弓。② 曲線的一段：圓弧形。

〔簡明詞〕弧形：像曲線的彎曲形狀。弧線：弧形的線條。

弦

弦 弦 弦 弦 弦 弦

5

(普) xián (粵) jin⁴ 言

① 弓的弦。② 各種琴的弦：五弦琴／弦外之音（琴弦彈撥後的餘音，比喻言外之意）。③ 指妻子：續弦。同“絃”。⊙ 箭在弦上，不得不發

〔古詩文〕丁壯者引弦而戰（《淮南子－塞翁失馬》劉安）

弩

弩 弩 弩 弩 弩 弩

5

(普) nǔ (粵) nou⁵ 腦

古代用機械發射的弓：弩箭／弓弩。

弱

弱 弱 弱 弱 弱 弱

7

(普) ruò (粵) joek⁶ 若

① 弱小；虛弱：弱國／體弱多病。② 懦弱；膽小：軟弱／怯弱。③ 不夠；不足：弱智（智力低於正常人）。

【弱小】ruò xiǎo ① 柔弱幼小；柔弱矮小：弱小的嫩芽／兩人一比，她顯得很弱小。② 力量弱勢力小：游擊隊看似弱小，實則威脅很大。③ 又弱又小；又弱又少：弱小國家／弱小民族。⊜ 柔弱 * 薄弱 ⊘ 強壯 * 強盛 * 強大

【弱勢】ruò shì ① 減弱的趨勢：扭轉銷售的弱勢。② 弱小的勢力：弱勢羣體（處在社會下層的貧苦大眾）。⊘ 強勢

【弱點】ruò diǎn 缺點；薄弱欠缺之處：人都有

弱點／致命的弱點。⸨反⸩優點

【弱不禁風】ruò bù jīn fēng 瘦弱得禁不住風吹。形容嬌弱、瘦弱。⸨反⸩身強力壯

8 **張**[张]　張張張張張張 **張**

⸨普⸩zhāng ⸨粵⸩zoeng¹ 章

① 張開；打開；展開：劍拔弩張／張開翅膀／綱舉目張。② 緊迫；緊急：緊張／慌張。③ 擴大；發揚：擴張／伸張正義。④ 誇大：虛張聲勢。⑤ 放肆：囂張。⑥ 陳設，佈置：鋪張／張掛。⑦ 開張，開始營業：新張誌喜。⑧ 看；望：東張西望。⑨ 與數目字連用，表示平面和可張開的東西的數量：一張嘴／兩張弓／三張紙／四張圓桌。

【張羅】zhāng luo ① 籌劃；料理：張羅款項／張羅婚事。② 應酬；招待：張羅賓客。

💡 張羅的羅 "luo" 輕讀。

【張牙舞爪】zhāng yá wǔ zhǎo 猛獸的兇相。形容惡人猖狂兇惡的樣子。⸨反⸩彬彬有禮

【張燈結綵（張燈結彩）】zhāng dēng jié cǎi 掛起燈籠，紮起綵帶。形容喜慶或節日景象。

💡 "綵" 與 "彩"：綵，彩色絲綢紮的綵球；彩，色彩。"張燈結彩" 中的 "彩" 與 "綵" 意思相同，都是彩帶、綵球之意。

〔簡明詞〕張開：打開；伸展開來。張望：向遠處看；向四周看。張揚：宣揚；聲張；傳播。張貼：把佈告、廣告、啟事等貼在公眾場所。

8 **強**[强]⁽一⁾　強強強強強強 **強**

⸨普⸩qiáng ⸨粵⸩koeng⁴

① 健壯有力：身強力壯。② 強盛，勢力大：民富國強。③ 加強：強心針／強化（加強；加大力度）。④ 用盡全力；運用暴力：強搶民女／強佔民宅。⑤ 堅定；剛毅：堅強／剛強。⑥ 好，優越：

他比我強。⑦ 強烈，程度高：上進心強。

〔簡明詞〕強大：實力雄厚。強弱：強大和弱小。強勁：強有力。強硬：堅持己見，決不妥協。強度：程度的大小強弱。

【強人】qiáng rén ① 精明能幹的人：女強人。② 有實力、舉足輕重的人：地產界的強人。③ 強盜：從樹林裏走出一夥強人。

【強行】qiáng xíng ① 強制進行：強行通過。② 強硬執行：倚仗權勢強行收購。⸨同⸩強力 * 強制

【強壯】qiáng zhuàng ① 強健有力：體格強壯。② 使健壯起來：晨運能強壯身體。⸨同⸩強健 * 健壯 ⸨反⸩虛弱

【強烈】qiáng liè ① 形容很深、很濃、很高、很顯著，程度超過一般：強烈對比／強烈的感情／求知欲強烈。② 激烈；猛烈：強烈抗議／藥性強烈。⸨反⸩一般 * 平常 * 輕微

【強盛】qiáng shèng 強大興盛：唐朝是中國古代最強盛的時候。⸨反⸩衰弱

【強健】qiáng jiàn 強壯結實：體魄強健。⸨同⸩強壯 * 壯實 ⸨反⸩虛弱 * 瘦弱

【強勢】qiáng shì ① 優勢：在首輪沒有取得強勢。② 強勁的勢頭：保持強勢。⸨反⸩弱勢

【強調】qiáng diào 着重指出或提出：強調維護人權。⸨同⸩着重

8 **強**[强]⁽二⁾

⸨普⸩qiǎng ⸨粵⸩koeng⁵ 襁

① 迫使，逼迫：強迫。② 勉強：強打精神／強詞奪理（把沒理說成有理）。

〔簡明詞〕強求：硬性要求；勉強求成。強加：強迫接受；強行加上去。強制：強迫對方服從。

【強迫】qiǎng pò 用強力、暴力逼使對方服從。⸨同⸩強制 * 迫使 ⸨反⸩自願 * 甘願

8 **強** [强] (三)

〔普〕jiàng 〔粵〕goeng⁶ 橽 / koeng³ 疆

不屈服；不屈從：嘴強 / 倔強。

12 **彆** [别]

彆 彆 彆 彆 彆 彆　彆

〔普〕biè 〔粵〕bit³ 別³

① 扭曲着；不順：彆着一股勁兒。② 扭；扭轉：我可彆不過他 / 把吸煙的習慣彆過來。
【彆扭】biè niu ① 不暢快；不通順：心裏彆扭 / 句子寫得彆扭。② 不和，想法相反：跟我鬧彆扭。〔反〕順當＊順暢＊通順＊通暢

12 **彈** [弹] (一)

彈 彈 彈 彈 彈 彈　彈

〔普〕dàn 〔粵〕daan⁶ 但 / daan² 蛋

子彈、彈藥：彈丸之地（形容狹小）/ 彈無虛發（全部命中目標）。
〔簡明詞〕彈藥：子彈、砲彈等有殺傷力的爆炸物的總稱。

12 **彈** [弹] (二)

〔普〕tán 〔粵〕daan⁶ 但 / taan⁴ 壇

① 借助一物的彈力彈起或射出另一物：彈簧 / 彈跳 / 彈射。② 用手指叩打或撥弄：彈鋼琴 / 彈琵琶。③ 利用手指或機械裝置的彈力抖動：彈灰塵 / 彈棉花 / 彈羊毛。④ 揮灑：彈淚（流淚）。
〔俗〕男兒有淚不輕彈
【彈力】tán lì ① 由物體的彈性產生的作用力。② 彈跳力：跳高運動員的彈力好。
【彈性】tán xìng ① 物體受壓力後，自行恢復原形的性質；物體的彈性可產生彈力。② 比喻做事的靈活性、伸縮性：計劃要有彈性，留點餘地。
【彈奏】tán zòu 用彈撥樂器演奏：彈奏吉他 / 彈

奏鋼琴。〔同〕演奏
【彈簧】tán huáng 利用彈性材料做成的螺旋形零件，可產生彈力：彈簧床。

14 **彌** [弥]

彌 彌 彌 彌 彌 彌　彌

〔普〕mí 〔粵〕mei⁴ 眉

① 遍；滿：彌漫。② 填補：彌補。③ 更加：欲蓋彌彰。
【彌補】mí bǔ 補足不夠的部分；填充不滿的部分。
【彌撒】mí sa 天主教的一種宗教儀式，先由神父用麵餅和紅葡萄酒祝聖，而後分賜教徒分食，用此種方式來祭祀天主。
💡 彌撒 mí sa 的 "sa" 輕讀。
【彌勒佛】mí lē fó 佛教菩薩之一，袒胸露腹，笑容滿面；彌勒佛是快樂佛，快樂的象徵，各地佛寺多有供奉。

19 **彎** [弯]

彎 彎 彎 彎 彎 彎　彎

〔普〕wān 〔粵〕waan¹ 灣

① 彎曲，曲線形：蘋果把枝頭壓彎了。② 弄成彎曲形：把鐵絲彎成半圓形。③ 彎曲處：水彎 / 住在山彎兒裏。
【彎曲】wān qū ① 曲折，不直：彎曲的小路。
② 把東西弄彎曲：把竹子彎曲成弓形。〔反〕筆直
〔附加詞〕彎彎曲曲：彎過來彎過去。
〔文言選錄〕鵝鵝鵝，曲項向天歌。（《詠鵝》駱賓王）
【彎路】wān lù ① 不直的路。② 比喻遇到的曲折：接受教訓，少走彎路。〔反〕直路

彐 部

8
彗　彗彗彗彗彗彗　彗

(普)huì (粵)wai⁶ 惠

彗星：彗核／彗尾。

【彗星】huì xīng 一種繞太陽運行的天體，當運行到接近太陽時，拖一條掃帚形的長尾巴，俗稱掃帚星；古人認為彗星象徵不吉利。

10
彙[汇]　彙彙彙彙彙彙　彙

(普)huì (粵)wui⁶ 匯

① 聚集；綜合：彙集（匯集；聚集）／彙聚（聚攏到一起）／彙編。② 聚集到一起的東西：字彙／詞彙。同「匯」。

【彙報】huì bào ① 向上級報告情況：彙報工作。② 指彙報材料：工作彙報。(同)匯報 * 報告

【彙報】huì bào 向上司或公眾報告情況、報告事項。

【彙編】huì biān ① 把分散的資料或文章等匯總編輯到一起：彙編成書。② 編輯到一起的資料、文章等：文件彙編。

彡 部

4
形　形形形形形形　形

(普)xíng (粵)jing⁴ 迎

① 物體；形體：如影隨形／形影不離（形容關係密切）。② 形狀；樣子：地形／奇形怪狀。③ 顯現，表露出來：喜形於色／怒形於色。

【形式】xíng shì ① 外形；結構：房子的形式很奇特／彩燈的設計形式多種多樣。② 表現內容的方式方法：藝術形式／表現形式。

【形成】xíng chéng 逐漸變化出新東西、新狀態、新局面：地殼變動，形成高山深谷。

【形狀】xíng zhuàng 事物的外觀、樣子：學校大樓的形狀像一本打開的書。(同)形態

【形容】xíng róng ① 面容：形容憔悴。② 描述；描寫：夕陽下的西湖，美得無法形容。

〔附加詞〕形容詞：表示人或事物性質、狀態的詞，如長、短、黑、白、冷冰冰、溫暖等。

【形象】xíng xiàng ① 形狀、樣子；心目中的印象：形象代言人／樹立良好形象。② 藝術形象，創造出來的生活畫面或人物。③ 描繪得生動具體：小花貓的形象畫得很逼真。

【形勢】xíng shì ① 事物變化發展的狀況：就業形勢／國際形勢。② 地勢；地理狀況：山川形勢／形勢險要。

【形跡】xíng jì ① 蹤跡；痕跡：所到之處，不留形跡。② 言行舉止和神色：東張西望，形跡可疑。

【形態】xíng tài ① 形狀和神態：形態各異／玉雕的蒼鷹，形態栩栩如生。② 表現形式：社會經濟形態。

【形聲】xíng shēng 漢字的六種造字法之一，由「形」旁和「聲」旁組成，形旁表示字義，聲旁表示字音，如清、情、請三字，「三點水」、「豎心」和「言」為形旁，「青」為聲旁；由形旁和聲旁合成的漢字叫形聲字。(反)象形

【形體】xíng tǐ ① 身體的外形：形體勻稱／形體訓練。② 形狀和結構：漢字的形體變化。

【形形色色】xíng xíng sè sè 各種各樣，各式各樣。(同)五花八門

彬 [8]

彬彬彬彬彬彬

〔普〕bīn 〔粵〕ban¹ 奔

彬彬，形容文雅：文質彬彬／彬彬有禮（文雅有禮貌）。

彩 [8]

彩彩彩彩彩彩

〔普〕cǎi 〔粵〕coi² 採

① 彩色；各種顏色：彩色（多種顏色）／彩色筆／彩雲（彩色雲霞）。② 彩色的絲綢：剪彩／張燈結彩。③ 歡呼聲，叫好聲：喝彩／喝倒彩。④ 獎品、獎金：頭彩／彩金。⑤ 花樣；式樣：姿彩／豐富多彩。

【彩霞】cǎi xiá 絢麗多彩的雲霞。

✎ 描寫早晨的霞光，用早霞、朝霞；黃昏的霞光，用落霞、晚霞；明霞、紅霞、飛霞、煙霞、雲霞、霞光，早晚都可用。

彭 [9]

彭彭彭彭彭彭

〔普〕péng 〔粵〕paang⁴ 棚

姓。

彰 [11]

彰彰彰彰彰彰

〔普〕zhāng 〔粵〕zoeng¹ 章

① 明顯；顯著：彰顯（充分顯示出來）／欲蓋彌彰。② 表揚：表彰。

影 [12]

影影影影影影

〔普〕yǐng 〔粵〕jing² 映

① 影子，陰影：人影／樹影。② 水面反照出來的虛影：倒影／杯弓蛇影。③ 照片、圖像：攝影／影集（相冊）。④ 拍照：影相（拍照片）。

⑤ 電影的簡稱。

【影子】yǐng zi ① 光線投下的人或物體的暗影：梅花的影子。② 水面反射的影像：湖面上晃動着寶塔的影子。③ 淡淡的印象、模模糊糊的記憶：忘得連影子都沒了。

【影射】yǐng shè 明說甲暗指乙，借此事說彼事：筆下的人物，都有所影射。

【影像】yǐng xiàng 在屏幕、熒幕上的形象：影像清晰。

【影響】yǐng xiǎng ① 發揮作用：吸煙影響健康／睡眠不足影響學習。② 所起的作用：受老師的影響，他決定讀書認真起來。 〔同〕感染

彡 部

役 [4]

役役役役役役

〔普〕yì 〔粵〕jik⁶ 亦

① 當兵的義務：服役／現役軍人。② 使喚；驅使做事：勞役／奴役。③ 被役使的人：僕役／雜役。

彷 (一) [4]

彷彷彷彷彷彷

〔普〕fǎng 〔粵〕fong⁴ 訪

見"彷彿"。

【彷彿】fǎng fú ① 相似、相像；差不多：兩人模樣彷彿，一時沒認出來。② 似乎；好像：彷彿有過這件事。

彷 (二) [4]

〔普〕páng 〔粵〕pong⁴ 旁

見"彷徨"。

【彷徨】páng huáng 無所適從，不知如何是好：彷徨猶豫，拿不出主意來。 反 果斷

5 征

征 征 征 征 征 征 征

普 zhēng 粵 zing¹ 精

① 遠行，走遠路：萬里長征。② 出兵到遠處作戰：遠征軍／征討（出兵討伐）。

【征服】zhēng fú ① 用武力壓服對方。 同 制伏 ② 讓人心服口服：被她的聰明才智征服。 同 折服

5 往

往 往 往 往 往 往 往

普 wǎng 粵 wong⁵ 王⁵

① 去另一處：往返（來回）／人來人往。② 朝，向：往前走。③ 從前；過去：往日（昔日）／往年（從前；過去的年份）／往事（過去的事情）。④ 以後：自今以往。 俗 胳膊肘往裏拐

【往來】wǎng lái ① 去和來；來來去去：遊人往來不絕。② 交往、交際：畢業後與同學往來不多。 同 來往

【往往】wǎng wǎng 常常，時常：馬虎大意往往會出差錯。 同 經常 反 偶爾

【往後】wǎng hòu ① 向後面：往後退了兩步。② 今後：我錯了，往後一定改。 同 今後＊此後

【往常】wǎng cháng 過去；平時：在疫情下，大家都生活得不如往常。 同 以往 反 現在

5 彿 [佛]

彿 彿 彿 彿 彿 彿 彿

普 fú 粵 fat¹ 忽

見 “彷彿”。

5 彼

彼 彼 彼 彼 彼 彼 彼

普 bǐ 粵 bei² 比

① 那、那個；那裏：彼時／此起彼伏。② 對方；他方：知己知彼。 俗 此一時，彼一時

【彼此】bǐ cǐ ① 對方和己方；你和我；雙方：不分彼此／彼此很熟悉。② 表示不分你我，大家一樣：彼此彼此。

【彼岸】bǐ àn ① 江、河、湖、海的對岸：大洋彼岸。② 佛教把有生有死的境界比做此岸，把超脫生死的境界比做彼岸。

6 待 (一)

待 待 待 待 待 待 待

普 dài 粵 doi⁶ 代

① 等候；等待：守株待兔／待命（等待命令；聽候指示）／（待定：等待確定或確認）。② 招待；對待：款待／以禮相待。

【待遇】dài yù ① 對待；接待：對方待遇很周到。② 所享受的地位、權利、榮譽、薪酬和福利等：給予專家待遇／月入六萬，待遇不薄。

6 待 (二)

待

普 dāi 粵 doi⁶ 代

呆。逗留，停留：在外地待了十天。

6 徊

徊 徊 徊 徊 徊 徊 徊

普 huái 粵 wui⁴ 回

見 “徘徊”。

6 徇

徇 徇 徇 徇 徇 徇 徇

普 xùn 粵 seon⁶ 順／seon¹ 詢

維護；依從：徇私／徇情。

【徇私】xùn sī 謀求私利。 反 無私

〔附加詞〕徇私舞弊：為謀求私利而做隱瞞欺騙違法的事。

【徇情】xùn qíng 照顧情面。 反 絕情

〔附加詞〕徇情枉法：為照顧情面而做違法的事。

律

律律律律律律 律

普 lǜ 粵 leot⁶ 栗

① 規定；準則：法律 / 紀律。 ② 約束：自律。 俗 嚴於律己，寬以待人

【律政】lǜ zhèng 法律政務。

〔附加詞〕律政司：處理法律事務的政府官署。

【律師】lǜ shī 具備法律專業資格，代表當事人進行訴訟或處理法律事務的人員：大律師 / 律師事務所。

【律詩】lǜ shī 中國古代的詩歌體裁。起源於南北朝，成熟於唐代，有嚴謹的格律限制，音韻協調，對仗工整，琅琅上口；五字一句的稱五律，七字一句的稱七律，五律和七律各八句，超過八句的叫排律。 反 絕句。

很

很很很很很很 很

普 hěn 粵 han² 狠

非常：很美 / 很深 / 很熱 / 厲害得很。

後 [后]

後後後後後後 後

普 hòu 粵 hau⁶ 后

① 時間晚於現在的；推遲一段時間的：以後 / 後世（此後的時代）/ 雨後。 ② 後邊：後頭（後面）/ 房前屋後。 ③ 排在後面的：後排 / 最後。 ④ 後代、子孫：絕後 / 後嗣（子孫後代）。 俗 大難不死，必有後福

【後人】hòu rén ① 子孫：我們都是炎黃後人。

② 後代的人。 反 前人 俗 前人種樹，後人納涼

【後天】hòu tiān ① 今天之後的第二天：旅行團後天出發。 反 前天 ② 人或動物從生到死這一時期：習慣是後天養成的。 反 先天

【後方】hòu fāng ① 後邊，後面的位置：孩子跟在母親的後方走。 ② 遠離戰線的地區：四川是抗戰的大後方。 反 前方

【後生】hòu shēng ① 青年男子：英俊的後生。

② 後輩：後生可畏。

〔附加詞〕後生可畏：年青人勝過老人，後代超出前代，讓人敬畏。

【後代】hòu dài ① 子孫：兒孫後代。 ② 今後的人：天知道後人會怎麼樣。 反 前人

【後者】hòu zhě 兩件事、兩個人、兩種東西中的後一件或後一個。 反 前者

【後事】hòu shì ① 此後的事：至於後事，我就管不了了。 ② 喪事：料理後事。 俗 前事不忘，後事之師

【後來】hòu lái ① 那以後：後來改變主意了。

② 後到的；以後的：後來人。 反 先前 * 過往

【後果】hòu guǒ 最終結局：不良後果 / 後果嚴重。 反 前因

【後面】hòu miàn ① 背面；反方向的那一面：試卷的後面有一行字 / 回頭朝後面望了一眼。 ② 時間在當下之後：先做數學題，語文後面再做。

③ 指中間以下的位置、地方：您的座位在後面。

同 後頭 * 後邊 反 前面 * 前頭 * 前邊

【後記】hòu jì 一種文體，又稱 "書後"。由作者或他人寫的，放在書的後面，説明寫作目的、經過，或做簡要評論的短文。 反 前言

【後悔】hòu huǐ 追悔，懊悔。 反 無悔

〔附加詞〕後悔莫及、後悔不及：做下錯事，後悔也沒用了。

【後患】hòu huàn 日後的禍害：根除後患。

〔附加詞〕後患無窮：留下的禍害沒完沒了。

【後裔】hòu yì 後代子孫。 同 苗裔 反 祖先 * 祖宗

【後輩】hòu bèi ① 晚輩；後人：後輩中個個出類拔萃／保護環境，造福後輩。② 同業中年輕、資歷淺的人。反 前輩

【後續】hòu xù 後邊跟上來的；後面接上來的：後續的人也都到了。同 後繼

【後顧之憂】hòu gù zhī yōu 存在的威脅、障礙、麻煩事所帶來的憂慮。

7 徒 　徒 徒 徒 徒 徒 徒 徒

普 tú 粵 tou⁴ 途

① 不靠車馬工具，只用雙腳走路：徒步旅行。② 空；白白地：徒手／徒勞（白費力氣）。③ 徒弟；學生：師徒／徒弟（隨師學藝的人）。④ 信奉宗教的人；某一類人：佛教徒／不法之徒。⑤ 只，僅僅：徒有虛名。

【徒刑】tú xíng 剝奪人身自由的刑罰，分有期徒刑和無期徒刑兩種。

7 徑 [径] 　徑 徑 徑 徑 徑 徑 徑

普 jìng 粵 ging³ 敬

① 狹窄的道路；小路：一條小徑。② 比喻方法或門路：走捷徑／找不到門徑。③ 直徑：半徑／口徑。④ 直接：徑直／徑自（不管不顧，只照自己想的做）。

7 徐 　徐 徐 徐 徐 徐 徐 徐

普 xú 粵 ceoi⁴ 除

緩慢：徐徐（緩緩）／徐緩（緩慢）／清風徐來。

8 徘 　徘 徘 徘 徘 徘 徘 徘

普 pái 粵 pui⁴ 陪

見 "徘徊"。

【徘徊】pái huái ① 踱來踱去；轉來轉去：在湖邊徘徊思索。② 猶豫不決：徘徊不定。③ 上下波動：恆生指數在 20000 點徘徊。

8 徙 　徙 徙 徙 徙 徙 徙 徙

普 xǐ 粵 saai² 璽

搬遷：遷徙。

8 得 (一) 　得 得 得 得 得 得 得

普 dé 粵 dak¹ 德

① 獲得；得到：得獎／得主（榮譽、獎項的獲得者）。② 合適：得當／得宜（適宜）。③ 滿意；得意：揚揚自得。④ 許可；容許：不得入內／不得有誤。⑤ 可以；算了：得！那好吧／得！別說了。

(一)【得了】dé liǎo 不得了，表示嚴重：照他說的，那還得了！

(二)【得了】dé le 等於說 "可以"、"算了吧"：得了，你拿去吧／得了得了，少說兩句吧。

💡 得了的了 "le" 輕讀。

【得力】dé lì ① 能幹：得力的幫手。② 有力；有效：措施得力／得力的管理。③ 依靠，靠着：作文成績好，得力於博覽羣書。

【得勢】dé shì ① 掌握權勢：聽說他如今得勢啦。② 得寵：為人乖巧，在主子那裏很得勢。③ 佔優勢：銷售暢旺，在市場上漸漸得勢。反 失勢

【得意】dé yì ① 稱心如意，非常滿意：得意之作。② 形容滿足、滿意的情態：洋洋得意。反 失意

【得體】dé tǐ 同身分相稱；得當，恰如其分：衣着得體／話說得很得體。反 不當 * 失當

【得寸進尺】dé cùn jìn chǐ 得到一寸，進而想得一尺，貪得無厭：別人都肯退讓了，你還得寸進尺！

【得天獨厚】dé tiān dú hòu ① 獨具優越的自然條件。② 環境優越；條件優越。

【得不償失】dé bù cháng shī 得到的不足以補償失去的，不合算。

🔍 得不償失 "嘗" 的意思是試探。"償" 指的是歸還、滿足。兩字音近易錯寫。

【得心應手】dé xīn yìng shǒu 依照自己的想法，運用自如。多形容技術純熟或做事順手。反 力不從心 * 事與願違

【得過且過】dé guò qiě guò 安於現狀，敷敷衍衍混日子。俗 做一天和尚撞一天鐘，得過且過

【得意洋洋（得意揚揚）】dé yì yáng yáng 非常滿足、自傲自得、神色飛揚的樣子。同 洋洋得意 * 揚揚得意

〔簡明詞〕得知、得悉：獲知，獲悉。得到：獲得。得益：獲益。得法：方法恰當；辦法合適。得當：恰當、合適。得失：利弊；得到的和失去的。得罪：冒犯；開罪。得逞：達到了目的。得以：可以；能夠。

8 **得** (二)

普 děi 粵 dak¹ 德

① 要，需要：那得花好多錢呢！② 必須；應該：想學問好，就得多看書。③ 將；將要：看這天色得下雨了。

8 **得** (三)

普 de 粵 dak¹ 德

① 表示能、能夠：辦得到 / 走得動。② 表示程度、結果：冷得很 / 看得準確。

8 **從** [从] 從從從從從從 從

普 cóng 粵 cung⁴ 蟲 / sung¹ 鬆

① 由；自：從北到南。② 跟，跟隨：跟從 / 隨從。③ 聽從；順從：從命（遵命；照辦）/ 言聽計從。④ 從屬的、次要的、次一級的：主從 / 從犯。⑤ 參加；參與；從事：從業 / 從政。⑥ 採取一種方式、一種辦法：從簡 / 從寬處理。⑦ 向來；從來：我從沒見過她。俗 恭敬不如從命

【從而】cóng ér 因此上、因此才。同 因此 * 因而

【從此】cóng cǐ 從這時開始：從此就事事順利 / 從此就知道上進了。反 至此

【從事】cóng shì 做某種事情：從事英文教學。

【從來】cóng lái 從過去到現在：從來都注重禮貌待人。同 向來 * 歷來 反 未來 * 將來

✏ "從來" 還是 "重來"？"從來" 指從過去到現在，"重來" 則指再來一次。

【從前】cóng qián 在此之前：從前成績差，現在成績很好。同 以前 反 此後 * 以後

【從容】cóng róng ① 情態自如：從容對答。② 寬裕；充足：家境從容 / 時間從容。

〔附加詞〕從容不迫、從容自若：不慌不忙，沉着鎮靜。

【從頭】cóng tóu ① 重新開始：從頭做起。② 從最初起：從頭說到尾。

〔附加詞〕從頭至尾、從頭到尾：從開始到結束；自開頭起，到末尾止。

〔簡明詞〕從小：自幼。從未：從來沒有；不曾有過。從中：自裏邊、從裏面。從速：盡快；趕緊。從略：省略，省去。從簡：把繁瑣的變為簡單的。

御

御御御御御御 御

⑲yù ⑳jyu⁶ 遇

① 駕控車馬：駕御。② 帝王享用、使用的：御醫／御花園。

【御用】yù yòng 帝王所用的；被統治者利用的：御筆（帝王所寫所畫的）／御用工具。⑰ 民用

🔍 禦用 "禦" 意思是抵擋。"御" 指跟皇帝有關的。

復 [复]

復復復復復復 復

⑲fù ⑳fuk⁶ 服／fau⁶ 阜

① 返回：循環往復。② 回答；答覆：回復／復信。③ 還原；恢復：收復／復元（恢復元氣）／復原（恢復成變化前的樣子）。④ 報復：復仇（報仇）。⑤ 再，又：死灰復燃／舊病復發。

〔古詩文〕黃鶴一去不復返，白雲千載空悠悠！（《黃鶴樓》崔顥）

【復辟】fù bì ① 失位的君主復位。② 比喻舊勢力重新上台或恢復舊制度。

【復述】fù shù ① 把說過的話再說一遍：老師又復述了一遍。② 課堂教學的一種方法：讓學生用自己的話把學習內容說一遍。

【復活】fù huó ① 從死亡中活過來：人死不能復活。② 恢復了原樣：在他英明的領導下，公司終於復活了。

〔附加詞〕復活節：基督徒紀念耶穌復活的節日，不同的基督教派日期不同，但都在西曆3月21日至4月25日之間。

【復習】fù xí 溫習鞏固學過的東西。

【復興】fù xīng ① 再次興盛起來：文藝復興。② 把衰落的振興起來：復興經濟。⑰ 振興 ⑰ 衰敗＊衰落

【復蘇】fù sū 蘇醒過來；恢復生機：經濟復蘇。⑰ 蘇醒

徨

徨徨徨徨徨徨 徨

⑲huáng ⑳wong⁴ 王

見 "彷徨"。

循

循循循循循循 循

⑲xún ⑳ceon⁴ 巡

① 沿着，順着：循小河進入密林深處。② 遵守；沿用：遵循／循規蹈矩（遵守規矩、規則）／有前例可循。

【循環】xún huán 周而復始：血液循環／良性循環／惡性循環。⑰ 中止＊中斷

【循序漸進】xún xù jiàn jìn 按照規程、條理一步步朝前進展。⑰ 按部就班 ⑰ 操之過急

【循循善誘】xún xún shàn yòu 教育指導有方，善於一步步啟發引導別人。

微

微微微微微微 微

⑲wēi ⑳mei⁴ 眉

① 隱蔽，不暴露：微詞／微服私訪（官員着便服察看情況）。② 精深；奧妙：深微／精微。③ 衰落：衰微／式微。④ 低下：微賤（地位低下）／人微言輕。⑤ 細小；很少的：微風／微小（細小；極少）／微量（極少量）／微型（小型）。⑥ 輕度的；一點點：略微／微感不適。

【微妙】wēi miào 深奧玄妙；內情難以捉摸：兩人的關係微妙得很。

【微笑】wēi xiào 不發聲的笑：看着她微笑。⑯ 淺笑

【微弱】wēi ruò ① 細弱：氣息微弱。⑰ 強大 ② 少；弱小：以微弱優勢贏了這場比賽。

【微微】wēi wēi 稍微；略微：微微一笑／微微推了一下。⑯ 稍稍

【微生物】wēi shēng wù 生物的一個大類，廣泛

分佈在自然界中,形體很小,繁殖迅速,如細菌、病毒、真菌等。

【微不足道】wēi bù zú dào 不值一談的小事。同 不值一提 反 舉足輕重

德　德德德德德德 德

（普）dé（粤）dak¹ 得

① 道德;品德:德才兼備(品德與才幹都好)。② 意志;心意:同心同德 / 離心離德。③ 恩惠,給別人好處:德政(惠民施政措施) / 以德報怨。④ 德國的簡稱:德語。

【德育】dé yù 道德品質方面的教育。

徵[征]　徵徵徵徵徵徵 徵

（普）zhēng（粤）zing¹ 精

① 徵召;徵收;徵用:徵兵 / 徵稅 / 徵地。② 尋求;徵求:徵稿 / 徵訂(尋求預訂) / 徵聘(招聘)。③ 預兆、跡象;現象:徵兆(預兆、跡象) / 特徵。④ 驗證;證明:旁徵博引。

【徵文】zhēng wén 公開向社會徵求文稿。

【徵用】zhēng yòng 政府依法徵調使用:徵用土地 / 徵用商船。

【徵召】zhēng zhào 政府召集合資格者為國家服務:徵召有志青年。同 召集 反 遣散

【徵收】zhēng shōu 政府依法收取:徵收所得稅。反 返還 * 退還

【徵求】zhēng qiú 公開尋求或徵詢:徵求市民意見。

徹[彻]　徹徹徹徹徹徹 徹

（普）chè（粤）cit³ 設

通透;穿透:徹底(一直到底;完整無遺漏) / 徹夜(整夜) / 響徹夜空。

〔古詩文〕不經一番寒徹骨,怎得梅花撲鼻香。《上堂開示頌》黃檗禪師）

徽　徽徽徽徽徽徽 徽

（普）huī（粤）fai¹ 揮

① 標誌:國徽 / 校徽。② 地名用字:徽州 / 安徽。

【徽章】huī zhāng 佩帶在胸前,表示身分、職業的標誌。

心 部

心　心心心 心

（普）xīn（粤）sam¹ 深

① 心臟:心跳得厲害。② 內心,人的思想感情和心理活動:心急(着急) / 心底(內心深處) / 自尊心。③ 腦筋。古人認為心是思維器官:用心思考。④ 思考策劃:處心積慮。⑤ 心地:愛心 / 好心必有好報。⑥ 中心,中央部分:核心 / 江心 / 手掌心。

【心地】xīn dì ① 心眼,人的內心:心地單純 / 心地善良。② 氣量:心地狹隘。

【心事】xīn shì 掛在心上的事:看他的樣子,好像有心事。

〔附加詞〕心事重重:壓在心頭難解決的事情很多。

【心思】xīn si ① 念頭、想法:猜不透她的心思。② 心事:心思重重。③ 心神:費盡心思。④ 心情:沒心思讀書。

【心理】xīn lǐ 人的內心思想感情的活動。

【心得】xīn dé 體驗、領會到的東西:讀書心得。同 體會

【心情】xīn qíng 內心所處的狀態:心情舒暢 /

心情煩躁。

【心腸】xīn cháng ① 心眼兒，待人的心意：好心腸／鐵石心腸。② 心情：身無分文，哪有心腸去玩？

【心意】xīn yì ① 想法：不理解我的心意。② 情意：禮物請收回，心意我領了。

【心境】xīn jìng 心理、心情，內心所處的狀況：心境平和。<u>反</u> 處境

【心態】xīn tài 心理狀態：無論順境、逆境，他都心態平和，處之泰然。<u>反</u> 事態

【心願】xīn yuàn 願望，心裏希望做成的事。

【心臟】xīn zàng ① 人和高等動物身體內推動血液循環的器官。② 比喻中心或要害部位：核反應堆是核潛艇的心臟。

【心靈】xīn líng ① 內心世界：純潔的心靈。② 頭腦靈敏：心靈手巧。

〔簡明詞〕心血：指心思、精力。心頭：心上、心裏邊。心計、心機：計謀、心眼：枉費心機。心聲：出自內心的話。心平氣和：心情平和，不急躁、不生氣、不憂愁。心滿意足：稱心如意，非常滿意。心曠神怡：心境開朗，精神愉快。

---

1 必

必必必必 必

（普）bì （粵）bit¹ 別¹

① 必定：必定／必然（一定、確定無疑）。② 一定要、必定要：言必有據。

【必要】bì yào ① 非這樣不可：必要的時候。② 需要：有必要／沒有必要。

【必須】bì xū 一定要、必定要：必須遵守法律／明天你必須來。<u>同</u> 務必

【必需】bì xū 一定要有，不可缺少：水是生命所必需的。

✎ “必須”還是“必需”？“必需”表示一定要有的，不可少的，如：日用必需品；“必須”表

示事理上和情理上的必要，一定要，如：學習必須刻苦鑽研。

---

3 志

志志志志志志 志

（普）zhì （粵）zi³ 至

志向；意願：凌雲壯志／意志堅定。（俗）有志者事竟成

〔古詩文〕志不立，天下無可成之事。（《教條示龍場諸生》王守仁）

【志向】zhì xiàng 一個人決心達到的理想或目標：她的志向是成為舞蹈家。<u>同</u> 理想

【志願】zhì yuàn ① 志向和意願：當教師是他的志願。② 自願：志願到山區教書。

---

3 忘

忘忘忘忘忘忘 忘

（普）wàng （粵）mong⁴ 忙

沒記住：忘記／忘卻（遺忘，不記得）。

---

3 忙

忙忙忙忙忙 忙

（普）máng （粵）mong⁴ 忘

① 事情多，沒有空閒：繁忙／忙忙碌碌。② 急促；急迫：匆匆忙忙／不慌不忙。

【忙碌】máng lù ① 沒有空閒：從早忙碌到晚。② 急着做，不停地幹：一整天都在忙碌。<u>反</u> 清閒＊悠閒

---

3 忌

忌忌忌忌忌忌 忌

（普）jì （粵）gei⁶ 技

① 怨恨；嫉妒：猜忌／妒忌。② 擔憂、顧慮：橫行無忌。③ 避開：禁忌／忌口（不能吃某些食物）。④ 戒除：忌煙酒。

【忌妒】jì du 怨恨別人勝過自己。<u>同</u> 妒嫉

反 寬容

3 忍 忍忍忍忍忍忍 忍
普 rěn 粵 jan² 隱
① 控制住感覺或情緒：忍痛 / 忍飢挨餓。② 狠心、狠下心來：殘忍 / 於心不忍。
【忍受】rěn shòu 勉強承受下來：忍受病痛的折磨。反 反抗＊抗爭
【忍耐】rěn nài 控制情緒，不讓表露出來：一直忍耐着 / 不願再忍耐了。同 忍受
【忍不住】rěn bu zhù 控制不住；忍受不了：忍不住就說了出來 / 忍不住發了一頓脾氣。
【忍無可忍】rěn wú kě rěn 忍受已到極點，再也無法忍受下去。反 忍氣吞聲

4 忠 忠忠忠忠忠忠 忠
普 zhōng 粵 zung¹ 終
真心，誠實可靠：盡忠 / 赤膽忠心 / 忠心耿耿（忠誠可靠，沒有二心）。
【忠告】zhōng gào ① 誠心勸告：聽從老師的忠告。② 誠懇勸説的話：不聽取朋友的忠告。
【忠誠】zhōng chéng 真心實意，誠實可靠。同 忠實 反 背叛
【忠實】zhōng shí ① 誠實可靠：忠實的朋友。② 如實：忠實地記錄下來。同 忠誠 反 背叛

4 念 念念念念念念 念
普 niàn 粵 nim⁶ 黏⁶
① 想念，牽掛：思念 / 掛念。② 想法：念頭 / 一念之差。③ 同"唸"。朗讀，誦讀：給爺爺念報紙。④ 上學：念小學 / 念中學。
【念頭】niàn tou 心中的想法或打算：打消了度假的念頭。

【念書】niàn shū ① 讀書，看書。② 進學校學習。同 唸書

4 忿 忿忿忿忿忿忿 忿
普 fèn 粵 fan⁵ 奮
憤怒；憤恨：忿怒 / 忿忿不平（覺得不公平而氣憤異常）。

4 忽 忽忽忽忽忽忽 忽
普 hū 粵 fat¹ 拂
① 不注意、不重視：疏忽 / 忽視（不當一回事）。② 忽而，一會兒：忽冷忽熱 / 忽明忽暗。③ 忽然：忽發奇想。
【忽而】hū ér ① 忽然：忽而想起兒時的一件趣事。② 一會兒：琴聲忽而高忽而低。
【忽略】hū lüè ① 忽視、不在意：不要只顧學習而忽略健康。② 除去，免去：可以把這規矩忽略。反 重視
【忽然】hū rán 突然、驟然間。

4 忱 忱忱忱忱忱忱 忱
普 chén 粵 sam⁴ 岑
心意；情意：熱忱 / 赤忱。

4 快 快快快快快快 快
普 kuài 粵 faai³ 塊
① 速度高：快慢 / 跑得快。② 高興；舒服：愉快 / 爽快。③ 迅速、靈敏：眼明手快。④ 爽直：心直口快。⑤ 趕緊：快點答覆。⑥ 就要、將要：我快要畢業了。⑦ 鋒利：刀磨得很快。俗 快刀斬亂麻
【快活】kuài huo 快樂，開心：日子過得十分快活。

【快捷】kuài jié 迅速便利：到網上購物方便快
捷。⓪緩慢

【快速】kuài sù 迅速；速度快：快速鍵／跑步快
速前進。⓪慢速

【快樂】kuài lè 情緒好，感到開心、滿意或幸
福：快樂的節日。⓪快活＊高興 ⓪傷心＊痛苦
＊憂愁

思

思 思 思 思 思 思 思

⓪ sī ⓪si¹ 私

① 想，考慮：思索／認真反思。② 想念；懷念：
思念／見物思人。③ 情緒：愁思。④ 思路、想
法：構思／才思敏捷。⓪三思而後行

【思考】sī kǎo 仔細考慮：托着下巴思考問題。

【思念】sī niàn 想念、懷念：思念遠方的母親。

【思索】sī suǒ 深入反覆思考：不假思索，脱口
而出。

【思想】sī xiǎng ① 念頭；想法：早就有登山探
險的思想。② 仔細想：思想起來，覺得有些奇
怪。③ 對事物的看法和認識：年紀小，思想還不
成熟。

【思維】sī wéi 思考、思量：缺少思維能力。

怎

怎 怎 怎 怎 怎 怎 怎

⓪ zěn ⓪zam² 枕

怎麼：怎樣／怎能如此不講理？

【怎麼】zěn me ① 為甚麼；甚麼樣的；如何：怎
麼會這樣／這是怎麼回事／怎麼處理妥當？② 表
示隨意、任意：你想怎麼就怎麼好了。③ 與 "不"
連用，相當於 "不太"、"不很"：我不怎麼熟悉
他。④ 哪能、如何能：強人所難，這怎麼行呢？

【怎樣】zěn yàng ① 怎麼樣，如何：怎樣才能學
好數學？② 是甚麼樣：這個人過去怎樣，現在又
怎樣，你了解嗎？③ 怎麼，如何：不管你怎樣

勸，都無濟於事。

【怎麼樣】zěn me yàng ① 甚麼樣；如何：怎麼
樣的想法／明天的天氣怎麼樣？② 與 "不" 連用，
相當於 "差一點"、"並不好"：這部電影不怎麼樣。

怨

怨 怨 怨 怨 怨 怨 怨

⓪ yuàn ⓪jyun³ 丸³

① 怨恨，抱怨：怨言（抱怨的話）／天怒人怨。
② 責怪：埋怨／事到如今，你怨誰！

【怨恨】yuàn hèn ① 強烈不滿：只怨恨自己沒做
好。② 怨恨的情緒：心懷怨恨。

急

急 急 急 急 急 急 急

⓪ jí ⓪gap¹

① 急躁：性急／一急起來就罵人。② 着急：急
得團團轉。③ 讓人着急：急死人了。④ 迅猛；
迅速：急流／急速／急風暴雨。⑤ 迫切、緊急：
急需／急事／急救（緊急救治）。⑥ 急迫而要緊
的事：救急救難／當務之急／急不可待（非常急
切，不可延遲等待）。

【急忙】jí máng 心裏着急，行動加快：急忙把她
送到醫院。⓪趕忙 ⓪從容

【急促】jí cù ① 又快又短促：急促地敲門。② 倉
促：時間急促，大家抓緊點。⓪從容

【急迫】jí pò ① 緊急迫切：事情急迫。② 急促、
匆促：時間很急迫，來不及了。⓪從容

【急速】jí sù 快速：駕車急速前往。⓪慢慢

【急劇】jí jù 快速、驟然間：局勢急劇惡化。

【急躁】jí zào 不冷靜；焦躁不安：脾氣急躁。
⓪平和

怯

怯 怯 怯 怯 怯 怯　怯

（普）qiè （粵）hip³ 脅

膽小、害怕：膽怯 / 怯懦（膽小懦弱）。

怖

怖 怖 怖 怖 怖 怖　怖

（普）bù （粵）bou³ 布

恐懼，害怕：可怖 / 恐怖。

性

性 性 性 性 性 性　性

（普）xìng （粵）sing³ 聖

① 心性、本性：人性 / 天性。② 性情、脾氣：急性子 / 任性得很。③ 性別：女性 / 雄性 / 異性。④ 性質、性能、特點：彈性 / 慣性 / 共性。⑤ 生殖或性慾方面的：性愛 / 性成熟。⑥ 在某方面所表現出來的東西：流行性 / 藝術性。

【性命】xìng mìng 生命：性命攸關 / 性命難保。

【性格】xìng gé 人表現在態度、言行方面的特徵：性格溫柔 / 性格暴躁。 🔁 性情

　🔍 性恪 "恪" 的意思是恭敬、謹慎。兩字形近，部件不同易寫錯。

【性能】xìng néng 性質和功能：性能優越 / 電腦的性能。

【性情】xìng qíng 氣質、性格：性情溫和 / 音樂陶冶性情。

【性質】xìng zhì 事物的特性和本質。

怕

怕 怕 怕 怕 怕 怕　怕

（普）pà （粵）paa³ 爬³

① 害怕：貪生怕死。② 疑慮；擔心：怕事（怕招惹是非、捲入糾紛）/ 汽油足夠，不怕開不到家。③ 恐怕、大概：怕是出事了 / 箱子怕有八十斤重。

怪

怪 怪 怪 怪 怪 怪　怪

（普）guài （粵）gwaai³ 乖³

① 奇異的；罕見的：怪事 / 古怪。② 怪物：妖魔鬼怪。③ 驚奇：大驚小怪 / 少見多怪。④ 責備：怪你多嘴 / 只怪我自己。⑤ 很、非常：怪有趣 / 怪難為情。

【怪物】guài wu ① 妖魔或奇怪的東西；性情古怪的人：傳說湖裏有怪物 / 天才往往被人看成怪物。

【怪不得】guài bu de ① 不能責怪：這事怪不得她。② 難怪：原來有好處，怪不得她這麼積極。

怡

怡 怡 怡 怡 怡 怡　怡

（普）yí （粵）ji⁴ 兒

和悅，快樂：心曠神怡。

怒

怒 怒 怒 怒 怒 怒　怒

（普）nù （粵）nou⁶ 腦⁶

① 生氣；發火：勃然大怒 / 怒火中燒。② 盛大；旺盛：怒潮 / 鮮花怒放。

怠

怠 怠 怠 怠 怠 怠　怠

（普）dài （粵）toi⁵ 殆

① 懶散鬆懈：懈怠。② 冷淡：怠慢。

　〔古詩文〕驀供養父母，孝敬無怠。（《敦煌變文》一閔子騫童年）

【怠慢】dài màn ① 冷淡，欠熱情：態度很怠慢。② 不周到。客套話：招待不周，多有怠慢。

🔁 熱情 * 殷勤

恐

恐恐恐恐恐恐 恐

⑥

（普）kǒng （粵）hung² 孔

① 害怕；擔心：恐懼（畏懼、害怕）/ 有恃無恐 / 爭先恐後。② 威脅：恐嚇。③ 或許、可能：恐遭意外。

【恐怖】kǒng bù ① 讓人極度害怕：神情恐怖。② 恐怖的手段或氣氛：恐怖分子 / 製造恐怖。（同）恐懼

【恐怕】kǒng pà ① 擔心、憂慮：恐怕感染，所以各人都帶上口罩。② 大概：恐怕不行。

【恐慌】kǒng huāng ① 懼怕慌亂：產生恐慌心理。② 令人感到不安的現象：金融恐慌 / 恐慌性拋售。（反）冷靜＊鎮定＊平靜

【恐龍】kǒng lóng 地球上曾經存在過的爬行動物，分佈廣泛，體型龐大，品種很多，有草食恐龍和肉食恐龍兩大類，後經自然變動而絕滅，發掘出來的恐龍化石很多，證明恐龍確曾存在。

【恐嚇】kǒng hè 威脅：恐嚇信 / 不怕辱罵和恐嚇。（反）安慰

恥 [耻]

恥恥恥恥恥恥 恥

⑥

（普）chǐ （粵）ci² 齒

① 羞愧：厚顏無恥。② 認為羞恥：不恥下問。③ 看不起：恥笑。④ 聲譽受損害的事：引以為恥。

【恥辱】chǐ rǔ ① 可恥的事情：不講公德是恥辱。② 聲譽受損：蒙受恥辱。（反）榮耀＊光榮

【恥笑】chǐ xiào 鄙視並譏笑：恥笑殘疾人是不道德的。（同）嘲笑＊譏笑（反）讚賞

恭

恭恭恭恭恭恭 恭

⑥

（普）gōng （粵）gung¹ 工

尊敬、恭敬：恭賀 / 洗耳恭聽。（俗）恭敬不如從命

【恭候】gōng hòu 敬地等候：恭候光臨。

〔簡明詞〕恭喜：祝賀喜事：恭喜發財。恭祝、恭賀：恭敬地祝賀：恭祝安康 / 恭賀新年。

【恭敬】gōng jìng 謙恭有禮貌：恭敬地迎接客人。（反）鄙視

恩

恩恩恩恩恩恩 恩

⑥

（普）ēn （粵）jan¹ 因

① 給人的好處：恩惠 / 恩人（對自己有恩惠的人）。② 情愛；情義：恩愛（感情融洽親密）。③ 感謝：千恩萬謝。

【恩怨】ēn yuàn 恩情和仇怨；仇怨：恩怨分明。

〔簡明詞〕恩惠、恩德：他人給予自己的好處。

【恩情】ēn qíng 恩惠和情義：不能忘記別人的恩情。（反）仇恨

息

息息息息息息 息

⑥

（普）xī （粵）sik¹ 色

① 停止：止息 / 生命不息，奮鬥不止。② 休息：歇息 / 作息時間表。③ 滋生；繁殖：息肉 / 生息。④ 氣息：仰人鼻息 / 息息相關（呼吸相通，比喻關係密切）。⑤ 利錢：還本付息。⑥ 音信：消息。

恃

恃恃恃恃恃恃 恃

⑥

（普）shì （粵）ci⁵ 似

依賴、依仗：有恃無恐。

〔古詩文〕九州生氣恃風雷，萬馬齊喑究可哀。《己亥雜詩》龔自珍

恆 [恒]

恆恆恆恆恆恆 恆

⑥

（普）héng （粵）hang⁴ 衡

永久；長久不變：永恆 / 恆溫 / 持之以恆。

〔古詩文〕愛人者，人恆愛之。敬人者，人恆敬之。《孟子‧離婁下》

【恆心】héng xīn 毫不動搖的意志或決心：做事有恆心才能成功。

【恆星】héng xīng 由超高溫下的氣態元素組成，能不斷發出光和熱的天體，如太陽。

6 恢　　恢恢恢恢恢恢恢

(普) huī (粵) fui¹ 灰

廣大、寬廣：天網恢恢，疏而不漏。

【恢復】huī fù ① 回復原樣：恢復名譽。② 收復；收復失地：恢復失去的國土。

6 恍　　恍恍恍恍恍恍恍

(普) huǎng (粵) fong² 訪

① 模糊不清：迷離恍惚。② 突然：恍然大悟。③ 彷彿、好像：恍如夢境。

【恍惚】huǎng hū ① 神志不清；心神不寧：精神恍惚。② 模模糊糊；隱隱約約：恍惚聽見有人敲門。(反) 明白 * 清楚

【恍然】huǎng rán ① 猛然間：恍然大悟。② 彷彿、好像：恍然進入仙境一般。

6 恤　　恤恤恤恤恤恤恤

(普) xù (粵) seot¹ 摔

① 同情、可憐：憐貧恤老。② 救濟：撫恤金。

6 恰　　恰恰恰恰恰恰恰

(普) qià (粵) hap¹ 洽

① 正巧、剛好：恰逢他不在家。② 合適、妥當：恰如其分。③ 協調，和諧：二人相處得很融洽。④ 接洽：洽商 / 洽談（一起協商）。

【恰巧】qià qiǎo 碰巧、湊巧：恰巧兩人都坐同一航班。

【恰好】qià hǎo 正好、剛好：恰好十個人，不多不少，一人一份。

【恰當】qià dàng 合適；妥當：他的發言很恰當，也很得體。

6 恨　　恨恨恨恨恨恨恨

(普) hèn (粵) han⁶ 很⁶

① 怨恨；仇視：惱恨 / 報仇雪恨。② 遺憾；後悔：留下很多恨事 / 書到用時方恨少。(俗) 恨鐵不成鋼

【恨不得】hèn bu de 非常想、非常希望：恨不得現在就見到他。

6 恕　　恕恕恕恕恕恕恕

(普) shù (粵) syu³ 庶

① 仁愛：忠恕之道。② 寬容；原諒：寬恕 / 罪不可恕。③ 客套詞，表示請對方諒解自己的言行：恕我直言 / 恕不奉陪。

7 患　　患患患患患患患

(普) huàn (粵) waan⁶ 幻

① 災禍；災難：禍患 / 有備無患。② 憂慮、擔心：患得患失（過分計較個人的利害得失）。③ 生病：患病 / 患者。

【患難】huàn nàn 困難和危險的處境：患難之交。(俗) 患難見真情

7 悠　　悠悠悠悠悠悠悠

(普) yōu (粵) jau⁴ 由

① 久遠；長遠：悠久 / 悠遠。② 閒適、安閒：

悠閒 / 悠然自得（心情舒適從容）。③ 晃動：晃
悠 / 顫悠。

【悠久】yōu jiǔ 年代久遠：歷史悠久。⑰ 短暫
【悠悠】yōu yōu ① 久遠、遙遠：悠悠歲月 / 白
雲悠悠。② 悠閒自在：悠悠自得（悠閒從容）。
【悠閒】yōu xián 清閒舒適、清閒自在：過退休
的悠閒日子。⑰ 忙碌

您

您您您您您您　您

⑦ ㊀ nín ㊁ nei⁵ 你

"你"的尊稱：您老人家 / 您去哪兒？

悉

悉悉悉悉悉悉　悉

⑦ ㊀ xī ㊁ sik¹ 色

① 知道、明白：獲悉 / 詳悉。② 盡；全：悉心（盡
心）/ 悉數歸還。

悟

悟悟悟悟悟悟　悟

⑦ ㊀ wù ㊁ ng⁶ 誤

① 理解、明白：悟出了其中的道理。② 覺醒：
醒悟 / 至死不悟。

悄 ⁽⁻⁾

悄悄悄悄悄悄　悄

⑦ ㊀ qiāo ㊁ ciu² 超²

悄悄：聲音小、沒有聲音：靜悄悄的庭院。

悄 ⁽⁼⁾

⑦ ㊀ qiǎo ㊁ ciu² 超²

寂靜；安靜：悄無一言。

悍

悍悍悍悍悍悍　悍

⑦ ㊀ hàn ㊁ hon⁶ 汗

① 勇猛；強勁：強悍 / 悍將。② 蠻橫：兇悍 / 悍
然拒絕。

悔

悔悔悔悔悔悔　悔

⑦ ㊀ huǐ ㊁ fui³ 灰³

懊悔、悔恨，責備自己：後悔 / 悔改（認識過錯
而改正）/ 悔過自新（改過自新）。

悦 [悅]

悦悦悦悦悦悦　悦

⑦ ㊀ yuè ㊁ jyut⁶ 月

① 高興、愉快：喜悅 / 歡悅。② 令人高興愉快：
悅耳動聽 / 賞心悅目。

恿

恿恿恿恿恿恿　恿

⑦ ㊀ yǒng ㊁ jung⁵ 勇

慫恿。

惡 [恶] ⁽⁻⁾

惡惡惡惡惡惡　惡

⑧ ㊀ è ㊁ ok³ 惡

① 不好的、壞的：惡人 / 惡習 / 惡意。② 兇狠：
窮兇極惡。③ 壞人；壞事：首惡 / 作惡多端。

【惡化】è huà 變壞：關係惡化 / 環境惡化。
⑰ 改善
【惡劣】è liè 很壞；非常差：品行惡劣 / 惡劣的
環境。⑰ 優良 * 美好
【惡性】è xìng 性質或情況很壞的：惡性腫瘤 /
惡性比較。⑰ 良性

惡 [恶] ^(二)

（普）wù （粵）wu³ 噁

憎恨；討厭：深惡痛絕／好逸惡勞。

惠

惠惠惠惠惠惠 惠

（普）huì （粵）wai⁶ 慧

① 恩惠，好處：小恩小惠。② 給予好處：互利互惠。③ 柔和、柔順：賢惠。④ 敬詞。表示對方的行為是給自己面子：惠顧／惠存。

〔古詩文〕施惠勿念，受恩莫忘。（《治家格言》朱柏廬）

【惠顧】huì gù 光臨照顧。多針對顧客而言：歡迎惠顧。

惑

惑惑惑惑惑惑 惑

（普）huò （粵）waak⁶ 或

迷惑：困惑／誘惑。

〔古詩文〕仁者不憂；知者不惑；勇者不懼。（《論語·憲問》）

悲

悲悲悲悲悲悲 悲

（普）bēi （粵）bei¹ 卑

① 傷心；哀痛：悲歡離合／樂極生悲。② 同情：大慈大悲。

【悲哀】bēi āi 痛苦傷心：人生有悲哀有快樂，這都是平常事。（反）幸福

【悲痛】bēi tòng 悲痛傷心：祖母去世，他十分悲痛。

【悲傷】bēi shāng 悲哀傷心：心愛的人突遭車禍，他非常悲傷。（反）歡樂

【悲慘】bēi cǎn 處境或遭遇非常悽慘：悲慘的遭遇／下場很悲慘。（反）幸運

【悲劇】bēi jù ① 以表現主人公悲慘命運為主題的戲劇。② 比喻不幸的遭遇：家庭暴力往往造成悲劇。（反）喜劇

【悲憤】bēi fèn 悲痛憤怒：他很悲憤，但又很無奈。

【悲觀】bēi guān 情緒消極，失去信心：悲觀喪氣，情緒很低落。（反）樂觀

情

情情情情情情 情

（普）qíng （粵）cing⁴ 晴

① 感情；情意：深情／恩情。② 愛情：談情說愛。③ 情面：求情／手下留情。④ 情趣：詩情畫意。⑤ 情況；狀況：病情／災情／疫情。

【情形】qíng xíng 情況、狀況：當時的情形／家人的情形讓他安心。

【情況】qíng kuàng ① 狀況：工作情況／銷售情況。② 變化、動向：發現情況馬上報告。

🔑 情悅 "悅" 指的是忽然、仿佛。"況" 的意思是情形。兩字形近易錯寫，部件不同，意義不同。

【情理】qíng lǐ 人情事理：不近情理。（反）道理

【情報】qíng bào ① 信息和資料。② 秘密搜集得來的消息、情況。

【情景】qíng jǐng ① 感情和景色：情景交融。② 具體的情況和景象：每次看到離別的情景，都感到十分難過。

【情感】qíng gǎn ① 喜怒哀樂、好惡愛憎等心理狀態和情緒變化：情感豐富／近來情感變化很大。② 人之間的感情：建立情感／兩姊妹情感很深。

【情節】qíng jié 各個細節；各個環節：先弄清楚情節再說／故事情節非常曲折。

【情意】qíng yì 感情和心意：情意綿綿。

【情義】qíng yì 真誠相扶相待的深厚感情。

【情緒】qíng xù ① 人表露出來的內心活動，例如 "消沉"、"激動"、"悲傷"：情緒高漲／不要有

急躁情緒。② 指不愉快的心情：鬧情緒 / 今天情緒不好。

【情趣】qíng qù ① 性情和志趣：情趣相投。② 情調和趣味：一個沒有情趣的人。

【情調】qíng diào ① 情緒感情表現出來的基調：情調哀怨的樂曲。② 情趣和風格：異國情調 / 田園情調。

【情誼】qíng yì 感情和友誼：他們幾位同學情誼深厚。

【情願】qíng yuàn ① 樂意、願意：心甘情願 / 兩廂情願。② 寧可：情願受苦，也不願離開。🔄 甘心 * 甘願 * 自願

【情懷】qíng huái 心情；心境、境界：抒發情懷 / 高尚的情懷。

⁸ 悽 [凄]　悽 悽 悽 悽 悽 悽　悽

🔵 qī 🔴 cai¹ 妻

悲傷；悲痛。

【悽涼】qī liáng 慘淡悲涼：他的晚年十分悽涼，無人依靠。🔄 歡快

【悽慘】qī cǎn 悲痛；悲慘：他的境遇非常悽慘。🔄 幸福

⁸ 悼　悼 悼 悼 悼 悼 悼　悼

🔵 dào 🔴 dou⁶ 杜

指追念死者：哀悼 / 追悼 / 悼念（對死者表示哀痛懷念）。

⁸ 惕　惕 惕 惕 惕 惕 惕　惕

🔵 tì 🔴 tik¹ 剔

小心謹慎；存有戒心：警惕。

⁸ 惟　惟 惟 惟 惟 惟 惟　惟

🔵 wéi 🔴 wai⁴ 為

① 思考：思惟（思維）。② 僅；只；單單：惟利是圖 / 惟我獨尊。③ 無實際意義，只起語氣作用：惟妙惟肖。

【惟恐】wéi kǒng 只怕，只擔心：努力爭先，惟恐落後。🔄 唯恐

✏️ "惟"與"唯"在下面三個詞語中意義相同：惟一：唯一，只有一個。惟有：唯有，只有。惟獨：唯獨，只有，單單。

⁸ 惚　惚 惚 惚 惚 惚 惚　惚

🔵 hū 🔴 fat¹ 忽

見"恍惚"。

⁸ 惦　惦 惦 惦 惦 惦 惦　惦

🔵 diàn 🔴 dim³ 店

掛念；牽掛：惦念 / 惦記（掛念，總是想着）/ 心裏惦着她 / 惦着考大學的事。

⁸ 悴　悴 悴 悴 悴 悴 悴　悴

🔵 cuì 🔴 seoi⁶ 睡

見"憔悴"。

⁸ 惋　惋 惋 惋 惋 惋 惋　惋

🔵 wǎn 🔴 wun² 碗 / jyun² 院

可惜；歎惜：惋惜（感到可惜、感到遺憾）。

悶 [闷] (一) 悶悶悶悶悶悶

⑧ mèn ⑨ mun⁶ 門⁶

① 心煩不快：苦悶／煩悶／悶悶不樂。② 密不透氣的；密閉的：誰知道他悶葫蘆裏賣甚麼藥。

悶 [闷] (二)

⑧ mēn ⑨ mun⁶ 門⁶

① 空氣不流通引起的不舒暢感覺：悶熱／悶氣憋得慌。② 蓋緊不讓透氣：悶飯／菜多悶一會兒。③ 不出聲；聲音低沉：悶聲不響／悶聲悶氣。④ 憋，呆在一處不出來：悶在家裏不出門。

【悶熱】mēn rè 氣温高濕度大，不舒適不暢快。

惹 惹惹惹惹惹惹 惹

⑧ rě ⑨ je⁵ 野

① 招來；引起：惹禍（闖禍）／惹是生非（招來是非，挑起爭端）。② 挑逗；觸犯：招惹／那人可惹不起。

想 想想想想想想 想

⑧ xiǎng ⑨ soeng² 賞

① 思考：左思右想。② 估計、推測：猜想／料想。③ 打算；希望：非分之想／想當宇航員。④ 思念：朝思暮想。⑤ 回憶、回想：想了很久才想起來。

【想念】xiǎng niàn 思念，念念不忘，渴望見到。⑤ 遺忘

【想法】xiǎng fǎ 設法、想辦法：他在想法找工作。
〔附加詞〕想方設法：想盡一切辦法。

💡 想法有兩個讀音，後者是輕讀，讀音不同意思不同，不要弄錯。

【想像】xiǎng xiàng 動腦筋設想：無法想像／想像美好的前景。⑤ 設想

【想當然】xiǎng dāng rán 憑想像推測認為應該如此。

感 感感感感感感 感

⑧ gǎn ⑨ gam² 敢

① 感覺；感受：美感／百感交集。② 覺得，感到：深感抱歉。③ 打動：很感人。④ 表示致謝：感謝／感恩。⑤ 受風寒：流感／感冒。

【感人】gǎn rén 打動人，讓人感動：散文寫得很感人。

【感受】gǎn shòu ① 感覺到：感受大自然的美景。② 體會、想法：兩人的感受不同。

【感冒】gǎn mào ① 由病毒引起的呼吸道傳染病，表現為咽痛、鼻塞、咳嗽、頭痛、發燒等：流行性感冒。② 得感冒病：春秋兩季容易感冒。

【感染】gǎn rǎn ① 受病毒病菌侵害：傷口感染。② 影響別人產生某種感受：他的歌聲感染了我們。

【感動】gǎn dòng 打動，內心被打動：感動得流下了眼淚／他的苦難經歷感動了在座的每一個人。⑤ 打動 * 感染

【感情】gǎn qíng ① 心理活動和情緒表現：感情豐富／感情容易激動。② 關切喜愛的心情：兩人的感情更深了／對綠色山水有種特別的感情。

【感慨】gǎn kǎi 慨歎：感慨不已／久別重逢，感慨萬千。⑤ 感歎

【感想】gǎn xiǎng 接觸外界事物引起的想法：雪山行的感想／重回母校的感想。⑤ 感觸 * 感受

【感歎】gǎn tàn 歎息，內心有感觸而歎息：為同學英年早逝而感歎再三。

【感激】gǎn jī 發自內心的真誠感謝：萬分感激／感激不盡。

【感應】gǎn yìng 對來自外界事物的刺激產生的反應：不少動物都可以感應到他們的同伴。

【感覺】gǎn jué ① 感受或印象：感覺頭暈／他給我的感覺很好。② 認為、覺得：感覺這人還不錯。
【感觸】gǎn chù 被外界的事物觸動而產生出某種感受：睹物思人，感觸很深。

9 **愚** 愚愚愚愚愚愚 愚
（普）yú （粵）jyu⁴ 餘
① 笨；傻：愚笨（遲鈍不靈活）／愚蠢（蠢笨不聰明）／大智若愚。② 欺騙：愚弄。③ 自稱用的謙辭：愚兄／愚見。
【愚公移山】yú gōng yí shān 古代寓言説，有位被稱為愚公的老人，年近九十，率領子孫立志要挖掉擋在他家門前的太行、王屋兩座大山，有個叫智叟的老人認為他們的想法很愚蠢。愚公不以為然，説：“只要子子孫孫挖山不止，終有一天能挖掉兩座大山”。後來用“愚公移山”比喻有頑強的毅力和堅持不懈的精神。

9 **愁** 愁愁愁愁愁愁 愁
（普）chóu （粵）sau⁴ 仇
① 憂慮：愁悶／多愁善感。② 憂慮的心情：消愁解悶。
〔古詩文〕煙波江上使人愁！（《黃鶴樓》崔顥）

9 **愈** 愈愈愈愈愈愈 愈
（普）yù （粵）jyu⁶ 遇
更；越：愈加（更加、越發）／每況愈下。
💡 “愈”用作“越”的意思時，常用“愈……愈……”的形式，等同於“越……越……”。

9 **愛**[爱] 愛愛愛愛愛愛 愛
（普）ài （粵）oi³
① 對另一方有很深厚的感情：愛國／熱愛／母愛。② 愛護；珍視：尊老愛幼／愛惜時光。③ 喜愛；愛好：愛上網／酷愛音樂。④ 習慣於、經常做：愛哭／愛發脾氣。
【愛心】ài xīn 關懷愛護的感情：向失學兒童獻一份愛心。
【愛好】ài hào ① 喜愛、喜歡：愛好書法／愛好旅遊。反 厭惡 ② 由喜愛而產生的濃厚興趣：讀書是我的一大愛好。同 興趣
【愛惜】ài xī ① 珍惜：十分愛惜珍藏的那幅國畫。② 愛護：我們應該好好愛惜環境。
【愛戴】ài dài 崇敬熱愛擁護：受國人愛戴的領袖。反 仇視
【愛護】ài hù 愛惜並保護：愛護兒童／愛護公物。反 迫害 * 傷害

9 **意** 意意意意意意 意
（普）yì （粵）ji³ 衣³
① 心願、願望：萬事如意。② 情緒、心情：心慌意亂／心灰意懶。③ 意氣；性子：一意孤行／恣意妄為。④ 意味；情趣：意趣／詩情畫意。⑤ 意思；含義：本意／言外之意。⑥ 心意；情義：情投意合。⑦ 目的；意圖：來意不明。⑧ 預料、料想：出乎意外／沒有意料到。俗 醉翁之意不在酒
【意外】yì wài ① 意料之外：意外的驚喜。② 意料之外的事情：避免發生意外。
【意志】yì zhì 實現懷抱的願望和志向的心理活動：意志堅定／意志消沉。
【意見】yì jiàn ① 看法；想法：徵求意見／聽聽同學的意見。② 不同的想法；否定的看法：意見不少／大家很有意見。

【意味】yì wèi ① 含蓄的、深層的意思：個中的意味，你想到沒有？② 暗示、含蓄地表達：他不回話，意味着她反對。③ 情趣、興味：意味無窮。

【意思】yì si ① 要表達的內容：我明白你的意思。② 意義：舉辦這種活動沒意思。③ 意見；想法：你的意思是停辦？④ 跡象：天好像要下雪的意思。⑤ 情趣：他說話總是很有意思。⑥ 心意：一點小意思，請收下。

【意義】yì yì ① 含義："芬"的意義是"花草的香氣"。② 作用；價值：歷史意義 / 探討人生的意義。

【意圖】yì tú 懷着某一指望的想法；實現目的的打算：依我看，他的意圖決不止於此。

【意願】yì yuàn 心願，願望：我從來沒有這種意願。

【意識】yì shi ① 思想觀念：民族意識 / 保護環境的意識很強。② 覺察；認識：意識到機會來了 / 沒意識到自己錯了。

惰

惰 惰 惰 惰 惰 惰 惰

普 duò 粵 do⁶ 墮

① 懶；懈怠：懶惰 / 怠惰。② 不動、不變的：惰性 (不思改變的習性習慣)。

愣

愣 愣 愣 愣 愣 愣 愣

普 lèng 粵 ling⁶ 另

① 發呆失神：發愣 / 嚇得愣住了。② 魯莽冒失：愣頭愣腦 (魯莽冒失或反應遲鈍的樣子)。

惶

惶 惶 惶 惶 惶 惶 惶

普 huáng 粵 wong⁴ 王

恐懼；驚慌：惶恐 (驚慌恐懼) / 人心惶惶 / 惶惶不安 (驚恐不安)。俗 惶惶不可終日

愉

愉 愉 愉 愉 愉 愉 愉

普 yú 粵 jyu⁴ 餘

喜悅；快樂：歡愉 / 愉快。

【愉快】yú kuài 心情舒暢：心情愉快 / 愉快的節日。同 快樂 反 愁苦

慨

慨 慨 慨 慨 慨 慨 慨

普 kǎi 粵 koi³ 丐

① 感歎；歎息：感慨萬分。② 激憤：憤慨 / 慷慨陳詞。③ 大方：慨允 (慷慨允諾) / 慷慨解囊。

【慨歎】kǎi tàn 感慨歎息：回憶痛苦的往事，令人慨歎不已。同 感歎

惱 [恼]

惱 惱 惱 惱 惱 惱 惱

普 nǎo 粵 nou⁵ 努

① 生氣；發怒：氣惱 / 惱恨 (生氣怨恨) / 惱火 / 惱怒 (生氣、發怒)。② 愁悶；苦悶：煩惱 / 苦惱。

慈 [慈]

慈 慈 慈 慈 慈 慈 慈

普 cí 粵 ci⁴ 詞

仁愛；和善：慈祥 (慈善溫和) / 慈善 (仁慈善良 富有同情心)。

【慈悲】cí bēi ① 佛教語。帶給人快樂，消除苦惱：出家人以慈悲為懷。② 慈善和同情：慈悲心腸。反 殘暴 * 殘忍

慌

慌 慌 慌 慌 慌 慌 慌

普 huāng 粵 fong¹ 方

① 慌張：驚慌失措 / 心慌意亂。② 達到相當程度，難以忍受：熱得慌 / 餓得慌 / 累得慌。

〔簡明詞〕慌忙：慌慌張張，急急忙忙。慌張：心情緊張，舉止失常。慌亂：慌張忙亂。

---

10 **慎** 慎慎慎慎慎慎 慎

(普) shèn (粵) san⁶ 腎

謹慎小心：慎重（謹慎不輕率）／慎言慎行（說話做事小心謹慎）。

---

10 **愧** 愧愧愧愧愧愧 愧

(普) kuì (粵) kwai⁵ 葵 ⁵

羞愧；慚愧：愧疚（慚愧內疚）／問心無愧。

〔古詩文〕密愧而出。（《楊震暮夜卻金》范曄）

---

10 **態[态]** 態態態態態態 態

(普) tài (粵) taai³ 太

① 形狀；狀態：體態／病態／千姿百態。② 狀況；情況：心態／動態。③ 態度：再三問她，始終不表態。

【態度】tài dù ① 神態，表情：態度冷淡／態度和藹。② 對人對事的看法；堅持意見的做法：表明態度／態度強硬。

---

11 **慧** 慧慧慧慧慧慧 慧

(普) huì (粵) wai⁶ 惠

聰明：智慧／聰慧／慧眼（敏銳的眼力）。

---

11 **慕** 慕慕慕慕慕慕 慕

(普) mù (粵) mou⁶ 冒

① 尊敬；敬仰：仰慕／愛慕／慕名（仰慕名氣）。
② 思念：思慕／渴慕。

---

11 **憂[忧]** 憂憂憂憂憂憂 憂

(普) yōu (粵) jau¹ 休

① 憂愁；擔心：煩憂／憂心。② 憂愁的事：隱憂。
〔古詩文〕人無遠慮，必有近憂（《論語·衛靈公》）

【憂心】yōu xīn ① 擔憂、憂愁的心情：憂心如焚。② 憂慮：病情讓家人憂心。(同) 擔心

【憂患】yōu huàn 憂慮和危難：他這一生飽經憂患。

【憂愁】yōu chóu 憂慮愁苦：你應該到郊外放鬆一下，放下所有憂愁。(反) 快樂

【憂慮】yōu lǜ 憂愁擔心：面臨難題，憂慮是沒用的，重要的是解決難題。(反) 開心

【憂鬱】yōu yù 憂愁抑鬱：憂鬱成疾／心情憂鬱。(反) 開朗 * 快樂

---

11 **慮[虑]** 慮慮慮慮慮慮 慮

(普) lǜ (粵) leoi⁶ 類

① 思考；謀劃：深謀遠慮。② 擔心、擔憂：顧慮／無憂無慮。(俗) 智者千慮，必有一失

---

11 **慫[怂]** 慫慫慫慫慫慫 慫

(普) sǒng (粵) sung² 聳

見"慫恿"。

【慫恿】sǒng yǒng 鼓動別人去做不好的事：不要慫恿同學抽煙。

---

11 **慾[欲]** 慾慾慾慾慾慾 慾

(普) yù (粵) juk⁶ 肉

慾望：食慾／情慾／利慾薰心。

11 **慶** [庆]　慶慶慶慶慶慶　慶

（普）qìng（粵）hing³ 磬

① 祝賀、慶賀：普天同慶。② 值得慶祝的紀念日：校慶 / 國慶。

【慶典】qìng diǎn 慶祝典禮：受邀出席慶典。

【慶祝】qìng zhù 進行喜慶活動，表示祝賀、紀念：慶祝生日 / 慶祝建校五十周年。

【慶賀】qìng hè 祝賀：慶賀祖父百歲生辰。

11 **憋**　憋憋憋憋憋憋　憋

（普）biē（粵）bit³ 別³

① 強行控制、極力忍住：憋着一股勁 / 憋了一肚子話。② 感到悶氣，呼吸不暢快：天氣不好，很憋氣。

【憋悶】biē mèn ① 憋氣，呼吸不暢快：天氣潮濕，憋悶得很。② 心情壓抑煩悶：失業困在家裏，快憋悶死了。（反）暢快

11 **慚** [惭]　慚慚慚慚慚慚　慚

（普）cán（粵）caam⁴ 蠶

慚愧：羞慚 / 大言不慚。

【慚愧】cán kuì 內心感到愧對不安：說來慚愧，答應你的事沒做到。（同）內疚 * 羞愧

11 **慳** [悭]　慳慳慳慳慳慳　慳

（普）qiān（粵）haan¹ 開¹

吝嗇：慳吝（吝嗇、小氣）。

11 **慢**　慢慢慢慢慢慢　慢

（普）màn（粵）maan⁶ 萬

① 待人冷淡，沒有禮貌：傲慢 / 千萬不能慢待賓客。② 緩慢；遲緩：慢跑 / 慢條斯理（說話做事不慌不忙）。

11 **慷**　慷慷慷慷慷慷　慷

（普）kāng（粵）kong² 抗²

見"慷慨"。

【慷慨】kāng kǎi ① 情緒激昂：慷慨激昂 / 慷慨陳詞。② 大方，不吝嗇：慷慨解囊。（反）吝嗇

11 **慘** [惨]　慘慘慘慘慘慘　慘

（普）cǎn（粵）caam² 蠶²

① 悲慘，悽慘：悲慘 / 慘遭不幸。② 嚴重：慘敗（大敗）/ 輸得很慘。③ 殘酷、狠毒：慘無人道（兇殘得喪失人性）。

11 **慣** [惯]　慣慣慣慣慣慣　慣

（普）guàn（粵）gwaan³ 關³

① 經常，習以為常：慣用 / 習慣 / 慣例（常規；習慣做法）。② 縱容、放任：嬌生慣養 / 被慣壞的孩子。

11 **慰**　慰慰慰慰慰慰　慰

（普）wèi（粵）wai³ 畏

① 心情安適：快慰 / 欣慰。② 安慰、安撫：慰問（撫慰問候）/ 聊以自慰。

12 **憩**　憩憩憩憩憩憩　憩

（普）qì（粵）hei³ 氣

休息：休憩 / 小憩。

憊 [惫]

憊 憊 憊 憊 憊 憊　憊

⑲ bèi ⑳ bei⁶ 備

非常疲乏：疲憊（極其疲倦）。

憑 [凭]

憑 憑 憑 憑 憑 憑　憑

⑲ píng ⑳ pang⁴ 朋

① 身體靠着：憑窗遠望。② 倚靠、倚仗：取得好成績全憑勤奮。③ 憑藉；依據：憑票入場 / 憑經驗判斷。④ 證據：憑證 / 憑據（可作為證據的東西）/ 真憑實據。⑤ 任憑；無論：憑你説破嘴，我也不同意。

【憑弔】píng diào 對着遺跡、遺物懷念前人或感慨往事。

【憑藉】píng jiè 依靠、倚仗：憑藉雄厚的財力搞實業。

憤 [愤]

憤 憤 憤 憤 憤 憤　憤

⑲ fèn ⑳ fan⁵ 奮

惱怒；怨恨：氣憤 / 憤慨（氣憤不平）/ 憤恨（氣憤痛恨）/ 憤怒（怒氣沖沖）。

懂

懂 懂 懂 懂 懂 懂　懂

⑲ dǒng ⑳ dung² 董

明白；理解：懂事（明白事理；懂得人情世故）/ 這個道理我懂。

憫 [悯]

憫 憫 憫 憫 憫 憫　憫

⑲ mǐn ⑳ man⁵ 敏

可憐、同情：憐憫。

憬

憬 憬 憬 憬 憬 憬　憬

⑲ jǐng ⑳ ging² 竟

見“憧憬”。

憚 [惮]

憚 憚 憚 憚 憚 憚　憚

⑲ dàn ⑳ daan⁶ 但

畏懼：肆無忌憚 / 不憚（不怕）。

憔

憔 憔 憔 憔 憔 憔　憔

⑲ qiáo ⑳ ciu⁴ 潮

見“憔悴”。

【憔悴】qiáo cuì 枯瘦；又黃又瘦：面容憔悴。

憧

憧 憧 憧 憧 憧 憧　憧

⑲ chōng ⑳ cung¹ 充

見“憧憬”。

【憧憬】chōng jǐng 嚮往：憧憬美好的未來。

憐 [怜]

憐 憐 憐 憐 憐 憐　憐

⑲ lián ⑳ lin⁴ 連

① 憐憫；同情：可憐 / 同病相憐。② 愛：憐愛（憐惜疼愛）。

【憐憫】lián mǐn 同情遭遇不幸的人。🔄 同情

憎

憎 憎 憎 憎 憎 憎　憎

⑲ zēng ⑳ zang¹ 增

痛恨；厭惡：愛憎分明 / 面目可憎 / 憎恨（厭惡痛恨）。

¹²**憲**[宪]　憲憲憲憲憲憲　憲

(普)xiàn　(粵)hin³ 獻

① 法令：憲法。② 國家的根本大法：立憲 / 修憲。
【憲法】xiàn fǎ 國家的根本大法，規定國家的政
治制度、政府體制、公權力和公民的權利義務
等。憲法具有至高無上的法律效力，是其他一切
立法的依據。

¹³**懇**[恳]　懇懇懇懇懇懇　懇

(普)kěn　(粵)han² 很

① 真誠；誠摯：懇請 / 懇切（真誠殷切）。② 請
求：懇求。

¹³**應**[应]^(一)　應應應應應應　應

(普)yīng　(粵)jing¹ 英

① 同意：答應。② 應該、應當：理應如此。
【應允】yīng yǔn 答應、允許：滿口應允 / 點頭
應允。(反) 拒絕
【應當】yīng dāng 應該：應當他去，不該我去。
【應有盡有】yīng yǒu jìn yǒu 該有的全有了，
非常齊全：超市的商品應有盡有。(同) 一應俱全
(反) 一無所有

¹³**應**[应]^(二)

(普)yìng　(粵)jing³ 英³

① 應聲回答：呼應 / 應答如流。② 接受：應邀
出席同學聚會。③ 適；當：應時果品 / 應屆畢業
生。④ 對付：應付自如。⑤ 接應：裏應外合。
⑥ 證實、應驗：果然應了他那句話。
【應付】yìng fu ① 對付、應對：應付突發事件。
② 敷衍；將就：應付不下去 / 窮日子應付着過。
【應用】yìng yòng ① 使用：應用新技術。② 實

用的：應用科學 / 應用技術。
【應酬】yìng chou ① 交際往來：他個性外向，
善於應酬。② 接待：客人來了，幫忙應酬一下。
【應對】yìng duì ① 應答；對答：從容應對 / 應
對如流。② 想辦法解決：冷靜地應對難題。
(同) 應付
【應徵】yìng zhēng ① 接受徵召：應徵志願者。
② 響應號召；回應徵求：應徵做義工 / 為了應徵
而寫的稿件。
【應邀】yìng yāo 接受邀請：應邀出席 / 應邀
參加。
【應運而生】yìng yùn ér shēng 順應形勢或順應
要求產生或出現。

¹³**憾**　憾憾憾憾憾憾　憾

(普)hàn　(粵)ham⁶ 陷

不如意；不稱心：遺憾 / 不以為憾。

¹³**懊**　懊懊懊懊懊懊　懊

(普)ào　(粵)ou³

悔恨；惱恨：懊悔（後悔）/ 懊惱（煩惱；悔恨）。

¹³**懈**　懈懈懈懈懈懈　懈

(普)xiè　(粵)haai⁶ 械

① 鬆懈；懶惰：懈怠（鬆懈懶散）/ 堅持不懈。
② 弱點；漏洞：無懈可擊。

¹³**憶**[忆]　憶憶憶憶憶憶　憶

(普)yì　(粵)jik¹ 益

① 回想：追憶 / 回憶。② 記住：記憶。

14 懦 [普] nuò [粵] no⁶ 糯

懦懦懦懦懦懦 懦

軟弱無能，膽小怕事：怯懦／懦夫（膽小軟弱的人）。

【懦弱】nuòruò 柔弱膽小：性格懦弱。[反] 堅強

15 懲 [惩] [普] chéng [粵] cing⁴ 晴

懲懲懲懲懲懲 懲

處罰：懲治／懲處（懲罰處分）。

【懲罰】chéngfá 處罰：懲罰屢教屢犯的違規者。[反] 獎勵

16 懸 [悬] [普] xuán [粵] jyun⁴ 元

懸懸懸懸懸懸 懸

① 吊；掛：懸掛／懸燈結綵。② 不着地，不依靠別的東西：懸在空中。③ 惦記、掛念：懸念。④ 沒有結果：懸而未決。

【懸殊】xuánshū 差別很大：貧富懸殊／實力懸殊。[反] 相同

【懸掛】xuánguà 高高掛起來：懸掛國旗。

【懸崖】xuányá 又高又陡的山崖。

〔附加詞〕懸崖峭壁、懸崖絕壁：形容山勢陡峭險峻。

16 懶 [懒] [普] lǎn [粵] laan⁵ 蘭⁵

懶懶懶懶懶懶 懶

① 懶惰，不勤快：懶散（懶惰散漫）／好吃懶做。② 疲倦；精神不振：伸懶腰／懶洋洋（沒精打采的樣子）。

【懶惰】lǎnduò 不勤快，不願做事。[反] 勤快

16 懷 [怀] [普] huái [粵] waai⁴ 淮

懷懷懷懷懷懷 懷

① 胸部；胸前：懷錶／懷裏抱着幾本書。② 心胸、懷抱：胸懷／襟懷。③ 心情；心意：情懷／正中下懷。④ 懷念、想念：緬懷／懷鄉之情。⑤ 在裏面存着：懷恨在心／懷胎十月。

【懷抱】huáibào ① 懷裏抱着：懷抱嬰兒。② 心裏存有：懷抱雄心壯志。③ 兩臂向前圍攏處：孩子投向母親的懷抱。

【懷念】huáiniàn 思念；想念：懷念故鄉／懷念親人。[反] 遺忘

【懷疑】huáiyí ① 心存疑惑，不全相信：令人懷疑／我懷疑消息的可靠性。② 猜測：我懷疑地址搞錯了。[反] 信任

18 懼 [惧] [普] jù [粵] geoi⁶ 具

懼懼懼懼懼懼 懼

害怕：懼怕（畏懼害怕）／臨危不懼。

19 戀 [恋] [普] liàn [粵] lyun² 聯²

戀戀戀戀戀戀 戀

① 愛慕；眷戀：依戀／迷戀／留戀。② 男女相愛：熱戀／戀人。

【戀愛】liànài ① 男女相愛：兩人正在戀愛。② 男女相愛的行為：談戀愛。

戈部

0 戈 戈戈戈 戈

⟨普⟩gē ⟨粵⟩gwo¹ 果¹

古代一種兵器。長柄，尖端有一橫刃，可擊刺砍殺。也指代兵器：反戈一擊／枕戈待旦。

【戈壁】gē bì 蒙古語。稱砂石地或由砂石覆蓋的沙漠為"戈壁"：戈壁灘。

🔍 戈壁"弋"指的是古時候繫有繩子、用來射鳥的箭。兩字形近易寫錯。

1 戊 戊戊戊戊 戊

⟨普⟩wù ⟨粵⟩mou⁶ 冒

天干的第五位：戊戌變法／甲乙丙丁戊。參見"干支"。

2 戎 戎戎戎戎戎 戎

⟨普⟩róng ⟨粵⟩jung⁴ 容

① 兵器：兵戎相見。② 軍事；軍隊：戎裝（軍裝）／投筆從戎。③ 古代稱中國西方的少數民族：西戎／戎狄。

2 戌 戌戌戌戌戌 戌

⟨普⟩xū ⟨粵⟩seot¹ 恤

地支的第十一位：丙戌年／戊戌年。參見"干支"。

2 戍 戍戍戍戍戍 戍

⟨普⟩shù ⟨粵⟩syu³ 恕

軍隊駐守、防守：首都衛戍司令部。

2 成 成成成成成 成

⟨普⟩chéng ⟨粵⟩sing⁴ 乘／seng⁴

① 完成；成功：成敗（成功與失敗）／成交（完成交易）／大功告成。② 成果、果實、業績：收成／坐享其成。③ 長大的、成熟的：成人。④ 變為、成為：兒子成了優秀學生。⑤ 幫助人達到目的：成人之美（成全別人的好事）。⑥ 定型的；確定的；已有的：成語／成品／現成。⑦ 達到了一定數量：成批／成千成萬。⑧ 十分之一叫一成：八成新／有九成希望。⑨ 肯定、許可：你看成不成？⟨俗⟩成事不足，敗事有餘

【成年】chéng nián ① 發育成熟的年齡：成年人。② 一年到頭：成年累月／成年在外。⟨反⟩幼年

【成人】chéng rén ① 成年；發育成熟：尚未成人／長大成人。② 成年人：成人考試。⟨反⟩嬰兒 * 兒童

【成功】chéng gōng 獲得預期結果；達到預期目的：努力多年，終獲成功。⟨反⟩失敗

【成本】chéng běn 生產銷售產品的全部費用。⟨反⟩利潤 * 盈利

【成立】chéng lì ① 創辦；建立：成立教師工會／學生會正式成立。② 證據、道理充分，站得住腳：所舉理由不能成立。

【成因】chéng yīn 形成的原因：檢討事故的成因。⟨同⟩起因

【成份（成分）】chéng fèn 事物的構成部分：成份複雜／化學成份。⟨反⟩整體

(一)【成行】chéng xíng 起行、動身：盼望歐洲之旅早日成行。

（二）【成行】chéng háng 排成行列：綠樹成行。

【成全】chéng quán 幫助別人達到目的：此事全靠朋友成全。反 阻撓

【成見】chéng jiàn 偏見，對人對事不變的看法：兩人各懷成見，總是合不來。

【成長】chéng zhǎng ① 長大；長成：苗壯成長。② 向成熟階段發展：關懷孩子的成長。

【成員】chéng yuán 人員之一；當中的一員：家庭成員／重要成員。

【成就】chéng jiù ① 業績、成績：成就輝煌。② 完成；促使成功：成就大業／她的資助成就了你。

【成語】chéng yǔ 結構固定、意思完整、長期習用的固定詞組。漢語成語大都由四字組成。

【成熟】chéng shú ① 果實、穀物、生物體生長發育到完善階段：小魚還沒成熟／玉米成熟了。② 完美、完善、完備：條件不成熟／香港是成熟的法制社會。③ 閱歷豐富，見多識廣，能應對各種事情：年紀不大，卻很成熟。同 老練 反 幼稚

【成千上萬】chéng qiān shàng wàn 形容數量極多、數目極大。同 成千成萬 反 一星半點

〔簡明詞〕成績：成果、業績。成果：收獲；效果。成效：效果。成為：變成、變為。成名：出了名。成藥：製作好的、拿來就可服用的藥品。

戒

³ 戒 戒戒戒戒戒戒

普 jiè 粵 gaai³ 介

① 防備；警惕：戒備（警戒防備）／警戒／戒心（警惕防備之心）。② 警告；警示：勸戒／告戒。③ 教訓：引以為戒。④ 除掉、改掉：戒煙／戒毒（除掉吸毒的惡習）。⑤ 宗教約束教徒的規矩；禁止做的事情：破戒／大開殺戒。⑥ 戒指，戴在手指上的環形裝飾物：鑽戒。

【戒嚴】jiè yán 在戰爭或非常情況下，當局採取的確保安全的措施，包括警戒防範、限制通行、搜查、使用武力等。

【戒除】jiè chú 改掉、去掉：戒除不良習慣。同 去除

我

³ 我 我我我我我我

普 wǒ 粵 ngo⁵ 臥⁵

① 自稱：我正在讀中學。② 稱己方：我國／我方。

【我們】wǒ men 稱包括自己在內的若干人：我們四個人一同去看電影。

或

⁴ 或 或或或或或或

普 huò 粵 waak⁶ 劃

① 也許：或能減免一些。② 表示選擇、列舉：或多或少（可能多也可能少）／你去或他去都行。

【或者】huò zhě ① 或許、也許：你去勸她，或者她會聽。② 表示選擇：或者升學或者就業。

✏️ "或者……或者……" 表達有不同選擇的關聯詞固定搭配，如：你要買禮物送給爺爺，或者選茶葉，或者選按摩器，都是不錯的選擇。（注意："或……或……" 與 "或者……或者……" 這兩個都是固定搭配，不能混在一起用）

【或許】huò xǔ 也許：考試或許會延期。

戚

⁷ 戚 戚戚戚戚戚戚

普 qī 粵 cik¹ 斥

親屬：親戚／皇親國戚。

戟

⁸ 戟 戟戟戟戟戟戟

普 jǐ 粵 gik¹ 激

古代兵器，長柄，頂端有直刃，直刃上有月牙形

横刃，可直刺可砍殺：刀槍劍戟。

10 截

截截截截截截　截

（普）jié（粵）zit⁶ 節

① 切斷、切割：截斷（切斷）/ 截長補短（取長補短）。② 阻攔、阻擋：堵截 / 阻截。③ 到期而停止：截至（到一個時限為止）/ 截止（限定到時停止）。④ 段：半截鉛筆 / 話說了半截。

〔簡明詞〕截取：從中取得一段或一部分。截查：攔截檢查。截獲：在中途攔截查獲。

12 戰[战]

戰戰戰戰戰戰　戰

（普）zhàn（粵）zin³ 箭

① 打仗，作戰：戰爭 / 戰火（戰爭）。② 爭勝負比高低：商戰 / 舌戰。③ 通"顫"。發抖：凍得打戰 / 心驚膽戰。

【戰士】zhàn shì ① 士兵。② 參加公益或正義事業的人：反抗暴政的戰士。（反）軍官

【戰鬥】zhàn dòu ① 雙方打仗；同敵軍作戰：戰鬥異常激烈 / 一直戰鬥到底。② 指從事艱苦、險惡的工作：撲滅森林大火的戰鬥。

〔簡明詞〕戰事：戰爭；各種作戰行動。戰場：兩軍交戰的地方。戰線：作戰雙方的交戰線。戰役：局部的具體的戰鬥。戰術：作戰的策略和方法。戰績、戰果：① 打仗取得的成果。② 工作、競賽取得的成績。

【戰略】zhàn lüè ① 指引戰爭全局的策略和計劃：戰略反攻。② 重大的、帶全局性的謀略：經濟發展戰略。

【戰國】zhàn guó 中國歷史上的重要時期，從周威烈王二十三年（公元前 403 年）韓、魏、趙三家分晉起算，到秦始皇二十六年（公元前 221 年）秦滅六國實現統一為止。在此期間，秦、楚、燕、韓、魏、趙、齊七個諸侯大國兼併戰爭連年不斷，故稱"戰國"。

【戰勝】zhàn shèng ① 打敗對手取得勝利：戰勝德國法西斯 / 香港隊於團體乒乓球賽中戰勝德國隊，並獲得銅牌。② 克服各種不利因素：戰勝疾病 / 戰勝旱災。

【戰亂】zhàn luàn 戰爭造成的動蕩混亂狀態。（反）和平 * 安寧

【戰戰兢兢】zhàn zhàn jīng jīng 形容格外小心謹慎。（反）膽大妄為（俗）戰戰兢兢，如履薄冰

🔍 戰戰驚驚 "兢兢"是小心謹慎的意思，"戰戰兢兢"既有害怕的意義，也有謹慎從事的意義。中文沒有"驚驚"的用法。

13 戴

戴戴戴戴戴戴　戴

（普）dài（粵）daai³ 帶

① 佩戴；穿戴；套上：戴眼鏡 / 戴戒指 / 戴帽子。② 頂着、承着：披星戴月 / 戴罪立功（揹負着罪責，建功贖罪）。③ 擁護；尊奉：擁戴 / 愛戴。

13 戲[戏]

戲戲戲戲戲戲　戲

（普）xì（粵）hei³ 氣

① 玩耍：兒戲 / 戲耍。② 嘲弄；開玩笑：戲弄（捉弄；拿別人開心）/ 戲言（玩笑話；不作數的話）。③ 藝術表演：演戲 / 京戲 / 馬戲。④ "戲劇"的統稱：戲迷 / 地方戲。

【戲曲】xì qǔ 中國傳統的表演藝術，包括崑曲、京劇和各種地方戲，以演唱為主要表演手段。

【戲劇】xì jù 通過演員表演故事情節的綜合藝術，分為戲曲、歌劇、話劇、舞劇等。

14 戳

戳戳戳戳戳戳　戳

（普）chuō（粵）coek³ 綽

① 用長條物體的頂端刺或捅：戳破（戳穿）/ 用手

指戳了她一下。② 站；豎立：像段木頭似的戳在那裏發呆。③ 圖章、印記：郵戳 / 蓋了日戳的首日封。

【戳穿】chuō chuān ① 刺穿、刺破：不小心被樹枝戳穿個洞。② 揭露；道破：戳穿了謊言。
同 戳破

戶部

戶 [戶]　　　戶 戶 戶

普 hù 粵 wu⁶ 互

① 門：門戶 / 夜不閉戶。② 人家：家喻戶曉。③ 門第：門當戶對。④ 戶頭：賬戶 / 在銀行開戶 / 雜誌的訂戶。

⁴ **所**　　　所 所 所 所 所 所

普 suǒ 粵 so² 瑣

① 地點；處所；居住的地方：住所 / 診療所 / 流離失所。② 用 "為……所"、"被……所" 的形式，相當於 "被"：不被困難所嚇倒（不被困難嚇倒）/ 不為謊言所欺騙（不被謊言欺騙）。③ 與數目字連用，表示 "處所" 的數量：一所學校 / 兩所住宅。

【所以】suǒ yǐ ① 情由、原因；言行舉止：不知所以 / 忘乎所以。② 相當於 "因此"：因為連下暴雨，所以引發洪水。③ 相當於 "何以"、"為何"：他所以學習成績好，是因為勤奮努力。

✎ "之所以……是因為……" 表達原因和結果關係的關聯詞固定搭配，"之所以" 引出的是結果，"是因為" 引出原因，如：將軍之所以還不能下決定，是因為仍然在等關於敵軍位置的準確情報。

【所在】suǒ zài ① 處所：風景宜人的所在。

② 存在的地方：孩子是母親的希望所在。

【所有】suǒ yǒu ① 擁有的全部財物：一無所有。② 佔有、擁有：所有權 / 土地為政府所有。③ 一切、全部：所有問題都解決了。

【所致】suǒ zhì 導致、造成：飛機失事是天氣惡劣所致。

【所謂】suǒ wèi 所説的、通常所説的：所謂天才，是天賦加勤奮造就出來的。

【所見所聞】suǒ jiàn suǒ wén 看到的和聽到的。

⁴ **房**　　　房 房 房 房 房 房

普 fáng 粵 fong⁴ 防

① 房子；房間：樓房 / 書房。② 像房子的東西：蜂房。③ 家族的分支：遠房親戚。

【房車】fáng chē ① 車廂大而長、有工作或生活設施的汽車，能當簡易房子居住。② 指高級轎車：豪華房車。

【房東】fáng dōng 出租房子的業主，租別人房子轉租的人叫二房東。

【房屋】fáng wū 房子，居住、辦公、做事、生產或作其他途的建築物。

【房地產】fáng dì chǎn 土地和建築物合成的固定資產，香港不少富豪都是做房地產生意起家的。

⁵ **扁**　　　扁 扁 扁 扁 扁 扁

普 biǎn 粵 bin² 貶

① 物體又平又薄：扁平 / 壓扁了。② 比喻輕、小：別把人看扁了。

⁶ **扇** (一)　　　扇 扇 扇 扇 扇 扇

普 shàn 粵 sin³ 線

① 片狀或板狀的東西：門扇。② 搖動或轉動產生涼風的用具：紙扇 / 電風扇。③ 與數目字連

用，表示片狀物的數量：一扇門／四扇屏風。

6 **扇** (二)

(普)shān (粵)sin³ 線

① 搖動扇子或風扇生成風：扇風點火。② 用手掌或手背打：扇耳光。③ 鼓動：扇動。

【扇動】shān dòng ① 搖動：蝴蝶扇動翅膀飛走了。② 鼓動：扇動鬧事。

手部

---

0 **才** 才才

(普)cái (粵)coi⁴ 財

① 能力：多才多藝／才智（能力和智慧）／才疏學淺（才能低下，學問淺薄）。② 稱特定的那種人：奴才／奇才／怪才。③ 只，僅僅：才這點錢，不夠用。④ 剛剛，剛才：晚上十點才回來。⑤ 表示"剛剛開始"：病重了才去看醫生／要考試了才溫習功課。⑥ 表示"強調、確認"：這才算真本事／那才叫聰明人。

【才能】cái néng 聰明智慧和做事的能力：我看，他們兩個的才能差不多。

【才華】cái huá 聰明智慧和學識：才華橫溢／才華出眾。

【才幹】cái gàn 辦事的能力：增長才幹／他可是個有才幹的人。🔄 才能

0 **手** 手手手 手

(普)shǒu (粵)sau² 守

① 人體上由手掌和手指組成的部分：握手言歡。② 比喻動物前肢下端或伸出來的感觸器官：豬手／觸手。③ 類似人手的工作機件：機械手。④ 手藝；本事；手段：心靈手巧／眼高手低／心狠手辣。⑤ 某個類別的人：舵手／吹鼓手／第一把手。⑥ 小巧易拿，便於使用的：手鼓／手機。⑦ 親手、親自：手書／手稿。

【手工】shǒu gōng ① 用手操作：手工編織的毛衣。② 靠手的技能做出的工作：看這手工、花樣，做得多細。③ 人工勞動花費的工時：做身西服花多少手工？

【手心】shǒu xīn ① 手掌心：孫悟空跳不出如來佛的手心。② 比喻掌控的範圍、權限：被人家捏在手心裏。🔄 手背

【手冊】shǒu cè 記事小冊子：工作手冊。② 介紹某個方面知識的參考書。多用作書名：《電工手冊》。

【手足】shǒu zú ① 手和腳：手足無措。② 比喻兄弟：手足情深。

　〔附加詞〕手足無措：不知如何是好。手足之情：兄弟間的情義。

【手法】shǒu fǎ ① 技巧方法：修辭手法。② 手段；權術：玩兩面派手法。

【手段】shǒu duàn ① 本領、技巧：手段高明。③ 指不正當的方法做法：耍手段欺騙人。🔄 手法

【手術】shǒu shù 醫生用刀具等醫療器械，為病人所做的切除、替換、安裝、縫合等治療行為。

【手腕】shǒu wàn ① 手掌和手臂的接合處，手腕可靈活轉動。② 手段：會耍手腕／此人手腕毒辣，你鬥不過。

【手勢】shǒu shì 用手表達意思的姿勢：排球員大多用手勢互通戰略。

【手腳】shǒu jiǎo ① 動作；行為舉止：手腳利落／慌了手腳。② 比喻暗中做的事：從中做了手腳。

【手頭】shǒu tóu ① 手邊：東西不在手頭。② 個人的錢財：手頭寬裕／手頭有點緊。③ 自己正在

做的：放下手頭工作跑了出去。

【手續】shǒu xù 依照規定必須履行的程序：辦手續／手續繁瑣。

〔簡明詞〕手跡：親手寫的字；親自作的畫。手藝：用手做東西的技能。手不釋卷：捨不得放下書本，形容勤奮，好學不倦。手舞足蹈：手腳都動起來，像跳舞一樣，形容興高采烈的樣子。

² 打　　　　　打 打 打 打　折

普 dǎ　粵 daa²

① 敲擊；撞擊；撞破撞碎：打鼓／風吹雨打／雞飛蛋打。② 毆打；搏鬥；攻擊：打人／打鬥／帶頭猛打猛衝。③ 砍；割：打柴／打草。④ 做，做某一種動作（舉、捕、按、比劃、捆綁、編織、轉動、開鑿、攪拌等等）：打工／打傘／打魚／打鍵盤／打手勢／打行李／打毛衣／打方向盤／打一口井／把粥打均勻。⑤ 寫；畫；塗抹：打草稿／打格子／給地板打蠟。⑥ 合；結合：成羣打夥。⑦ 開出；出具：打個條子／打個證明。⑧ 購買：打兩瓶酒。⑨ 交往；交涉：打交道／打官司。⑩ 謀劃；計算；評定：打主意／打入成本／打個滿分。⑪ 自；從：打明天起／打門縫往外看。

【打扮】dǎ ban ① 裝飾：姑娘打扮得很漂亮。② 衣着穿戴：一身學生打扮。同 裝扮

【打破】dǎ pò ① 擊破；打碎：打破了他的美夢／不慎打破了玻璃窗。② 突破：何詩蓓於 2021 年打破了女子二百米自由泳的世界紀錄。俗 打破沙鍋問到底

【打敗】dǎ bài ① 戰勝：打敗了上屆冠軍隊。② 失敗：全軍覆沒，打敗了／首場球賽就被打敗了。

【打動】dǎ dòng 用話語、感情或事情勸説對方，讓其感動或感悟：好説歹説總算打動了她。同 感動

〔簡明詞〕打趣：拿人開玩笑；捉弄取笑。打比方：比如、譬如，用比喻加以説明或描述。打草驚蛇：比喻行動不慎洩露了風聲，驚動了對方。

【打量】dǎ liang ① 察看；端詳：把他上下打量了一番。

【打開】dǎ kāi ① 把封閉的東西弄開來：打開瓶口／車門打開了。② 突破；擴大：打開局面／打開眼界。反 封閉＊關閉

【打發】dǎ fa ① 派遣：打發人去找他回來。② 讓對方離開：快把這些人打發走。③ 消磨、度過：在家看電視打發日子。

【打算】dǎ suan ① 考慮；計劃：打算去旅遊。② 想法；念頭：各有各的打算。

【打擊】dǎ jī ① 敲擊；撞擊：打擊樂器。② 使用武力或其他手段，讓對方遭受挫折或失敗：打擊販毒者／不要打擊別人的情緒。③ 挫折，所受到的刺激：這次失敗為他帶來了很大打擊。

【打點】dǎ diǎn ① 收拾、整理、準備：打點行裝。② 用財物打通關節，請求關照：都打點過了，準能辦成。

【打擾】dǎ rǎo ① 干擾：別去打擾他。② 客套話。表示給人帶來麻煩、對不起：打擾了，謝謝！同 打攪

【打聽】dǎ ting 探問、探聽：打聽最新情況／打聽他的下落。

【打交道】dǎ jiāo dào 同別人交往交際；接觸：善於打交道／整天同動物打交道。

【打招呼】dǎ zhāo hu ① 用言語、動作或表情向對方致意：她在馬路對面跟我打招呼。② 事先告知：撤銷項目的事，總要跟他打個招呼才好。

² 打 (二)

普 dá　粵 daa¹ 呯

十二個為一打：買了一打鉛筆。

扒 （一）

扒扒扒扒 扒

＠ pá ＠ paa⁴ 爬

① 聚攏；散開：把草扒起來 / 把土扒開來。
② 偷東西：扒手 / 扒竊（偷竊）。③ 一種煨爛食物的烹調方法：扒雞 / 扒白菜。④ 西餐菜餚的一種：牛扒 / 豬扒。

扒 （二）

＠ bā ＠ paat³ 八

① 刨；挖：扒土 / 扒了一個洞。② 分；撥：扒開眾人。③ 剝掉；拆除：扒皮 / 扒掉舊房子。
④ 用手抓住東西移動：扒牆頭 / 扒鐵欄杆。

扔

扔扔扔扔 扔

＠ rēng ＠ jing⁴ 形

① 投擲：把球扔給我。② 丟掉；拋棄：破東西都扔了吧。③ 放：帽子扔在車上了。

扛 （一）

扛扛扛扛扛 扛

＠ káng ＠ gong¹ 江

① 用肩膀承擔物件：扛行李 / 肩扛手袋。② 擔負：把這項工作扛起來。

扛 （二）

＠ gāng ＠ gong¹ 江

用兩手舉（重物）：力能扛鼎。

扣

扣扣扣扣扣 扣

＠ kòu ＠ kau³ 叩

① 套住不鬆開；搭緊、咬緊：扣緊皮帶 / 門扣上

了。② 扣留：扣押（拘禁、關押）/ 被警署扣住了 / 海關扣了他的行李。③ 減除：扣除（從當中減去）/ 不折不扣。④ 覆蓋；反過來放：扣肉 / 把花盆扣在地上。⑤ 加上、安上：這罪名扣不到我頭上。⑥ 敲打：扣擊（敲擊）。⑦ 條狀物打成的結：打活扣兒 / 打死扣兒。⑧ 紐扣：衣扣。
【扣留】kòu liú ① 拘禁：被警方扣留了三天。
反 釋放 ② 強行留下：扣留可疑物品。反 歸還
【扣人心弦】kòu rén xīn xián 敲擊人的心房。形容非常感人，激動人心。

托

托托托托托 托

＠ tuō ＠ tok³ 託

① 用手掌承受着東西：和盤托出 / 托着腮發呆。
② 陪襯：襯托 / 烘托。③ 承托器物的座子：茶托 / 槍托。④ 同"託"。託付：托人 / 托情。
⑤ 同"託"。推託：托辭。

✎ 托與託："托"有條目內所列的五種意思，"託"則只有條目內的 4、5 兩種意思；"托"在手部，基本意思是"用手掌承受着東西"，"託"在言部，基本意思是"用話語委託"，只不過"托"後來習慣上有了"託"的意思，而"託"沒有產生出"托"的意思。
【托辭】tuō cí ① 找藉口：托辭謝絕。② 藉口：這是托詞。同 藉口
〔簡明詞〕托人（託人）：委託別人替自己辦事。
托情（託情）：委託別人說情。托付（託付）：請別人代為辦理或照料。

扠

扠扠扠扠扠扠 扠

＠ chā ＠ caa¹ 差

① 用叉子扎：扠魚。② 用大拇指和分開的四指掐住：雙手扠腰。

扶

扶 扶 扶 扶 扶 扶 [扶]

⁴

(普) fú (粵) fu⁴ 符

① 用手支住人或東西，不讓倒下去；用手讓人站起來，或把東西豎起來：攙扶／扶起竹竿。② 把着；按着：扶犁／扶欄杆走下去。③ 扶持幫助：扶助（支持幫助）／扶植（扶助培植）／救死扶傷。
【扶手】fú shǒu 為人提供方便安全而設置的供手扶、握的東西：扶着扶手上樓梯。
【扶持】fú chí ① 攙扶：扶持着媽媽過馬路。② 扶助；護持：感謝老師一手扶持。

技

技 技 技 技 技 技 [技]

⁴

(普) jì (粵) gei⁶ 忌

技藝；本領：絕技／技能（技藝才能）／技巧（精巧的技能）／技藝（手藝、武藝、技巧性藝術）。
【技術】jì shù ① 用於實際的知識、經驗和操作方法：技術純熟／攝影技術。② 技巧能力：技術高明。

扼

扼 扼 扼 扼 扼 扼 [扼]

⁴

(普) è (粵) ak¹

① 用雙手掐住：扼殺。② 據守、控制：扼守。
【扼要】è yào 抓住要點：扼要說明／簡明扼要。(同) 簡明 * 簡要 (反) 煩瑣

找

找 找 找 找 找 找 [找]

⁴

(普) zhǎo (粵) zaau² 爪

① 尋找：找人／找尋（尋找，到處找）／找東西。② 退還多餘的：找錢／找零／找贖（退還多收的零錢）。

批

批 批 批 批 批 批 [批]

⁴

(普) pī (粵) pai¹

① 用手掌打：批頭蓋臉打過去。② 寫明意見；評點：批語（評語）／批文件／批改學生的作文。③ 批評：批判（分析批駁）／批得他心服口服。④ 大量、成批地買賣：批發（批量出售）。⑤ 與數目字連用，表示人或物品的數量、批次：一批人／三批貨。
【批示】pī shì ① 在下級送呈的公文上寫明意見：報告校長已批示。② 所批示的書面意見：財政司長的批示看過了。
【批准】pī zhǔn 同意下屬或他人的意見、要求：批准她的入學請求。(反) 駁回

　🔍 批准 "准" 指的是允許。"準" 指的是法度、法則。這裏表示上級對下級的請求表示同意。

【批評】pī píng ① 指出缺點錯誤：老師批評我學習不認真。② 批評的意見：老師的批評，我誠懇接受。③ 分析評論，指出優缺點：文藝批評。(反) 表揚 * 誇獎
【批駁】pī bó 反駁對方的批評：批駁對方的無理指責。(同) 辯駁 * 反駁

扯

扯 扯 扯 扯 扯 扯 [扯]

⁴

(普) chě (粵) ce² 且

① 拉；牽：拉扯／扯後腿（牽制別人的行動）。② 拉開；用力氣：扯着嗓子喊。③ 撕；撕下來：扯碎／扯下牆上的海報。④ 說話；閒聊：扯謊（說謊）／扯家常／東拉西扯。

抄

抄 抄 抄 抄 抄 抄 [抄]

⁴

(普) chāo (粵) caau¹ 鈔

① 查點；搜查：抄家／查抄。② 照着原件的文字寫：抄生字／抄筆記。③ 搬用；套用：不能照

抄別人的做法。④ 從側面或較近的路走：抄小路 / 抄近道。

【抄襲】chāo xí ① 照搬；套用：抄襲同學的作業 / 抄襲別人的設計成果。② 從側面或背後繞道襲擊。

〔簡明詞〕抄錄、抄寫：照原文、原件抄寫下來。

折 (一)

（普）zhé （粵）zit³ 節

① 斷；折斷：骨折 / 折樹枝。② 彎曲；轉折：折腰（彎腰）/ 半路折回。③ 挫折；損失：挫敗 / 損兵折將。④ 換算；抵銷：折合 / 將功折罪。⑤ 打折扣：七折八扣。⑥ 漢字的一種筆劃，曲筆筆形稱做折，如 "了" 和 "災" 的上半部、"服" 的右上角都是折：橫、豎、撇、點、折。

【折服】zhé fú ① 制服；説服：再大的壓力，也折服不了我。② 信服；佩服：恩師的品德，讓他十分折服。圓 佩服 * 信服

【折磨】zhé mó 打擊摧殘，讓對方承受痛苦：受盡疾病的折磨。圓 摧殘 * 虐待

〔簡明詞〕折扣、折讓：商品照原價減去若干成。折合、折算：① 換算。② 按比價計算。折中、折衷：調和對立的雙方，取其中間的。

折 (二)

（普）zhē （粵）zit³ 節

倒轉、翻轉；翻過來倒過去：折騰。

折 (三)

（普）shé （粵）sit³ 蝕

虧損；消耗：折本 / 折耗。俗 賠了夫人又折兵。

抓

抓抓抓抓抓抓 抓

（普）zhuā （粵）zaau² 爪

① 用手、用爪握住：抓了一把米 / 鷹爪抓着一條魚。② 搔，抓撓：抓癢 / 手給貓抓破了。③ 掌握；把握；控制：抓重點 / 抓緊時間 / 她的演唱很能抓住聽眾。④ 逮捕；捉拿：抓小偷 / 抓獲（捕獲）。⑤ 配；買：抓藥。

【抓緊】zhuā jǐn ① 抓牢，不放鬆：抓緊繩子向上爬。② 趕緊，趕快：這件事交給你了，抓緊做吧。反 放鬆

扮

扮扮扮扮扮扮 扮

（普）bàn （粵）baan⁶ 辦

① 化裝成某種形象：扮成學生模樣。② 扮演：我扮諸葛亮。③ 裝成特定樣子；做特定表情：扮哭相 / 扮鬼臉。

【扮演】bàn yǎn ① 化裝表演：在戲中扮演諸葛亮。② 充當：媽媽在家裡扮演醜人的角色。

抑

抑抑抑抑抑抑 抑

（普）yì （粵）jik¹ 益

① 向下按，壓制：壓抑 / 抑制（約束；壓制）。② 或是；還是：抑或（或者；還是）/ 走抑不走，拿不定主意。

【抑揚頓挫】yì yáng dùn cuò 形容聲音高低起伏、停頓轉折：朗誦得抑揚頓挫，感情表達恰如其分。

投

投投投投投投 投

（普）tóu （粵）tau⁴ 頭

① 扔出去；跳進去：投籃 / 投球 / 投擲（向目標扔過去）/ 自投羅網。② 寄交；放入；送過去：

投稿／投票／投遞（寄交；送交）／投送（投遞；投放）。③找上去；投向：投靠（投奔依靠）／投親靠友／棄暗投明。④合：投合／情趣相投。

【投入】tóu rù ①放進；參加：投入票箱／投入戰鬥。②全力以赴：他熱愛表演，演起戲來很投入。

【投合】tóu hé ①合拍，合得來：兄弟倆很投合。②迎合：投合客戶的需求。

【投身】tóu shēn 親自參加進去：投身救災的活動中。

【投訴】tóu sù 向相關部門反映受害受損情況，要求解決改進。

【投資】tóu zī ①把資金投給企業：投資藥廠／投資石油股票。②投入的資金：收回投資。

【投機】tóu jī ①投合，談得來：談得很投機。②乘機牟利：投機炒作。⑱ 話不投機半句多
〔附加詞〕投機取巧：抓機會鑽空子，從中牟取私利。

抗

抗抗抗抗抗抗 抗

⑮ kàng ⑱ kong³ 亢

①抵禦；抵擋：抗敵／喝杯白酒抗風寒。②拒絕，不接受：抗拒（抵制；拒絕）。③匹敵；對等：抗衡。

【抗爭】kàng zhēng ①反抗鬥爭：商販抗爭加稅。②抗議並爭辯：發表聲明抗爭。⑬ 順從＊屈服

【抗衡】kàng héng ①對抗：抗衡對手的壓力。②不相上下：兩人的實力相抗衡。⑭ 匹敵

【抗議】kàng yì 表示強烈反對。⑬支持＊歡迎

抖

抖抖抖抖抖抖 抖

⑮ dǒu ⑱ dau² 斗

①振動；甩動：抖去身上的雨水／公雞抖了抖翅膀。②顫動；哆嗦：顫抖／凍得發抖。③全部

倒出來：櫃子裏的衣服都抖出來了。④鼓起；振作：抖起精神。

【抖動】dǒu dòng ①輕輕顫動：氣得嘴唇直抖動。②甩動；振動：抖動了幾下雨衣把衣服上的水弄掉。⑬靜止

扭

扭扭扭扭扭扭 扭

⑮ niǔ ⑱ nau² 紐

①擰；用手旋轉：扭開門／扭開瓶蓋。②翻轉；掉轉：扭過頭去看。③擺動；搖擺：扭來扭去。④扭傷：一下子踩空扭了腳。⑤揪；抓：扭打。

【扭曲】niǔ qū ①扭轉彎曲：一株枝幹扭曲的老樹。⑬筆直 ②歪曲：你扭曲了他的意思。②改變，不合原貌：被扭曲的靈魂。

【扭轉】niǔ zhuǎn ①掉轉：扭轉身子。②改變；糾正：扭轉虧損的局面。

把 (一)

把把把把把把 把

⑮ bǎ ⑱ baa² 靶

①用手握住：把舵（掌舵）。②把守；看守：把守（看守；保護）／把門（守衛門戶）。③掌管；把持：把着權力不放。④手可握住的或捆成束的東西：火把。⑤將；對、拿：把他叫進來／媽媽把他沒辦法。⑥表示約數：千把人／個把月。⑦與數量詞連用，表示"可用手握的東西"、"裝有把手的器物"和"計件的東西"的數量，或表示"手的動作"的次數：一把青菜／兩把刀／一把梳子／三把兩把就抹乾淨了。

【把持】bǎ chí 獨攬，不容別人參與：把持了營銷大權。

【把柄】bǎ bǐng ①器物上用手握的部分：車門上的把柄。②作為交涉或要挾的事實或證據：讓人家抓住了把柄。

【把握】bǎ wò ①握着；拿着：把握好方向盤。

同 掌控 ② 掌握：把握時機。③ 根據；信心：有
把握完成任務。

⁴ 把 ⁽二⁾

⑧ bà 粵 baa² 靶

柄：車把／刀把。

⁴ 抒　抒抒抒抒抒抒 抒

⑧ shū 粵 syu¹ 書

表達；傾吐：抒情（抒發情感）／抒發（表達；傾
吐）／各抒己見。

⁴ 承　承承承承承承 承

⑧ chéng 粵 sing⁴ 乘

① 托着；支撐着：承重（承受重物的壓力）。
② 接受；擔負：承辦（承接辦理）／承當（擔當）／
承建（包辦建築工程）。③ 接下去；繼續：繼承／
一脈相承。
【承包】chéng bāo 依照議定的條件，包攬工程、
生產或業務：公司承包這棟大廈的維修工程。
同 包攬 * 包辦
【承受】chéng shòu 接受；禁得住：承受考驗／
壓力再大，我也承受得了。同 禁受
【承認】chéng rèn 認可；同意：承認她比我強／
承認是自己做錯了。反 否認
【承擔】chéng dān 擔當，由自己負起責任來：
主動承擔責任。反 推卸
【承諾】chéng nuò ① 許諾，諾言：信守作出的
承諾。② 答應按約定辦事：承諾每月十號付租
金。反 失信 * 拒絕

⁵ 抹 ⁽一⁾　抹抹抹抹抹抹 抹

⑧ mǒ 粵 mut³ 沫 ³

① 搽；塗；擦：抹粉／抹黑（醜化；栽贓）／塗
抹／抹去淚水。② 勾掉；除去：抹殺（全部勾
銷）／把這行字抹了。

⁵ 抹 ⁽二⁾

⑧ mò 粵 mut³ 沫 ³

① 把泥灰等物平整地塗上：抹牆／抹上水泥。
② 繞過；轉：轉彎抹角／地方小，抹不開身。

⁵ 抹 ⁽三⁾

⑧ mā 粵 maat³

① 擦；用手按着移動：抹桌子／用熱毛巾抹臉／
向後抹了一下頭髮。② 拉；突然改變：聽他這
話，立刻抹下臉來。

⁵ 拒　拒拒拒拒拒拒 拒

⑧ jù 粵 keoi⁵ 距

① 拒絕、回絕：堅拒／拒之門外。② 抵抗：抗拒。
【拒絕】jù jué 不接受；不答應：拒絕邀請／拒絕
參加。反 接受

⁵ 拓 ⁽一⁾　拓拓拓拓拓拓 拓

⑧ tuò 粵 tok³ 託

開闢；開創；擴展：開拓／拓展（開創並擴展）／
開山拓荒。
【拓荒】tuò huāng ① 開闢荒山荒地。② 比喻探
索、研究新的領域。

拓 (二)

（普）tà （粵）tok³ 託

拓印：把碑文拓下來。

拔

拔拔拔拔拔拔 拔

（普）bá （粵）bat⁶ 跋

① 拉出來；抽出來；吸出來：拔草／拔劍／拔除（除掉）。② 選取；提升：選拔／提拔。③ 超出；突起：海拔／出類拔萃。④ 攻佔：連拔三城。⑤ 移動；動搖：拔營／堅韌不拔。

拋 [拋]

拋拋拋拋拋拋 拋

（普）pāo （粵）paau¹ 泡 ¹

① 丟掉、丟下：不忍心拋下他不管。② 扔，投擲：連拋幾個球都沒進籃。③ 顯露；暴露：拋頭露面。

【拋棄】pāo qì 扔掉不要；遺棄：拋棄一箱廢物／不忍心拋棄她。

抨

抨抨抨抨抨抨 抨

（普）pēng （粵）ping¹ 乒

口頭攻擊；寫文章攻擊：抨擊（用言論攻擊斥責）。

拈

拈拈拈拈拈拈 拈

（普）niān （粵）nim¹ 念 ¹

① 用手指夾起來、捏起來：拈香。② 夾、取：信手拈來／拈輕怕重（專挑輕便的做，怕挑重擔）。

押

押押押押押押 押

（普）yā （粵）aap³

① 在公文、契約上簽字、按指紋或畫符號。② 指簽的名字、指紋或符號：畫押。③ 交給對方錢或東西作為保證：押金（用作抵押的錢）。④ 拘留；扣留：關押／在押犯。⑤ 監管照料：押運／押送。⑥ 下注：押寶。⑦ 在詩詞等韻文韻腳上用音韻和諧的字：押韻。

【押後】yā hòu ① 在後面看管照料：我前面走，你押後。② 推遲，延期：受疫情影響我只好將行程押後。 反 提前

【押送】yā sòng ① 押解：押送俘虜。② 看管運送：押送展品。

【押解】yā jiè ① 監督解送：押解罪犯。② 押運：押解貨物。

💡 押解的 “解” 讀 jiè 不讀 jiě。解 jiè，押送；解 jiě，分開。

抽

抽抽抽抽抽抽 抽

（普）chōu （粵）cau¹ 秋

① 從當中取出一部分：抽取／抽樣／我抽時間去看他。② 萌發，長出來：抽芽／抽穗。③ 收縮：這種布下水抽不抽？④ 吸：不抽煙／抽泣（抽抽噎噎地哭泣）。⑤ 用鞭、棍一類東西打：抽陀螺玩兒。

【抽象】chōu xiàng 指籠統空洞、不能體驗到的：這種議論太抽象。 反 具體

【抽樣】chōu yàng 從大量同類事物中抽取少數樣品。 同 取樣

【抽籤】chōu qiān ① 從有標記的許多籤中抽出一根或幾根，以決定先後次序、決定勝負輸贏。② 抽籤占卜吉凶。

⁵拐　　拐拐拐拐拐拐　拐

㊀guǎi ㊁gwaai² 枴

① 瘸；跛行：走路一瘸一拐。② 轉彎，改變方
向：拐了幾拐，又拐回來了。③ 欺騙；詐騙：
拐騙（耍手法騙走人或錢物）/ 孩子被拐走了。
④ 手杖（拐杖）。

【拐彎抹角】guǎi wān mò jiǎo ① 沿着彎曲轉折
的路走。② 比喻說話做事繞彎子：直接點，不要
拐彎抹角。

⁵拖　　拖拖拖拖拖拖　拖

㊀tuō ㊁to¹ 妥 ¹

① 拉、拽：老牛拖車 / 拖兒帶女。② 牽累；牽
制：拖累（連累）/ 被他拖住脫不了身。③ 下垂：
裙子快拖到地上了。④ 拖延：拖欠（欠錢不還）/
拖時間。

【拖延】tuō yán 遲；延長：問題不能一直拖延下
去，要盡快解決。㊉及時

⁵拍　　拍拍拍拍拍拍　拍

㊀pāi ㊁paak³ 魄

① 敲打，一般指輕輕敲打：拍掉身上的塵土。
② 拍賣：拍古董。③ 拍子：球拍 / 蠅拍。④ 拍
攝、攝錄：拍照（攝影）/ 拍電影。⑤ 發送：拍
賀電。⑥ 奉承：能吹會拍。⑦ 樂曲的節拍。

【拍板】pāi bǎn ① 拍賣物品時，主持人拍打木板
表示成交。② 指成交或作決定。

【拍賣】pāi mài ① 通過報價競爭，當場做成交易
的買賣方式：拍賣青花瓷器 。② 減價拋售：清
倉拍賣。

【拍檔】pāi dàng ① 搭檔：他是我的好拍檔。
② 合作、配合：我願意同他拍檔。

【拍攝】pāi shè 把影像攝入底片：拍攝照片 / 拍

攝影片。㊉拍照 * 攝影

⁵拆　　拆拆拆拆拆拆　拆

㊀chāi ㊁caak³ 冊

① 打開；分開：拆信 / 拆成兩個小組。② 拆毀；
拆除：過河拆橋。

【拆卸】chāi xiè 拆開並卸下部件：拆卸舊電腦 /
拆卸廢棄卡車的零件。㊉安裝

【拆除】chāi chú 拆掉並除去：拆除老房子。
㊉修補

⁵拎　　拎拎拎拎拎拎　拎

㊀līn ㊁ling¹ 令 ¹

用手提：拎了一桶水 / 拎籃子去買菜。

⁵抵　　抵抵抵抵抵抵　抵

㊀dǐ ㊁dai² 底

① 頂住、撐住：把門死死抵住。② 抗拒；擋住：
抵制（抗拒；制止）/ 抵抗 / 抵擋。③ 對立、排
斥：抵觸。④ 抵消；補償：將功抵罪 / 殺人抵命。
⑤ 相當；頂得上：一個抵倆。⑥ 抵押：用房產
作抵。⑦ 至，到達：抵達 / 平安抵京。

【抵消】dǐ xiāo 兩種相反的東西相抵而消失掉：
你做的壞事是多少好事都不能抵消的。

〔簡明詞〕抵擋：擋住；抵抗。抵抗：抵禦抗
拒。抵禦：抵擋防禦。

⁵拘　　拘拘拘拘拘拘　拘

㊀jū ㊁keoi¹ 軀

① 逮捕；囚禁：拘捕（逮捕）/ 拘留（扣留、暫時
關押）。② 限制、局限：拘於形式 / 不拘一格。
③ 固守不變：拘泥 / 不拘小節。

【拘束】jū shù ① 限制；約束：在家裏覺得受拘束。⑰放縱 ② 過分謹慎，不自然：在陌生人面前很拘束。⑰放鬆 * 自在

【拘謹】jū jǐn 拘束不自然：在校長面前很拘謹。⑯拘束 ⑰自然

抱

抱抱抱抱抱抱 抱

⑲bào ⑳pou⁵ 普⁵

① 用手臂圍住：擁抱。② 合在一起：幾個人抱成圍。③ 懷着；存在心裏：抱愧（心裏感覺慚愧）/ 抱不平 / 抱恨終生。

【抱怨】bào yuàn 因不滿意而責怪別人：孩子學習不好，不能抱怨老師。⑯埋怨 ⑰諒解

🔍 報怨 "報"意思是報答。"抱"意思是心裏存着。

【抱歉】bào qiàn 客套話。表示對不起人：這件事我十分抱歉。⑯歉疚

拉（一）

拉拉拉拉拉拉 拉

⑲lā ⑳laai¹ 賴¹

① 拖、牽：拉動（帶動）/ 拉他上來。② 運載：三車拉不完。③ 拖長；延伸：拉長聲音 / 拉開距離。④ 拉攏；聯絡：拉關係 / 拉交情。⑤ 連累；牽扯：自己的事不拉別人。⑥ 幫助：拉他一把。⑦ 撫養：好不容易才把孩子拉大了。⑧ 談；閒談：拉家常。⑨ 排泄大小便：拉尿 / 拉肚子。

【拉攏】lā lǒng 用手段讓別人靠攏自己：她很會拉攏人。

拉（二）

⑲lá ⑳laai¹ 賴¹

割開、劃破：手拉破了 / 樹枝把衣服拉開了。

拌

拌拌拌拌拌拌 拌

⑲bàn ⑳bun⁶ 叛

① 攪和；攪拌：拌麵 / 拌雞蛋。② 爭吵：拌嘴（吵架）。

拂

拂拂拂拂拂拂 拂

⑲fú ⑳fat¹ 忽

① 輕輕擦過：拂曉（破曉，天快亮的時候）/ 春風拂面。② 甩動、甩起來：拂袖而去。③ 違背：不忍拂他的心意。

拙

拙拙拙拙拙拙 拙

⑲zhuō ⑳zyut³ 輟

① 笨，不靈巧：拙劣（笨拙低劣）/ 弄巧成拙。② 謙稱自己的：拙文 / 拙作（謙稱自己的文章著作）。

招

招招招招招招 招

⑲zhāo ⑳ziu¹ 焦

① 揮手、打手勢：招手 / 招呼。② 招呼對方過來：招待（接待）/ 招之即來。③ 招引、招來：招聘（公開招收聘請）/ 招禍 / 樹大招風。④ 供認：招供。⑤ 招數：高招 / 耍花招。⑥ 商店吸引顧客的牌子：招牌。⑰滿招損，謙受益

【招呼】zhāo hu ① 招引呼喚：招呼他過來。② 問候；接待：見面打招呼 / 客人太多招呼不過來。③ 吩咐；知會：有甚麼動靜，我會來跟你打聲招呼的。④ 照料；伺候：招呼病人 / 很會招呼老人。

【招致】zhāo zhì 造成、引來（不良後果）：招致惡果 / 招致眾人反對。⑯導致

【招惹】zhāo rě ① 招致、引來：招惹麻煩。

② 觸犯；挑逗：我不敢招惹他。
【招募】zhāo mù 招收募集：招募新兵 / 招募賢才。⊗ 遣散

披

披 披 披 披 披 披

⑲ pī ⑭ pei¹ 丕

① 打開；翻開：披閲。② 敞開；表露：披露消息。③ 搭在肩上；覆蓋：披着大衣 / 披星戴月。④ 散開着：披頭散髮。
【披荊斬棘】pī jīng zhǎn jí 比喻掃除障礙、克服困難。

抴 (一)

抴 抴 抴 抴 抴 抴

⑲ pàn ⑭ pun³ 判

捨棄，放棄：抴命（不要命）。

抴 (二)

⑲ pīn ⑭ ping¹ 拼

同"拼"。不顧一切，硬拼：馬拉松競賽就是抴耐力抴體力。

抬

抬 抬 抬 抬 抬 抬

⑲ tái ⑭ toi⁴ 台

① 舉；向上：抬頭。② 共同用手或肩搬運：抬書桌。
【抬頭】tái tóu ① 仰頭：抬頭遠望。② 票據上寫收件人、收款人的地方：支票忘了寫抬頭。③ 行文中對受尊敬的名稱或尊長姓名另起一行表示恭敬，叫做抬頭。
【抬舉】tái ju 因看重而誇獎、提拔：不識抬舉。

拇

拇 拇 拇 拇 拇 拇

⑲ mǔ ⑭ mou⁵ 母

拇指，手腳上的大指頭。

拗 (一)

拗 拗 拗 拗 拗 拗

⑲ ǎo ⑭ aau²

折：拗斷樹枝 / 拗彎鐵管。

拗 (二)

⑲ ào ⑭ aau³

不通順：讀起來拗口。

拗 (三)

⑲ niù ⑭ aau³

固執：執拗。

拜

拜 拜 拜 拜 拜 拜

⑲ bài ⑭ baai³ 湃

① 敬禮；行禮並祝賀：跪拜 / 拜壽。② 通過儀式結成親密關係：拜師。③ 崇拜，崇敬：拜倒 / 甘拜下風。④ 看望；訪問：回拜。⑤ 表示恭敬的意思：拜託 / 拜讀。
〔簡明詞〕拜年：向人祝賀新年。拜祭：祭祀並行禮。拜訪：探望；訪問。拜託：託付別人為自己辦事的客氣説法。

拭

拭 拭 拭 拭 拭 拭

⑲ shì ⑭ sik¹ 色

揩、擦：擦拭。
【拭目以待】shì mù yǐ dài 擦亮眼睛注視等待着，

表示殷切期盼或非常關注。

持

持持持持持持　持

（普）chí（粵）ci⁴ 詞

① 拿着；握住：持刀持槍。② 掌管；料理：主持 / 勤儉持家。③ 抱有；握有：持有（握有；抱有）/ 持不同意見 / 手持大量股票。④ 支撐；保持：支持 / 堅持。⑤ 控制；挾制：自持力 / 劫持人質。⑥ 抗衡、對抗：爭持不下。
【持久】chí jiǔ 維持長久；長期堅持：持久和平 / 作持久打算。反 暫時 * 短暫
【持續】chí xù 連續，繼續下去：大雪持續下了三天。反 停止 * 中斷
【持之以恆】chí zhī yǐ héng 長久堅持下去：只要持之以恆，學習必有所獲。

拷

拷拷拷拷拷拷　拷

（普）kǎo（粵）haau² 巧

打：拷問（拷打審問）。
【拷貝】kǎo bèi 英文 copy 的音譯詞。① 複製件：這個文件共有四份拷貝。② 複製、複印：報告多拷貝幾份存檔。③ 複製出來的電影膠片。

拱

拱拱拱拱拱拱　拱

（普）gǒng（粵）gung² 鞏

① 兩手在胸前合抱：拱手相讓。② 環繞：眾星拱月。③ 聳起來，彎曲成弧形：拱背 / 拱腰。④ 成弧形的：拱橋。⑤ 用力向上或向前頂：那頭肥豬拱開了門 / 幼苗拱出了新芽。
【拱橋】gǒng qiáo 橋身為弧線型，用弧形橋身作為主要承重結構的橋梁。

挎

挎挎挎挎挎挎　挎

（普）kuà（粵）kwaa³ 跨³

掛在臂上或肩上；鈎住；佩戴：挎着手袋 / 挎着胳臂 / 腰上挎着槍。

拽

拽拽拽拽拽拽　拽

（普）zhuài（粵）jai⁶ 曳

拉；拖：一把拽住 / 生拉硬拽。

括

括括括括括括　括

（普）kuò（粵）kut³ 豁

① 包括；包含：概括 / 囊括。② 加上括號標記：重要數字括起來。
【括弧】kuò hú 標點符號使用的各種括號，通常为圓括號 "（）"、方括號 "[]"、尖括號 " < > " 和六角括號 "〔〕"。

拴

拴拴拴拴拴拴　拴

（普）shuān（粵）saan¹ 山

繫；捆綁：拴馬 / 拴根繩子晾衣服。

拾 ⁽一⁾

拾拾拾拾拾拾　拾

（普）shí（粵）sap⁶ 十

① 撿，從地上把東西拿起來：拾金不昧（撿到錢物不據為己有）。② 收拾；整理：拾掇。③ 數字 "十" 的大寫。

拾 ⁽二⁾

（普）shè（粵）sap⁶ 十

從容慢步登上去：拾級而上。

挑 (一)

挑 挑 挑 挑 挑 挑　挑

(普)tiāo (粵)tiu¹ 佻

① 用肩膀擔：挑一擔子稻穀。② 挑子，扁擔兩頭挑的東西：一挑水／兩挑西瓜。③ 挑選、揀選：百裏挑一。④ 過分要求；過分指摘：挑毛病／挑刺。(俗) 雞蛋裏挑骨頭／橫挑鼻子豎挑眼兒

〔簡明詞〕挑揀、挑選：按照要求或標準選擇。

挑三揀四、挑肥揀瘦：挑來挑去，一味挑選好的或對自己有利的。

【挑剔】tiāo tì 從細節上找毛病：百般挑剔／這孩子吃東西愛挑剔。(反) 隨和

挑 (二)

(普)tiǎo (粵)tiu¹ 佻

① 撩開；向上撥：挑面紗／挑開樹枝。② 懸掛着；支着：挑燈夜戰。③ 挑撥；引發：挑動（挑撥煽動）／挑起事端。④ 豎起來：挑起大拇指讚揚。⑤ 漢字的一種筆劃，又叫"提"，如"刁"字的第二筆就是"挑"。

【挑撥】tiǎo bō 從中搬弄是非，搞出矛盾糾紛來。(反) 協調

【挑戰】tiǎo zhàn ① 故意刺激敵方出戰；鼓動對方與自己競賽。② 必須應對的難題：能不能通過英語這一關，是我面臨的極大挑戰。

指

指 指 指 指 指 指　指

(普)zhǐ (粵)zi² 只

① 手指；腳指：拇指／屈指可數。② 指向；含意所指：指南／你說這話指誰？。③ 明確說出：指示／老師指教。④ 批評；斥責：指摘／千夫所指。⑤ 仰仗、依靠：全家都指着你生活呢。⑥ 直立；豎起：令人髮指。

【指引】zhǐ yǐn ① 指點引導。② 帶指導性質的指示：發出新的指引。

【指示】zhǐ shì ① 指引；指點：指示行車方向。② 向下級發出指令性意見：指示一隊消防隊立即趕赴火場滅火。③ 上級發出的指令性意見：接到口頭指示。

【指定】zhǐ dìng ① 指派：老師指定一位同學幫助我。② 預定：到指定地點集合。

【指南】zhǐ nán ① 比喻指導性的依據或準則：行動的指南。② 比喻起指導作用的工具。多用於書名：《旅遊購物指南》。

〔附加詞〕指南針：一種用磁針指認南北方向的儀器，是中國古代四大發明之一。

【指責】zhǐ zé 指出缺點錯誤並加以批評：他已經認了錯，不要再指責他了。(同) 斥責 (反) 讚揚

【指望】zhǐ wàng ① 期望：指望兒子拿出好成績。② 可以實現的前景：今年加薪有指望了。(同) 希望

〔簡明詞〕指教：指點教導，請人提供意見的客氣話。指出：點出來。指摘：責備、指責。

指控：提出內容明確的控告。

【指揮】zhǐ huī ① 下達指令，部署、安排、調遣各項行動：指揮作戰／指揮安裝工程。② 下達指令的人：工程總指揮。③ 指揮樂隊或合唱隊演奏演唱的人：樂隊指揮／大合唱的指揮。

【指標】zhǐ biāo 規定要達到的目標：他給自己定下讀書指標：每年五十本。

【指導】zhǐ dǎo ① 指示教導；指點引導：歡迎光臨指導。② 進行指導的人：我們的技術指導。

【指點】zhǐ diǎn ① 指引；指給人看：請名師指點／指點着地圖解說。② 指責；數落：好管閒事，遭人指點。③ 議論；評說：指點時政。

拼

拼 拼 拼 拼 拼 拼　拼

(普)pīn (粵)ping¹ 乒／ping³ 聘

① 合在一起：拼盤／拼湊（把零星的合在一起）／

東拼西湊。② 不顧一切地幹：拼命幹／拼死拼活。

【拼搏】pīn bó 全力搏鬥；拼命奮鬥：在球場上拼搏／拼搏大半生，終於成了實業家。

【拼命】pīn mìng 竭盡全力；不顧一切：拼命工作／拼命救起了落水的小孩。⑤ 竭力＊盡力

【拼音】pīn yīn 把兩個或多個語音拼合起來成為複合音。

【拼寫】pīn xiě 用拼音字母按照規則寫成文字：這個詞語拼寫得不對。

---

6 **挖**　挖挖挖挖挖挖

普 wā　粵 waat³ 幹

掘：挖煤／挖地三尺。

【挖苦】wā kǔ 用刻薄的話嘲諷。

【挖掘】wā jué ① 挖：挖掘煤炭。② 深入探尋；找尋出來：挖掘出一批珍貴文物／從舊報紙中挖掘有用資料。⑤ 埋藏＊掩埋

---

6 **按**　按按按按按按

普 àn　粵 on³

① 用手向下壓：按鈴／按脈（把脈、診脈）／按鈕（開關鍵）。② 壓制；抑制：那激動的情緒實在按不住。③ 依照；按照：按說（從情況或道理上看）／按時（依照規定或約定的時間）／按規矩辦事。

【按照】àn zhào 遵從；依照：按照她的心思辦吧。⑤ 遵照

【按摩】àn mó 一種健身和治病的方法，用手推、拿、按、摩身體各部位，可起到放鬆肌肉、促進體內循環、調節神經功能的作用。

---

6 **拯**　拯拯拯拯拯拯

普 zhěng　粵 cing² 請

救援：拯救（救助）。

---

6 **拿**　拿拿拿拿拿拿

普 ná　粵 naa⁴ 娜

① 用手握住、抓住；用手持着：拿着鮮花／把書拿過來。② 捕捉；奪取：捉拿／拿獲（捉住）／拿下了敵人陣地。③ 把握；掌握：拿得準。④ 獲得；得到：拿金牌／獎金拿的不多。⑤ 提出；決定：拿主意。⑥ 對；把：拿他沒辦法。⑦ 就；從：拿學習成績來看，他最好。

【拿手】ná shǒu 擅長：畫馬他最拿手。

〔附加詞〕拿手好戲：最擅長的技藝、本領。

---

6 **拳**　拳拳拳拳拳拳

普 quán　粵 kyun⁴ 權

① 拳頭：拳打腳踢。② 拳術，徒手的武術：打拳／太極拳。③ 彎曲：拳曲（彎曲）／拳着腿睡。④ 拳擊運動：拳王。

---

7 **捕**　捕捕捕捕捕捕

普 bǔ　粵 bou⁶ 步

捉拿：捕魚／捕獲（拿獲，捉住）／捕食（捕捉並吃掉）／捕獵（捕捉獵取禽獸）。

【捕捉】bǔ zhuō ① 捉拿：貓是捕捉老鼠的能手。② 抓住（時機、機遇）：捕捉鏡頭／捕捉商機。⑤ 釋放

捂

捂 捂 捂 捂 捂 捂 **捂**

(普) wǔ (粵) wu² 滸

遮蓋；封住：捂着嘴笑。

振

振 振 振 振 振 振 **振**

(普) zhèn (粵) zan³ 鎮

① 振作；向上起：振奮／萎靡不振。② 揮動；搖動：振臂高呼／振筆疾書。

【振作】zhèn zuò 充沛、旺盛；積極向上：人一病，精神就振作不起來了／振作精神，追求理想。(反) 萎靡不振

【振奮】zhèn fèn ① 振作奮發；振作興奮：羣情振奮／一聽去日本旅遊，他馬上振奮起來。② 激發；激勵：振奮精神／振奮人心的好消息。(反) 消沉 * 消極

【振興】zhèn xīng 使興盛、興旺起來：振興中華／振興經濟。(反) 衰敗

【振振有辭】zhèn zhèn yǒu cí 説起來彷彿很有道理（其實未必有理）。又作"振振有詞"。(反) 無言以對 * 張口結舌

挾[挾]

挾 挾 挾 挾 挾 挾 **挾**

(普) xié (粵) hip³ 協

① 夾在腋下或指間：腋下挾着一本書。② 強迫人服從：要挾。③ 心裏藏着：挾嫌報復。(俗) 挾天子令諸侯

【挾持】xié chí ① 從兩旁架住：挾持人質。② 控制；強制對方順從：被壞人挾持住了。(反) 逃脱 * 掙脱

捎

捎 捎 捎 捎 捎 捎 **捎**

(普) shāo (粵) saau¹ 筲

順便帶上：捎帶（附帶；順便）／捎個口信／我開車順路捎你去。

捍

捍 捍 捍 捍 捍 捍 **捍**

(普) hàn (粵) hon⁶ 汗

抵擋；防衛：捍衛（堅決保衛）。

捏

捏 捏 捏 捏 捏 捏 **捏**

(普) niē (粵) nip⁶ 聶

① 用拇指和其他手指合起來夾住：捏起一支筆。② 抓住；握着：證據捏在手上／叫人家捏在手心裏。③ 用手指把軟東西弄成一定形狀：捏陶泥公仔／捏餃子。④ 無中生有，編出來：捏造（編造）。

捉

捉 捉 捉 捉 捉 捉 **捉**

(普) zhuō (粵) zuk¹ 足

① 握；抓：捉住他的衣服向後拉。② 捕捉；捉拿：貓捉老鼠／生擒活捉。(俗) 不管白貓黑貓，能捉老鼠就是好貓

【捉弄】zhuō nòng 戲弄；耍弄：他比較調皮，喜歡捉弄人。

【捉摸】zhuō mō 揣測；估計：那個人很有心計，誰也捉摸不透。

捆

捆 捆 捆 捆 捆 捆 **捆**

(普) kǔn (粵) kwan² 菌

① 用繩子綁緊並打上結：捆行李。② 束縛；限制：被孩子捆住了手腳。③ 與數目字連用，表示

成捆的東西的數量：一捆木頭／兩捆繩子。

【捆綁】kǔn bǎng 把東西或人綁起來，或把多個綁在一起：捆綁行李／把沒用的廢書捆綁起來。
🈺鬆綁＊解開

捐　捐捐捐捐捐捐　捐

（普）juān（粵）gyun¹ 娟
① 放棄：捐棄前嫌（拋開過去的猜忌怨恨）。② 獻出；捐助：捐款／捐贈。③ 稅賦：苛捐雜稅。

【捐款】juān kuǎn ① 用錢捐助：捐款幫助失學兒童。② 捐助的錢：救災的捐款有十億。

✏️ 捐助：用財物幫助。捐贈：捐獻贈送。捐獻：獻出。

捌　捌捌捌捌捌捌　捌

（普）bā（粵）baat³ 八
"八" 的大寫：港幣捌拾捌元。

挺　挺挺挺挺挺挺　挺

（普）tǐng（粵）ting⁵ 鋌
① 直：挺立（直立；筆直立着）／筆挺／硬挺挺的木棍。② 伸直；突出：挺身而出／挺胸疊肚。③ 支撐：挺不住了。④ 很：挺好／挺有意思。⑤ 與數目字連用，表示桿狀物的數量：千挺翠竹／兩挺機槍。

【挺拔】tǐng bá ① 高聳；直立：挺拔的青松／長得英俊挺拔。② 形容剛健有力：墨筆字寫得挺拔蒼勁。🈯峭拔

【挺直】tǐng zhí ① 挺起來、直立起來：挺直胸膛。② 筆直：小伙子真精神，腰板兒挺直。
🈺彎曲

挫　挫挫挫挫挫挫　挫

（普）cuò（粵）co³ 錯
① 失利；失敗：挫折（失敗；失利）／挫傷（傷害；損害）。② 壓抑；打擊：銳氣受挫。

【挫敗】cuò bài ① 挫折和失敗：慘遭挫敗。② 擊敗：挫敗對手。🈺成功

挽　挽挽挽挽挽挽　挽

（普）wǎn（粵）waan⁵ 鯇
① 拉：挽弓／手挽手。② 挎；用手臂鈎住：臂上挽着一隻籃子。③ 扭轉；挽回：挽救／力挽狂瀾。④ 捲起來：挽起袖子。⑤ 哀悼：挽聯（悼念死者的對聯）。

【挽救】wǎn jiù 救助；救回；挽回：挽救失足少年／挽救她的生命／事到如今，無法挽救了。
🈺摧殘＊放棄
〔簡明詞〕挽回：扭轉；恢復到原樣。挽留：好言勸説要走的人留下來。

挪　挪挪挪挪挪挪　挪

（普）nuó（粵）no⁴ 懦⁴
移動；轉移：挪一挪身子／桌子挪到那邊好。

【挪動】nuó dòng ① 緩慢移動：疼得他只能一步步挪動。② 稍稍移動一點：太擠了，往邊上挪動一下吧。

捅　捅捅捅捅捅　捅

（普）tǒng（粵）tung² 統
① 刺；戳：不小心捅破了蚊帳。② 觸動：悄悄捅了她一下，叫她別説。③ 闖禍：這回捅的亂子可不小。④ 揭穿；暴露：一句話就把花招捅開了／這事兒千萬別捅出去。

7 挨（一） 挨 挨 挨 挨 挨 挨 挨

普 āi 粵 aai¹

① 靠近；緊靠：挨着媽媽坐／我家挨着學校。
② 依次、按順序：挨個兒（順序，一個一個地）／
挨家挨戶告知。

7 挨（二）

普 ái 粵 ngaai⁴ 挨

同"捱"字。① 拖延；等待：苦日子挨到幾時啊！
② 遭受；忍受：挨打／忍飢挨餓。

8 捧 捧 捧 捧 捧 捧 捧 捧

普 pěng 粵 pung² 碰²

① 雙手托着：捧着孩子小臉蛋兒親了一下。
② 奉承；替人吹噓：吹捧／捧紅了她。
【捧腹大笑】pěng fù dà xiào 大笑時雙手會無意
中托着肚子，故用"捧腹"形容大笑：小丑的表
演令人捧腹大笑。

8 掛[挂] 掛 掛 掛 掛 掛 掛 掛

普 guà 粵 gwaa³ 卦

① 懸掛：掛衣服。② 惦記、牽掛：掛念（惦
念）／心掛兩頭。③ 蒙上；附着：牆上掛着一層
灰。④ 鈎；鈎住：被釘子掛破了／一列火車掛了
十五節車廂。⑤ 登記；聯繫：掛失（登記遺失）／
這是兩碼事，掛不到一塊兒。⑥ 與數目字連用，
表示懸掛的或成串的東西的數量：一掛竹簾／三
掛鞭炮。俗 掛羊頭，賣狗肉
【掛號】guà hào ① 登記並編號確定次序：掛號
看病。② 郵局辦理郵件登記編號並出具收據的
手續。掛號郵件郵局負安全送達或賠償損失的責
任：寄掛號信。

掛礙】guà ài ① 阻礙、障礙：事情難辦，掛礙
太多。② 掛記的事情：心中有掛礙，讓他很煩悶。

8 措 措 措 措 措 措 措 措

普 cuò 粵 cou³ 澡

① 安放；處置：手足無措／驚慌失措。② 籌辦；
籌劃：籌措留學的款項。
【措施】cuò shī 解決問題的辦法：採取措施解決
交通擁擠問題。同 辦法
【措辭】cuò cí 說話寫文章所用的詞句。又作"措
詞"：措辭不當／措辭文雅。同 遣詞

8 捺 捺 捺 捺 捺 捺 捺 捺

普 nà 粵 naat⁶

① 手向下按：捺手印。② 抑制；控制：捺住性
子／捺不住激動情緒。③ 漢字向右斜下的筆劃，
如"人"字的第二筆就是捺：橫、豎、撇、點、捺。

8 掩 掩 掩 掩 掩 掩 掩 掩

普 yǎn 粵 jim² 淹²

① 遮蓋；遮蔽：掩蓋／掩藏（隱藏起來）／掩人耳
目。② 關閉；合上：把門掩起來。
【掩飾】yǎn shì 掩蓋粉飾：掩飾錯誤就不會進
步。反 暴露。
【掩蓋】yǎn gài ① 遮蓋：用沙土掩蓋爛泥。
② 隱瞞：掩蓋真相／掩蓋事實。同 遮蓋 反 揭露
【掩護】yǎn hù ① 遮掩保護；庇護：打掩護／掩
護壞人。② 掩體，作遮擋的東西：靠着一堵牆作
掩護阻擊敵人。③ 起保護作用的方式、手段：
以行醫為掩護傳遞情報。

捷

捷捷捷捷捷捷　捷

⑧

(普) jié (粵) zit⁶ 截

① 戰勝；勝利：捷報（獲勝的消息）。② 迅速：敏捷／快捷。③ 近便：捷徑（近路）。

排

排排排排排排　排

⑧

(普) pái (粵) paai⁴ 牌

① 推擠；推開：排斥／排山倒海。② 除掉；清除；放掉：排除（消除；除掉）／排廢氣。③ 按次序站；按次序擺：排隊／排名。④ 演練：排演／彩排。⑤ 橫列：前排／後排。⑥ 排球或排球隊的簡稱：男排／排壇。⑦ 一種西式食品，由大片的肉魚加佐料煎成：牛排。⑧ 軍隊編制單位。在連之下、班之上：排長。⑨ 與數目字連用，表示成列的東西的數量：一排子彈／兩排牙齒。

【排斥】pái chì 把對立面排擠出去：排斥異己。

【排泄】pái xiè 指排出體外：排泄大小便。(反) 吸納

【排場】pái chang ① 體面，臉上有光彩：婚禮辦得很有排場。② 鋪張的大場面：有錢人家出來的，講究排場。

【排擠】pái jǐ 把對方從所佔的位置上擠出去：受人排擠而辭職。(反) 拉攏

〔簡明詞〕排列：按次序站。排山倒海：形容氣勢大威力猛，不可阻擋。

掉

掉掉掉掉掉掉　掉

⑧

(普) diào (粵) diu⁶ 調

① 落下；落在後面：掉淚／掉隊。② 減少；降低：掉色（顏色變淡）／掉價（降價；降低身分）。③ 遺失：錢包掉了。④ 回；轉：掉頭／掉換（互換；更換）／翻過來掉過去。⑤ 互換：掉個位置。⑥ 表示動作完成了：小狗跑掉了／花掉了不少錢。

【掉以輕心】diào yǐ qīng xīn 漫不經心，不當回事。(同) 滿不在乎 (反) 一絲不苟 * 兢兢業業

推

推推推推推推　推

⑧

(普) tuī (粵) teoi¹ 退 ¹

① 用力使物體向前移動：推開窗戶。② 開展；鋪開：推廣／推銷。③ 推測；測算：類推／推算。④ 找藉口拒絕：推辭（委婉拒絕）／推卸（推掉）／推得掉就推。⑤ 尊重；崇敬：推崇（尊重崇拜）。⑥ 推薦、提名：推選（推舉選拔）。⑦ 延遲：比賽推到後天舉行。

【推理】tuī lǐ ① 由已知的前提得出結論。② 推理的邏輯；推理得出的結論：他的推理不合邏輯。(同) 推論 (反) 猜想

【推動】tuī dòng ① 用力使物體前進或轉動：推動發電機組發電。② 採取措施推進工作等：電腦網絡推動人類進入信息化社會。(同) 推進 (反) 阻撓 * 阻礙

【推進】tuī jìn ① 推動向前走：政府致力推進香港的體育發展。② 進展：工作推進得很快。(反) 拖延

【推測】tuī cè 據已知推想未知：推測誰能當選。(同) 推斷 * 猜測

【推廣】tuī guǎng ① 擴大施行範圍；擴大使用範圍：推廣科技成果。② 推銷：做好新書的推廣工作。

【推薦】tuī jiàn 推舉；介紹：推薦人才／那本書不值得推薦。(反) 自薦

【推翻】tuī fān ① 推倒：一不小心把花架推翻了。② 打垮；弄垮：推翻腐朽統治。③ 完全否定原先的：推翻原先的決定。(反) 建立

【推行】tuī xíng 推廣實行。

【推算】tuī suàn 測算。

【推斷】tuī duàn 推測判斷並得出結論。

掀

掀 掀 掀 掀 掀 掀 掀

（普）xiān （粵）hin¹ 牽

① 揭開；撩起來：掀被子／掀門簾。② 向上騰起：狂風掀巨浪。

【掀起】xiān qǐ ① 揭起；揭開：掀起新娘的面紗。② 興起：社會上掀起學習劍擊的熱潮。（反）蓋住
* 衰退

捨 [舍]

捨 捨 捨 捨 捨 捨 捨

（普）shě （粵）se² 寫

① 放棄；丟掉、丟開：捨棄（丟掉；放棄）／捨近求遠。② 施捨、佈施：向窮人捨米。（俗）捨命陪君子

【捨得】shě de ① 忍心割捨：不捨得離開。② 肯，願意付出：學英語要捨得下功夫。（俗）捨得一身剮，敢把皇帝拉下馬

【捨不得】shě bu dē 不忍心割捨：捨不得離開家。② 不肯，不願意付出：捨不得花功夫。

掄 [抡]

掄 掄 掄 掄 掄 掄 掄

（普）lūn （粵）leon⁴ 鄰

用力揮動：掄大錘。

採 [采]

採 採 採 採 採 採 採

（普）cǎi （粵）coi² 彩

① 摘取：採茶（採摘茶葉）。② 選取；選用：採購（挑選並購買商品）／採納（接受下來）。③ 搜集：採集（搜羅收集）／採訪（尋訪收集）。④ 挖掘：開採鑽石。

【採用】cǎi yòng 使用；利用：採用新方法種植玫瑰。

【採取】cǎi qǔ 施行；採用：採取緊急措施／採

取當中的精華。

授

授 授 授 授 授 授 授

（普）shòu （粵）sau⁶ 受

① 交付；給予：授予（給予）／授獎。② 教給、傳授：授課（講課）。

【授意】shòu yì 把自己的意圖告訴或暗示別人，讓他去辦。

【授權】shòu quán 委託他人或機構代自己行使法定權力。（反）受權

掙 [挣] (一)

掙 掙 掙 掙 掙 掙 掙

（普）zhēng （粵）zang¹ 爭

見"掙扎"。

掙 [挣] (二)

（普）zhèng （粵）zang¹ 爭／zaang⁶

① 使勁擺脫束縛：掙開繩子跑了出去。② 憑能力獲取：掙錢。

【掙扎】zhēng zhá ① 用力支撐住：竭力掙扎着坐起來。② 用盡辦法維持住：在貧困線上掙扎。

🔍 掙札 "扎"意思是刺入。"札"本義是寫字用的小木片，後指信件。兩字形近，意義完全不同。

掏

掏 掏 掏 掏 掏 掏 掏

（普）tāo （粵）tou⁴ 途

① 挖掘：掏河泥。② 從裏面往外拿：掏錢包／把心都掏給他了。

掐

掐 掐 掐 掐 掐 掐 掐

（普）qiā （粵）haap³ 頰

① 用雙手對着往一起緊壓：掐脖子。② 用拇指和另一手指的指甲對着用力切。③ 用虎口和手指壓住：掐着腰站在那兒。④ 截斷：電話線掐斷了。

掠

掠 掠 掠 掠 掠 掠 掠

（普）lüè （粵）loek⁶ 略

① 搶劫；強奪：搶掠 / 掠奪（用暴力奪取）。② 拷打、鞭打：拷掠。③ 輕輕擦過、拂過：春風掠面 / 掠了一下披散的長髮。④ 閃現：一掠而過。

接

接 接 接 接 接 接 接

（普）jiē （粵）zip³ 摺

① 連起來：接連（連續）/ 接電線。② 挨着；接觸：交頭接耳 / 短兵相接。③ 交替；連續：交接 / 接二連三（接連不斷）。④ 接收：接球 / 接納（接受下來）。⑤ 迎接：接客人。

【接收】jiē shōu ① 收錄下來：接收他發來的信息。② 接納：做事懶散，哪個部門都不肯接收他。③ 接管：無主遺產由政府接收。

【接見】jiē jiàn 跟來訪或與會的賓客見面：接見來賓 / 接見參加會議的代表。

【接近】jiē jìn ① 靠近；臨近：找機會接近員工 / 計劃接近完成。② 相差不遠：兩人的意見非常接近。

【接受】jiē shòu 收受；接納：接受禮物 / 虛心接受批評。（反）拒絕

【接待】jiē dài 迎接招待：接待來賓 / 對於來客一律熱情接待。（同）款待 * 招待

【接洽】jiē qià 聯繫、商議：他的工作主要負責與新客戶接洽生意。

【接替】jiē tì 從別人手上接過來繼續下去：接替他做會長。

【接着】jiē zhe ① 用手接住：接住扔過去的球。② 連着、緊跟着：請你接着往下說。

✎ "⋯⋯接着⋯⋯"表示動作或事情接連發生的固定關聯詞，如：俄羅斯運動員走過主席台後，接着，中國的運動員也走向了主席台。（注意：為了清晰描述動作或事情發生的先後順序，應該加上"首先"、"接着"、"然後"、"最後"這些關聯詞，令句子完整表達出動作或事情發生的順序，如：每個小寶寶都是首先學會翻身，接着學會爬，然後學會站，最後才學會走路的。）

【接獲】jiē huò 接到、收到、得到：接獲家長的電話。

【接觸】jiē chù ① 碰着；觸及：接觸電源要小心 / 沒接觸到實際問題。② 交往：初次接觸，還談不上了解。

捲 [卷]

捲 捲 捲 捲 捲 捲 捲

（普）juǎn （粵）gyun² 卷

① 把東西裹成圓筒形：捲煙 / 捲袖子。② 裹成圓筒形的東西：膠捲 / 蛋捲。③ 掀起或裹住：北風捲着雪花。④ 比喻牽涉進去：捲進糾紛。

控

控 控 控 控 控 控 控

（普）kòng （粵）hung³ 空³

① 控制；操縱：控股 / 遙控。③ 告發；申訴：控告 / 控訴。

【控制】kòng zhì ① 管制；掌握：控制人員外流 / 控制住自己的感情。② 把持；佔領：控制交通樞紐。

探

探 探 探 探 探 探 探

㊀tàn ㊁taam³ 貪³

① 伸手進去取：探囊取物。② 嘗試；考察；尋
找：探尋（尋找）/ 鑽探。③ 查訪；打聽：偵探 /
探聽消息。④ 看望；訪問：探望 / 探訪。⑤ 向
前伸出：探頭探腦（形容行為鬼鬼祟祟）。

【探討】tàn tǎo 探索研討：探討利用太陽能發電
的前景。

【探訪】tàn fǎng ① 尋找搜求：探訪大熊貓的蹤
跡。② 看望；訪問：探訪久違的友人。

【探望】tàn wàng ① 察看；張望：向車外探望 /
四下探望。② 看望問候：到醫院探望伯父。
㊒看望＊探視

【探視】tàn shì ① 探望：探視住醫院治病的
同學。② 伸出頭察看情況：打開窗戶往外探視。

〔簡明詞〕探索、探究：深入探察研究。

【探測】tàn cè 探查測定；觀測尋找：探測風力
風向 / 探測石油的儲量。

【探險】tàn xiǎn 到危險或偏遠的地方去考察。

掃 [扫] ㊀

掃 掃 掃 掃 掃 掃 掃

㊀sǎo ㊁sou³ 訴

① 用掃帚清除：掃地 / 清掃。② 清除；消除：
掃蕩（肅清、清除）/ 掃盲（讓人人都學習文字，
消除文盲）。③ 橫向掠過：掃視（從一邊看到另
一邊）/ 掃射。

【掃除】sǎo chú ① 打掃：大掃除。② 清除：掃
除舊勢力。㊒清掃

【掃描】sǎo miáo ① 沿着一個平面順序移動：燈
塔的那束強光環繞着海面掃描。② 現代成像技
術，通過電子束在人體或物體上移動照射，獲得
所需要的影像或圖像。

【掃興】sǎo xìng 敗興，失去了原有的興致：等
了半天人也沒來，真掃興。

掃 ㊁

㊀sào ㊁sou³ 訴

見 "掃帚"。

【掃帚】sào zhou 一種清除塵土、垃圾的用具：
竹掃帚 / 蘆花掃帚。

掘

掘 掘 掘 掘 掘 掘 掘

㊀jué ㊁gwat⁶ 倔

挖：掘洞 / 發掘唐代大明宮遺址。

掌

掌 掌 掌 掌 掌 掌 掌

㊀zhǎng ㊁zoeng² 獎

① 手掌；腳掌：掌心 / 熊掌。② 用手掌打：掌
嘴。③ 主持、管理：掌控（掌握控制）/ 執掌。

【掌故】zhǎng gù 歷史上的制度、史實、故事、
傳說等。

【掌握】zhǎng wò ① 了解、熟習並運用自如：
掌握基礎知識。② 控制；主持；主宰：掌握大
權 / 掌握自己的命運。㊒掌控＊把握

掣

掣 掣 掣 掣 掣 掣 掣

㊀chè ㊁zai³ 制

① 牽制：掣肘（牽制）。② 一閃而過：風馳電掣。
③ 按鈕；開關：電掣 / 煤氣掣。

描

描 描 描 描 描 描 描

㊀miáo ㊁miu⁴ 苗

① 照着樣子寫或畫：描字 / 描述（描繪敍述）/ 描
畫（描寫；繪畫）。② 塗抹修改：描眉（用眉筆
畫眉毛）。

【描寫】miáo xiě 用語言或文字表述具體的形象：

景物描寫／描寫兒童的心理活動。

【描繪】miáo huì 描寫；畫出：描繪泰山日出的景象／畫作描繪了山村風光。⑩刻畫

揀[拣]　揀揀揀揀揀揀 揀

⑲jiǎn ⑳gaan² 簡

① 挑選：挑揀／挑肥揀瘦。② 撿、拾：揀便宜／揀了十塊錢。㊣揀了芝麻丟了西瓜

揩　揩揩揩揩揩揩 揩

⑲kāi ⑳haai¹ 鞋¹

擦拭；抹：揩汗／揩桌子／揩油（佔便宜）。

揹[背]　揹揹揹揹揹揹 揹

⑲bēi ⑳bui³ 貝

① 放在背上馱着：揹着孩子幹活。② 承擔着、承受着：揹着一身債。

提 (一)　提提提提提提 提

⑲tí ⑳tai⁴ 題

① 懸空拎東西：提着行李跑。② 懸着：急得心都提到嗓子眼兒了。③ 由下向上提升：從井裏提了五桶水／連提兩級，官越做越大。④ 振作：冷水洗臉提神。⑤ 時間向前移：提早出門／提前做完。⑥ 取出、拿走：提取／提貨。⑦ 提出；指出；說出：提議／提示／提意見。⑧ 談論、談說：相提並論／不值一提。⑨ 漢字筆劃之一，由左下向右上挑，所以又叫"挑"，如"刁"字的第二筆。

【提升】tí shēng ① 升高、提高：水位提升了一米。② 升級；升職：提升電腦性能／提升為總工程師。㊣下降

【提示】tí shì 提醒，點出問題。

【提取】tí qǔ ① 辦手續取出來：提取存款／提取行李。② 經提煉得到：從幾種花瓣兒中提取香精。〔簡明詞〕提高：向上升高。提及：說起、談起。提供：供給。提交：提出來交給相關方面。提倡：倡導。提綱：大綱，內容要點。提早、提前：把預定的時間推到前面。

【提起】tí qǐ ① 說起：提起那件事就生氣。② 引發、引起：他這一說，倒提起大家的興趣。③ 提交；發起：檢察官向法院提起公訴。④ 振奮：提起精神來。

【提醒】tí xǐng 為引起注意而提示指點。㊣麻痺

【提議】tí yì ① 提出建議或主張：提議開辦一個學生刊物。② 所提出的建議、主張：你的提議很好。⑩建議

【提心吊膽】tí xīn diào dǎn 十分擔心害怕。㊣若無其事

提 (二)　提

⑲dī ⑳tai⁴ 題

提防，小心防備：在人多擁擠的地方要提防扒手。

揚[扬]　揚揚揚揚揚揚 揚

⑲yáng ⑳joeng⁴ 羊

① 舉起；升起：揚起鞭子／揚帆遠航。② 飄飛、飄舞：飛揚／飄揚。③ 宣傳、傳播：揚言／四處傳揚。④ 發揮：揚長避短（發揮長處，避開短處）。⑤ 指揚州：淮揚菜。

【揚長而去】yáng cháng ér qù 不管不顧，大模大樣地轉身走了。㊣落荒而逃

【揚揚得意】yáng yáng dé yì 神采飛揚，自鳴得意。⑩洋洋得意＊得意揚揚。㊣垂頭喪氣

揖

揖 揖 揖 揖 揖 揖 揖

（普）yī （粵）jap¹ 泣

中國一種行恭敬禮的方式：雙手抱拳，舉至胸前：打躬作揖。

揭

揭 揭 揭 揭 揭 揭 揭

（普）jiē （粵）kit³ 竭

① 拉開；掀起：揭幕 / 揭發（揭露；檢舉）/ 揭穿（拆穿）。② 取下粘貼着的東西：揭下信封上的郵票。③ 舉起：揭竿起義。

【揭幕】jiē mù ① 在典禮上，把蒙在標誌物上面的幕布揭開：博物館落成揭幕。② 演出、比賽開幕；重大事件開始：歌詠比賽今晚揭幕。⑤ 閉幕

〔簡明詞〕揭示：指出、表明、展示。揭曉：正式公佈。

【揭露】jiē lù 把隱蔽的事情暴露出來：揭露事實真相 / 揭露他貪贓枉法的醜行。

揣 （一）

揣 揣 揣 揣 揣 揣 揣

（普）chuǎi （粵）ceoi² 取

推測：揣摩（琢磨）/ 揣測 / 揣度（猜想、推測）。

揣 （二）

（普）chuāi （粵）ceoi² 取

懷着；藏着：懷裏揣着密信。

捶

捶 捶 捶 捶 捶 捶 捶

（普）chuí （粵）ceoi⁴ 除

敲打：捶背 / 捶衣 / 捶胸頓足（形容極其悲傷或悔恨的樣子）。

插

插 插 插 插 插 插 插

（普）chā （粵）caap³

① 刺入；穿進去：高峯直插雲霄。② 栽植：插秧（栽種水稻秧苗）。③ 中途或中間加入：插班 / 插手 / 插話。

【插曲】chā qǔ ① 在電影電視劇內穿插的歌曲、樂曲。② 在事情的進程中另外發生的小事情、小波折：一段小插曲，已經過去了，沒甚麼。

〔簡明詞〕插手、插足：參與進去。插圖：印在書刊行文中的圖畫。

【插話】chā huà ① 在別人談話中間加進去説：大人談事情，小孩子別亂插話。② 穿插在大事件中的小故事：説書人講到要緊關頭常常加進一段精彩的插話。

揪

揪 揪 揪 揪 揪 揪 揪

（普）jiū （粵）zau¹ 周

抓住用力拉：揪耳朵 / 繩子揪斷了。

搜

搜 搜 搜 搜 搜 搜 搜

（普）sōu （粵）sau² 手

① 搜尋：搜集 / 搜索。② 仔細檢查：搜身 / 搜查（搜索檢查）。

【搜索】sōu suǒ 仔細尋找：搜索殘敵。

【搜集】sōu jí 搜尋並匯集到一起：搜集舊版教科書。

【搜救】sōu jiù 搜索尋找，給以援救：在山中搜救遇險的旅行者。

援

援 援 援 援 援 援 援

（普）yuán （粵）wun⁴ 緩

① 牽拉、牽引：援手 / 攀援。② 引用：援引。

③ 幫助、救助：援助（支援幫助）/ 援救（出手幫助解救）/ 孤立無援。

⁹ 換[换] 換換換換換換 換
㊀huàn ㊁wun⁶ 喚

① 對調；互換：交換 / 換座位。② 變更；更替：換牙 / 換季 / 換屆（任期已滿，換上新人）。㊃換湯不換藥

⁹ 揮[挥] 揮揮揮揮揮揮 揮
㊀huī ㊁fai¹ 輝

① 舉起手臂晃動：揮手 / 揮動（舉起手來回搖動）/ 大筆一揮。② 用手抹去：揮淚而去。③ 指揮：揮師南下。④ 散開來；散出去：揮霍（無節制地亂花錢）/ 揮金如土。
【揮舞】huī wǔ 揮動；舉起手舞動：揮舞棍棒 / 揮舞彩旗。

⁹ 握 握握握握握握 握
㊀wò ㊁ak¹

① 手變成拳頭；屈起手指拿住：握拳 / 握住對方的手。② 掌管；控制：掌握 / 大權在握。
【握手】wò shǒu 彼此伸手相握，是常用的禮節：握手告辭。
【握手言歡】wò shǒu yán huān 消除不和，言歸於好。

⁹ 揉 揉揉揉揉揉揉 揉
㊀róu ㊁jau⁴ 由

用手反覆搓：揉腿 / 揉眼睛。

¹⁰ 搽 搽搽搽搽搽搽 搽
㊀chá ㊁caa⁴ 茶

塗抹：搽粉 / 搽臉油。

¹⁰ 搭 搭搭搭搭搭搭 搭
㊀dā ㊁daap³ 答

① 輕放在他物之上：把上衣搭在沙發靠背上。② 架設；支起：搭橋 / 搭帳篷。③ 共同抬：把箱子搭上去。④ 扶；按：右手搭在她肩上。⑤ 乘；坐：搭乘（乘坐）/ 搭飛機。⑥ 配；連接；賠進去：搭配（按適當比例或標準調配）/ 前言不搭後語 / 搭上命不合算。
【搭救】dā jiù 援救；幫助人脫離困境、危險或災難。
【搭檔】dā dàng ① 協作；合夥：兩人搭檔開餐館。② 夥伴；協作的人：老搭檔 / 好搭檔。

¹⁰ 搏 搏搏搏搏搏搏 搏
㊀bó ㊁bok³ 博

① 格鬥；對打：肉搏戰。② 跳動：心臟搏動過快。
【搏鬥】bó dòu ① 激烈對打。② 激烈鬥爭：與山火搏鬥。

¹⁰ 損[损] 損損損損損損 損
㊀sǔn ㊁syun² 選

① 減少；喪失：損失 / 損兵折將。② 損害；傷害；破壞：損人利己 / 完好無損。③ 諷刺挖苦：說風涼話損人。
【損失】sǔn shī ① 消耗；丟失：大火中損失了不少東西。② 消耗或失去的東西：賠償損失。㊉增加 * 收穫
【損害】sǔn hài 損傷；傷害：絕不做損害別人

的事。

【損傷】sǔn shāng ① 損害；挫傷：熬夜損傷身體 / 銳氣大受損傷。② 損失：地震造成嚴重損傷。③ 被損壞的地方：表面有一點點損傷。

【損壞】sǔn shài 使遭受破壞，失去原貌或原有功能；使受損傷而變壞：小心，別損壞枱面的玻璃 / 糖尿病會損壞腎臟器官。

10 携　　携 携 携 携 携 携 携

（普）xié （粵）kwai⁴ 葵

同 "攜"。詳見 "攜"。

10 搗[捣]　　搗 搗 搗 搗 搗 搗 搗

（普）dǎo （粵）dou² 倒

① 用棒形工具的一頭捶打：搗藥 / 搗米。② 擊打：搗毀（打碎打爛打壞）/ 搗他一拳。③ 攪擾；擾亂：搗亂 / 調皮搗蛋。

【搗蛋】dǎo dàn 借故鬧事；無理取鬧：故意和我搗蛋。

【搗亂】dǎo luàn ① 騷擾，攪擾鬧事：天天來搗亂。② 添亂；找麻煩：別在一邊搗亂 / 他是存心和我搗亂。

10 搬　　搬 搬 搬 搬 搬 搬 搬

（普）bān （粵）bun¹ 般

① 移動；遷移：搬運（從一處運到另一處）/ 搬進新居。② 套用；移植：生搬硬套 / 把她的感人故事搬上銀幕。③ 擺弄；挑撥：搬弄（搬弄）/ 搬弄是非。（俗）搬起石頭砸自己的腳

10 搶[抢]（一）　　搶 搶 搶 搶 搶 搶 搶

（普）qiǎng （粵）coeng² 昌²

① 用暴力奪取：搶劫（劫奪）/ 搶掠（用暴力搶奪）。② 爭先：搶先（趕在前頭）/ 搶着回答問題。

【搶救】qiǎng jiù 在危急情況下迅速救護：搶救病人。

【搶奪】qiǎng duó ① 用強力奪取：一把就搶奪過來。② 互相爭奪：搶奪遺產。（同）爭奪（反）歸還

10 搶（二）

（普）qiāng （粵）coeng¹ 昌

碰撞：呼天搶地。

10 搖[摇]　　搖 搖 搖 搖 搖 搖 搖

（普）yáo （粵）jiu⁴ 姚

① 擺動；晃動：搖晃（搖擺晃動）/ 風不動，草不搖。② 使擺動；使晃動：搖頭 / 搖來搖去。

【搖動】yáo dòng ① 晃動：搖動着身子邊走邊唱。② 用力搖得晃動：死命搖動木樁。（同）搖晃

【搖擺】yáo bǎi ① 來回擺動：岸邊的垂柳迎風搖擺。（反）靜止 ② 比喻動搖不堅定：態度搖擺 / 搖擺州。（反）堅定

【搖籃】yáo lán ① 一種長籃形可以搖動的小兒臥具。② 比喻發祥地：黃河是中華民族的搖籃。

【搖頭晃腦】yáo tóu huàng nǎo 頭左右搖動，形容自鳴得意或自得其樂的樣子。

10 搞　　搞 搞 搞 搞 搞 搞 搞

（普）gǎo （粵）gaau² 狡

① 做；幹；辦：搞鬼（搗鬼）/ 搞法（做法、辦法）/ 搞一次知識競賽。② 弄：電腦搞壞了 / 搞一點吃的來。③ 處理：兩人的關係一直搞不好。

搪

搪 搪 搪 搪 搪 搪 | 搪

㊀tāng ㊁tong⁴ 堂

① 擋；抵擋：搪飢 / 風衣可以搪風。② 推脫；敷衍：搪塞（敷衍應付）。③ 塗抹：搪瓷浴盆。

搓

搓 搓 搓 搓 搓 搓 | 搓

㊀cuō ㊁co¹ 初

兩個手掌來回摩擦；來回摩擦手掌中的東西：搓手 / 搓麻繩。

搧

搧 搧 搧 搧 搧 搧 | 搧

㊀shān ㊁sin³ 扇

用手掌或手背抽打：使勁搧了他一個耳光。

搔

搔 搔 搔 搔 搔 搔 | 搔

㊀sāo ㊁sou¹ 蘇

抓撓：搔頭皮 / 搔癢。

摸

摸 摸 摸 摸 摸 摸 | 摸

㊀mō ㊁mo² 麼²

① 用手接觸或撫摩：摸了摸孩子的臉蛋兒。② 伸出手去拿：渾水摸魚 / 從口袋裏摸出十元錢。③ 偷：偷雞摸狗 / 小偷小摸。④ 了解；試着做：摸索（試探着做）/ 摸出了一些竅門。㊉老虎屁股摸不得

摳 [抠]

摳 摳 摳 摳 摳 摳 | 摳

㊀kōu ㊁kau¹ 溝

① 用手指或細小的東西掏挖：摳耳朵 / 摳縫裏的針。② 死板地深究：摳書本 / 摳字眼。③ 吝嗇、

小氣：摳得要命。

摹

摹 摹 摹 摹 摹 摹 | 摹

㊀mó ㊁mou⁴ 毛

① 臨摹，照着樣子寫、描或繪製：把壁畫摹下來。【摹仿】mó fǎng 仿照，照着樣子做：摹仿別人的滑稽動作。㊂ 模仿

摟 [搂] ⁽⁻⁾

摟 摟 摟 摟 摟 摟 | 摟

㊀lǒu ㊁lau⁵ 柳

雙臂合抱：摟抱（雙臂抱住）。

摟 [搂] ⁽⁻⁾

摟 [搂]

㊀lōu ㊁lau⁴ 流

① 聚攏到一塊兒：把菜都摟到布袋裏。② 勾；扳：摟動扳機。

摧

摧 摧 摧 摧 摧 摧 | 摧

㊀cuī ㊁ceoi¹ 吹

破壞、毀壞：堅不可摧。【摧殘】cuī cán 傷害；損害：摧殘身體 / 摧殘文化。㊃ 培養＊培育【摧毀】cuī huǐ 用強力破壞；毀壞：摧毀敵人的堡壘 / 摧毀了他的意志。㊃ 建設＊建造

摘

摘 摘 摘 摘 摘 摘 | 摘

㊀zhāi ㊁zaak⁶ 宅

① 採；用手取下來：採摘 / 摘除（去掉、除掉）/ 摘下帽子。② 選取；抽取：摘錄 / 摘引（選取並予引用）。③ 責備：指摘。④ 摘要：文摘。【摘抄】zhāi chào ① 把選中的抄錄下來：這是

我摘抄的名人名言。② 摘抄下來的文字：論文摘抄。🔄 摘錄

【摘要】zhāi yào ① 從全文中摘錄其中要點：摘要發表。② 摘錄下來的要點：刊登了講話的摘要。🔄 提要

【摘錄】zhāi lù ① 有選擇地記錄或抄錄：摘錄報告的要點。② 摘錄下來的文字：《論語》名言摘錄。

---

11 摔　　摔 摔 摔 摔 摔 摔　摔

🔵 shuāi 🔴 seot¹ 恤

① 用力往下扔；砸：發脾氣摔東西 / 氣得把書摔到他頭上。② 從高處掉下；跌下來：從樹上摔下來 / 小心別摔着。

【摔跤】shuāi jiāo ① 跌倒在地上：一不小心摔跤了。② 一種體育運動。兩人按規則扭打較量，摔倒對手為贏家。

---

11 摯[挚]　　摯 摯 摯 摯 摯 摯　摯

🔵 zhì 🔴 zi³ 至

真誠；誠懇：真摯 / 誠摯 / 摯友（交情深厚的朋友）/ 摯愛（深愛）。

---

11 撇（一）　　撇 撇 撇 撇 撇 撇　撇

🔵 piě 🔴 pit³ 瞥

① 平着扔出去：向河裏撇小石子兒。② （嘴角）向下拉，表示輕蔑、不以為然或不高興：撇嘴 / 孩子嘴一撇哭了起來。③ 向外斜：撇着八字腳。④ 漢字向左下斜掠的筆劃，如"須"字左邊的三筆都是"撇"。⑤ 與數目字連用，表示鬍鬚、眉毛的數量：兩撇八字鬍。

---

11 撇（二）

🔵 piē 🔴 pit³ 瞥

① 丟下；捨棄：撇下不管。② 在液體面上平着舀：把肉湯上的浮沫撇出來。

---

11 摺[折]　　摺 摺 摺 摺 摺 摺　摺

🔵 zhé 🔴 zip³ 接

① 疊：玩紙摺的飛機。② 可以翻看的寫字或做記錄的摺子：銀行存摺。

---

11 摻[掺]　　摻 摻 摻 摻 摻 摻　摻

🔵 chān 🔴 caam¹ 參

混合；雜入：摻水 / 摻雜（夾雜；混雜）/ 往水泥漿裏摻黃沙。

---

11 摩　　摩 摩 摩 摩 摩 摩　摩

🔵 mó 🔴 mo¹ 麼

① 撫摸；摩擦：撫摩 / 摩拳擦掌。② 迫近；接近：摩天大樓。③ 切磋；推測：觀摩 / 揣摩。

【摩托】mó tuō ① 內燃發動機。② 摩托車，由內燃發動機驅動的兩輪或三輪輕便車。

〔附加詞〕摩托艇：靠內燃發動機快速航行的小艇，又叫汽艇。

【摩登】mó dēng 流行的，時髦的。🔄 時尚

【摩擦】mó cā ① 物體間緊密接觸並移動：天天跑步，鞋底摩擦掉一半。② 比喻矛盾衝突：兩人經常鬧摩擦。🔄 融洽

---

12 撓[挠]　　撓 撓 撓 撓 撓 撓　撓

🔵 náo 🔴 naau⁴ 鐃

① 阻止：阻撓。② 彎曲；屈服：百折不撓 / 不

屈不撓。③ 抓；搔：撓頭 / 抓耳撓腮。

【撓頭】náo tóu 形容事情難辦，覺得非常麻煩。

¹²撕　　撕撕撕撕撕撕　撕

(普) sī (粵) si¹ 思

用手扯開、撕裂或扯下來：撕碎 / 撕開信封 / 撕下假面具。

¹²撒 (一)　　撒撒撒撒撒撒　撒

(普) sā (粵) saat³ 殺

① 張開；放開：撒網 / 撒腿就跑。② 排出；發泄：撒尿 / 撒氣（發泄怒氣）。③ 故意表現、故意做：撒潑 / 撒嬌 / 撒謊。

¹²撒 (二)

(普) sǎ (粵) saat³ 殺

① 灑下去；散落下來：撒了一地水 / 花生撒得滿地都是。② 散播出去：撒種子 / 往湯裏撒胡椒粉。

¹²撲 [扑]　　撲撲撲撲撲撲　撲

(普) pū (粵) pok³ 樸

① 拍：撲打（拍打）/ 往臉上撲粉 / 蝴蝶撲着翅膀飛了。② 向目標衝過去：餓虎撲食。③ 逼過來、迎面而來：撲面（迎面）/ 香氣撲鼻。④ 投入：一心撲在工作上。

【撲救】pū jiù ① 滅火並搶救人和財物：撲救大火。② 撲過去搶救：撲救不及，球飛進了門。

¹²撐　　撐撐撐撐撐撐　撐

(普) chēng (粵) caang¹

同 "撐"

① 用東西支着、頂住：支撐 / 用木棍撐住門。② 支持；維持：餓得撐不住了。③ 張開：撐傘。④ 吃得過飽；裝得過滿：吃多了，撐得慌 / 袋子快撐不下了。

¹²撮 (一)　　撮撮撮撮撮撮　撮

(普) cuō (粵) cyut³ 猝

① 聚攏到一塊兒：撮合（從中說合）。② 用手指頭捏取；摘取、選取：撮一點鹽 / 內容撮要。③ 從底下剷走：撮土 / 撮垃圾。④ 少量；少數：一撮茶葉 / 一小撮人。

¹²撮 (二)

(普) zuǒ (粵) cyut³ 猝

與數目字連用，表示成叢的毛髮的數量：兩撮頭髮 / 一撮小鬍子。

¹²撫 [抚]　　撫撫撫撫撫撫　撫

(普) fǔ (粵) fu² 苦

① 輕柔地摸：撫摸。② 安慰、慰問：安撫 / 撫恤。③ 關懷愛護：撫養。④ 拍：撫掌（拍手）。

〔簡明詞〕撫恤：安撫慰問並給予幫助。撫摸：用手輕輕摸。撫慰：安撫慰問。撫養：盡心愛護教養。

¹²播　　播播播播播播　播

(普) bō (粵) bo³ 波³

① 把種子種下去：春播 / 點播。② 傳播；播出：廣播 / 播映 / 直播大會實況。

【播弄】bō nòng ① 操縱；擺佈：我絕不會任人播弄。② 挑撥；搬弄：播弄是非。

(一)【播種】bō zhǒng 撒播種子：春耕播種。

（二）【播種】bō zhòng 把種子埋到土裏去：播種玉米。 反 收穫

撞

撞撞撞撞撞撞 撞

普 zhuàng 粵 zong⁶ 狀

① 敲擊；碰撞：撞擊（猛力碰撞）／兩人撞了個滿懷。② 衝：橫衝直撞。③ 不期而遇：在街上撞見同學。④ 試探着做：撞大運。俗 做一天和尚撞一天鐘

撤

撤撤撤撤撤撤 撤

普 chè 粵 cit³ 設

① 取消；拿走；免除：撤銷／撤下酒席／撤了他的職。② 收回；後退：撤回（收回）／撤退。

【撤銷】chè xiāo 取消；免除：撤銷過時的規定／撤銷職務。

撈[捞]

撈撈撈撈撈撈 撈

普 lāo 粵 lou⁴ 勞

① 從水或其他液體中取出來：打撈／大海撈針。② 用不正當手段獲得：撈一筆錢／撈個一官半職。

撰

撰撰撰撰撰撰 撰

普 zhuàn 粵 zaan⁶ 賺

寫作、編寫：撰文（寫文章）／撰寫（執筆寫）／撰稿（寫稿、寫文章）。

撥[拨]

撥撥撥撥撥撥 撥

普 bō 粵 but⁶ 勃

① 讓物體移動；把物體分開：撥鐘／撥開額上的瀏海。② 分給；調配：撥款／調撥。③ 掉轉：撥轉船頭。④ 相當於"組"、"批"：分成兩撥人／傢俬分三撥運走。

【撥弄】bō nòng ① 撥動；擺弄：撥弄六弦琴／撥弄算盤珠。② 挑撥、搬弄：撥弄是非。③ 擺佈；擺弄：任人撥弄。

【撥動】bō dòng ① 彈撥：撥動琴弦。② 讓東西沿着平面移動：撥動玩具車朝前走。

撻[挞]

撻撻撻撻撻撻 撻

普 tà 粵 taat³ 躂

抽打：鞭撻／撻伐（征討；抨擊）。

撼

撼撼撼撼撼撼 撼

普 hàn 粵 ham⁶ 陷

搖動：震撼／撼天動地。

擂（一）

擂擂擂擂擂擂 擂

普 léi 粵 leoi⁴ 雷

敲打：擂鼓。

擂（二）

普 lèi 粵 leoi⁴ 雷

擂台。為比武而搭的台子。

據[据]

據據據據據據 據

普 jù 粵 geoi³ 句

① 根據；依照：據理力爭／據實報告。② 憑證：證據／憑據。③ 依靠、憑藉：據險固守。④ 佔有；佔領：盤據／據為己有（佔有不是自己的東西）。

【據悉】jù xī 從了解到的情況知道：據悉有六名

同學考進中文大學。同獲悉

【據説】jù shuō 聽別人説：據説他要出國深造了。同聽説

---

¹³ **擄**[掳] 　擄擄擄擄擄擄 擄

普 lǔ 粵 lou⁵ 老

① 俘虜：擄獲。② 搶掠：擄掠。

---

¹³ **擎** 　擎擎擎擎擎擎 擎

普 qíng 粵 king⁴ 鯨

舉起來；托起來：擎起大旗 / 安徽的 "天柱山" 就是 "一柱擎天" 的意思。

---

¹³ **擋**[挡] 　擋擋擋擋擋擋 擋

普 dǎng 粵 dong² 黨 / dong³ 檔

① 攔住；抵擋：阻擋。② 遮蔽；隔開：擋雨 / 擋風玻璃。③ 空閒時間：找個空檔去見他。④ 控制動力、改變速度或倒車的裝置：換擋 / 掛擋。

---

¹³ **操** 　操操操操操操 操

普 cāo 粵 cou¹ 粗 / cou³ 操

① 拿着、握着：操刀殺豬。② 掌握；駕馭：穩操勝算 / 操舟前往。③ 做、從事：操辦（主持辦事情）/ 重操舊業。④ 訓練；演習：操練（訓練）/ 操演（演練）。⑤ 使用某種語言：説話操北方口音 / 操一口流利英語。⑥ 品德；氣節：情操 / 節操 / 操守（節操和品德）。⑦ 編排成整套動作的健美或體育活動項目：體操 / 健美操。

【操行】cāo xíng 品德，品行：為學生評定操行等級。

【操作】cāo zuò ① 按照程序和技術要求做事情：

學會操作新式洗衣機。② 勞動、做事情：不明白這件事該怎麼操作。

【操持】cāo chí 料理；主持：操持家務 / 操持搬遷事宜。

【操縱】cāo zòng ① 駕馭、控制：操縱方向盤。② 支配、掌控：幕後操縱選舉。同掌控 * 操控

【操之過急】cāo zhī guò jí 急於求成，做事情過於急躁。反一拖再拖

---

¹³ **擇**[择]^(一) 　擇擇擇擇擇擇 擇

普 zé 粵 zaak⁶ 宅

挑選：飢不擇食 / 擇善而從（選擇好的，照着做）。

　💡 在個別口語詞中 "擇（挑選）" 不讀 "擇 zé"，習慣上讀作 "zhái"，如 "擇菜"（挑出不好的菜）、"擇席"（選擇座位）。

〔文言選錄〕三人行，必有我師焉。擇其善者而從之，其不善者而改之。（《論語·述而》）

---

¹³ **擇**[择]^(二)

普 zhái 粵 zaak⁶ 宅

分開：線揉成一團，擇不開了。

---

¹³ **撿**[捡] 　撿撿撿撿撿撿 撿

普 jiǎn 粵 gim² 檢

① 拾：撿拾 / 撿了個錢包。② 僥倖獲得：撿了個便宜。

---

¹³ **擒** 　擒擒擒擒擒擒 擒

普 qín 粵 kam⁴ 琴

捕捉；捉拿：擒獲（捉住）。俗擒賊先擒王

擔 [担] (一)

13

擔 擔 擔 擔 擔 擔　擔

（普）dān （粵）daam¹ 耽

① 用肩挑：擔水／擔柴。② 承當；承受：分擔／擔憂／擔心（放心不下）。

【擔負】dān fù 擔當；承受：擔負重任／我擔負弟弟的學費。（同）承擔＊擔當（反）推卸

【擔當】dān dāng 承擔並負起責任來。

【擔憂】dān yōu 發愁、憂慮：擔憂孩子的前途。（同）擔心（俗）兒行千里母擔憂

擔 [担] (二)

13

（普）dàn （粵）daam³ 耽³

① 擔子，挑在肩上的東西：挑擔／勇挑重擔。② 市制重量單位；1擔50公斤。

【擔子】dàn zi ① 扁擔和扁擔兩端挑的東西：旁邊放着一副裝滿稻谷的擔子。② 比喻責任：身上的擔子很重。

擅

13

擅 擅 擅 擅 擅 擅　擅

（普）shàn （粵）sin⁶ 善

① 獨攬；獨裁：擅權（獨攬權力）／專擅。② 善於、擅長：擅於書畫／不擅交際。③ 越權自作主張：擅自（超越職權自作主張）。

【擅長】shàn cháng 在某方面有特長：擅長中國畫／擅長講故事。（同）善於

擁 [拥]

13

擁 擁 擁 擁 擁 擁　擁

（普）yōng （粵）jung² 湧

① 抱；圍着；追隨：擁抱／簇擁／前呼後擁。② 聚集起來：擁擠（密集地擠在一起）／一擁而入。③ 據有、佔有：擁有。④ 支持、贊成：擁護。

【擁有】yōng yǒu ① 領有，佔有：擁有兩棟別

墅。② 具有：擁有足夠的信心。（反）缺少＊喪失

【擁抱】yōng bào ① 互相抱住，表示親密、親愛。② 抱進懷裏：真想去擁抱她。

【擁護】yōng hù 贊成並支持：他勤政愛民收到了老百姓到擁護。（反）反對

擊 [击]

13

擊 擊 擊 擊 擊 擊　擊

（普）jī （粵）gik¹ 激

① 敲打；碰撞：擊鼓／撞擊／旁敲側擊。② 攻打、進攻：擊敗／襲擊。③ 刺；射：擊劍／射擊。④ 接觸：目擊事故發生的全過程。

擡

14

擡 擡 擡 擡 擡 擡　擡

（普）tái （粵）toi⁴ 抬

同“抬”。詳見“抬”。

擱 [搁] (一)

14

擱 擱 擱 擱 擱 擱　擱

（普）gē （粵）gok³ 各

① 放；放置：心裏擱不住事／錢都擱在銀行裏。② 放進去、加進去：湯裏再擱點鹽。③ 放下來：擱筆（停止寫作或繪畫）／這事擱一擱再說。

【擱淺】gē qiǎn ① 船隻陷進淺灘，不能航行。② 比喻做事受阻而停頓下來：公司擴建的事已經擱淺。

【擱置】gē zhì ① 事情停下不辦：擴大招生的事被擱置了。② 放着不用：買來的器材已經擱置很久了。（同）閒置

擱 [搁] (二)

14

（普）gé （粵）gok³ 各

禁受、承受：擱不住（禁不住）／擱得住（承受得住）。

擬 [拟]　擬擬擬擬擬擬 擬

⑱ nǐ ⑳ ji⁵ 耳

① 模仿、仿照：模擬。② 相比、類似：比擬。
③ 打算：不擬採納／擬於明天啟程。④ 起草：
擬訂（草擬）。

擠 [挤]　擠擠擠擠擠擠 擠

⑱ jǐ ⑳ zai¹ 劑

① 緊挨在一起；集中：擁擠／事情都擠在同一天
辦。② 用力向裏面挪動：用力擠了進去。③ 加
壓力排出來；排斥出去：擠奶／擠牙膏／職位叫
人擠掉了。④ 抽出來：擠時間看書。
【擠迫】jǐ pò 擁擠：改善地鐵擠迫的情況。
⑲ 寬鬆
【擠壓】jǐ yā 加壓力向一處擠：內裝易碎物品，
請勿擠壓。

擦　擦擦擦擦擦擦 擦

⑱ cā ⑳ caat³ 刷

① 兩個物體緊貼着移動：摩擦／手上擦了塊皮。
② 挨近、貼近：擦肩而過／蜻蜓擦着水面飛。
③ 擦拭：擦洗（擦拭清洗）。④ 搽、抹：擦粉／
擦鞋油。
【擦拭】cā shì 揩、抹，用手、紙、布巾等抹乾淨：
擦拭書桌／擦拭玻璃窗。

擰 [拧]（一）　擰擰擰擰擰擰 擰

⑱ níng ⑳ ning⁴ 檸

用力向相反方向旋轉；用手指捏緊皮肉轉動：擰
毛巾／擰耳朵。

擰 [拧]（二）

⑱ nǐng ⑳ ning⁶ 寧⁶

① 扭轉；轉過去：擰瓶蓋／一擰身走了。② 顛
倒：方向弄擰了／把我的話聽擰了。③ 彆扭；對
立：兩人越說越擰／把關係弄擰了。

擰 [拧]（三）

⑱ nìng ⑳ ning⁶ 寧⁶

倔強；任性：擰脾氣／性格很擰。

擾 [扰]　擾擾擾擾擾擾 擾

⑱ rǎo ⑳ jiu⁵ 繞

① 攪亂；攪擾：擾亂／騷擾／打擾。② 混亂無
序：紛紛擾擾。⑯ 天下本無事，庸人自擾之

擺 [摆]　擺擺擺擺擺擺 擺

⑱ bǎi ⑳ baai² 拜²

① 安放、放置：擺放（放着；陳列）／架上的書擺
整齊。② 列舉；說出：擺事實，講道理。③ 顯
示；炫耀：擺架子／擺威風。④ 搖動：搖頭擺尾。
【擺弄】bǎi nòng ① 撥弄；把玩：整天擺弄電
腦！② 支配；捉弄：任人擺弄。
【擺佈】bǎi bù 支配：我不是木偶，豈能任人擺佈。
【擺動】bǎi dòng 搖擺；搖動：盯着左右擺動的
鐘擺看。⑲ 飛動＊飄動
【擺脫】bǎi tuō 掙脫；甩掉：糾纏得很緊，擺脫
不掉／設法擺脫了跟蹤的人。⑲ 陷入
（一）【擺設】bǎi shè 佈置、陳設：客廳擺設得美
觀大方。
（二）【擺設】bǎi she ① 放置的東西；陳設品：
廳裏的擺設古色古香。② 徒有其表而無用處的
東西：買台三角鋼琴回來當擺設。

💡 擺設有兩個讀音，後者是輕讀，讀音不同意思不同，不要弄錯。

【擺開】bǎi kāi ① 展開：擺開要打人的架勢。② 攤開，敞開：把這事擺開來，讓大家評評理。反 收起＊隱藏

15 擴 [扩]　擴擴擴擴擴　擴

普 kuò 粵 kwok³ 廓

把原有的變大、變多：擴張（擴大）／擴建（擴大建築物的面積或規模）。

【擴大】kuò dà 增大範圍、規模、數量：擴大招生名額／擴大學生的視野。同 擴展 反 縮小

【擴充】kuò chōng 擴大充實：擴充軍備／擴充政府公務員的編制。反 收縮

【擴展】kuò zhǎn 擴大，向外展開：擴展學生的視野／擴展學校操場的面積。反 縮小

【擴散】kuò sàn 向外擴展開去：癌細胞擴散／傳言擴散得很快。反 收縮

15 擲 [掷]　擲擲擲擲擲　擲

普 zhì 粵 zaak⁶ 宅

投出去、扔出去：擲鉛球／一擲千金。

15 攀　攀攀攀攀攀　攀

普 pān 粵 paan¹ 扳

① 抓住東西向上爬：攀登／徒手攀石崖。② 依附；拉關係：攀附／高攀不起。③ 接近；牽扯：攀談（親切交談或閒談）／攀親戚。

【攀登】pān dēng ① 抓住東西往上爬：攀登山峯／攀登高樓。② 不畏艱險，積極進取：攀登技術高峯。

16 攏 [拢]　攏攏攏攏攏攏　攏

普 lǒng 粵 lung⁵ 隴

① 合到一起：聚攏／歸攏／合不攏。② 靠、靠近：靠攏。③ 梳理：攏一攏頭髮。

17 攔 [拦]　攔攔攔攔攔攔　攔

普 lán 粵 laan⁴ 蘭

① 阻擋：攔擋／攔劫／攔截。② 正對着：攔腰。

【攔腰】lán yāo ① 正對着腰部：攔腰抱住。② 從中間：攔腰截斷／攔腰打斷了他的話。

【攔截】lán jié 在中途阻攔；從側方出來阻擋住：攔截逃跑的匪徒／攔截退卻中的敵軍殘部。

17 攙 [搀]　攙攙攙攙攙攙　攙

普 chān 粵 caam¹ 參

① 混和；混雜：攙雜（混雜；夾雜）／往咖啡裏攙奶。② 挽；扶：攙扶（挽着；扶着）／手攙手／攙着爺爺上樓。

18 攝 [摄]　攝攝攝攝攝攝　攝

普 shè 粵 sip³ 涉

① 吸取：攝取／攝食。② 拍照：攝影／拍攝／攝像／攝製（拍攝並製作）。③ 代理；代管：攝政／攝理。

【攝氏】shè shì 攝氏溫度，瑞典天文學家攝爾修斯制定的溫度計量單位，故稱攝氏，用°C表示；攝氏規定：在標準大氣壓下，冰點為 0 度，沸點為 100 度，冰點到沸點分成 100 等份，每一份為 1 度，稱攝氏 1 度。

【攝像】shè xiàng 錄像，用攝像機把人物景物拍攝下來。

【攝影】shè yǐng ① 拍攝影像：學習攝影技術。

② 拍攝出來的影像：找出一張藝術攝影。

18 **攜**[携] 攜攜攜攜攜攜

⑲ xié ⑲kwai⁴ 葵

① 帶着、領着：攜帶（隨身帶着）/ 扶老攜幼。
② 拉着：攜手。
【攜手】xié shǒu ① 手拉着手：兩人攜手散步。
② 齊心合力：攜手共進。 反 分手

19 **攤**[摊] 攤攤攤攤攤攤

⑲ tān ⑲taan¹ 灘

① 鋪開；展開；敞開：攤開枱布 / 兩手一攤 / 問題都攤出來了。 ② 分擔；分派：分攤 / 每人攤十塊錢。 ③ 簡易的售貨處：報攤 / 攤檔。
【攤牌】tān pái ① 牌玩到最後，把手中的牌都亮出來對決勝負。 ② 比喻到最後關頭，把意見、條件、實力等擺出來給對方看：先摸清對方底細再看，現在不能攤牌。
〔簡明詞〕攤位、攤檔：簡易的售貨攤。攤販：擺攤子售貨的小商販。

19 **攣**[挛] 攣攣攣攣攣攣

⑲luán ⑲lyun⁴ 聯

抽動蜷曲，不能伸直：痙攣。

20 **攪**[搅] 攪攪攪攪攪攪

⑲ jiǎo ⑲gaau² 狡

① 拌和；混雜：把水攪渾。 ② 打擾；擾亂：打攪 / 胡攪蠻纏。
【攪拌】jiǎo bàn 轉動混合物，讓它變得均勻：攪拌奶茶 / 攪拌水泥混凝土。
【攪動】jiǎo dòng ① 翻攪，翻來覆去推動轉動：

攪動盆子裏的水。 ② 攪得動蕩起來：把事情攪動得亂七八糟。

21 **攬**[揽] 攬攬攬攬攬攬

⑲lǎn ⑲laam⁵ 覽

① 拿住；握住：上天攬月 / 春光可攬。 ② 招惹：招災攬禍。 ③ 拉到自己這邊來：攬客 / 攬生意 / 把孩子攬到懷裏。 ④ 聚攏、集中：攬權 / 把行李攬到一起。

支部

0 **支** 支支支

⑲ zhī ⑲zi¹ 之

① 把物體撐起來、架起來：支起野營帳篷。 ② 支持；幫助：氣力不支 / 支援弱者。 ③ 調派；指使：支配 / 支使（指使；差遣）。 ④ 付出；領取：收支 / 支取。 ⑤ 分支：支流 / 支線。 ⑥ 與數目字連用，表示桿狀物、光度、歌曲、樂曲、隊伍的數量：一支鉛筆 / 燈泡六十支光 / 唱一支歌 / 一支先遣隊。
【支出】zhī chū ① 付出去：已支出五十萬元。 ② 付出的款項：增加社會保障支出。
【支持】zhī chí ① 支撐；維持：尚可支持生活。 ② 支援；贊同並鼓勵：誰公道我就支持誰。 同 支援 * 扶持
【支柱】zhī zhù 起支撐作用的柱子。比喻堅實的力量：精神支柱 / 張老師是學校的支柱。 同 頂樑柱
【支架】zhī jià ① 支撐物體的架子：把衣服晾到陽台的支架上。 ② 把物體撐起來：站在牀頭支架蚊帳。

〔簡明詞〕支取：領取、取出來。支付：付出去。支票：從銀行支取或劃撥現金的票據。

【支配】zhī pèi ① 安排：時間由自己支配。② 控制：握有支配權。

【支流】zhī liú ① 匯入幹流的河流：嘉陵江是長江的支流。② 比喻次要的：成績是主流，問題是支流。同 幹流 * 主流

【支援】zhī yuán 支持並給予援助：支援非洲貧困兒童。同 幫助 反 掠奪 * 劫掠

【支撐】zhī chēng ① 頂起來；架起來：把兩傘支撐開來。② 勉強維持：靠姨媽支撐生活。

攴 部

收

收 收 收 收 收 **收**

⑵ shōu ⑷ sau¹ 修

① 聚攏，集中到一起：收集 / 收拾。② 拿進來：收藏。③ 取回：收回。④ 接受；容納：收受 / 收容。⑤ 獲得、得到：收益（獲利，獲益）/ 收入（收入和支出）/ 收效（成效、效益）。⑥ 收穫、收割：秋收 / 收成（收穫農產品的情況）。⑦ 約束；控制：收不住的激情。⑧ 逮捕；拘押：收捕 / 收監。⑨ 結束；停止：收工 / 收手（罷手，停止）。

【收入】shōu rù ① 收進：每日收入數萬元。② 收進的錢物：靠教書的收入維持生活。反 支出

【收市】shōu shì ① 市場、商店、餐廳等中止交易或營業：商舖提前收市。② 金融、證券等行業結束當天的交易。反 開市

【收拾】shōu shi ① 整理；整頓：收拾屋子 / 收拾殘局。② 懲治；消滅：終於收拾了這幾個惡棍 / 很快就收拾了頑抗的殘敵。③ 修理：在家收拾窗子。

【收縮】shōu suō ① 物體由大變小、由長變短：遇冷收縮。反 膨脹 ② 緊縮；減少：收縮兵力 / 收縮人力。反 擴張

【收容】shōu róng 收留下來並給予生活、醫療照顧：收容流浪兒童。反 遣返 * 遣散

【收視】shōu shì 收看電視節目。

〔附加詞〕收視率：收看某家電視台或某個電視節目的觀眾與電視觀眾總量的比率。

【收買】shōu mǎi ① 收購：收買舊電器。② 用錢財、恩惠等手段籠絡人：收買人心。

【收集】shōu jí 把收來的東西聚集到一塊兒：收集資訊 / 收集壽山石的藏品。反 散失

　🖊 "收集" 還是 "搜集"？"收集" 和 "搜集" 都有使（物）聚集到一起的意思，但 "搜集" 還含有到處尋找的意思，"收集" 則沒有這一層含義。

【收穫】shōu huò ① 收割農作物：秋糧收穫超過往年。② 獲得的農產品：今年風調雨順，收穫頗豐。③ 收成取得的成果：參觀自然博物館大有收穫。

　🔍 收穫 "穫" 指的是收到的莊稼。"獲" 指的是打獵所得的東西。

攻

攻 攻 攻 攻 攻 **攻**

⑵ gōng ⑷ gung¹ 工

① 攻擊；進攻：圍攻 / 攻打 / 攻陷（攻佔、奪取）。② 指責：攻其一點，不及其餘。③ 專心做、專心研習：攻讀（竭盡全力讀書鑽研）。

【攻勢】gōng shì ① 進攻的態勢：改守勢為攻勢。② 攻擊行動、進攻的勁頭：攻勢凌厲。反 守勢

【攻擊】gōng jī ① 進攻打擊：先頭部隊發起攻擊。反 防禦 ② 惡意指責：處心積慮地攻擊對手。

改

改 改 改 改 改 改　改

⊜ gǎi ⊜ goi² 該²

① 變更、更改：改變／改換／改動（更改，變動）。② 改正；修改；修訂：改錯／改了壞習慣。㊝ 有則改之，無則加勉

【改正】gǎi zhèng 把錯誤的轉變為正確的：改正缺點。㊀ 糾正

【改革】gǎi gé 改變原來的，革除不合理的部分：大刀闊斧地進行改革。㊀ 革新 ㊁ 保守

【改造】gǎi zào 對原有的進行局部修理改變或全面更新：把舊教學樓改造成電腦教學樓。

〔簡明詞〕改良、改進、改善：向好的方面改變。

【改編】gǎi biān ① 改變編制。② 根據原著重新編寫：把小說改編成電視劇。

【改變】gǎi biàn 更改；變化：改變學習方法／她的性格改變了不少。㊀ 變更

【改觀】gǎi guān 改變了原來的樣子。多指變好：市容改觀很大。

【改過自新】gǎi guò zì xīn 改正過失，重新做人。

放

放 放 放 放 放 放　放

⊜ fàng ⊜ fong³ 況

① 流放，驅逐到邊遠荒涼地區。② 放牧：放牛／放羊。③ 解除約束，還其自由：釋放／放生。④ 放縱，行為過分：放任自流。⑤ 展開，放寬；發出，散發：放大（擴大；加強）／春花怒放。⑥ 點燃：放火。⑦ 借錢給人，收取利息：放款／放債。⑧ 放置；擱置：放在桌上／放下分歧。⑨ 加進、加入：少放點鹽。⑩ 控制、掌握：放輕腳步／別糊涂，放清醒些。㊝ 只許州官放火，不許百姓點燈

【放手】fàng shǒu ① 鬆手，放開手：一放手就掉了下去。② 不受束縛；解除束縛：放手大膽幹／放手去開拓。

【放任】fàng rèn 不加約束規管。㊀ 聽任 ㊁ 約束

【放映】fàng yìng 利用裝置把影像畫面投射到屏幕上。

【放射】fàng shè 射出；向四面射出：節日的煙花放射出奇花異彩。

【放假】fàng jià 規定不工作、不返校上課的日子：春節放假三天／校慶放假一天。

【放棄】fàng qì 拋棄，不要了：放棄高官厚祿／放棄不當的做法。㊁ 珍惜

【放肆】fàng sì 不受約束，不守規矩：因為他在農曆新年期間放肆地吃了很多美食，所以胖了不少。㊁ 拘謹 * 規矩

【放過】fàng guò 不計較；不追究：一件小事放過算了／看在我的面子上放過他吧！㊁ 計較 * 追究

〔簡明詞〕放心：沒有憂慮，沒有牽掛。放開：解除控制或限制。放置：安放。

【放寬】fàng kuān ① 展寬：放寬尺寸。② 放鬆：放寬防疫措施。㊁ 收窄 * 收緊

【放縱】fàng zòng ① 不守規矩，不受約束：生活放縱，不思進取。② 縱容：放縱孩子會自食苦果。㊀ 放任 ㊁ 自律

【放鬆】fàng sōng ① 鬆弛下來：繩子放鬆一點。② 鬆懈；放寬：精神別緊張，放鬆／放鬆新聞管制。㊁ 緊張

政

政 政 政 政 政 政　政

⊜ zhèng ⊜ zing³ 正

① 政治；政府：政局（政治局勢）／政令（政府頒佈的法令）。② 政府部門主管的事務：財政／郵政。

【政制】zhèng zhì ① 社會政治制度。② 政府內機構設置的制度。③ 政府內的各種政務行政制度。

【政府】zhèng fǔ 指國家各級行政機關,是國家權力的執行機構:政府首腦。

【政治】zhèng zhì 政黨、社會組織和個人圍繞權力和管治國家等方面所進行的各項活動的總和。

【政客】zhèng kè ① 在政界活動的人。② 在政界進行政治投機,謀求私利的人。

【政務】zhèng wù ① 政治方面的事務。② 政府負責的管治工作。

【政策】zhèng cè 政府或政黨制定的目標和行動準則及依據。

【政黨】zhèng dǎng 代表社會階層或集團,為實現其利益而奮爭的政治組織。

【政權】zhèng quán ① 管治國家或地區的權力。② 政權機構,即國家各級行政機關。

【政變】zhèng biàn 統治階層內部一部分人發動的奪取權力的行為。

5 故　　故 故 故 故 故 故　故

(普) gù (粵) gu³ 顧

① 過去的;舊的:故地 / 依然故我。② 舊交、老友:一見如故。③ 死亡;已經死亡的:病故 / 故友。④ 事故;意外:變故。⑤ 原因;緣故:不知何故。⑥ 刻意;有意:故意 / 故弄玄虛。⑦ 因此;所以:風雪交加,故未能赴約。

〔文言選錄〕溫故而知新,可以為師矣。《論語·為政》

【故事】gù shi 有連貫情節的生活中的事情:民間故事 / 古代的故事。

【故宮】gù gōng 故宮博物院,北京明清兩代的皇宮,建於明代永樂年間,是世界上現存規模最大的宮殿建築羣。

〔簡明詞〕故此:因此。故而:因而。故里:故鄉。故址:舊址。故居:從前居住的房子。

【故鄉】gù xiāng 家鄉:離開故鄉三十年了。同 故土 反 他鄉 * 異鄉

〔文言選錄〕少小離家老大回,鄉音無改鬢毛衰。(《回鄉偶書》賀知章)

【故意】gù yì 存心;有意識地:故意捉弄人 / 故意在人前賣弄。反 無意

【故障】gù zhàng 障礙;事故:機械故障 / 中途出了故障。

6 效　　效 效 效 效 效 效　效

(普) xiào (粵) haau⁶ 校

① 效果;成效:效用(效果和作用) / 效能(功用、功效) / 效益(效果和收益)。② 仿效:上行下效 / 效仿 / 效法(模仿、仿照)。③ 獻出:效力 / 效命。

【效率】xiào lǜ 功效、成效:工作效率 / 提升生產效率。

【效力】xiào lì ① 作用:你講話沒效力,人家不聽。② 效勞:願意為您效力。同 出力

【效果】xiào guǒ 好結果、好作用:同學們一起討論,效果非常好。

7 教　(一)　　教 教 教 教 教 教　教

(普) jiāo (粵) gaau³ 較

傳授知識技能:教鋼琴 / 教小學。

【教書】jiāo shū 在學校教學生:教書是一門藝術。

〔簡明詞〕教師、教員:老師,在學校教授學生的人。教材:學生上課用的教科書和其他學習資料。教廷:天主教的最高管理機構,在梵蒂岡。教皇:天主教會的最高領袖,由樞機主教選舉產生,終身任職,駐地在梵蒂岡。教士:基督教神職人員的統稱。

教 (二)

⑦

普 jiào　粵 gaau³ 較

① 教育；教導：管教／言傳身教。② 宗教：佛教／基督教。

【教育】jiào yù ① 教導、啟發、說服：教育民眾。② 教導培育：耐心教育頑皮的孩子。③ 培養公民成材的社會事業：教育是國家興旺的基礎。

【教訓】jiào xùn ① 教育訓導：教訓孩子要有耐心。② 從過失中獲得的啟示：吸取慘痛教訓。

(一)【教授】jiāo shòu 講解傳授：在中學教授地理多年。

(二)【教授】jiào shòu 大學的教職名稱，是職別最高的教師。

(一)【教會】jiào huì 天主教、基督教、東正教的宗教組織。

(二)【教會】jiāo huì 教授指導別人學到手：教會他寫字。

【教誨】jiào huì 教導勸諭：牢記老師的教誨。

🔍 教悔 "悔" 指的是為從前的發生的事情產生懊悔的心理。"誨" 的意思是教導、誘導。兩字音近易錯寫。

【教養】jiào yǎng ① 教育培養：在老師悉心教養下成長。② 文化、素質方面的修養：她是一位有教養的學生。

【教練】jiào liàn 培養訓練人專業技能的人員：足球教練／體操教練。

【教學】jiào xué ① "教" 和 "學" 兩個方面：教學相長 ("教" 與 "學" 互相促進)。② 教師向學生傳授知識技能：教學經驗很豐富。

【教導】jiào dǎo 教育指導：父母的教導我長記心間。

救

⑦

救救救救救救

普 jiù　粵 gau³ 究

幫助免除災禍、脫離危險、解決急難問題：救火／營救／救治 (救護治療)／救助 (救護和幫助)／救援 (拯救並給予幫助)。

【救災】jiù zāi ① 救助受災的人：市民捐款救災。② 消除災害：噴灑殺蟲藥滅蝗救災。反 受災

【救命】jiù mìng ① 幫助人脫離危及生命的險境：救命恩人。② 呼喚別人拯救自己的性命：大喊救命。

【救濟】jiù jì 用金錢物資幫助困難的人。反 救助

【救護】jiù hù 醫治護理傷病人員：運動會設有救護站。反 殘害

【救世主】jiù shì zhǔ 基督教尊稱耶穌。耶穌本是上帝之子，為拯救苦難的世人而降臨人間，所以稱救世主。

敗 [败]

⑦

敗敗敗敗敗敗

普 bài　粵 baai⁶ 拜⁶

① 失利；失敗：戰敗。② 打敗：中國女排大敗古巴隊。③ 損害；弄糟；搞壞：敗家／傷風敗俗。④ 殘破；腐爛；凋謝：枯枝敗葉／腐敗／殘花敗柳。⑤ 解除；消除：敗火 (清熱)／敗毒 (解毒)。俗 成敗在此一舉／成事不足，敗事有餘

【敗壞】bài huài ① 損害；破壞：敗壞社會風氣／敗壞他人聲譽。② 低劣、卑劣：品德敗壞。反 高尚

【敗興】bài xìng 興致低落下來。同 掃興 反 盡興 俗 乘興而來，敗興而返

敏

⑦

敏敏敏敏敏敏

普 mǐn　粵 man⁵ 吻

① 聰明靈敏：敏銳／敏感／敏而好學。② 靈巧快

捷：行動敏捷。

【敏捷】mǐn jié 反應快；靈活迅速：才思敏捷 /
身手敏捷。🔄 笨拙

【敏感】mǐn gǎn ① 反應迅速：他敏感地意識
到情況有變。② 有過敏反應：她對酒精敏感。
🔄 麻木

【敏銳】mǐn ruì 靈敏銳利：嗅覺敏銳 / 敏銳地預
感到危機來臨。🔄 遲鈍

敍 [敘]　敍 敍 敍 敍 敍 敍　**敍**

⑦

普 xù　粵 zeoi⁶ 序

同 "敘"。

① 說：敍說（講述）/ 敍舊（談論往事）。② 記述：
敍事（記述事情）。③ 評議等級次序：敍獎 / 敍功。

【敍述】xù shù 講述或記載事情的經過：敍述苦
難經歷 / 書中敍述得很清楚。🔄 述說

敝　敝 敝 敝 敝 敝 敝　**敝**

⑦

普 bì　粵 bai⁶ 幣

① 破舊；殘破：敝衣遮體 / 破敝的舊屋。② 衰
敗；凋零：凋敝。③ 謙稱自己或自己的：敝人（本
人）/ 敝公司（本公司）。

啟 [启]　啟 啟 啟 啟 啟　**啟**

⑦

普 qǐ　粵 kai² 溪²

① 打開：開啟 / 啟口 / 啟齒（開口，開口說）。
② 開始：啟航（開船）/ 啟運（發運）。③ 教導；
引導：啟發 / 啟蒙。④ 簡短的文書、信函：謝啟。

【啟示】qǐ shì ① 啟發提示，讓人領悟個中的情
況、道理、奧秘：戰爭啟示錄。② 領悟出的道理：
我從中得到了啟示。

【啟用】qǐ yòng 開始使用：港珠澳大橋正式啟
用。🔄 廢除 * 廢止

【啟事】qǐ shì 文書、短信一類公開說明事由的應
用文。多在媒體刊出或張貼、投遞：尋人啟事 /
招聘啟事。

【啟迪】qǐ dí 啟發引導：老師總是耐心啟迪我。
🔵 啟發 * 誘導

【啟動】qǐ dòng ① 開動；發動：火車慢吞吞地
啟動了。② 開始做起來：啟動機場第三跑道擴
建工程。🔄 停止 * 中止 * 廢止

【啟程】qǐ chéng 動身，出發：今日啟程飛往曼
谷。🔄 回程 * 歸程

【啟發】qǐ fā ① 舉出實例，加以解釋說明，引導
人從中領悟出道理或別的東西來：啟發同學深入
思考下去。② 領悟出的道理：他的做法對我很
有啟發。🔵 啟示

【啟蒙】qǐ méng ① 引導初學者入門：啟蒙老師 /
啟蒙讀物。② 啟發人們拋棄陳舊愚昧的東西，接
受新理念新事物，走向文明先進：啟蒙運動。

敢　敢 敢 敢 敢 敢 敢　**敢**

⑧

普 gǎn　粵 gam² 感

① 有勇氣、有膽量：勇敢 / 果敢。② 有勇氣有
膽識去做：敢做敢當。③ 肯定，斷定：我敢說他
能考得上中文大學。④ 表示冒昧的謙詞：敢問
（冒昧地問）/ 敢勞大駕。俗 敢為天下先

【敢於】gǎn yú 有勇氣、有魄力去做：王校長勇
於挑重擔，敢於負責任。

【敢情】gǎn qing 方言。① 當然；自然：能上大
學，那敢情好！② 原來：敢情他早就知道了。
③ 莫非；難道：敢情是他幹的？

散 (一)　散 散 散 散 散 散　**散**

⑧

普 sàn　粵 saan³ 傘

① 分散，分離開去：散場（退場）/ 散開（向四處
分散）/ 散播（向四處傳開去）。② 散佈：天女散

花。③ 排除；解除：散心／散憂解悶。

【散失】sàn shī ① 流散遺失：藏書散失了不少。
② 消散：香味都散失了。

【散佈】sàn bù 分散到各處；到處傳播：不要散佈別人的隱私。回 散播

【散發】sàn fā ① 發出來散開去：春天的野外散發着青草的氣味。

8 散 (二)

（普）sǎn （粵）saan² 傘²

① 鬆開；散開：散架（解體）。② 零碎不集中的：散亂（零亂、雜亂）／一盤散沙。③ 粉末狀的中成藥：丸散膏丹。

【散文】sǎn wén 一種文學創作形式，包括雜文、隨筆、特寫等多種。

（一）【散落】sàn luò ① 分散地掉下來：花瓣散落了一地。② 失落；流落：一家人如今散落四方。

（二）【散落】sǎn luò 零零落落分散開來：露珠散落在草葉上。

8 敞

（普）chǎng （粵）cong² 廠

① 寬大：大廳很寬敞。② 打開：敞篷跑車／敞開門迎客。

【敞亮】chǎng liàng 寬大明亮：我們的課室很敞亮。反 陰暗

【敞開】chǎng kāi 完全打開；放開：敞開校門／請你敞開來說吧。反 封閉

8 敦

（普）dūn （粵）deon¹ 噸

誠懇：敦請（誠懇邀請）／敦促（懇切地催促）／敦厚（樸實誠懇）。

9 敬

（普）jìng （粵）ging³ 徑

① 尊敬；尊重：尊師敬老／肅然起敬。② 恭敬；恭敬地送上：畢恭畢敬／敬您一杯酒。

【敬畏】jìng wèi 既敬重又心存畏懼：張老師和善威嚴，學生都很敬畏他。

〔簡明詞〕敬愛：尊敬愛戴。敬仰：尊敬仰慕。敬佩：敬重佩服。敬重：恭敬尊重。敬意：尊敬的情意。敬祝：恭祝，恭敬地祝願。敬賀：恭賀，恭敬地祝賀。

【敬業】jìng yè 心力都用在事業或學業上：她的敬業精神值得學習。

【敬禮】jìng lǐ ① 表達敬意的方式，如立正、鞠躬、手掌舉至頭部等行禮動作：向國旗敬禮。回 行禮 ② 致以敬意。書信結尾常用：此致敬禮。回 致敬

10 敲

（普）qiāo （粵）haau¹ 哮

① 叩打、敲打：敲門／敲擊（擊打、敲打）／敲鑼打鼓。② 敲詐、訛詐：狠狠敲了她一筆。③ 提醒；批評：敲敲他那糊塗的腦袋／讓大家敲得有口難辯。

【敲打】qiāo dǎ ① 敲擊；擊打：敲打門窗。② 教訓；提醒；譏諷刺激：經常敲打他／用冷言冷語敲打人。

【敲詐】qiāo zhà 用威脅、欺騙手段或依仗權勢勒索財物。回 勒索

11 敷

（普）fū （粵）fu¹ 呼

① 塗抹；搽拭：敷藥／往臉上敷粉。② 充足；足夠：入不敷出。

【敷衍】fū yǎn ① 隨便應付，不肯負責或缺乏誠意：不能敷衍朋友。② 勉強維持：窮日子敷衍着過吧。

〔附加詞〕敷衍了事：應付一下，草草了結。敷衍塞責：應付着做一做，交差了事。

11 **數**[数]（一）　數數數數數數 數

（普）shù （粵）sou³ 掃

① 數目、數量：數額（數目；額度）/ 不計其數 / 數以千計。② 幾個，若干：數日後 / 數年前。

【數據】shù jù ① 數值。② 電腦內存儲的文字、數字、符號、圖象、程序等等，統稱數據。狹義的數據，指存儲於電腦數據庫內的內容。

【數學】shù xué 研究數量關係的科學，數學有多個分支學科。

【數字】shù zì ① 數目字，漢字的數字有大寫小寫兩種：大寫如壹、貳、叁、佰、仟；小寫如一、二、三、百、千；萬、兆、億，大小寫通用。② 代表數目的符號，通用的是阿拉伯數字 1、2、3、4、5、6、7、8、9、0。③ 數量：開支達到天文數字。

【數碼】shù mǎ 以數字形式表示的電子數據：數碼相機 / 數碼通訊。

〔簡明詞〕數目：事物的多少。數量：數目的多少。

11 **數**[数]（二）

（普）shuò （粵）sou³ 掃

多次；屢次：數次。

11 **數**（三）

（普）shǔ （粵）sou² 嫂

① 清點數目：數一下人數。② 比較之下，認定

是：學習成績數他優異。③ 列舉：歷數他的過失。

【數落】shǔ luo ① 列舉過失，加以指責：數落了她一頓。

11 **敵**[敌]　敵敵敵敵敵敵 敵

（普）dí （粵）dik⁶ 滴

① 互相對立、不相容的：敵人 / 敵軍。② 敵人；仇人：敵我雙方。③ 對抗；抵擋：敵不住誘惑。④ 力量相等：勢均力敵。

【敵對】dí duì ① 雙方處於對抗狀態：敵對情緒日漸加深。② 仇視；敵視：互相敵對，關係緊張。 🔄 友好 * 親密

【敵意】dí yì ① 惡意：請相信我，對你沒有敵意。② 仇視的心理：依我看，她對你的敵意越來越強了。 🔄 好意 * 善意

12 **整**　整整整整整整 整

（普）zhěng （粵）zing² 晶 ²

① 完整不缺：整天（全天）/ 整個（全部的、完整的）。② 整齊：衣衫不整。③ 整理；整頓：整裝待發 / 必須整一下，才能守紀律。④ 修理：整舊如新。⑤ 折磨；打擊：整人 / 整朋友不手軟。

【整天】zhěng tiān ① 一個全天：看了一整天書。② 天天：整天吵鬧不休。

【整個】zhěng gè ① 全部，完完整整的：整個交給他了。② 完全：手機整個壞掉。

【整容】zhěng róng ① 修飾化妝面容：在鏡台前面整容打扮了一番。② 給面容做手術，讓人漂亮起來或修整有創傷的面容。

【整理】zhěng lǐ 收拾清理：整理房間 / 整理學習材料。

【整頓】zhěng dùn 經過整治完善，變得健全、有條理、有秩序：經過整頓，校風煥然一新。

【整齊】zhěng qí 有條有理；規則有序：衣着整

齊 / 架子上的書排得很整齊。同 齊整 反 雜亂

【整潔】zhěng jié 整齊清潔：街道很整潔 / 家裏收拾得很整潔。反 髒亂

【整體】zhěng tǐ ① 全體，整個的。② 全局：整體上看一天比一天好。反 部分

---

13 **斃**[毙]　斃斃斃斃斃斃 斃

普 bì 粵 bai⁶ 幣

死亡：斃命（喪命）。

文 部

---

0 **文**　文 文 文 𡥝

普 wén 粵 man⁴ 民 / man⁶ 問

① 文字：英文 / 中文。② 文言：文白夾雜。③ 文章：論文 / 文不對題。④ 文化：文娛（文化娛樂）/ 文物（歷史文化遺物）。⑤ 非軍事的：文官。⑥ 有修養：溫文爾雅。⑦ 花紋：文采。⑧ 掩飾、粉飾：文過飾非。⑨ 古代的銅錢。代表錢：分文不取 / 身無分文。俗 一文錢難倒英雄漢

💡 文的"掩飾、粉飾"意義舊讀"wèn"。

【文人】wén rén ① 有較高文化的人：說話文雅，有文人風度。② 從事文化事業的人：靠寫作維生的文人。

【文化】wén huà ① 有知識、有使用文字的能力：他是個文化人。② 指教育、科學、文藝等方面精神財富。③ 人類社會的物質和精神財富的總和，即人類文明的所有活動及其成果。

【文句】wén jù 文章的詞句：用詞顯淺，文句流暢。

【文件】wén jiàn ① 公文：這些是機密文件。② 電腦系統存儲信息的集合體：打開文件。

【文字】wén zì 記錄語言的書寫符號：拼音文字。

【文言】wén yán 使用古代漢語的書面語。反 白話

【文明】wén míng ① 文化：古老文明 / 現代文明。② 社會發展水平較高、具有較高文化素質的：現在是文明社會。反 野蠻 * 蠻荒

【文采】wén cǎi ① 絢麗的色彩：展出的畫作文采華美。② 用詞用語有魅力：她寫的文章很有文采。③ 富有文藝才華：一位很有文采的青年作家。

【文法】wén fǎ ① 文章的寫法：內容辛辣，文法變化莫測。② 語法，語言的結構方式：作文裏有一些不合文法的語病。

【文科】wén kē 學科體系中的一大類，包括語言、文學、哲學、經濟、政治、歷史等科目，也叫人文科學、社會科學：報考文科。

【文庫】wén kù 文化寶庫，指成套的圖書。多用作叢書名：萬有文庫 / 中學生文庫。

【文章】wén zhāng ① 獨立成篇的文字：喜歡讀理論文章。② 隱含的意思：他聽了這話，覺得裏面有文章。③ 比喻主意或事情：在肚皮裏做文章 / 修改教材大有文章可做。

【文雅】wén yǎ 言談舉止典雅有禮貌：文雅大方的女孩子。反 粗俗 * 粗野

【文筆】wén bǐ ① 文章；行文：文筆流暢。② 寫作技能；寫作風格：文筆出眾 / 文筆潑辣。

【文集】wén jí 一人或數人的作品彙集編成的書：茅盾文集。

【文學】wén xué 運用語言文字創作人物形象、描寫社會生活的藝術，主要有詩歌、散文、小說、戲劇等：古典文學 / 當代文學 / 文學作品。

【文藝】wén yì 文學藝術；文學或表演藝術：文藝作品 / 文藝匯演 / 文藝界人士。

【文辭（文詞）】wén cí 措詞行文：文辭優美。

【文過飾非】wén guò shì fēi 用漂亮的話掩飾過

錯和缺點。

💡 文過飾非的 "文" 舊讀 "文 wèn"。

【文質彬彬】wén zhì bīn bīn 形容人斯斯文文有禮貌。⊠ 粗聲粗氣

〔附加詞〕文不對題：文章的內容不合題目。文不加點：形容才思敏捷，一揮而就。文從字順：行文順暢，用字用詞妥帖。

斗 部

斗 斗 斗 斗

0

(普) dǒu (粵) dau² 陡

① 中國古代量糧食的器具，一般為方底方口，裝滿糧食，沿方口抹平，容納的糧食就是一斗，一斗合十升。② 斗狀的東西：煙斗／漏斗。③ 形容特別大或特別小：斗膽（大膽）／斗室（像斗那麼小的房間）。④ 迴旋的圓形指紋。⑤ 星辰；北斗星：滿天星斗／星移斗轉。

8

斑

斑 斑 斑 斑 斑 斑　斑

(普) bān (粵) baan¹ 班

① 色彩混雜色彩斑駁。② 斑點；紋路：雀斑／斑紋（花紋、條紋）／斑斑駁駁的樹蔭。③ 有斑點的；有斑紋的：斑馬／斑竹（長有紫褐色斑點的竹子，又叫 "湘妃竹"）。

【斑駁】bān bó ① 形容色塊錯雜：色彩斑駁的彩綢，極有時代感。② 形容花花搭搭，錯雜開來：月光投下斑駁的花影。

【斑斕】bān lán 形容色彩雜錯，燦爛鮮明：樹林裏轉出一隻斑斕猛虎。

🔍 斑斕 "爛" 有光明、顯著的意思。而 "斕" 指的是顏色的燦爛多彩。兩字近似部件不同易錯寫。

【斑馬線】bān mǎ xiàn 准許行人由該處橫穿道路的標誌區，用多條白色或黃色線條組成，如斑馬的條紋，故稱斑馬線。

6

料

料 料 料 料 料 料　料

(普) liào (粵) liu⁶ 廖

① 推測，估計：料事如神／不出所料。② 打理；照看：料理／照料。③ 製做東西用的原材料：木料／衣料。④ 供參考或作依據的材料：史料。⑤ 具有特定用途的東西：飲料／飼料／燃料。⑥ 用量的單位：配一料中藥。

【料理】liào lǐ ① 照料；處理：料理家務／忙於料理公事。⊜ 打理 ② 菜餚：日本料理。

【料想】liào xiǎng 猜測、事先想到：誰都沒料想到他得第一名。⊜ 猜想

8

斌

斌 斌 斌 斌 斌 斌　斌

(普) bīn (粵) ban¹ 奔

彬彬有禮的樣子。多用作人名。

7

斜

斜 斜 斜 斜 斜 斜　斜

(普) xié (粵) ce⁴ 邪

① 歪，不正：傾斜／歪斜。② 向一旁傾斜：斜視／斜着身子。

17

斕 [斕]

斕 斕 斕 斕 斕 斕　斕

(普) lán (粵) laan⁴ 蘭

斑斕：色彩燦爛明麗。

斟

斟 斟 斟 斟 斟 斟

(普)zhēn (粵)zam¹ 針

① 向杯子或碗裏倒酒倒茶：斟酒 / 給客人斟茶。

② 思考、推敲：字斟句酌。

【斟酌】zhēn zhuó 反覆考慮：再三斟酌。

🔍 斟酌 "酌" 指的是經過兩次或多次反覆釀製的酒。"酌" 有考慮的意思。兩字形近部件不同易錯寫。

斤 部

斤

斤 斤 斤

(普)jīn (粵)gan¹ 巾

① 斧頭一類的砍伐工具：斧斤。② 重量單位。市制一斤，香港為十六兩，內地為十兩，合 0.5 公斤。

【斤斤計較】jīn jīn jì jiào 一點小事都要計較，形容過分算計。(反)大手大腳

斥

斥 斥 斥 斥

(普)chì (粵)cik¹ 叱

① 排除：貶斥 / 斥退（喝退）。② 責備：斥責 / 斥罵。③ 付出錢：斥資。④ 多；滿：充斥。

【斥責】chì zé 責備，訓斥。(同)申斥 (反)讚揚

斧

斧 斧 斧 斧 斧 斧

(普)fǔ (粵)fu² 苦

裝有柄、頭部為薄刃的金屬砍伐工具：斧斤（斧頭）/ 班門弄斧。

斬 [斩]

斬 斬 斬 斬 斬 斬

(普)zhǎn (粵)zaam² 站²

砍斷：斬斷 / 斬草除根（比喻徹底清除禍根）/ 斬釘截鐵（比喻果斷堅決）。

斯

斯 斯 斯 斯 斯 斯

(普)sī (粵)si¹ 思

文言詞。這、這裏、這樣：生於斯長於斯 / 無情無義，竟至於斯。

【斯文】sī wén ① 指文化或文人：假冒斯文 / 斯文掃地。② 文雅：說話很斯文。(反)粗魯

〔附加詞〕斯文掃地：文化人體面盡失。

新

新 新 新 新 新 新

(普)xīn (粵)san¹ 身

① 剛出現的：新聞 / 新秀。② 沒有用過的：嶄新 / 新居。③ 變成新的：裝飾一新 / 改過自新。④ 指新人、新事物：棄舊迎新 / 推陳出新。⑤ 最近、剛剛：新上任 / 新做的衣服。⑥ 新疆維吾爾族自治區的簡稱：新藏公路。

【新月】xīn yuè 農曆月初出現的鈎形月亮：天上的一彎新月。

【新生】xīn shēng ① 剛產生出來的：新生事物 / 新生嬰兒。(反)沒落 ② 新的生命：重獲新生。③ 新入學的學生：今天是新生入學的日子。

【新年】xīn nián 元旦或春節都叫新年。中國民俗，陽曆年多稱元旦，陰曆年多稱新年，又叫春節。

【新秀】xīn xiù 新近湧現出來的優秀人物：歌壇新秀。

【新奇】xīn qí 新鮮奇妙：小孩看甚麼都覺得很新奇。(反)陳舊

【新春】xīn chūn ① 春節，農曆新年：新春佳

節。② 初春：新春的柳枝泛出了綠色。🔄 早春
🔄 暮春

【新聞】xīn wén ① 傳媒報導的最新消息。② 新
近發生的事：學校裏出了一件新聞。

【新潮】xīn cháo ① 當代的社會風氣、思潮或流
行的事物：新潮思想 / 穿着很新潮。② 時髦的、
流行的：剛買的新潮服裝。🔄 時髦 🔄 落伍

【新興】xīn xīng 新近興盛起來的。

【新穎】xīn yǐng 新鮮別緻，非同一般：題材新
穎。🔄 古老 * 陳舊

【新鮮】xīn xiān ① 清新：空氣新鮮。② 鮮美，
沒有變質：新鮮魚蝦。🔄 腐爛 ③ 新產生的、
新出現的；新奇的：新鮮事 / 你這話可真新鮮。
🔄 陳舊

【新陳代謝】xīn chén dài xiè 新事物不斷代替舊
事物。

14
斷 [断]　　斷 斷 斷 斷 斷 斷 [斷]

🔊 duàn 🔊 dyun⁶ 段 / tyun⁵ 鍛

① 截斷；分開；隔斷：割斷 / 折斷 / 斷裂 (折斷
裂開) / 斷電。② 斷定；決定：診斷 / 獨斷專行。
③ 絕對；一定：斷無此理。

【斷定】duàn dìng 肯定；下結論：我斷定就是
他 / 誰是誰非，一時很難斷定。🔄 判定 * 認定

【斷送】duàn sòng 喪失；葬送：自己不爭氣，
斷送了大好前程。

【斷然】duàn rán ① 堅決；果斷：斷然拒絕。
② 絕對；一定：此事斷然不可。

【斷絕】duàn jué 中斷聯繫往來：音信斷絕 / 斷
絕關係。🔄 恢復

方 部

0
方　　方 方 方 [方]

🔊 fāng 🔊 fong¹ 芳

① 方方正正，不斜不歪不圓：大方桌 / 長方桌。
② 正直：品行方正。③ 方向；方位：東方 / 四
面八方。④ 方面：我方 / 官方。⑤ 地區；區域：
地方 / 遠方。⑥ 辦法：想方設法 / 教導有方。
⑦ 配藥的單子：處方 / 秘方。⑧ 正在；正當：
方興未艾 / 來日方長。⑨ 才；剛：年方十六。
⑩ 與數目字連用，表示方形東西的數量：一方餐
巾 / 兩方圖章。

【方才】fāng cái ① 剛才：他方才還在這裏。
② 才：方才趕到 / 方才明白。🔄 剛剛

【方式】fāng shì 方法和形式：生活方式。

【方向】fāng xiàng ① 東南西北等方位：在森林
裏迷失了方向。② 目標：找準人生的方向。

【方言】fāng yán 區別於標準語、只在某一地域
通用的語言。

【方法】fāng fǎ 辦法：學習方法 / 教學方法。

【方面】fāng miàn ① 某個方向；某一方或某一
面：向發聲的方面望去 / 照顧各方面的利益。
② 範圍：他讀的書多，方面也廣。

【方便】fāng biàn ① 便利：提供方便。🔄 不便
② 合適：這裏談話不方便。③ 容易：智能手機
用起來很方便。④ 寬裕：最近手頭不大方便。
⑤ 為別人提供便利：方便顧客。⑥ 排洩大小便：
對不起，我去方便一下。

【方針】fāng zhēn ① 羅盤中測定方向的指針。
② 比喻綱領：教育方針。

【方案】fāng àn ① 工作規劃；行動計劃：開
發方案 / 施工方案。② 規則：漢語拼音方案。

圓 規劃 ＊計劃

【方興未艾】fāng xīng wèi ài 形容正處在興盛向上的階段。艾，停止。圓 蒸蒸日上

⁴ 於 [于]　　於 於 於 於 於 於　

普yú 粵jyu¹ 迂

① 相當於"在"：生於 1980 年 / 畢業於南華中學。② 相當於"對"、"對於"：有求於人 / 於人於己都有好處。③ 相當於"為"、"被"：敗於對手 / 見笑於人。④ 相當於"過"：黃山勝於泰山。⑤ 相當於"給"：歸功於我的父母。⑥ 相當於"從"、"自"：出於好心 / 出於友情。

【於是】yú shù 因此、為此：受不了她的指責，於是就吵了起來。

✎ "……於是……"表示動作或事情接連發生，或者十分緊急的關聯詞，如：姐姐很不贊同哥哥的説法，於是到處查資料想證明哥哥是錯的。

⁵ 施　　施 施 施 施 施 施

普shī 粵si¹ 思

① 執行；實行：施政（執行政務）/ 實施。② 加、加上：施壓 / 施加影響。③ 給予；施捨：施恩 / 佈施。俗 己所不欲，勿施於人

【施加】shī jiā 加上、加給：施加壓力 / 施加影響。反 承受

【施行】shī xíng 執行、實施：法規自公佈之日起施行。

【施展】shī zhǎn 發揮：總覺得自己的才能在公司裏施展不開。

【施捨】shī shě 送給財物，加以救助：向災民廣為施捨。反 乞求 ＊乞討

⁶ 旅　　旅 旅 旅 旅 旅 旅

普lǔ 粵leoi⁵ 呂

① 離家外出：旅行 / 旅居海外。② 出門在外的人：商旅 / 行旅。③ 軍隊大於團、小於師的編制單位；軍隊：步兵旅 / 一支勁旅。

【旅行】lǔ xíng 離家外出，暫去異地：出國旅行。圓 旅遊。

〔附加詞〕旅行社：為旅客安排旅行和旅遊事務，並提供服務的商業機構。

【旅程】lǔ chéng ① 旅行的路程：三天的旅程很勞累。② 比喻歷程：漫長的生命旅程。

⁶ 旁　　旁 旁 旁 旁 旁 旁

普páng 粵pong⁴ 龐

① 邊上，距離不遠的地方：旁邊 / 路旁。② 別的：旁人（別人，其他人）。③ 廣泛；普遍：旁徵博引。④ 漢字的偏旁："你"是單人旁 /"樓"是木字旁。俗 當局者迷，旁觀者清

【旁邊】páng biān ① 兩邊、兩側；一邊、一側：大街旁邊都是商店 / 大樓的旁邊有一片樹林。② 附近：我家旁邊就有超市。

【旁聽】páng tīng ① 列席會議或聽取法庭庭審實況（沒有表決權、沒有發言權）。② 以非正式學員的資格聽課：旁聽哲學課程。

【旁徵博引】páng zhēng bó yǐn 廣加收集和引用資料。

⁷ 族　　族 族 族 族 族 族　

普zú 粵zuk⁶ 逐

① 有血緣關係的人羣：家族 / 族人 / 族長。② 民族：漢族 / 蒙古族。③ 有共同點、共同特徵的一大類：上班族 / 追星族。

【族譜】zú pǔ 家譜，記錄家族一代代的世系和家

族重要人物事跡的冊子。

7 旋 (一)   旋 旋 旋 旋 旋 旋 旋

〔普〕xuán 〔粵〕syun⁴ 船

① 繞着一個中心轉動：旋轉／盤旋／旋律。② 圈子：打旋。③ 頭皮上頭髮呈螺旋狀的地方：頭上有兩個旋兒。④ 歸來：凱旋。⑤ 不久、很快：旋即（隨即、立即）。

【旋律】xuán lǜ 有規律、有節奏、有迴旋變化的音樂曲調。

【旋轉】xuán zhuǎn ① 物體繞一個中心作環形運動：地球圍繞太陽旋轉。② 轉動：做了一個身體旋轉兩周的高難度動作。

7 旋 (二)

〔普〕xuàn 〔粵〕syun⁴ 船

旋轉的、迴旋的：旋風。

10 旗   旗 旗 旗 旗 旗 旗 旗

〔普〕qí 〔粵〕kei⁴ 其

旗子，長方形、方形或三角形的標識物：國旗／彩旗招展。

【旗袍】qí páo 中國女性穿的右開襟的一種長袍，源自清代滿族的女式長袍，後改進成為多種款式的旗袍。滿族人又稱旗人，故名旗袍。

【旗幟】qí zhì ① 旗子：鮮紅的旗幟迎風飄揚。② 比喻名義、名號：舉起公平正義的旗幟。③ 比喻榜樣、模範：陳嘉庚是愛國華僑的一面旗幟。

无 部

7 既   既 既 既 既 既 既 既

〔普〕jì 〔粵〕gei³ 記

① 已經：既得利益。② 既然：既如此，我也就不客氣了。③ 同 "又"、"且" 等連用，表示二者並存：高聳的山崖，既陡且滑／樹既高大，又加濃蔭蔽空。👆 既來之，則安之

【既然】jì rán 表示 "已經是"、"已經是這樣了" 的意思：既然交給我，我一定會辦好／既然答應你，就不會反悔。

【既成事實】jì chéng shì shí 已經形成或存在的事；已經確定下來的事。👆 木已成舟

【既往不咎】jì wǎng bú jiù 不再追究責問過去所犯的錯誤。

〔簡明詞〕既往：以往。既定：已經確定下來。既是：既然，既然是。

日 部

0 日   日 日 日 田

〔普〕rì 〔粵〕jat⁶ 逸

① 太陽：撥雲見日。② 白天：日夜／日間。③ 一天：今日／一日千里。④ 每天；一天一天：日記／江河日下。⑤ 日子：生日／吉日。⑥ 一段時間：昔日／夏日。

【日子】rì zi ① 時日：這些日子讀了不少書。② 日期：定一個日子舉行婚禮。③ 生活：靠打工過日子。

【日月】rì yuè ① 太陽和月亮：日月星辰。② 歲月，光陰：光陰似箭，日月如梭。

【日落】：① 太陽在西方落下去：日落西山。② 日暮，黃昏：日落時分。

〔簡明詞〕日夜：晝夜，白天和夜晚。日前：此前，今天以前不久的日子。日後：以後；將來。日程：按日排定的做事的程序。

【日用】rì yòng ① 日常使用的、應用的：日用品。② 日常開支：收入微薄，不夠日用。

【日食】rì shí 月球運行到地球和太陽中間並和地球、太陽成一條直線時，陽光被月球擋住照不到地球，這種現象叫 "日食"，也寫作 "日蝕"。太陽被月球全擋住叫日全食，部分擋住叫日偏食，中央被擋住叫日環食。

【日記】rì jì 每天的個人生活、工作、心理活動、社會事項等方面的記載。

【日益】rì yì 越來越，一天比一天：生活日益改善。

【日常】rì cháng 平日；慣常：日常生活 / 日常工作。

【日期】rì qī 確定的日子或時期：開學的日期家長都知道了。

【日漸】rì jiàn 一天天地：兒子的學習日漸進步。⑥ 漸漸 * 逐漸

【日以繼夜】rì yǐ jì yè 從白天到夜晚。⑥ 夜以繼日

【日新月異】rì xīn yuè yì 每天每月都在發生變化，發展、進步很快：科技發展日新月異。

¹ **旦**　旦旦旦旦　旦
⑲ dàn ⑳ daan³ 誕
① 天亮；早晨：通宵達旦。② 特定的日子、某一天：元旦 / 毀於一旦。

【旦夕】dàn xī ① 清晨和晚上。② 眼前，短時間內：危在旦夕。

² **早**　早早早早早　早
⑲ zǎo ⑳ zou² 組
① 清晨：早上 / 起早摸黑。② 時間靠前：趁早 / 及早。③ 在某個時間點的前面；一段時間之前：早已（早就，較久以前）/ 早走了兩小時 / 他早就離開了。④ 早晨見面時的問候語：老師，您早！

【早上】zǎo shang 清晨：早上揹書包去學校。⑳ 晚上

【早日】zǎo rì ① 往日；從前：早日的小巷子，如今都成了大街。② 及早：爭取早日完成。

【早年】zǎo nián ① 多年以前：早年科技沒有那麼發達。② 年輕的時候：早年是個排球運動員。

〔簡明詞〕早期：初期。早春：初春。

【早晨】zǎo chen 從天將亮到上午八九點鐘這段時間。⑥ 清早、清晨 ⑳ 黃昏、傍晚

【早晚】zǎo wǎn ① 早晨和晚上。② 前和後；早與晚：排隊買東西分個早晚 / 告訴他，早晚我都行。③ 或早或遲：反正早晚都得幹，不如現在就開始。

² **旨**　旨旨旨旨旨　旨
⑲ zhǐ ⑳ zi² 只
① 意思；目的：要旨 / 旨意（意旨，意圖）/ 旨在（目的在於）提升閱讀能力。② 皇帝的命令：聖旨。

² **旬**　旬旬旬旬旬　旬
⑲ xún ⑳ ceon⁴ 秦
① 十天為一旬，一個月分為上中下三旬：下旬 / 二月中旬。② 十歲為一旬：年過六旬。

旭

旭 旭 旭 旭 旭　旭

（普）xù （粵）juk¹ 沃

太陽初升時光輝燦爛的樣子：旭日（朝日，初升
的太陽）。

旱

旱 旱 旱 旱 旱 旱　旱

（普）hàn （粵）hon⁵ 寒⁵

① 天長期不下雨雪：氣候乾旱。② 與水無關的：
旱稻／旱船。③ 指陸路交通：水旱兼程。
【旱災】hàn zāi 乾旱缺水造成的災害，如農作物
減產、森林起火等。

昔

昔 昔 昔 昔 昔 昔　昔

（普）xī （粵）sik¹ 色

從前，過去：昔日（往日）／昔年（往年）今非昔比。
　〔文言選錄〕昔人已乘黃鶴去，此地空餘黃鶴
　樓（《黃鶴樓》崔顥）

旺

旺 旺 旺 旺 旺 旺　旺

（普）wàng （粵）wong⁶ 往⁶

興盛；旺盛：人丁興旺／旺季（生產或銷售旺盛
的季節）。
【旺盛】wàng shèng ① 熾烈；興旺：火苗旺
盛／家運旺盛。② 繁茂；茂盛：水稻長得旺盛。
③ 高漲；強烈；充沛飽滿：士氣旺盛／旺盛的求
知欲／老人精力旺盛。（反）衰落＊衰敗

昆

昆 昆 昆 昆 昆 昆　昆

（普）kūn （粵）kwan¹ 坤

① 兄：昆仲（對別人兄弟的雅稱）。② 子孫。
【昆蟲】kūn chóng 節肢動物。身體分為頭、胸、

腹三部分，有觸角和翅膀，有三對足，多數卵生，
如蒼蠅、蚊子、蜜蜂等，種類繁多，動物界大約
五分之四都是昆蟲。

昌

昌 昌 昌 昌 昌 昌　昌

（普）chāng （粵）coeng¹ 窗

興盛、興隆：昌盛。（俗）順之者昌，逆之者亡
【昌盛】chāng shèng 興隆、興盛：事業昌盛／
子孫昌盛。（反）衰落＊敗落

明

明 明 明 明 明 明　明

（普）míng （粵）ming⁴ 名

① 明亮：窗明几淨。② 亮麗；明麗：山明水秀／
柳暗花明。③ 公開的、顯露在外的：明碼標價／
明爭暗鬥。④ 明白、清楚：表明／說明。⑤ 理
解、懂得：深明大義。⑥ 說明、闡明：開宗明義。
⑦ 視力：失明。⑧ 視力好，目光敏銳：耳聰目
明／眼明手快。⑨ 明智；明察：英明／先見之明。
⑩ 次一日、次一年的：明日／明年。⑪ 朝代名。
公元 1368 － 1644 年，朱元璋建立。
　〔文言選錄〕知人者智，自知者明。勝人者有
　力，自勝者強（《老子》第三十三章）
【明天】míng tiān ① 次日，第二天：明天上數學
課。② 未來、將來：明天會更好。（同）明日（反）昨
天＊昨日
【明白】míng bai ① 清楚、明確：看得明白／把
事情弄明白。② 聰明，懂道理：做個明白人。
③ 了解、知道：我明白其中的奧妙。（反）糊塗
【明顯】míng xiǎn 清楚地顯露出來、表露在
外面：變化明顯／學習有明顯進步。（同）顯著
（反）隱晦
【明快】míng kuài ① 明白通暢、流暢：筆調明
快／明快的節奏。② 開朗爽氣：我媽媽是個明
快人。

〔簡明詞〕明說、明言：照直說出來。明智：
聰明有智慧：明智之舉。明知故犯：清楚地知
道不該做卻仍然去做。

【明明】 míng míng 明擺着，顯而易見：明明是
他錯了，反倒指責我。同 分明

【明星】 míng xīng ① 夜空耀眼的星星。② 稱為
大眾喜愛的著名演員、運動員等。③ 稱社交場
合出名的女子：交際明星。④ 稱著名的或被人
重視的：明星企業 / 她是同學心裏的明星。

【明亮】 míng liàng ① 光明、亮堂：客廳寬敞明
亮。② 閃亮、發亮：一雙明亮的眼睛。反 黑暗
* 暗淡

【明朗】 míng lǎng ① 明亮：明朗的天空。反 昏
暗 ② 清楚、明確：態度明朗 / 局勢明朗。反 含
糊 ③ 開朗、爽氣：性格明朗。④ 明麗：畫面色
彩明朗。

【明媚】 míng mèi 鮮明美好；明亮美好：春光明
媚 / 明媚的雙眼。反 灰暗

【明確】 míng què ① 清楚明白，確定不移：話說
明確。② 清楚地確定下來：明確了奮鬥的方向。
反 模糊

【明瞭】 míng liǎo ① 明白、清楚：道理簡單明
瞭。② 清楚地了解或懂得：說一次大家就都明
瞭了。反 糊塗

易
易 易 易 易 易 易 〔易〕
普 yì 粵 ji⁶ 二 / jik⁶ 翼
① 改變：變易 / 移風易俗。② 交換：交易 / 易
手（轉手，從一方轉歸另一方）。③ 容易：易如
反掌 / 易學易懂。④ 平和：平易近人。

昂
昂 昂 昂 昂 昂 昂 〔昂〕
普 áng 粵 ngong⁴ 卬
① 仰起，抬起：昂首挺胸 / 昂起頭仰視塔尖。

② 高；高漲：高昂 / 昂揚 / 昂貴（價格非常高）。

昏
昏 昏 昏 昏 昏 昏 〔昏〕
普 hūn 粵 fan¹ 芬
① 天色暗，光線不足：昏暗（光線不足）/ 天昏地
暗。② 傍晚：黃昏。③ 迷糊不清醒：昏庸（糊
塗愚蠢）/ 昏頭昏腦。④ 失去知覺：昏迷（失去
意識，失去知覺）/ 氣得昏了過去。

【昏沉】 hūn chén ① 黑暗；昏暗：外面是昏沉的
夜。② 昏亂；迷糊：頭腦昏沉。反 清醒
〔附加詞〕昏昏沉沉：迷迷糊糊，神智不太
清醒。

春
春 春 春 春 春 春 〔春〕
普 chūn 粵 ceon¹ 巡
① 一年四季中的第一季：迎春花。② 比喻生機：
妙手回春。

【春天】 chūn tiān 春季的日子；入春後轉暖的天
氣：春天到了，萬物欣欣向榮。
〔簡明詞〕春季：一年四季中的第一季。春色：
春天的景色。春光：春天的風光景色。

【春分】 chūn fēn 中國的二十四節氣之一。在公
曆三月二十日或二十一日，這天太陽直射赤道，
南北半球晝夜相等。反 秋分

【春秋】 chūn qiū ① 春季和秋季。② 光陰、歲
月：虛度春秋。③ 年紀：春秋已高，難免糊塗。
④ 一個整年：經歷了五十個春秋。

【春風】 chūn fēng ① 春天的風。② 形容喜悅的
表情：滿面春風。
〔文言選錄〕野火燒不盡，春風吹又生。（《賦
得古原草送別》白居易）

【春節】 chūn jié 中國的傳統節日，今以農曆正月
初一為春節，為農曆新年。

【春蘭秋菊】 chūn lán qiū jú 春天的蘭花，秋天的

菊花。形容各具特色、各有所長。

昧
昧 昧 昧 昧 昧 昧　昧

（普）mèi （粵）mui⁶ 妹

① 昏暗不明：暗昧。② 糊塗、不明白；不了解、不熟悉：愚昧無知／素昧平生。③ 隱藏：拾金不昧。④ 違背：昧着良心說謊。

是
是 是 是 是 是 是　是

（普）shì （粵）si⁶ 士

① 正確、對：自以為是／這話說得是！② 認為正確、認為對的：口是心非／各行其是。③ 這個；這樣：如是。④ 表示確認、斷定：他是校長／這是英文書。⑤ 表示答應：是，我馬上就去。⑥ 如果是、凡是：是人就得講人話做人事。（俗）是可忍，孰不可忍

【是否】shì fǒu 是不是：是否需要／你是否都明白了？

【是非】shì fēi ① 對的和錯的：分清是非。② 糾紛；口舌：招惹是非／搬弄是非。

〔附加詞〕是非曲直：正確和錯誤，有理與無理。

映
映 映 映 映 映 映　映

（普）yìng （粵）jing² 影

① 照耀、照射：映照。② 光線照射出物體的形象：湖面上映出塔的倒影。③ 對照；襯托：相映成趣。④ 放映：播映／上映新影片。

星
星 星 星 星 星 星　星

（普）xīng （粵）sing¹ 升

① 星星。② 形狀像星星的東西：五角星。③ 細碎的、少量的：一星半點／星星點點。④ 指有名的公眾人物：歌星／影星／球星。

【星火】xīng huǒ ① 星星點點的火頭或燈火：星火燎原／江對面閃耀着星火。② 指流星的光：急如星火。

【星系】xīng xì 由宇宙物質和恆星構成的龐大天體系統，大到以數十萬光年計算，我們的太陽僅是銀河星系內的一顆恆星。

【星星】xīng xīng ① 夜晚天空的星，是宇宙間發光或反射光的天體，通常指太陽和月亮以外的發光天體。（同）星斗＊星辰 ② 形容細小、零散的：星星點點／天上一星星雲也沒有。

【星座】xīng zuò 把星空劃分為若干區域，每一區域叫一個星座。現代天文學分為八十八個星座，如天鵝座、仙女座等，著名的北斗七星屬於大熊座。

【星球】xīng qiú 宇宙間能發光或反射光的天體，太陽、地球、月亮都是星球。

【星宿】xīng xiù ① 中國古代把周天分為二十八個星羣，叫“二十八宿”，通稱星宿。② 古人認為世上的人與天上的星星相對應，以“星宿”稱與人對應的星神：星宿下凡。

【星期】xīng qī 曆法以連續排列的七天作為一個時間日期的計算單元，稱為“星期”，在每星期的第七天一般作為休息日。

〔附加詞〕星期日、星期天：一星期的最後一天，通常作為休息日。

昨
昨 昨 昨 昨 昨 昨　昨

（普）zuó （粵）zok⁶ 鑿

① 今日的前一天：昨日（昨天）／昨夜（頭天的夜晚）。② 指往日、以前：今是昨非。

【昨天】zuó tiān ① 今天的前一天。② 指不遠的過去：昨天還在牙牙學語，今天已經成小影星了。

昭

昭 昭 昭 昭 昭 昭 昭

（普）zhāo （粵）ciu¹ 超

① 明顯、顯著：昭示 / 臭名昭著。② 洗雪、洗刷：昭雪（洗清冤屈，並讓大眾知道）。

晋

晋 晋 晋 晋 晋 晋 晋

（普）jìn （粵）zeon³ 進

同 "晉"。詳見 "晉"。

晉 [晋]

晉 晉 晉 晉 晉 晉 晉

（普）jìn （粵）zeon³ 進

① 進；向前：晉見（進見）。② 升，升級：晉職。③ 山西省的別稱：晉劇。④ 朝代名，公元265—420年，司馬炎建立；建都洛陽時，史稱西晉；後遷都健康（今南京），史稱東晉。

〔簡明詞〕晉升、晉級、晉職：提高級別、提升官階、提升職位。

時 [时]

時 時 時 時 時 時 時

（普）shí （粵）si⁴ 匙

① 時間；時候：時差 / 古時。② 規定或約定的時間：按時。③ 有時候：時陰時晴 / 時斷時續。④ 現在、當前：時下 / 時局。⑤ 時機：時來運轉。⑥ 節令；季節：不誤農時 / 四時果品。⑦ 時尚：裝扮入時。⑧ 小時。法定計量單位：時速。⑨ 時辰。古代計時單位：子時 / 午時。（俗）機不可失，時不再來

【時日】shí rì ① 時辰和日子。② 指時間：耗費時日，勞而無功。

【時代】shí dài 時期；歷史時期：少年時代 / 現在是互聯網時代。

【時而】shí ér ① 不時，不定時：遠處時而傳來幾聲沉悶的雷聲。② 表示交替發生：時而晴天，時而下雨。

【時光】shí guāng ① 時間、光陰：時光不能倒流。② 時期、日子：那是我一生中的好時光。

【時辰】shí chén ① 中國古代的計時單位，把一晝夜分成十二段，每段為一個時辰，合現在的兩個小時：足足等了半個時辰。② 時候：不是不報，時辰未到。

【時事】shí shì 當前國內外發生的重大事件。

【時尚】shí shàng ① 應時的風尚：元宇宙是當下的時尚。② 應時的、新潮的：玫瑰紫的色調今年很時尚。（同）時髦

〔簡明詞〕時空：時間和空間。時分：時候、時刻：黎明時分。時速：按照小時計算的速度。時差：不同時區之間的時間差別。時限：期限，時間限制。時期：指一段長時間：幼年時期。時機：機會、機遇。時局：目前的形勢、局勢。

【時刻】shí kè ① 時候：關鍵時刻。② 時時，每時每刻：時刻記牢老師的教導。

【時時】shí shí ① 時常，常常：時時想起兒時的事情。② 每時：外出旅行，時時都得注意安全。

〔附加詞〕時時刻刻：每時每刻。

【時候】shí hou ① 一段時間：喝一杯茶的時候。② 時間的某一點：快到上課的時候了。

【時效】shí xiào ① 能發揮作用的時間段：那瓶藥的時效過了。② 依法規定的責任或權利的有效期限：索賠的時效已過。

【時常】shí cháng 常常，經常：時常到運動場運動。（同）經常（反）偶爾

【時間】shí jiān ① 一天天、一年年連續不斷地延下去，這就是時間，通常叫做光陰。② 一段時光：辦公時間。③ 時間段內的某一點：請把起飛的時間告訴她。

【時節】shí jié ① 節令、季節：清明時節。② 時候：最喜歡繁花盛開的時節。

【時裝】shí zhuāng ① 新款式或流行的服裝：時裝表演。② 當代通行的服裝。⚫ 古裝

【時髦】shí máo ① 時尚；趕時髦。② 新潮的：時髦打扮。⚫ 摩登 ⚫ 土氣

【時斷時續】shí duàn shí xù 一會兒停，一會兒又繼續。⚫ 斷斷續續 ⚫ 連續不斷

---

6 晒　晒 晒 晒 晒 晒 晒　晒

(普)shài (粵)saai³ 曬

同 "曬"。詳見 "曬"。

---

6 晃（一）　晃 晃 晃 晃 晃 晃　晃

(普)huǎng (粵)fong³ 訪

① 明亮：明晃晃。② 光線刺眼：晃眼。③ 很快閃過去：人影一晃，就不見了。

---

6 晃（二）

(普)huàng (粵)fong² 訪

搖動；擺動：晃動 / 搖頭晃腦。

【晃動】huàng dòng 來回搖晃，左右搖擺：柱子晃動了幾下就倒了。⚫ 穩當

【晃蕩】huàng dang ① 晃動；擺動：小船在湖面上晃蕩。② 閒逛，遊蕩：一個人在九龍晃蕩了半天。

---

7 晤　晤 晤 晤 晤 晤 晤　晤

(普)wù (粵)ng⁶ 誤

見面；會見：會晤（會面）/ 晤談（會面交談）。

---

7 晨　晨 晨 晨 晨 晨 晨　晨

(普)chén (粵)san⁴ 臣

天亮前後的時間：清晨 / 晨光（清早的陽光）。

---

7 晦　晦 晦 晦 晦 晦 晦　晦

(普)huì (粵)fui³ 悔

① 黃昏、夜晚：晦明（陰晴）。② 昏暗：晦暗。③ 不顯明；隱秘：隱晦 / 晦藏（隱藏）。④ 不吉利；不順利：晦氣。

---

7 晚　晚 晚 晚 晚 晚 晚　晚

(普)wǎn (粵)maan⁵ 萬⁵

① 日暮、黃昏：天色將晚。② 黑夜：昨晚 / 晚上 / 晚會（夜晚舉行的集會）。③ 遲，時間推後：晚了一小時。④ 接近終了；人的晚年：晚期（最後一段時間；最後階段）/ 晚秋（深秋）/ 晚節（晚年的節操）。

【晚上】wǎn shang 黃昏到前半夜；整個夜晚。⚫ 夜間 ⚫ 早上

【晚年】wǎn nián ① 老年：安度晚年。② 末年；末世：康熙晚年 / 清朝晚年。⚫ 早年

【晚報】wǎn bào 下午出版、黃昏以前發行的報紙。⚫ 晨報 * 早報 * 日報

【晚景】wǎn jǐng ① 黃昏的景色：欣賞遠山的晚景。② 比喻人的晚年：晚景淒涼。

【晚霞】wǎn xiá 日落前後出現的彩霞：晚霞明麗。⚫ 朝霞

---

7 晝[昼]　晝 晝 晝 晝 晝 晝　晝

(普)zhòu (粵)zau³ 奏

白天：白晝 / 晝夜（白天和黑夜）。(俗)晝有所思，夜有所夢

8 **晴** 晴晴晴晴晴晴 晴

⑧ qíng ⑨ cing⁴ 呈

天空無雲或少雲：晴空（晴朗的天空）／雨過天晴。
【晴朗】qíng lǎng 天空沒有雲霧，陽光燦爛。
⑩ 明朗 ⑰ 陰沉

8 **暑** 暑暑暑暑暑暑 暑

⑧ shǔ ⑨ syu² 鼠

① 炎熱：暑熱。② 指夏季：暑假（夏季的假期）。
【暑期】shǔ qī ① 暑假期間。② 夏季炎熱的時候。

8 **晰** 晰晰晰晰晰晰 晰

⑧ xī ⑨ sik¹ 色

明白、清楚：清晰／明晰。

8 **晶** 晶晶晶晶晶晶 晶

⑧ jīng ⑨ zing¹ 精

① 光亮；明亮：亮晶晶。② 晶體：結晶。
【晶瑩】jīng yíng 光亮透明：晶瑩的淚花／晶瑩
的露珠。⑰ 渾濁
　〔附加詞〕晶瑩剔透：光亮明淨。
【晶體】jīng tǐ 自然生成、外形規則的固體，如食
鹽、石英等物。

8 **景** 景景景景景景 景

⑧ jǐng ⑨ ging² 竟

① 風景，風光：景色／景物（風景）／佈景。
② 情形，情況：家景／晚景淒涼。③ 劇本劃分
的場景：第二幕第三景。④ 仰慕；敬佩：景仰。
【景仰】jǐng yǎng 佩服尊敬：孫中山先生永遠受
國人景仰。⑩ 敬仰 ⑰ 鄙視

〔簡明詞〕景色、景致：風景。景象：情景；
　現象。景觀：自然景色和人文景物。景點：景
　觀集中的地方。
【景氣】jǐng qì ① 社會、經濟繁榮的景象：百業
興旺景氣。② 興旺繁榮：經濟不景氣。③ 社會
經濟運行的狀況：房地產景氣指數。⑰ 凋敝 *
衰退

8 **晾** 晾晾晾晾晾晾 晾

⑧ liàng ⑨ long⁶ 浪

① 把東西放到通風的地方吹或放在太陽下曬：晾
衣服。② 擱置；冷落：事情晾着沒人幹／她埋頭
看書，把客人晾在一邊。

8 **智** 智智智智智智 智

⑧ zhì ⑨ zi³ 至

① 聰明有智慧：才智／機智。② 智慧、見識：
急中生智。⑯ 吃一塹，長一智
【智力】zhì lì 認識、理解、分析能力和解決問題
的能力。
【智能】zhì néng ① 智慧和能力。② 具備某些
智慧和能力的：智能機器人。
【智商】zhì shāng 顯示智力水平的數值，在
80 以下為愚笨，100 為中等，120 以上為聰明。
　〔簡明詞〕智謀：智慧和謀略。智囊：足智多
謀，幫助出謀獻策的人。
【智慧】zhì huì 聰明才智：他是很有智慧的人。

8 **普** 普普普普普普 普

⑧ pǔ ⑨ pou² 譜

廣泛；全面：普查（廣泛全面地調查）。
【普及】pǔ jí ① 普遍推廣；廣泛傳播：如今智能
手機普及，信息傳播更加迅速。② 大眾化的：普

及讀物。

【普通】pǔ tōng 平常的、一般的。反 特別 *
特殊

【普遍】pǔ biàn 遍及各方面的；有共同性的：普
遍現象 / 普遍存在。反 個別 * 特殊

【普通話】pǔ tōng huà 以北方話為基礎，以北京
語音為標準音，以典範的現代白話文著作為語法
規範的漢語標準語。普通話是聯合國六種工作語
言之一。反 方言

【普羅大眾】pǔ luó dà zhòng 指一般百姓、無
產者階層。普羅，古羅馬社會中最低等的階層。
同 平民百姓

暖

暖 暖 暖 暖 暖 暖 暖

普 nuǎn 粵 nyun⁵ 嫩 ⁵

① 溫暖：暖風。② 變熱：暖酒 / 暖暖身子。

【暖色】nuǎn sè 讓人感覺溫暖的顏色，如紅色、
橙色、黃色。反 冷色

【暖和】nuǎn huo 溫暖，不冷也不太熱：冬天在
太陽底下很暖和。同 溫暖 反 寒冷

【暖流】nuǎn liú ① 熱流，溫暖的感受：朋友的
真誠幫助，讓她感受到一股暖流。② 海洋中，從
赤道附近向兩極方向流動的巨大水流，水溫較一
般海水高，並為沿途帶來溫潤的氣候，沿大西洋
北上的墨西哥灣暖流最有名，它是歐洲氣候的調
節器。反 寒流

暗

暗 暗 暗 暗 暗 暗 暗

普 àn 粵 am³ 鵪 ³

① 光線微弱不明亮：黑暗 / 昏暗。② 隱蔽的；
不公開的：暗溝 / 明爭暗鬥。③ 私下裏；悄悄
地：暗笑 / 暗下決心。

【暗中】àn zhōng ① 黑暗的環境：夜色漆黑，在
暗中摸索着走。② 暗地裏；私下裏：求菩薩暗

中保佑 / 有人在暗中幫助她。反 公開

【暗示】àn shì 不明說，而是用含蓄的語言、示
意性舉動等方式向對方表達：她在暗示我趕快離
開。反 明示

【暗淡】àn dàn ① 不明亮；不鮮豔：燭光暗淡 /
色彩暗淡。② 比喻沒有希望或前景不光明：前
途暗淡 / 暗淡的命運。反 明亮、光明

暈 [暈] (一)

暈 暈 暈 暈 暈 暈 暈

普 yùn 粵 wan⁴ 雲

① 一種好像在旋轉、想要傾倒的感覺：眩暈 / 頭
暈。② 色彩、光影周圍逐漸模糊的部分：臉上
泛出紅暈。

暈 [暈] (二)

普 yūn 粵 wan⁴ 雲

① 昏迷：暈倒。② 昏沉、昏亂：暈頭轉向。

暇

暇 暇 暇 暇 暇 暇 暇

普 xiá 粵 haa⁶ 下

空閒：無暇兼顧 / 應接不暇。

暢 [暢]

暢 暢 暢 暢 暢 暢 暢

普 chàng 粵 coeng³ 唱

① 沒有障礙，通行無阻：通暢 / 暢銷（銷路廣、
賣得快）。② 痛快，盡情：暢飲（盡情、痛快地
喝）/ 暢遊（盡情遊覽）。③ 舒適；歡快：舒暢 /
暢快（舒暢快活）。

10 嘗

嘗嘗嘗嘗嘗嘗 嘗

普 cháng 粵 soeng⁴ 常

① 同"嚐"。稍稍吃點試試滋味：品嘗。② 試探；試驗：嘗試（試着做）。③ 經歷；身受：嘗盡辛酸。④ 曾經：未嘗 / 何嘗。

11 暮

暮暮暮暮暮暮 暮

普 mù 粵 mou⁶ 冒

① 日落時：暮色（傍晚昏暗的天色）/ 朝思暮想。② 臨近末尾的一段時間：暮春（春末，農曆三月）/ 歲暮 / 垂暮之年。

〔古詩文〕暮夜無知者。（《楊震暮夜卻金》范曄）

11 暫[暂]

暫暫暫暫暫暫 暫

普 zàn 粵 zaam⁶ 站

① 時間短：短暫。② 姑且；臨時：暫且 / 暫停。

〔簡明詞〕暫且：暫時；姑且。暫時：短時間、短期內。

11 暴

暴暴暴暴暴暴 暴

普 bào 粵 bou⁶ 步 / buk⁶ 僕

① 突然；猛烈：山洪暴發 / 暴風驟雨（又猛又急的風雨）。② 兇狠；欺凌；損害：殘暴 / 兇暴 / 強暴。③ 急躁、暴躁：急性子，脾氣暴。④ 露出；展現：暴露出來。

【暴力】bào lì 武力；強制的力量：不得對民眾使用暴力。

【暴躁】bào zào 烈性急躁：脾氣暴躁，動不動就罵人。同 急躁 反 溫順

【暴露】bào lù 隱蔽的露了出來：暴露隱私。反 隱蔽

12 曆[历]

曆曆曆曆曆曆 曆

普 lì 粵 lik⁶ 力

① 曆法：農曆 / 公曆。② 紀錄年、月、日和節氣的書、表、冊頁：日曆 / 掛曆 / 黃曆。

〔簡明詞〕曆法：以年、月、日、時為單位，記錄和計算時間的方法。曆書：記載年、月、日、時、節候的書冊。

12 曉[晓]

曉曉曉曉曉曉 曉

普 xiǎo 粵 hiu² 嚻²

① 天亮：拂曉 / 金雞報曉。② 知道，了解：家喻戶曉。③ 讓人知道：曉以利害（讓人知道利害關係）。

【曉得】xiǎo de 明白；知道：這道理你也應該曉得。

13 曙

曙曙曙曙曙曙 曙

普 shǔ 粵 cyu⁵ 柱

天剛亮的時候：曙色（黎明時的天色）。

【曙光】shǔ guāng ① 黎明的陽光：東方露出魚肚白的曙光。同 晨光 ② 比喻美好的前景：曙光就在前頭。

13 曖[暧]

曖曖曖曖曖曖 曖

普 ài 粵 oi³

隱隱約約不清楚：曖昧。

【曖昧】ài mèi ① 模糊不明：態度曖昧。② 有不能公開的隱情：關係曖昧。反 透明 * 明朗

15 曝 (一)

曝 曝 曝 曝 曝 曝

〔普〕pù 〔粵〕buk⁶ 僕

① 曬:一曝十寒。② 暴露:曝露(露在外面)。

【曝曬】pù shài ① 受強烈的陽光照射:皮衣切忌曝曬。② 把東西放在陽光下曬乾燥:曝曬冬衣。

15 曝 (二)

〔普〕bào 〔粵〕buk⁶ 僕

見"曝光"。

【曝光】bào guāng ① 讓膠片、感光紙等感光材料感光。② 暴露出來;揭露出來:幕後交易曝光了。

15 曠 [旷]

曠 曠 曠 曠 曠 曠

〔普〕kuàng 〔粵〕kwong³ 鄺

① 空闊、開闊:空曠 / 曠野(空曠的原野)。② 豁達;開朗:曠達 / 心曠神怡。③ 荒廢;耽誤:曠課(未請假就不上課)/ 曠日持久(耗費、拖延時間)。

【曠達】kuàng dá 開朗豁達:凡事都看得開,是位曠達的人。 〔反〕狹隘

19 曬 [晒]

曬 曬 曬 曬 曬 曬

〔普〕shài 〔粵〕saai³ 徙³

① 太陽光照射到物體上:日曬雨淋 / 皮膚曬黑了。② 接受陽光:晾曬 / 曬台(露台,樓房的露天平台)。

曰部

0 曰

曰 曰 曰 曰

〔普〕yuē 〔粵〕jyut⁶ 月 / joek⁶ 若

① 説:子曰:"學而時習之,不亦樂乎?"(孔子説:"學知識,常常温習鞏固下來,這不是很快樂的事嗎?")② 叫做:這座山名曰華山。

2 曲 (一)

曲 曲 曲 曲 曲

〔普〕qū 〔粵〕kuk¹

① 彎:彎曲 / 曲直 / 曲解(歪曲原意)。② 變得彎曲:彎腰曲背。③ 沒道理:是非曲直。④ 曲折委婉:曲筆(委婉表達)。

【曲折】qū zhé ① 彎曲:曲折。〔反〕筆直 ② 周折多,不順利:幾經曲折,總算辦成了。〔反〕順利 ③ 複雜:這件事內情曲折。〔反〕簡單

【曲直】qū zhí 彎和直。指是與非、正確與錯誤、有理與無理:總要論個是非曲直。

【曲線】qū xiàn ① 彎曲的線條;彎彎曲曲的線條。〔反〕直線 ② 指人體的線條:修長的身材呈現出曲線美。

2 曲 (二)

〔普〕qǔ 〔粵〕kuk¹

① 歌譜;樂曲:歌曲 / 舞曲。② 一種古代韻文:唐詩、宋詞、元曲是古典文學中的精華。

【曲調】qǔ diào 歌曲、樂曲、戲曲的調子。

更 (一)

更 更 更 更 更 更 **更**

〔普〕gēng 〔粵〕gang¹ 庚／gaang¹ 耕

① 改變，變動：更動（變動）／更正（改正）／更替（變換、替換）。② 古人把一夜分為五個更次，每更約兩小時：五更天／三更半夜。

【更改】gēng gǎi 變動，改動：更改名次／決定不可更改。〔同〕變更

【更迭】gēng dié 輪流替換或改換：人事更迭／朝代更迭。〔同〕更替

【更換】gēng huàn 改換；掉換：更換電腦／更換座位。〔同〕變換

【更新】gēng xīn 用新的替換舊的：教材更新。

更 (二)

〔普〕gèng 〔粵〕gang³

① 越發，更加：天更冷了／人更美了。② 又，再：更上一層樓。

【更加】gèng jiā 越發，愈加：明天更加美好／雨後的藍天更加亮麗。〔同〕越加

書 [书]

書 書 書 書 書 書 **書**

〔普〕shū 〔粵〕syu¹ 舒

① 寫；記載：書寫／罄竹難書。② 字體：楷書／草書。③ 裝訂成冊的著作：教科書。④ 證件、文件：證書／申請書。⑤ 信：家書。

〔古詩文〕讀書破萬卷，下筆如有神。（《奉贈韋左丞丈二十二韻》杜甫）

【書局】shū jú 書店、出版社：江南書局／中華書局。

【書法】shū fǎ 文字的書寫藝術。通常指用毛筆寫漢字的藝術，用鋼筆等書寫漢字的藝術稱硬筆書法。

【書面】shū miàn 寫在紙上的；用文字形式記述、表達的：書面意見／書面發言。〔反〕口頭

〔附加詞〕書面語：用文字表達的語言。

【書畫】shū huà ① 書法和繪畫：近日舉辦名家書畫展。② 書籍和繪畫：他藏有不少值錢的書畫。

〔簡明詞〕書信：書面寫的信。書本：各類書的統稱。書目：圖書目錄。書籍：圖書；圖書冊籍的總稱。書院：古代供人讀書、講學的地方，如宋代的岳麓書院。

【書寫】shū xiě 用筆寫；抄寫：書寫春聯／代人書寫文章。〔同〕印刷

【書籤（書簽）】shū qiān 夾在書裏、標記閱讀進度的小薄片，一般用紙、木或塑料製成。

曹

曹 曹 曹 曹 曹 曹 **曹**

〔普〕cáo 〔粵〕cou⁴ 嘈

① 同輩；同類：兒曹（兒輩）。② 姓。

替

替 替 替 替 替 替 **替**

〔普〕tì 〔粵〕tai³ 涕

① 代替；換：替代（代替，換用另一個）／替換（換成另一個）／我替她去。② 幫，為：替他出主意。

【替罪羊】tì zuì yáng 比喻代人承擔罪責的人。

據《舊約全書》記載：古代猶太人，每年一次由大祭司把手按在羊頭上，表示全民族的罪過已由此羊承擔，然後把羊放進曠野當中。這就是"替罪羊"的由來。

曾 (一)

曾 曾 曾 曾 曾 曾 **曾**

〔普〕zēng 〔粵〕zang¹ 僧

中間隔兩代的親屬關係：曾祖父／曾孫女。

8 **曾** (二)

🅿 céng 🅰 zang⁴ 層

曾經：他曾是我的同事。

〔簡明詞〕曾經：表示從前有過或經歷過。

9 **會** [会] (一) 會會會會會會會 會

🅿 huì 🅰 wui⁶ 匯 / wui⁵

① 會合；聚合：會師 / 聚精會神。② 見面：約會 / 再會。③ 商議事情或舉辦活動：開會 / 廟會 / 聯歡會。④ 組織、社團：工會 / 青年會 / 會員（社團、組織的成員）。⑤ 指重要的城市：省會 / 都會。⑥ 時機：機會。⑦ 熟習掌握，有能力做：會唱歌 / 你真會安排！⑧ 懂得；理解：體會 / 心領神會。⑨ 表示可能實現：今晚她會來。⑩ 表示很短的時間：等會兒再說吧。

【會意】huì yì ① 領會別人沒有明說的意思：他會意地笑了起來。② 漢字的六種造字法之一：用兩個或兩個以上的字合成一個新字，表示新的意義。如用“爪”和“木”合成“采”字，用“爪”伸向果木，表示採摘的意思，這就叫“會意”。

【會談】huì tán 商討問題或交換意見。🔘 商談

【會議】huì yì ① 為商討問題、安排工作而舉行的聚會。② 處理重要事務的常設機構：國務會議 / 國家安全會議。

【會晤】huì wì 會面：定期會晤，交換意見。🔘 會見

【會見】huì jiàn 同別人見面：會見代表團。

9 **會** [会] (二)

🅿 kuài 🅰 wui⁶ 匯

總計、合計：財會 / 會計。

【會計】kuài jì ① 監督管理經濟活動和財務狀況：會計業務 / 會計制度。② 從事會計工作的人員：

公司有三名會計。

月 部

0 **月** 月 月 月 月

🅿 yuè 🅰 jyut⁶ 粵

① 月亮：風花雪月。② 計時單位。一年分十二個月：日積月累。③ 每月的；按月計算的：月刊 / 月薪。④ 像月亮那麼圓的：月餅 / 月琴。

【月食】yuè shí 當地球轉到太陽和月球中間，地球擋住太陽光，照不到月球上，月球全部成黑影（月全食），或部分成黑影（月偏食），這種現象叫月食，也寫作“月蝕”。

【月亮】yuè liang 月球的通稱：皎潔的月亮高掛夜空。

【月球】yuè qiú 繞地球旋轉的衛星，自身不發光，月光是月球反射的太陽光。參見“行星”。

【月餅】yuè bing 一種有餡的餅，多做成圓形，象徵團圓，為中秋節的應節糕點。

【月牙】yuè yá ① 新月，農曆月初形狀如彎鈎的月亮。② 像新月形的：月牙湖 / 月牙灣。

2 **有** 有 有 有 有 有 有

🅿 yǒu 🅰 jau⁵ 友

① 存在着：有困難 / 桌上有筆。② 具有；據有：有膽識有魄力 / 我有一間書房。③ 出現；產生；發生：有病 / 有機會 / 有變化。④ 表示多、大、深：有學問 / 很有研究。⑤ 表示估量或比較：有十點鐘了吧 / 問題有那麼嚴重嗎？⑥ 表示泛指，近似“某、某些”的意思：有時候 / 有人贊成，有人反對。⑦ 在某些動詞前表示客氣：有請 / 有勞。🔘 人貴有自知之明 / 三人行，必有我師

【有力】yǒu lì ① 有力氣、有力量：有力出力。
② 力度很大：採取有力行動。⊘ 無力

【有心】yǒu xīn ① 有想法、有意願：媽媽是有心人，為我想得很周到。② 有情意、有愛心：禮物不在輕重，在於有心。③ 故意、存心：有心找麻煩。⊘ 無心 ⑳ 言者無意，聞者有心 / 世上無難事，只怕有心人

【有如】yǒu rú 就像、猶如、好像：她家的閨女漂亮得有如花朵一樣。

【有幸】yǒu xìng ① 很幸運：有幸碰到你，幫了我大忙。② 客套話。很榮幸：有幸受邀參加盛會，很感謝。

【有些】yǒu xiē 有一定數量的；有一部分；有一點點：盆裏還有些水 / 有些人不肯去 / 我今天有些累。

【有的】yǒu de 從總體當中提出一部分：同學們有的在看書，有的在讀報，有的在玩遊戲。

【有所】yǒu suǒ 有一定的：有所進步 / 生活有所改善。

【有限】yǒu xiàn ① 有限制、有限度：只給他有限的權力。② 數量不多；程度不高：人數有限 / 水平有限。⊘ 無限

【有效】yǒu xiào ① 產生效果：她的做法有效。② 產生作用的；有效力的：看清楚藥的有效期 / 有效期月底截止。⊘ 無效 * 失效

【有意】yǒu yì ① 有意圖、有願望：有意買這輛車。② 故意：有意跟他作對。⊜ 有心 ⊘ 無心 * 無意 ⑳ 落花有意，流水無情。

【有趣】yǒu qù 有趣味；有興味：故事很有趣 / 小孫子很有趣。⊘ 沒趣 * 無趣

【有機】yǒu jī ① 密切關連，不可分割：思考和邏輯條理有機地聯繫在一起。② 含碳原子的化合物：有機肥料 / 有機玻璃。⊘ 無機
〔附加詞〕有機可乘：有能利用的機會、有空位可鑽。

【有關】yǒu guān ① 有關係、有牽連：這事與他有關。② 相關、涉及：找有關部門解決 / 掌握了有關此事的所有材料。⊘ 無關

【有意思】yǒu yì si ① 有值得深思的地方：我聽他這話不簡單，有意思。② 有趣味：這款遊戲玩起來有意思。③ 有意圖、有願望：有意思買下他的房子。

4 **朋** 朋 朋 朋 朋 朋 朋 朋

⓿ péng ⓹ pang⁴ 憑
① 朋友：親朋故舊 / 高朋滿座。② 幫派；同類的：朋黨 / 碩大無朋。

【朋友】péng you ① 志同道合的人；交情深厚的人：好朋友。② 指戀人：她有朋友了。⊘ 仇敵 * 仇人

4 **服** (一) 服 服 服 服 服 服 服

⓿ fú ⓹ fuk⁶ 伏
① 從事；承受：服務 / 服刑。② 順從、聽從：服從 / 心悅誠服。③ 讓對方信服、認可：服輸 / 以理服人。④ 習慣；適應：舒服 / 水土不服。⑤ 衣裳：服裝 / 服飾（衣着裝飾；衣服和首飾）。⑥ 吃；穿：服食 / 服喪（穿喪服，表示哀悼）。

【服侍】fú shi 照料；侍候：服侍病人。

【服貼】fú tiē ① 平整：衣服摺疊得十分服貼。② 穩妥；踏實：辦事服貼，讓人放心 / 兩口子過得很服貼。③ 順從、聽從：她對丈夫很服貼。

〔簡明詞〕服用、服食：吃（藥物）。

【服從】fú cóng 聽從，順服遵從：堅持己見，不服從上司的指示。⊘ 反抗

【服務】fú wù 為對方辦事、做事或做招待、侍候之類的工作。

4 服 (二)

（普）fù （粵）fuk⁶ 伏

劑（煎熬過的中藥）：吃了三服藥。

6 朗

朗 朗 朗 朗 朗 朗　朗

（普）lǎng （粵）long⁵ 郎 ⁵

① 明亮：明朗／晴朗。② 響亮：朗讀（清楚響亮地讀）／朗聲回答。

【朗誦】lǎng sòng ① 高聲誦讀：朗誦唐詩。② 高聲誦讀的節目：詩朗誦。

7 望

望 望 望 望 望 望　望

（普）wàng （粵）mong⁶ 忙 ⁶

① 向高處、遠處看：一望無際。② 期待、指望：渴望／喜出望外。③ 拜訪；問候：探望／看望。④ 名譽、名聲：名望／德高望重。⑤ 怨恨；責怪：怨望。⑥ 視野之內：勝利在望。⑦ 中醫指察看氣色：望、聞、問、切。

✎ 望文生義：讀書不求正確深入理解，只從字面上牽強附會地作出解釋。望眼欲穿：眼巴巴地一直張望着，形容盼望殷切。望子成龍：盼望兒子成長為出類拔萃的人物。

8 期

期 期 期 期 期 期　期

（普）qī （粵）kei⁴ 其

① 希望：期望／預期。② 相約、預約：不期而遇。③ 受限制的一段時間：假期／定期存款。④ 批次：培訓辦了三期。

【期待】qī dài 盼望等待：期待着與同學見面。

【期限】qī xiàn 限定的一段時間；規定的時間界線：明天是繳費的最後期限。

【期望】qī wàng 期待；希望：寄予很大的期望。

（同）寄望 （反）失望

【期間】qī jiān 某個時期內：暑假期間，我去了瑞士旅遊。

8 朝 (一)

朝 朝 朝 朝 朝 朝　朝

（普）cháo （粵）ciu⁴ 潮

① 面對着、向着。表示方向：坐北朝南／仰面朝天。② 拜見、進見：朝聖／朝見。③ 朝代；同一位君主統治的時期：清朝／康熙朝。④ 朝廷：朝野／羣臣上朝。

【朝代】cháo dài 一個皇朝或一個帝王時代；一個歷史時代：漢唐兩個朝代都很強盛／如今都甚麼朝代了，還這麼封建！

【朝廷】cháo tíng ① 帝王接受朝見和處理政事的地方。② 指帝王或以帝王為核心的中央政府。

（反）民間

🔍 朝庭 "廷" 本指庭院，後來這個意義用 "庭" 表示，"廷" 特指宮廷。

8 朝 (二)

（普）zhāo （粵）ziu¹ 招

① 早晨：朝陽（初升的太陽）／朝霞（早晨的彩霞）。② 日、天：今朝／明朝。

【朝夕】zhāo xī ① 從早到晚；天天：朝夕相處。② 一朝一夕，短時間：朝夕不保。

【朝三暮四】zhāo sān mù sì 古書《莊子》裏講了一個故事：耍猴的人拿橡子餵猴子，先是早上給三個，傍晚給四個，猴子們發怒；之後改為早上四個，傍晚三個，猴子們就高興起來。後人借此故事，用 "朝三暮四" 比喻變化多端或反覆無常。

【朝氣蓬勃】zhāo qì péng bó 比喻飽滿的青春活力、奮發向上的精神：年青人做事朝氣蓬勃。

14 朦

朦 朦 朦 朦 朦 朦　朦

⟨普⟩ méng ⟨粵⟩ mung⁴ 蒙

模糊不清：朦朧。

【朦朧】méng lóng 模模糊糊，不清楚：山色朦朧 / 月色朦朧。

16 朧 [胧]

朧 朧 朧 朧 朧 朧　朧

⟨普⟩ lóng ⟨粵⟩ lung⁴ 龍

朦朧。詳見 "朦"。

木 部

0 木

木 木 木　木

⟨普⟩ mù ⟨粵⟩ muk⁶ 目

① 樹木：林木。② 木材；木頭：原木 / 朽木 / 木板（片狀的木料）。③ 木本的：木棉。④ 用木材製成的：木器 / 木馬 / 木偶（木製的人物）。⑤ 遲鈍：木頭木腦（呆頭呆腦）。⟨俗⟩ 無源之水，無本之木。

【木本】mù běn 植物的一大類別，通常稱作 "樹" 的植物，都屬於木本植物。⟨反⟩ 草本

【木星】mù xīng 中國古代叫 "歲星"，太陽系內最大的一顆氣體行星，體積為地球的 1316 倍，質量是太陽的千分之一，11.86 地球年繞日一周，是自轉最快的行星。參見 "行星"。

【木棉】mù mián 樹木名。生長在南方廣東、海南等地，樹幹高而直，春天先開漂亮的紅色鈴狀花而後長葉子，種子表皮的纖維可做枕芯、被褥的填充物，木棉花也是中藥材。

【木頭】mù tou 木材和木料，都叫木頭，例如 "原木"、"木板"。

〔簡明詞〕木材：砍伐下來的樹木，經初步處理後的木料。木料：經過加工，有固定形狀尺寸，可拿來做傢具等製成品的木材。

【木乃伊】mù nǎi yī 古代埃及，經防腐處理保存下來、長久不腐的乾屍。

【木已成舟】mù yǐ chéng zhōu 比喻已成定局，不可更改、挽回。⟨同⟩ 既成事實 ⟨反⟩ 未定之天

1 未

未 未 未 未　未

⟨普⟩ wèi ⟨粵⟩ mei⁶ 味

① 不：未免 / 未知數。② 沒有；不曾：從未 / 未曾（不曾）/ 未經（沒有經由、沒經過）/ 未老先衰。③ 地支的第八位。參見 "干支"。

【未必】wèi bì 不一定，不見得：她心裏未必真這麼想。⟨反⟩ 一定

【未免】wèi miǎn ① 實在是；真是：未免不近人情。② 難免，免不了：初次見面，未免有些生疏。

【未來】wèi lái ① 將來：天知道未來會怎麼樣？② 即將到來的時間：未來兩天，氣溫下降攝氏十度。⟨反⟩ 以往 * 過去

【未嘗】wèi cháng ① 不曾；沒有：未嘗有過這樣的想法。② 未必：明天再去未嘗不可。

1 末

末 末 末 末　末

⟨普⟩ mò ⟨粵⟩ mut⁶ 沒

① 樹梢；尖端：末梢 / 秋毫之末（秋天鳥的細毛的尖）。② 非根本的；不重要的：本末倒置。③ 細粉；碎末兒：粉末 / 茶葉末。④ 排在最後的：末日 / 末端（末尾部分）/ 二十世紀末。

【末日】mò rì 最後的一天；死亡或毀滅的那一天：世界末日 / 末日來臨。⟨反⟩ 初始 * 最初

【末尾】mò wěi ① 最後的部分：文章末尾的話，畫蛇添足。② 最後一段時間：等到婚宴末尾，也不見她來。⟨反⟩ 開頭 ⟨同⟩ 結尾

【末代】mò dài 最後一代。

【末年】mò nián 朝代或君主在位的最後時期。

¹ **本** 本 本 本 **本**

（普）běn （粵）bun² 般²

① 樹木的根：無源之水，無本之木。② 根本；根源：基本 / 正本清源。③ 本來；原本：本不想對她説。④ 自己的、自己方面的：本人 / 本地（當地）/ 本土（本國）。⑤ 當前的：本週 / 本次航班。⑥ 按照；依據：本着事實説話。⑦ 本錢、本金：一本萬利。⑧ 基礎的、基本的：本科生。⑨ 裝訂成冊的東西：課本 / 賬本。⑩ 劇情的底本：劇本 / 腳本。⑪ 與數目字連用，表示書冊的數量：一本書 / 兩本名冊。

【本人】běn rén ① 自稱：本人向你道歉 。② 指當事人或前面提到的人：他本人並不知情 / 中獎者須憑本人身分證兑換獎品。（反）別人

【本分】běn fèn ① 本該有的；自身的責任和義務：治病救人是醫生的本分。（反）非分 ② 規矩老實：為人本分，誠實可靠。

【本事】běn shi 技能，才幹能力。（同）本領

【本來】běn lái 原本；原來：本來就不該這麽想 / 學習本來不好，現在長進多了。

【本能】běn néng ① 天生就有、不學就會的能力，如雞孵蛋、鳥築巢的行為。② 下意識地作出反應：前面突然一道閃光，她本能地退了幾步。

【本義】běn yì 詞的最基本的意義："水深"是"深"的本義，"感情深"、"顏色深"的"深"的意思，都是從"水深"這一本義演變出來的。（反）引申義

【本質】běn zhì ① 本性和品質：此人本質不錯，就是脾氣大了點兒。② 事物自身固有的性質。（反）現象

〔簡明詞〕本心、本意：原意，本來的想法或意圖。本當、本該：本來應該。本色：① 原本的顏色：本色布料。② 本來面目：英雄本色。

² **朽** 朽 朽 朽 朽 朽 **朽**

（普）xiǔ （粵）nau² 鈕

① 腐爛：腐朽。② 衰退，衰敗：老朽。③ 磨滅；消失：永垂不朽。（俗）朽木不可雕

² **朱** 朱 朱 朱 朱 朱 **朱**

（普）zhū （粵）zyu¹ 珠

大紅色：朱紅。

〔古詩文〕朱門酒肉臭，路有凍死骨。（《自京赴奉先縣詠懷五百字》杜甫）

² **朵** 朵 朵 朵 朵 朵 **朵**

（普）duǒ （粵）do² 躲

① 花朵。② 與數目字連用，表示花或像花的東西的數量：一朵玫瑰 / 天上飄着幾朵白雲。

³ **杆** ^{（一）} 杆 杆 杆 杆 杆 杆 **杆**

（普）gān （粵）gon¹ 干

長的棒狀物：旗杆 / 桅杆 / 欄杆。

³ **杆** ^{（二）}

（普）gǎn （粵）gon¹ 干

① 器物上的細長部分：筆杆 / 鑽杆 / 腰杆。② 與數目字連用，表示杆形物的數量：一杆筆 / 兩杆槍。

✎ 杆與桿：杆和桿都是"棒形的東西"，"杆"讀"gān 或 gǎn"，"桿"只讀"gǎn"；"杆"既

表示長的棒形物，也表示短的棒形物，可以用"桅杆"、"旗杆"、"筆杆"，長短都可以；"桿"則只表示短的棒形物，可以用"筆桿"，但不能用"桅桿"、"旗桿"。

杜

杜杜杜杜杜杜　杜

(普)dù (粵)dou⁶ 渡

① 杜梨，樹木名。落葉喬木，又叫棠梨。② 阻斷；封閉：杜絕（堵塞；消除）/ 杜撰（編造；虛構）/ 防微杜漸 / 杜門不出。

【杜鵑】dùjuān ① 一種益鳥，又名布穀、子規，初夏常晝夜鳴叫。② 一種灌木，又名映山紅，花多為紅色鮮豔美麗。

材

材材材材材材　材

(普)cái (粵)coi⁴ 才

① 木料、木材。② 原材料：就地取材。③ 資料：素材。④ 人的資質：因材施教。⑤ 人的相貌、體形：一表人材。⑥ 指棺木：壽材。

【材料】cáiliào ① 生產或建築用的東西，如木材、布匹、水泥等。② 資料：學習材料。③ 比喻人才：這孩子是塊好材料。

村

村村村村村村　村

(普)cūn (粵)cyun¹ 川

① 村莊：農村 / 村民（鄉村居民）。② 城市內的特定地區或居民聚居區：奧運村 / 美孚新村。③ 粗俗：村野農夫。

〔簡明詞〕村莊、村落、村子：鄉間民眾聚集生活居住的地方。

杖

杖杖杖杖杖杖　杖

(普)zhàng (粵)zoeng⁶ 丈

① 拿在手裏撐拄的棍狀物。登山或老人使用：手杖 / 拐杖。② 指棍狀物：禪杖。③ 用棍棒打：杖刑。

杏

杏杏杏杏杏杏　杏

(普)xìng (粵)hang⁶ 幸

果樹名。果實圓形，酸甜可口，可做成杏脯；果核叫杏仁，做糕點或飲料用，也是中藥。

〔簡明詞〕杏黃：像熟杏那種黃而微紅的顏色。

杏紅：杏黃偏紅的顏色。

李

李李李李李李　李

(普)lǐ (粵)lei⁵ 理

李子，果樹名，開白色、黃色或紫紅色的花，果實也叫李子，是常見果品。

杈

杈杈杈杈杈杈　杈

(普)chà (粵)caa¹ 叉

植物的分支：樹杈。

束

束束束束束束　束

(普)shù (粵)cuk¹ 促

① 捆綁；繫：束縛 / 束緊腰帶。② 控制；限制：管束 / 無拘無束。③ 捆狀、條狀的東西：花束 / 光束。④ 與數目字連用，表示成捆的東西的數量：一束玫瑰花。

【束縛】shùfù ① 捆綁。② 約束；限制：束縛人的創造性 / 從金錢的束縛中擺脫出來。(反)解放 *放縱

【束手無策】shù shǒu wú cè 像被綁住雙手似的，毫無辦法。同 一籌莫展 反 錦囊妙計

🔍 束手無冊 "冊" 本義是簡冊，古代漢語中 "策" 常借為 "冊"，比如 "冊封、簡冊" 常寫作 "策封、簡策"，現在漢語不再這樣使用。"策" 本義是竹子做的馬鞭，引申為鞭打、計謀。在 "束手無策" 中 "策" 是計謀義。

枉
枉 枉 枉 枉 枉 枉
(普) wǎng (粵) wong² 汪²
① 彎曲：矯枉過正。② 冤屈；委屈：冤枉。
③ 白白地：枉然（徒然）/ 枉費心機（白費心思）。

林
林 林 林 林 林 林
(普) lín (粵) lam⁴ 臨
① 成片的樹木或竹木：竹林 / 林木（樹木）/ 森林 / 林海（像海洋一樣看不到盡頭的森林）。
② 比喻聚集在一起的同類人或同類事物：武林 / 儒林 / 碑林。(俗) 單絲不成線，獨木不成林
【林立】lín lì 像森林中的樹木密集地豎立着，形容非常多：高樓林立 / 刀槍林立。

枝
枝 枝 枝 枝 枝 枝
(普) zhī (粵) zi¹ 之
① 植物主幹上分出來的細杈：柳枝 / 枝條 /（細長的樹枝）/ 枝頭（樹枝上；樹梢上）/ 枝幹（樹枝和樹幹）。② 與數目字連用，表示枝狀物的數量：一枝花 / 兩枝筆。
【枝葉】zhī yè ① 植物的枝杈和葉子：枝葉茂盛。
② 枝節，次要的、瑣碎的：不要在枝葉問題上花費時間。
【枝節】zhī jié ① 植物的枝和枝上長葉子的部位。
② 比喻瑣細、無關緊要的：不計較枝節問題。

杯
杯 杯 杯 杯 杯 杯
(普) bēi (粵) bui¹ 貝¹
① 盛液體的器皿：茶杯 / 水杯 / 杯盤狼藉（形容飯後餐桌上亂七八糟）。② 杯狀獎品：金杯獎。
【杯葛】bēi gé 英語 boycott 的音譯。抵制：採取杯葛行動。
【杯弓蛇影】bēi gōng shé yǐng 據説古時有個人到別人家吃飯，掛在牆上的弓映在酒杯中，他誤認為杯中有蛇，酒後腹痛，懷疑中了蛇毒，後來知道原來是弓影，疑慮就消失了。後人用 "杯弓蛇影" 比喻疑神疑鬼，自我驚擾。

枇
枇 枇 枇 枇 枇 枇
(普) pí (粵) pei⁴ 皮
枇杷：果樹名，開白色花，果實淡黃色，甜軟可口，也叫枇杷。

杵
杵 杵 杵 杵 杵 杵
(普) chǔ (粵) cyu⁵ 柱
① 搗米的圓木棒，一頭粗一頭細。② 用長的棍子或別的東西捅：用竹竿杵他。

枚
枚 枚 枚 枚 枚 枚
(普) méi (粵) mui⁴ 梅
與數目字連用，表示小的片狀物、近似圓形或細長的小東西的數量：兩枚郵票 / 一枚戒指 / 一枚別針。

析
析 析 析 析 析 析
(普) xī (粵) sik¹ 色
① 劈開；分開：分崩離析。② 分解辨析：仔細

分析。

板

板 板 板 板 板 板 板

（普）bǎn （粵）baan² 版

① 硬的片狀物：木板 / 鋼板 / 板畫。② 像板的東西：腳板 / 船甲板。③ 指店舖的門板：晚上八點，店舖都上了板。④ 死板，不靈活：呆板 / 刻板。⑤ 嚴肅：板起面孔來。⑥ 像板子那樣硬：板結（乾硬結塊；凝結變硬）/ 板實（硬實、結實）。⑦ 節拍：慢板 / 快板。

松

松 松 松 松 松 松 松

（普）sōng （粵）cung⁴ 蟲

一種常綠樹木，針形葉，有馬尾松、油松、黑松、落葉松等種類，是重要的木材樹種。果實球形，樹幹分泌工業用松脂，松子供榨油或食用。

【松柏】sōng bǎi 松樹和柏樹。常比喻堅貞的氣節、堅毅的性格：松柏常青。

【松鼠】sōng shǔ 一種外形似鼠的哺乳動物，長尾蓬鬆，跳躍靈活，在松林裏生活，吃松子，故名松鼠。

杭

杭 杭 杭 杭 杭 杭 杭

（普）háng （粵）hong⁴ 航

浙江杭州市的簡稱。（諺）上有天堂，下有蘇杭

枕

枕 枕 枕 枕 枕 枕 枕

（普）zhěn （粵）zam² 怎

① 躺臥時墊頭的臥具：高枕無憂 / 枕頭。② 枕着，把頭放在墊具上：枕戈待旦（比喻時刻警惕着）。③ 墊在下面的：枕木（墊在鐵軌下面的長方木料）。

杷

杷 杷 杷 杷 杷 杷 杷

（普）pá （粵）paa⁴ 爬

枇杷。詳見 “枇”。

東[东]

東 東 東 東 東 東 東

（普）dōng （粵）dung¹ 冬

① 東方，太陽升起的方向：指東道西。② 主人。古代主位在東邊、賓位在西邊，所以用 “東” 代稱主人：東主 / 股東 / 店東。③ 東道、東道主：今天吃飯我做東。

【東方】dōng fāng ① 太陽升起的方向：日出東方。② 指亞洲：東方文化。（反）西方

【東北】dōng běi ① 東和北之間的方向。② 指中國的遼寧、吉林和黑龍江三省。（反）西南

【東主】dōng zhǔ ① 受僱用聘用的人稱其主人。② 房客稱房東。（同）東家

（一）【東西】dōng xī ① 東邊與西邊：東西兩側。② 從東到西：東西長三公里。

（二）【東西】dōng xi ① 指各種事物：搬東西 / 感情這東西看不着摸不透。② 指人或動物：蠢東西 / 老東西 / 這小東西真乖。

💡 “東西” 有兩個讀音 “dōng xī” 和 “dōng xi”，二者是兩個詞，後者的 “xi” 是輕讀，不要混淆。

【東漢】dōng hàn 朝代名。公元 25 年至 220 年，光武帝劉秀所建，都城在洛陽。

【東道主】dōng dào zhǔ 春秋時代，晉國和秦國圍攻東方的鄭國，鄭文公派人對秦穆公説：如果你不滅我鄭國，我作為 “東道主（東方道路上的主人）”，接待秦國往來的使節，對秦國只有好處。後人借用這個典故，把 “東道” 或 “東道主” 作為主人招待宴請客人的代稱。

果

果果果果果果果

⑧ guǒ ⑨ gwo² 裹

① 植物的果實：鮮果 / 開花結果。② 結果；結局：惡果 / 前因後果。③ 實現：索賠未果。④ 飽；充實：果腹。⑤ 堅決，不猶豫：果斷 / 果敢（堅定勇敢）/ 果決（果斷堅決）。⑥ 果然：果不出所料。

【果真】gǒu zhēn ① 確實，真的：果真如此 / 這孩子果真聰明。② 要是…的話：果真計較起來，你未必有理。

〔簡明詞〕果木：果樹。果品：鮮果和乾果的統稱：乾鮮果品。果園：種植果樹、收穫果實的園子。

【果然】guǒ rán 果真，同說的、預料的、設定的相合：這孩子果然聰明伶俐 / 這件事果然是他所為。

【果實】guǒ shí ① 植物開花後結出來、內含種子的東西。② 成果：勝利果實 / 勤奮學習的果實。

【果斷】guǒ duàn 做決斷毫不猶豫：處事果斷有魄力。⑧ 猶豫 ⑯ 當斷不斷，反受其亂

某

某某某某某某某

⑧ mǒu ⑨ mau⁵ 畝

① 代替確定但不明說的事物：李某人 / 某年某月。② 指代不確定的：某種程度 / 浙江某地。③ 指代自己：我李某承擔責任。

〔簡明詞〕某些：不確定的那一些：某些人。某個：不確定的那一個：某個人。

柑

柑柑柑柑柑柑柑

⑧ gān ⑨ gam¹ 今

果樹名。果實也叫柑，橘黃色，多汁，酸甜可口，品種多樣。

枯

枯枯枯枯枯枯枯

⑧ kū ⑨ fu¹ 呼

① 乾枯，沒有水分：枯樹枝。② 乾涸：枯井。③ 憔悴：面容枯乾。④ 窮盡；斷絕：資源枯竭。⑤ 單調；平淡：枯坐 / 枯燥。

〔文言選錄〕離離原上草，一歲一枯榮。（《賦得古原草送別》白居易）

【枯焦】kū jiāo 乾枯得像燒焦了似的。⑯ 焦枯 ⑧ 濕潤

〔古民謠〕赤日炎炎似火燒，野田禾稻半枯焦。農夫心內如湯煮，公子王孫把扇搖。

〔簡明詞〕枯乾：乾巴巴的樣子。枯萎：植物因嚴重缺水而變成乾巴巴的樣子。枯竭：乾枯；用盡：泉水枯竭 / 資源枯竭。

【枯槁】kū gǎo ① 草木乾枯：枯槁的花木。② 瘦削；憔悴：衣衫破舊，形容枯槁。⑧ 滋潤

【枯燥】kū zào 單調沒有變化，毫無趣味：枯燥乏味 / 日子過得很枯燥。⑧ 有趣

柄

柄柄柄柄柄柄柄

⑧ bǐng ⑨ bing³ 兵³

① 植物的花、葉、果與枝莖相連的部分：花柄 / 葉柄。② 把兒，器物上可握住的部位：刀柄 / 握住勺子的柄。③ 比喻被人用作口實的缺點或問題：授人以柄。④ 與數目字連用，表示帶把兒的東西的數量：三柄大刀。

查 (一)

查查查查查查查

⑧ chá ⑨ caa⁴ 茶

① 仔細地察看：查票 / 扣查。② 考察，了解情況：查個水落石出。③ 翻檢着看：查字典 / 查資料。

【查看】chá kàn 檢查了解情況；細心觀察審視：

購買食物前，應該看看有效日期及食物標籤。

【查問】chá wèn 調查詢問；盤問：查問事情經過 / 查問來龍去脈。

【查詢】chá xún 查找詢問：查詢朋友的住址。 同 查找

【查獲】chá huò 搜查獲得；偵查破獲：海關查獲盜版光碟。 同 檢獲

〔簡明詞〕查明：調查清楚。查找：調查尋找；翻檢尋找。查核：核查，查對核實。查處：調查清楚實情，並做出處理。查禁：查處並禁止。

5 查 (二)

(普)zhā (粵)zaa¹ 茶

姓。

5 柚 (一)　柚 柚 柚 柚 柚 柚　柚

(普)yóu (粵)jau⁴ 由

柚木，木質堅硬，暗褐色，是優質木材。

5 柚 (二)

(普)yòu (粵)jau⁶ 右

果樹名，果實叫柚子，圓形或梨形，味酸甜可口。

5 柵 [柵]　柵 柵 柵 柵 柵 柵　柵

(普)zhà (粵)caak³ 冊

柵欄：類似籬笆的圍欄：鐵柵欄裏面是一幢漂亮的別墅。

5 柏 (一)　柏 柏 柏 柏 柏 柏　柏

(普)bǎi (粵)baak³ 百

一種常綠樹木，鱗片狀小葉，有側柏、刺柏、扁柏等品種，木質堅硬，是優質木材。

5 柏 (二)

(普)bó (粵)baak³ 百

柏林，德國首都。

〔簡明詞〕柏油：瀝青的俗稱：柏油馬路。

5 柳　柳 柳 柳 柳 柳 柳　柳

(普)liǔ (粵)lau⁵ 留⁵

① 一種常見的樹木或灌木，長長的枝條柔軟下垂，葉子細長，多在水邊種植。② 借用垂柳的枝條，形容女子的腰肢柔軟或眉毛彎而長：柳腰（細腰）/ 柳眉。③ 指娼妓：尋花問柳。

【柳絮】liǔ xù 春天柳樹種子上的茸毛，輕如棉絮，隨風飄舞，帶出詩情畫意。

【柳暗花明】liǔ àn huā míng ① 形容綠柳成蔭，繁花明麗的景色。② 比喻在困境中出現了希望或轉機。 同 峯迴路轉

〔古詩文〕山重水複疑無路，柳暗花明又一村。《遊山西村》陸游）

5 柱　柱 柱 柱 柱 柱 柱　柱

(普)zhù (粵)cyu⁵ 貯

① 柱子，建築物中起支撐作用的直立構件：偷樑換柱。② 形狀像柱子的東西：光柱 / 煙柱。

【柱石】zhù shí ① 柱子和墊在它下面的基石。② 比喻主要力量或擔當重任的人。

5 柿　柿 柿 柿 柿 柿 柿　柿

(普)shì (粵)ci⁵ 似

果樹名。果實扁圓形，橙黃色或紅色，甘甜可口，也叫柿子。

枷

枷 枷 枷 枷 枷 枷 　枷

(普) jiā (粵) gaa¹ 家

古代套在罪犯脖子上的木刑具：披枷戴鎖。

【枷鎖】jiā suǒ ① 古代刑具，枷和鎖鏈。② 比喻所受的壓迫或束縛：打碎套在身上的枷鎖。

枱

枱 枱 枱 枱 枱 枱 　枱

(普) tái (粵) toi⁴ 台

同"檯"。① 桌子：餐枱 / 寫字枱。② 支撐起來、平展的枱面狀物體：電腦枱 / 手術枱 / 乒乓球枱。

【枱面】tái miàn ① 桌子和枱狀物體上方的平面：枱面上放着一堆書。② 比喻公開場合：這事擺不上枱面。(同) 檯面

柬

柬 柬 柬 柬 柬 柬 　柬

(普) jiǎn (粵) gaan² 簡

信、名片、請帖等：請柬 / 書柬 / 柬帖。

柒

柒 柒 柒 柒 柒 柒 　柒

(普) qī (粵) cat¹ 漆

數字"七"的大寫。

染

染 染 染 染 染 染 　染

(普) rǎn (粵) jim⁵ 掩⁵

① 用染料着色：染髮 / 染色（用顏料着色）/ 染料（給紡織物染色的顏料）。② 沾染；感染：染病（得病、患病）/ 千萬別染上壞習氣。

【染指】rǎn zhǐ 中國古書記載：春秋時代，鄭國君主請臣下品嚐甲魚，故意不給子公吃，子公氣得用手指在盛甲魚的鼎裏蘸了點湯，嚐了嚐就走了。後人用"染指"比喻分享不該得到的利益。

架

架 架 架 架 架 架 　架

(普) jià (粵) gaa² 加²

① 支撐用具；放東西的用具：衣架 / 書架。② 主體結構：骨架 / 框架。③ 搭建；支撐：架橋 / 架起屋樑。④ 抵擋；承受：招架 / 錢多架不住揮霍。⑤ 鬥毆，爭吵：打架 / 吵架。⑥ 與數目字連用，表示外形似框架的東西的數量：一架鋼琴 / 兩架飛機。

【架子】jià zi ① 支撐或放置東西的用具：花盆架子 / 書架子。② 比喻結構、框架：構思好了劇本的架子。③ 指傲慢、自負、裝腔作勢的姿態：他沒架子 / 好在人前擺架子。

【架設】jià shè 把設備、物件凌空安裝起來：架設天線 / 架設高壓電線。

【架構】jià gòu ① 起定型作用的主體結構：體育館的架構。② 比喻事物的結構或格局：管理架構 / 學校的教學架構。(同) 結構

柔

柔 柔 柔 柔 柔 柔 　柔

(普) róu (粵) jau⁴ 由

① 軟：柔情 / 柔嫩（柔軟細嫩）/ 柔風細雨。② 讓硬的東西變軟：柔麻。③ 溫和：性情柔和。

【柔和】róu hé ① 柔軟溫和；柔弱溫和：說話柔和 / 柔和的陽光。② 柔軟：鴨絨被又輕又柔和。(同) 溫和 (反) 粗暴＊堅硬

【柔軟】róu ruǎn 軟，不硬：聲調柔軟 / 柔軟的座椅。(反) 堅硬

栽

栽 栽 栽 栽 栽 栽 　栽

(普) zāi (粵) zoi¹ 災

① 種植：栽花 / 栽種（種植）。② 織入；插進去：栽絨 / 板刷的毛栽得不齊。③ 摔倒、跌倒：一頭栽倒在地上。④ 比喻受挫、失敗或遭陷害：栽

算栽在他手裏了／栽個罪名就抓走了。

【栽培】zāi péi ① 種植並培育：精心栽培盆景。
② 培養造就；扶植提拔：多承您的栽培，我才有
今日。同 培育

框

框 框 框 框 框 框　框

⑱ kuàng ⑲ hong¹ 康／kwaang¹

① 加在周邊、起固定作用的架子：門框／框架／
眼鏡框。② 在四周加上線條：刪除框住的文字。
③ 限制；束縛：別被她把你框死了。

桂

桂 桂 桂 桂 桂 桂　桂

⑱ guì ⑲ kuai³ 季

① 桂花樹，學名木樨，秋季開白色或金黃色花，
花香四溢，做香料或食品用。② 肉桂，常綠樹
木，樹皮稱桂皮，做香料和烹調作料。③ 廣西壯
族自治區的簡稱。

【桂冠】guì guān 用月桂樹的枝葉編成的帽子，
古希臘人用以授予傑出詩人或競技優勝者。後借
指榮譽稱號、獎項或競技冠軍：贏得最佳導演的
桂冠。

🔍 桂冠 字形與字義有很大關係。"冠" 指的是
戴在頭上的很有法度的覆蓋物，即帽子。兩字形
近，了解字義後就不會把 "冠" 寫成 "寇"。

桔

桔 桔 桔 桔 桔 桔　桔

⑱ jú ⑲ gat¹ 吉

同 "橘"。詳見 "橘"。

桐

桐 桐 桐 桐 桐 桐　桐

⑱ tóng ⑲ tung⁴ 同

樹木名，有梧桐、泡桐、油桐等多個品種，經濟

價值大，木材較輕，用途廣泛。

株

株 株 株 株 株 株　株

⑱ zhū ⑲ zyu¹ 珠

① 樹被砍伐後露在地面上的樹樁、樹根：守株待
兔／枯木朽株。② 指植物個體：植株。③ 棵：
一株果樹。

【株連】zhū lián 牽連：一人做事一人當，豈能株
連別人。

栓

栓 栓 栓 栓 栓 栓　栓

⑱ shuān ⑲ saan¹ 山

① 用作開關的機件：門栓／消防栓。② 塞子。
指形狀、作用像塞子的東西：活栓／腦血栓。

桃

桃 桃 桃 桃 桃 桃　桃

⑱ táo ⑲ tou⁴ 途

① 一種果樹，開白色或粉紅色花，果實球形或扁
圓形，叫作桃或桃子，核仁做食品。② 形狀像桃
子的東西：棉桃／核桃。③ 指核桃：桃酥。

【桃李】táo lǐ 桃樹和李樹。比喻培養出來的學
生：桃李滿天下。

〔簡明詞〕桃紅柳綠、柳綠桃紅：紅色的桃花，
綠色的垂柳。形容雜花絢爛，綠葉生枝的春天
景色。

桅

桅 桅 桅 桅 桅 桅　桅

⑱ wéi ⑲ wai⁴ 圍

桅杆。帆船掛帆的柱杆；現代艦船懸掛航海信
號、架設天線的柱杆。

格

格格格格格格 格

⑧ gé ⑩ gaak³ 隔

① 空欄或空框：窗格 / 格局（架構；佈局）/ 印有寫字格的稿紙。② 標準、格式、規矩：合格 / 規格 / 格式（規格樣式）。③ 品質；特性：品格 / 別具一格。④ 攻擊，打鬥：格鬥（搏鬥）。

【格外】gé wài ① 超出尋常：格外高興。② 另外加的：她格外的負擔已經很重了。⑩ 分外

【格言】gé yán 富含哲理、有教育意義的話：同學們應當牢記"學如逆水行舟，不進則退"這句格言。

【格調】gé diào ① 風格和情調：雕像的格調端莊典雅。② 指人的品格、風範：格調高雅 / 格調平庸。

校 (一)

校校校校校校 校

⑧ xiào ⑩ haau⁶ 效 / gaau³ 窖

① 學校：校服 / 校車 / 校際（學校之間）。② 軍銜，在將官之下、尉官之上：少校、中校、上校 / 大校。

〔簡明詞〕校園：學校範圍之內。校舍：學校內的房屋建築。校規：學校訂立的規則、規矩。校風：校園內的風氣。校慶：學校建校紀念日。校友：稱呼曾同校學習工作過的老師和學生。

校 (二)

⑧ jiào/kǎo ⑩ gaau³ 效 / gaau³ 窖

① 考核、考察：這片草地原來是清代武舉校武的場地。② 核對；考訂：校對 / 校正（校對更正）。

核

核核核核核核 核

⑧ hé ⑩ hat⁶ 瞎

① 果實裏包裹着果仁的堅硬部分：桃核 / 棗核。口語讀 "hú"。② 像核的東西：細胞核 / 原子核。③ 仔細對照檢查：核查。④ 指核能、核武器：核電（核能發電）/ 核裁軍。

【核心】hé xīn 中心；主要部分：學校的核心工作是教學。⑩ 邊緣 * 外圍

【核能】hé néng 原子能，原子核發生裂變或聚變反應時產生的能量，故稱核能。

〔附加詞〕核武器：利用原子核發生反應釋放巨大能量，造成廣泛嚴重破壞的武器，如原子彈、氫彈等。

〔簡明詞〕核對：審核查對。核實：核對查證；審核查實。核准：審核批准。

根

根根根根根根 根

⑧ gēn ⑩ gan¹ 巾

① 植物下端深入泥土中的部分，起吸收養分、固定和支持主幹的作用；一些水生植物的根浮在水中；寄生植物的根扎在寄生體上。② 下面的那一部分：牆根 / 舌根 / 根基（基礎）。③ 本源，源頭：禍根 / 盤根問底。④ 依據：根據。⑤ 從根本上；徹底地：根絕 / 根除（徹底剷除）。⑥ 比喻子孫後代：獨根 / 他是楊家的根苗。⑦ 與數目字連用，表示長條形東西的數量：兩根金條 / 一根拐杖。⑩ 樹大根深

【根本】gēn běn ① 根源：從根本上解決。② 重要的、起決定作用的：根本措施 / 人才是根本。③ 徹底；完全：她根本是瞎說！④ 從來；本來：我根本沒這樣想過。

【根源】gēn yuán ① 主因，根本原因：設備陳舊是事故的根源。② 起源；來源：創作靈感根源於豐富的閱歷。

【根據】gēn jù ① 按照：根據法律辦事 / 根據事實說話。② 憑據：你這樣説，有甚麼根據？ 🔟 依照 * 依據

🔍 跟據 "跟" 意思是跟隨在後、緊接着。"根" 指的是事物的根源、依據。"根據" 是以某事物作為前提或基礎的語言或行為動作。

6 **栗**　栗栗栗栗栗栗　栗

(普)lì (粵)leot⁶ 律

栗樹，果實稱栗或栗子，是常用食品，材質堅硬，是優良的木料。

6 **柴**　柴柴柴柴柴柴　柴

(普)chái (粵)caai⁴ 豺

作燃料用的木頭：木柴 / 柴草。(俗)眾人拾柴火焰高

〔簡明詞〕柴火、柴禾、柴草：作燃料用的木頭、樹枝、雜草等植物體。柴米油鹽：指過日子的生活必需品。

6 **桌**　桌桌桌桌桌桌　桌

(普)zhuō (粵)coek³ 卓

① 桌子：方桌 / 飯桌 / 桌球（枱球）。② 與數目字連用，表示同 "桌" 相關的事物的數量：開了八桌喜酒。

6 **案**　案案案案案案　案

(普)àn (粵)on³ 按

① 一種矮腳木盤或漆盤，古代端送食品的餐盤：舉案齊眉。② 古代的短腳小桌；狹長的桌子：几案 / 案頭（指几案或書桌上）/ 拍案而起。③ 切肉菜切東西的案板：肉案。④ 案卷；記錄：檔

案 / 有案可查。⑤ 建議、計劃、設計等方面的文件、設計圖樣等：方案 / 提案 / 設計草案。⑥ 案件，觸及法律或列為偵辦的事件：涉案 / 翻案。

〔簡明詞〕案件：提起訴訟的事件；犯法的事件。案情：案件的情節。案例：典型的、可作為審判案件參考的個案；案例可被援引作為判案的法律依據。

6 **桑**　桑桑桑桑桑桑　桑

(普)sāng (粵)song¹ 爽¹

桑樹。葉子餵蠶吐絲，樹皮造紙，果實可食用、釀酒、做飲料。

【桑拿】sāng ná 桑拿浴，利用蒸汽排汗的沐浴方式：在浴室中，向燒紅的石頭澆水放出高溫蒸汽，讓人大量出汗，排除體內污垢，因源於芬蘭，又稱芬蘭浴。

7 **梆**　梆梆梆梆梆梆　梆

(普)bāng (粵)bong¹ 邦

敲打、碰撞木頭的聲音：梆的一聲，門被風吹得關上了。

7 **械**　械械械械械械　械

(普)xiè (粵)haai⁶ 懈

① 兵器：槍械。② 器械；器具：機械 / 械鬥（持武器聚眾打鬥）。

7 **梗**　梗梗梗梗梗梗　梗

(普)gěng (粵)gang² 耿

① 植物的莖和枝：花梗。② 挺直、挺着：梗着脖子。③ 正直；直爽：梗直（誠實正直）。④ 阻塞；阻礙：梗塞（堵塞）/ 從中作梗。⑤ 大略：

梗概（基本內容；簡明情況）。

梧

梧梧梧梧梧梧 梧

（普）wú （粵）ng⁴ 吳

梧桐：樹木名，木質輕而有韌性，可製樂器、家具。參見"桐"。

梢

梢梢梢梢梢梢 梢

（普）shāo （粵）saau¹ 筲

① 樹枝的末端：柳梢 / 樹梢。② 條狀物較細的一端：喜上眉梢。③ 末尾；結局：漫步春梢 / 希望有一個好的收梢。

桿 [杆]

桿桿桿桿桿桿 桿

（普）gǎn （粵）gon¹ 干

短的棒形物；細長的柄：筆桿 / 操縱桿。參見"杆"。

梅

梅梅梅梅梅梅 梅

（普）méi （粵）mui⁴ 煤

① 梅樹。早春開花，花清香，有白、紅、粉紅等色，有觀賞價值。果實叫梅子，味酸。② 指黃梅季節，初夏梅子發黃成熟的時期：入梅 / 出梅。

〔簡明詞〕梅花：① 臘梅。② 梅樹的花。梅雨：初夏江淮一帶的陰雨天氣，正當梅子黃熟的時節，故稱梅雨、黃梅雨。

梳

梳梳梳梳梳梳 梳

（普）shū （粵）so¹ 蔬

① 梳子，整理頭髮、毛髮的用具：牛角梳。
② 梳理毛髮：梳妝（梳洗打扮）/ 梳洗（梳頭洗臉）/ 為愛犬梳毛。

【梳理】shūlǐ ① 用梳子整理頭髮、鬍鬚等毛髮。
② 整理；理清：把問題梳理清楚。

梯

梯梯梯梯梯梯 梯

（普）tī （粵）tai¹ 替¹

① 梯子，攀上攀下的用具、設備：竹梯 / 雲梯。
② 像梯子的：梯形 / 梯田（在山坡上開闢的一層層的農田）。

桶

桶桶桶桶桶桶 桶

（普）tǒng （粵）tung² 統

盛東西的容器，大都為圓筒形，油的桶上有提手：油桶 / 水桶 / 木桶。

梭

梭梭梭梭梭梭 梭

（普）suō （粵）so¹ 梳

① 織布機上牽引緯線同經線交織的部件，兩頭尖，中間粗。② 與數目字連用，表示子彈的數量：打了兩梭子彈。

梨

梨梨梨梨梨梨 梨

（普）lí （粵）lei⁴ 離

果樹名，開漂亮的白花，果實多汁，是常用水果。

條 [条]

條條條條條條 條

（普）tiáo （粵）tiu⁴ 調

① 植物細長的枝：柳條 / 枝條。② 狹長的東西：收條 / 布條 / 麵條。③ 長條形狀的：條紋 / 條幅（長條字畫）。④ 條文：條約 / 條款（項目）/ 第二條。⑤ 秩序；層次；條理：井井有條 / 有條不

素。⑥ 相當於"道"、"項"、"個"，表示長條或分項事物的數目：一條大河 / 幾條措施 / 劃了一條口子。

【條件】tiáo jiàn ① 制約、影響事物的因素：艱苦的生活條件磨練意志。② 規定；標準：條件太高，我做不到 / 條件苛刻，無法接受。

【條例】tiáo lì ① 由政府頒佈的有法律效力的規定：文物保護管理條例。② 章程或規則：教育協會工作條例。⑩ 條規 * 規則

【條約】tiáo yuē 國與國簽訂的政治、軍事、經濟或文化等方面的協議書。⑩ 協定 * 協約 * 協議

【條理】tiáo lǐ ① 邏輯、層次：條理分明 / 說話條理清楚。② 順序、秩序：安排得很有條理。

⁷梁　梁梁梁梁梁梁 梁

(普)liáng (粵)loeng⁴ 良

① 在水平方向承重的長條形構件：房梁 / 橫梁 / 門梁。② 橋：橋梁 / 津梁。③ 山或物體上隆起的部分；器物上做提手的部分：山梁 / 鼻梁 / 提梁。

⁸棒　棒棒棒棒棒棒 棒

(普)bàng (粵)paang⁵ 棚⁵

① 棍子；棒狀物：當頭一棒 / 棒喝（對人敲警鐘，促其醒悟）。② 強壯；高超；美好：身體棒 / 球藝棒 / 長得真棒。

⁸棱 (一)　棱棱棱棱棱棱 棱

(普)léng (粵)ling⁴ 零

① 不同方向的兩個平面相接的部分：三棱鏡 / 桌子棱兒。② 物體上的條狀突起部分：冰棱 / 瓦棱。

【棱角】léng jiǎo ① 物體的棱和角：石頭的棱角很鋒利。② 比喻鋒芒、個性：艱苦歲月磨去了他的棱角。

⁸棱 (二)

(普)lēng (粵)ling⁴ 零

撲棱：① 禽鳥抖動翅膀。② 抖動翅膀的聲音。

⁸棋　棋棋棋棋棋棋 棋

(普)qí (粵)kei⁴ 其

① 一種娛樂和體育活動的器具。雙方依照規則用棋子在棋盤上攻防博弈，決出勝負：圍棋 / 象棋 / 棋藝（下棋的能力技巧）。② 棋子：舉棋不定 / 星羅棋佈。

⁸植　植植植植植植 植

(普)zhí (粵)zik⁶ 夕

① 栽種；移植：植樹 / 植皮（移植皮膚）。② 植物：植被（覆蓋地表的各種植物的總和）。③ 樹立；培養：培植 / 扶植。

【植物】zhí wù 生物的一大類，沒有神經和感覺，是人類不可缺少的生物體。葉子大都是綠色，內有葉綠素，能進行光合作用、製造營養，吸入二氧化碳排出氧氣，為人類提供食物和原材料，美化環境。

〔附加詞〕植物人：沒有知覺、腦功能喪失、只能呼吸和消化食物的人。

⁸森　森森森森森森 森

(普)sēn (粵)sam¹ 心

① 樹木又多又密集：原始森林。② 繁密；眾多：萬象森羅 / 星辰森列。③ 幽暗陰森：陰森森的山谷。

【森嚴】sēn yán ① 威嚴不可侵犯：等級森嚴。② 嚴密：戒備森嚴。

🔍 深嚴 "深" 指的是距離或程度的高大。"森" 指的是樹木眾多，引申為繁盛、嚴密的樣子。兩字音近易錯寫。

棟[栋] 棟棟棟棟棟棟 棟

⟨普⟩dòng ⟨粤⟩dung³ 凍

① 房屋的正梁：棟樑。② 指房屋：汗牛充棟。③ 與數目字連用，表示房屋的數量：一棟小別墅。

【棟樑（棟梁）】dòng liáng ① 大樑，房屋的正樑。② 比喻承擔重任的人：國家的棟樑。

椅 椅椅椅椅椅椅 椅

⟨普⟩yǐ ⟨粤⟩ji² 綺

椅子。有靠背的坐具：桌椅／靠背椅。

樓[栖] 樓樓樓樓樓樓 樓

⟨普⟩qī ⟨粤⟩cai¹ 妻

① 禽鳥在樹上歇宿。② 居住；停留：樓身（安身）／水陸兩樓動物。

【樓息】qī xī 停留；歇息：米埔是鳥類的樓息地。

棧[栈] 棧棧棧棧棧棧 棧

⟨普⟩zhàn ⟨粤⟩zaan⁶ 賺

① 堆放貨物的地方：糧棧／貨棧。② 客店、旅店：客棧。

【棧道】zhàn dào 在懸崖峭壁上鑿孔打進橫椿，在椿上鋪木板修成的小路。古人建造的川北通陝西的棧道最有名。⟨俗⟩明修棧道，暗度陳倉

椒 椒椒椒椒椒椒 椒

⟨普⟩jiāo ⟨粤⟩ziu¹ 焦

① 花椒。一種有香氣的經濟植物，果實可做調味品、可提煉麻醉藥。② 胡椒。一種經濟植物，果實圓球形，是常用調味品。③ 辣椒：乾椒。

棵 棵棵棵棵棵棵 棵

⟨普⟩kē ⟨粤⟩fo² 火

與數目字連用，表示草木的數量：一棵樹／八棵垂柳。

棍 棍棍棍棍棍棍 棍

⟨普⟩gùn ⟨粤⟩gwan³ 君³

① 棍棒：鐵棍／木棍子。② 無賴；惡徒：惡棍／賭棍。

椎 椎椎椎椎椎椎 椎

⟨普⟩zhuī ⟨粤⟩zeoi¹ 狙

椎骨，脊椎骨，自上而下分為頸椎、胸椎、腰椎、骶椎和尾椎。

棉 棉棉棉棉棉棉 棉

⟨普⟩mián ⟨粤⟩min⁴ 眠

① 棉花。經濟植物名，果實桃形，果內纖維叫棉花，是紡織品的主要原料，棉子可榨油。② 像棉花的絮狀物：石棉。

〔簡明詞〕棉花：① 經濟植物。② 棉花這種植物果實裏的纖維，是重要紡織原料和保暖用的原料。棉絮：棉花的纖維。棉衣、棉被：裏面填充棉絮，藉以保暖的衣服、被子。

棚

棚棚棚棚棚棚　棚

（普）péng （粵）paang⁴ 彭

① 棚子。用竹、木、金屬支架搭起來的簡易建築物：草棚 / 工棚 / 馬棚 / 棚戶。② 天花板：頂棚 / 天棚。

棕

棕棕棕棕棕棕　棕

（普）zōng （粵）zung¹ 忠

① 棕櫚。② 棕毛，棕櫚樹幹上的紅褐色纖維，做繩子、刷子、棕牀和蓑衣等物：棕繩。

【棕櫚】zōng lǘ 熱帶植物名。長柄大葉，圓柱形莖幹直立不分枝，外包棕毛，核果長圓形，是一種觀賞植物。棕毛可製繩、刷、床墊等物。

〔附加詞〕棕櫚油：油棕的果實榨出來的油，主要供食用，工業也用。

🔗 棕櫚油是"油棕"果皮和核仁榨出來的油，油棕與棕櫚是兩種不同的植物，因油棕與棕櫚在植物學上都屬於棕櫚科，故稱棕櫚油。

棺

棺棺棺棺棺棺　棺

（普）guān （粵）gun¹ 官

棺木、棺材：蓋棺定論。

棗 [枣]

棗棗棗棗棗棗　棗

（普）zǎo （粵）zou² 早

一種果樹，枝上長刺，果實味道甜美、富含營養，俗稱紅棗。

棘

棘棘棘棘棘棘　棘

（普）jí （粵）gik¹ 激

① 樹木名，俗稱酸棗樹，枝上長刺，果實味酸，

比棗小。② 指有刺的草木：荊棘叢生 / 披荊斬棘。③ 刺；扎：棘手（荊棘刺手。形容事情難辦、難對付）。

棠

棠棠棠棠棠棠　棠

（普）táng （粵）tong⁴ 堂

樹木名，分赤棠、白棠兩種：赤棠木質堅韌；白棠又叫棠梨，果實味甜酸，可以吃。

棄 [弃]

棄棄棄棄棄棄　棄

（普）qì （粵）hei³ 氣

① 丟；扔掉：丟棄 / 棄置（丟棄在一邊）/ 棄權（放棄權利）。② 離開：棄世（逝世）。

椰

椰椰椰椰椰椰　椰

（普）yē （粵）je⁴ 耶

椰子樹。樹幹直立，頂部叢生羽狀葉子，果實橢圓形，外殼堅硬，裏面中空有可飲用的汁液，果肉白色可食。

楂

楂楂楂楂楂楂　楂

（普）zhā （粵）zaa¹ 渣

山楂。

楚

楚楚楚楚楚楚　楚

（普）chǔ （粵）co² 礎

① 痛苦：痛楚。② 春秋戰國時代的國名。最初在今湖北和湖南北部地區，後擴展到長江中下游一帶。③ 指湖北或湖南和湖北：荊楚 / 楚文化。

⁹ 極 [极] 極極極極極極 極

(普) jí (粤) gik⁶ 擊⁶

① 最高點；頂點；盡頭：極點／極品（品級最高的）／貧富兩極分化。② 最大限度；最高程度：極重要／樂極生悲。③ 用盡：極力。④ 地球的南北兩端：南極／北極／極光。 (俗) 無所不用其極

【極端】jí duān ① 一個方面的盡頭：從一個極端走向另一個極端。② 非常，異常：學習極端努力。

〔簡明詞〕極力：竭盡全力；想盡辦法。極其、極為：極端，非常：天氣極其寒冷／環境極為惡劣。極度：非常、達到頂點：極度悲哀。極點：頂點，最高程度：壞到極點／人們憤怒到極點。極地：地球南極圈和北極圈以內的地區。極樂世界：佛教指阿彌陀佛居住的地方，認為在那裏可以獲得光明、寧靜和快樂。

⁹ 楷 楷楷楷楷楷楷 楷

(普) kǎi (粤) gaai¹ 佳／kaai² 鎧

① 標準；典範：楷模。② 書法中的楷書：大楷／楷體。

【楷書】kǎi shū 漢字的一種字體，就是如今通行的手寫體，由隸書演變而來。 (同) 正楷

【楷模】kǎi mó 榜樣；模範：奉為楷模。 (同) 表率 ＊典範

⁹ 楊 [杨] 楊楊楊楊楊楊 楊

(普) yáng (粤) joeng⁴ 羊

樹木名。樹高大，生長快，是製做器具、造紙等常用的木材，有多個品種，如白楊、胡楊、小葉楊等。

〔簡明詞〕楊柳：① 楊樹和柳樹的合稱。② 指柳樹。

⁹ 榆 榆榆榆榆榆榆 榆

(普) yú (粤) jyu⁴ 餘

樹木名。果實叫榆莢、榆錢，木質堅硬，用於建築或做器物。

⁹ 楓 [枫] 楓楓楓楓楓楓 楓

(普) fēng (粤) fung¹ 風

樹木名。樹幹高大，葉子秋天變紅，是其特色。

【楓葉】fēng yè 楓樹的葉子，形狀好像手掌，有三個大裂口，邊緣鋸齒形，葉子秋天變得紅豔豔，覆蓋山野，景觀亮麗。

〔附加詞〕楓葉國：加拿大以楓葉聞名於世，國旗上有一枚紅楓葉，人稱楓葉國。

〔文言選錄〕停車坐愛楓林晚，霜葉紅於二月花。（《山行》杜牧）

⁹ 概 概概概概概概 概

(普) gài (粤) koi³ 丐

① 大略；大致；總括：大概／概要（要點；梗概）／概述（簡述）／概貌（大概的面貌；大致的狀況）。② 一律；一概：概不退換。③ 氣度、風度：氣概。

【概念】gài niàn ① 認可的方法、做法、原則、目標等：他腦子裏沒這種概念，哪能做得成？② 把不同事物的共同點加以理性概括，就是概念。

【概況】gài kuàng 大致情況：各國概況／概況介紹。 (反) 詳情 ＊細節

【概括】gài kuò ① 歸納；總結：教學方案概括了老師的意見。② 簡單扼要：概括地加以解說。 (反) 詳細

椽 椽椽椽椽椽椽 椽
⑨

普chuán 粵cyun⁴ 全

中式房屋的屋頂上承放屋頂建築材料的條形木。

業[业] 業業業業業業 業
⑨

普yè 粵jip⁶ 葉

① 學業：課業。② 職業：就業／失業。③ 事業；基業：創業／業績。④ 行業：工業／企業。⑤ 財產：祖業／家業。⑥ 已經：業已準備就緒。

【業界】yè jiè 本行業範圍內，行業領域：業界都來祝賀。同 業內

【業務】yè wù 專業工作：業務水平／業務培訓。

【業餘】yè yú ① 正式工作以外的：業餘打工／業餘時間。② 非專業的：業餘歌手。

【業績】yè jì 工作成績；事業功績：業績輝煌。

榦 榦榦榦榦榦榦 榦
⑩

普gàn 粵gon³ 幹

樹的主幹。

構[构] 構構構構構構 構
⑩

普gòu 粵gau³ 救

① 把各部分組合、接合、聯合起來：構造／構築。② 結成；造成；編造：構怨／構成／虛構。③ 陷害：構陷（編織罪名陷害人）。

【構成】gòu chéng ① 形成；成為：構成事實／構成犯罪。② 裏面包含的成分：產品的成本構成不合理。

【構思】gòu sī ① 思考設想、設計想像：構思故事情節。② 構思出來的結果：構思巧妙。

【構造】gòu zào 內部各種成分的組合關係：玩具的構造／發電機的構造。同 結構

【構想】gòu xiǎng ① 構思；設想、想像：構想未來。② 構思出來的設想：新奇的構想／她的構想很神奇。

榻 榻榻榻榻榻榻 榻
⑩

普tà 粵taap³ 塔

矮牀；牀：竹榻／臥榻／牀榻。

榭 榭榭榭榭榭榭 榭
⑩

普xiè 粵ze⁶ 謝

建在高台上的廳，四壁大都只有窗格：水榭／樓台亭榭。

槐 槐槐槐槐槐槐 槐
⑩

普huái 粵waai⁴ 懷

樹木名。有洋槐和中國槐等品種，花和果實可製作黃色染料。

槌 槌槌槌槌槌槌 槌
⑩

普chuí 粵ceoi⁴ 除

捶擊敲打的工具，有柄，一頭漸粗或做成球形、圓柱形：棒槌／鼓槌。

槍[枪] 槍槍槍槍槍槍 槍
⑩

普qiāng 粵coeng¹ 昌

① 古代兵器。長柄，頂端有金屬尖頭：明槍暗箭。② 手持的輕便武器：手槍／步槍。③ 性能或形狀像槍的器械：水槍／焊接槍。俗 槍打出頭鳥

〔簡明詞〕槍械：槍類武器的統稱。槍法：用槍射擊的技術；使用古代長槍的武藝。槍手：

① 古代使用長槍的士兵；現代槍類武器的射擊手。② 冒名替別人應試的人。

榴 榴榴榴榴榴榴 榴
10

(普)liú (粵)lau⁴ 流

① 石榴：榴紅（石榴花的紅色）／五月榴花紅似火。② 榴蓮：果木名。果實近似球形，表皮多硬刺，果肉柔軟有異香，原產馬來西亞，中國廣東與海南有種植。

槁 槁槁槁槁槁槁 槁
10

(普)gǎo (粵)gou² 稿

乾枯：枯槁／槁木死灰（形容心灰意冷）。

榜 榜榜榜榜榜榜 榜
10

(普)bǎng (粵)bong² 綁

① 張貼的名單：榜上有名。② 古代指文告：張榜招賢。

【榜樣】bǎng yàng 楷模、表率，值得學習的人或事。(同)楷模

榨 榨榨榨榨榨榨 榨
10

(普)zhà (粵)zaa³ 詐

① 壓出物體的汁液：榨油／榨糖。② 壓迫：壓榨平民百姓。

【榨取】zhà qǔ ① 用擠壓的方法取得：榨取甘蔗汁。② 比喻剝削、搜刮：榨取錢財／榨取窮人的血汗。(同)壓榨 (反)施捨

榕 榕榕榕榕榕榕 榕
10

(普)róng (粵)jung⁴ 容

① 榕樹。熱帶、亞熱帶樹種，枝繁葉茂，枝幹生出下垂的氣根，氣根入土則長成新幹。② 福建省福州市的別稱。

榮[荣] 榮榮榮榮榮榮 榮
10

(普)róng (粵)wing⁴ 永 ⁴

① 草的花。② 茂盛：本固枝榮。③ 興盛；顯貴：繁榮／榮耀。④ 光彩；光榮：殊榮／虛榮／榮獲（光榮獲得）／榮耀（榮譽，光彩顯耀）／榮辱（光榮和恥辱）。(俗) 一損俱損，一榮俱榮

【榮幸】róng xìng 榮耀和幸運：閣下光臨，榮幸之至。(反)恥辱

【榮譽】róng yù ① 榮耀的名譽：維護學校的榮譽。② 榮耀；光榮：榮譽稱號。

樁[桩] 樁樁樁樁樁樁 樁
11

(普)zhuāng (粵)zong¹ 莊

① 一端或全部打入、埋入土中的柱形物：木樁／橋樁／打樁。② 件：一樁心事／兩樁生意。

模 (一) 模模模模模模 模
11

(普)mó (粵)mou⁴ 毛

① 標準；規範；榜樣：模式／模本／楷模。② 依照樣子做：模仿。

【模式】mó shì 標準樣式：電子商務模式／元宇宙的發展模式。

【模仿】mó fǎng 照着現成的樣子做：模仿她俏皮的樣子。(同)模擬 * 仿照 (反)創新

【模型】mó xíng 仿照實物的形狀按比例製成的物品：汽車模型／建築模型。

【模範】mó fàn ① 做榜樣的：模範作用。② 作榜樣的人：她是我們學習的模範。圖 楷模＊榜樣

【模糊】mó hú ① 不明確；不清楚：話說得很模糊／嚇得神志模糊。② 混在一起，一片糊塗：雙眼淚水模糊。反 清楚

【模擬】mó nǐ 模仿：模擬考試／模擬同學的發笑動作。圖 仿照

【模特兒】mó tèr ① 寫生或雕塑用作參照物的人體、實物或模型。② 展示服裝式樣的人或人體模型：時裝模特兒。③ 作品中人物形象的原型。

模（二）

11

普 mú　粵 mou⁴ 毛

模具，壓製、鑄造零部件或物件的模子：銅模／字模。

【模樣】mú yàng ① 長相；樣子：生得一副好模樣／打扮的模樣很怪。② 趨勢；情況：看這模樣，快下兩了。

槽

11

槽槽槽槽槽槽 槽

普 cáo　粵 cou⁴ 曹

① 盛飼料和餵牲畜的長形器具：牛槽／豬槽。② 指槽形器具：酒槽／水槽。③ 兩邊高、中間凹下的部分：河槽／渡槽。

樞[枢]

11

樞樞樞樞樞樞 樞

普 shū　粵 syu¹ 書

① 門扇兩端的轉軸：樞紐。② 比喻中心的、關鍵的部分：神經中樞。俗 流水不腐，戶樞不蠹

【樞紐】shū niǔ ① 門窗的轉軸；器物的提紐。② 關鍵部位或中心環節：交通樞紐／信息樞紐。圖 中樞

🔍 樞紐 "鈕" 指的是電器或設備中需要人用手操作的部分。"紐" 指的是可操縱的關鍵部位。兩字形近部件不同易錯寫。

標[标]

11

標標標標標標 標

普 biāo　粵 biu¹ 彪

① 非根本的方面：標本兼治。② 標誌；記號：商標／標點。③ 旗幟；獎品：錦標／奪標。④ 目的：目標。⑤ 標準：音標。⑥ 指標：超標／達標。⑦ 加上數碼、文字或記號：標價／標上符號。⑧ 開出的條件或價格：招標／投標／中標。⑨ 俊美：標致（漂亮）。

【標本】biāo běn ① 枝節和基本方面：標本兼顧。② 生物、礦物的樣品；做研究、化驗的樣本：蝴蝶標本／礦石標本／癌細胞標本。③ 樣板：蘇州拙政園是江南園林的標本。

【標記】biāo jì 具有特徵的記號：在樹皮上削個十字當標記。圖 記號

【標準】biāo zhǔn ① 衡量事物的準繩：最低薪酬標準。② 準確無誤、用作比較參照的東西：北京標準時間。

〔附加詞〕標準語：國家通行的官方語言。標準音：標準語的語音；普通話的標準音是北京語音。

【標榜】biāo bǎng ① 借用某種名義宣傳：標榜自己的能力。② 吹噓；誇耀：在朋友面前切忌標榜自己。

〔簡明詞〕標明：標示明白，讓人知道。標示：標明；顯示；表明。標貼：貼在商品上面的小標誌。標籤、標簽：標明物品名稱、用途、價格等的紙籤子。標語：載有簡短口號的宣傳品。

【標誌】biāo zhì ① 有特徵並可識別的記號：交通標誌。② 具有象徵意義的東西或事件：蘇聯解體是冷戰結束的標誌。③ 代表、標示：載人飛船的成功，標誌着中國成為航天大國。

【標點】biāo diǎn ① 標點符號。② 給文字加上標點符號：標點一段古文。

【標題】biāo tí 表明作品內容的簡明文句：新聞標題 / 文章的標題。⟨同⟩題目

樓 [楼] 樓樓樓樓樓樓 樓

⟨普⟩ lóu ⟨粵⟩lau⁴ 流

① 樓房：高樓大廈。② 樓房的一層：我家住在十樓。③ 某些裝飾性建築：牌樓 / 門樓。④ 在建築物上加蓋的房子：城樓 / 閣樓。⑤ 某些食肆、娛樂場所等：酒樓 / 戲樓。⟨俗⟩近水樓台先得月

〔簡明詞〕樓房、樓宇：兩層以上的房屋。樓台：① 樓房和亭台。② 指樓房。

樊 樊樊樊樊樊樊 樊

⟨普⟩ fán ⟨粵⟩faan⁴ 凡

① 籬笆：樊籬（比喻束縛、限制）。② 籠子：樊籠（關鳥獸的籠子，比喻受束縛、不自由的處境）。

樟 樟樟樟樟樟樟 樟

⟨普⟩ zhāng ⟨粵⟩zoeng¹ 章

樹木名。枝幹葉有樟腦香氣，防蟲防蛀，從中可提取樟腦、樟油。木質緻密堅硬，是做傢具的優良木材。

【樟腦】zhāng nǎo 從樟樹提取製成的無色透明晶體，有香味，易揮發，生活中用於防蟲、防蛀、防腐。

樣 [样] 樣樣樣樣樣樣 樣

⟨普⟩ yàng ⟨粵⟩joeng⁶ 讓

① 形狀：照原樣做一個。② 模樣；神情：還是老樣子沒變 / 看他那陰陽怪氣的樣子。③ 標準樣板；樣品：榜樣 / 看樣定貨。④ 情景；情況：看這樣兒，我們贏定了。⑤ 與數目字連用，表示種類、東西的數量：六樣菜 / 兩樣玩具。

【樣子】yàng zi ① 式樣，款式：鞋的樣子過時了。② 人的模樣、神態：樣子挺端正 / 吊兒郎當的樣子。③ 情景；狀況：看樣子要下雪了 / 照這樣子下去肯定垮台。④ 供參照、模仿的標準樣品：照這樣子剪裁就行了。

【樣本】yàng běn ① 當作樣品的出版物。② 各種商品圖樣的印刷本，供顧客選擇商品用。

【樣板】yàng bǎn ① 供比照、參考的標準樣品：樣板房。② 榜樣：學習的樣板。⟨同⟩楷模

樑 [梁] 樑樑樑樑樑樑 樑

⟨普⟩ liáng ⟨粵⟩loeng⁴ 良

屋樑，建築物的橫樑。

樂 [乐] ⁽⁻⁾ 樂樂樂樂樂樂 樂

⟨普⟩ lè ⟨粵⟩lok⁶ 落

① 快樂；高興：歡樂 / 安樂 / 樂園（快樂的園地）。② 令人高興的事情：取樂 / 作樂 / 樂事（讓人高興快樂的事情）。③ 笑：樂得合不上嘴。④ 樂意做、很願意做：津津樂道。

【樂於】lè yú 樂意、願意：樂於跟他一塊兒讀書。⟨反⟩苦於

【樂得】lè dé 情況合乎自己的心願，隨其自然，不加干涉：既然她都安排好了，我也樂得跟她一起去。

【樂意】lè yì ① 願意：樂意幫助人。② 滿意；高興：人人都樂意 / 心裏不樂意。⟨反⟩被迫

【樂趣】lè qù 快樂的情趣：盡享人生的樂趣。⟨反⟩痛苦

【樂觀】lè guān 認為前景光明，充滿信心：不容

樂觀／她一生都是樂觀的。 反 悲觀

11 樂[乐] (二)

普 yuè 粵 ngok⁶ 愕

音樂：奏樂／交響樂。

【樂曲】yuè qǔ ① 音樂作品的統稱。② 音樂的曲調：這首樂曲的節奏感很強。

〔簡明詞〕樂器：演奏音樂的器具，如鋼琴、小提琴、小號、二胡、琵琶等。樂隊：由演奏各種樂器的樂手組成的團隊。樂團：演奏音樂的職業團體。

11 槳[桨]　槳槳槳槳槳槳 槳

普 jiǎng 粵 zoeng² 掌

撥水推動船前進的工具，上半截圓桿，下半截平板，多用木製。現代船艦使用機械槳：划槳／螺旋槳。

12 樺[桦]　樺樺樺樺樺樺 樺

普 huà 粵 waa⁶ 話

樹木名。有白樺、紅樺、黑樺等多個品種，木質堅硬，用於建築、製做傢具等。

12 橄　橄橄橄橄橄橄 橄

普 gǎn 粵 gam² 感

橄欖：木名，長橢圓形的果實兩頭尖，可食用，橄欖是上等油料。

12 樹[树]　樹樹樹樹樹樹 樹

普 shù 粵 syu⁶ 豎

① 木本植物的總稱：樹木。② 栽種；培育：樹木容易樹人難。③ 樹立；建立：樹威／獨樹一幟。俗 十年樹木，百年樹人

【樹立】shù lì 建立；確立：樹立品牌／樹立自信心。反 喪失

【樹蔭】shù yīn 樹木枝葉遮住陽光形成的陰影：濃密的樹蔭。俗 大樹底下好乘涼

【樹敵】shù dí 同人結怨，變成自己的敵人。同 結怨 反 交友

【樹大根深】shù dà gēn shēn 比喻實力強，根基深廣。

✎ 〔分清楚下列同樹相關的詞語〕樹木：樹的統稱。樹林：生長在一起的大片樹木。樹叢：密密麻麻生長的樹木。樹根：樹木長在土裏面的那一部分。樹幹（樹榦）：樹木根以上的主幹。樹枝：樹木主幹上長出來的枝條。樹梢：樹枝的末端。樹冠：樹幹以上的枝葉形成的冠狀部分。樹葉：樹木的葉子，是樹木進行光合作用、釋放氧氣、製造養分的地方。

12 橫[横] (一)　橫橫橫橫橫橫 橫

普 héng 粵 waang⁴

① 同水平面平行的：橫樑。② 左右方向的；東西方向的：橫寫／橫貫（橫向穿過）／橫跨（跨越、越過）。③ 把長的物體轉到左右水平方向：橫刀立馬／把竹桿橫過來。④ 漢字由左向右平寫的筆劃，形狀是 "一"："工" 字的起筆是橫。⑤ 交錯；雜亂：熱淚橫流／雜草橫生。俗 橫下一條心／橫挑鼻子豎挑眼

【橫豎】héng shù ① 橫和豎的方向，指範圍：橫豎百十里。② 反正：由他去，橫豎他自己負責。

【橫向】héng xiàng 左右向的；東西向的；水平向的：兩條橫向的快速路／密切雙方的橫向聯繫。反 縱向

【橫七豎八】héng qī shù bā 形容雜亂無序不整齊：橫七豎八撒了一地。同 亂七八糟 反 整整齊齊

12 橫 [横] (二)

（普）hèng （粵）waang⁶

① 粗暴，蠻不講理：專橫 / 驕橫。② 不正常的、意外的：橫財 / 橫禍（意外的禍難）。

12 樸 [朴]　樸 樸 樸 樸 樸 樸　樸

（普）pǔ （粵）pok³ 撲

① 原木，沒加工的木材。② 純真；簡樸：淳樸 / 簡樸。

【樸素】pǔ sù ① 質樸，不豔麗：樸素大方。② 節儉：生活樸素。（反）浮華＊奢華

【樸實】pǔ shí ① 淳樸誠實：叔叔是個寬厚樸實的人。② 樸素，不華麗：房間佈置得樸實大方。（同）純樸＊質樸

12 橋 [桥]　橋 橋 橋 橋 橋 橋　橋

（普）qiáo （粵）kiu⁴ 喬

① 橋梁：鐵橋 / 金門大橋。② 形狀像橋的建築物：過街橋 / 登機橋。

【橋梁（橋樑）】qiáo liáng ① 跨越下面的溝谷、水面、通道、房屋建築等，把兩邊連接起來的建築物。② 比喻起聯繫溝通作用的人或事物：搭建貿易橋梁 / 通向成功的橋梁。

12 樵　樵 樵 樵 樵 樵 樵　樵

（普）qiáo （粵）ciu⁴ 潮

① 柴禾：在山上採樵。② 打柴：樵夫。

12 橡　橡 橡 橡 橡 橡 橡　橡

（普）xiàng （粵）zoeng⁶ 象

橡膠樹。生長在熱帶、亞熱帶地區，樹內含乳白色膠質物，是製造天然橡膠的原料。

【橡皮】xiàng pí 用橡膠製成的文具，能擦除筆墨痕跡。

【橡膠】xiàng jiāo 一種有彈性的物質，分天然橡膠、合成橡膠兩類。具有強彈性、柔韌性、絕緣性、不透水、不透氣等特性，在工業和生活上用途極廣，各種輪胎都是橡膠製品。

12 樽　樽 樽 樽 樽 樽 樽　樽

（普）zūn （粵）zeon¹ 津

① 古代的盛酒器。② 杯：一樽水 / 金樽美酒。

12 橙　橙 橙 橙 橙 橙 橙　橙

（普）chéng （粵）caang⁴ 撐⁴

果木名。果實圓形，紅黃色，汁多味甜，也稱橘，是常用水果，果皮可做調味品和中草藥。

12 橘　橘 橘 橘 橘 橘 橘　橘

（普）jú （粵）gwat¹ 骨

果木名。果實圓形，紅黃色，汁多味甜，也稱橙，是常用水果，果皮可做調味品和中草藥。

12 橢 [椭]　橢 橢 橢 橢 橢 橢　橢

（普）tuǒ （粵）to⁵ 妥

長圓形：橢圓。

12 機 [机]　機 機 機 機 機 機　機

（普）jī （粵）gei¹ 基

① 古代的弩和現代槍械的發射裝置：弩機 / 扣緊扳機。② 機器：發電機 / 洗衣機。③ 飛機：航機 / 座機。④ 要事、大事：機密。⑤ 關鍵因素；

時機、機會：一線生機／錯失良機。⑥ 機能；活力：有機體／生機勃勃。⑦ 心思、念頭：動機。⑧ 靈敏、靈活：機警／機靈。俗 機不可失，時不再來

【機車】jīchē 在鐵路上牽引車輛的動力車：內燃機車／電氣機車。

【機制】jīzhì 事物內在的結構、相互關係和協調運作的能力或系統：生理機制／市場機制／競爭機制。同 機能

【機能】jīnéng ① 生物體內各方面的相互作用和運行能力：消化機能／免疫機能。② 履行職責和發揮作用的內在能力。同 機制

【機械】jīxiè ① 機器和利用力學原理運轉的裝置：機械手錶。② 呆板，不靈活：笨得出奇，腦子機械得不得了。反 刻板 * 僵化

【機動】jīdòng ① 用機器驅動的：機動車輛。② 根據情況隨時調整：靈活機動。③ 可以靈活使用的：機動部隊／機動款項。同 靈活 反 死板 * 固定

【機敏】jīmǐn 機智敏銳：處事機敏／應對問答機敏過人。同 機警 反 愚蠢

【機密】jīmì ① 重要、不得外泄的：機密文件／機密檔案。② 機密事項：刺探商業機密。同 秘密

【機智】jīzhì 聰明靈敏有智慧：在談判中表現得很機智。反 蠢笨 * 愚蠢

【機遇】jīyù 有利的時機、環境：抓住機遇／錯失機遇。同 機會 * 時機

【機會】jīhuì 有利的時機：機會難得／喪失機會。同 機遇 * 時機

【機器】jīqì 利用機械能推動運轉的裝置，如內燃機、起重機等。

〔附加詞〕機器人：由電腦操控、可代替人做些事情的自動化機械。

【機關】jīguān ① 控制機械的關鍵部件。② 用機械控制的：機關槍。③ 計謀；心計：用盡機關。

④ 處理事務的機構或部門：政府機關。

【機警】jījǐng 機智敏銳，反應迅速：辦事機警／機警的目光。反 遲鈍

13
檔 [档]　　檔檔檔檔檔檔 檔

普 dàng 粵 dong³ 擋／dong² 黨

① 器物上的支撐物：橫檔。② 分成格子、存放案卷的櫃子：存檔／歸檔。③ 等級：檔次（等級、層次）／高檔產品／中檔襯衣。④ 件、樁、批：這檔事／那檔事／一檔節目。

【檔案】dàng àn 分門別類、備查閱的文件、記錄、材料等：檔案館／醫療檔案。

13
檢 [检]　　檢檢檢檢檢檢檢 檢

普 jiǎn 粵 gim² 撿

① 約束；限制：行為不檢。② 查：藥檢／免檢。

〔文言選錄〕既昏便息，關鎖門戶，必親自檢點。《朱子家訓》朱柏廬

【檢查】jiǎn chá ① 查看；檢驗：健康檢查／檢查身份證。② 檢索查找：方便檢查。③ 檢討：勇於認錯，當面檢查。

【檢討】jiǎn tǎo ① 承認和反省錯誤：誠懇檢討。② 總結研討得失成敗，以求進取：老師開會檢討前段的教學工作。同 反省 * 總結

〔簡明詞〕檢索：查檢，查找。檢測：檢驗測試。檢驗：查驗，檢查驗證。檢修：檢查修理。檢獲：查獲。檢控：向司法機關控告。

【檢察】jiǎn chá 偵察確定犯罪事實：檢察官／總檢察長。

【檢閱】jiǎn yuè ① 翻檢查閱：檢閱參考書。② 按照一定的儀式進行視察：檢閱裝甲部隊。同 查閱

【檢舉】jiǎn jǔ 揭發別人的過失或不法行為：檢舉電話／保護檢舉人。反 包庇 * 縱容

【檢點】jiǎn diǎn ① 驗看查點：檢點參賽的人數。
② 自律，約束自己：行為檢點。⒧ 放縱

13 檜[桧]　檜檜檜檜檜檜　檜
⒧ huì ⒧ kui² 潰
用於人名。南宋有秦檜，是後世公認的奸臣。

13 檐　檐檐檐檐檐檐　檐
⒧ yán ⒧ kui² 嚴
同 "簷"。① 屋頂伸出屋牆外的部分：房檐 / 飛
檐。② 物體上像屋檐的部分：帽檐。

13 檀　檀檀檀檀檀檀　檀
⒧ tán ⒧ jinn⁴ 壇
樹木名。生長於熱帶，有黃檀、紫檀、青檀、檀
香等品種，木質堅硬，是做傢具和裝飾物的優等
木料：檀香扇 / 紫檀雕屏。
【檀香】tán xiāng 檀木中的名貴品種，木質堅硬
有香氣，可做香料，可製做器物、扇骨等物。

14 檬　檬檬檬檬檬檬　檬
⒧ méng ⒧ mung⁴ 蒙
檸檬。詳見 "檸"。

14 檯　檯檯檯檯檯檯　檯
⒧ tái ⒧ toi⁴ 台
同 "枱"。詳見 "枱"。

14 櫃[柜]　櫃櫃櫃櫃櫃櫃　櫃
⒧ guì ⒧ gwai⁶ 跪
櫃子：書櫃 / 衣櫃 / 貨櫃 / 裝飾櫃 / 櫃檯（商店的
售貨檯）。
【櫃子】guì zi 存放文件、書籍、衣服、貨物等的
櫃子，多為方形、長方形，一般用木料或金屬做
成，貨櫃則用金屬製作。
【櫃位】guì wèi ① 房屋內放置櫃子的地方。
② 碼頭和貨船上存放貨櫃的位置。③ 貨櫃內放
商品的位置。

14 檻[槛]⁽⁾　檻檻檻檻檻檻　檻
⒧ jian ⒧ haam⁵
欄杆。

14 檻[槛]⁽⁾
⒧ kǎn ⒧ laam⁶ 濫
門框下的橫木：門檻。

14 檸[柠]　檸檸檸檸檸檸　檸
⒧ níng ⒧ ning⁴ 寧
檸檬：果木名，果實卵形，味酸，是製作飲料、
提取檸檬酸的原料。

15 櫚[榈]　櫚櫚櫚櫚櫚櫚　櫚
⒧ lú ⒧ leoi⁴ 雷
棕櫚。詳見 "棕櫚"。

15 櫥[橱]　櫥櫥櫥櫥櫥櫥 櫥

(普)chú (粵)cyu⁴ 廚

存放衣服、器皿等物件的傢具：衣櫥 / 書櫥 / 碗櫥 / 櫥櫃（存放衣物、食具等物品的櫃子）。

【櫥窗】chú chuāng ① 商店展示樣品的臨街玻璃窗。② 展覽圖片、物件或張貼告示、宣傳品的玻璃窗。

17 櫻[樱]　櫻櫻櫻櫻櫻櫻 櫻

(普)yīng (粵)jing¹ 英

櫻桃，果木名。果實淺紅色，小球形，味酸甜。木質堅硬，可製做傢具。

【櫻花】yīng huā 觀賞樹木。原生於日本，花紅白色，開花之日，花樹燦然，中國有種植。

17 欄[栏]　欄欄欄欄欄欄 欄

(普)lán (粵)laan⁴ 蘭

① 欄杆。② 關養家畜的圈：牛欄。③ 劃分出來、區分內容的不同版面或格子：欄目 / 備註欄 / 專欄作家 / 報稅表有十欄。④ 體育器材：跨欄賽跑。

〔簡明詞〕欄杆：安裝在橋梁、道路、高台等處起阻攔保護作用的圍欄。欄目：按照內容劃分並加標題的各個部分，多用於視像節目和報紙刊物當中。

18 權[权]　權權權權權權 權

(普)quán (粵)kyun⁴ 拳

① 秤錘：銅權 / 鐵權。② 衡量；比較：權衡利弊。③ 權力：實權 / 大權旁落。④ 權利：人權 / 著作權。⑤ 有利的形勢；有利的地位：制空權 / 主動權。⑥ 靈活變化：通權達變。⑦ 暫且、姑且：權且 / 權作。

【權力】quán lì ① 強制的力量。② 領導和支配力量：行使總裁的權力。

✎ "權利"還是"權力"？"權利"指的是依法應該享受的利益；"權力"指的是指揮處理人或事物的權限和力量。

【權利】quán lì 法律保障享有的權力和利益。(反)義務

【權威】quán wēi ① 使人信服的力量和威望：權威著作 / 有權威的醫生。② 最有影響、最有地位的人：學術權威。

【權益】quán yì 依照法律而享有的不容侵犯的權力和利益：正當權益 / 維護消費者的合法權益。

【權衡】quán héng ① 秤錘和秤桿。② 斟酌衡量：權衡利弊得失。(同)衡量 * 掂量

〔簡明詞〕權限：職權範圍。權責：權力和責任。權勢：權力和勢力。權貴：位高權重的人物。權術、權謀：手腕、手段和謀略。權且：暫且、姑且。權作、權當：姑且認為、姑且當作。

21 欖[榄]　欖欖欖欖欖欖 欖

(普)lǎn (粵)laam⁵ 覽

橄欖。詳見"橄"。

欠部

0 欠　欠欠欠 欠

(普)qiàn (粵)him³ 險 ³

① 打呵欠。② 借人財物未還；應給人的未給：欠債 / 欠人情。③ 不夠；缺少：欠妥 / 說話欠考慮。

【欠缺】qiàn quē ① 缺少；不足：欠缺經驗。

② 不足之處：還有不少欠缺。

次

次 次 次 次 次 **次**

〔普〕cì 〔粵〕ci³ 刺

① 順序；先後：名次 / 依次入席。② 第二：其次 / 次要。③ 質量差，品質不好：買了一批次品。④ 與數目字連用，表示按順序統計或重復的數目的多少：已經是第三次了 / 坐過八次飛機 / 反反覆覆搞了很多次。

【次序】cì xù 排列先後的順序：請大家按次序排好隊。

【次要】cì yào 不很重要，重要性的等級低：這是次要問題，現在沒時間處理。 主要

【次數】cì shù 言行動作、事件等重復的數目：為這事不知來回跑了多少次數。

欣

欣 欣 欣 欣 欣 **欣**

〔普〕xīn 〔粵〕jan¹ 因

喜悅、高興：歡欣 / 欣喜（歡喜）。

【欣賞】xīn shǎng ① 領略：邊走邊欣賞山水風光。② 賞識：我很欣賞他的為人。 反 厭惡 * 討厭

【欣欣向榮】xīn xīn xiàng róng 形容草木生長茂盛；比喻繁榮昌盛、蓬勃發展。 同 蒸蒸日上 反 每況愈下

欲

欲 欲 欲 欲 欲 **欲**

〔普〕yù 〔粵〕juk⁶ 肉

① 同 “慾”。願望：貪欲 / 欲望（強烈的願望）。② 想要、希望：暢所欲言。③ 將要：太陽欲落的時候。 俗 欲速則不達 / 山雨欲來風滿樓 / 己所不欲，勿施於人

〔文言選錄〕己所不欲，勿施於人。（《論語・衛靈公》）

款

款 款 款 款 款 款 **款**

〔普〕kuǎn 〔粵〕fun² 歡²

① 條文裏的分項：條款 / 第二條第六款。② 錢財：一筆巨款。③ 殷勤招待：款客 / 款待。④ 規格、樣式：款式（格式；式樣）/ 新款。⑤ 緩慢：款款而來（緩緩走過來）。⑥ 字畫、書信頭尾上的題名：題款 / 落款。⑦ 與數目字連用，表示樣式、種類的數目，相當於 “樣”、“種”：四款點心 / 兩款時裝。

【款待】kuǎn dài 殷勤招待、熱情接待：盛情款待。 反 慢待

【款項】kuǎn xiàng ① 數目較大的錢：那筆款項還沒收到。② 法規、條約等條文的項目：那條款項措詞不妥。

欺

欺 欺 欺 欺 欺 欺 **欺**

〔普〕qī 〔粵〕hei¹ 希

① 騙，隱瞞真相：欺詐（耍弄手段騙人）/ 自欺欺人。② 壓迫；侮辱：欺壓（欺凌壓迫）/ 仗勢欺人。

【欺騙】qī piàn 用虛假言行掩蓋事實真相，使人上當。 同 欺詐

〔簡明詞〕欺負、欺侮、欺凌：侵犯、壓迫或侮辱。

欽[钦]

欽 欽 欽 欽 欽 欽 **欽**

〔普〕qīn 〔粵〕jam¹ 音

① 恭敬、敬重：欽佩 / 欽敬（敬重佩服）。② 皇帝下令或親自做：欽定 / 欽賜 / 欽差大臣。

〔簡明詞〕欽差大臣：① 皇帝特命派出巡視或辦事的大臣。② 比喻奉上命下來辦事的人。

歇 [9]

歇 歇 歇 歇 歇 歇 **歇**

普 xiē　粵 hit³ 蠍

① 休息：歇一會兒。② 睡覺；住宿：上床歇了 / 在小酒店歇了一夜。③ 停止：歇業（停業）。

【歇息】xiē xi ① 休息：我歇息一會兒。② 睡覺；住宿：爺爺很早就歇息了 / 在寺廟歇息了一晚。

【歇後語】xiē hòu yǔ 一種熟語。由兩部分組成，前文是比喻語，後文是解釋語，如“外甥打燈籠，照舊”（照舊是照舅的諧音）；也可隱去後文，僅以前文表達意思，如“黃鼠狼給雞拜年”，省去後文“沒安好心”。

歌 [10]

歌 歌 歌 歌 歌 歌 **歌**

普 gē　粵 go¹ 哥

① 歌曲；歌辭：民歌 / 歌謠。② 歌唱：引吭高歌。③ 頌揚：可歌可泣。

【歌唱】gē chàng ① 唱歌。② 用唱歌、朗誦等形式頌揚：歌唱東方之珠。

【歌詠】gē yǒng 歌唱、吟誦：歌詠晚會。

【歌頌】gē sòng 用詩歌頌揚或用言語文字讚美：歌頌團結友愛的精神。同 讚頌＊頌揚

【歌舞】gē wǔ ① 唱歌和跳舞：同學們盡情歌舞。② 一種以歌唱和舞蹈配合表演的藝術形式：演出一台歌舞。

【歌劇】gē jù 以歌唱為主的戲劇形式：觀看歌劇《茶花女》。

【歌謠】gē yáo 可傳唱的歌辭或韻文，如民歌、童謠、民謠：巴蜀歌謠 / 民間歌謠。

歉 [10]

歉 歉 歉 歉 歉 歉 **歉**

普 qiàn　粵 hip³ 怯

① 莊稼收成不好：歉收（收成不好）。② 對不起別人：抱歉 / 歉意（抱歉的心意）。

歎 [叹] [11]

歎 歎 歎 歎 歎 歎 **歎**

普 tàn　粵 taan³ 炭

① 歎氣：歎息（感歎）/ 歎惜（感歎惋惜）/ 長歎一聲。② 讚許：讚歎。

【歎為觀止】tàn wéi guān zhǐ 讚歎盡善盡美，好到了極點。

歐 [欧] [11]

歐 歐 歐 歐 歐 歐 **歐**

普 ōu　粵 au¹

歐洲，歐羅巴洲的簡稱：東歐 / 西歐 / 南歐 / 北歐。

【歐洲】ōu zhōu 位於東半球的西北部，北臨北冰洋，西靠大西洋，南面是地中海和黑海，陸地面積 1016 萬平方公里，是世界第六大洲，在地理上習慣分為西歐、中歐、東歐、北歐和南歐五個地區。主要國家有英、法、德、西班牙、意大利、荷蘭、波蘭、捷克、奧地利、瑞士、塞爾維亞、俄羅斯、希臘、瑞典、芬蘭、挪威等國。

歡 [欢] [18]

歡 歡 歡 歡 歡 歡 **歡**

普 huān　粵 fun¹ 寬

① 快樂、高興：歡呼（歡快地呼喊）/ 歡笑（快活地笑）/ 歡樂（快樂）/ 悲歡離合。② 和好：握手言歡。③ 活躍；起勁：越說越歡 / 幹得正歡。④ 喜愛：喜歡。

【歡快】huān kuài 歡樂輕快、歡樂愉快：心情格外歡快。反 悲傷

【歡迎】huān yíng ① 高興地迎接：歡迎光臨。反 歡送 ② 高興地盼望：歡迎批評指正。

【歡喜】huān xǐ ① 快樂、高興：皆大歡喜。② 喜愛、喜好：歡喜一個人靜靜地看書。〔附加詞〕歡天喜地：歡喜開心得不得了。

【歡騰】huān téng 高興得手舞足蹈：隊伍中一

片歡騰。⚠沉悶

【歡欣鼓舞】huān xīn gǔ wǔ 非常高興，非常振奮。⚠垂頭喪氣

止部

0 止 止 止 止

(普)zhǐ (粵)zi² 只

① 活動、運動停下來：停止 / 中止。② 阻止、阻擋：為傷口止血。③ 截止：到三月十日為止。④ 只、僅僅：不止一次。

1 正 (一) 正 正 正 正

(普)zhèng (粵)zing³ 政

① 當中；不偏不斜：正門 / 正中 / 正午（中午）。② 正直不邪：正派（行為端正）。③ 公正、公平：廉正 / 正義。④ 合乎法則、規矩、標準：字正腔圓 / 正規（符合規定；合乎標準）。⑤ 端正：正楷。⑥ 純粹不雜：味道很正。⑦ 正面：絲綢的正反兩面都很光滑。⑧ 基本的；主要的：正本 / 正職。⑨ 改正；糾正：校正 / 正骨。⑩ 嫡傳的；出於本源的：正統 / 正宗。⑪ 恰好、合適、剛好：正好 / 正巧 / 正合我意。⑫ 正在，表示在持續中：外面正下着雨。⑬ 相當於“就”：問題正出在這裏 / 我正是為你才來。

(一)【正中】zhèng zhōng 中間，中心：正中掛着一幅油畫。

(二)【正中】zhèng zhòng 正合；正好擊中：正中下懷 / 正中目標。

【正巧】zhèng qiǎo 剛好，恰巧：正好你來了，真巧。圓恰好＊湊巧 ⚠不巧

【正式】zhèng shì 合標準的、合規定的、合法的：正式簽約 / 正式談判。⚠私下

【正在】zhèng zài 表示行為動作在進行中：正在上課 / 正在打高爾夫球。⚠已經

【正如】zhèng rú 恰似、正像：正如老師所説。圓恰如＊就像

【正直】zhèng zhí 公正剛直：他是個正直的人。圓耿直 ⚠奸邪

【正面】zhèng miàn ① 人的臉部或物體主要的那一面；正門或朝陽的那一面：紀念碑的正面 / 學校正面臨街。② 面對的前方：正面有一座村莊。③ 朝外的一面：外牆的正面 / 布料的正面。④ 正確的、好的一面：正面人物 / 正面作用。⑤ 直接的、不迴避的：正面解釋 / 正面答覆。⚠反面＊負面

【正是】zhèng shì 就是；恰巧是：沒錯，正是他 / 你來得正是好時候。圓正好是＊剛巧是

【正氣】zhèng qì 光明正大的氣概；純正良好的風氣：正氣凜然。⚠邪氣

【正常】zhèng cháng 合情合理合規定；沒有意外情況：這事很正常 / 情緒不正常。⚠反常＊異常

(一)【正當】zhèng dāng 正處在、正值：正當盛夏。

(二)【正當】zhèng dàng ① 符合法律、合情合理：正當防衞 / 正當權益。② 正正經經；公正合理：正當經營 / 辦事正當。

【正義】zhèng yì ① 公正的道理：維護正義。② 公正合理的：正義戰爭。⚠邪惡

〔附加詞〕正義感：主持公道正義的思想感情。

【正經】zhèng jing ① 正派：正經人家的女兒。② 端莊嚴肅；嚴肅認真：一臉的假正經。③ 正當的：錢要花在正經地方。④ 正式、正規、合標準的：好幾天沒正經吃飯了。

【正確】zhèng què 符合道理、事實、標準或規律：答案正確。⚠錯誤

【正方形】zhèng fāng xíng 四邊形的一種，四個

邊長相等，四個角都是直角。

正 (二)

¹

⓪ zhēng ⓪ zing³ 政

正月，農曆的第一個月。

此

²

此 此 此 此 此 **此**

⓪ cǐ ⓪ ci² 齒

① 這；這個：此事（這件事）/ 顧此失彼。② 此時；此地：到此為止 / 就此告別。③ 這樣；這種：事已至此 / 人同此心。⓪ 此地無銀三百兩 / 此一時，彼一時。

〔簡明詞〕此時、此刻：這時候。此前：這之前。此後：以後、今後。此外：這以外。此起彼伏：這裏起來，那邊落下，連續不斷。

步

³

步 步 步 步 步 步 **步**

⓪ bù ⓪ bou⁶ 部

① 用腳走路：在海邊漫步。② 腳步：踱着方步 / 邁步向前。③ 踏着。比喻追隨、跟隨：步人後塵。④ 境地；地步：想不到竟落到這一步。⑤ 階段：初步 / 下一步。

【步伐】bù fá ① 行進時腳步的大小快慢：步伐整齊。⓪ 腳步 ② 比喻事情的進展速度：加快舊區重建的步伐。

【步行】bù xíng 走路：家離學校不遠，每天步行上學。⓪ 徒步

〔附加詞〕步行街：只許人行走、不准車輛通行的商業街。

【步驟】bù zhòu 事情進行的程序、先後次序。

武

⁴

武 武 武 武 武 武 **武**

⓪ wǔ ⓪ mou⁵ 母

① 有關軍事、技擊、暴力方面的：武器 / 武術 / 動武打人。② 勇猛；雄壯：勇武 / 威武。

【武力】wǔ lì ① 軍事力量、武裝力量：武力侵佔。② 暴力：只可説服，不可使用武力。

【武士】wǔ shì ① 有勇力的人。② 古代宮廷衛士。③ 古代歐洲的騎士。

【武術】wǔ shù 武打技藝，如長拳、太極拳、劍術、刀術、棍術、槍術等等，自古就是中國人攻擊、禦敵和鍛煉身體的手段。

【武裝】wǔ zhuāng ① 軍裝。② 軍隊。③ 武力；暴力：武裝鬥爭。④ 用武器裝備起來：武裝自己。

【武器】wǔ qì ① 用於殺傷破壞的器械、裝置：核武器 / 重型武器。② 比喻手段或工具：團結是辦好事情的有力武器。

【武斷】wǔ duàn 不看實際情況，只憑個人想象判斷決定：不問青紅皂白，武斷地訓了她一頓。⓪ 謹慎

〔簡明詞〕武俠：俠客。武功：武術功夫。武藝：武術技藝。武將：軍隊的將領。

歧

⁴

歧 歧 歧 歧 歧 歧 **歧**

⓪ qí ⓪ kei⁴ 其

① 分叉，分出來的：歧路 / 歧途。② 不同、不一致；有差別：歧義 / 歧異（差異；分歧）。

【歧視】qí shì 不平等地看待：不應歧視成績差的同學。⓪ 尊重

〔簡明詞〕歧途、歧路：① 岔道，從大路分出來的小路。② 比喻邪路、錯誤的道路：誤入歧途。

【歧義】qí yì 語義或詞義有兩種或多種解釋。⓪ 同義

5 歪　歪歪歪歪歪歪 歪

(普)wāi (粵)waai¹ 懷¹

① 偏斜，不正：歪斜（方向、方位不正）/ 東倒西歪 / 歪歪斜斜。② 不正派；不正當：歪才 / 歪理（胡攪蠻纏的道理）/ 歪門邪道。

【歪曲】wāi qū ① 歪斜曲折：沿着歪曲的小道走上去。② 曲解；故意改變：歪曲事實 / 顯然歪曲了他的本意。

〔簡明詞〕歪打正着：比喻本來不對頭，卻僥倖得到滿意的結果。歪門邪道：不正當的事；不正當的途徑。

9 歲[岁]　歲歲歲歲歲歲 歲

(普)suì (粵)seoi³ 稅

① 年：歲初（年初）/ 歲末（年末）。② 年歲：歲數（年齡）。③ 年成；年景：歉歲 / 豐歲。④ 時光：歲月（年月；光陰）。⑤ 與數目字連用，表示年齡的多少：五歲的兒子。

12 歷[历]　歷歷歷歷歷歷 歷

(普)lì (粵)lik⁶ 力

① 經歷；經過：歷經（經歷多次）/ 歷程（經歷的過程）/ 歷時（經歷過的時間）/ 歷盡艱辛 / 親歷其境。② 過去的、以往的：歷代 / 歷次（以往各次）/ 歷屆（以往各屆）。③ 一一地：歷歷在目。

【歷年】lì nián ① 經歷的年月：歷年已久。② 過去多年、以往各年：歷年的日記 / 歷年都欠債，越積越多。

【歷史】lì shǐ ① 過去事實的記載：中國歷史 / 東亞歷史。② 過去的經歷，往事：年輕時有一段不光彩的歷史。③ 自然界和人類社會所經歷的事情：香港歷史 / 宇宙演變的歷史。④ 指歷史學科：懂得歷史，看問題就深刻。

【歷代】lì dài ① 各個朝代；各個時代：孔子的《論語》歷代奉為經典。② 經歷數代：歷代都是生意人。(同)各代 (反)當代

【歷來】lì lái 從來，從過去到現在：歷來如此 / 中國歷來都是禮義之邦。(反)將來

【歷練】lì liàn ① 經驗豐富：歷練老成。② 磨練：在官場歷練得非常世故。(同)鍛練

14 歸[归]　歸歸歸歸歸歸 歸

(普)guī (粵)gwai¹ 龜

① 返回；還給：歸來（回來）/ 歸還（交還原主）/ 放虎歸山。② 趨向，去到同一地方：百川歸海 / 殊途同歸。③ 歸附、歸順：歸化 / 歸降。④ 聚攏；合併：歸併。⑤ 由；屬於：不歸他管。

【歸化】guī huà ① 歸順；融入：古代北方的少數民族大都歸化漢族。② 指加入他國國籍：她前年就歸化新加坡了。

【歸納】guī nà ① 歸併：把問題歸納為三方面。② 一種由具體事實概括出一般道理的推理方法。

【歸屬】guī shǔ 屬於，確定屬於哪一方：歸屬財政部管轄。

〔附加詞〕歸屬感：歸附服從的心理和感情。

〔簡明詞〕歸宿：最終的着落、結局。歸併：合併到一起。歸功：功勞歸於。歸罪、歸咎：把罪過、過錯加到別人頭上。歸根結底、歸根到底：説到底，歸結到根本上。

歹 部

0 歹　歹歹歹 歹

(普)dǎi (粵)daai² 帶²

壞；惡：歹人（壞人）/ 歹毒（陰險毒辣）/ 歹徒（惡

人、壞人)。

竭盡全力)。④ 竟;竟然:殊不知。⑤ 很;極:殊覺意外 / 殊感不安。

死

死死死死死 死

(普) sǐ (粵) sei² 四 ²

① 死亡:死者(死去的人)。② 不可轉變的:死棋 / 死對頭。③ 拚命;堅決:死命掙扎 / 死不認錯。④ 走不通的;絕望的:死胡同 / 死路一條。⑤ 呆板不靈活:死板(刻板)/ 死心塌地 / 死記硬背。⑥ 表示達到極點:嚇死我了 / 看煙火的人多死了。㊗ 不到黃河心不死

【死活】sǐ huó ① 死去或活着:不管人家死活,緊逼不放。② 不管怎樣、無論如何:死活都得把這件事辦好。

【死結】sǐ jié 解不開的繩結。比喻無法解決的問題。

殃 ⁵

殃殃殃殃殃 殃

(普) yāng (粵) joeng¹ 央

① 禍害:遭殃 / 禍殃。② 使受禍害:禍國殃民。㊗ 城門失火,殃及池魚

殆 ⁵

殆殆殆殆殆 殆

(普) dài (粵) toi⁵ 怠

① 危險:危殆。② 幾乎;差不多:殆盡(幾乎甚麼都沒有剩下)。㊗ 知己知彼,百戰不殆

〔古詩文〕學而不思則罔,思而不學則殆。(《論語‧為政》)

殊 ⁶

殊殊殊殊殊 殊

(普) shū (粵) syu⁴ 書 ⁴

① 差異;不同:懸殊 / 特殊。② 特別的、特殊的:殊榮(特殊的榮譽)。③ 決絕:殊死(拚命)

殉 ⁶

殉殉殉殉殉 殉

(普) xùn (粵) seon¹ 詢

① 用人或東西陪葬:殉葬(陪葬)。② 奉獻出生命:殉難(遇難犧牲)/ 殉職(因公務而犧牲)。

殖 ⁸

殖殖殖殖殖 殖

(普) zhí (粵) zik⁶ 夕

生育:繁殖 / 養殖。

〔簡明詞〕殖民:移民,多指向被征服被佔領的地區移民。殖民地:被別國控制的國家或地區。

殘 [残] ⁸

殘殘殘殘殘 殘

(普) cán (粵) caan⁴ 產 ⁴

① 剩下的;將盡的:殘存(殘留)/ 殘雪 / 殘夜(夜將盡時)。② 缺損不全的:殘骸 / 殘品(殘損的東西)/ 殘破(殘缺破損)。③ 傷害:摧殘。④ 兇狠、兇惡:兇殘 / 殘忍(兇殘狠毒)/ 殘暴(殘忍兇暴)。

【殘廢】cán fèi ① 肢體殘缺或器官機能有障礙。② 殘廢的人:他被打成了殘廢。㊐ 健全 * 健康

【殘缺】cán quē ① 殘破缺損:這幅字畫儘管殘缺,仍有收藏價值。② 整體中少掉一部分:殘缺不全。㊐ 完整

【殘疾】cán jí 肢體、器官有缺陷或機能有障礙:關愛殘疾人。㊒ 殘障

【殘酷】cán kù ① 殘忍冷酷:你這樣待她,太殘酷了。㊐ 仁慈 * 善良 ② 形容艱難、激烈:生存競爭殘酷無情。

【殘骸】cán hái ① 屍骨。② 被毀壞損傷的飛機、

車輛等：墜機的殘骸。同 屍骸

13 殮[殓] 殮 殮 殮 殮 殮 殮 殮

（普）liàn （粵）lim⁵ 斂

將死者放進棺木中：入殮 / 大殮。

14 殯[殡] 殯 殯 殯 殯 殯 殯 殯

（普）bìn （粵）ban³ 鬢

① 靈柩：出殯 / 殯葬。② 停放靈柩，等待安葬：
殯儀館（供安放靈柩、舉行喪儀的機構）。

17 殲[歼] 殲 殲 殲 殲 殲 殲 殲

（普）jiān （粵）cim¹ 簽

消滅：殲滅（全部消滅）。

殳 部

5 段 段 段 段 段 段 段 段

（普）duàn （粵）dyun⁶ 短 ⁶

① 從總體劃分成的部分：段落 / 地段 / 唱段。
② 與數目字連用，表示線形的東西和可分解成段
落的事物的數量：兩段電線 / 一段時間 / 一段京
戲 / 她說的那幾段話。
【段落】duàn luò 由整體劃分成的部分：文章的
段落清楚 / 事情已告一段落。

6 殷 (一) 殷 殷 殷 殷 殷 殷 殷

（普）yīn （粵）jan¹ 因

① 豐盛；富足：殷實（家境富足充實）/ 殷富（富

裕）。② 深厚；深切：殷勤 / 殷切。③ 古地名，
商代後期的都城，在今河南安陽市，是著名的甲
骨文出土地。
【殷切】yīn qiè 深切：殷切盼望 / 寄予殷切的期
待。反 淡漠
【殷勤】yīn qín ① 熱情周到：殷勤地對待顧客。
② 深情厚意：獻殷勤。反 冷淡 * 冷漠

6 殷 (二)

（普）yān （粵）jin¹ 煙

暗紅色：殷紅。

7 殺[杀] 殺 殺 殺 殺 殺 殺 殺

（普）shā （粵）saat³ 煞

① 把人或活物弄死：殺蟲 / 殺害（殺死、害死）。
② 戰鬥、爭鬥：衝殺。③ 削減、削弱；削除：
殺價。俗 殺雞焉用牛刀

8 殼[壳] (一) 殼 殼 殼 殼 殼 殼 殼

（普）qiào （粵）hok³ 學 ³

堅硬的外皮、外層：甲殼 / 地殼。

8 殼[壳] (二)

（普）ké （粵）hok³ 學 ³

意思同 "殼（qiào）" 一樣。在一些口語詞中讀
"ké" 不讀 "qiào"：貝殼 / 雞蛋殼 / 子彈殼。

8 殽 殽 殽 殽 殽 殽 殽 殽

（普）xiáo （粵）ngaau⁴ 淆

同 "淆"。詳見 "淆"。

毀[毁]

毀毀毀毀毀毀 毀

（普）huǐ （粵）wai² 位

① 破壞；損害：毀約／毀容。② 燒掉；焚燒：焚毀／毀林。③ 誹謗：毀謗。

【毀滅】huǐ miè 銷毀；摧毀：強烈的地震幾乎毀滅這座村莊。（反）建設

【毀壞】huǐ huài 破壞；損害：毀壞林地／不做毀壞別人名聲的事。（同）破壞＊敗壞

殿

殿殿殿殿殿殿 殿

（普）diàn （粵）din⁶ 電

① 宮殿，高大堂皇的房子：佛殿／殿堂。② 列在最後：殿後／殿軍（最末一名）。

【殿堂】diàn táng ① 宮殿、廟宇裏的大殿。② 高大的房屋：殿堂華麗壯觀。③ 比喻聚集的地方：學術的殿堂。

毆[殴]

毆毆毆毆毆毆 毆

（普）ōu （粵）au² 嘔

打：毆打（擊打）／鬥毆（打鬥）。

毅

毅毅毅毅毅毅 毅

（普）yì （粵）ngai⁶ 藝

果斷；堅決：剛毅／堅毅。

【毅力】yì lì 堅定持久的意志：沒毅力的人做不成大事。

【毅然】yì rán 堅決而果斷的樣子／毅然決然。

毋部

毋

毋毋毋 毋

（普）wú （粵）mou⁴ 毛

不要；不可以：毋須（不必、不須）／寧缺毋濫。

〔古詩文〕宜未雨而綢繆，毋臨渴而掘井。（《朱子家訓》朱柏廬）

【毋庸置疑】wú yōng zhì yí 用不着懷疑。（反）將信將疑

母

母母母母 母

（普）mǔ （粵）mou⁵ 武

① 媽媽：慈母／母子（母親和孩子）。② 稱呼長輩婦女：伯母／師母。③ 雌性的：母豬／母雞。（俗）失敗乃成功之母

【母語】mǔ yǔ 本民族的語言；人在幼兒時期學會的第一種語言：漢語是我們的母語。

【母親】mǔ qīn ① 有子女的女人。② 媽媽：我最掛念的人就是母親。

每

每每每每每每 每

（普）měi （粵）mui⁵ 梅⁵

① 各、各個：每個／每人都有一份。② 每次：每工作五天，休息兩天。③ 常常：說話口吃，每為人所笑。

〔古詩文〕每逢佳節倍思親（《九月九日憶山東兄弟》王維）

【每當】měi dāng 表示“每次遇到”、“只要到了”的意思：每當考試，他總是很緊張／每當緊要關頭，他都很冷靜。（同）每逢

【每況愈下】měi kuàng yù xià 表示境況越來越差。也作"每下愈況"。同江河日下

5
毒

毒 毒 毒 毒 毒 毒　毒

(普)dú (粵)duk⁶ 獨

① 能破壞生物體內組織和生理機能的有害物質：投毒／服毒／以毒攻毒。② 指鴉片、海洛因等毒品：吸毒／販毒。③ 比喻對思想有害的東西：肅清流毒。④ 有毒的：毒藥／劇毒。⑤ 毒殺，用毒物讓人或動物死亡：用藥毒老鼠。⑥ 殘酷；兇狠；猛烈：毒打／毒辣／中午的太陽很毒。

【毒品】dú pǐn 攝入體內後使人成癮並傷害健康和生命的東西，如鴉片、嗎啡、大麻、海洛因、可卡因、冰毒、搖頭丸等。

比 部

0
比

比 比 比　比

(普)bǐ (粵)bei² 彼

① 緊靠；並列：比肩而立。② 比較；較量：評比／比賽。③ 引進比較的對象：他比我漂亮。④ 仿照、模仿：比照。⑤ 比方、比喻：把兒童比作花朵。⑥ 比賽雙方得分的對比：三比零大勝。⑦ 比劃：連說帶比，唾沫橫飛。

【比方】bǐ fāng ① 用一個事物來說明另一事物的說話方式：打比方。② 比如：香港購物真方便，比方說這條街商店就有幾十家。同譬如

【比例】bǐ lì 部分在整體中所佔的分量：我們學校外籍學生佔的比例很大。

〔簡明詞〕比如：譬如，舉例說。比喻：打比方。比對：對照；核對：比對指紋。比照：參照；對照。比重：在整體中所佔的分量。比率、

比值：兩個數字相比得出的數值，10 比 5 得 2，2 就是"10 比 5"的比率或比值。

【比較】bǐ jiào ① 對照：比較一下看哪家便宜。② 相比：比較去年，今年的身體好多了。③ 表示較好、較高：她的觀念比較開放。同比對 * 對比

【比擬】bǐ nǐ ① 比較；相比：無可比擬的藝術珍品。② 一種寫作手法，把物當成人、把人當成物，或把甲物當成乙物來寫：寫作善用比擬，文章會更生動。

【比賽】bǐ sài ① 較量高低優劣：兩人比賽腕力。② 賽事，競賽活動：舉行首場比賽。同競賽

【比比皆是】bǐ bǐ jiē shì 到處都是，形容非常多。同俯拾即是

5
毖

毖 毖 毖 毖 毖 毖　毖

(普)bì (粵)bei³ 秘

告誡；警示：懲前毖後。

毛 部

0
毛

毛 毛 毛　毛

(普)máo (粵)mou⁴ 無

① 長在動植物表皮上的絲狀物；鳥類的羽毛：羊毛／雞毛／桃子上的毛。② 人的頭髮、鬍子等：毛髮／體毛。③ 霉菌：蛋糕長毛不能吃了。④ 小：毛孩子／毛毛雨。⑤ 粗糙；粗略：毛坯房（未裝修的房子）／毛重（連帶包裝等附帶物的重量）。⑥ 粗心；莽撞：毛手毛腳（魯莽，做事粗枝大葉）。⑦ 貨幣單位"角"的俗稱：三毛錢。

【毛病】máo bìng ① 疾病：有毛病就要看醫生。② 損傷、故障：發電機出了毛病。③ 缺點：這

人毛病不少，長處也不少。

【毛筆】máo bǐ 在一段細竹管下端安裝上羊毛或兔毛做成的筆，浸飽硯台裏的墨汁，就可寫字，是中國古人寫字的主要工具，與紙、墨、硯合稱文房四寶。

【毛遂自薦】máo suì zì jiàn 歷史故事：戰國時代，一次秦國攻打趙國，趙王命平原君到楚國求救，平原君的門客毛遂主動要求隨同前往，平原君到了楚國未能說動楚王，毛遂見此情況，於是上前陳說利害，終於說服楚王派兵救趙。後人用"毛遂自薦"的故事比喻自我推薦。

7 毫

毫毫毫毫毫毫　毫

(普) háo (粤) hou⁴ 豪

① 細長的毛：羊毫筆。② 極少、一點點：毫不留情。③ 中國市制長度單位。一釐的十分之一、一分的百分之一：不差毫釐／分毫不差。④ 中國市制重量單位。一釐為十毫，一毫為十絲：絲毫不差。⑤ 貨幣單位"角"俗稱毫。

〔簡明詞〕毫不：一點也不，絕不。毫無：絕無，一點都沒有。

8 毯

毯毯毯毯毯毯　毯

(普) tǎn (粤) taan² 癱

一種有毛絨的厚實織物，用來鋪、蓋或作裝飾用：毛毯／地毯／掛毯。

9 毽

毽毽毽毽毽毽　毽

(普) jiàn (粤) gin³ 見

毽子，一種用腳踢的玩具，用布或皮紮住插上雞毛的銅鐵片：三人玩踢毽子。

13 氈 [毡]

氈氈氈氈氈氈　氈

(普) zhān (粤) zin¹ 煎

① 氈子，用羊毛、駝毛壓製成的厚呢子：氈靴／氈帽／如坐針氈。② 形似氈子的建築材料：油毛氈。

氏 部

0 氏

氏氏氏　氏

(普) shì (粤) si⁶ 士

① 宗族；姓氏：張氏／王氏父子。② 稱已婚婦女。加在本姓之後，或在本姓之前加上夫姓：王氏／趙王氏。

1 民

民民民民　民

(普) mín (粤) man⁴ 文

① 人民、百姓：國民／民眾／民不聊生（人民生活不下去）。② 從事某個職業或有某一身份、某種特徵的人：農民／漁民／股民／網民。③ 民間的：民俗／民樂（用民族樂器演奏的民族樂曲）。④ 非軍事的、非官方的：民用／民辦。

【民生】mín shēng 人民大眾的生活生計：國計民生／民生問題是國之大事。

【民主】mín zhǔ ① 人民有參與國事、自由發表有關國事的意見、選舉國家各級領導人和監督政府的權利：爭取民主和自由。② 符合民主原則的：民主社會。(反) 專制 ＊ 獨裁

【民眾】mín zhòng 人民大眾。

【民族】mín zú 由文化歷史形成的有共同語言、共同地域、共同生活習慣的人組成的共同體。

【民情】mín qíng ① 民眾的心情、看法、願望、

要求等：了解民情，順應民意。② 民風：我不了解湖南的民風民情。

〔簡明詞〕民心：人民的心願、意志。民意：人民共同的看法、意見、意願。民俗：民間的風俗習慣。民風：民間的風俗習慣、社會風氣。民用：普羅大眾使用的。民辦：民間開辦的。

【民間】mín jiān ① 人民大眾中間、非官方的：民間組織 / 關心民間疾苦。② 人民、民眾方面：兩國民間早有往來。⊠ 政府 * 官方

【民歌】mín gē 民眾創作並在民間流傳的歌謠、歌曲。

4

氓

氓 氓 氓 氓 氓 氓 氓

㊛ máng ㊨ man⁴ 民

見 "流氓"。

气 部

4

氛

氛 氛 氛 氛 氛 氛 氛

㊛ fēn ㊨ fan¹ 分

情景、環境、情調：氣氛 / 氛圍（氣氛和情調）。

6

氧

氧 氧 氧 氧 氧 氧 氧

㊛ yǎng ㊨ joeng⁵ 養

無色無臭無味的氣體，是人類和動植物生存所必需的。

6

氣 [气]

氣 氣 氣 氣 氣 氣 氣

㊛ qì ㊨ hei³ 汽

① 氣體；空氣：煤氣 / 氣溫（空氣的溫度）/ 氣流（流動的空氣）。② 氣象、氣候：秋高氣爽。③ 呼吸、氣息：上氣不接下氣。④ 氣味：香氣 / 腥氣。⑤ 精神狀態；情緒：勇氣 / 氣色（神態面色）/ 朝氣蓬勃。⑥ 習性作風；風氣習俗：官氣 / 正氣 / 邪氣。⑦ 惱怒、生氣：氣憤 / 氣沖沖。⑧ 欺侮、欺壓：受氣。

【氣力】qì lì 體力；精力：人不高，氣力卻很大 / 花氣力，下功夫，才能學得好。⊜ 力氣

【氣味】qì wèi ① 可以嗅出來的味兒：氣味芬芳。② 志趣、情調：兩人氣味投合。

〔附加詞〕氣味相投：想法、看法、志趣情調合拍。

【氣氛】qì fēn 感覺到的景象、情緒和情調：新年呈現出歡樂的氣氛。⊜ 氛圍

🔍 氣紛 "紛" 指的是多、雜亂。"氛" 的意思是情勢、氣象。兩字同音易錯寫。

【氣度】qì dù 氣魄和度量：氣度不凡。

〔附加詞〕氣度不凡、氣度非凡：氣魄大，襟懷寬廣，超越普通人。

【氣派】qì pài ① 態度作風：氣派不凡。② 有氣勢：學校的圖書館很氣派。

【氣候】qì hòu ① 氣象情況：海洋性氣候。② 比喻成就、結果、前途、動向等：小器量的人成不了大氣候 / 關注政治氣候的變化。

【氣息】qì xī ① 呼出和吸入的氣：病得氣息奄奄。② 氣味：田野的風吹來青草的氣息。③ 情趣；氛圍：生活氣息很濃。

【氣量】qì liàng 胸懷、氣度、度量。

【氣象】qì xiàng ① 氣候：氣象預報。② 情景；景象：增建摩天大廈是現代城市的新氣象。

〔附加詞〕氣象萬千：形容景象千變萬化，非常壯觀。

【氣勢】qì shì 具有威力的態勢；闊大壯觀的態勢：氣勢洶洶（形容態度厲害、來勢兇猛）／氣勢雄偉的萬里長城。

【氣概】qì gài 氣魄、氣勢：英雄氣概。

🔍 氣慨 "慨" 的意思是 "感歎、激憤" 等，組成的詞語多是跟心理有關的詞語，但這裏的 "氣" 不是 "氣憤" 的意思，而是 "氣度"，所以要用 "概"。

【氣魄】qì pò ① 魄力：做事果斷有氣魄。② 氣勢：擺出大都市的氣魄。

【氣質】qì zhì ① 人的心理素質和性格特點：氣質沉靜高雅。② 風格氣度：他有詩人般的氣質。

【氣餒】qì něi 喪失勇氣和信心：有成績不驕傲，遇困難不氣餒。

【氣憤】qì fèn 生氣憤怒：氣憤至極／氣憤得不得了。⚡ 開心

【氣壓】qì yā 地球大氣的氣壓強，氣壓隨着高度而降低。

【氣體】qì tǐ 沒有固定形狀固定體積、可流動、能自動充滿容器空間的物質：空氣和家庭燒的天然氣都是氣體。⚡ 固體、液體

7 氫[氫] 氫 氫 氫 氫 氫 氫 氫

🔊 qīng 🔊 hing¹ 兄

無色無臭無味的氣體，用途廣泛，液態氫是一種高能燃料，火箭常使用它。

8 氮 氮 氮 氮 氮 氮 氮 氮

🔊 dàn 🔊 daam⁶ 淡

無色無臭的氣體，是植物營養的重要成分，可製氮肥、硝酸等物。

水 部

0 水　　　　水 水 水 水

🔊 shuǐ 🔊 seoi² 雖 ²

① 我們每天飲用的液體。自然水分為淡水和鹹水兩種：淡水是我們生存的必需品，廣泛存在於陸地上，海洋和鹹水湖裏則是含鹽分的鹹水。② 泛稱液體：墨水／湯水。③ 江河湖海一切水域：漢水／水陸交通。④ 水災；洪水：水患／大禹治水。

【水力】shuǐ lì 水流的衝擊力：水力發電／中國的水力資源很豐富。⚡ 火力 * 人力

【水土】shuǐ tǔ ① 地面上的水和土：防止水土流失。② 指生存環境：水土不服。

【水分】shuǐ fèn ① 物體內所含的水：土壤中含有水分。② 多餘的部分；虛假的成分：説話囉嗦，水分太多／統計數字水分多，靠不住。

【水平】shuǐ píng ① 水平面。② 所達到的高度或程度：小學文化水平／生活水平不高。③ 指能力：水平這麼差，能當總裁嗎？🔁 水準

【水池】shuǐ chí ① 養殖水產品的水塘。② 蓄水的小型建築物，多建於庭院園林中：水池裏養着荷花和金魚。③ 廚房工作台上供盛水洗涮的器具；安置在室內室外的小型盛水器。

【水利】shuǐ lì ① 利用水力資源或防止水害的：水利資源。② 指水利工程：興修水利。

【水果】shuǐ guǒ 含水分多的食用植物果實的統稱，如桃、梨、蘋果和西瓜。

【水泥】shuǐ ní 一種粉狀建築材料，多用石灰石、黏土和石膏製成，是膠凝性物質，加水攪拌、定型後會漸漸凝結堅硬，是主要的建築材料。

【水草】shuǐ cǎo ① 水和草：水草豐美的沙漠綠洲。② 一些水生植物的通稱：河底的水草隨着

水流飄搖。 反 荒草

【水庫】shuǐ kù 蓄水、攔洪和調節水流的建築物。庫中的水可作為飲用水源或用於灌溉、發電、養魚等。

【水流】shuǐ liú ① 流動的水：溫暖的水流冒着騰騰的水氣。② 江河的統稱：水流、森林、草原，處處都是美景。

【水產】shuǐ chǎn 江河湖海出產的或在水中養殖的供食用或使用的動植物，如魚、蝦、蟹和貝類。 同 海產 反 土產

【水晶】shuǐ jīng ① 無色透明的結晶礦石，可製光學儀器、鏡片和裝飾物等。② 像水晶一樣晶瑩剔透的東西：水晶纜車 / 水晶包子。

【水喉】shuǐ hóu ① 水龍頭：打開水喉接水。② 水管：換上一段新水喉。

【水源】shuǐ yuán ① 江河發源的地方：黃河水源在巴顏喀喇山北麓。② 用水的來源：水庫是方圓百里居民的水源。

【水準】shuǐ zhǔn ① 水平面，地球上各處的水所形成的平面。② 比喻所達到的高度或程度：知識水準 / 生活水準。③ 指能力：水準差，做不成事。同 水平

【水蒸氣】shuǐ zhēng qì 處於氣態的水。

【水火不容】shuǐ huǒ bù róng 像水和火那樣對立，不能共存。反 水乳交融

【水到渠成】shuǐ dào qú chéng 水流經過的地方自然形成渠道。比喻隨其自然發展，一旦條件成熟便可成功。同 瓜熟蒂落

〔簡明詞〕水波：波浪，一般指小波浪。水質：水的品質；水的純淨程度。水壩：攔截水流的長而高的建築物，內側蓄水成為水庫。水災、水患：久雨、暴雨、山洪、河水泛濫等原因造成的災害。水鄉：河流湖泊多的地區：水鄉澤國。水手：海員，在船上運作和維修船舶的人。

【水泄不通】shuǐ xiè bù tōng 連水都流不出來。形容擁擠或包圍嚴密：擠得水泄不通 / 圍得水泄

不通。

【水落石出】shuǐ luò shí chū 水位下降石頭顯露出來。比喻事情的真相被揭示出來。反 石沉大海

永

永 永 永 永 永

普 yǒng 粵 wing⁵ 榮⁵

① 長久，永久：永遠 / 永恆（永久不變；永遠存在）。② 終究；一直：永不相信他會改過自新。

〔簡明詞〕永久、永遠：一直延續下去，沒有終止。

【永生】yǒng shēng ① 永遠生存：雖死猶榮，她是永生的。② 永遠；終生：永生難忘。

【永垂不朽】yǒng chuí bù xiǔ 榮譽不會磨滅，永遠流傳後世。反 遺臭萬年

求

求 求 求 求 求 求 求

普 qiú 粵 kau⁴ 球

① 想方設法得到：求學 / 追求真理。② 請求；懇求：求救（請求救援）/ 求饒（請求寬恕）。③ 需要；需求：供不應求。④ 要求：精益求精。

〔簡明詞〕求醫：找醫生看病。求助、求援：請求幫助、援助。

【求情】qiú qíng ① 請求寬恕：替他求情。② 請求給面子或答應要求：再三求情，總算答應下來。同 說情

【求學】qiú xué ① 在校學習：兄弟倆一起去了美國求學。② 探求學問：求學四十年，孜孜不倦。

【求證】qiú zhèng 尋找證據，予以證實證明：大膽假設，小心求證。

【求全責備】qiú quán zé bèi 要求完美無缺，沒有一點毛病、沒有任何錯誤。

汀
汀汀汀汀 汀
⊕tīng ⊜ting¹ 庭¹
水邊的平地;江河湖泊中的小洲:沙汀 / 汀洲。

汁
汁汁汁汁 汁
⊕zhī ⊜zap¹ 執
裏面含有別的成分的液體:汁液 / 墨汁 / 乳汁。

汗 (一)
汗汗汗汗汗 汗
⊕hàn ⊜hon⁶ 韓⁶
① 身體內排出的汗水:冷汗 / 出汗。② 出汗:汗馬功勞。
【汗馬功勞】hàn mǎ gōng láo ① 勞苦征戰立下的戰功。② 作出重大貢獻,立下大功勞。

汗 (二)
⊕hán ⊜hon⁶ 翰
古代鮮卑、蒙古等少數民族首領的稱號:可汗 / 成吉思汗。

污
污污污污污 污
⊕wū ⊜wu¹ 烏
① 污濁骯髒的東西:油污 / 泥污。② 不清潔的、骯髒的:污水 / 污痕(骯髒的痕跡)/ 貪官污吏。③ 弄髒:污染。④ 侮辱:污辱(侮辱;糟蹋)/ 污衊(捏造事實詆毀他人)。
【污垢】wū gòu 髒東西:搬東西弄了一身污垢。
【污染】wū rǎn ① 被有害的東西沾染侵害:污染環境 / 污染空氣。② 指受到污染的現象:小河的污染很嚴重。反 淨化
【污漬】wū zì 留在東西上的污垢、污痕。

【污濁】wū zhuó 混濁;骯髒:空氣污濁 / 污濁的池塘。反 清潔 * 乾淨
【污點】wū diǎn ① 沾染在人身上或物體上的污垢:清洗掉衣服上的污點。② 不光彩的事情:改正錯誤就是洗刷身上的污點。反 清白
【污穢】wū huì ① 骯髒,不乾淨:牆角污穢不堪 / 語言粗俗污穢。② 骯髒的東西:滿地的污穢。
〔附加詞〕污言穢語:髒話,不文明的話語。

江
江江江江江 江
⊕jiāng ⊜gong¹ 剛
① 大的河流:珠江 / 江河。② 指長江:江南。③ 江蘇省的簡稱:江浙。
【江山】jiāng shān ① 江河山嶽,指大自然:江山如畫。② 指國家政權:打江山,坐江山。
【江南】jiāng nán ① 古代指長江下游今安徽、江蘇南部和浙江北部地區。② 古代指今浙江北部、長江以南這片地區。③ 現代指湖南、湖北以東,長江以南的地區。
【江河日下】jiāng hé rì xià 像江河的水天天向下游流去一樣,景況一天天壞下去。

汕
汕汕汕汕汕 汕
⊕shàn ⊜saan³ 傘
地名用字:廣東汕頭市。

汛
汛汛汛汛汛 汛
⊕xùn ⊜seon³ 信
① 江河定期的漲水:春汛 / 防汛防洪。② 魚汛,魚類於固定時期成羣出現在某個水域的現象。
【汛期】xùn qī ① 江河湖泊的水位定時上漲的時期。② 指魚汛:汛期將到,漁民都作好了出海的準備。

³ 池　池池池池池池　池

(普)chí (粵)ci⁴ 詞

① 護城河：城池。② 水池：魚池／池塘（不太大、不太深的蓄水窪地）。③ 四周高中間低的池狀物：舞池／樂池。(俗) 城門失火，殃及池魚

³ 汊　汊汊汊汊汊汊　汊

(普)chà (粵)caa³ 詫

① 水流分岔的地方：河汊。② 分流出來的小河。

⁴ 汪　汪汪汪汪汪汪　汪

(普)wāng (粵)wong¹ 王¹

① 水又深又廣闊的樣子：汪洋（廣闊無邊的水面）。② 與 "一" 連用，表示一片水面：一汪靜靜的湖水。

⁴ 沐　沐沐沐沐沐沐　沐

(普)mù (粵)muk⁶ 木

① 洗頭髮：沐浴。② 置身於……當中：沐皇恩。

【沐浴】mù yù ① 洗髮和洗身；洗澡。② 接受；沉浸；置身於……當中：沐浴在温暖的陽光裏／沐浴在歡快的氣氛中。

⁴ 沛　沛沛沛沛沛沛　沛

(普)pèi (粵)pui³ 佩

① 充足：充沛／雨量豐沛。② 跌倒：顛沛流離。

⁴ 汰　汰汰汰汰汰汰　汰

(普)tài (粵)taai³ 太

從當中剔除差的、沒用的：淘汰／優勝劣汰。

⁴ 沌　沌沌沌沌沌沌　沌

(普)dùn (粵)deon⁶ 頓

混沌。

⁴ 沙　沙沙沙沙沙沙　沙

(普)shā (粵)saa¹ 紗

① 細碎的石粒：沙子／流沙／沙場（平沙曠野，指戰場）。② 形狀像沙的東西：紅豆沙。③ 聲音嘶啞：沙啞（聲音嘶啞）／説話的聲音有點沙。

【沙丘】shā qiū 由沙粒聚集成的沙堆。由風力形成：海浪似的沙丘一眼望不到邊。

【沙塵】shā chén 沙子和塵土：狂風過後，地面上一層沙塵。

　〔附加詞〕沙暴、塵暴、沙塵暴：強風夾帶着巨量沙塵漫天席捲而來，遮天蔽日，昏黃迷茫的氣象現象。中國西北地區每年都有沙塵暴。

【沙漠】shā mò 乾旱缺水，植物稀少、地面完全被流沙覆蓋的荒漠地區。

【沙龍】shā lóng ① 客廳。② 十七世紀末和十八世紀，法國文人和藝術家常接受貴族招待，在客廳集會，談論文學藝術。後來就把藝術家聚會敍談的場所稱作 "沙龍"：文藝沙龍。

【沙灘】shā tān ① 海岸邊由海水沖刷而成的沙地。② 江河湖泊和淺海中由沙子淤積而成的陸地。

⁴ 沖 [冲]　沖沖沖沖沖沖　沖

(普)chōng (粵)cung¹ 充

① 用水、酒等澆注或調製：沖茶／沖奶粉。② 水流撞擊衝過去：沖刷。③ 相抵，抵消：沖抵。④ 讓感光材料顯影：沖曬／沖膠捲。⑤ 山間平地：湖南韶山沖。(俗) 大水沖了龍王廟，一家人不認得一家人了

【沖刷】chōng shuā 水流沖擊洗刷：沖刷曬台 / 海水把岸邊巖石沖刷得很圓滑。

【沖洗】chōng xǐ ① 沖刷洗滌：沖洗汽車 / 沖洗杯盤。② 讓曝光後的感光材料顯影、定影：沖洗膠捲 / 沖洗照片。

【沖撞】chōng zhuàng 沖犯，冒犯，頂撞：不該沖撞父母。

✎ "沖撞"和"衝撞"：二者都有碰撞的意思，但適用場合不同，沖撞用在語言感情等"虛"的碰撞方面，如"出言不遜，沖撞長輩"；衝撞則用在物體"實"的碰撞方面，如"汽車失控衝撞上來"。

【沖劑】chōng jì 用水沖服的中藥，為粉末或細小顆粒狀：感冒沖劑。

汽 ⁴ 汽汽汽汽汽汽 汽
(普)qì (粵)hei³ 氣
水蒸氣；水或別的液體受熱變成的氣體：汽車 / 汽水。

【汽油】qì yóu 碳氫化合物的混合液體，極易揮發，燃點很低，是汽車、飛機等交通工具或動力裝置使用的能源燃料。

沃 ⁴ 沃沃沃沃沃沃 沃
(普)wò (粵)juk¹ 旭
肥美：沃土 / 肥沃 / 沃野千里。

汾 ⁴ 汾汾汾汾汾汾 汾
(普)fén (粵)fan⁴ 墳
汾河，發源於山西呂梁山，向西南流入黃河，是黃河的第二大支流。

汲 ⁴ 汲汲汲汲汲汲 汲
(普)jí (粵)kap¹ 給
從下面取水：從井裏汲水 / 汲取（吸取、吸收）。

沒[没] ⁴ (一) 沒沒沒沒沒沒 沒
(普)méi (粵)mut⁶ 沫
① 不存在：沒錯 / 沒錢 / 沒辦法。② 不如，比不上：他沒你成績好。③ 不足，不到：上學沒幾天就病了。④ 沒有、不曾，表示否定：事情沒完 / 她沒來過。

【沒用】méi yòng 不中用；排不上用場：不學無術，沒用的東西 / 那東西華而不實，沒用。(反)中用 * 有用

【沒有】méi yǒu ① 無，不存在：沒有人 / 沒有錢。② 不如、不及：做事沒有她認真 / 沒有他畫得好。③ 不足、不夠、不到：上學沒有半年就移民走了。④ 表示否定：沒有看書 / 天沒有亮。⑤ 表示懷疑或驚訝，並要求證實：他還活着？沒有出事嗎？⑥ "是"還是"不是"，表示詢問：功課做完了沒有？

【沒事（沒事兒）】méi shì méi shìr ① 沒有特別的、意外的事：都做了預防，沒事了。② 沒甚麼大不了，不要緊：沒事兒，都處理好了。③ 無事可做：沒事兒找人閒聊。

【沒問題】méi wèn tí ① 不存在問題：教學方案沒問題。② 能做到、能做好；有把握：考試我不怕，沒問題。

【沒意思】méi yì si ① 沒情趣；情興低沉：她覺得日子過得無聊，沒意思。② 沒有價值；沒有意義：你說的這些話沒意思！

【沒關係】méi guān xi 不要緊：弄錯了沒關係，改過來就是了。

【沒完沒了】méi wán méi liǎo ① 無休無止：一說起來就沒完沒了。② 糾纏不休：不賠不行，我

跟他沒完沒了。

【沒精打彩】méi jīng dǎ cǎi 精神不振，情緒低落的樣子。同 無精打彩 反 生龍活虎

4 沒[沒]^(二)

〔普〕mò 〔粵〕mut⁶ 沫

① 沉入水中；沉下去：巨輪沉沒／太陽沒入山後。② 蓋過；漫過：埋沒／水深沒膝。③ 滅亡；敗落：覆沒／沒落（衰敗下來）。④ 隱藏；消失：隱沒／神出鬼沒。⑤ 終，直到終了：沒齒不忘／沒世難忘。⑥ 沒收；扣下：抄沒家產／吞沒資產。⑦ 死：昨日老伴沒了。

【沒收】mò shōu 把財物無條件地強制扣下或收歸公有。

4 沈^(一)   沈沈沈沈沈沈 沈

〔普〕chén 〔粵〕cam⁴ 尋

同 "沉"。詳見 "沉"。

4 沈^(二)

〔普〕shěn 〔粵〕sam² 審

姓。

4 沉   沉沉沉沉沉沉 沉

〔普〕chén 〔粵〕cam⁴ 尋

① 沒入水中向下墜：石沉大海。② 隱沒；降落：月落星沉／紅日西沉。③ 陷下去：地基下沉。④ 穩住：沉不住氣。⑤ 分量重：沉甸甸。⑥ 感覺或心情沉重不適：兩腿發沉／頭昏昏沉沉。⑦ 低；深沉：消沉／陰沉。⑧ 形容程度深：沉思（深思）／沉睡（熟睡）／沉迷（深度迷戀）／沉痛（非常悲痛）（異常痛心）。

【沉沒】chén mò ① 沒入水底：船觸礁沉沒。② 降下，降落：太陽漸漸沉沒在遠山後面。反 漂浮

【沉重】chén zhòng ① 分量重：行李沉重／沉重的負擔。② 不輕鬆；很嚴重：心情沉重／病勢沉重。反 輕鬆＊輕快

【沉浸】chén jìn ① 泡在水中。② 比喻深陷於某一環境或心理活動中：沉浸在歡樂裏／面對難解的數學題，他沉浸在思考當中。

【沉寂】chén jì 無聲無息：夜深了，周圍一片沉寂。同 沉靜＊寂靜 反 喧鬧＊吵鬧

【沉着】chén zhuó 從容不迫、鎮定冷靜的樣子：沉著氣把事情處理好。反 驚慌

【沉悶】chén mèn ① 情緒消沉：心情沉悶／近來她很沉悶，從不見她說笑。反 開朗 ② 壓抑不爽快：會議開得很沉悶。反 舒暢 ③ 低沉：烏雲裏傳來沉悶的雷聲。反 響亮

【沉靜】chén jìng ① 寂靜：寂靜的山林。反 喧嘩 ② 沉默安靜：大家都沉靜下來。③ 沉穩平靜：性格很沉靜。反 張揚

【沉默】chén mò 不說話；不出聲：沉默不語。

【沉積】chén jī ① 物質沉澱淤積起來的現象：河底沉積了大量泥沙。② 逐漸積聚起來：憂愁悔恨在他心裏沉積得越來越厚。

4 決[決]   決決決決決決 決

〔普〕jué 〔粵〕kyut³ 缺

① 水沖破堤岸：河堤決口。② 作出決定：決意（決計，打定主意）／猶豫不決。③ 判定勝負；判定如何處置：決賽／判決。④ 堅決，不猶豫、不動搖：果決／決不後退／決裂（徹底破裂；徹底斷絕）。

🔍 抉 兩字形近，部件不同。"抉"的意思是剔出。"決"有選定意義。

【決心】jué xīn ① 堅定不移的意志：下決心。

② 拿定主意，不再更改：決心改正錯誤。

【決定】jué dìng ① 拿主意：我的事我自己決定。
② 確定下來：決定不參加了。③ 已決定的事項：
大會的決定必須執行。

【決策】jué cè ① 決定採取的策略或辦法：由董
事會決策。② 決定下來的計畫或辦法：重大決
策 / 戰略決策。

【決斷】jué duàn ① 做決定，拿主意：高瞻遠矚，
有決斷力。② 做出的決定：做出了正確的決斷。

〔簡明詞〕決非：絕不是，肯定不是。決勝：
決定勝負。決賽：決定名次的最後一輪比賽。
決議：會議經協商討論作出的決定。

---

5 **泰**　　泰泰泰泰泰泰　泰

(普) tài (粵) taai³ 太

① 安寧，安定：國泰民安。② 好，美好：否極
泰來。(俗) 有眼不識泰山

【泰山】tài shān ① 山名。在山東省，為"五嶽"
之首，古人最崇拜的山。② 比喻重大的、有價
值的事物，或德高望重受敬仰的人。③ 丈人的別
稱，泰山有丈人峯，故稱丈人為"泰山"。

〔附加詞〕泰斗："泰山北斗"（北斗，北斗星）
的簡稱，比喻權威人士：文壇泰斗。

---

5 **泉**　　泉泉泉泉泉泉　泉

(普) quán (粵) cyun⁴ 全

① 從地下湧出來的水：礦泉 / 溫泉 / 泉眼（泉水
湧出來的地方）/ 泉水（從泉眼湧流出來的水）。
② 地下。指人死後所在的地方：黃泉 / 九泉之下。

---

5 **沫**　　沫沫沫沫沫沫　沫

(普) mò (粵) mut⁶ 末

① 液體形成的聚集起來的細泡：泡沫 / 唾沫 / 吐

沫 / 肥皂沫子。

---

5 **法**　　法法法法法法　法

(普) fǎ (粵) faat³ 發

① 由立法機構制定，並由強制實施的社會規則：
憲法 / 法律。② 合法的：不法行為。③ 標準；
準則：說話做事都有章法。④ 方法；辦法：設
法 / 無法想像。⑤ 法術；技藝：妖法 / 變戲法。

【法子】fǎ zi 解決問題的辦法；處理問題的方法：
急得他沒法子 / 終於想出了好法子。(同) 辦法 *
方法

【法網】fǎ wǎng 好像網那樣嚴密的法律。(俗) 法
網恢恢，疏而不漏

【法官】fǎ guān 法院審判長、審判官的統稱。

【法則】fǎ zé ① 準則；規則：遵循遊戲法則。
② 規律：自然法則 / 經濟法則。

【法律】fǎ lǜ 由立法機關制定，政府和公民必須
遵守的行為規則。

【法庭】fǎ tíng 審判案件的司法機構或場所：上
訴法庭 / 法庭的旁聽席上坐滿了人。

【法案】fǎ àn 提交立法機構審議的法律文本，一
經通過後，即成為強制執行的法律。

【法院】fǎ yuàn 行使審判權的司法機關：地方法
院 / 最高法院。

【法寶】fǎ bǎo ① 佛教佛、法、僧三寶中的"法"，
指佛教教義和教典。② 降伏妖魔的神奇寶物。

〔簡明詞〕法令、法例：國家頒佈的公民必須
遵守的法規條例。法規：法律、法令、條例、
規則的總稱。法制：國家的法律制度。法定：
法律、法令所規定的：法定程序 / 法定繼承
人。法治：依照法律治理國家。

泄 [洩]

泄泄泄泄泄泄 泄

(普) xiè (粵) sit³ 屑

① 排出液體、氣體等東西來：排泄 / 泄了氣的皮球。② 鬆懈下來：泄勁。③ 透露出來：泄密（泄露秘密）。④ 發泄；發散：泄憤 / 泄一泄怨氣。

【泄漏】 xiè lòu ① 透露出來：有兩句要緊的話，他不肯泄漏。(反) 保密 ② 滲透出來：煤氣從橡皮管泄漏出來。(反) 密封

河

河河河河河河 河

(普) hé (粵) ho⁴ 何

① 黃河：河東 / 河西走廊。② 大水道的統稱：河流 / 河山（河流和山脈，借指國土）：大好河山。③ 指銀河：天河 / 河外星系。(俗) 過河拆橋

〔簡明詞〕河流：地球表面自然水流的統稱。河道：河流的水道。河牀：河槽，河流兩岸之間容納流水的部分。

沾

沾沾沾沾沾沾 沾

(普) zhān (粵) zim¹ 尖

① 沾上，附着上：鞋上沾着泥。③ 稍微接觸，挨着：煙酒不沾 / 這事我不沾邊。④ 有點關係：沾親帶故。⑤ 受益，分得好處：沒沾過你一分錢的好處。

【沾染】 zhān rǎn ① 附着上：這每一塊麥田都沾染過我的汗水。② 受到影響。多指壞影響：交壞朋友沾染了壞習氣。

油

油油油油油油 油

(普) yóu (粵) jau⁴ 由

① 動植物的脂肪：奶油 / 花生油。② 碳氫化合物的混合物：石油 / 汽油。③ 塗抹油漆等物：我家的地板剛剛油過。④ 被油污染：他的襯衫油了一大片。⑤ 浮滑，不誠懇：不要油滑，要誠懇。

【油畫】 yóu huà 用快乾油調和顏料，在布、木板、厚紙板上繪成的畫。為西洋畫的一種。

〔簡明詞〕油田：可供開採的儲藏石油的地帶。油井：開採石油的管道深井。油船、油輪：裝運石油的輪船，現代遠洋巨型油輪可裝運數萬以至數十萬噸原油。油污：含油的污垢；沾染油的污斑。

【油漆】 yóu qī ① 油類和漆類塗料：大門的油漆已經剝落了。② 用油漆塗抹裝飾，起保護和增加光澤的作用：園中的亭子油漆得嶄新。

【油腔滑調】 yóu qiāng huá diào 浮滑不實，不嚴肅，無誠意。(同) 油嘴滑舌

況 [况]

況況況況況況 況

(普) kuàng (粵) fong³ 放

① 情形；情景；情況：概況 / 景況 / 近況。② 比擬；比方：比況。③ 況且；何況：大人做起來都難，況是一個孩子呢？

【況且】 kuàng qiě 表示更進一步、更進一層的意思：本來就很窮，況且又得了重病，真是雪上加霜。(同) 何況

✎ "……況且……" 表達事情更進一步的關聯詞，如：現在已經很晚了，況且明天又要很早起牀，你還是快點睡覺吧！

泅

泅泅泅泅泅泅 泅

(普) qiú (粵) cau⁴ 酬

游水，游泳：泅水 / 泅渡（游水渡過江河）。

5 **泊** (一)　泊泊泊泊泊泊 泊

(普) bó (粵) bok⁶ 薄

① 船停靠碼頭或岸邊：停泊。② 停留，停放：泊車（停放車輛）。③ 淡靜：性格淡泊。

〔文言選錄〕非澹泊無以明志，非寧靜無以致遠。（《誡子書》諸葛亮）

5 **泊** (二)

(普) pō (粵) bok⁶ 薄

湖：湖泊 / 梁山泊。

5 **泛**　泛泛泛泛泛泛 泛

(普) fàn (粵) faan³ 販

① 漂浮：泛舟。② 浮現，透出來；冒出來：臉色白裏泛紅 / 胃裏直泛酸水。③ 普遍：廣泛 / 泛稱。④ 浮淺：浮泛 / 空泛。⑤ 大水橫流：洪水泛濫。

【泛指】fàn zhǐ 不是指個別的，而是指所有的：好人，泛指品質優良和做各種好事的人 / 事物，泛指社會和自然界的萬物。

【泛稱】fàn chēng 統稱；一般叫作：強盜和竊賊泛稱盜賊。

【泛濫】fàn làn ① 大水橫流：河水泛濫。② 比比皆是，到處都是：偽劣商品泛濫。

5 **沿**　沿沿沿沿沿沿 沿

(普) yán (粵) jyun⁴ 元

① 順着邊上：沿街 / 沿江 / 沿着（順着）。② 依照原來的方法、規矩：沿習 / 沿用（繼續使用）/ 沿襲（沿用過往舊的）。③ 岸；邊緣：河沿 / 帽沿。

〔簡明詞〕沿途、沿路：一路，一路上。沿海：靠海一帶地區。沿岸：江河湖海的邊緣地區。

【沿革】yán gé 沿襲和變革，事物發展變化的歷程：縣城經歷近百年的沿革，古樸風貌仍舊保存下來。

5 **泡** (一)　泡泡泡泡泡泡 泡

(普) pāo (粵) paau³ 豹

① 鼓起來的鬆軟的東西：眼泡 / 豆腐泡。② 與數目字連用，表示大小便的數量：一泡屎 / 兩泡尿。

5 **泡** (二)

(普) pào (粵) paau¹ 拋 /paau³ 豹 /pou³ 抱

① 液體內充着氣體的球狀、半球狀物：雨點打得江水冒泡。② 泡狀物：燈泡 / 手上磨起了血泡。③ 在液體裏浸着：泡茶 / 浸泡。④ 拖延；纏磨：泡病號 / 軟磨硬泡。

【泡沫】pào mò ① 聚集起來的小泡泡：污水上漂浮着一層泡沫。② 比喻脆弱不實在、隨時可能破滅的現象：股市泡沫 / 樓市泡沫。

【泡影】pào yǐng 比喻落空的事情或願望：到頭來希望都成了泡影。

5 **注**　注注注注注注 注

(普) zhù (粵) zyu³ 註

① 流入；灌入：注入 / 灌注。② 傾瀉：大雨如注。③ 集中：全神貫注 / 注目（目不轉睛地專心看）。④ 賭注：下注 / 孤注一擲。⑤ 做出解釋：注解 / 附注 / 夾注。⑥ 登記；記載：注冊 / 注明（標明）。⑦ 與數目字連用，表示酒、賭注、錢財、交易等的數量：下了一注 / 暖了一注酒 / 發了一注大財。

【注音】zhù yīn 用同音字或符號注明文字的讀音。漢語注音目前依照《漢語拼音方案》的規定。

〔簡明詞〕注定：必定如此；無可改變。注重：看重。

【注射】zhù shè ① 用器具把液體藥劑打進體內：注射新冠疫苗。② 集中射向某處：他的目光注射在她的臉上。

【注視】zhù shì ① 專心地看：注視着窗外的秋景。② 關注；重視：密切注視事態發展。

【注解】zhù jiě ① 用文字解釋字句：注解唐詩。② 用來解釋字句的文字：注解放在書頁的下邊。 🔄 註解

【注意】zhù yì ① 留意：過馬路要注意往來車輛，不要按手提電話。② 關注；重視：爸爸很注意子女的學業。 反 忽視

【注釋】zhù shì ① 用文字做注解：重新注釋《論語》。② 作為注解的文字：注釋附在書後。 🔄 註釋

泣 泣泣泣泣泣泣 泣
普 qì 粵 jap¹ 邑
① 無聲哭；低聲哭：哭泣 / 泣不成聲。② 眼淚：泣如雨下。

泌 泌泌泌泌泌泌 泌
普 mì 粵 bat³ 庇
滲出或排出液體：分泌 / 額上泌出汗珠來。

泳 泳泳泳泳泳泳 泳
普 yǒng 粵 wing⁶ 詠
浮游；在水中潛行：游泳 / 蛙泳 / 泳池（游泳池）/ 泳灘（可以游泳的海灘）。

泥（一） 泥泥泥泥泥泥 泥
普 ní 粵 nai⁴
① 水土混合的泥漿：泥土（塵土；土壤）/ 泥沙（泥土和沙子）/ 淤泥 / 污泥濁水。② 像泥一樣的東西：芋泥 / 蒜泥。 俗 魚龍混雜，泥沙俱下
【泥濘】ní nìng ① 形容泥土又爛又滑：道路泥濘，走得很艱難。② 淤積的爛泥污泥：汽車陷入泥濘熄火了。
【泥石流】ní shí liú 混合着泥沙和石塊等物奔騰而下的急流，所到之處皆被摧毀埋沒，破壞力極大。多發生在山區和斜坡地帶。

泥（二）
普 nì 粵 nai⁴
① 死板不靈活：拘泥 / 泥守成規。② 用稀泥或像稀泥的東西塗抹：泥牆。

沸 沸沸沸沸沸沸 沸
普 fèi 粵 fai³ 費
液體達到一定溫度時發生的蒸騰翻湧的現象：沸水（沸騰的水）。
【沸騰】fèi téng ① 液體升高到一定溫度時，發生汽化和蒸騰翻湧的現象：冒汽了，咕嘟嘟響了，沸騰了——水燒開了。② 比喻喧鬧或情緒高漲：人羣的情緒更加沸騰。

沼 沼沼沼沼沼沼 沼
普 zhǎo 粵 ziu² 剿
天然的水池或水澤：池沼 / 沼澤（水草叢生的泥濘地帶）。

波

波波波波波波 **波**

⑤

普 bō　粵 bo¹ 坡

① 起伏的水面：波浪滔天 / 波濤洶湧 / 波動（上下起伏，不穩定）/ 波及（影響到、牽連到）。② 比喻事情的曲折變化：波折（曲折）/ 一波三折。③ 比喻流轉的眼光眼神：眼波 / 暗送秋波。④ 物理學指震動在空氣或別的物質中的傳播過程：電波 / 衝擊波。俗 一波未平，一波又起

【波瀾】bō lán 波浪，波濤：波瀾壯闊（比喻氣勢雄壯浩大）。

〔簡明詞〕波浪：江河湖海上下起伏的水面。波濤：大波浪，巨浪。波紋：小波浪形成的水紋。

治

治治治治治治 **治**

⑤

普 zhì　粵 zi⁶ 自

① 統治；管理：自治 / 法治。② 整治，治理：治水 / 治沙。③ 安定太平：天下大治。④ 置辦；辦理：治裝 / 治喪（辦理喪事）。⑤ 醫療：治病（治療疾病）/ 診治。⑥ 懲處：懲治 / 治罪。俗 治標不治本

【治安】zhì ān ① 社會秩序與安全：治安良好。② 維護社會秩序安寧：他負責這一帶的治安。

【治理】zhì lǐ ① 統治；管理：治理國家 / 治理一家大公司不容易。② 整治；整修：治理環境，美化生活。

〔簡明詞〕治學：研究學問。治水：整治水道，興修水利，消除水患。治罪：給罪犯以應得的懲罰。治療：醫治，診治疾病。治癒：痊癒，病治好了。

洪

洪洪洪洪洪洪 **洪**

⑥

普 hóng　粵 hung⁴ 紅

① 大水：山洪 / 洪水（洶湧浩蕩的水流）/ 洪流（巨大的水流；浩浩蕩蕩的巨流）。② 大：洪亮（聲音洪大響亮）/ 聲如洪鐘。

洞

洞洞洞洞洞洞 **洞**

⑥

普 dòng　粵 dung⁶ 動

① 窟窿；從山體、物體中或地面下穿過的部分或深陷進去的部分：地洞 / 洞穴（山洞；地下的大洞）/ 牆上有個洞。② 穿過，穿透：洞穿。③ 透徹：洞悉（透徹地知道）/ 洞察（清楚地察知）。④ 敞開：大門洞開。

洩

⑥

普 xiè　粵 sit³ 薛

同 "泄"。詳見 "泄"。

洗

洗洗洗洗洗洗 **洗**

⑥

普 xǐ　粵 sai² 駛

① 用水等物除去污垢；清除；除去：洗澡 / 清洗 / 沖洗 / 洗刷（清洗；清除）。② 對曝光材料進行顯影、定影：洗膠捲 / 洗相片。③ 把牌打散後重新整理：洗牌。④ 基督徒的入教儀式：受洗 / 洗禮。

活

活活活活活活 **活**

⑥

普 huó　粵 wut⁶

① 生存，有生命：活力（旺盛的生命力）/ 不知道是死是活。② 有生命的：活魚 / 活人。③ 救活；存活下來：活命之恩 / 養家活口。④ 活活：

活捉／活埋。⑤ 不固定，可變動的：活期存款。
⑥ 生動靈活：活潑可愛。⑦ 工作。多指體力勞
動：幹活兒／粗活兒。⑧ 非常，簡直：活似／活
像（很相似，非常像）。
【活活】huó huó ① 有生命的；有生機的：本來
活活的一個人，如今病得不成樣子。② 在有生
命、有生機的狀態下：活活打死／活活的一盆花，
叫孩子弄爛了。🔄 活生生
【活動】huó dòng ① 運動；搖動；行動：活動四
肢／門牙活動了／冬眠的動物開始活動了。🔄 靜
止 ② 不固定的：活動房屋。🔄 固定 ③ 疏通，打
通關節：經他背後活動，事情才辦成。④ 為某一
目的而採取的行動：文娛活動／宣傳活動。
【活潑】huó po 活躍有生氣。🔄 呆板、癡呆
【活躍】huó yuè ① 蓬勃有生氣：近來市場很活
躍。🔄 沉悶 ② 活靈活現地出現：逝去的朋友，
時常活躍在她心裏。③ 積極踴躍地進行活動：
活躍在影視界。

派

派派派派派派
普pài 粵paai³ 排³
① 江河的支流；水流：長江的支派很多。② 團
體；派別：黨派／學派。③ 派遣；委派：派兵／
派他去做。④ 分配；分送：攤派／派發（一個個
分別發放）。⑤ 指責：派他的不是。⑥ 作風；
氣度：氣派／派頭兒。⑦ 音譯英文 pie。一種帶
餡的西式點心：蛋黃派／蘋果派。⑧ 與"一"連
用，相當於"全部"、"全都是"；與數目字連用，
表示派別的多少：一派胡言／好一派田園風光／
在學術界分成三派。
【派對】pài duì 社交聚會；娛樂聚會：生日派
對／聖誕派對。
【派遣】pài qiǎn 指派人到某處去做事：派遣他
到國外去創建分公司。🔄 差遣

〔簡明詞〕派別、派系：學術、宗教、政黨、
團體、機構等內部形成的不同支派。

洽

洽洽洽洽洽洽
普qià 粵hap¹ 恰
① 協調；和睦：融洽／感情不洽。② 商量，協
商：面洽／洽談／洽商（商談、協商）。

洶〔汹〕

洶洶洶洶洶洶
普xiōng 粵hung¹ 空
① 波濤翻騰的樣子：洶湧澎湃。② 形容聲勢兇
猛：氣勢洶洶／來勢洶洶。
【洶湧】xiōng yǒng ① 形容水勢上下翻騰：波
濤洶湧。② 形容氣勢盛大：洶湧的歷史洪流。
🔄 平靜
〔附加詞〕洶湧澎湃：① 巨浪翻滾，互相撞擊。
② 形容聲勢浩大，不可阻擋：民主浪潮洶湧
澎湃。

洛

洛洛洛洛洛洛
普luò 粵lok³ 絡
水名，古稱洛水，今稱洛河，發源於陝西南部，
經河南省流入黃河。

洋

洋洋洋洋洋洋
普yáng 粵joeng⁴ 羊
① 地球表面被水覆蓋的廣大水域。② 盛多；廣
大：洋溢／洋洋萬言。③ 外國的；外來的：洋
人／洋貨。④ 銀元：三百大洋。
📎 地球上有四大洋：太平洋、大西洋、印度
洋和北冰洋，太平洋最大，中國位於西太平洋。
【洋溢】yáng yì 充分顯示、流露出來：熱情洋

溢 / 洋溢着歡快的氣氛。

【洋洋得意】yáng yáng dé yì 非常得意的樣子。

圓 得意洋洋 * 揚揚得意

洲

洲 洲 洲 洲 洲 洲

(普)zhōu (粵)zau¹ 周

① 地球表面的大塊陸地和所屬島嶼的總稱。
② 江河中由泥沙淤積成的成片陸地：鸚鵡洲 / 橘子洲。

　地球表面有七個大洲，下面依面積大小順序列出各洲的簡稱和全稱，括弧內為全稱：亞洲（亞細亞洲）、非洲（阿非利加州）、北美洲（北亞美利加洲）、南美洲（南亞美利加洲）、南極洲、歐洲（歐羅巴洲）、大洋洲。南北美洲以巴拿馬運河為分界線，習慣上也把美國以南的美洲地區統稱作"拉丁美洲"。

津

津 津 津 津 津 津

(普)jīn (粵)zeon¹ 樽

① 渡口：津渡。② 唾液；汗液：生津止渴 / 遍體生津。③ 資助、補貼：發放津貼。④ 天津的簡稱：京津滬。

【津貼】jīn tiē ① 補貼，補助：津貼他一筆生活費。② 補助的費用：除了薪水，還給旅遊津貼。

【津津有味】jīn jīn yǒu wèi 形容興味濃厚：吃得津津有味。反 索然無味

【津津樂道】jīn jīn lè dào 形容很有興趣地談論。

浙

浙 浙 浙 浙 浙 浙

(普)zhè (粵)zit³ 節

① 浙江，即今錢塘江，在浙江省。② 浙江省的簡稱：江浙兩省。

涇[泾]

涇 涇 涇 涇 涇 涇

(普)jīng (粵)ging¹ 京

① 水名。涇河，渭河的支流。② 水溝。

【涇渭分明】jīng wèi fēn míng 傳說涇河水清，渭河水濁，涇水流入渭水，兩水的交匯處清濁分明，於是有了成語"涇渭分明"，意為分別得一清二楚。

涉

涉 涉 涉 涉 涉 涉

(普)shè (粵)sip³ 攝

① 趟水過河：攀山涉水。② 渡過江河湖海：遠涉重洋。③ 經歷：涉世（經歷世事）/ 涉險（歷險）。④ 涉及、牽連：牽涉。

【涉及】shè jí ① 牽涉到：這個案件涉及多人。② 涉足，進入某一境界、環境或範圍：學識廣博，精通主業，還涉及多個學科。

【涉嫌】shè xián 有嫌疑，可能牽扯進所發生的事件：涉嫌抄襲別人的研究成果。

【涉獵】shè liè ① 泛泛閱讀，粗淺了解；粗略地做一點：涉獵琴棋書畫，但無一精通。② 接觸，涉及：作家很少涉獵學生題材。

消

消 消 消 消 消 消

(普)xiāo (粵)siu¹ 燒

① 逐漸減少，直至沒有：消散（漸漸散開消失）/ 煙消雲散 / 冰消瓦解。② 除掉；滅掉：消除（清除、去掉）/ 消防 / 消滅。③ 耗費；減少：消耗 / 此消彼長。④ 排遣；打發：消遣 / 消暑。⑤ 需要：不消說 / 只消他一句話。

【消化】xiāo huà ① 人或動物的消化器官把食物變成營養物質的過程。② 比喻理解和吸收：消化書本上的知識。

【消防】xiāo fáng 防火和救火。

〔附加詞〕消防隊、消防局：專職防火和救火的政府機構。

【消毒】xiāo dú ① 用物理方法或化學藥品殺滅致病的微生物。② 消除毒害。

【消耗】xiāo hào ① 逐漸減少：消耗體力／資源消耗得越來越多。② 消耗掉的東西：減少消耗。 ⑤ 耗費 ⑥ 增加

【消息】xiāo xī ① 新聞報道。② 音訊：彼此不通消息。⑤ 信息

【消閒】xiāo xián ① 消磨空閒時間：隨便翻翻書消閒。② 悠閒，清閒無事：消閒自在。

〔簡明詞〕消沉：情緒低落。消退：漸漸退了下去。消亡、消失：沒有了，不復存在。

【消費】xiāo fèi 耗費商品和資源，滿足生活或生產的需要。⑥ 生產

【消極】xiāo jí ① 負面的：消極影響／消極因素。② 消沉；不求進取：消極頹唐／消極等待。 ⑥ 積極

【消滅】xiāo miè ① 除去、除掉：消滅作文中的錯別字。② 滅掉、剷除：消滅敵人／消滅世上的害人蟲。⑥ 滋生、培植

【消遣】xiāo qiǎn 做輕鬆有興趣的事來消磨時光：晚上在家下圍棋消遣。⑤ 解悶

🔍 消遣 "遣" 的意思是排解、打發、派送。"遺" 有丟失、贈與的意思。兩字形近意義不同易錯寫。

【消磨】xiāo mó ① 消耗；磨滅：消磨精力／消磨意志。② 打發時光：消磨長夜／消磨歲月。

浬

浬浬浬浬浬浬 浬

⑦ 普 lǐ 粵 lei⁵ 理

表示海上距離的單位，又稱海里，1 浬為 1852 米，1.852 公里。

浩

浩浩浩浩浩浩 浩

⑦ 普 hào 粵 hou⁶ 號

① 大、盛大：浩大（極大，非常大）／浩浩蕩蕩（形容場面壯闊或氣勢宏偉）。② 形容眾多：浩如煙海（多得像無邊無際的煙雲一樣）。

海

海海海海海海 海

⑦ 普 hǎi 粵 hoi² 凱

① 大海，連接陸地與 "洋"、比 "洋" 小的水域：渤海／黃海／南海／海洋（海和大洋的統稱）。② 水域廣大的大湖。多用於名稱：裏海／青海。③ 數量多、範圍廣的、容量大的事物：書海／雲海／腦海。④ 大，極大：海量／誇下海口。

【海內】hǎi nèi 四海之內；全國。古人認為中國四面環海，故以 "海內" 稱國土。⑥ 海外

〔古詩文〕海內存知己，天涯若比鄰（《送杜少府之任蜀州》王勃）

【海外】hǎi wài ① 四海之外，指邊遠的地方。② 外國；國外：媽媽早前在海外留學。⑥ 海內

【海防】hǎi fáng 保衛國家沿海和領海的軍事設施和措施。

【海拔】hǎi bá 以海洋的平均水平面為起算標準的陸地和山嶽的高度。

【海軍】hǎi jūn 海上作戰部隊。現代海軍由水面艦艇、潛水艇、海軍航空兵、海軍陸戰隊等兵種及各種專業部隊組成。⑥ 陸軍、空軍。

【海峽】hǎi xiá ① 在兩塊陸地之間，兩端連接海洋的較狹窄的水道：瓊州海峽／英吉利海峽。② 專指台灣海峽：海峽兩岸。

【海豹】hǎi bào 生活在溫帶和寒帶海洋中的一種哺乳動物，體型粗扁，善於游水，是極地熊的獵食對象。

【海豚】hǎi tún 海洋哺乳動物，體形呈紡錘形，背部青黑色，腹部白色，能訓練學會許多動作，

記憶力較好。

【海報】hǎi bào 預告演出或體育活動的招貼。

【海燕】hǎi yàn 一種小型海鳥，吃水生動物，善長在海面飛翔，輕盈矯捷。

【海嘯】hǎi xiào 海面出現由風暴或海底地震造成的洶湧巨浪並伴隨着巨響的現象。海嘯往往沖上陸地，造成災難。

【海藍】hǎi lán 像海水一樣的深藍色。

【海龜】hǎi guī 生活在海洋和近海陸地的爬行動物，形似烏龜，體型比烏龜大很多，在沙灘上產卵孵化繁殖。屬於保護動物。

【海關】hǎi guān 國家設在口岸，負責監督檢查進出國境的各種貨品和財物、徵收關稅、查禁走私的行政機關。

【海鷗】hǎi ōu 一種生活在海邊或江河湖泊附近的水鳥，上體多為蒼灰色，下體白色，常成羣飛翔於海面或江河上。

【海灘】hǎi tān 海岸邊上向海面稍稍傾斜的灘地，多為沙灘、泥灘或卵石灘；泥沙或淤泥的海灘又稱灘塗。

【海灣】hǎi wān ① 海洋伸入陸地成凹形的部分。② 專指波斯灣：海灣國家 / 海灣地區。

【海闊天空】hǎi kuò tiān kōng ① 形容大自然寬廣遼闊。② 形容無拘無束或漫無邊際：海闊天空，談得很投機。⑥ 退一步海闊天空 / 海闊憑魚躍，天空任鳥飛

〔簡明詞〕海域：大海的水域範圍，包括海面和水下。海島：島嶼，處在海洋包圍中的陸地，大小不等。海岸：海洋邊緣的陸地。海岸線：陸地與海洋的分界線。海鮮：可食用的新鮮海生動物。海味：人可食用的海產品，如鮮魚蝦和魚蝦乾之類：乾鮮海味。海產：海洋裏出產的動植物及其附屬品，一般指人可食用的。

浴 浴浴浴浴浴浴

⑦

⑳ yù ⑳ juk⁶ 肉

① 洗身，洗澡：沐浴 / 浴巾。② 沉浸；浸染：他全身都浴在明亮的陽光裏。

【浴室】yù shì ① 住宅內的洗澡間。② 供公共洗澡的地方，如游泳池的浴室。

浮 浮浮浮浮浮浮

⑦

⑳ fú ⑳ fau⁴ 蜉

① 漂在水上；飄在空氣中：浮冰 / 飄浮。② 表面上的：浮土。③ 可移動可變動的：浮財（不動產以外的財產）。④ 不穩重；不踏實：輕浮 / 心浮 / 浮躁（不沉着不穩重；急躁不安）。⑤ 空虛；不合實際：虛浮 / 浮誇（虛浮誇張不實在）。⑥ 露出、現出：浮現。⑦ 超過；多餘：人浮於事。

【浮冰】fú bīng 漂浮在江河湖海水面上的冰塊。通常指漂浮在南極和北極洋面上的冰塊，巨大浮冰又稱冰山。

【浮現】fú xiàn ① 顯現；出現：腦海中浮現了不少往事。② 流露；顯露：嘴角上浮現出一絲笑意。

【浮動】fú dòng ① 飄浮移動：一大片浮萍在水面上浮動。② 動蕩，不穩定：人心浮動。③ 不穩定，上下波動：近日股市浮動得厲害。

【浮萍】fú píng 水生植物，葉子在水面浮游，鬚根在葉下的水中。

【浮雕】fú diāo 雕塑的一種，在平面上雕出凸起的形象：紀念碑的基座上有浮雕。

【浮皮潦草】fú pí liáo cǎo 做事馬虎不認真。⑩ 敷衍了事 ⑫ 認認真真

流 流流流流流流

⑦

⑳ liú ⑳ lau⁴ 留

① 水或別的液體流動：水向東流。② 運行；移

動;流動:流星 / 流亡(逃亡流落在外) / 流落(漂泊流浪在外) / 資金外流。③ 流傳;傳播:流行 / 流芳百世。④ 指水流:激流 / 支流。⑤ 河水離開源頭後的部分:源遠流長。⑥ 像水流一樣的東西:電流 / 泥石流。⑦ 分支;等級:流派 / 上流社會。⑧ 通順,順暢:流暢 / 口齒流利。

【流失】liú shī ① 散失:人才流失。② 流散喪失:水土流失。🔄 保存

【流行】liú xíng ① 盛行一時的:流行歌曲。② 傳播開來:感冒流行。

【流星】liú xīng 從宇宙空間飛入地球大氣層,跟大氣摩擦燃燒發光的小物體:流星雨。

【流浪】liú làng 飄泊,遊走各地,行蹤不定。🔄 定居

【流域】liú yù 江河流經的區域,包括幹流和支流的整個地區:黃河流域 / 長江流域。

【流動】liú dòng ① 移動:空氣流動形成風。② 一直在變動:流動人口。🔄 固定

【流通】liú tōng ① 暢通:空氣流通。② 流轉:商品流通渠道。

【流傳】liú chuán ① 傳播開去:美名流傳海內外。② 傳下去:一手絕活兒世代流傳。🔄 失傳

【流露】liú lù 不自覺地表現出來:一雙眼睛流露出可憐的神色。🟰 表露 * 顯露

涕
7　涕涕涕涕涕涕 涕
(普)tì (粵)tai³ 替
① 眼淚:痛哭流涕。② 哭泣:破涕為笑。③ 鼻涕:涕淚俱下。

浪
7　浪浪浪浪浪浪 浪
(普)làng (粵)long⁶ 郎⁶
① 水面上起伏的大水波:乘風破浪。② 像波浪起伏的東西:麥浪 / 熱浪。③ 隨便;放縱:浪遊(到處遊蕩) / 浪蕩(放縱不檢點)。

【浪花】làng huā ① 波浪激起的水花:浪花飛濺。② 比喻有意義的片段:生活的浪花 / 激起情感的浪花。

【浪費】làng fèi 無效使用;濫用:鋪張浪費 / 浪費時間。🔄 節儉 * 節約

【浪漫】làng màn ① 富有詩意,充滿幻想:浪漫的愛情故事。② 風流;無拘無束:過着浪漫的生活。

【浪潮】làng cháo ① 向前湧動的波濤:浪潮沖擊海岸的巖石。② 比喻大規模的社會運動:反戰浪潮 / 改革的浪潮。

浸
7　浸浸浸浸浸浸 浸
(普)jìn (粵)zam³ 針³
① 泡在水裏或別的液體中:浸泡(泡在液體裏)。② 深深地進入其中:大家都浸在歡樂裏。③ 滲入;滲透:寒氣浸骨。

【浸透】jìn tòu ① 滲透:汗水浸透了上衣。② 飽含:作品中浸透着愛和恨。

涌 (一)
7　涌涌涌涌涌涌 涌
(普)yǒng (粵)jung² 擁
同"湧"。詳見"湧"。

涌 (二)
7
(普)chōng (粵)cung¹ 充
河汊。多用於地名:河涌 / 香港鰂魚涌。

清
8　清清清清清清 清
(普)qīng (粵)cing¹ 青
① 純淨透明,沒有雜質:清泉 / 清白(沒有污

點）/ 天朗氣清。② 潔淨；純潔：清潔 / 冰清玉潔。③ 單純；單一：清唱 / 清一色。④ 廉潔：清官 / 清廉。⑤ 寂靜：清靜（安靜）/ 冷清。⑥ 空閒，悠閒：清閒 / 享清福。⑦ 清楚、明白：清清楚楚。俗 當局者迷，旁觀者清 ⑧ 徹查；查檢：清查 / 清理（清查整理）。⑨ 清除：肅清 / 清洗 / 清掃（打掃）。⑩ 朝代名。公元 1616 年滿族人努爾哈赤所建，1644 年入關建立清帝國，1911 年被辛亥革命推翻。

【清爽】qīng shuǎng ① 清新涼爽：清爽的秋風。② 整潔，乾淨：房間收拾得很清爽。③ 清淡爽口：小黃瓜脆嫩清爽。

【清秀】qīng xiù 清俊秀美：長得很清秀。同 俊秀 反 醜陋 * 粗俗

【清明】qīng míng ① 公平廉明：當今是清明社會。② 清澈明亮；清澈潔淨：溪水在陽光下更加清明。

　〔附加詞〕清明節：中國二十四節氣中的重要節氣，當公曆每年的四日、五日或六日，是國人掃墓祭奠先人的日子。

【清官】qīng guān 公正廉潔的官吏。反 貪官 * 昏官 俗 清官難斷家務事

【清洗】qīng xǐ ① 用水或去污劑洗：清洗餐具。② 清除掉：為冤案平反昭雪，清洗他們的污名。

【清脆】qīng cuì 清亮悅耳：嗓音清脆，很好聽。反 沙啞 * 嘶啞

【清高】qīng gāo ① 純潔高尚：品德清高。② 不合羣，孤芳自賞：自視清高，看不起別人。反 自卑

【清除】qīng chú ① 掃除：清除垃圾。② 從當中去掉：清除品行不端的敗類。

【清淡】qīng dàn ① 素淨，不油膩；味道不濃：喜歡吃清淡的東西。② 不興旺：生意清淡。

　〔簡明詞〕清早、清晨：早晨，日出前後的一段時間。清涼：清爽涼快。清香：清淡的香氣。

【清晰】qīng xī 清楚明晰：思路清晰。同 清楚 *

明晰 反 糊塗 * 模糊

🔍 清淅 "淅" 是象聲詞，通常用來形容雨聲。"晰" 指的是明白、清楚。兩字音近部件不同易錯寫。

【清楚】qīng chǔ ① 清晰明白：搞不清楚 / 說得很清楚。② 不糊塗，清醒：頭腦清楚。③ 知道，了解：前因後果我都清楚。反 糊塗

【清廉】qīng lián 廉潔。反 腐敗

【清新】qīng xīn 清爽新鮮：春天的草地散發着清新的氣息。反 混濁 * 陳舊

【清澈】qīng chè 清淨透明：泉水叮咚，清澈可愛。反 渾濁

【清醒】qīng xǐng ① 頭腦清楚，不糊塗：對事態要有清醒的估計。反 糊塗 ② 蘇醒：終於清醒過來了，家人很高興。反 昏迷

8

添

添添添添添添

普 tiān 粵 tim¹ 甜¹

① 增加；補充：添加（增加）/ 錦上添花 / 添油加醋。② 生育：添丁（生男孩子）。

【添置】tiān zhì 增添，在原有的之上再增置：添置設備 / 沙發是新添置的。反 裁減

　〔簡明詞〕添油加醋、添枝加葉：比喻隨意添加細節，誇大或歪曲事實。

8

淇

淇淇淇淇淇淇 淇

普 qí 粵 kei⁴ 其

水名，淇河，在河南省北部。

8

淋 (一)

淋淋淋淋淋淋 淋

普 lín 粵 lam⁴ 林

噴灑，澆：淋浴 / 給花淋水 / 淋漓盡致（形容十分詳盡透徹或十分暢快）。

淋 (二)

〔普〕lìn 〔粵〕lam⁴ 林

過濾:把洗好的菜淋一下水。

涯

涯涯涯涯涯涯 〔涯〕

〔普〕yá 〔粵〕ngaai⁴ 捱

① 水邊,岸邊:涯岸。② 邊際;極限:天涯海角 / 學海無涯。

淹

淹淹淹淹淹淹 〔淹〕

〔普〕yān 〔粵〕jim¹ 醃

① 被水漫過:淹沒。② 久:淹留(滯留,久留)。

【淹沒】yān mò ① 漫過,沒過:洪水淹沒了良田。② 埋沒;隱沒:房子淹沒在濃密的樹葉當中。③ 掩蓋;蓋過:機器的隆隆聲淹沒了說話的聲音。

🔍 掩沒 “掩” 有遮蓋、遮蔽的意思。“淹” 指的是被水覆蓋。兩字音近部件不同易錯寫。

凄 [淒]

凄凄凄凄凄凄 〔淒〕

〔普〕qī 〔粵〕cai¹ 妻

① 寒冷:凄風苦雨(寒冷的風,久落不止的雨)。② 冷落;蕭條:凄冷 / 凄清。

【凄清】qī qīng ① 清冷:月色凄清。② 凄涼:一個人生活,難免有些凄清。🟰 冷清 * 悲涼 ↤ 溫暖 * 喜悅

【凄涼】qī liáng ① 寂寞冷落:凄涼的舊花園。② 蒼涼悲苦:她的表情從喜悅變為凄涼。↤ 快樂

淺 [浅]

淺淺淺淺淺淺 〔淺〕

〔普〕qiǎn 〔粵〕cin² 千²

① 水不深:河水很淺。② 短淺,距離短:地洞很淺。③ 差一些,淺薄:才疏學淺。④ 明白易懂:深入淺出。⑤ 顏色淡:淺綠 / 淺藍。⑥ 不深厚:交情尚淺。⑦ 一點點;稍微:害人不淺 / 淺嘗輒止。

【淺薄】qiǎn bó ① 學識、修養、見解差。② 淡薄,不深厚:交情淺薄。🟰 膚淺

〔簡明詞〕淺白、淺明、淺近、淺顯:明白易懂:淺近文言文 / 這是很淺顯的道理。

淑

淑淑淑淑淑淑 〔淑〕

〔普〕shū 〔粵〕suk⁶ 熟

善,美好:賢淑 / 淑女(賢惠美好的女子)。

淌

淌淌淌淌淌淌 〔淌〕

〔普〕tǎng 〔粵〕tong² 躺

流出來;向下流:淌汗 / 流淌 / 饞得淌口水。

混 (一)

混混混混混混 〔混〕

〔普〕hùn 〔粵〕wan⁶ 運

① 混雜:混合。② 冒充:蒙混 / 魚目混珠。③ 將就,勉強維持:混日子。④ 胡亂,隨便:混說 / 混鬧。

〔簡明詞〕混水摸魚:比喻趁混亂時機或故意造成混亂,從中撈好處。

【混淆】hùn xiáo 把不同的混在一起。

〔附加詞〕混淆黑白、混淆是非:把對的錯的混在一起,不加分別。

【混亂】hùn luàn ① 雜亂:思緒混亂 / 東西混亂地堆在一起。↤ 整齊 ② 秩序大亂:槍聲一響,

街上一片混亂。⊠ 安定

【混濁】hùn zhuó 含雜質，不清明：空氣混濁／
黃河水很混濁。⊠ 清明 * 清澈

【混為一談】hùn wéi yì tán 把不同的混在一起，
看成是同樣的。⊠ 涇渭分明

8 **混**⁽⁼⁾

⟮普⟯ hún2 ⟮粵⟯wan⁶ 運

同 "渾" 字。① 污濁不清：一盆混水。② 糊塗：
混話／混小子。

8 **涸**   涸涸涸涸涸涸 涸

⟮普⟯ hé ⟮粵⟯kok³ 確

乾枯無水：乾涸。

8 **淮**   淮淮淮淮淮淮 淮

⟮普⟯ huái ⟮粵⟯waai⁴ 懷

淮河，發源於河南桐柏山，流經河南、安徽、江
蘇，分流入長江和黃海。

8 **淪**[沦]   淪淪淪淪淪淪 淪

⟮普⟯ lún ⟮粵⟯leon⁴ 鄰

① 落進水裏：貨船遇難淪沒。② 掉下去：淪為
階下囚。③ 喪失：淪喪（喪失）／淪陷（國土被敵
方佔領）。

【淪落】lún luò ① 流落：淪落異鄉。② 衰敗；
衰退：家道淪落／道德淪落。⊠ 振興

8 **淆**   淆淆淆淆淆淆 淆

⟮普⟯ xiáo ⟮粵⟯ngaau⁴ 餚

混雜；混亂：混淆／淆亂（混淆；雜亂）。

8 **淫**   淫淫淫淫淫淫 淫

⟮普⟯ yín ⟮粵⟯jam⁴ 吟

① 過分；過度：淫威（暴虐的權威）／淫雨（一
連多日不停的雨）。② 放縱，恣肆：驕奢淫逸。
③ 性行為過分或不正當：淫蕩／淫穢（下流，淫
亂醜惡）／賣淫。④ 淫穢不良的：淫書／淫畫。

8 **淨**[净]   淨淨淨淨淨淨 淨

⟮普⟯ jìng ⟮粵⟯zing⁶ 靜

① 清潔；乾淨：窗明几淨。② 純淨；純粹：淨
利（純利）。③ 全；都：架子上淨是書。④ 只：
不要淨玩遊戲機，要先做功課。

【淨土】jìng tǔ ① 佛教指佛和菩薩居住的沒有塵
世污染的世界：西方淨土。② 比喻人間清淨、
和諧、自在的福地：桃花源是人們心目中的淨土。

【淨化】jìng huà 清除掉雜質污垢：淨化環境／淨
化心靈。⊠ 污染

8 **淘**   淘淘淘淘淘淘 淘

⟮普⟯ táo ⟮粵⟯tou⁴ 途

① 經過濾，除去雜質；經篩選，除去不要的東
西：沙裏淘金／淘汰。② 挖出來，清除淤積的泥
沙雜物：淘河泥。③ 沖刷：大浪淘沙。④ 尋找：
淘寶／淘便宜貨。⑤ 頑皮：孩子淘氣。

【淘汰】táo tài 留下好的、強的、適合的，去掉
壞的、弱的、不適合的：自然淘汰／努力追求上
進，不被時代淘汰。

8 **涼**[凉]⁽⁻⁾   涼涼涼涼涼涼 涼

⟮普⟯ liáng ⟮粵⟯loeng⁴ 良

① 稍微冷一些：涼爽／涼風。② 冷淡：世態
炎涼。③ 冷清：荒涼。④ 比喻灰心或失望：

我的心早涼了。⑤ 避暑或防熱用的：涼棚／涼蓆／涼鞋。

〔簡明詞〕涼快、涼爽：清涼爽快。涼意：微冷的感覺。涼台：露台、陽台、曬台。

8 **涼**[凉]⁽²⁾

（普）liàng （粵）loeng⁴ 良

把水、食品或東西的溫度降下來：水太燙，涼一涼再喝。

8 **淳** 淳淳淳淳淳淳 淳

（普）chún （粵）seon⁴ 純

質樸：淳厚（樸實厚道）／淳樸（敦厚樸實）。

8 **液** 液液液液液液 液

（普）yè （粵）jik⁶ 亦

液體：唾液／液態（液體狀態）／液化（物質從氣態變為液態）天然氣。

【液體】yè tǐ 無固定形狀、可以流動的物質，水和油都是液體。（反）氣體＊固體

8 **淤** 淤淤淤淤淤淤 淤

（普）yū （粵）jyu¹ 於

① 沉積、堵塞：淤塞（水道被泥沙等物堵塞住）／淤積（沉積）。② 淤積的泥沙等物：河淤／溝淤。③ 淤積起來的：淤泥（沉積下來的爛泥）。

8 **淡** 淡淡淡淡淡淡 淡

（普）dàn （粵）daam⁶ 氮

① 不含鹽分；味道不濃：淡水／淡而無味。② 稀薄；顏色淺：沖淡了／淡綠色。③ 不熱心：

待人冷淡。④ 不旺盛：旅遊淡季。⑤ 不相干的、無關緊要的：瞎扯淡。

【淡漠】dàn mò ① 冷淡不熱情：態度很淡漠。（同）冷漠（反）熱情 ② 淡薄；模糊：年代太久，記憶淡漠了。（反）深刻＊清楚

【淡薄】dàn bó ① 稀薄，密度小或味道不濃：太陽冉冉升起，濃霧便淡薄了。② 輕淡；微弱：湖水在淡薄的月光下閃動。③ 冷淡：如今的親情越來越淡薄了。④ 模糊不清：時間久了，記憶也就淡薄了。（反）濃厚＊清晰

8 **淙** 淙淙淙淙淙淙 淙

（普）cóng （粵）cung⁴ 蟲

淙淙：水流動的聲音。

8 **淀** 淀淀淀淀淀淀 淀

（普）diàn （粵）din⁶ 電

淺水湖泊。多用於地名：白洋淀／荷花淀。

8 **淚**[泪] 淚淚淚淚淚淚 淚

（普）lèi （粵）leoi⁶ 類

① 眼淚：淚水／熱淚盈眶。② 形似眼淚的東西：蠟淚。

8 **深** 深深深深深深 深

（普）shēn （粵）sam¹ 心

① 從水面到水底的距離長：湖水太深。② 從上到下、從外到內的距離長：深谷／深巷。③ 深度：有一百米深。④ 深入；深刻：深思（沉思）／深謀遠慮。⑤ 水準高，程度深：深奧（高深）／艱深／博大精深。⑥ 感情豐厚：情深誼長。⑦ 顏色濃：深色。⑧ 距開始的時間久：年深日久。

⑨ 很，非常：深得人心。

【深入】shēn rù ① 進入內部；進入深處：深入調查 / 深入人心。② 徹底；透徹：深入研究。 反 膚淺

〔附加詞〕深入淺出：內容深刻，措詞表達卻淺近易懂。

【深刻】shēn kè 達到很深的程度；達到不可磨滅的程度：深刻的變化 / 留下深刻的印象。 反 膚淺

【深厚】shēn hòu ① 堅實雄厚：功力深厚 / 深厚的藝術修養。② 感情、情義很深：深厚的友情。 反 淺薄 * 淡薄

【深度】shēn dù ① 向下、向裏的距離：湖水的深度有十米。② 達到很高的程度：論文沒有深度，沒有學術價值。③ 嚴重的：深度燒傷。

【深淺】shēn qiǎn ① 水深和水淺：河水清澈，深淺看得一清二楚。② 顏色濃和顏色淡：色澤深淺不一。③ 比喻分寸：說話不知深淺。

【深情】shēn qíng ① 深厚的感情：深情厚誼。② 感情深沉濃厚：深情地看着他。 反 無情

【深淵】shēn yuān ① 很深的水潭。② 比喻壞的、糟糕的境地：苦難的深淵。 反 巔峯 俗 如臨深淵，如履薄冰

〔附加詞〕深化：不斷加深：深化改革。深遠：深刻而久遠：影響深遠。深思熟慮：思索考慮得很全面很細緻。深謀遠慮：籌劃周密，考慮長遠。

---

⁸ 涮　涮 涮 涮 涮 涮 涮　涮

普 shuàn 粵 saan³ 傘

① 晃動水清洗：涮碗 / 涮瓶子。② 在沸水裏燙一會兒：涮羊肉。

---

⁸ 涵　涵 涵 涵 涵 涵 涵　涵

普 hán 粵 haam⁴ 咸

包含；容納：蘊涵 / 包涵。

【涵蓋】hán gài 包含覆蓋：考慮得很細緻，涵蓋了方方面面。

【涵養】hán yǎng 修養：做有涵養的人。

---

⁹ 湊[湊]　湊 湊 湊 湊 湊 湊　湊

普 còu 粵 cau³ 臭

① 找來；會聚到一起：湊幾個人一起去。② 碰上，趕上：湊巧（碰巧）/ 湊熱鬧。③ 接近；靠近：湊近他耳邊說了幾句。

---

⁹ 湛　湛 湛 湛 湛 湛 湛　湛

普 zhàn 粵 zaam³ 斬³

① 深：精湛 / 湛藍（深藍色）。② 清澈：小魚在清湛的溪流中游來游去。

---

⁹ 港　港 港 港 港 港 港　港

普 gǎng 粵 gong² 講

① 港口；機場：海港 / 空港。② 與江河湖泊相通的小河流：港汊。③ 香港的簡稱：港澳地區。

【港口】gǎng kǒu 在江河湖海岸邊設有碼頭，停泊船舶的地方。

---

⁹ 湖　湖 湖 湖 湖 湖 湖　湖

普 hú 粵 wu⁴ 胡

① 陸地上的大片水域：洞庭湖 / 湖泊（湖的通稱）。② 湖南、湖北兩省的合稱：兩湖 / 湖廣。

【湖光山色】hú guāng shān sè 湖上的風光，遠山的景色，自然美麗。

渣

渣渣渣渣渣渣 渣

普 zhā 粵 zaa¹ 楂

① 使用過的東西殘留的部分：蔗渣。② 碎末：麵包渣。

【渣滓】zhā zǐ ① 東西被提取精華後的殘留部分。② 比喻起壞作用的人：社會渣滓。

湘

湘湘湘湘湘湘 湘

普 xiāng 粵 soeng¹ 商

① 湘江，發源於廣西，經湖南流入洞庭湖。② 湖南省的別稱：湘劇（湖南的地方戲劇）。

渤

渤渤渤渤渤渤 渤

普 bó 粵 but⁶ 勃

渤海，中國的內海，位於山東半島和遼東半島之間。

渠

渠渠渠渠渠渠 渠

普 qú 粵 keoi⁴ 瞿

人工開鑿的水道：溝渠 / 灌溉渠。

【渠道】qú dào ① 人工挖的水道。多為農業排水灌水用。② 比喻途徑、門路：商品流通渠道 / 外交渠道。

減[减]

減減減減減減 減

普 jiǎn 粵 gaam² 監²

① 從當中去掉一部分：削減 / 縮減。② 降低；衰退：減弱 / 減退。

【減少】jiǎn shǎo 從當中減除一部分：減少小學生的課業負擔。同 減小 反 增加

【減弱】jiǎn ruò 由強轉弱；由大到小：攻勢減弱 / 心跳減弱。反 增強 * 加強

✎ 減免：減輕或免除。減輕：減少；降低；緩和。減壓：減輕壓力；減輕負擔。減緩：放慢；減輕。減退：減少、降低、下降。減價：降價。

渺

渺渺渺渺渺渺 渺

普 miǎo 粵 miu⁵ 秒

① 水面廣闊，漫無邊際：煙波浩渺。② 非常遙遠，模糊不清：渺無人煙。③ 微小：渺小（微不足道）。

【渺茫】miǎo máng ① 遼遠迷茫的樣子：山水渺茫。② 模模糊糊，不清楚：前途渺茫 / 歸期渺茫。同 迷茫

〔簡明詞〕渺無音信：長時間沒有一點消息。渺無人煙：沒有人沒有炊煙，一片迷茫荒涼。

測[测]

測測測測測測 測

普 cè 粵 cak¹ 惻

① 用儀器度量：檢測 / 測量（測定數值）/ 測繪（測量並繪製圖表）。② 估計推斷：預測 / 神秘莫測。

【測試】cì shì ① 測驗考核：測試合格。② 檢測試驗：測試發動機的性能。

【測算】cè suàn ① 測量並加以計算：測算今年的銷售情況。② 推測估算：測算需要投放多少資金。同 估算

【測驗】cè yàn ① 測量檢驗；測試驗證：測驗機械性能。② 考查學習狀況的一種方式：數學測驗。

湯[汤]

湯湯湯湯湯湯 湯

普 tāng 粵 tong¹ 堂¹

① 熱水，沸水：赴湯蹈火 / 金城湯池。② 食物

煮熟後的汁液：菜湯／米湯／魚湯。③ 煮成的汁水很多的食品：酸辣湯。④ 中藥材加水煎熬出的液汁：湯劑／湯藥（煎好的中藥藥液）。

9

溫[温]　溫溫溫溫溫溫　溫

普 wēn　粵 wan¹ 瘟

① 不冷不熱：溫水／溫室／溫潤（溫暖濕潤）。② 加熱變暖：溫酒。③ 溫度：恆溫／體溫／溫差（溫度的差別）。④ 平和；和氣；柔和：溫和／溫存（溫柔體貼）／溫柔（溫和柔順）。⑤ 復習：溫習。

【溫和】wēn hé ① 平靜和氣；親切柔和：口氣溫和／性情溫和。同 柔和 反 暴躁＊粗暴 ② 不冷不熱的溫度：陽光溫和／溫和的氣候。

【溫度】wēn dù ① 冷熱的感覺：今天溫度很高，熱得要命。② 氣象學上計量氣溫的度數：今天的溫度是攝氏25度到30度。同 氣溫

〔附加詞〕溫度表、溫度計：衡量溫度高低的儀器，通常為一個下端儲有水銀、標着溫度刻度的細長玻璃管，利用水銀熱脹冷縮的物理性質顯示溫度。

【溫帶】wēn dài 北極圈和北回歸線、南極圈和南回歸線之間的地帶，氣候溫和，季節分明：南溫帶／北溫帶。反 寒帶＊熱帶

【溫暖】wēn nuǎn ① 和暖：天氣溫暖如春。② 暖熱，變得熱起來：老師的關懷溫暖了她孤獨的心。③ 形容親切融洽：溫暖的家庭生活。反 寒冷。

【溫馨】wēn xīn ① 溫暖芬芳：溫馨美麗的月夜。② 蘊含溫情：溫馨的愛／溫馨快樂的家。反 冷漠

【溫故知新】wēn gù zhī xīn 溫習舊學問，從中可學到新知識、領會新道理。

9

渴　渴渴渴渴渴渴　渴

普 kě　粵 hot³ 喝

① 想喝水：解渴／如飢似渴。② 迫切；急切：渴念（非常想念）／渴求（急切要求；迫切追求）。

〔古詩文〕宜未雨而綢繆，毋臨渴而掘井。（《治家格言》朱柏廬）

【渴望】kě wàng 迫切盼望：渴望進入名牌大學學習。

9

渭　渭渭渭渭渭渭　渭

普 wèi　粵 wai⁶ 慧

渭河，發源於甘肅，流經陝西入黃河。參見 "涇"。

9

渦[涡]　渦渦渦渦渦渦　渦

普 wō　粵 wo¹ 窩

① 漩渦：水渦／酒渦。② 漩渦形狀：渦輪發動機。

9

湃　湃湃湃湃湃湃　湃

普 pài　粵 paai³ 派

澎湃。詳見 "澎湃"。

9

淵[渊]　淵淵淵淵淵淵　淵

普 yuān　粵 jyun¹ 冤

① 深水潭：積水成淵。② 深：淵博（精深廣博）。

【淵源】yuān yuán ① 水的源頭。② 根源：悠久的歷史淵源。

9

渝　渝渝渝渝渝渝　渝

普 yú　粵 jyu⁴ 餘

① 改變；變更：忠貞不渝。② 重慶市的別稱：

成渝鐵路。

渙[渙] 渙渙渙渙渙渙　渙

（普）huàn （粵）wun⁶ 換

分離；消散：渙散。

【渙散】huàn sàn ① 散漫；鬆懈：人心渙散 /
紀律渙散。② 不專注，不集中：精神渙散。
（反）集中

渡 渡渡渡渡渡渡　渡

（普）dù （粵）dou⁶ 杜

① 由此岸通過水面到達對岸；船隻通過江河湖海
的水面：渡過（通過水面到達對岸）/ 遠渡重洋。
② 渡口，供渡河的地方。多用於地名：黃河有風
陵渡。

游 游游游游游游　游

（普）yóu （粵）jau⁴ 由

① 在水裏劃動、行動：游水 / 游泳（人或動物在
水裏游動）。② 江河的一長段：長江上游 / 黃河
中游 / 尼羅河下游。

滋[滋] 滋滋滋滋滋滋　滋

（普）zī （粵）zi¹ 之

① 繁殖；生長：滋長（增長；產生）/ 滋出了幼芽。
② 製造、引發：滋事（鬧事，無事生非）/ 滋擾（騷
擾）。③ 增加：滋益（增多）/ 滋補（滋潤補養）。
④ 味道：滋味。⑤ 噴射，射出：滋了我一身水。

【滋生】zī shēng ① 繁殖；產生：草木滋生/滋生
細菌。② 發生；引起：滋生事端。

【滋味】zī wèi ① 味道：不知道未來肉是甚麼滋
味。② 感受：心裏別有一番滋味。

【滋養】zī yǎng ① 哺育，養育：長江滋養了長江
三角洲。② 補養：滋養身體。（同）滋補

【滋潤】zī rùn ① 濕潤：護膚面霜有助滋潤皮膚。
（反）乾枯 * 乾燥 ② 豐裕舒適：活得自在，過得滋
潤。③ 增加水分：春雨滋潤大地。

渲 渲渲渲渲渲渲　渲

（普）xuàn （粵）syun³ 算

中國畫的一種技法，用水墨、淡彩塗染畫面。

【渲染】xuàn rǎn ① 中國畫的一種技法。以水墨
或淡彩烘染物像，增強藝術效果。② 比喻鋪張、
誇大：一件小事讓她渲染得了不得。

渾[浑] 渾渾渾渾渾渾　渾

（普）hún （粵）wan⁴ 雲 / wan⁶ 運

① 水不清明，污濁：渾濁（不潔淨，不明澈）/ 渾
水摸魚（比喻趁混亂撈取好處）。② 糊塗：別說
渾話。③ 天然，自然：渾厚。④ 全；滿：渾身
（全身）。

【渾厚】hún hòu ① 純樸：是個渾厚老實的人。
② 低沉厚實：嗓音渾厚。

溉 溉溉溉溉溉溉　溉

（普）gài （粵）koi³ 丐

澆；灌：灌溉。

湧[涌] 湧湧湧湧湧湧　湧

（普）yǒng （粵）jung² 擁

① 水翻滾向上：湧泉 / 洶湧澎湃。② 一個跟一
個出現；向上升：湧現（顯現；大量出現）/ 往事
湧上心頭。

溝[沟]

溝溝溝溝溝溝　溝

⑲ gōu ⑬ gau¹

① 水道：溝渠（排灌的水道）。② 低窪處：山溝 / 溝谷（山溝山谷）。③ 人工挖掘的工事：壕溝。④ 比喻隔閡：代溝。

【溝通】gōu tōng 彼此接觸交流：加強溝通，維護良好關係。

滇

滇滇滇滇滇滇　滇

⑲ diān ⑬ tin⁴ 田

① 滇池，湖名，在雲南省昆明市。② 雲南省的別稱：滇劇。

滅[灭]

滅滅滅滅滅滅　滅

⑲ miè ⑬ mit⁶ 蔑

① 熄滅：燈滅了 / 煙消火滅。② 淹沒：滅頂之災。③ 消失；消滅：自生自滅 / 滅口。

【滅亡】miè wáng ① 消失：自取滅亡。② 消滅：用武力滅亡敵國。⑰ 出現＊產生

【滅絕】miè jué ① 消失：東北虎瀕臨滅絕。② 喪失：滅絕人性。⑰ 繁衍

源

源源源源源源　源

⑲ yuán ⑬ jyun⁴ 元

① 水流開始的地方：飲水思源。② 來源：兵源 / 貨源。

【源泉】yuán quán ① 水源：小河的源泉在這條山溝裏。② 來源；根源：堅定的信心和堅強的意志是力量的源泉。

【源流】yuán liú ① 源頭和水流。② 比喻起源和發展過程：研究漢語的源流演變。

【源頭】yuán tóu ① 河流的發源地。② 來源、

根源：細說事情的源頭。

✎ 源遠流長：河流的源頭很遠，水流很長。比喻來歷悠久。源源不絕、源源不斷：接連不斷。源源而來：源源不斷地來到。

滑

滑滑滑滑滑滑　滑

⑲ huá ⑬ waat⁶ 猾

① 平滑，光滑：滑潤（光滑潤濕）/ 山路又陡又滑。② 在平面上移動；滑動：滑行 / 滑了一跤。③ 狡詐；虛偽不誠心：奸滑 / 油滑。

【滑行】huá xíng ① 滑動前行：在冰上滑行。② 汽車、機車、飛機等在地面或跑道上向前移動。

【滑坡】huá pō ① 地表土石沿斜坡整體向下滑動的現象：山體滑坡。② 比喻下降、衰退：經濟滑坡 / 收入連年滑坡。

【滑稽】huá jī 言語、動作或事態令人發笑：孩子說的話往往很滑稽。⑰ 嚴肅

【滑頭】huá tóu ① 圓滑，不老實：待人誠懇，不耍滑頭。② 慣於耍滑頭的人：都說他是個滑頭。⑰ 誠懇＊老實

〔附加詞〕滑頭滑腦：油滑不誠實。

準[准]

準準準準準準　準

⑲ zhǔn ⑬ zeon² 准

① 標準；依據；準則：水準 / 以此為準。② 準確；正確：說得很準確。③ 一定，確定不變：準時（按時）/ 說得了，不能變。

【準則】zhǔn zé 遵照的標準或原則：尊重別人，禮貌待人，是做人的準則。⑯ 原則

【準備】zhǔn bèi ① 計劃、安排；打算、考慮：暑期準備去澳洲旅遊。② 事先做好的安排：凡事做好準備，未雨綢繆。

【準確】zhǔn què 符合實際情況；符合預期要求：他看人很準確 / 通訊衛星準確進入預定軌

道。反錯誤＊失誤

10 滔　滔滔滔滔滔滔　滔
普tāo 粵tou¹韜

大水瀰漫：波浪滔天。

【滔天】tāo tiān ① 水勢浩大，瀰漫天際：白浪滔天。② 比喻罪惡、災禍等極大：滔天大禍／罪惡滔天。

【滔滔】tāo tāo ① 大水奔流的樣子：洪水滔滔。② 形容前後相繼：滔滔不絕（形容連續不斷）。

10 溪　溪溪溪溪溪溪　溪
普xī 粵kai¹稽

① 山間的小水流：溪水很清澈。② 小水流：一條小溪自村前流過。

【溪流】xī liú ① 從山裏流出來的小股水。② 水量不多的小河：溪流清澈見底。

10 滄[滄沧]滄滄滄滄滄滄　滄
普cāng 粵cong¹倉

水暗藍色：滄海（大海，藍黑色的海洋）。

滄桑、滄海桑田：大海變成桑田，桑田又變成大海。比喻世事變化巨大。滄桑是"滄海桑田"的略語：飽經滄桑。

10 溜（一）溜溜溜溜溜溜　溜
普liū 粵lau⁶陋

① 滑動；滑行：溜冰／一直溜到坡底。② 偷偷跑開：溜之大吉。③ 光滑；圓轉：滑溜／圓溜。④ 順着：溜邊。

10 溜（二）
普liù 粵lau⁶陋

① 房檐上流下來的水：檐溜。② 與數目字連用，表示成串、成條、成排的東西的數量：一溜平房／排成兩溜。

10 溢　溢溢溢溢溢溢　溢
普yì 粵jat⁶日

① 因充滿而向外流：杯裏的水溢出來了。② 過度；過分：溢美之詞（過分誇獎的話語）。

10 溯　溯溯溯溯溯溯　溯
普sù 粵sou³掃

① 逆流而上：溯水行舟。② 追溯，往上推求：追溯／回溯／推本溯源。

10 溶　溶溶溶溶溶溶　溶
普róng 粵jung⁴容

① 在液體中化開：溶解／溶化。② 冰雪等化為液體：冰溶雪化。

【溶化】róng huà ① 固體遇水後分解散開：糖在嘴裏溶化了。② 冰雪等化為液體：屋檐上的積雪溶化了。反凝固＊凝結

【溶解】róng jiě 物質均勻地分解在水或溶劑中的過程：鹽在熱水中比在冷水裏溶解得快。

"溶解"還是"熔解"或"融解"？"融解"的意思是固體受熱變軟或變為流體；"溶解"的意思是在水或其他溶劑中化開；"熔解"則是固體加熱到一定程度變為液體。

滓

滓滓滓滓滓滓 滓

㊀zǐ ㊁zi² 只

碎渣子；沉澱下來的雜質：渣滓／泥滓。

溺 (一)

溺溺溺溺溺溺 溺

㊀nì ㊁nik⁶ 昵⁶

① 沉於水中，讓水淹沒：溺水。② 過度、過分；
沉迷：溺愛（過分寵愛）／沉溺。

溺 (二)

㊀niào ㊁nik⁶ 昵⁶

① 小便。今多寫作"尿"：溺壺／便溺。② 撒尿：
溺溺。

漬 [渍]

漬漬漬漬漬漬 漬

㊀zì ㊁zi³ 至

① 浸；泡：腌漬／浸漬。② 器物上積累的斑片
狀污物：茶漬／油漬。

漠

漠漠漠漠漠漠 漠

㊀mò ㊁mok⁶ 莫

① 沙漠：荒漠。② 冷淡，不在意：漠不關心／
漠視（輕視；冷淡地對待）。

漢 [汉]

漢漢漢漢漢漢 漢

㊀hàn ㊁hon³ 看

① 漢水，長江最大的支流，發源於陝西，在武漢
入長江。② 銀河：雲漢／星漢。③ 男子：好漢。
④ 漢族；漢語：漢人／英漢詞典。⑤ 朝代名。
公元前 202 年至公元 220 年，這段歷史時期，
史學家分為西漢與東漢兩個朝代：西漢為漢高祖
劉邦所建；東漢為劉氏後裔光武帝劉秀所建。

【漢字】hàn zì 漢語的記錄符號。世界最古老的
文字之一，有六千多年歷史，由甲骨文、金文發
展演變成今天的漢字。除個別字之外，一個漢字
是一個音節。

【漢族】hàn zú 中國人數最多的民族，由古代華
夏族和其他少數民族融合發展而成，分佈全國，
僑居海外的也很多。

【漢語】hàn yǔ 漢族的語言。中國的主要語言，
歷史悠久，使用人數最多，為國際通用語之一。
普通話是現代漢語的標準語。

滿 [满]

滿滿滿滿滿滿 滿

㊀mǎn ㊁mun⁵ 門⁵

① 達到最大限度，沒有空餘：客滿／滿月（圓
月，農曆每月十五的月亮）／貨櫃裝滿了。② 全；
整個；遍，遍及：滿身大汗／滿城風雨。③ 滿
意；滿足：不滿／躊躇滿志。④ 到了期限：合約
期滿。⑤ 完全；十分：滿不在乎／滿打滿算。

㊚桃李滿天下／滿招損，謙受益

【滿足】mǎn zú ① 很滿意；覺得足夠：食量很
小，吃一點便滿足了。㊣渴求 ② 使對方滿足滿
意：盡量滿足學生的要求。

【滿腔】mǎn qiāng 整個心胸：滿腔怒火。

〔附加詞〕滿腔熱忱：心裏充滿飽滿的熱情。

【滿意】mǎn yì 滿足，合心意：家長對校方很滿
意。㊣不滿

〔附加詞〕滿不在乎：毫不在意。滿打滿算：
全部都計算在內，不留餘地。滿城風雨：比喻
傳遍全城，議論紛紛。滿面春風：形容心情喜
悅，滿臉笑容。滿載而歸：形容收穫極豐富。

漆 [11]

漆漆漆漆漆漆 漆

（普）qī （粵）cat¹ 七

① 漆樹，樹皮的汁液可製作塗料。② 漆樹汁做的塗料；各種黏液狀塗料。③ 為器物塗上漆：漆門框／桌子漆完了。

【漆黑】qīhēi 很黑暗：樹林裏一片漆黑。

漸[渐] [11]

漸漸漸漸漸漸 漸

（普）jiàn （粵）zim⁶ 尖⁶

① 逐步地，慢慢地：循序漸進／漸漸（逐步變化）。② 漸進的過程：防微杜漸。

漕 [11]

漕漕漕漕漕漕 漕

（普）cáo （粵）cou⁴ 曹

從水道運輸：漕運（水道運輸）。

漱 [11]

漱漱漱漱漱漱 漱

（普）shù （粵）sau³ 秀

含水洗涮口腔：漱口／洗漱。

漂 [11] （一）

漂漂漂漂漂漂 漂

（普）piāo （粵）piu¹ 飄

① 浮在水面或別的液體表面：漂浮／雞湯上漂着一層油。② 浮在水上移動：漂泊／漂移（漂浮物體隨水流轉向別處）／漂流（漂浮流動）。

【漂泊】piāo bó 比喻不固定，東奔西走：在外漂泊了三年。

【漂浮】piāo fú ① 在水或別的液體表面移動或停留：幾片樹葉在水上漂浮。⃠ 沉沒 ② 比喻不踏實、不深入：人極聰明，就是做事漂浮。

漂 [11] （二）

（普）piǎo （粵）piu³ 票

① 去掉纖維或紡織品上的顏色：漂白。② 沖洗：漂洗。

漂 [11] （三）

（普）piào （粵）piu³ 票

見"漂亮"。

【漂亮】piào liang ① 美麗；好看：一幢漂亮的別墅。② 出色；精彩：幹得漂亮極了。

滯[滞] [11]

滯滯滯滯滯滯 滯

（普）zhì （粵）zai⁶ 制⁶

① 停在一處不動：停滯不前／滯留（留在一處不動）。② 拘泥呆板：呆滯。③ 遲緩：遲滯／滯後（落後；落伍）。

漫 [11]

漫漫漫漫漫漫 漫

（普）màn （粵）maan⁶ 慢

① 水滿後向外流：洪水漫過堤壩。② 長得沒有盡頭：漫長／長夜漫漫。③ 充滿；遍及：瀰漫／漫山遍野。④ 無拘無束地；隨意地：漫遊（隨意遊玩）／漫步（悠閒地隨意走動）。⑤ 別，不要：漫說／漫道。

【漫天】màn tiān ① 滿天：漫天星斗。② 沒有邊際；沒有限度：漫天大謊／漫天要價。

〔簡明詞〕漫談：不拘形式地發表意見或談感受體會。漫罵：胡亂罵人。漫山遍野：形容數量多、範圍廣或聲勢大。

【漫長】màn cháng 形容長得沒有盡頭：漫長的旅程／漫長的雪夜。⃠ 短暫。

【漫畫】màn huà 一種以簡潔誇張的手法描繪生

活、時事的圖畫，有強烈的諷刺意味或幽默感。

¹¹滌[涤] 滌滌滌滌滌滌 滌

(普) dí (粵) dik⁶ 滴

① 洗：洗滌。② 清除；掃除：滌蕩（沖刷；清洗）/ 滌除（清除）。

¹¹漁[渔] 漁漁漁漁漁漁 漁

(普) yú (粵) jyu⁴ 餘

① 捕魚：漁獵。② 謀取：漁利。

💡 漁和魚："漁"是張網捕魚；"魚"指一條條的魚。

【漁利】yú lì 利用可乘之機從中獲取利益。(俗) 鷸蚌相爭，漁人得利

✏ 中國古代寓言故事：一隻蚌張開殼曬太陽，這時一隻鷸用長嘴來啄蚌肉，蚌用殼夾住鷸的長嘴，鷸蚌相持不下，漁人見了，把鷸蚌都捉去了；"漁利"就是"漁人從中獲利"。

【漁業】yú yè 開發、利用、培育水產資源的事業，包括捕撈、養殖、加工水生動植物和保護水產資源：海洋漁業 / 淡水漁業。

〔簡明詞〕漁夫、漁翁：以捕魚為業的男子叫漁夫，老年漁夫又叫漁翁。漁船、漁舟：捕魚的船；捕魚的小船叫漁舟。

¹¹滸[浒] 滸滸滸滸滸滸 滸

(普) hǔ (粵) wu² 烏²

水邊：水滸。

¹¹滾[滚] 滾滾滾滾滾滾 滾

(普) gǔn (粵) gwan² 軍²

① 大水奔流的樣子：波濤滾滾。② 旋轉；翻轉

着移動：滾筒（圓筒形、可轉動的機械部件）/ 打滾。③ 煮沸了：滾水。④ 泄；流：屁滾尿流 / 眼裏滾出淚珠。⑤ 極，非常：滾圓（圓溜溜的）/ 滾熱（非常熱）。

【滾動】gǔn dòng 在一個接觸面上旋轉、翻滾着移動：車輪開始滾動了。(同) 轉動 * 翻滾 (反) 停止

【滾滾】gǔn gǔn ① 大水湧流的樣子：萬里長江滾滾而來。② 形容翻騰或轉動：烏雲滾滾 / 車輪滾滾。③ 形容渾圓：挺着圓滾滾的大肚子。

¹¹滴 滴滴滴滴滴滴 滴

(普) dī (粵) dik⁶ 敵

① 液體一點一點地往下落：房檐上的雪化成水滴落下來。② 讓液體一點一點地落下去：滴眼藥水。③ 滴落的液體：水滴 / 雨滴。④ 液體成顆粒狀的一點叫一滴：兩滴油 / 幾滴污水。

✏ 滴水不漏：一滴水都漏不出去。比喻說話做事周全嚴密，無懈可擊。滴水成冰：水剛滴下來就結成冰，形容天氣嚴寒。

¹¹漩 漩漩漩漩漩漩 漩

(普) xuán (粵) syun⁴ 船

水流旋轉形成的水渦：漩渦。

【漩渦】xuán wō ① 水流中螺旋形的水渦。② 比喻難以抽身的糾紛或難以解決的困境中。

¹¹漾 漾漾漾漾漾漾 漾

(普) yàng (粵) joeng⁶ 讓

① 蕩漾，水波動蕩的樣子：水面上漾起層層波紋。② 泛出；溢出：眼裏漾着淚水 / 水都漾到盆外了。

演

演演演演演演 演

⟨普⟩ yǎn ⟨粵⟩ jin² 言²

① 歷時長久的變化發展：演進 / 演變。② 推想發揮：推演 / 演義。③ 操練、練習；計算：演練（演習；訓練、操練）/ 演算。④ 表演；扮演：演奏 / 演配角。⑤ 放映：演電影。

【演習】yǎn xí 按照預定方案，模擬實際情況進行訓練：實戰演習 / 消防演習。⟨同⟩演練

〔簡明詞〕演員：參加演出的人員。演出：表演給觀眾看。演奏：用樂器表演。演唱：表演歌曲、歌劇、戲曲等。演藝：表演藝術。

【演算】yǎn suàn 遵照公式、規則進行計算：演算數學題。

【演說】yǎn shuō ① 就某個問題對聽眾說明事理、發表見解：發表就職演說。② 當眾發表的見解：報上刊登了他的演說。⟨同⟩演講

【演講】yǎn jiǎng 演說：在廣場演講。

【演變】yǎn biàn 逐漸進行的發展變化。⟨同⟩演進

滬 [滬沪]

滬滬滬滬滬滬 滬

⟨普⟩ hù ⟨粵⟩ wu⁶ 互

① 古代一種捕魚的竹器。② 上海市的別稱：滬港兩地。

漏

漏漏漏漏漏漏 漏

⟨普⟩ lòu ⟨粵⟩ lau⁶ 陋

① 從孔洞縫隙中出來：漏氣 / 漏水。② 孔隙、縫隙。比喻破綻：漏洞百出。③ 泄露：說漏了嘴。④ 遺忘；疏忽：遺漏 / 掛一漏萬。

【漏洞】lòu dòng ① 器物上的小洞：砂鍋底下有漏洞。② 破綻；空子：鑽法律的漏洞。

〔附加詞〕漏洞百出：比喻破綻、疏忽或矛盾很多。

【漏網】lòu wǎng ① 從網中漏掉：兩條漏網的魚游走了。② 比喻逃脫法網、逃脫追捕。⟨同⟩抓獲 ⟨反⟩逃脫

〔附加詞〕漏網之魚：比喻脫逃的東西。

漲 [涨] ⁽一⁾

漲漲漲漲漲漲 漲

⟨普⟩ zhǎng ⟨粵⟩ zoeng³ 障

① 水上升：水漲船高。② 提高：疫情初期物價飛漲。

漲 [涨] ⁽二⁾

⟨普⟩ zhàng ⟨粵⟩ zoeng³ 障

① 充滿：羞得漲紅了臉。② 膨脹，體積增大：泡了一會兒就漲起來了。

滲 [渗]

滲滲滲滲滲滲 滲

⟨普⟩ shèn ⟨粵⟩ sam³ 心³

液體慢慢地透進去或透出來：一下雨，牆就滲水。

【滲透】shèn tòu ① 液體、氣體通過微小縫隙滲入進去：一股寒氣從窗縫滲透進來。② 一點一點逐漸進入：嚴防黑惡勢力滲透。⟨反⟩排出 * 排除

漿 [浆] ⁽一⁾

漿漿漿漿漿漿 漿

⟨普⟩ jiāng ⟨粵⟩ zoeng¹ 章

① 汁液；比較濃的液體：豆漿 / 糖漿。② 豆漿：甜漿 / 鹹漿。③ 把紗、布、棉織物放進含澱粉的水裏浸過，晾乾後變得發硬平整：漿洗衣服。

漿 [浆] ⁽二⁾

⟨普⟩ jiàng ⟨粵⟩ zoeng¹ 章

稠；濃：漿糊（黏貼東西的糊狀物，多用麵粉

做成）。

潔 [洁]　潔潔潔潔潔潔 潔

⑧ jié ⑨git³ 結

① 清潔；乾淨：整潔／光潔／潔淨（清潔乾淨）。
② 明淨；白：皎潔／潔白。③ 德行操守清白：
廉潔／聖潔。④ 簡練、精練：簡潔。

【潔白】jié bái ① 不含別的色彩的白色：潔白無
瑕。⑰ 烏黑

〔古詩文〕白毛浮綠水，紅掌撥清波。（《詠鵝》
駱賓王）

澆 [浇]　澆澆澆澆澆澆 澆

⑧ jiāo ⑨giu¹ 驕

① 淋水；淋別的液體：火上澆油。② 灌溉：澆
地（往田裏放水）。③ 把液體灌注到模型裏：澆
鑄（把金屬熔液注入模型裏）。

【澆灌】jiāo guàn ① 灌注：澆灌混凝土。② 灌
溉：引河水澆灌麥田。

澎　澎澎澎澎澎澎 澎

⑧ péng ⑨paang⁴ 棚

見“澎湃”。

【澎湃】péng pài ① 大浪互相衝撞發出巨響：浪
濤澎湃。② 比喻心情起伏激蕩：感情澎湃。

潢　潢潢潢潢潢潢 潢

⑧ huáng ⑨wong⁴ 王

裝飾：裝潢。

潮　潮潮潮潮潮潮 潮

⑧ cháo ⑨ciu⁴ 憔

① 潮水，海潮：漲潮／潮汛（定期出現的大潮
水）。② 像潮水一樣洶湧起伏的：心潮／風潮／
學潮。③ 潮流：新潮／思潮。④ 濕：潮氣（潮
濕的空氣）。⑤ 廣東潮州的簡稱：潮汕／潮繡（潮
州地區的刺繡）。

【潮水】cháo shuǐ 海洋與河口受潮汐影響而定期
漲落的水流。

【潮流】cháo liú ① 潮水。② 比喻變動發展的趨
勢：時尚潮流。

【潮濕】cháo shī 空氣或物體中的水分比一般情
況多：空氣潮濕／牆面潮濕發霉。⑰ 乾燥

潭　潭潭潭潭潭潭 潭

⑧ tán ⑨taam⁴ 談

深水池：深水潭／龍潭虎穴。

潦　潦潦潦潦潦潦 潦

⑧ liáo ⑨liu⁴ 遼

見“潦草”、“潦倒”。

【潦草】liáo cǎo ① 字寫得馬虎不工整：信寫得
太潦草，幾乎認不出來。⑰ 工整 ② 草率：結婚
是大事，她不會潦草對待。⑰ 認真

【潦倒】liáo dǎo 處境不如意：窮愁潦倒。
⑰ 得意

潛 [潜]　潛潛潛潛潛潛 潛

⑧ qián ⑨cim⁴ 簽⁴

① 在水下活動：潛泳／潛水（進入水面以下活
動）。② 隱藏起來的：潛伏（潛藏，隱藏）／潛力
（潛在的能力或力量）。③ 秘密；暗中：潛逃／潛

謀（暗中謀劃）。④ 深入；專一：潛心（專心）/
潛思（深思）。

【潛在】qián zài 已經存在，但還沒有顯現出來
的：潛在能力 / 潛在勢力。反 公開

【潛能】qián néng 潛在的能力或能量：千萬別
小看他，此人的潛能很大。

【潛藏】qián cáng ① 隱藏：潛藏在草叢裏。
② 蘊藏：民眾中潛藏着巨大力量。

【潛移默化】qián yí mò huà 長期受感染受影響、
不知不覺地發生了變化。同 耳濡目染

12 潰 [溃]　潰潰潰潰潰潰　潰

普 kuì　粵 kui² 繪

① 大水沖垮堤防：潰決。② 逃散：潰逃 / 潰退
（戰敗退卻）/ 潰散（打敗了逃跑）/ 潰不成軍。
③ 糜爛：潰爛（糜爛化膿）。俗 千里之堤，潰於
蟻穴

12 潘　潘潘潘潘潘潘　潘

普 pān　粵 pun¹ 判 ¹

姓。

12 潼　潼潼潼潼潼潼　潼

普 tóng　粵 tung⁴ 同

地名用字。潼關、臨潼，在陝西。

12 澈　澈澈澈澈澈澈　澈

普 chè　粵 cit³ 設

水清：清澈。

12 澇 [涝]　澇澇澇澇澇澇　澇

普 lào　粵 lou⁶ 路

① 雨水淹了田地造成的災害：澇災。② 田中過
多的雨水：排澇。

12 潤 [润]　潤潤潤潤潤潤　潤

普 rùn　粵 jeon⁶ 閏

① 滋潤：潤滑 / 潤嗓子。② 潮濕不乾燥：濕潤 /
土地肥潤。③ 細膩光滑：珠圓玉潤。④ 修飾：
潤飾 / 潤色。⑤ 利益、好處：利潤 / 分潤。

【潤滑】rùn huá ① 光滑滋潤：潤滑的皮膚。
② 在兩個摩擦物體的表面，加入增滑油脂減少摩
擦力。同 光滑

12 澗 [涧]　澗澗澗澗澗澗　澗

普 jiàn　粵 gaan³ 諫

有水流的山谷：山澗 / 溪澗。

12 澄 (一)　澄澄澄澄澄澄　澄

普 chéng　粵 cing⁴ 晴

清澈：澄澈。

【澄清】chéng qīng ① 清澈：澄清的池水。
② 搞清楚，弄明白：澄清事實 / 澄清誤會。

12 澄 (二)

普 dèng　粵 dang⁶ 鄧

分離沉澱液體中的雜質：水澄一會兒就清了。

【澄清】dèng qīng 沉澱雜質，讓液體變清：澄
清含泥沙的渾水。

潑 [泼]　潑潑潑潑潑潑　潑

⊕ pō ⊜ put³

① 用力向外倒出去或灑開去：潑水／潑灑（把水或別的液體潑出去灑開來）。② 粗暴蠻橫：潑婦／撒潑要賴。

【潑辣】pō là ① 敢作敢為，雷厲風行：辦起事來那種潑辣，不能不佩服。② 兇悍：那個女人潑辣地叫罵起來。 ⓐ 溫和

濃 [浓]　濃濃濃濃濃濃　濃

⊕ nóng ⊜ nung⁴ 農

① 厚重；密集：濃密（茂密，稠密）／濃眉大眼。
② 液體或氣體中含某種成分多：濃茶／濃煙。
③ 達到很深的程度：睡意正濃／濃濃的親情。

【濃厚】nóng hòu ① 濃密；稠密：濃厚的密雲／濃厚的綠蔭。② 強烈；濃重：濃厚的興趣／濃厚的色彩。③ 深厚：兩人的感情越來越濃厚。 ⓐ 淡薄

【濃郁】nóng yù 香氣濃重芬芳：香氣濃郁的桂花。

【濃重】nóng zhòng ① 濃厚密集。多形容煙霧、氣味、色彩、露水等：晨霧濃重／濃重的夜露。
② 深厚：濃重的友情。 ⓢ 濃厚 ⓐ 稀薄

【濃度】nóng dù 水或溶液裏所含別的物質的量多少，含量多濃度高，含量少濃度低。

【濃烈】nóng liè 濃重強烈：香氣濃烈。 ⓐ 淡薄

【濃縮】nóng suō 減少或去掉不需要的成分，保留精華成分：濃縮橙汁／濃縮篇幅，文章更精煉了。 ⓐ 稀釋 * 擴張

【濃鬱】nóng yù ① 稠密；茂密：濃鬱的林蔭。
② 濃厚：濃鬱的興趣。

澡　澡澡澡澡澡澡　澡

⊕ zǎo ⊜ cou³ 措／zou² 早

洗浴，清洗身體：澡盆。

澤 [泽]　澤澤澤澤澤澤　澤

⊕ zé ⊜ zaak⁶ 宅

① 聚着水的低窪地方；水草叢生的地方：湖澤／沼澤地。② 濕潤：潤澤。③ 恩惠：恩澤。④ 物體表面的光亮：光澤／色澤。

濁 [浊]　濁濁濁濁濁濁　濁

⊕ zhuó ⊜ zuk⁶ 族

① 渾濁不乾淨：污泥濁水。② 聲音低沉粗重：說話的聲音重濁。

激　激激激激激激　激

⊕ jī ⊜ gik¹ 擊

① 水勢受阻或受震蕩而湧起來：江水激蕩。②
強烈、猛烈；急速、急劇：激烈（猛烈；劇烈）／激增（急劇增加）。③ 激發、引發：激勵（激發鼓勵）／刺激。④ 感情活動豐富強烈：感激／激於義憤。⑤ 突然受到刺激：被冷風一激，不由得打了個寒顫。 ⓥ 一石激起千層浪

【激動】jī dòng ① 感情強烈活動：激動得渾身顫抖。② 衝擊，讓感情衝動起來：激動人心。
ⓐ 平靜 * 冷靜

【激情】jī qíng 激動的感情；強烈的感情：滿懷激情／激情洋溢的演講。

【激發】jī fā 激勵引發；刺激引發：激發學習的熱情／激發民眾的鬥志。 ⓢ 壓制 * 壓抑

13 澳

澳澳澳澳澳澳 澳

（普）ào （粵）ou³

① 可停泊船隻的江邊海邊彎曲處。常用作地名：大澳。② 澳門的簡稱：港澳貿易。③ 澳洲的簡稱：中澳文化交流。

13 澱 [淀]

澱澱澱澱澱澱 澱

（普）diàn （粵）din⁶ 電

水或液體中的東西沉到底層：沉澱。

14 濛 [蒙]

濛濛濛濛濛濛 濛

（普）méng （粵）mung⁴ 蒙

形容小雨細微迷茫：濛濛小雨／細雨迷濛。

14 濤 [涛]

濤濤濤濤濤濤 濤

（普）tāo （粵）tou⁴ 途

① 大波浪：怒濤／驚濤駭浪。② 像波濤發出的聲音：林濤／松濤。

14 濫 [滥]

濫濫濫濫濫濫 濫

（普）làn （粵）laam⁶ 艦

① 大水橫流：洪水泛濫成災。② 過量、過度，沒有節制：濫用（不得當地過度使用）／粗製濫造／濫用職權。③ 浮誇不實際：陳詞濫調。

【濫竽充數】làn yú chōng shù 據古書《韓非子》記載：齊宣王愛聽樂隊吹竽，不會吹竽的南郭先生混在樂隊裏裝模作樣地湊數，齊宣王死後兒子即位，喜歡聽獨奏，一個一個吹給他聽，南郭先生只好逃之夭夭。後人就用"濫竽充數"比喻沒真本事的人混事充數，或者用差的冒充好的。

14 濡

濡濡濡濡濡濡 濡

（普）rú （粵）jyu⁴ 餘

沾濕；沾染：濡染／耳濡目染。

14 濕 [湿]

濕濕濕濕濕濕 濕

（普）shī （粵）sap¹ 十¹

沾水的；含水分多的：沾濕／襯衣濕透了。

【濕地】shī dì 半在水中、水生動植物和鳥類富集的沼澤地帶和水灘地：香港濕地公園。

【濕度】shī dù 空氣、物質中所含水分的多少；潮濕的程度：今天空氣濕度明顯大增。

【濕潤】shī rùn 潮濕滋澤，富含水分：氣候濕潤／想起往事，她的眼睛濕潤了。（反）乾燥

14 濟 [济] (一)

濟濟濟濟濟濟 濟

（普）jì （粵）zai³ 制

① 渡河：同舟共濟。② 救助；扶助；補益：救濟／劫富濟貧／無濟於事。

14 濟 [济] (二)

濟濟濟濟濟濟 濟

（普）jǐ （粵）zai² 仔

① 濟濟，形容很多：人才濟濟／濟濟一堂。② 地方名：濟南。

14 濱 [滨]

濱濱濱濱濱濱 濱

（普）bīn （粵）ban¹ 奔

① 水邊，近水的地方：海濱／黃河之濱。② 靠近；臨近：濱海（靠海邊）／濱江（靠江邊）。

14 濘[泞] 濘濘濘濘濘濘 濘

（普）nìng （粵）ning⁶ 擰

爛泥；泥漿：泥濘。

14 澀[澀] 澀澀澀澀澀澀 澀

（普）sè （粵）saap³ 颯

① 不光滑；不靈活；不滑潤：粗澀／眼皮發澀。
② 像生香蕉那種味感：苦澀／沒熟透的柿子很澀。③ 生硬不通順：文章晦澀難懂。

15 濾[滤] 濾濾濾濾濾濾 濾

（普）lǜ （粵）leoi⁶ 類

過濾，除去雜質：濾去水裏的泥沙。

15 瀑 瀑瀑瀑瀑瀑瀑 瀑

（普）pù （粵）bou⁶ 步

瀑布，從懸崖或陡坡傾瀉而下的水流：山崖飛瀑。

15 濺[溅]⁽ᵃ⁾ 濺濺濺濺濺濺 濺

（普）jiàn （粵）zin³ 箭

液體向四面迸射：水花四濺。

15 濺[溅]⁽ᵇ⁾

（普）jiān （粵）zin¹ 煎

濺濺，流水聲：窗外濺濺的流水聽得格外清楚。

15 瀏[浏] 瀏瀏瀏瀏瀏瀏 瀏

（普）liú （粵）lau⁴ 流

見"瀏覽"。

【瀏覽】liú lǎn 大略看一看；泛泛地閱讀：沒時間細看，瀏覽了一遍。（反）細讀＊詳閱

15 瀅[滢] 瀅瀅瀅瀅瀅瀅 瀅

（普）yíng （粵）jing⁴ 仍

清澈；清亮：眼裏閃着瀅瀅的淚花。

15 瀉[泻] 瀉瀉瀉瀉瀉瀉 瀉

（普）xiè （粵）se³ 舍

① 水急速地流：一瀉千里。② 拉肚子：上吐下瀉。

15 瀋[沈] 瀋瀋瀋瀋瀋瀋 瀋

（普）shěn （粵）sam² 審

汁：墨瀋未乾。

16 瀝[沥] 瀝瀝瀝瀝瀝瀝 瀝

（普）lì （粵）lik⁶ 力

液體滴滴答答落下來：嘔心瀝血。

【瀝青】lì qīng 提煉石油得到的副產品，是一種黑色膠凝狀的物質，也有天然的，可鋪設路面或作防水、防腐、絕緣材料。

16 瀕[濒] 瀕瀕瀕瀕瀕瀕 瀕

（普）bīn （粵）pan⁴ 貧

① 緊靠：瀕海（靠海邊）／瀕湖（靠湖邊）。② 臨近；接近：瀕危（將死或面臨危險）／瀕臨（靠近；接近）。

17 **瀾**[澜]　瀾 瀾 瀾 瀾 瀾 瀾　瀾

(普)lán (粵)laan⁴ 蘭

大波浪：波瀾 / 力挽狂瀾。

17 **瀰**[弥]　瀰 瀰 瀰 瀰 瀰 瀰　瀰

(普)mí (粵)mei⁴ 眉 / nei⁴ 尼

充滿；佈滿：瀰天的黑雲壓了過來。

【瀰漫】mí màn 佈滿；充滿：山谷裏霧氣瀰漫。

(反)消散

18 **瀟**[潇]　瀟 瀟 瀟 瀟 瀟 瀟　瀟

(普)xiāo (粵)siu¹ 消

見"瀟灑"。

【瀟灑】xiāo sǎ ① 形容灑脱不拘、大大方方：為人瀟灑。② 形容悠閒自在：散散步讀讀書，過得挺瀟灑。

18 **灌**　灌 灌 灌 灌 灌 灌　灌

(普)guàn (粵)gun³ 貫

① 用水澆莊稼：灌溉（澆灌）/ 引水灌田。② 注入；裝進去：灌注 / 灌了一肚子啤酒。③ 錄製：灌唱片。

【灌木】guàn mù 枝條叢生、沒有明顯主幹的矮小植物。(反)喬木

19 **灘**[滩]　灘 灘 灘 灘 灘 灘　灘

(普)tān (粵)taan¹ 攤

① 在江河湖海邊沿、泥沙淤積成的平地：沙灘 / 海灘 / 灘塗（泥沙污泥的海灘）。② 江河中水淺流急而且多石頭的地方：暗灘 / 急流險灘。

19 **灑**[洒]　灑 灑 灑 灑 灑 灑　灑

(普)sǎ (粵)saa² 耍

① 將水或別的液體均勻地散落下來：灑水 / 噴灑。② 散落：灑淚而別 / 不小心把大米灑了。③ 形容舉止自然不拘束：瀟灑 / 灑脱。

19 **灕**[漓]　灕 灕 灕 灕 灕 灕　灕

(普)lí (粵)lei⁴ 厘

灕江，在廣西，沿江風景秀麗。

22 **灣**[湾]　灣 灣 灣 灣 灣 灣　灣

(普)wān (粵)waan¹ 彎

① 水流彎曲的地方：河灣 / 水灣。② 海洋伸入陸地的部分：渤海灣。

火部

0 **火**　火 火 火　火

(普)huǒ (粵)fo² 伙

① 火焰：火光熊熊 / 火炬（火把）/ 火災 / 火警（失火造成的災害）。② 武器的彈藥：交火 / 開火。③ 憤怒；怒氣：怒火 / 大光其火。④ 旺盛、興旺：生意越來越火。⑤ 紅色：火腿 / 火雞。⑥ 中醫學所説的致病因素之一，與"風、寒、暑、濕、燥"合為六種生病的原因：上火 / 心火 / 虛火。

【火力】huǒ lì ① 燃燒所產生的熱力、能量：火力發電。② 武器彈藥的殺傷力、破壞力：敵人的火力很猛。③ 人體的保暖抗寒能力：老人的火力不及年輕人。

【火山】huǒ shān 由地底噴發出的高温巖漿冷卻

形成的錐形高地；仍可噴發的叫活火山，不再噴
發的叫死火山。

【火車】huǒ chē 在鐵道上運行的車輛，由牽引機
車和若干車廂組成，分為客車、貨車、專車、工
程車等車種。

【火花】huǒ huā ① 燃燒物體迸發的碎細火焰：
火花四濺 。② 比喻閃耀的事物：智慧的火花。
③ 火柴盒上的貼紙：他有收集火花的愛好。

【火星】huǒ xīng ① 火花：打石頭迸出火星。
② 太陽系中接近太陽的第四顆行星，比地球小，
紅色，自轉週期約 24 小時 37 分，公轉週期約
687 天。參見 "行星"。

【火焰】huǒ yàn 物體燃燒時產生的熾熱發光的
氣體區域。⑬ 眾人拾柴火焰高

【火熱】huǒ rè ① 溫度高，非常熱：太陽曬得火
熱。⑫ 冰冷 ② 親熱：兩人打得火熱。③ 形容緊
張激烈：雙方鬥得火熱。

【火箭】huǒ jiàn 自身具有推進動力的飛行器，可
運載衛星、飛船及彈頭等。

【火藥】huǒ yào 炸藥的原始品種，燃燒時可產
生推進或爆破作用。火藥是中國古代四大發明之
一，其他三種是指南針、造紙術和印刷術。

〔簡明詞〕火上加油、火上澆油：比喻激化矛
盾，讓事態更嚴重。

灰 ²

灰 灰 灰 灰 灰　灰

⑬ huī ⑭ fui¹ 恢

① 物質燃燒後殘留的粉狀物：煙灰 / 紙灰。
② 塵土：灰塵 / 灰土。③ 石灰：灰漿。④ 灰色：
灰白 / 銀灰色 / 灰暗（昏暗；暗淡）。⑤ 消沉：
萬念俱灰。

【灰色】huī sè ① 介於黑白之間的顏色：灰色的
西服。② 比喻曖昧不明：灰色地帶。

【灰燼】huī jìn 物體燃燒後的剩餘物。

【灰心喪氣】huī xīn sàng qì 意志消沉，喪失信心。

灸 ³

灸 灸 灸 灸 灸　灸

⑬ jiǔ ⑭ gau³ 救

中醫的一種療法，用燃燒的艾絨熏灼人體的穴
位：針灸 / 艾灸。

灼 ³

灼 灼 灼 灼 灼　灼

⑬ zhuó ⑭ zoek³ 雀

① 燒；烤：灼傷 / 灼熱（火烤一般熱）/ 灼傷（燒
傷、燙傷）。② 明白；透徹：真知灼見。

災 ³ ［灾］

災 災 災 災 災　災

⑬ zāi ⑭ zoi¹ 栽

① 災害；禍患：災禍（災難禍害）/ 天災人禍 / 泛
濫成災。② 不幸的遭遇：破財消災。

【災荒】zāi huāng 自然災害造成的飢荒。
⑥ 饑荒

【災害】zāi hài 天災人禍造成的損害：今年的災
害特別多。

【災難】zāi nàn 天災人禍造成的苦難：戰爭給人
類造成極大的災難。

炙 ⁴

炙 炙 炙 炙 炙　炙

⑬ zhì ⑭ zek³ 隻

① 烤：炙熱。② 烤熟的肉：殘杯冷炙。

【炙熱】zhì rè ① 像火烤一般的熱：在炙熱的陽
光下工作。② 熱情：他那炙熱的感情，終於感動
了她。⑫ 冰冷

炒 ⁴

炒 炒 炒 炒 炒　炒

⑬ chǎo ⑭ caau² 吵

① 把食物放在鍋裏加熱並翻攪至熟：炒麵 / 炒

菜／糖炒栗子。② 比喻倒買倒賣或反覆哄抬：炒股／炒家（做投機買賣的人）／炒地皮。

【炒作】cháo zuò ① 投機倒賣：炒作房地產。② 宣傳鼓噪：通過媒體炒作，這本書身價大增。

炊
(普) chuī (粵) ceoi¹ 吹

燒火煮飯：炊煙（燒火煮食時冒出的煙）。(俗) 巧婦難為無米之炊

炎
(普) yán (粵) jim⁴ 嚴

① 非常熱：炎熱（非常熱）／赤日炎炎。② 比喻權勢：趨炎附勢。③ 炎症：肺炎。④ 炎帝，傳説中的上古君王。

【炎涼】yán liáng 冷熱寒暑。(俗) 人情冷暖，世態炎涼

【炎黃】yán huáng 指炎帝神農氏和黃帝軒轅氏，中國上古傳説時代的兩個君王，合稱“炎黃”。借指中華民族的始祖。

〔附加詞〕炎黃子孫：中華民族共同祖先的子孫。

炭
(普) tàn (粵) taan³ 歎

① 木炭，用木柴燒成的黑色燃料：炭火／雪中送炭。② 煤：煤炭。

炬
(普) jù (粵) geoi⁶ 具

① 火把：火炬。② 燭：蠟炬。③ 點燃、焚燒：付之一炬。

炳
(普) bǐng (粵) bing² 丙

① 光明；明亮。② 顯著、昭著。③ 點燃：炳燭。

炸 (一)
(普) zhá (粵) zaa³ 詐

一種烹調方式，把食物放到熱油鍋中煎熟：炸魚／炸油條。

炸 (二)
(普) zhà (粵) zaa³ 詐

爆炸；物體突然爆烈：炸藥／炸彈／玻璃杯炸了。

炮 (一)
(普) pào (粵) paau³ 豹

① 一種射程遠、威力大的重型武器，把裝有炸藥的彈頭投射到遠方爆炸：大炮／重炮／炮火。② 爆竹：節日放鞭炮。

【炮火】pào huǒ ① 發射炮彈時和炮彈爆炸後發出的火光。② 指炮彈：集中炮火轟擊敵人陣地。

炮 (二)
(普) páo (粵) paau⁴ 刨

用烘烤炒等方法加工：炮製中藥。

炫
(普) xuàn (粵) jyun⁶ 願

① 照耀、照亮：光彩炫目。② 誇耀、賣弄：炫耀。

【炫耀】xuàn yào ① 閃耀、照耀：一道彩虹炫耀藍天。② 誇耀：炫耀自己的才學。

5 **為[为]**(一)　為 為 為 為 為 為　為

〔普〕wéi〔粵〕wai⁴ 圍

① 做；幹；從事：敢作敢為／事在人為／為政多年。② 作為、擔當：以能者為師。③ 變成；成為：變廢為寶／化險為夷。④ 被：不為所動／為人所害。⑤ 是：識時務者為俊傑。⑥ 相當於“更加”、“進一步”，表示程度加強、範圍加大之類的意思：廣為流傳／極為重要／深為感動／大為高興。

〔古詩文〕勿以善小而不為，勿以惡小而為之。（《朱子家訓》朱熹）

【為人】wéi rén ① 做人：他這樣為人，難怪大家不喜歡。② 指處世的取態做法：為人忠厚／為人處世／讚賞他的學識和為人。

【為止】wéi zhǐ 截止；結束：到此為止。

【為期】wéi qī ① 期限是；作為限期：會議為期三天／一年為期，過時作廢。② 距預定期限：為期不遠。

【為數】wéi shù 從數量上看：為數不多。

【為難】wéi nán ① 刁難：別再為難他了。② 不好應付：你有甚麼為難的事？

5 **為[为]**(二)

〔普〕wèi〔粵〕wai⁶ 謂

① 因為：為甚麼／為何不來？② 給；替：為她說情／為民眾服務。③ 為了、為着：一心為國家／我是為他好。

【為了】wèi le ① 表示目的：為了考上名牌大學，拼命複習功課。② 由於，因為：為了考試，放棄了旅遊。

【為甚麼（為什麼）】wèi shén me 出於怎樣的原因；為着甚樣的目的：不明白他為甚麼這麼幹。

6 **烈**　烈 烈 烈 烈 烈 烈　烈

〔普〕liè〔粵〕lit⁶ 列

① 形容炙熱或火勢猛：烈火（熊熊燃燒的大火）／烈焰（熾熱飛騰的火焰）／烈日（炎熱的太陽）。② 強烈；熱烈；激烈：烈酒／興高采烈／雙方的矛盾愈演愈烈。③ 重正義而輕生命的：烈士。④ 重義輕生的人：英烈／先烈。

【烈士】liè shì 為正義事業而犧牲的人。

6 **烏[乌]**　烏 烏 烏 烏 烏 烏　烏

〔普〕wū〔粵〕wu¹ 污

① 烏鴉：愛屋及烏。② 黑色：烏黑（深黑色）／烏青（青黑色）。③ 黑色的：烏雲密佈。

【烏鴉】wū yā 一種黑羽毛的鳥，嘴又直又大。烏鴉叫聲不中聽，民俗認為是不祥之兆。

【烏煙瘴氣】wū yān zhàng qì 比喻環境嘈雜或秩序混亂。亂七八糟

6 **烤**　烤 烤 烤 烤 烤 烤　烤

〔普〕kǎo〔粵〕haau¹ 敲

① 用火烘熱或烘乾：烤麵包／濕衣服烤乾了。② 靠近火取暖：烤火。

6 **烘**　烘 烘 烘 烘 烘 烘　烘

〔普〕hōng〔粵〕hung¹ 空

① 烤：烘麵包。② 襯托：烘托。

【烘托】hōng tuō ① 中國畫的一種技法，用水墨或淡彩在外圍渲染襯托主要畫面：用淡墨烘托出亭台樓閣。② 通過陪襯，把要表現的事物突顯出來：用朋友來烘托主人。

烙

烙 烙 烙 烙 烙 烙 烙

（普）lào （粵）lok³ 洛

① 用高熱的金屬燒灼或打上印記：在木板上烙圖案。② 用熨斗熨：烙衣服。③ 烤：烙餅。
【烙印】lào yìn ① 給牲畜、器物打上作為標識的火印：給牛打了塊烙印。② 比喻痕跡或特徵：每個人的身上都有時代的烙印。

焉

焉 焉 焉 焉 焉 焉 焉

（普）yān （粵）jin¹ 煙

① 於此、在此：心不在焉。② 怎麼；哪裏：殺雞焉用牛刀。（俗）不入虎穴，焉得虎子

烹

烹 烹 烹 烹 烹 烹 烹

（普）pēng （粵）paang¹ 棚¹

① 煮：烹飪 / 烹茶。② 用油爆煎的做菜方法：烹蝦 / 烹魚。
【烹飪】pēng rèn 烹調食物；做飯做菜：媽媽的烹飪技術很好。
【烹調】pēng tiáo 做菜餚：烹調粵菜。

焊

焊 焊 焊 焊 焊 焊 焊

（普）hàn （粵）hon⁶ 汗

用熔化的金屬連接金屬部件或修補金屬器物：焊接 / 電焊。

烽

烽 烽 烽 烽 烽 烽 烽

（普）fēng （粵）fung¹ 風

① 古代邊境報警的煙火：烽火 / 烽煙。
【烽火】fēng huǒ ① 古代邊境作警報的煙火。② 指戰火、戰亂：烽火連天。

【烽煙】fēng yān 烽火。古代邊境用燃燒狼糞升煙作警報，故稱烽煙。

焗

焗 焗 焗 焗 焗 焗 焗

（普）jú （粵）guk⁶ 局

① 一種烹飪方法，在密閉的容器中燜蒸：鹽焗雞。② 給頭髮塗上髮膏，在特製的罩子裏蒸氣增加油性：給頭髮焗油。③ 因空氣不流通或氣溫高、濕度大而覺得悶氣：今天好焗。

煮

煮 煮 煮 煮 煮 煮 煮

（普）zhǔ （粵）zyu² 主

把食物或東西放進有水的容器中加熱：煮飯 / 煮熟了。

焚

焚 焚 焚 焚 焚 焚 焚

（普）fén （粵）fan⁴ 墳

用火燒：焚燒（燒；燒掉）/ 焚毀（燒毀）。
【焚化】fén huà 焚燒。多用於焚燒屍體、花圈等物。

無 [无] （一）

無 無 無 無 無 無 無

（普）wú （粵）mou⁴ 毛

① 沒有：大公無私。② 相當於"不"：無論 / 無須。③ 相當於"勿"、"不可"、"不要"：無出狂言 / 無失良機。④ 不論、無論：事無大小，都安排得很好。
【無比】wú bǐ 非常，沒有能相比的：無比憤怒 / 無比快樂。
【無妨】wú fáng ① 無礙；沒有妨害：按他的意見辦也無妨。② 不妨：有話無妨當面說。
【無奈】wú nài ① 毫無辦法；迫不得已：面對這

種情況，她一臉無奈的表情。② 只可惜。表示無法按照自己的意願去做：我正想做功課，無奈表弟來了。

🔍 無耐　"耐"表示忍受得住。"奈"的意思是如何、怎樣。兩字音近易錯寫。

【無非】wú fēi 只不過；不外乎：聚在一起，無非是踢球玩牌罷了。

【無限】wú xiàn ① 沒有窮盡；沒有限量：前程無限。② 非常、極其：無限光明。
〔古詩文〕夕陽無限好，只是近黃昏。

【無效】wú xiào 沒有效果；失去作用：苦心勸告，竟完全無效 / 過期的無效證件。

【無情】wú qíng ① 沒有情義、沒有感情：冷酷無情。② 不留情面：法律是無情的。圓 薄情 反 多情

【無辜】wú gū ① 沒有罪：殘害無辜的老百姓。② 無罪的人：殺害無辜，天理不容。

【無須】wú xū 不用、不必：這事無須請老師出面。反 必須

【無意】wú yì ① 不是故意的：無意中發現了他的秘密。② 不想、沒有念頭：無意干涉女兒的私事。反 有意 * 特意

【無疑】wú yí 沒有疑問：這種說法無疑是錯誤的。圓 肯定

【無端】wú duān 沒有來由；無緣無故：無端發脾氣。

【無論】wú lùn 不管；不論：無論怎麼說，他都不聽。
〔附加詞〕無論如何：不管條件如何，結果始終不變。

✏️ "無論……都……"表示事情在不同情況下會有同一個結果的關聯詞固定搭配，如：無論媽媽怎樣解釋，妹妹都不肯聽。

【無窮】wú qióng 沒有窮盡；沒有限度：意志的力量是無窮的。反 有限

【無緣】wú yuán ① 沒有緣分：你和她無緣。

② 沒有原因或理由：無緣無故。

【無賴】wú lài ① 撒潑放刁等惡劣行為：耍無賴。② 無賴的人：那個無賴招惹不得。

【無謂】wú wèi 沒有意義；沒有道理：無謂的爭吵 / 無謂的指責。

【無關】wú guān ① 不相干，沒牽連：這事與我無關。② 不涉及；不影響：無關緊要 / 無關大局。反 有關 * 相關

【無所適從】wú suǒ shì cóng 不知跟從誰才好；不知道該怎麼辦：兩人的意見尖銳對立，讓他無所適從。

【無能為力】wú néng wéi lì 能力做不到，毫無辦法。

【無動於衷】wú dòng yú zhōng 內心毫無觸動；毫不在意。

【無微不至】wú wēi bú zhì 形容十分關心，體貼入微。

🔍 無微不致　"致"意思是導致、招致。"至"意思是到達。"無微不至"形容待人細心周到，連細微之處都照顧到。

【無精打采】wú jīng dǎ cǎi 毫無精神和興致，情緒很低落。采，精神、神色。圓 沒精打采 反 神采飛揚

【無緣無故】wú yuán wú gù 沒有緣故、沒有原因：無緣無故就生起氣來，大家莫名其妙。

【無懈可擊】wú xiè kě jī 形容十分嚴謹周密。懈，漏洞、破綻。圓 天衣無縫 反 破綻百出

【無濟於事】wú jì yú shì 於事無補，不能解決問題。

8

無[无]^(二)

🔊 mó 🔊 mo⁴ 蘑

"南無"(ná mó)，佛教用語，表示尊敬或歸依：南無阿彌陀佛。

焦

焦焦焦焦焦焦 焦

⑧

普 jiāo 粵 ziu¹ 招

① 東西經燒烤後失去水分，變黑、變硬變脆：木頭燒焦了。② 乾燥、乾枯：枯焦。③ 着急；擔憂：焦慮（着急憂慮）/ 令人心焦。④ 焦炭：煉焦。⑤ 中心點：焦點 / 焦距。

【焦急】jiāo jí 非常急：焦急萬分。

【焦點】jiāo diǎn ① 光線會聚的那一點。② 比喻集中點、中心點：焦點人物 / 矛盾的焦點。

【焦躁】jiāo zào 着急煩躁。反 淡定

〔附加詞〕焦躁不安：焦慮煩躁，情緒不穩定。

然

然然然然然然 然

⑧

普 rán 粵 jin⁴ 言

① 如此、這樣：情況也不盡然。② 是、對：不以為然。③ 然而；不過：計劃雖好，然行之甚難。俗 知其然而不知其所以然

【然而】rán ér 卻；可是：人雖不聰明，然而肯下苦功。

【然後】rán hòu 之後，此後：先做功課，然後再玩。

✏ "先……然後……"表示事情先後次序的關聯詞固定搭配，如：每天放學回家，我都是先吃點水果，然後才做功課的。

焰

焰焰焰焰焰焰 焰

⑧

普 yàn 粵 jim⁶ 驗

① 火苗：火焰。② 氣勢：氣焰囂張。

煦

煦煦煦煦煦煦 煦

⑨

普 xù 粵 heoi² 許

溫暖：春風和煦 / 陽光溫煦。

照

照照照照照照 照

⑨

普 zhào 粵 ziu³ 焦³

① 射，照射：焰火照亮了天空。② 映，反射影像：映照 / 湖水照着塔影。③ 拍攝：山景照得特別好。④ 相片：玉照 / 拍照。⑤ 關心、看顧：照料（照顧）/ 照管（照顧看管）/ 請多關照。⑥ 知道、明白：心照不宣。⑦ 比對：比照 / 對照。⑧ 依照；按照：照貓畫虎 / 照他說的辦。⑨ 憑據、證明：執照 / 護照。⑩ 向；朝；對：照着這個方向走。

【照例】zhào lì 依照慣例或常情：春節照例放長假。同 按例

【照相】zhào xiàng ① 拍照：在江邊照相。② 相片：照相簿。

【照常】zhào cháng 跟平常一樣：交通工具在農曆新年期間照常運營。反 反常

【照樣】zhào yàng ① 依照原來的樣子或式樣：照樣做就錯不了。② 仍舊、照舊：下雨天照樣步行上學。

【照應】zhào yìng ① 呼應、配合：文章要做到前後照應。② 照顧：姐妹倆互相照應。

【照舊】zhào jiù ① 跟原來一樣：新的一年，生活照舊。② 依舊：壞習慣照舊不改。同 仍舊

【照耀】zhào yào 光線照在物體上：霞光照耀下的海灘。

【照顧】zhào gù ① 關心；優待：照顧孩子 / 照顧老人。② 照料看顧：照顧病人 / 照顧好孩子。③ 顧及：照顧全局。

煲

煲煲煲煲煲煲 煲

⑨

普 bāo 粵 bou¹ 保¹

① 桶形的鍋：瓦煲 / 電飯煲。② 在煲裏煮或熬食物：煲湯 / 煲粥。

煞 (一)

煞 煞 煞 煞 煞 煞 **煞**

（普）shā （粵）saat³ 殺

① 收住；結束：煞車 / 煞尾。② 勒緊；束緊：用繩子煞行李。③ 削弱；損害：煞價 / 煞風景。

【煞車】shā chē ① 止住車輛前進。② 比喻停止工作、停止運作：生意越做越虧，該煞車了。③ 使車輛停止前進的裝置：煞車壞了。

煞 (二)

（普）shà （粵）saat³ 殺

① 兇神：兇神惡煞。② 極、很：臉煞白 / 煞費苦心。

煎

煎 煎 煎 煎 煎 煎 **煎**

（普）jiān （粵）zin¹ 氈

① 在水裏煮：煎中藥。② 在熱油鍋裏燒至焦黃：煎黃魚。

【煎熬】jiān áo ① 熬煮；熬製：煎熬膏藥。② 比喻受折磨：倍受煎熬。

煤

煤 煤 煤 煤 煤 煤 **煤**

（普）méi （粵）mui⁴ 梅

煤炭，一種黑色可燃的固體礦物，是重要的燃料和化工原料。

煙 [烟]

煙 煙 煙 煙 煙 煙 **煙**

（普）yān （粵）jin¹ 涇

① 東西燃燒時產生的氣體：炊煙 / 燃燒的車輛冒著濃煙。② 煙霧、雲霧之類的東西：山半腰煙雲繚繞 / 煙消雲散（比喻消失得乾乾淨淨）。③ 指煙草或煙草製品：烤煙 / 香煙。

【煙花】yān huā ① 煙雲中的鮮花，形容春天的景色：煙花三月，揚州美極了。② 焰火。燃放時噴射多彩的火花或景象供人觀賞：每年的除夕夜都放煙花。

【煙草】yān cǎo ① 一種經濟作物，葉子很大，是製造煙絲、捲煙的原料。② 指捲煙、煙絲等煙草製品。

【煙霞】yān xiá 煙霧和雲霞：紅日初升，煙霞滿天，美極了。

【煙霧】yān wù 指煙、氣、雲、霧：煙霧籠罩著江面。② 指生產企業排放的煙塵聚集成的霧狀物：工廠上空煙霧瀰漫。

煉 [炼]

煉 煉 煉 煉 煉 煉 **煉**

（普）liàn （粵）lin⁶ 練

① 用加熱等方法使物質純淨或堅韌起來：提煉 / 煉鋼。② 磨煉：鍛煉身體 / 錘煉出堅強的性格。③ 推敲字句：煉句。

煩 [烦]

煩 煩 煩 煩 煩 煩 **煩**

（普）fán （粵）faan⁴ 凡

① 煩躁不安：心煩意亂。② 繁雜：煩雜（雜亂）。③ 厭倦；討厭：厭煩 / 空話都聽煩了。④ 讓人心煩、令人生厭：煩人 / 別煩我了。⑤ 煩勞：煩請指個路。

【煩惱】fán nǎo 煩悶苦惱：自尋煩惱。（反）愉快

【煩瑣】fán suǒ 繁雜瑣碎：手頭一大堆煩瑣的事。（同）繁瑣

【煩躁】fán zào 煩悶急躁：心裏煩躁，亂發脾氣。

🔍 煩燥 "躁" 本義是快步跑，引申為性急、不冷靜。所以，涉及情緒的詞語用 "躁"，比如 "暴躁、浮躁、焦躁" 等。"燥" 本義是靠近火而造成缺少水分。所以，涉及乾、熱的詞語用 "燥"，比如 "燥熱、山高地燥、口乾舌燥" 等。

撲滅：熄煙頭 / 熄滅大火。

9 **煌**　　煌 煌 煌 煌 煌 煌　煌

〔普〕huáng 〔粵〕wong⁴ 王

明亮：輝煌。

9 **煥**[焕]　　煥 煥 煥 煥 煥 煥　煥

〔普〕huàn 〔粵〕wun⁶ 換

光亮；鮮明。

【煥發】huàn fā ① 光彩四射：神采煥發。② 迸發、顯現出來：精神煥發。

【煥然一新】huàn rán yì xīn 舊貌完全改觀，變得新鮮亮麗。

10 **熙**　　熙 熙 熙 熙 熙 熙　熙

〔普〕xī 〔粵〕hei¹ 希

① 光明。② 興盛。③ 和樂；和悅：熙熙。

【熙熙攘攘】xī xī rǎng rǎng 形容人來人往，喧鬧紛雜：街上熙熙攘攘，人山人海。

10 **熏**　　熏 熏 熏 熏 熏 熏　熏

〔普〕xūn 〔粵〕fan¹ 分

① 煙氣浸潤物體，讓物體變顏色並染上氣味：煙熏火燎。② 通過煙火熏烤，做成有特別味道的食品：熏魚 / 熏肉。③ 影響；熏染；彌漫：熏陶 / 利欲熏心 / 臭氣熏天。

【熏陶】xūn táo 逐漸施加影響：慎重擇友，避免受壞朋友的熏陶。〔俗〕近朱者赤，近墨者黑

10 **熄**　　熄 熄 熄 熄 熄 熄　熄

〔普〕xī 〔粵〕sik¹ 色

滅：熄火 / 熄燈。

【熄滅】xī miè ① 停止燃燒：火熄滅了。② 弄滅；

10 **熒**[荧]　　熒 熒 熒 熒 熒 熒　熒

〔普〕yíng 〔粵〕jing⁴ 形

① 光亮微弱的樣子：星光熒熒。② 迷惑；疑惑：熒惑。

10 **熔**　　熔 熔 熔 熔 熔 熔　熔

〔普〕róng 〔粵〕jung⁴ 容

熔化，固體物質在高溫下轉變為液體的過程：熔鐵。

10 **煽**　　煽 煽 煽 煽 煽 煽　煽

〔普〕shān 〔粵〕sin³ 線

① 煽風：煽爐火。② 鼓動：煽動（慫恿）/ 煽風點火（煽動別人做壞事）。

10 **熊**　　熊 熊 熊 熊 熊 熊　熊

〔普〕xióng 〔粵〕hung⁴ 紅

大型哺乳動物。頭大，四肢粗短，能直立行走，以肉食為主：白熊 / 棕熊 / 北極熊。

【熊貓】xióng māo 也叫貓熊、大熊貓。哺乳動物，身體肥胖，外貌似熊，兩耳、眼圈、肩部和四肢黑色，餘皆白色，溫厚可愛，是中國特有的珍稀動物，野生熊貓生活在中國西南高山區和原始竹林中，中國設有熊貓飼養基地，作為人工繁殖和科學研究的場所。

11 **熱**[热]　　熱 熱 熱 熱 熱 熱　熱

〔普〕rè 〔粵〕jit⁶ 噎⁶

① 溫度高：熱水 / 天氣太熱了。② 加熱，升高

溫度:熱一下飯菜。③ 體溫升高的病態:發熱 /
退熱。④ 熱烈;情意深厚:熱愛 / 熱心。⑤ 吸
引人的:熱銷 / 熱門。⑥ 羨慕;想得到:眼熱 /
熱衷於追名奪利。⑦ 喧鬧:熱鬧。⑧ 指時尚潮
流:出國熱 / 旅遊熱。

【熱心】rè xīn 熱誠,盡心竭力:熱心做好事。

【熱忱】rè chén 熱烈真誠的感情:感謝先生的一
片熱忱。⑤ 冷淡 * 冷漠

【熱門】rè mén ① 風行一時、吸引人的事物:法
學專業當今是大熱門。② 受人關注、歡迎的:
熱門貨。⑤ 冷門

【熱烈】rè liè ① 情緒高漲,興奮激動:人羣振臂
高呼,情緒熱烈。② 氣氛活躍,場面熱鬧:熱烈
歡迎。⑤ 冷漠

【熱帶】rè dài 地球上位於赤道兩側、北回歸線和
南回歸線之間的地帶,這一地區四季不分,終年
炎熱,故稱熱帶。

【熱情】rè qíng ① 熱烈的感情:愛港的熱情可
嘉。② 感情熱烈:熱情地接待新同學。⑤ 冷淡
* 冷酷

【熱愛】rè ài 熱烈地愛,有深厚的感情:熱愛
生活。

【熱誠】rè chéng ① 熱烈而誠懇:熱誠盼望表哥學
成回國。② 熱烈的誠意:他的滿腔熱誠,讓我深
受感動。

【熱鬧】rè nao ① 繁華喧鬧:旺角很熱鬧。② 熱
烈喧鬧的景象:節日到尖東去看熱鬧。③ 造成
熱烈、活躍、快樂的場面:春節來我家熱鬧一下
吧?⑤ 冷清

【熱潮】rè cháo 比喻蓬勃發展、熱火朝天的形勢
或行動:發起慈善行動,一時形成捐款熱潮。

【熱火朝天】rè huǒ cháo tiān 比喻氣氛熱烈,情
緒高漲。⑤ 冷冷清清

11 熬 熬熬熬熬熬熬

⑧ áo ⑨ ngou⁴ 遨

① 用文火長時間煮:熬湯 / 熬白粥。② 勉強忍
受;盡力支撐:總算熬出頭了 / 苦熬了半輩子。

11 熟 (一) 熟熟熟熟熟熟 熟

⑧ shú ⑨ suk⁶ 淑

① 把生的食物加熱到食用的程度:熟食 / 熟肉。
② 經過加工處理過的:熟鐵 / 熟牛皮。③ 長成;
成熟:葡萄熟了。④ 常見、常用、了解得清楚的:
熟人 / 熟悉 / 熟門熟路。⑤ 精通、經驗豐富:熟
練 / 熟手。⑥ 仔細、周詳:深思熟慮。

【熟語】shú yǔ 漢語中定型的短語,包括成語、
俗語、諺語、慣用語、歇後語等,漢語中的熟語
非常豐富。

11 熟 (二)

⑧ shóu ⑨ suk⁶ 淑

與 "熟 (shú)" 意思一樣,口語單用 "熟" 的時候
多讀 "shóu":飯熟了 / 我和他不熟。

11 熨 熨熨熨熨熨熨

⑧ yùn ⑨ wan⁶ 運

燙平:洗熨 / 熨斗(燙平紡織品的工具)。

12 燕 (一) 燕燕燕燕燕燕

⑧ yàn ⑨ jin³ 宴

一種候鳥,體型小,翅膀尖而長,尾巴呈剪刀狀,
捕食昆蟲,對農作物有益:燕子(家燕)。

燃燒。

燕 (二)

(普)yān (粵)jin¹ 煙

中國古代國名，在今河北省北部和遼寧省南部。如今也作為河北省北部地區的別稱：燕京 (北京)。

燒 [烧]　燒 燒 燒 燒 燒 燒

(普)shāo (粵)siu¹ 消

① 火燃燒：燒毀 (焚燒掉或焚燒壞) / 木頭燒焦了。② 用火加熱：燒水。③ 指烤、炸、炒、蒸、燉等烹調手段：燒菜 / 紅燒肉。④ 體溫升高：燒得臉發紅。⑤ 被化學品傷害：衣服被硫酸燒個洞 / 秧苗被化肥燒死了。⑥ 形容張狂得意的情態：賺了幾個錢就燒得不知東南西北了。
【燒烤】shāo kǎo ① 烘烤：在郊野公園燒烤牛肉很有味道。② 烘烤的食物：韓國的燒烤很有名。

燎 (一)　燎 燎 燎 燎 燎 燎

(普)liáo (粵)liu⁴ 療

① 火把、火炬。② 延伸燃燒：星火燎原。③ 燙：燎了個水泡。

燎 (二)

(普)liǎo (粵)liu⁴ 療

接近火被燒焦：不小心燎了眉毛。

燃　燃 燃 燃 燃 燃 燃

(普)rán (粵)jin⁴ 言

① 焚燒：燃燒 / 燃料 (可以燃燒的物質)。② 點着火：燃香拜佛。③ 引發：燃起了新希望。
【燃燒】rán shāo ① 着火焚燒：柴堆燃燒起來了。(反)熄滅 ② 比喻處於激烈狀態：怒火在胸中

燉 [炖]　燉 燉 燉 燉 燉 燉

(普)dùn (粵)dan⁶ 墩⁶

用文火煮熟煮爛；加熱容器中的東西：清燉雞湯 / 燉人參湯。

熾 [炽]　熾 熾 熾 熾 熾 熾

(普)chì (粵)ci³ 次

① 溫度很高：熾烈的火焰。② 比喻旺盛、熱烈：熾情 (熱烈的感情)。
【熾熱】chì rè ① 溫度高：煉鋼爐旁熾熱燻人。② 比喻非常強烈、熱烈：人人都應有一顆熾熱的愛心。(反)冰冷

燊　燊 燊 燊 燊 燊 燊

(普)shēn (粵)san¹ 身

火勢旺盛的樣子。多用作人名。

燈 [灯]　燈 燈 燈 燈 燈 燈

(普)dēng (粵)dang¹ 登

用來照明或加熱，能發光的器具：燈光 / 燈飾 (兼有裝飾作用的燈具) / 用酒精燈加熱。
【燈塔】dēng tǎ ① 設置在島嶼或海岸上的大型強光源航標，因呈塔形，故名。② 比喻指引前進方向的事物：指引我們前進的燈塔。
【燈籠】dēng long 一種籠子狀的可懸掛可手提的照明燈具，裏面燃蠟燭或用電光源：大紅燈籠高高掛。

12 燙 [烫] 燙 燙 燙 燙 燙 燙 燙

(普) tàng (粵) tong³ 趟

① 被滾水或高溫的東西灼傷灼痛:手燙傷了。
② 非常熱,溫度高:水很燙。 ③ 加熱:燙酒。

13 燦 [灿] 燦 燦 燦 燦 燦 燦 燦

(普) càn (粵) caan³ 璨

明亮耀眼的樣子:光燦燦。

【燦爛】càn làn ① 明亮絢麗的樣子:陽光燦爛 / 桃花開得鮮麗燦爛。② 形容輝煌美好:中國有五千年的燦爛文化。 (同) 絢爛 (反) 暗淡

13 燥 燥 燥 燥 燥 燥 燥 燥

(普) zào (粵) cou³ 澡

乾,沒有水分:乾燥 / 燥熱(炎熱;熱得煩躁)。

13 燭 [烛] 燭 燭 燭 燭 燭 燭 燭

(普) zhú (粵) zuk¹ 足

① 蠟燭:花燭 / 燭光(蠟燭燃燒發出的亮光)。
② 照亮;明察:火光燭天 / 洞燭其奸。

13 營 [营] 營 營 營 營 營 營 營

(普) yíng (粵) jing⁴ 形

① 建造:營建 / 營造(建造;創造)。② 經營管理:營業 / 營銷(經營銷售)。③ 駐地:營地 / 軍營 / 營房 / 集中營 / 夏令營。④ 謀求:鑽營。
⑤ 軍隊編制單位,團以下連之上的一級:團、營、連、排。

【營救】yíng jiù 救援,想方設法援救:營救被洪水圍困的災民。 (反) 殘害

【營造】yíng zào ① 建造:計劃營造一棟公寓。

② 創造、創建:營造良好的學習環境。 (反) 破壞

【營業】yíng yè 經營業務;開展業務。

【營運】yíng yùn 經營運作;經營運行:公司營運良好 / 地鐵新線路開始營運。 (同) 運營

【營養】yíng yǎng 養分、養料:營養充分 / 營養不良。

14 燻 [熏] 燻 燻 燻 燻 燻 燻 燻

(普) xūn (粵) fan¹ 分

① 煙氣浸潤物體,讓物體變顏色並染上氣味:煙燻火燎。② 經煙火燻烤,有特別味道的食品:燻魚 / 燻雞。

14 燼 [烬] 燼 燼 燼 燼 燼 燼 燼

(普) jìn (粵) zeon⁶ 盡

物體燃燒後剩下的殘餘物:燒成灰燼。

15 爆 爆 爆 爆 爆 爆 爆 爆

(普) bào (粵) baau³ 包³

① 猛然破裂;四散迸出:爆炸 / 爆出火星。
② 突然出現或發生:爆發 / 爆出。③ 加工食品的方法,用旺火熱油快速烹炸,或在沸水中短暫燙煮,或置密封器中加壓加熱然後突然減壓取出:爆肚片 / 爆玉米花。

【爆炸】bào zhà ① 物體驟然間急劇膨脹,令周圍氣壓發生劇烈變化並伴隨巨大聲響:油罐爆炸 / 炸彈爆炸。② 形容數量突破限度劇增:信息爆炸 / 人口爆炸。

【爆破】bào pò 利用炸藥爆炸破壞。

【爆發】bào fā ① 炸開,火山內部嚴漿突然沖破地殼向外噴發:火山爆發。② 突然發生:爆發雪崩 / 山洪暴發。

15 爍[烁] 爍爍爍爍爍爍 爍

(普) shuò (粵) soek³ 削

光亮閃動的樣子：星光閃爍／遠處的燈光閃爍。

16 爐[炉] 爐爐爐爐爐爐 爐

(普) lú (粵) lou⁴ 勞

烹飪、取暖、冶煉用的器具或設備：爐子／火爐／焚化爐。

17 爛[烂] 爛爛爛爛爛爛 爛

(普) làn (粵) laan⁶ 蘭⁶

① 物體處於鬆軟狀態或稀糊狀態：爛泥／豬肉燉爛了。② 腐爛；破碎：潰爛／破磚爛瓦。③ 混亂無頭緒：爛賬。④ 明亮鮮豔：燦爛。⑤ 殘破：破爛貨。⑥ 非常、超常，形容程度極深：爛醉如泥。

【爛漫】làn màn ① 形容色彩絢麗：山花爛漫。(同) 絢爛 ② 形容自然而然，不做作：天真爛漫。

爪 部

0 爪⁽¹⁾ 爪爪爪 爪

(普) zhǎo (粵) zaau² 找

鳥獸長着尖甲的腳或腳趾甲：爪牙／貓掌前端有尖爪。

【爪牙】zhǎo yá 動物的尖爪和利牙。比喻黨羽、幫兇。

0 爪⁽²⁾

(普) zhuǎ (粵) zaau² 找

同 "爪 zhǎo"，多用於口語詞中，如 "爪子"。

【爪子】zhuǎ zi 動物帶尖甲的腳：鷹爪子／雞爪子／貓爪子。

4 爬 爬爬爬爬爬爬 爬

(普) pá (粵) paa⁴ 琶

① 伏在地上移動：爬行（爬在地上朝前挪動）／連滾帶爬／蟲子爬過來了。② 抓住東西向上移動：爬上山崖。

4 爭[争] 爭爭爭爭爭爭 爭

(普) zhēng (粵) zang¹ 憎

① 力求獲得或奪得：爭光（爭取榮譽）／分秒必爭／爭權奪利。② 爭論、辯論：爭吵／百家爭鳴。③ 衝突；較量：戰爭／爭鬥。(俗) 鷸蚌相爭，漁人得利／兩虎相爭，必有一傷

【爭吵】zhēng chǎo 激烈爭辯吵嚷，互不相讓：兩人爭吵起來。(反) 商量

【爭取】zhēng qǔ ① 爭奪，盡力獲得：爭取勝利。② 力求實現：爭取更高的銷售業績。(同) 力爭

【爭鬥】zhēng dòu ① 爭吵；打鬥：一言不合，兩人便爭鬥起來。② 鬥爭，盡力壓倒對方：公司裏出現惡性爭鬥，導致士氣低落。

【爭氣】zhēng qì 發憤爭光，努力有為：他是個爭氣的好孩子。

【爭執】zhēng zhí 各持己見，互不相讓：會議上發生了激烈的爭執。

【爭奪】zhēng duó 爭搶；奪取：爭奪市場／爭奪石油資源。(反) 謙讓 * 妥協

【爭端】zhēng duān 引起爭執的問題：解決爭端。

【爭論】zhēng lùn 各執一詞，互相辯論：會上爭論激烈。🔵 爭辯 * 辯論

【爭議】zhēng yì ① 爭論，爭辯：雙方爭議不斷。② 有爭論的問題；不同的意見：爭議留待以後再解決吧。

【爭先恐後】zhēng xiān kǒng hòu 爭着搶先，唯恐落在後面。

13 爵

爵爵爵爵爵爵 爵

⟨普⟩jué ⟨粵⟩zoek³ 雀

爵位；君主國家貴族封號的等級：公爵 / 勳爵 / 封爵。

【爵士】jué shì 歐洲君主國的最低爵位，不能世襲。

〔附加詞〕爵士樂：源起於美國黑人民間音樂，後演變為舞曲音樂，風行世界。

父部

0 父

父父父 父

⟨普⟩fù ⟨粵⟩fu⁶ 付

① 爸爸，父親。② 血統中的男性尊長；像父親一樣的尊長：祖父 / 伯父 / 繼父 / 養父 / 父老（稱鄉里的老年人）。③ 尊稱偉大事業的創始人：國父 / 氫彈之父。

4 爸

爸爸爸爸爸爸 爸

⟨普⟩bà ⟨粵⟩baa¹ 巴

爸爸，父親。

6 爹

爹爹爹爹爹爹 爹

⟨普⟩diē ⟨粵⟩de¹

① 父親：爹娘。② 尊稱老年男子：老爹。

9 爺 [爷]

爺爺爺爺爺爺 爺

⟨普⟩yé ⟨粵⟩je⁴ 耶

① 父親：爺娘。② 祖父；與祖父同輩的男性親戚：爺爺 / 舅爺。③ 尊稱長輩或年長男子：二爺 / 老大爺。④ 尊稱主人、官長等有錢有勢者：老爺 / 少爺 / 王爺。⑤ 對神佛的稱呼：佛爺 / 老天爺 / 財神爺。

【爺爺】yé ye ① 祖父。② 稱與祖父同輩的老年男子：李爺爺 / 老爺爺。

爻部

7 爽

爽爽爽爽爽爽 爽

⟨普⟩shuǎng ⟨粵⟩song² 桑²

① 明朗；清亮：神清目爽 / 秋高氣爽。② 開朗；直率：豪爽 / 爽直（直率）。③ 舒服；暢快：病一好，身子就爽得多了。④ 違背；缺失：爽約（失約；違約）/ 分毫不爽。⟨俗⟩人逢喜事精神爽

【爽快】shuǎng kuài ① 舒服痛快：洗個熱水澡爽快多了。② 直截了當，不遮掩：爽人爽語。

【爽朗】shuǎng lǎng ① 天朗氣清：爽朗的秋天。② 直率開朗：笑得很爽朗。

10 爾 [尔]

爾爾爾爾爾爾 爾

⟨普⟩ěr ⟨粵⟩ji⁵ 耳

① 你：爾虞我詐（互相欺詐，各存戒心）。② 這；

那：爾後（此後）。

丬部

13 牆 [墙]　牆牆牆牆牆牆 牆
（普）qiáng （粵）coeng⁴ 祥
① 牆壁：城牆／圍牆／院牆／大樓的牆。② 指形狀類似牆或起阻斷作用的事物：築起人牆／網絡的防火牆。

片部

0 片 （一）　　片片片 片
（普）piàn （粵）pin³ 遍
① 扁而薄的東西：卡片／眼鏡片。② 整體中的一部分：片段。③ 不全的；短暫的：片面／休息片刻。④ 與數目字連用（多與"一"連用），表示片狀物的數量或土地、水面、景色、心緒之類的範圍：兩片牛排／一片草地／一片汪洋／一片春光／一片心意。
【片刻】piàn kè 短時間、一會兒：請稍候片刻。
〔簡明詞〕片段、片斷：部分，整體中的一個段落：影片中的一個片段／小說中的一個片斷。
【片面】piàn miàn ① 單方面：片面之詞。② 不全面，偏於一面：反映的情況有點片面。反 全面

0 片 （二）
（普）piān （粵）pin³ 遍
指有聲、成像的扁薄東西：相片／影片。

4 版　版版版版版版 版
（普）bǎn （粵）baan² 板
① 供印刷用的底版：排版。② 書刊的版本：宋版書／英文版。③ 版面，報紙的一面：體育版／整版廣告。④ 書刊排印一次叫一版，同一個版次可印刷多次：初版／再版／第三版第二次印刷。
【版本】bǎn běn 同一部書，因傳抄、編輯、修訂、刻版、排版或裝幀形式不同，所產生的不盡相同的本子：《紅樓夢》有好幾個版本。
【版畫】bǎn huà 一種在木版、石版、銅版、鋅版等版面上雕刻或蝕刻後，印刷出來的圖畫。
【版圖】bǎn tú 國家的領土範圍。
【版權】bǎn quán 作者或出版者對其作品享有的署名、出版、獲得報酬的法定權利。

8 牌　牌牌牌牌牌牌 牌
（普）pái （粵）paai⁴ 排
① 按規格做的標誌或宣傳、告示板：門牌／廣告牌／路線指示牌。② 商標，商品的牌子：名牌／冒牌貨／老牌子。③ 娛樂用品：撲克牌／麻將牌。④ 古代防禦武器：盾牌。
【牌位】pái wèi 供奉和祭祀神靈、逝者的木牌：供奉祖宗的牌位。
【牌照】pái zhào ① 政府發給的營業許可證。② 汽車駕駛執照。

牙部

0 牙　　牙牙牙 牙
（普）yá （粵）ngaa⁴ 芽
① 牙齒：張牙舞爪。② 象牙。

牛 部

牛 〔0〕

牛牛牛

〔普〕niú 〔粵〕ngau⁴ 勾 ⁴

① 哺乳動物，頭部有一對角，體大力強，為人類提供乳品和肉類，也是耕作、勞役的重要牲畜。分為乳用、乳肉兩用和耕作三大種類：耕牛 / 乳牛 / 肉牛。② 比喻固執倔強：牛脾氣。③ 比喻行情看好：牛市。④ 指牽牛星：氣沖斗牛。

【牛痘】niú dòu ① 牛的一種類似天花的傳染病。② 預防天花病的疫苗。

【牛郎織女】niú láng zhī nǚ 牛郎星（牽牛星）和織女星。兩星隔銀河（天河）相對，牛郎在河西，織女在河東。中國古代傳説：織女是天帝的孫女，擅長織造雲錦，自嫁牛郎後就不再紡織，天帝發怒，用天河將兩人分開，只准每年農曆七月七日借喜鵲搭橋，在橋上相會一次。後人用"牛郎織女"比喻分居兩地的夫妻。

牟 〔2〕

牟牟牟牟牟

〔普〕móu 〔粵〕mau⁴ 謀

想盡辦法得到：牟取（謀求） / 牟利（謀求利益）。

牡 〔3〕

牡牡牡牡牡牡

〔普〕mǔ 〔粵〕maau⁵ 卯

雄性的禽獸：牡牛（公牛）。

【牡丹】mǔ dān 花木名，初夏開花，著名的觀賞植物，有"花王"的美譽，中國洛陽和山東菏澤的牡丹最出名。

牠 〔3〕

牠 牠 牠 牠 牠 牠

〔普〕tā 〔粵〕taa¹ 他

指代動物。

牢 〔3〕

牢牢牢牢牢牢

〔普〕láo 〔粵〕lou⁴ 勞

① 關養野獸、牲畜的欄圈：虎牢 / 亡羊補牢。② 監獄：監牢 / 牢獄之災。③ 堅固；結實：牢固（結實堅固） / 牢記（銘記在心） / 牢不可破的友誼。④ 穩妥可靠：辦事牢靠。

【牢靠】láo kào ① 牢固結實：椅子做得牢靠。② 穩妥可靠：託他辦事很牢靠。⑥ 可靠

【牢騷】láo sāo 不滿、抱怨的情緒：滿腹牢騷。⑥ 怨言

牧 〔4〕

牧牧牧牧牧牧

〔普〕mù 〔粵〕muk⁶ 木

在草地上放養牛羊馬：牧羊 / 放牧 / 牧童（放牧牛羊的孩子） / 牧民（依靠畜牧業生活的人）。

【牧師】mù shī 基督教主持宗教儀式、管理教務的神職人員。

【牧場】mù chǎng ① 適宜放牧馬牛羊的草場：內蒙草原是天然的好牧場。② 經營畜牧業的企業：牧場有三千頭牛。

物 〔4〕

物 物 物 物 物 物

〔普〕wù 〔粵〕mat⁶ 勿

① 東西；物品：貨物 / 物件（東西） / 物力（可使用的物資） / 物美價廉。② 內容：言之無物。③ 他人；眾人：待人接物。⑥ 物以稀為貴

【物色】wù sè 挑選、尋找：物色人才 / 物色典雅的仿古傢具。

【物品】wù pǐn 具體的東西。

【物理】wù lǐ ① 事理、道理:人情物理。② 物理學,研究物質和能量及其相互作用的自然科學。

【物產】wù chǎn 天然出產物和人工製造的物品:物產豐富。

【物資】wù zī 生產和生活需要的物質資料:物資匱乏 / 運送物資。

【物質】wù zhì ① 哲學上指除人的意識之外,世界宇宙的一切東西。② 指金錢、生活資料等:不貪圖物質享受。⒁ 意識

【物體】wù tǐ 物質、東西的實體。

5 牲

牲 牲 牲 牲 牲 牲　牲

⒁ shēng ⒁ sang¹ 生

家畜:牲畜(牛、羊、豬、犬、馬、騾、驢等家畜的總稱)。

6 特

特 特 特 特 特 特　特

⒁ tè ⒁ dak⁶ 得⁶

① 特殊,不一般的:獨特 / 奇特 / 特徵(特點) / 特出(特別突出)。② 極、非常:特好 / 大錯特錯。③ 專門、特地:特來請你赴宴。④ 只;僅僅:不特 / 非特。

【特色】tè sè 獨特風味、風格、色彩等:小說很有特色。⒁ 特點

【特別】tè bié ① 不一般,有特殊之處:款式特別。② 非常;格外;尤其:特別小心 / 特別吸引人 / 特別喜歡上網。③ 特地;特意:特別為您準備了辣椒調料。⒁ 普通 * 一般

【特性】tè xìng 特有的性格、性質或性能:追求賺錢是商人的特性。⒁ 共性

【特定】tè dìng ① 特別規定或指定:特定人選 / 特定商戶。② 限定為某一個的:特定場合 / 特定人物。⒁ 任意 * 隨意

【特殊】tè shū 特別,非同一般:特殊人物 / 情況特殊。⒁ 普通 * 一般

【特區】tè qū ① 特別行政區的簡稱:港澳特區。② 實行特殊管理的地區:經濟特區。

【特質】tè zhì 非同一般的性質、品質或質地:他身上有一種特質 / 這部電影包括了各種喜劇特質。

〔簡明詞〕特地、特意:專門為了;專為某一件事。特等、特級:最高等級。特產:特有的或特別著名的產品。特權:特別享有的權利;特殊的權力。

【特點】tè diǎn 人或事物所具有的獨特之處:幽默是他的特點。⒁ 特徵

【特警】tè jǐng 經過特技訓練、有專業裝備、執行特別任務的警察。

7 犁

犁 犁 犁 犁 犁 犁　犁

⒁ lí ⒁ lai⁴ 黎

① 耕地翻土的農具:扶犁耕種。② 用犁耕地:犁田。

〔古詩文〕耕犁千畝實千箱,力盡筋疲誰復傷?《病牛》李綱

7 牽[牵]

牽 牽 牽 牽 牽 牽　牽

⒁ qiān ⒁ hin¹ 軒

① 拉,挽;帶領:順手牽羊 / 牽着孩子過馬路。② 涉及;連累:牽涉(牽連到別人或別的事) / 不牽累別人。⒁ 牽一髮而動全身

【牽動】qiān dòng 引起波動或變動:這是牽動全局的事,可要小心。

【牽扯】qiān chě ① 拉扯:兩人牽扯着互不相讓。② 牽涉:被牽扯進案件裏。⒁ 牽連

【牽掛】qiān guà ① 記掛;想念:牽掛父母。② 拖累:我就是一個人,沒有牽掛。⒁ 掛念

【牽連】qiān lián ① 連累;牽涉進來:他這案子,

牽連了好多人。② 關係；聯繫：這兩件事有牽連。同 牽涉

犄

犄 犄 犄 犄 犄 犄 犄

普 jī 粵 gei¹ 基

獸頭上的兩隻角相對的樣子：犄角（獸類頭上相對而生的兩隻角）。

犀

犀 犀 犀 犀 犀 犀 犀

普 xī 粵 sai¹ 西

① 犀牛，哺乳動物，形似水牛，皮很厚，鼻上有一角或兩角，產於亞洲和非洲的熱帶森林。② 銳利：犀利（銳利、鋒利）。

犒

犒 犒 犒 犒 犒 犒 犒

普 kào 粵 hou³ 耗

慰勞、賞賜：犒賞（慰勞賞賜）。

犢 [犊]

犢 犢 犢 犢 犢 犢 犢

普 dú 粵 duk⁶ 獨

小牛：牛犢。俗 初生牛犢不怕虎 / 初生犢兒不怕虎

犧 [牺]

犧 犧 犧 犧 犧 犧 犧

普 xī 粵 hei¹ 希

古代祭祀用的純色牲畜：犧牲。

【犧牲】xī shēng ① 古代祭祀盟誓使用的純色牲畜。② 放棄權益；付出代價：為公眾事業犧牲個人利益。③ 為正義事業捨棄生命：為國犧牲。

犬部

犬

犬 犬 犬 犬

普 quǎn 粵 hyun² 圈²

狗：警犬 / 牧羊犬 / 雞犬不寧 / 犬牙交錯（形容參差不齊）。

犯

犯 犯 犯 犯 犯

普 fàn 粵 faan⁶ 飯

① 侵害；進攻：進犯 / 秋毫無犯。② 違反；抵觸；觸犯：明知故犯 / 眾怒難犯 / 犯規（違反規則規定） / 犯忌（觸犯禁忌）。③ 發生；發作：犯愁（發愁） / 犯錯 / 犯病。④ 犯罪的人：戰犯 / 逃犯。⑤ 值得：犯不上 / 犯不着。

〔簡明詞〕犯人：在押的罪犯。犯法：觸犯法律、違反法令。犯罪：觸犯法律構成罪行。

狂

狂 狂 狂 狂 狂 狂

普 kuáng 粵 kwong⁴ 廊⁴

① 精神失常；發瘋：瘋狂 / 欣喜若狂。② 猛烈；聲勢大：狂怒（暴怒） / 狂風暴雨。③ 傲慢；自大：狂妄 / 口出狂言。④ 縱情；肆意：狂笑 / 狂飲 / 狂歡。

【狂妄】kuáng wàng 自大傲慢；自以為不得了。反 謙遜

〔附加詞〕狂妄自大：非常高傲，目空一切。

【狂熱】kuáng rè 極度熱情；興趣極高：狂熱地搶購。同 瘋狂

狄 狄 狄 狄 狄 狄 狄 狄

普 dí 粵 dik⁶ 滴

古代稱北方的民族：北狄／戎狄。

狀 [状] 狀 狀 狀 狀 狀 狀 狀

普 zhuàng 粵 zong⁶ 撞

① 外形、樣子：形狀／驚恐萬狀。② 情況；情形：現狀／慘狀。③ 陳述、記載事情的文字：供狀。④ 起訴書：狀紙／訴狀。⑤ 獎勵、委任的文書：獎狀／委任狀。

【狀元】zhuàng yuán ① 中國古代科舉考試殿試第一名。② 指行業中成績卓著的人：三百六十行，行行出狀元。

【狀況】zhuàng kuàng 情況；情形：健康狀況／學習狀況。

【狀態】zhuàng tài 表現出來或所處的形態：飢餓狀態／緊張狀態。

狐 狐 狐 狐 狐 狐 狐 狐

普 hú 粵 wu⁴ 湖

狐狸。

【狐狸】hú li ① 一種動物，外形略似狼，面部較長，尾巴長，腋窩汗腺分泌狐臭，毛色多呈赤黃色，性情狡詐多疑。② 比喻狡詐的人或壞人：狡猾的老狐狸。

【狐假虎威】hú jiǎ hǔ wē 古代寓言故事：狐狸騙老虎跟在自己後面走，百獸見了趕緊逃，老虎不知百獸怕自己，以為都怕狐狸。這個寓言後來變為成語"狐假虎威"：比喻倚仗別人的威勢嚇唬人欺壓人。

狗 狗 狗 狗 狗 狗 狗 狗

普 gǒu 粵 gau² 九

① 動物名，也稱犬。是人類最早馴化的家畜之一，性情機敏，聽覺、嗅覺十分靈敏，是人們的主要寵物，經訓練可用來看家守戶、牧羊、打獵、搜尋探物等。② 比喻忠於主子的奴才：走狗／狗腿子。俗 人急燒香，狗急跳牆

狡 狡 狡 狡 狡 狡 狡 狡

普 jiǎo 粵 gaau² 餃

奸猾狡詐：狡計／狡猾／狡辯（詭辯）／狡詐（奸詐）。

【狡猾】jiǎo huá 狡詐刁鑽，詭計多端：狡猾的傢伙。同 奸猾 反 純樸

【狡兔三窟】jiǎo tù sān kū 狡猾的兔子有三個窟穴，比喻為確保自身安全而設有多處藏身避禍之地。

狠 狠 狠 狠 狠 狠 狠 狠

普 hěn 粵 han² 很

① 無情；毒辣：狠心腸／心狠手辣。② 堅決：狠打貪官污吏。③ 作出痛心的決定：狠狠心，丟下孩子走了。

【狠心】hěn xīn ① 心地殘忍；心腸硬：世上竟有這樣狠心的媽咪！② 極大的決心：下狠心學好網頁設計。

【狠毒】hěn dú 惡毒，兇狠毒辣。

狹 [狭] 狹 狹 狹 狹 狹 狹 狹

普 xiá 粵 haap⁶ 峽

窄：狹長（又窄又長）／狹小。

〔古詩文〕道狹草木長，夕露霑我衣（《歸園田居》陶潛）

【狹窄】xiá zhǎi ① 窄小：一間狹窄的小屋。反 寬敞 ② 狹隘：心胸狹窄。反 寬闊

【狹隘】xiá ài ① 狹窄：狹隘的山谷出口。② 心胸、見識狹窄：胸襟狹隘。反 寬廣 * 寬闊

狽 [狈]
狽 狽 狽 狽 狽 狽 狽

普 bèi 粵 bui³ 貝
見"狼狽"。

狸
狸 狸 狸 狸 狸 狸 狸

普 lí 粵 lei⁴ 厘
① 狸貓。② 狐狸。詳見"狐"。

狼
狼 狼 狼 狼 狼 狼 狼

普 láng 粵 long⁴ 郎
一種野獸，形狀似狗，面長，耳豎立，尾下垂，晝伏夜出，性情兇殘：豺狼 / 狼心狗肺（形容心腸狠毒）。

【狼狽】láng bèi ① 狼和狽。傳說狽是長得像狼的野獸，前腿很短，只能趴在狼身上與狼同行。② 狼狽相：搞得他很狼狽。

〔附加詞〕狼狽相：困頓窘迫的樣子。狼狽為奸：勾結起來做壞事。狼狽不堪：處於困境，無法應付。

猜
猜 猜 猜 猜 猜 猜 猜

普 cāi 粵 caai¹ 釵
① 懷疑：猜疑。② 猜想、推測：猜謎 / 猜猜看他幾歲。

〔簡明詞〕猜測：揣測、推測。猜疑：起疑心，生疑。猜想：猜測想像：我猜想他不會來。

猖
猖 猖 猖 猖 猖 猖 猖

普 chāng 粵 coeng¹ 昌
兇猛；狂妄：猖狂（狂妄放肆）。

猛
猛 猛 猛 猛 猛 猛 猛

普 měng 粵 maang⁵ 蜢
① 兇暴、兇惡：猛禽 / 猛獸 / 兇猛。② 勇猛：猛將 / 猛士。③ 大氣勢：迅猛 / 突飛猛進。④ 突然，忽然：猛吃一驚 / 猛然（突然，驟然間）。

【猛烈】měng liè 形容來勢急、力量強、氣勢大：猛烈的炮火 / 洪水猛烈沖擊大壩。反 平和 * 和緩

猢
猢 猢 猢 猢 猢 猢 猢

普 hú 粵 wu⁴ 湖
猢猻：① 獼猴的一種，身長密毛，生活在中國北方山林中。② 猴子的別稱：坐看猢猻上樹頭。俗 樹倒猢猻散

猩
猩 猩 猩 猩 猩 猩 猩

普 xīng 粵 sing¹ 星
猩猩。比猴子大的哺乳動物，前肢長，全身有長毛，無尾，能在前肢幫助下直立行走，主要吃野果。

〔簡明詞〕猩紅：鮮紅色。

猴
猴 猴 猴 猴 猴 猴 猴

普 hóu 粵 hau⁴ 侯
猴子，靈長類哺乳動物，長尾，行動敏捷，善跳

躍攀爬，在山林中羣居。

9 **猶**[犹] 猶 猶 猶 猶 猶 猶 猶

(普) yóu (粵) jau⁴ 由

① 如，同：猶如（如同、好像）。② 還：困獸猶鬥。

【猶大】yóu dà 耶穌的十二位門徒之一，因貪圖三十個銀幣而出賣了耶穌。後用作叛徒的代稱。

【猶疑】yóu yí 猶豫不決：猶疑不定。 (同) 猶豫 (反) 果斷

【猶豫】yóu yù 遲疑不決：猶豫再三，還是拿不定主意。 (反) 果斷

〔附加詞〕猶豫不決：左想右想，拿不定主意。

10 **猿** 猿 猿 猿 猿 猿 猿 猿

(普) yuán (粵) jyun⁴ 元

一種像猩猩的動物，沒有尾巴，種類多，生活在森林中。

〔古詩文〕朝辭白帝彩雲間，千里江陵一日還。兩岸猿聲啼不住，輕舟已過萬重山。《早發白帝城》李白）

【猿人】yuán rén 最原始的人類，生活在距今三百萬年到二十萬年前。猿人仍有猿類的一些特徵，但已能直立行走，會用火，會説簡單的原始語言。

10 **猾** 猾 猾 猾 猾 猾 猾 猾

(普) huá (粵) waat⁶ 滑

奸詐：狡猾 / 奸猾 / 老奸巨猾。

10 **獅**[狮] 獅 獅 獅 獅 獅 獅 獅

(普) shī (粵) si¹ 思

獅子，身體雄壯的動物，毛棕黃色，尾端生叢毛，

雄獅頸部有長毛，吼聲洪亮，產於非洲和亞洲西部，以羚羊、斑馬等動物為食。(俗) 獅子大開口

10 **猻**[狲] 猻 猻 猻 猻 猻 猻 猻

(普) sūn (粵) syun¹ 宣

猢猻。詳見“猢”。

11 **獄**[狱] 獄 獄 獄 獄 獄 獄 獄

(普) yù (粵) juk⁶ 肉

① 監禁罪犯的場所：入獄。② 官司；罪案：冤獄 / 文字獄。

11 **獐** 獐 獐 獐 獐 獐 獐 獐

(普) zhāng (粵) zoeng¹ 章

獐子。一種長相似鹿的無角動物，毛粗長，腹部白色，行動機敏，善於跳躍，能游泳。

【獐頭鼠目】zhāng tóu shǔ mù 獐子的頭小而尖，類似鼠眼小而圓，故用來形容相貌寒酸醜陋、神情狡詐的人。

11 **獎**[奖] 獎 獎 獎 獎 獎 獎 獎

(普) jiǎng (粵) zoeng² 掌

同“奬”。① 稱讚；表揚：成績優秀，獲得校長嘉獎。② 為表彰、激勵而給予榮譽、金錢或東西：頒獎 / 中獎。

【獎賞】jiǎng shǎng ① 把財物賞給優勝者或有功者。② 獎賞的東西：獲得了最高獎賞。

〔簡明詞〕獎品：用作獎勵的物品。獎章：代表特定榮譽的徽章。獎杯：獎給優勝者的杯形獎品。獎學金：發給優秀學生，資助學業的獎金。

【獎勵】jiǎng lì 授予榮譽或財物，給以鼓勵：此

計劃是為了獎勵長期的捐血者。 反 懲罰

【獎懲】jiǎng chéng 獎勵和懲罰。 同 獎罰

〔附加詞〕獎懲分明、獎罰分明：該懲罰的一定懲罰，該獎勵的必定獎賞。

13 獨[独] 獨 獨 獨 獨 獨 獨　獨

普 dú 粵 duk⁶ 毒

① 一個；單一：獨奏 / 獨輪車。 ② 孤單；獨自：孤獨 / 獨來獨往。 ③ 特別、特異：獨特（獨有的；特別的）。 ④ 唯一；唯有：唯我獨尊 / 大家都去，獨他不去。

【獨白】dú bái ① 劇中人獨自說話：劇中人獨白過多。 ② 劇中人獨自說的話：人物的獨白很有味道。 反 道白

【獨立】dú lì ① 單獨站立：獨立窗前。 ② 不靠別人，完全靠自己：獨立思考問題 / 大學畢業就可以獨立了。 ③ 完全自主，不受外界的支配：獨立自主的國家。 反 附屬

【獨奏】dú zòu ① 一個人演奏；以一人演奏為主的演奏：她演出獨奏節目 / 她的鋼琴獨奏由樂隊伴奏。 ② 獨奏的演出形式：二胡獨奏。 反 合奏

【獨裁】dú cái ① 獨自決定：個人獨裁專斷。 ② 壟斷權力，實行專制統治：專制獨裁。 反 民主

【獨一無二】dú yī wú èr 唯一的；沒有相同的；沒有可與相比的。 反 無獨有偶

14 獲[获] 獲 獲 獲 獲 獲 獲　獲

普 huò 粵 wok⁶ 穫

① 捉住：俘獲 / 抓獲 / 拿獲。 ② 得到：獲得 / 獲取（獲得、取得）/ 獲准（得到准許）/ 獲利（賺到錢；得到利益）/ 如獲至寶。

【獲益】huò yì 得到好處；獲得利益：讀歷史書獲益匪淺。 反 吃虧 * 受害

【獲悉】huò xī 得知。 同 獲知 反 隱瞞

15 獸[兽] 獸 獸 獸 獸 獸 獸　獸

普 shòu 粵 sau³ 秀

① 長有四條腿、全身生毛的動物：野獸 / 禽獸 / 獸類（獸的總稱）。 ② 比喻殘忍、野蠻、非人類的：獸行 / 獸性（像野獸一樣殘忍的性情）/ 人面獸心。

15 獵 獵 獵 獵 獵 獵 獵　獵

普 liè 粵 lip⁶

① 捕捉禽獸：打獵 / 漁獵。 ② 打獵的：獵人 / 獵犬。 ③ 搜尋、尋找：獵奇（刻意追求新鮮奇異的事物）。

【獵取】liè qǔ ① 捕捉；打獵捕殺：禁止獵取野生動物。 ② 求取；奪取：獵取功名 / 獵取財物。 同 獵殺

【獵豹】liè bào 豹子的一種，身上有黑色斑點，追逐獵物時速度飛快，擅長獵殺動物。

〔簡明詞〕獵鷹：訓練有素，為獵人捕獲獵物的鷹。獵殺：打獵捕殺；追逐獵殺。獵物：人打獵或肉食動物捕獵的禽獸。

16 獻[献] 獻 獻 獻 獻 獻 獻　獻

普 xiàn 粵 hin³ 憲

① 奉獻；恭敬鄭重地送上：捐獻 / 借花獻佛。 ② 表演：獻技 / 獻藝。 ③ 做給他人看：獻媚 / 獻殷勤。 ④ 圖書資料：文獻。

〔古詩文〕季札心知之，為使上國，未獻。（《季札掛劍》司馬遷）

〔簡明詞〕獻花：把鮮花奉獻給心愛的人或尊敬的人。獻辭（獻詞）：祝賀的話；祝賀的文字：新年獻辭。獻禮：為表示慶祝而獻出禮

物。獻策、獻計：出主意，出計謀。獻媚：為討好別人而做出使人歡心的姿態或舉動。

17 獼 [猕]　獼獼獼獼獼獼　獼

(普) mí (粤) mei⁴ 眉 / nei⁴ 尼

獼猴：猴的一種，面部微紅，羣居山林，喧嘩好鬧，以野果為食。

19 玃 [㺄]　玃玃玃玃玃玃　玃

(普) luó (粤) lo⁴ 羅

見 "豬玃"。

玄 部

0 玄　玄玄玄玄　玄

(普) xuán (粤) jyun⁴ 元

① 黑色：玄色。② 遠：玄孫。③ 深奧：玄妙。④ 虛而不實，難以把握：你說得太玄了。

【玄虛】xuán xū ① 捉摸不透的手段：故弄玄虛。② 神秘莫測：這件事真有點玄虛。(反) 實在

6 率 (一)　率率率率率率　率

(普) shuài (粤) seot¹ 恤

① 領着，帶領：率領（帶領、統領）/ 統率。② 楷模、榜樣：表率。③ 欠缺考慮，做事粗放：草率 / 輕率。④ 直爽，坦誠：坦率 / 率真（直率真誠）/ 率直（坦率直爽）。⑤ 大概；大抵：大率如此。

【率先】shuài xiān 帶頭；最先：率先發言 / 率先做完考題。(反) 落後

6 率 (二)

(普) lǜ (粤) seot⁶ 律

兩個有關係的數值的比值：比率 / 概率 / 速率。

玉 部

0 王　王王王　王

(普) wáng (粤) wong⁴ 皇

① 君主；國王：君王 / 王位。② 古代皇帝封給親屬、重臣的最高爵位：藩王 / 親王。③ 首領：山大王。④ 居首位的：蟻王 / 王牌軍。(俗) 擒賊先擒王

【王國】wáng guó ① 天子之國；諸侯之國。② 指君主制或君主立憲制的國家：英國的全稱是大不列顛及北愛爾蘭聯合王國。③ 比喻自成一體的領域、範疇：足球王國 / 數學王國。

【王牌】wáng pái 扑克牌中最大的牌。比喻最強的勢力或手段：王牌軍 / 手上還有要價的王牌。

【王母娘娘】wáng mǔ niáng niang 中國神話中的女神，住在崑崙山上的瑤池，庭園中長着蟠桃樹，吃了蟠桃長生不老。

〔簡明詞〕王朝：朝代；朝廷。王室：① 皇室，帝王的家族。② 指朝廷。王公：① 王爵和公爵。② 達官貴人：王公大臣。

0 玉　玉玉玉玉　玉

(普) yù (粤) juk⁶ 肉

① 玉石，細膩、溫潤、光澤，是製作首飾工藝品的上好材料：美玉 / 翠玉 / 和田玉。② 比喻晶瑩、潔白、美麗：玉容 / 亭亭玉立。③ 尊稱同對方相關的：玉體 / 玉照。(俗) 玉不琢不成器

【玉兔】yù tù ① 中國神話月亮中的白兔。② 借指月亮：金烏（太陽）西墜，玉兔東升。

　〔簡明詞〕玉色：淡青色。玉器：玉石雕琢成的器物，大都是裝飾、欣賞性的工藝品。

玖 玖玖玖玖玖玖 玖

（普）jiǔ（粵）gau² 九

① 似玉的黑色石頭。② "九" 的大寫。

玩 玩玩玩玩玩玩 玩

（普）wán（粵）waan⁴ 還 / wun⁶ 換

① 遊戲；玩耍；做娛樂、舒心的活動：遊玩 / 玩電腦。② 觀賞，欣賞：遊山玩水。③ 擺弄；戲弄：把玩 / 玩偶（玩具人物）/ 玩弄人。④ 體會；品味：玩賞（賞玩，把玩欣賞）/ 玩味無窮。⑤ 供觀賞的物品：金石古玩。⑥ 施展：玩花招 / 玩陰謀。

【玩弄】wán nòng ① 把玩，擺弄：玩弄模型汽車。② 耍弄；施展：玩弄花招 / 玩弄手段。

【玩耍】wán shuǎ 做遊戲娛樂活動：盡情地玩耍。（同）戲耍

【玩笑】wán xiào ① 玩耍調笑：上班時間不要玩笑。② 俏皮話；善意戲弄的話：開玩笑。

【玩意】wán yì ① 玩具：給兒子買個小玩意。② 東西，小器物：他算個甚麼玩意 / 你把那玩意藏在哪兒了？③ 技藝；行當：魔術這玩意其實不難學 / 做買賣這玩意，可不是鬧着玩兒的。

玫 玫玫玫玫玫玫 玫

（普）méi（粵）mui⁴ 梅

玫瑰：花卉植物，枝上長刺，夏季開花，有紫紅、白、黃等多種顏色，香氣濃郁，是重要的觀賞和禮品花卉；玫瑰花是上等香料。

珊 珊珊珊珊珊珊 珊

（普）shān（粵）saan¹ 山

珊瑚：海底珊瑚蟲的石灰質骨骼聚集物，有樹枝等多種形狀，顏色美豔，主要作觀賞品和工藝裝飾品。

珀 珀珀珀珀珀珀 珀

（普）pò（粵）paak³ 拍

琥珀。詳見 "琥"。

珍 珍珍珍珍珍珍 珍

（普）zhēn（粵）zan¹ 真

① 珠玉之類的珍寶；寶貴的東西：如數家珍。② 貴重的；稀有的；精美的：珍木 / 珍禽異獸。③ 愛惜；看重：敝帚自珍 / 珍視。

【珍重】zhēn zhòng ① 珍惜重視：珍重主人的一片好心。② 愛惜保重：珍重身體。（反）輕視 * 忽視

【珍珠】zhēn zhū 蚌類體內產的圓珠，乳白色，有光澤，主要做裝飾品。

【珍藏】zhēn cáng ① 珍惜並妥善收藏：祖上珍藏的文物。② 收藏的珍貴物品：傳世珍藏。（反）拋棄

　〔簡明詞〕珍品：稀少貴重的物品。珍貴：貴重，價值高。珍奇：珍貴奇特。珍稀：珍貴稀奇罕見的。珍寶：珍珠寶石一類高價值的物品。珍惜、珍愛：珍視愛惜。珍視：珍惜重視。

玲 玲玲玲玲玲玲 玲

（普）líng（粵）ling⁴ 零

玲瓏。詳見 "玲瓏"。

【玲瓏】líng lóng ① 形容靈巧：一副小巧玲瓏的

身材。② 形容小巧精緻：玲瓏的鏤空水晶球。
③ 形容機靈敏銳：八面玲瓏。**反** 粗笨＊笨拙
〔附加詞〕**玲瓏剔透**：形容精緻、奇巧、可透
視：玲瓏剔透的玉雕。

---

5 玻 玻 玻 玻 玻 玻 玻 玻

普 bō **粵** bo¹ 波

玻璃：① 一種安裝在窗子上的透明物體。常規玻
璃多用石英、石灰石、碳酸鈉等混合熔化製成。
② 指像玻璃一樣的透明物體：玻璃球。

---

6 珠 珠 珠 珠 珠 珠 珠 珠

普 zhū **粵** zyu¹ 朱

① 珍珠：夜明珠。② 形狀像珍珠的東西：露
珠 / 佛珠。

【**珠算**】zhū suàn 使用中式 "算盤" 進行加、減、
乘、除運算的方法。

【**珠寶**】zhū bǎo 珍珠寶石一類的飾物：珠寶商 /
珠寶展。**同** 珍寶

〔附加詞〕**珠光寶氣**：珍珠寶石閃耀的光彩，
形容服飾或陳設奢華富麗。

---

6 班 班 班 班 班 班 班 班

普 bān **粵** baan¹ 斑

① 班子，編制在一起的人員組合：戲班 / 培訓
班。② 按時間劃分的段落：早班 / 班車 / 班機。
③ 現代軍隊的建制單位，在排之下：一排三班。
④ 返回：班師（軍隊凱旋而歸）。⑤ 與數目字連
用，表示交通工具定時運行的班次：社區小巴每
天有十班去中環。

【**班門弄斧**】bān mén nòng fǔ 在魯班（古代的能
工巧匠）門前舞弄斧頭。比喻在高手面前賣弄，
不自量力。**反** 自知之明

🔍 **搬門弄斧** "班" 這裏指戰國時的魯班，民間
奉他為木匠的始祖。"班門弄斧" 就是在魯班門
前賣弄使斧子的本事，比喻在專家面前炫耀自己
的能耐。

〔簡明詞〕**班級**：學校中教學年級和教學班的
合稱。**班主任**：學校裏教學班的主管教師。

---

7 球 球 球 球 球 球 球 球

普 qiú **粵** kau⁴ 求

① 美玉。② 圓球：球形 / 球體。③ 圓球形的東
西：眼球 / 月球。④ 現代體育用品：足球 / 籃
球 / 棒球。⑤ 指球類活動：球賽。⑥ 指地球：
全球 / 環球旅行。

〔簡明詞〕**球星**：球藝高超的出名運動員。**球
技**、**球藝**：駕御球類運動的技能。**球證**：球類
比賽的裁判員。

---

7 理 理 理 理 理 理 理 理

普 lǐ **粵** lei⁵ 俚

① 管理；處理：治理 / 料理事情 / 理賠（處理賠
償事務）。② 整理；修整：清理 / 理髮。③ 條
紋；條理；層次：紋理 / 理性（理智）/ 有條有理。
④ 規律；道理：真理 / 言之有理。⑤ 回應，作
出反應：置之不理。⑥ 自然科學；物理學：理
科 / 數理化。

---

7 現[现] 現 現 現 現 現 現 現

普 xiàn **粵** jin⁶ 彥

① 表現；顯露；出現：體現 / 浮現 / 現身說法。
② 此刻、目前；當時、即時：現在（現時；此
刻）/ 現今（如今、當今）/ 現款（現金）/ 現存（目
前存在的、現有的）/ 現炒現賣。③ 當時就有的：
現貨 / 現成。

【現代】xiàn dài ① 當今所處的時代。② 歷史分期，繼古代、近代之後的歷史時期。反 古代

〔附加詞〕現代化：達到現代社會的先進水平。

【現成】xiàn chéng 原來就有的、已經存在的：傢具都有現成的，不必買了。

【現行】xiàn xíng ① 現時有效的：現行制度 / 現行法律。② 正在進行中的：現行犯。反 過時

【現金】xiàn jīn ① 現錢。② 國庫、銀行庫存的貨幣。

【現狀】xiàn zhuàng 目前的實際狀況：不滿現狀 / 要求改變現狀。

【現時】xiàn shí 即刻、當前：現時正當旅遊旺季。反 過去 * 未來

【現場】xiàn chǎng ① 案件、事故發生的場所：保護現場。② 進行特定活動的場所：現場辦公 / 試驗現場。

【現象】xiàn xiàng 事物表現出來的外在形象：社會現象 / 表面現象。反 本質 * 實質

【現實】xiàn shí ① 當前環境的實際狀況：面對現實。② 符合實際：想法不現實。反 夢想 * 空想、幻想

【理由】lǐ yóu 道理，因由：你有甚麼理由這樣做？同 緣由

【理事】lǐ shì ① 處理事務：自從他大病一場後，就不太理事。② 理事會的成員：理事會執行理事。

〔附加詞〕理事會：某些國際、國家或社會組織的領導機構：聯合國安全理事會。理事長：理事會的召集人、負責人。

【理智】lǐ zhì 辨別是非、作出決斷和控制言行的能力：理智清醒 / 失去理智。同 理性

【理想】lǐ xiǎng ① 設想；希望：美好的理想。反 現實 * 實際 ② 符合願望、令人滿意的：結果不理想。同 如意 * 滿意

【理睬】lǐ cǎi 搭理；回應：不願理睬他 / 放到一邊不理睬。反 漠視 * 無視

【理會】lǐ huì ① 理解領會：他的用意不難理會。

同 領會 反 不解 ② 理睬；重視：不理會閒言碎語。

【理解】lǐ jiě 了解；懂得：相互理解 / 不理解她的做法。

〔附加詞〕理解力：認識了解事物的智力。

【理論】lǐ lùn ① 知識的系統性說明和論斷。反 實踐 ② 講道理，分清是非：一定要和他理論清楚，不能糊里糊塗就算了。

〔簡明詞〕理當、理應、理該：按照道理應該。理短、理虧：輸理，不佔理。理念：① 信念。② 觀念。

【理據】lǐ jù 根據；道理；論據：理據充分。同 依據 * 理由

【理直氣壯】lǐ zhí qì zhuàng 做事論事理據充分，站得穩。反 理屈詞窮

【理所當然】lǐ suǒ dāng rán 照理就該如此。同 理當如此 * 理應如此 反 豈有此理

琉

琉 琉 琉 琉 琉 琉　琉

普 liú 粵 lau⁴ 流

琉璃。詳見 "琉璃"。

【琉璃】liú li ① 一種半透明的有色玉石。② 把釉料塗在缸、盆、磚瓦坯上，燒製後表面形成的玻璃質表層。中國的琉璃，多為綠色、藍色或金黃色。③ 指玻璃。

〔附加詞〕琉璃瓦：燒製成的表面塗有琉璃釉料的瓦，多用來建造宮殿或廟宇。

琅

琅 琅 琅 琅 琅 琅　琅

普 láng 粵 long⁴ 郎

① 像珠玉似的美石。② 琅琅：形容清脆響亮的聲音：書聲琅琅。③ 琅嬛：仙境：琅嬛福地 / 琅嬛洞府（天帝的藏書處）。

8 **琵**　　琵 琵 琵 琵 琵 琵　琵

(普)pí (粤)pei⁴ 皮

琵琶：琵琶，彈撥樂器，瓜子形的琴身上面有長
柄，琴身至柄有四弦，聲韻鏗鏘有力。

8 **琴**　　琴 琴 琴 琴 琴 琴　琴

(普)qín (粤)kam⁴ 禽

① 中國古琴，彈撥樂器，琴身狹長，最初五弦，
後變七弦。② 一些弦樂器和鍵盤樂器的統稱，如
胡琴、鋼琴、小提琴、六弦琴。

8 **琶**　　琶 琶 琶 琶 琶 琶　琶

(普)pá (粤)paa⁴ 爬

琵琶。詳見"琵"。

8 **琪**　　琪 琪 琪 琪 琪 琪　琪

(普)qí (粤)kei⁴ 其

一種美玉。

8 **琳**　　琳 琳 琳 琳 琳 琳　琳

(普)lín (粤)lam⁴ 林

一種美玉：琳琅滿目（漂亮的東西多得美不勝收）。

8 **琢** (一)　　琢 琢 琢 琢 琢 琢　琢

(普)zhuó (粤)doek³ 啄

雕刻玉石：切磋琢磨。

〔古詩文〕玉不琢，不成器，人不學，不知道。
《誨學（家誡）》歐陽修

8 **琢** (二)

(普)zuó (粤)doek³ 啄

見"琢磨"。

(一)【琢磨】zhuó mó 雕刻磨治玉石。比喻反覆
修改加工，精益求精：切磋琢磨。

(二)【琢磨】zuó mo 反覆思考，認真推敲：琢磨
了半天，還是想不出主意來。

8 **琥**　　琥 琥 琥 琥 琥 琥　琥

(普)hǔ (粤)fu² 虎

琥珀：琥珀，松柏樹脂的化石，淡黃色、褐色或
紅褐色的透明固體，是做裝飾品的上等材料。

9 **瑟**　　瑟 瑟 瑟 瑟 瑟 瑟　瑟

(普)sè (粤)sat¹ 失

中國古代撥弦樂器，形似古琴，有 25 弦、
16 弦兩種。

〔簡明詞〕瑟縮：形容蜷縮起來微微抖動的樣
子。瑟瑟：① 形容微細的聲音：寒風瑟瑟。
② 形容微微抖動的樣子：冷得瑟瑟發抖。

9 **瑚**　　瑚 瑚 瑚 瑚 瑚 瑚　瑚

(普)hú (粤)wu⁴ 胡

珊瑚。詳見"珊"。

9 **瑞**　　瑞 瑞 瑞 瑞 瑞 瑞　瑞

(普)ruì (粤)seoi⁶ 睡

① 吉祥的徵兆：祥瑞。② 吉祥、吉利的：瑞雪
兆豐年。

瑜
瑜 瑜 瑜 瑜 瑜 瑜 | 瑜

⑴yú ⑵jyu⁴ 餘

① 美玉。② 玉的光彩。③ 比喻優點：瑕不掩瑜。
【瑜伽】yújiā ① 指修行。② 印度的傳統健身法。
以解除緊張、修身養性為宗旨。

瑕
瑕 瑕 瑕 瑕 瑕 瑕 | 瑕

⑴xiá ⑵haa⁴ 霞

① 玉上的斑點：白璧無瑕。② 比喻缺點過失：
瑕疵（玉上的斑痕，比喻毛病、缺點、過失）。

瑙
瑙 瑙 瑙 瑙 瑙 瑙 | 瑙

⑴nǎo ⑵nou⁵ 努

瑪瑙。詳見“瑪”。

瑪 [玛]
瑪 瑪 瑪 瑪 瑪 瑪 | 瑪

⑴mǎ ⑵maa⁵ 馬

瑪瑙：一種礦物，顏色鮮麗，質地堅硬耐磨，用
來製作裝飾品、研磨工具和儀錶軸承等物。

瑣 [琐]
瑣 瑣 瑣 瑣 瑣 瑣 | 瑣

⑴suǒ ⑵so² 所

① 零碎；細小：煩瑣 / 瑣細（瑣碎）/ 瑣事（瑣碎
的小事）。② 卑下，卑賤：長得很猥瑣。
【瑣碎】suǒsuì 細小繁雜：瑣碎小事，無關大體。
⒧零碎＊瑣細

瑰
瑰 瑰 瑰 瑰 瑰 瑰 | 瑰

⑴guī ⑵gwai¹ 歸 / gwai³ 季

① 奇異；珍奇：奇瑰 / 瑰寶（珍寶）/ 瑰奇（奇特、

稀奇）/ 瑰麗（奇異絢麗）。② 玫瑰。詳見“玫”。

瑤 [瑶]
瑤 瑤 瑤 瑤 瑤 瑤 | 瑤

⑴yáo ⑵jiu⁴ 搖

① 一種美玉：瓊瑤。② 美好珍貴：瑤漿美酒。

瑩 [莹]
瑩 瑩 瑩 瑩 瑩 瑩 | 瑩

⑴yíng ⑵jing⁴ 形

① 一種像玉一般的美石。② 光潔透明：晶瑩。

璀
璀 璀 璀 璀 璀 璀 | 璀

⑴cuǐ ⑵ceoi¹ 吹 / ceoi² 取

璀璨：形容色彩絢爛，光耀奪目：香港夜景璀璨
無比。⒧燦爛

璃
璃 璃 璃 璃 璃 璃 | 璃

⑴lí ⑵lei⁴ 厘

玻璃；琉璃。詳見“玻”、“琉璃”。

璨
璨 璨 璨 璨 璨 璨 | 璨

⑴càn ⑵caan³ 燦

① 美玉。② 玉的光澤。

環 [环]
環 環 環 環 環 環 | 環

⑴huán ⑵waan⁴ 還

① 中空的圓圈形玉器：玉環 / 佩環。② 圓圈形
的東西：耳環 / 花環。③ 圍繞：環繞 / 環遊（周
遊）/ 環球旅行。④ 周圍，四周：環境 / 環視（環
顧）。⑤ 環節，整體中互相聯繫的一部分：環環
相扣。⑥ 與數目字連用，表示中靶的成績：總成

續五槍四十九環。

【環球】huán qiú ① 圍繞地球：完成單人駕機環球飛行。② 整個地球、全世界：完成一趟環球旅行。

【環節】huán jié ① 低等動物軀體的環狀結構，如蚯蚓、蜈蚣。② 比喻互相關聯事物中的一個：銷售環節 / 薄弱環節。

【環境】huán jìng ① 人們生活的周圍地方：居住環境優美。② 自然生成並持續存在的狀態：大嶼山生態環境優良。③ 人為劃分出來的社會活動範圍：投資環境 / 學習環境。

〔附加詞〕環保：環境保護的省略語。

【環顧】huán gù 向四周看。圓 環視 反 直視 俗 環顧左右而言它

13 璧

璧璧璧璧璧璧 璧

普 bì 粵 bik¹ 碧

① 中國古代一種中間有孔的扁圓形玉器。② 指美玉：白璧無瑕（完美無缺點）。

15 瓊[琼]

瓊瓊瓊瓊瓊瓊 瓊

普 qióng 粵 king⁴ 鯨

① 一種美玉。② 美好的、精美的：瓊漿玉液（名貴的飲料美酒）。③ 海南省的簡稱。

〔簡明詞〕瓊瑤：① 美玉。② 比喻如玉的白雪。瓊樓玉宇：① 神仙居住的地方；月亮裏的宮殿。② 華麗的建築物。

瓜部

0 瓜

瓜瓜瓜瓜 瓜

普 guā 粵 gwaa¹ 掛¹

① 植物名，有很多種類，果實也叫瓜，是重要的蔬菜、水果和糧食：青瓜 / 南瓜 / 西瓜 / 瓜葛（比喻親戚關係或有牽連的關係）。② 形狀像瓜的東西：他的腦瓜特別靈。③ 比喻蠢笨的人：傻瓜 / 笨瓜 / 呆瓜。

14 瓣

瓣瓣瓣瓣瓣瓣 瓣

普 bàn 粵 baan⁶ 辦

① 花瓣，組成花冠的薄片：櫻花五瓣。② 植物的種子、果實或球莖內可以分開的部分：蒜瓣 / 豆瓣。③ 物體自然分成或破碎後分成的部分：柚子分成好多瓣 / 碗摔成幾瓣。④ 與數目字連用，表示花瓣、種子、果實等分開的小塊的數量：吃幾瓣蒜 / 把西瓜切成八瓣。

瓦部

0 瓦

瓦瓦瓦瓦 瓦

普 wǎ 粵 ngaa⁵ 雅

① 鋪在屋頂上防水的建築材料：磚瓦。② 用黏土做成而後燒製而成的：瓦盆 / 瓦罐。

【瓦解】wǎ jiě 瓦片碎裂。① 比喻崩潰或分裂：大勢已去，偌大公司很快崩潰瓦解。② 造成分裂崩潰：終於瓦解了對手苦心經營的聯盟。圓 崩

潰 * 解體 🔄 統一

6 **瓷** 瓷瓷瓷瓷瓷瓷 瓷

（普）cí （粵）ci⁴ 詞

一種用高嶺土燒成、細緻堅硬的質料：青瓷花
瓶／瓷器（瓷質的器物）。

6 **瓶** 瓶瓶瓶瓶瓶瓶 瓶

（普）píng （粵）ping⁴ 評

口小、頸長、腹大的容器：酒瓶／花瓶。
【瓶頸】píng jǐng 瓶子細長的頸部。① 形容受
阻塞：這段路是車流高峯期間的瓶頸。② 比喻
障礙：制約經濟發展的瓶頸。

13 **甕** 甕甕甕甕甕甕 甕

（普）wèng （粵）ung³

同"瓮"。① 陶製盛器，小口大腹：水甕／酒甕。
② 聲音重濁：甕聲甕氣（話音重濁沉悶）。

甘 部

0 **甘** 甘甘甘甘 甘

（普）gān （粵）gam¹ 今

① 甜：甘甜／甘美（甜美）。② 美好；幸福：
同甘共苦／苦盡甘來。③ 願意；樂意：甘心（情
願）／甘拜下風（情願居於低位或自認不如對方）。

4 **甚**（一） 甚甚甚甚甚甚 甚

（普）shèn （粵）sam⁶ 心⁶

① 很，非常：效果甚好／不甚理解。② 過分；
嚴重：欺人太甚／言之過甚。③ 超過；勝過：日
甚一日。
【甚至】shèn zhì 進一步説，更進一層：甚至連
本錢也賠了／不僅罵她，甚至還打他。🔄 甚至於

4 **甚**（二）

（普）shén （粵）sam⁶ 心⁶

多樣的；混雜的：甚物（日用品；雜物）／甚錦（多
種花樣混合成的）。
【甚麼】shén me ① 提出問題、提出疑問，相當
於"哪種、哪些、哪類"：留甚麼給你／搞甚麼
鬼／這話是甚麼意思／林子大了，甚麼鳥都有。
② 表示不滿、不同意或不以為然：明明知道，裝
甚麼糊塗／年輕甚麼，都六十歲了／問路有甚麼
不好意思的！③ 表示一一列舉：甚麼打掃房間
啊，甚麼照顧老人啊，她都行。也作"什麼"。

6 **甜** 甜甜甜甜甜甜 甜

（普）tián （粵）tim⁴ 恬

① 像蜜糖的味道：甜味／甜酸苦辣。② 比喻幸
福、美滿、愉快：生活得很甜蜜。③ 比喻乖巧、
討人喜歡：會説話，嘴巴甜／甜言蜜語（説動聽
的話）。④ 形容舒適暢快：睡得真甜。
【甜蜜】tián mì ① 形容幸福美滿、愉快舒適：
甜蜜的日子。② 形容柔和甜潤：甜蜜的笑容。
🔄 甜美 🔄 苦澀
【甜美】tián měi ① 甘甜可口：甜美多汁的水
蜜桃。② 形容柔和甜潤：她唱歌音色甜美。
🔄 痛苦

生部

生

生 生 生 生 生

⑲ shēng ⑳ sang¹ 牲

① 生命；性命：養生 / 救生圈。② 活物，有生命的東西：生靈 / 放生。③ 終身，一輩子：今生 / 來生 / 前半生。④ 生計：靠母親教書為生。⑤ 具有特定身份的人；從事特定職業的人：學生 / 醫生 / 侍應生。⑥ 生育：出生。⑦ 生長：生根發芽 / 她生得非常美。⑧ 活着，生存：求生 / 長生不老。⑨ 發生；產生：無中生有 / 和氣生財。⑩ 活的；有生命的：生物 / 生豬。⑪ 生命力旺盛的；活躍的：生龍活虎 / 生氣勃勃。⑫ 沒熟的：生魚片 / 半生不熟。⑬ 未經加工的：生鐵 / 生石灰。⑭ 不明瞭的；不知道的；不熟悉的：生手 / 生詞 / 生面孔。

【生日】shēng rì ① 出生的日子：我的生日是 1995 年 2 月 8 日。② 每年的出生紀念日：生日快樂。

【生平】shēng píng ① 一生、一輩子：以愛心待人，生平不做對不起人的事。② 有生以來：生平第一次到歐洲旅遊。

【生存】shēng cún 活着，不死亡：生存競爭 / 環境惡劣，很難生存。⑫ 死亡

【生字】shēng zì 罕見的生僻字；不認識的字：兒童讀物不能用生字 / 遇到生字我就查字典。

【生辰】shēng chén ① 出生的時辰：生辰八字。② 生日。

【生肖】shēng xiào 中國計算年齡的十二種動物，同十二地支相配，用來代表人的出生年：鼠（子）、牛（丑）、虎（寅）、兔（卯）、龍（辰）、蛇（巳）、馬（午）、羊（未）、猴（申）、雞（酉）、狗（戌）、豬（亥）。⑨ 屬相

【生長】shēng zhǎng ① 人和生物體逐漸長大：小樹苗生長得真快。⑫ 萎縮 ② 出生和成長：我生長在香港。⑫ 死亡

【生物】shēng wù 有生命的物體，包括動物、植物、微生物三大類。

【生命】shēng mìng ① 生物體的生存能力：生命在於運動。② 生命力：技術的生命在於創新。

【生計】shēng jì ① 謀劃生活：整天為生計奔波。② 維持生活的門路：斷了人家的生計 / 經濟不景，找不到生計。

【生活】shēng huó ① 人的生存和社會活動；動物的生存活動：豐富多彩的生活 / 蜜蜂的生活很有趣。② 衣、食、住、行和各種活動的情況：生活水平。③ 生存；過日子：魚離開水無法生活 / 物價高企，生活艱難。

【生氣】shēng qì ① 氣惱、發怒：那種傲慢態度真叫人生氣。② 活力，生命力：生氣勃勃。

【生動】shēng dòng 有生氣、有感染力的：生動的語言 / 描寫得很生動。⑫ 呆板

【生產】shēng chǎn ① 創作、製造各種物質產品：生產汽車 / 生產智能手機。② 分娩，生孩子：她月底要生產了。

【生涯】shēng yá 生活：藝術生涯 / 記者生涯。

【生殖】shēng zhí 人生育子女；生物繁殖個體。

【生疏】shēng shū ① 不熟悉；不熟練：新上手，業務生疏 / 好久不打球，拿起球拍覺得有點生疏。⑫ 熟悉 * 熟練 ② 疏遠，不親近：多年不見，難免生疏了一點。⑫ 親近

【生意】shēng yi 經營商業；做買賣：賺錢生意 / 做小生意養家糊口。

【生態】shēng tài ① 生物生存發展的狀況或態勢：生態環境 / 保持生態平衡。② 生物的生理特性和生活習性：研究海洋生物的生態。

【生僻】shēng pì ① 冷僻不常見的：生僻字。② 生疏偏僻：生僻的山村。⑫ 熟悉

【生機】shēng jī ① 生存的機會：還有一線生機。
② 活力，生命力：大地回春，充滿生機。

6 產 [产] 產產產產產產 產

(普) chǎn (粵) caan² 鏟
① 人生孩子；動物生出幼體：產房／產子。
② 生產：出產／產媒。③ 人做出的東西；自然
界供給的；土地長出來的：產品（生產出來的東
西）／礦產／土特產。④ 產業：財產／房產。
【產生】chǎn shēng ① 生成；出現：產生變化／
當今是產生科技精英的時代。② 從一種事物中
演變出另一種事物：從股票市場產生了不少億萬
富翁。
【產物】chǎn wù 產生出來的事物；造成的結果：
媒炭是自然界變化的產物／勞動力全球流動是經
濟全球化的產物。

7 甦 甦甦甦甦甦甦 甦

(普) sū (粵) sou¹ 蘇
甦醒。

7 甥 甥甥甥甥甥甥 甥

(普) shēng (粵) sang¹ 生
姐姐或妹妹的兒子：外甥。

用 部

0 用 用用用用 用

(普) yòng (粵) jung⁶ 容⁶
① 使用；佔用：用地（佔用的土地）／用起來很

方便。② 用處：用場（用途，用處）／物盡其用。
③ 費用；支出：用度（各種費用的總稱）／省吃
儉用。④ 需要，須要：不用你去，我自己辦。
⑤ 吃、喝。表示尊敬、客氣時使用：慢用／請用
茶。(俗) 中看不中用
【用戶】yòng hù 商家設備的使用者：手機程式
用戶新增兩萬家。
【用心】yòng xīn ① 集中心思；肯花心思：做事
非常用心。② 意圖；想法；心思：別有用心／兒
女要領會母親的用心。
【用功】yòng gōng 努力學習：天天晚上在燈下
用功。
【用作】yòng zuò 同 "用做"。
【用具】yòng jù 器具、工具：上學的用具都買
全了。
【用法】yòng fǎ 使用的方法：用法就寫在說明
書上。
【用品】yòng pǐn 日常生活工作所使用的東西：
生活用品／學習用品。
【用處】yòng chu 用途：喜歡買東西，一半都沒
用處。(同) 用場
【用做】yòng zuò 當成、當作，用來作為：這筆
錢用做孩子的學費。
【用途】yòng tú 使用的方面、使用的範圍：智能
手機用途很廣泛。(同) 用處
【用意】yòng yì 意圖；打算；目的：用意難測／
用意很明顯。(同) 用心

0 甩 甩甩甩甩 甩

(普) shuǎi (粵) lat¹
① 揮動；擺動：大象甩動長鼻子。② 用力往外
扔：甩出去。③ 拋開：甩掉（拋下）／甩脫（擺脫）。

甫

² 甫 甫 甫 甫 甫 甫 甫

⟨普⟩ fǔ ⟨粵⟩ fu² 苦

① 剛剛，方才：驚魂甫定。② 常用作人名，如唐代大詩人杜甫。

田部

甲

⁰ 甲 甲 甲 甲 甲

⟨普⟩ jiǎ ⟨粵⟩ gaap³ 夾

① 天干的第一位。用來表示次序排在第一：甲級 / 甲乙丙丁。② 位居第一：桂林山水甲天下。③ 硬殼：龜甲 / 手指甲。④ 盔甲，護身服；起保護作用的裝備：解甲歸田 / 裝甲部隊。

【甲殼】jiǎ ké 一些動物身上的硬殼，起保護作用，如蝦、蟹、龜等動物的外殼。

【甲骨文】jiǎ gǔ wén 中國殷商時代刻在龜甲、獸骨上的文字，內容多為占卜的紀錄，現在的漢字就是從甲骨文演變過來的。

申

⁰ 申 申 申 申 申

⟨普⟩ shēn ⟨粵⟩ san¹ 身

① 說明；陳述：申冤（申訴冤屈）/ 三令五申。② 地支的第九位。③ 古代計時法把一個晝夜分成十二個時辰，申時是其中之一，相當於下午三時至五時。

【申訴】shēn sù ① 向上級申述意見：向世界貿易組織申訴。② 不服判決或裁定時，說明理由，要求法院或法定部門重新處理：市民擁有向法院申訴的權利。

【申請】shēn qǐng 向上司或有關部門提出請求：申請撥款 / 申請專利。

田

⁰ 田 田 田 田

⟨普⟩ tián ⟨粵⟩ tin⁴ 填

① 種植農作物的土地：良田 / 水稻田。② 埋藏自然資源的地帶：煤田 / 油田 / 天然氣田。③ 部位：心田 / 丹田。

【田地】tián dì ① 耕種農作物的土地。② 地步；境地：做夢也沒想到自己會落得這般田地。

【田徑】tián jìng 田徑運動，體育項目的一個大類，包括跳躍、投擲、徑賽、公路跑、競走、越野賽跑六大類。

【田野】tián yě 田地和原野：早春的田野散發着青草的氣息。

【田園】tián yuán ① 田地和園地：出資購置田園。② 指農家、農村：田園生活 / 田園風光。

由

⁰ 由 由 由 由

⟨普⟩ yóu ⟨粵⟩ jau⁴ 遊

① 原因；來歷：事由 / 根由。② 由於；來自：致富由勤儉，敗家由奢華。③ 經過：必由之路。④ 順從；聽命：聽天由命 / 身不由己。⑤ 歸；交給：這事由你負責。⑥ 自，從：由淺入深 / 由大門進去。

【由來】yóu lái ① 原因；來歷：事情的由來已經弄清楚了。② 從開始到如今：兩人不和，由來已久。

【由於】yóu yú 因為，說明原因、理由：火車由於暴風雪而延遲 / 由於彼此了解，所以合作得很好。

【由衷】yóu zhōng 發自內心的：言不由衷 / 由衷感謝。

男

男 男 男 男 男 男

（普）nán（粵）naam⁴ 南

① 男性：男士 / 男朋友。② 兒子：長男。

【男人】nán rén ① 男性成年人。② 指丈夫：她
男人出去做生意了。

【男士】nán shì 尊稱成年男子：風度翩翩的男士。

【男子】nán zǐ 男人。

〔附加詞〕男子漢：成年男人；健壯剛強的
男人。

【男女】nán nǚ 男性和女性；男人和女人：男
老幼。

【男性】nán xìng 人類兩性之一，生殖系統產生
精細胞。

甸

甸 甸 甸 甸 甸 甸 甸

（普）diàn（粵）din⁶ 電

① 郊外的地方；田野。② 甸子，放牧的草地。
多用於地名：馬甸（在北京）/ 樺甸（在吉林省）。

畏

畏 畏 畏 畏 畏 畏 畏

（普）wèi（粵）wai³ 慰

① 怕，害怕：望而生畏 / 畏懼（害怕，心懷恐
懼）。② 敬佩：後生可畏。

界

界 界 界 界 界 界 界

（普）jiè（粵）gaai³ 介

① 界限，不同地域交接的地方：邊界 / 國界 / 省
界。② 範圍；類別：外界 / 內心世界。③ 界別，
同類人構成的社會羣體：體育界 / 文藝界 / 婦
女界。

【界限】jiè xiàn ① 地域的邊緣，盡頭：一望無際
的沙漠看不到界限。② 分界線、分隔線：公私

界限決不能混淆。③ 限度：年齡界限。

【界線】jiè xiàn ① 邊界線，劃分地區的標誌線：
劃定機場的界線 / 這條路是中區與西區的界線。
② 區分的標誌：正確與錯誤的界線。

畔

畔 畔 畔 畔 畔 畔 畔

（普）pàn（粵）bun⁶ 叛

旁邊：江畔 / 河畔。

〔古詩文〕沉舟側畔千帆過，病樹前頭萬木春。
（《酬樂天揚州初逢席上見贈》劉禹錫）

留

留 留 留 留 留 留 留

（普）liú（粵）lau⁴ 流

① 停在一處不離開：逗留 / 繼續留任。② 到外
國：留學 / 留洋。③ 集中：留意 / 留神。④ 保留；
保存：留念（留作紀念）/ 留下底稿。⑤ 接受：
你送的書我留下了。（俗）留得青山在，不怕沒柴燒

【留下】liú xià ① 丟，遺留：留下眼鏡就走了。
② 停下；住下：外面下大雨，你今晚留下來別走
了。③ 挽留；扣留：能留下他就最好了 / 被幾個
大漢強行留下。

【留言】liú yán 留給他人的話語：回家看到了媽
媽的留言 / 電話顯示有七個留言。

【留傳】liú chuán 留下來傳給後世：這門古老的
手藝留傳至今。（反）失傳

畝 [畝]

畝 畝 畝 畝 畝 畝 畝

（普）mǔ（粵）mau⁵ 某

中國的土地面積單位，1 畝折合約 666.67 平方米。

畜（一）

畜畜畜畜畜畜　畜

（普）chù（粵）cuk¹ 速

人馴養的獸類，如牛、馬、羊、騾等：家畜／六畜／畜牲。

【畜牲】chù shēng ① 家畜。② 常用作斥罵的話：這個人壞事做盡，連畜牲都不如。

畜（二）

（普）xù（粵）cuk¹ 速

飼養；牧養：畜養（飼養家畜動物）／畜牧（飼養、放牧家畜）。

畢 [毕]

畢畢畢畢畢畢　畢

（普）bì（粵）bat¹ 不

① 結束；完成：完畢／畢業。② 全部；完全：畢生／真相畢露。

【畢竟】bì jìng 終歸；到底：事實畢竟是無法否認的／弟弟畢竟還小，很貪玩。

🔑 不竟 "畢" 表示完結，"不" 表示否定。兩字音近易錯寫。

【畢業】bì yè 在學校學習期滿並合格，校方准予結束學業：經過四年大學生涯，終於畢業了。

異 [异]

異異異異異異　異

（普）yì（粵）ji⁶ 二

① 不相同，不一樣：神色異常／同床異夢。② 奇特的；特別的：優異／奇花異草。③ 另外的：見異思遷。④ 奇怪；驚奇：詫異／驚異。⑤ 分開：兩人終於離異分手。⑥ 怪異的事：災異。

【異同】yì tóng 不同的和相同的：分辨異同。

【異性】yì xìng ① 性別不同的人：追求異性。② 性質相反的事物：異性相吸，同性相斥。

（反）同性

【異常】yì cháng ① 與平常不同：神情異常／氣候異常。（反）正常＊平常 ② 非常；特別：異常美麗／東北虎異常地兇猛。

【異樣】yì yàng ① 不一樣；不同：身為高官，卻跟百姓沒甚麼異樣。（反）一樣＊相同 ② 特別的；不尋常的：眼神異樣／異樣的感覺。

【異讀字】yì dú zi 在習慣上有兩個或幾個讀音而字義不變的字，叫做異讀字，如 "殼" 字讀 "qiào"，又讀 "ké"。

【異體字】yì tǐ zì 讀音和意義跟常用的正體字相同，只是寫法不同的字，如 "筴" 是 "策" 的異體字。

✎ 異口同聲：不同人説相同的話，比喻意見相同。異軍突起：比喻新的勢力或派別突然興起。

略

略略略略略略　略

（普）lüè（粵）loek⁶ 掠

① 簡單、簡明：詳略得當。② 稍微：略微／略知一二。③ 簡化；省去：簡略／省略。④ 計謀；規劃：膽略／建國方略。⑤ 侵佔；奪取：攻城略地。⑥ 全；大致：略無難色／二人的見解略同。（俗）英雄所見略同

【略語】lüè yǔ 由短語簡化來的詞語，如：高校（高等學校）、科技（科學技術）、外貿（對外貿易）等。

番（一）

番番番番番番　番

（普）fān（粵）faan¹ 翻

① 輪換：輪番值班。② 古代稱外族或外國：番邦。③ 次、回：三番五次。④ 種：另有一番説法。⑤ 倍：產量翻了一番。

【番茄】fān qié 日常食用的蔬菜，果實球形或扁

圓形，紅色或黃色，原產南美洲。

番 (二) ⁷

㊤pān ㊥pun¹ 潘

地名用字：番禺，在廣州市。

畫 (一) ⁷　畫畫畫畫畫畫　畫

㊤huà ㊥waak⁶ 或

① 用筆一類東西繪出圖形或標記：畫像／畫山水。② 用手腳比劃：在胸前畫十字。③ 畫成的藝術品：國畫／江山如畫。

【畫面】huà miàn 在畫幅、銀幕、屏幕上的影像。

【畫廊】huà láng ① 專門展覽美術和攝影藝術的地方。② 買賣美術和攝影藝術品的商店。

【畫像】huà xiàng ① 繪畫出來的人像或神佛像：名人的畫像。② 畫人像或神佛像：為影星畫像／為聖母畫像。

【畫蛇添足】huà shé tiān zú 古書《戰國策》記載：戰國時期楚國有個貴族，把一壺酒賞給手下人喝。大家商定：各人都在地上畫一條蛇，誰先畫好誰喝酒。有一個人先畫好了，説我還能給蛇畫腳，這時另一個人也把蛇畫好，奪過酒説："蛇本來沒有腳，你怎能給它畫上腳！"説完就把酒喝了。後人用"畫蛇添足"比喻多此一舉，弄巧成拙。

【畫龍點睛】huà lóng diǎn jīng 唐代張彥遠在《歷代名畫記》中記載：梁代一位姓張的畫家在金陵安樂寺的牆上畫了四條龍，他剛點了兩條龍的眼睛，頓時雷電大作，震破牆壁，這兩條龍乘雲上天，牆上只剩下沒有點眼睛的兩條龍。後人用"畫龍點睛"比喻一語點破要害。

【當天】dàng tiān 同一天：交通方便，當天就能返回。

【當日】dàng rì 同一天：當日就辦完了。
圓 當天

【當年】dàng nián 本年，同年：當年就賺回來了。

畫 (二) ⁷

㊤huà ㊥waa⁶ 華⁶

當[当] (一) ⁸　當當當當當當　當

㊤dāng ㊥dong¹ 噹

① 向着；對着：當眾／當門而立。② 正在；正巧在：當今（如今、現在）／當時／當地（本地）／當場／當機立斷。③ 相稱；對等：旗鼓相當／門當戶對。④ 應該：他當是第一名。⑤ 擔任；充當：當官／當調解人。⑥ 承擔：不敢當／難當重任。⑦ 主持；掌管：當家／獨當一面。⑧ 抵擋；阻擋：鋭不可當。⑨ 形容金屬器物的撞擊聲：敲得當當響。⑩ 所經歷的、所發生的（時間）；所在的（地點）：當天／當日／當年。

【當天】dāng tiān 過去發生事情的那天：當天我不在。

【當日】dāng rì 從前的一天或一段時間：當日的事大多記不清了。

【當代】dāng dài 現在所處的時代：當代著名的球星。

【當年】dāng nián ① 往年，過去的年份：那地方當年我去過。

【當初】dāng chū ① 起初；從前：當初這裏是農田，如今高樓林立。② 指過去發生事情的時候：早知今日，何必當初。圓 當時

【當即】dāng jí 立刻；馬上：當即就同意了。
圓 即刻

【當局】dāng jú ① 對局，下棋。比喻身處其中：當局者迷，旁觀者清。② 執政者、掌權者：政府當局／財政當局。

【當面】dāng miàn 與對方面對面。

【當前】dāng qián ① 在面前；面對着：難事當

前不後退。② 目前、現今：當前的樓價太高了。⓪ 將來 * 未來

【當時】dāng shí ① 在過去那個時候：當時他才十歲。② 處在合適的時期：十八十九正當時，二十八九婚姻遲。

【當值】dāng zhí 值班、當班：今晚我當值。

【當場】dāng chǎng 就在事情發生的時間和場所。

【當然】dāng rán ① 應當這樣：理所當然。② 毫無疑問：同學聚會，我當然要參加。

【當務之急】dāng wù zhī jí 當前最急需辦的事情。

8 當[当]（二）

⓹dàng ⓺dong³ 檔

① 作為、當作：你們不要把我當成客人。② 以為、認為：我當你不來了。③ 抵得上、相當於：以一當十。④ 抵押借錢：典當 / 把首飾當了。⑤ 圈套；詭計：上當受騙。⑥ 恰當、合適：用詞不當。⓪ 一夫當關，萬夫莫開

【當時】dàng shí 就在那個時刻；即刻：一聽到消息，他當時就給我打電話

8 畸

畸 畸 畸 畸 畸 畸

⓹jī ⓺kei¹ 崎

① 不規則的；不正常的：畸形。② 成單不成雙的：畸數（單數）。

【畸形】jī xíng ① 發育不正常：左耳畸形。② 不正常；不均衡：畸形的繁榮不會持久。

14 疆

疆 疆 疆 疆 疆 疆

⓹jiāng ⓺goeng¹ 姜

① 邊界：邊疆 / 疆域（國家的領土範圍）。② 極限；止境：萬壽無疆。③ 新疆維吾爾自治區的

簡稱。

17 疊[叠]

疊 疊 疊 疊 疊 疊

⓹dié ⓺dip⁶ 碟

① 往上堆積：十本書疊成一尺高。② 重複：重重疊疊 / 疊牀架屋（牀上疊牀，屋上架屋。比喻重複累贅）。③ 折疊：疊被子 / 用紙疊出一隻鳥。

疋部

0 疋

疋 疋 疋 疋

⓹pǐ ⓺pat¹ 匹

與數目字連用，表示馬、騾等牲畜的數量或綢緞、棉布等紡織品的數量：一疋馬 / 兩疋騾子 / 一疋布 / 兩疋錦緞。

7 疏

疏 疏 疏 疏 疏 疏

⓹shū ⓺so¹ 蔬

① 清除阻塞：疏導（疏通引導）。② 稀疏，不密：疏鬆（稀疏鬆散）/ 疏密。③ 分散：仗義疏財。④ 粗心；忽略：粗疏 / 疏漏（疏忽大意造成的漏洞）。⑤ 不親密：疏遠（不親近；保持距離）/ 無論親疏遠近，一視同仁。⑥ 空虛；淺薄：空疏 / 志大才疏。⑦ 不熟悉；不熟練：人地生疏 / 學業荒疏。⓪ 天網恢恢，疏而不漏。

【疏忽】shū hu 漫不經心；粗心大意：診病不能有半點疏忽。⓾ 大意 * 粗心 ⓿ 小心 * 留意

【疏通】shū tōng ① 疏導開通：疏通污水管道。⓿ 堵塞 * 阻塞 ② 溝通：託人情疏通關係。

疑 ⁹

疑 疑 疑 疑 疑 疑 疑

普 yí 粵 ji⁴ 兒

① 懷疑；猜疑：疑忌 / 半信半疑 / 疑神疑鬼（神經過敏，胡亂猜疑）。② 有懷疑的：毫無疑義（沒有可懷疑的地方）。③ 猶豫：遲疑 / 疑而不決。

【疑心】yí xīn ① 懷疑的念頭：起疑心。② 懷疑；猜測：疑心別人不懷好意。俗 疑心生暗鬼

【疑問】yí wèn ① 有懷疑的、弄不明白的：有甚麼疑問，請提出來。② 發問，提出問題：疑問句 / 用疑問的口氣說話。

【疑惑】yí huò ① 困惑，不明白：疑惑不解。② 懷疑，不相信：起初她還有點疑惑。③ 困惑疑慮的地方：一番話消除了他的疑惑。反 清楚＊明白

【疑慮】yí lǜ 憂慮；顧慮：消除疑慮 / 你大膽做，不必疑慮。

【疑難】yí nán 有疑問的、難下判斷的、不好處理的：找老師問一些疑難問題。

广部

疚 ³

疚 疚 疚 疚 疚 疚 疚

普 jiù 粵 gau³ 救

內心感到慚愧和痛苦：負疚 / 內疚 / 愧疚。

疫 ⁴

疫 疫 疫 疫 疫 疫 疫

普 yì 粵 jik⁶ 亦

急性傳染病的總稱：鼠疫 / 疫病（流行性傳染病）。

【疫苗】yì miáo 讓機體產生免疫力的生物製品。用於預防接種和預防注射，如牛痘疫苗、傷寒疫苗等：預防新冠病毒的疫苗有數款。

疤 ⁴

疤 疤 疤 疤 疤 疤 疤

普 bā 粵 baa¹ 巴

① 疤痕，傷口或瘡口愈合後留下的痕跡。② 器物上像疤的痕跡：椅子上有塊疤。

症 ⁵

症 症 症 症 症 症 症

普 zhèng 粵 zing³ 正

疾病；病徵：症狀 / 對症下藥 / 不治之症。

【症狀】zhèng zhuàng 病人表現出來的異常情況：發燒、頭痛、咳嗽等症狀。

病 ⁵

病 病 病 病 病 病 病

普 bìng 粵 bing⁶ 並 / beng⁶ 餅⁶

① 人和生物體出現的不健康狀況：疾病 / 患病 / 病勢。② 生病：病了很久。③ 比喻痛苦、不幸：同病相憐。④ 缺點；錯誤：弊病 / 病句（有語法錯誤的句子）。

【病毒】bìng dú ① 可致人生病、比病菌更小的病原體。② 以破壞電腦內的軟件、數據文件，使電腦無法正常運作為目的，並能複製傳播的電腦軟件。

【病痛】bìng tòng ① 疾病造成的痛苦：帶着病痛上學。② 疾病：人難免有點病痛。

【病徵】bìng zhēng 疾病的徵象；疾病所透露出來的現象：據病徵看，可能是腎的毛病。

疾 ⁵

疾 疾 疾 疾 疾 疾 疾

普 jí 粵 zat⁶ 姪

① 病：疾病 / 積勞成疾。② 疼痛：痛心疾首。③ 痛苦：疾苦（艱難困苦）。④ 憎恨、厭惡：疾惡如仇。⑤ 急速；猛烈：疾風（狂風）/ 疾馳（飛快地奔馳）。

【疾病】jí bìng 各種病的總稱：注重清潔衛生，預防疾病。

5 疹　疹疹疹疹疹疹

(普) zhěn (粵) can² 診

皮膚上起的小紅包：麻疹／濕疹。

5 疼　疼疼疼疼疼疼

(普) téng (粵) tang⁴ 騰／tung³ 痛

① 疼痛：頭疼發燒。② 喜愛；愛惜：心疼／疼愛（格外喜愛關心）。

【疼痛】téng tòng 強刺激性的痛苦感覺。

5 疲　疲疲疲疲疲疲

(普) pí (粵) pei⁴ 皮

① 勞累；疲乏：疲軟（乏力）／精疲力盡。② 懶散懈怠：樂此不疲。

【疲乏】pí fá 疲勞困乏：忙碌了一天，疲乏得不得了。同 疲倦

【疲倦】pí juàn 疲乏困倦：疲倦得連連打哈欠。同 疲乏＊勞累

【疲弱】pí ruò 虛弱無力。反 強壯＊健壯

【疲勞】pí láo 勞累疲乏。反 精力充沛

【疲於奔命】pí yú bēn mìng ① 忙於奔走應付差事而筋疲力盡。② 形容事情太多應付不過來。同 疲於應付

6 痔　痔痔痔痔痔痔

(普) zhì (粵) zi⁶ 自

一種肛管疾病，通稱痔瘡。

6 疵　疵疵疵疵疵疵

(普) cī (粵) ci¹ 癡

① 黑斑。② 缺點：吹毛求疵。

6 痊　痊痊痊痊痊痊

(普) quán (粵) cyun⁴ 全

病體康復：痊癒（恢復了健康）。

6 痕　痕痕痕痕痕痕

(普) hén (粵) han⁴ 很⁴

① 疤痕：傷痕／瘡痕。② 痕跡：淚痕／裂痕。

【痕跡】hén jì ① 留下的印痕：山上有老虎走過的痕跡。② 殘存的跡象：隨處可見戰火的痕跡。

7 痘　痘痘痘痘痘痘

(普) dòu (粵) dau⁶ 豆

① 痘瘡，通稱天花。一種急性傳染病，發病後皮膚上出現豆狀疹子，康復後留下疤痕。② 痘苗，防止出天花接種的牛痘疫苗：給孩子種痘。

7 痙[痙]　痙痙痙痙痙痙

(普) jìng (粵) ging⁶ 競

見“痙攣”。

【痙攣】jìng luán 肌肉突然緊張，不由自主地抽縮：胃痙攣／累得腿上肌肉痙攣起來。

7 痢　痢痢痢痢痢痢

(普) lì (粵) lei⁶ 利

痢疾，一種腸道傳染病：赤痢／白痢。

痛

痛痛痛痛痛痛 痛

〔普〕tòng 〔粵〕tung³ 通³

① 疼痛：止痛藥 / 頭痛腦熱。② 悲傷、悲痛：痛心 / 痛不欲生。③ 盡情地；嚴厲地；徹底地：痛飲 / 痛斥 / 痛改前非（徹底改正錯誤）。

【痛心】tòng xīn ① 極端傷心：兒子早逝，直到晚年他都深感痛心。② 心情沉痛：那件事讓他十分痛心。

〔附加詞〕痛心疾首：形容悲痛到極點。疾首，頭劇痛。

【痛快】tòng kuài ① 高興；盡興：這場球賽踢得真痛快。② 爽快；直率：我知道你是個痛快人。

【痛苦】tòng kǔ ① 身體疼痛；精神受折磨：內心很痛苦 / 傷者發出痛苦的呻吟。② 痛苦的事：到處旅遊，藉此忘卻痛苦。③ 苦楚：默默忍受着內心的痛苦。④ 沉痛：痛苦的教訓讓她變得聰明。〔反〕快樂 * 快活

【痛恨】tòng hèn ① 極其憎恨：一個兩面三刀，遭人痛恨的人。〔同〕憎恨〔反〕熱愛 ② 深深悔恨：痛恨自己竟犯這麼大的錯誤。〔同〕悔恨

【痛楚】tòng chǔ ① 傷病痛，身體受折磨：痛楚得直呻吟。② 精神、內心受折磨：內心的痛楚沒人知道。〔同〕痛苦

痺

痺痺痺痺痺痺 痺

〔普〕bì 〔粵〕bei³ 秘

中醫學指由風、寒、濕等因素引起的肢體疼痛或麻木的病：風痺 / 寒痺 / 麻痺。

痴

痴痴痴痴痴痴 痴

〔普〕chī 〔粵〕ci¹ 雌

① 傻；愚笨：痴呆。② 入迷：痴迷（深度迷戀）/ 痴心妄想（異想天開）。③ 迷戀到難以自拔的人：情痴 / 書痴。〔同〕痴

【痴呆】chī dāi ① 又呆又傻：痴呆兒。② 反應遲鈍，木頭木腦：總想着那件事，好像痴呆似的。〔同〕愚蠢〔反〕聰明 * 靈活

痰

痰痰痰痰痰痰 痰

〔普〕tán 〔粵〕taam⁴ 談

從氣管出來的黏液：不要隨地吐痰。

瘦

瘦瘦瘦瘦瘦瘦 瘦

〔普〕shòu 〔粵〕sau³ 秀

① 肌肉和脂肪少：瘦弱（消瘦虛弱）/ 面黃肌瘦 / 瘦骨伶仃（瘦弱得皮包骨）。② 食用的肉類含脂肪少：瘦肉。③ 瘦小；窄小：褲腳太瘦了 / 衣裳做瘦了。④ 減少，瘦下來：瘦身（減肥）。

瘓

瘓瘓瘓瘓瘓瘓 瘓

〔普〕huàn 〔粵〕wun⁶ 換

見"癱瘓"。

瘋 [疯]

瘋瘋瘋瘋瘋瘋 瘋

〔普〕fēng 〔粵〕fung¹ 風

① 精神錯亂，言行失常：瘋癲（精神錯亂，舉止失常）。② 形容怪異，超出常理：滿嘴瘋話 / 瘋言瘋語。

【瘋狂】fēng kuáng ① 發瘋，精神病。② 形容猖狂，發瘋似的：敵人瘋狂地進攻。③ 形容狂熱到極點：瘋狂地追逐名牌。

10 **瘟**　瘟瘟瘟瘟瘟瘟　瘟
（普）wēn （粵）wan¹ 溫
瘟疫：容易廣泛傳播的急性傳染病：雞瘟 / 豬瘟。

10 **瘡** [疮]　瘡瘡瘡瘡瘡瘡　瘡
（普）chuāng （粵）cong¹ 倉
① 皮膚上出現紅腫潰爛的病症：凍瘡 / 褥瘡。
② 外傷、傷口：金瘡 / 刀瘡 / 瘡疤（瘡口癒合後留下的疤痕）。

10 **瘤**　瘤瘤瘤瘤瘤瘤　瘤
（普）liú （粵）lau⁴ 流
體表或體內長出的腫塊：瘤子 / 腫瘤 / 毒瘤。

11 **瘸**　瘸瘸瘸瘸瘸瘸　瘸
（普）qué （粵）ke⁴ 騎
腿腳有毛病，走路左右晃動，不能保持平衡：一瘸一拐。

12 **療** [疗]　療療療療療療　療
（普）liáo （粵）liu⁴ 聊
醫治、治療：醫療 / 診療 / 療效（治療的效果）。
【療養】liáo yǎng 患慢性病或體弱的人進行以休養為主的治療。

12 **癌**　癌癌癌癌癌癌　癌
（普）ái （粵）ngaam⁴ 巖
惡性腫瘤：胃癌 / 肝癌。

13 **癒** [愈]　癒癒癒癒癒癒　癒
（普）yù （粵）jyu⁶ 遇
病治好了；傷口長好了：久病初癒 / 傷口癒合了。

14 **癡** [痴]　癡癡癡癡癡癡　癡
（普）chī （粵）ci¹ 雌
同 "痴"。詳見 "痴"。

15 **癢** [痒]　癢癢癢癢癢癢　癢
（普）yǎng （粵）joeng⁵ 養
① 皮膚受刺激，想抓撓的感覺：痕癢 / 搔癢。
② 極想立即就做；壓制不住：技癢 / 心癢難耐。

17 **癬** [癣]　癬癬癬癬癬癬　癬
（普）xuǎn （粵）sin² 冼
皮膚感染黴菌引起的一種皮膚病：腳癬 / 頭皮癬。

17 **癮** [瘾]　癮癮癮癮癮癮　癮
（普）yǐn （粵）jan⁵ 引
① 難以抑制的不良嗜好：賭癮 / 毒癮。② 濃厚的興趣：茶癮 / 玩電腦遊戲上癮。

19 **癱** [瘫]　癱癱癱癱癱癱　癱
（普）tān （粵）taan¹ 灘 / taan² 坦
癱瘓：偏癱。
【癱瘓】tān huàn ① 神經機能發生障礙，身體的一部分不能隨意活動。② 比喻機制不能運作、功能不能發揮：交通癱瘓 / 指揮系統癱瘓。

癲[癫]

癲癲癲癲癲癲 癲

⑲

（普）diān （粵）din¹ 顛

① 精神錯亂，言行失常：瘋癲。② 癲癇病，一種大腦機能暫時紊亂的病症，多為突然發作，神志喪失，全身痙攣，有的口吐白沫。

癶 部

癸

癸癸癸癸癸癸 癸

④

（普）guǐ （粵）gwai³ 季

天干的第十位。常用來表示順序，順序為第十。參見"干支"。

登

登登登登登登 登

⑦

（普）dēng （粵）dang¹ 燈

① 由低處上到高處：登山／攀登／一步登天。② 記載；刊登：登記／登載。③ 穀物成熟：五穀豐登。④ 踩；踏：登門／登程（踏上征途）。⑤ 科舉考試中選：登科／登第。（俗）無事不登三寶殿。

【登台】dēng tái 走到台上。多指走上講台、舞台、獎台等。

【登陸】dēng lù 從水岸邊登上陸地：海軍陸戰隊登陸作戰／颱風今夜在珠三角登陸。

【登場】dēng chǎng 上台演出：粉墨登場。

【登載】dēng zài 在報刊上刊登出來。

【登記】dēng jì 把事項寫在表格或簿冊上，供統計或查考。

發[发]

發發發發發發 發

⑦

（普）fā （粵）faat³ 法

① 射出：彈無虛發。② 起程：出發。③ 把人派出去：打發人去報信。④ 交付；送出：發稿／分發。⑤ 產生；發生：發病／一觸即發。⑥ 說，說出：發言／一言不發。⑦ 興起；展開：興致勃發／奮發圖強。⑧ 散開：散發／噴發。⑨ 爆發出來；顯露出來：發脾氣／臉色發白。⑩ 膨脹開來：發酵。⑪ 打開；揭開：發掘／揭發。⑫ 感到：身上發癢／嘴巴發苦。⑬ 啟示；引起：啟發／發人深省。⑭ 與數目字連用，表示彈藥的數量：一發子彈／幾發炮彈。

【發生】fā shēng 產生；出現：發生衝突／發生事故。（反）消失

【發行】fā xíng 發出或銷售：發行新股／發行新課本／發行鈔票。

【發抖】fā dǒu 顫抖：氣得手發抖。

【發佈】fā bù 向眾人宣佈或公佈：新聞發佈會／發佈調查報告。（同）公佈＊宣佈

【發作】fā zuò ① 突然發生；突然起作用：舊病發作／藥性發作。② 發脾氣：再生氣也不該當場發作。

【發言】fā yán ① 發表言論意見：在會上踴躍發言。② 發表的言論意見：大會主席的發言被掌聲打斷。

【發表】fā biǎo ① 公開表達意見：發表談話。② 登載：文章發表在《聯合報》上。

【發芽】fā yá 植物種子長出幼芽；樹木長出幼芽、嫩葉：馬鈴薯發芽了／青草和柳樹都發芽了。

【發明】fā míng ① 首次創造出新東西或新方法：電燈是愛迪生發明的。② 指創造出的新東西或新方法：中國古代的四大發明：指南針、造紙術、火藥和印刷術。

【發育】fā yù 生物體逐漸長大成熟：孩子有足夠營養，自然發育得好。

【發泄】fā xiè 宣泄出來：發泄私憤／發泄不滿情緒。反 忍耐

【發音】fā yīn 說話發出的聲音；樂器發出的樂音：她的英文發音很準確／小提琴的發音不準。

【發起】fā qǐ ① 倡議：學生會發起籃球比賽。② 發動：發起進攻／發起募捐活動。反 終止

【發射】fā shè 射出；發送出去：發射火箭彈／火星探測器發射成功。

【發展】fā zhǎn ① 演變、演進；進展：網絡技術的發展日新月異。② 擴大範圍或規模：發展會員／發展服務業。反 停滯 * 倒退

【發現】fā xiàn ① 發覺：我發現她有舞蹈天賦。② 找到原本不為人所知的事物：哥倫布發現新大陸。反 隱藏 ③ 被發現的事物：敦煌藏經洞的文物堪稱偉大發現。

【發掘】fā jué ① 挖掘清理：發掘古墓／考古發掘。② 深入尋求：發掘潛力／發掘民間藝術。反 埋藏

【發問】fā wèn 提出問題：在記者招待會上發問。同 提問。

【發動】fā dòng ① 讓機器運轉起來：發動汽車。② 發起，開始行動：陸戰部隊發動攻擊。③ 動員：發動民眾捐款救災。反 中止 * 停止

【發售】fā shòu 銷售、出售：即日上市發售。反 回收

【發揮】fā huī ① 充分展現出來：發揮聰明才智。② 盡量表達出來：借題發揮／論點發揮得很透徹。反 壓制 * 抑制

【發達】fā dá ① 發展得充分，發展的程度高：美國的科學技術高度發達。反 落後 ② 興盛；興旺：生意發達／他家這幾年才發達起來。反 衰敗 ③ 發跡；顯耀：指望他將來有發達的一天。

【發電】fā diàn ① 產生出電力：發電機／水力發電／火力發電／核能發電。② 發出電報：發電慰問／發電祝賀。

【發愁】fā chóu 憂愁、憂慮：想不出辦法，心裏直發愁。反 開心

【發誓】fā shì 鄭重地説出誓言：對天發誓。

【發瘋】fā fēng ① 患了精神病：受不住接連的打擊，她發瘋了。② 比喻言行反常：你發瘋了，賣房子去旅遊！

【發熱】fā rè ① 温度升高，產生熱量：盛夏的太陽照得大地發熱。② 發燒，體温升高：感冒發熱。③ 比喻不清醒：頭腦發熱，太不冷靜。

【發奮】fā fèn 振作向上：發奮圖強／發奮有為的青年。反 墮落

【發燒】fā shāo ① 患病的症狀，體温高過正常範圍。② 比喻狂熱喜愛：發燒友。

〔附加詞〕發燒友：陷入狂熱喜愛、迷戀的人。

【發覺】fā jué 察覺；發現：發覺他神色不對，好像心事重重／掘土時發覺地下埋着一座古墓。

【發揚光大】fā yáng guāng dà 發揮並傳開來充實發展，使之更加輝煌盛大：發揚光大尊老愛幼的美德。

【發憤圖強】fā fèn tú qiáng 下定決心，努力求得進步。反 自暴自棄。

白部

0

白 　　白 白 白 白

普 bái 粵 baak⁶ 帛

① 白色：黑白分明／白茫茫（一望無邊的白色）。② 純潔：清白。③ 明亮：白天。④ 清楚；明白：不白之冤／真相大白。⑤ 空無所有的；沒加別的東西的：空白／白開水。⑥ 無代價；無報償；無效果的：白吃白喝／白幹三天／説來説去都是白説。⑦ 陳述；説明：表白／辯白／自白。⑧ 口説不唱的台詞：道白／對白／獨白。⑨ 白話：半文半白。⑩ 字音或字形錯誤：白字／唸白了。

⑪ 用白眼看人，表示不滿或看不起：狠狠地反白了他一個白眼。⑫ 喪事：白事。

百

百百百百百　面

（普）bǎi （粵）baak³ 伯

① 數目，十個十：百年老店／百歲老人。② 比喻數量多：千方百計。（俗）百聞不如一見／百尺竿頭，更進一步

【百年】bǎi nián ① 很長時間或很多年：百年難遇的大地震。② 終身，一生：百年偕老（夫妻終生相伴）。（俗）十年樹木，百年樹人

【百姓】bǎi xìng 平民大眾：黎民百姓。（俗）只許州官放火，不許百姓點燈

【百般】bǎi bān ① 各種各樣、多種多樣：百般刁難／百般奉承／受盡百般屈辱。② 十分：錯失良機，心中百般懊惱。

【百貨】bǎi huò 以生活用品為主的各種商品貨物：日用百貨／百貨公司（出售各種生活用品的商店）。

【百折不撓】bǎi zhé bù náo 意志堅強，無論受多少挫折決不動搖屈服。（同）不屈不撓

【百科全書】bǎi kē quán shū 系統地介紹文化科學知識的大型工具書。收錄各種專名詞和術語，分列條目，詳細解說，如《不列顛百科全書》、《醫藥學百科全書》等。

皂

皂皂皂皂皂皂　皂

（普）zào （粵）zou⁶ 做

① 黑色的：皂白（黑白；是非）。② 洗滌去污用品：肥皂／香皂。（俗）不分青紅皂白／不問青紅皂白

的 （一）

的的的的的的　的

（普）dí （粵）dik¹ 嫡

實在；真實：的確／的的確確。

【的當】dí dàng 合適恰當：不論在哪個場合，他說話都很的當。（同）恰當 * 妥當

【的確】dí què 確實、實在：的確是我錯了。

的 （二）

（普）dì （粵）dik¹ 嫡

靶子的中心：無的放矢／眾矢之的。

的 （三）

（普）de （粵）dik¹ 嫡

① 表示用“的”前面的詞語修飾或形容“的”後面的詞語：高大的樹木／美麗的山川。② 表示“的”後面的東西歸誰所有：我的筆／她的書／人家的車子。③ 代替所指的物或人：穿好的，吃好的（等於說“穿好衣服，吃好東西”）／老的，少的，男的，女的（等於說“老人，小孩年青人，男人，女人”）。④ 與“是”連用（“是……的”），表示肯定的意思：這是不行的／那是你必須做的。

【的話】de huà 與“假如”、“假定”、“假設”、“如果”連用，表示“要是出現這種情況”的意思：假如她不願意的話，那就作罷／如果你去的話，我就不必去了。

皇

皇皇皇皇皇皇　皇

（普）huáng （粵）wong⁴ 王

① 盛大：堂而皇之／冠冕堂皇。② 君主；帝王：皇上（稱在位的皇帝）／三皇五帝／皇親國戚。

【皇后】huáng hòu ① 皇帝的正妻。② 比喻處在中心地位的女性：歌壇皇后／舞會皇后。（反）皇帝。

【皇帝】huáng dì ① 古代國家的最高統治者。皇帝的名稱始於秦始皇，號稱"始皇帝"。② 比喻驕橫霸道，誰也不敢惹的人：當地的土皇帝 / 獨生子被嬌慣成了小皇帝。

【皇家】huáng jiā ① 皇室：皇家花園 / 皇家陵墓。② 指王朝：皇家海軍 / 英國皇家騎兵。

4 皆 皆皆皆皆皆皆

(普) jiē (粵) gaai¹ 佳

全；都：皆大歡喜 / 啼笑皆非。

6 皎 皎皎皎皎皎皎 皎

(普) jiǎo (粵) gaau² 狡

潔白明亮：皎潔 / 一輪皎月。

7 皓 皓皓皓皓皓皓 皓

(普) hào (粵) hou⁶ 號

① 白；潔白：明眸皓齒。② 明亮：皓月當空。

10 皚 [皑] 皚皚皚皚皚皚 皚

(普) ái (粵) ngoi⁴ 呆

潔白：白雪皚皚 / 白皚皚的雪山。

皮 部

0 皮 皮皮皮皮 皮

(普) pí (粵) pei⁴ 疲

① 人或動植物的表層組織：皮膚 / 虎皮 / 樹皮。② 加過工的獸皮：皮革 / 毛皮。③ 皮革或毛皮做成的：皮衣 / 皮箱 / 皮鞋。④ 物體表面：表皮。⑤ 包在外面的東西：封皮 / 書皮。⑥ 薄片狀的東西：鐵皮 / 水餃皮。⑦ 有韌性：頑皮 / 皮實（結實，不易損壞）。⑧ 有韌性的東西：橡皮 / 膠皮。

【皮具】pí jù 皮革做的用具，如皮箱、皮包等物。

【皮毛】pí máo ① 帶毛的獸皮：皮毛服裝。② 皮膚和毛髮：傷了點皮毛。③ 表面的、淺顯的知識：略知皮毛。

【皮膚】pí fū 包在人和動物肌肉外部的組織，有保護身體、調節體溫、排泄廢物等作用。

10 皺 [皱] 皺皺皺皺皺皺

(普) zhòu (粵) zau³ 奏

① 摺皺、皺紋：衣服弄皺了。② 起皺紋、變成摺皺：皺起眉頭來 / 人老了，皮膚就皺了。

【皺紋】zhòu wén 皮膚或物體表面凹凸不平的條紋：眼角多了幾條皺紋 / 衣服揉搓出好多皺紋。

皿 部

0 皿 皿皿皿皿 皿

(普) mǐn (粵) ming⁵ 冥

杯、碗、碟、盆一類盛東西的器物的統稱：日用器皿。

4 盆 盆盆盆盆盆盆

(普) pén (粵) pun⁴ 盤

① 口大底小，圓形、方形或橢圓形狀的盛器：面盆 / 花盆。② 形狀像盆的：盆地 / 骨盆。③ 與數目字連用，表示用盆裝的東西的數量：一盆湯 / 兩盆花。

【盆地】pén dì 周圍環繞着山或高地的平地，地貌像盆形故稱：四川盆地號稱天府之國。

【盆栽】pén zāi ① 在花盆裏栽培：放在室內的花木都是盆栽。② 借指盆栽的花木：買了兩株盆栽。

盈 4
盈盈盈盈盈盈　盈
（普）yíng （粵）jing⁴ 形
① 滿，充滿：賓客盈門 / 熱淚盈眶。② 圓，圓滿：花兒有開有謝，月亮有盈有虧。③ 豐滿：家產豐盈。④ 增加，比原有的多：盈虧（賺錢或賠本）。

【盈利】yíng lì ① 獲得利潤：他的生意年年盈利。② 賺到的錢：盈利豐厚。（反）虧損

盎 5
盎盎盎盎盎盎　盎
（普）àng （粵）ong³ / on³ 安
① 古代一種容器，腹大口小。② 洋溢；充滿：盎然。

【盎然】àng rán ① 興致、情趣洋溢的樣子：興趣盎然。② 氣氛濃郁、氛圍濃烈的樣子：春意盎然。

🔍 昂然　“昂然”形容昂首挺胸無所畏懼的樣子。“盎然”形容氣氛趣味洋溢的樣子。

益 5
益益益益益益　益
（普）yì （粵）jik¹ 憶
① 好處：利益 / 受益 / 獲益。② 起好作用的：益友 / 益蟲 / 益鳥。③ 增加：延年益壽。④ 越發、更加：老當益壯 / 精益求精。

【益處】yì chu 好處：毫無益處 / 大有益處。（反）壞處

【益智】yì zhì 增進智慧：益智遊戲 / 健身益智。

盔 6
盔盔盔盔盔盔　盔
（普）kuī （粵）kwai¹ 規
起保護頭部作用的帽子：鋼盔 / 頭盔 / 盔甲（古代軍人打仗時穿戴的衣帽，護頭的叫盔，護身的稱甲）。

盛（一） 6
盛盛盛盛盛盛　盛
（普）shèng （粵）sing⁶ 剩
① 興旺；繁茂：繁榮昌盛 / 百花盛開。② 隆重：盛大 / 盛況空前。③ 大；高：盛怒 / 盛名。④ 豐富：豐盛。⑤ 深厚：盛意 / 盛情。⑥ 強壯：盛年。⑦ 旺盛；猛烈：年輕氣盛 / 火勢很盛。⑧ 普遍，廣泛：盛行（廣泛流行）/ 盛傳（廣為流傳）。⑨ 極力：盛讚（極力讚揚）。

【盛大】shèng dà 宏大隆重：盛大集會 / 盛大的場面。

【盛世】shèng shì 昌盛的時代：漢唐盛世 / 康乾盛世。

【盛名】shèng míng 極高的聲望。
　〔古語〕盛名之下，其實難副。

【盛況】shèng kuàng 盛大熱烈的狀況：盛況空前。

【盛情】shèng qíng 深厚的情意：盛情難卻。（反）無情

【盛會】shèng huì 隆重盛大的集會。

【盛譽】shèng yù 很高的榮譽；很高的聲望。（同）美譽

盛（二） 6
（普）chéng （粵）sing⁶ 剩
① 容納：體育館盛得下幾萬人。② 把湯水食物放入器皿中：盛飯 / 盛湯 / 盛菜。

6 盒

盒盒盒盒盒盒　盒

（普）hé（粵）hap⁶ 合

① 盒子，盛東西的容器，大都有蓋子，也有抽屜式的：飯盒／禮品盒。② 與數目字連用，表示盒裝的東西的數量：兩盒茶葉／一盒朱古力。

7 盜[盗]

盜盜盜盜盜盜　盜

（普）dào（粵）dou⁶ 杜

① 偷竊：掩耳盜鈴。② 騙取；用不正當手段獲得：欺世盜名。③ 搶掠財物、竊取權力的人：江洋大盜／竊國大盜。④ 偷偷地；暗中：盜運軍火。

【盜賊】dào zéi 強盜和竊賊的通稱。

【盜竊】dào qiè 盜取、偷竊，用違法手段獲得。

8 盞[盏]

盞盞盞盞盞盞　盞

（普）zhǎn（粵）zaan² 棧

① 小杯子：酒盞／茶盞。② 與數目字兩用，表示盞形東西的數量：一盞明燈／兩盞香茶。

8 盟

盟盟盟盟盟盟　盟

（普）méng（粵）mang⁴ 萌

① 結成同盟：盟約（為結盟而訂立的條約）。② 發誓：盟誓／山盟海誓。③ 同盟，聯合體：社盟／盟軍。④ 結拜的；結盟的：盟兄／盟友／盟國。

9 監[监]⁽¹⁾

監監監監監監　監

（普）jiān（粵）gaam¹ 鑒¹

① 監視：監聽／監督／監管（監視管束）。② 牢獄：女監／探監。

【監視】jiān shì ① 觀察注視：密切監視不法分子的動向。② 看管：嚴加監視。（同）監管（反）縱容

【監督】jiān dū ① 監視檢察：監督預算的執行情況。② 做監督工作的人：財務監督。

【監製】jiān zhì 監督製造；監督製作。

【監察】jiān chá 監視檢察：他負責監察違法違規的事情。

9 監[监]⁽²⁾

（普）jiàn（粵）gaam¹ 鑒¹

① 古代官府名和官名：太監／秘書監。

9 盡[尽]

盡盡盡盡盡盡　盡

（普）jìn（粵）zeon⁶ 進⁶

① 完，完畢：訴說不盡。② 全部用上；竭力做到：盡力（竭盡全力）／盡心／盡職／盡責（做好職責內該做的）。③ 達到最大限度：仁至義盡／淋漓盡致。④ 終止；終了、終結：山窮水盡／同歸於盡。⑤ 全，全部：盡數歸還／應有盡有。

〔文言選錄〕野火燒不盡，春風吹又生。（《賦得古原草送別》白居易）

【盡情】jìn qíng 完全由着自己的感情、興致：盡情遊玩。（反）掃興

【盡量】jìn liàng 盡可能；達到最大程度：我盡量做就是了／大家別客氣，盡量吃。

🔍 儘量 "儘" 有隨意、不加限制的意思。"盡" 指的是盡頭或事情的最大限度。兩字形近易錯寫。

【盡頭】jìn tóu 末端；終點：苦日子看不到盡頭。（反）開頭

【盡善盡美】jìn shàn jìn měi 完美無缺。

10 盤[盘] 盤盤盤盤盤盤 盤

（普）pán （粤）pun⁴ 盆

① 敞口的扁淺形的盛器：杯盤狼藉。② 形狀或功能像盤子的東西：棋盤／方向盤。③ 依託的處所：地盤／營盤。④ 迴繞；旋轉：盤山公路。⑤ 查問；清點：盤問（查問）／盤查（清查；盤問檢查）。⑥ 市場行情；買賣價格：開盤／收盤。⑦ 全部有償轉讓：盤讓。⑧ 與數字連用：(1) 表示圓形或盤旋形東西的數量：一盤磨石／兩盤蚊香。(2) 表示盤裝東西的數量：一盤水果／三盤炒菜。(3) 表示棋類、球類比賽的數目：下了兩盤棋／打幾盤乒乓球。

〔文言選錄〕誰知盤中飧，粒粒皆辛苦？《憫農》李坤

【盤旋】pán xuán ① 繞圈子飛行或走動：雄鷹在空中盤旋。② 徘徊；逗留：在門外盤旋了半天才走。

11 盧[卢] 盧盧盧盧盧盧 盧

（普）lú （粤）lou⁴ 勞

姓。

12 盪[荡] 盪盪盪盪盪盪 盪

（普）dàng （粤）dong⁶ 宕

① 搖擺：動盪／震盪。② 清除；弄光：滌盪／傾家盪產／盪然無存（精光，一點不剩）。

目部

0 目 目目目目 目

（普）mù （粤）muk⁶ 木

① 眼睛：目睹（親眼看到）／耳聞目睹。② 看：一目十行。③ 大類中的小項目：細目。④ 目錄：書目／劇目。⑤ 名稱：名目繁多。

【目光】mù guāng ① 眼睛的光彩：閃耀着欣喜的目光。② 視線：目光停留在她身上。③ 洞察力；見識：目光遠大／目光短淺。

【目的】mù dì 希望的目標；想要的結果：目的明確／不知他是甚麼目的？

【目前】mù qián 眼前、當前；現在。（反）日後。

【目標】mù biāo ① 射擊、打擊或尋找的對象：瞄準目標／發現目標。② 目的：目標遠大。

【目錄】mù lù ① 供找尋檢索用的名目冊：圖書目錄／名酒目錄。② 放在書刊前面供查檢的篇章名。

【目不暇接】mù bù xiá jiē 好看的東西太多，一時看不過來。

【目瞪口呆】mù dèng kǒu dāi 瞪着眼發呆的樣子。

2 盯 盯盯盯盯盯盯 盯

（普）dīng （粤）ding¹ 丁／deng¹ 掟¹

① 注視：一直盯着窗外看。② 緊跟不放鬆：盯梢（跟蹤監視）。

3 直 直直直直直直 直

（普）zhí （粤）zik⁶ 夕

① 不彎曲；垂直的：筆直／直立。② 挺直，豎

起來：直起腰來。③ 公正的；正確的：正直 /
理直氣壯。④ 直接：直呼其名 / 照直就去了。
⑤ 坦率；爽快：直爽（直率爽快）/ 直截了當（乾
脆爽快，不繞彎子）。⑥ 一直，一個勁兒、不斷
地：直到（一直到）/ 開心得直笑。⑦ 漢字的筆
劃，形狀是 "丨"，也叫豎。

【直立】zhí lì 筆直地站着；豎立：直立在門邊不
動 / 紀念碑直立在廣場上。🔄 挺立＊矗立

【直至】zhí zhì 一直到：直至昨天才找到她。
🔄 直到

【直接】zhí jiē 徑直，不繞彎子、不經中間環節：
直接去找她 / 雙方直接會面。🔄 間接

【直率】zhí shuài 爽直、坦率，沒有顧忌：説話
直率 / 他這個人很直率。🔄 率直

　✏ 對比字義：正、歪；斜、直；橫、豎；上、
　　下；左、右；前、後；東、南、西、北、中。

【直播】zhí bō 廣播電台、電視台不經過剪輯加
工，在現場把錄音、錄像直接播出去。

【直覺】zhí jué 直接反應；自我感覺：直覺告訴
我，這場球賽一定會贏。

3 盲

盲 盲 盲 盲 盲 盲　盲

🔵 máng 🔵 maang⁴ 猛⁴

① 失明：盲人。② 比喻缺乏知識或辨認能力的
人：文盲 / 色盲。③ 比喻模糊，不清醒：盲從（盲
目追隨、聽從）。

【盲目】máng mù 雙眼失明。比喻目的不明確、
情況不清楚或認識模糊：盲目附和別人。

4 相 (一)

相 相 相 相 相 相　相

🔵 xiāng 🔵 soeng¹ 商

① 互相：相親相愛。② 表示一方對另一方：另
眼相看 / 如實相告。③ 親自看：相親 / 相中了一
套公寓。

【相比】xiāng bǐ 互相比較：相比之下，他的能
力差多了。

【相反】xiāng fǎn ① 恰恰反了過來：向相反的方
向走去 / 苦難沒能摧毀他，相反，這就成就了他堅強
的意志。② 互相對立：作用相反 / 相反的意見。

【相似】xiāng sì 差不多一樣。🔄 相像

【相處】xiāng chǔ 共同生活；互相交往：相處多
年，互相都很了解。

【相通】xiāng tōng ① 連通：兩家院子有個小門
相通。② 連貫溝通：心靈相通。

【相當】xiāng dāng ① 差不多；一樣：水平相
當 / 收支相當。🔄 相同＊相似 🔄 懸殊 ② 相稱；
適宜：沒有相當的人手。③ 十分：相當困難 / 手
術做得相當成功。

【相傳】xiāng chuán ① 長期 l 流傳下來的傳説：
相傳尼斯湖有怪物。② 沿襲，一代傳一代：一脈
相傳 / 世代相傳。

【相對】xiāng duì ① 對着，面對面：相對而坐。
② 兩方面對立：大小相對 / 美醜相對。③ 跟對
應的條件同時存在，並隨着對應的條件的變化而
變化：相對濕度 / 相對速度。🔄 絕對 ④ 比較：
相對來説，今天的生活比過往好得多。

【相鄰】xiāng lín 鄰近、接近、靠近：相鄰的幾
戶人家。

【相應】xiāng yìng ① 呼應；照應：首尾相應。
② 與實際情況相合：採取相應措施。

【相關】xiāng guān 互有關聯：同此事相關的人
都調查過了。🔄 無關

【相繼】xiāng jì 接連，一個接一個：幾個孩子相
繼考入中文大學。🔄 斷絕

(一)【相稱】xiāng chēng 互相稱呼：二人以兄
妹相稱。

(二)【相稱】xiāng chèn 搭配合適；配合得當：
我看他倆倒挺相稱 / 他的學識和做的工作很相
稱。🔄 相合＊相配

【相提並論】xiāng tí bìng lùn 把不同的人或事放在同等地位來看待或評論。

相 (二)

（普）xiàng （粵）soeng³ 箱³

① 相貌；樣子：長相／狼狽相。② 像，照片：照相。③ 仔細察看：相面。④ 輔助、幫助：相夫教子。⑤ 古代輔佐帝王的大臣；政府或部門首腦：宰相／丞相／首相／外相。（俗）吉人自有天相

省 (一)

（普）shěng （粵）saang² 生²

① 節約、節儉：省錢／省吃儉用。② 減免、去掉：省得（免得）／省去許多麻煩。③ 中國第一級地方行政區劃單位：廣東省。

【省略】shěng lüè 免掉、除去：這段文字可以省略。

〔附加詞〕省略號：標點符號的一種，形式為“……”，表示沒有説完全的部分或省略的部分。

省 (二)

（普）xǐng （粵）sing² 醒

① 反思：反省。② 看望、問候：省親（探望父母或長輩親屬）。③ 覺悟；感覺：省悟／不省人事。

〔文言選錄〕吾日三省吾身：為人謀而不忠乎？與朋友交而不信乎？傳不習乎？（《論語・學而》）

【省悟】xǐng wù 明白清醒過來：陷得太深，至今都不省悟。

盼

（普）pàn （粵）paan³ 攀³

① 看：左顧右盼。② 希望：期盼／盼望（殷切地期望）。

看 (一)

（普）kàn （粵）hon³ 漢

① 觀看；閱讀：看電視／讀書看報。② 觀察：看得不透徹。③ 看待；對待：小看人／另眼相看。④ 探望；訪問：看望／看朋友。⑤ 認為：我看這人靠不住。⑥ 斷定要出現某種趨勢：股票行情看漲。⑦ 取決於：能否成事，全看你了。⑧ 當心；注意：走路看着點。⑨ 診治：找醫生看病。

【看來】kàn lái 大抵上；看上去：要找個像樣兒的工作，看來很難。

【看法】kàn fǎ 意見；見解：看法一致／談談你的看法。

【看待】kàn dài 對待：把他當家人一樣看待。

【看望】kàn wàng 探視問候：假日返家看望父母。

【看不起】kàn bu qǐ 輕視別人：他誰也看不起，驕傲得很哩。

〔附加詞〕看得起：尊重別人；重視別人：行得正，走得端，別人就看得起你。

看 (二)

（普）kān （粵）hon¹ 刊

① 守護；照料：看家／看管好孩子。② 監視；拘管：把他看起來，別讓他跑了。

【看管】kān guǎn ① 監視管束：看管罪犯。② 照管：看管好自己的東西。

【看守】kān shǒu ① 守衛、守護：看守倉庫。② 監管：看守所。③ 監管犯人的人：看守在門

外走來走去。

盾 盾盾盾盾盾盾 盾

(普) dùn (粵) teon⁵

① 盾牌，古代抵擋對方刀劍、護身的防禦性兵器。② 盾牌形的東西：金盾／銀盾。③ 外國貨幣名：荷蘭盾／印度尼西亞盾。

眉 眉眉眉眉眉眉 眉

(普) méi (粵) mei⁴ 微

眉毛：畫眉／眉開眼笑／眉頭（雙眉上方的額頭）。

【眉目】méi mù 頭緒、線索：事情總算有了一點眉目。

真 真真真真真真 真

(普) zhēn (粵) zan¹ 珍

① 真實的；真正的：真心（真誠的心意）／真假虛實。② 原來的；原樣的：傳真／明星的寫真。③ 清楚；確切：光線太暗，看不真。④ 確實，實在：真讓人感動。

【真切】zhēn qiè ① 真實：內容真切。② 清楚明白：看不真切。③ 真誠懇切：真切的關懷。(反) 虛假。

【真正】zhēn zhèng ① 真實可靠，不虛假：真正的朋友。② 確實，委實：我相信他真正不知內情。(反) 虛偽 * 虛假

【真空】zhēn kōng ① 沒有空氣的狀態。② 沒有任何東西的空間：外太空充滿各種物質，並非真空。

【真相】zhēn xiàng 真實情況；本來面目：不明真相／暴露了真相。(反) 假相

【真理】zhēn lǐ 正確的道理：真理面前人人平等。(反) 謬論 * 歪理

【真情】zhēn qíng ① 真實的情況：靠説謊來掩蓋真情。② 真誠的心情和感情：流露真情。(同) 實情 (反) 虛情

【真誠】zhēn chéng 真實誠懇：真誠合作／真誠相待。(同) 真心 (反) 虛偽

【真實】zhēn shí 符合實際，不虛假：故事情節真實可信。(反) 虛假

【真摯】zhēn zhì 真誠懇切：説話誠實，待人真摯。(同) 誠摯 (反) 虛偽

眨 眨眨眨眨眨眨 眨

(普) zhǎ (粵) zaap³ 砸

眼睛快速開閉：眼睛一眨不眨。

【眨眼】zhǎ yǎn ① 眨動眼睛：眨眼之間。② 比喻短促的時間：眨眼就不見了。

眠 眠眠眠眠眠眠 眠

(普) mián (粵) min⁴ 棉

① 睡覺：失眠／催眠曲。② 一些動物在一段時間裏不吃不動：冬眠／蠶眠。

眶 眶眶眶眶眶眶 眶

(普) kuàng (粵) hong¹ 康／kwaang¹ 框

眼的四周：熱淚盈眶。

眺 眺眺眺眺眺眺 眺

(普) tiào (粵) tiu³ 跳

眺望，向遠處看：眺望（從高處遠望）／遠眺西山。

眼 6

眼眼眼眼眼眼 **眼**

㊀ yǎn ㊁ngaan⁵ 顏⁵

① 眼睛：眼見（眼看）。② 眼光；見識：眼力（洞察力）/ 放眼世界。③ 孔眼；窟窿：針眼 / 泉眼。④ 關鍵；要點：節骨眼。⑤ 戲曲音樂的節拍：有板有眼。⑥ 圍棋術語。對方不能在其中落子的空網格。⑦ 與數目字連用，表示井、泉、窰洞的數量：兩眼井 / 一眼清泉 / 幾眼破窰洞。㊙ 慧眼識英雄

【眼下】yǎn xià 當下、目前、現在。

【眼色】yǎn sè 向人示意的眼神：擠擠眼，使了個眼色。

【眼界】yǎn jiè 眼睛所能看到的範圍。指見識的廣度：眼界開闊 / 大開眼界。㊌ 視野

【眼看】yǎn kàn ① 看着正在發生的事：眼看病情一天天加劇。② 馬上、很快：眼看要下大雨了。

【眼前】yǎn qián ① 跟前、身邊：眼前有三個兒子。② 當下；現在：眼前的事都應付不過來。㊌ 當前 ㊍ 以前＊以後 ㊙ 好漢不吃眼前虧

【眼光】yǎn guāng ① 目光，視線：觀眾的眼光都集中在台上。② 眼力，洞察能力：相信我的眼光，我選的一定不會錯。③ 看法；觀點：不能用老眼光看人。

【眼神】yǎn shén ① 眼睛表露的神態：大家用異樣的眼神看着我。② 眼色：兩人交換了眼神，悄悄地走出去了。③ 視力：眼神不好，走夜路要小心。

【眼球】yǎn qiú ① 眼珠，眼睛的主要部分，球形，中央有一個圓形的瞳孔。② 指眼睛；借代注意力：新產品吸引不少觀眾的眼球。

【眼眶】yǎn kuàng ① 眼皮邊緣所構成的框：眼眶裏含着淚珠。② 指眼眶四周的部位：眼眶紅腫。

【眼簾】yǎn lián ① 眼皮：垂下眼簾。② 眼內：映入眼簾。

【眼花繚亂】yǎn huā liáo luàn 看着紛繁的景象感到迷亂。

眾[众] 6

眾眾眾眾眾眾 **眾**

㊀ zhòng ㊁zung³ 忠³

① 多；許多：眾人 / 眾多。② 很多人：民眾 / 嘩眾取寵。

【眾志成城】zhòng zhì chéng chéng 大家一條心，力量就堅如城池，無比強大。㊍ 獨木難支

【眾所周知】zhòng suǒ zhōu zhī 人們都知道。㊌ 盡人皆知 ㊍ 不為人知

眷 6

眷眷眷眷眷眷 **眷**

㊀ juàn ㊁gyun³ 絹

① 關心；懷念：眷顧（關懷顧念）/ 眷念（懷念）。② 親屬；家屬：親眷 / 眷屬。

睏[困] 7

睏睏睏睏睏睏 **睏**

㊀ kùn ㊁kwan³ 困

疲倦想睡：睏倦。

着 7 ㈠

着着着着着着 **着**

㊀ zhuó ㊁zoek³ 爵 / zoek⁶ 雀⁶

① 穿：穿着打扮。② 觸；靠：飛機着陸 / 不着邊際。③ 使接觸；使附着：着手辦理 / 着上紅色。④ 下落：遍尋無着。⑤ 派，派遣：立即着人前往。

【着手】zhuó shǒu 開始做：着手籌備婚事。㊙ 大處着眼，小處着手

【着重】zhuó zhòng 重點所在；重點在於：着重點 / 着重練習英文發音。

【着眼】zhuó yǎn 觀察考慮：着眼未來 / 從長遠利益着眼。

【着想】zhuó xiǎng 考慮，打算：替兒女着想 /
保護環境，為子孫後代着想。

【着實】zhuó shí ① 實在；確實：小兒子着實可
愛。② 分量重；力量大：着實數落了他一番 / 着
實痛打了一頓。圓 委實

7 **着** (二)

(普) zháo (粵) zoek⁶ 雀⁶

① 燃燒；點燃：着火了 / 燈着了。② 感受；受
到：着慌（着急發慌）/ 着涼（受寒）。③ 碰上：
歪打正着。④ 表示正在進行中或已經完成：睡
着了 / 猜着了。

【着急】zháo jí 急躁；心中不安：見他着急的樣
子暗暗好笑。圓 從容

【着落】zháo luò ① 下落：遺失的珠寶有着落了。
② 可靠的來源：經費有着落了，事情就好辦。
③ 結果：這件事直到現在還沒有着落。

7 **着** (三)

(普) zhe (粵) zoek³ 爵

① 表示動作、狀態正在持續中：門開着 / 朝前
走着。

8 **督**　　督督督督督督 督

(普) dū (粵) duk¹ 篤

① 察看；觀察：督察。② 監管指導：督促（敦促、
催促）/ 督辦（監督辦理；督促辦理）。

8 **睛**　　睛睛睛睛睛睛 睛

(普) jīng (粵) zing¹ 精

眼珠，眼球：畫龍點睛。

8 **睹**　　睹睹睹睹睹睹 睹

(普) dǔ (粵) dou² 倒

看見：先睹為快 / 耳聞目睹。

8 **睦**　　睦睦睦睦睦睦 睦

(普) mù (粵) muk⁶ 木

和諧相處；親近：親睦 / 和睦 / 睦鄰（同鄰居或
鄰國和睦相處）。

8 **睫**　　睫睫睫睫睫睫 睫

(普) jié (粵) zit³ 節 / zit⁶ 截

睫毛：迫在眉睫。

8 **睬**　　睬睬睬睬睬睬 睬

(普) cǎi (粵) coi² 彩

對別人的言行作出反應：理睬 / 不睬他，我們自
己去。

8 **睜** [睜]　　睜睜睜睜睜睜 睜

(普) zhēng (粵) zang¹ 憎

張開眼睛：怒目圓睜 / 累得睜不開眼。

9 **瞄**　　瞄瞄瞄瞄瞄瞄 瞄

(普) miáo (粵) miu⁴ 描

① 視線集中在一點上：瞄準。② 看一眼：偷偷
瞄了他一眼。

【瞄準】miáo zhǔn ① 讓武器對準目標：瞄準敵
人的坦克。② 針對特定的對象：瞄準國際市場，
生產外銷商品。

⁹ 睡

睡 睡 睡 睡 睡 睡　睡

(普) shuì (粵) seoi⁶ 瑞

① 睡覺、睡眠：酣睡／昏昏欲睡。② 躺：睡在草地上仰看白雲。

【睡眠】shuì mián 大腦各中樞神經進入抑制狀態的生理現象：充足睡眠，保證健康。

¹⁰ 瞌

瞌 瞌 瞌 瞌 瞌 瞌　瞌

(普) kē (粵) hap⁶ 合

睏倦想睡覺：瞌睡（進入短暫睡眠、似睡非睡的狀態）。

¹⁰ 瞎

瞎 瞎 瞎 瞎 瞎 瞎　瞎

(普) xiā (粵) hat⁶ 核

① 喪失視力：瞎了一隻眼。② 胡亂；無效：瞎鬧／瞎忙／瞎操心。

【瞎子】xiā zi ① 喪失視力的人：瞎子。② 喻指文盲、不識字的人

【瞎話】xiā huà 不真實的話：瞎話連篇／睜眼說瞎話。(同) 假話＊謊話 (反) 真話＊實話

【瞎說】xiā shuō 沒有根據亂說：瞎說八道／別聽他瞎說！(同) 胡說＊亂說

¹¹ 瞞 [瞞]

瞞 瞞 瞞 瞞 瞞 瞞　瞞

(普) mán (粵) mun⁴ 門

隱藏真相：隱瞞／欺上瞞下。

¹¹ 瞥

瞥 瞥 瞥 瞥 瞥 瞥　瞥

(普) piē (粵) pit³ 撇

很快地看一眼：瞥見（一眼看見）／笑着瞥了她一眼。

¹² 瞰

瞰 瞰 瞰 瞰 瞰 瞰　瞰

(普) kàn (粵) ham³ 勘

從高處往下看：俯瞰／鳥瞰。

¹² 瞭 ⁽一⁾

瞭 瞭 瞭 瞭 瞭 瞭　瞭

(普) liǎo (粵) liu⁵ 了

在高處向遠方看：瞭望（登高遠望）。

¹² 瞧

瞧 瞧 瞧 瞧 瞧 瞧　瞧

(普) qiáo (粵) ciu⁴ 潮

看：瞧熱鬧／瞧不上眼／我沒瞧見。

¹² 瞬

瞬 瞬 瞬 瞬 瞬 瞬　瞬

(普) shùn (粵) seon³ 信

轉眼珠；眨眼：瞬間（眨眼之間、極短的時間）／轉瞬即逝。

¹² 瞳

瞳 瞳 瞳 瞳 瞳 瞳　瞳

(普) tóng (粵) tung⁴ 同

瞳孔、瞳人。

¹² 瞪

瞪 瞪 瞪 瞪 瞪 瞪　瞪

(普) dèng (粵) dang¹ 登

① 睜大眼睛注視：瞪着眼看着他。② 怒目直視：狠狠地瞪了他一眼。

¹³ 瞼 [瞼]

瞼 瞼 瞼 瞼 瞼 瞼　瞼

(普) jiǎn (粵) gim² 檢

眼皮：眼瞼浮腫。

瞻

¹³

瞻 瞻 瞻 瞻 瞻 瞻 **瞻**

（普）zhān （粵）zim¹ 尖

往前或往上看：瞻仰（恭敬地看）/ 瞻前顧後（顧
慮很多，拿不定主意）。

矗

¹⁹

矗 矗 矗 矗 矗 矗 **矗**

（普）chù （粵）cuk¹ 速

高聳。

【矗立】chù lì 高高地聳立着；直立：紀念碑矗立
在廣場中央。（同）挺立 * 直立

矚

²¹

矚［矚］

矚 矚 矚 矚 矚 矚 **矚**

（普）zhǔ （粵）zuk¹ 足

注視；凝望：矚目（注視）/ 高瞻遠矚。

矛部

矛

⁰

矛 矛 矛 矛 **矛**

（普）máo （粵）maau⁴ 茅

古代兵器。長桿的頂端有刺殺的槍頭：大刀長矛。

【矛盾】máo dùn 古代的兩種兵器，矛用於刺殺，
盾用於抵擋。據古書《韓非子》記載：有個楚國
人同時賣矛和盾，誇耀説自己的盾最堅固，甚麼
東西也刺不穿它；又説，自己的矛最鋭利，甚麼
東西都能刺進去。於是有人問，用你的矛刺你的
盾，會怎麼樣？他答不上來。後用 "矛盾" 比喻
彼此抵觸的問題：自相矛盾 / 解決矛盾。

🔍 茅盾 "茅" 指茅草。"矛" 指長矛，一種兵器。

矢部

矢

⁰

矢 矢 矢 矢 **矢**

（普）shǐ （粵）ci² 齒

① 箭：弓矢 / 無的放矢。② 立誓，發誓：矢口
否認（堅決否認，一概不承認）。

知

³

知 知 知 知 知 知 **知**

（普）zhī （粵）zi¹ 之

① 知道；了解：溫故知新。② 告訴：通知 / 告
知。③ 掌管：知府 / 知縣。④ 知識：無知 / 真
知灼見。

【知己】zhī jǐ ① 了解自己：知己知彼。② 十分
了解、情誼深厚的人：知己難求。（俗）知己知彼，
百戰百勝

【知心】zhī xīn ① 相互了解、情誼深厚：知心朋
友。② 比喻透徹了解。（俗）知人知面不知心

【知名】zhī míng 出名、著名：知名人士 / 知名
學者。

【知道】zhī dào ① 了解事實：詳情他知道。
② 懂得道理：他知道應該如此。

【知識】zhī shi ① 人對事物的認知，稱為知識：
歷史知識 / 天文知識 / 醫學知識。② 掌握知識
的：知識分子。

【知恩感戴】zhī ēn gǎn dài 感恩戴德。感戴，感
激敬重恩人。

【知覺】zhī jué ① 感覺：失去知覺 / 恢復了知覺。
② 知道；覺察：既然她已知覺，不如把實情告訴
她吧。

矩 5

矩 矩 矩 矩 矩 矩 矩

⟨普⟩jǔ ⟨粵⟩geoi² 舉

① 畫直角和方形的曲尺：矩尺。② 方；方正：矩形（長方形）。③ 規矩；準則：循規蹈矩。

短 7

短 短 短 短 短 短 短

⟨普⟩duǎn ⟨粵⟩dyun² 端²

① 空間距離小；時間不長：短途／畫短夜長。② 缺點；不足：短處（缺點）／取長補短。③ 少、缺少：短斤缺兩。④ 淺薄：短見（淺陋的見解）。

【短缺】duǎn quē 缺少；不足：物資短缺／水資源短缺。⟨反⟩充足

【短暫】duǎn zhàn 時間不長：短暫的會見／我們只是短暫離別。⟨反⟩長久

【短促】duǎn cù ① 短暫不長：時間短促。② 急促：短促有力的節奏。⟨反⟩長久 *持久

【短篇】duǎn piān ① 篇幅不長：不像你長篇大論，我只寫短篇文章。② 指短篇小説、篇幅短的文章散文之類：她的短篇有文采，值得看。⟨反⟩長篇

矮 8

矮 矮 矮 矮 矮 矮 矮

⟨普⟩ǎi ⟨粵⟩ai² / ngai²

① 身材短；高度低：矮小／矮胖／矮牆。② 低於、低過：矮人一等。

矯[矫] 12

矯 矯 矯 矯 矯 矯 矯

⟨普⟩jiǎo ⟨粵⟩giu² 繳

① 改正、糾正：矯正。② 強壯、強健：矯健（強健敏捷）。③ 做作、假裝：矯揉造作（裝腔作勢，故意做作）。

【矯正】jiǎo zhèng 改正、糾正：矯正偏差／老

師矯正他的英語發音。

石 部

石 ⁰ （一）

石 石 石 石 石

⟨普⟩shí ⟨粵⟩sek⁶ 碩

① 石頭：落井下石。② 石頭製品：碑石。③ 借指堅硬的物質：膽結石。

【石油】shí yóu 一種粘稠的液體礦物。是多種碳氫化合物的混合物，可燃燒，從中可提取汽油、煤油、柴油、潤滑油、石蠟、瀝青等多種產品。

【石窟】shí kū ① 山上的石洞。② 依山壁開鑿的佛寺，石壁上雕有佛像或佛教故事：敦煌石窟／洛陽龍門石窟。

【石像】shí xiàng 石頭雕刻成的人物或神佛的造像：一尊石雕佛像。

石 ⁰ （二）

⟨普⟩dàn ⟨粵⟩sek⁶ 碩

中國舊時的容量單位。十斗為一石。

研 4

研 研 研 研 研 研 研

⟨普⟩yán ⟨粵⟩jin⁴ 言

① 把東西磨成粉末：研墨／研磨（細細地磨）。② 研究：鑽研／研發。

【研討】yán tǎo 研究探討：召開小行星學術研討會。

【研究】yán jiū ① 深入探求：學術研究／研究教學方法。② 考慮；商討：研究一下再説／這事需要開會研究。⟨同⟩探究

〔簡明詞〕研發：研究開發。研製：研究、開
發和製造。
【研習】yán xí 研究和學習：研習書畫。

4 砌　砌砌砌砌砌砌　砌
普 qì 粵 cai³ 沏
① 台階：登上六十四級的石砌。② 把磚石粘合
起來壘高：砌牆。

4 砂　砂砂砂砂砂砂　砂
普 shā 粵 saa¹ 沙
① 沙子，細微的石粒：砂石。② 指細碎如沙粒
的物質：砂糖（蔗糖的結晶粒）。

4 砍　砍砍砍砍砍砍　砍
普 kǎn 粵 ham² 嵌
① 劈、斬：砍柴 / 砍殺 / 砍伐樹木。② 比喻削
減：工程花錢太多，砍一半才行。

5 砸　砸砸砸砸砸砸　砸
普 zá 粵 zaap³ 眨
① 用重東西撞擊；重物落在下面的物體上：砸實
地基 / 被冰雹砸傷了。② 打碎；破壞：杯子砸碎
了 / 半山的滾石砸了他的車。③ 糟；失敗：事情
辦砸了 / 生意搞砸了。

5 砰　砰砰砰砰砰砰　砰
普 pēng 粵 paang¹ 烹
形容撞擊、重物落地或打槍的聲音：砰的一聲槍
響 / 砰地關上了門。

5 破　破破破破破破　破
普 pò 粵 po³ 頗³
① 破碎；碎裂：衣服破了 / 瓶子破了。② 剖
開；劈開：破西瓜 / 勢如破竹。③ 突破；超出：
破格 / 破紀錄的成績。④ 消除：破除舊觀念。
⑤ 耗損；花費：破財 / 破費。⑥ 揭穿，揭露真
相：破案 / 識破騙局。
〔古詩文〕讀書破萬卷，下筆如有神。
【破產】pò chǎn ① 喪失全部財產：債台高築，
公司宣告破產。② 比喻徹底失敗：誠信破產。
【破裂】pò liè ① 裂開，出現縫隙：水管破裂 / 牆
面破裂。② 分裂；失敗：感情破裂 / 談判破裂。
反 修復 * 彌合
【破碎】pò suì ① 破損碎裂，裂成碎塊：修復破
碎的瓷器。② 殘破不完整：支離破碎 / 山河破
碎。③ 粉碎：這台機器一天可破碎上百噸礦石。
反 完好 * 完整
【破滅】pò miè 落空，幻滅：僅存的一絲希望也
破滅了。反 實現
【破綻】pò zhàn ① 衣服上的破裂處：縫補褲子
上的破綻。② 比喻說話做事出現的漏洞：破綻
百出。同 漏洞
　〔附加詞〕破綻百出：漏洞、矛盾之處很多。
【破獲】pò huò 偵破案件並捉到作案者：三年前
的案件終告破獲。
【破舊】pò jiù 殘破陳舊：破舊的老房子。反 嶄新
【破壞】pò huài ① 損壞；損害：破壞公物 / 高溫
破壞營養成分。反 保護 * 建設 * 修復 ② 違反：
破壞紀律。
【破爛】pò làn ① 殘破；破舊：衣服破爛不堪 /
箱子裏都是破爛書。② 廢品：撿破爛。反 嶄新

硬 [7]

硬 硬 硬 硬 硬 硬　硬

(普) yìng (粵) ngaang[6]

① 堅硬：硬幣（金屬貨幣）/ 木頭很硬。② 剛強；厲害：硬漢子 / 欺軟怕硬。③ 本領高；質量好：硬功夫 / 技術過硬。④ 堅決：他硬要來，我擋不住。⑤ 勉強：硬撐 / 生搬硬套。

【硬件】yìng jiàn ① 電腦的主機、控制器、記憶卡等外部設備裝置的統稱。② 借指裝備、設施、材料等。(反) 軟件

硯 [硯] [7]

硯 硯 硯 硯 硯 硯　硯

(普) yàn (粵) jin[6] 現

硯台，寫毛筆字磨墨的文具，一般用硯石製成：端硯 / 筆墨紙硯。

硫 [7]

硫 硫 硫 硫 硫 硫　硫

(普) liú (粵) lau[4] 流

一種非金屬元素。製硫酸、火藥、火柴、硫化橡膠等物的原料。醫藥上可治皮膚病：硫黃 / 硫酸。

碘 [8]

碘 碘 碘 碘 碘 碘　碘

(普) diǎn (粵) din[2] 典

一種非金屬元素。紫黑色結晶，醫藥和工業上使用：碘酒（含碘的酒精溶液，用做消毒劑）。

碑 [8]

碑 碑 碑 碑 碑 碑　碑

(普) bēi (粵) bei[1] 悲

刻着字畫或浮雕、豎立起來作為紀念或標記的石頭：墓碑 / 紀念碑。

碉 [8]

碉 碉 碉 碉 碉 碉　碉

(普) diāo (粵) diu[1] 丟

碉堡，軍事防守用的堡壘，可瞭望觀察和射擊各方向。

碎 [8]

碎 碎 碎 碎 碎 碎　碎

(普) suì (粵) seoi[3] 税

① 破碎：碗打碎了。② 粉碎：粉身碎骨。③ 零星；零散：碎屑 / 瑣碎 / 碎片（碎裂成片的東西）。

碰 [8]

碰 碰 碰 碰 碰 碰　碰

(普) pèng (粵) pung[3] 篷[3]

① 相接觸；相撞擊：碰杯 / 碰撞（物體相撞）/ 碰得頭破血流。② 相遇：碰見（遇見）/ 路上碰到熟人。③ 試探；試一試：碰運氣 / 碰碰機會。

【碰巧】pèng qiǎo 恰巧，湊巧：碰巧她也來了。(反) 不巧

碗 [8]

碗 碗 碗 碗 碗 碗　碗

(普) wǎn (粵) wun[2] 腕

① 盛飲食的器具，一般為圓形、口大底小：飯碗 / 茶碗。② 與數目字連用，表示用碗裝的東西的數量：一碗甜品 / 兩碗麵條。

碌 [8]

碌 碌 碌 碌 碌 碌　碌

(普) lù (粵) luk[1] 六[1]

① 繁忙：勞碌 / 忙碌。② 平庸：碌碌無為（平平淡淡，無所作為）。

9 **碧**　碧碧碧碧碧碧 碧

(普)bì (粵)bik¹ 壁

① 青綠色的美玉：碧玉／金碧輝煌。② 青綠色；
淡藍色：紅花碧草／碧海藍天。

9 **碟**　碟碟碟碟碟碟 碟

(普)dié (粵)dip⁶ 蝶

① 碟子，小盤子。② 圓形或扁圓形的薄片：飛
碟／音樂碟片。③ 與數目字連用，表示用碟裝的
東西的數量：一碟花生。

9 **碩**[硕]　碩碩碩碩碩碩 碩

(普)shuò (粵)sek⁶ 石

大：碩大無比／碩大無朋（非常大）。

9 **碳**　碳碳碳碳碳碳 碳

(普)tàn (粵)taan³ 歎

一種非金屬元素。化學性質穩定，在空氣中不起
變化。碳構成的東西對人類極其重要，如鑽石、
煤炭、木炭等等，糧食作物和糖類都是由含碳的
碳水化合物構成的。

9 **磁**　磁磁磁磁磁磁 磁

(普)cí (粵)ci⁴ 詞

磁性，能吸引鐵等金屬的性能：磁鐵（具有磁性
的鐵類物質）。
【磁石】cí shí ① 磁鐵，吸鐵石：鋼針被磁石吸
住了。② 磁鐵礦的礦石。
【磁帶】cí dài 塗上氧化鐵粉等磁性物質的塑膠帶
子，可記錄聲音、影像、數據等電磁信號，如錄
音帶、錄影帶。

10 **碼**[码]　碼碼碼碼碼碼 碼

(普)mǎ (粵)maa⁵ 馬

① 計數的符號或用具：頁碼／籌碼。② 等於説
"回"：一碼事／這是兩碼事。③ 英美制長度單
位。1碼為3英尺，合0.9144米。
【碼頭】mǎ tóu 在岸邊或港灣內停泊船隻的建
築：貨櫃碼頭／海軍碼頭／郵輪碼頭。

10 **磅**(一)　磅磅磅磅磅磅 磅

(普)páng (粵)pong⁴ 旁

見"磅礴"。

10 **磅**(二)

(普)bàng (粵)bong⁶ 傍

① 英美制重量單位，1磅為0.454公斤。② "磅
秤"的省稱：過磅。③ 用磅秤稱重量：磅體重。
【磅礴】páng bó 氣勢宏大：氣勢磅礴。

10 **磋**　磋磋磋磋磋磋 磋

(普)cuō (粵)co¹ 初

商量討論：反覆切磋／磋商（協商）。

10 **確**[确]　確確確確確確 確

(普)què (粵)kok³ 涸

① 真實：的確／千真萬確。② 堅定；堅決：確
信（堅信不疑）／確保（堅決保障）。
【確切】què qiè ① 準確；恰當：用詞確切。
② 真實可靠：證據確切／確切的消息。
【確定】què dìng ① 絕對肯定：不能確定是否參
加。② 制定；決定：確定會議程序。⑩ 肯定 *
認定 ⑫ 否定

【確認】què rèn 同意；明確肯定下來：這是經過總經理確認的。 反 否認

【確實】què shí ① 準確；真實可靠：確實的數據／確實的證據。 ② 肯定真實不虛假：她確實說過這句話。 反 虛假

礎[础]
（普）chǔ （粵）co² 楚
① 墊在柱子底下的石頭：石礎。 ② 根基：基礎。

¹¹ 硼
（普）kàn （粵）ham³ 瞰
① 山崖：崖硼壁立。 ② 石頭築的堤壩；堤岸。

¹⁴ 礙[碍]
（普）ài （粵）ngoi⁶ 外
阻礙；妨礙：障礙／礙手礙腳（妨礙別人做事）。

¹¹ 磚[砖]
（普）zhuān （粵）zyun¹ 專
① 磚頭，一種建築材料，多為長方形：磚頭瓦塊。 ② 形狀像磚的東西：茶磚。

¹⁵ 礪[砺]
（普）lì （粵）lai⁶ 例
① 粗糙的磨刀石。 ② 磨煉：磨礪志氣。

¹¹ 磨
（普）mó （粵）mo⁴ 麼 ⁴
① 摩擦：磨損（摩擦受損）。② 用硬質工具細磨：磨練（鍛煉）／只要有恆心，鐵杆磨成針。 ③ 折磨；阻礙：磨難（苦難）／好事多磨。 ④ 拖延；耗時間：磨時間。

¹⁵ 礦[矿]
（普）kuàng （粵）kwong³ 曠
① 蘊藏在地層中有開採價值的自然物質：礦產。 ② 開採礦物的場所：礦山／煤礦。 ③ 與採礦有關的：礦井／礦業公司。

【礦物】kuàng wù 埋藏在地層中有利用價值的自然物質，如鐵礦石、煤炭、石油、天然氣等。

【礦藏】kuàng cáng 埋在地層中的礦物資源的總稱。

¹² 磺
（普）huáng （粵）wong⁴ 王
硫磺，“硫” 的通稱。

示 部

¹² 礁
（普）jiāo （粵）ziu¹ 焦
礁石：江河海洋中隱於水下或露出水面的巖石：暗礁／觸礁。

⁰ 示
（普）shì （粵）si⁶ 士
① 給人看，讓人知道：展示／不甘示弱。 ② 敬辭。指別人的吩咐或信函：請示／接受指示。

【示威】shì wēi ① 顯示威力：小花貓弓起腰，呼

呼叫着向我示威。② 用集體行動表示強烈抗議或提出要求：遊行示威。

【示範】shì fàn 做出榜樣供人學習模仿：示範表演／示範教學。

³ 社

社社社社社社 社

(普) shè (粵) se⁵ 舍

① 古代指土地神：社稷。② 社會：社工。③ 公民團體：棋社／社團。④ 服務性機構的名稱：旅社／出版社／旅行社。

【社工】shè gōng ① 社會工作：社工這門學問涉及的社會問題很複雜。② 社會工作者：他是一名稱職的社工，心理輔導專家。

【社交】shè jiāo 人和人之間的交際來往：社交圈／社交場合／社交晚宴。

【社區】shè qū ① 在同一管理範圍內的居民區：社區義工。② 居住、生活、商業、學校、醫療等設施齊全的地區。

【社會】shè huì ① 以人的各種交往活動為基礎，相互聯繫、相互制約的生存共同體。② 同一階層的羣體：上流社會／貴族社會。

【社論】shè lùn 義發表在報紙刊物上的評論當前社會重大問題的文章。

³ 祀

祀祀祀祀祀祀 祀

(普) sì (粵) zi⁶ 自

向神佛或祖先奉獻祭品並行禮致敬，並祈求保佑：祭祀／奉祀祖先。

⁴ 祉

祉祉祉祉祉祉 祉

(普) zhǐ (粵) zi² 止

福：福祉（幸福）。

⁴ 祈

祈祈祈祈祈祈 祈

(普) qí (粵) kei⁴ 其

① 向神祈禱並提出訴求：祈福（求幸福、求降福）／祈雨（請求上天降雨）。② 請求：祈求／敬祈回覆。

【祈求】qí qiú 懇切地請求或希望：祈求伸出援手大力幫助。⑤ 賜予

【祈禱】qí dǎo 向神默告自己的願望：在主面前虔誠祈禱。

⁵ 祖

祖祖祖祖祖祖 祖

(普) zǔ (粵) zou² 早

① 祖宗：祭祖／遠祖。② 父母的父母：祖父／祖母／外祖父／外祖母。③ 世代：祖祖輩輩。④ 開創事業或派別的人：開山鼻祖。

【祖先】zǔ xiān 一個民族或家族年代久遠的先輩：黃帝是中華民族的祖先。

【祖宗】zǔ zōng 祖先；家族的先輩：祖宗三代／祖宗牌位。

【祖國】zǔ guó 出生的國家；祖籍所在的國家：報效祖國。

⁵ 神

神神神神神神 神

(普) shén (粵) zan⁴ 臣⁴

① 天地萬物的創造者和主宰者；人間的主宰者：天神／神明／門神／土地神。② 精神、注意力：費神／聚精會神。③ 表情、神態：眼神／神采（精神和風采）。④ 玄妙莫測的：神祕／神機妙算。⑤ 出眾的、超出一般的：神童／神醫／神筆。

【神父】shén fù 天主教、東正教的男性神職人員，協助主教管理教務，一般負責管理教堂並主持宗教活動。

【神仙】shén xiān 超脫塵世、長生不老的人。

【神奇】shén qí 神妙奇特、神祕奇妙：神奇美麗的大自然。同 奇妙 反 平常

【神色】shén sè ① 神情，神態：神色慌張／神色自若。② 中醫學指人的精神氣色。

【神氣】shén qì ① 神情；神態：神氣自若。② 精神飽滿，生氣勃勃：穿一身很神氣的海軍服。③ 得意、驕傲的樣子：故意做出一副神氣的樣子。

【神秘】shén mì 高深莫測的；令人摸不透的：神祕莫測／神祕人物。反 公開

【神情】shén qíng 神態表情：神情緊張／神情莊重。同 表情 * 神態

【神聖】shén shèng ① 崇高莊嚴的、不可輕侮的：神聖的事業／祖國領土神聖不可侵犯。② 指神靈：來者是何方神聖？反 卑賤 * 輕賤

【神話】shén huà ① 古代關於神或被神化的英雄的故事：希臘神話。② 荒唐離奇、毫無根據的話：白紙變大鈔的神話竟然會有人相信！

【神經】shén jīng 人和動物體內傳導信息的組織，由神經纖維和纖維束組成：神經系統。
〔附加詞〕神經病：① 神經系統的疾病，如麻木、癱瘓、疼痛、昏迷等。② 精神病的俗稱。
〔簡明詞〕神童：智力高超的兒童。神醫：手到病除的醫生。神筆：高超的文筆，寫作高手。神機妙算：高超的智慧，巧妙的謀劃。

【神態】shén tài 神情態度：神態自如／神態安詳。

5 **祝**　祝祝祝祝祝祝　祝
⑧ zhù ⑧ zuk¹ 足
① 古代宗廟中管祭禮的人。後世指寺廟中管香火的人：廟祝。② 向神禱告祈福：祝禱。③ 祝頌，向人表示良好願望：祝賀（慶賀）／祝你一路平安。④ 斷絕；削去：祝髮為僧。

【祝福】zhù fú ① 求神賜福。② 在年底祝告天地、祈求賜福的民俗。③ 向人發出美好祝願：

住院期間，收到許多朋友祝福的信件。

【祝願】zhù yuàn 向人表示良好願望：祝願您全家幸福。反 詛咒

5 **祕**[秘]⁽¹⁾　祕祕祕祕祕祕　祕
⑧ mì ⑧ bei³ 備³
【祕密】mì mì 不公開、不讓人知道的：祕密文件。② 祕密的事情：軍事祕密／兩人間的祕密。反 公開

【祕書】mì shū 掌管文書並協助負責人處理日常事務的人員：在律師事務所當祕書。

【祕訣】mì jué 不公開、有成效的方法：讀書的祕訣／學習的祕訣。

5 **祕**[秘]⁽²⁾　
⑧ bì ⑧ bei³ 備³
同 "秘"。國名用字，祕魯。

5 **祠**　祠祠祠祠祠祠　祠
⑧ cí ⑧ ci⁴ 詞
祠堂，中國古代祭祀祖宗或功德顯赫人物的廳堂：宗祠。

5 **祟**　祟祟祟祟祟祟　祟
⑧ suì ⑧ seoi⁶ 睡
① 鬼神帶來災禍；搞鬼作怪：暗中作祟。② 見不得人：鬼鬼祟祟。

6 **票**　票票票票票票　票
⑧ piào ⑧ piu³ 漂
① 作為憑證的紙券：車票／支票／投票選舉。

② 紙幣：鈔票 / 票面。③ 被盜匪綁架的人質：綁票 / 撕票。

【票房】piào fáng ① 售票處。② 售出票的全部價值：這電影的票房收入高達四億美元。

【票據】piào jù ① 合乎法定形式，並有支付定量貨幣金額義務的憑證。② 進出貨物的憑證。

6 祭　祭祭祭祭祭祭

(普)jì (粵)zai³ 制

① 祭祀：祭祖 / 祭神 / 祭掃（在墓前打掃祭奠）。
〔文言選錄〕王師北定中原日，家祭毋忘告乃翁！（《示兒》陸游）

【祭祀】jì sì 擺上供品向神佛或祖宗行禮，表示恭敬、祈求保佑。

【祭奠】jì diàn 為死者舉行追念儀式：祭奠亡靈。

6 祥　祥祥祥祥祥祥

(普)xiáng (粵)coeng⁴ 詳

① 吉兆：祥瑞（吉祥的兆頭）。② 吉利；幸運：吉祥 / 祥和（吉祥平和；慈祥和藹）/ 和氣致祥。

8 禁(一)　禁禁禁禁禁禁

(普)jìn (粵)gam³ 今³

① 不許可、不准許：禁止 / 禁賭。② 關押；限制自由：囚禁 / 軟禁。③ 法令、規矩不允許做的事：犯禁 / 違禁。④ 指皇宮：宮禁。

【禁止】jìn zhǐ 不允許；不准：明令禁止 / 禁止吸煙。(反)允許

【禁區】jìn qū ① 一般人或無關的人不得進入的地區：軍事禁區。② 不許涉及的範圍或領域：科學無禁區。③ 某些球類運動指發球區以內的地方：在禁區犯規，判罰十二碼。

8 禁(二)

(普)jīn (粵)gam³ 今³

① 承受；經得起：禁受考驗 / 弱不禁風。② 忍住：情不自禁 / 不禁大笑。

【禁不住】jīn bu zhù ① 控制不住：禁不住大哭起來。② 受不了、受不住：疼得他禁不住 / 禁不住積雪重壓，頂棚塌了。

8 祿　祿祿祿祿祿祿

(普)lù (粵)luk⁶ 鹿

古代官吏的薪俸：福祿壽 / 高官厚祿。

9 福　福福福福福福

(普)fú (粵)fuk¹ 複

幸福；福氣：享福 / 福分 / 福祉（幸福）。
〔文言選錄〕此何遽不為福乎？（塞翁失馬——《淮南子》劉安）

【福利】fú lì ① 幸福和利益：為民眾謀福利。② 利益、好處：年度旅遊是公司員工享受的福利。

【福氣】fú qì 享福的運氣：有兩個孝順兒子，福氣真不小。(反)晦氣。

9 禍[祸]　禍禍禍禍禍禍

(普)huò (粵)wo⁶ 和⁶

① 災難、災禍：闖了大禍。② 危害：禍國殃民。

【禍害】huò hài ① 災禍：不小心招來禍害。② 引起災禍的人或事物：不孝之子，家裏的禍害。③ 危害、損害：貪官污吏禍害老百姓。

11 禦

禦 禦 禦 禦 禦 禦 　禦

⟨普⟩yù ⟨粵⟩jyu⁶ 過

抵擋：防禦 / 禦寒（保暖防寒）。

12 禪 [禅]

禪 禪 禪 禪 禪 禪 　禪

⟨普⟩chán ⟨粵⟩sim⁴ 蟬

① 佛教的修煉方式：屏除雜念、靜心領會佛理 / 參禪。② 有關佛教的事物：禪師（尊稱僧侶）/ 禪房（僧尼修行居住的房舍）/ 禪堂（僧尼修行和做佛事的房子）。

13 禮 [礼]

禮 禮 禮 禮 禮 禮 　禮

⟨普⟩lǐ ⟨粵⟩lai⁵ 黎⁵

① 表示敬意的動作或態度：敬禮 / 先禮後兵。
② 禮儀：婚禮 / 典禮。③ 行為準則、道德規範：禮義廉恥。④ 禮物：賀禮。⟨俗⟩千里送鵝毛，禮輕情意重

【禮物】lǐ wù 贈送給人的物品：聖誕禮物。⟨同⟩禮品

【禮拜】lǐ bài ① 教徒敬神的儀式：進寺院燒香禮拜 / 到教堂做禮拜 / 去清真寺禮拜。②"禮拜天"、"禮拜日"的簡稱：今天是禮拜，該出去玩玩。③ 指一個星期：下個禮拜去日本。④ 與"天、日、一、二、三、四、五、六"連用，表示一星期七天中的一天：禮拜一要上班。

〔附加詞〕禮拜天、禮拜日：星期日。基督徒在基督復活的星期日這一天到教堂做禮拜，所以稱作禮拜天、禮拜日。

【禮堂】lǐ táng 舉行典禮或集會用的大廳。

【禮貌】lǐ mào 言行謙恭有禮節：做個文明有禮貌的人。⟨反⟩粗魯＊粗野。

【禮儀】lǐ yí 禮節和儀式：同朋友往來，要注重禮儀。

14 禱 [祷]

禱 禱 禱 禱 禱 禱 　禱

⟨普⟩dǎo ⟨粵⟩tou² 土

向神佛求助：禱告 / 祈禱。

【禱告】dǎo gào ① 向神靈祝告。② 宗教徒祈求神保佑的儀式：做禱告。⟨同⟩祈禱

内部

4 禺

禺 禺 禺 禺 禺 禺 　禺

⟨普⟩yú ⟨粵⟩jyu⁴ 餘

番禺，地名，在廣州市。

4 禹

禹 禹 禹 禹 禹 禹 　禹

⟨普⟩yǔ ⟨粵⟩jyu⁵ 雨

傳說是夏代的第一個君主，又稱大禹、夏禹。相傳帶領人民治理洪水十三年，三過家門而不入，與堯和舜並稱古代三大明君。

8 禽

禽 禽 禽 禽 禽 禽 　禽

⟨普⟩qín ⟨粵⟩kam⁴ 琴

鳥類的通稱：禽鳥 / 禽獸（鳥類和獸類）/ 飛禽走獸。

禾部

0 禾　禾 禾 禾 禾

普 hé　粵 wo⁴ 和

① 粟，小米。② 禾苗，水稻和其他穀類作物的幼苗。

〔古詩文〕鋤禾日當午，汗滴禾下土。誰知盤中飧，粒粒皆辛苦。

2 禿 [禿]　禿 禿 禿 禿 禿 禿

普 tū　粵 tuk¹

① 人沒有頭髮；鳥獸頭、尾或身體沒有毛：禿頭 / 禿尾巴雞。② 山沒有草木；樹木沒有枝葉：禿山 / 禿樹。③ 物體尖端不銳利：禿筆。

2 秀　秀 秀 秀 秀 秀 秀

普 xiù　粵 sau³ 獸

① 農作物抽穗開花：秀穗。② 優異：優秀。③ 優秀的人：後起之秀。④ 美麗不俗：秀美（清秀美麗）/ 山明水秀。⑤ 表演；炫耀：作秀 / 服裝秀。

【秀麗】xiù lì 清秀美麗：山川秀麗 / 字寫得很秀麗。同 秀美

2 私　私 私 私 私 私 私

普 sī　粵 si¹ 思

① 個人的；非官方的：私宅 / 私事 / 私利。② 利己，為自己着想：自私自利。③ 暗地裏、不公開的：私下 / 竊竊私語。④ 非法的：偷運私貨。

【私人】sī rén ① 個人的、自己的：私人秘書。② 個人之間的：處事公道，不講私人交情。

【私立】sī lì ① 擅自設立的：私立收費名目。② 私人設立、開辦的：私立學校 / 私立醫院。反 公立

【私自】sī zì 暗自；擅自：私自離家出走 / 私自發出指示。

3 秉　秉 秉 秉 秉 秉 秉

普 bǐng　粵 bing² 丙

① 手持、拿着：秉燭夜遊 / 秉筆直書。② 掌握、主持：秉公辦事。③ 承接：秉承（承受；接受）。

【秉性】bǐng xìng 性格，天性。俗 江山易改，秉性難移

4 秒　秒 秒 秒 秒 秒 秒

普 miǎo　粵 miu⁵ 渺

時間單位。60 秒為 1 分鐘：一秒的時間俗稱一秒鐘。

4 秋　秋 秋 秋 秋 秋 秋

普 qiū　粵 cau¹ 抽

① 一年四季中的第三季：深秋 / 秋天（秋季）/ 秋色（秋天的景色）。② 年：千秋萬代。③ 時候、時期：多事之秋 / 危急存亡之秋。④ 農作物成熟時節：麥秋 / 秋收（秋季收穫農作物）。

【秋季】qiū jì 一年四季的第三季。中國農曆指立秋到立冬的三個月（農曆七、八、九月）。

4 科　科 科 科 科 科 科

普 kē　粵 fo¹ 火¹

① 法令，法律條文：金科玉律 / 作奸犯科。② 徵

收;處罰:科稅 / 科以罰金。③ 學術、課程或業務的分類:文科 / 理科 / 牙科。④ 政府、企業分設的辦事機構:財務科 / 人口調查科。⑤ 動物學和植物學上的一個分類,目以下為科,科以下為屬:豆科植物 / 貓科動物。⑥ 訓練戲曲藝徒的組織:科班出身。

【科目】kē mù 按事物的性質劃分的類別:考試科目。

【科學】kē xué ① 解釋自然界、人類和社會的知識體系:自然科學 / 宇宙科學 / 人文科學。② 合乎科學的;正確的:科學方法。

秦 秦秦秦秦秦秦 秦
(普)qín (粵)ceon⁴ 巡
① 秦朝,中國古代國名,秦始皇建立。秦朝是中國歷史上第一個大一統的封建王朝,公元前206年滅亡。

秤 秤秤秤秤秤秤 秤
(普)chèng (粵)cing³ 稱
衡量重量的器具:桿秤 / 磅秤。

租 租租租租租租 租
(普)zū (粵)zou¹ 遭
① 土地稅:田租 / 地租。② 有償使用他人的土地房產:租地 / 租房。③ 出租:三套房子都租出去了。④ 出租土地房產所得的錢或實物:房租 / 地租。

【租金】zū jīn 出租土地房產所得;承租土地房產所付出的費用。

【租賃】zū lìn ① 租用:在中環大廈租賃了一間寫字樓。② 出租:房子租賃給朋友了。

秧 秧秧秧秧秧秧 秧
(普)yāng (粵)joeng¹ 央
① 林木和農作物幼苗:樹秧 / 瓜秧。② 特指水稻幼苗:插秧。③ 一些植物的莖:白薯秧。

秩 秩秩秩秩秩秩 秩
(普)zhì (粵)dit⁶ 迭
次序:秩序。

【秩序】zhì xù 有條理、不混亂的狀態:秩序井然 / 課堂秩序很好。

秘 (一) 秘秘秘秘秘秘秘 秘
(普)mì (粵)bei³ 臂
① 不公開的:秘訣 / 秘方。② 神秘,無法捉摸的:奧秘 / 行蹤詭秘。③ 隱藏:秘而不宣。④ 堵塞:便秘。

秘 (二)
(普)bì (粵)bei³ 臂
同"祕"。譯音用字:秘魯(南美洲國名)。

移 移移移移移移 移
(普)yí (粵)ji⁴ 兒
① 挪動;搬動:遷移 / 寸步難移。② 改變;變動:潛移默化 / 移作他用。

【移民】yí mín ① 公民改變居住地或移居外國:向西部移民 / 移民加拿大。② 遷居的人;移居外國的人:三峽庫區的移民 / 舊金山的上海移民。

【移居】yí jū 遷到另一地方居住:從上海移居香港。

【移動】yí dòng 由一個地方轉到另一個地方:起身

移動了一下座椅。

【移植】yí zhí ① 將植物或幼苗移到別處栽種：移植路邊的大榕樹。② 用身體的部分組織替代同體或異體受損的組織；將器官代替異體的同一器官：腎移植 / 移植角膜 / 皮膚移植。

稍

⑦

（普）shāo（粵）saau² 筲²

① 末端：麻雀在梧桐的稍頭跳來跳去。② 略微：稍微。

【稍後】shāo hòu ① 略微推遲：稍後我去見你。② 略微靠後：請站得稍後一點。

稈[秆]

⑦

（普）gǎn（粵）gon² 趕

稈子，一些植物的莖：麥稈 / 玉米稈。

程

⑦

（普）chéng（粵）cing⁴ 晴

① 準則；法則：章程 / 程式。② 步驟；次序：過程 / 日程安排。③ 一段距離、一段道路：射程 / 航程 / 旅程。

【程式】chéng shì ① 格式：設計圖表的程式。② 程序：編寫電腦程式。

【程序】chéng xù ① 次序；步驟：操作程序。② 按邏輯順序設計的指令集合：埋頭寫程序。

【程度】chéng dù ① 所達到的水準：大學程度 / 她的英語程度大概能會話。② 所達到的狀況：迷戀偶像團體到了瘋狂的程度。

稀

⑦

（普）xī（粵）hei¹ 希

① 少，不多：稀少（很少、極少）/ 稀有 / 稀罕 / 地廣人稀。② 裏面含的東西少：稀粥 / 稀薄。③ 相當於“很、非常”：稀爛（很爛；非常破碎）。

【稀有】xī yǒu 少有的、罕有的：明代的字畫如今已非常稀有了。（反）常見

【稀罕】xī han ① 稀奇、極少見的：稀罕事 / 稀罕的東西。② 因為罕見而覺得寶貴或惹人喜愛：我才不稀罕這個東西呢！

【稀奇】xī qí 稀少新奇：下雪在這兒並不稀奇。（同）稀罕（反）平常 * 尋常

【稀疏】xī shū 間隔大；不密集：頭髮稀疏 / 夜晚的長街，行人稀疏。（反）濃密 * 稠密

【稀薄】xī bó 密度小；不濃厚：雪山上空氣稀薄。（反）濃厚

稅[税]

⑧

（普）shuì（粵）seoi³ 碎

政府按規定向社會徵收的金錢：稅收（政府徵稅的收入）/ 個人所得稅。

稚

⑧

（普）zhì（粵）zi⁶ 自

幼小：幼稚 / 童稚 / 稚氣（孩子氣）。

稠

⑧

（普）chóu（粵）cau⁴ 酬

① 多；密集：稠密（濃密；密集）/ 稠人廣眾（人煙稠密的地方）。② 濃度高：米粥熬得很稠。

8 稟[禀]　稟稟稟稟稟稟　稟

（普）bǐng（粵）ban² 品

① 賦予：稟賦（先天具有的素質）。② 接受；承受：稟承（承受；接受）。③ 向上級或尊長報告：稟告（對上報告）/ 稟報（對上報告或陳述事情）。

9 種[种]（一）　種種種種種種　種

（普）zhǒng（粵）zung² 總

① 人種：種族（人種）/ 黃種人 / 白種人。② 植物繁殖的種子；動物繁殖後代的遺傳物質：稻種 / 配種 / 雜種。③ 種類；類別：劇種 / 品種。④ 與數目字連用，表示人或事物的數量：兩種人 / 一種願望 / 幾種顏色。

【種子】zhǒng zi 可以長出新個體的植物果實：小麥種子 / 玉米種子。

【種種】zhǒng zhǒng ① 各種各樣：克服種種困難，取得好成績。② 各種各樣的事物：凡此種種，就不多說了。

【種類】zhǒng lèi 劃分的門類：種類繁多 / 魚的種類。（同）門類 * 類別

9 種[种]（二）

（普）zhòng（粵）zung² 總

① 種植、栽種：種花 / 種水稻。② 接種：種牛痘 / 給孩子種疫苗。（俗）種瓜得瓜，種豆得豆

【種植】zhòng zhí 播種種子；栽培幼苗：種植玉米 / 種植樹苗。（同）栽種（反）收穫

9 稱[称]（一）　稱稱稱稱稱稱　稱

（普）chēng（粵）cing¹ 青

① 名稱：簡稱 / 敬稱 / 別稱。② 稱作，叫作：自稱 / 稱兄道弟。③ 說：連聲稱好。④ 讚揚：稱

許（讚美）/ 稱道 / 交口稱讚。

【稱呼】chēng hu ① 叫：不知該怎樣稱呼他？② 當面招呼時用的名稱：我覺得"同學"這個稱呼很親切。

【稱號】chēng hào 給予的名稱。多用於嘉獎讚譽：英雄稱號 / 授予模範教師稱號。

【稱謂】chēng wèi 稱呼，如父親、老師、警官、總經理等。

【稱讚】chēng zàn 誇獎、讚揚：獲得大家的稱讚。（同）讚揚 * 讚美

9 稱[称]（二）

（普）chèn（粵）cing³ 青³

① 相當；符合：對稱 / 稱職 / 稱心如意。② 測定輕重：稱分量 / 稱體重。

〔簡明詞〕稱職：勝任所擔當的職務。稱心如意：符合心願，心滿意足。

10 穀[谷]　穀穀穀穀穀穀　穀

（普）gǔ（粵）guk¹ 谷

① 糧食作物的總稱：穀物（穀類作物）/ 五穀豐登。② 北方指粟，南方指稻穀：穀子 / 打穀。

10 稽（一）　稽稽稽稽稽稽　稽

（普）jī（粵）kai¹ 溪

① 考核；查考：稽查（檢查）/ 無稽之談。② 計較；爭辯：反脣相稽。③ 停留：稽留。

10 稽（二）

（普）qǐ（粵）kai¹ 溪

叩頭至地：稽首叩謝。

稻

稻 稻 稻 稻 稻 稻　稻

(普) dào (粵) dou⁶ 杜

水稻，主要糧食作物之一，成熟時穗呈金黃色，結的子實稱稻穀，去殼後叫大米：稻田（種植水稻的田地）/ 稻米（大米）。

稿

稿 稿 稿 稿 稿 稿　稿

(普) gǎo (粵) gou² 高²

底本、底稿；寫成的詩文、畫成的圖畫：草稿 / 手稿 / 畫稿 / 投稿。

【稿子】gǎo zi ① 文章、圖畫等的草稿、底本：連夜趕稿子。② 寫成的詩文：審稿子。

稼

稼 稼 稼 稼 稼 稼　稼

(普) jià (粵) gaa³ 駕

① 種植穀物：耕稼。② 穀物：禾稼（田裏的農作物）/ 莊稼（zhuāng jia）。

積

積 積 積 積 積 積　積

(普) jī (粵) zik¹ 即

① 聚集；積累：積雪 / 積德（行善事，積德行）/ 積少成多。② 堆積：積土成山。③ 長時間積累下來的：積重難返。

【積累】jī lěi ① 逐漸增加；逐漸聚集：王老師積累了豐富的教學經驗。② 積累起來的東西：憑着豐富的生活積累寫出了這本書。(反) 消耗

【積極】jī jí ① 正面的、起促進作用的：鍛煉身體有積極作用。② 努力，熱心投入：積極參加社會公益活動 / 學習積極，有上進心。(反) 消極

【積蓄】jī xù ① 累積儲存：積蓄養老的錢。② 積蓄下來的財物：拿出積蓄助養貧苦兒童。(同) 積累 (反) 耗費

【積聚】jī jù 逐漸增加、逐漸聚集：管理不善，集聚了一大堆問題。(反) 分散

【積重難返】jī zhòng nán fǎn 長期積累下太多問題，很難解決。

穆

穆 穆 穆 穆 穆 穆　穆

(普) mù (粵) muk⁶ 木

恭敬；莊嚴：肅穆 / 靜穆。

穌 [稣]

穌 穌 穌 穌 穌 穌　穌

(普) sū (粵) sou¹ 蘇

① 蘇醒：死而復穌。② 音譯用字：耶穌。

穎 [颖]

穎 穎 穎 穎 穎 穎　穎

(普) yǐng (粵) wing⁶ 泳

① 禾穗的末端。② 尖端：脫穎而出。③ 聰敏：聰穎。④ 新奇：新穎。

穗

穗 穗 穗 穗 穗 穗　穗

(普) suì (粵) seoi⁶ 睡

① 聚生在植物頂端的花或果實：稻穗 / 麥穗 / 抽穗。② 掛起來下垂的裝飾物：垂着大紅穗子的宮燈。③ 廣州的別稱。相傳五羊啣穗來到廣州這個地方，故稱穗，又叫羊城。

穢 [秽]

穢 穢 穢 穢 穢 穢　穢

(普) huì (粵) wai³ 畏

① 骯髒：污穢。② 醜惡；醜陋：自慚形穢。③ 淫亂；下流：淫穢。

〔文言選錄〕晨興理荒穢，帶月荷鋤歸。（《歸園田居》陶潛）

穫[获]　穫穫穫穫穫穫 穫 ¹⁴

(普) huò (粵) wok⁶ 獲

收割莊稼：收穫。

✏️ 穫與獲：① 穫字的偏旁是 "禾"，禾是穀類作物的幼苗，所以 "穫" 的 "得到" 的意思只用於農作物和同農作物相關的東西，一般不用於其他方面；獲字的偏旁屬 "犬" 部，意思是 "獵獲"，後來字義擴展為得到各種東西和農作物都可用 "獲"。② 穫的常用詞：收穫（莊稼）；獲的常用詞：收獲、獲得、獲取、獲救、獲勝、獲益、獲知、捕獲、繳獲、破獲、榮獲。

穩[稳]　穩穩穩穩穩穩 穩 ¹⁴

(普) wěn (粵) wan² 溫 ²

① 穩定：穩如泰山。② 控制住；穩定下來：穩住局面 / 先穩住那騙子，我去報警。③ 沉穩不輕浮：穩重（莊重有分寸）。④ 妥當：穩當 / 穩妥（妥當可靠）。

【穩當】wěn dàng ① 穩妥恰當：辦事穩當。② 平穩、穩定：落地動作輕捷穩當。

【穩定】wěn dìng ① 平穩安定，沒有變動：情緒穩定 / 局勢穩定。② 控制住，使安定下來：穩定局勢。(反) 混亂

穴 部

穴　穴穴穴穴 穴 ⁰

(普) xuè (粵) jyut⁶ 月

① 窟窿；土洞；巖洞：石穴 / 墓穴 / 穴居。② 動物的窩：蟻穴 / 龍潭虎穴。③ 比喻壞人盤據、藏匿的地方：匪穴。④ 穴位：太陽穴。

【穴位】xué wèi 中醫學稱人體經絡上有特別機能的點位。按摩或針灸穴位可以治療多種疾病。

究　究究究究究究 究 ²

(普) jiū (粵) gau³ 救

① 認真探求：研究 / 深究。② 追究；查問：究辦（查究法辦）/ 既往不究 / 違法必究。③ 畢竟、到底：終究 / 究應由誰來負責？

【究竟】jiū jìng ① 事情的原委、結果：總想知道個究竟。② 到底；畢竟：這究竟是怎麼回事 / 究竟是我的孩子，哪能不惦記他。

空 ^(一)　空空空空空空 空 ³

(普) kōng (粵) hung¹ 兇

① 裏面沒有東西：空心 / 空盒子 / 空無一人。② 空洞的；不切實際的：空名 / 空談。③ 天空：晴空萬里。④ 無，沒有：目空一切 / 人財兩空。⑤ 無着落；沒成效：落空 / 撲空 / 空口無憑（僅是嘴説，沒有憑據）。⑥ 白白地：空歡喜 / 空跑一趟。

【空前】kōng qián 前所未有：盛況空前，氣氛火爆。(反) 絕後

〔附加詞〕空前絕後：形容非常罕有或卓越非凡。

【空洞】kōng dòng ① 窟窿：牆上有個空洞。② 沒有具體內容：空洞的言辭説教，沒人願意聽。(反) 充實 * 具體

【空軍】kōng jūn 負責空間作戰的部隊，由各類戰機、偵察機和轟炸機隊，傘兵、防空兵、雷達通訊兵和地面後勤支援部隊組成。

【空氣】kōng qì ① 包圍着地球的大氣氣體：越高空氣越稀薄。② 氣氛；情勢：兩人吵得厲害，空氣緊張 / 有説有笑，空氣異常活躍。

【空虛】kōng xū ① 裏面沒東西：山洞裏空虛無

物。② 不充實：精神空虛／生活空虛。🔄 充實

【空間】kōng jiān ① 甚麼東西都沒有的地方：時間和空間。② 由確定的長度、寬度和高度構成的範圍：空間藝術／房子裏東西少，空間比較大。③ 地方：我終於找到了發揮自己特長的空間。

【空想】kōng xiǎng 憑空想像；不切實際的想法：你的想法是空想，現實行不通。🔄 幻想

【空置】kōng zhì ① 放着不使用：房屋空置。② 閒置不用的：郊區空置房屋很多。🔄 閒置。

【空曠】kōng kuàng 地方廣闊，沒有遮擋：空曠的原野。🔄 狹小

3 **空** (二)

🅟 kòng 🅖 hung¹ 兇

① 使空着；騰出來：空一格／空個位置給他坐坐。② 缺：虧空。③ 沒被佔用的：空額／空房。④ 未佔用的地方；空餘時間：填空／空閒（閒暇）。

【空白】kòng bái ① 未被使用的：空白支票。② 未被利用的地方；未涉及的領域：書頁的空白寫滿了批語／他的研究成果填補了技術空白。③ 空無所有：緊張得腦子裏一片空白。

【空缺】kòng quē ① 沒填補上的：人力不足，空缺很大。② 空置的職位：教師目前沒有空缺。

【空隙】kòng xì ① 很狹小的地方：櫥和牆壁之間留點空隙。② 短暫的空閒時間：抓住工作空隙休息一會兒。③ 可乘的機會：高層不合，給精明的員工留下空隙。

4 **突** 突突突突突突 突

🅟 tū 🅖 dat⁶ 凸

① 凸出；高過周圍：峯巒突起。② 突破；衝破：衝突／突圍。③ 忽然：天氣突變。

【突出】tū chū ① 衝出：突出重圍。② 鼓出來，高於周圍：前額突出。③ 特別好，超過一般：成

績突出，受到老師讚揚。🔄 一般

✏️ "突出"還是"凸出"？"突出"與"凸出"都有高出來的意思，但"突出"還有超過一般地顯露出和使超出一般的比喻義。如"業績突出"、"突出重點"，其中的"突"一般不用"凸"。

【突破】tū pò ① 集中兵力攻擊一點，打開缺口：突破防線。② 打破；超過：產量突破了紀錄。

【突然】tū rán 驟然間，出人意料：她突然造訪，讓他頗感意外。

【突擊】tū jī ① 出其不意地打擊敵人：突擊隊突擊敵營。② 集中力量快速完成工作：突擊搶修被洪水沖毀的大橋。

【突襲】tū xí 乘對方不防備發起攻擊。

【突如其來】tū rú qí lái 突然來臨；突然發生。

4 **穿** 穿穿穿穿穿穿

🅟 chuān 🅖 cyun¹ 川

① 穿過去；通過去：穿針引線／橫穿馬路。② 開鑿；挖掘：穿牆／穿鑿。③ 把衣服鞋襪套在身上腳上：穿着打扮。④ 把有小孔的東西貫串起來：穿佛珠。⑤ 透徹，露出真相：説穿／凡事要看得穿，想得開。

【穿梭】chuān suō 像織布的梭子來回不停。形容來往頻繁：穿梭外交／穿梭似的人來人往。

5 **窄** 窄窄窄窄窄窄 窄

🅟 zhǎi 🅖 zaak³ 責

① 狹窄：冤家路窄／窄窄的一條小巷子。② 狹小：目光狹窄的人做不了大事。

【窄小】zhǎi xiǎo 狹小：窄小的儲物室，塞得滿滿的。🔄 寬大 * 寬敞

6 窒

窒窒窒窒窒窒 窒

（普）zhì （粵）zat⁶ 疾

阻塞不通。

【窒息】zhì xī ① 呼吸困難；暫停呼吸：好像窒息似的，吸不到氣。② 阻礙、壓制：窒息民主。

7 窖

窖窖窖窖窖窖 窖

（普）jiào （粵）gaau³ 教

① 收藏東西的坑洞；地下儲藏東西的地方：冰窖 / 菜窖 / 酒窖。② 把東西藏入地窖：窖藏七十年的名貴紅酒。

7 窗

窗窗窗窗窗窗 窗

（普）chuāng （粵）coeng¹ 昌

窗子，房屋壁上或頂上透光通風的裝置：天窗 / 鋁窗 / 百葉窗。

【窗口】chuāng kǒu ① 窗戶；窗戶前：窗口擺着一盆花 / 窗口閃過她的身影。② 專用的窗形洞口：去窗口買車票 / 到三號窗口辦手續。③ 可從中觀察情況的地方：眼睛是靈魂的窗口 / 博覽會是透視各國經濟文化的窗口。

【窗戶】chuāng hù 窗，窗子。

【窗簾】chuāng lián 掛在窗戶上起遮蔽作用的簾子。多用紡織品製成。

8 窟

窟窟窟窟窟窟 窟

（普）kū （粵）fat¹ 忽

① 洞穴：石窟 / 狡兔三窟。② 特定人羣的聚集處：匪窟 / 魔窟 / 貧民窟。

【窟窿】kū lóng ① 孔；洞：窟窿眼兒 / 石頭上有個小窟窿。② 比喻虧空、債務：手頭緊，窟窿一直填不上。③ 比喻漏洞、麻煩事：千萬別給我

闖禍捅窟窿。

9 窪

窪窪窪窪窪窪 窪

（普）wā （粵）waa¹ 娃

① 凹陷：窪地 / 低窪。② 凹陷的地方：一腳踩進水窪裏。

9 窩 [窝]

窩窩窩窩窩窩 窩

（普）wō （粵）wo¹ 和¹

① 鳥獸昆蟲的巢穴：鳥窩 / 狗窩 / 螞蟻窩。② 藏身之處；安身之處：賊窩 / 安樂窩。③ 凹陷的地方：心窩 / 酒窩 / 山窩。④ 藏：窩在山裏不出來。⑤ 憋着，悶着：窩火 / 窩了一肚子氣。⑥ 與數目字連用，表示母體一次性生出或孵出一羣幼仔這種生育行為的次數：母雞孵出一窩小雞 / 我家的老母豬下過四窩小豬。

10 窮 [穷]

窮窮窮窮窮窮 窮

（普）qióng （粵）kung⁴ 穹

① 貧困：貧窮。② 荒涼偏遠：窮鄉僻壤（荒遠偏僻的地方）。③ 探求：窮根究底（追根問底）。④ 盡；完：理屈詞窮 / 層出不窮。⑤ 徹底；全力：窮追猛打。⑥ 極、極其：窮兇極惡（兇惡到極點）。

10 窰

窰窰窰窰窰窰 窰

（普）yáo （粵）jiu⁴ 搖

① 燒製磚、瓦、陶瓷的大型爐灶：磚窰 / 瓦窰。② 土法採煤挖的洞：煤窰。③ 窰洞，中國西北黃土高原地區依土山挖成的洞形居所。

窺[窺]

窺窺窺窺窺窺 窺

⑪

（普）kuī（粵）kwai¹ 規

① 從小孔看；偷看：偷窺 / 窺測（暗中察看揣測）。② 看；觀看：窺見（看見）。

窿

窿窿窿窿窿窿 窿

⑫

（普）lóng（粵）lung⁴ 龍

窟窿。詳見"窟窿"。

竄[竄]

竄竄竄竄竄竄 竄

⑬

（普）cuàn（粵）cyun³ 寸

① 奔逃；亂跑：四處流竄 / 抱頭鼠竄。② 改動：竄改（刪改得不合原意）。

竅[竅]

竅竅竅竅竅竅 竅

⑬

（普）qiào（粵）hiu³ 撬

① 洞；孔穴：孔竅。② 指人或動物器官上的孔：七竅 / 鬼迷心竅。③ 關鍵；要害：訣竅 / 竅門（解決問題的巧妙方法）。

竊[竊]

竊竊竊竊竊竊 竊

⑰

（普）qiè（粵）sit³ 泄

① 偷：偷竊 / 竊取（偷取）。② 賊，小偷：慣竊 / 竊賊。③ 非法佔據：竊據（非法佔有） / 竊國大盜。④ 抄襲：剽竊。⑤ 偷偷地；暗中地：竊聽（偷聽；監聽） / 竊竊私語（說悄悄話）。

立 部

立

立立立立 立

⓪

（普）lì（粵）laap⁶ 臘 / lap⁶ 粒⁶

① 站着；直立：站立 / 鶴立雞羣。② 豎起來：立碑。③ 存在；生存：自立 / 孤立。④ 設置；建立：創立 / 立功。⑤ 制定；訂立：立法。⑥ 確定名分、地位：立太子 / 立皇后。⑦ 即刻、當即、馬上：立即 / 立刻 / 當機立斷。

〔古詩文〕己欲立而立人，己欲達而達人。（《論語·雍也》）

〔簡明詞〕立春、立夏、立秋、立冬：中國傳統二十四節氣中的四個節氣，習慣上作為春、夏、秋、冬四季的開始；立春在公曆二月四日前後，立夏在公曆五月六日前後，立秋在公曆八月八日前後，立冬在公曆十一月七日或八日。

【立志】lìzhì 樹立下志向：立志畢業後做教師。

【立法】lìfǎ ① 制訂法律。② 制定法律的機構按照法定程序制定法律。

【立場】lìchǎng 對問題所抱的態度和意見：站在旁觀者的立場上說話。

【立體】lìtǐ ① 具有長度、寬度和高度的物體：立體模型。② 上下多層次的；全方位的：立體交通 / 立體戰爭。③ 有立體感的：立體聲 / 立體電影。(反)平面

站

站站站站站站 站

⑤

（普）zhàn（粵）zaam⁶ 暫

① 直立：站立（直立着） / 站起來拿書。② 停：站在路邊等同學。③ 候車的處所：地鐵站 / 巴士

站。④ 專設機構：氣象站。⑤ 與數目字連用，表示車站之間的距離：走了三站路才到學校。

6 章

章 章 章 章 章 章 [章]

普 zhāng 粵 zoeng¹ 張

① 文章作品的段落：樂章 / 第三章第二節。② 文章：出口成章。③ 條理：雜亂無章。④ 法規；規則：憲章 / 招生簡章。⑤ 古代臣下向君王報告情況、陳述意見的文本：向皇帝上奏章。⑥ 印章：私章 / 公章。⑦ 佩帶的標誌牌：勳章 / 肩章。⑧ 與數目字連用，表示書籍篇目的數量：全書共八章。

【章法】zhāng fǎ ① 詩文的篇章結構；書畫的佈局：章法嚴謹。② 程序和規則：做事沒章法，亂七八糟。

【章節】zhāng jié 章和節，書或文章內所劃分的各組成部分。一般先分章，章中分節。

6 竟

竟 竟 竟 竟 竟 竟 [竟]

普 jìng 粵 ging² 景

① 完畢；結束：完成父親的未竟之業。② 整；全：竟日竟夜地苦幹。③ 終究；終歸：有志者事竟成。④ 出乎意外：竟然（居然）/ 竟有此事 / 想不到她竟會打人。

7 童

童 童 童 童 童 童 [童]

普 tóng 粵 tung⁴ 同

① 小孩；未成年人：牧童 / 童心（小孩子純真的心）/ 返老還童。② 幼小的：童年（幼年）/ 童子（兒童；男孩子）。

【童話】tóng huà 兒童文學的一種。用幻想、誇張和人格化的手法編寫的適合兒童閱讀的故事：安徒生童話。

【童謠】tóng yáo 兒歌，兒童口耳相傳的歌謠，形式比較短小。

7 竣

竣 竣 竣 竣 竣 竣 [竣]

普 jùn 粵 zeon³ 俊

完畢；結束：竣工（完工）/ 告竣（完成）。

9 竭

竭 竭 竭 竭 竭 竭 [竭]

普 jié 粵 kit³ 揭

① 盡；完：聲嘶力竭 / 取之不盡，用之不竭。② 用盡；全部拿出：竭力（使盡全力）/ 竭盡（全部用盡）。③ 乾：湖水枯竭。

9 端

端 端 端 端 端 端 [端]

普 duān 粵 dyun¹ 短¹

① 直；正：端坐 / 端莊（端正莊重）。② 正派：品行不端。③ 仔細：端詳（仔細看）。④ 物體的一頭：尖端 / 筆端。⑤ 開頭，初始：開端。⑥ 方面、條、項：思緒萬端 / 詭計多端。⑦ 事情：禍端 / 弊端 / 事端。⑧ 原因；理由；辦法：無端生事 / 別無他端。⑨ 捧着；拿着：端茶送水。

【端午】duān wǔ 中國的傳統節日，在農曆五月初五。相傳古代楚國的大詩人屈原在這一天投江自盡，後人為紀念他，把這天定為節日。端午節有吃粽子、賽龍舟等風俗。

【端正】duān zhèng ① 不歪不斜：五官端正。反 歪斜 ② 正直；正派：品行端正。③ 糾正：端正學風。

15 競 [竞]

競 競 競 競 競 競 [競]

普 jìng 粵 ging⁶ 痙

① 爭奪：競爭 / 競技。② 搶先，爭先恐後：競

相效仿。

【競爭】jìng zhēng 爭奪優勝：生存競爭／市場競爭／競爭第一名。回 較量

【競選】jìng xuǎn 為爭取當選而進行的各項活動：競選總統／發表競選演說。

【競賽】jìng sài 比賽，爭取優勝。回 比賽

竹 部

竹 0

竹 竹 竹 竹 竹 |竹|

(普) zhú (粵) zuk¹ 足

① 竹子，常綠植物，莖細長、有節、中空，質地堅硬，可做器具、傢俬和建築材料：竹椅／竹竿／竹筍。② 竹製的管樂器：絲竹（中國民樂的弦樂器和管樂器）。(俗) 竹籃打水一場空

竿 3

竿 竿 竿 竿 竿 竿 |竿|

(普) gān (粵) gon¹ 干

① 竹竿：立竿見影。② 與數目字連用，表示竹子的數量：院子裏種着上百竿翠竹。(俗) 百尺竿頭，更進一步

笑 4

笑 笑 笑 笑 笑 笑 |笑|

(普) xiào (粵) siu³ 嘯

① 露出歡快的表情並發出快樂的聲音：大笑／微笑／假笑／笑容。② 令人發笑的：笑料。③ 譏笑：恥笑／嘲笑。(俗) 笑一笑，十年少

【笑話】xiào huà ① 引人發笑的話語或事情：講個笑話。② 遭人取笑的事：鬧笑話／看笑話。③ 譏笑；嘲笑：這副模樣就出來招呼客人，不怕人家笑話。

笆 4

笆 笆 笆 笆 笆 笆 |笆|

(普) bā (粵) baa¹ 巴

用竹片、柳條等物編成的片狀物：竹籬笆。

笨 5

笨 笨 笨 笨 笨 笨 |笨|

(普) bèn (粵) ban⁶ 品⁶

① 不靈巧；不靈活：笨手笨腳／笨嘴拙舌／笨鳥先飛。② 愚蠢：愚笨。③ 粗大沉重：粗笨的傢具。

【笨拙】bèn zhuō ① 愚蠢不聰明。② 不靈巧：黑熊的樣子很笨拙。(反) 靈活 * 靈巧

【笨重】bèn zhòng ① 體積大，分量重：扭動肥胖笨重的身軀。② 繁重費力：笨重的體力活。(反) 輕巧

【笨鳥先飛】bèn niǎo xiān fēi 能力差的人做事先行一步，避免落後。

【笨嘴拙舌】bèn zuǐ zhuō shé 不會說話，沒口才。(反) 伶牙俐齒

笛 5

笛 笛 笛 笛 笛 笛 |笛|

(普) dí (粵) dek⁶

① 笛子，一種上面有孔、橫吹的管樂器，用竹管或金屬管製成：竹笛／長笛／橫笛。② 響聲很大的發音器：汽笛／警笛。

笙 5

笙 笙 笙 笙 笙 笙 |笙|

(普) shēng (粵) sang¹ 生

中國的民樂器名。用多支長短不一的簧管做成，用口吹奏。

符

符 符 符 符 符 符　符

(普)fú (粵)fu⁴乎

① 古代用竹木玉等物製成的憑證。分成兩半，一半存朝廷，另一半給官員或出征將帥，用來同傳達命令的使者所持的另一半對證：兵符 / 虎符。② 相合、符合：相符 / 名不符實。③ 記號；標記：符號 / 音符。④ 道士、巫師所畫驅邪求福的圖形或線條：符咒（畫符和咒語）/ 護身符。

【符合】fú hé 兩者相合；彼此一致：符合要求 / 符合標準。

【符號】fú hào 辨識事物的記號；辨別身分職業的標誌。

第

第 第 第 第 第 第　第

(普)dì (粵)dai⁶弟

① 加在數字的前面，表示次序：第一排 / 第二行。② 等級：等第。③ 大住宅：府第 / 書香門第。

【第一】dì yī ① 等級、次序列在首位的：第一名 / 世界第一高樓。② 最重要的：安全第一 / 健康第一。

筐

筐 筐 筐 筐 筐 筐　筐

(普)kuāng (粵)hong¹康

① 盛東西的桶形或方形器具：竹筐 / 籮筐 / 水果筐。② 與數目字連用，表示用筐計算的東西的數量：一筐梨 / 兩筐沙子。

等

等 等 等 等 等 等　等

(普)děng (粵)dang²登²

① 品級；級別：劣等 / 特等 / 等第。② 相同；一樣：份量相等 / 等同（把不同的看成一樣的）。③ 種；類：此等小事 / 竟有這等人。④ 等候；

等到：請稍等一會兒 / 等我回來再説。⑤ 等等，表示未完，不再列舉：水電煤氣等用費一個月上千元。

【等於】děng yú ① 相等：二加二等於四。② 差不多就是，表示兩者沒多大區別：只説不作，等於沒説 / 學而不用，等於白學。

【等待】děng dài 等候：對不起，讓您等待的時間太久了。

【等候】děng hòu 等着期望中的人或事情出現：過時不等候 / 終於等候到起飛了。(同)等待

【等級】děng jí ① 按標準劃分的級別：技術等級。② 區分等級的：等級制 / 等級觀念。

策

策 策 策 策 策 策　策

(普)cè (粵)caak³冊

① 計謀；策略；辦法：計策 / 國策 / 束手無策。② 馬鞭。③ 鞭打：鞭策 / 揚鞭策馬。④ 督促；勉勵：策勉。

【策略】cè lüè 做事的原則和辦法：推銷產品的策略。

【策劃】cè huà 謀劃；規劃：策劃示威活動 / 策畫投資設廠的事。(同)謀劃

筒

筒 筒 筒 筒 筒 筒　筒

(普)tǒng (粵)tung⁴同

① 粗竹管：竹筒。② 形狀像竹筒的器物、衣物：筆筒 / 袖筒。

筏

筏 筏 筏 筏 筏 筏　筏

(普)fá (粵)fat⁶佛

用竹竿或木頭編排成的水上運載工具，也有用牛羊皮或橡膠囊做的：竹筏 / 木筏 / 羊皮筏 / 橡皮筏。

答 (一)

答 答 答 答 答 答 答

〔普〕dá 〔粵〕daap³ 搭

① 回話；回應對方：回答／對答如流。② 回報；還報：報答／酬答／答禮／答謝（道謝，表達謝意）。

答 (二)

〔普〕dā 〔粵〕daap³ 搭

回應對方：答應。

💡 "答"讀 "dā" 或 "dá" 都有 "回應對方" 的意義，只是讀音不同，這是語言習慣造成的差別；讀 "dā" 的詞不多，常用的有 "答應"、"答允"。

【答案】dá àn 對問題做出的解答：考完試核對答案／終於找到了解決問題的答案。

【答應】dā yìng ① 允許；同意：決不答應。② 應聲回答：保安邊答應邊來開門。

【答覆】dá fù 回答：眼下無法答覆你。回回覆

【答辯】dá biàn ① 答覆別人的指責、控告，為自己辯護。② 申述自己的論點論據、想法辦法，答覆評審方提出的問題或質疑：碩士論文答辯／工程資金項目答辯。

筋

筋 筋 筋 筋 筋 筋 筋

〔普〕jīn 〔粵〕gan¹ 巾

① 人和動物的韌帶：牛筋／抽筋。② 指筋肉、身體：筋骨強健／筋疲力盡（十分疲勞，沒有一點兒力氣）。③ 皮下靜脈管：青筋暴露。④ 像筋那樣有韌性的東西：麵筋／鋼筋。

筍 [笋]

筍 筍 筍 筍 筍 筍 筍

〔普〕sǔn 〔粵〕seon² 信²

① 竹子剛破土長出地面的幼芽，可以做菜：冬筍／雨後春筍。② 嫩的；幼小的：筍雞／筍鴨。

筆 [笔]

筆 筆 筆 筆 筆 筆 筆

〔普〕bǐ 〔粵〕bat¹ 不

① 寫字、畫畫的用具：毛筆／畫筆。② 用筆寫：代筆／親筆。③ 真跡、手跡：筆跡（個人所寫下的字跡）。④ 筆劃：起筆／"大"字有三筆。⑤ 與用筆有關的：筆名／筆誤。⑥ 筆法，寫或畫的技巧：工筆／伏筆。⑦ 像筆一樣直的：筆直／筆挺（平整挺直）。⑧ 與數目字連用，表示可按數、按項計算的事物的數量：一筆錢／兩筆債務／做幾筆生意。

【筆者】bǐ zhě 寫文章的人在文章中的自稱。

【筆順】bǐ shùn 漢字筆劃的書寫次序。

【筆誤】bǐ wù ① 把字寫錯：簽約筆誤，合約無效。② 寫錯的字：改正了兩處筆誤。

【筆劃】bǐ huà ① 指漢字的橫、豎、撇、點、折等筆形。② 指漢字的筆劃數。

【筆記】bǐ jì ① 聽課、聽人講話或讀書所作的記錄、摘錄、心得體會。② 隨筆記錄、不拘體例的寫作體裁，多由短篇匯集而成，如俄國著名作家屠格涅夫的《獵人筆記》。

筲

筲 筲 筲 筲 筲 筲 筲

〔普〕shāo 〔粵〕saau¹ 梢

① 古代一種竹製的圓形容器：斗筲。② 筲箕，淘米洗菜用的竹器。筲箕灣，地名，在香港島。③ 桶：水筲／筲桶。

筷

筷筷筷筷筷筷　筷

㊀kuài ㊁faai³ 快

筷子，中國人吃飯夾飯菜的食具：碗筷 / 象牙筷。

節 [节]

節節節節節節　節

㊀jié ㊁zit³ 捷

① 物體兩段之間連接的地方：竹節 / 骨節。
② 段；整體中的部分：章節 / 環節 / 斷成三節。
③ 事項：細節 / 小節。④ 節奏：節拍。⑤ 季
節：節氣 / 節令（節氣時令）。⑥ 節日：清明節。
⑦ 氣節：節操（氣節操守）/ 高風亮節。⑧ 禮儀：
禮節。⑨ 節約；限制：節用 / 開源節流。⑩ 刪
節：節錄 / 節選。⑪ 與數目字連用，表示分段的
事物的數量：兩節蓮藕 / 五節車箱 / 九節英語課。
【節日】jié rì ① 民族傳統中進行慶祝、祭祀、宗
教活動等的日子：春節、清明、中秋、佛誕都是
香港的節日。② 國家規定的紀念日或特定的活
動日，如國慶日、五一勞動節等。
【節目】jié mù 文藝演出或廣播電視播出的項目。
【節制】jié zhì 控制；限制：節制飲食，保持健
康。㊃放縱
【節奏】jié zòu ① 音樂中音的強弱、長短交替出
現的規律性現象：節奏感 / 節奏明快。② 有節制
有秩序的進程：生活有規律有節奏，身體就好。
【節省】jié shěng 節約，不浪費：平時很節省，
從不亂花錢。㊃鋪張 * 浪費
【節約】jié yuē 減省、限制消耗：節約開支。
㊁節省 * 節儉㊃揮霍 * 浪費
【節氣】jié qì 中國農曆把一年分為二十四段，各
段間的交匯點叫一個節氣，全年從立春到大寒共
二十四個節氣。詳見 "二十四節氣"。
【節儉】jié jiǎn 節約儉省：勤勞節儉。㊁節省 *
節約㊃浪費 * 耗費

箸

箸箸箸箸箸箸　箸

㊀zhù ㊁zyu⁶ 住

筷子。

箕

箕箕箕箕箕箕　箕

㊀jī ㊁gei¹ 機

① 簸箕：箕帚（簸箕和掃帚）。② 簸箕狀的指紋：
斗箕。

箋 [笺]

箋箋箋箋箋箋　箋

㊀jiān ㊁zin¹ 煎

信紙；便條：信箋 / 便箋。

算

算算算算算算　算

㊀suàn ㊁syun³ 蒜

① 計算：能寫會算。② 計劃；謀劃：失算 / 神
機妙算。③ 預測；推想：推算 / 算命 / 算來他
也該到家了。④ 計進去；加進去：做義工，
算上我一個。⑤ 當作；稱得上：他可算個名人
了。⑥ 作數、有效：獨斷專行，一個人說了算。
⑦ 作罷：算了。⑧ 總算：直到現在，才算弄清
楚了。⑨ 相較之下比別的突出：同學中，算他最
聰明。
【算命】suàn mìng 根據生辰八字，用陰陽五行
推算命運。
【算計】suàn ji ① 計算：仔細算計一下損失。
② 考慮；計劃：這事我得好好算計算計。③ 猜
測；估計：我算計他們早晚會來找你的。④ 暗
算：背後算計人。
【算數】suàn shù ① 計數：扳着手指頭算數。
② 有效，決不變更：說話算數。③ 事情取得最
終結果：錢領到手才算數。

【算術】suàn shù 最初級、最基礎的數學。

【算盤】suàn pán ① 中國的傳統計算工具，可作加、減、乘、除的運算。長方形，四周為木框，內貫一條橫檔和多根豎檔，豎檔上有木珠七顆，在橫檔上兩顆，橫檔下五顆，上珠一當五，下珠一當一。② 打算、計劃：如意算盤 / 你打錯算盤了。

8 箏

箏 箏 箏 箏 箏 箏　箏

（普）zhēng （粵）zang¹ 爭

① 中國傳統的弦撥樂器，又叫古箏，古代的箏弦數比現代箏少。② 風箏。

8 筵

筵 筵 筵 筵 筵 筵　筵

（普）yán （粵）jin⁴ 言

酒席：壽筵 / 婚筵。

【筵席】yán xí 宴席，宴飲時陳設的座位。借指酒席：擺了三桌筵席。（俗）天下沒有不散的筵席

8 管

管 管 管 管 管 管　管

（普）guǎn （粵）gun² 館

① 吹奏的樂器：黑管 / 管弦樂。② 細長中空的圓筒形物體：水管 / 管道。③ 形狀像管的電器零件：晶體管。④ 處理；料理：照管 / 管家。⑤ 管理；掌管：管轄 / 管家。⑥ 限制、約束：管束（管教約束）。⑦ 過問：不管閒事。⑧ 負責；包攬：管吃管住。⑨ 不管、無論：管他怎麼闊，不答應就是了。⑩ 把：大家管這人叫老闆。⑪ 向：我只管你要人。⑫ 與數目字連用，表示管狀物的數量：雙管齊下 / 一管毛筆。

【管制】guǎn zhì ① 強制管理：交通管制。② 管理控制：管制產品品質。

【管治】guǎn zhì 管轄治理：加強政府的管治

能力。

【管理】guǎn lǐ ① 主持、協調、處理職責內的各項事務，使之正常運作。② 看管：管理囚犯。③ 保管：管理研究資料。（反）放任

【管教】guǎn jiào ① 管束教導：張先生管教有方，幾個孩子都很優秀。② 管保：我辦事管教你滿意。

【管道】guǎn dào 輸送或排放水或別的流動物質的管子。

【管轄】guǎn xiá 管理統轄：各個警署都有自己的管轄區。

【管弦樂】guǎn xián yuè 由管樂器、弦樂器和打擊樂器演奏員協作合成演奏的音樂。

9 箱

箱 箱 箱 箱 箱 箱　箱

（普）xiāng （粵）soeng¹ 商

① 箱子，盛放衣服等物的長方形器具：皮箱 / 行李箱。② 像箱子的東西：冰箱 / 車箱 / 燈箱。

9 範 [范]

範 範 範 範 範 範　範

（普）fàn （粵）faan⁶ 犯

① 模型，模具：銅範 / 錢範。② 標準；榜樣：典範 / 範例 / 範文。③ 界限：就範 / 範圍。④ 限制；約束：防範。

【範文】fàn wén 供學習參照的文章。

【範圍】fàn wéi 圍起來的界限：她看書的範圍很廣 / 莊園的範圍很大，佔地五十公頃。

9 箭

箭 箭 箭 箭 箭 箭　箭

（普）jiàn （粵）zin³ 戰

① 用弓弩發射到遠處的桿狀兵器，前端裝有金屬尖頭，末端裝有起穩定作用的羽毛。② 形狀像箭的東西：令箭 / 火箭。

9 **篇** 篇篇篇篇篇篇 篇

（普）piān （粵）pin¹ 偏

① 首尾完整的詩文、話語：長篇大論／千篇一律。② 同部書中可分隔開的部分：上下篇。③ 與數目字連用，表示文章、紙張、書頁的數量：一篇論文／三篇稿紙。

【篇幅】piān fú ① 文章的長短：篇幅太長。② 書刊的頁數：篇幅不夠，書太薄。

10 **築** [筑] 築築築築築築 築

（普）zhù （粵）zuk¹ 足

① 修建；建造：築路／建築／債台高築。② 房子：小築（精巧的房子）。

10 **篩** [筛] 篩篩篩篩篩篩 篩

（普）shāi （粵）sai¹ 西

① 篩子，用竹皮、鐵絲等物編織的佈滿孔的器具，用來分開粗細顆粒。② 來回搖動篩子，從篩子的孔中過濾東西：篩米糠。③ 敲打：篩鑼。

【篩選】shāi xuǎn ① 用篩子過濾選擇：篩選良種。② 經過比較來挑選：總共篩選出五人。

10 **篙** 篙篙篙篙篙篙 篙

（普）gāo （粵）gou¹ 高

撐船用的竹竿或木杆，通常在一端包上鐵製的篙頭。

11 **篷** 篷篷篷篷篷篷 篷

（普）péng （粵）pung⁴ 碰⁴

① 可支撐起來遮蔽風雨和陽光的設備：帳篷／車篷。② 船帆：船篷。

11 **簇** 簇簇簇簇簇簇 簇

（普）cù （粵）cuk¹ 速

① 聚集：簇聚／簇擁（緊緊圍着）。② 聚集在一起的東西：花團錦簇。③ 很；全：一件簇新的上裝。④ 與數目字連用，表示聚在一起的東西的數量：一簇紅霞／兩簇翠竹／一簇桃花。

12 **簧** 簧簧簧簧簧簧 簧

（普）huáng （粵）wong⁴ 王

① 樂器裏振動發聲的薄片，有彈性，多用金屬製作：巧舌如簧。② 器具或器械中有彈力的部件：彈簧。

12 **簡** [简] 簡簡簡簡簡簡 簡

（普）jiǎn （粵）gaan² 揀

① 古代書寫用的條形竹木片，長寬有一定的規格：竹簡。② 信件：書簡。③ 簡單：簡要（簡明扼要）／簡明（簡單明瞭）／簡歷（簡要的履歷）。④ 縮減、減少：簡縮／簡省。⑤ 少，不多：深居簡出。

【簡化】jiǎn huà 把複雜的變成簡單的：簡化手續／簡化工作程序。

〔附加詞〕簡化字：以國家公佈的《簡化字總表》為規範的漢字。

【簡介】jiǎn jiè ① 簡要地介紹：簡介影片的內容。② 簡要介紹的文字內容：最新圖書簡介。

【簡直】jiǎn zhí 幾乎，差不多；完完全全，確確實實：氣得簡直要死／簡直無法無天。

【簡易】jiǎn yì ① 簡單容易：方法簡易可行。② 簡省的；不完備的：簡易病房。

【簡便】jiǎn biàn 簡單方便：找個簡便的方法。
（反）繁瑣

【簡陋】jiǎn lòu 簡單粗陋；不完備，不完美：陳

設簡陋 / 課室很簡陋。 反 豪華

【簡單】jiǎn dān ① 單純；不複雜：情節簡單。
反 複雜 ② 草率，不周到：你的做法太簡單。
③ 平凡、平常：他這個人有兩下子，可不簡單。

【簡短】jiǎn duǎn 簡要不長：每次來信都很簡
短。 反 冗長

【簡稱】jiǎn chēng ① 簡單地叫作：中華人民
共和國香港特別行政區政府，簡稱“香港特區政
府”。② 名稱的簡化形式：“彩電”是彩色電視的
簡稱。 反 全稱

【簡潔】jiǎn jié 簡明扼要：說話簡潔，沒有一句
廢話。 反 複雜 * 繁瑣

【簡寫】jiǎn xiě 漢字的簡化寫法；簡化字的寫
法：“张”、“东”是“張”和“東”的簡寫。

13 **簸**（一）　　簸簸簸簸簸簸　簸
〔普〕bǒ 〔粵〕bo² 跛 / bo³ 播

上下搖動：道路不平，車子顛顛簸簸。

13 **簸**（二）
〔普〕bò 〔粵〕bo² 跛 / bo³ 播

見“簸箕”。

【簸箕】bò ji ① 裝泥土、垃圾、雜物的用具。
② 簸箕形的指紋。

13 **簽** [签]　　簽簽簽簽簽簽　簽
〔普〕qiān 〔粵〕cim¹ 籤

① 寫上姓名或劃上記號，表示負責：簽到 / 簽單
（在單據上簽字認可）。② 注明要點或意見：簽
證 / 簽注意見。③ 籤子：書籤 / 竹籤 / 求籤問卜。

【簽名】qiān míng ① 親筆寫上自己的名字：簽
名留念。② 親筆寫的自己的名字：得到了球星
的簽名。

【簽字】qiān zì ① 簽上自己的名字表示認可、負
責。② 簽下的名字：這不像他的簽字。

【簽訂】qiān dìng 訂立協議、條約或合同並簽字
認可：兩國簽訂了長期貿易協定。

【簽署】qiān shǔ 在文件上簽字確認生效：簽署
協定 / 簽署合同。

【簽證】qiān zhèng ① 在護照或別的有效證件上
簽注蓋印，准予進出本國國境：去美國大使館簽
證。② 獲發簽證的護照或有效證件：去英國總
領事館拿簽證。

13 **簷** [檐]　　簷簷簷簷簷簷　簷
〔普〕yán 〔粵〕jim⁴ 嚴

同“檐”。詳見“檐”。

13 **簾** [帘]　　簾簾簾簾簾簾　簾
〔普〕lián 〔粵〕lim⁴ 廉

簾子，遮蔽門窗的用具：竹簾 / 窗簾 / 垂簾聽政。

13 **簿**　　簿簿簿簿簿簿　簿
〔普〕bù 〔粵〕bou⁶ 步

簿子，書寫用的本子：簿冊 / 賬簿 / 練習簿。

13 **簫** [箫]　　簫簫簫簫簫簫　簫
〔普〕xiāo 〔粵〕siu¹ 消

中國的管樂器。用一根排列着氣孔的管子做成，
豎着吹，也叫洞簫。

14 **籍**　　籍籍籍籍籍籍　籍
〔普〕jí 〔粵〕zik⁶ 夕

① 書冊：書籍 / 典籍 / 古籍。② 人的隸屬關係：

國籍 / 祖籍 / 戶籍 / 學籍 / 籍貫（祖居或本人出生的地方）。

14 籌 [筹]　籌 籌 籌 籌 籌 籌　籌

（普）chóu （粵）cau⁴ 酬

① 用竹、木、象牙等製成的條形薄片。用作計數或領東西的憑證：籌子 / 籌碼。② 計策；謀略：一籌莫展。③ 策劃；謀劃；想辦法：籌劃籌款（籌措款項）/ 籌集（想辦法收集）。

【籌劃】chóu huà ① 謀劃，想辦法，做計劃：忙於籌劃公司的營銷方案。② 想辦法得到：正在籌劃一筆資金。（同）籌措

【籌措】chóu cuò 想辦法得到：籌措資金。（同）籌集

【籌備】chóu bèi 籌劃準備：忙於籌備展覽會。（同）籌辦

【籌募】chóu mù 籌措募集：籌募款項。（同）籌集
* 募集

【籌辦】chóu bàn 籌劃準備；籌劃舉辦：籌辦奧運會。（同）籌備

14 籃 [篮]　籃 籃 籃 籃 籃 籃　籃

（普）lán （粵）laam⁴ 藍

① 籃子，有提梁的器具：菜籃 / 花籃。② 籃球架上投球的網圈：上籃 / 投籃。③ 籃球隊：男籃 / 女籃。

16 籠 [笼]⁽一⁾　籠 籠 籠 籠 籠 籠　籠

（普）lóng （粵）lung⁴ 龍

① 籠子，養動物或裝東西的器具：竹籠 / 鳥籠。② 古代囚禁犯人的木頭籠子：囚籠。③ 蒸食物的器具：籠屜 / 蒸籠。

16 籠 [笼]⁽二⁾

（普）lǒng （粵）lung⁴ 龍

① 籠罩：雲籠霧罩 / 心頭籠上一層陰影。② 大箱子：箱籠。

【籠罩】lǒng zhào 罩住；扣住：一陣憂傷籠罩心頭。

17 籤 [签]　籤 籤 籤 籤 籤 籤　籤

（普）qiān （粵）cim¹ 簽

① 竹子或木材削成的尖銳的細棍：竹籤 / 牙籤。
② 作標誌用的小紙片或片狀物：標籤 / 書籤。
③ 刻寫着文字的小竹片或小細棍，占卜、賭博、比賽用：求籤 / 抽籤。

19 籬 [篱]　籬 籬 籬 籬 籬 籬　籬

（普）lí （粵）lei⁴ 厘

籬笆：樊籬（籬笆）/ 竹籬茅舍。

【籬笆】lí ba 用竹木、樹枝等編成的遮欄物，一般環繞在房屋、園地周圍。

19 籮 [萝]　籮 籮 籮 籮 籮 籮　籮

（普）luó （粵）lo⁴ 羅

用竹皮、柳條編的放東西的器具：飯籮 / 籮筐（盛糧食或蔬菜的筐子）。

26 籲 [吁]　籲 籲 籲 籲 籲 籲　籲

（普）yù （粵）jyu⁶ 預

吶喊；呼喊：呼籲 / 籲請（呼籲並請求）。

米部

米〈0〉　米 米 米 米 米 米

普 mǐ　粵 mai⁵ 迷 ⁵

① 稻穀，穀物；去殼的粒狀種子：稻米。② 去殼的粒狀種子：大米 / 花生米 / 米酒（用糯米一類黏米釀製的酒）。③ 像米粒的東西：蝦米。④ 公制長度單位，1 米為 100 厘米。

籽〈3〉　籽 籽 籽 籽 籽 籽

普 zǐ　粵 zi² 只

植物的種子：菜籽 / 棉花籽 / 西瓜籽。

粉〈4〉　粉 粉 粉 粉 粉 粉

普 fěn　粵 fan² 昏 ²

① 細末：粉末 / 奶粉 / 花粉。② 碎成粉末：粉身碎骨。③ 化妝用的粉末：脂粉 / 塗脂抹粉。④ 噴灑、塗抹：粉刷外牆。⑤ 白色的：粉蝶。⑥ 淺淡的：粉白 / 粉色。⑦ 米粉做的食品：腸粉 / 炒粉。⑧ 麵粉：精白粉。

〔簡明詞〕粉白：純白色。粉色、粉紅：淺紅色。粉綠：淡綠色。

【粉碎】fěn suì ① 碎得像粉末一樣：碗摔得粉碎 / 把信撕得粉碎。② 弄成碎塊或碎末：粉碎礦石 / 粉碎魚骨。③ 挫敗：粉碎了奪權的陰謀。 反 完整

粘〈5〉　粘 粘 粘 粘 粘 粘

普 zhān　粵 nim⁴ 念 ⁴

① 把黏性物連結起來或貼在別的東西上：粘連 / 麥芽糖粘牙。② 用黏性東西把物件連結起來：粘住信封 / 粘貼郵票。

粗〈5〉　粗 粗 粗 粗 粗 粗

普 cū　粵 cou¹ 草 ¹

① 粗大：粗細 / 粗壯。② 聲音又低又大：粗聲粗氣。③ 粗糙不精緻：粗劣 / 粗茶淡飯。④ 疏忽；馬虎：粗心 / 粗枝大葉。⑤ 大略、大體：粗略 / 粗具規模。⑥ 魯莽；野蠻：粗野（粗魯）/ 粗暴（粗野暴躁）。

【粗心】cū xīn 不細心，不謹慎：做數學題可不能粗心。 反 細心

【粗糙】cū cāo ① 不光滑；不精細：皮膚粗糙 / 桌子做得很粗糙。 反 細致 * 精緻 ② 草率馬虎：他是個粗糙人，做不來細致的事。 反 細心

【粗枝大葉】cū zhī dà yè 草率不細致：做事馬馬虎虎、粗枝大葉，絕對做不好。

粕〈5〉　粕 粕 粕 粕 粕 粕

普 pò　粵 pok³ 樸

釀酒、榨油剩下的渣滓：糟粕 / 豆粕。

粒〈5〉　粒 粒 粒 粒 粒 粒

普 lì　粵 nap¹ 凹 / lap¹ 笠

① 圓珠形或碎塊狀的細小東西：米粒 / 沙粒 / 顆粒無收。② 與數目字連用，表示顆粒狀東西的數量：一粒米 / 兩粒黃豆 / 三粒子彈。

〔古民歌〕誰知盤中飧，粒粒皆辛苦

粟

6

粟 粟 粟 粟 粟 粟 | 粟

（普）sù （粵）suk¹ 叔

北方種植的農作物，俗稱穀子，去殼後稱小米：滄海一粟（比喻微小不足道）。

【粟米】sù mǐ 玉米；玉米的籽粒：粟米是健康食品。

🔑 粟米 "栗" 是一種落葉喬木，其果實栗子是日常食品。"粟" 指的是穀子，去殼後叫小米。兩字部件相近易錯寫。

粥

6

粥 粥 粥 粥 粥 粥 | 粥

（普）zhōu （粵）zuk¹ 足

用糧食熬成的半流質食物。

粱

7

粱 粱 粱 粱 粱 粱 | 粱

（普）liáng （粵）loeng⁴ 良

① 古代稱穀子：稻粱（稻穀和穀子）。② 精美的飯食：粱肉 / 膏粱（肥肉和細糧）。

粵

7

粵 粵 粵 粵 粵 粵 | 粵

（普）yuè （粵）jyut⁶ 月

廣東的別稱：粵菜 / 粵語。

精

8

精 精 精 精 精 精 | 精

（普）jīng （粵）zing¹ 晶

① 經提煉或挑選的：精鹽 / 精兵強將。② 精華：酒精 / 味精 / 香精。③ 精神；精力：精疲力盡 / 聚精會神。④ 精美，質優：精良（精緻優良）/ 精雕細刻。⑤ 細密；嚴密：精確 / 精密 / 精雕細刻。⑥ 心細，機靈：精明能幹 / 那個人精得要命。⑦ 熟練；純熟：精通 / 精於武術。⑧ 精靈、

精怪：妖精 / 狐狸精。⑨ 男人和雄性動物的生殖物質：精液 / 受精。

〔文言選錄〕飲食約而精，園蔬愈珍饈。（《朱子家訓》朱柏廬）

【精力】jīng lì 精神和體力：精力旺盛。

【精心】jīng xīn 盡心，用盡心思：精心照看 / 精心設計。（反）粗心

【精巧】jīng qiǎo 精緻巧妙：製作精巧 / 精巧的構思。（反）粗糙

【精明】jīng míng 精細聰明：精明強幹 / 精明的小伙子。（反）糊塗

【精英】jīng yīng 才能出眾的人：科技精英 / 商界精英。

【精品】jīng pǐn 精美的物品；優秀的作品：服裝精品 / 國畫精品。

【精美】jīng měi 精緻美觀：書做得很精美。（反）粗糙 * 粗陋

（一）【精神】jīng shén ① 指人的心理、情緒、思想意識：精神支柱。② 主旨，重點所在：領會文章的精神。

（二）【精神】jīng shen ① 表現出來的活力：精神飽滿 / 累得沒精神。② 有活力有生氣：小伙子格外精神 / 公公年過八十仍讓很精神。

【精彩（精采）】jīng cǎi 美妙出色：精彩的表演 / 校長的講演很精彩。（反）平淡

【精密】jīng mì 精確細密：精密儀器。（反）粗糙

【精通】jīng tōng 透徹理解，熟練掌握：精通業務 / 精通太極拳。

【精細】jīng xì ① 精巧細緻：做工精細。② 精明細心：老闆是個精細人。

【精華】jīng huá 最好的部分：古代詩歌的精華。（反）糟粕

【精煉】jīng liàn ① 除淨雜質，提煉精華：原油精煉廠。② 精練，簡明：內容精煉 / 語言精煉。

✏️ "精煉" 還是 "精練"？在表示文章或講話扼要、沒有多餘的詞句時，我們可以用 "精練"

或"精煉"；但當表示提煉精華、除去雜質時只能用"精煉"。

【精確】jīng què 極準確；極正確：計算精確 / 論點精確，論證嚴密。⊟ 錯誤

【精練】jīng liàn 簡明扼要，沒有多餘的：文章用語很精練。⊜ 精煉

【精緻】jīng zhì 精巧細緻：精緻的工藝品 / 一套精緻的日本瓷器。⊟ 粗糙

【精闢】jīng pì 深刻透徹：見解精闢 / 分析得十分精闢。

【精髓】jīng suǐ 精華；精神實質：講話的精髓 / 這段文字是全文的精髓。

【精靈】jīng líng ① 鬼怪；靈怪。② 機靈，聰明機智：他是個精靈人，肯定明白。

【精疲力竭】jīng pí lì jié 非常疲倦，沒有一點精神力氣。

【精益求精】jīng yì qiú jīng 在良好的基礎上要求更好。

⁸ 粹

粹 粹 粹 粹 粹 粹　粹

㊳ cuì ㊷ seoi⁶ 隧

① 純粹，沒有雜質。② 精華：精粹 / 國粹（一國的文化精華）。

⁸ 粽

粽 粽 粽 粽 粽 粽　粽

㊳ zòng ㊷ zung³ 眾

粽子，用蘆葦葉包裹糯米和別的東西煮成的食品。

⁹ 糊 ⁽一⁾

糊 糊 糊 糊 糊 糊　糊

㊳ hú ㊷ wu⁴ 湖

① 粥：白米糊。② 用粥充飢：糊口（勉強維持生活）。③ 黏性的糊狀物：漿糊。④ 用黏性糊狀物粘貼：糊信封。⑤ 東西被火燒得變黃變黑：

飯燒糊了。⑥ 見"糊塗"。

【糊塗】hú tu ① 不明事理：我真糊塗，竟然忘了鎖門。② 形容混亂：一筆糊塗賬 / 妹妹的功課做得一塌糊塗。③ 模糊不清：眼前一片糊塗，甚麼都看不清了。⊟ 清楚

⁹ 糊 ⁽二⁾

㊳ hù ㊷ wu⁴ 湖

① 樣子像稀粥的食品：芝麻糊 / 辣椒糊。② 蒙混；欺騙：糊弄人 / 這事總算糊過去了。

⁹ 糊 ⁽三⁾

㊳ hū ㊷ wu⁴ 湖

用濃稠的糊狀物塗抹：糊牆縫 / 糊上一層泥。

¹⁰ 糖

糖 糖 糖 糖 糖 糖　糖

㊳ táng ㊷ tong⁴ 堂

① 食糖，一般用甘蔗或甜菜熬成：白糖 / 冰糖。② 糖果：牛奶糖 / 波棒糖。③ 碳水化合物，是人體內熱能的主要來源：乳糖 / 葡萄糖。

【糖尿病】táng niào bìng 由胰島素不足引發血糖升高的疾病，有消瘦、口渴、飢餓、疲倦等症狀，甚至嚴重損害腎功能和血循環系統，危及生命。

¹⁰ 糕

糕 糕 糕 糕 糕 糕　糕

㊳ gāo ㊷ gou¹ 高

用麵粉、豆粉或米粉加配料做成的塊狀食品：糕點（糕之類的點心）/ 蛋糕 / 紅豆糕。

11 糟 糟糟糟糟糟糟 糟

(普)zāo (粵)zou¹ 遭

① 釀酒剩下的渣子：酒糟。② 腐爛、腐朽：兩根糟木頭。③ 壞；差：事情搞糟了 / 最近身體很糟。

【糟粕】zāo pò 酒渣、豆渣之類的東西，比喻粗劣沒價值的東西：傳統的東西，精華固然不少，糟粕也很多。(反)精華

【糟糕】zāo gāo 很差；非常不好：糟糕，下暴雨了 / 惹下大麻煩了，真糟糕！(反)良好

11 糞 [粪] 糞糞糞糞糞糞 糞

(普)fèn (粵)fan³ 訓

屎：糞便。

11 糙 糙糙糙糙糙糙 糙

(普)cāo (粵)cou³ 澡

不精細；不光滑；不細緻：糙米 / 粗糙 / 毛糙（不精細；浮躁粗心）。

11 糨 糨糨糨糨糨糨 糨

(普)jiàng (粵)goeng⁶ 犟

濃稠：糨糊（麵粉做的黏性糊狀物）/ 粥熬得太糨了。

12 糧 [粮] 糧糧糧糧糧糧 糧

(普)liáng (粵)loeng⁴ 良

糧食：食糧 / 雜糧 / 彈盡糧絕。

【糧食】liáng shi 可吃的穀物、豆類和薯類的總稱。

14 糯 糯糯糯糯糯糯 糯

(普)nuò (粵)no⁶ 懦

有黏性的（米穀）：糯米 / 糯高粱。

糸部

1 系 系系系系系系 系

(普)xì (粵)hai⁶ 係

① 系統：派系 / 直系親屬。② 高等學校按學科分的教學單位：中文系 / 數學系。

【系列】xì liè 關聯起來的成套事物：動畫系列。

【系統】xì tǒng ① 同類事物按照內在的關係組成的整體：商業系統 / 消化系統 / 操作系統。② 有條理的；連貫的、全面的：系統介紹 / 材料零散，不夠系統。

2 糾 [纠] 糾糾糾糾糾糾 糾

(普)jiū (粵)gau² 九 / dau² 抖

① 繞在一起：糾結（纏繞在一起）。② 督察：糾察。③ 改：糾正（改正）/ 有錯必糾。

【糾紛】jiū fēn 互相爭執的事情：鬧糾紛 / 財產糾紛。

【糾纏】jiū chán ① 繞在一起：糾纏不清。(同)纏繞 ② 攪擾；找麻煩：糾纏不休 / 別來糾纏我。(同)糾葛

3 紅 [红] 紅紅紅紅紅紅 紅

(普)hóng (粵)hung⁴ 洪

① 紅色：紅旗 / 紅日 / 紅潤。② 借指紅色的東西：落紅（落花）/ 披紅掛綠（用紅色綠色的東西

裝飾）。③ 紅利：年終分紅。④ 象徵喜慶或順利成功：紅運（好運氣）/ 紅白喜事。

【紅色】hóng sè 旭日和落日的顏色、血液的顏色。中國民俗，紅色象徵吉慶。

【紅豆】hóng dòu 紅豆樹，生長在亞熱帶地區，開白花，種子鮮紅色，也叫紅豆。古人用來象徵愛情或相思之情。

【紅利】hóng lì ① 企業分給股東的利潤。② 企業分給職工的額外報酬。同 花紅

【紅娘】hóng niáng 古典戲劇《西廂記》中的人物，崔鶯鶯的侍女。她在崔鶯鶯、張生間傳遞信息，促成二人結合。後人借指促使人結成美滿婚姻的人或牽線搭橋的人。

【紅潤】hóng rùn 又紅又滋潤有光澤：你今天的面色很紅潤。

約[约] 約約約約約約 約

3

普 yuē 粵 joek³ 躍

① 事先商定：預約 / 約好晚上見面。② 事先商定的事；共同議定、必須遵守的條款：立約 / 爽約 / 踐約。③ 邀請：約請。④ 節儉：儉約 / 節約。⑤ 簡要：簡約。⑥ 含蓄，不明顯：隱約。⑦ 限制：制約。⑧ 大概，差不多：約有三十人。

【約束】yuē shù 限制在範圍之內：自我約束 / 約束過嚴。同 管束 反 放縱

🔍 約束 "束" 意思是聚集、捆住、控制。"束" 古義同 "刺"。兩字筆劃近似易寫錯。

【約定】yuē dìng 商議好確定下來：約定一起去圖書館。

【約會】yuē huì ① 預先約定相會：兩人經常約會。② 約定的會晤：明天有個約會。

【約定俗成】yuē dìng sú chéng 在長時間裏社會上共同認可和習以為常的事。

紉[纫] 紉紉紉紉紉紉 紉

3

普 rèn 粵 jan⁶ 刃

用針縫：縫紉。

紀[纪] 紀紀紀紀紀紀 紀

3

普 jì 粵 gei² 己

① 條例、法規：軍紀 / 遵紀守法。② 年歲：年紀。③ 記錄：紀行 / 紀實（記錄實際情況的文字）。④ 計算年的單位。中國古代以十二年為一紀，公曆以一百年為一世紀：中世紀 / 二十世紀。

【紀律】jì lǜ 必須遵守的規章：課堂紀律 / 自覺遵守紀律。

【紀念】jì niàn ① 懷念人或事件：紀念館 / 隆重紀念。② 作紀念用的物品：送給我留個紀念。

〔附加詞〕紀念品：留作紀念的物品。紀念碑：紀念重大歷史事件或傑出人物的大石碑。

素 素素素素素素 素

4

普 sù 粵 sou³ 掃

① 白色：素服 / 素色。② 質樸，不華麗：樸素 / 窗簾太素了。③ 本來的；原有的：素質 / 素材。④ 基本成分：色素 / 元素。⑤ 平常；向來：素來（向來）/ 平素（平時）/ 素不相識（從不認識）。⑥ 蔬菜、瓜果一類的非肉類食物：素食者。

〔文言選錄〕可以調素琴，閱金經。（《陋室銘》劉禹錫）

【素材】sù cái 文學和藝術創作所使用的原始材料：作者的經歷是小說的創作素材。

【素質】sù zhì ① 修養：藝術素質。② 人的體質、品質、情感、知識和能力等方面的總和：提高學生素質。③ 物質的性質、特點：這塊玉石的素質不錯。

紮 (一)

紮 紮 紮 紮 紮 紮　紮

(普) zā (粵) saat³ 扎

同 "紮"。詳見 "紮"。

紮 (二)

(普) zhā (粵) saat³ 扎

同 "紮"。詳見 "紮"。

索

索 索 索 索 索 索　索

(普) suǒ (粵) sok³ 朔 / saak³

① 繩索：船索 / 絞索。② 鏈子：鐵索。③ 搜尋；探求：搜索 / 探索。④ 向別人要：索取 (伸手要) / 索賠 (索取賠償)。⑤ 平淡無奇：興致索然 / 索然無味。

【索性】suǒ xìng 乾脆；直截了當：索性把心裏話全講了出來。

【索引】suǒ yǐn 一種匯編性的資料，摘出查找物的名稱等項目，標明出處，按規則分類分條編排匯總，供人查閱使用。

紜 [纭]

紜 紜 紜 紜 紜 紜　紜

(普) yún (粵) wan⁴ 雲

紛紜，形容又多又亂：眾說紛紜 (各種說法五花八門)。

純 [纯]

純 純 純 純 純 純　純

(普) chún (粵) seon⁴ 純

① 沒有雜質；單一：純真 (純潔真誠) / 純淨 (無雜質) / 爐火純青 (比喻達到精純完美的地步)。② 全、都：純屬編造。

【純樸】chún pǔ 純正樸實：性格純樸 / 純樸的語言。(反) 狡詐

【純粹】chún cuì ① 不夾雜別的成份：這件外套的原材料是純粹的毛料。② 完全；只是：純粹吹牛 / 純粹是開玩笑。

【純熟】chún shú 十分熟練：手法純熟 / 純熟的技巧。(同) 熟練 (反) 生疏

【純潔】chún jié ① 純粹清白：心靈純潔。② 變得純潔：純潔的友誼。(反) 污濁

紗 [纱]

紗 紗 紗 紗 紗 紗　紗

(普) shā (粵) saa¹ 沙

① 用棉、麻等纖維物質紡成的細絲，是做紡織品的原料：棉紗 / 紡紗織布。② 用稀疏的縱線和橫線做的輕薄織物或製品：窗紗 / 紗巾 / 鐵紗窗。

納 [纳]

納 納 納 納 納 納　納

(普) nà (粵) naap⁶ 呐

① 收進；收入：出納 / 納入 (放進來；收進來)。② 接受：接納 / 採納。③ 享受：納福 (享福) / 納涼 (乘涼)。④ 上繳；交付：納稅 / 繳納 (交納)。

【納悶】nà mèn 疑惑不解，在心裏琢磨：這事真叫人納悶。

紛 [纷]

紛 紛 紛 紛 紛 紛　紛

(普) fēn (粵) fan¹ 芬

① 眾多；雜亂：亂紛紛 / 紛雜 (雜亂) / 紛繁 (複雜多樣)。② 爭執、糾紛：排難解紛 (排除危難，調解糾紛)。

【紛紛】fēn fēn ① 多而雜亂：議論紛紛 / 紛紛揚揚。② 接連不斷：紛紛報名。

【紛呈】fēn chéng 接連不斷地出現：足球比賽精彩紛呈。

【紛爭】fēn zhēng 糾紛、爭執：引起紛爭 / 調解

紛爭。

【紛飛】fēn fēi 多而雜亂地飄飛：秋風吹來，落葉紛飛。

【紛紜】fēn yún 又多又雜亂：眾說紛紜。

【紛亂】fēn luàn ① 雜亂、亂糟糟：在人海亂哄哄的一團紛亂中跟爸爸失散了。② 煩擾：心緒紛亂／紛亂的心情。

4 **紙** [纸]　紙 紙 紙 紙 紙 紙　紙

(普) zhǐ (粵) zi² 只

① 用植物纖維製成的薄片物，供寫、畫、印刷、包裝、造幣等，用途廣泛：紙條／紙張（各種紙的總稱）／紙幣。② 給逝者使用的紙錢：燒紙。③ 等於“張”：一紙休書／一紙空文／單據三紙。

【紙幣】zhǐ bì 用特種紙張印刷的貨幣，由國家銀行或指定銀行發行。

4 **級** [级]　級 級 級 級 級 級　級

(普) jí (粵) kap¹ 給

① 台階：拾級而上（順台階走上去）。② 等次、等級：高級。③ 年級和學年的分級：班級。④ 與數目字連用，表示台階、樓層、塔層的數量或等級的高低：七級浮屠（七層佛塔）／藍屋是香港的一級歷史建築。

4 **紋** [纹]　紋 紋 紋 紋 紋 紋　紋

(普) wén (粵) man⁴ 文

① 絲織品上的花紋。② 指物品上的皺痕或紋路：皺紋／波紋（水紋）／紋理（線條狀紋路）。

4 **紊**　紊 紊 紊 紊 紊 紊　紊

(普) wěn (粵) man⁶ 問

雜亂，紛亂：紊亂（混亂，沒條理、沒秩序）／有條不紊（有條理、有秩序，不混亂）。

4 **紡** [纺]　紡 紡 紡 紡 紡 紡　紡

(普) fǎng (粵) fong² 訪

① 把絲、棉、麻、毛等物的纖維製成紗或線：紡紗／紡線。② 一種質地輕軟的平紋絲織品：紡綢（做夏裝用的細軟平紋絲織品）／杭紡（杭州出產的紡綢）。

【紡織】fǎng zhī 把棉、麻、絲、毛或化學纖維紡成紗或線，織成各色紡織品。

4 **紐** [纽]　紐 紐 紐 紐 紐 紐　紐

(普) niǔ (粵) nau² 扭

① 器物上供提起或抓住的東西：印紐（在印章上面可以提拿的部分）。② 關鍵部分：樞紐。③ 聯結：紐帶（比喻起聯結作用的人或事物）。④ 紐扣。⑤ 控制鍵：電燈按鈕。

5 **紮** [扎] (一)　紮 紮 紮 紮 紮 紮　紮

(普) zā (粵) zaat³ 札

同“扎”。① 捆；纏；束：紮行李／紮緊腰帶。② 與數目字連用，表示成捆東西的數量：一紮電線／兩紮青菜。

5 **紮** [扎] (二)　

(普) zhā (粵) zaat³ 札

同“扎”。駐紮：紮營（安營駐紮下來）。

【紮實】zhā shí ① 結實；牢靠：地基打得很紮

實。② 踏實；實實在在：英文基礎紮實。

終 [终]　終 終 終 終 終 終

普 zhōng　粵 zung¹ 忠

① 最後；末尾：有始有終（有頭有尾，堅持到底）。② 結束：終止（結束／停止）／終結（結束、完結）／以失敗告終。③ 從開始到最後的整段時間：終日／終身（一生）／山上終年積雪。④ 終於、到底：終必成功。⑤ 死亡：壽終正寢（在家安然離世）。

【終於】zhōng yú　總算，到最後出現了結果：終於考上了滿意的大學。

【終年】zhōng nián ① 整年、全年：山頂終年封着白雪。② 死亡的年齡：終年九十八歲。

【終場】zhōng chǎng　集會、演出、賽事結束。
反 開場

【終點】zhōng diǎn　終止的地點：堅持跑到終點。
反 起點

累 (一)　累 累 累 累 累 累

普 lěi　粵 leoi⁵ 呂

屢次，多次：累建奇功。

【累積】lěi jī　積累，聚集：累積資金／累積起來，數目相當可觀。

累 (二)

普 lèi　粵 leoi⁶ 類

① 疲勞：勞累／不怕苦不怕累。② 操勞：累了一天，早點休息吧。③ 讓人勞累：別把她累壞了。④ 堆積；積累：累土成山／日積月累。⑤ 連續：連篇累牘。⑥ 牽連：連累／累及親屬。

累 (三)

普 léi　粵 leoi⁴ 雷

"纍" 的簡化字。重疊，層層加上去：果實累累。

組 [组]　組 組 組 組 組 組

普 zǔ　粵 zou² 早

① 由不多的人構成的小單位：組長／救援小組。② 結合；組織：組建／組件／組裝。③ 構成一組的：組曲。④ 與數目字連用，表示成套東西的數量：兩組雕塑／一組音響設備。

【組成】zǔ chéng ① 把部分結合為整體：組成新政府／組成新機構。② 構成整體的各個部分：那個機構人員組成很複雜。

【組合】zǔ hé ① 把多個個體合成為整體：將九十名遠足者組合成三個小隊。② 由多個分散的構件合成的：組合傢具。

【組別】zǔ bié　按照類別劃分的組織：功能組別。

【組裝】zǔ zhuāng　把零部件組合裝配成產品、成品。

【組織】zǔ zhī ① 把分散的人或事物組合起來：組織同學做義工。② 組合成的社團或機構：學生會組織／世界衞生組織。③ 機體中構成器官的各個單元：神經組織／花朵的組織都很柔嫩。

紳 [绅]　紳 紳 紳 紳 紳 紳

普 shēn　粵 san¹ 身

① 中國古代士大夫束在腰間衣服外的寬帶子，區別身分、等級。② 紳士：鄉紳（鄉間紳士）／士紳（紳士）。

【紳士】shēn shì ① 古代在地方上有勢力、有地位的人：開明紳士。② 指有修養、素質高、值得尊敬的男士：紳士風度。③ 代表特定社會地位的頭銜：太平紳士。

5 **細**[细] 細 細 細 細 細 細 細

(普)xì (粵)sai³ 世

① 不粗，圓周或直徑小：細長／細絲／細腰。
② 顆粒小：麵粉磨得很細。③ 細微、細小：
細節／瑣細（瑣碎細小）。④ 輕微：細聲細語。
⑤ 周密；仔細：詳細／精打細算。⑥ 精細；精
緻：細密／精雕細刻。

【細小】xì xiǎo 很小，微小：越是細小的事情她
越要細心。(同)細微 (反)巨大

【細心】xì xīn 認真細緻：細心護理／辦事細心。
(反)粗心

【細胞】xì bāo ① 構成生物體的基本單位。由細
胞核、細胞質和細胞膜組成。② 比喻基本單元：
家庭是社會的細胞。③ 比喻天賦：我這人就是
缺少藝術細胞。

【細密】xì mì 仔細周密：心思細密，做事謹慎。
② 細緻精密：電子零件做得很細密。(反)粗糙

【細菌】xì jūn 極微小的單細胞生物體，廣泛存
在於人和生物體內、存在於自然界中，其作用不
同，有利於人類的，也有讓人、家畜和動植物生
病的。

【細節】xì jié 細小的環節或情節：細節描寫／工
作細節。

【細微】xì wēi ① 細小：細微的差別。② 微弱：
聲音很細微。(同)微小 (反)巨大

【細膩】xì nì ① 細潤光滑：皮膚細膩／面料的手
感細膩。② 細緻入微：細膩地刻畫了人物的心
理活動。(反)粗糙

【細緻】xì zhì ① 精細：工藝細緻／做工細緻。
(反)粗糙 ② 細密；周密：細緻地分析／周到細緻。
(反)粗略

5 **絆**[绊] 絆 絆 絆 絆 絆 絆 絆

(普)bàn (粵)bun⁶ 伴

腳下被擋住或被纏住：絆腳石／絆馬索／絆了
一跤。

5 **紹**[绍] 紹 紹 紹 紹 紹 紹 紹

(普)shào (粵)siu⁶ 兆

① 引薦：介紹。③ 指浙江紹興：紹酒／紹劇。

6 **紫** 紫 紫 紫 紫 紫 紫 紫

(普)zǐ (粵)zi² 只

藍和紅合成的顏色：萬紫千紅。

【紫禁城】zǐ jìn chéng 北京故宮，明清兩代的皇
宮，中國現存最大最完整的宮殿羣。

6 **絮** 絮 絮 絮 絮 絮 絮 絮

(普)xù (粵)seoi⁵ 緒

① 粗絲綿；棉花：絲絮／棉絮。② 像棉絮的東
西：楊花柳絮。③ 重復：絮叨（說話囉唆）。

6 **絨**[绒] 絨 絨 絨 絨 絨 絨 絨

(普)róng (粵)jung⁴ 容

① 細軟的短毛：絨毛／駝絨／羊絨。② 表面有絨
毛的紡織品：絲絨／絨布（表面為絨毛狀的柔軟
棉布料）。

6 **結**[结]⁽⁻⁾ 結 結 結 結 結 結 結

(普)jié (粵)git³ 潔

① 編織：結網／結毛衣。② 用線、繩、領帶等
條狀物打成的扣，可紮住、可解開：活結（一拉

就開的扣）/ 死結（綑死拉不開的扣）/ 領帶結 / 蝴蝶結。③ 聯結起來，形成一種關係：結親 / 結伴 / 結交（與人交往結為朋友）。④ 凝聚：凝結 / 結冰。⑤ 突起的塊狀物：結節（凸起的部分）/ 喉結（男人頸前隆起的部分）。⑥ 了結；終結：完結 / 結束（了結；終止）。⑦ 字據：具結（簽署承擔責任的字據）。

【結合】jié hé ① 密切聯繫到一起：書本知識結合實際，學以致用。② 指結為夫妻：幾經波折，兩人終於結合了。反 分離

【結尾】jié wěi ① 結束的階段或部分：工程接近結尾 / 文章的結尾寫得好。同 末尾 反 開頭 ② 結束：事情至此可以結尾了。反 開始

【結局】jié jú 最後的結果；最終的局面：結局悲慘 / 大團圓結局。反 開頭

【結果】jié guǒ ① 最後的狀況：勤奮努力，肯定有好結果。② 最後，到頭來：求了半天，結果還是不行。

【結業】jié yè 學習期滿，完成學業：結業證書 / 結業典禮。

【結構】jié gòu ① 整體中各部分的搭配和安排：文章的結構奇特。② 建築物承重部分的構造：木結構 / 鋼筋混凝土結構。

【結論】jié lùn 最終的判斷、論斷：了解透徹再下結論。

⁶ 結 [结]^(二)

普 jiē　粵 git³ 潔

生出；長成：開花結果 / 桃樹結了果實。

【結果】jiē guǒ 結出果實：梨樹結果了。

(一)【結實】jiē shí 植物長出果實：開花結實。

(二)【結實】jiē shi ① 牢固耐用：這雙鞋很結實。② 健壯：小伙子很結實。

⁶ 給 [给]^(一)　給 給 給 給 給 給　給

普 gěi　粵 kap¹ 吸

① 給予；交予對方：交給 / 給我一幅畫。② 讓；叫：不給我看 / 不能給她知道。③ 為；替：給我當翻譯 / 給父母做晚飯。④ 被：小樹給風吹倒了。⑤ 向：給大家拜個年。

【給以】gěi yǐ 加以，拿給對方：及時給以幫助。

⁶ 給 [给]^(二)

普 jǐ　粵 kap¹ 吸

① 供給、供應：給養（軍需物資）/ 配給 / 自給自足。② 富裕、富足：家給人足（家家充裕，人人富足）。

💡 給 gěi，把東西交予對方，是一個具體轉遞的動作，"給 + 對象"（給他、給你），"給" 單獨使用時讀 "gěi"，幾無例外；給 jǐ，是向需要者補充提供的意思，"給 jǐ" 不單獨使用，大都與別的字合成一個詞使用。給 gěi 的常用詞有：給以、交給、拿給、送給、寄給、傳給、給面子等；給 jǐ 的常用詞有：供給、補給、配給、給予、給養、自給自足。

【給予】jǐ yǔ 給對方，讓對方得到：給予獎勵 / 給予同情。同 給與

⁶ 絢 [绚]　絢 絢 絢 絢 絢 絢　絢

普 xuàn　粵 hyun³ 勸

色彩鮮豔華麗：絢麗（燦爛華麗）/ 絢爛（燦爛；色彩華麗）。

⁶ 絡 [络]　絡 絡 絡 絡 絡 絡　絡

普 luò　粵 lok³ 烙

① 網狀的東西：網絡 / 橘絡（橘皮內的網狀白

絲）。② 脈絡：經絡。

6 絕[绝] 絕絕絕絕絕絕 **絕**

普 jué　粵 zyut⁶ 拙

① 斷：隔絕 / 絕交。② 盡；到底：滅絕 / 話説得太絕。③ 走不通的；無法挽救的：絕路 / 絕症 / 陷入絕境。④ 極，最：絕妙 / 絕大多數。⑤ 完全，絕對：絕無 / 絕非（絕對不是）。⑥ 獨特的；特別出色的：絕技 / 絕色佳人。⑦ 死亡：悲痛欲絕。⑧ 中國古詩中的絕句：五絕（五言絕句）/ 七絕（七言絕句）。

【絕對】jué duì ① 唯一的、沒有例外的：絕對能勝出比賽 / 擁有絕對優勢。② 最、完全，極其肯定：絕對可靠 / 絕對沒問題。反 相對

【絕望】jué wàng 失去希望；毫無希望：事情還沒絕望，不要灰心。同 無望 反 可能

6 絞[绞] 絞絞絞絞絞絞 **絞**

普 jiǎo　粵 gaau² 狡

① 扭：絞痛（陣發性劇痛）。③ 用繩子勒死：絞刑。

6 統[统] 統 統 統 統 統 統 **統**

普 tǒng　粵 tung² 桶

① 連續不斷的關係：傳統 / 血統。② 總括、總起來：統稱 / 統觀。③ 統領；管控：統帥（統轄率領）/ 統轄（管轄）。④ 筒：長統靴。⑤ 全；全部：剩下的東西統歸他了。

【統一】tǒng yī ① 合為整體；取齊一致：統一天下 / 統一文字。反 分裂 ② 整體的；一致的：統一安排 / 佈局統一。

【統治】tǒng zhì ① 控制管理國家或地區：專制統治。② 控制；支配：統治文壇 / 處在統治地位。

【統計】tǒng jì ① 總括地計算：統計一下人數。② 點算數字；計算數據：初步統計投票率超過百分之五十。③ 統計出來的結果：統計不夠準確。

【統籌】tǒng chóu 統一考慮；統一制定計劃：統籌兼顧 / 統籌安排。

6 絲[丝] 絲絲絲絲絲絲 **絲**

普 sī　粵 si¹ 思

① 蠶絲，是紡織原料：絲線 / 絲綢。② 像絲的東西：藕斷絲連。③ 形容極小、細微：絲毫（極小、極少）/ 口角露出一絲微笑。④ 中國古代指弦樂器：絲竹管弦。

7 綁[绑] 綁綁綁綁綁綁 **綁**

普 bǎng　粵 bong² 邦²

捆紮；縛：捆綁 / 綁架（出於某一目的把人劫走）。

7 經[经] 經經經經經經 **經**

普 jīng　粵 ging¹ 京

① 經典：佛經 / 聖經。② 管理；治理：經費（維持運作的費用）/ 經國大計。③ 經過；經歷：經手 / 經由（經過）/ 途經香港。④ 禁受：經不住 / 經得住。⑤ 長期不變的；正常的：經久（長久；耐久）/ 荒誕不經。⑥ 中醫學指人體氣血運行的通路：經絡 / 經脈。⑦ 女人的月經：經期。

【經典】jīng diǎn ① 權威性的著作；述説宗教教義的權威著作：佛教經典 /《論語》是儒家經典。② 有權威性、典型性的：經典樂章 / 經典影片。

【經受】jīng shòu 禁受；承受：經受不起 / 經受一場驚嚇。

【經書】jīng shū 儒家經典著作，包括《易經》、《尚書》、《詩經》、《周禮》、《儀禮》、《禮記》、《春秋》等。

【經理】jīng lǐ ① 經營管理。② 企業中負責經營管理的人。

【經常】jīng cháng ① 平常的；日常的：經常事。② 常常；時常：經常鍛煉身體／經常讀書到深夜。⑤ 偶爾＊偶然

【經過】jīng guò ① 通過（地點、時間、言行動作等）：經過爭吵，問題反而解決了。② 經歷的過程：報告破案的經過。

【經歷】jīng lì ① 親身見過、做過或遭受過：這些事我都經歷過。② 經歷過的事：傳奇般的經歷。

【經營】jīng yíng ① 籌劃、組織、管理：苦心經營／親手經營起這份家業。② 經辦業內的事務：經營一家快餐店。

【經濟】jīng jì ① 維持人類物質生活的活動，包括產品的生產、流通、貿易、分配和消費等活動。② 國民經濟的總稱；國民經濟的某一部類：發展經濟／農業經濟。③ 指家庭或個人的收支情況：他的經濟狀況很好。④ 花費少的、便宜的：經濟實惠。

【經驗】jīng yàn ① 從實際生活工作中得到的知識、技能或教訓：我的老師教學經驗很豐富。② 經歷體驗：這麼難辦的事，從來沒經驗過。

7 **絹**[绢]　絹絹絹絹絹絹　絹

⑲ juàn ⑳ gyun³ 娟³

① 一種平展的絲織品。② 手帕：手絹。

8 **緊**[紧]　緊緊緊緊緊緊　緊

⑲ jǐn ⑳ gan² 僅

① 不鬆；貼緊：拉緊／壓緊。② 距離近；間隔小：緊鄰／緊身衣。③ 嚴緊：看緊門戶／管得太緊。④ 牢牢、牢固：緊緊抓住不放。⑤ 密集；急驟：緊鑼密鼓／槍聲越來越緊。⑥ 急；迫切：緊急／緊迫（非常急迫）。⑦ 緊張：這幾天風聲太緊。

【緊要】jǐn yào 重要；緊急重要：沒有緊要的事早點回家。

【緊密】jǐn mì ① 十分密切：緊密合作。⑩ 密切 ② 連續不斷：雨點越來越緊密。⑩ 密集 ⑤ 稀疏

【緊急】jǐn jí 迫在眉睫，極其急迫。

【緊張】jǐn zhāng ① 精神高度不安：情緒緊張。⑤ 輕鬆 ② 激烈；緊迫：緊張的比賽／工作很緊張。③ 緊缺：貨源緊張／供應緊張。⑤ 充裕 ④ 關係不好：兩人的關係緊張。

【緊湊】jǐn còu 銜接緊密，沒有空白或多餘的：文章很緊湊／安排得很緊湊。⑤ 鬆散

【緊縮】jǐn suō 壓縮、收縮：緊縮開支／緊縮包圍圈。⑤ 擴張

【緊鑼密鼓】jǐn luó mì gǔ 節奏緊密的開台鑼鼓。比喻正在緊張進行中。

8 **緒**[绪]　緒緒緒緒緒緒　緒

⑲ xù ⑳ seoi⁵ 髓

① 開頭、開端：千頭萬緒。② 心情；情緒：心緒／離愁別緒。

【緒論】xù lùn 學術著作的開頭部分，介紹全書的主題和內容等。

8 **綾**[绫]　綾綾綾綾綾綾　綾

⑲ líng ⑳ ling⁴ 零

一種有花紋的絲織品：綾羅綢緞。

8 **綫**[线]　綫綫綫綫綫綫　綫

⑲ xiàn ⑳ sin³ 善³

同 "線"。詳見 "線"。

緋 [绯]　緋 緋 緋 緋 緋 緋　緋

㊢ fēi ㊖ fei¹ 飛

大紅色：緋紅（鮮紅）／緋聞（桃色新聞）。

綽 [绰]　綽 綽 綽 綽 綽 綽　綽

㊢ chuò ㊖ coek³ 卓

① 寬裕：寬綽／綽綽有餘。② 柔美：柔情綽態。
【綽號】chuò hào 外號。

綱 [纲]　綱 綱 綱 綱 綱 綱　綱

㊢ gāng ㊖ gong¹ 江

① 總攬魚網的大繩。比喻事物的主要部分：綱要
（概要）／綱領／教學大綱。② 生物學上的分類等
級：“門”下為“綱”，“綱”下為“目”。
【綱領】gāng lǐng 基本方面；根本原則：共同行
動綱領。

網 [网]　網 網 網 網 網 網　網

㊢ wǎng ㊖ mong⁵ 妄

① 繩線編結成的捕魚或捉鳥獸的用具：撒網捕
魚／一網打盡。② 形狀像網的東西：蜘蛛網／鐵
絲網。③ 縱橫交錯的組織或系統：通訊網／交
通網。
【網絡】wǎng luò ① 網狀的東西。② 比喻由相
互關聯的分支組成的系統：運輸網絡／通信網
絡。③ 指互聯網：網絡世界。
【網羅】wǎng luó ① 捕魚的網和捕鳥的羅。
② 比喻搜求招引：網羅人才／網羅黨羽。

維 [维]　維 維 維 維 維 維　維

㊢ wéi ㊖ wai⁴ 圍

① 大繩子。② 聯結起來：維繫（聯到一塊兒）。
③ 保持；保護：維持／維修。④ 思考：思維。
⑤ 絲狀的東西：纖維。
【維持】wéi chí 保持：維持原狀／維持秩序。
㊔ 保持 ㊙ 改變
【維修】wéi xiū 保養和修理：維修舊房子／汽車
維修費
【維護】wéi hù 維持保護：維護世界和平／維護
消費者的權益。㊙ 侵犯。
【維生素】wéi shēng sù 人和動物生存不可缺少
的微量有機化合物，有維生素 A、B、C 等二十
多種，又叫“維他命”。

綿 [绵]　綿 綿 綿 綿 綿 綿　綿

㊢ mián ㊖ min⁴ 眠

① 絲綿。② 柔軟；薄弱：綿軟／綿力（微薄的
力量）。③ 延續，連續不斷：綿綿（形容連續不
斷）／綿延（延續不斷）。④ 纏繞：纏綿。
【綿羊】mián yáng 羊的一種，白色毛濃密捲曲，
性情溫順。公羊多有螺旋狀大角，母羊角短小或
無角，毛是紡織品原料，肉可食用，皮可製革。

綵 [彩]　綵 綵 綵 綵 綵 綵　綵

㊢ cǎi ㊖ coi² 採

① 彩色絲織品：剪綵／張燈結綵（形容歡快熱鬧
的喜慶場面）。② 彩色：綵燈。
　💡 在“彩色絲織品”和“彩色”的意義上，“彩”
和“綵”是同義詞，可以互換使用；“彩”的其
他意義不能換成“綵”。

繃 8　繃 繃 繃 繃 繃 繃 　繃

（普）bēng （粵）bang¹ 崩

同"繃"。詳見"繃"。

綢[绸] 8　綢 綢 綢 綢 綢 綢 　綢

（普）chóu （粵）cau⁴ 酬

綢子。柔軟光澤的薄絲織品：絲綢 / 綢緞（綢子和緞子；各色絲織品）。

綜[综] 8　綜 綜 綜 綜 綜 綜 　綜

（普）zōng （粵）zung¹ 宗

總合在一起：新聞綜述 / 錯綜複雜。
【綜合】zōng hé 把各部分整合統一起來；歸攏到一起：訓練綜合分析能力 / 石油的綜合利用價值極高。（反）分解

綻[绽] 8　綻 綻 綻 綻 綻 綻 　綻

（普）zhàn （粵）zaan⁶ 賺

開裂：綻裂（破裂、裂開）/ 皮開肉綻（皮肉開裂）。

綴[缀] 8　綴 綴 綴 綴 綴 綴 　綴

（普）zhuì （粵）zeoi³ 最

①縫合：縫綴。②連結：連綴（連成一體）/ 綴合（合到一塊）。③裝點、裝飾：點綴 / 各色野花綴滿湖畔。

綠[绿] 8　綠 綠 綠 綠 綠 綠 　綠

（普）lǜ （粵）luk⁶ 六

黃和藍合成的顏色，像草和樹葉的色彩：深綠 / 綠油油（濃綠有光澤的樣子）/ 青山綠水。

💡 "綠"的語音特例："綠林"和"鴨綠江"兩個詞語中的"綠"，讀"lù"不讀"lǜ"。

【綠化】lǜ huà 種植花草樹木，優化環境或防止水土流失。
【綠豆】lǜ dòu 一種農作物，果莢內有綠色種子，也叫綠豆，綠豆是日常的食用豆類。
【綠洲】lǜ zhōu ① 江河中草木繁茂的小片陸地：江心綠洲。② 沙漠中有水草的地方：沙漠綠洲。

練[练] 9　練 練 練 練 練 練 　練

（普）liàn （粵）lin⁶ 煉

① 把生絲放在沸水中煮到柔軟潔白：練絲。
② 經驗多；純熟：老練 / 幹練。③ 練習；訓練：排練 / 勤學苦練。
【練習】liàn xí ① 反覆學習：練習彈鋼琴。② 功課、作業：認真做老師今天留的練習。

緘[缄] 9　緘 緘 緘 緘 緘 緘 　緘

（普）jiān （粵）gaam¹ 監

① 封；閉：緘默（沉默）/ 三緘其口（閉口不說話）。② 指書信。信寫好後要封口，故稱：信緘。

緬[缅] 9　緬 緬 緬 緬 緬 緬 　緬

（普）miǎn （粵）min⁵ 免

① 遙遠；久遠：緬想 / 緬懷（追思過去的人或事）。② 緬甸的簡稱：中緬邊境。

緝[缉] 9　緝 緝 緝 緝 緝 緝 　緝

（普）jī （粵）cap¹ 輯

搜查；捉拿：緝捕（搜捕；追捕）/ 緝私。
【緝私】jī sī 偵察走私活動，搜捕走私犯。

緞[缎] 緞緞緞緞緞緞 緞

(普)duàn (粵)dyun⁶ 段

緞子。質地較厚、正面平滑有光澤的絲織品:錦緞 / 綾羅綢緞。

線[线] 線線線線線線 線

(普)xiàn (粵)sin³ 扇

同"綫"① 纖維紡成的細長東西:棉線 / 絲線 / 毛線。② 細長的東西:銅線 / 電纜線。③ 交通路線:航線 / 鐵路沿線。④ 交界的地方:國境線 / 海岸線。⑤ 邊緣:貧困線 / 取錄分數線。⑥ 線索;線條:暗線(秘密線人)/ 眼線(沿眼皮邊緣的線條)。⑦ 一線,一絲、一點點:一線希望 / 一線光明。

【線索】xiàn suǒ 痕跡;途徑;脈絡:破案的線索 / 小說的線索很清楚。

【線條】xiàn tiáo ① 繪畫勾勒輪廓的線。② 人體或物品輪廓的曲度:線條優美。

【線路】xiàn lù 電流、電磁訊號或車輛經過的路線:高鐵線路 / 傳輸線路 / 巴士線路。

緩[缓] 緩緩緩緩緩緩 緩

(普)huǎn (粵)wun⁶ 換

① 慢:緩慢 / 緩緩(徐徐、慢慢)。② 推遲、延遲:緩辦 / 刻不容緩。③ 緩和;程度減輕:緩解 / 和緩。④ 恢復:精神受打擊,至今緩不過來。

【緩和】huǎn hé ① 由緊張轉向寬鬆:局勢逐漸緩和下來了。② 減輕:這場大雨緩和了旱情。 同 緩解 反 加劇

【緩慢】huǎn màn 慢慢的:行動緩慢 / 汽車緩慢行駛。

締[缔] 締締締締締締 締

(普)dì (粵)dai³ 帝

① 訂立:締約(訂立條約)。② 創立、建立:締造。③ 制止:取締。

【締造】dì zào 創建;營造:共和國的締造者 / 締造美好的未來。

編[编] 編編編編編編 編

(普)biān (粵)pin¹ 篇

① 交織;編結:編織 / 編草蓆。② 按順序組織排列:編隊。③ 整本的書;書的一部分:簡編 / 全書分為上中下三編。④ 創作;編寫;編輯:編劇(創作劇本)/ 編譯(編輯和翻譯)。⑤ 假造、編造:胡編亂造。

【編者】biān zhě 書稿文章的編寫人或編輯人。

【編制】biān zhì ① 編排制定:編制政府的預算。② 機構和職位設置及人員定額:擴大部門編制。

【編排】biān pái ① 按次序排列:編排不同的節目。② 編劇和排演:編排現代舞劇。③ 譏諷別人;捏造事實:背後編排別人是壞品德。

【編造】biān zào ① 編排資料,做成表冊:編造名冊 / 編造預算。② 虛構;捏造:編造故事 / 編造事實。同 假造 * 捏造

【編號】biān hào ① 排列次序的號碼:為考生的座位編號。② 編定的號碼:你的座位編號是A21。

【編碼】biān mǎ ① 號碼:報稅單的編碼。② 數碼,數字:通訊密電的編碼。

【編寫】biān xiě ① 根據材料寫成書或文章:編寫教科書。② 創作:編寫劇本。

【編輯】biān jí ① 整理加工資料或文稿:編輯兒童畫冊。② 做編輯工作的人:責任編輯。

【編導】biān dǎo ① 編劇和導演:他是五部電影的編導。② 從事編劇和導演的人:張編導剛走。

緣[缘]　緣緣緣緣緣緣 緣

（普）yuán（粵）jyun⁴ 元

① 邊沿：邊緣。② 沿；順：緣着小溪走。③ 爬；附着：攀緣。④ 緣分；機緣：姻緣／一面之緣。⑤ 原因：無緣無故／緣由（原因）／緣故。⑥ 因為；由於：事緣家庭糾紛而起。

【緣分】yuán fèn 人之間或人與事物之間注定發生的機遇或關係：異國相逢算是緣分了／煙酒跟我從來就沒緣分。

【緣故】yuán gù 原因、緣由：不知是什麼緣故，她竟沒來。

縣[县]　縣縣縣縣縣縣 縣

（普）xiàn（粵）jyun⁶ 願

中國行政區劃單位。隸屬於省、自治區、直轄市或隸屬於省轄市、自治區。

縛[缚]　縛縛縛縛縛縛 縛

（普）fù（粵）bok³ 駁

捆綁：作繭自縛（自作自受）／手無縛雞之力。

緻[致]　緻緻緻緻緻緻 緻

（普）zhì（粵）zi³ 至

精密；細密：精緻／細緻／緻密（細緻精密）。

繁（一）　繁繁繁繁繁繁 繁

（普）fán（粵）faan⁴ 凡

① 多，很多：繁多／繁瑣／繁重。② 複雜：繁複（繁雜重複）。③ 茂盛；興旺：繁茂（繁榮茂盛）／繁華。④ 產生後代：繁殖。

【繁忙】fán máng 事情很多，沒有空間：學習繁忙／一片繁忙景象。（同）忙碌（反）清閒 * 悠閒

【繁重】fán zhòng 繁多沉重：工作很繁重。

【繁衍】fán yǎn 滋生繁殖，逐漸增多：繁衍後代。

【繁華】fán huá 熱鬧興旺：銅鑼灣非常繁華。（反）蕭條

【繁殖】fán zhí 動植物生出後代。

【繁瑣】fán suǒ 又多又瑣碎：手續太繁瑣。

【繁榮】fán róng ① 繁密茂盛：草木繁榮。② 蓬勃興旺：繁榮昌盛／市場繁榮。（反）蕭條

繁（二）

（普）pó（粵）faan⁴ 凡

姓氏。

績[绩]　績績績績績績 績

（普）jì（粵）zik¹ 即

成果；功績；業績：成績／豐功偉績。

縷[缕]　縷縷縷縷縷縷 縷

（普）lǚ（粵）leoi⁵ 呂

① 線：千絲萬縷／不絕如縷。② 逐條地；詳細地：條分縷析（細緻詳盡地分析）。③ 與數目字連用，表示線形東西的數量：多了幾縷白髮。

繃[绷]　繃繃繃繃繃繃 繃

（普）bēng（粵）bang¹ 崩

① 包紮：繃帶（包紮傷口的紗帶）。② 拉緊，張得很緊：繃緊繩子／兩人關係繃得很緊。③ 硬撐：死繃場面。④ 猛然彈起來：橡皮筋繃飛了。⑤ 粗略地縫上；用針別上：繃被頭／繃袖章。

繃 [绷]^(二)

(普) běng (粵) maan¹

① 板着：繃起臉不說話。② 強忍着：繃不住笑了起來。

繃 [绷]^(三)

(普) bèng (粵) bang¹ 崩

① 裂開：襯衫繃了一條口子。② 相當"極"、"非常"：繃硬 / 繃脆。

總 [总]　總總總總總總　總

(普) zǒng (粵) zung² 腫

① 匯集；合到一起：總括 / 總數 / 總體。② 所有的；全面的：總值（全部價值）/ 總的情況。③ 概括全部的：總綱 / 總則。④ 領導全面的：總司令 / 總裁。⑤ 一直、一貫：學習總那麼刻苦。⑥ 終歸：總歸 / 將來總會好起來的。⑦ 大概：總要上千元才買得到。

【總之】zǒng zhī 總而言之，總括起來說。

【總共】zǒng gòng 一共，加在一起：總共獲得八枚金牌。(同) 總計

【總和】zǒng hé 各項數額加在一起的總數。

【總括】zǒng kuò 匯總到一起：總括說來，略有盈餘。

【總是】zǒng shì ① 從來都是、向來是：他的成績總是排第一。(同) 一向 ② 終歸、終究：日子總是會好起來的。

【總部】zǒng bù 機構、社團、企業管轄其分支、分部的最高領導部門：世界衞生組織總部 / 投資銀行紐約總部。(反) 分部

【總裁】zǒng cái 政黨或企業首腦。

【總結】zǒng jié ① 回顧和分析過往的情況並做出結論：總結投資效果。② 通過回顧和分析做出的結論：遞交投資效益的總結報告。

【總督】zǒng dū ① 中國明清兩代的職官名。明代為鎮守邊防的軍事長官，清代則是省或跨省的軍政長官：明代有宣大總督 / 清代有直隸總督、川陝總督。② 宗主國統治殖民地的最高長官；英國任命的少數英聯邦成員國的最高長官：加拿大總督。

【總算】zǒng suàn ① 總括起來計算：總算起來，多賺了五十萬。② 表示目的終於達到：兒子的願望總算實現了。③ 表示慶幸：總算趕到了，沒遲到就好。④ 表示勉強算得上：這次考試總算不錯了。

【總管】zǒng guǎn ① 全面管理：副校長總管教學。② 負責全面管理的人：技術總管 / 財務總管。③ 大家庭中管理家務和僕人的人：張府的老總管。

【總歸】zǒng guī 終究、終歸：將來總歸要回家鄉養老的。

【總體】zǒng tǐ 全部；整體：就總體說，損失不算大 / 從總體上看，同學們進步明顯。(反) 個體 * 個別

縱 [纵]　縱縱縱縱縱縱　縱

(普) zòng (粵) zung³ 眾

① 放：縱火。② 放縱，不加約束：縱容 / 縱情（盡情）。③ 向上或向前用力跳：縱身跳入河中。④ 豎向的；南北方向的：縱貫南北的高速路。⑤ 廣泛全面；從過去到現在：縱觀。⑥ 從前到後的：縱深（更深的層次）。⑦ 即使：縱使。

【縱容】zòng róng 放縱容忍錯誤或不當的行為：溺愛和縱容，對子女決無好處。

【縱使】zòng shǐ 即使、即便：縱使你不同意，我也得去。(同) 縱然 * 就算

✐ "縱使……也……"表達假設關係的關聯詞固定搭配，如：縱使你是政府官員，也必須遵

守法律。（注意：“縱使”一般不與“都”搭配在一起，應該用“也”）

【縱然】zòng rán 即使、就算：縱然跟我沒關係，我也要管。同 縱使 * 即便

【縱橫】zòng héng ① 豎和橫：縱橫交錯。② 奔放：筆意縱橫，揮灑自如。③ 往來奔馳，毫無阻擋：長驅直入，縱橫十餘省。

11 **縫** [缝] (一) 縫 縫 縫 縫 縫 縫

普 féng 粵 fung⁴ 逢

用針線連起來：縫補 / 縫紉（裁剪、縫製衣物）。

11 **縫** [缝] (二)

普 fèng 粵 fung⁶ 奉

① 接合的地方：牆縫 / 天衣無縫。② 縫隙；空隙：裂縫 / 見縫插針。

【縫隙】fèng xì 細長的裂口兒；物體接合部位的狹長空隙：山崖的縫隙 / 從門的縫隙向裏看。

11 **縮** [缩] 縮 縮 縮 縮 縮 縮

普 suō 粵 suk¹ 叔

① 由大變小；由長變短：縮小（收縮變小）/ 縮短（緊縮變短）。② 收進去；後退：龜縮 / 退縮不前 / 縮手縮腳。③ 節省；減少：縮減（減少）/ 節衣縮食。

12 **繞** [绕] 繞 繞 繞 繞 繞 繞

普 rào 粵 jiu⁵ 擾

① 纏繞：把毛線繞成團。② 環繞；圍着轉：繞了一大圈。③ 迂迴，轉過去：從旁邊繞過去。

12 **繚** [缭] 繚 繚 繚 繚 繚 繚

普 liáo 粵 liu⁴ 聊

纏繞；圍繞：繚繞（環繞）/ 繚亂（紛亂）/ 眼花繚亂（兩眼發花，感覺迷亂）。

12 **織** [织] 織 織 織 織 織 織

普 zhī 粵 zik¹ 即

① 用縱橫的紗線編織紡織品：紡織 / 男耕女織。② 編織東西：織補（修補）/ 織毛衣 / 織魚網。

【織女】zhī nǚ ① 紡紗織布的女子。② 中國神話人物。相傳天河之西的織女是天帝的女兒，年年為天帝織造雲錦，與河東牛郎結為夫妻後就不再紡織，天帝發怒，責令她返回河西，只准每年農曆七月七日過鵲橋與牛郎相會一次。③ 指織女星。

13 **繭** [茧] 繭 繭 繭 繭 繭 繭

普 jiǎn 粵 gaan² 簡

蠶的幼蟲變成蛹之前吐絲做成包裹自己的殼：蠶繭 / 作繭自縛（比喻把自己束縛起來陷入困境）。

13 **繫** [系] (一) 繫 繫 繫 繫 繫 繫

普 xì 粵 hai⁶ 系

① 聯絡；關聯：聯繫 / 維繫。② 牽掛：繫念（掛念）。③ 拴：在樹下繫馬。

13 **繫** [系] (二)

普 jì 粵 hai⁶ 系

打結；扣上：繫鞋帶 / 繫領帶。

繮[缰] 繮繮繮繮繮繮 繮

(普) jiāng (粵) goeng¹ 姜

繮繩：脫繮的野馬。

繩[绳] 繩繩繩繩繩繩 繩

(普) shéng (粵) sing⁴ 乘

① 繩子：麻繩／繩索。② 木工用的墨線：中繩中矩（合乎規則）。③ 標準；準則：準繩（準則、規則）。④ 制裁：繩之以法。

繳[缴] 繳繳繳繳繳繳 繳

(普) jiǎo (粵) giu² 矯

① 交納；付出：繳交（交付）／繳付／繳納（交納）。② 收繳：繳獲（從對方收繳過來）／追繳非法所得。

繪[绘] 繪繪繪繪繪繪 繪

(普) huì (粵) kui² 賄

① 畫：繪畫／繪製。② 描寫；形容：繪聲繪色（形容描寫得生動逼真）。

【繪圖】huì tú 畫圖，繪製圖形、圖樣、地圖等。

【繪畫】huì huà ① 作畫，畫畫兒：正在畫室裏繪畫。② 圖畫，畫兒：這是一幅有名的繪畫。

【繪製】huì zhì 描畫製作：繪製地形圖。

繡[绣] 繡繡繡繡繡繡 繡

(普) xiù (粵) sau³ 秀

① 用針和彩線在綢、布上刺花紋、圖像或文字：繡花（刺繡花卉圖案）／描龍繡鳳。② 指繡好的成品：湘繡／蘇繡。③ 華麗的；精美的：繡房（女子的居室）。

辮[辫] 辮辮辮辮辮辮 辮

(普) biàn (粵) bin¹ 邊

① 編結，把幾股擰成一股：拿着一把粗麻在辮繩子。② 辮子，髮辮。② 像辮子的東西：買了一條蒜辮。

【辮子】biàn zi ① 把頭髮分股交叉編成的束狀長條：梳着一條大辮子。② 比喻可被人用來進行要脅的過失錯誤等：怕被人抓辮子，怕丟官。

繽[缤] 繽繽繽繽繽繽 繽

(普) bīn (粵) ban¹ 奔

繽紛：繁多紛雜：五彩繽紛／落花繽紛。

繼[继] 繼繼繼繼繼繼 繼

(普) jì (粵) gai³ 計

接續；連續；承接：前仆後繼／日以繼夜／繼往開來。

【繼承】jì chéng ① 接下前人的傳統或事業：繼承祖傳醫術／繼承先人遺志。② 依法承接死者的財產、權利或地位：繼承遺產／繼承王位。

【繼續】jì xù ① 連續不間斷：繼續上課／繼續奮鬥。(反) 中斷

【繼往開來】jì wǎng kāi lái 繼承前人的功業，開闢未來的道路。

續[续] 續續續續續續 續

(普) xù (粵) zuk⁶ 族

① 連接；接下去：連續／繼續／時斷時續。② 程序：手續完備。

15 纏[缠]　纏 纏 纏 纏 纏 纏　纏

㊄ chán ㊁ cin⁴ 前

① 繞，圍繞：頭上纏着紗巾。② 糾纏；攪擾：胡攪蠻纏。③ 對付：難纏的小人。

【纏綿】chán mián ① 情意深厚，難分難解：情意纏綿。② 糾纏，擺脫不開：纏綿病榻。

【纏繞】chán rào 一圈圈地繞起來：憂愁纏繞心頭／一棵紫藤纏繞在樹上。

17 纖[纤]　纖 纖 纖 纖 纖 纖　纖

㊄ xiān ㊁ cim¹ 簽

① 細小；細微：纖細（細微；細長）／纖塵（微小的塵土）。② 纖維：化纖衣料。

【纖維】xiān wéi 天然的或人工合成的細絲狀物質：棉花纖維／玻璃纖維。

21 纜[缆]　纜 纜 纜 纜 纜 纜　纜

㊄ lǎn ㊁ laam⁶ 濫

① 拴船用的粗繩或鐵索：船纜／纜繩（繫船的繩索）。② 像纜繩的東西：電纜。

【纜車】lǎn chē 一種有乘坐車廂的爬坡交通工具。用鋼纜把車廂繫在電力驅動的絞車上，轉動絞車，纜車沿軌道上下行駛：山頂有纜車供遊客乘坐／乘搭昂坪的纜車。

缶 部

3 缸　缸 缸 缸 缸 缸 缸　缸

㊄ gāng ㊁ gong¹ 江

① 桶形的敞口器物，質地有陶、瓷、搪瓷、玻璃

多種：水缸／菜缸／醬缸／米缸。② 形狀像缸的東西：汽缸。

4 缺　缺 缺 缺 缺 缺 缺　缺

㊄ quē ㊁ kyut³ 決

① 破損：殘缺不全。② 短少，不夠：缺人手／寧缺毋濫。③ 不完美；不完善：缺點／缺陷。④ 應到而不到：缺課／缺勤。⑤ 空出來的職位：補缺／肥缺。

【缺口】quē kǒu ① 物體上少一塊形成的缺損：花瓶碰了個缺口。② 不足的部分：汽油供應缺口很大。③ 指被突破的一點：打開缺口，突破敵軍陣地。

【缺少】quē shǎo 短缺、不足、不夠：缺少潔淨水的地方。

【缺乏】quē fá 沒有；不夠：缺乏經驗／缺乏說服力。㊂ 缺少

【缺陷】quē xiàn 弱點或不完美的地方：設計方案有一些缺陷。㊂ 不足

🔎 缺憾 "陷" 指的是缺點或凹位，有下沉的意思。"憾" 指的是失望，不滿足的一種心理狀態。兩字粵讀音近易錯寫。

【缺點】quē diǎn 過失，不合要求或不合標準的地方：認真改正自己的缺點。㊃ 優點

18 罐　罐 罐 罐 罐 罐 罐　罐

㊄ guàn ㊁ gun³ 貫

① 罐子，裝東西或烹煮用的圓筒形器皿：水罐／藥罐／瓦罐。② 形狀像罐子的東西：油罐車。

【罐頭】guàn tou ① 罐子，盛東西用的圓筒形器皿。② 指罐頭食品，加工後裝在密封的金屬罐或廣口瓶裏的食品，可長時間保存。

网部

罕 罕罕罕罕罕罕 罕
（普）hǎn （粵）hon² 看²

稀少；難得：罕有 / 罕見（少見；難得見到）/ 人跡罕至。

署 署署署署署署 署
（普）shǔ （粵）cyu⁶ 柱

① 辦公的處所：官署。② 政府部門的名稱：警署 / 房屋署。③ 暫時代理：署理（暫代空缺的職務）。④ 簽名；題名：簽署 / 署名（簽上自己的名字）。⑤ 安排佈置：部署。

置 置置置置置置 置
（普）zhì （粵）zi³ 至

① 放；放到一邊：安置 / 一笑置之 / 置之不理。② 安排；設置：佈置 / 配置。③ 買，購買：添置 / 購置 / 置辦（採購、採辦）。

罪 罪罪罪罪罪罪 罪
（普）zuì （粵）zeoi⁶ 序

① 罪行：罪狀（犯罪事實）/ 罪大惡極（罪惡滔天）。② 過失：賠罪 / 歸罪於人。③ 苦難；痛苦：遭罪 / 受罪。④ 責怪：怪罪別人。

【罪行】zuì xíng 嚴重犯法的行為。

【罪名】zuì míng ① 所犯罪行的名稱，如詐騙罪、搶劫罪、謀殺罪。② 犯罪、犯錯的名義：給我戴的罪名真不小，我可擔當不起。

【罪案】zuì àn ① 犯罪的案情：找目擊者核查罪案。② 犯罪案件：開庭審理罪案。

【罪惡】zuì è ① 犯法作惡的行為：罪惡滔天。② 犯罪作惡的：罪惡念頭。

【罪過】zuì guò ① 罪行；過失：就算我有罪過，也輪不到你來教訓！② 表示不敢當，心中有愧疚：罪過罪過，怎好叫您老人家送來！

罩 罩罩罩罩罩罩 罩
（普）zhào （粵）zaau³ 爪³

① 捕魚或養雞鴨用的竹籠子：魚罩 / 雞罩。② 用籠子衣物之類的東西扣住：罩住一隻蝴蝶 / 用黑頭套罩着頭。③ 覆蓋物體的東西：口罩 / 燈罩 / 牀罩。④ 覆蓋；套上：用牀罩罩住被子 / 天冷了，罩件外衣。

罰 [罚] 罰罰罰罰罰罰 罰
（普）fá （粵）fat⁶ 佛

懲處違規或犯罪行為：處罰 / 懲罰 / 賞罰分明。

罵 [骂] 罵罵罵罵罵罵 罵
（普）mà （粵）maa⁶ 麻⁶

① 用粗野、污穢或惡毒的話侮辱人：咒罵 / 辱罵 / 破口大罵。② 用嚴厲的話訓斥：責罵。

罷 [罢]（一） 罷罷罷罷罷罷 罷
（普）bà （粵）baa⁶ 吧

① 停止：罷手 / 罷工。② 解除；免去：罷免。③ 完；結束：我看罷報紙就走。

（一）【罷了】bà le 表示"如此而已"、"不過如此"的意思，有縮小事態的意味，常和"不過"、"無非"、"只是"等詞語連用：他只是說說罷了，別當真。

(二)【罷了】bà liǎo 作罷,算了。表示容忍不計
較:不喜歡也就罷了,就別說怪話了。
【罷休】bà xiū 停止做:不達目的,決不罷休。
🔵 作罷 * 停止 🔴 繼續
【罷免】bà miǎn ① 上級免去下級的職務。2 選
民撤銷所選出的人員的職務。🔴 任命 * 任用

10 罷 [罢] (二)

🔵 ba 🔴 baa⁶ 吧

相當"吧":大家都去罷。

11 罹 罹 罹 罹 罹 罹 罹

🔵 lí 🔴 lei⁴ 厘

遭遇;遭受:罹禍(遇到災禍)/ 罹病 / 罹難。
【罹難】lí nàn 被害;遭遇不幸死亡。

14 羅 [罗] 羅 羅 羅 羅 羅 羅

🔵 luó 🔴 lo⁴ 蘿

① 捕鳥的網:羅網 / 天羅地網。② 張網捕鳥:
門可羅雀。③ 搜尋;招請:搜羅 / 羅致人才。
④ 包容:包羅萬象。⑤ 排列;分佈:星羅棋佈。
⑥ 質地輕軟的絲織品:綾羅綢緞。
【羅漢】luó hàn "阿羅漢"的省稱,佛教稱斷絕一
切嗜好、解脫一切塵世煩惱,修行成功的僧人。

19 羈 [羁] 羈 羈 羈 羈 羈 羈

🔵 jī 🔴 gei¹ 機

① 馬的籠頭。② 拘束;束縛:放蕩不羈。③ 停
留在家鄉以外;寄居:羈旅 / 羈留(離家在外地
停留)。

羊 部

0 羊 羊 羊 羊 羊 羊 羊

🔵 yáng 🔴 joeng⁴ 陽

哺乳動物。有家養的山羊、綿羊和野生的羚羊、
黃羊等。羊毛作紡織原料,羊皮製皮革,羊肉羊
乳供食用。🔵 羊毛出在羊身上
【羊腸小道】yáng cháng xiǎo dào 彎曲狹窄的
小路。多指山路。🔴 康莊大道

3 美 美 美 美 美 美 美

🔵 měi 🔴 mei⁵ 尾

① 漂亮的、好看的:美貌 / 良辰美景。② 優秀
的;讓人滿意的:美德 / 價廉物美。③ 好事、好
景、好東西:成人之美 / 美不勝收。④ 甜美;
得意:心裏美滋滋的 / 美得不知道自己幾斤幾兩
了。⑤ 稱讚:美稱 / 溢美之詞。⑥ 美化:美容 /
美髮。⑦ 指美洲:南美 / 北美。⑧ 指美國:美
元 / 中美都是大國。🔵 君子成人之美
【美化】měi huà 修飾裝點,變得更美觀:栽種樹
木,美化環境。🔴 醜化
【美好】měi hǎo 十分好,達到讓人稱道、很滿
意的程度:美好的印象 / 明天比今天更美好。
🔴 醜惡
【美妙】měi miào 美好奇妙:美妙的琴聲 / 詩句
多美妙 / 美妙的風景畫。
🔑 美秒 "秒"是時間單位。"妙"有美好的意思。
兩字音近易錯寫。
【美味】měi wèi 味道美好的食品:美味佳餚。
【美洲】měi zhōu 北美洲和南美洲統稱為美洲。
在地理上習慣分為北美、中美和南美,在政治地

理上也把加拿大和美國之外的美洲地區稱作拉丁
美洲。參見"北美洲"、"南美洲"。

【美術】měi shù 造型藝術；繪畫藝術：美術館 /
繪畫、雕塑、工藝都是美術。

【美景】měi jǐng 美好的景色：良辰美景。

【美感】měi gǎn 對美的感覺和體會：遍地的野
花給人以生機勃勃的美感。

【美夢】měi mèng 好夢。比喻美好的願望：美夢
成真。

【美貌】měi mào ① 美麗的容貌：美貌如花。
② 容貌美麗：美貌女子。同 漂亮 反 醜陋

【美滿】měi mǎn 美好圓滿：美滿姻緣 / 日子過
得挺美滿。

【美德】měi dé 高尚的品德：勤勞勇敢是中華民
族的美德。

【美麗】měi lì 好看，漂亮：美麗的花朵。反 醜陋

【美觀】měi guān 漂亮好看：式樣美觀 / 美觀大
方。反 醜陋

【美不勝收】měi bù shèng shōu 美好的東西太
多，一時看不過來。

【美中不足】měi zhōng bù zú 總體上很好，只是
當中存在小缺點，包含遺憾的意思。

---

4 羔　羔 羔 羔 羔 羔 羔　羔

普 gāo 粵 gou¹ 高

① 小羊：羊羔 / 羔羊（小羊，比喻天真純潔的或
弱小的人）。② 幼小的動物：鹿羔 / 狼羔。

---

5 羚　羚 羚 羚 羚 羚 羚　羚

普 líng 粵 ling⁴ 零

羚羊。外形似山羊的哺乳動物，四肢細長，善於
奔跑。羚羊角可做中藥。

---

5 羞　羞 羞 羞 羞 羞 羞　羞

普 xiū 粵 sau¹ 收

① 恥辱，不光彩：羞恥 / 羞愧（羞恥慚愧）。
② 感到恥辱：羞與為伍（與對方在一起覺得恥
辱）。③ 難為情；不好意思：害羞 / 怕羞。④ 感
到難為情：羞紅了臉。

【羞恥】xiū chǐ 恥辱，不光彩：不知羞恥。

【羞辱】xiū rǔ ① 恥辱：蒙受羞辱。② 侮辱，讓
對方蒙受恥辱：當眾羞辱他。

---

7 義 [义]　義 義 義 義 義 義　義

普 yì 粵 ji⁶ 二

① 公正的、合乎正義的道理：道義 / 大義滅
親。② 合乎正義的；合乎公益的：義演 / 義舉。
③ 情誼；感情：義氣 / 無情無義。④ 意義；意
思：含義 / 詞義 / 斷章取義。⑤ 拜認的無血緣的
親屬關係：義父 / 義母 / 義子。⑥ 人工仿造的：
義肢 / 義齒。

【義務】yì wù ① 必須盡的責任：義務兵 / 父母不
在了，我有義務帶好弟弟。② 不要報酬的：義務
勞動。

---

7 羨 [羡]　羨 羨 羨 羨 羨 羨　羨

普 xiàn 粵 sin⁶ 善

① 羨慕：稱美（稱讚並羨慕）/ 豔羨（極羨慕）。
② 剩餘：羨餘（多餘）。

【羨慕】xiàn mù 希望自己也具備或擁有他人所有
的：羨慕同學找到理想的工作。

---

7 羣 [群]　羣 羣 羣 羣 羣 羣　羣

普 qún 粵 kwan⁴ 裙

同"群"。① 人或物聚成的整體：人羣 / 羣體（多

個相似個體組成的整體）/ 建築羣 / 成羣結隊。
② 眾多的人：羣眾（眾人；民眾）/ 武藝超羣 /
羣策羣力（大家都獻策出力）。③ 集聚的；許多的：
羣書 / 羣山。④ 與數目字連用，表示羣體的數
量：一羣人 / 兩羣羊。

【羣島】qún dǎo 海洋中互相鄰近的一羣島嶼：
南沙羣島。

【羣體】qún tǐ 由相似的人或物組成的整體：羣體
生活 / 羣體動物。 反 個體

羹

13 羹　羹羹羹羹羹羹　羹

普 gēng　粵 gang¹ 庚

蒸、煮成的糊狀食品：蓮子羹 / 豆腐羹。

羽部

羽

0 羽　羽羽羽羽羽　羽

普 yǔ　粵 jyu⁵ 雨

① 鳥類的羽毛。② 鳥或昆蟲的翅膀：振羽高飛。

翅

4 翅　翅翅翅翅翅翅　翅

普 chì　粵 ci³ 次

① 翅膀，昆蟲和鳥類的飛行器官。② 鯊魚的鰭，
可加工成珍貴食品：魚翅。

翁

4 翁　翁翁翁翁翁翁　翁

普 wēng　粵 jung¹ 雍

① 老年男子：賣炭翁。② 父親：乃翁（你的父
親）。 俗 醉翁之意不在酒

翎

5 翎　翎翎翎翎翎翎　翎

普 líng　粵 ling⁴ 零

① 鳥的翅膀或尾巴上又長又硬的羽毛，有的顏色
很美，可做裝飾品：孔雀翎 / 野雞翎。② 清代官
員官帽上用翎做的裝飾物，區別官階：頂戴花翎。

習

5 習 [习]　習習習習習習　習

普 xí　粵 zaap⁶ 集

① 反覆地學：學習 / 練習。② 習慣、熟悉：習
以為常。③ 常常，經常：習見 / 習用。④ 習慣：
陋習（壞習氣）/ 相沿成習（沿襲舊有的一套已成
習慣）。

〔古詩文〕學而時習之，不亦説乎？有朋自遠
方來，不亦樂乎？人不知而不愠，不亦君子
乎？（《論語》）

【習作】xí zuò ① 練習寫作、繪畫：習作的稿件
不夠成熟。② 作為練習的作品：交給老師一篇
習作。

【習慣】xí guàn ① 熟悉和適應：新上手，還不習
慣。② 長期形成、不易改變的行為或生活方式：
飲食習慣 / 早睡早起的習慣好。 俗 習慣成自然

〔簡明詞〕習俗：習慣和風俗。習見：常見。
習用：經常使用。習以為常：經常如此，習慣
了就覺得很平常。

翌

5 翌　翌翌翌翌翌翌　翌

普 yì　粵 jik⁶ 亦

次，排在第二的：翌日（第二天）/ 翌年（第二年）。

翔

6 翔　翔翔翔翔翔翔　翔

普 xiáng　粵 coeng⁴ 祥

① 飛；盤旋地飛：飛翔。② 詳盡：翔實（詳細

確實）。

8 翡 翡翡翡翡翡翡 翡
(普)fěi (粵)fei² 匪

翡翠：① 一種翠綠色的硬玉，半透明，有光澤，做裝飾品和藝術品。② 翡翠鳥。羽毛漂亮，亮藍色或綠色，可做裝飾品。

8 翠 翠翠翠翠翠翠 翠
(普)cuì (粵)ceoi³ 趣

① 青綠色：翠綠（碧綠）。② 翡翠玉石：珠翠。

9 翩 翩翩翩翩翩翩 翩
(普)piān (粵)pin¹ 篇

① 輕快地飛：蝴蝶翩翩飛舞。② 形容輕快：舞姿翩翩。
【翩翩】piān piān ① 動作輕快的樣子：翩翩起舞。② 形容風度瀟灑：風度翩翩 / 翩翩少年。

11 翼 翼翼翼翼翼翼 翼
(普)yì (粵)jik⁶ 亦

① 鳥類和昆蟲的翅膀：鳥翼 / 蟬翼 / 如虎添翼（比喻增添優勢，變得更強）。② 像翅膀的東西：機翼。③ 左右兩側中的一側：左翼 / 右翼 / 側翼。

12 翻 翻翻翻翻翻翻 翻
(普)fān (粵)faan¹ 番

① 位置調過去，歪倒：翻騰（翻動；滾動）/ 翻天覆地（形容變化巨大徹底）。② 變換：花樣翻新。③ 推翻原來的：翻案。④ 越過：翻山越嶺。⑤ 照原樣做：翻工 / 翻印。⑥ 成倍增長：產量

翻兩番。⑦ 翻譯：英文翻成中文。⑧ 翻臉，態度突然變壞：兩人吵翻了。
【翻身】fān shēn ① 轉動身體：護士幫病人翻身。② 從不好的處境或狀況中解脫出來，變得好起來。
【翻譯】fān yì ① 把一種語言文字譯成另一種語言文字。② 做翻譯工作的人：聘請翻譯。

14 耀 耀耀耀耀耀耀 耀
(普)yào (粵)jiu⁶ 要⁶

① 強光照射：照耀 / 光芒耀眼。② 顯示；誇耀：光宗耀祖 / 耀武揚威（炫耀武力，顯示威風）。③ 光榮：榮耀。④ 光芒：光耀奪目。
【耀眼】yào yǎn 光線刺眼；色彩搶眼：陽光耀眼光 / 橘紅色的木棉花十分耀眼。(同)搶眼 (反)暗淡

老部

0 老 老老老老老 老
(普)lǎo (粵)lou⁵ 魯

① 中年以上，年歲大：老人 / 老翁（年老的男人）/ 老當益壯。② 老年人：敬老 / 尊老愛幼。③ 衰老：老朽。④ 閱歷和經驗豐富：老練 / 老成（老練成熟）。⑤ 長時間；超過限度；程度深：老見不着 / 老黃瓜 / 老交情。⑥ 原來的；陳舊的：老樣子 / 老宅子。⑦ 厚；大：老面皮。⑧ 極、很：老遠 / 老早 / 老大一本書。⑨ 經常；總是：老睡不着 / 天老下雨。⑩ 用於稱呼或表示排行：老張 / 老虎 / 老百姓 / 老三 / 他家老四人好。
【老師】lǎo shī ① 尊稱傳授文化、技藝的人：懷念我的小學老師。② 指有長處、值得學習的人：只要你肯學，隨處都有老師。

【老實】lǎo shí ① 誠實：説老實話，辦老實事。
② 規規矩矩，不惹是非：老實人不吃虧。同 誠
實＊實在 反 狡猾

【老虎】lǎo hǔ ① 虎的通稱。② 比喻叫人懼怕的
人或事物：母老虎／秋老虎。俗 老虎屁股摸不
得／山中無老虎，猴子稱大王

【老練】lǎo liàn 成熟幹練。反 幼稚

【老闆】lǎo bǎn ① 工商企業的資產所有者：老
闆的生意做得很大。② 尊稱企業管理人員、店
主或僱主：老闆待人不錯。③ 尊稱著名戲曲演
員或戲班班主：梅老闆／周老闆。

【老當益壯】lǎo dāng yì zhuàng 年紀雖大，壯
志仍在，幹勁更高。反 弱不禁風。

² 考
考考考考考 考
普 kǎo 粵 haau² 巧

① 考試：考生／報考大學。② 考慮：思考問題。
③ 查核；檢查：考問／考勤。④ 探索研究：考古。

【考古】kǎo gǔ 探查、發掘、研究文物或遺跡。

【考核】kǎo hé 考查核實；考查評審：年終考核。

【考試】kǎo shì ① 測試掌握知識、技能的情況：
下個星期要考試了。② 指考試活動：順利地通
過了英語考試。

【考察】kǎo chá 觀察了解；觀察研究：考察災
情／考察河水污染情況。

✎ "考察"還是"考查"？"考查"指用某種標
準檢查衡量，如"考查員工的工作能力"；"考
察"指實地觀察調查或深刻細緻地觀察。

【考慮】kǎo lǜ ① 思考怎麼辦：讓我考慮一下再
答覆你。② 計劃，打算：我們考慮移居上海。
同 思考

【考驗】kǎo yàn 考查，檢驗：考驗他的忠誠度／
艱苦的環境考驗人。同 檢驗

⁴ 者
者者者者者者 者
普 zhě 粵 ze² 姐

① 表示特定類別的人：作者／記者／弱者。② 指
代前面所説的事物：前者／後者／兩者缺一不可。
③ 用在句中表示提示或停頓：再者，請他去他也
未必去。

而 部

⁰ 而
而而而而而 而
普 ér 粵 ji⁴ 兒

① 表示並列或進一步：美麗而聰明／讀書要多而
精，不能少而精。② 表示轉折，等於説"但是"：
肥而不膩／議而不決。③ 表示"由此到彼"，等於
説"到"、"轉到"：自上而下／由北而南。④ 表
示假設，相當於"假如"、"如果"：中秋而無月
亮，那一定很掃興。⑤ 起把前後詞語連接成句的
作用：不謀而合／離我而去／為他而來。俗 一而
再，再而三

【而已】ér yǐ 罷了，就是了：如此而已／略懂皮
毛而已。

【而今】ér jīn 如今；現在：往日的小淘氣，而今
快大學畢業了。

【而且】ér qiě 並且，表示二者並列或更進一層：
嚴肅而且認真／聰明而且活潑／工作努力而且卓
有成效。

³ 耐
耐耐耐耐耐耐 耐
普 nài 粵 noi⁶ 內

忍受得住；禁得起：忍耐／耐寒。

【耐心】nài xīn ① 不急躁、不厭煩：耐心等待。

② 不急躁、不厭煩的心情：管孩子，她很有耐心。

【耐用】nài yòng 可以經久使用而不壞。

【耐性】nài xìng 能忍耐，不急躁的性情：做事有耐性，才可能成功。

【耐煩】nài fán 有耐心，不怕麻煩：誰耐煩管這些閒事。

【耐人尋味】nài rén xún wèi 禁得起反覆琢磨體會。形容意味深長。 反 索然無味

耍 耍耍耍耍耍耍
3
(普) shuǎ (粵) saa² 灑

① 玩；遊戲：玩耍 / 戲耍 / 耍笑（說笑逗樂）。
② 戲弄、捉弄：耍弄 / 被他耍得像個傻子。
③ 舞動、舞弄：耍大刀。④ 施展：耍威風 / 耍手段 / 耍花招。

耒 部

耕 耕耕耕耕耕耕 耕
4
(普) gēng (粵) gaang¹

翻動土地變得鬆軟：耕田 / 耕地（用犁翻地鬆土）/ 耕種 / 耕耘。

【耕耘】gēng yún ① 耕田除草，管理農作物。
② 比喻付出精神和勞力。 俗 一分耕耘一分收穫。

【耕種】gēng zhòng 耕田和種植農作物。

耘 耘耘耘耘耘耘 耘
4
(普) yún (粵) wan⁴ 雲

除草：耕耘 / 春耕夏耘。

耗 耗耗耗耗耗耗 耗
4
(普) hào (粵) hou³ 號³

① 損耗；消耗：耗精力 / 耗資（耗費資金）/ 耗費（消耗；花費）。② 拖延：耗時間。③ 壞消息：噩耗。

耳 部

耳 耳耳耳耳耳 耳
0
(普) ěr (粵) ji⁵ 以

① 耳朵：面紅耳赤 / 隔牆有耳。② 樣子像耳朵的東西：銀耳 / 木耳。

【耳目】ěr mù ① 耳朵和眼睛：掩人耳目。② 指替人打探消息的人：耳目眾多。③ 借指見聞：耳目一新。

〔附加詞〕耳目一新：聽到看到的都很新鮮。

【耳熟能詳】ěr shú néng xiáng 聽的次數多了，就能詳盡地說出來，非常熟悉。

耶 耶耶耶耶耶耶 耶
3
(普) yē (粵) je⁴ 爺

譯音用字：耶路撒冷。

【耶穌】yē sū 基督，基督教徒信奉的救世主。基督教於十九世紀初傳入中國。

耿 耿耿耿耿耿耿 耿
4
(普) gěng (粵) gang² 梗

① 明亮；光明：耿耿銀河。② 正直：耿直（正直坦率）。

耽⁴　耽 耽 耽 耽 耽 耽　耽

㊀dān ㊁daam¹ 擔

① 拖延：耽擱（拖延，延誤）。② 過分投入；沉迷：耽心（擔憂）/ 耽於幻想。

【耽誤】dān wu 因拖延而誤事：不要耽誤學習 / 下大雪耽誤了上班。⑰ 耽擱、延誤

聆⁵　聆 聆 聆 聆 聆 聆　聆

㊀líng ㊁ling⁴ 零

聽，仔細聽：聆聽（認真注意聽）。

聊⁵　聊 聊 聊 聊 聊 聊　聊

㊀liáo ㊁liu⁴ 療

① 依靠；憑藉：百無聊賴 / 民不聊生。② 談說：閒聊 / 聊天（閒談）。③ 姑且：聊以自慰。④ 稍微；略微：聊勝於無。

聖[圣]⁷　聖 聖 聖 聖 聖 聖　聖

㊀shèng ㊁sing³ 勝

① 最崇高的：聖人（品德最高尚、智慧最高超的人）/ 神聖。② 稱道德智慧極高的人或成就極高的人：聖賢（聖人和賢人）/ 先聖孔子 / 詩聖杜甫。③ 尊稱帝王：聖旨 / 聖上。④ 宗教徒敬稱崇拜的人或事物：聖誕 / 聖母 / 聖經。㊙ 人非聖賢，孰能無過

【聖母】shèng mǔ ① 稱女神：聖母祠 / 聖母廟。② 天主教徒稱耶穌的母親瑪利亞：聖母聖靈。

【聖經】shèng jīng ① 指猶太教的經典，包括《律法書》、《先知書》和《聖錄》。② 指基督教的經典，包括《舊約全書》和《新約全書》。

【聖誕】shèng dàn 基督教徒稱耶穌的生日。

〔簡明詞〕聖誕節：基督教徒紀念耶穌誕生的節日，一般在 12 月 25 日。聖誕樹：裝飾聖誕節的常綠樹，樹上掛燈燭、玩具和禮品等物。聖誕老人：聖誕夜到各家分送禮物給兒童的慈祥老人，白鬍子，穿紅袍。聖誕卡：聖誕節的賀卡。

聘⁷　聘 聘 聘 聘 聘 聘　聘

㊀pìn ㊁ping³ 併

① 請人承擔工作：聘請（請人來擔任職務）/ 聘任 / 聘用。② 訂婚：聘禮（男方送女方的訂婚禮物）。

【聘任】pìn rèn 聘請來並委任具體職務。⑰ 辭退

聚⁸　聚 聚 聚 聚 聚 聚　聚

㊀jù ㊁zeoi⁶ 序

① 會合到一起：團聚 / 聚集（會集到一起）。② 集中，不分散：聚居（集中居住）聚精會神。

【聚會】jù huì ① 聚集、會合：同學約定在北京聚會。② 指聚會活動：家庭聚會 / 參加同學聚會。

【聚精會神】jù jīng huì shén 精神非常集中：正在聚精會神地看書。

聞[闻]⁸　聞 聞 聞 聞 聞 聞　聞

㊀wén ㊁man⁴ 文

① 聽見：聞訊趕到 / 耳聞目睹。② 消息；聽到的事情：傳聞 / 新聞 / 趣聞。③ 流傳、傳佈：名聞天下。④ 名聲、名望：令聞（美名）/ 默默無聞。⑤ 嗅：聞到一股味道。㊙ 百聞不如一見

【聞名】wén míng ① 聽到名聲：聞名而來拜訪。② 有名：舉世聞名。㊙ 聞名不如見面

聲[声] 聲 聲 聲 聲 聲 聲 聲

〔普〕shēng 〔粵〕sing¹ 星 / seng¹ 腥

① 聲音：聲勢 / 歡聲笑語 / 聲若洪鐘。② 説出來：聲稱（聲言；宣稱）/ 聲張（宣揚出去）/ 不聲不響。③ 音信、消息：銷聲匿跡 / 無聲無息。④ 名譽、名氣：聲名 / 聲望（聲譽和名望）。⑤ 與數目字連用，表示聲響的次數：大喝一聲 / 數聲槍響。⑥ 聲母。⑦ 字的聲調：四聲 / 上聲。

【聲樂】shēng yuè 歌唱的音樂。有獨唱、重唱、合唱、表演唱等多種演唱形式。聲樂又分為美聲唱法（西洋唱法）和民歌唱法（中式唱法）。

【聲母】shēng mǔ 漢字一個音節開頭的音。如"報 (bào)"的"b"就是聲母，大部分字的聲母都是輔音，少數字沒有輔音聲母而以母音開頭（如"昂 áng"），以母音開頭的字的聲母稱作"零聲母"。

【聲言】shēng yán 用言語或文字公開表示：對方聲言決不罷休。🔲 聲稱

【聲明】shēng míng ① 公開説明：我聲明，絕無此事。② 聲明的文字：發表聲明。

【聲調】shēng diào ① 音調；腔調：聲調和諧。② 字音的高低升降。

【聲譽】shēng yù 聲望名譽：聲譽卓著 / 聲譽日隆（聲望越來越大）。🔲 名聲

聰[聪] 聰 聰 聰 聰 聰 聰 聰

〔普〕cōng 〔粵〕cung¹ 充

① 聽覺，聽力：失聰。② 聽覺靈敏：耳聰目明。③ 聰明：聰慧（聰明有智慧）/ 聰敏（聰明敏捷）。

【聰明】cōng ming ① 聽覺靈敏視覺銳利：耳目聰明。② 天資好，智力高：絕頂聰明。🔲 愚鈍

聳[耸] 聳 聳 聳 聳 聳 聳 聳

〔普〕sǒng 〔粵〕sung² 送²

① 高高直立着：高聳 / 聳立。② 向上抬；向上移動：聳肩。③ 驚懼；驚動：毛骨聳然 / 危言聳聽。

聯[联] 聯 聯 聯 聯 聯 聯 聯

〔普〕lián 〔粵〕lyun⁴ 彎

① 接續下來：蟬聯冠軍。② 結合；聯合：聯姻 / 聯名。③ 交往，建立關係：聯繫 / 聯絡。④ 對聯：春聯 / 門聯。

【聯合】lián hé ① 聯繫結合到一起：聯合幾個同學去日本旅遊。② 共同、一塊兒：聯合聲明 / 聯合發起慈善行動。🔲 單獨

【聯邦】lián bāng 由若干共和國或具有國家性質的邦、州聯合組成的統一國家，有統一的憲法和政府，但各成員又有相對的獨立性：聯邦共和國。

【聯絡】lián luò 聯繫；維繫：聯絡同學 / 失去聯絡 / 聯絡感情。

【聯想】lián xiǎng 想象；引起回想：頭腦敏捷，聯想豐富 / 聯想起當年的學校生活。

【聯盟】lián méng ① 建立同盟；結成聯合體：兩家聯盟進行競爭。② 同盟，聯合體：組成聯盟 / 建立牢固的聯盟。

【聯網】lián wǎng 網絡系統之間互相聯通起來，組成更大的網絡：把公立醫院機構劃分成七個醫院聯網。

【聯繫】lián xì ① 同對方建立交往關係：聯繫廠商找貨源。② 已經建立起來的交往關係：記得給我新地址，不要斷了聯繫。③ 關係：兩者之間毫無聯繫。

聶 [聂]

聶 聶 聶 聶 聶 聶 　聶

(普) niè (粵) nip⁶ 捏

姓。

職 [职]

職 職 職 職 職 職 　職

(普) zhí (粵) zik¹ 即

① 職業：求職。② 職務：本職工作。③ 職位：就職 / 撤職。④ 職責，分內應做的事：失職 / 盡職盡責。

【職員】zhí yuán 任職業務或行政工作的人員：外籍職員 / 公司小職員。

【職責】zhí zé 職務上的責任；分內的責任：教書育人是教師的職責 / 媽媽說料理好家務是她的職責。(近) 責任

【職務】zhí wù 職位賦予的權力和工作範圍：不得利用職務之便謀取私利。

【職業】zhí yè ① 個人所從事的工作：職業道德 / 我的職業是醫生。② 當作職業來做的：職業歌手 / 職業球員。

【職權】zhí quán 職責範圍內的權力。

聽 [听]

聽 聽 聽 聽 聽 聽 　聽

(普) tīng (粵) ting¹ 庭¹ / ting³ / teng¹ 廳

① 用耳朵接受聲音：傾聽 / 聽說（據說；聽別人說）/ 聽音樂。② 聽從、遵從：聽話 / 言聽計從。③ 聽憑、任憑：聽之任之 / 聽天由命。

【聽取】tīng qǔ 專心聽：聽取彙報 / 聽取民眾意見。(近) 傾聽

【聽從】tīng cóng 接受並遵從：聽從教導 / 聽從老師的勸告。(近) 服從 * 遵從

【聽憑】tīng píng 順從；任憑：聽憑命運的擺佈 / 我聽憑哥哥做主。(近) 聽從

【聽眾】tíng zhòng 聽廣播、演說或音樂的人：聽眾的意見 / 聽眾點播歌曲。

【聽覺】tīng jué 耳朵辨別不同聲音的感覺。

聾 [聋]

聾 聾 聾 聾 聾 聾 　聾

(普) lóng (粵) lung⁴ 龍

聽覺遲鈍；喪失聽覺：裝聾作啞。

聿部

肆

肆 肆 肆 肆 肆 肆 　肆

(普) sì (粵) si³ 試 / sei³ 四

① 放縱；任意：放肆 / 肆虐（任意殘害或破壞）/ 大肆揮霍。② 小商店；店舖：茶樓酒肆。③ 數目字 "四" 的大寫。

【肆無忌憚】sì wú jì dàn 任意妄為，毫無顧忌。(反) 瞻前顧後

肄

肄 肄 肄 肄 肄 肄 　肄

(普) yì (粵) ji⁶ 二

學習。

【肄業】yì yè ① 沒有學完規定年限。② 成績沒達到畢業水平。

肅 [肃]

肅 肅 肅 肅 肅 肅 　肅

(普) sù (粵) suk¹ 叔

① 恭敬：肅然起敬。② 莊重；嚴肅：嚴肅 / 肅穆（莊嚴安靜）/ 肅靜（嚴肅寂靜）。③ 蕭條：肅殺（景象淒涼）。④ 整頓：整肅紀律。⑤ 清除：肅清（清除乾淨）。

肉部

0
肉　　　肉 肉 肉 肉 肉　肉
㊀ròu ㊁juk⁶育
① 人和動物的肌肉：牛肉 / 羊肉。② 瓜果中可
以吃的部分：果肉 / 桂圓肉。③ 淺紅或淺黃帶微
紅的顏色：肉紅 / 肉色。

2
肌　　　肌 肌 肌 肌 肌　肌
㊀jī ㊁gei¹機
① 肌肉：肌膚（肌肉皮膚）。② 指皮膚：肌如
白雪。
【肌肉】jī ròu 人和動物身體的基本組織，能收
縮，是運動和體內生理過程所需動力的來源。

2
肋　　　肋 肋 肋 肋 肋　肋
㊀lèi ㊁lak⁶勒
胸部的兩側：肋骨。

3
肖　　　肖 肖 肖 肖 肖 肖　肖
㊀xiào ㊁ciu³俏
像，相似：維妙維肖 / 肖像（人的畫像或相片）。

3
肝　　　肝 肝 肝 肝 肝 肝　肝
㊀gān ㊁gon¹干
人和高等動物的消化器官之一，有合成養料、儲
存養料、分泌膽汁、解毒、造血和凝血等功能。
【肝膽】gān dǎn ① 肝和膽兩種器官。② 比喻勇

氣：肝膽過人。③ 比喻誠懇，赤誠相見：肝膽
照人。

3
肚（一）　　肚 肚 肚 肚 肚 肚　肚
㊀dù ㊁tou⁵土⁵
① 人和動物的腹部：肚子 / 肚皮。② 指內心：
心知肚明。③ 物體中間鼓出的部分：腿肚子 / 大
肚花瓶。
【肚量】dù liàng ① 飯量：肚量大，一頓吃三碗
飯。② 氣量、度量：從不生氣，大肚量。

3
肚（二）
㊀dǔ ㊁tou⁵土⁵
可作食物的哺乳動物的胃：豬肚 / 牛肚。

3
肛　　　肛 肛 肛 肛 肛 肛　肛
㊀gāng ㊁gong¹江
肛門（直腸最下端排便的出口）。

3
肘　　　肘 肘 肘 肘 肘 肘　肘
㊀zhǒu ㊁zau²走 / zaau²爪
① 人的上下臂交接處能彎曲的部分：胳膊肘。
② 豬牛腿的上半段：豬肘子。㊗胳膊肘往裏彎

3
肓　　　肓 肓 肓 肓 肓 肓　肓
㊀huāng ㊁fong¹方
指心與隔膜之間：病入膏肓。

肯

肯肯肯肯肯肯 肯

4

普 kěn　粵 hang² 亨²

同意；願意：肯於（樂於，願意）/ 首肯 / 他不肯來。

【肯定】kěn dìng ① 確認：肯定成績。② 一定，毫無疑問：他肯定會來 / 你肯定記錯了。③ 正面的、確認的：肯定的答覆。同 確定

肺

肺肺肺肺肺肺 肺

4

普 fèi　粵 fai³ 費

人和高等動物的呼吸器官：肺臟。

【肺炎】fèi yán 肺部發炎的病症，有高燒、咳嗽、呼吸困難等症狀，是一種常見病。

【肺腑】fèi fǔ ① 肺臟。② 指內心：肺腑之言 / 感人肺腑。

肢

肢肢肢肢肢肢 肢

4

普 zhī　粵 zi¹ 之

人的胳膊和腿；動物的腿：上肢 / 下肢 / 前肢 / 後肢 / 肢體（四肢和軀幹；四肢或身軀）。

股

股股股股股股 股

4

普 gǔ　粵 gu² 古

① 大腿。② 資本或財物的一部分：股份 / 入股 / 股票。③ 與數目字連用，表示成條形的東西、力氣、水流、氣流、人流等：兩股毛線 / 一股泉水 / 一股清香 / 一股勁兒 / 一股匪徒。

〔簡明詞〕股份：股份制企業中的資本總額平分為金額相等的份額。股東：持有股份公司股票、享有股權的人。股票：股份公司發行的代表股份的有價證券。股市：股票市場。

肪

肪肪肪肪肪肪 肪

4

普 fáng　粵 fong¹ 方

見 "脂肪"。

肥

肥肥肥肥肥肥 肥

4

普 féi　粵 fei⁴ 飛⁴

① 含脂肪多；胖：肥肉 / 肥胖 / 肥壯（肥大健壯）。② 寬大、寬鬆：褲子肥了點。③ 養分充足：肥田沃土。④ 加入養分：用肥料肥田。⑤ 肥料，供給植物養分的物質：施肥 / 化肥。⑥ 從中撈好處：損公肥私。⑦ 收入多好處多：肥差（有油水的差事）/ 肥缺（收入多好處多的職位）。俗 肥水不流外人田

【肥沃】féi wò 富含植物所需的養分和水分：東北的黑土地非常肥沃。反 貧瘠

【肥美】féi měi 豐茂；壯實：牧草肥美 / 牛羊肥美。

育

育育育育育育 育

4

普 yù　粵 juk⁶ 肉

① 生育：孕育 / 不育。② 養活、培育：育嬰（撫養嬰孩）/ 育苗（培育幼苗）。③ 培養；教育：育才學校 / 德育、智育、體育。

肩

肩肩肩肩肩肩 肩

4

普 jiān　粵 gin¹ 堅

① 肩膀，人的兩臂和身軀相連的地方：肩挑手提。② 擔負：肩負（擔當）。

胡

胡胡胡胡胡胡 胡

5

普 hú　粵 wu⁴ 湖

① 中國古代指北方或西方的少數民族：胡人 / 胡

服。② 來自外族或外國的：胡琴／胡椒／胡蘿蔔。③ 隨意亂來：胡説／胡扯（瞎説、亂説）／胡作非為。

【胡同】hú tòng 小街小巷：狹窄的小街，北京叫胡同，上海叫弄堂，廣州叫作巷。

✎〔記住下面三個常用成語〕胡言亂語、胡説八道：沒根據、沒道理地亂説。胡思亂想：沒有根據、不切實際地瞎想。

背（一）　　背背背背背背背
(普)bèi (粤)bui³ 貝

① 身後跟胸腹相對的部位：脊背／背影。② 後面；上面：背面／刀背。③ 背部對着：背山面海。④ 轉，朝向後面：背過臉去。⑤ 躲避；隱瞞：背着同事。⑥ 違反；對立：違背／背叛。⑦ 不順利，倒霉：背時／生意越做越背。⑧ 偏僻：背靜。

【背心】bèi xīn ① 一種沒袖子、沒領子的短衫：天氣有點涼，穿件毛背心。② 穿在衣服外面的馬甲。

【背後】bèi hòu ① 人體、物體的背面：躲在樹背後。② 暗地裏、私下裏：不在背後説人家的壞話。

【背景】bèi jǐng ① 襯托主體事物的景象；背後的景物：照片的背景不清楚。② 發揮作用的歷史情況或現實環境：時代背景／家庭背景／社會背景。③ 指靠山或支持者：你知道他有甚麼背景？

背（二）
(普)bèi (粤)bui⁶ 貝⁶

① 聽覺不靈：耳朵有點背。② 憑記憶唸出來：背唐詩。

胃　　胃胃胃胃胃胃
(普)wèi (粤)wai⁶ 慧

人和動物消化食物的器官：脾胃／胃病（胃部疾病的總稱）。

【胃口】wèi kǒu ① 食慾：胃口大開。② 比喻興趣或慾望：工作不對胃口／包攬六項工程，胃口真不小。

胚　　胚胚胚胚胚胚
(普)pēi (粤)pui¹ 佩¹

生物初期發育的幼體：胚胎（在母體內早期發育的胎兒）。

胞　　胞胞胞胞胞胞
(普)bāo (粤)baau¹ 包

① 胎衣：雙胞胎。② 同父母所生的：胞兄／胞妹。③ 同民族或同祖國的人：同胞／僑胞。

胖（一）　　胖胖胖胖胖胖
(普)pàng (粤)bun⁶ 叛

人體內脂肪多：肥胖／胖乎乎。

胖（二）
(普)pán (粤)bun⁶ 叛

安然舒適：心廣體胖。

胎　　胎胎胎胎胎胎
(普)tāi (粤)toi¹ 台¹

① 懷在母體內的幼體：胎兒／十月懷胎。② 器物或服裝、被褥的內囊：棉胎／塑造菩薩的泥胎。

③ 輪胎：車胎。④ 與數目字連用，表示懷孕或生育的次數：頭胎 / 第三胎。

脊

脊脊脊脊脊脊 脊

（普）jǐ （粵）zik³ 即³ / zek³ 隻

① 人和脊椎動物背部中間垂直的骨骼：脊柱 / 脊髓。② 比喻物體中間高起的部分：山脊 / 屋脊。

【脊柱】jǐ zhù 人和脊椎動物背部的脊梁骨，中間有管道，稱椎管。

【脊髓】jǐ suǐ 人和脊椎動物中樞神經系統的一部分，在脊梁骨中間的椎管裏，是周圍神經和腦神經的通路。

胰

胰胰胰胰胰胰 胰

（普）yí （粵）ji⁴ 兒

又名胰腺、胰臟。人和高等動物體內分泌胰液和胰島素的腺體，位於胃左側後方，胰液幫助消化，胰島素調節糖的新陳代謝。

胱

胱胱胱胱胱胱 胱

（普）guāng （粵）gwong¹ 光

膀胱。詳見 “膀胱”。

胭

胭胭胭胭胭胭 胭

（普）yān （粵）jin¹ 煙

胭脂：胭紅（像胭脂一樣的紅色）。

脈［脉］⁽⁻⁾

脈脈脈脈脈脈 脈

（普）mài （粵）mak⁶ 默

① 血管：動脈 / 靜脈。② 脈搏：脈象 / 切脈。③ 連貫分支成系統的事物：人脈 / 山脈 / 葉脈 / 來龍去脈。

【脈絡】mài luò ① 中醫指人體內的經絡。② 條理：文章脈絡分明。

【脈搏】mài bó ① 人體動脈的跳動。② 比喻動態的情勢：時代的脈搏。

脈［脉］⁽⁻⁾

（普）mò （粵）mak⁶ 默

脈脈（用眼神默默表達情意的樣子）：含情脈脈。

脆

脆脆脆脆脆脆 脆

（普）cuì （粵）ceoi³ 趣

① 容易斷裂破碎：脆弱（柔弱、軟弱）/ 瓷碟很脆，怕碰。② 清亮：嗓音清脆。③ 形容爽利痛快：辦事乾脆。

脂

脂脂脂脂脂脂 脂

（普）zhī （粵）zi¹ 之

① 油脂：民脂民膏。② 油質化妝品；胭脂：香脂 / 塗脂抹粉。

【脂肪】zhī fáng 生物體內儲存能量的物質，是人和動物所需熱能的來源：攝入過多脂肪有礙健康。

胸

胸胸胸胸胸胸 胸

（普）xiōng （粵）hung¹ 空

① 胸膛：胸圍。② 指內心：胸有成竹。

【胸襟】xiōng jīn 襟懷，氣度：胸襟寬廣 / 胸襟狹窄。（同）胸懷

【胸懷】xiōng huái ① 心中懷着：胸懷大志。② 襟懷：胸懷坦蕩。（同）胸襟

【胸有成竹】xiōng yǒu chéng zhú 比喻做事之

前心中有數，已有成熟的想法。 ⓐ 胸中無數

胳 6

胳 胳 胳 胳 胳 胳 ⟨胳⟩

⟨普⟩ gē ⟨粵⟩ gaak³ 格

見 "胳膊"。

【胳膊】gē bo 肩膀到手腕的部分。 ⓐ 胳臂 (gē bei)

脅 [脇] 6

脅 脅 脅 脅 脅 脅 ⟨脅⟩

⟨普⟩ xié ⟨粵⟩ hip³ 怯

① 腋下至腰以上的部位。② 挾持、逼迫：威脅 / 脅迫（威脅逼迫）/ 脅持（挾持）。

能 6

能 能 能 能 能 能 ⟨能⟩

⟨普⟩ néng ⟨粵⟩ nang⁴

① 本領；才幹：才能 / 能力（才能）/ 能耐（本事、本領）/ 博學多能。② 有本領、有才幹的：能人 / 能者多勞。③ 能量：電能 / 原子能。④ 善於；有某種功能：能說會道（善於辭令，很會說話）/ 酒精能消毒。⑤ 可能；能夠：明天你能來嗎？⑥ 許可；可以：餐廳不能吸煙 / 不能不講信用。

【能手】néng shǒu 高手，技能高超的人、工作能幹的人。

【能否】néng fǒu 能不能，可不可以：能否代我買一本書？ ⓐ 可否

【能夠】néng gòu ① 有能力；有可能：能夠做好 / 能夠學會。② 許可、允許；合乎條件：會員才能夠參加。③ 善於；有某種功能：能夠把握機遇 / 殺蟲劑能夠殺死害蟲。

【能量】néng liàng ① 量度物質運動的一種物理量，即 "能"：能量傳遞 / 能量轉換。② 比喻人的能力：他的活動能量很大。

【能幹】néng gàn 有才幹，本事大。 ⓐ 無能

【能源】néng yuán 產生能量的資源：石油、煤炭和天然氣是最重要的能源。

脣 [唇] 7

脣 脣 脣 脣 脣 脣 ⟨脣⟩

⟨普⟩ chún ⟨粵⟩ seon⁴ 純

① 嘴脣：脣膏 / 脣舌（指言辭話語）。② 樣子像嘴脣的器官：耳脣。

【脣亡齒寒】chún wáng chǐ hán 嘴脣沒有了，牙齒就感受寒冷。比喻雙方緊密依存，失去一方，另一方就受到威脅損害。

脖 7

脖 脖 脖 脖 脖 脖 ⟨脖⟩

⟨普⟩ bó ⟨粵⟩ but⁶ 勃

① 頸：脖子。② 像脖頸的東西：腳脖子。

脫 [脱] 7

脫 脫 脫 脫 脫 脫 ⟨脫⟩

⟨普⟩ tuō ⟨粵⟩ tyut³

① 掉落：脫皮 / 脫髮。② 除去、解除：脫色 / 脫脂。③ 離開；擺脫：脫險（脫離危險）/ 脫身（從中擺脫出來）。④ 漏掉：脫漏。

【脫落】tuō luò ① 東西從附着處掉下來：一樹的黃葉紛紛脫落。② 漏掉：抄稿子脫落了一小段。

【脫離】tuō lí ① 離開：脫離險境。② 斷絕：脫離父子關係。

腎 [肾] 8

腎 腎 腎 腎 腎 腎 ⟨腎⟩

⟨普⟩ shèn ⟨粵⟩ san⁶ 慎

人和高等動物的泌尿器官：腎臟 / 補腎。

脹[胀]

脹 脹 脹 脹 脹 脹　脹

(普)zhàng (粵)zoeng³ 障

① 體積擴大：膨脹 / 熱脹冷縮。② 身體內部彷彿向外擴張的不舒適感覺：肚子發脹 / 頭昏腦脹。

脾

脾 脾 脾 脾 脾 脾　脾

(普)pí (粵)pei⁴ 皮

人和高等動物的內臟之一，是製造血球、產生淋巴球、調節脂肪和蛋白質的重要器官。
【脾胃】pí wèi ① 脾和胃兩種器官：調養脾胃。
② 比喻觀念、習性、想法：你這話不對他的脾胃。
【脾氣】pí qi ① 性格；習性：我的老師脾氣很好 / 摸透了那輛老爺車的脾氣。② 怒氣；急躁情緒：亂發脾氣。

腋

腋 腋 腋 腋 腋 腋　腋

(普)yè (粵)jik⁶ 亦

腋窩，俗稱夾肢窩：腋臭 / 肘腋之患。

腑

腑 腑 腑 腑 腑 腑　腑

(普)fǔ (粵)fu² 苦

人體的消化、吸收、輸送的器官，中醫統稱"腑"：臟腑 / 五臟六腑。

腔

腔 腔 腔 腔 腔 腔　腔

(普)qiāng (粵)hong¹ 康

① 人和動物體內中空的部分：口腔 / 胸腔 / 腹腔。② 物體中空的部分：爐腔。③ 話：開腔 / 不答腔。④ 説話的聲音、語調：京腔 / 油腔滑調 / 字正腔圓。
【腔調】qiāng diào ① 戲曲、音樂、唱歌的曲調

聲律：他唱的腔調很美。② 説話的聲音語調：聽他的腔調是山東人。③ 議論的基調：他們講的都是一個腔調。

腕

腕 腕 腕 腕 腕 腕　腕

(普)wàn (粵)wun² 碗

手與前臂、腳與小腿相連接處、可活動的部位：手腕 / 腳腕。

腐

腐 腐 腐 腐 腐 腐　腐

(普)fǔ (粵)fu⁶ 父

① 腐爛；腐臭：肉腐生蟲。② 陳舊古板：腐儒（迂腐的書生）/ 陳腐。③ 豆腐：腐乳 / 腐竹。
(俗)流水不腐，戶樞不蠹
【腐化】fǔ huà 思想行為變壞：腐化墮落 / 貪污腐化。(同)腐敗
【腐朽】fǔ xiǔ ① 腐爛朽敗：楠木不容易腐朽。
② 比喻觀念陳腐或社會敗壞。
【腐敗】fǔ bài ① 腐爛變質：兩條腐敗發黑的爛木頭。(同)腐爛 (反)新鮮 ② 腐化墮落：清除腐敗分子 / 一些官員腐敗得很。(反)清廉 ③ 腐朽衰敗：社會腐敗的陰暗面看得越來越清楚。
【腐蝕】fǔ shí ① 逐漸侵蝕損壞：鐵柱子被腐蝕得一折就斷。② 人逐漸受侵蝕而變壞：不能讓黃色書刊腐蝕青少年。
【腐壞】fǔ huài 腐爛變質：容易腐壞的食材應該放到雪櫃裏。(同)腐敗 * 腐爛 (反)新鮮
【腐爛】fǔ làn ① 敗壞變質：樹葉腐爛成為肥料。
② 腐敗變壞：貪官是腐爛透頂的蛀蟲。(反)新鮮

腩

腩 腩 腩 腩 腩 腩　腩

(普)nǎn (粵)naam⁵ 南 ⁵

人腹、魚腹、牛腹鬆軟的肉：肚腩 / 魚腩 / 牛腩。

腰

腰 腰 腰 腰 腰 腰　腰

㊗ yāo ㊤jiu¹ 邀

① 身體中部胯骨上肋骨下的部位：腰帶（束褲腰的帶子）/ 腰板（腰和背，腰部）。② 衣褲套在腰部的部分：腰身小了點 / 褲腰肥了點。③ 比喻中部、中段：山腰 / 走到半腰突然折返。④ 腎臟：腰子 / 腰花。⑤ 像腎形的東西：腰果。

【腰身】yāo shēn ① 人體的腰部：腰身細，身段好。② 衣服腰部的尺寸：腰身要收緊一些。

腸[肠]

腸 腸 腸 腸 腸 腸　腸

㊗ cháng ㊤coeng⁴ 祥

① 腸子，管狀消化器官，上端連胃，下端至肛門：小腸 / 大腸 / 直腸 / 腦滿腸肥。② 指心思、情感：心腸 / 愁腸。③ 用肉、魚和作料裝進腸衣做成的食品：香腸 / 雞肉腸。

腥

腥 腥 腥 腥 腥 腥　腥

㊗ xīng ㊤sing¹ 星 / seng¹ 聲

① 生魚蝦的氣味：腥氣 / 魚腥味。② 指魚類食品：葷腥。

腮

腮 腮 腮 腮 腮 腮　腮

㊗ sāi ㊤soi¹ 鰓

面頰的下半部：尖嘴猴腮 / 抓耳撓腮。

腫[肿]

腫 腫 腫 腫 腫 腫　腫

㊗ zhǒng ㊤zung² 總

肢體因受傷、病變或蚊蟲叮咬而脹大：浮腫 / 腫瘤 / 腫起一個包。

腹

腹 腹 腹 腹 腹 腹　腹

㊗ fù ㊤fuk¹ 福

① 肚子，軀幹的下半部分：腹腔 / 小腹。② 借指內部：打腹稿 / 工廠搬到腹地。③ 借指前面：腹背受敵。㊥ 以小人之心度君子之腹

腺

腺 腺 腺 腺 腺 腺　腺

㊗ xiàn ㊤sin³ 線

生物體內由腺細胞組成的能分泌化學物質的器官：汗腺 / 乳腺 / 甲狀腺。

腳[脚] (一)

腳 腳 腳 腳 腳 腳　腳

㊗ jiǎo ㊤goek³

① 人和動物肢體最下端接地行走的那一部分：腳印 / 腳板（腳掌）/ 腳踏實地（比喻做事認真踏實）。② 物體最下面的部分：褲腳 / 山腳 / 牆腳。

【腳步】jiǎo bù ① 向前邁出步子時，兩腳之間的距離：腳步有半米多。② 兩腿走路的動作：停下腳步 / 邁開腳步。

腳[脚] (二)

㊗ jué ㊤goek³

同 "角 jué"。角色；演員：腳色 / 主腳 / 配腳。

腦[脑]

腦 腦 腦 腦 腦 腦　腦

㊗ nǎo ㊤nou⁵ 努

① 人和脊椎動物神經系統的主要部分，主管知覺、運動、思維、記憶等活動：腦袋 / 腦海。② 指頭部：搖頭晃腦 / 鬼頭鬼腦。③ 腦筋、腦力：學習要勤動腦。④ 形狀、作用像腦子的東西：電腦 / 豆腐腦。

【腦力】nǎo lì 腦子的思考、分析、判斷、理解、記憶、想像的能力。

【腦子】nǎo zi ① 人腦袋裏的神經系統。② 腦力。

【腦筋】nǎo jīn ① 腦力：人要多動腦筋才靈活。② 指思想意識：你的老腦筋也該換換了。

10 **膊** 膊 膊 膊 膊 膊 膊　膊

(普) bó (粵) bok³ 博

① 上肢貼近肩膀的部分：赤膊上陣。② 手腕到肩膀的部位：胳膊 / 臂膊。

10 **膀** (一) 膀 膀 膀 膀 膀 膀　膀

(普) bǎng (粵) bong² 綁

① 膀子，上臂靠近肩的部位：肩膀 / 膀大腰圓。② 鳥類和昆蟲的翅膀。

10 **膀** (二)

(普) páng (粵) pong⁴ 旁

膀胱：人和高等動物盆腔內儲存尿液的囊狀器官，下通尿道。

10 **膀** (三)

(普) pāng (粵) pong¹ 旁¹

浮腫：腿腳都膀了。

10 **腿** 腿 腿 腿 腿 腿 腿　腿

(普) tuǐ (粵) teoi² 退²

① 人和動物用來支撐軀幹和行路的那部分肢體：大腿 / 後腿。② 支撐器物的部分：牀腿 / 桌子腿。③ 指火腿：雲腿 (雲南宣威產的火腿)。

10 **膏** (一) 膏 膏 膏 膏 膏 膏　膏

(普) gāo (粵) gou¹ 高

① 脂肪；油脂：膏火 (燈火) / 脂膏。② 濃稠的糊狀物：牙膏 / 藥膏。③ 指心尖上的油脂：病入膏肓。

10 **膏** (二)

(普) gào (粵) gou³ 告

給車子或機器加潤滑油：給車軸膏油。

11 **膚** [肤] 膚 膚 膚 膚 膚 膚　膚

(普) fū (粵) fu¹ 呼

① 身體的表皮：皮膚 / 體無完膚。② 淺薄：膚淺。

【膚淺】fū qiǎn 浮淺；不深切的：想法膚淺。

同 淺薄

11 **膜** 膜 膜 膜 膜 膜 膜　膜

(普) mó (粵) mok⁶ 莫

① 人和生物體內薄片狀的組織：耳膜 / 角膜 / 竹膜。② 像膜的東西：塑料薄膜 / 牛奶上結了層膜。

11 **膝** 膝 膝 膝 膝 膝 膝　膝

(普) xī (粵) sat¹ 失

膝蓋，腿關節的前部。

11 **膛** 膛 膛 膛 膛 膛 膛　膛

(普) táng (粵) tong⁴ 堂

① 胸腔：胸膛。② 器物中空的部分：槍膛 / 炮膛。

¹¹ 膠 [胶]　　膠 膠 膠 膠 膠 膠　膠

普 jiāo　粵 gaau¹ 交

① 有黏性的東西：果膠 / 阿膠 / 鹿角膠。② 有黏性的：膠泥 / 膠布 / 膠帶。③ 粘合劑：萬能膠。④ 橡膠：膠鞋 / 膠皮。⑤ 塑料、塑膠：膠盒 / 膠袋。

【膠卷】jiāo juǎn 捲在軸上的照相軟底片，通常由圓柱形暗盒套住。

¹² 膩 [腻]　　膩 膩 膩 膩 膩 膩　膩

普 nì　粵 nei⁶ 尼 ⁶

① 東西或食物中油脂過多：油膩膩的抹布 / 不吃油膩的東西。② 厭煩、厭倦：絮絮叨叨我都聽膩了。③ 平滑；細緻：肌膚細膩 / 描寫細膩。

¹² 膨　　膨 膨 膨 膨 膨 膨　膨

普 péng　粵 paang⁴ 棚

體積大起來。

【膨脹】péng zhàng ① 體積脹大：空氣受熱會膨脹。② 擴大；增長：通貨膨脹。反 收縮 *縮小

🔍 膨漲 "脹" 本指體內有充塞不舒服的感覺，引申為物體變大。"漲" 指水位升高。

¹² 膳　　膳 膳 膳 膳 膳 膳　膳

普 shàn　粵 sin⁶ 善

飯食：午膳 / 膳食（日常吃的飯菜）。

¹³ 膿 [脓]　　膿 膿 膿 膿 膿 膿　膿

普 nóng　粵 nung⁴ 農

傷口潰爛產生的黏液：膿瘡 / 化膿。

¹³ 臉 [脸]　　臉 臉 臉 臉 臉 臉　臉

普 liǎn　粵 lim⁵ 斂

① 面部：臉色 / 臉膛（面部）。② 面子；體面：丟臉 / 賞臉。③ 表情：笑臉 / 翻臉。

【臉色】liǎn sè ① 臉上的顏色、氣色：臉色蒼白。② 表情、神色：看人的臉色行事。

【臉面】liǎn miàn ① 面容：臉面消瘦。② 面子；情面：兒子有出息，父母也有臉面。

【臉龐】liǎn páng 臉的輪廓：圓圓的臉龐，一雙水汪汪的大眼睛。

¹³ 膽 [胆]　　膽 膽 膽 膽 膽 膽　膽

普 dǎn　粵 daam² 擔 ²

① 膽囊，儲存膽汁的器官。② 勇氣：壯膽 / 膽子 / 膽量（不怕危險的勇氣）/ 膽識（膽量和見識）。

【膽怯】dǎn qiè 害怕，膽小畏縮：臨陣膽怯，逃之夭夭。反 膽大

【膽戰心驚】dǎn zhàn xīn jīng 嚇得心驚肉跳，非常害怕。反 膽大包天

¹³ 膺　　膺 膺 膺 膺 膺 膺　膺

普 yīng　粵 jing¹ 英

① 胸：義憤填膺。② 承受；擔當：身膺重任 / 榮膺最佳球員。

¹³ 臀　　臀 臀 臀 臀 臀 臀　臀

普 tún　粵 tyun⁴ 團

屁股：臀部。

13 臂

臂臂臂臂臂臂 臂

[普] bì [粵] bei³ 秘

① 胳膊：手臂／臂膀。② 動物的前肢：長臂猿。

14 臍 [脐]

臍臍臍臍臍臍 臍

[普] qí [粵] ci⁴ 詞

肚臍，在腹部正中。

15 臘 [腊]

臘臘臘臘臘臘 臘

[普] là [粵] laap⁶ 立

① 農曆十二月：臘八／臘月。② 腌製後再風乾、熏乾的（魚肉雞鴨等）：臘腸／臘肉／臘鴨／臘味。

18 臟 [脏]

臟臟臟臟臟臟 臟

[普] zàng [粵] zong⁶ 撞

人和動物體內的器官：臟器（內臟器官）／臟腑（人體內臟的統稱）。

臣部

0 臣

臣臣臣臣臣 臣

[普] chén [粵] san⁴ 神

① 君主時代的官吏：臣子／臣民（君主國家的臣子和百姓）。② 古代官吏對皇帝的自稱：老臣。

俗 一朝天子一朝臣

2 臥

臥臥臥臥臥臥 臥

[普] wò [粵] ngo⁶ 餓

① 躺着：坐臥不寧。② 睡眠的：臥房／臥室（睡覺的房間）。③ 睡覺的鋪位：火車的軟臥車廂。④ 趴、伏：藏龍臥虎。

11 臨 [临]

臨臨臨臨臨臨 臨

[普] lín [粵] lam⁴ 林

① 從高處往低處看：居高臨下。② 來到；到達：歡迎光臨／大難臨頭。③ 靠近；面對：臨近（接近）／臨危（垂危；遇到危難）。④ 將要、就要：臨別贈言。⑤ 摹仿：臨摹。

【臨時】lín shí ① 事情發生的時候：臨時找人來不及。② 暫時的；非正式的：臨時工／臨時檢疫中心。反 長久 * 固定

自部

0 自

自自自自自 自

[普] zì [粵] zi⁶ 字

① 自己：自得其樂／自我（自己對自己）。② 自然；當然：自不待言／自有公論。③ 從、由：自上海至香港。

【自大】zì dà 自以為了不起，看不起人：自大狂／狂妄自大。同 自滿 反 自卑

【自己】zì jǐ ① 自身；本身：我自己做。② 指對方或另一人自身：你自己開車去／讓他自己想辦法。③ 親近的；關係密切的：都是自己人，有甚麼話你就說吧。

🔍 自已 "己" "已" 字形近似。但兩者意思完全不同，如 "不能自已" 是無法控制自己的情緒，此處的 "已" 是控制的意思，不是自己的意思。

【自由】zì yóu ① 不受限制和約束：自由選擇 / 自由自在。② 公民享有的按個人意願進行正當活動的權利：自由民主。

【自主】zì zhǔ 自己做主，不受別人影響或控制：獨立自主的成年人。

【自立】zì lì 依靠自己的能力獨立生存：幾個子女都已自立。

【自在】zì zài 無拘無束，沒有負擔：自由自在 / 精神壓力大，很不自在。⟨反⟩拘束 * 拘謹

【自如】zì rú ① 不受阻礙：伸縮自如 / 輕鬆自如。② 不拘束，保持常態：鎮定自如。

【自私】zì sī 只盤算個人私利，不考慮別人。⟨反⟩無私

【自制】zì zhì 克制自己的心情和情緒：悲從中來，難以自制。

【自卑】zì bēi 自我矮化，認為自己不如別人：不自滿，不自卑，謙虛謹慎。⟨反⟩自信 * 自大

【自治】zì zhì 在法律範圍內獨立行使管理自己事務的權力：民族自治 / 西藏自治區。

【自重】zì zhòng ① 自愛。言行得體，尊重自己的人格：自重才能贏得別人的尊重。③ 加強自身的實力、提升自己的分量：擁兵自重。

【自信】zì xìn ① 對自己有信心：表面不說，內心卻很自信。② 對自己的信心：充滿自信。⟨反⟩自卑

【自律】zì lǜ 用道德和行為規範約束自己：公眾場所，吸煙者應當自律。⟨反⟩放縱

【自動】zì dòng ① 主動：自動幫助同學補習功課。⟨反⟩被動 ② 不靠外力，而是自身發生變化：自動消失 / 自動退出。③ 不靠人力，靠機械裝置操作的：自動扶梯。

【自從】zì cóng 由某一時間點向後算起：自從離開鄉間，就聽不到悅耳的鳥鳴了。

(一)【自然】zì rán ① 自然界：回歸大自然。② 天然的，原本就有的：自然美。③ 理所當然：一年最熱的季節自然是夏季。

(二)【自然】zì ran 不勉強；不拘束；不造作：她的表演很自然。

【自尊】zì zūn 言行遵從道德行為規範：言行舉止處處自尊，人家就看得起你。⟨同⟩自重 * 自愛

【自發】zì fā ① 完全由自己決定的：羣眾自發地湧向廣場參加集會。② 自然而然、不自覺地：自發地對他產生了一種親切感。

【自愛】zì ài 愛惜名譽，懂得檢點自己的言行：做人要知自愛、知進退。⟨同⟩自重

【自稱】zì chēng ① 稱呼自己：漢族人自稱 "炎黃子孫"。② 聲稱：他自稱是老子的後代。

【自豪】zì háo 感到光榮：我們為香港運動員感到自豪。⟨反⟩自卑

【自學】zì xué 獨自學習，不用別人教：自學成才。

【自願】zì yuàn 心甘情願：自願到貧困地區做義工。⟨反⟩強迫

【自覺】zì jué ① 自己覺得；自己感覺：旅行回來寫了篇遊記，自覺不錯。② 自己就能認識到或領悟到：自覺遵守紀律。

【自然界】zì rán jiè 人類社會除外的全部世界都是自然界，如動植物界、海洋、礦物、宇宙等等。

【自力更生】zì lì gēng shēng 依靠自己的力量做好事情，改變現狀。

🔍 自立更生 "自立" 指獨立，不依賴別人。"自力" 指用自己的力量。

【自言自語】zì yán zì yǔ 自己獨自說話。

【自知之明】zì zhī zhī míng 明瞭自己的長處和短處，不做非分之舉。⟨反⟩自以為是

【自然科學】zì rán kē xué 研究自然界各種物質的形態、結構、性質和產生、發展變化規律的學問，如數學、化學、物理學、生物學、天文學等等。

臭 (一)

臭臭臭臭臭臭 **臭**

〔普〕chòu 〔粵〕cau³ 湊

① 污濁的氣味：惡臭撲鼻／臭味相投。② 氣味污濁難聞的：臭氣／腥臭。③ 令人厭惡的；醜惡的：臭名遠揚。④ 狠狠地：臭罵一頓。

臭 (二)

〔普〕xiù 〔粵〕cau³ 湊

① 氣味：乳臭未乾（還帶着奶味，形容年輕幼稚）。② 同 "嗅"，用鼻子聞：警犬臭出了毒品氣味。

至 部

至

至至至至至 **至**

〔普〕zhì 〔粵〕zi³ 志

① 到；到來：賓至如歸。② 到了極點：仁至義盡。③ 最；極：至誠／至高無上。④ 至於：甚至／竟至。〔俗〕口惠而實不至

【至少】zhì shǎo 最小；最少：至少也有巴掌大／至少也有一百斤。

【至於】zhì yú ① 達到；達到某個程度、某種地步：家境還算可以，不至於交不起學費。② 表示提起與前面話題不同的另一個話題：至於說他不同意，我不知道／學校運動場地小，至於課室還算不錯。

【至今】zhì jīn 直到現在：至今也沒給我答覆。

致

致致致致致致 **致**

〔普〕zhì 〔粵〕zi³ 至

① 發給；給予：致函／致電。② 表達、表示：致敬／致謝／致歉。③ 引起、招致；達成：致病／致用。④ 竭盡；集中：致力（全力以赴）／專心致志。⑤ 興趣；情趣：興致／景致。⑥ 以致：一時疏忽，致生差錯。

【致使】zhì shǐ 以致，使得：飲食不健康致使身體毛病多。

臺 [台]

臺臺臺臺臺臺 **臺**

〔普〕tái 〔粵〕toi⁴ 抬

同 "台"。詳見 "台"。

臼 部

臼

臼臼臼臼臼 **臼**

〔普〕jiù 〔粵〕kau⁵ 舅

① 古代舂米的器具，中間深凹下去，裝進穀物用石槌或木槌捶打：石臼。② 形狀像臼的：臼齒。

舀

舀舀舀舀舀舀 **舀**

〔普〕yǎo 〔粵〕jiu⁵ 繞

用器具取水或液體、散碎的東西：舀米／從鍋裏舀了一碗湯。

與 [与] (一)

與與與與與與 **與**

〔普〕yǔ 〔粵〕jyu⁵ 雨

① 表示兩者並列或選擇，相當於 "和"、"或"：我

與他／買與不買，你自己決定。② 相當於"同"、"跟"：你與他的性情差不多。

【與其】yǔ qí 多同"不如"、"還不如"、"寧可"、"寧願"連用，表示兩者對比之下選擇後者：與其受辱，寧可戰死／與其叫張三去，不如讓李四去，李四應變能力更強。

【與時俱進】yǔ shí jù jìn 跟時代潮流一起進步。

【與眾不同】yǔ zhòng bù tóng 跟大眾不同；同大家不一樣。

---

6 **與**[与]⁽⁻⁾

（普）yù （粤）jyu⁶ 遇

與會（參與會議）。

---

7 **舅**　　　舅 舅 舅 舅 舅 舅　舅

（普）jiù （粤）kau⁵ 臼

① 母親的兄弟：舅父／舅舅。② 妻子的兄弟：妻舅／小舅子。

---

9 **舉**[舉]　　　舉 舉 舉 舉 舉 舉　舉

（普）jǔ （粤）geoi² 矩

① 往上伸；向上托起或拿着：舉手／高舉火把。② 動作；行為：舉措／一舉兩得。③ 推選：推舉。④ 提出；揭示：檢舉／舉例。⑤ 興辦；發動：舉辦／舉事。⑥ 全：舉家出遊。

【舉止】jǔ zhǐ 人的動作、姿態、風度：言談舉止／舉止大方。

【舉行】jǔ xíng 興辦、舉辦：舉行畫展／舉行歡迎儀式。

【舉例】jǔ lì 提出例子：舉例說明。（同）例舉

【舉措】jǔ cuò 行動和措施：應對危局的舉措／他採取的那些舉措都很及時。

【舉動】jǔ dòng 動作；行動：舉動笨拙／輕率的舉動。

【舉報】jǔ bào 檢舉違法行為。

【舉辦】jǔ bàn 舉行；興辦：舉辦數學有獎比賽。

【舉足輕重】jǔ zú qīng zhòng 處於重要地位，一舉一動都會產生重大影響。（反）無足輕重

---

9 **興**[兴]⁽⁻⁾　興 興 興 興 興 興　興

（普）xīng （粤）hing¹ 兄

① 起；發動：興師動眾／興師問罪。② 出現；產生出來：興起。③ 創辦；建立：興辦。④ 旺盛向上：興旺發達。⑤ 流行：時興／眼下興紫色。

【興旺】xīng wàng 昌盛向上，蓬勃發展。（反）衰敗

【興建】xīng jiàn 動工建造：興建新的圖書館。

【興起】xīng qǐ 出現並發展起來；產生並高漲起來：六十年代香港興起出口加工業／在校園中興起一股辯論時政的風氣。（反）衰退

【興盛】xīng shèng 興旺發達。（同）昌盛（反）衰落 ＊衰敗

【興奮】xīng fèn 激動，情緒高漲：接到錄取通知書，興奮得跳起來。（反）平靜

【興辦】xīng bàn 舉辦；創建：興辦慈善事業／興辦了一所國際學校。（同）開辦 ＊創辦

---

9 **興**[兴]⁽⁻⁾

（普）xìng （粤）hing³ 慶

興趣，興致：掃興／興味（興趣、趣味）。（俗）乘興而來，敗興而返

【興趣】xìng qù ① 興致和情緒：對圍棋產生了興趣／喜歡學習，讀書的興趣很高。② 關注、關切：對她的事很感興趣。

【興致勃勃】xìng zhì bó bó 情緒高漲，勁頭兒十足。

【興高采烈】xìng gāo cǎi liè 興致勃勃，神采飛

揚。 圖 興致勃勃 反 無精打采

　🔍 興高彩烈 "彩" 本義是彩色，引申為顏色、花樣、稱讚等。"采" 在這裏意思是 "精神"。

12 舊 [旧]　舊舊舊舊舊舊

普 jiù 粵 gau⁶ 究⁶
① 使用過的：舊書 / 舊衣服。② 以往；過去的；過時的：舊居 (昔日住過的地方) / 舊時 (過去、從前) / 舊款式。③ 老朋友：故舊 / 懷舊。

舌 部

0 舌　舌舌舌舌舌 舌

普 shé 粵 sit⁶ 泄⁶
① 舌頭：張口結舌。② 指言語：舌戰 / 鸚鵡學舌。③ 形狀像舌頭的東西：火舌。
【舌頭】shé tou 辨別滋味、幫助咀嚼和發音的器官，在口腔裏。

2 舍 (一)　舍舍舍舍舍舍 舍

普 shè 粵 se³ 瀉
① 住處；房屋：校舍 / 左鄰右舍。② 謙稱自己的家或親屬：寒舍 / 舍弟。③ 家畜的圈；家禽的窩：豬舍 / 雞舍。④ 古代三十里為一舍：退避三舍。
【舍利】shè lì ① 佛祖釋迦牟尼遺體火化後的珠狀物，佛教稱舍利或舍利子。② 稱高僧死後火化的遺骨。

2 舍 (二)

普 shě 粵 se² 社
同 "捨"，捨棄。

6 舒　舒舒舒舒舒舒 舒

普 shū 粵 syu¹ 書
① 伸展：舒張 (舒展開來) / 舒筋活血。② 緩慢；從容：舒緩。③ 輕鬆愉快：舒坦 (心情平靜愉快) / 舒暢。
【舒服】shū fu ① 舒適、舒暢：腸胃不舒服。② 輕鬆愉快：聽他說話叫人很舒服。反 難受
【舒暢】shū chàng 舒適暢快：心情舒暢 / 到江河游水比游泳池裏舒暢多了。反 壓抑
【舒適】shū shì 舒服安逸：日子過得很舒適。反 痛苦
【舒展】shū zhǎn ① 展開來：舒展了一下身子。② 舒暢：郊野公園是舒展身心的好地方。

8 舔　舔舔舔舔舔舔

普 tiǎn 粵 tim² 添²
用舌尖擦過或沾取：舔嘴唇 / 花貓在舔食魚骨。

8 舖　舖舖舖舖舖舖 舖

普 pù 粵 pou³ 普³
同 "鋪 (pù)"。詳見 "鋪 (pù)"。

舛 部

舜[6]　舜 舜 舜 舜 舜 舜 舜

（普）shùn （粵）seon³ 信

傳說中的古代帝王名，歷代奉為賢君的典範。

舞[8]　舞 舞 舞 舞 舞 舞 舞

（普）wǔ （粵）mou⁵ 母

① 舞蹈：芭蕾舞／交際舞。② 跳舞：載歌載舞。
③ 揮舞；揮動：舞動／舞刀弄棒。④ 耍弄；玩
弄：舞弊（玩弄手段做違法壞事）／舞文弄墨（玩
弄文字技巧）。
【舞台】wǔ tái ① 表演節目的台子：舞台生涯。
② 比喻進行社會活動的場所：政治舞台／國際
舞台。
【舞獅】wǔ shī 中國民間的傳統藝術表演。一兩
個表演者，用獅子形象的道具，模擬獅子動作，
一人以彩球引逗“獅子”，構成一套舞獅藝術。
【舞蹈】wǔ dǎo ① 一種以有節奏的動作和人體造
型為主要表現手段的藝術，一般有音樂伴奏或伴
唱：舞蹈家／舞蹈造型。② 表演舞蹈：隨着音樂
舞蹈起來。

舟 部

舟[0]　舟 舟 舟 舟 舟 舟

（普）zhōu （粵）zau¹ 周

船：舟船／同舟共濟。（俗）學如逆水行舟，不進

則退

般[4]（一）　般 般 般 般 般 般 般

（普）bān （粵）bun¹ 搬

① 種；樣：這般人／十八般武藝。② 一樣；相
似：般配（相當、相稱）／桃花般的笑容。

般[4]（二）

（普）bān （粵）bun¹ 搬

一般、這般。

航[4]　航 航 航 航 航 航 航

（普）háng （粵）hong⁴ 杭

① 船：慈航普渡。② 航行；飛行：航海／航空／
航機（正在飛行的飛機）。
【航天】háng tiān 在地球大氣層之外的空間飛
航：航天器／航天飛機。
【航行】háng xíng 輪船在水上行駛；飛機等飛
行器在空中或空間飛行。
【航空】háng kōng ① 飛機在空中飛行：航空表
演／航空管制。② 同飛機飛行有關的：航空信／
航空母艦。
【航海】háng hǎi 船隻在海洋上航行：航海家。
【航運】háng yùn 水上運輸：內河航運／遠洋
航運。
【航線】háng xiàn 船舶、飛機的航行路線。

舶[5]　舶 舶 舶 舶 舶 舶 舶

（普）bó （粵）bok⁶ 薄

航海的大船；一般的船：船舶／舶來品（海外進
口的東西）。

船

船船船船船船 船

（普）chuán （粵）syun⁴ 旋

水上交通運輸工具：帆船／船隻。（俗）船到橋頭自會直

〔簡明詞〕船夫：在木船上工作的人。船員：水手，在船上工作的人。船隻：船的統稱。船隊：航運公司下屬的輪船的總稱。船舶：船的總稱。

舷

舷舷舷舷舷舷 舷

（普）xián （粵）jin⁴ 言

船艦和飛機的左右兩側：左舷／舷梯／舷窗。

〔簡明詞〕舷梯：上下輪船、飛機用的梯子。舷窗：飛機或船體兩側密封的窗子。

舵

舵舵舵舵舵舵 舵

（普）duò （粵）to⁴ 駝

船艦、飛機控制航行方向的裝置：見風使舵／舵手（把握船舵、掌控船行方向的人）。

艇

艇艇艇艇艇艇 艇

（普）tǐng （粵）ting⁵ 挺／teng⁵ 廳⁵

① 輕便的小船：遊艇／救生艇。② 一些體積較小的軍用船艦稱"艇"：潛水艇／登陸艇。③ 飛行器或太空飛行器：飛艇／登月艇。

艘

艘艘艘艘艘艘 艘

（普）sōu （粵）sau² 手

與數目字連用，表示船艦的數量：一艘輪船／兩艘軍艦。

艙 [舱]

艙艙艙艙艙艙 艙

（普）cāng （粵）cong¹ 倉

船艦、飛機和飛行器中載人、載貨、安裝設備和用作其他用途的空間：船艙／貨艙／機艙／空間站的生活艙。

艦 [舰]

艦艦艦艦艦艦 艦

（普）jiàn （粵）laam⁶ 濫

大型戰船：艦艇／艦隊。

〔簡明詞〕艦艇：各種作戰船隻的統稱。艦隊：海軍的建制，通常由若干艘作戰艦隻、海軍航空兵和各種輔助船隻組成。

艮部

良

良良良良良良 良

（普）liáng （粵）loeng⁴ 涼

① 好：優良／良好（非常好）／良機（難得的好時機）／良師益友。② 很、非常：良久。（俗）良藥苦口利於病，忠言逆耳利於行

【良心】liáng xīn 善良的心地，多指合乎道德的言行觀念，如感恩、以善心待人等：憑良心做事／沒良心的東西！

【良師益友】liáng shī yì yǒu 教導自己的好老師與幫助自己的好朋友。

艱 [艰]

艱艱艱艱艱艱 艱

（普）jiān （粵）gaan¹ 奸

困難：艱難／艱辛（艱苦）／艱險（困難和危險）。

〔古詩文〕半絲半縷，恒念物力維艱。（《朱子家訓》朱柏廬）

【艱巨】jiān jù 艱難繁重：承擔着極其艱巨的工作。

【艱苦】jiān kǔ 艱難困苦：過着艱苦的日子。

【艱難】jiān nán 非常困難：不怕艱難困苦。

色部

0 色 （一）　色色色色色色 色

（普）sè （粵）sik¹ 式

① 顏色：五顏六色／色澤／色盲。② 面部表情：喜形於色／和顏悅色。③ 情景；景象：景色／夜色／春色。④ 漂亮女子的容貌：姿色。⑤ 種類：貨色（貨品種類）／各色各樣。⑥ 金銀物品的質量：成色／足色（成色十足的）。

【色盲】sè máng 眼睛不能辨別顏色的病。

【色彩】sè cǎi ① 顏色：色彩鮮艷／色彩繽紛。② 比喻情調、傾向：感情色彩／宗教色彩／小草給沙漠增加了生命色彩。

【色情】sè qíng 男女間的情愛、情慾：不看色情的東西。

【色澤】sè zé 顏色和光澤。

0 色 （二）

（普）shǎi （粵）sik¹ 式

顏色。口語音，僅在個別口語詞裏使用：掉色／落色（褪色；掉顏色）。

18 艷[艳]　艷艷艷艷艷艷 艷

（普）yàn （粵）jim⁶ 驗

同 "豔"。詳見 "豔"。

艸部

2 艾　艾艾艾艾艾 艾

（普）ài （粵）ngaai⁶ 捱⁶

① 一種葉子有香味的植物，可用來驅蚊蠅，中醫學用艾條熏灼穴位治病。② 停止：方興未艾（正在蓬勃發展，沒到走下坡路的時候）。

3 芋　芋芋芋芋芋芋 芋

（普）yù （粵）wu⁶ 互

① 芋頭。② 指馬鈴薯、甘薯等薯類：洋芋（馬鈴薯）／山芋（甘薯）。

3 芒　芒芒芒芒芒芒 芒

（普）máng （粵）mong⁴ 忙

① 一種草名，稈子高達兩米，葉子細長，葉尖呈長刺形，芒草是造紙的重要原料。② 細長刺形的東西：麥芒／光芒／鋒芒（刀劍的利刃和尖端）／芒刺在背。

【芒果】máng guǒ 生長在南方熱帶的果樹，樹幹高大，葉子扁長，果實也叫芒果，味美多汁。

〔附加詞〕芒刺在背：形容心事沉重，坐立不安。

4 芙　芙芙芙芙芙芙 芙

（普）fú （粵）fu⁴ 符

芙蓉：荷花的別名：出水芙蓉。

芽

芽芽芽芽芽芽　芽

4

普yá 粵ngaa⁴ 牙

種子或植物上剛長出來的那一部分，芽發育出莖、葉、花：嫩芽／種子發芽。

花

花花花花花花　花

4

普huā 粵faa¹ 化¹

① 花朵，開花植物的繁殖器官，由花瓣、花蕊、花萼、花托組成，形狀顏色多種多樣：桃花／鮮花。② 開花的植物：種花／花木／花圃／花市。③ 像花朵的東西：火花／煙花／雪花。④ 像花的裝飾圖形：雕花。⑤ 用花或花紋裝飾的：花燈／花轎。⑥ 色彩、種類混合的：花貓／花白／花名冊。⑦ 精華：藝術之花／名將之花。⑧ 迷惑人的；不真實的：花招／花言巧語。⑨ 比喻美女或女子：校花／交際花／姊妹花。⑩ 跟妓女或女人有關的：花天酒地。⑪ 模糊不清：頭昏眼花／老眼昏花。⑫ 付出；耗費：花錢／花精力。

【花卉】huā huì ① 供觀賞的花草的總稱：花市上花卉品種很多。② 以花卉為題材的中國畫：家藏一幅齊白石畫的花卉。

【花朵】huā duǒ 植物的花：牡丹的花朵特別大。

【花紅】huā hóng ① 分發的紅利、獎金。② 祝賀喜慶事的禮品。

【花草】huā cǎo 開花植物和各種青草。一般指供觀賞的花草。

〔簡明詞〕花木：花草樹木。花圃：培育花木的園地。花市：買賣花木的市場。花園：種植着花草樹木，供人遊玩休息的地方。

【花紋】huā wén 各種條紋或圖形：柱子上的花紋很好看。

【花瓶】huā píng ① 插花用的瓶子，多用作裝飾擺設：細瓷花瓶。② 比喻有名無實的招牌、點綴品：他在協會裏不過是漂亮的花瓶而已。

【花費】huā fèi ① 用掉；消耗：花費錢財／花費精力／花費時間。同 耗費 ② 消耗的錢財：外出旅遊的花費很大。

【花絮】huā xù ① 一些花木果實上的白色茸毛：柳樹的花絮在空中飄舞。② 指有趣的零星新聞：拍攝花絮／賽場花絮。

【花樣】huā yàng ① 花紋的式樣；種類和式樣：花樣新鮮／花樣翻新／花樣滑冰。同 式樣 ② 騙人的花招：玩花樣／耍花樣。同 花招

【花燈】huā dēng ① 裝飾美麗的彩燈。② 中國古代民俗，在農曆正月十五日元宵節，家家戶戶懸掛各色彩燈，供人遊賞。

芹

芹芹芹芹芹芹　芹

4

普qín 粵kan⁴ 勤

芹菜，常用蔬菜名。莖和葉可做菜蔬。

芥 (一)

芥芥芥芥芥芥　芥

4

普jiè 粵gaai³ 介

① 芥菜，果實味辣，研成細末作調味品，稱芥末。② 小草，比喻細微的事物：草芥（比喻無足輕重的人或物）／芥蒂（比喻內心的怨恨或不快）。

芥 (二)

4

普gài 粵gaai³ 介

芥藍菜，一種長柄蔬菜，莖葉可做菜食用。

芬

芬芬芬芬芬芬　芬

4

普fēn 粵fan¹ 昏

芳香：芬芳（清香；香氣）。

芝 芝芝芝芝芝芝 芝

（普）zhī （粵）zi¹ 之

靈芝，寄生在枯木上的一種菌類，傘狀菌蓋赤色
或紫色，有環紋，是著名的中藥。

【芝麻】zhī ma 一種油料作物，直立的莖呈四棱
形，開白花或淡紫花，扁平小顆粒的果實白色
或黑色，也叫芝麻，可以吃，榨出的油味極香，
俗稱麻油、香油。

芳 芳芳芳芳芳芳 芳

（普）fāng （粵）fong¹ 方

① 香：芳草（香草）／芳香（花的香氣）。② 花卉：
孤芳自賞（比喻自命清高）。③ 比喻美名：流芳
百世／千古流芳。

〔文言選錄〕遠芳侵古道，晴翠接荒城。（《賦
得古原草送別》白居易）

芭 芭芭芭芭芭芭 芭

（普）bā （粵）baa¹ 巴

芭蕉，一種葉子長而寬展的植物，果實也叫芭
蕉，狀似香蕉，是南方熱帶果品。

【芭蕾舞】bā lěi wǔ 一種起源於意大利的歐洲古
典舞蹈，結合音樂、啞劇進行表演，女演員穿特
製的舞鞋，用腳尖着地跳舞是芭蕾舞的特色。

茉 茉茉茉茉茉茉 茉

（普）mò （粵）mut⁶ 沒

茉莉。一種開小白花的植物，花有濃香，可供觀
賞和薰製茶葉。花也叫茉莉。

苦 苦苦苦苦苦苦 苦

（普）kǔ （粵）fu² 虎

① 像黃連的味道：這藥真苦／酸甜苦辣。② 難
受；痛苦：苦痛／苦楚／苦難。③ 艱苦；辛苦：
困苦／吃苦耐勞。④ 刻苦：埋頭苦幹。⑤ 竭力
地；耐心地：苦思／苦勸／苦苦挽留。

【苦心】kǔ xīn ① 費盡心思：苦心鑽研學問。
② 所有心思；全部精力：煞費苦心／他在教學方
法上用盡苦心。

【苦惱】kǔ nǎo 痛苦煩惱：家庭不和，她很苦惱。
（反）快樂

　🔑 苦惱 "惱" 指的是煩惱、苦悶。"腦" 的意思
　是高等動物神經系統的主要部分，即頭部。兩字
　部件不同，意思不同，易寫錯。

【苦悶】kǔ mèn 苦惱郁悶：內心很苦悶。（反）暢快

【苦頭】kǔ tou 痛苦；磨難：吃盡苦頭／有毅力，
不怕吃苦頭。（反）甜頭

【苦衷】kǔ zhōng 內心的痛苦；為難的心情：苦
衷無處說／她有難言的苦衷。

【苦難】kǔ nàn 痛苦和災難：經歷了很多苦難。
（反）幸福

【苦澀】kǔ sè ① 味道又苦又澀：苦澀的野果子。
② 形容愁苦難受：內心苦澀／苦澀的表情。

苛 苛苛苛苛苛苛 苛

（普）kē （粵）ho¹ 坷

① 苛刻，過分嚴厲：苛責（嚴厲責備）。② 煩瑣、
繁細：苛捐雜稅（名目繁多的捐稅）。

【苛刻】kē kè 嚴厲刻薄：要求太苛刻。（反）寬容 *
包容

【苛求】kē qiú 過嚴過高的要求：不要苛求別人。

若

若 若 若 若 若 若 若

普 ruò 粵 joek⁶ 弱

① 好像;如同:若無其事 / 旁若無人。② 假如、倘若:若是這樣,我一定幫他。

【若干】ruò gān 多少。表示數目不確定:若干人 / 若干次。

【若非】ruò fēi 要不是、如果不是:若非得到他的幫助,事情怎能辦得如此順利?

【若果】ruò guǒ 如果:若果考不上大學,那就找工作。同 假如 * 倘若

【若然】ruò rán ① 如果:若然一次付清,可以半價優惠。② 如果這樣:聽說房價又漲了,若然,手上的錢就不夠了。

【若即若離】ruò jí ruò lí 好像要靠近,又像要分開。形容不密切,保持距離。反 親密無間 * 如影隨形

茂

茂 茂 茂 茂 茂 茂 茂

普 mào 粵 mau⁶ 貿

① 草木茂盛:根深葉茂。② 美好:圖文並茂(書中的圖和文字都精采) / 聲情並茂(聲音悅耳動聽,情感豐富動人)。

【茂盛】mào shèng 植物繁茂旺盛:花草茂盛。反 凋零

【茂密】mào mì 草木作物茂盛繁密:茂密的莊稼 / 湖邊的蘆葦很茂密。反 稀疏

苗

苗 苗 苗 苗 苗 苗 苗

普 miáo 粵 miu⁴ 描

① 剛長出來的幼小植物:秧苗 / 樹苗 / 苗圃(培育苗木的園地)。② 嫩莖;嫩葉:蒜苗 / 豌豆苗。③ 初生的幼小動物:蟹苗 / 魚苗。④ 後代:根苗 / 苗裔(後代子孫)。⑤ 跡象:苗頭。⑥ 疫苗:卡介苗。⑦ 指苗族:苗寨 / 苗家姑娘。

【苗條】miáo tiao 形容婦女身材修長漂亮:天生的苗條身材。反 粗壯

英

英 英 英 英 英 英 英

普 yīng 粵 jing¹ 嬰

① 花:落英繽紛。② 傑出的;傑出的人物:英才(傑出的才智;傑出的人) / 羣英會。③ 精華:精英 / 英華。④ 指英國:英語 / 英鎊。

【英俊】yīng jùn ① 才智傑出:英俊有為。② 俊美有風采:英俊少年。

【英明】yīng míng 高瞻遠矚;目光遠大:英明決策 / 英明果斷。反 昏庸 * 糊塗

【英勇】yīng yǒng 非常勇敢:英勇殺敵 / 英勇搏鬥。反 膽怯

【英雄】yīng xióng ① 勇於捨生取義的傑出人物:民族英雄。② 不畏強暴、英勇過人的人:英雄好漢。③ 具有英雄品質的:英雄的人民。俗 英雄氣短,兒女情長。

苟

苟 苟 苟 苟 苟 苟 苟

普 gǒu 粵 gau² 九

① 隨便;馬虎:一絲不苟。② 暫且;姑且:苟延殘喘(比喻暫時勉強維持生存)。

〔文言選錄〕苟非吾之所有,雖一毫而莫取。(《前赤壁賦》蘇軾)

苑

苑 苑 苑 苑 苑 苑 苑

普 yuàn 粵 jyun² 婉

① 古代指飼養禽獸、種植樹木的地方。多指帝王園林:鹿苑 / 梅苑。② 學術、文藝精華會合的地方:文苑(文壇) / 藝苑(藝壇)。

5 **范**　范范范范范范范　范
(普)fàn (粵)faan⁶ 犯
姓。

5 **茁**　茁茁茁茁茁茁　茁
(普)zhuó (粵)zyut³ 輟
形容動植物生長旺盛：茁壯（旺盛；壯健）。

5 **茄**(一)　茄茄茄茄茄茄　茄
(普)qié (粵)ke⁴ 騎 ⁴
茄子，普通蔬菜植物名，果實呈球形或長圓形，
也叫茄子。

5 **茄**(二)
(普)jiā (粵)gaa¹ 家
雪茄

5 **苔**(一)　苔苔苔苔苔苔　苔
(普)tāi (粵)toi¹ 胎
舌苔，中醫根據舌苔的變化診斷病情：黃苔／白苔。

5 **苔**(二)
(普)tái (粵)toi⁴ 台
苔蘚類植物，綠色，在陰濕地方覆蓋在地表上，
根莖葉沒有明顯區別：青苔濕滑。

5 **茅**　茅茅茅茅茅茅　茅
(普)máo (粵)maau⁴ 矛
茅草：茅屋（屋頂用茅草或稻草蓋的簡陋房子）。

6 **荊**[荆]　荊荊荊荊荊荊　荊
(普)jīng (粵)ging¹ 京
一種枝條柔韌的灌木，枝條可編筐、籃、籬笆：
荊棘（山野叢生的多刺小灌木）。

6 **茜**(一)　茜茜茜茜茜茜　茜
(普)qiàn (粵)sin³ 善 3
茜草，根為紅色，可做染料，故茜有"紅色"的意
思：茜紗（紅紗）／茜裙（紅裙子）。

6 **茜**(二)
(普)xī (粵)sai¹ 西
譯音用字。

6 **茬**　茬茬茬茬茬茬　茬
(普)chá (粵)caa⁴ 茶
①莊稼收割後殘留在田地上的短莖：麥茬／稻
茬。②短而硬的頭髮、鬍子：頭髮茬／鬍子茬。

6 **草**　草草草草草草　草
(普)cǎo (粵)cou² 粗 ²
①草一類植物的統稱，人種植來美化環境：草木
（花草樹木）／草叢（草密集生長的地方）。②荒
野；民間：草野。③微賤：草民。④馬虎；簡略：
草率／草草。⑤初步的；未定的：草稿／草案。
⑥擬稿；開頭：草擬／草創（剛剛創辦）。⑦草
書，一種簡略連筆快寫的字體。⑧家禽家畜雌性
的：草雞／草馬。
【草坪】cǎo píng 平坦的草地：碧綠如茵的草坪。
【草草】cǎo cǎo ①馬馬虎虎：草草了事。②匆
匆忙忙：草草看了一眼就走了。

【草根】cǎo gēn 比喻底層、民間。

【草地】cǎo dì ① 大片長着草的土地：山間草地。② 人工種植青草的土地，多為美化環境：公園的草地／街心花園的草地。

【草原】cǎo yuán 長滿野草，或間有樹木的半乾旱地區的大面積土地。

【草率】cǎo shuài 不認真，隨便應付一下：事關重大，不可草率做決定。同 輕率 反 慎重

【草圖】cǎo tú 沒有最後定稿的圖案或圖形：設計草圖。

【草擬】cǎo nǐ 起草稿：草擬講稿。

茵　茵茵茵茵茵茵　茵
6

普 yīn 粵 jan¹ 因

墊子；褥子：綠草如茵。

茶　茶茶茶茶茶茶　茶
6

普 chá 粵 caa⁴ 查

① 茶樹，一種低矮的灌木，採摘嫩葉加工後就是茶葉：花茶／茶青／茶色。② 用茶葉或其他原料做的飲料：茶點／茶匙／杏仁茶。

【茶樓】chá lóu 供顧客喝茶、進餐、休息聊天的餐飲店，多開在樓房裏，故稱茶樓。

〔簡明詞〕茶青：微黃的深綠色。茶色：像濃茶水那樣的黃褐色。

茗　茗茗茗茗茗茗　茗
6

普 míng 粵 ming⁵ 冥

① 茶樹的嫩芽。② 沏好的茶水：品茗。

荒　荒荒荒荒荒荒　荒
6

普 huāng 粵 fong¹ 方

① 未曾耕種過的土地：開荒／墾荒。② 荒草叢生、無人耕種的：荒地。③ 年成不好；災荒：荒年／救荒／逃荒。④ 荒涼：荒野／荒原／荒無人煙。⑤ 嚴重缺乏：水荒／糧荒。⑥ 不合情理：荒謬／荒誕。⑦ 放蕩、放縱：荒淫無度。⑧ 破爛，廢棄物：拾荒的老人。

【荒誕】huāng dàn 荒誕離奇不真實：荒誕不經（荒唐離奇，不合情理）。反 真實

〔簡明詞〕荒野：荒涼的野外。荒原：荒涼的原野。荒無人煙：一片荒涼，沒人居住。

【荒唐】huāng táng ① 離奇古怪，不合人情：想法荒唐。② 放蕩不檢點：生活荒唐／行為太荒唐了。

【荒涼】huāng liáng 人煙稀少，冷清淒涼：荒涼的山野。反 繁華

【荒廢】huāng fèi ① 該種而沒有耕種：荒廢的土地。② 停頓下來之後，逐漸生疏：曾學過英語，後來荒廢了。③ 不加利用，白白浪費：荒廢時光／荒廢青春。

【荒蕪】huāng wú 土地荒棄、雜草叢生的樣子：田園荒蕪／一片荒蕪的景象。反 繁榮

【荒謬】huāng miù 毫無道理，非常錯誤：荒謬絕倫／滿嘴歪理，句句荒謬。

茫　茫茫茫茫茫茫　茫
6

普 máng 粵 mong⁴ 忙

① 廣闊無邊的樣子：茫無邊際。② 模糊不清：迷茫／暮色蒼茫。

【茫茫】máng máng ① 遼闊，無邊無際：大海茫茫／茫茫大草原。② 模糊不清：夜色茫茫／前途茫茫。

【茫然】máng rán ① 形容糊里糊塗，不清不楚：

對於這些道理他很茫然。② 形容恍恍惚惚：茫然若失 (神情恍惚，癡癡呆呆的樣子)。

6 **茹**　茹茹茹茹茹茹　茹

(普) rú (粵) jyu⁴ 餘

吃：含辛茹苦 (受盡艱難困苦) / 茹毛飲血 (形容遠古人類的原始生活)。

6 **荔**　荔荔荔荔荔荔　荔

(普) lì (粵) lai⁶ 例

荔枝。一種果樹，果實也叫荔枝，果肉白色多汁，味道甜美。

6 **茲** [兹] ⁽⁻⁾　茲茲茲茲茲茲　茲

(普) zī (粵) zi¹ 之

① 此，這：茲日 / 茲事 / 自茲以後。② 現在：茲訂於九月一日舉行開學典禮。

6 **茲** [兹] ⁽⁻⁾

(普) cí (粵) ci⁴ 池

龜茲 (古國名)。

7 **莢** [荚]　莢莢莢莢莢莢　莢

(普) jiá (粵) gaap³ 甲

豆類植物的果實：黃豆莢 / 綠豆莢。

7 **莽**　莽莽莽莽莽莽　莽

(普) mǎng (粵) mong⁵ 網

① 茂密的草叢：草莽。② 茂密：莽莽 (形容草木繁茂)。③ 粗魯；冒失：莽撞 (粗率魯莽)。

7 **莖** [茎]　莖莖莖莖莖莖　莖

(普) jīng (粵) ging³ 敬

植物的一部分，莖的下部連着根，上部長枝、葉、花、果。

7 **莫**　莫莫莫莫莫莫　莫

(普) mò (粵) mok⁶ 寞

① 沒有誰；沒有甚麼：莫大 (極大) / 莫過於 (沒有甚麼能超過)。② 不要：閒人莫入。③ 不：莫如 (不如) / 愛莫能助。④ 表示揣測、推測：莫非 / 莫不是。

【莫非】mò fēi 莫不是、難道是，以反問的語氣表示估計、推測：這事有點奇怪，莫非是他幹的？

【莫名其妙】mò míng qí miào 沒有人能說出其中的奧妙。形容不合常理，無法理解。

🔑 莫明其妙 "明" 的意思是清楚、了解。"名" 有說出、叫出的意思，這裏指的是無法用言語表達。兩字音近易錯寫。

7 **莉**　莉莉莉莉莉莉　莉

(普) lì (粵) lei⁶ 利

茉莉。詳見 "茉"。

7 **莓**　莓莓莓莓莓莓　莓

(普) méi (粵) mui⁴ 梅

草莓。常用果品，果實紅色，味酸甜，可做果醬。

7 **荷** ⁽⁻⁾　荷荷荷荷荷荷　荷

(普) hé (粵) ho⁴ 河

蓮：荷花 / 荷葉 / 荷塘。

7 **荷** (二)

（普）hè （粵）ho⁶ 賀

① 肩扛；揹負：荷槍實彈。② 承擔；擔負：荷載（承載）。③ 承擔的重量或重任：載荷（承載的重量）/ 重荷（重大的責任）。

7 **莞** (一)　莞莞莞莞莞莞　莞

（普）guǎn （粵）gun² 管

地名用字。東莞市，在廣東。

7 **莞** (二)

（普）wǎn （粵）wun⁶ 碗⁵

見"莞爾"。

【莞爾】wǎn ěr 微笑的樣子：莞爾一笑。

7 **莊** [庄]　莊莊莊莊莊莊　莊

（普）zhuāng （粵）zong¹ 裝

① 莊重；嚴肅：端莊 / 莊嚴 / 莊重。② 村莊：農莊 / 祝家莊 / 莊稼。③ 皇家的土地；貴族或種植業者的土地：莊園。④ 大商店：錢莊 / 布莊。⑤ 牌局中的主持人：輪流坐莊。

【莊重】zhuāng zhòng 端莊穩重：莊重大方 / 言行舉止莊重得體。（反）輕浮

【莊稼】zhuāng jia 農作物，一般指糧食作物。

【莊嚴】zhuāng yán 莊重嚴肅：莊嚴肅穆 / 會場佈置得十分莊嚴。

8 **華** [华] (一)　華華華華華華　華

（普）huá （粵）waa⁴ 蛙⁴

① 光彩；光輝：華燈 / 光華（光輝明亮）。② 美麗；有文采：華服 / 華美（華麗漂亮）。③ 最好

的那一部分：精華。④ 繁盛；興旺：繁華 / 榮華富貴。⑤ 美好時光：似水年華。⑥ 虛榮；虛浮：浮華 / 華而不實。⑦ 指中國：華夏 / 華僑（僑居國外的中國人）。⑧ 漢族的：華文 / 華語廣播。

【華人】huá rén ① 中國人。② 指外國國籍、中國血統的人：美籍華人。

【華夏】huá xià ① 中國的古稱。② 指中華民族：華夏人。

【華裔】huá yì 取得僑居國國籍的華人子女；在國外的華人後代。

【華麗】huá lì 美麗有光彩：大廳裝飾得很華麗 / 一身華麗的時裝。（同）華美 （反）樸素

【華而不實】huá ér bù shí 只開花不結果。外表好看，卻無實際內容。（反）貨真價實

8 **華** [华] (二)

（普）huà （粵）waa⁶ 話

華山。在陝西東南部，著名的風景勝地。

8 **著** (一)　著著著著著著　著

（普）zhù （粵）zyu³ 註

① 明顯；顯著；顯露：昭著（顯明）/ 著名 / 頗著成效。② 寫書：編著 / 著書立說。③ 作品；著作：名著 / 專著。④ 生長；居住：土著（土生土長的當地人）。

【著名】zhù míng 出名，非常有名：著名詩人 / 著名舞蹈家。（反）無名

【著作】zhù zuò ① 寫作：伏案著作。② 書或文章：理論著作 /《紅樓夢》是永垂不朽的著作。

【著稱】zhù chēng 因極好而被人稱道：蘇繡以工藝精巧著稱。

8 **著** (二)

（普）zhuó （粵）zoek³ 灼

穿：穿著打扮／著裝整齊。今多用"着"。

8 **菱**　菱菱菱菱菱菱 菱

（普）líng （粵）ling⁴ 零

一種水生植物，開白色，果實有硬殼，俗名菱角，可食用可做澱粉。

8 **萋**　萋萋萋萋萋萋 萋

（普）qī （粵）cai¹ 妻

萋萋，形容茂盛：芳草萋萋。

〔古詩文〕又送王孫去，萋萋滿別情。（《賦得古原草送別》白居易）

8 **菲** (一)　菲菲菲菲菲菲 菲

（普）fēi （粵）fei¹ 飛

花草芳香：菲菲（花草茂盛，散發香氣）。

8 **菲** (二)

（普）fěi （粵）fei² 匪

微薄：菲薄／妄自菲薄（覺得自己不行，沒信心）。

8 **萌**　萌萌萌萌萌萌 萌

（普）méng （粵）mang⁴ 盟

① 發芽：萌芽。② 開始發生：萌生（剛剛產生、出現）／故態復萌。

【萌芽】méng yá ① 植物生芽：春天一到，草木萌芽。② 比喻事物剛發生：他的想法還在萌芽狀態。

【萌發】méng fā ① 種子發芽。② 比喻產生、出現想法：萌發了好奇的念頭。

8 **菌** (一)　菌菌菌菌菌菌 菌

（普）jūn （粵）kwan² 細／kwan⁵ 窘

低等菌類植物，不開花，無莖葉，不含葉綠素，種類很多，如細菌、真菌等。

8 **菌** (二)

（普）jùn （粵）kwan² 細／kwan⁵ 窘

高等菌類植物，短莖上是傘狀的蓋，分為可食用和有毒不可食用兩大類，可食用的通常稱作"菇"，如香菇、草菇等。

8 **萎**　萎萎萎萎萎萎 萎

（普）wěi （粵）wai² 委

① 植物乾枯：枯萎。② 收縮；衰退：萎靡／萎縮。

【萎縮】wěi suō 縮小；衰退；減弱：經濟萎縮／肌肉萎縮。（同）收縮（反）膨脹

【萎靡】wěi mǐ 消沉不振作：萎靡不振。

　🔍 萎靡　"靡"和"靡"在表示浪費意義時，可通用，比如"靡（靡）費""奢靡（靡）"。但"萎靡"一詞，兩者不通用。

8 **菜**　菜菜菜菜菜菜 菜

（普）cài （粵）coi³ 賽

① 蔬菜：綠菜青菜。② 菜餚：葷菜／素菜／菜譜。

【菜餚】cài yáo 烹調好的葷菜和素菜。

萄　萄萄萄萄萄萄　萄

〔普〕táo 〔粤〕tou⁴ 途

葡萄。詳見 "葡"。

菊　菊菊菊菊菊菊　菊

〔普〕jú 〔粤〕guk¹ 谷

菊花。一種草本植物，秋季開花，品種繁多，可供觀賞，有的花可作飲料可入中藥：春蘭秋菊。

萃　萃萃萃萃萃萃　萃

〔普〕cuì 〔粤〕seoi⁶ 睡

① 聚集：薈萃 / 萃聚（聚集；匯集）/ 萃集（聚集）。

菩　菩菩菩菩菩菩　菩

〔普〕pú 〔粤〕pou⁴ 蒲

見 "菩薩"。

【菩薩】pú sà ① 佛教稱地位僅次於佛的神。② 指佛或崇拜的偶像：上香拜菩薩。

萍　萍萍萍萍萍萍　萍

〔普〕píng 〔粤〕ping⁴ 評

浮萍。浮生在水面上的植物，可作飼料或綠肥。

【萍水相逢】píng shuǐ xiāng féng 浮萍隨水飄動碰到一起，比喻素不相識的人偶然相遇。

菠　菠菠菠菠菠菠　菠

〔普〕bō 〔粤〕bo¹ 波

菠菜，一種普通蔬菜，葉子碧綠肥嫩，根帶粉紅色。

【菠蘿】bō luó 一種果品植物，劍形的葉子邊緣生鋸齒，在中央長果實，又名菠蘿、鳳梨，是常用果品，原生地在巴西，後傳入中國。

菇　菇菇菇菇菇菇　菇

〔普〕gū 〔粤〕gu¹ 姑

形狀像傘的菌類植物，分無毒、有毒兩大類，無毒的菇為常用菜品，有毒的不能吃：香菇 / 冬菇 / 草菇 / 蘑菇。

葉 [叶]　葉葉葉葉葉葉　葉

〔普〕yè 〔粤〕jip⁶ 業

① 長在植物莖上、吸收營養的器官，一般為綠色片狀：葉子 / 竹葉。② 像葉子的東西：百葉窗。③ 世，時期：明代中葉 / 清朝初葉。〔俗〕樹高千丈，葉落歸根

葫　葫葫葫葫葫葫　葫

〔普〕hú 〔粤〕wu⁴ 湖

葫蘆。一種開白花的蔓生植物，果實也叫葫蘆，中間細腰，像兩球相連，成熟後可作容器或供觀賞。〔俗〕照葫蘆畫瓢

葬　葬葬葬葬葬葬　葬

〔普〕zàng 〔粤〕zong³ 壯

用掩埋或別的方法處理死者遺體：葬禮（殯葬儀式）/ 安葬 / 葬送（斷送；毀滅）。

萬 [万]　萬萬萬萬萬萬　萬

〔普〕wàn 〔粤〕maan⁶ 慢

① 數目，十個一千是一萬。② 形容極其多：萬物 / 萬千 / 萬水千山。③ 非常；絕對：萬幸 / 萬

分（非常、極其）。⑱萬事開頭難

【萬一】wàn yī ① 萬分之一，表示極小的一部分：父母恩重如山，子女難以報答萬一。② 可能性很小的意外情況：以防萬一。③ 可能性極小的假設：萬一發生意外怎麼辦？⑱不怕一萬，就怕萬一

【萬千】wàn qiān 數量很多；多種多樣。

【萬萬】wàn wàn ① 數目。億，一萬個萬。② 絕對，無論如何：萬萬不可失信／萬萬不能走漏風聲。

【萬歲】wàn suì ① 祝頌詞語。千秋萬代，永遠存在：和平萬歲。② 古代臣民稱皇帝：萬歲爺。

【萬水千山】wàn shuǐ qiān shān 很多高山大河，路途遙遠艱險。

葛 (一)
葛葛葛葛葛葛　葛

(普) gé (粵) got³ 割

一種蔓生的植物，莖上的纖維是紡織原料，古人用來織葛布做衣服頭巾。

葛 (二)
(普) gě (粵) got³ 割

姓。

萼
萼萼萼萼萼萼　萼

(普) è (粵) ngok⁶ 岳

花萼。托在花瓣下部的綠色小片。

董
董董董董董董　董

(普) dǒng (粵) dung² 懂

① 監督管理：董理。② 董事的簡稱：校董。

葡
葡葡葡葡葡葡　葡

(普) pú (粵) pou⁴ 蒲

葡萄，一種果木，藤本植物，成串的圓形或橢圓形果實也叫葡萄，是常用水果，或釀製葡萄酒。

葱
葱葱葱葱葱葱　葱

(普) cōng (粵) cung¹ 充

① 一種食用農作物。葉子中空筒形，是普通蔬菜和調味品：山東大葱。② 青綠色：葱翠（青綠、蒼翠）／鬱鬱葱葱（草木青翠茂密）。

【葱綠】cōng lǜ ① 淺綠微黃的顏色：葱綠的裙子。② 青翠：禾苗葱綠／葱綠的草地。

蒂
蒂蒂蒂蒂蒂蒂　蒂

(普) dì (粵) dai³ 帝

① 花或瓜果跟枝莖相連的部分：瓜熟蒂落（條件、時機成熟，事情自然成功）。② 末尾：煙蒂（煙頭兒）。

落 (一)
落落落落落落　落

(普) luò (粵) lok⁶ 樂

① 向下掉：落葉／落淚。② 下降；降下來：落日／落幕。③ 失敗；衰敗：落敗／衰落。④ 留在後面：落後／落選。⑤ 停留；留下：落腳／不落痕跡。⑥ 停留或聚居的地方：下落不明／一座小村落。⑦ 指地方、範圍：角落／院落／段落。⑧ 歸屬：大權旁落。⑨ 得到：落個好名聲。⑩ 寫下：落款／落筆。

✐ 出於口語習慣，在一些詞義本屬於"落 luò"的口語詞中，"落"不讀"luò"而讀"lào"，常見的有：落色（lào shǎi 掉顏色；顏色變淺淡）、落枕（lào zhěn）。

9 落 (二)

普 lào/ là 粵 lok⁶ 樂

① 遺漏；脫漏：丟三落四 / 落了一個字。② 丟：
書包落在課室裏了。③ 掉在後面，跟不上：落後
【落空】luò kōng 沒有着落；沒有實現：希望落
空了 / 留學的事可能落空。反 落實。
【落後】luò hòu ① 走在別人後面：我的車落後了
一百米。反 領先 ② 落在先進水平或形勢後面：
經濟落後 / 產品現在落後了。反 先進
【落敗】luò bài 失敗；被擊敗：不幸落敗，真可
惜。反 成功
【落實】luò shí 落到實處，能夠實現：計劃已經
落實了 / 款項還沒落實。反 落空
【落花流水】luò huā liú shuǐ ① 形容春景衰敗零
落。② 比喻被打得大敗。

9 葷 [荤] 葷葷葷葷葷葷 葷

普 hūn 粵 fan¹ 芬

① 雞鴨魚肉一類食物：葷腥 / 葷菜。② 葱蒜一
類氣味特殊的菜蔬。

9 葦 [苇] 葦葦葦葦葦葦 葦

普 wěi 粵 wai⁵ 偉

蘆葦：葦塘 / 葦席。

9 葵 葵葵葵葵葵葵 葵

普 kuí 粵 kwai⁴ 攜

向日葵，一種有大花盤的草本植物，花盤有隨太
陽轉動的向日性：葵花 / 葵瓜子。

10 蒜 蒜蒜蒜蒜蒜蒜 蒜

普 suàn 粵 syun³ 算

一種食用植物，地下莖成熟後供食用或做調味
品，俗稱蒜頭。

10 蓋 [盖] 蓋蓋蓋蓋蓋蓋 蓋

普 gài 粵 goi³ 該 ³ / koi³ 丐

① 器物上的蓋子：壺蓋 / 瓶蓋 / 鍋蓋。② 遮掩；
蒙上：掩蓋 / 遮蓋 / 蓋被子。③ 建造：蓋樓 / 蓋
房子。④ 印上：蓋印 / 蓋圖章。⑤ 壓倒；超過：
蓋世（壓倒世上一切人）/ 被掌聲蓋過。⑥ 形狀
像蓋子的骨骼；動物的甲殼：膝蓋 / 烏龜蓋。

10 蓓 蓓蓓蓓蓓蓓蓓 蓓

普 bèi 粵 pui⁵ 倍

蓓蕾，含苞未放的花蕾。

10 蒼 [苍] 蒼蒼蒼蒼蒼蒼 蒼

普 cāng 粵 cong¹ 倉

① 深綠色或藍綠色：蒼松翠柏。② 灰白色：白
髮蒼蒼。③ 指天空：上蒼。
【蒼白】cāng bái ① 白裏帶青的顏色；灰白色：
臉色蒼白。② 形容沒有生氣沒有活力：語言貧
乏，內容蒼白。
【蒼老】cāng lǎo 衰老：多年不見，他顯得蒼老
了。反 年輕
【蒼翠】cāng cuì 濃綠、深綠：蒼翠茂密 / 秋天
的松柏更蒼翠了。

蒡

10

蒡 蒡 蒡 蒡 蒡 蒡　蒡

(普)bàng (粵)bong² 綁

牛蒡。一種嫩葉和根可以食用的植物。

蓄

10

蓄 蓄 蓄 蓄 蓄 蓄　蓄

(普)xù (粵)cuk¹ 速

① 儲存；積聚：儲蓄 / 養精蓄銳。② 保存；留着：蓄髮 / 蓄鬚（留鬍鬚）。③ 藏着：蓄意（存心、故意）/ 蓄謀已久（很早就策劃好了）。

蒲

10

蒲 蒲 蒲 蒲 蒲 蒲　蒲

(普)pú (粵)pou⁴ 普 ⁴

香蒲。一種生長在淺水中的植物，葉子狹長，可編織蒲席、蒲扇、蒲包：蒲團（用香蒲編成的圓形坐墊，僧人打坐、拜佛用蒲團）。

蒞 [莅]

10

蒞 蒞 蒞 蒞 蒞 蒞　蒞

(普)lì (粵)lei⁶ 利

來；到：蒞臨（到來、來臨的尊敬說法）。

蓉

10

蓉 蓉 蓉 蓉 蓉 蓉　蓉

(普)róng (粵)jung⁴ 容

① 瓜果、豆類磨成的粉狀物，用來做月餅、糕點的餡：蓮蓉 / 椰蓉 / 豆蓉。② 四川成都的別稱：蓉城。

蒙 (一)

10

蒙 蒙 蒙 蒙 蒙 蒙　蒙

(普)méng (粵)mung⁴ 朦

① 遮蓋；覆蓋：蒙住他的眼睛。② 隱瞞：蒙混 / 蒙蔽。③ 無知、愚昧：啟蒙（向孩童或無知的人

傳授知識）/ 蒙昧。④ 遭；受：蒙受（受到；遭受）/ 蒙冤。

【蒙蔽】méng bì 隱瞞真相，讓人上當。

蒙 (二)

10

(普)měng (粵)mung⁴ 朦

“蒙古” 的簡稱。

蒸

10

蒸 蒸 蒸 蒸 蒸 蒸　蒸

(普)zhēng (粵)zing¹ 精

① 液體受熱變為氣體上升：水蒸氣。② 利用蒸汽給食物加熱、使之變熟：蒸饅頭 / 蒸米飯。

【蒸氣】zhēng qì 水蒸氣，由液體蒸發而成的氣體：浴室裏都是蒸氣。

【蒸發】zhēng fā 液體表面變成氣體：溫度越高，蒸發越快。(反)凝結

蓮 [莲]

11

蓮 蓮 蓮 蓮 蓮 蓮　蓮

(普)lián (粵)lin⁴ 連

一種觀賞和食用植物，生長淺水中，蓮葉又大又圓，高出水面的蓮花清香、大而豔麗，地下莖叫藕，蓮花開過後長成倒圓錐形的蓮蓬，裏面有多粒橢圓形乳白色的種子叫蓮子，蓮子和藕是常用食品：蓮花 / 蓮葉 / 蓮座（佛像呈蓮花形的底座）。

蔓 (一)

11

蔓 蔓 蔓 蔓 蔓 蔓　蔓

(普)màn (粵)maan⁶ 慢

① 蔓生植物的枝和莖：枝蔓。② 滋長；擴展：蔓延（向周圍擴展）。

💡 在一些口語詞中，“蔓” 讀 “wàn” 不讀 “màn”，如：瓜蔓（瓜類植物的枝莖）、爬蔓（蔓生植物的枝蔓生長延伸）。

11 蔓 (二)

(普)màn (粵)maan⁶ 慢

蕪蔓、蔓菁。

11 蔑 蔑 蔑 蔑 蔑 蔑 蔑 蔑

(普)miè (粵)mit⁶ 滅

輕視：蔑視（看不起）/ 蔑稱（輕蔑的稱呼）。

11 蔔 [卜] 蔔 蔔 蔔 蔔 蔔 蔔 蔔

(普)bo (粵)baak⁶ 白

見 "蘿蔔"。

11 蔡 蔡 蔡 蔡 蔡 蔡 蔡 蔡

(普)cài (粵)coi³ 菜

① 周代諸侯國名，在今河南上蔡和新蔡一帶。
② 姓。

11 蓬 蓬 蓬 蓬 蓬 蓬 蓬 蓬

(普)péng (粵)pung⁴ 篷

① 飛蓬。一種葉子像柳葉的植物，開白花，子實
有毛，成熟後隨風飄舞。② 鬆散；散亂：蓬頭垢
面（頭髮凌亂，臉面不潔）。
【蓬勃】péng bó 興盛；旺盛：蓬勃發展 / 朝氣
蓬勃。
【蓬鬆】péng sōng 鬆散；鬆軟：松鼠揚起蓬鬆
的大尾巴。(反)緊繃

11 蔗 蔗 蔗 蔗 蔗 蔗 蔗 蔗

(普)zhè (粵)ze³ 借

甘蔗。一種經濟作物，莖含糖汁，可製糖。

11 蔽 蔽 蔽 蔽 蔽 蔽 蔽 蔽

(普)bì (粵)bai³ 閉

① 遮蓋、遮掩：掩蔽 / 衣不蔽體 / 烏雲蔽日。
② 概括：一言以蔽之。

11 蔚 蔚 蔚 蔚 蔚 蔚 蔚 蔚

(普)wèi (粵)wai³ 畏

① 繁茂：松柏蔚然。② 盛大：蔚然成風 / 蔚為
大觀。
【蔚藍】wèi lán 清純稍深的藍色：蔚藍的天空 /
蔚藍的海洋。
【蔚為大觀】wèi wéi dà guān 匯聚成盛大壯觀的
景象。
【蔚然成風】wèi rán chéng fēng 不斷擴展，成
為風氣。

11 蔣 [蒋] 蔣 蔣 蔣 蔣 蔣 蔣 蔣

(普)jiǎng (粵)zoeng² 掌

姓。

11 蔭 [荫] (一) 蔭 蔭 蔭 蔭 蔭 蔭 蔭

(普)yīn (粵)jam¹ 陰

同 "陰"。樹木遮住日光形成的陰影：樹蔭 / 滿地
綠蔭。

11 蔭 [荫] (二)

(普)yìn (粵)jam³ 音³

① 陽光照不到：蔭涼。② 庇護：蔭庇（子孫受
祖上保佑庇護）。

12 蕙　蕙 蕙 蕙 蕙 蕙 蕙　蕙

(普)huì (粵)wai⁶ 慧

① 一種秋初開紅花、氣味清香的植物，又叫佩蘭。② 蕙蘭。一種觀賞植物，葉子狹長叢生，初夏開黃綠色的花，有香味。

12 蕪[芜]　蕪 蕪 蕪 蕪 蕪 蕪　蕪

(普)wú (粵)mou⁴ 毛

① 雜草叢生：荒蕪。② 雜亂：蕪雜（雜亂沒條理）。

12 蕎[荞]　蕎 蕎 蕎 蕎 蕎 蕎　蕎

(普)qiáo (粵)kiu⁴ 橋

蕎麥。一種農作物，紫紅色的莖，開白色或淡紅色小花，子實也叫喬麥，磨成蕎麥粉做麵食。

12 蕉　蕉 蕉 蕉 蕉 蕉 蕉　蕉

(普)jiāo (粵)ziu¹ 焦

① 芭蕉、香蕉等芭蕉類植物的統稱。② 葉子像芭蕉葉的植物，如美人蕉。

12 蕃 (一)　蕃 蕃 蕃 蕃 蕃 蕃　蕃

(普)fán (粵)faan⁴ 凡

茂盛：花木蕃茂。

12 蕃 (二)

(普)fān (粵)faan¹ 番

同"番"。指外國或外族：蕃茄 / 蕃邦。

12 蕃 (三)

(普)bō (粵)bo³ 播

吐蕃。我國古代少數民族，居住在青藏高原，唐代曾建國。

12 蕩[荡]　蕩 蕩 蕩 蕩 蕩 蕩　蕩

(普)dàng (粵)dong⁶ 盪

① 搖動；擺動：飄蕩 / 蕩漾。② 沖洗：蕩滌（清洗、清除）。③ 清除；搞光：掃蕩殘匪 / 傾家蕩產。④ 閒逛：遊蕩 / 蕩馬路。⑤ 放縱，不檢點：放蕩。⑥ 寬闊；平坦：坦蕩 / 浩蕩。⑦ 生長着高出水面植物的淺水區：荷花蕩 / 蘆葦蕩。

【蕩漾】dàng yàng 水波微微起伏。

12 蕊　蕊 蕊 蕊 蕊 蕊 蕊　蕊

(普)ruǐ (粵)jeoi⁵ 銳 ⁵

花蕊：雄蕊 / 雌蕊。

12 蔬　蔬 蔬 蔬 蔬 蔬 蔬　蔬

(普)shū (粵)so¹ 梳

蔬菜，可以做菜吃的食用植物，如茄子、白菜、青瓜等。

13 薔[蔷]　薔 薔 薔 薔 薔 薔　薔

(普)qiáng (粵)coeng⁴ 祥

薔薇，一種觀賞植物，細長的莖上長着很多小刺。開白色或淡紅色花，有芳香。

薑 [姜] 薑薑薑薑薑薑 薑

⑬

(普) jiāng (粵) goeng¹ 疆

植物名，根莖黃褐色、有辣味，是常用調味品。
(俗) 薑是老的辣

蕾 (一) 蕾蕾蕾蕾蕾蕾 蕾

⑬

(普) lěi (粵) leoi⁵ 呂

含苞未放的花朵：花蕾 / 蓓蕾。

蕾 (二)

⑬

(普) lěi (粵) leoi⁴ 雷

芭蕾舞。

薯 薯薯薯薯薯薯 薯

⑬

(普) shǔ (粵) syu⁴ 殊

甘薯、馬鈴薯、木薯等薯類農作物的統稱。薯類一般有地下塊莖，含澱粉和蛋白質，是人類的重要食物。

薛 薛薛薛薛薛薛 薛

⑬

(普) xuē (粵) sit³ 泄

姓。

薇 薇薇薇薇薇薇 薇

⑬

(普) wēi (粵) mei⁴ 眉

薔薇。詳見“薔”。

薈 [荟] 薈薈薈薈薈薈 薈

⑬

(普) huì (粵) wui⁶ 匯

① 草木茂盛。② 聚集：薈萃（精華匯聚到一起）/ 薈集（精華聚集到一塊）。

薦 薦薦薦薦薦薦 薦

⑬

(普) jiàn (粵) zin³ 戰

① 草。② 草席；草墊子：草薦。③ 推薦；介紹：薦舉（推舉）/ 保薦（保舉推薦）。

薪 薪薪薪薪薪薪 薪

⑬

(普) xīn (粵) san¹ 身

① 柴草。多指做燃料的：薪盡火傳（比喻一代代流傳下去，延續不絕）。② 薪酬，工資：薪金 / 薪水。

蕹 蕹蕹蕹蕹蕹蕹 蕹

⑬

(普) wèng (粵) ung³ 甕

蕹菜，一種食用蔬菜作物，中空的莖蔓生，葉子心臟形，莖葉可做蔬菜，又叫空心菜。

薄 (一) 薄薄薄薄薄薄 薄

⑬

(普) báo (粵) bok⁶ 博 ⁶

① 厚度小：板子太薄了。② 冷漠不盡心：我待他不薄。③ 不濃；味淡。

💡 在“薄 báo”的意義下，“薄”單獨使用一般讀“báo”，如：薄被子、皮兒薄；與別的字組成詞時一般讀“bó”，如：薄弱、薄酒、如履薄冰。

13 薄 (二)

(普) bó (粵) bok⁶ 博⁶

① 微；少：微薄／薄利多銷。② 不厚道：刻薄。
③ 不莊重：輕薄。④ 輕視、慢待：厚此薄彼（對
一方好對另一方差）。⑤ 迫近、臨近：薄暮（黃
昏）／日薄西山（日落西山）。

【薄弱】bó ruò 不堅實；不堅強：薄弱環節／意
志薄弱。(同) 單薄 * 脆弱

13 薄 (三)

(普) bò (粵) bok⁶ 博⁶

薄荷，一種莖葉有清涼香味的植物，從中提取的
薄荷油、薄荷腦可做藥品。

13 蕭 [萧]　蕭 蕭 蕭 蕭 蕭 蕭　蕭

(普) xiāo (粵) siu¹ 消

冷落，沒有生氣：蕭索（蕭條冷落）。

【蕭條】xiāo tiáo ① 冷落沒生氣：秋天的山野顯
得很蕭條。② 衰退，不興旺：市場蕭條／經濟
蕭條。(反) 旺盛 * 興旺

14 藉 (一)　藉 藉 藉 藉 藉 藉　藉

(普) jí (粵) zik⁶ 夕

雜亂：杯盤狼藉。

14 藉 (二)

(普) jiè (粵) zik⁶ 夕

① 憑藉、依靠：藉助（憑藉他人或外力的幫助）。
② 假託：藉故（假藉某一原因）。

【藉口】jiè kǒu 假借的理由：找藉口。(同) 借口。

14 藍 [蓝]　藍 藍 藍 藍 藍 藍　藍

(普) lán (粵) laam⁴ 籃

① 一種葉子可提製藍色染料的植物。② 指葉子
是藍綠色的植物：甘藍／芥藍。③ 藍色：藍天白
雲。(俗) 青出於藍而勝於藍

14 藏 (一)　藏 藏 藏 藏 藏 藏　藏

(普) cáng (粵) cong⁴ 牀

① 躲藏；隱藏：無處藏身／笑裏藏刀（形容陰險
毒辣）。② 收藏；儲存：儲藏／珍藏。

14 藏 (二)

(普) zàng (粵) zong⁶ 牀

① 儲存東西的地方：寶藏。② 西藏或藏族的
簡稱。

14 薰 [熏]　薰 薰 薰 薰 薰 薰　薰

(普) xūn (粵) fan¹ 芬

① 一種香草。② 花草的芳香：春天的青草散發
着一陣薰香。

14 薩 [萨]　薩 薩 薩 薩 薩 薩　薩

(普) sà (粵) saat³ 殺

姓。

15 藕　藕 藕 藕 藕 藕 藕　藕

(普) ǒu (粵) ngau⁵ 偶

蓮的分節地下莖，橫生泥中，各節內有許多管狀
小孔，折斷後有絲相連，是常用菜蔬：藕斷絲連
（斷絕關係後，仍相牽掛着）。

15 藝 [艺]　藝 藝 藝 藝 藝 藝　藝

普 yì　粵 ngai⁶ 毅

① 技能；本領：技藝 / 多才多藝。② 藝術：文藝 / 藝員（演員）。

【藝人】yì rén ① 戲劇、曲藝、雜技之類的演員。② 手工藝工人：刺繡藝人 / 雕刻藝人。

【藝術】yì shù ① 人們表達感情與思想的各種形式，主要有文學、雕塑、舞蹈、繪畫、音樂、戲劇、電影與建築等表現形式。② 比喻高明、有創造性的方式方法：語言藝術。③ 形式獨特優美的：字寫得很有藝術美感。

15 藩　藩 藩 藩 藩 藩 藩　藩

普 fān　粵 faan⁴ 凡

① 籬笆：藩籬（用竹木枝條等物料編成的籬笆）。② 封建王朝的封國或屬地：藩國 / 藩屬（屬國或屬地）。

15 藥 [葯]　藥 藥 藥 藥 藥 藥　藥

普 yào　粵 joek⁶ 若

① 治病的藥物：藥材 / 藥力 / 對症下藥。② 有特定作用的化學物品：農藥 / 火藥 / 炸藥 / 麻藥。③ 用藥治療：不可救藥（病危無法救治；事情已無法挽救）。④ 用藥毒殺：藥死了一窩老鼠。

〔簡明詞〕藥品、藥物：藥的統稱。藥材：中醫藥的原材料。藥力：藥物的效力。藥用：當作藥材、藥物使用：藥用植物。

15 藤　藤 藤 藤 藤 藤 藤　藤

普 téng　粵 tang⁴ 騰

蔓生植物爬着生長的莖：瓜藤 / 葡萄藤。

16 蘋 [苹]　蘋 蘋 蘋 蘋 蘋 蘋　蘋

普 píng　粵 ping⁴ 平

蘋果。果木，開白花，球形果實也叫蘋果，味甜或略酸，是最常用的水果。

16 蘆 [芦]　蘆 蘆 蘆 蘆 蘆 蘆　蘆

普 lú　粵 lou⁴ 勞

① 蘆葦：蘆葦 / 蘆花。

16 蘇 [苏]　蘇 蘇 蘇 蘇 蘇 蘇　蘇

普 sū　粵 sou¹ 酥

① 藥草名：紫蘇 / 白蘇。② 從昏迷中醒過來：復蘇 / 蘇醒（從昏迷中清醒過來）。③ 江蘇省的簡稱：蘇北（江蘇北部地區）。④ 蘇州的簡稱：蘇繡（蘇州刺繡產品的總稱）。俗 上有天堂，下有蘇杭

16 藹　藹 藹 藹 藹 藹 藹　藹

普 ǎi　粵 oi²

和氣；親切：態度和藹 / 和藹可親。

16 蘑　蘑 蘑 蘑 蘑 蘑 蘑　蘑

普 mó　粵 mo⁴ 磨

① 蘑菇。可食用的菌類：鮮蘑菇。

16 藻　藻 藻 藻 藻 藻 藻　藻

普 zǎo　粵 zou² 早

① 生長在水中的藻類植物，沒有根莖葉之分，種類很多，可供食用的有紫菜、海帶等。② 修飾：藻飾（用華麗的詞藻修飾）。③ 華麗的詞語：

辭藻。

16 **蘊**[蕴]　蘊 蘊 蘊 蘊 蘊 蘊　蘊

（普）yùn（粵）wan² 穩

① 包含；包藏：蘊含（包含）／蘊藏（包藏；儲藏）。② 深奧之處：底蘊（底細、內情）。

17 **蘭**[兰]　蘭 蘭 蘭 蘭 蘭 蘭　蘭

（普）lán（粵）laan⁴ 欄

① 蘭草，一種香草，又叫澤蘭。② 觀賞植物蘭花，又叫春蘭，花色品種多樣，氣味芳香：春蘭秋菊。

17 **蘚**[藓]　蘚 蘚 蘚 蘚 蘚 蘚　蘚

（普）xiǎn（粵）sin² 冼

一種綠色苔蘚植物，莖和葉很小，叢生在陰暗潮濕的地方。

19 **蘸**　蘸 蘸 蘸 蘸 蘸 蘸　蘸

（普）zhàn（粵）zaam³ 湛

把吃的用的東西往液體、半流體或黏稠、粉狀東西裏沾一下：蘸墨／蘸糖／蘸果醬。

19 **蘿**[萝]　蘿 蘿 蘿 蘿 蘿 蘿　蘿

（普）luó（粵）lo⁴ 羅

通常指某些爬蔓的植物：藤蘿。
【蘿蔔】luó bo 一種食用農作物，羽狀的葉子，塊根也叫蘿蔔，圓柱形或球形，是常用蔬菜。

虍 部

2 **虎**　虎 虎 虎 虎 虎 虎　虎

（普）hǔ（粵）fu² 苦

① 老虎：東北虎／美洲虎。② 比喻威武勇猛：虎將／虎威。③ 比喻殘暴、危險：虎狼之心／虎口／虎穴（危險的境地）。④ 像老虎的：虎頭蛇尾／虎背熊腰。
【虎頭蛇尾】hǔ tóu shé wěi 頭開得很大，卻草草收尾。

3 **虐**　虐 虐 虐 虐 虐 虐　虐

（普）nüè（粵）joek⁶ 若

殘忍：暴虐／虐待（用暴虐的手段對待人）。

3 **彪**　彪 彪 彪 彪 彪 彪　彪

（普）biāo（粵）biu¹ 標

① 虎身上的斑紋。② 文采。③ 高大魁梧：彪形大漢。

4 **虔**　虔 虔 虔 虔 虔 虔　虔

（普）qián（粵）kin⁴ 乾

恭敬：虔誠（恭敬誠懇）／虔敬（非常恭敬）。

5 **處**[处]⁽一⁾　處 處 處 處 處 處　處

（普）chǔ（粵）cyu² 貯

① 居住：五方雜處。② 生活；交往：三代共處／相處融洽。③ 位置在；佔據、居於：地處南方／

處於有利地位。④ 看待；對待：處之泰然，若無
其事。⑤ 處置；辦理：裁處 / 處理。⑥ 懲罰：
處死 / 論處。

【處分】chǔ fēn ① 處罰：處分失職的職員。
② 所作的處理：撤消處分。圓 處罰

【處方】chǔ fāng ① 醫生開藥方：實習醫生沒有
處方權。② 醫生開出的藥方：憑處方買藥。

【處理】chǔ lǐ ① 安排；解決：處理不當 / 妥善
處理。② 處罰懲辦：犯這麼大錯誤必須處理。
③ 降價出售：處理品 / 處理羊毛衫。④ 加工；
治理：熱處理 / 污水處理。圓 處置

【處置】chǔ zhì ① 處理：這件事由他自行處置。
② 懲治：處置貪污腐敗分子。圓 處理

【處境】chǔ jìng 置身其中的環境、境況：處境
艱難 / 處境不妙。

【處罰】chǔ fá ① 處分；懲治：處罰違反紀律的
警員。② 所受到的處分或懲罰：受到發警告信
的處罰。圓 懲罰

5 **處**[处]^(二)

⑱ chù ⑲ cyu³ 杵³

① 居所；處所；地方：住處 / 去處 / 絕處逢生。
② 方面；部分：益處 / 好處 / 長處。③ 部門、機
構：辦事處 / 警務處。俗 大處着眼，小處着手

【處所】chù suǒ 所在地；地點：辦公的處所 / 約
會的處所在湖心亭。

6 **虛**[虚]　虛虛虛虛虛虛　**虛**

⑱ xū ⑲ heoi¹ 去¹

① 空：空虛 / 座無虛席。② 空出來；留出來：
虛位以待。③ 空隙；弱點：乘虛而入。④ 虛假；
表面的：弄虛作假 / 虛幻（不存在的）/ 虛榮。
⑤ 衰弱：體虛 / 虛弱（衰弱）。⑥ 徒然地，白白
地：虛度年華 / 不虛此行。

【虛心】xū xīn 不自滿不自傲：虛心使人進步，驕
傲讓人落後。圓 謙虛 反 驕傲 * 自大

【虛偽】xū wěi 不真誠；心口不一。反 誠實 *
真誠

【虛假】xū jiǎ 不符合實際的：虛假的廣告誤導消
費者。反 真實

【虛構】xū gòu 編造；憑空構想：故事情節純屬
虛構。反 真實

【虛實】xū shí 內情；情況：探聽虛實 / 不明虛
實，糊里糊塗就答應了。

7 **虜**[虏]　虜虜虜虜虜虜　**虜**

⑱ lǔ ⑲ lou⁵ 老

① 打仗時捉住：虜獲（俘虜；俘虜繳獲）。② 捉
住的敵人：押送俘虜。

7 **號**[号]^(一)　號號號號號號　**號**

⑱ hào ⑲ hou⁶ 浩

① 名稱：名號 / 國號。② 別號，別名。③ 標誌：
句號 / 暗號。④ 商店：商號 / 老字號。⑤ 次序；
等級；類別：編號 / 二號人物 / 二號電池。⑥ 召
喚：號召。⑦ 發出、發佈：號令。⑧ 命令：發
號施令。⑨ 軍隊或樂隊中的喇叭：號兵 / 吹號 /
圓號。⑩ 喇叭吹出的聲音：衝鋒號 / 集合號。
⑪ 中醫師切脈診病：號脈。⑫ 與數目字連用，
相當於“個”：二十多號人。

【號召】hào zhào ① 發出召喚：號召了他的支持
者參與慈善活動。② 發出的召喚：向全市公民
發出號召。

【號稱】hào chēng ① 以某種名號著稱：號稱天
下第一泉。② 聲稱；自稱：號稱資金雄厚 / 項羽
號稱西楚霸王。

7 **號**[号]⁽⁻⁾

⑴háo ⑵hou⁶ 毫

① 叫喊：呼號 / 鬼哭狼號。② 呼嘯：狂風怒號。

11 **虧**[亏] 虧虧虧虧虧虧 **虧**

⑴kuī ⑵kwai¹ 規

① 缺損：月滿則虧。② 折損、損失：虧本 / 自負盈虧。③ 不足；缺少：理虧詞窮。④ 內疚；該給的沒給：虧待。⑤ 虛弱：腎虧 / 體虧。⑥ 幸而、幸虧：多虧她幫助 / 虧得你替我說情。

【虧損】kuī sǔn ① 支出多收入少：今年虧損嚴重。⚞反⚟盈利 ② 虛弱：氣血虧損。

虫 部

3 **虹** 虹虹虹虹虹虹 **虹**

⑴hóng ⑵hung⁴ 紅

彩虹，有紅、橙、黃、綠、青、藍、紫七種顏色。

4 **蚌**⁽¹⁾ 蚌蚌蚌蚌蚌蚌 **蚌**

⑴bàng ⑵pong⁵ 旁⁵

生活於淡水中的一種有殼的軟體動物。肉可食用，有的殼內產珍珠。

4 **蚌**⁽²⁾

⑴bèng ⑵pong⁵ 旁⁵

地名字：蚌埠，在安徽省。

4 **蚣** 蚣蚣蚣蚣蚣蚣 **蚣**

⑴gōng ⑵gung¹ 工

蜈蚣。詳見"蜈"。

4 **蚊** 蚊蚊蚊蚊蚊蚊 **蚊**

⑴wén ⑵man¹ 炆

蚊子，會飛的小昆蟲，雌蚊吸食人畜的血液，能傳播多種疾病，雄蚊吸植物的汁液。幼蟲生活在水裏。

4 **蚤** 蚤蚤蚤蚤蚤蚤 **蚤**

⑴zǎo ⑵zou² 早

跳蚤，小昆蟲，寄生在人畜身體上，善跳躍，吸血液，能傳播疾病。

5 **蛀** 蛀蛀蛀蛀蛀蛀 **蛀**

⑴zhù ⑵zyu³ 註

① 小蛀蟲，咬食樹木、衣物、書刊等物。② 被蛀蟲咬壞：書讓蟲蛀了。

5 **蛇**⁽¹⁾ 蛇蛇蛇蛇蛇蛇 **蛇**

⑴shé ⑵se⁴ 佘

身體細長、讓人害怕的爬行動物，種類很多，分有毒無毒兩大類，捕食青蛙、老鼠等小動物。"蛇"常被作為"陰險狠毒"的象徵：蛇頭（帶人偷渡他國，從中牟取暴利的人）/ 佛口蛇心。

5 **蛇**⁽²⁾

⑴yí ⑵ji⁴ 飴

見"委蛇"。

蛋

蛋蛋蛋蛋蛋蛋 蛋

(普)dàn (粵)daan⁶ 但 / daan³ 旦

① 鳥類家禽和蛇龜等動物產的卵。② 像蛋的東西：臉蛋 / 山藥蛋。③ 貶低人或罵人用的詞：笨蛋 / 糊塗蛋 / 王八蛋。

【蛋白質】dàn bái zhì 由多種氨基酸組成的天然的高分子有機化合物，種類很多，是構成人和生物體最重要的部分，是生命的基礎。

蛙

蛙蛙蛙蛙蛙蛙 蛙

(普)wā (粵)waa¹ 娃

兩棲動物，善於跳躍和游水，捕食昆蟲，種類很多，以青蛙為常見，是有益人類的動物：井底之蛙。

〔古詩文〕稻花香裏説豐年，聽取蛙聲一片。《西江月》辛棄疾)

蛛

蛛蛛蛛蛛蛛蛛 蛛

(普)zhū (粵)zyu¹ 珠

蜘蛛：蛛絲馬跡（比喻不明顯的線索和跡象）。詳見 "蜘"。

蜇 (一)

蜇蜇蜇蜇蜇蜇 蜇

(普)zhē (粵)zit³ 節

毒蟲叮刺：被蜜蜂蜇了一下。

蜇 (二)

蜇

(普)zhé (粵)zit³ 節

海蜇，生活在海中的腔腸動物，可以吃：蜇皮 / 蜇頭。

蜈

蜈蜈蜈蜈蜈蜈 蜈

(普)wú (粵)ng⁴ 吳

蜈蚣：節肢動物。體形長而扁，有許多對足，第一對足像鈎子，能分泌毒液捕食小蟲，蜈蚣可作中藥。

蜆 [蚬]

蜆蜆蜆蜆蜆蜆 蜆

(普)xiǎn (粵)hin² 顯

有殼的軟體動物，殼為圓形或心臟形，殼上有輪狀紋，生活在淡水軟泥裏，肉可吃，殼可作中藥。

蛾

蛾蛾蛾蛾蛾蛾 蛾

(普)é (粵)ngo⁴ 鵝

蛾子，形狀像蝴蝶的昆蟲，有兩對翅膀，夜間活動常飛向燈火：飛蛾投火 / 蛾眉（女子的秀眉。借指美女）。

蜓

蜓蜓蜓蜓蜓蜓 蜓

(普)tíng (粵)ting⁴ 廷

蜻蜓。詳見 "蜻"。

蛻 [蜕]

蛻蛻蛻蛻蛻蛻 蛻

(普)tuì (粵)teoi³ 退

① 脫落；脫掉：蛇蛻皮 / 蟬蛻皮。② 蛇和蟬等動物脫下來的皮：蛇蛻 / 蟬蛻 / 蠶蛻。③ 變壞、變質：蛻化 / 蛻變。

蜂

蜂蜂蜂蜂蜂蜂 蜂

(普)fēng (粵)fung¹ 風

① 昆蟲名。種類很多，有毒刺，羣居：馬蜂 / 黃

蜂。② 指蜜蜂：蜂房／蜂蠟。③ 比喻成羣、眾多：蜂擁而至（像蜂羣一樣擁擠着來到）。

蜻 [7]

蜻 蜻 蜻 蜻 蜻 蜻　蜻

(普) qīng (粵) cing¹ 青

蜻蜓：昆蟲名。身體細長，生活在水邊，捕食蚊子等小飛蟲。雌蜻蜓用尾點水產卵於水中。人們用"蜻蜓點水"比喻做事點到即止，膚淺不深入。

〔古詩文〕小荷才露尖尖角，早有蜻蜓立上頭。（《小池》楊萬里）

蛹 [7]

蛹 蛹 蛹 蛹 蛹 蛹　蛹

(普) yǒng (粵) jung⁵ 勇

昆蟲從幼蟲發育為成蟲的一種過渡形態，其間不食不動，外皮變厚，身體縮短，一般呈棗核形：蠶蛹。

蜀 [7]

蜀 蜀 蜀 蜀 蜀 蜀　蜀

(普) shǔ (粵) suk⁶ 淑

① 古國名。在今四川成都一帶。② "蜀漢"的簡稱：樂不思蜀。③ 四川省的別稱：巴蜀風光。

【蜀漢】shǔ hàn 魏、蜀、吳三國之一，公元221 － 263 年，為劉備所建，建都成都，佔有今四川、雲南、貴州和陝西漢中一帶地區。

蜘 [8]

蜘 蜘 蜘 蜘 蜘 蜘　蜘

(普) zhī (粵) zi¹ 之

蜘蛛：節肢動物，身體呈圓形或長圓形，有四對足，腹部的紡績器能分泌黏液拉成蛛絲結網，粘捕昆蟲作食料。

蜿 [8]

蜿 蜿 蜿 蜿 蜿 蜿　蜿

(普) wān (粵) jyun¹ 淵

見"蜿蜒"。

【蜿蜒】wān yán ① 蛇類曲折爬行的樣子。② 比喻彎彎曲曲：蜿蜒的山路。(反) 筆直

蝕 [蚀] (一) [8]

蝕 蝕 蝕 蝕 蝕 蝕　蝕

(普) shí (粵) sik⁶ 食

① 蟲子蛀壞東西：蛀蝕。② 損傷；損耗：侵蝕／蝕本。③ 日食、月食：日蝕／月蝕。偷雞不着蝕把米

蝕 [蚀] (二) [8]

(普) shí (粵) sit⁶ 舌

① 侵蝕損傷；虧損：腐蝕／蝕本（賠本）。

蜜 [8]

蜜 蜜 蜜 蜜 蜜 蜜　蜜

(普) mì (粵) mat⁶ 物

① 蜂蜜，由蜜蜂採集花心汁液釀成。② 像蜂蜜那樣甜的：蜜棗／蜜月（新婚的第一個月）。③ 比喻甜美：甜言蜜語。

【蜜蜂】mì fēng 羣居的昆蟲。由工蜂、雄蜂和蜂王組成蜂羣。工蜂外出採集花蜜和花粉、建蜂房和把蜂王產的卵餵養為幼蜂。蜜蜂向人提供蜂蜜、蜂蠟，還採集花粉，是植物授粉結果實的重要媒介，蜜蜂大有益於人類。

蝶 [9]

蝶 蝶 蝶 蝶 蝶 蝶　蝶

(普) dié (粵) dip⁶ 碟

蝴蝶。詳見"蝴"。

蝴

蝴 蝴 蝴 蝴 蝴 蝴 蝴

(普)hú (粵)wu⁴ 湖

蝴蝶：昆蟲名。分佈廣泛，種類很多，翅膀寬大色彩美麗，喜歡在花間飛行，吸食花蜜。

蝠

蝠 蝠 蝠 蝠 蝠 蝠 蝠

(普)fú (粵)fuk¹ 福

蝙蝠。詳見“蝙”。

蝸 [蜗]

蝸 蝸 蝸 蝸 蝸 蝸 蝸

(普)wō (粵)wo¹ 窩

蝸牛，有螺旋形扁圓硬殼的軟體動物，頭上有觸角：蝸居（比喻窄小的住處或謙稱自己的住所）。

蝗

蝗 蝗 蝗 蝗 蝗 蝗 蝗

(普)huáng (粵)wong⁴ 王

蝗蟲，農業的主要害蟲，善於飛行、跳躍：水旱蝗災。

螂

螂 螂 螂 螂 螂 螂 螂

(普)láng (粵)long⁴ 郎

蟑螂。詳見“蟑”、“螳”、“蜣”、“螞”。

蝙

蝙 蝙 蝙 蝙 蝙 蝙 蝙

(普)biān (粵)bin¹ 邊 / pin¹ 篇

蝙蝠：頭和身體像老鼠的哺乳動物，前後肢都有翼膜和身體相連，夜間在空中飛翔，捕食蚊、蛾一類昆蟲。

蝦 [虾]

蝦 蝦 蝦 蝦 蝦 蝦 蝦

(普)xiā (粵)haa¹ 哈

水生節肢動物，腹部有多個環節，節外有殼，有海蝦和淡水蝦兩大類，都可食用：龍蝦 / 蝦米 / 蝦兵蟹將。

螞 [蚂]

螞 螞 螞 螞 螞 螞 螞

(普)mǎ (粵)maa⁵ 馬

見“螞蟻”。

【螞蟻】mǎ yǐ 蟻的通稱。一種體小、頭大，有一對複眼和長觸角，成羣穴居的小昆蟲。

螃

螃 螃 螃 螃 螃 螃 螃

(普)páng (粵)pong⁴ 旁

螃蟹：全身有甲殼的節肢動物。前面一對足像鉗子，橫着爬行，是水陸都能生活的兩棲動物。也稱“蟹”。

螢 [萤]

螢 螢 螢 螢 螢 螢 螢

(普)yíng (粵)jing⁴ 形

一種小昆蟲。腹部末端有發光器，夜間活動時發出綠光，俗稱“螢火蟲”。

融

融 融 融 融 融 融 融

(普)róng (粵)jung⁴ 容

① 融化：融解 / 冰雪消融。② 調和到一起：融合（不同的事物合為一體）/ 水乳交融。③ 流通：金融。

【融化】róng huà 冰雪受熱變成液體：全球暖化嚴重導致冰川融化。(同) 消融 (反) 凍結

【融和】róng hé ① 和暖：融和的早春天氣。

② 和諧：關係融和 / 氣氛融和。③ 融合：歌聲和山谷的回聲融和在一起。

【融洽】róng qià 彼此感情好，關係和諧：相處得很融洽。圓 和睦 * 和谐

　🔍 融恰 "恰" 的意思是合適、適當。"洽" 的意思是和諧。兩字音近、形近易錯寫。

【融會貫通】róng huì guàn tōng 把各種知識融合貫穿起來，求得全面透徹的理解：博採眾長，融會貫通。

蟄 [蛰]　蟄 蟄 蟄 蟄 蟄 蟄　蟄

（普）zhé （粵）zat⁶ 疾 / zik⁶ 直

① 動物冬眠，藏起來不食不動：冬蟄。② 比喻隱藏不露面：蟄伏（潛藏不活動）。

蟒　蟒 蟒 蟒 蟒 蟒 蟒　蟒

（普）mǎng （粵）mong⁵ 網

一種無毒的大蛇，生活在近水的森林裏，捕食小動物。

螺　螺 螺 螺 螺 螺 螺　螺

（普）luó （粵）lo⁴ 羅

① 軟體動物，體外包有迴旋形硬殼：海螺 / 田螺。② 具有螺旋形紋理的：螺旋（像螺殼紋理的曲線） / 螺釘 / 螺紋。

【螺絲】luó sī 一種固定器物或組件用的金屬小零件，為後端有帽兒的圓柱或圓錐形金屬杆，杆上有供旋轉推進的螺紋。

蟋　蟋 蟋 蟋 蟋 蟋 蟋　蟋

（普）xī （粵）sik¹ 色

蟋蟀：一種小昆蟲。深褐色，觸角很長，後腿粗大，善於跳躍。雄的好鬥，常為人們養起來，決鬥比賽輸贏：鬥蟋蟀。

蟑　蟑 蟑 蟑 蟑 蟑 蟑　蟑

（普）zhāng （粵）zoeng¹ 章

蟑螂：一種有害昆蟲，體扁平，深褐色，有臭味，偷吃食物或咬壞衣物，能傳染疾病。

蟀　蟀 蟀 蟀 蟀 蟀 蟀　蟀

（普）shuài （粵）seot¹ 恤

蟋蟀。詳見 "蟋"。

蟲 [虫]　蟲 蟲 蟲 蟲 蟲 蟲　蟲

（普）chóng （粵）cung⁴ 松

① 昆蟲的通稱：小爬蟲。② 指動物：長蟲（蛇） / 大蟲（老虎）。③ 比喻有顯著特點的人。含有取笑或鄙視的意思：書蟲 / 應聲蟲 / 可憐蟲。

蟬 [蝉]　蟬 蟬 蟬 蟬 蟬 蟬　蟬

（普）chán （粵）sim⁴ 禪

① 一種昆蟲。雄蟬腹部有發音器，能連續不斷發出響亮的聲音，俗稱 "知了"。② 連續不斷：蟬聯（連續保持）。

蠅 [蝇]　蠅 蠅 蠅 蠅 蠅 蠅　蠅

（普）yíng （粵）jing⁴ 形

蒼蠅，種類很多，通常指家蠅。頭小，長有一對複眼，在骯髒腐臭的東西上產卵，能傳播多種疾病：蠅頭小字（很小的字） / 蠅頭小利（比喻微小的利益）。

¹³ 蠍 [蝎]　蠍蠍蠍蠍蠍蠍

(普) xiē　(粵) hit³ 歇 / kit³ 揭

蠍子，胎生的節肢動物，後腹狹長，末端有毒鈎，用來禦敵和捕食。

¹³ 蟻 [蟻]　蟻蟻蟻蟻蟻蟻

(普) yǐ　(粵) ngai⁵ 危 ⁵

① 螞蟻：蟻穴（螞蟻窩）。② 比喻卑微、微小：蟻民（小民）/ 蟻命（卑賤的生命）。(俗) 千里之堤潰於蟻穴

¹³ 蟹　蟹蟹蟹蟹蟹蟹

(普) xiè　(粵) haai⁵ 邂

螃蟹：河蟹 / 大閘蟹 / 蟹青（像螃蟹殼那樣灰而發青的顏色）。詳見“螃蟹”。(俗) 一蟹不如一蟹

¹⁵ 蠢　蠢蠢蠢蠢蠢蠢

(普) chǔn　(粵) ceon² 春 ²

① 蟲子緩慢爬行：蠢蠢欲動。② 愚蠢；笨拙：蠢笨（笨拙、愚笨）。
【蠢蠢欲動】 chǔn chǔn yù dòng ① 形容蟲子爬行。② 形容進行活動、預備做壞事的樣子。

¹⁵ 蠟 [蜡]　蠟蠟蠟蠟蠟蠟

(普) là　(粵) laap⁶ 立

① 動物、植物或礦物中所產生的油質，易熔化，不溶於水，有可塑性，用來防潮、密封、澆塑、做蠟燭等：蜂蠟 / 石蠟。② 蠟燭：蠟台。③ 像蠟的淡黃色：蠟梅。
　🔍 臘　兩字形近，部件不同。“臘”歲終時的祭祀，如“臘月”；或醃製後風乾的肉類，如“臘肉”。

¹⁸ 蠹　蠹蠹蠹蠹蠹蠹

(普) dù　(粵) dou³ 到

① 蛀蟲：木蠹 / 書蠹 / 蠹蟲（蛀蝕器物的蟲子；比喻侵害民眾利益的人）。② 被蛀蟲侵蝕。
(俗) 流水不腐，戶樞不蠹

¹⁸ 蠶　蠶蠶蠶蠶蠶蠶

(普) cán　(粵) caam⁴ 慚

能吐絲做繭的軟體昆蟲，通常指家蠶。幼蟲以桑葉為食，蛻皮後吐絲作繭，在繭裏變成蛹，最後變成蠶蛾。家蠶吐出的絲是綢緞絲織品的原料。
【蠶食】 cán shí 像蠶吃桑葉一樣，逐漸侵佔侵吞。

¹⁹ 蠻 [蛮]　蠻蠻蠻蠻蠻蠻

(普) mán　(粵) maan⁴ 萬 ⁴

① 古代稱南方民族：蠻夷 / 荊蠻。② 粗野；不講理：野蠻 / 蠻橫（粗暴不講理）/ 蠻不講理。③ 魯莽；強悍：蠻幹（魯莽地幹）/ 蠻勁。④ 滿；很：蠻好 / 蠻不錯。

血 部

⁰ 血　血血血血血

(普) xuè　(粵) hyut³

① 血液。人和高等動物血管裏的紅色液體：頭破血流。② 有血統關係的：血緣 / 血親。③ 比喻殘酷、激烈、剛強：血腥 / 血戰 / 血性。
【血汗】 xuè hàn 血液和汗液，比喻辛勤工作和工作成果：血汗工廠 / 榨取工人的血汗。
【血型】 xuè xíng 血液的類型，分為 O 型、A 型、

B 型和 AB 型四種，人的血型有遺傳性，終生不變。

〔簡明詞〕血緣：共同祖先繁殖的後代形成的遺傳關係。血親：有血緣關係的親屬。

【血液】xuè yè ① 在心臟和血管流動的紅色液體，由血漿、血細胞、血小板構成：血液循環。② 比喻組成部分：招收新員工，輸入新鮮血液。

【血管】xuè guǎn 血液在體內循環流動的管道，分為動脈血管、靜脈血管和毛細血管三種。

【血壓】xuè yā 血液在血管內流動對血管壁產生的壓力，心臟收縮時動脈血液的血壓叫收縮壓，俗稱高壓，心臟舒張時靜脈血液的血壓叫舒張壓，俗稱低壓。

0 血 （二）

（普）xiě （粵）hyut³

血液。口語音，大都用於單音節的詞：流了點兒血／血流了一手，嚇人。

6 眾 [众]　眾 眾 眾 眾 眾 眾　眾

（普）zhòng （粵）zung³ 忠³

同 “眾”。詳見 “眾”。

15 衊 [蔑]　衊 衊 衊 衊 衊 衊　衊

（普）miè （粵）mit⁶ 滅

造謠破壞他人的名譽：污衊／誣衊（捏造事實，損毀別人聲譽）。

行 部

0 行 （一）　行 行 行 行 行　行

（普）xíng （粵）hang⁴ 恆

① 走：兒行千里母擔憂。② 行程，旅程：千里之行，始於足下。③ 出行的；外出的：行蹤／行期（出行日期）。④ 流通；流行：發行／風行全國。⑤ 流動的；臨時的：行商（經商）／行宮（帝王在外臨時住的宮室）。⑥ 運轉；轉動：運行。⑦ 做；實行；從事：執行／推行／行善（做善事）。⑧ 可以；認可；同意：行還是不行，在你一句話。⑨ 即，就要：行將完工。（俗）行百里者半九十

【行事】xíng shì 做事，辦事，處理問題：見機行事／謹慎行事／行事草率。

【行使】xíng shǐ 執行；使用：行使職權／行使否決權。

【行星】xíng xīng 太陽系裏沿軌道環繞太陽運行的天體。本身不發光，反射陽光發亮。國際天文學聯合會給行星下的定義是：在一條圍繞太陽的軌道上運行，而不是圍繞另一顆行星運行；擁有足夠的質量，靠自身的引力保持球體狀態；必須能支配它自己運行軌道的天體。太陽系有八大行星，依次是水星、金星、地球、火星、木星、土星、天王星和海王星，木星最大，土星有美麗的光環。冥王星原本作為太陽系行星之一，因不符合上述定義，於 2006 年被國際天文學聯合會劃為 “矮行星”，排除在行星之外。

【行為】xíng wéi 所做所為：行為光明磊落。

【行徑】xíng jìng 所做所為：竟然幹出這種行徑來！（同）行為

💡 行徑與行為：二者相同點，都是所作所為的意思；不同點，“行為”可好可壞，“行徑”則用於壞的方面。

【行動】xíng dòng ① 行走；動作：年紀大了，行動不便。② 採取的步驟或舉措：秘密行動／救災行動。③ 行為；舉動：行動反常。

【行將】xíng jiāng 即將，就要，將要：行將出國／行將畢業。

【行程】xíng chéng ① 路程：行程很遠。② 旅行的日程：行程安排好了。

【行蹤】xíng zōng 在不斷轉移中出現的蹤影：行蹤不定。同 蹤跡

行(二)
⓪
普 háng 粵 hong⁴ 航

① 行列：雁行／兩行楊樹。② 排行，兄弟姐妹出生的次序：你在家裏排位第幾？③ 行業：幹這一行不容易。④ 店鋪；經營機構：車行／銀行。⑤ 與數目字連用，表示“行”的數量：兩行垂柳，一行白鷺。

【行列】háng liè ① 排成的直行和橫行：行列整齊。② 隊伍；羣體：進入教師行列。

【行情】háng qíng ① 商品的價位及其變化趨勢：小麥的行情。② 金融市場股票、債券等升降的狀況：十年期國債行情看漲。

【行業】háng yè 工商業、職業的類別：服務行業／我在金融行業工作。

〔簡明詞〕行李：旅行攜帶的包裹、箱子。行駛：開交通工具向前行進。行跡：行蹤。行經：路過、經過。

行(三)
⓪
普 xíng 粵 hang⁶ 幸

品行；行為：德行／善行。

衍 ³　衍 衍 衍 衍 衍 衍　衍
普 yǎn 粵 jin² 演

蔓延；擴展：繁衍／衍文（本文之外加進去的字句）。

術[术] ⁵　術 術 術 術 術 術　術
普 shù 粵 seot⁶ 述

① 方法；策略：戰術／權術。② 技藝；學術：醫術／不學無術。

街 ⁶　街 街 街 街 街 街　街
普 jiē 粵 gaai¹ 佳

街道：走街串巷。

【街市】jiē shì ① 商店較多的市區：街市很熱鬧。② 粵語方言。攤販集中售賣蔬菜、禽、肉、魚、蛋、水果等食物的地方。【街道】：城鎮裏兩旁有房屋、商店的道路。街心：① 街道的中央。② 商業中心區。

〔簡明詞〕街巷：街道和里巷。街區：城市內由多條街道組成的區域。

【街坊】jiē fang 鄰居。同 鄰里

【街頭】jiē tóu 街；街上：十字街頭／露宿街頭。

〔附加詞〕街頭巷尾：街巷，大街小巷。

衙 ⁷　衙 衙 衙 衙 衙 衙　衙
普 yá 粵 ngaa⁴ 牙

衙門，官署：縣衙／衙內（指官宦子弟）。

【衙門】yá men 舊指官署所在地。俗 鐵打的衙門流水的官／衙門口朝南開，有理無錢莫進來

9 衝[冲]⁽一⁾　衝衝衝衝衝衝　衝

(普)chōng (粤)cung¹ 充

① 四通八達的要地：軍事要衝。② 向前突進；
向上衝擊：衝殺／氣衝霄漢／怒髮衝冠。③ 猛烈
碰撞：衝突／衝撞。
【衝突】chōng tū ① 矛盾，抵觸：他説的話前後
衝突。② 爭執；爭鬥；小規模戰鬥：兩人衝突
起來／邊境衝突。(反)和諧
【衝動】chōng dòng 受刺激，一時失去控制：一
時衝動，説了錯話。(反)冷靜
【衝撞】chōng zhuàng ① 衝擊碰撞：貨櫃車衝
撞旅遊巴士。② 冒犯：衝撞上司倒了霉。
【衝鋒】chōng fēng 向前迅猛衝擊。(反)退卻
　〔附加詞〕衝鋒陷陣：形容英勇作戰或開拓
　進取。
【衝擊】chōng jī ① 勇猛進攻；全力以赴：衝擊
敵陣／衝擊世界紀錄。② 猛烈撞擊：受山洪衝
擊，巨石滾滾而下。③ 干擾；打擊：股市下跌衝
擊樓市。

9 衝[冲]⁽二⁾

(普)chòng (粤)cung¹ 充

① 力量大；氣勢猛：説話很衝。② 向着；對着：
大門衝南／衝她發火。

9 衛[卫]　衛衛衛衛衛衛　衛

(普)wèi (粤)wai⁶ 慧⁶

① 保衛；護衛：守衛／捍衛。② 擔當保衛的人：
警衛／門衛。
【衛生】wèi shēng ① 清潔乾淨：養成良好的衛
生習慣。② 清潔的狀況：鍛煉身體，注重衛生。
(反)骯髒

〔附加詞〕衛生間：① 洗手間。② 住宅內有洗
浴等衛生設備的房間。
【衛星】wèi xīng ① 環繞行星運行的天體，如地
球的衛星月球。② 比喻像衛星那樣環繞一個中
心運行的事物：衛星城／衛星國。③ 人造衛星：
衛星電視／氣象衛星。
【衛冕】wèi miǎn 保持住上次獲得的冠軍稱號：
成功衛冕跳水冠軍。

10 衡　衡衡衡衡衡衡　衡

(普)héng (粤)hang⁴ 恆

① 秤桿叫"衡"，故而凡是秤重量的器具統稱
"衡"：衡器（稱重量的器具）。② 掂量；比較：
權衡得失。③ 平齊，不傾斜：均衡／平衡。
【衡量】héng liáng ① 比較；評判：衡量高下優
劣。② 考慮；斟酌：他衡量過後，決定接種新冠
疫苗。(同)權衡

衣 部

0 衣⁽一⁾　衣衣衣衣衣　衣

(普)yī (粤)ji¹ 伊

① 衣服：衣冠／衣着（身上穿戴的東西）。② 包
在物體外面那一層薄的東西：糖衣／筍衣。
【衣物】yī wù ① 衣服鞋帽一類穿戴的東西。
② 衣服和一些小件生活用品。
【衣服】yī fu 身上穿的紡織製成品。
【衣裳】yī shang 古代上衣叫"衣"，下裙叫
"裳"，後世統稱衣服為衣裳。

0 衣 ⁽⁻⁾

㊀yī ㊁ji³ 意

穿：衣錦還鄉。

2 表

表 表 表 表 表 表 表

㊀biǎo ㊁biu² 標²

① 外面；外層：表層／表面。② 表達；顯示：表述（陳述說明）／表白（向人說清楚）／表露（顯現出來）。③ 榜樣：表率（榜樣，楷模）／為人師表。④ 表格：登記表。⑤ 小型儀器：電表／煤氣表。⑥ 表親：表哥／表弟／表姐／表妹。

【表示】biǎo shì ① 表達：表示同情／表示慰問。② 示意：紅燈表示停止，綠燈表示放行。

【表決】biǎo jué 用投票、舉手、口頭表示等方式，表明贊成、反對或棄權，並以多數票的意見作決定。

【表明】biǎo míng ① 說明白，說清楚：表明觀點／向他表明心意。② 證明、顯示：證據表明，我沒介入這件事。㊂說明

【表面】biǎo miàn 外層；外面；外表：月球表面有環形山／表面看上去，人還算老實。

【表格】biǎo gé 用格子分立若干欄目，供記載各項內容的空白材料。

【表現】biǎo xiàn ① 展示，顯示：表現出不服輸的頑強精神。② 言行作為所展示的情況：熱心幫助同學，表現很好。

【表情】biǎo qíng 流露出來的感情：表情冷漠／一臉激動的表情。

【表揚】biǎo yáng 公開或當眾稱讚：老師在課堂上表揚他。㊂讚揚

【表達】biǎo dá 把感情、想法表示出來：表達謝意／表達內心的憤怒。㊃掩藏 * 掩蓋

【表彰】biǎo zhāng 隆重地表揚：表彰優秀員工。

【表演】biǎo yǎn ① 面向觀眾演出（戲劇、舞蹈、雜技等）。② 做示範動作：表演操作流程。㊂演出

3 衫

衫 衫 衫 衫 衫 衫 衫

㊀shān ㊁saam¹ 三

單層上衣：衣衫／襯衫／羊絨衫。

3 衩 ⁽⁻⁾

衩 衩 衩 衩 衩 衩 衩

㊀chǎ ㊁caa³ 詫

褲衩，內褲或短褲。

3 衩 ⁽⁻⁾

㊀chà ㊁caa³ 詫

衣裙下邊開的口：裙子後面開了個衩。

4 袁

袁 袁 袁 袁 袁 袁 袁

㊀yuán ㊁jyun⁴ 元

姓。

4 衰

衰 衰 衰 衰 衰 衰 衰

㊀shuāi ㊁seoi¹ 雖

減退；減少；由強轉弱：衰減／衰落／衰敗／未老先衰。

【衰退】shuāi tuì 一步步減弱：經濟衰退／記憶力衰退。㊃興旺

【衰弱】shuāi ruò ① 虛弱：體質衰弱／國力衰弱。② 由強轉弱：神經衰弱／氣勢衰弱。㊃強壯 * 強健

【衰敗】shuāi bài 衰落；敗壞：祖父過世後，家境就一天天衰敗下來。㊃興旺

【衰落】shuāi luò 敗落下來：國力日漸衰落。

反 興起

衷⁴

衷 衷 衷 衷 衷 衷　衷

(普) zhōng (粵) cung¹ 充

① 內心：衷心／衷情（內心的真情）／言不由衷。
② 正中，不偏不倚：折衷。③ 決斷：莫衷一是。
【衷心】zhōng xīn 出自內心的：衷心感謝。

　🔍 忠心 "衷" 意思是內心。"忠" 意思是忠心、
　忠誠，講義氣。

袋⁵

袋 袋 袋 袋 袋 袋　袋

(普) dài (粵) doi⁶ 代

① 袋子，有口的軟而薄的東西，用軟性材料製
成，通常用來裝東西：手袋／紙袋／塑料袋。
② 與數目字連用，表示袋裝東西的數量：一袋
米／兩袋花生。

袖⁵

袖 袖 袖 袖 袖 袖　袖

(普) xiù (粵) zau⁶ 就

① 袖子，衣服套在胳膊上的筒狀部分：衣袖。
② 放在袖筒內：袖珍（形容體積小，便於攜帶）。
【袖手旁觀】xiù shǒu páng guān 手揣在袖子裏
站在旁邊看，比喻置身事外。

袍⁵

袍 袍 袍 袍 袍 袍　袍

(普) páo (粵) pou⁴ 蒲

袍子，中式長外衣：長袍／皮袍／旗袍。

被⁵ (一)

被 被 被 被 被 被　被

(普) bèi (粵) bei⁶ 鼻

表示被動、讓另一方：被激怒了／樹被狂風吹
倒了。
【被告】bèi gào 在司法部門被起訴的人，分民事
被告和刑事被告兩大類。反 原告
【被迫】bèi pò 受逼迫無奈：被迫離家出走。
反 自願
【被動】bèi dòng ① 受外力推動，不主動：不動
腦筋的學習是被動的學習。② 不能按自己的意
願行動：陷於被動／搞得我很被動。反 主動

被⁵ (二)

(普) bèi (粵) pei⁵ 婢

① 被子：棉被／毛巾被。② 遮蓋：覆被（大面積
覆蓋）。

被⁵ (三)

(普) pī (粵) pei¹ 披

同 "披"。

裁⁶

裁 裁 裁 裁 裁 裁　裁

(普) cái (粵) coi⁴ 才

① 剪裁；切開：裁衣服／裁紙張。② 削減：裁
減（削減）／裁員。③ 控制：制裁／獨裁。④ 裁
決，作出判斷：裁處（裁決處置）。⑤ 格式、形
式：投稿不限體裁。
【裁判】cái pàn ① 法院依照法律判決案件：公
正的裁判。② 評判裁定體育競賽中發生的問題。
③ 擔任體育競賽評判的人：主裁判／籃球裁判。
【裁決】cái jué ① 法定機構對案件或事件做出決
定：陪審團裁決她無罪。② 法定機構對案件或
事件所做的決定：不服裁決，決定上訴。③ 決
定：我們去不去，由你裁決吧。

裂

裂 裂 裂 裂 裂 裂　裂

(普)liè (粵)lit⁶ 列

分開：山崩地裂／裂紋（很細的裂縫）。

【裂痕】liè hén ① 輕微的裂紋：花瓶上有一條裂
痕。② 疏遠或分歧的最初跡象：感情出現裂痕／
雙方的裂痕越來越深。

【裂縫】liè fèng ① 裂開的縫隙。② 比喻感情、
關係出現的隔閡：雙方之間的裂縫已深。

袱

袱 袱 袱 袱 袱 袱　袱

(普)fú (粵)fuk⁶ 服

用來包裹或覆蓋的布：包袱。

裘

裘 裘 裘 裘 裘 裘　裘

(普)qiú (粵)kau⁴ 求

皮衣：裘皮／集腋成裘（比喻積少成多）。

裏[里]

裏 裏 裏 裏 裏 裏　裏

(普)lǐ (粵)leoi⁵ 名

同"裡"。① 裏面；內部：家裏／裏裏外外／裏
應外合（內外相互配合）。② 範圍之內：夜裏／
這裏／節日裏。③ 衣服、被子等物的內層：被
裏／絲綢的衣服裏兒／書的襯裏是黃色的。(俗)裏
外不是人

裔

裔 裔 裔 裔 裔 裔　裔

(普)yì (粵)jeoi⁶ 銳

後代：後裔／華裔（在海外出生的華人）。

補[补]

補 補 補 補 補 補　補

(普)bǔ (粵)bou² 保

① 修補：補衣服／補漏洞。② 補充；彌補：補
給／將功補過。③ 用處；益處：不無小補（有點
好處；起點作用）／於事無補。

【補充】bǔ chōng ① 填補：補充損失 。② 追加：
補充規定／補充教材。(反)縮減

【補助】bǔ zhù ① 給予經濟幫助：政府通過抗疫
基金輔助市民。② 補助的錢：獲得一筆補助。

【補救】bǔ jiù 彌補；挽救：來不及補救／海嘯造
成無法補救的損失。

【補習】bǔ xí 學習欠缺的知識：補習班／利用星
期天補習英語。

【補貼】bǔ tiē ① 額外給予：補貼一筆生活費。
② 補貼的費用：補貼一到手，就去買冬裝。

【補給】bǔ jǐ ① 向需要者提供食品、物資、裝備、
彈藥等：及時補給禦寒的衣物。② 所需要的食
品、物資、裝備、彈藥等：向災區空投糧食補給。

　　💡 補給 bǔ jǐ 的"給"不讀"gěi"；參見"給"。

【補償】bǔ cháng 補足；抵償：補償他的損失。

裌[夹]

裌 裌 裌 裌 裌 裌　裌

(普)jiá (粵)gaap³ 甲

雙層的衣、被：裌衣／裌被。

裡[里]

裡 裡 裡 裡 裡 裡　裡

(普)lǐ (粵)leoi⁵ 名

同"裏"。詳見"裏"。

裕

裕 裕 裕 裕 裕 裕　裕

(普)yù (粵)jyu⁶ 遇

豐富；充足：寬裕／豐裕／充裕。

裙
裙 裙 裙 裙 裙 裙　裙

（普）qún （粵）kwan⁴ 羣

① 裙子，一種圍在腰部以下的服裝：迷你裙 / 超短裙。② 像裙子的東西：圍裙 / 裙褲。

裝 [装]
裝 裝 裝 裝 裝 裝　裝

（普）zhuāng （粵）zong¹ 莊

① 包裹；行裝：整裝待發。② 服裝：時裝 / 西裝。③ 修飾；打扮：化裝 / 裝束。④ 假裝；故作：不懂裝懂 / 裝模作樣。⑤ 安裝；裝配：裝電燈 / 風扇裝好了。⑥ 放進：裝箱子 / 裝進背包裹。⑦ 商品包裝的式樣：散裝 / 瓶裝。⑧ 書籍、字畫裝訂的式樣：線裝書 / 精裝書 / 平裝書 / 卷軸裝。

【裝扮】zhuāng bàn ① 裝飾打扮：裝扮得很年輕。② 打扮成的模樣：那一身裝扮真難看。③ 化裝；假扮：裝扮成農民的模樣。（同）打扮

【裝修】zhuāng xiū ① 粉刷修飾房屋，或安裝、鋪設各種設施：鄉間別墅裝修得很豪華。② 裝修的內容：你家的裝修總共花了多少錢？

【裝備】zhuāng bèi ① 配備：用新式武器裝備部隊。② 各種設備、器械：裝備精良 / 電子裝備 / 購買發電裝備。

【裝置】zhuāng zhì ① 安裝配置：裝置報警器。② 有獨立功用的設備：發電裝置 / 防盜裝置。

【裝飾】zhuāng shì ① 裝點美化：舞台裝飾得很美觀。② 增加美感的物品：擺上這些裝飾，大廳更雅致了。

【裝潢】zhuāng huáng ① 裝飾美化：裝潢門面。② 物品外表的裝飾：商品的裝潢美觀，容易吸引顧客。（同）裝飾

【裝模作樣】zhuāng mú zuò yàng 故意做出某種樣子給人看。

裳
裳 裳 裳 裳 裳 裳　裳

（普）cháng （粵）soeng⁴ 常

古人穿的下衣：綠衣黃裳。

製 [制]
製 製 製 製 製 製　製

（普）zhì （粵）zai³ 制

① 做；造：製鞋 / 製藥。② 指著述、作品：巨製（宏大的作品）。

【製作】zhì zuò ① 製造：手工製作 / 製作模型。② 寫作；創作：舞台劇的製作人。

【製造】zhì zào ① 把原料加工為成品：製造玩具 / 製造汽車。② 人為造成；故意造成：製造糾紛 / 製造混亂。

裏
裏 裏 裏 裏 裏 裏　裏

（普）guǒ （粵）gwo² 果

① 包紮；纏繞：包裹 / 傷口上裏着一圈紗布。② 捲入；夾雜：急流裏着泥沙向下沖。

褂
褂 褂 褂 褂 褂 褂　褂

（普）guà （粵）gwaa³ 掛

中式的單上衣：褂子 / 大褂 / 長袍馬褂。

裸
裸 裸 裸 裸 裸 裸　裸

（普）luǒ （粵）lo² 倮

沒有遮掩：裸體（赤身露體）/ 赤裸裸。

【裸露】luǒ lù 沒有遮蓋；露在外面：上身裸露 / 當心裸露的電線。

9 褒

褒褒褒褒褒褒 褒

普bāo 粵bou¹ 煲

誇獎；讚揚：褒獎（讚揚並獎勵）/ 褒貶。

【褒貶】bāo biǎn 讚美或貶低；評論好壞優劣：
褒貶不一。

【褒義】bāo yì 詞句裏包含的讚揚的意思：褒義
詞。 反 貶義

9 複[复]

複複複複複複 複

普fù 粵fuk¹ 福

重複，兩個或多個的：複寫 / 複雜。

【複習】fù xí 溫習學過的東西，溫舊知新。

【複製】fù zhì 原樣仿製、翻印、翻錄等。

【複賽】fù sài 淘汰賽中的第二輪比賽，初賽出線
者進入複賽，複賽出線者進入半決賽或決賽。

【複雜】fù zá 繁多雜亂：關係複雜 / 錯綜複雜。
反 單純

10 褲[裤]

褲褲褲褲褲褲 褲

普kù 粵fu³ 庫

穿在腰以下和雙腿上的服裝：長褲 / 短褲 / 牛
仔褲。

11 褸[褛]

褸褸褸褸褸褸 褸

普lǚ 粵leoi⁵ 旅

見 "襤褸"。

13 襟

襟襟襟襟襟襟 襟

普jīn 粵kam¹ 琴 ¹

① 上衣或袍子的前面部分：大襟 / 對襟 / 衣襟。

② 連襟，姐妹的丈夫之間的稱呼：襟兄 / 襟弟。

③ 心懷；抱負：胸襟 / 襟懷（胸襟；胸懷）。

14 襪[袜]

襪襪襪襪襪襪 襪

普wà 粵mat⁶ 物

襪子，腳上穿的筒狀織物：襪筒 / 鞋襪 / 絲襪。

14 襤[褴]

襤襤襤襤襤襤 襤

普lán 粵laam⁴ 藍

見 "襤褸"。

【襤褸】lán lǚ 衣服破爛：衣衫襤褸，露宿街頭。

16 襲[袭]

襲襲襲襲襲襲 襲

普xí 粵zaap⁶ 習

① 進攻；侵犯；：空襲 / 襲擊 / 偷襲。 ② 照樣
子做：抄襲 / 沿襲。 ③ 繼承：世襲。 ④ 相當於
"套"、"件"：一襲棉被 / 一襲婚紗。

【襲擊】xí jī ① 出其不意，突然攻擊：半路上遭
到襲擊。 ② 比喻意外侵襲：遭遇颱風襲擊。

16 襯[衬]

襯襯襯襯襯襯 襯

普chèn 粵can³ 趁

① 貼近身體的：襯衫 / 襯褲。 ② 在裏面或下面
加上一層：襯件毛衣就暖了 / 下面襯上一張紙。

③ 陪襯；襯托：映襯 / 反襯。

【襯托】chèn tuō 陪襯對照，以突顯另一事物：
白雲把天空襯托得更藍了。 同 烘托 * 陪襯

西

西西西西西

（普）xī （粤）sai¹ 犀
① 西方，日落的方向：日落西山。② 西洋；西洋式樣的：西醫／西服。③ 西方極樂世界：一命歸西。④ 與“東”對用，表示“到處”、“零散”：東遊西逛／東拉西扯。
【西方】xīfāng ① 日落的方向。② 指歐美各國：西方文明。③ 佛教指西天：西方極樂世界。
【西洋】xīyáng ① 元明時稱今南海以西的海洋及沿海各地：鄭和下西洋。② 指歐美國家：西洋參／西洋樂器。
【西漢】xīhàn 中國史學上的朝代名，本名“漢”。公元前206年漢高祖劉邦擊敗西楚霸王項羽，建立“漢”朝，首都長安（今西安市），中國史學界為同後來漢光武帝劉秀建立的“漢”朝相區別，稱劉邦建立的漢朝為西漢，又稱前漢，劉秀建立的漢朝為東漢，又稱後漢。

要 (一)

要要要要要要 要

（普）yào （粤）jiu³ 腰³
① 重要的；主要的：要事／要點。② 核心的或主要的內容：綱要／摘要。③ 想、想要；希望：父母要他回家過年。④ 討，索取：要錢／要飯。⑤ 需要：這本書要多少錢？⑥ 叫；讓：哪能要你花錢！⑦ 概括；總括：扼要，概要。⑧ 應該；必須：借東西要還／過馬路要走斑馬線。⑨ 將要：車要開了／酒店要到了。⑩ 如果，要是：你要能來，那該多好。⑪ 等於說“大概”、“可能會”：這家店的東西要便宜些。

【要好】yào hǎo 親密；親近：他倆是要好的朋友。（同）友好
【要是】yào shi 假如、如果：要是她不去，我也不去／要是她去的話，我就去。
✏ “要是……那麼……”表達猜想的情況和結果的關聯詞固定搭配，如：要是明天下雨，那麼這次親子運動會就要改期了。
【要素】yào sù 重要的、基本的成分：蛋白質是構成生命的要素。
【要緊】yào jǐn 重要；急迫；嚴重：最要緊的是母女平安／我看情況不要緊，拖一拖再說吧。
【要領】yào lǐng 主要部分；基本要求：說來說去，總不得要領／掌握太極拳的動作要領。
【要點】yào diǎn 基本內容、主要部分。

要 (二)

（普）yāo （粤）jiu¹ 腰
① 求，請求：要求。② 脅迫：要挾。
【要求】yāo qiú ① 提出希望滿足的願望或希望實現的事項：要求學生按時交作業。② 提出的具體願望或事項：無法滿足她的要求。
【要挾】yāo xié 抓住對方的污點或依仗權勢威脅對方滿足自己的要求。

覆

覆覆覆覆覆覆 覆

（普）fù （粤）fuk¹ 福
① 翻轉過來：翻天覆地／覆沒（沉沒；被消滅）。② 遮蓋、遮掩：覆蓋（遮住、蓋住）。③ 答覆、回覆：覆信／請覆我。（俗）水能載舟，也能覆舟

見部

見[见]^(一) 見見見見見見 見

普 jiàn 粵 gin³ 建

① 眼看到：我沒有見到校長。② 會面：他想來見你。③ 接觸；遇到：怕見人／怕見風。④ 看得出；顯現出；感覺到：見微知著／聞見香味。⑤ 指明出處或參考處：另見／參見。⑥ 看法；見解：見地（見解）／見識短／有遠見。⑦ 被；受到：見怪（責怪、怪罪）／見笑於人。⑧ 表示請對方給予：見示／見諒。俗百聞不如一見

【見面】jiàn miàn 親身會面：見面禮（初次見面贈送的禮物）／初次見面，請多關照。

【見解】jiàn jiě 對於事物的認識和看法。

【見聞】jiàn wén 看到和聽到的事。

【見識】jiàn shi ① 看法、見解：別和她一般見識。② 見聞；知識：虛心學習，增長見識。③ 增長見聞知識：去看看吧，見識一下也好。

【見微知著】jiàn wēi zhī zhù 從見到的徵兆，就知道未來的大體情況和發展趨勢。

見[见]^(二)

普 xiàn 粵 jin⁶ 硯

顯現；出現：天蒼蒼，野茫茫，風吹草低見牛羊。

規[规] 規規規規規規 規

普 guī 粵 kwai¹ 虧

① 畫圓的工具：圓規。② 規定、規則、章程：法規／校規／陳規舊制。③ 勸告：規勸（鄭重地勸告）。④ 謀劃；設法：規劃／規避。

【規例】guī lì 規則和成例。

【規定】guī dìng ① 按照規矩或標準提出要求：學校規定我們上學要準時。② 定出的要求或標準：他的做法符合規定。

【規律】guī lǜ ① 事物發展變化的必然趨勢：自然規律／生物演變規律。② 符合常規，不混亂：起居規律，身體健康。

【規格】guī gé 規定的要求或標準。

【規矩】guī ju ① 標準、規則、慣例：守規矩／進公司要懂得公司裏的規矩。② 老實本分：這孩子很規矩。

🔍 規距 "距" 指的是事物相隔的空間或時間。"矩" 指的是繪畫直角或方形的工具，引申為規則、慣例。兩字形近部件不同易錯寫。

【規劃】guī huà ① 全面、長遠的發展計劃：城市規劃。② 制定規劃：規劃城市發展的藍圖。

【規模】guī mó 格局；範圍：佈局初具規模／體育場的規模很大。

【規則】guī zé ① 具體規定：交通規則／比賽規則。② 規律；法則：盛極必衰是自然規則。③ 合乎格式或形式：城市建築佈局很規則。

【規範】guī fàn ① 約定俗成或明文規定的標準。② 合乎規範：這個字寫得不規範。

覓[觅] 覓覓覓覓覓覓 覓

普 mì 粵 mik⁶ 汨

尋找；尋求：尋覓。

視[视] 視視視視視視 視

普 shì 粵 si⁶ 士

① 看：注視。② 察看；考察：巡視／視察。③ 看待：一視同仁。

【視乎】shì hū 要看、要依據：視乎情況而定。

【視野】shì yě ① 眼睛所能看到的範圍：登高望

遠，視野開闊。② 指所看到的東西，比喻知識領域：周遊列國，擴大視野。

【視察】shì chá ① 察看：視察災情。② 上司來檢查工作或了解情況。

【視線】shì xiàn ① 在眼睛和所看物體之間的假想直線：一片樹林防礙視線。② 比喻注意的方向和目標：企圖轉移他的視線。

【視覺】shì jué 眼睛看東西獲得的感覺。

【視聽】shì tīng ① 視力和聽力。② 看到的和聽到的：混淆視聽。

9
親 [亲] (一)　親 親 親 親 親 親 **親**

㊀ qīn ㊁ can¹ 趁 ¹

① 指父母。也單指父或母：雙親 / 父親 / 母親。② 血統最近的：親姐妹。③ 有血統關係或婚姻關係的：親屬 / 姻親。④ 婚姻：定親 / 提親。⑤ 指新娘：娶親 / 迎親。⑥ 關係密切；感情好：親切 / 親熱。⑦ 親信的人：眾叛親離。⑧ 愛、靠近：親近。⑨ 用嘴唇或臉接觸，表示親愛、喜愛：親吻 / 親孩子的臉。⑩ 親自；自己：親臨 / 親生 / 親手（自己動手，不靠別人）。

〔古詩文〕親親而仁民，仁民而愛物。(《孟子・盡心上》)

【親人】qīn rén 一家人、關係親密的人：思念親人 / 不是親人勝似親人。㊙ 仇人

【親切】qīn qiè ① 親密，親近：親切感。② 熱情、關心：親切慰問 / 待人親切。㊙ 冷漠 * 冷淡

【親自】qīn zì 自己直接做、直接行動。

【親身】qīn shēn ① 親自：親身經歷過這種生活。② 自身的：親身感受。

【親近】qīn jìn ① 親密；密切：兩人很親近。② 親密地接近：總想找機會親近她。㊙ 疏遠

【親戚】qīn qi 跟自己有血緣關係或婚姻關係的人：我們兩家是親戚。

【親情】qīn qíng 親人之間的感情。

【親密】qīn mì 關係親近密切。㊙ 疏遠

【親愛】qīn ài 關係密切，感情深厚。

【親屬】qīn shǔ 跟自己有血緣或婚姻關係的人。

9
親 [亲] (二)

㊀ qìng ㊁ can³ 趁

見 "親家"。

【親家】qìng jia ① 因子女婚配結成的親戚：兒女親家。② 夫妻雙方父母間的互稱：親家明天會來。

13
覺 [觉] (一)　覺 覺 覺 覺 覺 覺 **覺**

㊀ jué ㊁ gok³ 各

① 感覺：味覺 / 觸覺。② 覺得，感受到：不知不覺。③ 醒；睡醒：大夢初覺。④ 醒悟、明白：覺醒 / 覺悟（醒悟，明白過來了）。

〔古詩文〕春眠不覺曉，處處聞啼鳥。夜來風雨聲，花落知多少。(《春曉》孟浩然)

【覺得】jué de ① 感覺到：覺得兩眼昏花。② 認為：我覺得這樣做很好。

【覺察】jué chá 看出來：從臉色上覺察他有心事。㊀ 察覺

13
覺 [觉] (二)

㊀ jiào ㊁ gaau³ 教

睡眠：睡了一大覺。

14
覽 [览]　覽 覽 覽 覽 覽 覽 **覽**

㊀ lǎn ㊁ laam⁵ 欖

看；觀看：閱覽 / 一覽究竟。

¹⁸ 觀 [观] ^(一)

觀觀觀觀觀觀　觀

⟨普⟩ guān ⟨粵⟩ gun³ 罐

① 看：登泰山觀日出。② 參觀；察看：觀光 /
觀察。③ 景象；樣子：景觀 / 恢復舊觀。④ 看
法；認識：樂觀 / 人生觀。⟨俗⟩ 聽其言而觀其行

【觀光】guān guāng 參觀遊覽名勝景物、體察
社會風情等。

【觀念】guān niàn 人的意識：新觀念 / 傳統觀念。

【觀看】guān kàn 特意看；參觀：觀看油畫展
覽 / 觀看飛行表演。

【觀眾】guān zhòng 看影視、表演、比賽、展覽
等的人或人羣。

【觀測】guān cè ① 觀察並測量：觀測行星。
② 觀察並測度：觀測事態發展。

【觀感】guān gǎn 看到事物以後所產生的印象和
感想：看過書展有何觀感？

【觀察】guān chá 仔細察看：觀察地形 / 觀察學
生的心理狀態。

【觀賞】guān shǎng 觀看欣賞：登上雷峯塔，觀
賞西湖的美麗風光。

【觀點】guān diǎn 對事物或問題的看法：學術
觀點 / 作者的觀點。

¹⁸ 觀 [观] ^(二)

⟨普⟩ guàn ⟨粵⟩ gun³ 灌

① 高大的建築物：樓觀 / 台觀。② 道教的廟宇：
道觀 / 白雲觀。

角部

⁰ 角 ^(一)

角角角角角角　角

⟨普⟩ jiǎo ⟨粵⟩ gok³ 各

① 牛羊鹿等動物頭部長的長而彎的堅硬骨狀
物。② 形狀像獸角的東西：菱角 / 豆角。③ 物
體邊緣的接合處：牆角 / 角落 / 眼角 / 拐彎抹
角。④ 古代獸角狀樂器，多用獸角製成：號角。
⑤ 人民幣的輔幣名，十角合一元。

【角度】jiǎo dù ① 角的大小，一般用度或弧度
衡量：測量的角度有偏差。② 比喻看問題的側
重點或出發點：這件事可輕可重，看從哪個角度
說了。

【角落】jiǎo luò ① 兩堵不同走向的牆的結合處，
多指結合部的底部：坐在牆角落看書。② 指偏
僻或隱蔽的地方：消息迅速傳遍每個角落。

⁰ 角 ^(二)

⟨普⟩ jué ⟨粵⟩ gok³ 各

① 戲劇演員的類別：旦角 / 丑角。② 角色；演
員：主角 / 名角。③ 競爭；較量：角逐 / 口角。

【角色】jué sè ① 演員扮演的劇中人物。② 比喻
參與到事件中的人物：充當了極不光彩的角色。

【角逐】jué zhú 爭奪；競爭；比賽：角逐總統寶
座 / 角逐百米賽的冠軍。⟨同⟩ 競爭 * 競賽

⁶ 解 ^(一)

解解解解解解　解

⟨普⟩ jiě ⟨粵⟩ gaai² 佳 ²

① 分開；解開：解剖 / 解鞋帶。② 分裂；分離：
土崩瓦解 / 飛機在空中解體。③ 消除；排除；解

除：解毒／解渴／解催。④ 講解；解釋：解答／為古文加註解。⑤ 明白、清楚：理解／了解。⑥ 排泄屎尿：大解／小解。

【解決】jiě jué 把存在的問題處理掉：有待解決的問題實在太多。

【解放】jiě fàng 除去束縛和限制，實現自由。 反 管制

【解剖】jiě pōu ① 分解人體、動物軀體或植物體，從中尋找病因、死因，或觀察研究其構造和生理活動狀況。② 比喻探究、分析：解剖問題，找出解決辦法。

【解除】jiě chú 撤銷；除去；消除：解除他的職務／解除媽媽的顧慮。 反 保留

【解救】jiě jiù 搭救，幫助脫離危險：解救地震災民。

【解散】jiě sàn ① 分散開去：解散隊伍。 反 集合 ② 取消；撤銷：解散國會／解散聯誼會。 反 成立

【解答】jiě dá 解釋和答覆：解答問題。

【解説】jiě shuō 解釋和説明：聽博物館的講解員解説出土文物。

【解釋】jiě shì 解説、説明：説來説去，總解釋不清楚。

6 **解** (二)

普 jiè　粵 gaai³ 界

押送：解送／解款。

6 **解** (三)

普 xiè　粵 haai⁵ 蟹

① 武術套數，也指雜技技藝：渾身解數。② 地名：解州（在山西）。③ 姓氏。

13 **觸** [触]　觸觸觸觸觸觸 觸

普 chù　粵 zuk¹ 足

① 碰、撞；接觸：油船觸礁／昆蟲觸角的觸覺很靈敏。② 引發、引起：感觸極深／眼前的舊物觸發思念之情。③ 冒犯：觸犯／觸怒。

【觸犯】chù fàn ① 衝撞、冒犯：觸犯了她可不得了。 反 尊重 ② 違背、違反：觸犯禁令／觸犯法律。 反 遵守 ③ 侵犯；損害：不要觸犯別人的權益。

【觸角】chù jiǎo 昆蟲、軟體動物和甲殼類動物頭上的鬍狀、絲狀的東西，動物憑這種感覺器官感知外界的情況。

【觸目驚心】chù mù jīng xīn 事態嚴重，看了讓人心驚肉跳：看到觸目驚心的畫面。

【觸類旁通】chù lèi páng tōng 舉一反三，懂得一點，便能類推弄懂類似的東西：她十分聰明，總是能觸類旁通。

言 部

0 **言**　言言言言言言 畫

普 yán　粵 jin⁴ 然

① 話語：言簡意明。② 一個字；一句話：七言詩／一言一行。③ 説：言之成理。

【言行】yán xíng 言語和行為：言行舉止。

【言詞】yán cí 同 "言辭"。

【言語】yán yǔ 話語、語言：言語粗魯／言語幽默生動。

【言論】yán lùn ① 發表的議論或意見：他的言論引起媒體注意。② 説話；談論：言論自由。

【言談】yán tán 説話；交談：言談之間顯示出信心十足。

【言辭】yán cí 說話寫作所用的詞句。

【言過其實】yán guò qí shí 話說過了頭，不符合實際情況：你這樣說就有點言過其實你了。

【言傳身教】yán chuán shēn jiào 用言語傳授，並用行動作出榜樣：父母等言傳身教十分重要。

計 [计]　計計計計計計　計

⑧ jì ⑧ gai³ 繼

① 計算；統計：核計／會計。② 總計：計有教科書168本、參考書200本。③ 考慮；計較：不計得失，不求名利。④ 主意、謀略：妙計／計策（計謀策略）。⑤ 用於測量或計算的儀器：溫度計。⑥ 經濟：國計民生。⑧ 三十六計，走為上計

【計較】jì jiào ① 計算比較。形容算來算去，不肯吃虧：斤斤計較。② 爭論：不必跟他計較。

【計算】jì suàn ① 演算：計算數學題。② 核算：要準確計算成本。③ 用計謀對付：不要在背後計算人。⑧ 算計

【計劃】jì huà ① 事先擬定的工作行動的內容和步驟：開辦幼稚園的計劃。② 打算；籌劃、規劃：計劃去西藏旅遊／計劃擴建教學樓。

【計謀】jì móu 計策；策略；做法。

訂 [订]　訂訂訂訂訂訂　訂

⑧ dìng ⑧ ding³ 丁³

① 商定；擬定：訂立（簽訂）／訂個讀書計劃。② 預約、約定：訂購（預約購買）／訂閱雜誌。③ 修改、改正：修訂／訂正。④ 裝訂：釘書器把材料訂起來。

【訂正】dìng zhèng 改正文字、計算等方面的錯誤。

【訂金】dìng jīn 正式完成交易前支付給對方、表示確認的部分款項。

訃 [讣]　訃訃訃訃訃訃　訃

⑧ fù ⑧ fu⁶ 父

報喪：訃告（報喪的文告）。

討 [讨]　討討討討討討　討

⑧ tǎo ⑧ tou² 土

① 征伐：征討。② 探索；查究：討論／檢討。③ 尋找：討生活。④ 求；索取、求取：討教（請求指教）／討價還價。⑤ 招惹；引起：討厭／討人喜歡。

【討厭】tǎo yàn ① 厭惡，不喜歡：一直就討厭他／討厭這黃梅天！⑧ 喜愛＊喜歡 ② 惹人厭惡，不招人喜歡：真討厭／討厭的蚊子。

【討論】tǎo lùn 共同商討、探討：聚在一起討論學習中的問題。

【討價還價】tǎo jià huán jià ① 要價和還價：買東西爽氣，不討價還價。② 比喻為達到自己的目的而反覆爭執：在談判桌上討價還價。

訖 [讫]　訖訖訖訖訖訖　訖

⑧ qì ⑧ gat¹ 吉

① 完結、完畢：付訖／驗訖。② 截止、結束：起訖。③ 到、至：訖今為止。

託 [托]　託託託託託託　託

⑧ tuō ⑧ tok³ 拓

① 託付；請託：寄託／託孤／託人情。② 推託；假託：託詞。③ 依靠；依賴：託您的洪福，我的病總算好了。

【託付】tuō fù 請別人代辦或照料：這件事我已託付給他／去大灣區工作前把愛犬託付給鄰居了。

【託詞】tuō cí ① 藉口：這完全是託詞。② 找藉

口：託詞謝絕。

³ 訓 [训]　訓 訓 訓 訓 訓 訓　訓

（普）xùn（粵）fan³ 冀

① 教誨；斥責：訓導（教育引導）主任 / 訓斥（告誡責備）。② 訓練：培訓。③ 教導、勸誡的話：家訓 / 遺訓。④ 標準、法則：不足為訓。

【訓練】xùn liàn 用適當方式培訓對方學習知識和技能，並實際演練：軍事訓練。

³ 訊 [讯]　訊 訊 訊 訊 訊 訊　訊

（普）xùn（粵）seon³ 信

① 詢問：問訊。② 審問：審訊。③ 消息；信息：音訊 / 訊息。

【訊問】xùn wèn ① 向人發問；詢問：到處訊問兒子的下落。② 審問：訊問被告。

【訊號】xùn hào ① 信號，傳送或發出的信息符號，如口令、指示燈、發射的信號彈等。② 電磁波發送的信號：英國地鐵沒有手機信號。

³ 記 [记]　記 記 記 記 記 記　記

（普）jì（粵）gei³ 寄

① 印在腦子裏不忘掉：記住 / 忘記 / 記得（沒忘記）。② 記錄：記賬 / 登記。③ 標誌、符號：標記 / 記號（做的標記）。④ 留下的痕跡：印記 / 胎記。⑤ 與數目字連用，表示動作的次數：打了一記耳光。

【記者】jì zhě 採訪新聞及報導新聞的專業人員：戰地記者。

【記事】jì shì ① 記錄事情；記憶事情：記事本 / 孩子很小就能記事了。② 一種記述歷史、人物或事件的文體：人物記事 / 記事體史書。

【記述】jì shù 用文字記錄敘述下來。

【記載】jì zǎi ① 把事情寫下來：這份材料記載了談判的內容。② 記錄事情的文字材料：碑文上的記載證明母校歷史悠久。（同）記錄

【記錄】jì lù ① 把事情或話語用文字如實寫下來：做了詳細記錄。② 記錄下來的材料：談話記錄。③ 保持第一名的優秀成績：百米賽跑的世界記錄。

【記憶】jì yì ① 記得住，能想起來：童年往事記憶分明。② 過去留下的印象：她永遠留在我的記憶中。（同）回憶

⁴ 訝 [讶]　訝 訝 訝 訝 訝 訝　訝

（普）yà（粵）ngaa⁶ 迓

驚奇；詫異：驚訝 / 訝異（驚異）。

⁴ 許 [许]　許 許 許 許 許 許　許

（普）xǔ（粵）heoi² 栩

① 答應、同意、認可：默許 / 許諾 / 准許。② 稱讚：稱許 / 讚許。③ 或許、可能：或許有急事不能來了。④ 表示大概的數：年約二十許 / 午後一時許。⑤ 表示處所、地方：何許人也？

〔古詩文〕始吾心已許之，豈以死背吾心哉。《季札掛劍》司馬遷

【許久】xǔ jiǔ 很久：那是許久以前的事，記不清了。（反）現在

【許可】xǔ kě 准許、同意：未經許可 / 已獲許可。

【許諾】xǔ nuò ① 答應、同意：許諾照顧好祖母。② 答應下來的話：得到她的許諾，高興地走了。（同）承諾 * 允諾

【許願】xǔ yuàn ① 求神佛保佑，答應給予酬謝。② 答應滿足對方的願望：爸爸許願暑假去日本旅遊。（反）還願

訛 [讹]　訛 訛 訛 訛 訛 訛 訛

⟨普⟩é ⟨粵⟩ngo⁴ 鵝

① 錯誤：訛誤（錯誤）/ 訛傳（誤傳）。② 敲詐、勒索：訛人錢財。
【訛詐】é zhà 敲詐勒索；威脅恐嚇：訛詐錢財 / 我不怕被訛詐。

訟 [讼]　訟 訟 訟 訟 訟 訟 訟

⟨普⟩sòng ⟨粵⟩zung⁶ 頌

打官司，辨明是非：訴訟 / 訟冤（申訴辯白冤屈）。

設 [设]　設 設 設 設 設 設 設

⟨普⟩shè ⟨粵⟩cit³ 徹

① 設置；陳列；安排：設攤位 / 陳設 / 天造地設。② 籌劃、謀劃：設法（想辦法）/ 想方設法。③ 假設；假定：設身處地 / 設百歲後，是屬寧有可信者乎？
【設立】shè lì 設置；建立；成立：設立保護殘疾人基金 / 決定設立公務員學院。
【設計】shè jì ① 定下計謀：設計陷害。② 預先制定方案、繪製圖樣等：設計廣告 / 設計營銷方案。③ 制定的方案、繪製的圖樣：採用了她的設計。
【設施】shè shī 按照需要設置的各種應用設備和裝備等：教學設施 / 防疫設施。⟨同⟩設備＊裝備
【設備】shè bèi 有特定用途的成套裝置或裝備。
【設想】shè xiǎng ① 想像；假定可能實現的想法：我有自己的設想 / 設想可能發生的情況。② 着想、打算：處處為同學設想。⟨反⟩猜想＊假想
【設置】shè zhì ① 設立、成立：設置培訓機構。② 安裝：設置冷氣設備。
【設身處地】shè shēn chǔ dì 站在對方的角度考慮問題：設身處地為人着想。

訪 [访]　訪 訪 訪 訪 訪 訪 訪

⟨普⟩fǎng ⟨粵⟩fong² 紡

① 看望、探視：訪問 / 探親訪友。② 拜會、交往：訪美 / 兩國元首互訪。③ 探尋；調查：明財暗訪 / 查訪。
【訪問】fǎng wèn ① 拜會；看望：訪問影視界 / 到""一帶一路"沿線國家訪問 ② 詢問：到舊居訪問她的下落。

訣 [诀]　訣 訣 訣 訣 訣 訣 訣

⟨普⟩jué ⟨粵⟩kyut³ 決

① 幫助記住要點的順口短語：口訣。② 秘訣、竅門，巧妙的方法：訣竅。③ 辭別；分別。多指生死離別：永訣（永別）/ 訣別（永別；告別）。

評 [评]　評 評 評 評 評 評 評

⟨普⟩píng ⟨粵⟩ping⁴ 瓶

① 議論；評論：評理。② 評判：評獎 / 品評。② 議論、評判的話或文辭：短評 / 好評如潮 / 評語（評論、評判的話語）。
【評估】píng gū ① 評議估價：請專家評估家藏的清代繪畫。② 進行估計判斷預測：行動方案需要認真評估。
【評判】píng pàn 判別是非、勝負、優劣等。
【評價】píng jià ① 評定、衡量人的是非功過：評價歷史人物。② 評定、衡量事物各方面的價值：評價新型戰機的性能。③ 評定、衡量出來的結果：獲得良好的評價。
【評論】píng lùn ① 評判事物並提出看法：評論動盪的股市。② 一種新聞體裁。敍述評論事件或社會問題的文章：那篇評論切中時弊。

【評審】píng shěn ① 評議審核：請聲樂界的權威來評審參加本次大賽的青年歌手。② 裁判：擔任比賽的裁判。

【評選】píng xuǎn 經評比選拔或推選出來：評選最佳作文 / 評選最佳攝影。

【評議】píng yì 經評議論後提出意見或建議：評議城市規劃方案 / 評議會。

---

5 **詐**[诈]　詐詐詐詐詐詐　詐

(普)zhà (粵)zaa³ 炸

① 欺騙：網絡詐騙（欺騙騙取）。② 用編造虛假情況等手段誘使對方透露真情：不妨詐他一下，看他說不說實話。③ 假裝、偽裝：詐病 / 詐降。

---

5 **訴**[诉]　訴訴訴訴訴訴　訴

(普)sù (粵)sou³ 掃

① 述說；傾吐：告訴 / 傾訴心裏話。② 控告、起訴：訴訟 / 訴狀。③ 求助：訴求（請求）。

【訴訟】sù sòng 打官司，向法庭起訴。

【訴說】sù shuō 詳細、盡情地陳述：訴說冤屈 / 訴說路途上的艱辛 / 訴說心中的苦楚。

---

5 **診**[诊]　診診診診診診　診

(普)zhěn (粵)can² 疹

① 醫生檢查病情：會診 / 診斷。② 醫治：診治（診斷治療）。

【診療】zhěn liáo 診斷病症並予治療：診療方案。

【診斷】zhěn duàn ① 檢查病情，判斷病症。② 診斷的結論：要相信醫生的診斷。

---

5 **註**[注]　註註註註註註　註

(普)zhù (粵)zyu³ 駐

① 記載，記在上面：註冊 / 註明（寫明原委）。
② 解釋、解說：註解 / 註釋。

【註冊】zhù cè 把必要的事項登記在冊：註冊成立一家補習學校。

〔簡明詞〕註解、註釋：給古文或艱深的字詞文句所做的解釋。

---

5 **詠**[咏]　詠詠詠詠詠詠　詠

(普)yǒng (粵)wing⁶ 泳

① 有節奏韻律地讀；歌唱：吟詠 / 歌詠比賽。
② 用詩詞寫景抒情：詠雪 / 詠梅。

---

5 **詞**[词]　詞詞詞詞詞詞　詞

(普)cí (粵)ci⁴ 池

① 能獨立用的最小語言單位：詞彙 / 遣詞造句。
② 語句；話語；篇章：歌詞 / 台詞 / 答詞。③ 一種詩歌體裁，盛行於宋代：唐詩宋詞。

【詞典】cí diǎn 給詞語加上音讀解釋，或提供例證、資料，供人查檢的工具書。

【詞法】cí fǎ 關於詞彙的構成、分類和變化的規則。

【詞彙】cí huì 所有的詞語：漢語詞彙 / 英語詞彙。

【詞語】cí yǔ ① 詞和短語：作文避免用生僻的詞語。② 文辭：古詩中的詞語都很文雅。

【詞藻】cí zǎo 華麗工巧的詞語或內含典故的詞語：內容空洞、堆積詞藻的作文，不是好文章。

---

6 **詹**　詹詹詹詹詹詹　詹

(普)zhān (粵)zim¹ 尖

姓：詹天佑是中國第一代偉大的鐵路工程師。

試 [试] 試試試試試試　試

(普) shì　(粵) si³ 嗜

① 嘗試；試探：試航／試用。② 檢測；檢驗：試驗／試金石。③ 考查測驗知識技能：考試普通話水平測試。

【試用】shì yòng 正式任用或使用前，先用一段時間，考核或測試是否合格。

(一)【試探】shì tàn 一步步試着做：試探着朝洞的深處走。

(二)【試探】shì tan 用某種方式引起對方的反應，藉以了解對方的意圖：先試探試探，看看再說。

【試圖】shì tú 打算；企圖：試圖從中調解／試圖擺脫目前的困境。

【試管】shì guǎn 化學、醫學、生物學等學科做實驗用的細長的圓柱形敞口盛器，一般用玻璃製成：試管嬰兒。

【試驗】shì yàn 為觀察檢驗事物的實際情況或性能而進行特定的活動：經過反覆試驗和改進才成功。

詩 [诗] 詩詩詩詩詩詩　詩

(普) shī　(粵) si¹ 思

① 詩歌：詩情畫意。② 指中國現存最早的詩歌總集《詩經》：詩、書、禮、樂。

【詩句】shī jù ① 詩歌中的句子。② 指詩歌作品：李白的詩句很浪漫。

【詩歌】shī gē 文學的一種表現形式，有多種體裁，以精煉、有韻律節奏感的語言抒情敘事，共同特點是用韻腳和分行排列。中國古代詩歌統稱為舊體詩，以唐代的絕句和律詩最為輝煌；現代白話詩歌稱為新詩，不拘格式，比較自由。

誇 [夸] 誇誇誇誇誇誇　誇

(普) kuā　(粵) kwaa¹ 跨

① 言過其實：誇口。② 稱讚、讚揚：誇獎（稱道、讚許）。(俗) 王婆賣瓜，自賣自誇

【誇張】kuā zhāng ① 誇大事實，言過其實：我說的絲毫不誇張。② 一種修辭手法，以誇大的言詞來形容事物，像李白詩句“黃河之水天上來”、“白髮三千丈”，都屬誇張手法。

【誇耀】kuā yào 自誇、炫耀。

【誇大其詞】kuā dà qí cí 誇張，言過其實。

【誇誇其談】kuā kuā qí tán 說話浮誇，不切合實際。

詼 [诙] 詼詼詼詼詼詼　詼

(普) huī　(粵) fui¹ 灰

風趣幽默：詼諧（說話風趣幽默，逗人開心）。

誠 [诚] 誠誠誠誠誠誠　誠

(普) chéng　(粵) sing⁴ 乘

① 真誠；真實：赤誠／誠實（真誠老實）。② 的確；確實：誠有此事。③ 假如；如果：誠能如此，則成功之日可期。

【誠心】chéng xīn ① 真誠的心意：請接受我的一片誠心。② 實心實意：我是誠心幫你的。③ 存心、故意：誠心拆我的台。

【誠信】chéng xìn 誠實，守信用：做人一定要講誠信。(反) 欺騙

【誠意】chéng yì 真心實意。

〔附加詞〕誠心誠意：真誠的心意。

【誠懇】chéng kěn 真誠懇切：待人誠懇／態度很誠懇。(反) 狡猾

6 誅 [诛]　誅誅誅誅誅誅　誅

(普)zhū (粵)zyu¹ 珠

① 殺，殺死：誅殺 / 罪不容誅。② 責備；處罰：口誅筆伐。③ 索要；勒索：誅求無已（不停地勒索、榨取）。

6 話 [话]　話話話話話話　話

(普)huà (粵)waa⁶ 華 ⁶

① 語句、話語：話裏有話。② 說、談：話別（臨別時的敍談）/ 話舊（敍談往事舊情）。

【話語】huà yǔ 人說出的話：平時話語不多，不說廢話，說話算數。

【話劇】huà jù 一種舞台戲劇形式，通過對話和動作表現人物和展現劇情。

【話題】huà tí 談論的主題：二人的話題又轉到戲劇上來。

6 詮 [诠]　詮詮詮詮詮詮　詮

(普)quán (粵)cyun⁴ 全

詳細解釋：詮釋（說明；解釋）。

6 詭 [诡]　詭詭詭詭詭詭　詭

(普)guǐ (粵)gwai² 鬼

① 欺詐；奸猾：詭計 / 詭詐（狡詐、欺詐）。② 奇異：奇詭。

【詭計】guǐ jì 狡詐的計謀。

〔附加詞〕詭計多端：狡詐的計謀非常多。端，點、方面。

🔍 鬼計 "鬼"本義是鬼神，引申為不光明正大、陰險等義。"詭"本義是奇異，引申為欺詐、奸猾。"詭計"的意思是狡詐的計謀，不能用"鬼"。

【詭辯】guǐ biàn ① 強詞奪理的論說：滿紙的謊言和詭辯。② 狡辯：竭力詭辯，為自己開脫。

6 詢 [询]　詢詢詢詢詢詢　詢

(普)xún (粵)seon¹ 荀

查問；徵求意見：諮詢 / 詢問（向人打聽；查問了解情況）。

6 詣 [诣]　詣詣詣詣詣詣　詣

(普)yì (粵)ngai⁶ 毅

① 前往；造訪：詣門求教。② 學業、能力、技藝所達到的程度：很深的造詣。

6 該 [该]　該該該該該該　該

(普)gāi (粵)goi¹ 改 ¹

① 應當；應當是：該當（應當、應該）/ 該休息了 / 論信譽，該這家公司最好。② 輪到：現在該你發言了。③ 欠：我不該他的錢 / 該帳。④ 相當於"此"、"這個"、"那個"：該人 / 該校 / 該同學。

6 詳 [详]　詳詳詳詳詳詳　詳

(普)xiáng (粵)coeng⁴ 祥

① 細說；說明：內詳 / 所問之事另詳。② 詳細；詳情細節；清楚確切：詳略得當 / 後來的事不知其詳 / 史書記載不詳。

【詳情】xiáng qíng 詳細的情況。

【詳細】xiáng xì 周密完備；周到細緻。⊠ 粗略

【詳實】xiáng shí 詳細確實。◎ 翔實

【詳盡】xiáng jìn 詳細全面，沒有遺漏：向老師做了詳盡的說明。⊠ 簡略

詫[诧]　詫詫詫詫詫詫 詫

（普）chà （粵）caa³ 岔

驚訝；意外、奇怪：驚詫 / 詫異（覺得驚異奇怪）。

誓　誓誓誓誓誓誓 誓

（普）shì （粵）sai⁶ 逝

① 莊嚴承諾按照所說的話去做，絕無變化：誓師 / 誓不兩立。② 誓言，表示絕對履行承諾的話：發誓 / 宣誓。

【誓言】shì yán 宣誓遵守諾言的言詞。

【誓不兩立】shì bu liǎng lì 發誓絕不同對方共存。（反）風雨同舟

誡[诫]　誡誡誡誡誡誡 誡

（普）jiè （粵）gaai³ 介

警告；勸告：告誡 / 勸誡。

誌[志]　誌誌誌誌誌誌 誌

（普）zhì （粵）zi³ 至

① 記住；記載：永誌不忘 / 誌怪小說。② 記載的文字：墓誌銘（墓碑上的文字）。③ 記號、符號：標誌。

誣[诬]　誣誣誣誣誣誣 誣

（普）wū （粵）mou⁴ 毛

誣衊陷害，冤枉別人：誣陷（陷害）/ 誣良為盜。

【誣告】wū gào 無中生有地控告人。

【誣衊】wū miè 捏造事實或罪名傷害別人：造謠誣衊。（同）污衊

語[语]　語語語語語語 語

（普）yǔ （粵）jyu⁵ 雨

① 說；談論：不言不語。② 詞語；語句；話語：俗語 / 短語 / 千言萬語。③ 像語言一樣，起傳遞信息作用的方式、動作或聲音：手語 / 旗語 / 鳥語花香。④ 白話：語體文。

【語文】yǔ wén 語言文字；語言文學：小學語文課本 / 中文大學編寫的英國語文教材。

【語句】yǔ jù 文句；成句子的話：語句通順是寫作的基本功。

【語言】yǔ yán ① 人類說話的話語體系，由詞彙、句子和語法構成，人們用語言思考問題和進行溝通交際活動；不同民族各有自己的語言，現今世界上漢語、英語和西班牙語使用最廣泛。② 話語：好朋友一定有共同語言。

【語法】yǔ fǎ 語言的結構組合方式，包括構詞和造句的規則。

【語音】yǔ yīn ① 人說話的聲音：他說話的語音不清楚。② 說話所操的口音：她的語音像河南人。

【語氣】yǔ qì ① 說話的口氣：聽他的語氣，好像問題很嚴重。

【語病】yǔ bìng 行文用語上的毛病，如用詞不當、文句不通、語法錯誤等。

【語詞】yǔ cí ① 詞和短語：小學語文重點學語詞。② 說話和寫作用到的普通詞語，不包括專門術語：語詞掌握得多，文章就寫得好。

【語調】yǔ diào ① 說話語音的輕重、高低、快慢、長短的變化。② 腔調；口音：聽那語調像是廣東人 / 模仿同學的語調說話。

【語重心長】yǔ zhòng xīn cháng 言辭懇切，情意深長：老師語重心長地跟我們分析利弊。

【語無倫次】yǔ wú lún cì 說話顛三倒四，沒有條理：他說話語無倫次，根本不能理解。（反）條理分明

誤[误]
誤誤誤誤誤誤　誤

（普）wù （粵）ng⁶ 悟

① 差錯：錯誤。② 不正確的：誤解 / 誤會。
③ 不慎，無意中：誤傷。④ 耽誤；錯過；拖延：
誤事 / 誤點。⑤ 損害、傷害：誤人子弟。

【誤差】wù chā 差錯；偏差：改正了計算上的
誤差。

【誤會】wù huì ① 錯誤地理解：您誤會我了！
② 錯誤的理解：這是一場誤會。（同）誤解

【誤解】wù jiě ① 錯誤地理解：誤解了我的話。
② 不正確的理解：兩人消除了誤解。

【誤導】wù dǎo 錯誤地引導，造成錯覺：廣告如
果誇大其詞，就是誤導民眾。

誘[诱]
誘誘誘誘誘誘　誘

（普）yòu （粵）jau⁵ 有

① 勸導；引導：循循善誘。② 引誘：誘騙（誘
惑哄騙）。

【誘惑】yòu huò ① 引誘迷惑：不為名利所誘惑。
② 吸引：美妙的演奏很有誘惑力。（同）引誘

【誘發】yòu fā ① 誘導啟發：誘發學生的自學能
力。② 造成，導致發生：發霉的花生可能誘發
癌變。

誨[诲]
誨誨誨誨誨誨　誨

（普）huì （粵）fui³ 悔

教導：教誨 / 誨人不倦（耐心教育人，不知疲倦）。
〔古詩文〕使弈秋誨二人弈（二子學弈《孟子》）

説[说]⁽一⁾
説説説説説説　説

（普）shuō （粵）syut³ 雪

① 用言語表達：説話。② 講解：解説 / 現身説

法。③ 批評、數落：説了他幾句。④ 針對、指：
你這話是説誰的？⑤ 言論；主張：學説 / 著書
立説。

【説明】shuō míng ① 解説明白：説明用法。
② 證明：你不在場也不能説明你無罪。③ 解説
的話語或文字：這是最好的説明。

（一）【説法】shuō fa ① 敍述的方式；措詞：換
了一個説法。② 意見；見解：各有各的説法。
③ 理由、根據：總得有個説法罷。

（二）【説法】shuō fǎ 宣講佛法：現身説法。

【説話】shuō huà ① 用言語表達意思，發表意
見：小傢伙很會説話。② 閒談、聊天：他們正
在房裏説話呢。③ 指責、非議：行得正走得端，
不怕別人背後説話。

【説不定】shuō bu dìng ① 確定不了、定不下
來：他肯不肯還説不定。② 有可能、不確定：
説不定他都走了。（同）説不準（反）肯定

説[说]⁽二⁾

（普）shuì （粵）seoi³ 歲

勸説人接受某種意見或主張：説服（説明道理讓
人心服）/ 遊説 / 不做説客。

説[说]⁽三⁾

（普）yuē （粵）syut³ 雪

同“悦”，吟快。只用於古文中：學而時習之，不
亦説乎？（《論語》）

認[认]
認認認認認認　認

（普）rèn （粵）jing⁶ 英⁶

① 辨別；辨識：辨認 / 認字。② 承認；同意：
認錯 / 認可（同意、許可）。③ 接受：認賬 / 默認。

【認同】rèn tóng 同意、贊同：認同多數人的意

見。 反 反對 * 否定

【認定】rèn dìng 確切地認為：認定就是他幹的 /
認定他做接班人。 反 否定

【認為】rèn wéi 自己覺得、拿出自己的看法：認
為他的能力勝任不了。 同 以為

🔑 應為 "認" 指的是認識、分辨。"應" 指回答、
應當、應該，"認為" 意思是對某事物通過分析
思考後作出的判斷。

【認真】rèn zhēn ① 當真，信以為真：開個玩笑，
何必認真！ ② 嚴肅對待，不馬虎：認真學習。
反 馬虎 * 隨便

【認得】rèn de ① 認識、熟悉：你認得他嗎？
② 懂得，明白：這個字我不認得。 反 生疏

【認識】rèn shi ① 相識、熟悉：這個人我認識。
② 了解；理解：對她的內心我認識不多。

7 誦[诵] 誦 誦 誦 誦 誦 誦 誦

普 sòng 粵 zung⁶ 頌

① 讀出聲音；朗讀：朗誦 / 誦讀（朗讀）。② 背
誦：過目成誦。③ 述說；稱道：傳誦 / 稱誦。

8 請[请] 請 請 請 請 請 請 請

普 qǐng 粵 cing² 拯 / ceng² 青²

① 申請、請求：請辭 / 請幫我個忙。② 約請：
請柬 / 請帖 / 邀請。③ 宴請：請客。④ 聘任：
聘請 / 延請。⑤ 敬辭。要求對方做某件事時使
用：請進 / 請勿吸煙。

【請示】qǐng shì 請求給予指示。 反 指示

【請客】qǐng kè ① 宴請客人：今天的晚宴是我
請客。② 替他人償付費用：看電影他請客。

【請教】qǐng jiào 求教，請求指教。 同 求教

【請求】qǐng qiú ① 提出要求，希望得到滿足：
請求你幫我一把。 反 命令 * 責令 ② 提出來的要
求：爸爸答應了我買電腦的請求。

【請問】qǐng wèn ① 提出問題，要求解答：請問
圖書館在哪裏？② 試問，話語中使用的一種假設
性提問，以引起聽者注意：請問，沒有你的幫助，
他能成功嗎？

【請願】qǐng yuàn 以集體行動要求政府或主管
當局滿足所提的要求。

8 諸[诸] 諸 諸 諸 諸 諸 諸 諸

普 zhū 粵 zyu¹ 珠

① 眾；各位；各個：諸位 / 公司諸部門。② 相
當於 "之"、"之於"：消息已見諸報章。

【諸多】zhū duō 許多、好些個：在諸多愛好中，
最迷電腦遊戲。 同 許多

【諸侯】zhū hóu 中國周朝和漢代初期由帝王分
給封地的君主。 俗 挾天子以令諸侯

8 誹[诽] 誹 誹 誹 誹 誹 誹 誹

普 fěi 粵 fei² 匪

毀謗：誹謗（以不實之辭誣衊別人）。

8 課[课] 課 課 課 課 課 課 課

普 kè 粵 fo³ 貨

① 教學科目：課程。② 教材裏劃分的單元：中
國語文第三課。③ 教學的時間單元：上午四節
課，下午三節課。④ 徵收（賦稅）：課稅。

【課程】kè chéng 學校教學的科目或進程安排：
一年級要完成十個指定課程 / 課程表已經公佈了。

【課題】kè tí ① 學習、研究或討論的專門問題：
講解保護環境的課題。② 急待解決的問題：北
方缺水是急需解決的課題。

〔簡明詞〕課本：學生用的教科書。課文：學
生課本中各單元的正文。課堂、課室：進行教

學活動的教室。課業：功課和作業。課外、課餘：學生在課堂上課之外的時間。

誕[诞] 誕誕誕誕誕誕 誕

⑧

普 dàn 粵 daan³ 旦

① 生育；出生：誕生／誕辰（生日）。② 虛妄；荒唐：荒誕不經。

【誕生】dàn shēng ① 出生：孩子在香港誕生。回 降生 ② 比喻新事物產生出來：他生活的那個時代，資本主義還沒誕生。

誰[谁] 誰誰誰誰誰誰 誰

⑧

普 shéi shuí 粵 seoi⁴ 垂

① 哪個人、哪些人、甚麼人：你是誰／野餐都有誰參加／好像有誰來過。② 不論誰、任何人，代替所有的人：誰說都沒用。③ 代替假設存在的人，相當於說"那麼一個人"：有誰能幫幫我就好了。

調[调]⁽一⁾ 調調調調調調 調

⑧

普 tiáo 粵 tiu⁴ 條

① 諧和、協調：風調雨順。② 調節；調整；調理：調校／調物價／眾口難調。③ 嘲弄；挑逗：調弄／調戲。

【調皮】tiáo pí 頑皮；不順從：男孩子真調皮／調皮學生上他的課就聽話了。反 乖巧＊聽話

【調度】diào dù 調動安排：調度好巴士車輛，方便乘客出行。

【調配】tiáo pèi 按照要求需求進行調整、搭配、組合：調配顏色／調配物資／調配銷售網點。

【調理】tiáo lǐ ① 調養：病後吃中藥調理。② 調教：媽媽調理弟弟很耐心。③ 擺弄整理：對着鏡子調理頭髮。④ 料理、打理：媽咪把家調理

得很好。

【調教】tiáo jiào ① 有針對性地進行教育引導：挑皮的孩子讓她調教好了。② 訓練牲畜禽鳥的行為動作：調教烈馬／鸚鵡調教得會說十句話了。

【調節】tiáo jié 為適應新要求新情況而適當變更原來的：調節室溫／調節人力。回 調整

【調解】tiáo jiě 勸說雙方，找出解決問題的辦法。回 調和 反 挑撥

【調整】tiáo zhěng 做出可適應新要求新情況的改變：調整物價／調整策略。

【調劑】tiáo jì ① 按處方配藥。② 調節：調劑供貨品種／看電影調劑下生活。

調[调]⁽二⁾

⑧

普 diào 粵 diu⁶ 掉

① 調動：調職／調兵遣將。② 查證了解：調查。③ 言論、主張、意見：陳詞濫調／老調重彈。④ 風格：格調／筆調。⑤ 音調；曲調；腔調：聲調／彈不成調／南腔北調。

【調子】diào zi ① 樂曲的曲調。② 說話的音調或所帶的情緒：用尖細的調子說話／發言的調子越來越激昂。

【調查】diào chá 查明實際情況。回 查證

【調校】tiáo jiào 調節校正：調校座椅／調校測距儀。

【調配】diào pèi 調動配置：緊急調配大米和食糖。

【調動】diào dòng ① 從一處換到另一處：調動職務／調動警察部隊。② 激發、發動起來：調動員工的積極性。

【調換】diào huàn ① 更換：調換受損的汽車零件。② 交換、對換：調換一下座位。

論[论]（一） 論論論論論論 論

普lùn 粵leon⁶ 吝

① 分析；說明事理：議論 / 平心而論。② 分析、說明事理的言論、文章：典論 / 奇談怪論。③ 衡量、評價；看待、評判：相提並論 / 一概而論 / 論功行賞 / 以判刑事罪行論處。④ 學說、理論、觀點：進化論 / 論點論據。⑤ 從某個角度、標準來說：論鐘點計酬 / 論學習我不如他。

【論文】lùn wén ① 談論文章：喜歡說詩論文。② 研究、討論問題的文章：正在寫博士論文。

【論述】lùn shù ① 分析、說明、論證；全面系統地說明：說理清楚，論述簡明。② 論述的內容：傾聽他精闢的論述。

【論據】lùn jù 立論的根據，證明論點的理由和事實：立論的論據不足。

【論點】lùn diǎn 觀點或主張：寫議論文，論點一定要明確，論據要翔實，才有說服力。

【論證】lùn zhèng 論述和證明：論證民主政治的重要性。

論[论]（二）

普lún 粵leon⁶ 吝

《論語》：古書名，記錄孔子及其弟子言行的著作，與《孟子》並稱儒家兩大經典。

諒[谅] 諒諒諒諒諒諒 諒

普liàng 粵loeng⁶ 亮

① 寬容：原諒 / 諒解（了解實情後予以原諒）。② 料想：諒他不敢這麼做。

談[谈] 談談談談談談 談

普tán 粵taam⁴ 潭

① 說；談論：談及（說到、談到）/ 談情說愛。② 話語；言論；主張：奇談怪論 / 老生常談。

【談吐】tán tǔ 說話時的措辭和風度：談吐不凡。

【談判】tán pàn 雙方或多方商談須要解決的問題，求得共識或達成協議。 ➡ 商談 * 會談

【談話】tán huà ① 兩人或多人在一起交談。② 用語言表達的形式發表的政策、主張、看法或意見。

【談論】tán lùn 交談議論：同學在一起談論考大學的事。

【談天說地】tán tiān shuō dì 漫無邊際地閒聊：同學們聚在一起談天說地。

【談笑風生】tán xiào fēng shēng 有說有笑，輕鬆歡快，情趣橫生：陳老師為人親切，常跟學生談笑風生。

🔍 談笑風聲 "風聲" 指颱風的聲音或透露出的消息。"風生" 是 "風生頰" 的略語，出自 "談笑風生頰"，形容有風趣。

誼[谊] 誼誼誼誼誼誼 誼

普yì 粵ji⁴ 宜 / ji⁶ 二

交情、情分：友誼 / 深情厚誼。

諾[诺] 諾諾諾諾諾諾 諾

普nuò 粵nok⁶ 喏

① 答應、應允：允諾 / 諾言（承諾）。② 答應的聲音，表示同意：一呼百諾 / 唯唯諾諾。

謀 [谋]　謀謀謀謀謀謀 謀

⟨普⟩ móu ⟨粵⟩ mau⁴ 牟

① 計策、主意：謀略（計謀策略）/ 足智多謀。
② 策劃；算計：謀劃（想主意想辦法）/ 謀財害命。③ 商議：不謀而合。④ 尋求：以權謀私。
【謀生】móu shēng 設法維持生計：經濟不好，謀生困難。
【謀求】móu qiú 尋求，設法取得：謀求個好職位。⟨同⟩ 謀取

諜 [谍]　諜諜諜諜諜諜 諜

⟨普⟩ dié ⟨粵⟩ dip⁶ 碟

① 偵察；刺探：諜報。② 刺探情報的人：間諜。

謂 [谓]　謂謂謂謂謂謂 謂

⟨普⟩ wèi ⟨粵⟩ wai⁶ 慧

① 說：所謂 / 可謂有自知之明。② 稱做、叫做：何謂現代社會 / 此之謂以毒攻毒。③ 意思；意義：無謂的舉動 / 說些無謂的話。

諭 [谕]　諭諭諭諭諭諭 諭

⟨普⟩ yù ⟨粵⟩ jyu⁶ 遇

① 上對下告知、指示、教導：告諭 / 敬請明諭。
② 指示；皇帝的詔令：手諭 / 上諭。

諷 [讽]　諷諷諷諷諷諷 諷

⟨普⟩ fěng ⟨粵⟩ fung³ 風³

① 暗示：借古諷今。② 用尖刻的話譏刺指責：譏諷 / 冷嘲熱諷。
【諷刺】fěng cì 用比喻、誇張的語言進行譏笑挖苦。⟨同⟩ 譏刺 * 嘲諷

諮 [咨]　諮諮諮諮諮諮 諮

⟨普⟩ zī ⟨粵⟩ zi¹ 之

商議；詢問：諮詢（徵求意見；聽取意見）。

諺 [谚]　諺諺諺諺諺諺 諺

⟨普⟩ yàn ⟨粵⟩ jin⁶ 現

諺語：農諺 / 俗諺。
【諺語】yàn yǔ 流傳於民間的簡練通俗、寓意豐富的固定語句；諺語大都反映民間積累的經驗或得出的道理。

諧 [谐]　諧諧諧諧諧諧 諧

⟨普⟩ xié ⟨粵⟩ haai⁴ 孩

① 協調：和諧。② 風趣；幽默；滑稽：諧趣 / 詼諧。
【講究】jiǎng jiu ① 注重並想辦法實現：講究效率。② 精美、精緻、考究：穿着很講究。③ 需要深思研究的做法或道理：教課大有講究。
【講述】jiǎng shù 敍述、述說：講述他的冒險經歷。
【講師】jiǎng shī 大學裏介於助教和副教授之間的教師的學術職務。
【講座】jiǎng zuò 現場講授或通過廣播電視教授專門學識的授課方式。
【講理】jiǎng lǐ ① 評判是非；評理：蠻橫不講理。
② 明白事理；服從道理：看上去像個講理的人。
⟨反⟩ 無理
【講授】jiǎng shòu 授課，講解傳授：他在歷史系講授歐洲史。⟨同⟩ 教授
【講解】jiǎng jiě 解說；解釋：老師講解得非常清楚。
【講話】jiǎng huà ① 發言、說話：愛講話的人。
② 話語：生動風趣的講話。③ 解說性的話語，一般用作書名：《學生作文講話》。

【講義】jiǎng yì 為教學授課編寫的教材。

【講演】jiǎng yǎn ① 向聽眾講述知識、學術、主張等。② 指講演的內容。🔁 演講

【講學】jiǎng xué 講授學問：邀請他來中文大學講學。

【謎語】mí yǔ 供人猜測的一種隱語。由謎面和謎底兩部分組成，如 "瓜熟蒂落" 是謎面，答案 "爪" 字就是謎底。

🔍 迷語 "迷" 的意思是迷惑、迷失。"謎" 意思是尚未弄明白的問題。

---

¹⁰ 謊 [谎]　謊 謊 謊 謊 謊 謊　謊

🔊 huǎng 🔊 fong¹ 方

① 不真實的話；騙人的話：説謊。② 虛假、不真實的：謊話 / 謊報 / 謊稱 (假裝説、虛假地聲稱)。

¹⁰ 謝 [谢]　謝 謝 謝 謝 謝 謝　謝

🔊 xiè 🔊 ze⁶ 借⁶

① 推辭，婉言拒絕：謝絕 (推辭；拒絕) / 辭謝。② 凋落；消逝：凋謝 / 新陳代謝。③ 表示感激：謝謝 / 感謝 / 謝意 (感謝的心意)。

¹⁰ 謠 [谣]　謠 謠 謠 謠 謠 謠　謠

🔊 yáo 🔊 jiu⁴ 搖

① 沒有事實根據的傳言：謠言 / 造謠。② 民間不用樂器伴奏唱的歌：歌謠 / 民謠。

¹⁰ 謗 [谤]　謗 謗 謗 謗 謗 謗　謗

🔊 bàng 🔊 bong³ 邦³

中傷、誣衊：誹謗。

¹⁰ 謎 [谜]　謎 謎 謎 謎 謎 謎　謎

🔊 mí 🔊 mai⁴ 迷

① 謎語：猜謎。② 比喻尚不清楚或難以理解的事物：謎團 (疑團) / 至今還是個謎。

---

¹⁰ 謙 [谦]　謙 謙 謙 謙 謙 謙　謙

🔊 qiān 🔊 him¹ 欠¹

虛心；不自滿：謙虛 / 謙讓 / 謙厚 (謙虛厚道) / 謙和 (謙遜溫和)。

〔古詩文〕滿招損，謙受益

【謙虛】qiān xū ① 虛心謙讓不自滿：謙虛是做人的美德。🔁 傲慢 ② 説謙虛的話：謙虛了幾句，也就答應下來。

【謙遜】qiān xùn 謙虛謹慎有禮貌。🔁 傲慢

【謙讓】qiān ràng 謙遜退讓不爭奪。

¹¹ 謹 [谨]　謹 謹 謹 謹 謹 謹　謹

🔊 jǐn 🔊 gan² 緊

① 小心慎重：謹言慎行。② 鄭重、恭敬：謹在此致謝。③ 嚴格；嚴密：謹守 (嚴格遵守) / 謹嚴 (嚴謹)。

【謹慎】jǐn shèn 小心慎重：此人向來謹慎，出不了大錯。🔁 輕率 * 魯莽

¹¹ 謬 [谬]　謬 謬 謬 謬 謬 謬　謬

🔊 miù 🔊 mau⁶ 茂

錯誤，不正確：荒謬 / 謬誤 (錯誤、差錯) / 謬論 (荒謬的言論) / 大謬不然。

¹²**譚** [谭]　譚譚譚譚譚譚　譚

(普) tán　(粵) taam⁴ 談

話語：天方夜譚。

¹²**識** [识] ^(一)　識識識識識識　識

(普) shí　(粵) sik¹ 色

① 認識；辨別：識字訓練／不識時務。② 知道；了解：不識好歹／不識當家的難處。③ 知識；見解：學識／遠見卓識。(俗) 識時務者為俊傑

【識別】shí bié 辨認、辨別；鑒別：人臉識別功能。

¹²**識** [识] ^(二)

(普) zhì　(粵) sik¹ 色

① 記住：博聞強識。② 標誌、記號：標識。

¹²**譜** [谱]　譜譜譜譜譜譜　譜

(普) pǔ　(粵) pou² 普

① 按照類別或系統編成的表冊、圖書等：棋譜／圖譜／族譜。② 用符號記錄的音樂作品：樂譜。③ 底線，大致的標準或範圍：太離譜了／心裏沒譜。④ 派頭、排場：擺譜。⑤ 配曲、作曲：譜曲／譜寫（為歌詞配曲或創作樂曲）。

¹²**證** [证]　證證證證證證　證

(普) zhèng　(粵) zing³ 正

① 憑據：物證／憑證。② 證實、核實：查證。

【證件】zhèng jiàn 證明文件：出示證明身份的證件。

【證明】zhèng míng ① 斷定真實不虛假：事實證明她沒說謊。② 證人、證據：你是當事人，請你做證明／這封信當證明不充分。③ 作證明用的文件：當局給我開了證明。

【證書】zhèng shū 證明資格、榮譽、權力的證件：學歷證書／獲得金獎的證書。

【證實】zhèng shí 證明不虛假：傳言最終得到證實。

【證據】zhèng jù 證明屬實的憑據：拿不出可靠的證據。

¹²**譏** [讥]　譏譏譏譏譏譏　譏

(普) jī　(粵) gei¹ 機

諷刺；嘲弄：譏笑（諷刺嘲弄）。

¹³**警**　警警警警警警　警

(普) jǐng　(粵) ging² 竟

① 告誡、警告：預警。② 戒備，保持警覺：警戒／警惕。③ 危急或意外的情況：火警／報警。④ 反應敏銳：機警。⑤ 警察：警長／警隊（警察部隊）。⑥ 警察使用的：警服／警犬。

【警衛】jǐng wèi ① 警戒保衛：負責社區的警衛工作。② 負責警衛的人員：同警衛交談。

【警告】jǐng gào ① 嚴正告誡，讓對方醒悟或迷途知返。② 紀律處分的一種：給予警告處分。

【警惕】jǐng tì 專心戒備：坡陡路滑，警惕摔倒。(反) 鬆懈＊麻痺

【警署】jǐng shǔ 警察署，一般為警務機構的派出或分支機構，負責一個區域的警務工作。

【警察】jǐng chá ① 維護社會秩序與安全的武裝力量：警察署／警察局。② 警察人員：路上有警察。

【警覺】jǐng jué ① 察覺情況不對，即刻警惕起來：見那人鬼鬼祟祟，馬上警覺起來。② 對危險情況對敏感度：提高警覺，慎防小偷。

【警鐘】jǐng zhōng ① 在遇險或發生意外時報警的鐘。② 比喻叫人注意、警惕的話語、警句：

警鐘長鳴。

13 譯 [译]   譯 譯 譯 譯 譯   譯

(普) yì (粵) jik⁶ 亦

① 把一種語言文字轉換成另一種語言文字：英文的中文譯本。② 把古代語文轉換成現代語文：把古文譯成白話文。③ 把代碼符號轉換成對應的語言文字：破譯密電。

13 議 [议]   議 議 議 議 議 議   議

(普) yì (粵) ji⁵ 耳

① 商量；討論；評説：商議／議論。② 言論；意見：建議／沒有異議。③ 議會：議員／議院。

【議會】yì huì 擁有立法權的立法機構，並監督政府的權力運作，議員由選舉產生，一般由兩院組成。

【議論】yì lùn ① 發表意見，論列是非、得失、優劣等：議論紛紛。② 意見、言論：對此事有很多議論。

13 譬   譬 譬 譬 譬 譬 譬   譬

(普) pì (粵) pei³ 屁

打比方、比喻：譬如（比如、比方説）。

14 譽 [誉]   譽 譽 譽 譽 譽 譽   譽

(普) yù (粵) jyu⁶ 預

① 稱讚、讚美：讚譽／稱譽。② 美名，好名聲：香港有"美食天堂"對美譽／譽滿天下。

14 護 [护]   護 護 護 護 護 護   護

(普) hù (粵) wu⁶ 互

① 保護；照顧：護送／護衛（保護；保衛）／愛護。
② 包庇、偏向：官官相護。

【護士】hù shi 專事護理病人的醫務人員。

【護理】hù lǐ ① 看護和料理病人。② 養護；照看：細心護理園中的花草。

【護照】hù zhào 由政府部門發給，證明持有人身份的證件。

14 譴 [谴]   譴 譴 譴 譴 譴 譴   譴

(普) qiǎn (粵) hin² 顯

責備、申斥：譴責（嚴厲責備、斥責）。

15 讀 [读] ⁽一⁾   讀 讀 讀 讀 讀 讀   讀

(普) dú (粵) duk⁶ 獨

① 照着文字唸：宣讀。② 閱覽、閱讀：讀報／讀書。③ 上學、學習：讀初中／正在讀設計。
④ 字詞的唸法：讀音。

【讀者】dú zhě 讀物的出版者稱閱讀其讀物的人。

【讀物】dú wù 可閱讀的書籍、報刊、電子書之類。

【讀書】dú shū ① 閱讀書本課本：埋頭讀書／空下來就讀書作畫。② 求學，學習功課：在小學讀書／讀書很用功。

15 讀 [读] ⁽二⁾

(普) dòu (粵) dau⁶ 逗

語句中的停頓叫"讀"（也用"逗"字），結束一句話叫"句"：句讀。

16 **變** [变]　變變變變變變

⑲ biàn ⑭ bin³ 便³

① 變化：變更（更改）/ 變動（改變）/ 變換（改變、改換）/ 人心思變。② 變成、變為：漁村變鬧市，土丘變高樓。③ 突然發生的變動：七七事變。④ 正在變動中的：變局。

【變化】biàn huà ① 從原來的轉變成新的：氣候變化無常。② 改變；改換：變化做事的方法，適應新的工作環境。⑤ 穩定 * 固定

〔附加詞〕變化多端、變化無常：變來變去，不穩定，無從捉摸。

【變幻】biàn huàn 變化不定，變來變去：風雲變幻 / 變幻莫測（變化無常）。

【變革】biàn gé 改變舊的，創建新的：變革過時的制度。⑤ 改革 * 革新

【變相】biàn xiàng 只是變換手法，實際上沒變：各種優惠變相讓人消費更多。⑤ 本相 * 真相

【變通】biàn tōng 靈活，不墨守成規：按照不同情況變通處理。⑤ 拘泥

【變態】biàn tài 處於不正常的狀態：心理變態。

【變遷】biàn qiān 持續較長時間的變化：人世變遷 / 社會變遷。

【變本加厲】biàn běn jiā lì 比原來更加深、更加重、更加厲害：父母逼寵培使孩子逼壞習慣變本加厲。

17 **讓** [让]　讓讓讓讓讓讓 讓

⑲ ràng ⑭ joeng⁶ 樣

① 把方便和好處推給別人：謙讓。② 把權力、權利或東西轉給別人：讓位 / 出讓房產。③ 離開；避開：讓路 / 退讓。④ 聽任；容許：讓他去 / 不讓說下去。⑤ 表示願意、希望：讓生活更美好。⑥ 相當於"被"：那本書讓他找到了。

【讓步】ràng bù 作出退讓或妥協，使事情能辦成。

19 **讚** [赞]　讚讚讚讚讚讚 讚

⑲ zàn ⑭ zaan³ 贊

① 稱美；頌揚：讚揚（稱讚表揚）/ 讚譽。② 文體的一種，以讚美為主：英雄讚。

【讚歎】zàn tàn 感到難得一見，極為讚賞。

【讚不絕口】zàn bu jué kǒu 連聲稱讚，非常讚賞：食客對這道菜讚不絕口。

谷部

0 **谷**　谷谷谷谷谷谷 谷

⑲ gǔ ⑭ guk¹ 穀

山谷，山與山之間低窪的狹長地帶，有的谷地有小溪或河流，有的則較平坦

10 **豁** (一)　豁豁豁豁豁豁 豁

⑲ huō ⑭ kut³ 括

① 裂開；開口兒：舊城牆的豁口。② 拋開、捨棄：我豁出去了 / 豁出命拼一把。

10 **豁** (二)

⑲ huò ⑭ kut³ 括

敞開；開闊：轉出山谷，眼前豁然開朗。

【豁亮】huò liàng ① 寬敞明亮：大廳非常豁亮。② 清楚明白：聽他一解釋，心裏豁亮了。

豆部

豆 豆豆豆豆豆豆 ⁰

㊀dòu ㊁dau⁶ 寶

① 豆類作物；豆子，豆類作物的種子：大豆 / 綠豆。② 形狀像豆子的東西：土豆 / 花生豆 / 咖啡豆。㊖種瓜得瓜，種豆得豆

【豆莢】dòu jiá 豆類植物的果實，俗稱豆角兒。

【豆豉】dòu chǐ 用黃豆或黑豆泡透蒸熟或煮熟，經過發酵製成的食品。有鹹淡兩種，主要用於調味。

【豆腐】dòu fu 大豆經浸泡、磨細、濾淨、煮漿後，加入石膏或鹽鹵凝結成塊，用布包起來壓去部分水分而成的豆製品：紅燒豆腐 / 麻婆豆腐。

豈 [岂] 豈豈豈豈豈豈 ³

㊀qǐ ㊁hei² 起

相當於"哪"、"怎麼"、"難道"，表示反問：豈敢（哪敢）/ 豈有此理（哪有這種道理）/ 兩全其美，豈不更好？

〔簡明詞〕豈止：何止，哪裏止。豈非：難道不是。

豉 豉豉豉豉豉豉 ⁴

㊀chǐ ㊁si⁶ 士

見"豆豉"。

豎 [竖] 豎豎豎豎豎豎 ⁸

㊀shù ㊁syu⁶ 樹

① 跟地面垂直的：豎立。② 直立起來：豎旗杆。③ 上下或前後方向的：豎線 / 對聯豎寫。④ 漢字的筆劃。從上往下直着寫，形狀是"丨"：十字是一橫一豎。

【豎立】shù lì ① 物體垂直地立着：廣場上豎立着旗杆。② 把物體垂直地立起來：把旗杆豎立在廣場上。

豌 豌豌豌豌豌豌 ⁸

㊀wān ㊁wun¹ 碗¹

豌豆，植物名，開白色或淡紫色花，結莢果，嫩葉和球形種子可做菜吃，莢果和種子也叫豌豆。

豐 [丰] 豐豐豐豐豐豐 ¹¹

㊀fēng ㊁fung¹ 風

① 茂盛：豐茂 / 長林豐草。② 富足、豐富：豐年（農作物大豐收的年分）。③ 大：豐碑 / 豐功偉績。㊖瑞雪兆豐年

【豐收】fēng shōu 獲得好收成；收穫很大：連年豐收 / 今年我的股票大豐收。㊝歉收

【豐盛】fēng shèng 多而且好：豐盛的午餐。㊝貧乏

【豐富】fēng fù ① 種類多或數量大：物產豐富 / 有豐富的經驗。② 增加、增多：豐富我們的電腦知識。㊀充足＊充裕㊝缺乏＊貧乏

【豐碩】fēng shuò 又多又大：豐碩的果實 / 取得豐碩的成果。

【豐滿】fēng mǎn ① 豐富充足：庫中的儲備豐滿。② 厚實：羽毛豐滿 / 羽翼豐滿。③ 形容人體態豐潤：她越長越豐滿了。㊝單薄

【豐功偉績】fēng gōng wěi jì 偉大的功勞和業

績：歷史記載了李世民對豐功偉績。

【豐衣足食】fēng yī zú shí 生活富裕，穿的吃的豐富充足：百姓豐衣足食，天下太平。

21 豔 [艳]　豔 豔 豔 豔 豔 豔　豔

(普) yàn　(粵) jim⁶ 驗

① 色彩鮮明美麗：鮮豔 / 嬌豔 / 豔陽（明亮的太陽）/ 豔麗（鮮豔美麗）/ 紅豔豔 / 百花爭豔。
② 有關愛情方面的：豔遇 / 豔歌（情歌）。③ 羨慕：豔羨。

豕 部

0 豕　豕 豕 豕 豕 豕 豕　豕

(普) shǐ　(粵) ci² 齒

豬：雞犬豕。

4 豚　豚 豚 豚 豚 豚 豚　豚

(普) tún　(粵) tyun⁴ 團

小豬；豬：豚蹄。

5 象　象 象 象 象 象 象　象

(普) xiàng　(粵) zoeng⁶ 丈

① 陸地上現存最大的哺乳動物，大耳、小眼，圓筒形的長鼻能蜷曲，大都有一對伸出口外長長的大門牙，產於中國雲南、東南亞、印度和非洲等地。② 景象；形象：氣象萬千 / 萬象更新。③ 模仿：象形文字。

【象形】xiàng xíng 中國古代六種造字方法（六書）之一，用描畫實物形狀的方法造字，如："日"

畫一個太陽的形狀"⊙"，"月"畫一個新月的形狀"☽"。

〔附加詞〕象形文字：用描畫實物形狀的造字法造出來的字，如："⊙"是"日"的象形字、"☽"是"月"的象形字。

【象徵】xiàng zhēng ① 用具體事物表現抽象的意義：火炬象徵光明 / 白色象徵純潔。② 用來表現特殊意義的具體事物：白鴿是和平的象徵。

7 豪　豪 豪 豪 豪 豪 豪　豪

(普) háo　(粵) hou⁴ 毫

① 才能傑出的人：英豪。② 有氣魄；直爽，無拘束：豪邁 / 豪爽。③ 強橫霸道：巧取豪奪。
④ 指強橫霸道的人：土豪劣紳。⑤ 感到光榮、感到驕傲：自豪。

【豪爽】háo shuǎng 性格和作風明快、開放、爽氣：為人豪爽，不拘小節。(反) 拘謹

【豪華】háo huá ① 奢侈。② 富麗堂皇：客廳裝飾得十分豪華。(反) 簡陋 * 簡樸

【豪傑】háo jié 才能出眾的人。

8 豬 [猪]　豬 豬 豬 豬 豬 豬　豬

(普) zhū　(粵) zyu¹ 珠

哺乳動物。身體肥壯，耳大，四肢短小，肉供食用，皮製革，鬃、骨做工業原料。

9 豫　豫 豫 豫 豫 豫 豫　豫

(普) yù　(粵) jyu⁶ 遇

河南省的別稱：豫劇（河南地方戲曲劇種之一）。

豸部

貝部

豺

豺 豺 豺 豺 豺 豺

(普)chái (粵)caai⁴ 柴

肉食哺乳動物，又叫豺狗，貌似狼但比狼小，動作敏捷，捕食羊兔一類動物。

豹

豹 豹 豹 豹 豹 豹

(普)bào (粵)paau³ 炮

肉食哺乳動物，貌似虎但比虎小，身上有花紋或斑點，性情兇猛，行動快速敏捷，以食草動物為食。

貌

貌 貌 貌 貌 貌 貌

(普)mào (粵)maau⁶ 予⁶

① 容貌、面容：美貌／花容月貌。② 外表、外觀：貌合神離／地貌。

貓 [猫]

貓 貓 貓 貓 貓 貓

(普)māo (粵)maau¹ 予¹

哺乳動物，體形小，面圓眼大耳小，動作輕捷，善抓老鼠，貓眼的瞳孔可隨光線強弱而縮小放大。現多為家養，波斯貓是名貴品種。(俗)貓哭老鼠假慈悲／不管白貓黑貓，能抓老鼠就是好貓

【貓頭鷹】māo tóu yīng 一種頭部像貓的鳥，有夜視能力的眼睛又圓又大，鉤狀腳爪很銳利，晝伏夜出，捕食鼠、鳥和昆蟲。

貝 [贝]

貝 貝 貝 貝 貝 貝

(普)bèi (粵)bui³ 輩

① 螺、蚌、蛤蜊等介殼軟體動物的統稱：貝殼（貝類的硬殼）／貝類。② 古代用介殼做的貨幣：錢貝／貝幣。

貞 [贞]

貞 貞 貞 貞 貞 貞

(普)zhēn (粵)zing¹ 晶

① 堅定不移，有節操：忠貞不屈。② 古代特指女性不失身、不改嫁的操守：貞節／貞潔／貞操。

負 [负]

負 負 負 負 負 負

(普)fù (粵)fu⁶ 父

① 在背上揹：揹負。② 揹負的東西：如釋重負。③ 承擔：後果自負。④ 承擔的工作或責任：減負。⑤ 依仗、依靠：負隅頑抗。⑥ 遭受：負傷。⑦ 違背、背棄：負心／負約。⑧ 辜負：有負重託。⑨ 虧欠：負債很多。⑩ 輸；失敗：不分勝負。

【負重】fù zhòng ① 揹負重物：負重泅渡大江。② 承擔重任：忍辱負重。

【負責】fù zé ① 承擔責任：這件事由你負責。② 盡心盡力，不逃避責任：工作一向認真負責。(反)敷衍

【負荷】fù hè ① 負擔：肩上的負荷太重。② 在確定的時間內所承擔的工作量：滿負荷。③ 建築物的構件承受的力：鋼梁的負荷超過極限。

【負擔】fù dān ① 承擔：一人負擔家庭的生活。② 承受的壓力，承擔的責任、費用等：心理負

擔／減輕負擔。

【負嵎頑抗】fù yú wán kàng 依靠險要的地勢頑固對抗。嵎，角落或山勢彎曲險要的地方。

³貢[贡]　貢貢貢貢貢貢　貢

（普）gòng （粵）gung³ 工³

① 進貢，古代臣民或屬國向皇帝進獻物品：貢品／貢奉。② 進貢的物品：納貢／進貢。

【貢獻】gòng xiàn ① 向朝廷進貢。② 把財物、力量等獻給國家、社會或公眾。（反）索取 ③ 為國家、社會和公眾做的好事：為社會公益事業做貢獻。

³財[财]　財財財財財財　財

（普）cái （粵）coi⁴ 才

錢和物資：生財有道／不義之財不可取。

【財富】cái fù 一切有價值的東西，包括有形的和無形的：物質財富／精神財富。

【財務】cái wù 有關資金的管理運營和現金的出納、保管、結算，以及核算成本、核定贏虧等事務。

〔簡明詞〕財物：錢財物資。財產：財富和產業。財經：財政和經濟。財團：掌握財力雄厚的大企業或銀行金融業的集團。

⁴責[责]　責責責責責責　責

（普）zé （粵）zaak³ 窄

① 責任：職責。② 要求：責己嚴，責人寬。③ 責備：斥責／譴責。④ 懲處、處罰：責罰。⑤ 為懲罰過失而打：重責四十大板。（俗）天下興亡，匹夫有責

【責任】zé rèn ① 分內應盡的職責：教育子女的責任。② 應該承擔的職責或過失：推卸責任／追

究責任。

【責怪】zé guài 責備怪罪：這事不能責怪他。

【責問】zé wèn 質問，用責備的口氣問：嚴詞責問。

【責備】zé bèi 批評；指責：自己錯了，反而責備別人。

【責罵】zé mà 用嚴厲的話斥責。

⁴販[贩]　販販販販販販　販

（普）fàn （粵）faan³ 泛

① 販賣：販私／販毒。② 販賣貨品的小商人：小販／攤販。

【販賣】fàn mài 買進貨物後轉手賣出。

⁴貨[货]　貨貨貨貨貨貨　貨

（普）huò （粵）fo³ 課

① 錢財、珠寶、貨物的總稱：殺人越貨。② 貨物；商品：買進一批貨。③ 錢：貨幣／硬通貨（黃金等貴金屬）。④ 指人，含貶意：蠢貨／賤貨。

【貨物】huò wù 供買賣的物品。

【貨品】huò pǐn 貨物；貨物的品種。

【貨幣】huò bì 充當商品等價物的特殊商品，用來換取商品、儲存財富和計量財富，分紙幣和金屬幣。

【貨櫃】huò guì 集裝箱，裝貨物的長方形金屬大箱子，保護貨物、方便運輸，可吊裝到車船上。

⁴貪[贪]　貪貪貪貪貪貪　貪

（普）tān （粵）taam¹ 探¹

① 過分愛財；求多，不知滿足：貪財／貪心。② 眷戀、留戀：貪生怕死。

〔古詩文〕我以不貪為寶，爾以玉為寶，若以與我，皆喪寶也。（《左傳》不貪為寶）

【貪心】tān xīn ① 貪求的慾望：是貪心害了她。
② 貪求不知滿足：貪心不足蛇吞象。
【貪污】tān wū 利用職權暗中非法取得財物。
【貪婪】tān lán ① 貪心很大，不知滿足：貪婪無
厭。② 比喻抱有強烈的追求慾望：貪婪地學電
腦知識。⊘ 滿足＊知足
【貪圖】tān tú 一心希望得到：他是位奮發有為，
不貪圖享樂的年輕人。

貧 [贫]　貧貧貧貧貧貧　貧

⊕ pín ⊚ pan⁴ 頻
① 窮，缺乏錢財：貧病交加。② 窮人：憐貧／
扶貧。③ 缺乏、不足：貧血。
【貧乏】pín fá 貧窮：家境貧乏。② 短缺、缺少：
金融知識貧乏。⊘ 富足＊充足
【貧困】pín kùn 貧窮，生計艱難。⊘ 富裕
【貧苦】pín kǔ 貧窮困苦：貧苦人家。
【貧瘠】pín jí (土地) 不肥沃：土地貧瘠。⊘ 肥沃
【貧窮】pín qióng 窮困；不富裕。⊘ 富足

貫 [贯]　貫貫貫貫貫貫　貫

⊕ guàn ⊚ gun³ 灌
① 古代的銅錢有孔，用繩穿一千個為一貫：萬
貫家私／腰纏萬貫。② 穿通：橫貫東西／縱貫南
北。③ 一個個互相銜接：魚貫而入／魚貫而行。
④ 貫通；通曉：學貫中西。⑤ 事，事例：一如
舊貫／一仍舊貫。⑥ 出生地；世代居住的地方：
籍貫。
【貫穿】guàn chuān ① 穿過；連通：地鐵港島
線貫穿東西。② 從頭到尾都包含體現着：這個
線索貫穿你整個故事。
【貫通】guàn tōng ① 連接相通：大橋貫通兩岸。
② 全部透徹了解：融會貫通。
【貫徹】guàn chè 完全按照決定、指示、計劃等

去做：貫徹董事會決議。
〔附加詞〕貫徹始終：從頭做到底，全始全終。

貳 [贰]　貳貳貳貳貳貳　貳

⊕ èr ⊚ ji⁶ 二
① "二" 的大寫：貳拾圓。② 不忠實：懷有貳心。

貼 [贴]　貼貼貼貼貼貼　貼

⊕ tiē ⊚ tip³ 帖
① 把薄片狀的東西黏在另一東西上：剪貼／張
貼。② 靠近、挨近：貼近／貼心 (最親密、最知
心)。③ 補助：貼他點錢。④ 補助的錢：房貼／
津貼。⑤ 適合、妥當：妥貼。⑥ 順從：服貼。
⑦ 與數目字連用，表示中草藥、膏藥的數量：三
貼湯藥／四貼膏藥。
【貼切】tiē qiè 恰當、確切：比喻貼切。
【貼近】tiē jìn ① 靠近、緊挨着：貼近耳朵說悄
悄話。⊘ 遠離 ② 親近：身邊連個貼近的人也
沒有。

貶 [贬]　貶貶貶貶貶貶　貶

⊕ biǎn ⊚ bin² 扁
① 降低 (官職或價值)：貶官／貶值。② 給予低
劣的評價：褒貶／貶得一錢不值。
【貶值】biǎn zhí ① 貨幣購買力下降。② 降低
本國單位貨幣的含金量或同外幣的兌換比價。
③ 泛指事物的價值降低：信仰貶值。⊘ 升值
【貶義】biǎn yì 字句裏含有厭惡或否定的意思：
詞語有褒義詞有貶義詞。⊘ 褒義

貯 [贮]　貯貯貯貯貯貯　貯

（普）zhù （粵）cyu⁵ 柱

儲存；積存：貯藏 / 貯糧。

【貯存】zhù cún ① 儲存：貯存新鮮水果。② 儲存的物品：動用貯存。（同）存儲（反）耗費 * 消耗

【貯藏】zhù cáng ① 儲存：貯藏戰略物資。② 蘊藏：煤炭貯藏量。（同）儲藏

貴 [贵]　貴貴貴貴貴貴　貴

（普）guì （粵）gwai³ 季

① 價格高、價錢貴：昂貴 / 名貴。② 值得重視、珍愛：珍貴 / 寶貴。③ 地位高：富貴 / 貴賓（尊貴的客人）。④ 敬辭。稱跟對方有關的事物：貴姓 / 貴校。⑤ 貴州省的簡稱：雲貴高原。（俗）貴人多忘事 / 人貴有自知之明

【貴重】guì zhòng 價值高、珍貴：貴重的禮品。

【貴族】guì zú 君主制國家中享有世襲特權的社會上層：貴族出身 / 名門貴族。

買 [买]　買買買買買買　買

（普）mǎi （粵）maai⁵ 埋⁵

① 購進，拿錢換東西：買花 / 買書。② 用錢物等換取好處：收買人心。

【買家】mǎi jiā 買進商品、動產、不動產的一方。（反）賣家

（一）【買賣】mǎi mài 做生意；販賣貨物：買賣公平，童叟無欺。

（二）【買賣】mǎi mai 生意：做了一筆大買賣。

貸 [贷]　貸貸貸貸貸貸　貸

（普）dài （粵）taai³ 太

① 借入或借出：向銀行貸了一筆錢。② 借出或

借入的款項：借高利貸。③ 推開、推卸：責無旁貸。④ 寬恕：嚴懲不貸。

【貸款】dài kuǎn ① 銀行等金融機構借錢給用戶，或用戶向銀行等金融機構借錢，按約定付利息，到期償還本金。② 借貸的款項：償還貸款。

貿 [贸]　貿貿貿貿貿貿　貿

（普）mào （粵）mau⁶ 茂

① 交易；買賣：商貿 / 外貿。② 輕率：貿然（形容輕率、冒失）。

【貿易】mào yì 用錢買物、以物賣錢等商品交換活動：貿易公司 / 貿易談判。

費 [费]　費費費費費費　費

（普）fèi （粵）fai³ 廢

① 費用：旅費 / 學費。② 花費；消耗：費脣舌 / 費工夫。③ 花費多、消耗多：很費時 / 大功率空調費電。

【費心】fèi xīn ① 操心：從小就不讓媽媽費心。（反）省心 ② 客套話。用於請託或致謝：費心幫我照管下行李。

【費用】fèi yòng 開支；需要花費的錢。

【費事】fèi shì ① 花工夫：容易做，不費事。② 麻煩：在家裏招待客人很費事。（反）省事

【費解】fèi jiě 難懂，不易理解。

賀 [贺]　賀賀賀賀賀賀　賀

（普）hè （粵）ho⁶ 荷

祝賀；慶賀：恭賀。

〔簡明詞〕賀壽：祝賀壽辰。賀喜：祝賀別人喜慶的事。賀禮：祝賀時贈送的禮物。賀卡：祝賀節日、生日、喜事的卡片，上面寫有或印有祝辭。

賈 [贾] ^(一)　賈賈賈賈賈賈　賈

㊀gǔ ㊁gu² 古

① 商人：富商大賈。② 買；賣：賈馬／餘勇可賈。③ 招引；招致：賈禍。

賈 [贾] ^(二)

㊀jiǎ ㊁gaa² 假

姓。

賊 [贼]　賊賊賊賊賊賊　賊

㊀zéi ㊁caak⁶ 冊⁶

① 危害國家和人民的人：奸賊／獨夫民賊。
② 偷竊財物的人：竊賊／做賊心虛。③ 邪惡的、不正派的：賊心／賊頭賊腦。

【賊喊捉賊】zéi hǎn zhuō zéi 做賊的人喊叫別人去捉賊，比喻做了壞事的人為逃脫罪責，故意轉移目標、混淆視聽。

賄 [贿]　賄賄賄賄賄賄　賄

㊀huì ㊁kui² 繪

① 用財物買通人：賄賂／行賄。② 用來買通人的財物：受賄／納賄。

【賄賂】huì lù ① 用財物買通人。② 用來買通人的財物：收受賄賂。

賂 [赂]　賂賂賂賂賂賂　賂

㊀lù ㊁lou⁶ 路

① 贈送財物。② 用財物買通別人：賄賂。

賃 [赁]　賃賃賃賃賃賃　賃

㊀lìn ㊁jam⁶ 任

租借：租賃房屋／租賃合約。

資 [资]　資資資資資資　資

㊀zī ㊁zi¹ 之

① 錢財；費用：資產（資金財產）／車資。② 用資財幫助：資助。③ 天賦、稟賦：天資聰明。④ 年資、資格、經歷：論資排輩／資深（資格老、資歷深厚）。⑤ 供，提供：可資借鑒。

【資本】zī běn ① 賺取利潤的本金：籌集資本。
② 比喻所憑藉的條件：健康是事業的資本／沒有值得驕傲的資本。

【資助】zī zhù 用財物幫助別人。

【資金】zī jīn ① 貨幣或物資：往災區緊急調撥資金。② 資本、本錢：籌措資金。

【資格】zī gé ① 人的經歷、地位、身分等：論資格，他數第一。② 應具備的條件：代表資格／參賽資格。

【資訊】zī xùn 資料和信息。

【資料】zī liào ① 生產和生活用的東西。② 文字、圖像、信息等方面的材料：報刊資料／圖書資料。

【資源】zī yuán 物資的天然來源：水力資源／石油資源。

【資歷】zī lì 資格和經歷。

賑 [赈]　賑賑賑賑賑賑　賑

㊀zhèn ㊁zan³ 振

救濟：賑濟／賑災。

賒[赊] 賒賒賒賒賒賒 賒

（普）shē （粵）se¹ 些

賒欠：賒賬／賒購。

賓[宾] 賓賓賓賓賓賓 賓

（普）bīn （粵）ban¹ 奔

客人：來賓／賓客。

【賓至如歸】bīn zhì rú guī 客人到這裏像到家一樣，容接待客人親切周到：讓客人有賓至如歸的感覺。

賣[卖] 賣賣賣賣賣賣 賣

（普）mài （粵）maai⁶ 邁

① 出售，拿東西換錢：賣金銀手飾。② 用勞動、技藝等換取錢財：賣藝／賣苦力。③ 叛賣：賣國／賣友求榮。④ 盡量使出來：賣命／賣力。⑤ 故意顯示；炫耀：賣弄／倚老賣老。⑥ 給予：賣個人情給他。

【賣座】mài zuò ① 觀眾上座的情況：粵劇團的演出賣座一直很好。② 上座率高：影片很賣座。

賢[贤] 賢賢賢賢賢賢 賢

（普）xián （粵）jin⁴ 言

① 有道德有才能：賢人／賢良（有才有德）。② 良，好：賢妻良母。③ 表示讚美的敬辭。多用於稱呼平輩或晚輩：賢弟／賢姪。

〔古詩文〕見賢思齊焉，見不賢而內自省也。（《論語·里仁》）

【賢明】xián míng 才能出眾、見識高遠。

【賢能】xián néng ① 德才兼備：人人稱讚他是賢能之士。② 德才兼備的人。

【賢惠】xián huì 形容婦女善良溫順、通情達理。

賞[赏] 賞賞賞賞賞賞 賞

（普）shǎng （粵）soeng² 想

① 賞賜；獎賞：賞罰分明／論功行賞。② 賞賜或獎賞的東西：懸賞／領賞。③ 欣賞、觀賞：中秋賞月／雅俗共賞。④ 讚揚：讚賞。

【賞賜】shǎng cì ① 把財物賞給下級或晚輩。② 賞賜的財物：獲得額外的賞賜。

【賞識】shǎng shí 看中才能或價值而予以重視或讚揚：深得上司賞識／老師很賞識他的文章。（同）讚賞 （反）唾棄

【賞心悅目】shǎng xīn yuè mù 因欣賞到美好的景物而心情舒暢快樂。

賦[赋] 賦賦賦賦賦賦 賦

（普）fù （粵）fu³ 庫

① 古代田地稅：賦稅（地稅和各種捐稅的總稱）。② 交給、給予：天賦的才能。③ 天生的資質：天賦／稟賦。④ 吟誦；創作：賦詩一首。⑤ 古代一種文體，盛行於漢魏六朝，講究文采、韻律，兼具詩歌與散文的性質。

【賦予】fù yǔ 交給；給予：賦予重任。

賬[账] 賬賬賬賬賬賬 賬

（普）zhàng （粵）zoeng³ 障

① 進出錢財貨物的記錄。② 記賬的本子：這筆錢沒入賬。③ 債務：欠賬／還賬。

【賬目】zhàng mù 錢財貨物在賬本上的分項記錄：賬目清楚。

賭[赌] 賭賭賭賭賭賭 賭

（普）dǔ （粵）dou² 倒

① 賭博：賭錢／禁賭。② 爭輸贏：我敢打賭，

我們一定贏。

【賭博】dǔbó 以錢物作注，用賭具定輸贏。

🔍 賭搏 "搏" 意思是對打、跳動。"博" 是古代的一種棋戲，後來泛指賭博。

賤[贱]　賤賤賤賤賤賤 賤

⊕jiàn ⊜zin⁶ 煎⁶

① 價錢低：賤買貴賣。② 地位低下：貧賤。③ 卑鄙；下流：卑賤／下賤。

賜[赐]　賜賜賜賜賜賜 賜

⊕cì ⊜ci³ 次

① 賞給：恩賜／賜予。② 敬辭。表示求人給予自己：賜教／盼賜覆。

賠[赔]　賠賠賠賠賠賠 賠

⊕péi ⊜pui⁴ 陪

① 賠償：賠款／索賠。② 向人道歉或認錯：賠禮／賠罪。③ 做生意虧損：賠本／賠錢。俗賠了夫人又折兵

【賠償】péicháng 因給對方造成損失而給予補償。

質[质]⁽⁻⁾　質質質質質質 質

⊕zhì ⊜zat¹ 侄¹

① 抵押：以祖屋質錢。② 東西的質地；人或事物最基本的性質：流質／木質／本質／腐化變質。③ 品質，質量：優質／劣質。④ 樸實：為人質樸。⑤ 責問、詢問：質問／質疑（提出疑問）。

【質地】zhìdì 東西的結構性質：質地堅硬。

【質素】zhìsù ① 素質、素養、品德：此人的質素很差。② 質量，產品或工作好壞的程度：房子

的質素太差。

【質問】zhìwèn 提出疑問，要求明確回答。同責問

【質量】zhìliàng 產品或工作的好壞程度：提高產品質量／檢查教學質量。同質素

【質樸】zhìpǔ 樸實：質樸忠厚。

質[质]⁽⁻⁾

⊕zhì ⊜zi³ 至

作抵押的人或物：人質。

賴[赖]　賴賴賴賴賴賴 賴

⊕lài ⊜laai⁶ 籟

① 依靠：依賴。② 不認賬，抵賴：賴賬。③ 責怪、錯怪：自己做錯了，不能賴別人。④ 留在一處不肯走：賴在家裏不出門。⑤ 無賴：耍賴／撒賴。⑥ 差、壞：這東西真不賴。

✏ 購置和購買：都是 "買進來" 的意思，但購置多指買房地產和大型的東西，買小東西不說購置，購買則大小都可。

購[购]　購購購購購購 購

⊕gòu ⊜gau³ 救／kau³ 扣

買：購買／購置／收購／採購。

✏ 購置和購買：都是 "買進來" 的意思，但購置多指買房地產和大型的東西，買小東西不說購置，購買則大小都可。

賺[赚]　賺賺賺賺賺賺 賺

⊕zhuàn ⊜zaan⁶ 贊⁶

① 從中獲利；掙進來：賺了不少錢／靠打工能賺幾個錢！② 利潤：生意這樣做，肯定沒賺。

10 賽 [赛]　賽 賽 賽 賽 賽 賽
(普)sài (粵)coi³ 菜
① 較量高低：比賽 / 賽事（比賽活動）。② 比賽活動：足球賽。③ 勝過；比得上：貌賽西施。
【賽程】sài chéng ① 比賽的日程、進度：排定賽程。② 體育比賽中徑賽的距離：馬拉松賽跑的賽程為 4219.5 米。

12 贈 [赠]　贈 贈 贈 贈 贈 贈
(普)zèng (粵)zang⁶ 增⁶
贈送：捐贈 / 敬贈。

12 贊 [赞]　贊 贊 贊 贊 贊 贊
(普)zàn (粵)zaan³ 讚
① 輔助、幫助：贊助。② 主持禮儀：贊禮。
③ 同意：贊同 / 贊成。
【贊成】zàn chéng ① 幫助促成：有意贊成此事。
② 同意：贊成弟弟去英國讀書。(反)反對＊否決
🔍 讚成 "讚" 指的是讚美、頌揚，而 "贊" 指的是同意。
【贊助】zàn zhù 支持幫助，用財物資助。

13 贍 [赡]　贍 贍 贍 贍 贍 贍
(普)shàn (粵)sim⁶ 閃⁶
① 供給；供養：贍養。② 充足：豐贍。
【贍養】shàn yǎng ① 供給生活必需品。② 指子女供養父母。

13 贏 [赢]　贏 贏 贏 贏 贏 贏
(普)yíng (粵)jing⁴ 形 / jeng⁴
① 獲勝：輸贏 / 贏得（經努力得到了）。② 獲利；

剩餘：贏利 / 贏餘。

14 贓 [赃]　贓 贓 贓 贓 贓 贓
(普)zāng (粵)zong¹ 莊
① 貪污、受賄或盜竊所得的財物：退贓 / 貪贓枉法。② 貪污、受賄或盜竊的：贓款 / 贓物。
【贓物】zāng wù 偷盜、搶劫、貪污、受賄等非法所得的財物。
🔍 贓物 "贓" 指非法手段得來的錢財。"臟" 是人的臟器、器官。

15 贖 [赎]　贖 贖 贖 贖 贖 贖
(普)shú (粵)suk⁶ 淑
① 用財物換回人身自由或抵押品：贖身。② 抵銷：贖罪（抵銷罪過）。

17 贛 [赣]　贛 贛 贛 贛 贛 贛
(普)gàn (粵)gam³ 禁
① 贛江。水名，在江西。② 江西的別稱：贛劇。

赤 部

0 赤　赤 赤 赤 赤 赤 赤
(普)chì (粵)cik³ 拆 / cek³ 尺
① 紅色；比朱紅稍淺的顏色。② 純淨；純真：赤心 / 赤誠（極其真誠）/ 赤膽忠心。③ 空，甚麼也沒有：赤手空拳 / 赤貧（窮得一無所有）。
④ 光着；裸露：赤腳 / 赤身露體。(俗)近朱者赤，近墨者黑 / 金無足赤，人無完人
【赤道】chì dào 把地球表面分成相等的兩個半球

的虛擬圓周線，赤道到地球的南極和北極的距離相等，赤道以北稱北半球、以南稱南半球，環繞地球的圓周線叫緯度，赤道的緯度是0°，北半球的緯度叫北緯、南半球的緯度叫南緯。赤道地處熱帶，氣候炎熱。

【赤字】chì zì 財政上支出超過收入的差額數字。賬目上這種數字用紅筆書寫，故稱："財政赤字"。

赦

4

赦 赦 赦 赦 赦 赦

(普) shè (粵) se³ 瀉

赦免：特赦／十惡不赦。

【赦免】shè miǎn 依照法定程序減輕或免除罪犯的刑罰。

赫

7

赫 赫 赫 赫 赫 赫

(普) hè (粵) haak¹ 客¹

顯著；盛大：顯赫／赫赫有名／赫赫戰功。

走 部

走

0

走 走 走 走 走 走

(普) zǒu (粵) zau² 酒

① 跑：奔走相告。② 步行：快步走。③ 離開：同學走了。④ 去：請你走一趟吧。⑤ 移動：錶不走了。⑥ 改變；失去：剩菜走味了／茶葉走味了。⑦ 走漏、泄露：走漏風聲。⑧ 死的委婉說法：爺爺昨天走了。⑨ 通過、疏通：走後門／走內線。

【走向】zǒu xiàng ① 朝向、去向：走向光明的未來。② 延伸的方向：南北走向的高鐵／黃河的走向是由西向東。

【走私】zǒu sī 暗中偷運貨物違法出境入境。(反) 緝私

【走動】zǒu dòng ① 行走；活動：我到小花園走動走動。② (親友間) 交往：兩家經常走動。

【走廊】zǒu láng ① 屋檐下的過道；房屋之間有頂的通道。② 比喻連接兩個地區的狹長地帶：東區走廊。

【走投無路】zǒu tóu wú lù 四面八方都無路可走。比喻陷入絕境：他被逼得走投無路了。

赴

2

赴 赴 赴 赴 赴 赴

(普) fù (粵) fu⁶ 父

① 前往、去：赴宴／奔赴／赴約 (去跟約會的人見面)。② 投入：全力以赴。

【赴湯蹈火】fù tāng dǎo huǒ 投身沸水烈火中。比喻不避艱險、奮不顧身：消防員赴湯蹈火就是為了保護市民。

赳

2

赳 赳 赳 赳 赳 赳

(普) jiū (粵) gau² 九

赳赳，雄壯威武的樣子：雄赳赳／赳赳武夫。

起

3

起 起 起 起 起 起

(普) qǐ (粵) hei² 喜

① 起來，坐起來、站起來：早睡早起身體好。② 向上升：起落。③ 長出；顯現出：起色 (好轉、進步)／手上起個包。④ 建造；興建：起新房子。⑤ 離開原來的位置：起身／起飛。⑥ 取出來；拔出來：起貨／起釘子。⑦ 產生；發生：起疑／起火／起因 (發生的原因)。⑧ 發動；興起：起兵／起義。⑨ 草擬：起草。⑩ 開始：起先 (最初、開始)／起初／自今天起。⑪ 表示上升或向上方移動：抬起／躺着，別起身。⑫ 表示動作開

始：從頭學起／就那件事説起。⑬ 同 "得" 連用，表示能夠或夠得上：經得起／看得起；同 "不" 連用，表示不能夠或夠不上：買不起／看不起。⑭ 放在人或事前，表示動作所涉及的人或事：他常常問起你／提起這件事就叫人生氣。⑮ 相當於件、次、批：一起案子／幾起事故／來了兩起客人。

【起用】qǐ yòng ① 重新任用已經退職或免職的人。② 提拔。

【起伏】qǐ fú ① 連續地一起一落：波濤起伏／公路起伏不平。② 比喻情緒、情況等變化不定：情緒起伏多變／病情又有起伏。⑤ 平靜 ＊ 穩定

【起步】qǐ bù 開始走。比喻剛剛開始做某件事：起步晚，但發展快。⑥ 啟動 ＊ 開始

【起身】qǐ shēn ① 站起來：起身與來客握手。② 動身：明天起身去北京。⑥ 啟程 ③ 起床：每天一起身就去跑步。

(一)【起來】qǐ lái ① 由躺而坐；由坐、卧而站立：扶他起來／請起來讓個座。② 起床：她五點就起來了。③ 奮起；興起：起來造反／讀書的熱潮又起來了。

(二)【起來】qǐ lai ① 表示向上：撿起來／抱起來。② 表示完成或達到目的：終於記起來了。③ 表示估計或着眼於某一方面：疫情看起來有好轉／桂花雖不好看，聞起來卻很香。④ 表示開始並繼續、延續下去：笑了起來／天氣和暖起來。

【起居】qǐ jū 活動和休息，借指日常生活：飲食起居要有規律。

【起勁】qǐ jìn 情緒高，勁頭大：越幹越起勁。

【起飛】qǐ fēi ①（飛機、火箭等）啟動飛行。② 比喻事業開始飛速發展：經濟起飛。⑤ 下降

【起草】qǐ cǎo 草擬，初步寫出：起草文件／起草協議書。

【起訴】qǐ sù 向法庭、法院提起訴訟。

【起義】qǐ yì ① 發動武裝鬥爭：農民起義。② 脫離一方投向另一方：率部起義。

【起源】qǐ yuán ① 開始產生：據説人類起源於非洲。② 事物產生的根源：探討生命的起源。

【起碼】qǐ mǎ ① 最低限度的：最起碼的要求。② 至少：起碼要等兩天。⑤ 頂多 ＊ 至多

【起頭】qǐ tóu ① 開始；開頭：事情剛起頭。② 開始的時候：起頭不説，現在晚了。③ 開始的地方：起頭講得還算好。

【起點】qǐ diǎn ① 開始的地點或時間：地鐵起點站。② 田徑賽的起跑點：運動員進入起點。⑤ 終點

越

越 越 越 越 越 越 越

⑱ yuè ⑲ jyut⁶ 月

① 跨過：翻山越嶺。② 超出範圍：越權／越界。③ 經過：越冬作物。④ 勝過或超過：卓越／優越。⑤ 更加，程度加深：越發（愈加、更加）／薑越老越辣。⑥ 周朝諸侯國名。在今浙江一帶，後被楚國滅亡。

【越過】yuè guò 超過去、翻過去、飛過去：越過千山萬水。

趁

趁 趁 趁 趁 趁 趁 趁

⑱ chèn ⑲ can³ 襯

趕得上；抓住、利用：趁早（及早）／趁機（利用機會）／趁年輕力壯。

【趁勢】chèn shì 抓住有利的形勢或時機。

超

超 超 超 超 超 超 超

⑱ chāo ⑲ ciu¹ 昭

① 越過：超車。② 高出，勝過：超羣。③ 多過；長過：超額／超期。④ 越出範圍，不受限制：超自然／超現實的想法。

【超出】chāo chū 高過、越過、勝過。

【超級】chāo jí 高過一般的：超級計算機／超級
豪華的別墅。

〔附加詞〕超級市場：一種大型的綜合零售商
店，以銷售食品、生活用品為主，商品分門別
類，敞開陳列，明碼標價，由顧客自行選取，
在出口處結算付款，簡稱"超市"。

【超越】chāo yuè 超出、越過：量力而行，就是
不做超越自己能力的事。

【超過】chāo guò ① 趕上並越過去：終於超過上
屆冠軍，獲得百米短跑第一名。② 高於規定的標
準：身高超過一米八，未能入選。③ 勝過、優於：
學習成績超過他。

7 趙 [赵] 趙 趙 趙 趙 趙 趙

🔊 zhào 🔊 ziu⁶ 召

① 周朝諸侯國名，戰國七雄之一，在今山西北部
和中部、河北西部和南部。② 姓。

7 趕 [赶] 趕 趕 趕 趕 趕 趕

🔊 gǎn 🔊 gon² 稈

① 追：趕不上他。② 加快走；抓緊進行：趕路／
趕工作。③ 驅逐：把他趕出去！④ 碰到；遇到：
趕巧（碰巧）／趕上一場雪。

【趕忙】gǎn máng 趕緊、急忙：趕忙把他扶了
起來。

【趕快】gǎn kuài 抓緊時間；加快速度：趕快給
姑娘找個婆家／他剛走不遠，你趕快去追。同 儘
快＊趕緊

【趕緊】gǎn jǐn 抓緊時機；加快進行：趕緊搶
救／趕緊回去吧。同 趕快

8 趣 趣 趣 趣 趣 趣 趣

🔊 qù 🔊 ceoi³ 翠

① 趣味：自討沒趣。② 有趣味的：趣聞／趣事。
③ 志向：志趣相投。

【趣味】qù wèi 人對事物產生的愉快、有興趣的
感覺；情趣：趣味無窮／趣味相投。

8 趟 (一) 趟 趟 趟 趟 趟 趟

🔊 tāng 🔊 tong³ 燙

從淺水裏走過去：趟過一條溪流。

8 趟 (二)

🔊 tàng 🔊 tong³ 燙

① 同數目字連用，表示：(1) 來往的次數：來了
兩趟／回了一趟家。(2) 成行、成條的東西的數
量：只隔一趟街。② 相當於"套"：打一趟太極拳。

10 趨 [趋] 趨 趨 趨 趨 趨 趨

🔊 qū 🔊 ceoi¹ 吹

① 快步走：疾趨而過。② 迎合；奔向：趨炎附
勢／趨之若鶩。③ 向某個方向發展：物價趨於
平穩。

【趨勢】qū shì 向着某個方向發展的勢頭：天氣
有轉暖的趨勢。

【趨向】qū xiàng 朝着某個方面發展演變：意見
趨向一致。

足部

足

⓪　普zú　粵zuk¹竹

① 腳：手舞足蹈。② 器物下部形狀像腳的支撐部分：鼎足而立。③ 指足球運動或足球隊：足壇 / 女足。④ 充足、足夠：豐衣足食 / 孩子剛剛足月。⑤ 滿足：知足常樂。⑥ 足足，完全夠數、夠資格：足有一人高 / 你足可作他的老師。⑦ 值得；完全可以：微不足道 / 不足為憑。俗千里之行，始於足下 / 金無足赤，人無完人

【足以】zú yǐ 完全可以：足以證明 / 足以說明。

【足夠】zú gòu ① 完全滿足需要；應有盡有：錢足夠花 / 做到這些也就足夠了。② 充足、充分：水分足夠 / 足夠重視。反欠缺＊匱乏

〔簡明詞〕足金、足赤：成色十足、含金量在 99.96% 以上的黃金。

【足智多謀】zú zhì duō móu 很有智慧，善於謀劃：團隊需要是有足智多謀的軍師。

趴

②　普pā　粵paa¹扒¹

① 胸腹部向下臥倒：趴在草地上曬太陽。② 上身向前靠在東西上：趴在窗口上往外看。

趾

④　普zhǐ　粵zi²止

① 腳：趾高氣揚。② 腳指頭：趾骨。

【趾高氣揚】zhǐ gāo qì áng 走路時腳抬得很高，神氣十足。形容驕傲自滿、得意忘形的樣子：才有一點成就，就趾高氣揚，難怪大家不喜歡他。

距

⑤　普jù　粵keoi⁵拒

① 離、距離：他家距城不遠 / 遙距控制功能。② 兩者間相隔的長度：字距 / 行距。

【距離】jù lí ① 離、離開：香港距離東莞不遠 / 距離開車還有半小時。② 兩者相隔的長度：我家同學校有一百米的距離。③ 差距：看法距離很遠 / 感情距離越拉越大。

跋

⑤　普bá　粵bat⁶拔

① 翻山越嶺：跋山涉水（爬山越水，形容途中的艱辛）。② 寫在書籍、文章後面的短文，多是說明寫作經過或作出評價：序跋 / 題跋。

跌

⑤　普diē　粵dit³秩³

① 失足摔倒：跌了一跤。② 向下落；下降：風箏跌下來了 / 商品大跌價。

【跌打】diē dǎ 因跌倒、撞擊、受毆打而造成的傷害：跌打損傷 / 中醫治跌打有辦法。

【跌眼鏡】diē yǎn jìng 形容事情的發展或結果出乎意料，令人吃驚：強隊潰不成軍，讓觀眾大跌眼鏡。

跑 (一)

⑤　普pǎo　粵paau²拋²

① 向前奔跑：狂奔。② 走；去：從鄉下跑到上海讀書。③ 為事情而奔走：跑買賣。④ 丟掉、失去：如果是你的，終歸跑不了。⑤ 漏；揮發：

電線跑電 / 茶葉的味道跑光了。⑥ 跑了和尚跑不了廟

【跑馬】pǎo mǎ ① 騎着馬奔跑：跑馬賣藝。② 賽馬：跑馬場。

【跑道】pǎo dào ① 供飛機起飛降落的專用路面。② 賽跑或比賽速度滑冰、賽車用的路。

【跑題】pǎo tí 寫文章或講話偏離了主題。

5 跑^(二)

(普) páo (粵) paau⁴ 刨

走獸用蹄、爪刨地：虎跑泉（泉名，在杭州）。

5 跎　跎 跎 跎 跎 跎 跎 跎

(普) tuó (粵) to⁴ 駝

見 “蹉跎”。

5 跛　跛 跛 跛 跛 跛 跛 跛

(普) bǒ (粵) bo² 波²

腿腳有毛病，走路不能保持身體平衡：跛腳。

〔古詩文〕此獨以跛之故，父子相保。（劉安《淮南子》塞翁失馬）

6 跨　跨 跨 跨 跨 跨 跨 跨

‧(普) kuà (粵) kwaa¹ 誇 / kwaa³ 誇³

① 抬起一隻腳向前邁出大步：一步就跨過水溝。

② 騎；架在上面：跨上馬背 / 大橋橫跨海灣。

③ 越過：跨年 / 跨地區 / 跨行業。

【跨越】kuà yuè 越過界限或障礙。

6 跳　跳 跳 跳 跳 跳 跳 跳

(普) tiào (粵) tiu³ 眺

① 跳躍：高興得跳起來。② 物體向上彈起：皮球用力拍就跳得高。③ 跳動：心跳 / 眼跳。

④ 越過：跳高 / 跳級。

【跳動】tiào dòng 上下起伏地運動。

【跳躍】tiào yuè 跳，雙腳騰空躍起。

6 跺　跺 跺 跺 跺 跺 跺 跺

(普) duò (粵) do² 朵

腳用力踏地：急得直跺腳。

6 跪　跪 跪 跪 跪 跪 跪 跪

(普) guì (粵) gwai⁶ 櫃

以單膝或雙膝着地：跪拜（跪在地上磕頭）。

6 路　路 路 路 路 路 路 路

(普) lù (粵) lou⁶ 露

① 道路。② 路程：路太遠，坐車去吧。③ 途徑、門路：另謀生路 / 廣開言路。④ 條理：思路清楚。⑤ 類別：一路貨色。⑥ 相當於 “排”、“列”：分兩路進發。⑥ 車到山前必有路

【路人】lù rén ① 路上的行人：路人皆知 。② 比喻不認識或不相干的人：視若路人。⑤ 熟人

【路上】lù shang ① 道路上面：路上停着一輛車。② 在路途中：在路上碰見了同學。

【路軌】lù guǐ ① 火車等車輛行駛的軌道。② 作軌道用的長條鋼軌。

【路徑】lù jìng ① 道路：鋪滿落葉的路徑。② 通向目的地的路線：路徑走錯了。② 比喻門路：成功的路徑。

【路途】lù tú ① 道路：熟悉這一帶的路途。② 路

程：路途遙遠。

【路程】lù chéng ① 道路的長度：五公里的路程。② 進程，發展的過程：你年輕，人生的路程還長著呢。

【路障】lù zhàng 道路上設置的障礙物。

【路線】lù xiàn ① 從一地到另一地所經過的道路：長跑的路線已經確定。② 遵循的原則、方向：走改革開放的路線。

6 跡 [迹] 跡 跡 跡 跡 跡 跡 跡

〔普〕jì 〔粵〕zik¹ 即

同 "迹"、"蹟"。① 腳印：人跡罕至。② 痕跡：墨跡。③ 行為：劣跡。④ 前人遺留的事物：古跡 / 遺跡。

【跡象】jì xiàng 事物表露出來的形跡和現象：從跡象上看，這事與他有關。

6 跤 跤 跤 跤 跤 跤 跤 跤

〔普〕jiāo 〔粵〕gaau¹ 交

跟頭，摔倒或跌倒的動作：絆了一跤。

6 跟 跟 跟 跟 跟 跟 跟 跟

〔普〕gēn 〔粵〕gan¹ 根

① 腳或鞋襪的後部：腳跟 / 鞋後跟。② 緊接在後面；跟隨：跟着他走 / 跟丈夫去了國外。③ 追趕：跟上優秀的同學。④ 嫁：她跟了個大人物，聽說並不幸福。⑤ 同；向；和：我跟你去 / 我跟你學 / 他跟我是同學。

【跟前】gēn qián 身體的近旁；靠近的地方：走到他跟前 / 坐在窗戶跟前讀書。

【跟隨】gēn suí 追隨，跟在後邊。

【跟蹤】gēn zōng 追蹤；緊緊跟在後面（監視、服務等）。

8 踐 [践] 踐 踐 踐 踐 踐 踐 踐

〔普〕jiàn 〔粵〕cin⁵ 前⁵

① 踩、踏：踐踏。② 實行；履行：實踐 / 踐約（履行已經約定的事情）。

【踐踏】jiàn tà ① 用腳踏。② 比喻壓迫、摧殘。

8 踝 踝 踝 踝 踝 踝 踝 踝

〔普〕huái 〔粵〕waa⁵ 華⁵

踝骨，腳腕向兩旁凸起的部分，內側的稱內踝，外側的叫外踝。

8 踢 踢 踢 踢 踢 踢 踢 踢

〔普〕tī 〔粵〕tek³

抬起腿用腳撞擊：踢足球 / 一腳就把門踢開了。

8 踏 (一) 踏 踏 踏 踏 踏 踏 踏

〔普〕tà 〔粵〕daap⁶ 答⁶

用腳踩：踏青 / 踏上了故土 / 踏自行車。

【踏青】tà qīng 春天到長滿青草的郊野散步遊玩：春光明媚，踏青的人不少。

8 踏 (二)

〔普〕tā 〔粵〕daap⁶ 答⁶

見 "踏實"。

【踏實】tā shi ① 做事認真實在：工作踏實。⑲浮躁 ② 安定；安穩：睡得很踏實 / 心裏不踏實。

踩

踩 踩 踩 踩 踩 踩 踩

（普）cǎi （粵）caai² 猜²

① 用腳踏或蹬：踩了一腳泥 / 猛地踩住剎車。

踪

踪 踪 踪 踪 踪 踪 踪

（普）zōng （粵）zung¹ 忠

同 "蹤"。詳見 "蹤"。

踞

踞 踞 踞 踞 踞 踞 踞

（普）jù （粵）geoi³ 句

① 蹲；坐：龍蟠虎踞。② 佔據：盤踞。

踱

踱 踱 踱 踱 踱 踱 踱

（普）duó （粵）dok⁶ 鐸

慢慢行走：踱步（踱來踱去）。

蹄

蹄 蹄 蹄 蹄 蹄 蹄 蹄

（普）tí （粵）tai⁴ 提

① 獸類生在趾端的角質東西，起保護作用：牛蹄 / 羊蹄。② 獸類有角質保護物的腳：馬不停蹄。

踴 [踊]

踴 踴 踴 踴 踴 踴 踴

（普）yǒng （粵）jung⁵ 勇

往上跳，跳躍：踴躍。

【踴躍】yǒng yuè ① 跳躍：踴躍歡呼。② 爭先恐後：發言踴躍。③ 情緒激昂：羣情踴躍。

蹈

蹈 蹈 蹈 蹈 蹈 蹈 蹈

（普）dǎo （粵）dou⁶ 杜

① 踏、踩：赴湯蹈火。② 跳動：舞蹈 / 手舞足蹈。③ 遵循：循規蹈矩。

蹊 (一)

蹊 蹊 蹊 蹊 蹊 蹊 蹊

（普）xī （粵）hai⁴ 奚

小路：蹊徑 / 桃李不言，下自成蹊。

蹊 (二)

（普）qī （粵）hai⁴ 奚

見 "蹊蹺"。

【蹊蹺】qī qiāo 奇怪；可疑；有內情：蹊蹺古怪 / 這事有點蹊蹺。

蹓 (一)

蹓 蹓 蹓 蹓 蹓 蹓 蹓

（普）liū （粵）lau⁴ 流

① 滑行；往下滑：蹓冰 / 順着竹竿蹓了過去。② 悄悄走開：見勢不妙，偷偷地蹓了。

【蹓躂】liū dá 閒逛，散步：今天沒事就去商場蹓躂一下。

蹓 (二)

（普）liù （粵）lau⁴ 流

① 悠閒地散步：出去蹓蹓。② 同 "溜"。牽着牲畜或架着鳥緩緩而行：蹓馬 / 蹓狗 / 蹓鳥。

蹉

蹉 蹉 蹉 蹉 蹉 蹉 蹉

（普）cuō （粵）co¹ 初

失足：一腳蹉個空摔倒了。

【蹉跎】cuō tuó 虛度光陰：蹉跎歲月。

〔古詩文〕明日復明日，明日何其多！我生待明日，萬事成蹉跎。（《明日歌》錢福）

蹚[11]

蹚 蹚 蹚 蹚 蹚 蹚

(普)tāng (粵)tong¹ 湯

從淺水裏走過去：蹚水過河。

蹦[11]

蹦 蹦 蹦 蹦 蹦 蹦

(普)bèng (粵)bang¹ 崩

① 兩腳並攏向上跳：連蹦帶跳。② 東西落地再彈起：乒乓球蹦得很高。

蹤[踪][11]

蹤 蹤 蹤 蹤 蹤 蹤

(普)zōng (粵)zung¹ 忠

腳印；蹤跡：失蹤 / 蹤影（蹤跡和形影）/ 跟蹤追擊。

【蹤跡】zōng jì 留下的痕跡。

蹩[11]

蹩 蹩 蹩 蹩 蹩 蹩

(普)bié (粵)bit⁶ 別

① 手腕或腳腕扭傷：手蹩了一下 / 不小心蹩了腳。② 跛：蹩着一隻腳拐着走。

蹺[12]

蹺 蹺 蹺 蹺 蹺 蹺

(普)qiāo (粵)hiu¹ 囂

① 向上抬；豎起來：蹺起二郎腿 / 蹺着指頭讚不絕口。② 跛：蹺腳。

躇[12]

躇 躇 躇 躇 躇 躇

(普)chú (粵)cyu⁴ 廚

見“躊躇”。

蹶[12]

蹶 蹶 蹶 蹶 蹶 蹶

(普)jué (粵)kyut³ 決

跌倒。比喻失敗或受挫折：一蹶不振。

蹼[12]

蹼 蹼 蹼 蹼 蹼 蹼

(普)pǔ (粵)buk⁶ 僕

青蛙、烏龜、鵝、鴨等動物腳趾間相連的皮膜：鴨蹼。

蹴[12]

蹴 蹴 蹴 蹴 蹴 蹴

(普)cù (粵)cuk¹ 速

踩、踏；踢：一蹴而就。

蹲[12]

蹲 蹲 蹲 蹲 蹲 蹲

(普)dūn (粵)deon¹ 敦

① 坐：蹲監牢。② 兩腿彎曲像坐着，但臀部不着地：蹲在牆邊不說話。③ 呆；閒居：蹲在家裏不出門。

蹭[12]

蹭 蹭 蹭 蹭 蹭 蹭

(普)cèng (粵)sang³ 摚

① 摩擦：不小心蹭破了手。② 沾上：蹭了一片油漆。③ 拖延：蹭時間 / 磨磨蹭蹭不肯走。④ 慢吞吞地走：一步步往前蹭。

12 蹬　蹬 蹬 蹬 蹬 蹬 蹬　蹬

⟨普⟩dēng ⟨粵⟩dang¹ 登

① 踩、踏：兩腳蹬空，摔了下來。② 腿腳向下用力：蹬三輪車。③ 穿（鞋）：蹬上靴子。

13 躁　躁 躁 躁 躁 躁 躁　躁

⟨普⟩zào ⟨粵⟩cou³ 澡

急躁，不冷靜：心情急躁 / 脾氣暴躁。
【躁動】zào dòng ① 急躁衝動：一時躁動闖下了禍。⟨反⟩冷靜 * 鎮靜 ② 不停地活動：覺得胎兒在腹中躁動。

14 躊[踌]　躊 躊 躊 躊 躊 躊　躊

⟨普⟩chóu ⟨粵⟩cau⁴ 囚

見 "躊躇"。
【躊躇】chóu chú ① 徘徊：躊躇不前。② 猶豫：躊躇不決。⟨反⟩果斷 ③ 形容得意揚揚的樣子：躊躇滿志。

14 躍[跃]　躍 躍 躍 躍 躍 躍　躍

⟨普⟩yuè ⟨粵⟩joek⁶ 若

跳：一躍而起 / 龍騰虎躍 / 躍進（跳着前進，形容快速前進）。
【躍躍欲試】yuè yuè yù shì 急切地想試一試：看到新的機動遊戲，不少人都躍躍欲試。

18 躡[蹑]　躡 躡 躡 躡 躡 躡　躡

⟨普⟩niè ⟨粵⟩nip⁶ 捏

抬起腳後跟輕輕走：躡手躡腳（輕手輕腳，走路不出聲）。

18 躥[蹿]　躥 躥 躥 躥 躥 躥　躥

⟨普⟩cuān ⟨粵⟩cyun¹ 川

往上或向前猛跳：躥得老高 / 一個箭步躥上去。

身部

0 身　身 身 身 身 身 身　身

⟨普⟩shēn ⟨粵⟩san¹ 申

① 人或動物的軀體：身體。② 指生命：捨身救人。③ 畢生、一輩子：生前身後。④ 親身；自己：感同身受。⑤ 名分地位：身份。⑥ 品格；修養：立身揚名 / 修身養性。⑦ 物體的中部或主要部分：腰身 / 車身。⑧ 與數目字連用，表示衣服的數量：兩身新衣服。⟨俗⟩身教勝於言教 / 身正不怕影子斜
【身世】shēn shì 個人的經歷、遭遇。多指不幸的：身世淒涼 / 細訴身世。
【身份】shēn fèn ① 指人的出身、地位和資格：身份高貴 / 官方身份。② 特指受人尊敬的名分地位：你說這話有失身份。
〔附加詞〕身份證：政府發給公民、證明其身份的證件。
【身段】shēn duàn ① 女性的身姿體態。② 戲曲演員表演時的各種舞蹈化的身體動作：在台上的身段可說是一流。
【身後】shēn hòu ① 死後：身後留下一筆遺產。⟨反⟩生前 ② 背後，指個人的社會背景：人家身後有人撐腰。
【身家】shēn jiā ① 自身和全家：保住身家性命要緊。② 指出身：身家清白。③ 指財產：少說也有三千萬的身家。
【身價】shēn jià ① 人身買賣的價錢。② 人的名

聲和地位：身價百倍。③ 指個人財產：此人身
價過千萬。

【身邊】shēn biān ① 自己旁邊：兒女不在身邊。
② 自己身上：身邊沒帶錢。

〔簡明詞〕身手：技藝、本領。身心：身體和
精神。身材：人體的高矮胖瘦。身軀：身體。

【身體】shēn tǐ 人或動物的全身。有時專指頭以
外的軀幹和四肢：身體健壯／保持身體平衡。

〔附加詞〕身體力行：親身體驗，努力實行。

---

3 躬 躬 躬 躬 躬 躬 躬

普 gōng 粵 gung¹ 工

① 身體：鞠躬。② 親自、親身：事必躬親。
③ 向前彎下身子：打躬作揖。

---

6 躲 躲 躲 躲 躲 躲 躲

普 duǒ 粵 do² 朵

① 避開：躲閃（側轉身體躲避）／明槍易躲，暗箭
難防。② 隱藏：躲藏（隱藏起來）／躲在假山後面。
【躲避】duǒ bì ① 特意離開或隱蔽起來，不讓人
看見。同 躲藏 ② 避開對自己不利的事：不躲避
困難，要解決困難。同 逃避

---

8 躺 躺 躺 躺 躺 躺 躺

普 tǎng 粵 tong² 倘

① 身體平臥：躺在床上。② 物體平放或倒伏着：
瓶子別躺着放。

---

11 軀[躯] 軀 軀 軀 軀 軀 軀

普 qū 粵 keoi¹ 拘

身體：身軀／軀體／為國捐軀。

車部

---

0 車[车]⁽一⁾ 車 車 車 車 車 車

普 chē 粵 ce¹ 奢

① 有輪子的陸上交通運輸工具。② 利用輪軸帶
動旋轉的器械；指各種機器：紡車／車床／車間。
③ 用轉動的器械工作：車零件／車螺絲。

---

0 車[车]⁽二⁾

普 jū 粵 goei¹ 居

象棋棋子的一種。

【車水馬龍】chē shuǐ mǎ lóng 車輛往來不絕像
流水一樣，馬匹首尾相接好似游龍。形容車馬極
多，非常熱鬧。反 門可羅雀

---

1 軋[轧]⁽一⁾ 軋 軋 軋 軋 軋 軋

普 yà 粵 zaat³ 扎

① 碾壓；滾壓：壓路機軋馬路。② 排擠：傾軋。
③ 形容機器發出的聲音：機聲軋軋。

---

1 軋[轧]⁽二⁾

普 zhá 粵 zaat³ 扎

用機器壓鋼坯：軋鋼／冷軋／熱軋。

---

2 軌[轨] 軌 軌 軌 軌 軌 軌

普 guǐ 粵 gwai² 鬼

① 車子兩輪間的距離：車同軌，書同文。② 車
轍，車輪碾壓的痕跡。③ 一定的路線；軌道：

軌跡／軌道交通。④ 鋪設軌道用的鋼條：鋼軌。
⑤ 比喻法度、規矩、秩序等：納入正軌／不做越
軌的事。

【軌道】guǐ dào ① 供車輛在上面行駛、用條形
的鋼材鋪成的線路。② 物體在空間運動的路徑：
地球繞太陽運動的橢圓形軌道。

2 軍 [军]　軍軍軍軍軍軍　軍

(普) jūn (粵) gwan¹ 君
① 軍隊：陸軍／海軍。② 軍隊編制單位，在師
之上。③ 有關軍事或軍隊的：軍費／軍旗。

【軍閥】jūn fá ① 指擁有軍隊、割據一方、自成
派系的人：北洋軍閥。② 指控制政治的軍人或
軍人集團。

【軍事】jūn shì 跟軍隊或戰爭有關的。

【軍官】jūn guān 統稱被授予尉官以上軍銜的
軍人。

【軍師】jūn shī ① 古代稱為軍中主將出謀劃策的
人。② 泛指替人出主意的人：狗頭軍師。

【軍備】jūn bèi 軍事編制和軍事裝備：裁減軍備。

【軍隊】jūn duì 有組織的用武器裝備起來的部隊。

【軍艦】jūn jiàn 可在海上執行作戰任務的海軍武
裝船隻，包括驅逐艦、護衛艦、巡洋艦、航空母
艦、潛艇、魚雷艇等。

3 軒 [轩]　軒軒軒軒軒軒　軒

(普) xuān (粵) hin¹ 牽
① 高：軒昂。② 有窗戶的長廊或小屋子：臨湖
軒／朵雲軒。③ 欄杆：臨軒遠望。

【軒昂】xuān áng ① 高大：殿宇軒昂。② 形容
意氣風發，氣度不凡：氣宇軒昂。

【軒轅】xuān yuán 傳說中的遠古帝王黃帝的名
字。傳說姓公孫，居住在軒轅之丘，所以名叫軒
轅。後世尊奉他為中國人的共同祖先。

4 軑　軑軑軑軑軑軑　軑

(普) dài (粵) taai⁵ 太⁵
方言。汽車駕駛盤：轉軑。

4 軟 [软]　軟軟軟軟軟軟　軟

(普) ruǎn (粵) jyun⁵ 遠
① 柔軟：軟木／鬆軟的泥土。② 柔和；溫和：
軟風／柔聲軟語。③ 沒有氣力：累得腿發軟。
④ 不堅決；不強硬：態度軟了下來／為人心慈
手軟。

【軟件】ruǎn jiàn ① 電腦進行計算、判斷和處理
信息數據的程序系統：安裝設計軟件。② 借指
管理、服務、文化氣息、人員素質等方面：這次
活動需要專項軟件配合。(反) 硬件

【軟弱】ruǎn ruò ① 缺乏力氣：軟弱無力。② 不
堅強：個性軟弱。(反) 堅強

5 軸 [轴]　軸軸軸軸軸軸　軸

(普) zhóu (粵) zuk⁶ 族
① 穿在輪子中間、支持輪子轉動的圓柱形東西：
車軸。② 用來支持機械中轉動的部件的圓柱形
零件：直軸／曲軸／轉軸。③ 供繞線或捲書畫等
用的圓柱形器物：線軸／畫軸。④ 把平面或立
體分成對稱部分的直線：對稱軸。⑤ 與數目字
連用，表示帶軸的東西的數量：兩軸線／一軸花
鳥畫。

【軸承】zhóu chéng 車輪或旋轉的機件中支承軸
旋轉、定位的部件。

6 載 [载] (一)　載載載載載載　載

(普) zài (粵) zoi³ 再
① 裝運：載人宇宙飛船。② 充滿：怨聲載道。

③ 又；且：載歌載舞。

載[载]⁽二⁾

⁶

㊀ zǎi ㊁ zoi² 宰 / zoi³ 再

① 記錄；刊登：記載 / 載入史冊。② 年：千載難逢。

【載重】zài zhòng (交通運輸工具) 承載重量：載重汽車。

【較量】jiào liàng ① 比較高低或勝負：不服氣就較量一下。② 計較：從不較量小事。

較[较]

⁶

較 較 較 較 較 較　較

㊀ jiào ㊁ gaau³ 教

① 比較；較量：同他較個高低上下。② 計較：分文必較。③ 比：較哥哥高一點。④ 稍、略：較少 / 較多。

輔[辅]

⁷

輔 輔 輔 輔 輔 輔　輔

㊀ fǔ ㊁ fu⁶ 父

協助，從旁幫助：輔助 / 輔佐 (輔助、協助) / 輔導 (幫助和指導)。

【輔助】fǔ zhù ① 協助；幫助：輔助弟弟做功課。② 輔助性的、非主要的：只起輔助作用。

輕[轻]

⁷

輕 輕 輕 輕 輕 輕　輕

㊀ qīng ㊁ hing¹ 兄

① 重量小：這包裹很輕。② 輕鬆；不吃力：輕音樂 / 輕拿輕放。③ 不看重：輕敵 / 輕視。④ 不嚴肅、不莊重：輕狂 / 輕浮。⑤ 隨便、不慎重：輕信 / 輕率 (草率，不慎重)。⑥ 程度淺：病得不輕。

【輕巧】qīng qiǎo ① 重量輕並且精巧：輕巧的玩具車。㊃ 笨重 ② 輕快靈巧：動作輕巧。㊃ 笨拙 ③ 簡單容易：說得倒輕巧，你做做看！

【輕快】qīng kuài ① 不費力：邁着輕快的步子。② 輕鬆愉快：神情輕快 / 洗了個澡，渾身輕快。㊃ 沉重

【輕易】qīng yì ① 不費力；容易：好成績哪能輕易取得。㊃ 困難 ② 輕率；隨便：從不輕易亂說話。㊃ 慎重

【輕重】qīng zhòng ① 重量的大小：大小一樣，輕重不一樣。② 強弱：朗讀要注意讀音的輕重。③ 主次：做事要權衡輕重緩急。④ 分寸：說話不知輕重。

【輕便】qīng biàn 不笨重；不繁重：這東西很輕便 / 輕便活兒。

【輕視】qīng shì ① 看不起：不願被人輕視。② 不重視、不認真對待：每門課程都不該輕視。㊀ 忽視 ㊃ 重視

【輕微】qīng wēi 數量少；程度淺：損失輕微 / 輕微的頭痛。㊃ 嚴重

【輕聲】qīng shēng ① 低聲：兩人輕聲說話。② 說話的字音很輕很短，叫做“輕聲”。如普通話“看了、提着、大的、桃子、木頭”中的“了、着、的、子、頭”的讀音就是輕聲。

【輕鬆】qīng sōng ① 不費精力；鬆弛不緊張：工作輕鬆 / 輕鬆的心情。㊃ 沉重＊緊張 ② 放鬆：考試結束了，該輕鬆一下。

【輕而易舉】qīng ér yì jǔ 非常容易就做到了：輕而易舉地買到了演唱會票。

【輕描淡寫】qīng miáo dàn xiě ① 繪畫時用淺淺的顏色輕輕描繪。② 比喻對關鍵問題或情節輕輕帶過，刻意迴避：把話題輕描淡寫地帶過。

【輕舉妄動】qīng jǔ wàng dòng 沒有慎重考慮就輕率地行動。

輓[挽]　輓 輓 輓 輓 輓 輓　輓

(普)wǎn (粵)waan⁵ 挽

哀悼逝者：輓詞 / 輓聯。

輛[辆]　輛 輛 輛 輛 輛 輛　輛

(普)liàng (粵)loeng⁶ 亮

與數目字連用，表示車的數量：一輛小巴 / 三輛
法拉利跑車。

輪[轮]　輪 輪 輪 輪 輪 輪　輪

(普)lún (粵)leon⁴ 鄰

① 輪子。車輛或機器上能轉動的圓形部件：車
輪 / 齒輪。② 形狀像輪子的東西：月輪 / 年輪。
③ 輪船：海輪 / 客輪。④ 輪流：輪休 / 輪換（依
次接替）。⑤ 與數目字連用，表示日月或循環的
事物的數目：一輪紅日 / 一輪明月 / 第二輪會議 /
他也屬羊，大我一輪。
【輪流】lún liú 依照次序一個接替一個，不斷循環。
【輪廓】lún kuò ① 構成物體或圖形邊緣的線條：
勾畫人物的輪廓。② 事情的大概情況：我只略
知一點輪廓。

輟[辍]　輟 輟 輟 輟 輟 輟　輟

(普)chuò (粵)zyut³ 茁

中止；停止：輟學（中途停學）/ 日夜不輟。

輩[辈]　輩 輩 輩 輩 輩 輩　輩

(普)bèi (粵)bui³ 貝

① 等；類：汝輩 / 無能之輩。② 輩分：前輩 / 晚
輩 / 同輩。③ 指人的一生：一輩子 / 前半輩子。
④ 一批一批地：英雄輩出。

【輩分】bèi fen 家族、親戚中的長幼次序。

輝[辉]　輝 輝 輝 輝 輝 輝　輝

(普)huī (粵)fai¹ 揮

① 光芒；光彩：落日餘輝 / 熠熠生輝。② 照射；
閃耀：輝映（照耀、映照）/ 與日月同輝。
【輝煌】huī huáng ① 光彩奪目、光輝燦爛：金
碧輝煌 / 燈火輝煌。② 形容顯著、出色：成果輝
煌 / 輝煌的業績。

輻　輻 輻 輻 輻 輻 輻　輻

(普)fú (粵)fuk¹ 福

車輪上連接軸心和輪圈的直條：輻條。
【輻射】fú shè ① 像車輻那樣從中心向各個方向
沿着直線伸展出去。② 熱的一種傳播方式，從
熱源沿直線向四處發散出去；光線、無線電波等
電磁波的傳播也叫輻射：熱輻射 / 光輻射 / 太陽
輻射。

輯[辑]　輯 輯 輯 輯 輯 輯　輯

(普)jí (粵)cap¹ 緝

① 收集材料並系統地整理加工和編選：編輯 / 剪
輯。② 以某項內容為中心編輯成的一期刊物、
一組文章或單冊的書：專輯 / 特輯。③ 整套書或
資料的一部分：第一輯叢書。

輸[输]　輸 輸 輸 輸 輸 輸　輸

(普)shū (粵)syu¹ 書

① 運送；傳送：輸送 / 運輸 / 輸電網。② 灌注、
注入：輸液 / 輸血。③ 捐獻：仗義輸財。④ 負、
失敗：比輸贏。
【輸入】shū rù ① 從外部送到內部：輸入新鮮血

液。② 買進商品或引入資本：輸入商品 / 資本輸入。③ 能量、訊號等進入設備或裝置：把文章輸入電腦。 反 輸出

【輸出】shū chū ① 從內部送到外部：血液從心臟輸出。② 銷售商品或投放資本：輸出資本 / 勞動輸出。③ 能量、訊號等從設備或裝置發出：輸出信號。 反 輸入

【輸送】shū sòng 運送，從一處送到另一處。

10 **轅**[辕]　轅 轅 轅 轅 轅 轅　轅

普 yuán 粵 jyun⁴ 元

① 大車前面駕牲口的兩根直木：車轅 。② 古代統兵將帥所在的軍營大門：轅門。③ 借指軍政官署：行轅。

10 **轄**[辖]　轄 轄 轄 轄 轄 轄　轄

普 xiá 粵 hat⁶ 瞎

管轄；管理：統轄 / 直轄市。

10 **輾**[辗]⁽⁻⁾　輾 輾 輾 輾 輾 輾　輾

普 zhǎn 粵 zin² 展

轉過來，轉過去：輾轉。

【輾轉】zhǎn zhuǎn ① 躺在床上翻來覆去：輾轉不眠 / 輾轉反側。② 中間經過很多人或很多地方：輾轉相告 / 輾轉流傳。

〔附加詞〕輾轉反側：形容心事重重，翻來覆去難以入眠。

10 **輾**[辗]⁽⁻⁾

普 niǎn 粵 zin² 展

滾動着壓過去：車從草坪上輾了過去。

10 **輿**[舆]　輿 輿 輿 輿 輿 輿　輿

普 yú 粵 jyu⁴ 餘

① 眾人的：輿論。④ 地域：輿地 / 輿圖。

【輿論】yú lùn 公眾的議論：國際輿論 / 社會輿論。

11 **轉**[转]⁽⁻⁾　轉 轉 轉 轉 轉 轉　轉

普 zhuǎn 粵 zyun² 專²

① 轉動：轉身。② 輾轉；轉移：轉戰南北。③ 通過處於中間的人或物傳送：轉交 / 轉播。④ 轉變：轉廢為能。

【轉口】zhuǎn kǒu ① 貨物由一個港口運到另一個港口或由一國運到另一國：轉口貿易。② 改口；改變說法：見他不高興聽，就轉口說別的事了。

【轉化】zhuǎn huà 轉變；變成。

【轉向】zhuǎn xiàng ① 改變方向：颱風轉向在海南登陸了。② 改變立場：他突然轉向支持我們了。

【轉折】zhuǎn zhé ① 原來的趨勢、形勢被改變了：轉捩點 / 重大轉折。② 由原來的轉向另一個方面：文章的第二段轉折得很自然。

〔附加詞〕轉捩點：使事物改變發展方向的決定性事件或時間。

【轉念】zhuǎn niàn 從另一個角度考慮；改變原來的想法：轉念一想 / 一轉念就變了。

【轉述】zhuǎn shù 把別人的話說給另外的人聽：轉述爸爸的話。

【轉移】zhuǎn yí ① 改換方向或位置：部隊明天要轉移了。② 轉變；改變：把注意力轉移到她身上。

【轉動】zhuǎn dòng 身體或身體的某部分轉移活動：骨碌碌地轉動眼珠。

【轉換】zhuǎn huàn 改換；變換：一見話不投機，馬上轉換話題。

【轉達】zhuǎn dá 受人委託，傳話給另一方。

【轉機】zhuǎn jī ① 向好的方面轉變的機會：事情有了轉機。② 中途換乘別的飛機。

【轉瞬】zhuǎn shùn 轉動眼珠，形容時間短促：轉瞬間就跑得無影無蹤。 🔄 轉眼

【轉彎】zhuǎn wān ① 拐彎，轉入另一個方向：車子轉彎。② 改變：他的想法很難轉彎。

　〔附加詞〕轉彎抹角：① 形容道路曲折或順着曲折的路走。② 比喻説話繞彎子，不直截説。

【轉變】zhuǎn biàn 改變，由一種情況變到另一種情況：轉變態度／想法轉變了。 🔄 改變＊轉換

【轉讓】zhuǎn ràng 把自己的東西或享有的權利讓給別人：技術轉讓／轉讓專利。

11 轉[转]⁽²⁾

(普) zhuàn (粵) zyun² 專²

① 旋轉：車輪轉得飛快。② 環繞：轉圈子。③ 走，閒逛：上街轉一轉。④ 相當於“圈”，一圈叫一轉：繞了三轉。

【轉向】zhuàn xiàng 迷失方向：暈頭轉向。

【轉動】zhuàn dòng 物體作圓周運動：直升機背上的槳葉飛快地轉動着。

12 轎[轿]　轎 轎 轎 轎 轎 轎

(普) jiào (粵) giu⁶ 叫⁶

轎子。由人抬着走或騾馬馱着走的舊式交通工具：花轎／轎夫。

12 轍[辙]　轍 轍 轍 轍 轍 轍

(普) zhé (粵) cit³ 設

① 車輪碾出的痕跡：車轍／如出一轍。② 戲曲、唱詞所押的韻：合轍。③ 辦法、主意：你看着辦，我沒轍。

14 轟[轰]　轟 轟 轟 轟 轟 轟

(普) hōng (粵) gwang¹ 肱

① 爆炸破壞：炮轟／轟炸。② 趕走：把他轟出去。③ 形容巨大的聲響：轟隆／轟鳴（發出轟隆隆的巨響）。

【轟動】hōng dòng 驚動許多人並引起注意。

【轟轟烈烈】hōng hōng liè liè 形容氣勢宏偉、聲勢浩大：談一場轟轟烈烈的戀愛。

辛 部

0 辛　辛 辛 辛 辛 辛 辛

(普) xīn (粵) san¹ 身

① 近似辣的刺激性味道：辛辣。② 悲傷；痛苦：辛酸／忍受苦辛。③ 勞累、勞苦：辛勞（辛苦勞累）／辛勤（辛苦勤勞）。④ 天干的第八位。參見“干支”。

【辛酸】xīn suān 酸辣，比喻悲傷、痛苦：回憶此生遭遇的種種不幸，她內心一陣陣辛酸。

【辛苦】xīn kǔ ① 身心勞苦：辛苦了一輩子。② 客套話。用於問候或求人做事：這事還需要請您跑一趟。

5 辜　辜 辜 辜 辜 辜 辜

(普) gū (粵) gu¹ 姑

罪；罪過：無辜。

【辜負】gū fù 對不住或違背了別人的希望、好意或幫助：辜負了老師的期望。

7 辣

辣 辣 辣 辣 辣 辣 辣

普 là 粵 laat⁶ 瘌

① 像薑、蒜、辣椒那種刺激性味道：辛辣 / 酸甜苦辣。② 辣味刺激：洋蔥辣得我眼睛不舒服。③ 兇狠：心狠手辣。

9 辨

辨 辨 辨 辨 辨 辨 辨

普 biàn 粵 bin⁶ 便

區別，區分開來：辨析（分析辨別）/ 明辨是非。

【辨別】biàn bié 經過分辨，把不同的區分開來：學會辨別真假。

🔍 辯別 "辯" 指用言語辯解、辯論。"辨" 指判別、分別。

【辨認】biàn rèn 根據特點辨別，作出判斷：字跡模糊，不好辨認。📖 辨別 * 識別

9 辦[办]

辦 辦 辦 辦 辦 辦 辦

普 bàn 粵 baan⁶ 扮

① 做；處理：辦事 / 一手包辦。② 採購、購置：置辦 / 採辦。③ 創立；經營：籌辦 / 公司辦得很好。④ 處罰、懲辦：法辦 / 查辦。

【辦公】bàn gōng ① 處理公事：辦公的效率很高。② 上班工作：過了辦公時間。

【辦法】bàn fǎ 處理事情或解決問題的方法：出主意，想辦法。📖 方法

【辦理】bàn lǐ 處理事務；承辦業務：辦理手續 / 包給服務公司辦理。

12 辭[辞]

辭 辭 辭 辭 辭 辭 辭

普 cí 粵 ci⁴ 池

① 文詞；言詞：修辭 / 辭典 / 辭令。② 告別：辭別（告別）/ 不辭而別。③ 推託；躲避：不辭勞苦 / 義不容辭。④ 請求卸任：辭去總裁職務。⑤ 解僱：被辭退。⑥ 古體詩的一種：楚辭 / 辭賦。

【辭令】cí lìng 交際應酬的言詞：外交辭令。

【辭行】cí xíng 遠行前向親友告別。

【辭讓】cí ràng 客氣地表示不能接受：再三辭讓。

14 辯[辩]

辯 辯 辯 辯 辯 辯 辯

普 biàn 粵 bin⁶ 便

① 說明白、說清楚：辯白（說清楚真相）。② 爭論；辯論：無可爭辯的事實。俗 事實勝於雄辯

【辯論】biàn lùn 爭論問題：雙方辯論得非常激烈。

【辯護】biàn hù ① 為保護別人或自己而申辯：不要為自己的錯誤辯護。② 法庭審判案件時被告或其律師進行辯解。📖 辯解 * 辯白。反 指責 * 控告

辰部

0 辰

辰 辰 辰 辰 辰 辰 辰

普 chén 粵 san⁴ 臣

① 地支的第五位。② 辰時，上午七點到九點。③ 日子；時光：誕辰 / 良辰美景。④ 日、月、星的通稱：三辰 / 星辰。

3 辱

辱 辱 辱 辱 辱 辱 辱

普 rǔ 粵 juk⁶ 肉

① 羞恥：恥辱。② 羞辱，使蒙受恥辱：喪權辱國。③ 辜負：不辱使命。

農 [农] 農農農農農農 農

⑱ nóng ⑲ nung⁴ 濃

① 種田、種莊稼：農活。② 農事；農業：務農／農作物。③ 農民：菜農。

【農業】nóng yè 栽培農作物和飼養牲畜的生產事業。

【農曆】nóng lì ① 中國的傳統曆法，又叫夏曆，俗稱陰曆。平年 12 個月，大月 30 天，小月 29 天，全年為 354 天或 355 天；閏年 13 個月，19 年內有 7 個閏年，閏年 383 天或 384 天；為便於農事，又根據太陽的位置，把一年分成二十四個節氣。② 農業上使用的曆書。參見"二十四節氣"。⑮ 公曆＊西曆＊陽曆

🔍 農曆 "歷" 有已經過去的意思。"曆" 指的是推算年月日和節氣的方法。兩字形近部件不同易錯寫。

〔簡明詞〕農民：農夫，以務農為生的人。農家：務農的人家。農村：農民聚居的村落。農田：種植農作物的土地。農耕：種田的各種耕作。農莊：① 莊園、田莊。② 村莊。農場：大規模經營農業生產的單位。

【農諺】nóng yàn 有關農業生產的諺語，如 "穀雨前後，種瓜點豆"，農諺是農業生產累積的經驗的概括說法。

【農作物】nóng zuò wù 農業上栽培的各種植物，包括糧食、油料、棉花、煙草、蔬菜等，分糧食作物和經濟作物兩大類。

辵部

迂 迂迂迂迂迂迂 迂

⑱ yū ⑲ jyu¹ 於

① 彎曲、曲折：迂迴（曲折迴旋）。② 不切實際，不合時宜：迂腐。

【迂腐】yū fǔ 理念言行陳舊過時，完全不合時宜。

迄 迄迄迄迄迄迄 迄

⑱ qì ⑲ naat⁶ 屹

① 至、到：迄今為止。② 始終；一直：迄無音信。

迅 迅迅迅迅迅迅 迅

⑱ xùn ⑲ seon³ 信

非常快：迅速（快速）／迅猛（快速猛烈）。迅雷不及掩耳

巡 巡巡巡巡巡巡 巡

⑱ xún ⑲ ceon⁴ 秦

① 巡視，來回查看：巡夜／巡邏（巡查警戒）。② 相當於 "遍"：酒過三巡。

【巡迴】xún huí 按預定路線到多處進行同一項活動：巡迴展覽。

【巡視】xún shì ① 到各地視察。 視察 ② 眼睛掃視：用銳利的目光巡視了一遍人羣。 環顧

近　近近近近近近近

〔普〕jìn 〔粤〕gan⁶ 覲

① 距離短：遠近。② 時間短：最近 / 近日 / 近來（不久前的一段時間）。③ 靠近：接近路邊。④ 親密；密切：親近。⑯ 近水樓台先得月 / 近朱者赤，近墨者黑

〔古詩文〕夕陽無限好，只是近黃昏。

【近代】jìn dài ① 距離現在較近的時代。② 中國歷史一般分為古代、近代、現代三期，近代指1840 年鴉片戰爭至 1919 年 "五四" 運動這段歷史時期。

(一)【近乎】jìn hū 接近於、近似於：清一色近乎黑色的傢俬。

(二)【近乎】jìn hu 密切、親密：套近乎 / 越來越近乎。

【近似】jìn sì 類似、相似。

【近古】jìn gǔ 中國歷史分期，一般指宋代到清代鴉片戰爭這段時期。

【近況】jìn kuàng 最近的情況、狀況：很想知道你的近況。

【近視】jìn shì ① 視力缺陷的一種，能看清近的東西，看不清遠的東西。② 比喻目光短淺：近視短見的人，只管眼前，不顧長遠。⑰ 遠視

【近期】jìn qī 未來不久的一段時間：近期若不忙，出來飲茶吧？

✎ 近期，指就要到來的一段時間；近日、近來，指剛剛過去的一段時間；近年，指剛過去的幾年間。近期，時間向前推，終點在未來；近日、近來、近年，時間向後推，終點在過去。

返　返返返返返返

〔普〕fǎn 〔粤〕faan² 反

回、歸：返老還童 / 一去不復返。

迎　迎迎迎迎迎迎

〔普〕yíng 〔粤〕jing⁴ 形 / jing⁶ 認

① 迎接：送往迎來。② 對着；朝着：迎面走來 / 迎風而立。

【迎合】yíng hé 故意使自己的言行符合別人的心意：迎合顧客心理。⑯ 奉迎 * 投合

【迎面】yíng miàn ① 對着臉；朝向面前：寒風迎面吹來 / 迎面開來一輛汽車。② 正面；前面：迎面有一座寺院。

【迎接】yíng jiē ① 迎上前去接客人：迎接客人 / 迎接貴賓。② 作好準備，迎候即將到來的情況或時日：迎接勝利 / 迎接新年。⑰ 歡送 * 送行

述　述述述述述述

〔普〕shù 〔粤〕seot⁶ 術

陳說；敍述：陳述 / 述說（敍述說明）。

【述評】shù píng ① 敍述和評論：時事述評。② 敍述和評論性的文章：記者正在趕寫一篇述評。

迪　迪迪迪迪迪迪

〔普〕dí 〔粤〕dik⁶ 滴

引導；開導：啟迪。

迭　迭迭迭迭迭迭

〔普〕dié 〔粤〕dit⁶ 秩

① 輪流；交替：迭為賓主 / 季節的更迭。② 屢次，一次又一次：高潮迭起 / 精品迭出。③ 趕得及、來得及：忙不迭 / 後悔不迭。

迫 (一)

迫 迫 迫 迫 迫 迫　迫

(普) pò　(粤) bik¹ 碧

① 逼迫；強迫：迫害 / 迫使他同意。② 急迫：
緊迫 / 從容不迫。③ 逼近；接近：迫近 / 迫在
眉睫。

【迫切】pò qiè 十分急切：出國留學的心情很
迫切。

【迫使】pò shǐ 強迫別人做事：迫使對方屈從。

【迫害】pò hài 壓迫傷害。(反) 關愛 * 愛護

【迫不及待】pò bu jí dài 緊急得不容等待：遠遠
看見媽媽，迫不及待跑了過去。

　　🔍 迫不急待 "迫不及待" 表示緊急的意思，但
　字面上沒有 "急" 字。"及" 表示來得及。"迫不
　及待" 是說事情緊迫得來不及再等待下去。

【迫不得已】pò bu dé yǐ 被逼迫而不得不那樣做：
他一定有迫不得已的原因才這樣。

迫 (二)

(普) pǎi　(粤) bik¹ 碧

迫擊炮：一種從炮口裝彈，以曲射為主的小型
火炮。

迢

迢 迢 迢 迢 迢 迢　迢

(普) tiáo　(粤) tiu⁴ 條

遙遠：迢迢萬里。

【迢迢】tiáo tiáo ① 形容路途遙遠：千里迢迢。
② 形容長久：長夜迢迢。

迦

迦 迦 迦 迦 迦 迦　迦

(普) jiā　(粤) gaa¹ 家

譯音字：佛祖釋迦牟尼。

迴 [回]

迴 迴 迴 迴 迴 迴　迴

(普) huí　(粤) wui⁴ 回

① 旋轉：迴旋 / 迴蕩 (迴旋飄蕩) / 風迴雪舞。
② 環繞；曲折：迴形針 / 山迴水曲。③ 避開：
迴避。

【迴旋】huí xuán ① 盤旋：飛機在空中迴旋。
② 比喻可進退、可商量：這件事沒有迴旋餘地。

【迴避】huí bì ① 躲避；避開：迴避困難 / 他故
意迴避我。(反) 直面 * 面對 ② 指不參與審判、偵
查或調查處理跟自己有牽連的事項案件。

追

追 追 追 追 追 追　追

(普) zhuī　(粤) zeoi¹ 錐

① 追趕：追捕 (追蹤逮捕) / 我追上他了。② 追
究：追問 / 追查。③ 追求：追名逐利 / 兩人都
在追她。④ 回憶：追想 / 追憶 (回想、回憶)。
⑤ 增加；事後補辦：追加 / 追認 (事後認可)。

【追求】zhuī qiú ① 努力爭取達到某種目的：追
求事業。② 指向異性求愛：小伙子早就在追求
她了。(反) 放棄

【追究】zhuī jiū 追查，深入查究：追究原因 / 追
究責任。

【追查】zhuī chá 事後根據線索進行調查。

【追悔】zhuī huǐ 事後感到悔恨：一時做錯，追
悔莫及。(同) 悔恨 * 後悔

【追逐】zhuī zhú ① 追趕：兩人互相追逐。② 追
求：追逐名利。(反) 放棄

【追問】zhuī wèn 追根究底地盤問。

【追悼】zhuī dào 追念哀悼死者。

【追尋】zhuī xún 緊跟蹤跡、線索尋找。

【追溯】zhuī sù 逆流走向江河源頭。① 比喻查
考、追究由來或根源：追溯歷史淵源 / 你應該追
溯一下犯錯誤的根源。② 比喻回顧過去的人或
事：追溯往事，如夢如煙。

【追緝】zhuī jī 追捕，跟蹤緝拿：追緝歸案 / 追緝兇手。

【追隨】zhuī suí 緊緊跟隨。

【追蹤】zhuī zōng 依據蹤跡、線索尋找：追蹤調查 / 追蹤逃犯。

逃

逃 逃 逃 逃 逃 逃

普 táo 粵 tou⁴ 途

① 逃亡、逃跑：畏罪潛逃 / 逃出虎口。② 逃避、躲避：逃難 / 在劫難逃。

【逃生】táo shēng 從危險中逃出來：死裏逃生 / 無處逃生。

【逃脫】táo tuō ① 逃跑、逃掉：臨陣逃脫 / 借故逃脫。② 擺脫；躲開：逃脫險境 / 逃脫追蹤。

【逃逸】táo yì 逃跑，為躲避危險或不利情況而迅速逃離。

【逃學】táo xué 學生無正當理由不去上學：好學生決不逃學。

【逃避】táo bì 躲開、躲避。

【逃難】táo nàn 為躲避戰亂災禍而逃往他鄉：外出逃難 / 逃難的災民。

迸

迸 迸 迸 迸 迸 迸

普 bèng 粵 bing³ 併

① 向四外濺射或爆開：火花飛迸 / 石頭迸碎。② 向外突然發出：突然迸出一句話來。

【迸發】bèng fā 從內向外突然噴出或發出：火山迸發 / 感情一下子迸發出來。

送

送 送 送 送 送 送

普 sòng 粵 sung³ 宋

① 運送；遞交：送貨 / 送信。② 贈給：送禮（贈送禮物）/ 送他一本字典。③ 陪着人離開或到目的地：送客 / 送孩子上學。④ 斷送，白白付出：送命 / 葬送前程。俗 千里送鵝毛，禮輕情義重

【送行】sòng xíng ① 到啟程地點同遠行人告別，看他上路：到機場送行。② 餞行：設宴送行。

迷

迷 迷 迷 迷 迷 迷

普 mí 粵 mai⁴ 謎

① 分辨不清；失去判斷力：昏迷 / 迷了路。② 過度愛好而沉醉其中：迷戀 / 迷上了音樂。③ 沉醉在某一事物中的人：戲迷 / 球迷。④ 處在受迷惑或迷戀的狀態：執迷不悟 / 使人入迷。⑤ 讓人迷惑、沉醉：財迷心竅 / 秋色迷人。

【迷信】mí xìn ① 信奉神仙、鬼怪、命運等：信科學，不迷信。② 盲目地信仰崇拜：不迷信權威。③ 指迷信的思想意識：破除迷信。

【迷茫】mí máng ① 茫茫一片，看不清楚：迷茫的田野。② 恍惚茫然：她的神態顯得很迷茫。

【迷糊】mí hu ① 模糊不清：雙眼迷糊 / 腦子迷糊了。同 糊塗 ② 弄得模糊不清：淚水迷糊了他的眼睛。同 模糊 反 清楚 ③ 小睡：在沙發上迷糊了一會兒。

【迷惑】mí huò ① 弄不明白、辨別不清：迷惑不解。同 困惑 * 疑惑 反 清醒 ② 讓對方判斷不出來：用花言巧語迷惑人。

逆

逆 逆 逆 逆 逆 逆

普 nì 粵 jik⁶ 亦

① 方向相反的：逆行 / 逆轉。② 抵觸、違背：順之者昌，逆之者亡。③ 不順利：逆境（不順利的處境）。④ 背叛：叛逆 / 逆賊。⑤ 預先：逆料。俗 忠言逆耳利於行 / 學如逆水行舟，不進則退

【逆轉】nì zhuǎn 倒轉，向相反的方向轉變。

退

退 退 退 退 退 退 退

㊀tuì ㊁teoi³ 褪

① 向後走、向後移動：進退兩難／汽車緩緩後退。② 打退；往後面推動：退敵／把子彈退出槍膛。③ 離開；辭去：退場／退職／退位。④ 返回：退到原位，重新起跑。⑤ 退還；撤銷：退貨／退掉親事。⑥ 消退；減退：暑熱漸退／洪水退了。

【退化】tuì huà ① 逐漸萎縮或完全消失：老奶奶的骨頭已經退化了。② 衰退：不動腦筋，智力會逐漸退化。㊥進化

【退出】tuì chū ① 離開，不再參與：退出談判／退出競賽。② 脫離一個羣體：退出樂壇。㊥進入

【退休】tuì xiū 職工到了規定年齡結束工作過養老生活。

【退伍】tuì wǔ 軍人退出現役或服預備役期滿停止服役。㊥服役

【退步】tuì bù ① 落後，比原來差：驕傲自滿就會退步。㊥進步 ② 退路，餘地：預先給自己留了退步。

【退縮】tuì suō 向後退；畏縮：在困難面前不退縮。㊥進取

【退讓】tuì ràng ① 向後退，讓出路面：消防車急駛而來，車輛紛紛退讓。② 讓步：堅持提出的條件，不肯退讓。

逝

逝 逝 逝 逝 逝 逝 逝

㊀shì ㊁sai⁶ 誓

① 往，離去：光陰易逝／稍縱即逝。② 死亡：病逝／逝世（去世，含莊重意）。

連 [连]

連 連 連 連 連 連 連

㊀lián ㊁lin⁴ 憐

① 相接在一起：連接／藕斷絲連。② 連續：連演三場／連發數槍／連聲（一聲接一聲）。③ 包括；加上：連根拔起／連家屬一塊兒參加。④ 軍隊編制單位，在排以上營以下：營連排。⑤ 表示強調、"甚至"的意思：連看也不看一下／他連我都不買賬。

【連同】lián tóng 相當於"同"、"和"、"與"：我這本連同他那本，兩本書都給你。

【連忙】lián máng 急忙、趕快、趕緊。

【連接】lián jiē ① 互相銜接；聯繫：羣山連接，綿延不斷／共同命運把我們連接在一起。② 把兩個東西、兩個方面連在一起：連接線路／這座橋連接了南北兩岸。㊥斷開

【連帶】lián dài ① 互相關聯在一起：連帶關係，不可分割。② 牽連、連累：自己犯錯，不要連帶別人。③ 附帶：連帶條件。

【連連】lián lián 表示連續不斷：連連招手／連連出錯。㊎不斷＊接連

【連累】lián lei 牽連別人也受到損害。

【連貫】lián guàn 連接貫通：連貫東西的交通要道／上下句的意思要連貫。

【連綿】lián mián 接連不斷、一個接一個：春雨連綿／連綿不斷的羣山。㊥中斷

【連鎖】lián suǒ 像鎖鏈那樣一環扣一環、一個接一個：引起連鎖反應。

〔附加詞〕連鎖店：商業服務業的一種組織形式，在總店之外設立多處跟總店性質和經營方針相同並受總店領導的商店。

【連續】lián xù 一個接一個；一次接一次：電視連續劇／連續上了四堂課。㊥間斷＊中斷

速

速速速速速速 速

㊀ sù ㊁cuk¹ 促

① 迅速，非常快：速去速回／速戰速決。② 速
度：車速／水的流速／光速接近每秒三十萬公里。
③ 邀請：不速之客。㊰ 欲速則不達

【速成】sù chéng 快速完成；在短時間內很快學
完：日文速成班。

【速食】sù shí 快速提供食用的食品，如速食麵、
快餐等。

【速度】sù dù ① 運動的物體在單位時間內所經
過的距離：火車的速度比輪船快。② 指快慢的
程度：加快建樓的速度。

【速遞】sù dì 快速傳遞或投送。

【速寫】sù xiě ① 一種繪畫方法。用簡單的線條
把對象的主要特徵迅速地勾畫出來：人物速寫／
風景速寫。② 一種文體。以簡潔生動的文筆，及
時反映生活中的人物或事件。

逗

逗逗逗逗逗逗 逗

㊀ dòu ㊁dau⁶豆

① 停留：逗留（暫時停留）。② 句中的停頓：逗
號。③ 引逗；招引：逗孩子玩／孩子的動作逗人
愛／挑逗的眼神。④ 有趣；滑稽：你這人可真逗。

逐

逐逐逐逐逐逐 逐

㊀ zhú ㊁zuk⁶族

① 追趕：追逐／隨波逐流。② 驅逐；趕走：逐
出／下逐客令。③ 競爭：角逐。④ 追求：追名
逐利／捨本逐末。⑤ 依次：逐一（一個一個地）／
逐條解釋／逐字逐句講解。

【逐步】zhú bù 一步一步地：逐步放寬防疫措施。

【逐漸】zhú jiàn 漸漸，一點一點地。

✎ 逐步與逐漸：二者都是漸漸向前發展、進
展的意思，但是適用場合有差別：逐步多用在
分階段、分步驟、分層次的人為場合，如逐步
實現、逐步解決、逐步完成；逐漸則多用在非
人為的自然場合，例如江水逐漸渾濁起來、天
色逐漸暗下來。

逍

逍逍逍逍逍逍 逍

㊀ xiāo ㊁siu¹ 消

見 "逍遙"。

【逍遙】xiāo yáo 自由自在，無拘無束：逍遙自在。
〔附加詞〕逍遙法外：罪犯沒受到法律制裁，
依然自由自在。

逞

逞逞逞逞逞逞 逞

㊀ chěng ㊁cing² 請

① 炫耀、顯示；施展：逞能（顯示本事大）／逞強
（有意識地顯示比別人強）／逞威風。② 實現：陰
謀得逞。③ 放縱，不加拘束：逞性子。

造 ⁽一⁾

造造造造造造 造

㊀ zào ㊁zou⁶做

① 製作：造船／製造。② 憑空編出來：造謠（編
造散佈謠言）／捏造。③ 指農作物的收穫次數：
一年兩造。

【造句】zào jù 用詞語組合出句子來：遣詞造句。

【造型】zào xíng ① 塑造人體、物體的形象：舞
蹈造型／造型藝術。② 塑造出來的人或物的形
象：這件頑童雕像造型優美。

【造就】zào jiù ① 培養教育：不堪造就／造就人
才。② 成就、成績：造就顯著的工程師。

【造福】zào fú 讓別人得到幸福。

【造成】zào chéng 演變成：司機醉駕造成這次

交通意外。

⁷造 ^(二)

普 zào　粵 cou³ 澡

① 到；達到：登峯造極 / 造詣極深。② 培養：
深造。

【造詣】zào yì 學問、藝術等達到的水平：他的
古典文學造詣很深。

⁷透　透 透 透 透 透 透 透

普 tòu　粵 tau³ 頭³

① 通過；穿過：透風 / 透光。② 露出；顯露：
透點消息給他 / 面色白裏透紅。③ 徹底：我看透
了 / 把道理講透。④ 達到充分的程度：恨透了 /
背得熟透了。⑤ 超過：透支。

【透支】tòu zhī ① 開支超過收入：今年，他家透
支了。② 預先支取錢：信用卡透支。③ 比喻過
度消耗：體力透支。

【透明】tòu míng ① 物體能透過光線的：雙層玻
璃窗很透明。② 公開、敞開：信息透明 / 政務一
定要透明。

〔附加詞〕透明度：公開所做事情達到的程度：
政府部門工作的透明度。

【透過】tòu guò 通過、經過：透過接觸，我更了
解她了。

【透徹】tòu chè 詳盡而深入：分析得十分透徹 /
對他有透徹的了解。反 膚淺

🔍 透澈 "澈" 是指水的清澈。"徹" 有通透的意
思。兩字形近部件不同易錯寫。

【透露】tòu lù ① 泄漏：透露內情。② 暴露、露
出來：真相終於透露出來了。反 隱藏

⁷途　途 途 途 途 途 途

普 tú　粵 tou⁴ 徒

道路：路途 / 途經（途中經過）/ 道聽途說。

【途徑】tú jìng 路徑；門路：線上購物的途徑很
多 / 找不到解決難題的途徑。

⁷逛　逛 逛 逛 逛 逛 逛

普 guàng　粵 gwaang⁶

出外閒遊；遊覽：閒逛 / 逛街 / 逛公園 / 逛商店。

⁷逢　逢 逢 逢 逢 逢 逢

普 féng　粵 fung⁴ 馮

① 遇到、遇見：逢凶化吉 / 久別重逢。② 迎合，
討好：逢迎（巴結討好）。俗 人逢喜事精神爽

⁷這[这] ^(一)　這 這 這 這 這 這

普 zhè　粵 ze² 姐

① 指代當下的和比較近的人或事物：這學生 / 這
地方 / 這三年 / 這是我的書。② 指代各種對象：
怕這怕那 / 看看這，看看那。③ 這時候：我這就
走。④ 這麼；這樣：你這一說我全懂了。

【這些】zhè xiē 指眼前的多個人或事物：這些
人 / 這些船 / 這些事我不管。反 那些

【這兒】zhèr ① 這裏：這兒太危險！② 這時候
（只用在 "打、從、由" 後面）：打這兒算，要三
天 / 從這兒算 / 由這兒算。反 那兒

【這麼】zhè me 相當於 "這般"、"這樣"：有這
麼高 / 這件事就這麼辦 / 山上的空氣這麼新鮮。
反 那麼

【這個】zhè ge 這一個、這件事、這東西：這個
箱子 / 這個好商量 / 這個多少錢買的？

【這裏】zhè lǐ 指當下的地方、處所：這裏沒巴

士 / 這裏是電影院。反 那裏

【這樣】zhè yàng 相當於"這般"、"這種"、"像這種樣子":這樣的事情經常發生 / 你不要這樣無理取鬧。反 那樣

【這會兒】zhè huìr 這時候:這會兒人不多 / 這會兒她在幹甚麼?

7 **這** [这] (二)

普 zhèi 粵 ze² 姐

"這一"的合音,用於口語,意思與"這(一)zhè"相同:這個 / 這些 / 這樣 / 這會兒。

7 **通**　通 通 通 通 通 通　通

普 tōng 粵 tung¹ 統¹

① 通往,可以到達:四通八達 / 火車直通杭州。② 穿過,沒有阻礙:暢通無阻。③ 使暢通不堵塞:疏通。④ 連接:溝通 / 串通。⑤ 交往;交換:通商 / 互通有無。⑥ 明瞭;懂得:通曉 / 精通業務。⑦ 精通某一方面的人:中國通 / 萬事通。⑧ 通順:文理不通,白字連篇。⑨ 全部;普遍:通身 / 通病。⑩ 告訴、告知:通知 / 通告。

【通用】tōng yòng ① 普遍使用:通用貨幣 / 全國通用。② 彼此可交換使用:"措詞"和"措辭"可以通用。

【通行】tōng xíng ① 在交通線上通過:前面施工,禁止通行。② 通用;流行:這是全國通行的辦法。

【通告】tōng gào ① 普遍告知:通告全市。② 面向所有人的文告:張貼通告。

【通知】tōng zhī ① 把情況告訴別人:通知他開會 / 通知學生家長。② 通知事情的文字或口信:通知老師已經收到 / 接到電話通知。

【通俗】tōng sú 淺顯易懂的;適合一般人需要的:通俗歌曲 / 通俗讀物。反 深奧 * 晦澀

【通航】tōng háng 有船隻或飛機來往。

【通訊】tōng xùn ① 通信息:同學通訊錄。② 利用電訊設備傳遞信息:通訊網 / 用手機通訊。③ 一種新聞體裁,通訊報道比新聞消息具體、詳盡、生動:給報紙寫了一篇通訊。

〔附加詞〕通訊社:採訪搜集新聞消息,並將其提供給媒體的新聞機構。

【通常】tōng cháng 一般;平常:他通常早上六點鐘起牀。

【通貨】tōng huò "流通貨幣"的簡稱,包括硬幣、紙幣等:硬通貨 / 通貨膨脹。

【通商】tōng shāng 國家、地區之間進行貿易:通商口岸。

【通順】tōng shùn 文章在語言、邏輯方面沒有毛病:作文寫得很通順。

【通達】tōng dá ① 暢通無阻:南北通達。② 明白、懂得(人情事理):通達事理。

【通過】tōng guò ① 走過;穿過:從主席台前通過 / 火車通過大橋了。② (議案、計劃等)經同意被確定下來:大會通過三項決議。③ 經由(某種途徑、手法或方式):通過多番討論後,學校決定取消秋季旅行。

【通道】tōng dào ① 大路、道路:去山南必經的通道。② 通往外面的路:安全通道。

【通暢】tōng chàng ① 暢通無阻:道路通暢。② 通順流暢:文字通暢。同 暢通 反 阻塞

【通稱】tōng chēng ① 通常叫做:木樨(xī)通稱桂花。② 通常的名稱:菠蘿是鳳梨的通稱。同 俗稱

【通緝】tōng jī 執法機關發出通令搜查緝捕在逃犯罪嫌疑人:通緝令。

🔍 通輯 "輯"指的是收集材料來編寫。"緝"指的是一種縫紉的方法,引申為追捕犯人。兩字形近部件不同易錯寫。

【通曉】tōng xiǎo 透徹地了解掌握:知識廣博,通曉天文地理。

通 (二)

⑱ tòng ⑲ tung¹ 統¹

相當於"陣"、"遍"、"頓"：折騰了一通 / 説了一通廢話 / 被人痛打一通。

達

達 達 達 達 達 達 達

⑱ kuí ⑲ kwai⁴ 葵

四通八達的道路。

進 [进]

進 進 進 進 進 進 進

⑱ jìn ⑲ zeon³ 俊

① 向前移動：前進。② 從外面到裏面：進卧室休息。③ 接納；收入：招進新人 / 進了筆款 / 進一批貨。④ 對上説；奉上：進言 / 進貢。⑯ 學如逆水行舟，不進則退

【進入】jìn rù ① 從外邊到裏邊去：禁止進入。② 到了；進展到：進入新的一年 / 進入試驗階段。

【進口】jìn kǒu ① 建築物或場地的入口處。②（船隻）進入港口：貨輪馬上要進口了。③ 從國外購買貨物運進本國：進口奶製品。⑫ 出口

【進化】jìn huà 事物由簡單到複雜，由低級到高級的變化：從猿進化到人。⑫ 退化

【進去】jìn qù 由外邊到裏邊去：進去買東西 / 進去拿本書。⑫ 出去

💡 口語多讀輕聲 "jìn qu"。

【進出】jìn chū ① 進來和出去：進出大門要出示證件。② 收支：進出平衡。

【進而】jìn ér 表示再進一步：先讀碩士，進而想讀博士。

【進行】jìn xíng ① 行進、前進：車輛運行速度緩慢。② 從事持續性的活動：進行調查 / 事情進行得很順利。⑫ 停止 * 停頓

〔附加詞〕進行曲：適合於隊伍行進時演奏或歌唱的樂曲，曲調雄壯有力，節奏鮮明。

【進攻】jìn gōng 向對方發動攻勢：進攻敵軍陣地 / 下半場猛烈進攻，先進一球。⑫ 退卻

【進步】jìn bù ① 比原來有提高、有發展：虛心使人進步，驕傲使人落後。⑫ 退步 ② 合乎時代潮流，促進社會發展的：進步人士 / 進步力量 / 起進步作用。

〔古詩文〕人之為學，不日進則日退。（《與人書》顧炎武）

【進取】jìn qǔ 努力上進，力求有所作為：他做事進取，不會放過任何機會。

【進來】jìn lái 由外邊來到裏邊：請進來 / 搬進來 / 打進來。⑫ 出來

💡 口語多讀輕聲 "jìn lai"。

✏️ 進來與進去：二者都是説從外邊到裏邊，但説話的方位正好反過來：進來，是從裏邊的方位説，讓外邊的到裏邊來；進去，是從外邊的方位説，讓外邊的到裏邊去。

【進度】jìn dù 進展的速度：施工進度 / 教學進度。

【進軍】jìn jūn ① 軍隊向目的地行進：進軍的號角響了。② 比喻奔向目標：進軍荷里活。

【進修】jìn xiū 進一步學習專業知識：進修英語 / 電腦進修課程。

【進展】jìn zhǎn 向前推進：進展順利 / 工作進展很快。

【進程】jìn chéng 事物發展變化的過程：歷史進程 / 科學實驗的進程 / 加快改革的進程。

【進逼】jìn bī 步步向前靠近不放鬆：步步進逼 / 變換戰術，進逼對方球門。⑫ 後退 * 撤退

週 [周]

週 週 週 週 週 週 週

⑱ zhōu ⑲ zau¹ 周

① 圈、圈子：圓週 / 繞場一週。② 環繞；環繞一圈：週而復始。③ 週期，循環一圈的時間：週

年（一年，一整年）/ 週末。④ 全；普遍：眾所
週知。

【週記】zhōu jì 一種文體，記載本星期的事情。

【週而復始】zhōu ér fù shǐ 轉一圈回到原點，重
新開始。

逸

逸逸逸逸逸逸

（普）yì（粵）jat⁶ 日

① 跑：逃逸。② 隱居：隱逸 / 逸民。③ 安樂、
安閒：安逸 / 好逸惡勞。④ 散失；失傳：逸文（散
失的文章）/ 逸事。

【逸事】yì shì 不見記載、埋沒下來的事跡。

逮 (一)

逮逮逮逮逮逮

（普）dài（粵）dai⁶ 弟

捉拿：逮捕。

【逮捕】dài bǔ ① 捉拿、抓獲：逮捕逃犯。② 司
法機構依法拘押犯罪嫌疑人、被告人的強制措
施：檢察長批准逮捕。

逮 (二)

（普）dǎi（粵）dai⁶ 弟

捉；抓：逮住了他 / 貓逮老鼠。

達[达]

達達達達達達

（普）dá（粵）daat⁶ 笪⁶

① 到達：抵達 / 四通八達。② 達到：達標（達到
規定的標準）。③ 通曉、明白：通達事理 / 知書
達理。④ 心胸開闊：豁達 / 為人達觀。⑤ 告知；
表達：轉達 / 詞不達意。⑥ 顯貴：達官貴人。

（俗）欲速則不達

【達成】dá chéng 經過商談後形成、取得：達成

協議 / 達成共識。

【達到】dá dào 實現了目標或上升到某種程度：
達到目的 / 達到學士水平。

逼

逼逼逼逼逼逼

（普）bī（粵）bik¹ 碧

① 迫近、接近：逼近（迫近、靠近）/ 大軍直逼城
下。② 迫使；威脅：逼迫（強迫）/ 逼使他屈服。
③ 強行索取：逼債 / 逼供。

【逼真】bī zhēn ① 同真的一樣：畫中景物形態
逼真。② 真切；清楚確實：情景逼真。

遇

遇遇遇遇遇遇

（普）yù（粵）jyu⁶ 預

① 相逢：相遇 / 遇見（碰到、遇到）。② 遭遇：
遇險 / 遇難。③ 對待：禮遇 / 冷遇 / 待遇。④ 機
會：機遇難得。

【遇難】yù nàn ① 因受迫害或意外事故而死亡：
乘飛機遇難。② 遭遇危難：遇難成祥（遭遇危難
卻轉變成好事）。

遏

遏遏遏遏遏遏

（普）è（粵）aat³

阻止；抑制：遏止（制止、阻止）/ 遏制（制止、
壓制）/ 怒不可遏。

遁

遁遁遁遁遁遁

（普）dùn（粵）deon⁶ 頓

① 逃走；逃避：遁逃（逃跑）/ 遁詞（逃避責任或
掩飾錯誤的話）。② 隱避：遁跡（隱藏起來）。

過[过] 過 過 過 過 過 過 過

⓿普 guò ⓿粤 gwo³ 果³

① 經過；走過：過河／過馬路。② 超過；勝過：過半數／比得過她。③ 過分；超過限度、界限：過度／睡過頭／坐過站。④ 過失、錯誤：將功抵過。⑤ 度過；生活：過日子／他過得比我好。⑥ 經由：過濾／過油肉／過目不忘。⑦ 轉移：過戶／過手。⑧ 表示經過，從一處到另一處：從門前走過。⑨ 表示掉轉或轉換：背過身子／轉過彎來／接過盤子。⑩ 表示完成、完畢：吃過早飯／信看過了。⑪ 表示從前曾經有、曾經發生：教過書／最近回過家鄉／從來沒這樣高興過。

〔古詩文〕沉舟側畔千帆過，病樹前頭萬木春。
〔古詩文〕君子以見善則遷，有過則改。《周易・象傳》

【過分】guò fèn 超過限度或分寸：說話過分誇張／做任何事情都不要過分。⓿反 適當＊得當

【過去】guò qù ① 從前或從前的事情：過去他很胖／我不計較過去。② 從原來的方位向別處移動：跑過去／走過去。③ 表示時間逝去了：十年過去了還沒忘。④ 表示方向、狀態、狀況改變了：轉過去／氣得昏了過去／好日子過去了。⓿反 過來
⓿💡 ②、③、④ 口語多輕讀 "guò qu"。

【過失】guò shī 疏忽大意造成的錯誤：過失可以原諒，但要吸取教訓。⓿同 差錯＊過錯

【過多】guò duō 超過限度；超過需求：要求過多／毛病過多／樹敵過多。

【過來】guò lái ① 從別處向自己所在的方位移動：跑過來／走過來。② 表示轉換方向：轉過來／掉過來／扭過來。③ 表示經歷了某種過程：總算熬過來了。④ 表示恢復到原來的或良好的狀態：終於清醒過來了。⓿反 過去
⓿💡 過來 guò lái 口語常輕讀 "guò lai"。

【過夜】guò yè ① 度過一夜。多指在外住宿：今晚不在這兒過夜。② 隔夜：不喝過夜茶。

【過後】guò hòu 以後、此後，事情或情況發生之後：急甚麼，過後再說吧／當初說好的，過後就翻臉。⓿反 以前＊此前

【過度】guò dù 超過合適的限度：過度勞累／飲酒不可過度。⓿同 過分

【過時】guò shí ① 過了規定或約定的時間：過時不候。② 陳舊的、不時興的：這種風格早就過時了。

【過問】guò wèn 關注並參加意見：無人過問／從來不過問別人的事。

【過程】guò chéng 事情、事物發展所經過的各個階段：熟悉過程／學習過程。

【過渡】guò dù ① 渡過江河：從河的淺水處過渡。② 事物由一個階段向另一階段發展變化：正當新老交替的過渡期，人事變動陸續有來。

【過節】guò jié ① 度過節日；進行節日活動：大家好好過節／今年過節，可以熱鬧熱鬧。② 不和睦、隔閡：兩人有過節。

【過慮】guò lǜ 過分憂慮：事情容易辦，不必過慮。⓿同 多慮

【過錯】guò cuò 差錯、錯誤：過錯無論大小，都要認真改正。

⓿✎ 過失與過錯：過失和過錯，都是出差錯、犯了錯誤的意思，但二者略有不同：過失，偏重於無意中、無形中造成錯誤，錯的程度較輕；過錯，有意和無意間造成錯誤都可用，程度重於"過失"。

【過濾】guò lǜ 通過濾紙濾布等多孔材料，把氣體或液體中的固體物或有害成分分離出去：江河水過濾後才能飲用。

【過癮】guò yǐn 嗜好、愛好得到了滿足：聽梅蘭芳的戲最過癮／足球比賽看得真過癮。

⓿🔍 過隱 "隱" 的意思是隱匿、不顯露。"癮" 指的是特殊興趣、癖好。

【過日子】guò rì zi 度過每天的日子，過活、生活。

【過往】guò wǎng ① 來去：馬路上過往的人很多。② 往來，交往：過往甚密。

9 **逾** 逾逾逾逾逾逾 逾

(普) yú (粵) jyu⁴ 餘

越過、超過：逾期（超過期限）/ 逾越（跨越；越過障礙）。

9 **遊** 遊遊遊遊遊遊 遊

(普) yóu (粵) jau⁴ 由

① 遊覽；閒逛：旅遊 / 遊園 / 遊山玩水。② 嬉戲：遊戲 / 遊樂。③ 與人交往：交遊甚廣。④ 流動；不固定：遊民 / 遊牧。

【遊牧】yóu mù 沒有固定的住地、四處遊走，追逐水草豐茂的地方放牧：遊牧民族 / 遊牧生活。 (反) 定居

【遊行】yóu xíng 為進行慶祝、紀念或示威活動，許多人在街道上結隊行進：遊行示威。

【遊記】yóu jì 一種文體，記敍旅遊途中所見所聞。

〔簡明詞〕遊學：離開家鄉到外地或外國求學。遊玩：遊戲玩耍；遊覽玩賞。遊覽：遊玩觀賞景物名勝等。遊艇：有所需設備、載人到水面遊玩作樂的專用船。

【遊樂】yóu lè 遊玩娛樂：遊樂場所。

〔附加詞〕遊樂場：建有各種遊戲娛樂設施和場景，專供人遊玩的場所。

【遊戲】yóu xì ① 玩耍。② 指娛樂活動：遊戲機 / 捉迷藏遊戲。

9 **道** 道道道道道道 道

(普) dào (粵) dou⁶ 杜

① 路：道路 / 山間小道。② 水流通的途徑：河道 / 排水道。③ 志向：志同道合。④ 技藝：醫道高明。⑤ 道理、事理：坐而論道 / 頭頭是道。⑥ 道德；道義：得道多助，失道寡助。⑦ 學術、宗教的思想體系：傳道 / 離經叛道。⑧ 說：道歉 / 說長道短。⑨ 以為、認為：我道是誰呢，原來是你。⑩ 道教；道教徒：道觀 / 道士。⑪ 線條：一條橫道 / 畫上紅道。⑫ 與數目字連用，表示：(1) 長條狀東西數量：萬道金光 / 一道分界線。(2) 門、牆的數目：兩道門 / 一道圍牆。(3) 題目、命令的數目：兩道題目 / 下達一道命令。(4) 次數多少：油漆了三道。⑬ 以其人之道還治其人之身

【道具】dào jù ① 佛門使用的器物，如錫杖、戒尺和法器。② 舞台演出和拍攝影視片所用的各種用具的總稱，如桌椅、花瓶、扇子等。

【道理】dào lǐ ① 事物的規律：種田有種田的道理。② 是非得失的根據或理由：做人要講道理。③ 打算；方法：如何對付他，我自有道理。

【道教】dào jiào 中國本土的宗教，產生於東漢時代，尊老子為教主，信奉《道德經》和《太平經》，以道教為職業的人稱道士。

【道路】dào lù ① 陸地上供人和車輛通行的路。② 指水陸交通線：到重慶有兩條道路好走，一條乘船一條坐車。③ 比喻事物發展經歷的途徑：漫長的人生道路。

【道歉】dào qiàn 向人表示歉意。(同) 致歉

【道德】dào dé 人與人之間相處的行為準則，是讓人們自律的社會約束：職業道德。

9 **遂** (一) 遂遂遂遂遂遂 遂

(普) suì (粵) seoi⁶ 睡

① 合乎：遂心 / 遂願（稱心如意）。② 成功、完成：壯志未遂 / 功成名遂。③ 於是；就：遂於拂曉攻城 / 中數彈，遂亡。

遂 (二)

（普）suí （粵）seoi⁶ 睡

活動自如：半身不遂（偏癱）。

運 [运]　運運運運運運　運

（普）yùn （粵）wan⁶ 混

① 運動；轉動：運轉 / 運行 / 運作。② 運送搬運：海運 / 航運。③ 運用：運筆 / 運氣。④ 命運：財運 / 時來運轉。

【運用】yùn yòng 使用、利用。

【運行】yùn xíng ① 有規律地運動：列車運行時刻表 / 血液在身體裏運行 / 人造衛星環繞地球運行。② 運作，開展工作：按新規定運行。

【運作】yùn zuò 按照要求、計劃、次序一步步展開工作：資本運作 / 運作模式 / 學校的教學工作雖然繁重，但運作得井井有條。

【運河】yùn hé 人工挖成、可航行運輸的河道：京杭大運河 / 巴拿馬運河。

【運氣】yùn qi ① 命運：碰運氣 / 運氣不錯。

【運動】yùn dòng ① 物體的位置連續變化的現象：氣球的上升運動。（反）靜止 ② 體育活動：田徑運動。③ 進行體育活動：每天運動一小時。④ 大規模羣眾性活動，多為政治性活動：五四運動。

【運載】yùn zài 裝載起來運送：運載火箭順利升空 / 運載汽車的重型卡車。

【運算】yùn suàn 依照數學法則進行計算。

【運輸】yùn shū 用交通工具把物或人從甲地運往乙地：優先運輸救災物資。（同）運送

【運營】yùn yíng ① 比喻機構有序地進行工作：公司運營得很好。② 車、船等運行並營業：高速鐵路通車運營。

【運轉】yùn zhuǎn ① 沿着軌道運行轉動：月球繞地球運轉。② 指機器轉動：發電機正常運轉。

③ 開展工作：公司經過整頓後，重新開始運轉。

遍　遍遍遍遍遍遍　遍

（普）biàn （粵）pin³ 騙

① 到處；遍及：遍地（處處、到處）/ 遍佈（分佈到各個地方）/ 鮮花遍野。② 相當於“次、回”：說了兩遍 / 看過一遍。

【遍及】biàn jí 普遍都有、到處都有：分店遍及全港。

違 [违]　違違違違違違　違

（普）wéi （粵）wai⁴ 圍

① 違背、違反：違法 / 違禁（違反禁令）/ 陽奉陰違。② 離別；分開：久違了。

【違反】wéi fǎn 不遵守法律、規章、制度：違反規定 / 違反禁令。（反）違背

【違心】wéi xīn 違背自己的心意：一是一，二是二，我不說違心的話。

【違法】wéi fǎ 違反法律、法令：走私是違法行為。（反）守法

【違背】wéi bèi 違反，不遵守：不做違背良心的事。

【違規】wéi guī 違反規定、規則：停止違規的做法。

遠　遠遠遠遠遠遠　遠

（普）yuǎn （粵）jyun⁵ 軟

① 距離長：遠方 / 遠走高飛。② 年月久遠：遠古 / 為期不遠。③ 差距大：差得遠 / 遠遠超過。④ 關係不密切：疏遠 / 遠房親戚。⑤ 避開、不接近：敬而遠之。（俗）遠親不如近鄰 / 遠水救不了近火

【遠大】yuǎn dà 長遠宏大：遠大理想。

【遠古】yuǎn gǔ 遙遠的古代,一般指中國夏代以前的歷史時期:遠古時代 / 遠古文化。

【遠東】yuǎn dōng 歐洲人稱亞洲東部地區,包括中國在內。

【遠近】yuǎn jìn ① 遠處和近處:無論遠近我都去。② 指距離的長短:兩條路遠近差不多。③ 到處、四處,指很大的範圍:遠近聞名的老中醫。

10 遣　遣 遣 遣 遣 遣 遣　遣

(普) qiǎn (粵) hin² 顯

① 指派,分派去做:派遣 / 調兵遣將。② 送:遣送 / 遣返(送回原來的地方)。③ 排除、消除:消遣 / 消愁遣悶。

〔古詩文〕父乃悲歡,遂遣其妻。(《敦煌變文》一閔子騫童年)

10 遞 [递]　遞 遞 遞 遞 遞 遞　遞

(普) dì (粵) dai⁶ 弟

① 傳送:傳遞 / 投遞 / 遞交(親手送交)。② 依次、按順序:遞減 / 遞增。

10 遙 [遥]　遙 遙 遙 遙 遙 遙　遙

(普) yáo (粵) jiu⁴ 搖

距離遠:遙望(向遠處眺望) / 遙相呼應。

〔古詩文〕遙知兄弟登高處,遍插茱萸少一人。(《九月九日憶山東兄弟》王維)

【遙遠】yáo yuǎn 距離很長;時間很久:遙遠的地方 / 遙遠的過去。

10 遛　遛 遛 遛 遛 遛 遛　遛

(普) liù (粵) lau⁴ 流

① 緩步走:遛彎兒 / 遛大街。② 牽着牲畜或帶着鳥慢慢走:遛狗。

10 遜 [逊]　遜 遜 遜 遜 遜 遜　遜

(普) xùn (粵) seon³ 信

① 謙讓;恭順:出言不遜 / 傲慢不遜。② 差、不如:遜色(差、差一些)。③ 讓出王位:遜位讓賢。

11 遭　遭 遭 遭 遭 遭 遭　遭

(普) zāo (粵) zou¹ 糟

① 遭受、受到:遭災 / 遭人陷害。② 圍,周圍:周遭。③ 與數目字連用,表示:(1) 週、圈:多繞幾遭 / 沿跑道走兩遭。 (2) 次、回:走一遭 / 第一遭見他。

【遭受】zāo shòu 遇到(不幸);受到(損害):遭受苦難 / 遭受意外損失。

【遭殃】zāo yāng 遭受災禍:戰爭年代,最遭殃的是老百姓。

【遭遇】zāo yù ① 遇到(不幸的事):遭遇水災。② 遇到的事情。多指不幸的:他的遭遇很悲慘。

11 遷 [迁]　遷 遷 遷 遷 遷 遷　遷

(普) qiān (粵) cin¹ 千

① 人、物從一處轉移到另一處:遷徙 / 遷居(搬家)。② 轉變;變更:變遷 / 時過境遷。③ 官職調動。一般指提升:官員升遷。

〔古詩文〕四遷荊州刺史、東萊太守。(《楊震暮夜卻金》范曄)

【遷移】qiān yí 搬遷到別的地方。

【遷徙】qiān xǐ ① 遷移：人口遷徙／遷徙自由。
② 指動物因季節不同而變更棲居地。

【遷就】qiān jiù 降低要求，容忍和認可別人的言行：很傲慢，不肯遷就人。反 苛求

遮¹¹

普 zhē 粵 ze¹ 者¹

① 阻擋；攔住：上前遮攔。② 一物體擋住另一物體：遮擋／遮蔽（擋住）。③ 掩蓋、掩飾：遮羞布／這事就算遮過去了。

【遮掩】zhē yǎn ① 遮蔽：月亮被雲彩遮掩了。
② 掩飾：有缺點要改正，不要遮掩。

【遮蓋】zhē gài ① 從上面或外面蓋住：大雪遮蓋了山間小路。② 掩蓋；隱瞞：遮蓋真相。
同 掩飾

【遮擋】zhē dǎng ① 遮蔽阻擋：遮擋風雨／植樹造林，遮擋風沙。同 阻擋 ② 指遮蔽阻擋的東西：荒野沒有遮擋，一望無際。

適[适]¹¹

普 shì 粵 sik¹ 色

① 適合：適時／適用（合用）／適度（合適、恰當）。② 恰好：適得其反／適值國慶來臨。③ 舒服：舒適／身體不適。④ 剛；剛才：適才／適從何處來？

【適中】shì zhōng ① 正好；既不太過，也無不及：大小適中，穿着很舒服。② 在當中，不偏向哪一面：地點適中，來去方便。

【適合】shì hé 符合、得當。

【適宜】shì yí 合適、適當：氣候適宜／顏色濃淡適宜。同 適合 反 不宜

【適當】shì dàng 合適、恰當：適當的時候再說／事情很多，要適當地安排。

【適應】shì yìng 適合順應：適應環境變化／不適

應高原生活。

【適可而止】shì kě ér zhǐ 不過頭，差不多就停止。

遼[辽]¹²

普 liáo 粵 liu⁴ 聊

① 遙遠：遼遠。② 開闊：遼闊（廣闊、非常寬廣）。③ 朝代名，公元 916 年遼太祖耶律阿保機建立契丹國，後改稱遼，1125 年為金所滅。

遺[遗]¹²

普 yí 粵 wai⁴ 圍

① 丟失；漏掉：遺失（丟失東西）／遺漏。② 丟失或漏掉的東西：補遺／路不拾遺。③ 留下：遺跡／養虎遺患。④ 特指死人留下的：遺產／遺著／遺書。⑤ 排泄、排除：遺尿／遺屎。

【遺忘】yí wàng 忘記、忘卻：遺忘得乾乾淨淨／不能遺忘別人的恩情。反 牢記

【遺留】yí liú 過去留下來的：這是他遺留的手稿。

【遺產】yí chǎn ① 死者留下的財產：繼承遺產。
② 古人遺留下來的著作、文化或具體的東西：文學遺產／古代文化遺產／北京故宮是明清兩代的寶貴遺產。

【遺棄】yí qì ① 拋棄、丟棄：逃走時遺棄的東西。
② 拋棄不管本該贍養或撫養的親屬：遺棄親生骨肉。

【遺跡】yí jì 過去的事物遺留下來的痕跡：歷史遺跡。

【遺傳】yí chuán 人和生物體的構造與機能由上代傳給下一代：遺傳疾病。

【遺憾】yí hàn ① 惋惜；不稱心、不滿意：令人遺憾／她那麼做，我很遺憾。反 滿意＊如意
② 遺恨，將死時還感不滿意或抱愧的事：留下終生遺憾。

【遺囑】yí zhǔ 人在生前或臨終時對自己身後事

如何處理所作的口頭或書面交待。

遵 ¹²

遵遵遵遵遵遵　遵

(普) zūn (粵) zeon¹ 津

依從；按照：遵從（服從）/ 遵囑 / 遵命照辦。

【遵守】zūn shǒu 不違背規定，照着做。

【遵照】zūn zhào 依照、按照。

遲[迟] ¹²

遲遲遲遲遲遲　遲

(普) chí (粵) ci⁴ 池

① 慢，緩慢：遲緩。② 晚，時間拖後：遲到 / 推遲 / 姍姍來遲。

【遲鈍】chí dùn 反應慢，不敏捷：反應遲鈍。
(反) 靈敏 * 敏捷

【遲疑】chí yí 猶豫：遲疑了好久，還是下不了決心。(反) 果斷

【遲緩】chí huǎn 緩慢，不快：動作遲緩。(反) 迅速 * 快捷

選[选] ¹²

選選選選選選　選

(普) xuǎn (粵) syun² 損

① 挑選：選材 / 精選。② 選舉：選代表 / 我們選他當班長。③ 被選中的人或物：人選 / 入選。④ 被選出來編在一起的作品：作品選 / 詩詞選 / 短篇小說選。

【選手】xuǎn shǒu 選拔出來參加比賽的人。

【選材】xuǎn cái ① 挑選符合要求的材料或素材：文章選材得當。

【選拔】xuǎn bá 挑選（人才）：選拔人才 / 運動員選拔 / 選拔優秀演員。

【選修】xuǎn xiū 學生從可自由選擇的科目中，選定自己要學習的科目：選修課。(反) 必修

【選集】xuǎn jí 選擇一個人或多人的著作編成的

集子。多用作書名。

【選擇】xuǎn zé 挑揀、挑選：選擇合適的學系報考。

【選舉】xuǎn jǔ 用投票、舉手、口頭表決方式選出代表或負責人。

【選購】xuǎn gòu 選擇合意的東西購買：選購合意的衣服。

邁[迈] ¹³

邁邁邁邁邁邁　邁

(普) mài (粵) maai⁶ 賣

① 抬腳向前跨：邁出一大步 / 邁進（跨大步朝前走）。② 年老：老邁 / 年邁力衰。③ 英里。計量行車時速用“邁”：1 小時跑 70 邁。

還[还] ¹³　(一)

還還還還還還　還

(普) huán (粵) waan⁴ 頑

① 返回：還鄉。② 恢復：還原 / 返老還童。③ 歸還：償還 / 原物奉還。④ 回報；回擊：還禮 / 還手 / 以牙還牙。

【還原】huán yuán 恢復原本的狀態：這件機器，拆開容易還原難。(同) 復原

還[还] ¹³　(二)

(普) hái (粵) waan⁴ 頑

① 仍然、依舊：夜深了還在寫 / 小時候讀的詩如今還記得。② 更，表示進一層：他比你還高 / 心比石頭還硬。③ 又、另：還有事跟你說 / 除了看書，還愛好音樂。④ 算得上；過得去：工作還順利 / 畫得還可以。⑤ 尚且：薪酬還不夠開銷，哪有錢買房子？⑥ 或者：他去，還是你去？⑦ 表示強調、着重：他還真行 / 還得一年才能學會。

【還是】hái shi ① 仍然：天氣還是那麼冷 / 多年不見，還是那麼年輕。② 或者；或者是：去還是

不去，你自己決定／無論男人女人，還是窮人富人，都想有個幸福的家。③ 不如，表示做出另外的選擇：明天下雨，還是後天去吧。④ 真是，表示強調、着重：我還是頭一回碰到這種怪事。

13 邀

邀 邀 邀 邀 邀 邀 邀

🔵 yāo 🟢 jiu¹ 腰

① 求取；謀求：邀賞／邀功。② 請，邀請：特邀嘉賓／應邀前往。
【邀請】yāo qǐng 有禮貌地請別人來：邀請同學。

13 避

避 避 避 避 避 避 避

🔵 bì 🟢 bei⁶ 鼻

① 躲開；迴避：避暑／避難／避嫌（避免惹嫌疑）／避而不談。② 防止：避免（防止發生某種情況）／避雷設施。

15 邊 [边]

邊 邊 邊 邊 邊 邊 邊

🔵 biān 🟢 bin¹ 辮

① 邊緣；旁邊；近旁：海邊／路邊／在母親身邊。② 界線；盡頭：無邊無際。③ 邊疆；邊境：守邊十年／邊防警察。④ 物體邊緣上的條狀裝飾：金邊眼鏡／花邊新聞。⑤ 方面：雙邊都同意。⑥ 用兩個或幾個 "邊" 字，表示動作同時進行：邊學邊幹／邊走邊笑邊說。⑦ 與裏外、上下、前後、左右、東西南北連用，表示所在的位置：裏邊／下邊／前邊／右邊／東邊。
【邊防】biān fáng ① 邊境地區的安全防務：邊防部隊。② 邊境的防守地區：守衛邊防。
【邊界】biān jiè 國家間或地區間分界的地區。
【邊塞】biān sài 邊疆的要塞；邊疆地區：邊塞風光／遙遠的邊塞。🔄 內地
【邊遠】biān yuǎn 靠近邊界的；遠離中心地區

的：邊遠的村鎮／開發邊遠地區。🔄 偏遠
【邊境】biān jìng 臨近邊界的地方：邊境檢查站。
【邊際】biān jì 邊緣；界限：漫無邊際。
【邊緣】biān yuán ① 沿邊的那部分：書的邊緣／草地邊緣種着花。🔄 邊沿 🔄 中間 ② 臨近某個時候：死亡的邊緣。
【邊疆】biān jiāng 靠近國界的邊遠地區：建設邊疆。

19 邏 [逻]

邏 邏 邏 邏 邏 邏 邏

🔵 luó 🟢 lo⁴ 羅

巡察：巡邏。
【邏輯】luó jí ① 邏輯學：學點邏輯對寫作有好處。② 規律；規律性：這話說得不合邏輯。
【邏輯學】luó jí xué 哲學的一個分支，研究人的思維形式和規律。

邑 部

4 邢

邢 邢 邢 邢 邢 邢 邢

🔵 xíng 🟢 jing⁴ 形

姓。

4 邪

邪 邪 邪 邪 邪 邪 邪

🔵 xié 🟢 ce⁴ 斜

① 邪惡；不正當；不正常：邪路／改邪歸正／邪門歪道。② 偏斜：目不邪視。③ 妖異怪誕的事：避邪／不信邪。④ 中醫指引起疾病的環境因素：風邪／濕邪。
【邪惡】xié è ① 心術、行為不正而且兇惡：邪惡勢力／邪惡念頭。② 指邪惡的人或勢力：鏟除邪

惡，伸張正義。反善良 * 正直

4 **邦** 邦邦邦邦邦邦 邦

(普)bāng (粵)bong¹ 幫

國家：友邦／鄰邦／多難興邦。

4 **那** (一) 那那那那那那 那

(普)nà (粵)naa⁵ 拿⁵

① 指代較遠的人或事物：那些人／那地方／那本
書。② 與 "這" 相對，指各種對象：那件事／那
人走了麼？③ 那麼：既然同意了，那就好好幹吧。

【那些】nà xiē 指兩個或多個人或事物：那些人／
那些東西／我同意他們那些說法。

【那個】nà gè 指單個的人或事物：那個人／那個
東西／我不同意你那個說法。

【那麼】nà me ① 指事物的性質、狀態、方式、
程度等，相當於 "像那種"、"像那樣"：那麼紅／
那麼深／不能那麼辦。② 表示估計或強調數量的
多少：滿滿那麼一屋子書／才喝了那麼兩口酒就
醉了。③ 相當於 "要是那樣的話"：如果大家都
同意，那麼就去吧。

✎ "那麼……那麼……" 是一個固定的關聯
詞搭配，如："雨後的天空是那麼藍，那麼清
澈！" 多數用於抒發說話人強烈的感情。

【那樣】nà yàng ① 相當於 "那種"：那樣的機會
不多／我喜歡那樣的顏色。② 相當於 "那麼"：
話可不能那樣說／誰像你那樣膽小怕事！③ 代替
某種情況或動作：那樣也行／那樣，他就明白了。

4 **那** (二)

(普)nǎ (粵)naa⁵ 拿⁵

哪裏：說時容易做時難，那會那麼快！

💡 那 nǎ，如今多用 "哪"。

4 **那** (三)

(普)nā (粵)naa⁵ 拿⁵

姓。

5 **邱** 邱邱邱邱邱邱 邱

(普)qiū (粵)jau¹ 休

低矮的小山；土丘、土堆。

5 **邸** 邸邸邸邸邸邸 邸

(普)dǐ (粵)dai² 底

高級官員的住所；規模較大的住宅：官邸／私
邸／宅邸。

5 **邵** 邵邵邵邵邵邵 邵

(普)shào (粵)siu⁶ 紹

姓。

6 **郁** 郁郁郁郁郁郁 郁

(普)yù (粵)juk¹ 沃

香氣濃烈：濃郁／馥郁。

6 **郊** 郊郊郊郊郊郊 郊

(普)jiāo (粵)gaau¹ 交

城市周圍的地區：近郊／郊野（郊外的曠野）／郊
遊（到郊外遊覽）／荒郊野外。

【郊外】jiāo wài 城市的周邊地區。

【郊區】jiāo qū 城市管轄的市區以外的地區。

郎 ⁶

郎 郎 郎 郎 郎 郎 郎

（普）lǎng （粵）long⁴ 狼

① 古代官名：侍郎／員外郎。② 青年男子；青年男女：新郎／女郎。③ 稱呼從事特定職業的人：貨郎／牛郎。

郝 ⁷

郝 郝 郝 郝 郝 郝 郝

（普）hǎo （粵）kok³ 確

姓。

郡 ⁷

郡 郡 郡 郡 郡 郡 郡

（普）jùn （粵）gwan⁶ 君⁶

古代行政區劃名。秦以前比縣小，秦以後比縣大，至明代廢除。

都 ⁸（一）

都 都 都 都 都 都 都

（普）dū （粵）dou¹ 刀

① 大城市。② 首都：建都／都城。

〔簡明詞〕都城：首都、國都。都市、都會：大城市：都市生活／香港是國際大都會。

都 ⁸（二）

（普）dōu （粵）dou¹ 刀

① 全，全部：都來／都吃光了。② 已經：天都亮了。③ 表示強調或加重語氣：一點兒都不冷／四個人都搬不動。

郭 ⁸

郭 郭 郭 郭 郭 郭 郭

（普）guō （粵）gwok³ 國

外城，古代在城的外圍加築的一道城牆：城郭。

部 ⁸

部 部 部 部 部 部 部

（普）bù （粵）bou⁶ 步

① 軍隊：率部突圍。② 軍隊指揮部所在地：師部／司令部。③ 安排：部署。④ 部位；部分：胸部／外部。⑤ 部門：門市部。⑥ 政府機構的名稱：教育部。⑦ 與數目字連用，表示影片、書籍、機器、車輛等物的數量：兩部電影／一部小說／三部紡織機／四部卡車。

【部分】bù fen ① 構成整體的個體：展覽會分四部分。② 局部：部分地區停電。（反）整體＊全部

【部件】bù jiàn 機器中的一個獨立組成部分，一般由多個零件裝配而成。

【部份】bù fen 同“部分”。

【部位】bù wèi 位置，多指人體的某一部分。

【部門】bù mén 整體下屬的單位。

【部首】bù shǒu 字典詞典為方便編排查找，根據漢字不同的形體結構，把漢字分別歸入各自所屬的門類，每一類即是一個部首，如“佳”和“侍”都屬左偏旁的“人部”，“吃”和“洋”分屬“口部”和“水部”。

【部隊】bù duì 軍隊和警衛、警察隊伍的通稱：調動部隊／安全部隊／警衛部隊。

【部落】bù luò 由血緣相近的氏族結合成的集體：原始部落／部落首長。

【部署】bù shǔ 安排、佈置。

🔍 佈署 “佈”的意思是展開、安排。“部”指的是安置安排，多用於規模較大的事情，如軍事方面。兩字音近易寫錯。

【部屬】bù shǔ 所管轄的下屬。

鄂 ⁹

鄂 鄂 鄂 鄂 鄂 鄂

（普）è （粵）ngok⁶ 岳

湖北的別稱。

9 **郵**[邮]　郵 郵 郵 郵 郵 郵　郵

〔普〕yóu 〔粵〕jau⁴ 由

① 郵寄；郵匯：郵信 / 給妹妹郵錢。② 有關郵政業務的：郵件 / 郵筒。③ 郵票：集郵。

【郵政】yóu zhèng 郵政局開辦的業務，主要有寄遞信件和包裹，以及匯兌、儲蓄等業務。

【郵件】yóu jiàn 郵局接收並負責投送的信件、包裹等物件。

【郵輪】yóu lún 按固定航線定期航行、定點停靠城市碼頭的大型觀光客輪。

9 **鄉**[乡]　鄉 鄉 鄉 鄉 鄉 鄉　鄉

〔普〕xiāng 〔粵〕hoeng¹ 香

① 中國農村的基層行政管理區。② 指農村地區：城鄉 / 鄉村（農村；村莊）。③ 出生地，家鄉：背井離鄉。④ 地方；地區：外鄉 / 他鄉。⑤ 指特定的狀態或情況：睡鄉 / 夢鄉 / 醉鄉。

【鄉親】xiāng qīn ① 同鄉的人：鄉親的事，能不幫忙嗎？② 農村中稱當地人：鄉親們都來幫他蓋房子。

【鄉土】xiāng tǔ ① 家鄉、故土：鄉土觀念很重。② 地方；區域：鄉土教材 / 鄉土文學。

【鄉里】xiāng lǐ ① 家鄉。② 同鄉的人：有位鄉里要見你。

【鄉鎮】xiāng zhèn ① 鄉和鎮，中國農村的基層行政管理區。② 農村地區的小市鎮。

11 **鄙**　鄙 鄙 鄙 鄙 鄙 鄙　鄙

〔普〕bǐ 〔粵〕pei² 披²

① 邊境；邊遠地區：邊鄙。② 庸俗；淺陋：粗俗（粗俗、庸俗）/ 鄙陋（淺薄）。③ 看不起：鄙視（輕視）/ 鄙棄（輕視厭惡）。④ 自稱的謙詞：鄙人。

12 **鄱**　鄱 鄱 鄱 鄱 鄱 鄱　鄱

〔普〕pó 〔粵〕po⁴ 婆

鄱陽湖。在江西北部，注入長江。

12 **鄰**[邻]　鄰 鄰 鄰 鄰 鄰 鄰　鄰

〔普〕lín 〔粵〕leon⁴ 輪

① 鄰居。② 靠近：東鄰大海 / 鄰水靠山。③ 靠近的：鄰縣 / 鄰邦（邊界相接的國家）。〔俗〕遠親不如近鄰

〔簡明詞〕鄰居、鄰舍：街坊、住處靠近的人家。

【鄰近】lín jìn ① 位置靠近：我家鄰近郊區。〔反〕遠離 ② 附近：鄰近有個體育場。

12 **鄭**[郑]　鄭 鄭 鄭 鄭 鄭 鄭　鄭

〔普〕zhèng 〔粵〕zeng⁶ 井⁶

周朝諸侯國名。在今河南新鄭一帶。

【鄭重】zhèng zhòng 嚴肅認真：鄭重其事 / 鄭重說明。

12 **鄧**[邓]　鄧 鄧 鄧 鄧 鄧 鄧　鄧

〔普〕dèng 〔粵〕dang⁶ 登⁶

姓。

酉部

0 **酉**　酉 酉 酉 酉 酉 酉　酉

〔普〕yǒu 〔粵〕jau⁵ 有

① 地支的第十位。② 酉時，古代計時法十二時辰之一，相當於下午五點到七點。

酊 (一)

酊 酊 酊 酊 酊 酊　酊

(普) dīng (粵) ding¹ 叮

酊劑，把藥物浸在酒精中製成的藥劑：碘酊。

酊 (二)

(普) dǐng (粵) ding² 鼎

見 "酩"。

酋

酋 酋 酋 酋 酋 酋　酋

(普) qiú (粵) jau⁴ 由

① 酋長，部落首領。② 稱盜匪或敵方的頭子：匪酋 / 敵酋。

酌

酌 酌 酌 酌 酌 酌　酌

(普) zhuó (粵) zoek³ 雀

① 斟酒；飲酒：對酌 / 自斟自酌。② 酒飯；酒席：小酌 / 便酌。③ 斟酌、考慮：酌定 / 字斟句酌。

【酌定】zhuó dìng 權衡具體情況而後決定。

【酌情】zhuó qíng 斟酌具體情況。

配

配 配 配 配 配 配　配

(普) pèi (粵) pui³ 佩

① 配偶。單用 "配" 多指妻子：元配 / 繼配。② 結婚：婚配。③ 牲畜交合：交配 / 配種。④ 按比例調和：配方 / 配顏色。⑤ 分派、安排：分配 / 配備。⑥ 添補缺少的東西：配零件。⑦ 陪襯、襯托：配角 / 紅花配綠葉。⑧ 相稱；夠得上：衣着要和年齡相配 / 愛學生的人才配當老師。

【配合】pèi hé ① 分工合作，完成共同的任務：他倆配合得很好。② 合在一起顯得合適、相稱：小紅樓綠草地，配合得很協調。

【配角】pèi jué ① 在演藝中擔當的次要角色：她在戲中只是配角。

【配套】pèi tào 把若干相關的事物組合成一整套：設備配套 / 建造住宅服務設施要配套。

【配偶】pèi ǒu 指丈夫或妻子。

【配備】pèi bèi ① 分配或佈置：配備人力 / 配備兵力。② 設備、裝備：一流的配備 / 信息化的配備。

【配搭】pèi dā ① 當配角，起陪襯作用：我這跑龍套的跟你配搭得不錯吧！② 搭配，調配：這幾樣菜配搭得不錯。

酒

酒 酒 酒 酒 酒 酒　酒

(普) jiǔ (粵) zau² 走

① 含酒精的飲料，用糧食、水果等發酵釀製：白酒 / 葡萄酒。② 飲酒：互相勸酒。③ 酒席：結婚辦了十桌酒。

【酒家】jiǔ jiā 賣酒的店鋪。現多用作餐館飯店的名稱：廣州酒家 / 海鮮酒家。

【酒精】jiǔ jīng 乙醇。一種有機化合物，無色可燃液體，可製作飲料，也用於工農業和醫藥上。

酗

酗 酗 酗 酗 酗 酗　酗

(普) xù (粵) jyn³ 於 ³

① 沉迷於飲酒：酗酒。② 發酒瘋：好酒而酗。

酣

酣 酣 酣 酣 酣 酣　酣

(普) hān (粵) ham⁴ 含

① 酒喝得暢快：酣飲。② 暢快、盡興：酣暢（非常痛快）/ 酣睡（熟睡）/ 酣歌。③ 激烈：酣戰。

酥 ⁵

酥 酥 酥 酥 酥 酥 酥

(普) sū (粵) sou¹ 蘇

① 酥油，用牛羊奶製成的食品。② 鬆脆的點心：桃酥 / 杏仁酥。③ 疏鬆、鬆軟：酥脆 / 酥糖。④ 酥軟，發軟無力：兩腿酥麻。

酪 ⁶

酪 酪 酪 酪 酪 酪 酪

(普) mǐng (粵) ming⁵ 皿

酩酊：形容大醉的樣子：酩酊大醉。

酪 ⁶

酪 酪 酪 酪 酪 酪 酪

(普) lào (粵) lok³ 絡

① 用牛羊的乳汁做成的半凝固食品：乳酪 / 奶酪。② 用植物的果實做成的糊狀食品：杏仁酪 / 核桃酪。

酬 ⁶

酬 酬 酬 酬 酬 酬 酬

(普) chóu (粵) cau⁴ 囚

① 用錢財物等報答：酬謝 / 酬報。② 報酬：薪酬 / 同工同酬。③ 交際往來：應酬。④ 實現：壯志難酬。
【酬賓】chóu bīn 以優惠價格把商品賣給顧客。
【酬謝】chóu xiè 用錢物等對別人的幫助表示謝意。

酵 ⁷

酵 酵 酵 酵 酵 酵 酵

(普) jiào (粵) haau¹ 敲

發酵，有機物在微生物的作用下分解：酵母（一種能促成發酵的真菌）。

酷 ⁷

酷 酷 酷 酷 酷 酷 酷

(普) kù (粵) huk⁶ 哭⁶

① 殘忍；暴虐：酷刑 / 酷吏。② 極；非常：酷似 / 酷愛（非常愛好）。③ 棒，極好；帥，形容人外表英俊瀟灑或個性深沉剛毅。
【酷暑】kù shǔ 極熱的夏天。
【酷熱】kù rè 天氣極熱。

酶 ⁷

酶 酶 酶 酶 酶 酶 酶

(普) méi (粵) mui⁴ 梅

生物體內產生的具有催化能力的蛋白質，能加速體內進行的多種化學變化。酶的製劑廣泛應用於醫藥、紡織、皮革、食品等方面。

酸 ⁷

酸 酸 酸 酸 酸 酸 酸

(普) suān (粵) syun¹ 孫

① 像醋的味道：這橘子好酸。② 悲痛、傷心：辛酸。③ 微痛無力的感覺：腰酸背痛。④ 寒酸；迂腐：窮酸。
【酸溜溜】suān liū liū ① 形容酸的味道：醋溜白菜酸溜溜的。② 形容輕微嫉妒的心理感受：聽媽媽誇姐姐，心裏酸溜溜的。③ 形容輕微酸痛的感覺：走累了，兩條腿酸溜溜的。④ 形容言談迂腐、裝腔作勢的樣子：這個人總讓人覺得酸溜溜的。
【酸甜苦辣】suān tián kǔ là 指各種味道，比喻人生的種種遭遇：飽嚐人世的酸甜苦辣。

醋 ⁸

醋 醋 醋 醋 醋 醋 醋

(普) cù (粵) cou³ 澡

① 一種液體調味品，味酸，多用米、麥、高粱釀製，也可用酒或酒糟發酵製成。② 比喻嫉妒。多

指男女感情方面：吃醋／醋意大發。

醃[腌]　醃醃醃醃醃醃　醃
⟨普⟩yān ⟨粵⟩jim¹ 淹

用鹽、醬、糖等調料浸漬肉魚菜蛋等：醃肉／醃過的食品不利健康。

醇　醇醇醇醇醇醇　醇
⟨普⟩chún ⟨粵⟩seon⁴ 純

① 酒味濃厚：五糧液很醇。② 純正：醇正。③ 有機化合物的一類，如乙醇（酒的主要成分）。

醉　醉醉醉醉醉醉　醉
⟨普⟩zuì ⟨粵⟩zeoi³ 最

① 喝酒過多，神志不清。② 用酒浸製的：醉蝦／醉蟹。③ 沉迷，過分地愛好：陶醉。⟨俗⟩醉翁之意不在酒

醒　醒醒醒醒醒醒　醒
⟨普⟩xǐng ⟨粵⟩sing² 省／seng² 腥²

① 睡醒或未睡着：一覺醒來／整夜醒着睡不着。② 酒醉、麻醉或昏迷後神志恢復正常：酒醒／蘇醒。③ 明白覺悟過來：醒悟／覺醒。④ 顯明：醒目（明顯，引人注目）。
【醒悟】xǐngwù 清醒、覺悟過來。

醞[酝]　醞醞醞醞醞醞　醞
⟨普⟩yùn ⟨粵⟩wan³ 慍／wan⁵ 允

釀酒：醞釀。
【醞釀】yùnniàng 造酒的發酵過程。比喻事前考慮或磋商，做好準備。

醜[丑]　醜醜醜醜醜醜　醜
⟨普⟩chǒu ⟨粵⟩cau² 瞅

① 相貌難看：醜陋／她長得不醜。② 令人厭惡的；可恥的：醜惡／醜聞。③ 醜態；醜事：出醜／家醜。⟨俗⟩家醜不可外揚
【醜惡】chǒuè 醜陋惡劣：醜惡的嘴臉。⟨反⟩美好
【醜陋】chǒulòu ① 相貌或樣子難看：長相醜陋，心地善良。⟨反⟩漂亮＊美麗 ② 思想行為卑劣或不文明：人性醜陋／醜陋的惡俗。

醫[医]　醫醫醫醫醫醫　醫
⟨普⟩yī ⟨粵⟩ji¹ 衣

① 醫生：牙醫／神醫。② 醫學：醫書。③ 治病：醫治／醫療（治療疾病）／有病早醫。⟨俗⟩病急亂投醫／久病成良醫
【醫院】yīyuàn 治療疾病、護理病人，設有病房病牀的醫療機構。
【醫術】yīshù 醫治疾病的能力和技術。
【醫務】yīwù 醫療方面的事情。
【醫學】yīxué 以預防和治療疾病為研究內容的科學。
【醫藥】yīyào ① 醫療和藥品：醫藥費。② 藥品：醫藥商店。

醬[酱]　醬醬醬醬醬醬　醬
⟨普⟩jiàng ⟨粵⟩zoeng³ 障

① 用發酵後的豆、麥加上鹽做成的糊狀調味品：甜麵醬／豆瓣醬。② 像醬的糊狀物品：果子醬／花生醬。③ 用醬或醬油醃製或燉煮：醬了一罐蘿蔔／把牛肉醬一醬。④ 用醬或醬油醃製的或燉煮的：醬菜／醬肘子。
〔簡明詞〕醬油：用豆、麥和鹽釀成的液體調味品。醬菜：用醬或醬油醃製的鹹菜。

12 醮

醮 醮 醮 醮 醮 醮

普 jiào 粵 ziu³ 照

① 古代結婚時用酒祭神的禮儀。② 指女子出嫁：
再醮。③ 道士設壇祭神唸經：打醮。

17 釀 [酿]

釀 釀 釀 釀 釀 釀 釀

普 niàng 粵 joeng⁶ 讓

① 釀造：釀酒。② 蜜蜂做蜜：釀蜜。③ 酒：佳
釀。④ 逐漸形成：醞釀 / 釀成巨變。
【釀造】niàng zào 利用發酵作用製造酒、醋等。

19 釁 [衅]

釁 釁 釁 釁 釁 釁 釁

普 xìn 粵 jan⁶ 刃

爭端：挑釁 / 尋釁鬧事。

采部

1 采

采 采 采 采 采 采 采

普 cǎi 粵 coi² 彩

面色；神態：神采 / 興高采烈 / 無精打采。

13 釋 [释]

釋 釋 釋 釋 釋 釋 釋

普 shì 粵 sik¹ 色

① 解說；說明：釋義 / 解釋。② 解開；放開；
放下：釋放 / 如釋重負 / 手不釋卷。
【釋放】shì fàng ① 放出來：釋放俘虜。② 擺脫
約束，發揮出來：內心的激情全都釋放出來。
【釋義】shì yì ① 解說字義或詞義：為字詞釋義
不同於寫文章。② 解說字義或詞義的文字：兒
童詞典的釋義非常淺白。

里部

0 里

里 里 里 里 里 里 里

普 lǐ 粵 lei⁵ 李

① 人家聚居的地方：鄰里 / 里巷 (小街小巷)。
② 家鄉：故里 / 鄉里。③ 市制距離單位。1 里
等於 500 米。
【里程】lǐ chéng 比喻人生的經歷或事情發展的
過程：人生的里程 / 戰鬥的里程。
〔附加詞〕里程碑：① 設在路邊、說明里數距
離的標誌。② 比喻作為重要標誌的大事。

2 重 (一)

重 重 重 重 重 重 重

普 zhòng 粵 zung⁶ 頌

① 重要；價值大：重任 / 貴重。② 重視：器重 /
重男輕女。③ 深厚；濃厚：情深誼重 / 濃墨重
彩。④ 莊重；不輕率：隆重 / 老成持重。
【重大】zhòng dà ① 大而重要：重大事件。
② 巨大；嚴重：重大成就 / 重大傷亡。反 渺小 ★
微小
【重心】zhòng xīn 中心；主要部分：工作的重心
是發展經濟。
【重任】zhòng rèn 重要的職務；重大的責任：
委以重任 / 身負重任。
【重要】zhòng yào 具有重大的意義、作用或影
響的。反 次要
【重視】zhòng shì 看重；認真對待：重視友誼 /
重視孩子多元發展。反 輕視
【重點】zhòng diǎn ① 重要的；主要的；關鍵
的：重點工程 / 做事要把握重點。② 特別重視，

當成主要的：重點扶持／重點閱讀。

2 重 (二)

〔普〕zhòng 〔粵〕cung⁵ 從⁵

① 重量大；分量大：輕重／話說得太重了。
② 重量：這隻雞約幾斤重？③ 數量多：重金。
④ 加重：重罰。

【重量】zhòng liàng ① 物質的質量，如兩、斤、公斤、克、千克等。② 重要的；有影響力的：重量級人物。

2 重 (三)

〔普〕chóng 〔粵〕cung⁴ 蟲

① 疊；重複：重重疊疊。② 再，又一次：重逢（再次相逢）／舊地重遊。③ 相當於“層”：一石激起千重浪。

〔古詩文〕山重水複疑無路，柳暗花明又一村。

【重申】chóng shēn 再次申明或說明。
【重重】chóng chóng 一重又一重、一層又一層：阻力重重／重重的山巒。

〔附加詞〕重重疊疊：一層層地壓在一起或排列在一起。

【重陽】chóng yáng 中國的傳統節日，在農曆九月初九。民間有在這一天登高、賞菊的習俗。
【重新】chóng xīn ① 再一次：重新檢查一次。
② 再從頭開始：重新做人。
【重複】chóng fù 又一次出現：同樣的鞋子買了兩雙，買重複了。
【重疊】chóng dié 重複；層層堆疊：機構重疊／山巒重疊／重疊的雲層。〔反〕單一
【重新】cóng xīn ① 把做過的事重做一次：請你重新讀一遍。② 從頭另行開始：這樣不行，重新做吧。

4 野

野 野 野 野 野 野 野

〔普〕yě 〔粵〕je⁵ 惹

① 郊外；野外：郊野／滿山遍野。② 界限：視野／分野。③ 野生的：野草／野牛。④ 蠻橫；不講理：野蠻。⑤ 不受約束：野性／心都玩野了。⑥ 非正式的、不合法的：野種。

【野心】yě xīn 大而非分的貪慾：野心勃勃。
【野生】yě shēng 在野外自然生長或生活的：野生植物／野生動物。〔反〕豢養
【野外】yě wài 遠離居住區的地方；田野、山野、荒野：荒郊野外／星期天常到野外活動。
【野獸】yě shòu ① 野生的獸類。② 比喻施展暴行的人。
【野蠻】yě mán ① 未開化的、不文明的：野蠻時代。〔反〕文明 ② 粗魯；蠻橫殘暴：野蠻行為／性格野蠻。〔反〕禮貌

5 量 (一)

量 量 量 量 量 量 量

〔普〕liáng 〔粵〕loeng⁴ 良

① 用器具測定輕重、長短、大小、多少：量體重／量血壓／車載斗量。② 估計；考慮：估量／思量。

【量度】liáng dù 測定輕重、長短、大小、多少。

5 量 (二)

〔普〕liàng 〔粵〕loeng⁶ 亮

① 計量體積的器物，如中國古代量米用的升、斗：度量衡。② 限度：酒量／限量。③ 數量：吃飯定時定量。④ 估計；衡量：量力而行／量入為出。

 liáng 和 liàng 都有估計、考慮、衡量的意思，音讀不同，意思一樣，這是口語的習慣變化造成的。

【量入為出】liàng rù wéi chū 按照收入的多少來計劃開支。

【量力而行】liàng lì ér xíng 依照實際的力量或能力來決定如何辦。

氂[釐]

氂 氂 氂 氂 氂 氂 氂

⚫普 lí ⚫粵 lei⁴ 籬

① 測定長度的單位，1 氂 為 10 毫，10 氂 為 1 分。② 測定重量的單位，1 氂 為 10 毫，10 氂 為 1 分。③ 測定面積的單位，10 氂 為 1 分：三分五氂地。④ 借貸的利率單位，年率 1 氂 為本金的百分之一，月氂 1 氂 為本金的千分之一。

金 部

金

金 金 金 金 金 金 金

⚫普 jīn ⚫粵 gam¹ 今

① 黃金，赤黃色，質地軟，俗稱金子：金色（黃金的顏色）。② 金屬的通稱：冶金 / 鋁合金。③ 古代金屬製造的打擊樂器：金鼓齊鳴。④ 錢：現金 / 罰金 / 金額（金錢的數目）。⑤ 顏色像黃金的：金黃色 / 金燦燦。⑥ 比喻貴重、尊貴：金玉良言。⑦ 朝代名，公元 1115 − 1234 年，女真族完顏阿骨打所建，在中國北部。

【金玉】jīn yù ① 黃金和美玉，泛指珍寶：金玉滿堂。② 比喻貴重或華美：金玉良言 / 金玉其外，敗絮其中。

【金星】jīn xīng ① 太陽系八大行星之一，在水星和地球之間繞太陽旋轉，自轉週期 243 天，繞太陽公轉週期 224.7 天，是在地球能看到的最亮的星，中國古代稱太白星。② 指五角星或閃動的星星光點：急得兩眼冒金星。參見 "行星"。

【金魚】jīn yú 一種觀賞魚，雙目突出，體態肥短，尾鰭薄而分成四葉，全身色彩鮮豔，有紅橙黑白色或雜色等多樣色彩。

【金黃】jīn huáng 金色中透微紅的顏色。

【金牌】jīn pái ① 古代傳達君王緊急詔命所使用的金字牌。② 獎給冠軍的獎牌。

【金融】jīn róng 貨幣和資金的調配流通，金融範疇包括貨幣的發行、流通和回籠，以及匯兌、借貸、儲蓄及證券交易等活動。

【金屬】jīn shǔ 有光澤和延展性，具有導電、傳熱等性質的物質，除汞之外，常溫下都是固體，如金銀、鋼鐵、銅、鋁等。

【金字塔】jīn zì tǎ 古代埃及、美洲等地的一種建築物，用石頭建成，呈三面或多面的角錐形，很像中文的 "金" 字，故稱金字塔，埃及的金字塔是法老（國王）的陵墓，最負盛名。

【金碧輝煌】jīn bì huī huáng 形容富麗堂皇或色彩鮮豔明亮。金碧，金黃色和碧綠色：金碧輝煌的聖保羅大教堂。🔄 富麗堂皇

釘[釘] ⁽一⁾

釘 釘 釘 釘 釘 釘 釘

⚫普 dīng ⚫粵 ding¹ 丁 / deng¹ 盯

① 釘子：鐵釘。② 看住；緊隨不捨：釘梢（盯住目標）/ 釘住對方中鋒。③ 緊逼、催促：釘問（緊緊催問）。

【釘子】dīng zi ① 金屬、竹木等製成的細條尖頭的東西，用來固定、連接或懸掛物品。② 比喻障礙：釘子戶 / 碰釘子。

釘[釘] ⁽二⁾

⚫普 dìng ⚫粵 ding¹ 丁 / deng¹ 盯

打進釘子，把東西固定下來；用針線縫住連起來：釘木箱 / 釘紐扣。

² **針**[针] 針 針 針 針 針 針 釬

(普)zhēn (粵)zam¹ 斟

① 縫製和編織衣物時用來引線的細而尖的工具，多由金屬製成：大海撈針。② 形狀像針的東西：別針 / 指南針。③ 注射的針劑：打針吃藥。④ 中醫用特製的金屬針刺入人體穴位治病：針灸。(俗)只要工夫深，鐵杵磨成針

【針對】zhēn duì 對準：針對問題想辦法 / 我是針對事情說的，不針對人。

² **釜** 釜 釜 釜 釜 釜 釜 釜

(普)fǔ (粵)fu² 苦

古代一種類似鍋子的炊具：破釜沉舟。

³ **釦**[扣] 釦 釦 釦 釦 釦 釦 釦

(普)kòu (粵)kau³ 扣

紐扣：上裝用的是銅釦。

³ **釣**[钓] 釣 釣 釣 釣 釣 釣 釣

(普)diào (粵)diu³ 吊

① 用帶誘餌的鈎捕捉魚蝦等水生動物：釣魚。② 用手段謀取：沽名釣譽。

⁴ **鈣**[钙] 鈣 鈣 鈣 鈣 鈣 鈣 鈣

(普)gài (粵)koi³ 丐

銀白色的金屬元素，人體不可缺少，缺鈣會引起骨質疏鬆，鈣的化合物廣泛用於建築和醫藥方面。

⁴ **鈍**[钝] 鈍 鈍 鈍 鈍 鈍 鈍 鈍

(普)dùn (粵)deon⁶ 頓

① 不鋒利：鈍刀子割肉。② 笨拙，不靈敏：反應遲鈍。

⁴ **鈔**[钞] 鈔 鈔 鈔 鈔 鈔 鈔 鈔

(普)chāo (粵)caau¹ 抄

① 紙幣。② 抄。依照原文寫：鈔錄 / 小說的手鈔本。

⁴ **鈉**[钠] 鈉 鈉 鈉 鈉 鈉 鈉 鈉

(普)nà (粵)naap⁶ 納

銀白色的金屬元素，鈉的化合物如食鹽、小蘇打、鹼為生活常用品，工業用途也很廣。

⁴ **鈞**[钧] 鈞 鈞 鈞 鈞 鈞 鈞 鈞

(普)jūn (粵)gwan¹ 軍

① 古代重量單位，合三十斤：千鈞一髮 / 雷霆萬鈞之勢。② 敬辭，用於對尊長或上級：鈞命 / 鈞座 / 鈞鑒。

⁴ **鈎**[钩] 鈎 鈎 鈎 鈎 鈎 鈎 鈎

(普)gōu (粵)ngau¹ 勾

同 "鉤"。詳見 "鉤"。

⁴ **鈕**[钮] 鈕 鈕 鈕 鈕 鈕 鈕 鈕

(普)niǔ (粵)nau² 扭

① 同 "紐"。紐扣。② 器物上起開關或調節作用的部件：按鈕 / 旋鈕。

鉗[钳] 鉗鉗鉗鉗鉗鉗 鉗
〔普〕qián 〔粵〕kim⁴ 箝
① 鉗子，夾住或夾斷東西的工具：老虎鉗。
② 用鉗子夾：鉗出火炭。③ 控制、約束：鉗制。
【鉗制】qián zhì ① 強力控制，限制言行自由：
鉗制輿論。② 牽制：鉗制敵人主力。〔同〕壓制 *
控制

鉀[钾] 鉀鉀鉀鉀鉀鉀 鉀
〔普〕jiǎ 〔粵〕gaap³ 甲
銀白色金屬元素，動植物生長發育離不開鉀，鉀
的化合物工農業用途很廣。

鈾[铀] 鈾鈾鈾鈾鈾鈾 鈾
〔普〕yóu 〔粵〕jau⁴ 由
銀白色放射性金屬元素，是產生原子能的重要
元素。

鉑[铂] 鉑鉑鉑鉑鉑鉑 鉑
〔普〕bó 〔粵〕bok⁶ 薄
銀白色金屬元素，延展性、導熱、導電性能好，
俗稱 "白金"。

鈴[铃] 鈴鈴鈴鈴鈴鈴 鈴
〔普〕líng 〔粵〕ling⁴ 零
① 用金屬製成的小型發聲器，外形像鐘，靠當
中的舌或丸振動鈴壁發聲：風鈴 / 銅鈴 / 駝鈴。
② 用於提醒、告知、呼喚的音響器具：電鈴 / 鈴
聲四起。③ 像鈴的東西：槓鈴 / 啞鈴。

鉛[铅] 鉛鉛鉛鉛鉛鉛 鉛
〔普〕qiān 〔粵〕jyun⁴ 元
① 青灰色耐腐蝕質軟的金屬元素，用途廣泛，如
製造合金、蓄電池、電纜的外皮和防 X 射線的裝
置等，鉛有毒，可污染環境。② 用石墨等物做的
筆芯：鉛筆。

鉤[钩] 鉤鉤鉤鉤鉤鉤 鉤
〔普〕gōu 〔粵〕ngau¹ 句
同 "鈎"。① 鉤掛、連接、懸掛器物的彎曲形用
具：掛鉤 / 衣鉤。② 鉤取；鉤掛；編織：鉤毛
衣 / 從牀底鉤東西 / 鉤住媽媽的脖子。③ 漢字
的一種筆劃，如 "乚"、"亅"、"¬" 等。④ 鉤形符號
（✓），一般作為 "正確"、"確定" 的標誌。
【鉤心鬥角】gōu xīn dòu jiǎo 比喻人與人之間各
用心機、明爭暗鬥。

銜[衔] 銜銜銜銜銜銜 銜
〔普〕xián 〔粵〕haam⁴ 咸
① 含着；叼着：春燕銜泥 / 不要把筆銜在嘴裏。
② 懷着：銜冤（含冤）。③ 相連接：銜接（互相
連接）。④ 等級；稱號：軍銜 / 官銜 / 學銜。
〔古詩文〕常銜西山之木石（《山海經》——精
衛填海）
【銜頭（銜頭兒）】xián tóu (xián tóur) 指學銜、
官銜、軍銜或職務名稱：當局長啦，銜頭兒真不
小！〔同〕頭銜
　💡 口語通常說 xián tóur，一般不說 xián tóu。

銬[铐] 銬銬銬銬銬銬 銬
〔普〕kào 〔粵〕kaau³ 靠
① 手銬，戴在手腕上的刑具。② 把手銬套住人

的手腕：警察把盜竊犯銬了起來。

6 銅[铜]　銅銅銅銅銅銅｜銅

（普）tóng （粵）tung⁴ 同

① 金屬元素，延展性好，導電、導熱性能強，工業廣泛使用銅合金。② 比喻堅固：銅牆鐵壁。

【銅牌】tóng pái 頒發給競賽第三名的銅做的獎牌。

【銅像】tóng xiàng 銅做的佛像、人像和動物等各種造像。

6 銘[铭]　銘銘銘銘銘銘｜銘

（普）míng （粵）ming⁴ 名 / ming⁵ 茗

① 刻在器物、碑石等物上的文字：墓誌銘。
② 感受深刻，永記不忘：銘記 / 銘刻（牢牢記住）。

6 銀[银]　銀銀銀銀銀銀｜銀

（普）yín （粵）ngan⁴ 垠

① 銀白色金屬元素，導電、導熱性能很強，主要用於電鍍、製器皿、鑄貨幣等。② 貨幣或與貨幣有關的：銀錢 / 銀行。③ 銀白色的：銀色（白中透微灰的顏色）/ 銀灰（帶有銀子光澤的淺灰色）/ 滿頭銀髮。

【銀杏】yín xìng 樹木名，葉子近似扇形，俗稱白果樹，是中日獨有的樹種，生長可過千年，木質優良，堅實緻密，果實也叫白果，可食用，也作中藥材。

【銀河】yín hé 晴天夜空出現的銀白色的光帶，看上去像一條銀色的河，故名，天文學稱作銀河系，是由一千多億顆恆星和星雲、星團等星際物質構成的龐大天體系統，形狀似扁平的圓盤，中心部位隆起，圓盤直徑約十萬光年（光線走十萬年的距離），圓盤環繞中心旋轉，我們的太陽家族是銀河系的一員，在距銀河系中心約兩萬八千光年的位置上。

【銀行】yín háng 經營金融業務和發行貨幣的機構，如儲蓄、存款、貸款、匯兌、買賣股票債券等。

【銀牌】yín pái 頒發給競賽第二名的銀質獎牌。

【銀幕】yín mù 顯示影像的白色幕布，如電影、幻燈片、投影儀用的屏幕。

7 鋪[铺]⁽一⁾　鋪鋪鋪鋪鋪鋪｜鋪

（普）pū （粵）pou¹ 普¹

① 展開、攤開：鋪床疊被。② 鋪設：鋪路 / 鋪鐵軌。③ 敍述：平鋪直敍。

【鋪張】pū zhāng ① 渲染誇張：描寫得很鋪張。
② 過分講究排場：婚事辦得太鋪張了。

7 鋪[铺]⁽二⁾

（普）pù （粵）pou³ 普³

① 商店：店鋪 / 藥鋪。② 牀位：牀鋪 / 臥鋪。

　✎ 鋪與舖：①“鋪”和“舖”在“商店”、“牀位”的意義上二者是音義完全相同的異體字，可以換用。②“舖”沒有“展開”、“鋪設”、“敍述”的意義，同“鋪”是音義完全不同的兩個字，不能互換。

7 銷[销]　銷銷銷銷銷銷｜銷

（普）xiāo （粵）siu¹ 消

① 熔化金屬。② 消除；解除：一筆勾銷 / 撤銷。
③ 賣出：供銷 / 銷售。④ 消費、花費：花銷 / 開銷。⑤ 插入器物起固定作用的細圓棍：插銷。

【銷售】xiāo shòu 賣出商品：銷售一空 / 聖誕節是銷售旺季。

【銷路】xiāo lù ① 銷售的出路：努力拓展銷路。
② 銷售的狀況：新產品銷路極好。

【銷毀】xiāo huǐ 熔化、燒掉、毀滅掉：銷毀偽
劣、盜版產品。

銲

銲 銲 銲 銲 銲 銲　銲

（普）hàn （粵）hon⁶ 罕⁶

同"焊"。詳見"焊"。

鋤 [锄]

鋤 鋤 鋤 鋤 鋤 鋤　鋤

（普）chú （粵）co⁴ 耡

① 鋤頭，除草、鬆土用的農具。② 鏟除、除掉：
鋤草 / 鋤奸（鏟除奸細）。

〔古詩文〕鋤禾日當午，汗滴禾下土。（《憫農》
李紳）

鋰 [锂]

鋰 鋰 鋰 鋰 鋰 鋰　鋰

（普）lǐ （粵）lei⁵ 理

銀白色金屬元素，比較輕軟，用於原子能工業、
製造鋰電池和特種合金。

鋁 [铝]

鋁 鋁 鋁 鋁 鋁 鋁　鋁

（普）lǚ （粵）leoi⁵ 呂

銀白色金屬元素，質輕，堅韌，導電、導熱性能
好，鋁合金用作飛機、汽車、火箭等的結構材料，
也可製作日用器皿。

銹 [锈]

銹 銹 銹 銹 銹 銹　銹

（普）xiù （粵）sau³ 秀

同"鏽"。詳見"鏽"。

銳 [锐]

銳 銳 銳 銳 銳 銳　銳

（普）ruì （粵）jeoi⁶ 裔

① 尖；鋒利：尖銳 / 銳利。② 勇往直前的：銳
氣。③ 快速、急劇：銳減（急劇減少）/ 銳增。
④ 急切、迫切：銳意進取。⑤ 靈敏：敏銳。

【銳利】ruì lì ① 尖利：銳利的小刀 / 銳利的鷹爪。
② 敏銳：目光銳利。（同）犀利

【銳氣】ruì qì 勇往直前的氣勢、氣概。

銼 [锉]

銼 銼 銼 銼 銼 銼　銼

（普）cuò （粵）co³ 錯

① 銼刀，一種手工用的磨器：木銼 / 鋼銼。② 用
銼刀磨：銼平木板。

鋒 [锋]

鋒 鋒 鋒 鋒 鋒 鋒　鋒

（普）fēng （粵）fung¹ 風

① 刀劍的尖端：劍鋒 / 刀鋒 / 鋒刃（刀劍的尖端
和刃口）。② 文章、說話顯出的銳氣：筆鋒 / 談
鋒 / 詞鋒。③ 居於前列的：前鋒 / 先鋒。

【鋒芒】fēng máng ① 鋒刃：刀的鋒芒銳利。
② 比喻銳利的氣勢或尖銳的語義：鋒芒畢露 / 她
那句話的鋒芒逼人。

〔附加詞〕鋒芒畢露：比喻才幹、銳氣展露無
遺，含有爭強好勝、咄咄逼人的意味。

【鋒利】fēng lì ① 兵器、工具的頭尖或刃薄，容
易刺入或切割。（同）尖利 * 銳利 ② 指言論、文筆
犀利有力：說話鋒利。（同）犀利

鋅 [锌]

鋅 鋅 鋅 鋅 鋅 鋅　鋅

（普）xīn （粵）san¹ 身

金屬元素，用於製做合金、鍍鋅鐵、乾電池和其
他工業用途。

錶 [表]　錶 錶 錶 錶 錶 錶　錶

⑧ biǎo　⑧ biu¹ 標 / biu² 表

① 小型計時器：手錶 / 懷錶。② 計算 "量" 的儀器：水錶 / 電錶 / 儀錶。

錯 [错]⁽¹⁾　錯 錯 錯 錯 錯 錯　錯

⑧ cuò　⑧ co³ 挫

① 鑲嵌、裝飾：黃金錯刀。② 不正確；過失：錯字 / 錯別字（錯字和白字）/ 過錯。③ 岔開、分開：錯開時間。④ 壞、差：人品不錯 / 字寫得不錯。

【錯過】cuò guò 耽誤、錯失：錯過了好時機。

【錯亂】cuò luàn ① 次序顛倒、次序混亂：前後錯亂。② 失去常態：精神錯亂。

【錯誤】cuò wù ① 不正確：判斷錯誤 / 看法錯誤。② 不正確的認知或行為：勇於承認錯誤，才會改正錯誤。 ⑳ 正確

【錯覺】cuò jué 錯誤的感覺、錯誤的看法：造成錯覺 / 給人錯覺。

【錯綜複雜】cuò zōng fù zá 頭緒很多，情況複雜。

錯 [错]⁽²⁾

⑧ cuò　⑧ cok³ 剒

交叉；雜亂：錯落 / 錯綜複雜。

錢 [钱]　錢 錢 錢 錢 錢 錢　錢

⑧ qián　⑧ cin⁴ 前

① 銅錢：漢代古錢。② 指貨幣：錢財（金錢和財物的統稱）。③ 款項、費用：工錢 / 車錢。④ 財物：有錢有勢。⑤ 形狀像錢的東西：紙錢。

錫 [锡]　錫 錫 錫 錫 錫 錫　錫

⑧ xī　⑧ sik³ 色³ / sek³ 石³

銀白色的金屬元素，容易延展，可鍍鐵、焊接或製造合金等：錫紙 / 焊錫。

鋼 [钢]⁽¹⁾　鋼 鋼 鋼 鋼 鋼 鋼　鋼

⑧ gāng　⑧ gong³ 槓

鐵和碳的合金，比熟鐵彈性大，是工業用的基礎材料。

【鋼筋】gāng jīn 混凝土建築中作骨架的鋼條，可增加混凝土的抗拉強度。

【鋼鐵】gāng tiě ① 鋼和鐵的合稱。② 專指鋼。③ 比喻堅固、堅強：鋼鐵長城 / 鋼鐵戰士。

鋼 [钢]⁽²⁾

⑧ gàng　⑧ gong³ 槓

磨刀口：鋼一鋼刀。

錐 [锥]　錐 錐 錐 錐 錐 錐　錐

⑧ zhuī　⑧ zeoi¹ 追

① 錐子，有尖頭的鑽孔工具。② 用錐子刺或用錐形工具鑽。③ 形狀像錐子的東西：冰錐。

錦 [锦]　錦 錦 錦 錦 錦 錦　錦

⑧ jǐn　⑧ gam² 感

① 有彩色花紋的絲織品。② 比喻美好的事物：集錦 / 什錦。③ 形容色彩鮮豔華麗：錦霞 / 錦繡江山。

【錦標】jǐn biāo 錦製的旗幟；獎給優勝者的獎品。

【錦繡】jǐn xiù ① 精美華麗的絲織品。② 比喻美麗或美好：錦繡河山 / 錦繡前程。 ⑮ 美好 * 精美

【錦上添花】jǐn shàng tiān huā 比喻美上加美、好上加好。

錠[锭] 錠 錠 錠 錠 錠 錠 錠

（普）dìng （粵）ding³ 丁³

① 古代作貨幣用的金塊銀塊：金錠／銀錠。
② 成塊狀的金屬或別的東西：鋼錠／鋁錠。

錄[录] 錄 錄 錄 錄 錄 錄 錄

（普）lù （粵）luk⁶ 六

① 記載；抄寫：記錄／謄錄。② 記載的文字或簿冊：目錄／回憶錄／備忘錄。③ 採用；任用：選錄／收錄／錄用。④ 用儀器記錄（聲音、圖像等）：錄音／錄像（錄影）。
【錄取】lù qǔ ① 通過考核選定合格者：擇優錄取。② 記錄摘取：在讀書的同時隨手錄取有用的材料。③ 訊問取得並記錄下來：錄取口供。
【錄音】lù yīn ① 用儀器設備記錄聲音：買一套錄音設備。② 記錄下來的聲音：放一段錄音。
【錄影】lù yǐng ① 用儀器設備記錄圖像和話語音樂等音響。② 錄製成的影像：播放錄像。

鋸[锯] 鋸 鋸 鋸 鋸 鋸 鋸 鋸

（普）jù （粵）geoi³ 句／goe³

① 有成排尖齒的薄鋼片製成的工具，用以斷開木料和金屬材料等物：鋸子／鋼鋸／電鋸。② 用鋸子分開：鋸木頭。

錳[锰] 錳 錳 錳 錳 錳 錳 錳

（普）měng （粵）maang⁵ 猛

銀白色的金屬元素，用來製造錳鋼、錳銅等合金。

鍥[锲] 鍥 鍥 鍥 鍥 鍥 鍥 鍥

（普）qiè （粵）kit³ 揭

用刀子刻；雕刻：鍥刻。
【鍥而不捨】qiè ér bù shě 比喻有恆心，堅持不懈。（同）持之以恆
〔古詩文〕鍥而舍之，朽木不折；鍥而不舍，金石可鏤。（《荀子・勸學》）

錨[锚] 錨 錨 錨 錨 錨 錨 錨

（普）máo （粵）maau⁴ 矛

爪鉤形的用具，用金屬鏈同船體相連，泊船時拋到水底或岸邊，借以穩定船舶：鐵錨／拋錨。

鍊 鍊 鍊 鍊 鍊 鍊 鍊

（普）liàn （粵）lin⁶ 練

① 用加熱等方法使物質純淨堅韌起來：提煉／煉鋼。② 磨練：鍛煉身體／錘煉毅力。③ 精華簡單：煉句。④ 鏈子：金手鍊。

鍋[锅] 鍋 鍋 鍋 鍋 鍋 鍋 鍋

（普）guō （粵）wo¹ 窩

① 烹煮食物的炊具：鐵鍋／砂鍋。② 外形或功能像鍋的東西：鍋爐／火鍋。

錘[锤] 錘 錘 錘 錘 錘 錘 錘

（普）chuí （粵）ceoi⁴ 除

① 古代打擊兵器，裝着柄的金屬圓球：銅錘。③ 錘子，敲擊東西的工具：鐵錘／汽錘。④ 用錘子敲打：錘打。⑤ 像錘子的東西：鉛錘／紡錘。

鍬 [锹] 鍬 鍬 鍬 鍬 鍬 鍬 鍬

(普) qiāo (粵) ciu¹ 超

挖土或鏟東西的工具：鐵鍬。

鍾 [钟] 鍾 鍾 鍾 鍾 鍾 鍾 鍾

(普) zhōng (粵) zung¹ 忠

① 古代盛酒的圓壺；沒柄的小酒杯。② 聚集；專注：鍾愛（特別喜愛）/ 鍾情。③ 盛酒的圓壺。④ 姓氏。

【鍾情】zhōng qíng 感情專注於一人或某個方面，多指愛情：一見鍾情。

鍛 [锻] 鍛 鍛 鍛 鍛 鍛 鍛 鍛

(普) duàn (粵) dyun³ 端³

把加熱的金屬錘擊成型並提高其機械性能。

【鍛煉】duàn liàn ① 鍛造冶煉。② 做體育運動增強體質：鍛煉身體。③ 磨煉，增長經驗和能力：歷經磨難鍛煉的人容易成材。

鍍 [镀] 鍍 鍍 鍍 鍍 鍍 鍍 鍍

(普) dù (粵) dou⁶ 杜

使一種金屬附着在別的金屬或物體的表面形成薄層：鍍銀 / 鍍金。

鎂 [镁] 鎂 鎂 鎂 鎂 鎂 鎂 鎂

(普) měi (粵) mei⁵ 美

銀白色的金屬元素，燃燒時發出眩目白光，鎂粉可製作閃光粉、煙火和照明彈，鎂鋁合金是製造飛機的材料。

鍵 [键] 鍵 鍵 鍵 鍵 鍵 鍵 鍵

(普) jiàn (粵) gin⁶ 件

① 器物機械中按下即可啟動工作的部分：琴鍵 / 鍵盤。② 門閂、鎖簧：關鍵。

【鍵盤】jiàn pán 安裝在樂器、儀器、電腦等器物機械上，由若干按鍵組成的操作部件。

鎮 [镇] 鎮 鎮 鎮 鎮 鎮 鎮 鎮

(普) zhèn (粵) zan³ 振

① 抑制；威嚇：紙鎮 / 鎮痛劑 / 幾句話就把他鎮住了。② 施加壓力，施加暴力：鎮爆 / 鎮壓（用暴力強行壓制）。③ 用武力據守：鎮守 / 坐鎮。④ 鎮守的地方：軍事重鎮。⑤ 安定：鎮靜（鎮定）。⑥ 食物、飲料同冰塊放在一起或浸入冷水中變涼：冰鎮汽水 / 把西瓜鎮一下。⑦ 市集、集鎮：村鎮。⑧ 中國縣之下的行政單位：鄉鎮 / 鎮長。

【鎮定】zhèn dìng 情緒穩定平靜；碰到意外或緊急情況不慌不亂。

鎖 [锁] 鎖 鎖 鎖 鎖 鎖 鎖 鎖

(普) suǒ (粵) so² 所

① 鏈子：鎖鏈 / 枷鎖。② 控制門、箱子、抽屜之類開合的器具：門鎖 / 銅鎖 / 掛鎖 / 鎖匙（鑰匙）。③ 形狀像鎖的東西：石鎖 / 金鎖。④ 用鎖關住：鎖門 / 鎖好箱子。⑤ 封閉、關閉：封鎖。⑥ 盯住：鎖定（跟住目標不轉移）。⑦ 一種縫紉方法，把衣物或扣眼的邊緣做得緻密整齊：鎖邊 / 鎖扣眼。

【鎖鏈】suǒ liàn ① 用鐵環連接成串的器具。② 枷鎖；束縛：打破加在身上的鎖鏈。

鎧 [铠]　鎧鎧鎧鎧鎧鎧 鎧

(普) kǎi　(粵) hoi² 海

鎧甲，古代打仗用的護身服，用獸皮或金屬片連成。

鎳 [镍]　鎳鎳鎳鎳鎳鎳 鎳

(普) niè　(粵) nip⁶ 捏

銀白色的金屬元素，質地堅硬，延展性強，不生鏽，用於電鍍、做電熱器，鎳合金是硬幣的材料。

鎢 [钨]　鎢鎢鎢鎢鎢鎢 鎢

(普) wū　(粵) wu¹ 烏

灰色或棕黑色的金屬元素，耐高溫，可做燈絲和特種合金鋼。

鎊 [镑]　鎊鎊鎊鎊鎊鎊 鎊

(普) bàng　(粵) bong⁶ 傍

音譯用字。〔英 pound〕英國等國的貨幣：英鎊。

鎔 [镕]　鎔鎔鎔鎔鎔鎔 鎔

(普) róng　(粵) jung⁴ 容

① 熔：鎔鑄。② 鑄造器物的模型模具。

鏈 [链]　鏈鏈鏈鏈鏈鏈 鏈

(普) liàn　(粵) lin⁴ 連 / lin² 連²

鏈子，用金屬環連接成的長條：鐵鏈 / 項鏈。

鏗 [铿]　鏗鏗鏗鏗鏗鏗 鏗

(普) kēng　(粵) hang¹ 亨

形容響亮有力的聲音：鐘聲鏗鏗 / 刀槍鏗鳴。
【鏗鏘】kēng qiāng ① 形容響亮有節奏的聲音：鏗鏘悅耳。② 形容犀利有力：他的演說鏗鏘有力。

鏢 [镖]　鏢鏢鏢鏢鏢鏢 鏢

(普) biāo　(粵) biu¹ 標

① 標槍。② 古時用的金屬投擲武器，矛頭形狀：飛鏢。③ 保護運送的財物；保護：鏢局 / 跟着三位保鏢。

鏤 [镂]　鏤鏤鏤鏤鏤鏤 鏤

(普) lòu　(粵) lau⁶ 漏

雕刻：雕鏤 / 鏤花象牙球。

鏡 [镜]　鏡鏡鏡鏡鏡鏡 鏡

(普) jìng　(粵) geng³ 頸³

① 照出物體形象的梳妝用具：鏡台 / 破鏡重圓。
② 借鑒：鏡鑒。③ 眼鏡；用來觀察、實驗使用的器具：鏡片 / 反射鏡 / 天文望遠鏡。
【鏡子】jìng zi ① 映照形象的器具，用鍍水銀的玻璃製成。② 眼鏡的俗稱。
【鏡頭】jìng tóu ① 攝錄和放映器具上的核心部件，由鏡片組成：照相機鏡頭 / 電影放映機鏡頭。
② 攝影拍下的畫面：拍下幾個出色的鏡頭。

鏟 [铲]　鏟鏟鏟鏟鏟鏟 鏟

(普) chǎn　(粵) caan² 產

① 用來撮取粒狀物或散碎東西的工具，裝有長柄：鐵鏟 / 炒菜的鍋鏟。② 用鍬或鏟子撮取或削

平：鏟煤／鏟平／鏟除（根除、清除）。

11 鏹[镪]   鏹 鏹 鏹 鏹 鏹 鏹   鏹

(普) qiāng (粵) coeng¹ 昌

玉石或金屬撞擊的聲音：鏗鏹／鐺聲鏹鏹。

12 鐐[镣]   鐐 鐐 鐐 鐐 鐐 鐐   鐐

(普) liào (粵) liu⁴ 聊

套在腳上的刑具：腳鐐／鐐銬（鎖住腳和手的刑具）。

12 鐘[钟]   鐘 鐘 鐘 鐘 鐘 鐘   鐘

(普) zhōng (粵) zung¹ 忠

① 古代的打擊樂器，用銅合金或鐵鑄成，中空，叩擊發出樂音：編鐘是中國古代成組的大型樂器。② 佛寺和鐘樓懸掛的鐘，做佛事、報時、報警、召集人眾時敲鐘或撞鐘：晨鐘暮鼓。③ 比錶大的計時器：座鐘／鬧鐘／石英鐘。④ 鐘點、時刻：鐘頭（小時）／一點鐘／三刻鐘。

〔古詩文〕月落烏啼霜滿天，江楓漁火對愁眠。姑蘇城外寒山寺，夜半鐘聲到客船。（《楓橋夜泊》張繼）

【鐘樓】zhōng lóu ① 內置大鐘的樓，按時敲鐘，報告時辰。中國古代城市都建有鐘樓。② 安裝時鐘的較高的建築物：圖書館的正面有一個高大的鐘樓。

【鐘點】zhōng diǎn ① 指特定的時間：晚上一到鐘點就睡覺。② 小時：遲到一個鐘點。

13 鐵[铁]   鐵 鐵 鐵 鐵 鐵 鐵   鐵

(普) tiě (粵) tit³

① 堅硬的金屬元素，可煉鋼，是重要的工業材料。② 形容堅固、牢靠、靠得住：銅牆鐵壁／鐵飯碗／鐵哥們兒。③ 形容堅定、堅強或強悍：鐵腕／鐵漢／鐵了心。④ 形容橫暴或無情：鐵蹄／鐵石心腸。⑤ 形容嚴肅、冷峻：鐵着臉一聲不吭。⑥ 指刀槍等武器：手無寸鐵。

【鐵路】tiě lù 火車行駛的路徑，在路基上鋪設鋼鐵軌道，列車在軌道上行駛：京廣鐵路／廣九鐵路。

【鐵道】tiě dào ① 鐵路。② 指鐵路上的鋼鐵軌道：鐵道磨得發亮。

✎ 鐵路與鐵道：① 在"火車行駛的路徑"意義上，二者相同。② 鐵道沒有"鐵路上的鋼鐵軌道"這個特指意義。③ 鐵路和鐵道都可作為"專業術語"使用，但"鐵道"僅用於同路基、軌道、橋樑等修築鐵路本身相關的場合，面比較窄，如"北京鐵道學院"，"鐵路"除路基、軌道、橋樑、車站之外，還包括列車運行等方面，面比較寬，如"廣州鐵路管理局"，總之，二者作"術語"用時各有固定的說法，一般不能互換。

13 鐳[镭]   鐳 鐳 鐳 鐳 鐳 鐳   鐳

(普) léi (粵) leoi⁴ 雷

銀白色放射性金屬元素，可用來治療癌症。

【鐳射】léi shè 激光的一種譯名，也譯作萊塞。

13 鐸[铎]   鐸 鐸 鐸 鐸 鐸 鐸   鐸

(普) duó (粵) dok⁶ 踱

① 古代樂器，一種大鈴。② 鐸鈴，又稱風鈴，懸掛在屋檐角上，風吹作響。

13 鐲 [镯]   鐲 鐲 鐲 鐲 鐲 鐲 鐲

(普) zhuó (粵) zuk⁶ 族

戴在手腕或腳腕上的環形裝飾品：手鐲／金鐲。

13 鐮 [镰]   鐮 鐮 鐮 鐮 鐮 鐮 鐮

(普) lián (粵) lim⁴ 廉

鐮刀，割草或收割莊稼的農具。

13 鏽 [锈]   鏽 鏽 鏽 鏽 鏽 鏽 鏽

(普) xiù (粵) sau³ 秀

① 金屬表面受潮氧化形成的東西：鐵鏽。② 生鏽：菜刀鏽得厲害。③ 像繡的東西：水鏽／茶鏽。

14 鑒 [鉴]   鑒 鑒 鑒 鑒 鑒 鑒 鑒

(普) jiàn (粵) gaam³ 監 ³

① 古代的銅鏡。② 映照：河水清可鑒人。③ 引以為戒的事情：前車之鑒。④ 審察：鑒定／鑒賞／鑒別。⑤ 看到、考慮到：鑒於大家反對，決定作罷。(俗) 前車之覆，後車之鑒

【鑒別】jiàn bié 觀察辨別真偽優劣：鑒別真偽／鑒別字畫。(同) 鑒定

【鑒於】jiàn yú 由於；考慮到：鑒於疫情嚴重，學校決定取消球季旅行。

【鑒定】jiàn dìng ① 評定優點缺點或優劣真偽：自我鑒定／鑒定古畫。② 作為鑒定的文本：為他做一份鑒定。

【鑒賞】jiàn shǎng 鑒別和玩賞：鑒賞古董／古代詩詞鑒賞。

14 鑄 [铸]   鑄 鑄 鑄 鑄 鑄 鑄 鑄

(普) zhù (粵) zyu³ 註

鑄造：澆鑄銅像。

【鑄造】zhù zào 把熔化的金屬倒進模子裏製成器物或零部件。

14 鑑   鑑 鑑 鑑 鑑 鑑 鑑 鑑

(普) jiàn (粵) gaam³ 鑒 ³

同 "鑒"。詳見 "鑒"。

17 鑰 [钥] (一)   鑰 鑰 鑰 鑰 鑰 鑰 鑰

(普) yào (粵) joek⁶ 若

鑰匙、鎖匙，開鎖用的小巧工具。

17 鑰 [钥] (二)

(普) yuè (粵) joek⁶ 若

鎖：門鑰。

17 鑲 [镶]   鑲 鑲 鑲 鑲 鑲 鑲 鑲

(普) xiāng (粵) soeng¹ 商

把物體嵌進去；給物體外緣加邊：鑲牙／鑲花邊／鑲金嵌玉。

【鑲嵌】xiāng qiàn 把物體嵌進另一物體內：鑲嵌寶石的戒指。

18 鑷 [镊]   鑷 鑷 鑷 鑷 鑷 鑷 鑷

(普) niè (粵) nip⁶ 捏

① 鑷子，拔毛或夾取細小東西的小工具。② 用鑷子夾：鑷去細毛。

鑼 [锣]　鑼 鑼 鑼 鑼 鑼 鑼

⑲

普 luó　粵 lo⁴ 羅

銅製的圓盤形打擊樂器，用槌敲打發聲：鑼鼓喧天／鳴鑼開道。

【鑼鼓】luó gǔ 鑼和鼓兩種打擊樂器，也代稱打擊樂器。

鑽 [钻]⁽一⁾　鑽 鑽 鑽 鑽 鑽 鑽

⑲

普 zuàn　粵 zyun³ 轉³

① 穿孔的工具：風鑽／電鑽。② 鑽石：鑽戒。

【鑽石】zuàn shí 自然界中最硬的礦石，無色透明或帶微黃微藍色，一般為八面結晶體，有閃亮的光澤，加工後做成各種裝飾物，工業上用作精密儀器的軸承。

鑽 [钻]⁽二⁾

⑲

普 zuān　粵 zyun³ 轉³

① 鑽孔洞、打眼：石油鑽探／鑽木取火。② 進入、穿過：鑽山溝／鑽到水下。③ 向裏深入：鑽研（深入細緻地研究）。④ 找門路、謀利益：鑽營／鑽空子。

鑿 [凿]　鑿 鑿 鑿 鑿 鑿 鑿

⑳

普 záo　粵 zok⁶ 昨

① 鑿子，挖槽或打孔的工具。② 穿孔；挖掘：鑿孔／開鑿運河。③ 確實；可靠：確鑿／言之鑿鑿。

長 部

長 [长]⁽一⁾　長 長 長 長 長 長

0

普 cháng　粵 coeng⁴ 祥

① 時間久；距離大：漫長／山高水長。② 長度：全長／身長。③ 永遠：萬古長青。④ 特長；優點：專長／取長補短。⑤ 剩餘的、多餘的：身無長物。

💡 身無長物的 "長"，舊讀 "zhàng"。

【長久】cháng jiǔ 時間很長：長久堅持鍛練身體，必有好處。反 短暫

【長城】cháng chéng 中國古代築起的防禦性城牆，現存長城是明代在古長城的基礎上修建連接起來的，橫跨中國北方，東起河北山海關，經由天津、北京、山西、內蒙古、陝西至甘肅的嘉峪關，全長約七千公里，是世界上規模最偉大的古建築。

【長處】cháng chù 特長、優點：學習別人的長處。反 短處

【長短】cháng duǎn ① 長度：褲子的長短正合適。② 危險；變故：要是有個長短，那可怎麼辦！③ 長處和短處：人有長短，月有圓缺。

【長遠】cháng yuǎn 指未來的時間非常長：長遠來說，善良的人一定不吃虧。

【長頸鹿】cháng jǐng lù 哺乳動物，特點是頭小頸很長，雌雄都有角，身上有花斑，跑得很快，生活在非洲森林中，吃植物葉子，是陸上身體最高的動物。

⁰ 長[长]^(二)

(普)zhǎng (粵)zoeng² 掌

① 輩分高；年紀大：長輩 / 年長。② 指輩分高或年紀大的人：看望學長 / 他是兄長。③ 首領；領導者：首長 / 班長 / 市長。④ 生、生出：長毛了 / 長滿花草。⑤ 增加；成長起來：增長 / 長見識 / 長高了。(俗) 吃一塹，長一智

【長者】zhǎng zhě ① 年紀大、輩分高的人：慈祥的長者。② 德高望重的人：有長者風範。

【長進】zhǎng jìn 上進，學問、品德、才幹有進步：自己不長進，誰也沒辦法。

【長輩】zhǎng bèi 輩分高的人。(反) 晚輩

門部

⁰ 門[门]　門門門門門門　門

(普)mén (粵)mun⁴ 瞞

① 建築物、車船等的出入口；裝在出入口做屏障、可開關的板狀物：房門 / 校門 / 車門 / 防盜門。② 門前、門外：門庭若市 / 門可羅雀。③ 指家庭或家族：雙喜臨門 / 名門望族。④ 形狀或作用像門的東西：球門 / 閘門 / 肛門。⑤ 宗教或學術上的派別：佛門 / 左道旁門。⑥ 訣竅、辦法：竅門 / 歪門斜道。⑦ 類別、種類：部門 / 五花八門 / 分門別類。⑧ 相當於"樁"，用於親戚、婚事等：不認那門親戚 / 退掉這門親事。⑨ 與數目字連用，表示數量：(1) 用於炮：一門大炮。 (2) 用於技術、學識、功課等：一門技術 / 那門學問 / 三門功課。

〔古詩文〕門前冷落車馬稀。

【門戶】mén hù ① 門的總稱：門戶緊閉。② 家庭；人家；門第、家庭的社會地位：自立門戶 /

門戶相當。③ 宗派、派別：門戶之見。④ 比喻出入必經的地方：羅湖是進港的陸上門戶。

【門面】mén miàn 商店房屋沿街部分；外表、表面：裝飾門面 / 全靠他支撐門面。

【門徒】mén tú 弟子、徒弟；宗教的信徒：廣招門徒 / 耶穌的門徒。

【門庭】mén tíng ① 門前空地；門口和院落：門庭若市 / 門庭冷落。② 門第、家庭：光耀門庭。③ 門戶、派別：改換門庭。

〔附加詞〕門庭若市：形容賓客往來不斷。

〔古詩文〕黎明即起，灑掃庭除，要內外整潔。《朱子家訓》節錄)

【門第】mén dì 由家庭的社會地位、文化教養等方面形成的層次：書香門第 / 門第高貴。

【門診】mén zhěn 醫生為不住院的病人檢查、治病：專家門診。

【門路】mén lù 辦事的途徑、方法或竅門；達到個人目的的途徑。

【門類】mén lèi 按事物的特徵分成的類別：門類齊全。

【門可羅雀】mén kě luó què 大門口可張網捕鳥雀，形容冷冷清清，沒人來往。

¹ 閂[闩]　閂閂閂閂閂閂　閂

(普)shuān (粵)saan¹ 山

① 封閉門的門閂，橫插在門後的方木或鐵棍：拉開木閂開門。② 插上門閂：把門閂上了。

² 閃[闪]　閃閃閃閃閃閃　閃

(普)shǎn (粵)sim² 陝

① 閃電：濃雲密雨，連連打閃。② 光亮忽隱忽現；光彩耀眼：淚花閃動 / 光彩閃耀 / 閃閃 (光亮閃爍不定的樣子)。③ 突然出現：一閃念閃 / 只見身影一閃。④ 突然晃動：閃了腰 / 身子閃了

一下，差點跌倒。⑤ 側身躲避：躲閃／閃開／閃避（迅速向旁邊躲避）。

【閃耀】shǎn yào 閃爍不定，閃光耀眼：繁星閃耀／繁華的街道上彩燈閃耀。

【閃亮】shǎn liàng ① 閃閃發亮：星光閃亮／閃亮的鏡片。⑩ 閃耀 ② 形容光鮮亮麗：演員們一個個閃亮登場。

【閃電】shǎn diàn ① 雲層放電發出的強光，出現在雲層中或雲與地面之間：一道閃電劃過天際。② 形容突然、迅速：發動閃電戰。

【閃爍】shǎn shuò ① 亮光閃動，忽明忽暗：燈光閃爍不定。② 藏頭露尾，不肯直接了當地說：閃爍其辭。

3
閉 [闭]　閉 閉 閉 閉 閉 閉　閉

⑮ bì ⑲ bai³ 蔽

① 合上、關上：閉幕／夜不閉戶。② 結束、停止、抑制：閉會／閉氣凝神。③ 堵塞不通：交通閉塞。

【閉塞】bì sè ① 堵塞：血管閉塞／下水道閉塞。② 交通不便；偏僻：住在閉塞的小山村。③ 不暢通；不開通：小山村文化落後風氣閉塞。⑳ 暢通

【閉幕】bì mù ① 合上舞台前的幕布：文藝演出在觀眾熱烈掌聲中緩緩閉幕。② 比喻會議、展覽等結束：選出主席後大會閉幕。⑩ 落幕 ⑳ 開幕

4
閏 [闰]　閏 閏 閏 閏 閏 閏　閏

⑮ rùn ⑲ jeon⁶ 潤

地球公轉一周的時間為三百六十五天五小時四十八分四十六秒，稱作一年。陽曆一年定為三百六十五天，陰曆一年定為三百五十四天或三百五十五天。為了調整曆法與地球繞太陽公轉的時間差距，陽曆規定每四年在二月末增加一天，陰曆規定約每三年在一年中增加一個月，這種作法叫做"閏"。陽曆在二月末加一天叫做"閏日"，陰曆在閏年加一個月叫做"閏月"，陽曆有閏日或陰曆有閏月的一年叫做"閏年"，陽曆閏年三百六十六天，陰曆閏年十三個月。

4
開 [开]　開 開 開 開 開 開　開

⑮ kāi ⑲ hoi¹ 海¹

① 打開；張開：開鎖／開門見山／開弓拉箭。② 開發；開闢：開礦／開山劈嶺。③ 解除：開禁／開放。④ 出發：開拔／部隊開走了。⑤ 舉行：開會。⑥ 支付、付出：開支／開工資。⑦ 開始：開工／開演／開學／開頭（開端）。⑧ 展開、舒展：開花／眉開眼笑。⑨ 創辦；建立；開創：開公司／開國元勳／別開生面。⑩ 革除：開除。⑪ 獲得：不怕開罪人。⑫ 發動；操縱：開動／開船。⑬ 列出、寫出：開清單／開證明。⑭ 啟發；解說：開導／開解。⑮ 沸騰；融解：壺裏的水開了／河上的冰開凍了。⑯ 按比例劃分：三七開。⑰ 表示分開、離開、擴展、容下等意思：拉開／躲開／消息傳開了／人多坐不開。⑱ 整張紙的若干分之一：開本／十六開。⑲ 黃金純度單位：純金二十四開。⑳ 開弓沒有回頭箭

【開支】kāi zhī 費用：節省開支／購買教學儀器的開支。⑳ 收入

【開心】kāi xīn ① 愉快、高興：在一起說說笑笑，十分開心。⑳ 難過＊傷心 ② 引起歡樂：拿別人開心。

【開市】kāi shì ① 商店休息或休假期滿開始營業：正月十五開市。② 每天到點開門營業：早九點開市。⑳ 休市

【開拓】kāi tuò ① 開墾；開發：開拓荒原／開拓出大片良田。② 開闢：在山林中開拓道路。③ 擴展；擴大：開拓視野。

【開花】kāi huā ① 植物的花蕾展開花瓣：木棉樹開花了。② 像花瓣展開那樣四面破裂：炮彈在敵人陣地上爆炸開花。③ 形容喜悅洋溢，如同花朵綻放：考中大學，心裏樂開花。

【開門】kāi mén ① 打開房門或大門：車停下來等人開門。② 商店開始營業：還沒開門，買家已經排了一長串。

【開放】kāi fàng ① 花苞展開：正當杜鵑花開放的時候。圓 盛開 * 綻放 ② 允許自由進出：公園免費開放 / 圖書館開放時間延長。③ 解除禁令、約束、限制：改革開放 / 開放市場。反 閉塞 * 關閉 ④ 性格開朗，言行不受拘束：是一位開放的女孩。

【開始】kāi shǐ ① 從頭起；從某一點起：新學期開始了 / 進步從不自滿開始。② 着手進行：準備好了，明天可以開始。③ 初始的一段：學鋼琴開始會覺得枯燥。反 結束 * 終止

【開朗】kāi lǎng ① 寬敞明亮：走出山洞，眼前豁然開朗。② 坦率爽朗：性格開朗。反 孤僻 * 憂鬱。

【開展】kāi zhǎn ① 大規模地展開：開展健身體育運動。② 舒展：心裏犯愁，心情不開展。

【開除】kāi chú 從單位、組織、學校、政府中除名：開除公職 / 開除學籍。

【開埠】kāi bù ① 建成碼頭並投入使用：開埠至今，貨運非常繁忙。② 通商碼頭開始運作：前年開埠，至今已有六條海外航線。③ 建成有水運碼頭的商業城鎮：開埠不到兩年，就發展成三萬人的小城市。

【開採】kāi cǎi 開挖採掘：開採石油 / 開採海底資源。

【開動】kāi dòng ① 發動：插入鑰匙，開動汽車。② 運轉、轉動、移動：機器開動了 / 汽車開動了一段路。反 停止 * 停頓

【開設】kāi shè ① 開辦；設立：開設工廠 / 開設專賣店。② 設置：開設歷史課。

【開啟】kāi qǐ ① 打開來：開啟新檔案。反 關閉 ② 開創：開啟了新的教育方式。

【開通】kāi tōng ① 交通線路開始運行：屯馬線正式開通。② 看得開、不守舊、不頑固：他比較開通，凡事都好商量。圓 開明 反 保守

【開創】kāi chuàng 開闢；創立：開創新局面 / 開創了百年基業。反 終結

【開發】kāi fā ① 用開採、捕撈、墾殖等手段利用自然資源：開發油田 / 開發水力資源。② 發揮潛在的能力：開發智力 / 人才開發中心。

【開幕】kāi mù 拉開幕布，指演出、會議、展覽會等活動開始：開幕辭 / 開幕典禮。反 閉幕

【開端】kāi duān 起頭，開始之初。圓 開頭

【開學】kāi xué 學生在新學年或新學期開始的那一天上學。

【開墾】kāi kěn 把荒地變成可種植的土地：開墾荒地 / 一片新開墾的土地。

【開辦】kāi bàn 創辦、建立：開辦學校 / 電視台一開辦就吸引了大量觀眾。

【開闊】kāi kuò ① 寬廣、寬闊：學校的運動場很開闊 / 開闊的珠江水面。反 狹窄 * 狹小 ② 開朗：心胸開闊，性格直爽。③ 擴展：開闊思路 / 開闊視野。

【開關】kāi guān ① 電器裝置上接通和截斷電路的器件，俗稱「電門」。② 管道上控制流量的裝置：油門開關 / 打開煤氣開關。

【開闢】kāi pì ① 打開通道：開闢道路 / 開闢直飛紐約的國際航線。② 開創建立：開闢導彈試驗場。③ 開拓擴展：開闢市場。

　　開劈 "劈" 意思是用刀劈開、分開。"闢" 是開闢，如 "開天闢地" 來源於盤古開天地的故事。

【開鑿】kāi záo 挖掘：開鑿運河。圓 開掘

【開口】kāi kǒu ① 張嘴說話：開口閉口總說他那點事兒。② 表示請求別人幫助：這件事真難開口。

【開玩笑】kāi wán xiào ① 取笑人；善意戲弄人：喜歡跟人開玩笑。② 拿嚴肅的事當兒戲：這麼

辦事，簡直是開玩笑。

閑[闲]　閑閑閑閑閑閑 閑

普 xián 粵 haan⁴ 嫻
同"閒"。詳見"閒"。

間[间]⁽一⁾　間間間間間間 間

普 jiān 粵 gaan¹ 奸
① 兩者當中：天地間／字裏行間／七八月間。② 一定的範圍內：鄉間／夜間／人間。③ 房間：衣帽間／化妝間。④ 與數目字連用，表示房間的數量：一間教室／兩間辦公室／三間廠房。

間[间]⁽二⁾

普 jiàn 粵 gaan³ 澗
① 縫隙、空隙：間隙（空隙）／親密無間。② 隔開，不相連接：間斷／間距／黑白相間。③ 挑撥：離間／反間計。
【間接】jiàn jiē 通過中間環節發生關係的：間接經驗／我是間接知道的。 反 直接
【間隔】jiàn gé ① 隔開：兩地雖間隔萬里，乘飛機很快就到。② 分開的時間或距離：字跟字之間應該預留間距。③ 分開、分隔：線裝書和洋裝書間隔地插在書架上。
【間諜】jiàn dié ① 刺探對方機密：進行間諜活動。② 做間諜活動的人：以記者身分作掩護的間諜。
【間斷】jiàn duàn 中間隔斷，不相連接：兩無間斷地下了三天／人員減少了，服務卻從未間斷過。 反 連續

閒[闲]　閒閒閒閒閒閒 閒

普 xián 粵 haan⁴ 嫻
① 有空；悠閒；不做事：閒散／閒適／遊手好閒／閒情逸致（悠閒安逸的情致）。② 放着不用：閒置／閒錢。③ 隨的；無關緊要的：閒聊（閒談）／多管閒事／閒言碎語。
【閒暇】xián xiá 空閒，不做事的時候：閒暇時請到我家來玩。 反 忙碌
【閒話】xián huà ① 題外的話：扯扯閒話／閒話不題。② 背後的議論，多指不滿意的話：整天說別人的閒話。
【閒談】xián tán 沒有明確話題，隨便交談。

閘[闸]　閘閘閘閘閘閘 閘

普 zhá 粵 zaap⁶ 習
① 攔水的建築物，設有可開關的閘門，開則出水，關則蓄水：水閘。② 控制器和制動器的通稱：拉電閘／急剎車閘。③ 柵欄；門：門戶安裝了鐵閘。
〔簡明詞〕閘門：水閘或管道上調節流量的設備。

閨[闺]　閨閨閨閨閨閨 閨

普 guī 粵 gwai¹ 歸
內室，女子的卧室：深閨／閨秀（大户人家的女兒，多指未婚的）／大家閨秀／名門閨秀。
【閨女】guī nü ① 未婚女子：黃花閨女／文靜的閨女。② 女兒：媳婦生了個閨女。

閩[闽]　閩閩閩閩閩閩 閩

普 mǐn 粵 man⁵ 敏
福建的別稱：閩劇／閩南話。

6 閥 [阀]　閥閥閥閥閥閥　閥

（普）fá （粵）fat⁶ 佛

① 有功勳的世家或名門望族：門閥。② 有支配勢力的人或團體：學閥／軍閥／財閥。③ 管道或機器中調節液體流量、壓力和流動方向的裝置：閥門／水閥／氣閥。

6 閣 [阁]　閣閣閣閣閣閣　閣

（普）gé （粵）gok³ 各

① 放東西的架子：束之高閣。② 四周開窗、可遠望、分層的建築物：亭台樓閣。③ 大屋中隔出的小房間：東閣／西閣／閣樓（房間上層的小室）。④ 中央政府、內閣：閣員／組閣。
【閣下】géxià 敬稱對方。現多用於外交場合。

6 閡 [阂]　閡閡閡閡閡閡　閡

（普）hé （粵）hat⁶ 瞎

阻隔：兩人的隔閡由來已久。

7 閱 [阅]　閱閱閱閱閱閱　閱

（普）yuè （粵）jyut⁶ 月

① 檢閱、視察：閱兵。② 經過、經歷：閱歷／閱世不深。③ 看、讀：閱覽／訂閱。
【閱歷】yuèlì ① 經歷：沒有親身閱歷，就體會不到。② 由親身經歷所積累的經驗、知識：閱歷不深／生活閱歷豐富。
【閱讀】yuèdú 讀書、看文章、讀報章雜誌：有良好閱讀習慣的學生，學業進步得快。

8 閻 [阎]　閻閻閻閻閻閻　閻

（普）yán （粵）jim⁴ 嚴

里巷；里巷的門。
【閻羅】yán luó 佛教指主管地獄的神，又稱閻王、閻羅王。

9 閬 [板]　閬閬閬閬閬閬　閬

（普）bǎn （粵）baan² 版

見"老闆"。

9 闊 [阔]　闊闊闊闊闊闊　闊

（普）kuò （粵）fut³

① 寬；大；寬廣：闊度（寬度）／闊步／遼闊／海闊天空。② 久：闊別（久別）。③ 富裕；奢侈：闊氣／闊少（富家子弟）／闊佬（有錢人）。④ 不切實際：迂闊／高談闊論。（俗）退一步海闊天空

10 闖 [闯]　闖闖闖闖闖闖　闖

（普）chuǎng （粵）cong² 廠

① 突然進入；猛衝：闖入／闖將／橫衝直闖。② 出外歷練，奔走謀生：闖蕩（外出謀生）／闖江湖／走南闖北。③ 開創：闖牌子／闖出新天地。④ 招致：闖了大亂子。
【闖禍】chuǎng huò 因魯莽或疏忽大意而惹出事端或禍害。

11 關 [关]　關關關關關關　關

（普）guān （粵）gwaan¹ 慣¹

① 門閂：門不上關。② 關閉；停止：關門／關機／關電燈。③ 拘禁；不出來：關押／關在家裏。④ 險要的地方；設防的要地：關隘／關防／山海

關。⑤ 關卡、邊境口岸：入關／海關。⑥ 比喻重要的、緊要的或起關聯作用的那一點、那一處：通關節／緊急關頭／咬緊牙關。⑦ 關係；牽連：有關部門／無關緊要。⑧ 關心：關愛／關照。⑨ 中醫切脈的部位之一：寸、關、尺。

〔古詩文〕春色滿園關不住，一枝紅杏出牆來。

【關口】guān kǒu ① 來往必須經過的地方：長城關口／檢查站關口。② 關頭：在那緊急關口，是他救了我。

【關切】guān qiè ① 關心：同學們很關切她的病情。② 親切：關切的話語打動了她的心。反 漠視

【關心】guān xīn 愛護、重視或經常注意對方：關心同學／關心社會問題。同 關愛 * 關切

〔古對聯〕風聲、雨聲、讀書聲、聲聲入耳，家事、國事、天下事、事事關心。

【關於】guān yú 表示涉及的對象或範圍：關於民生問題／關於招生名額，我想說明一下。

【關注】guān zhù 關心重視：全球都非常關注元宇宙的發展。

【關係】guān xì ① 人或事物之間的聯繫：兩人關係密切／把兩件毫無關係的事硬扯在一起。② 人與人之間具有某種特性的聯繫：親屬關係／朋友關係／師生關係。③ 發生影響、產生後果：擦破點皮沒關係／犯點小錯沒關係，別擔心。④ 指原因、條件：由於時間關係，不能一一舉例說明了。⑤ 牽涉：這事關係到千家萬戶，不能大意。

【關閉】guān bì ① 合上打開的東西；停止設備運作：關閉門窗／關閉空調。② 歇業；停辦：關閉污染嚴重的工廠。反 啟動 * 開辦

【關照】guān zhào 關心照顧：初次見面，請多關照。

【關節】guān jié ① 骨頭互相銜接的地方：肩關節／膝關節。② 最重要的或起決定作用的環節：送禮通關節／找出問題的關節。

【關愛】guān ài 關心愛護：我們要關愛殘疾人和

弱勢羣體。

【關頭】guān tóu 最重要的時機或轉折點：生死關頭／緊要關頭／危急關頭。

【關鍵】guān jiàn ① 門閂；功能類似門閂的東西。② 比喻緊要部分或起決定作用的因素：關鍵在於善用人才／解決腐敗的關鍵是改革制度。

【關懷】guān huái 關心：關懷備至／王老師非常關懷學生。反 無視 * 冷漠

12 闡 [阐]　闡 闡 闡 闡 闡 闡　闡

〔普〕chǎn 〔粵〕zin² 展／cin² 淺

表明，說清楚：闡明（說明白）／闡述（清楚地陳述）。

13 闢 [辟]　闢 闢 闢 闢 闢 闢　闢

〔普〕pì 〔粵〕pik¹ 僻

① 開拓、開發：闢荒／開天闢地。② 透徹、深刻：精闢／透闢。③ 排除；駁斥：闢除（排除、屏除）／闢謠（說明真相，駁斥謠言）。

阜 部

0 阜　阜 阜 阜 阜 阜 阜　阜

〔普〕fù 〔粵〕fau⁶ 埠

① 山，土山。② 豐富：物阜民豐。

3 阡　阡 阡 阡 阡 阡 阡　阡

〔普〕qiān 〔粵〕cin¹ 千

① 田間小路：阡陌。詳見"阡"。② 道路、街道：巷阡。

【阡陌】qiān mò 田間小路。田間的南北向小路叫阡、東西向小路叫陌，統稱為阡陌。

阱
4

阱 阱 阱 阱 阱 阱 　阱

(普)jǐng (粵)zing⁶ 靜

深坑：陷阱。

阮
4

阮 阮 阮 阮 阮 阮 　阮

(普)ruǎn (粵)jyun⁵ 遠 / jyun² 苑

姓。

阪
4

阪 阪 阪 阪 阪 阪 　阪

(普)bǎn (粵)baan² 板

① 山坡；斜坡：峻阪 / 阪上走丸（比喻迅速）。
② 地名字：日本大阪。

防
4

防 防 防 防 防 防 　防

(普)fáng (粵)fong⁴ 房

① 堤岸：堤防。② 防備：嚴防發生事故。③ 防禦：防衛（防禦保衛）/ 防線 / 防禦（防守抵禦）。
④ 指防禦設施：城防 / 海防。

【防治】fáng zhì ① 預防和治療：防治傳染病。
② 預防和治理：防治土地沙化。

【防止】fáng zhǐ 事情發生之前，就採取措施制止：防止火災。

✎ 防止與制止：防止是在事情發生前採取措施；制止是在事情發生之後才採取措施。

【防守】fáng shǒu 警戒守衛，防備對方進攻：在足球比賽中，做好防守是非常重要都。(反)進攻

【防備】fáng bèi 為避免損害而預做準備，防止預期的事情發生。(同)提防 * 戒備

【防暴】fáng bào 防止在公眾場合出現暴亂或暴力犯罪行為：防暴警察。

【防範】fáng fàn 防備、戒備、警惕：一直防範着他。

【防線】fáng xiàn ① 連成一線的防禦工事：構築一道防線。② 比喻保護自己的戒備意識：在證據面前，嫌犯的心理防線徹底垮了。

【防微杜漸】fáng wēi dù jiàn 在初現苗頭的時候就加以防範，不讓它發展起來。多針對負面的事物。(同)防萌杜漸 (反)星火燎原

阿 (一)
5

阿 阿 阿 阿 阿 阿 　阿

(普)ā (粵)aa³ 亞

用在排行、小名、姓或親屬名稱的前面，表示親切：阿三 / 阿王 / 阿姨。

【阿姨】ā yí ① 姨母。② 稱呼和母親年紀差不多的婦女。③ 稱呼保姆或幼稚園的老師。

阿 (二)
5

(普)ē (粵)o¹ 柯

① 山、水的彎曲處：山阿。② 奉承；迎合：剛正不阿。③ 地名：山東東阿：九天阿膠是補血良藥。

【阿彌陀佛】ē mí tuó fó ① 淨土宗信仰的佛名，稱其為西方極樂世界的教主，另有"無量壽佛"、"無量光佛"等十三個名號，在佛寺中常同釋迦牟尼、藥師並座，合稱"三尊"。② 佛門信徒誦唸的佛名號，表示感謝或祈求佛的保佑。

阻
5

阻 阻 阻 阻 阻 阻 　阻

(普)zǔ (粵)zo² 左

① 險要的地方：山川險阻。② 障礙：通行無阻。
③ 阻擋：阻攔（擋住）/ 風雨無阻。④ 推卻、拒絕：推三阻四。

【阻力】zǔ lì ① 物理學指妨礙物體運動的作用力：減少風的阻力。② 指阻礙發展前進的力量：來自公司內部的阻力。⑱ 動力

【阻止】zǔ zhǐ 阻擋制止：全力阻止新冠肺炎擴散。

【阻塞】zǔ sè 堵塞：阻塞交通 / 排水管道被樹枝雜物阻塞住了。⑱ 暢通

【阻撓】zǔ náo 擾亂、設置障礙：蓄意阻撓 / 從中阻撓。

【阻擋】zǔ dǎng ① 阻止、擋住：時代潮流不可阻擋。② 指阻擋物：翻過山是一片平原，沒有一絲阻擋。

【阻礙】zǔ ài ① 阻擋；妨礙：阻礙交通 / 阻礙自己的前程。② 起阻礙作用的東西：驕傲自滿是學業進步的最大阻礙。

附

附 附 附 附 附 附

⑲ fù ⑳ fu⁶ 父

① 接近、靠近：吸附 / 附耳低聲說。② 從屬；附着：附屬 / 魂不附體。③ 另加；附帶：附錄 / 附寄戲票一張。

【附加】fù jiā ① 另外加上：附加郵資 / 附加燃油費。② 額外的：協議沒有附加條款。

【附件】fù jiàn ① 機械、設備主體以外的零件、部件或備件。② 附屬於正式文件的材料或其他文件。

【附和】fù hè 言行追隨別人。和，應答：隨聲附和。

【附近】fù jìn 左近，距離不遠的地方：學校就在我家附近。⑱ 遙遠

【附帶】fù dài ① 隨便：附帶說一句。② 另外增加：附帶一盒巧克力。

【附錄】fù lù 放在正文後面的相關文章或參考材料。

【附屬】fù shǔ 從屬於別的主體；附設的；歸……

管轄的：附屬國 / 醫科大學附屬醫院 / 音樂專科學校附屬於音樂學院。

陀

陀 陀 陀 陀 陀 陀

⑲ tuó ⑳ to⁴ 駝

譯音用字：阿彌陀佛 / 佛陀（佛教尊稱釋迦牟尼）。

陋

陋 陋 陋 陋 陋 陋

⑲ lòu ⑳ lau⁶ 漏

① 窄小：陋巷（狹窄的小巷）。② 見聞少，學識淺：淺陋 / 孤陋寡聞。③ 簡單；粗劣：簡陋 / 因陋就簡。④ 難看：容貌醜陋。⑤ 不文明的、不合理的：破除陋習（不文明的風俗習慣）/ 陋規（不合理的規則）。

〔古詩文〕何陋之有？（《陋室銘》劉禹錫）

陌

陌 陌 陌 陌 陌 陌

⑲ mò ⑳ mak⁶ 默

① 田間小路：阡陌。詳見“阡”。② 道路、街道：巷陌。

【陌生】mò shēng 生疏、不熟悉：陌生人 / 沒見過他，很陌生。⑱ 熟悉

降 (一)

降 降 降 降 降 降

⑲ jiàng ⑳ gong³ 鋼

① 自高處向下落：降落 / 空降 / 升降機。② 降低；貶低：降價 / 降職。③ 出生：降生。

【降低】jiàng dī ① 下降：標準降低了。⑱ 上升 ② 減少、減小：降低消耗 / 降低成本。⑱ 提升 * 提高

【降臨】jiàng lín 來到：災難降臨 / 夜幕降臨。

6 **降**⁽二⁾

㊀xiáng ㊁hong⁴杭

① 投降：受降／詐降。② 壓倒、制服：降伏（馴服；制服）／降龍伏虎。㊙一物降一物

6 **限** 限限限限限限 限

㊀xiàn ㊁haan⁶閒⁶

① 界線；分界；範圍：界限／權限／限度／限額（規定的額度、數量）。② 限制：不限參加人數。
【限制】xiàn zhì ① 不許超過規定的範圍；約束：限制車速／受資金限制，難以發展。② 規定的範圍：錄取年齡有限制。
【限度】xiàn dù 受限制的範圍、數量或程度：最低限度／不得超過限度。
【限期】xiàn qī ① 不許超過指定日期：限期改正／限期優惠。② 不得超越的日期：簽證過了限期。㊁無期
【限量】xiàn liàng ① 限定數量或範圍：限量供應／前途不可限量。② 限制的數量：用藥不能超過限量。

7 **陡** 陡陡陡陡陡陡 陡

㊀dǒu ㊁dau²斗

① 坡度大：陡坡／陡峭。② 突然：陡然（突然、驟然）／態度陡變。
【陡峭】dǒu qiào 形容高高聳立、險峻的樣子：陡峭的山崖。㊁平坦

7 **陣**[阵] 陣陣陣陣陣陣 陣

㊀zhèn ㊁zan⁶振⁶

① 陣地、戰地：衝鋒陷陣。② 一段時間：這一陣子很忙。③ 與數目字連用，表示持續的時間段

的多少：一陣掌聲／下了幾陣暴雨。
【陣地】zhèn dì ① 修有工事的作戰的地方：炮兵陣地。② 比喻領域或活動場所：文化陣地。
【陣容】zhèn róng 隊伍的配備組合方式或排列狀態：明星羣體出動，陣容空前／參賽團隊的陣容強大。
【陣線（陣綫）】zhèn xiàn 戰線，比喻聯合起來的力量：民主陣線。

7 **陝**[陕] 陝陝陝陝陝陝 陝

㊀shǎn ㊁sim²閃

陝西省的簡稱：陝甘（陝西、甘肅）。

7 **陛** 陛陛陛陛陛陛 陛

㊀bì ㊁bai⁶幣

① 台階。② 指帝王宮殿的台階：陛下（尊稱帝王）。

7 **除** 除除除除除除 除

㊀chú ㊁ceoi⁴徐

① 台階：灑掃庭除。② 去掉；清除：革除／興利除弊。③ 除掉；不算在內：排除／除此之外。④ 數學上指除法運算：加減乘除。
【除了】chú le ① 去掉，排除掉：除了他不肯，別人都願意。㊀除去 ② 除此以外，表示此項不算在內：除了必要的應酬，平時不喝酒。
【除夕】chú xī 農曆一年的最後一天或該日的夜晚：除夕夜爆竹聲響成一片。
【除外】chú wài 除此以外，此項不包括在內：血糖除外，檢查下來別的都正常。㊁包括
【除非】chú fēi ① 相當於"只有"：除非認錯道歉，否則她不會回頭。② 除此之外，表示不包括在內：這種事除非他，別人做不出來。㊙若要人

不知，除非己莫為

✎ "除非……才……"表達必須具備特定條件才能達到事情結果的關聯詞固定搭配，如：除非你在早上七點前出發，才能趕得及在九點前到達廣州。

7 院　　院院院院院院 院

(普) yuàn (粤) jyun² 苑

① 用牆圈起來的庭院：四合院 / 深宅大院。② 機構或公共場所的名稱：法院 / 醫院 / 電影院。③ 指學院：院校（學院和大學）。

【院落】yuàn luò 院子；庭院：梧桐院落 / 秋月的光輝灑滿了院落。

8 陸[陆]⁽一⁾　　陸陸陸陸陸陸 陸

(普) lù (粤) luk⁶ 六

① 陸地：大陸。② 陸路，陸地道路：陸運 / 水陸聯運。

【陸地】lù dì 地球表面除去海洋、江河、湖泊等水面的部分。

【陸軍】lù jūn 以步兵為主、只在陸地作戰的軍種，當代陸軍多配備導彈和裝甲部隊、炮兵、通訊和工程兵、航空兵等多兵種。

【陸續】lù xù 表示動作、行為接連不斷：陸續抵達。

✎ 陸續與繼續：陸續是有先有後、斷斷續續，是不連續、間斷的；繼續是不間斷，一直延續下來，是連續的。

8 陸[陆]⁽二⁾

(普) liù (粤) luk⁶ 六

數字"六"的大寫。

8 陵　　陵陵陵陵陵陵 陵

(普) líng (粤) ling⁴ 零

① 大的土山；小山：丘陵 / 山陵。② 陵墓：中山陵。

【陵園】líng yuán ① 墓園，古代帝王、諸侯的墓地。② 以陵墓為主的園林：烈士陵園。

8 陳[陈]　　陳陳陳陳陳陳 陳

(普) chén (粤) can⁴ 塵

① 擺設；擺放：陳列 / 陳設。② 述説：慷慨陳詞。③ 時間很久的；舊的：陳年（已過多年的）/ 推陳出新。

【陳列】chén liè 整齊有序地擺出物品來供人觀看：展櫃裏陳列着明代青花瓷。

【陳述】chén shù 述説；一一説出來：陳述意見 / 陳述案情。

【陳設】chén shè ① 擺設：客廳裏陳設着宋代古董。② 擺設的東西：卧室裏的陳設都原封不動。

【陳舊】chén jiù 很久以前的；過時的：陳舊的房屋 / 設備很陳舊。⊠ 嶄新

【陳詞濫調】chén cí làn diào 毫無價值、反覆説的陳舊言詞。

🔍 陳詞爛調 "爛"表示頭緒混亂，中文沒有"爛詞"的説法。"濫"表示過度、沒有限制，"濫調"就是不切實際的言辭。

8 陰[阴]　　陰陰陰陰陰陰 陰

(普) yīn (粤) jam¹ 音

① 河流的南面；山的北面：江陰 / 嶺北山陰。② 雲遮住陽光：陰雨 / 天色陰沉。③ 不見陽光的地方：樹陰 / 陰森（陰暗）/ 陰涼的地方。④ 隱蔽不外露的：陰溝。⑤ 秘密；暗中：陽奉陰違。⑥ 中國古代哲學概念，指存在於事物中的兩大

對立面之一：陰陽。⑦ 指月亮：陰曆（農曆）。
⑧ 關於鬼神的：陰間 / 陰曹地府。⑨ 生殖器：
陰部 / 陰道。

【陰沉】yīn chén ① 陰暗：陰沉的天氣。反 明
亮 ② 板着臉的樣子：臉色陰沉。③ 形容陰鬱、
不開朗：性格陰沉孤僻。反 開朗

【陰暗】yīn àn ① 光線微弱：陰暗潮濕。② 不可
告人的；黑暗的：陰暗心理 / 揭露社會陰暗面。
③ 形容沉鬱、不明朗：臉色陰暗 / 陰暗的表情。
反 明亮 * 光明

【陰影】yīn yǐng ① 陰暗的影子：月光投下柳樹
的陰影。② 比喻黯然的情緒：消除內心的陰影。

【陰謀】yīn móu ① 暗中策劃：陰謀報復。② 暗
中策劃的壞主意：陰謀詭計。

【陰險】yīn xiǎn 表面看不出，內心很險惡：陰險
毒辣。

【陰霾】yīn mái ① 由空氣中過量的煙霧、塵埃
等污染物質形成的迷漫不清的氣象環境：陰霾散
盡，重見藍天。② 比喻黯然情緒或惡劣環境：籠
罩着戰爭的陰霾 / 心靈蒙上一層陰霾。

8
陶　　陶陶陶陶陶陶　陶

普 táo 粵 tou⁴ 途

① 用黏土燒製成的器物：彩陶 / 陶瓷（陶器和瓷
器的統稱）。② 比喻培養、造就：薰陶 / 陶冶。
③ 歡喜、愉快：陶醉 / 樂陶陶。

【陶冶】táo yě ① 燒製陶器和冶煉金屬。② 比喻
給人的品德、性格、情趣以良好的影響：陶冶心
靈 / 陶冶情操。

　　🔑 陶冶 “冶” 指的是管理。“冶” 有熔煉金屬的
　　意思，引申為對人的性格或思想進行培養。兩字
　　筆劃相近易錯寫。

【陶醉】táo zuì ① 暢醉。② 比喻沉浸在感受或
境界當中：陶醉在明媚的春光裏。同 沉醉

8
陷　　陷陷陷陷陷陷　陷

普 xiàn 粵 haam⁶ 咸⁶

① 向下凹進去：塌陷 / 陷阱 / 兩眼深陷。② 向
下沉、沉下去：地面下陷 / 陷入泥潭中。③ 設計
害人：誣陷。④ 攻破、佔領：攻陷 / 衝鋒陷陣。
⑤ 被攻破、被佔領：陷落 / 淪陷區。⑥ 欠缺、
不足：缺陷。

【陷阱】xiàn jǐng ① 上面有偽裝物的深坑，用於
抓捕野獸或殺敵人，阱中可安裝尖刺椿，踏上去
就墜入坑中，死傷或就擒。② 比喻坑害人的圈
套：生意場上處處有陷阱。

【陷害】xiàn hài 設計謀害人：被人陷害，冤沉海
底。同 誣陷 * 誣害

8
陪　　陪陪陪陪陪陪　陪

普 péi 粵 pui⁴ 培

① 伴隨：陪伴（陪同、伴隨）/ 失陪了。② 協同；
輔佐：陪審。

【陪同】péi tóng 在一旁陪着從事活動：陪同參觀 /
陪同校長造訪學生家長。

【陪襯】péi chèn ① 從旁襯托：紅花也要綠葉陪
襯。② 做襯托的人或事物：他不甘於只做一名
陪襯。

9
隋　　隋隋隋隋隋隋　隋

普 suí 粵 ceoi⁴ 徐

朝代名，公元 581 － 618 年，楊堅所建，被唐
所滅。

9
階 [阶]　　階階階階階階　階

普 jiē 粵 gaai¹ 佳

① 用磚、石等物砌成的一級高過一級的走道，多

建在門前或坡面上：石階 / 階下囚。② 等級：軍階 / 官階。

【階段】jiē duàn 事物發展變化進程中可明顯區別劃分出的段落：步入人生的新階段 / 工程進入收尾階段。

【階級】jiē jí 階層，人在社會當中所處的層次地位，一般由財富實力來決定：中產階級 / 貧民階級。

【階梯】jiē tī 台階和梯子。比喻向上高升的憑藉或途徑。

【階層】jiē céng ① 人們因經濟狀況、社會地位或謀生方式不同而分成的層次。② 具有共同特徵的社會羣體：白領階層 / 知識階層。

9 隄[堤] 隄 隄 隄 隄 隄 隄 隄

㊀ dī ㊁ tai⁴ 提

同 "堤"。詳見 "堤"。

9 陽[阳] 陽 陽 陽 陽 陽 陽 陽

㊀ yáng ㊁ joeng⁴ 羊

① 太陽；陽光：陽曆 / 夕陽。② 河流的北邊；山的南邊：洛陽 / 泰山之陽。③ 外露的、表面的：陽溝 / 陽奉陰違。④ 屬於活人或人世的：陽壽 / 陽間。⑤ 中國古代哲學概念，指存在於事物中的兩大對立面之一：陰陽五行。

📝 陽春和金秋：冬去春來，陽氣升騰，春光溫暖，樹木變綠，百花盛開，這種景象古人叫作陽春；西風一起，黃葉紛飛，萬物蕭條，秋景肅殺，古人稱作金秋。

【陽曆】yáng lì ① 曆法的一類，又叫 "太陽曆"，以地球繞太陽運行一圈的時間為一年，分十二個月，平年 365 天，閏年 366 天。目前國際通用的公曆是陽曆的一種。② 公曆的通稱。同 公曆 反 陰曆 * 農曆

9 隆㊀ 隆 隆 隆 隆 隆 隆 隆

㊀ lóng ㊁ lung⁴ 龍

① 盛大：隆重。② 興旺、興盛：生意興隆。③ 深，表示程度：隆冬（嚴冬）/ 隆情厚意。④ 凸起：隆起（鼓起來；向上凸起）。

【隆重】lóng zhòng 莊嚴盛大：新店隆重開幕 / 頒獎儀式很隆重。反 簡陋

9 隆㊁

㊀ lōng ㊁ lung⁴ 龍

用於少數口語化的詞語和形容聲音的詞語，常用詞有：轟隆、隆隆、咕隆、黑咕隆咚等。

9 隊[队] 隊 隊 隊 隊 隊 隊 隊

㊀ duì ㊁ deoi⁶ 對 ⁶

① 行列：排隊 / 成羣結隊。② 編制單位：支隊 / 小隊。③ 指按次序組織起來的集體：艦隊 / 球隊。④ 與數目字連用，表示隊列的數目：一隊人馬。

【隊伍】duì wǔ ① 部隊、軍隊：抗日隊伍。② 很多人排成的行列：遊行隊伍 / 售票處排起了長長的隊伍。③ 特定人員羣體構成的圈子：教師隊伍容不得敗類。

【隊員】duì yuán 以 "隊" 命名的組織中的成員：足球隊員。

10 隔 隔 隔 隔 隔 隔 隔 隔

㊀ gé ㊁ gaak³ 格

① 攔斷、阻斷；從中擋住：分隔 / 隔絕（阻隔斷絕）/ 隔牆有耳。② 離開；相距：相隔多年 / 遠隔重洋。

【隔閡】gé hé ① 障礙；差別：語言有隔閡。

② 嫌猜，心存怨恨猜忌：兩人的隔閡消除了。
⑤ 融洽
【隔壁】gé bì ① 鄰居：隔壁人家昨天搬走了。
② 旁邊的屋子：隔壁住着三口人。
【隔離】gé lí 同別人或其他方面分隔開來，斷絕
交往接觸：疫情期間，外地回港人士都必須到酒
店隔離。⑤ 交往

10 隙　隙 隙 隙 隙 隙 隙　隙
㊀ xì ㊁ gwik¹ 號 / kwik¹
① 縫；裂縫：牆隙 / 孔隙。② 空子；機會：乘
隙而入 / 無隙可乘。③ 怨恨；裂痕：仇隙 / 二人
素有嫌隙。

10 隕[陨]　隕 隕 隕 隕 隕 隕　隕
㊀ yǔn ㊁ wan⁵ 允
墜落，從高處向下落：隕落（天外星體墜落下
來）/ 隕石（落到地面上的未燒毀的流星的碎塊）。

10 隘　隘 隘 隘 隘 隘 隘　隘
㊀ ài ㊁ aai³
① 窄小；狹窄：關隘（險要的關口）/ 心胸狹小。
② 關口、險要處：關隘。

11 際[际]　際 際 際 際 際 際　際
㊀ jì ㊁ zai³ 制
① 交界處；邊緣處：無邊無際 / 秋冬之際。
② 彼此間、相互間：國際 / 人際關係。③ 互相
接觸交往：交際。④ 裏面、中間：腦際 / 胸際。
⑤ 時候：正當忙亂之際。

11 障　障 障 障 障 障 障　
㊀ zhàng ㊁ zoeng³ 漲
① 阻隔；遮擋：障礙。② 作為阻隔、遮擋的東
西：屏障 / 設置路障。㊗ 一葉障目，不見泰山
【障礙】zhàng ài ① 阻礙、妨礙：障礙交通。
② 阻擋物：清理障礙 / 克服心理障礙。

13 隨[随]　隨 隨 隨 隨 隨 隨　隨
㊀ suí ㊁ ceoi⁴ 除
① 跟從、跟着：隨同 / 追隨。② 順從、順着：
隨意 / 入鄉隨俗。③ 順便：隨手（順手）/ 隨口
說說 / 隨手關門。④ 緊接着：隨即 / 隨後就到。
⑤ 不拘、不論：隨處（到處、處處）/ 隨地（不管
甚麼地方）。⑥ 任憑：隨你便 / 隨他說去。
【隨身】suí shēn ① 帶在身上：隨身用品。② 跟
在身邊：隨身保鑣。
【隨即】suí jí 馬上就；隨後就：話音剛落，掌聲
隨即響起 / 你先去，我隨即就到。
【隨便】suí biàn ① 隨意，不加限制：隨便看 /
隨便聊聊。⑤ 認真 ② 不經意，未經考慮：說話
隨便 / 不可隨便扔垃圾。③ 無論；不管：隨便甚
麼書他都愛看。④ 簡單、簡便：隨便點吧，別叫
太貴的菜。
【隨後】suí hòu 緊接在眼前的情況或動作之後，
常與"就"連用：先是烏雲密佈，隨後就是狂風
暴雨。㊿ 隨即
【隨時】suí shí 及時，不論甚麼時候：有事隨時
來找我 / 發現情況，隨時報告。
【隨意】suí yì ① 依照自己想的：隨意小吃 / 豐儉
隨意。② 隨便；任意：精密儀器不可隨意擺弄。
【隨心所欲】suí xīn suǒ yù 順着自己的想法，
想怎樣就怎樣。⑤ 身不由己
【隨機應變】suí jī yìng biàn 針對變化的情況採
取對策。㊗ 以不變應萬變

【隨聲附和】suí shēng fù hè 自己沒定見，追隨別人的意思説。

13 **險**[险]　險險險險險險

〔普〕xiǎn 〔粵〕him² 謙²

① 險要、險峻：險峯 / 險臨。② 地勢險要、極難到達或通過的地方：探險 / 天險。③ 危險的：險情 / 險境。④ 危險的境況：冒險 / 脫險。⑤ 狠毒：陰險。⑥ 幾乎，差一點：險遭不測 / 險些翻車。⑦ "保險業務"的簡稱：壽險 / 財產險。

【險要】xiǎn yào 地勢險惡的交通要地：地勢險要，易守難攻。

【險峻】xiǎn jùn ① 山勢高峻危險：險峻的華山 / 山峯陡峭險峻。反 平坦 * 和緩 ② 險惡、嚴重：形勢險峻。

【險惡】xiǎn è ① 危險可怕：地勢險惡 / 病情險惡。② 陰險歹毒：居心險惡。反 凶險

13 **隧**　隧隧隧隧隧隧

〔普〕suì 〔粵〕seoi⁶ 睡

隧道：在山中、地下、水下開鑿成的通道：西隧 / 東隧 / 越江隧道。

14 **隱**[隐]　隱隱隱隱隱隱

〔普〕yǐn 〔粵〕jan² 忍

① 藏起來，不顯露：隱瞞 / 隱藏 / 隱私（不公開的私事）。② 潛伏的、藏在深處的：隱患（潛藏的禍患）/ 隱匿。③ 不明顯；不明確：隱約 / 隱作痛。④ 憐憫：惻隱之心。

【隱形】yǐn xíng 隱藏起形跡、無法發現的：隱形戰機。

【隱約】yǐn yuē 依稀；看不清楚：隱約傳來下課的鈴聲 / 古城牆的遺跡隱約可見。反 明顯 * 清楚

【隱晦】yǐn huì 意思含蓄、曲折、不明顯：是個老實爽直的人，説話不隱晦。反 顯著 * 明顯

【隱蔽】yǐn bì ① 隱藏：隱蔽在巖石後面的洞中。② 被掩飾起來：行蹤隱蔽。

【隱藏】yǐn cáng ① 藏起來不讓發現：把值錢的東西隱藏起來。② 暗藏：一眼就看穿了背後隱藏的目的。

16 **隴**[陇]　隴隴隴隴隴隴

〔普〕lǒng 〔粵〕lung⁵ 壟

① 古代指隴西（今甘肅南部）：得隴望蜀。② 甘肅的別稱：隴海鐵路。

隶部

9 **隸**[隶]　隸隸隸隸隸隸

〔普〕lì 〔粵〕dai⁶ 弟

① 被奴役的人：奴隸。② 附屬、從屬：隸屬（從屬於、附屬於）。④ 漢字的一種字體，通行於漢代：隸書。

隹部

2 **隻**[只]　隻隻隻隻隻隻

〔普〕zhī 〔粵〕zek³ 脊

① 單獨的；極少的：形單影隻 / 隻言片語。② 獨特的：獨具隻眼。③ 與數目字連用，表示動物、器物和成對的東西的數量：半隻雞 / 三隻茶杯 / 伸出兩隻手 / 剩下一隻鞋。

3 **雀** 雀雀雀雀雀雀　雀

〔普〕què 〔粵〕zoek³ 酌

① 鳴禽一類的鳥；小鳥：黃雀 / 雲雀 / 雀鳥 / 門可羅雀。② 指麻雀。吃植物種子、果實和昆蟲：鴉雀無聲。

【雀躍】què yuè 高興得像小鳥那樣跳躍：好消息傳來，他雀躍不已。

4 **雁** 雁雁雁雁雁雁　雁

〔普〕yàn 〔粵〕ngaan⁶ 顏⁶

一種像鵝的候鳥，善長游泳和飛行，飛行時排列成行：大雁 / 鴻雁 / 雁陣 / 雁行。

4 **雄** 雄雄雄雄雄雄　雄

〔普〕xióng 〔粵〕hung⁴ 紅

① 公的，能產生精細胞的：雄雞 / 雄性寵物狗。② 宏偉的；有氣魄的；強有力的：雄圖 / 雄辯 / 雄心壯志。③ 比喻傑出的人或強有力的國家：羣雄 / 戰國七雄。

【雄壯】xióng zhuàng ① 強大有力：威武雄壯之師。② 雄偉壯觀：雄壯的天山山脈。⑩ 雄偉③ 宏亮有氣勢：樂隊奏起雄壯的旋律。

【雄偉】xióng wěi ① 宏偉：氣勢雄偉的萬里長城。⑩ 雄壯 * 宏偉② 魁梧：身材雄偉。

4 **雅** 雅雅雅雅雅雅　雅

〔普〕yǎ 〔粵〕ngaa⁵ 瓦

① 美好的；高雅不庸俗的：雅致（高雅不庸俗）/ 雅俗共賞。② 稱頌對方的胸懷、情意、言行使用的敬辭：雅量（博大的胸懷氣量）/ 雅意（美好的情意或意見）/ 雅教（高明的指教或教導）。

4 **集** 集集集集集集　集

〔普〕jí 〔粵〕zaap⁶ 習

① 會聚、匯聚：集合 / 集中 / 集思廣益。② 農村或城鎮中的定期交易市場：集市 / 市集。③ 若干單篇、單本著作匯編成的書籍：全集 / 選集。④ 書籍中的一部分或影視片中的一個段落：上集 / 第一集。

【集中】jí zhōng ① 把分散的聚集到一起：集中財力 / 集中精力學習。② 把不同的歸納起來：集中好的意見 / 集中所有的方案加以選擇。

【集合】jí hé 分散的人或事物聚攏起來：緊急集合 / 同學到操場集合舉行升旗儀式。⑩ 集中 ⑰ 分散② 會聚；匯攏；綜合：書中人物是作者集合白領的特點寫出來的。

【集郵】jí yóu 收集和保存郵票和首日封等郵品。

【集會】jí huì ① 人們集中在一起開會：百萬人在廣場集會。② 集合在一起舉行的會議：各大城市都舉行了迎接新年倒計時的集會。

【集團】jí tuán ① 聯繫在一起的採取共同行動的團體：軍事集團 / 小集團的利益。② 由同行業的企業組成的經濟實體：金融集團 / 出版集團。⑰ 個體

【集體】jí tǐ 若干人結合起來的整體：集體活動 / 集體抗議。⑰ 個體

【集裝箱】jí zhuāng xiāng 裝運貨物的一種大型金屬箱形容器，大小不等但規格統一，便於裝卸運輸，可重覆使用。

【集思廣益】jí sī guǎng yì 集中眾人的智慧，獲得更大的效益。

6 **雌** 雌雌雌雌雌雌　雌

〔普〕cí 〔粵〕ci¹ 癡

母的，能產生卵細胞、能生育的：雌兔 / 雌老虎。

【雌雄】cí xióng ① 雌性和雄性。② 成對的：雌

雄劍。③ 比喻勝負或高低：一決雌雄。

雕

雕雕雕雕雕雕 雕

⑧

（普）diāo （粵）diu¹ 丟

① 一種像鷹的猛禽。② 用刀刻畫：精雕細刻。
③ 雕刻成的藝術品：浮雕／玉雕／石雕。④ 用彩
畫裝飾的：雕樑畫棟。（俗）朽木不可雕

【雕刻】diāo kè ① 在材料上刻畫形象或文字，多
用象牙、玉、石、竹、木之類材料：雕刻玉如意。
② 雕刻出的藝術類成品：象牙雕刻／壽山石雕刻。

【雕琢】diāo zhuó ① 雕刻打磨：精心雕琢翠玉
白菜。② 過分修飾字句：刻意雕琢詞句，寫不出
好文章。

【雕塑】diāo sù ① 造型藝術的一種，用雕刻和塑
造的方法做成各種藝術形象：繪畫和雕塑都屬視
覺藝術。② 雕塑成的藝術作品：校園內有五座
名人雕塑。

雖 [虽]

雖雖雖雖雖雖 雖

⑨

（普）suī （粵）seoi¹ 需

① 雖然：雖說（儘管說）／貌雖醜而才氣大。
② 即使；縱然：雖敗猶榮／雖小事卻也馬虎不
得。（俗）麻雀雖小，五臟俱全

【雖然】suī rán 儘管、儘管如此：房子雖然簡陋，
但畢竟是我的家呀！（同）雖說

雙 [双]

雙雙雙雙雙雙 雙

⑩

（普）shuāng （粵）soeng¹ 商

① 對稱的兩個、兩種；兩方面：雙方（兩個人；
兩方面）／雙手／雙親（指父母）／智勇雙全。
② 偶數的：雙數／雙號／雙雙（成對地）。③ 加
倍的：雙份／雙料。④ 與數目字連用，表示成對
的東西的數量：兩雙鞋／一雙慧眼。（俗）雙拳不敵

四手

【雙重】shuāng chóng 兩層的；兩種的；兩方
面的：雙重人格／雙重身份。

【雙數】shuāng shù 比零大的可被 2 整除的數，
如 2、4、6、8、14、26。（同）偶數（反）奇數

【雙管齊下】shuāng guǎn qí xià 比喻兩件事同時
進行或同時採用兩種方法。

雞 [鸡]

雞雞雞雞雞雞 雞

⑩

（普）jī （粵）gai¹ 計

食用家禽，嘴短翅短，頭上有紅色肉冠，不能高
飛，肉和蛋是常用食品。

雛 [雏]

雛雛雛雛雛雛 雛

⑩

（普）chú （粵）co¹ 初

① 幼禽；幼小的動物：雛鳥（幼鳥）／虎雛。
② 初生的、幼小的：雛筍／雛鶯乳燕。

【雛形】chú xíng ① 事物初具的形貌或規模：已
露出花園城市的雛形。② 照實物縮小的模型：
雕像的雛形。（反）定形

雜 [杂]

雜雜雜雜雜雜 雜

⑩

（普）zá （粵）zaap⁶ 習

① 不純的；多樣的：雜色／雜物（雜亂的東西物
品）。② 混合在一起：混雜／雜亂（混亂沒條理）。
③ 又多又亂：人多手雜。④ 正項以外的；非正
規的：雜糧／雜費／雜牌軍。

【雜文】zá wén 散文的一種，以議論為主，可以
敘事或抒情，形式多樣，包括雜感、隨筆、筆
記等。

【雜誌】zá zhì ① 期刊：國家地理雜誌。② 零碎
的筆記。多作書名：讀書雜誌。

難[难]^(一)　難 難 難 難 難 難　難

普 nán　粵 naan⁴

① 不容易的；艱難的；不大可能的：難以 / 難題 / 困難 / 難得 / 難免。② 感覺不好的：難看 / 難受 / 難過。③ 感到不好辦：難為 / 有難處。

【難以】nán yǐ 很困難、不容易：難以做到 / 難以想像。同 難於 反 易於

【難免】nán miǎn 很難避免、無可避免：人難免犯錯，改了就好。同 不免

【難受】nán shòu ① 身體不舒服：很疼，很難受。反 舒服 ② 不痛快；傷心：我心裏好難受。

【難怪】nán guài ① 怪不得：你強詞奪理，難怪他生氣。② 不該責怪：這也難怪他，誰遇到這種事都會不痛快。同 無怪

【難看】nán kàn ① 醜陋，不好看：越看越難看 / 表情很難看。反 好看 * 漂亮 ② 不光彩、不體面：真丟臉，太難看！ 神情不快；呈現病容：一聽這話，臉色非常難看 / 臉色難看，是不是病了？

【難度】nán dù 困難達到的程度。

【難為】nán wei ① 叫人做力所不及的事：別再難為他了。② 多虧、幸虧：真難為你了，要不是你攔住，闖大禍了。③ 感謝別人替自己做事的客套話：難為你冒雨給我送傘。

　〔附加詞〕難為情：① 不好意思：做了錯事，他很難為情。② 情面上過不去：收了人家的禮，不幫人家，有點難為情。

【難處】nán chu 為難的事；困難：有難處儘管來找我。

【難得】nán dé 不易得到的、少見的：十分難得 / 人才難得 / 難得的老山參。同 稀有 反 常見

【難堪】nán kān 難以忍受；難為情；尷尬：令人難堪的斥責 / 陷入難堪的境地。同 尷尬 * 狼狽

【難過】nán guò ① 很難生活：日子難過。② 不舒服；痛苦：肚子有點難過 / 心裏非常難過。反 高興 * 愉快

【難道】nán dào ① 正話反問，表示"沒有"、"不是"的意思：我這樣做難道有甚麼錯嗎？② 要麼是，表示疑惑、推測的意思：一直不見答覆，難道他沒收到我的信？

【難説】nán shuō ① 説不準：事情如何發展，很難説。② 難以説出口：我看不難説，和盤托出就是了。

【難題】nán tí 很難解決或很難解答的問題。

【難關】nán guān 很難通過的關口，比喻嚴重困難的局面。

【難能可貴】nán néng kě guì 不容易做到的事竟然做到了，十分可貴。

難[难]^(二)

普 nàn　粵 naan⁶

① 災禍；不幸的事：難民 / 遇難。② 斥責；責問：責難 / 非難。③ 故意讓人為難：刁難。

【難民】nàn mín 因災害或戰亂而流離失所的人：安排難民 / 救濟難民。同 災民

離[离]　離 離 離 離 離 離　離

普 lí　粵 lei⁴ 厘

① 分開；離別：分離 / 離鄉背井。② 違背；背離：離譜 / 眾叛親離。③ 距離；相距：離家很近 / 離九點還早。④ 缺少：工業離不開鋼鐵。

【離心】lí xīn ① 不同心，心不齊：離心離德。反 齊心 ② 離開中心：離心力 / 離心機。

【離奇】lí qí 奇特怪異，不合常理：離奇古怪 / 這件事真離奇。反 平常

【離島】lí dǎo 主要大島嶼周圍的小島。

【離散】lí sàn ① 分離，不相聚：家人離散。反 團聚 ② 渙散：人心離散。

【離間】lí jiàn 從中挑撥，讓別人不和。

雨 部

雨

[0] 雨 雨 雨 雨 雨 雨 **雨**

普 yǔ 粵 jyu⁵ 羽

雲層降下的水滴：雷雨／風吹雨打。

【雨水】yǔ shuǐ ① 雨降下的水。② 中國農曆二十四氣節之一，在公曆 2 月 19 日前後。參見 "二十四節氣"。

【雨後春筍】yǔ hòu chūn sǔn 春雨後竹筍長得又多又快，比喻大量出現，蓬勃發展：一座座高樓如雨後春筍般拔地而起。

✐ 降雨、落雨、下雨；微雨、小雨、風雨、大雨、雷雨、急雨、驟雨、暴雨；雨聲、瀟瀟、嘩嘩、滴滴答答；大雨如注、瓢潑大雨、疾風暴雨、暴風驟雨。

雪

[3] 雪 雪 雪 雪 雪 雪 **雪**

普 xuě 粵 syut³ 説

① 雲層落下的六角形白色結晶體：雪花／大雪紛飛。② 像雪那樣又白又光潔的：雪白／雪亮。③ 洗刷；消除：雪恥（洗刷恥辱）／雪恨。㊙ 瑞雪兆豐年

【雪亮】xuě liàng ① 像雪那樣光潔明亮：把白色轎車擦得雪亮。㊉ 暗淡 ② 比喻銳利、透徹：她那雙眼睛雪亮，誰也騙不了她。

【雪豹】xuě bào 生活在中國西北、西藏、四川等地崇山峻嶺的一種豹子，毛皮灰白色，長毛蓬鬆，生就黑斑和黑色環紋，存量不多，屬於保護動物。

【雪上加霜】xuě shàng jiā shuāng 比喻災禍接連而至，災難上又添災難。㊀ 百上加斤

【雪中送炭】xuě zhōng sòng tàn 寒冷的雪天給人送去烤火的炭，比喻及時給予切實幫助。㊉ 錦上添花

雲 [云]

[4] 雲 雲 雲 雲 雲 雲 **雲**

普 yún 粵 wan⁴ 魂

① 飄浮在天空中的細微水滴、霧氣或冰晶：白雲／彩雲／陰雲密佈。② 像雲一樣：雲集／雲遊四方。③ 比喻高：雲梯。④ 雲南省的簡稱：雲腿（宣威火腿）。

【雲梯】yún tī 古代攻城用的或現代救火用的高高的梯子。

【雲層】yún céng 天上一層層的雲：飛機穿過厚厚的雲層。

電 [电]

[5] 電 電 電 電 電 電 **電**

普 diàn 粵 din⁶ 殿

① 閃電：電閃雷鳴。② 電力能源。③ 電擊：電線漏電，差點電着他。④ 電報；電話：賀電／來電顯示。⑤ 打電報、打電話：電告／電賀。⑥ 電器：家電產品。

【電力】diàn lì ① 電能。② 通常指作為動力用的電：電力供應不足。

【電子】diàn zǐ 一種在原子中圍繞原子核旋轉的基本粒子，帶負電。

【電池】diàn chí 把化學能或光能等能量轉變成電能的裝置。

【電訊】diàn xùn 利用電子信號傳送信息的通訊方式，如電話、移動電話、互聯網、收發報機等。

【電流】diàn liú 在導體內流動的電荷。

【電梯】diàn tī ① 電動升降裝置，有箱狀吊艙，可乘人、觀光或運送貨物。② 乘人的履帶式運送機，人站在台階式踏腳板上，沿固定坡度向上或向下平穩運行。

【電動】diàn dòng 利用電力推動機械運轉的：電動車／電動兒童玩具。反 手動

【電報】diàn bào ① 用電訊號傳遞文字、照片、圖表等的通訊方式。② 用電報裝置傳遞的文字圖表等：收到電報了。

【電郵】diàn yóu 靠電腦和互聯網進行信息交換的現代通訊工具，可快速傳遞文字、圖像、音頻、視頻等各種數據信息。

【電話】diàn huà ① 利用傳輸的電子信號通話交談的裝置，由發話器、受話器和信號傳輸設施三部分組成。② 電話裝置傳送的話語：我沒接到他的電話。

【電源】diàn yuán 供給電能的設備或裝置，如發電機和各類電池。

【電網】diàn wǎng ① 用通電金屬線佈設的防禦性障礙物，用於安全保護和軍事防衛：高牆上有電網。② 覆蓋廣闊地區、輸送和供應電力的網絡，由發電、輸電和變電系統構成：廣東電網。

5 雷　　雷雷雷雷雷雷 雷

(普) léi (粵) leoi⁴ 擂

① 雲層放電的響聲：春雷／雷雨。② 像打雷一樣響亮迅猛：歡聲雷動／掌聲雷動。③ 一種由觸動、衝撞引爆的武器：地雷／水雷。俗 迅雷不及掩耳

【雷同】léi tóng 相同。

【雷達】léi dá 利用極短的無線電波發現目標、測定目標位置、追蹤目標的電子裝置，由天線、發射機、接收機和顯示器組成：氣象雷達／雷達導航。

【雷霆】léi tíng ① 極響的暴雷：雷霆大作，暴雨傾盆。② 比喻威勢、暴怒：大發雷霆。

5 零　　零零零零零零 零

(普) líng (粵) ling⁴ 玲

① 落；掉下：感激涕零。② 枯萎衰敗：紅葉飄零／草木凋零。③ 細碎的；小數目的：零碎（零散細碎）／化整為零／零存整取。④ 無，沒有：從零開始／效率為零。⑤ 度量的計算起點：零下十度／零點十五分。

【零售】líng shòu 直接向購買者出售單件或零散商品：電腦零售商。

【零散】líng sǎn 零碎的、分散的、不集中的：十幾戶農家住得很零散。

【零落】líng luò ① 凋謝；脫落：地上滿佈零落的黃葉。② 比喻死亡：親朋零落。③ 衰落；破敗：家境零落／殘破零落的古寺。④ 稀疏，不集中：天上掛着幾顆零落的晨星。

【零亂】líng luàn 散亂：頭髮被風吹得很零亂／十幾張信紙零亂地攤在書桌上。

✎ 零亂與凌亂：零亂有“散開”的意思，凌亂含有“雜亂”的意思；二者有細微的區別。

【零錢】líng qián ① 零用錢：今天忘帶錢包，沒零錢了。② 散錢，小額的錢：我只有一百元，沒零錢。

5 雹　　雹雹雹雹雹雹 雹

(普) báo (粵) bok⁶ 薄

冰雹，空中降下的冰粒或小冰塊。

6 需　　需需需需需需 需

(普) xū (粵) seoi¹ 雖

① 需要，必須要有：急需／需求（因實際需要產生的要求）。② 必須用的東西：軍需。

【需要】xū yào ① 需求、要求：滿足用戶需要。② 應該要；必須有：需要認真考慮／孩子需要父

母疼愛。

震

震震震震震震　震

⊕ zhèn ⑧ zan³ 振

① 迅速、強烈的顫動：地震 / 震耳欲聾。② 激烈：震怒（暴怒）。③ 地震：防震設施。

【震動】zhèn dòng ① 受外力衝擊而顫動：卡車呼嘯而過，門窗都震動起來。⊠靜止 ② 震驚，被驚動：震動人心到消息。

✎ "震動"還是"振動"？當表示重大的事情、消息等使人心不平靜時，用"震動"。"震動"和"振動"都表示物體的小幅度運動，但"震動"的強度更大些。如"火車震動了一下"，就不能用"振動"。

【震撼】zhèn hàn 震動、驚動；搖動、晃動：震撼世界 / 震撼人心 / 炮聲隆隆，羣山震撼。

🔑 震憾 "撼"是用手搖晃，給人心理上帶來震動的，而不能用"憾"，"憾"是失望、不滿足。

【震盪】zhèn dàng ① 震動；搖盪：雷聲震盪着山谷 / 吊橋劇烈震盪起來。② 動蕩，不穩定：局面震盪不安。⊠穩固 * 穩定

【震驚】zhèn jīng ① 出乎意外，深受觸動而感到驚訝：結果令人震驚。◎吃驚 ② 驚動：震驚全國的腐敗大案。

霄

霄霄霄霄霄霄　霄

⊕ xiāo ⑧ siu¹ 消

① 雲氣：雲霄。② 高空：九霄雲外。

【霄壤之別】xiāo rǎng zhī bié 天和地的差距，比喻差別極大。◎天壤之別

霆

霆霆霆霆霆霆　霆

⊕ tíng ⑧ ting⁴ 停

響聲巨大的雷：雷霆。

霉

霉霉霉霉霉霉　霉

⊕ méi ⑧ mui⁴ 梅

① 東西受潮變質：發霉 / 霉變（發霉變質）。② 背時，不走運：倒霉。

霓

霓霓霓霓霓霓　霓

⊕ ní ⑧ ngai⁴ 危

虹的一種，顏色比虹淡：霓虹（彩虹）。

【霓虹燈】ní hóng dēng 利用惰性氣體通電發光的燈，可變幻色彩，多用於裝飾、廣告或信號方面。

霍

霍霍霍霍霍霍　霍

⊕ huò ⑧ fok³

① 迅速；突然：霍然一閃 / 霍地站起來。② 形容突然發出的聲音：門霍的打開了。

霎

霎霎霎霎霎霎　霎

⊕ shà ⑧ saap³ 圾

極短的時間：霎時 / 一霎那。

霜

霜霜霜霜霜霜　霜

⊕ shuāng ⑧ soeng¹ 商

① 氣溫降到攝氏零度以下時，水汽在地面物體上凝結成的白色冰晶：雪上加霜 / 霜凍（植物在夜晚受低溫凍害的現象）。② 像霜那樣的粉末：糖

霜／杏仁霜。

霞
⑨xiá ⑩haa⁴ 暇

① 日出或日落前後呈黃、橙、紅等顏色的雲：
晚霞／彩霞／霞光（像彩霞那樣美麗的光芒）。
② 煙霧，煙雲：煙霞。

霧 [雾]
⑨wù ⑩mou⁶ 冒

① 霧氣：迷霧／雲消霧散。② 像霧的小水點：
噴霧器。

霸
⑨bà ⑩baa³ 巴³

① 霸主：稱王稱霸。② 專橫：霸道（蠻橫不講
理）。③ 強力：霸佔。

露 (一)
⑨lù ⑩lou⁶ 路

① 露水：露珠／雨露。② 在室外：露宿街頭。
③ 顯出；出現；表現：拋頭露面／真情流露。
④ 用花、果、藥材等物製做的飲料：果子露／金
銀花露。
【露天】lù tiān ① 在室外的：露天演唱會。② 上
面沒有遮蔽物的：露天停車場。同 戶外 反 室內
【露水】lù shuǐ ① 空氣裏的霧氣夜間遇冷凝結在
植物或物體上的小水珠。② 比喻短暫存在的事
物：露水夫妻。

露 (二)
⑨lòu ⑩lau⁶ 漏

口語音讀，在"顯出；出現；表現"這一意義上，
一些口語詞讀作"lòu"，常見者有：走露、洩露、
露底、露風等。

霹
⑨pī ⑩pik¹ 僻

霹靂：響聲巨大的雷：晴天霹靂。

霾
⑨mái ⑩maai⁴ 埋

受煙塵等微粒污染的混濁不清的空氣：陰霾／塵
霾散盡。

靂 [雳]
⑨lì ⑩lik¹ 瀝

見"霹靂"。

靈 [灵]
⑨líng ⑩ling⁴ 玲

① 神仙；鬼怪：神靈／精靈。② 靈魂：在天之
靈。③ 精神意志：心靈。④ 有關死人的：守
靈／靈堂。⑤ 頂用、有效果：靈藥／這法子很靈。
⑥ 機敏：機靈／心靈手巧。
【靈巧】líng qiǎo ① 靈活巧妙：心思靈巧／動作
靈巧敏捷。② 精緻小巧：玩具做得十分靈巧。
反 粗笨＊笨拙
【靈活】líng huó ① 敏捷：手腳靈活／腦子靈活。
② 善於應變：靈活應對／學習方法死板不靈活。
反 呆板＊古板

【靈敏】líng mǐn 反應快，敏感：耳朵不靈敏／狗的嗅覺很靈敏。⓿ 遲鈍

【靈感】líng gǎn 驟然間領悟到或產生出新想法，是人的創造性思維的產物：遍歷名山大川，啟發繪畫的靈感。

【靈魂】líng hún ① 在人體上起主宰作用、非物質性的靈異東西。② 心靈：隱藏在靈魂深處的想法。③ 人格；良知：出賣靈魂的人。

青 部

青

⁰ 青青青青青青　青

⓿ qīng ⓿ cing¹ 清

① 綠色：青山綠水。② 藍色：青天。③ 黑色：一頭青絲。④ 比喻年輕：青年。⑤ 青海省的簡稱：青藏鐵路。⓿ 青出於藍而勝於藍

【青天】qīng tiān ① 藍色的天空：青天白日。⓿ 藍天 ② 比喻清官：包青天／青天大老爺。

【青年】qīng nián ① 人的年齡段，一般指十六歲到三十歲左右：青年時代。② 指青年人：做個朝氣蓬勃的有為青年。

【青春】qīng chūn ① 春天：野草泛綠，散發著青春的氣息。② 青年時期：青春年華。

〔簡明詞〕青翠：鮮綠。青灰：淡黑色。青綠：深綠、濃綠。青苔：長在陰濕地方的綠色苔蘚植物。

靚 [靓]

⁷ 靚靚靚靚靚靚　靚

⓿ liàng ⓿ zing⁶ 靜／leng³

[粵語方言] 漂亮；好看：靚女／靚車。

靜 [静]

⁸ 靜靜靜靜靜靜　靜

⓿ jìng ⓿ zing⁶ 淨

① 不動、不變：靜止／風平浪靜。② 內心平靜：鎮靜／心亂如麻，靜不下來。③ 沒有聲響：寂靜／夜深人靜。④ 平靜下來；安靜下來：請大家靜一靜。⓿ 樹欲靜而風不止

【靜止】jìng zhǐ 停止不動，沒有變化。⓿ 運動

【靜悄悄】jìng qiāo qiāo 沒有一點聲音，非常安靜。

非 部

非

⁰ 非非非非非非　非

⓿ fēi ⓿ fei¹ 飛

① 違反：非法。② 錯誤；壞事；糾紛：是非／為非作歹／無事生非。③ 反對；責備：非議／無可厚非。④ 不是原來的樣子：物是人非。⑤ 不；不是：非賣品／答非所問。⑥ 必須、一定要：這事非得增加人力才行。⑦ 指非洲：北非／東非。

【非凡】fēi fán 不尋常；超出一般：運動員都具有非凡的意志。

【非但】fēi dàn 不但。

【非法】fēi fǎ 違法、不合法：遵守法律，決不做非法的事。

【非常】fēi cháng ① 不同尋常的：非常事件／非常時期。⓿ 平常 ② 很、十分：非常精彩／非常有趣。

【非洲】fēi zhōu 位於亞洲的西南面，北隔地中海同歐洲相望，西臨大西洋，東靠印度洋，東北角以蘇伊士運河同亞洲分界，陸地總面積 3020 萬平方公里，在地理上習慣分為北非、西非、東非、中非和南非五個地區。主要國家有埃及、利比

亞、蘇丹、埃塞俄比亞、阿爾及利亞、坦桑尼亞、贊比亞、安哥拉、剛果民主共和國、南非等國。

靠 7

靠靠靠靠靠靠 靠

🔊kào 🔊kaau³

① 倚靠着、依靠着：靠着椅子／靠在牆上。② 接近：靠近／船靠岸。③ 依賴、倚仗：投靠親友／無依無靠。④ 信任、信得過：可靠／靠不住。俗 靠山吃山，靠水吃水

【靠近】kào jìn ① 臨近：學校靠近我家。② 一步步接近：船慢慢靠近碼頭。反 遠離

面 部

面 0

面面面面面面 面

🔊miàn 🔊min⁶ 麵

① 臉、面孔：笑容滿面／白面書生。② 情面：不給面子／面上做得好看點。③ 當面；見面：面談／面議／一面之交。④ 面向，面對着：背山面水。⑤ 在前面的那一部分：門面／店面／鋪面。⑥ 表面：水面／路面不平。⑦ 方面：正反兩面。⑧ 相當於 "邊"：上面／裏面／後面。⑨ 與數目字連用，表示平面物件的數量或見面的次數：兩面彩旗／一面鏡子／同他見過一面。

【面子】miàn zi ① 東西的表面：短大衣的面子。② 體面，榮耀有光彩：愛面子／大丟面子。③ 情面：不講面子／憑面子辦事。

【面孔】miàn kǒng 面相，臉面：板起面孔訓人／一副和藹的面孔。

【面目】miàn mù ① 相貌，臉的形狀：面目可憎／面目和善。② 臉面，面子：沒有面目見老朋友。③ 樣子：那座山披上了綠裝，已不是昔日面目。

〔古詩文〕不識廬山真面目，只緣身在此山中。

【面向】miàn xiàng ① 臉面朝着、人朝着：面向正東站着。② 着眼；對着：面向未來／醫療服務要面向普羅大眾。

【面容】miàn róng 臉面：面容憔悴／愁得面容發灰。

【面對】miàn duì 臉正對着，表示眼下就碰到的：面對一大堆難題無法解決。

✏️ 面對與面臨：二者是同義詞，都是 "對着碰到或存在着的事情、問題" 的意思，但有細微區別。面對是 "面前擺着已經存在的事情或問題"；面臨則含有 "事情或問題即將擺到你面前" 的意思。對，表示已經面對面；臨，表示已經臨近"。

【面貌】miàn mào ① 面容、長相：面貌秀麗。② 比喻事物外表的樣子、狀況：九龍西的面貌日新月異。

【面頰】miàn jiá 顴骨以下的臉：眾人大笑，弄得她面頰緋紅。同 臉頰

【面積】miàn jī 平面或物體表面的大小：面積不大的一間卧室。

【面臨】miàn lín 目前遇到的或目前存在的：面臨危機／面臨嚴峻局面。同 面對

【面龐】miàn páng 臉盤兒，臉的輪廓：瘦削的面龐。同 臉龐

【面面俱到】miàn miàn jù dào 各方面都考慮到、照顧到。

革 部

革 0

革革革革革革 革

🔊gé 🔊gaak³ 格

① 經過加工的獸皮：皮革／西裝革履。② 改變：

革新（除舊創新）／變革／洗心革面。③ 撤銷；除去：革職／革除。

【革命】gé mìng ① 古代指改朝換代。② 社會制度或科學、技術、文化等方面發生根本性的變革：辛亥革命／技術革命。

【革除】gé chú ① 剷除、去除：革除弊端／革除陋習。② 開除、撤職：革除公職。

靴

靴 靴 靴 靴 靴 靴 靴

（普）xuē （粵）hoe¹

有長筒的鞋：皮靴／馬靴。

鞏 [巩]

鞏 鞏 鞏 鞏 鞏 鞏 鞏

（普）gǒng （粵）gung² 拱

牢固、堅固：鞏固。

【鞏固】gǒng gù ① 牢固、穩固：實力雄厚，根基鞏固。② 使堅固、使穩固：温習功課，鞏固學來的知識。（反）削弱

鞋

鞋 鞋 鞋 鞋 鞋 鞋 鞋

（普）xié （粵）haai⁴ 孩

穿在腳上、走路時着地的東西，有幫有底：皮鞋／運動鞋。

鞍

鞍 鞍 鞍 鞍 鞍 鞍 鞍

（普）ān （粵）on¹

① 鞍子，放在牲口背上供騎坐或承載東西的器具：馬鞍／鞍前馬後（追隨侍奉於左右）。② 形狀像鞍子的：鞍馬。

【鞍馬】ān mǎ ① 指騎馬或戰鬥的生涯：一路上鞍馬勞頓。② 一種形狀似馬的體操器械。③ 男子體操競技項目，運動員在鞍馬上做各種動作。

鞘

鞘 鞘 鞘 鞘 鞘 鞘 鞘

（普）qiào （粵）ciu³ 肖

裝刀劍的護套：刀鞘／劍鞘。

鞠

鞠 鞠 鞠 鞠 鞠 鞠 鞠

（普）jū （粵）guk¹ 谷

① 古代一種做運動、遊戲的皮球。② 養育、撫養：鞠養／鞠育。③ 彎曲：鞠躬。

【鞠躬】jū gōng ① 彎腰行禮：進校見老師，鞠躬問好。② 恭敬謹慎的樣子：鞠躬盡瘁（恭恭敬敬、全心全意地盡忠職守，直到用盡全部力量）。

（俗）鞠躬盡瘁，死而後已

鞦 [秋]

鞦 鞦 鞦 鞦 鞦 鞦 鞦

（普）qiū （粵）cau¹ 秋

鞦韆：運動和遊戲用的器械，在豎起的架子上繫兩根長繩，繩端拴一塊板，人在板上前後擺動。

鞭

鞭 鞭 鞭 鞭 鞭 鞭 鞭

（普）biān （粵）bin¹ 邊

① 鞭子。鞭，皮鞭；策，竹鞭：揚鞭策馬。② 用鞭子抽打：鞭打／鞭策／快馬加鞭。③ 形狀細長像鞭子的東西：教鞭／鋼鞭。④ 一些雄獸的陰莖：牛鞭／鹿鞭。

【鞭炮】biān pào ① 編結成串的小爆竹。② 指各類爆竹。

【鞭策】biān cè ① 抽打馬的鞭子。② 鞭打，比喻督促前進：把失敗當作鞭策自己的動力。

15 韆[千]　韆 韆 韆 韆 韆 韆 韆

(普) qiān (粵) cin¹ 千

鞦韆。詳見 "鞦"。

韋部

0 韋[韦]　韋 韋 韋 韋 韋 韋 韋

(普) wéi (粵) wai⁴ 圍

① 去毛後製成的熟獸皮。② 皮繩。

3 韌[韧]　韌 韌 韌 韌 韌 韌 韌

(普) rèn (粵) ngan⁶ 銀⁶

又柔軟又結實,不易折斷:堅韌的毅力 / 柔韌的皮革。

8 韓[韩]　韓 韓 韓 韓 韓 韓 韓

(普) hán (粵) hon⁴ 寒

① 周代諸侯國名。② 韓國的簡稱。

10 韜[韬]　韜 韜 韜 韜 韜 韜 韜

(普) tāo (粵) tou¹ 滔

① 弓劍的套子。② 隱藏:韜光養晦。

【韜略】tāo lüè 計謀、謀略、策略。

【韜光養晦】tāo guāng yǎng huì ① 把才華或鋒芒隱藏起來不外露。② 收斂鋒芒,培植積累自己的能力。

韭部

0 韭　韭 韭 韭 韭 韭 韭 韭

(普) jiǔ (粵) gau² 九

韭菜,多年生植物,葉子翠綠細長,是常用蔬菜。

音部

0 音　音 音 音 音 音 音 音

(普) yīn (粵) jam¹ 陰

① 聲音:發音 / 錄音 / 音量(聲音的高低強弱)。② 口音:鄉音。③ 讀音:注音 / 語音。④ 音節:單音詞 / 複音詞。⑤ 音樂:靡靡之音。⑥ 消息:佳音 / 音信(消息;信件)。

【音符】yīn fú 樂譜中表示樂音長短和高低的符號,如簡譜上的 1、2、3、4、5、6、7 和附加符號。

【音節】yīn jié 語音單位。一般來說,在漢語中一個音節就是一個漢字的字音。

【音樂】yīn yuè 按照一定的節奏和旋律把樂音組合起來,表現感情、理念或意境的藝術,通常分為聲樂和器樂兩大類。

【音調】yīn diào ① 說話或吟誦詩文的腔調:音調柔和 / 鏗鏘的音調。② 音樂上指音高或樂曲的旋律。

【音韻】yīn yùn ① 和諧的聲音:音韻悠揚。② 指詩文的音節韻律:音韻和諧。③ 漢字字音聲、韻、調的統稱:音韻學。

【音響】yīn xiǎng ① 聲音:音響效果。② 音響設備，有收音、錄音、放音、播送唱片等多種功能、成套的立體聲電器。

韵 韵 韵 韵 韵 韵 韵 [韵]　⁴

(普)yùn (粵)wan⁵ 允 / wan⁶ 運

同"韻"。詳見"韻"。

韻[韵] 韻 韻 韻 韻 韻 韻 [韻]　¹⁰

(普)yùn (粵)wan⁵ 允 / wan⁶ 運

① 和諧好聽的聲音：鐘韻悠揚。② 韻母：疊韻連綿詞。③ 詩歌的韻腳：詩韻 / 押韻。④ 情趣；風度：神韻 / 風韻。

【韻母】yùn mǔ 漢語字音中聲母和聲調以外的部分。韻母分為單韻母和複韻母，複韻母由韻頭、韻腹、韻尾組成。如"窗"(chuāng) 的韻母是 uang，其中 u 是韻頭，a 是韻腹，ng 是韻尾，複韻母一定有韻腹，韻頭、韻尾或有或無。

【韻味】yùn wèi ① 聲韻蘊含的意味：這段唱腔韻味十足。② 含蓄的意味：作詩很講究韻味。

【韻律】yùn lǜ 聲韻和格律，詩詞中用字聲調的格式和押韻規則。

【韻腳】yùn jiǎo 詩歌韻文句末押韻的字。

響[响] 響 響 響 響 響 響 [響]　¹²

(普)xiǎng (粵)hoeng² 享

① 聲音：巨大的聲響。② 發出聲音：上課鈴響了。③ 聲音大：響鼓不用重捶。④ 比喻有權威或影響大：他官小，話說不響 / 她的名氣很響。

【響亮】xiǎng liàng 聲音清朗洪亮：歌聲響亮 / 響亮的口號聲。(反)嘶啞＊微弱

【響應】xiǎng yìng 做出回應，以實際的言行表示贊同支持：響應號召 / 響應"地球一小時"活動。(反)拒絕＊反對

頁部

頁[页] 頁 頁 頁 頁 頁 頁 [頁]　⁰

(普)yè (粵)jip⁶ 葉

① 書籍、刊物、簿冊中的單張：書頁 / 撕掉三頁。② 與數目字連用，表示書刊的張數或面數的次序：語文課本第十八頁。

頂[顶] 頂 頂 頂 頂 頂 頂 [頂]　²

(普)dǐng (粵)ding² 鼎 / deng²

① 頭的最上部；物體的最上部：滅頂之災 / 塔頂 / 頂點 / 頂端 (極限、最高點)。② 比喻上限：我算做到頂了。③ 用頭撞擊；從下向上拱：頂球 / 嫩芽頂出地面了。④ 承托；撐住：頭上頂着個籃子 / 用木槓子頂上門。⑤ 對着、迎着：頂頭風 / 頂風冒雨。⑥ 抵制；反擊：頂住她的惡劣做法 / 一怒之下，頂撞了她幾句。⑦ 相當、抵得上：老將出馬，一個頂倆。⑧ 替代：頂替 (接替；代替)。⑨ 極、最：頂好 / 頂聽話。⑩ 與數目字連用，表示遮蔽型器物的數量：三頂花轎 / 幾頂帽子。

頃[顷] 頃 頃 頃 頃 頃 頃 [頃]　²

(普)qǐng (粵)king² 鯨²

① 很短的時間：頃刻 (片刻)。② 市制面積單位，1 頃為 100 畝：萬頃良田。

項 [项]　項 項 項 項 項 項　項

③

(普) xiàng　(粵) hong⁶ 巷

① 脖子的後部；指脖子：項背 / 頸項 / 項鏈。
② 項目：處理這件事有兩項選擇。④ 錢款、經費：款項 / 用項。⑤ 與數目字連用，表示項目的數目：一項工程 / 兩項工作。

【項目】 xiàng mù 事物所劃分出的門類、種類：港珠澳大橋是個大的基建項目。

【項鏈】 xiàng liàn 用金銀寶石等物做的鏈形首飾，套在脖頸上，垂於胸前。

順 [顺]　順 順 順 順 順 順　順

③

(普) shùn　(粵) seon⁶ 信⁶

① 朝向一個方向：搭順風車 / 順流而下。② 沿着：順藤摸瓜 / 順河邊走。③ 就便、乘便：順便（趁便）/ 順口說出 / 順手牽羊。④ 依從；服從：順應（順從適應）/ 順着他的想法說。⑤ 次序：筆順 / 順序。⑥ 依次：順延 / 順序。⑦ 通順，有條理：文從字順。⑧ 暢順；適合；如意：順心（稱心如意）/ 風調雨順 / 生意做得很順。

【順手】 shùn shǒu ① 順利：有她幫忙，事情總會順手些。(反) 棘手 ② 隨手；乘便：順手拿了一瓶 / 順手把菜買回來。

【順利】 shùn lì 沒障礙、沒困難、沒危險、沒問題：前半生還算順利 / 工程進行得很順利。(反) 坎坷 * 困難

【順序】 shùn xù ① 次序；程序：把順序搞亂了。② 按照次序：順序上車 / 順序出場。

【順勢】 shùn shì ① 趁勢；順應形勢：順勢而為 / 順勢提出苛刻的要求。② 就便、隨手：順勢帶上了房門。

【順理成章】 shùn lǐ chéng zhāng 合情合理；自然而然。

須 [须]　須 須 須 須 須 須　須

③

(普) xū　(粵) seoi¹ 雖

必定、一定：必須 / 務須準時。

【須知】 xū zhī ① 一定要知道：須知道這是違禁品。② 必須知道的事項：入學須知 / 考試須知。

【須要】 xū yào 必定要、一定要：學習須要專心 / 須要立即送醫院。

✎ 須要與需要：二者常常用混，其實語義不同。須要，含有"只能如此、一定要如此，不可改變"的意思，重在"須"（必須）；需要，表示"因為有需求而要求得到滿足"的意思，重在"需"（需求）。

頑 [顽]　頑 頑 頑 頑 頑 頑　頑

④

(普) wán　(粵) waan⁴ 還

① 愚昧：冥頑不靈。② 固執、死硬，不改變：頑抗 / 頑症 / 頑固不化。③ 堅定：頑強。④ 玩、玩耍；淘氣、調皮：頑皮（喜歡玩、喜歡鬧）/ 頑童。⑤ 嬉戲。

【頑固】 wán gù ① 保守，守舊：頑固的老頭子。(反) 開明 * 開通 ② 固守不變、保持不變：態度頑固 / 他的病很頑固。

【頑強】 wán qiáng 堅強，不屈不撓：頑強拼搏 / 野草的生命力真頑強。(反) 脆弱 * 柔弱

頓 [顿]　頓 頓 頓 頓 頓 頓　頓

④

(普) dùn　(粵) deon⁶ 鈍

① 磕頭；用腳跺地：頓首（古代的一種行禮方式，亦用作書信敬語）/ 捶胸頓足。② 停止；略停一下：停頓 / 抑揚頓挫。③ 立刻、忽然：頓時（即刻）/ 頓生疑慮。④ 處理；安置：整頓 / 安頓。⑤ 疲勞：困頓 / 勞頓。⑥ 與數目字連用，表示行為的次數：三頓飯 / 罵了一頓。

頒[颁]　頒 頒 頒 頒 頒 頒　頒

（普）bān（粵）baan¹ 班

① 發佈、公佈：頒佈法令。② 頒發、授予：頒獎大會。

【頒佈】bān bù 公佈：頒佈法令。

✎ 頒佈與發佈：都是公佈出來的意思，區別在於頒佈一般用在鄭重嚴肅的重大事項上，如頒佈主席令，慣常用頒佈而不用"發佈主席令"。

【頒發】bān fā ① 發佈：頒發主席令。② 授予：頒發獎狀。（同）公佈 * 頒佈

頌[颂]　頌 頌 頌 頌 頌 頌　頌

（普）sòng（粵）zung⁶ 誦

① 讚揚：讚頌 / 頌揚（歌頌讚揚）/ 歌功頌德。② 讚揚的詩文：祖國頌 / 黃河頌。③ 祝願。多用在書信結尾問候語：即頌安好。

預[预]　預 預 預 預 預 預　預

（普）yù（粵）jyu⁶ 遇

① 事先：預習 / 預告 / 預示（事先顯示出來）。② 事先的：百年前的預言。② 參與：參預 / 干預。

【預先】yù xiān 在事情發生之前：預先登記 / 預先告知。（反）事後

【預兆】yù zhào ① 預示：喜鵲喳喳叫，預兆喜事來臨。② 徵兆，事先顯示的跡象：據說看到彗星是不吉利的預兆。（同）徵兆 * 先兆

【預言】yù yán ① 預先說出將來要發生的事情：專家預言地球將會暖化。② 說出未來會發生甚麼事情的話：預言成真 / 準確的預言。

【預防】yù fáng 事先採取防範措施：預防火災 / 預防疾病。

【預定】yù dìng 事先確定、規定或約定：預定明天見朋友 / 預定三點半到達。

【預計】yù jì 預先估算、計劃或推測出來：預計虧損少於上年 / 預計秋季去美國旅行。

【預約】yù yuē 預先約定；事先約好：醫療預約服務。

【預料】yù liào ① 事先做出推測：預料不到的事。② 事前推測到的：準確的預料。（同）預測

【預報】yù bào ① 事先報告：預報颱風走向。② 事先的報告：出門前先看看氣象預報。

【預期】yù qī 預先所期望的：預期的目標 / 沒達到預期效果。

【預備】yù bèi ① 事先做安排、做籌劃：留學的事預備好了嗎？② 事先打算或設想：我今年預備去巴西旅遊。（同）準備

【預測】yù cè ① 事先推測：後果不難預測。② 事先推測出來的：很難做出準確預測。（同）預料

【預感】yù gǎn ① 事前就感覺到：預感到後果嚴重。② 事前的感覺：發生這件事我早有預感。

【預算】yù suàn 為未來的一段時間內所做的收入和開支計劃。

領[领]　領 領 領 領 領 領　領

（普）lǐng（粵）ling⁵ / leng⁵ 嶺

① 頸部：脖領很粗。② 衣領：領子 / 領口。③ 大綱、要點：綱領 / 不得要領。④ 管轄的、擁有的、佔有的：領空 / 佔領。⑤ 帶領、領導、引導：領隊 / 領唱 / 引領。⑥ 領取：領獎 / 招領失物。⑦ 明白、了解：領會（領悟）/ 心領神會。⑧ 與數目字連用，表示衣被、片狀類東西的數量：一領皮袍 / 兩領竹蓆。

【領土】lǐng tǔ 國土，國家主權管轄下的區域，包括國界內的陸地、領海和領空。

【領先】lǐng xiān ① 在最前面：一路領先，最終獲得長跑冠軍。② 處於優勝地位：支持率明顯

領先。反 落後

【領悟】lǐng wù 理解到、明白：深刻領會 / 兒子終於領悟父母的良苦用心。

🔍 領晤 "晤" 指的是見面。"悟" 是理解、明白的意思。兩字音近部件不同易錯寫。

【領袖】lǐng xiù 國家、黨派、政治團體和社會組織的領導人：學生運動的領袖 / 傑出的領袖人物。

【領域】lǐng yù ① 國家行使主權管轄的區域。② 指特定的範圍：科學領域 / 文化領域。

【領略】lǐng lüè ① 領會、理解：吞吞吐吐，實在領略不到他的真實想法。② 感受、欣賞：領略文明古國的風情。

【領隊】lǐng duì ① 率隊，帶領隊伍：由他領隊參加比賽。② 帶隊的人：旅行團的領隊。

【領導】lǐng dǎo ① 帶領並引導：領導抗洪。② 擔任領導職務的人：領導今天不在公司。

5 **頷**[颔] 頷 頷 頷 頷 頷 頷 **頷**

普 pō 粵 po² 破² / po¹ 破¹

① 偏歪不正：有失偏頷。② 甚、很：頷為感人 / 山路頷陡。

7 **頤**[颐] 頤 頤 頤 頤 頤 頤 **頤**

普 yí 粵 ji⁴ 兒

① 腮、面頰：雙手支頤沉思。② 保養：頤和園 / 頤養天年。

7 **頭**[头] 頭 頭 頭 頭 頭 頭 **頭**

普 tóu 粵 tau⁴ 投

① 人或動物長着口腔和眼睛的那一部分：頭頂 / 馬頭。② 頭髮；頭髮的式樣：梳頭 / 平頂頭 / 白頭偕老。③ 物體形狀像頭的部分；物體的頂端或在最前面的部分：芋頭 / 山頭 / 箭頭 / 火車頭。

④ 起點或終點：從頭說起 / 說起來沒個頭兒。

⑤ 第一；次序在先的：頭名 / 頭獎 / 頭幾排。

⑥ 物品的剩餘部分：布頭 / 粉筆頭。⑦ 為首的人：他是這裏的頭兒。⑧ 端；方面：兩頭尖 / 心掛兩頭。⑨ 與數目字連用，表示像頭的東西或一些動物的數量：一頭蒜 / 兩頭羊 / 三頭牛。

【頭等】tóu děng ① 第一等、第一流：頭等艙。② 最重要的：頭等大事。

【頭痛】tóu tòng ① 頭部疼痛的病症：早上有點頭痛。② 形容為難、麻煩、厭煩：令人頭痛的問題。

【頭腦】tóu nǎo ① 腦袋：頭腦發脹。② 腦筋，思維：遇事不慌，頭腦清醒。③ 頭緒；要領：辦事沒個頭腦。俗 丈二的金剛，摸不着頭腦

【頭銜】tóu xián 指官銜、學銜、所任職務等：名片上印着校長的頭銜。

【頭緒】tóu xù ① 蠶絲的頭兒。② 事情的條理、線索：茫無頭緒 / 理清頭緒。

【頭顱】tóu lú 腦袋、人頭。

7 **頰**[颊] 頰 頰 頰 頰 頰 頰 **頰**

普 jiá 粵 gaap³ 甲

臉的兩側：面頰 / 雙頰緋紅。

7 **頸**[颈] 頸 頸 頸 頸 頸 頸 **頸**

普 jǐng 粵 geng² 鏡²

① 脖子：脖頸 / 頸鏈 / 長頸鹿。② 器物像頸的部分：瓶頸。

7 **頻**[频] 頻 頻 頻 頻 頻 頻 **頻**

普 pín 粵 pan⁴ 貧

次數多：頻繁（次數多）/ 頻頻（屢次、多次）/ 尿頻。

【頻仍】pín réng 一次接一次，多用於負面：亂象頻仍。

頹[颓]　頹頹頹頹頹頹　頹

〔普〕tuí 〔粵〕teoi⁴ 退⁴

① 倒塌：頹垣斷壁。② 衰敗、衰退：家運頹敗。③ 消沉、精神不振：頹喪 / 頹唐（頹廢）。

【頹喪】tuí sàng 垂頭喪氣，情緒不振。

【頹廢】tuí fèi 精神萎靡不振。

顆[颗]　顆顆顆顆顆顆　顆

〔普〕kē 〔粵〕fo² 火

① 又小又圓的東西：顆粒。② 與數目字連用，表示小而圓的東西的數量：吃了兩顆荔枝。

【顆粒】kē lì ① 又小又圓的東西：顆粒均勻。② 一顆一粒。多指糧食：顆粒無收。

題[题]　題題題題題題　題

〔普〕tí 〔粵〕tai⁴ 提

① 題目：文不對題。② 寫上、簽署：題字 / 題名。

【題目】tí mù ① 概括性的標題：論文題目 / 演講的題目。② 須要解答的問題：考試題目 / 作文題目。③ 藉口、名義：正好借這個題目大做文章。

【題材】tí cái 創作所用的具體材料，作品所描寫的生活和社會事件：歷史題材 / 學生題材。

顎[颚]　顎顎顎顎顎顎　顎

〔普〕è 〔粵〕ngok⁶ 岳

口腔的上膛。

顏[颜]　顏顏顏顏顏顏　顏

〔普〕yán 〔粵〕ngaan⁴ 眼⁴

① 臉、面容：顏面 / 容顏 / 鶴髮童顏。② 臉皮；面子：厚顏無恥 / 做了醜事，無顏見人。③ 臉色、表情：和顏悅色 / 正顏厲色。④ 色彩：五顏六色。

【顏色】yán sè ① 色彩：顏色鮮艷。② 容貌、面色：顏色憔悴。③ 冷落、教訓、懲罰人的臉色或行動：給他點顏色看看。

額[额]　額額額額額額　額

〔普〕é 〔粵〕ngaak⁶ 握⁶

① 眉毛和頭髮之間的那部分：額頭 / 焦頭爛額。② 物體接近頂端的那部分：門額 / 碑額。③ 牌匾：匾額 / 橫額。④ 數目、額度：餘額 / 名額。

【額外】é wài 超出規定的數量或範圍：額外收入 / 額外負擔。

【額度】é dù 規定的數量或範圍：超過額度不能支付。

顛[颠]　顛顛顛顛顛顛　顛

〔普〕diān 〔粵〕din¹ 甸

① 頭頂；頂部：顛毛 / 山顛 / 樹顛。② 倒下、跌落；顛倒：顛覆 / 顛來倒去。③ 上下顛簸震動：車顛得厲害。

【顛倒】diān dǎo ① 相反，反過來、翻過來：日夜顛倒 / 書放顛倒了。② 錯亂：神魂顛倒。⓹ 正常

〔附加詞〕顛三倒四：顛倒錯亂，沒有條理。

【顛覆】diān fù ① 翻倒；推翻：貨車顛覆了 / 顛覆國家政權。⓹ 捍衛 ② 否定：顛覆了傳統的看法。

【顛簸】diān bǒ 上下起伏震動不穩定：路面凹凸

不平，車子顛簸得厲害。 反 平穩

10 願 [愿]　願願願願願願　願

普 yuàn　粵 jyun⁶ 縣

① 願望：事與願違。② 願意、樂意：自願／心甘情願。③ 祝願、希望：願你長命百歲。④ 承諾：還願／許願。

【願望】yuàn wàng 盼望將來能實現的想法：願望落了空／願望實現了。

【願意】yuàn yì ① 情願、樂意：做我願意做的事。② 希望：大家都願意你留下來。

10 類 [类]　類類類類類類　類

普 lèi　粵 leoi⁶ 淚

① 種類：同類／分門別類。② 像，相似：類似。
俗 畫虎不成反類犬

【類比】lèi bǐ 拿相似的東西對比。

【類別】lèi bié 不同的種類：商品的類別／你把類別弄混了。

【類似】lèi sì 大致相像：情況類似／兩人的性格類似。 同 相似

【類型】lèi xíng 由具有共同性質、共同特徵等的人或事物形成的類別：產品類型／他可扮演不同類型的角色。

12 顧 [顾]　顧顧顧顧顧顧　顧

普 gù　粵 gu³ 故

① 看；回頭看：環顧。② 光顧；拜訪：顧客／三顧茅廬。③ 注意；照管：兼顧／顧全（考慮到；照顧到）／顧前不顧後。④ 珍惜；眷念：顧惜／顧念。 俗 無後顧之憂／顧左右而言他

【顧及】gù jí 考慮到；照顧到：只顧自己，從不顧及別人。

【顧客】gù kè 來商店買東西或來服務業要求提供服務的人：品質第一，顧客至上。

【顧問】gù wèn 聘請來做諮詢的專業人員：理財顧問／法律顧問。

【顧惜】gù xī ① 愛惜：顧惜友情。② 憐惜：老人很顧惜這沒父母的孩子。

【顧慮】gù lǜ 擔心；疑慮：不必顧慮／顧慮重重。 同 憂慮

【顧名思義】gù míng sī yì 看到名稱就能想到它的意義。

13 顫 [颤] (一)　顫顫顫顫顫顫　顫

普 chàn　粵 zin³ 箭

顫動：顫抖（抖動）。

【顫動】chàn dòng 抖動；短促連續地振動：氣得嘴唇顫動／地板鬆了，走在上面能夠感到顫動。

13 顫 [颤] (二)

普 zhàn　粵 zin³ 箭

發抖：風一吹，打了個寒顫。

14 顯 [显]　顯顯顯顯顯顯　顯

普 xiǎn　粵 hin² 遣

① 露在外面，可以看到：明顯／顯而易見。② 露出；表現：顯現（顯露）／顯得（顯出）／大顯身手。③ 有權勢、有名聲的：顯要人物／達官顯貴。

【顯示】xiǎn shì ① 清楚地表明：調查顯示，老師是最受人尊敬的職業。② 炫耀：喜歡在人前顯示自己的能耐。

【顯現】xiǎn xiàn 呈現，表現出來。 同 顯露

【顯著】xiǎn zhù 極明顯：成績顯著／顯著變化。

【顯然】xiǎn rán 很容易看出；很容易感覺到：兩種情況顯然不同／這種做法顯然是錯誤的。

同 顯著

【顯而易見】xiǎn ér yì jiàn 擺在那裏，一眼就看明白了。

16 顱 [颅] 顱 顱 顱 顱 顱 顱 **顱**

普 lú　粵 lou⁴ 勞

頭：頭顱。

18 顴 [颧] 顴 顴 顴 顴 顴 顴 **顴**

普 quán　粵 kyun⁴ 權

顴骨：眼睛下面、腮上面突出的骨頭。

風部

0 風 [风] 風 風 風 風 風 風 **風**

普 fēng　粵 fung¹ 封

① 空氣流動的自然現象：颱風 / 大風大雨。② 像風那樣快或那樣普遍的：風行 / 風靡（流行、盛行）。③ 風氣；習俗：蔚然成風 / 移風易俗。④ 景象：風光 / 風景（風光景色）。⑤ 風度；作風：風采 / 學風。⑥ 風聲、消息：聞風而動 / 走漏風聲。⑦ 傳聞的、無根據的：風傳 / 風言風語。⑧ 情況；聲勢：看風使舵 / 望風而逃。⑨ 中醫指致病的一種因素或疾病：風濕 / 風寒、痛風。

【風水】fēng shuǐ ① 指宅基地、墓地等的地理形勢，包括位置、陰陽向背、地形山勢、林木、流水、風向等方面。據説風水好壞決定家族子孫的盛衰吉凶。② 指住宅的位置、建築結構、裝修陳設狀況，決定或影響健康、財富、吉凶、禍福、子孫等方方面面，這種"決定或影響"的因素，稱之為風水。

【風化】fēng huà ① 風氣和道德：不做有傷風化的事。② 地層表面、巖石逐漸遭破壞並發生變化的現象，多為受風雨、流水、海水等自然力侵蝕所致。

【風光】fēng guāng 自然景觀；人文景觀：風光秀麗 / 小城風光好。

〔古詩文〕畢竟西湖六月中，風光不與四時同。（《曉出淨慈寺送林子方》楊萬里）

【風雨】fēng yǔ ① 風和雨：風雨交加。② 比喻艱難困苦的境況：不經風雨，不知人世艱難。③ 比喻議論和傳聞：鬧得滿城風雨。

〔附加詞〕風雨同舟：比喻團結一致，一起渡過難關。

〔古詩文〕夜來風雨聲，花落知多少？（《春曉》孟浩然）

【風味】fēng wèi 獨具的特點、特色；獨有的興味、景象：四川風味 / 嶺南風味 / 風味小吃 / 山間草屋別有風味。

【風采】fēng cǎi 風度和神采：張老師有學者風采。

【風波】fēng bō ① 風浪：海上風波很大。② 比喻糾紛、騷亂：球場風波。俗 平地起風波

【風俗】fēng sú 人們長期形成的風尚、禮節、習慣等方面的總和。同 民俗

【風度】fēng dù 言談舉止和儀容姿態：風度翩翩 / 學者風度。

✎ 風度與風格：二者都可形容人，風度是從外表外貌氣質説的，風格是從品質品格方面説的。

【風格】fēng gé ① 作風；品格：風格樸實 / 高尚的風格。② 藝術個性和藝術格調：創作風格不同 / 質樸自然的風格。

【風氣】fēng qì 社會流行的作風、愛好或習慣：社會風氣 / 育英學校風氣好。

【風流】fēng liú ① 風雅灑脱有才華：風流才子。

② 傑出不凡：風流人物。③ 輕浮放蕩：那個人一向風流。

【風浪】fēng làng ① 大風和波浪：風浪猛烈狂暴 。② 比喻艱難險阻：人的一生不知要經受多少風浪。

【風情】fēng qíng ① 風采和神情：他的風情素質都稱得上一流。② 風土人情：澳門有一種濃郁的歐陸風情。③ 風騷：賣弄風情。

【風雲】fēng yún 風和雲。比喻變幻不定的局勢：風雲突變／風雲變幻。

【風箏】fēng zheng 兒童和成人都玩的一種玩具，用紙張、布帛、塑料等物料固定在做成形象的骨架上，以可收放的長線牽引，借助風力升空飄動；風箏的樣子很多，如蝴蝶、鳥類、飛龍等等。

【風貌】fēng mào ① 風格和面貌：建築風貌／民間藝術的風貌。② 風光、景象：草原風貌。

【風趣】fēng qù ① 幽默有趣：她說話十分風趣。② 幽默有趣的情調：饒有風趣。⟳ 枯燥 * 乏味

【風暴】fēng bào ① 狂風暴雨的天氣現象：海上風暴。② 比喻規模大、來勢猛的事件：金融風暴／革命風暴。

【風險】fēng xiǎn ① 潛伏的危險；可能碰到的危險：他不願承擔風險／理財項目都有風險。② 有危險的、存在危機的：風險投資。⟳ 危險

【風馳電掣】fēng chí diàn chè 像颱風和閃電一樣迅速：戰機風馳電掣般從低空掠過。⟳ 蝸行牛步

---

6 **颳**[刮]　颳颳颳颳颳颳　颳

（普）guā （粵）gwaat³ 刮

風吹：颳風下雨。

8 **颶**[飓]　颶颶颶颶颶颶　颶

（普）jù （粵）geoi⁶ 具

颶風，海洋上生成的強烈風暴；氣象學指風力在十二級或以上的暴風。

11 **飄**[飘]　飄飄飄飄飄飄　飄

（普）piāo （粵）piu¹ 漂 ¹

① 隨風搖動、舞動：飄舞（隨風舞動）／柳條飄動／黃葉飄飛。② 輕浮不踏實：作風太飄浮。

【飄揚】piāo yáng 在空中隨風飄動舞動：彩旗飄揚。⟳ 飄舞

【飄逸】piāo yì ① 灑脫自然：神采飄逸。② 飄散：縷縷飄逸的輕煙。

【飄零】piāo líng ① 植物的花、葉凋謝墜落：秋風吹得黃葉飄零。② 漂泊流落：無依無靠，四處飄零。

飛 部

0 **飛**[飞]　飛飛飛飛飛飛　飛

（普）fēi （粵）fei¹ 非

① 飛翔；飛行；在空中航行：飛禽（指鳥類）／麻雀飛來飛去／我今天飛往北京。② 飄揚；飛舞：大雪紛飛／龍飛鳳舞。③ 像飛一樣，形容極快：飛跑／飛奔／飛馳（跑得飛快）。④ 意外的、突如其來的：飛來的橫禍。

5 **颱**[台]　颱颱颱颱颱颱　颱

（普）tái （粵）toi⁴ 台

颱風，在熱帶海洋上生成的強大氣旋、中心附近最大風力在十二級或以上的暴風，颱風經過的地區挾有暴雨，海上掀起巨浪，登陸後逐漸減弱消失，中國東南沿海地區七至九月颱風較頻繁。

【飛行】fēi xíng ① 飛翔：雁羣在藍天下排成人字隊形飛行。② 在空中航行：航機在雲霧中飛行。反 降落

【飛快】fēi kuài ① 非常迅速：馬跑得飛快。反 緩慢 ② 非常鋒利：刀磨得飛快。

【飛揚】fēi yáng ① 向上揚起或飄飛：塵土飛揚 / 風吹得柳花四處飛揚。② 精神振奮：神采飛揚。③ 放縱：飛揚跋扈。

【飛翔】fēi xiáng 在空中飛；在空中盤旋地飛：飛機在美麗的藍天飛翔 / 一隻雄鷹在山間飛翔。

【飛舞】fēi wǔ 飄飛；舞動：雪花飛舞 / 蝴蝶在花叢中飛舞。

【飛騰】fēi téng ① 急速飛起：爆炸的煙塵飛騰而起。② 迅速發展提升：經濟飛騰。

【飛躍】fēi yuè ① 騰空跳躍：做了一個漂亮的飛躍動作。② 迅猛：新技術十年間獲得飛躍發展。

食部

食 食食食食食食 食
0

普 shí 粵 sik⁶ 蝕

① 吃：吞食 / 食草動物 / 食言（説過的話不算數）。② 吃飯：絕食 / 廢寢忘食。③ 人或動物吃的東西：甜食 / 美食 / 捕食 / 鳥兒覓食。④ 供食用的：食品 / 食鹽。⑤ 日蝕和月蝕的現象：日食 / 月食。

【食品】shí pǐn 加工製作好、供出售的吃的東西：到超市購買食品。

✏ 食品與食物：二者都是說吃的東西。但食品一般指商店出售的，食物則指所有可吃的東西，不論做熟的還是生冷的、野生的。所以人和動物吃的東西都可稱食物，但動物吃的決不能稱食品。

【食用】shí yòng 可以吃的；用於食物的：食用油 / 食用鹼 / 食用植物。

【食指】shí zhǐ 靠着大拇指的指頭。手掌上的五根指頭，依次為：拇指、食指、中指、無名指和小指。

【食糧】shí liáng 人吃的糧食，如各種穀物、豆類、薯類。

飢[饥] 飢飢飢飢飢飢 飢
2

普 jī 粵 gei¹ 機

肚子餓，跟 "飽" 相對：飢餓 / 飢寒交迫。

【飢寒交迫】jī hán jiāo pò 飢餓和寒冷同時襲來，形容十分貧寒：迷路後，他在飢寒交迫中度過一天。

飩[饨] 飩飩飩飩飩飩 飩
4

普 tún 粵 tan⁴ 吞⁴ / tan¹ 吞

見 "餛飩"。

飪[饪] 飪飪飪飪飪飪 飪
4

普 rèn 粵 jam⁶ 任

煮熟食物；做飯菜：烹飪。

飯[饭] 飯飯飯飯飯飯 飯
4

普 fàn 粵 faan⁶ 犯

① 煮熟的穀類食物，一般指米飯：白飯 / 要一碗飯。② 每天吃的食物：早飯 / 晚飯。③ 吃飯：飯館（供顧客吃飯的店鋪）。

【飯店】fàn diàn ① 飯館：去飯店吃川菜。② 規模大的旅店：王府大飯店。

【飯碗】fàn wǎn ① 盛飯用的碗。② 比喻維持生計的職業：不敢得罪老闆，怕丟飯碗。

飲[饮]⁽¹⁾　飲飲飲飲飲飲　飲

⑲ yǐn ⑳ jam² 音²

① 喝；喝酒：飲用（可以喝的）/ 飲品（總稱各種飲料）/ 開懷暢飲。② 飲料：冷飲 / 熱飲。③ 含着、忍受着：飲恨（抱恨）。

【飲食】yǐn shí ① 吃喝：飲食起居。② 吃的與喝的東西：飲食太差了。

【飲料】yǐn liào 經過加工製作的、供人飲用的液體，如茶、果汁、啤酒等。

【飲水思源】yǐn shuǐ sī yuán 喝水的時候想起水的來源，比喻不忘本、不忘對方的恩惠。 反 忘恩負義

飲[饮]⁽²⁾

⑲ yìn ⑳ jam² 音²

給牲畜水喝：在河邊飲馬。

飾[饰]　飾飾飾飾飾飾　飾

⑲ shì ⑳ sik¹ 色

① 裝點；修飾：裝飾 / 塗飾。② 遮掩：掩飾 / 文過飾非。③ 裝飾品：燈飾 / 首飾。④ 扮演：飾演。

【飾物】shì wù ① 首飾。② 器物上的裝飾品，如花邊、飄帶。

飽[饱]　飽飽飽飽飽飽　飽

⑲ bǎo ⑳ baau² 包²

① 吃足了：酒足飯飽。② 裝滿：中飽私囊。③ 豐滿：飽滿。④ 滿足；充分；足夠：大飽眼福 / 飽歷風霜。 俗 飽食終日，無所用心

【飽滿】bǎo mǎn ① 充實；豐滿：穀粒飽滿 / 天庭飽滿。② 充足；充沛：精神飽滿 / 飽滿的熱情。

飼[饲]　飼飼飼飼飼飼　飼

⑲ sì ⑳ zi⁶ 自

飼養：飼雞 / 飼牛。

【飼料】sì liào 餵養家畜家禽或養殖魚蝦等水產的食物。

【飼養】sì yǎng 餵養家禽動物。

餌[饵]　餌餌餌餌餌餌　餌

⑲ ěr ⑳ nei⁶ 膩

食物：釣餌 / 誘餌 / 毒餌。

餉[饷]　餉餉餉餉餉餉　餉

⑲ xiǎng ⑳ hoeng² 享

① 軍糧、軍隊的薪俸：糧餉 / 軍餉。② 薪俸：月餉 / 發餉。

餃[饺]　餃餃餃餃餃餃　餃

⑲ jiǎo ⑳ gaau² 狡

餃子，用薄麵皮包上餡兒捏合成的食品：水餃 / 蒸餃 / 煎餃。

餅[饼]　餅餅餅餅餅餅　餅

⑲ bǐng ⑳ beng² 柄²

① 圓片狀的麵製食品：大餅 / 蔥油餅。② 形狀像餅的東西：月餅 / 鐵餅。

養[养]　養養養養養養　養

⑲ yǎng ⑳ joeng⁵ 氧

① 生育：養了個兒子。② 供養：養家糊口。③ 餵養：養魚 / 養豬。④ 培植：養花種草。

⑤ 培養、培育：修身養性。⑥ 維護；保養：養路 / 養護。⑦ 療養；調養：養傷 / 養病。⑧ 修養：素養 / 涵養。⑨ 蓄、留：養着大鬍子 / 養起頭髮來還俗。⑩ 撫養的，非親生的：養女 / 養父。

【養分】yǎng fèn 營養成分。

【養老】yǎng lǎo ① 奉養老人：養老送終。② 退休過晚年生活：在家養老。

【養成】yǎng chéng 培育成；逐漸形成：養成好習慣 / 養成一身壞毛病。

【養育】yǎng yù 撫養和教育：不忘父母的養育之恩。

【養料】yǎng liào ① 有營養的東西：給樹苗加養料。② 比喻有益的東西，如知識、經驗：從互聯網上吸取養料。

7
餐 餐餐餐餐餐餐 餐

⑴ cān ⑵ caan¹ 產¹

① 吃：聚餐 / 餐風飲露。② 飯食：用餐 / 西餐。③ 與數目字連用，表示吃飯的次數：一日三餐。

【餐飲】cān yǐn 飲食、吃喝：餐飲業 / 她的餐飲很簡單。

7
餓 [饿] 餓餓餓餓餓餓 餓

⑴ è ⑵ ngo⁶ 卧

① 腹中空空，想吃東西：飢餓。② 捱餓、受餓：餓得慌。

7
餘 [余] 餘餘餘餘餘餘 餘

⑴ yú ⑵ jyu⁴ 如

① 多出來的；剩下的：多餘 / 餘下（剩餘的）。② 剩下的或多出來的那一部分：年年有餘 / 大約過了年餘。③ 以後、過後：工作之餘 / 課餘時間。④ 表示整數後面的零頭，相當於“多”：十

餘人 / 二十餘里。⑥ 攻其一點，不及其餘

【餘地】yú dì 説話做事留下的可迴旋改變的退路：性情倔強，説話做事不留餘地。

【餘波】yú bō 比喻事件結束後留下的影響：餘波未息。

【餘數】yú shù 剩餘的數目：旅費快花光了，餘數不多。

7
餒 [馁] 餒餒餒餒餒餒 餒

⑴ něi ⑵ neoi⁵ 女

① 飢餓：凍餒。② 喪失勇氣：氣餒。⑥ 勝不驕，敗不餒

8
餞 [饯] 餞餞餞餞餞餞 餞

⑴ jiàn ⑵ zin³ 箭

① 用酒食送行：餞別 / 餞行（設宴送行）。② 用蜜糖浸漬過的果品：蜜餞 / 什錦果餞。

8
餛 [馄] 餛餛餛餛餛餛 餛

⑴ hún ⑵ wan⁴ 雲

見“餛飩”。

【餛飩】hún tun 一種家常食品，用很薄的麵片包餡做成，煮熟後一般連湯吃。

8
餚 [肴] 餚餚餚餚餚餚 餚

⑴ yáo ⑵ ngaau⁴ 淆

葷菜，雞鴨魚肉之類：菜餚。

8
餡 [馅] 餡餡餡餡餡餡 餡

⑴ xiàn ⑵ haam⁶ 陷

包在麵食、點心裏甜或鹹的食物：餡餅 / 豬肉

餡 / 湯圓餡。

8 館 [馆] 館館館館館館 館

(普) guǎn (粵) gun² 管

① 接待客人住宿的地方：賓館 / 旅館。② 高級住宅：公館。③ 外交使團的駐地和辦公處所：大使館 / 總領事館。④ 文化體育活動的場所：展覽館 / 體育館。⑤ 服務性店鋪的名稱：茶館 / 照相館。

9 餵 [喂] 餵餵餵餵餵餵 餵

(普) wèi (粵) wai³ 畏

① 給食：餵雞 / 餵奶。② 飼養：餵飼（給食；飼養）/ 我家餵了三頭豬。

10 餸 餸餸餸餸餸餸 餸

(普) sòng (粵) sung³ 送

方言。菜；菜餚：買米買餸 / 飯來了，還有餸。

11 饅 [馒] 饅饅饅饅饅饅 饅

(普) mán (粵) maan⁶ 曼

饅頭，用發酵的麵粉蒸成的食品，樣子上圓下平或近似長方形。

11 餾 [馏] 餾餾餾餾餾餾 餾

(普) líu (粵) lau⁶ 漏

用加熱等方法分解或分離物質：分餾 / 蒸餾水。

12 饒 [饶] 饒饒饒饒饒饒 饒

(普) ráo (粵) jiu⁴ 搖

① 豐富；多：富饒 / 饒有興致。② 寬恕：求饒 / 饒了他。③ 任憑；儘管：饒你說得天花亂墜我也不信。

【饒恕】 ráo shù 寬恕、寬免：不可饒恕的罪責。

(反) 嚴懲

12 饋 [馈] 饋饋饋饋饋饋 饋

(普) kuì (粵) gwai⁶ 跪

① 贈：饋贈（贈送）。② 傳送：反饋。

12 饑 [饥] 饑饑饑饑饑饑 饑

(普) jī (粵) gei¹ 機

莊稼收成不好或沒有收成：饑荒。

17 饞 [馋] 饞饞饞饞饞饞 饞

(普) chán (粵) caam⁴ 慚

愛吃好東西；想吃好東西：嘴饞 / 饞涎欲滴。

首 部

0 首 首首首首首首 首

(普) shǒu (粵) sau² 手

① 頭：首飾 / 昂首挺胸。② 首腦；首領：元首 / 羣龍無首 / 罪魁禍首。③ 第一；最重要的；最高的：首先 / 首都 / 首席執行官。④ 初始；開端：歲首 / 篇首。⑤ 首先；最早：首創 / 首選（最先選中的）。⑥ 認罪或告發：自首。⑦ 方；面：

右首 / 上首。⑧ 與數目字連用，表示詩詞、歌曲等的數量：一首歌 / 唐詩三百首。

【首先】shǒu xiān ① 最先、最早：首先跑到終點。② 第一：教育首先是德育，智育在其次。⑫ 最後

✏️ "首先……然後……"表現先後次序的關聯詞固定搭配，如：我首先把米洗乾淨，然後再放到電飯煲裏煮。

【首長】shǒu zhǎng 政府和軍隊的高級領導人。

【首肯】shǒu kěn 點頭表示同意：這事要他首肯才行。

【首要】shǒu yào ① 最重要的、佔第一位的：首要議題 / 首要任務。⑫ 次要 ② 首腦：政府各部的首要都出席了會議。

【首席】shǒu xí ① 最尊貴的席位：坐在首席。② 職位最高的：首席大法官。

【首都】shǒu dū 一國的政府所在的城市，是國家政治和行政中心。

【首飾】shǒu shi 佩戴的裝飾品，如頭飾、髮飾、耳環、項鏈、吊墜、戒指、手鐲之類。

【首腦】shǒu nǎo 第一領導人，多指政府、政府部門或其他權力機構的最高負責人：政府首腦 / 首腦會議。⑩ 領袖 * 首領

【首領】shǒu lǐng ① 頭和脖子：保全首領。② 為首的人、領導人：叛軍首領。

【首屈一指】shǒu qū yì zhǐ 屈指計算首先彎下大拇指表示第一，比喻居於首位。⑩ 獨佔鰲頭

🔍 手屈一指 這個成語是説，彎下手指計數，首先彎下的是大拇指，表示第一。明白了成語的意思。就不會寫作 "手屈一指"。

【首當其衝】shǒu dāng qí chōng 最先受到攻擊、最先遭遇災難。

香部

0

香

香香香香香香 香

普 xiāng 粵 hoeng¹ 鄉

① 氣味好：香水 / 香氣。② 睡得甜暢；吃得有味道：睡得真香 / 近來胃口差，吃東西不香。③ 祭祖、拜佛、驅蚊、驅異味燃點的香：燒香拜佛求福消災。④ 跟燒香有關的：香爐。

【香料】xiāng liào 作為添加劑的芳香物質。

【香甜】xiāng tián ① 氣味芳香，味道甜美。⑫ 腐臭 ② 比喻舒適或沉浸其中：小兩口兒過得很香甜 / 睡得很香甜。

【香煙】xiāng yān ① 燒香時產生的煙：佛堂裏香煙繚繞。② 子孫燃香祭祖的事情，借指後世子孫：香煙不絕。③ 捲煙：買了兩包香煙。

9

馥

馥馥馥馥馥馥 馥

普 fù 粵 fuk⁶ 服

香氣；芳香：馥郁的濃香。

【馥郁】fù yù 形容香氣芬芳濃厚：芳香馥郁 / 窗外飄來馥郁的花香。⑫ 淡雅

11

馨

馨馨馨馨馨馨 馨

普 xīn 粵 hing¹ 兄

① 芳香：馨香。② 香氣：八月的桂花清馨四溢。

【馨香】xīn xiāng 芳香；香氣：白玉蘭開得滿院馨香。

馬部

馬[马]　馬馬馬馬馬馬 馬
(普) mǎ (粵) maa⁵ 螞

動物和家畜名，頸上長鬃毛，四肢強健，善於奔跑，用來拉車、耕地或騎乘。
【馬上】mǎ shàng 立刻、即時：馬上就做／馬上跑過去。同 立刻＊立即 反 以後
【馬虎】mǎ hu 大意草率，不認真不負責。
【馬戲】mǎ xì 人騎在馬上所作的表演。現指有馬、虎等動物參加的雜技表演：馬戲團。
【馬拉松】mǎ lā sōng ① 馬拉松賽跑。一種超長距離的賽跑項目，全程 42,195 米，是為紀念古希臘士兵裴迪從馬拉松鎮返回雅典報捷後猝死的事蹟而設立的比賽項目。② 比喻時間持續很久：一場馬拉松會議。

馮[冯]⁽⁻⁾　馮馮馮馮馮馮 馮
(普) féng (粵) fung⁴ 逢
姓。

馮[冯]⁽⁻⁾
(普) píng (粵) pang⁴ 朋
暴虎馮河。

馱[驮]⁽⁻⁾　馱馱馱馱馱馱 馱
(普) tuó (粵) to⁴ 駝
載；揹：用馬馱貨物／我馱你去吧。

馱[驮]⁽⁻⁾
(普) duò (粵) to⁴ 駝
① 牲口馱的貨物：馱太重，牲口走不動。② 與數目字連用，表示牲口所馱的貨物數量：兩馱貨／四馱大米。

馴[驯]　馴馴馴馴馴馴 馴
(普) xùn (粵) seon⁴ 純
① 順從的；善良的：溫馴。② 馴服，經訓練變得順從：馴馬／馴虎。
【馴服】xùn fú ① 服從順從：馴服的小鹿。② 經訓練使其順服：野馬終於被馴服了。
【馴鹿】xùn lù 一種溫順耐寒的鹿，短耳、短尾、長頸，雌雄都長角，俗名四不像。

馳[驰]　馳馳馳馳馳馳 馳
(普) chí (粵) ci⁴ 詞
① 跑得很快：奔馳／飛馳。② 傳揚、流傳：馳名（聞名）。③ 嚮往：馳慕／心馳神往。

駁[驳]　駁駁駁駁駁駁 駁
(普) bó (粵) bok³ 博
① 馬的毛色不純。② 不純正；混雜、雜亂：顏色駁雜／樹影斑駁。③ 舉出理由否定對方的意見：批駁／反駁／辯駁。④ 用船轉運：轉駁貨櫃。
【駁斥】bó chì 反駁斥責錯誤的言論或意見：駁斥謬論。

駛[驶]　駛駛駛駛駛駛 駛
(普) shǐ (粵) sai² 洗
① 快跑：疾駛／飛駛而過。② 行駛、行走：駕

駛 / 停駛。

5 駒[驹] 駒駒駒駒駒駒 駒
（普）jū （粵）keoi¹ 拘
① 年輕健壯的馬：千里駒。② 幼小的馬、驢、騾：小馬駒 / 小驢駒。

5 駐[驻] 駐駐駐駐駐駐 駐
（普）zhù （粵）zyu³ 註
① 停止不前：駐馬 / 駐足（止步）。② 軍隊居留：駐紮（部隊紮營住下來）/ 駐防（駐守）/ 駐地。③ 設於：駐港辦事處 / 駐外大使館。
【駐守】zhù shǒu 駐紮防守：駐守邊疆 / 駐守海島。

5 駝[驼] 駝駝駝駝駝駝 駝
（普）tuó （粵）to⁴ 佗
① 駱駝：駝峯 / 駝絨。② 像駝峯彎曲的；像駱駝毛的：駝背 / 駝色（淺棕色）。

5 駕[驾] 駕駕駕駕駕駕 駕
（普）jià （粵）gaa³ 嫁
① 駕駛：駕車 / 駕飛機。② 騎；乘：駕鶴 / 騰雲駕霧。③ 帝王的車。借指帝王：保駕 / 駕崩。④ 稱對方的車。借以敬稱對方：勞駕 / 尊駕 / 大駕光臨。
【駕駛】jià shǐ 操縱控制車、船、飛機等交通工具。
【駕輕就熟】jià qīng jiù shú 駕着輕便的車，走熟悉的路，比喻非常熟習，做起來又容易又順手。
（反）千辛萬苦

6 駱[骆] 駱駱駱駱駱駱 駱
（普）luò （粵）lok³ 絡
黑鬃毛的白馬。
【駱駝】luò tuo 一種適應沙漠環境的哺乳動物，軀體高大，小頭長頸，背上有儲存養料水分的駝峯，耐飢渴，能負載重物在沙漠中遠行，素有"沙漠之舟"的美稱。赤褐色的駝毛絨可織衣料、毯子或作衣被的保暖填充物。

6 駭[骇] 駭駭駭駭駭駭 駭
（普）hài （粵）haai⁵ 蟹
① 害怕；吃驚：驚駭 / 驚濤駭浪。② 驚訝：駭異。

7 騁[骋] 騁騁騁騁騁騁 騁
（普）chěng （粵）cing² 請
奔跑：縱橫馳騁 / 騎着駿馬在草原上馳騁。

7 駿[骏] 駿駿駿駿駿駿 駿
（普）jùn （粵）zeon³ 進
良馬：駿馬。
〔古詩文〕其馬將胡駿馬而歸，人皆賀之。（劉安《淮南子》—塞翁失馬）

8 騏[骐] 騏騏騏騏騏騏 騏
（普）qí （粵）kei⁴ 其
有青黑色條紋的馬：騏驥（駿馬）。

8 騎[骑] 騎騎騎騎騎騎 騎
（普）qí （粵）ke⁴ 茄 / kei⁴ 其
① 兩腿跨着坐在上面：騎馬 / 騎虎難下（比喻處

於兩難境地）。② 所騎的馬：坐騎。③ 騎兵：
鐵騎 / 輕騎。

【騎樓】qí lóu 街道兩旁樓房的底層向內凹進作為
人行道，人行道上的樓房叫做騎樓，樓下的人行
道叫騎樓底。

9 **騙**[骗] 騙騙騙騙騙騙 騙

⑮ piàn ⑲ pin³ 遍

① 用謊話或欺詐手段誘人上當：欺騙 / 哄騙 。
② 騙取：騙錢 / 騙財。

9 **騖**[骛] 騖騖騖騖騖騖 騖

⑮ wù ⑲ mou⁶ 冒

① 奔跑：馳騖。② 追求：好高騖遠。

10 **騮**[骝] 騮騮騮騮騮騮 騮

⑮ liú ⑲ lau⁴ 流

① 紅身軀黑鬃尾的良馬。② 指駿馬。

10 **騷**[骚] 騷騷騷騷騷騷 騷

⑮ sāo ⑲ sou¹ 蘇

① 擾亂、攪擾：發生騷亂。② 指詩文：騷人墨
客（指文人）。③ 輕佻：賣弄風騷。④ 一種難聞、
刺鼻的氣味：有股尿騷味兒。

【騷動】sāo dòng ① 動亂，動蕩不定；擾亂和破
壞秩序：物價暴漲，窮人騷動。② 擾動、觸動：
幾聲狗叫，騷動了一下這靜靜的夜。

【騷亂】sāo luàn 混亂；騷動：球迷們湧上街頭
製造騷亂。回 動亂

【騷擾】sāo rǎo ① 擾亂、打擾：騷擾遊客 / 不要
騷擾別人。② 波動、混亂：引起場內一陣騷擾。
③ 客套話，帶來麻煩的意思：對不起，騷擾您了。

10 **騰**[腾] 騰騰騰騰騰騰 騰

⑮ téng ⑲ tang⁴ 籐

① 奔馳；跳躍：奔騰 / 龍騰虎躍。② 上升：騰
飛 / 升騰 / 騰空（升上天空）。③ 空出來：騰出
時間看書。④ 表示連續、反覆：不停地翻騰 / 折
騰個沒完。

【騰飛】téng fēi ① 向上飛翔：畫着一條騰飛的
龍。② 比喻蓬勃發展：經濟騰飛。

11 **驅**[驱] 驅驅驅驅驅驅 驅

⑮ qū ⑲ keoi¹ 拘

① 駕駛、乘坐：驅車前往。② 趕；趕走：驅馬
前行 / 驅逐（逐出、趕走）/ 驅除邪惡 / 驅散烏雲。

【驅使】qū shǐ ① 支使別人為自己奔走服務：不
堪主人驅使。② 推動：責任感驅使他認真工作。

【驅動】qū dòng 開動、發動；推動：電腦驅動
器 / 上進心是讀書的驅動力。

【驅趕】qū gǎn ① 催動、催趕：驅趕馬車快跑。
② 驅逐，趕走：驅趕飯桌上的蒼蠅。反 挽留

11 **騾**[骡] 騾騾騾騾騾騾 騾

⑮ luó ⑲ lo⁴ 羅

一種無生殖能力、力氣很大的家畜，比驢大，略
像馬，由公驢和母馬雜交所生，用來拉車和馱運
東西。

12 **驕**[骄] 驕驕驕驕驕驕 驕

⑮ jiāo ⑲ giu¹ 嬌

傲慢；驕傲：戒驕戒躁。

【驕人】jiāo rén ① 傲視別人，看不起人：自滿驕
人會讓自己退步。② 值得自豪：取得驕人的成績。

【驕傲】jiāo ào ① 自高自大，看不起別人：虛心

使人進步，驕傲使人落後。 🔄謙虛 ② 自豪：中國五千年的文化值得我們驕傲。③ 值得自豪的人或事物：萬里長城是民族的驕傲。

13 驗 [验]　驗 驗 驗 驗 驗 驗　驗

🔊yàn 🔊jim⁶ 豔

① 檢查；考查：驗血 / 驗貨 / 考驗。② 符合預期的情況、結果：應驗 / 靈驗。④ 預期的效果：效驗。

【驗算】yàn suàn　檢驗已經計算出來的結果：驗算三道數學題。

【驗證】yàn zhèng　檢驗證實："驕傲使人落後"是經過生活驗證的真理。

13 驚 [惊]　驚 驚 驚 驚 驚 驚　驚

🔊jīng 🔊ging¹ 京

① 馬受刺激突然狂奔：馬驚了，快追。② 人突然受刺激而產生緊張或恐懼情緒：驚恐（驚慌恐懼）/ 大吃一驚 / 膽戰心驚。③ 驚動：驚天動地 / 打草驚蛇。

【驚人】jīng rén　讓人感到驚異：驚人之舉。
🔊不鳴則已，一鳴驚人

【驚奇】jīng qí　感到意外或奇怪：她很驚奇兒子的學習成績怎麼突然變好了。🔊驚異

【驚異】jīng yì　出乎意外；覺得很奇怪：突來的好消息讓他十分驚異。🔊驚奇

【驚動】jīng dòng　① 使對方吃驚或受到騷擾：消息驚動了全公司的人 / 她睡着了，別去驚動他。② 客套話。表示打擾、麻煩對方：這點小事驚動您，實在抱歉。

【驚訝】jīng yà　感到意外或奇怪。🔊訝異

【驚喜】jīng xǐ　又驚訝又高興：驚喜萬分。
🔄驚恐

【驚惶】jīng huáng　震驚惶恐：驚惶得走錯了路。

〔附加詞〕驚惶失措：因驚恐過度而心慌意亂，不知如何是好。

【驚慌】jīng huāng　驚恐慌亂：驚慌失措。
🔄鎮靜

【驚歎】jīng tàn　驚訝讚歎：他那超羣的武功確實叫人驚歎。

【驚駭】jīng hài　驚恐害怕：往下一看深不見底，驚駭得退了回來。🔊驚嚇

【驚醒】jīng xǐng　① 受驚嚇而清醒：從惡夢中驚醒。② 滋擾、騷擾弄得對方清醒過來：睡得很香，別驚醒他。

【驚險】jīng xiǎn　情景或處境危險，叫人惶恐、緊張：場面驚險 / 驚險故事。🔊危險

14 驟 [骤]　驟 驟 驟 驟 驟 驟　驟

🔊zhòu 🔊zaau⁶ 爪⁶

① 馬奔跑：縱橫馳驟。② 迅速、急速：急驟 / 暴風驟雨。③ 突然、忽然：驟變（突變）/ 狂風驟起 / 天氣驟冷。

16 驥 [骥]　驥 驥 驥 驥 驥 驥　驥

🔊jì 🔊kei³ 冀

千里馬：按圖索驥。

16 驢 [驴]　驢 驢 驢 驢 驢 驢　驢

🔊lú 🔊leoi⁴ 雷

一種像馬、比馬小的野生動物或家畜，耳朵和臉都較長，毛大都為灰褐色，能拉車、馱東西或騎乘：牛馬驢騾 / 黔驢技窮。🔊驢脣不對馬嘴

骨 部

骨 (一)

骨 骨 骨 骨 骨 骨 骨

(普)gǔ (粵)gwat¹ 橘

① 人和脊椎動物身體裏的骨骼：筋骨 。② 支撐物體的架子：傘骨／鋼骨水泥。③ 比喻人的品質、氣概：俠骨／媚骨／傲骨／骨氣（剛強不屈的氣概）。

【骨幹】gǔ gàn ① 骨骼的主幹。② 比喻在總體中起主要作用的人或事物：業務骨幹／主力部隊的骨幹。

【骨頭】gǔ tou ① 人和脊椎動物體內支撐身體的堅硬組織。② 比喻人的骨氣、品質：生就的硬骨頭／一副軟骨頭樣兒。

【骨骼】gǔ gé 人和脊椎動物體內由骨頭構成的支架。

【骨髓】gǔ suǐ 骨腔中柔軟如脂肪的東西，有造血功能。

骨 (二)

(普)gū (粵)gwat¹ 橘

見"骨朵"。

【骨朵】gū duo 花蕾的俗稱：花骨朵。

骯

骯 骯 骯 骯 骯 骯 骯

(普)āng (粵)ong¹

見"骯髒"。

【骯髒】āng zāng ① 不乾淨：清洗骯髒的東西。反清潔＊潔淨 ② 比喻卑鄙醜惡：靈魂骯髒／骯髒的交易。反高尚

骷 [5]

骷 骷 骷 骷 骷 骷 骷

(普)kū (粵)fu¹ 呼

骷髏：死人的頭骨或全身骨骼：骷髏頭。

骼 [6]

骼 骼 骼 骼 骼 骼 骼

(普)gé (粵)gaak³ 格

骨的通稱：骨骼。

骸 [6]

骸 骸 骸 骸 骸 骸 骸

(普)hái (粵)haai⁴ 孩

① 人的骨頭：骸骨（屍骨）／屍骸。② 指身體：形骸 。③ 物體的骨架：墜機的殘骸。

髏 [11] [髏]

髏 髏 髏 髏 髏 髏 髏

(普)lóu (粵)lau⁴ 流

骷髏。詳見"骷"。

髒 [13] [脏]

髒 髒 髒 髒 髒 髒 髒

(普)zāng (粵)zong¹ 裝

骯髒：髒話（粗俗下流的話）。

髓 [13]

髓 髓 髓 髓 髓 髓 髓

(普)suǐ (粵)seoi⁵ 緒

① 骨腔裏柔軟如脂肪的東西：骨髓／敲骨吸髓。

② 比喻精華：唐詩的精髓。

體 [13] [体]

體 體 體 體 體 體 體

(普)tǐ (粵)tai² 替 ²

① 身體或身體的一部分：人體／肢體。② 物體、

物質：固體／氣體。③ 規格、規矩、形式、制度：體例／體制／體統／政體。④ 文字或文章作品的形式：章體／體裁。⑤ 親自（嘗試、經歷、體察）：體會／體驗／體諒。

【體己】tī ji 貼心的、親密的：體己話。

💡 "體" 在 "體己" 一詞中讀 "tī" 不讀 "tǐ"，這是特例，體己輕讀 "tī ji"。

〔簡明詞〕體力、體能：身體活動時可供消耗的能量。體形：身體的形狀。體質：身體的素質。

【體系】tǐ xì 由若干事物聯繫起來構成的總體：網絡體系／理論體系。

【體例】tǐ lì 編寫書所遵循的格式或形式：學生字典的體例。

【體育】tǐ yù ① 開展運動、增強體質的教育。② 指體育運動：體育用品。

〔附加詞〕體育場、體育館：鍛煉身體和進行體育運動訓練或比賽的場館，露天的叫場，室內的稱館。

【體面】tǐ miàn ① 身分、名譽：做事要講究體面。② 光彩、榮耀：這件事做得不體面／他覺得有錢很體面。③ 好看、一表人材：你的兒子很體面。

【體現】tǐ xiàn 表現出來、顯示出來：他的畫以嶄新風格體現了農村的風貌。同 表現

【體裁】tǐ cái 文學作品的形式的類別，如詩歌、小說、散文、劇本等。

【體貼】tǐ tiē 體諒別人的心情、處境，給予同情、關懷和照顧：他懂得關心人體貼人。反 體恤

【體統】tǐ tǒng ① 規矩、準則：不得破壞體統。② 身分、身價：有失體統。

【體會】tǐ huì ① 體驗領會：體會媽咪的苦心。② 體驗領會到的東西：我的體會很多。

【體察】tǐ chá ① 體驗和明察：體察民情。② 體諒：要體察她的心情。

【體諒】tǐ liàng 體察對方的苦衷，給予寬容諒解。同 理解 * 諒解

【體操】tǐ cāo ① 一種體育項目，徒手或利用運動器械連續做出不同的動作，如鞍馬、單槓、高低槓、團體操等。② 鍛煉身體的體育項目，為一套按規則程式做的肢體動作。

【體積】tǐ jī 物體所佔據空間的範圍：包裹的體積／教學樓的體積。

【體驗】tǐ yàn 通過親身經歷來觀察和認識：體驗農民的生活。

高部

高

高 高 高 高 高 高 髙

普 gāo 粵 gou¹ 糕

① 自下向上距離長；離地面遠：高樓／高空／高聳（又高又直地聳立着）。② 高度：樹高千丈，葉落歸根。③ 高處：登高／居高臨下。④ 地位、等級在上面的：位高權重／高級將領／高年級學生。⑤ 遠遠超過一般的：高人／高溫／高強（高超）。⑥ 指歲數大：年事已高。⑦ 高尚：德高望重。⑧ 熱烈、強烈：興高采烈／興致很高。⑨ 敬稱屬於對方的：高姓大名／高足（優秀弟子）。俗 不知天高地厚

【高下】gāo xià 優劣；水準的高低：高下難分／決一高下。

【高手】gāo shǒu 技能、水準高超的人：武林高手／電腦高手。

【高低】gāo dī ① 高度：測量佛塔的高低。② 高下、優劣：能力相當，難分高低。③ 指說話、做事的分寸：孩子不懂事，說話不知高低。

〔古詩文〕橫看成嶺側成峯，遠近高低各不同。《題西林壁》蘇軾

【高尚】gāo shàng 高雅，道德品質上乘、不庸俗的：高尚的情操／高尚的精神生活。反 低俗 * 庸俗

【高明】gāo míng ① 高超：見解高明 / 技藝高明。② 指高明的人：我做不了，另請高明吧。

【高昂】gāo áng ① 向上揚起、升高、抬起來：情緒高昂 / 聲音高昂 / 高昂着頭。② 昂貴：藍寶石價格高昂。

【高度】gāo dù ① 上下的距離：飛行高度三千米 / 大樓的高度七十米。② 程度超過一般的：高度重視 / 經濟高度發展。

【高原】gāo yuán 海拔較高，地形起伏較小的廣闊地面：黃土高原 / 青藏高原。

【高峯】gāo fēng ① 高聳的山峯：白雲深處有高峯。⟨反⟩山谷 ② 比喻最高級、最高階段：商朝的青銅藝術已達到高峯。⟨反⟩低級 ③ 比喻首腦：高峯會議。

【高深】gāo shēn 水準高、程度深：高深莫測。⟨反⟩淺薄

【高超】gāo chāo 遠超過一般水平：武藝高強 / 醫術高超。⟨反⟩低能

【高雅】gāo yǎ 高尚不庸俗：文靜高雅的人。⟨反⟩庸俗

【高貴】gāo guì ① 地位顯赫，家境富有：高貴人家 / 門第高貴。② 高尚可貴：高貴的品質。③ 非常珍貴：服飾高貴，舉止優雅。⟨反⟩低賤

【高傲】gāo ào 自高自大，看不起別人。⟨同⟩傲慢 ⟨反⟩謙虛 * 虛心

【高漲】gāo zhǎng ① 快速上升：河水高漲 / 物價高漲。⟨反⟩降低 ② 情緒等變得異常強烈：士氣高漲。⟨反⟩消沉

【高潮】gāo cháo ① 潮水的最高水位：珠江的水位已接近高潮。② 比喻高度發展的階段：技術革命的高潮即將到來。③ 矛盾衝突發展的頂點：戲劇的結尾達到高潮。⟨反⟩低潮

【高層】gāo céng ① 層數多的；層次高的：高層住宅 / 高層建築。② 領導人中級別高的：高層很重視這件事。

【高興】gāo xìng ① 又愉快又興奮：心裏挺高興。⟨反⟩難過 * 傷心 ② 樂意、喜歡：我高興怎麼做就怎麼做。

【高壓】gāo yā ① 動用強權壓制迫害：高壓政策。⟨反⟩低壓

【高瞻遠矚】gāo zhān yuǎn zhǔ 瞻，向上或向前看；矚，注意看。⟨反⟩坐井觀天 * 鼠目寸光

髟 部

4 髦 　髦髦髦髦髦髦 ⟨image⟩

⟨普⟩máo ⟨粵⟩mou⁴ 毛
① 頭髮垂在前額的兒童髮式。② 時尚：時髦。

5 髮 [发] 　髮髮髮髮髮髮 ⟨image⟩

⟨普⟩fà ⟨粵⟩faat³ 法
頭髮：髮廊 / 髮型（髮式，頭髮梳理成的樣式）/ 鶴髮童顏。
【髮指】fà zhǐ 頭髮豎起來，形容非常憤怒或震驚：令人髮指的暴行。

8 鬆 [松] 　鬆鬆鬆鬆鬆鬆 ⟨image⟩

⟨普⟩sōng ⟨粵⟩sung¹ 送¹
① 鬆散、疏鬆，不緊密、不堅實：鬆弛 / 螺絲鬆了 / 土地鬆軟。② 解開；放開；鬆動；放鬆：解繩鬆綁 / 翻土鬆土 / 鬆一鬆螺絲。③ 輕快，不緊張：鬆快 / 輕鬆。④ 用瘦肉、魚肉等製成的絨狀或碎末狀的食品：肉鬆 / 魚鬆。
【鬆弛】sōng chí ① 放鬆：肌肉鬆弛 / 警惕性鬆弛了。② 懈怠、鬆懈：紀律鬆弛。⟨反⟩緊張
🔍 鬆弛「馳」是馬快跑的意思。「弛」是弓弦放鬆的意思。兩者字形相近，字義不同。

(一)【鬆散】sōng sǎn ① 散開；不緊密：領扣鬆散着，懶懶散散。② 鬆懈，不緊湊、不集中：小說的結構鬆散 / 精神鬆散，辦事拖拉。

(二)【鬆散】sōng san 輕鬆；舒展：緊張了一天，該鬆散鬆散了。

【鬆懈】sōng xiè 渙散，鬆散：精神鬆懈 / 紀律鬆懈 / 心理上先鬆懈下來。

9 鬍 [胡]　鬍鬍鬍鬍鬍鬍　鬍

(普) hú (粵) wu⁴ 湖

嘴周圍和面頰上長的毛：鬍子 / 鬍鬚。

12 鬚 [须]　鬚鬚鬚鬚鬚鬚　鬚

(普) xū (粵) sou¹ 蘇

① 下巴上的鬍子。② 指鬍子：鬚髮斑白。③ 像鬍子的東西：花鬚 / 鬚根 / 蘿蔔鬚。

14 鬢 [鬓]　鬢鬢鬢鬢鬢鬢　鬢

(普) bìn (粵) ban³ 殯

面頰兩旁靠近耳邊的頭髮：鬢角 / 鬢髮。

鬥 部

0 鬥 [斗]　鬥鬥鬥鬥鬥鬥　鬥

(普) dòu (粵) dau³ 豆³

① 對打；爭奪：搏鬥 / 鬥爭 / 鬥智（用智謀爭勝負）/ 明爭暗鬥。② 爭辯；爭吵：鬥嘴 / 鬥口。③ 努力、拼搏：奮鬥。④ 誘使動物互相爭鬥：鬥雞 / 鬥牛 / 鬥蟋蟀。

【鬥爭】dòu zhēng ① 雙方發生衝突，力求設法戰勝對方：權力鬥爭。② 努力奮鬥：為實現夢想而鬥爭。

5 鬧 [闹]　鬧鬧鬧鬧鬧鬧　鬧

(普) nào (粵) naau⁶ 撓⁶

① 熱鬧；喧嘩：鬧哄哄 / 鬧嚷嚷。② 爭吵；吵鬧：兩人鬧翻了 / 一夥人鬧翻了天。③ 搗亂；擾亂：鬧事（製造事端）/ 孫悟空大鬧天宮。④ 做、搞：鬧罷工 / 鬧笑話 / 我始終鬧不明白 / 鬧得不好，麻煩大了。⑤ 陷到某種狀態當中：鬧脾氣 / 鬧情緒。⑥ 發生疾病、災害等：鬧疫病 / 鬧水災。⑦ 玩耍、耍笑：打打鬧鬧 / 大鬧新房。

鬯 部

19 鬱 [郁]　鬱鬱鬱鬱鬱鬱　鬱

(普) yù (粵) wat¹ 屈

① 草木茂盛的樣子：蒼鬱 / 葱鬱 / 鬱鬱葱葱（形容草木茂密）。② 心情沉悶不暢快：憂鬱 / 鬱鬱不樂（悶悶不樂）。

【鬱悶】yù mèn ① 煩悶：雖然沒有獲得升職，可我一點也不鬱悶。② 沉悶；不舒暢：天氣鬱悶得很。(反) 暢快 * 爽快

鬲 部

0 鬲　鬲鬲鬲鬲鬲鬲　鬲

(普) lì (粵) lik⁶ 力

陶土或青銅製作的古代烹煮器具，圓口，有三個

中空的腳：陶甂。

12 鬻

鬻 鬻 鬻 鬻 鬻 鬻 鬻

(普) yù (粵) juk⁶ 肉

賣：賣官鬻爵／賣兒鬻女。

鬼 部

0 鬼

鬼 鬼 鬼 鬼 鬼 鬼 鬼

(普) guǐ (粵) gwai² 軌

① 中國古代尊稱先人的神靈；人死後幻化成的精靈：裝神弄鬼／鬼怪（惡鬼和妖怪）／鬼魂。② 不可告人的心思或言行：心裏有鬼／背後搗鬼。③ 不好的、糟糕的：鬼天氣／鬼地方。④ 機靈；滑頭：小傢伙鬼得很。⑤ 稱惹人喜愛的人或有不良習性的人：小鬼／機靈鬼／酒鬼／煙鬼。

【鬼神】guǐ shén ① 中國古代稱先祖的神靈為鬼神。② 鬼怪和神明：我不相信世上有鬼神。

【鬼祟】guǐ suì 形容鬼頭鬼腦，行為不正：行動鬼祟。

〔附加詞〕鬼鬼祟祟：形容偷偷摸摸，鬼頭鬼腦：鬼鬼祟祟地東張西望。

🔍 鬼崇 "崇" 本義是高大，引申為重視、尊重。"祟" 本指鬼怪出來害人，引申為行為不端、不光明磊落。兩字形近容易寫錯。

4 魂

魂 魂 魂 魂 魂 魂 魂

(普) hún (粵) wan⁴ 雲

① 魂魄：嚇得魂不附體。② 人的精神情緒；人格化的精神；崇高的精神：失魂落魄／花魂／國魂。

〔古詩文〕清明時節雨紛紛，路上行人欲斷魂。《清明》杜牧）

【魂魄】hún pò 附在人體內支配人的、脫離人體仍獨立存在的超自然的東西。中國話有 "三魂七魄" 的說法。

4 魁

魁 魁 魁 魁 魁 魁 魁

(普) kuí (粵) fui¹ 灰

① 居首位的：比賽奪魁／罪魁禍首。② 高大：魁梧／魁偉（高大結實）。

5 魄

魄 魄 魄 魄 魄 魄 魄

(普) pò (粵) paak³ 拍

① 魂魄：嚇得魂飛魄散。② 精力；魄力：體魄／氣魄。

【魄力】pò lì 堅決果斷有膽識的處事能力：簡直像個文弱書生，一點魄力也沒有。

5 魅

魅 魅 魅 魅 魅 魅 魅

(普) mèi (粵) mei⁶ 味

① 妖精鬼怪：鬼魅。② 媚，迷惑：魅惑。

【魅力】mèi lì 非常吸引人、感動人的力量：他的文人氣質很有魅力。

✏️ 魅力與魄力：魅力，是來自氣質風度、內涵帶來的那種吸引人、打動人的力量；魄力，則是指能力。

8 魏

魏 魏 魏 魏 魏 魏 魏

(普) wèi (粵) ngai⁶ 毅

① 周代諸侯國名。在今河南北部山西西南一帶：戰國七雄中有魏國。② 朝代名。三國時代的魏國，為曹操的兒子曹丕所建。

魔 [11]

魔魔魔魔魔魔 魔

(普) mó (粵) mo¹ 麼

① 鬼怪：魔怪／魔鬼。② 比喻害人的東西或邪惡勢力：病魔／魔爪。③ 神祕、奇異：魔法。

【魔爪】mó zhǎo 妖魔的手爪，比喻兇惡勢力。

【魔法】mó fǎ ① 妖魔施展的法術。② 神奇、神秘的法術

【魔鬼】mó guǐ ①《聖經》裏説的惡鬼，又叫"撒旦"。② 鬼怪：人間沒有魔鬼。③ 比喻為非作歹的惡人。

【魔術】mó shù 一種雜技。表演者以敏捷靈巧的動作，使物體出現、消失或產生奇妙的變化。

魚 部

魚 [鱼] [0]

魚魚魚魚魚魚 魚

(普) yú (粵) jyu⁴ 餘

① 水生脊椎動物，體形大都側扁利於游水，有鱗和鰭，用鰓呼吸，卵生，大部分可食用。② 像魚類的水生動物：鱷魚／鯨魚。

💡 由"魚"構成的成語魚米之鄉、魚貫而入、魚目混珠、魚龍混雜、漏網之魚、緣木求魚。

【魚肉】yú ròu ① 魚和肉，指葷腥食品。② 用暴力欺凌、殘害：魚肉百姓。

【魚汛】yú xùn 魚類因產卵、越冬、覓食等原因，在一個時期羣集於某一海域，這一時期稱作"魚汛"，是適合捕魚的時期。

魛 [魛] [2]

魛魛魛魛魛魛 魛

(普) dāo (粵) dou¹ 刀

一種形體長而薄的像刀的食用魚，也可寫成"刀魚"。

魷 [魷] [4]

魷魷魷魷魷魷 魷

(普) yóu (粵) jau⁴ 由

魷魚，海生軟體動物，形狀像烏賊稍長一些，是常用海味。

魯 [鲁] [4]

魯魯魯魯魯魯 魯

(普) lǔ (粵) lou⁵ 老

① 遲鈍、蠢笨：愚魯。② 莽撞：粗魯／魯莽（冒失、輕率）。③ 周代諸侯國名，在今山東西南部，孔子就是魯國人。④ 山東省的別稱。

鮑 [鲍] [5]

鮑鮑鮑鮑鮑鮑 鮑

(普) bào (粵) baau¹ 包

鮑魚，海中一種軟體動物，貝殼橢圓形，肉味鮮美，是著名海味，殼作中藥叫"石決明"。

鮭 [鲑] [6]

鮭鮭鮭鮭鮭鮭 鮭

(普) guī (粵) gwai¹ 歸

鮭魚，身體略呈紡錘形，鱗細圓，種類很多，常見的有大馬哈魚，肉味鮮美。

鮫 [鲛] [6]

鮫鮫鮫鮫鮫鮫 鮫

(普) jiāo (粵) gaau¹ 交

鯊魚。

鮮 [鲜] (一) [6]

鮮鮮鮮鮮鮮鮮 鮮

(普) xiān (粵) sin¹ 先

① 指魚蝦等水產品：河鮮／海鮮。② 剛收穫

的新鮮食物：時鮮蔬菜。③ 新鮮：鮮花／鮮肉
④ 味道好：味道鮮美。⑤ 鮮明，有光彩：鮮
亮／鮮豔。
【鮮明】xiān míng ① 色彩明亮：色彩鮮明。
② 非常明確，毫不含糊：主題鮮明／有鮮明的性
格特徵。
【鮮美】xiān měi ① 滋味好：鮮美可口。② 花草
等新鮮亮麗：芳草鮮美。
【鮮紅】xiān hóng 顏色紅而鮮豔：鮮紅的玫瑰。
【鮮豔】xiān yàn 鮮明豔麗：衣着鮮豔奪目／一
樹鮮豔的桃花。

6 鮮[鮮]⁽二⁾
(普)xiǎn (粵)sin¹ 先
少：鮮有（少有）／鮮為人知（知道的人很少）。

7 鯁[鯁]
(普)gěng (粵)gang² 梗
① 魚骨、魚刺：如鯁在喉。② 正直：鯁直（耿直、
正直）。

7 鯉[鯉]
(普)lǐ (粵)lei⁶ 李
鯉魚，青黃色，嘴邊有鬚，是重要的淡水食用魚。

7 鯀[鯀]
(普)gǔn (粵)gwan² 滾
① 一種大魚。② 古人名，傳說是大禹的父親。

7 鯇[鯇]
(普)huàn (粵)waan⁵ 挽
草魚，身體圓筒形，顏色微綠，是重要的淡水養
殖食用魚。

7 鯽[鯽]
(普)jì (粵)zik¹ 即
一種青褐色的尖頭食用魚，中國各地淡水中都出
產，肉味鮮美：多如過江之鯽。

7 鯊[鯊]
(普)shā (粵)saa¹ 沙
生活在海洋中的鯊魚，種類很多，體似紡錘形，
稍扁些，尾鰭發達，行動敏捷，性情兇猛，捕食
其他魚類，鰭做的魚翅為高貴食品。

8 鯪[鯪]
(普)líng (粵)ling⁴ 零
一種銀灰色食用淡水魚，嘴邊有兩對短鬚，是做
罐頭食品的一種魚。

8 鯡[鯡]
(普)fēi (粵)fei¹ 飛
一種海洋魚，體長而側扁，背部青黑，腹部銀白，
肉可食，是重要的經濟魚類。

8 鯧[鯧]
(普)chāng (粵)coeng¹ 昌
鯧魚，銀灰色，鱗小頭小，肉質細嫩鮮美，生活
在海洋中。

鯢[鲵]　鯢 鯢 鯢 鯢 鯢 鯢　鯢

(普) ní (粵) ngai⁴ 危

兩棲類動物，有四足，生活在淡水中，分大鯢和小鯢兩種，大鯢叫聲像嬰兒，俗稱娃娃魚。

鯨[鲸]　鯨 鯨 鯨 鯨 鯨 鯨　鯨

(普) jīng (粵) king⁴ 擎

鯨魚，海洋胎生哺乳動物，用肺呼吸，鼻孔生在頭頂上，可達三十多米長，是世界上最大的動物。

鰮[鳁]　鰮 鰮 鰮 鰮 鰮 鰮　鰮

(普) wēn (粵) wan¹ 溫

鰮鯨，鯨魚的一種，頭上有噴水孔，無牙齒，有鯨鬚，生活在海洋中。

鰂[鲗]　鰂 鰂 鰂 鰂 鰂 鰂　鰂

(普) zéi (粵) caak⁶ 賊

烏鰂，俗名烏賊，通稱墨魚，體似扁袋形的軟體海生動物，體內有墨囊，遇敵則放出墨汁逃跑。

鰓[鳃]　鰓 鰓 鰓 鰓 鰓 鰓　鰓

(普) sāi (粵) soi¹ 腮

多數水生動物的呼吸器官，用來吸取溶解在水中的氧氣。

鰍[鳅]　鰍 鰍 鰍 鰍 鰍 鰍　鰍

(普) qiū (粵) cau¹ 秋

魚類的一種，身體似圓柱形，頭尖小，尾側扁，皮上有黏液，肉可吃，常見的有泥鰍、花鰍、長薄鰍等品種。

鯿[鳊]　鯿 鯿 鯿 鯿 鯿 鯿　鯿

(普) biān (粵) bin¹ 邊

鯿魚，背部隆起，頭尖尾小體寬，是常見的淡水食用魚。

鰭[鳍]　鰭 鰭 鰭 鰭 鰭 鰭　鰭

(普) qí (粵) kei⁴ 其

魚類和其他水生脊椎動物的運動器官，由刺狀的硬骨或軟骨支撐薄膜構成，有背鰭、胸鰭和尾鰭。

鰣[鲥]　鰣 鰣 鰣 鰣 鰣 鰣　鰣

(普) shí (粵) si⁴ 時

鰣魚，背黑綠色，腹銀白色，肉質鮮嫩，鱗下多脂肪，是名貴的食用魚。

鰲[鳌]　鰲 鰲 鰲 鰲 鰲 鰲　鰲

(普) áo (粵) ngou⁴ 遨

傳說為海中的大龜和大鱉。(同) 鼇
【鰲頭】áo tóu 唐宋時皇宮大殿前階正中石板上雕刻的大龜頭像，科舉考試所錄取的狀元受皇帝特許可站在鰲頭那裏，以示恩寵：獨佔鰲頭。

鰱[鲢]　鰱 鰱 鰱 鰱 鰱 鰱　鰱

(普) lián (粵) lin⁴ 連

鰱魚，背青褐色，腹銀白色，頭大鱗細，是重要的淡水魚類之一。

鰾[鳔]　鰾 鰾 鰾 鰾 鰾 鰾　鰾

(普) biào (粵) piu⁵ 漂⁵

多數魚體內可以脹縮的囊狀物，裏面可充滿氣體，魚靠鰾收縮或膨脹而下沉或上浮，俗稱魚泡。

11 鱈 [鳕]　鱈 鱈 鱈 鱈 鱈 鱈　鱈

(普) xuě　(粵) syut³ 雪

鱈魚，頭大尾小，灰褐色，有黑斑，性喜羣游，生活在海中，肝臟可製成藥用魚肝油，俗稱大頭魚。

11 鰻 [鳗]　鰻 鰻 鰻 鰻 鰻 鰻　鰻

(普) mán　(粵) maan⁴ 蠻 / maan⁶ 慢

鰻魚，身體前部近圓筒形、後部側扁，背灰褐色，腹白色，生活在淡水中，到海中產卵，肉味鮮美，又叫白鱔、白鰻。

11 鱅 [鳙]　鱅 鱅 鱅 鱅 鱅 鱅　鱅

(普) yōng　(粵) jung⁴ 容

鱅魚，身體暗黑色，鱗片細密，大頭，生活在淡水中，是常見的食用魚，又稱花鰱、胖頭魚。

11 鱉 [鳖]　鱉 鱉 鱉 鱉 鱉 鱉　鱉

(普) biē　(粵) bit³ 彆

同 "鼈"。詳見 "鼈"。

12 鱖 [鳜]　鱖 鱖 鱖 鱖 鱖 鱖　鱖

(普) guì　(粵) gwai³ 季

鱖魚，脊背隆起，全身青黃色，有黑色斑點，大口細鱗，肉質鮮美，是常用淡水食用魚，又叫桂魚。

12 鱔 [鳝]　鱔 鱔 鱔 鱔 鱔 鱔　鱔

(普) shàn　(粵) sin⁵ 善 ⁵

鱔魚，體形像蛇，黃褐色，有黑色斑點，無鱗，生活在水邊泥洞裏，是常見的食用魚，又叫黃鱔。

12 鱗 [鳞]　鱗 鱗 鱗 鱗 鱗 鱗　鱗

(普) lín　(粵) leon⁴ 鄰

① 魚類和爬行動物身體表面長的骨質或角質、起保護作用的小薄片：魚鱗 / 鱗甲。② 像魚鱗一樣的：遍體鱗傷。

12 鱒 [鳟]　鱒 鱒 鱒 鱒 鱒 鱒　鱒

(普) zūn　(粵) zyun¹ 尊

鱒魚，體形前部圓筒形，後部側扁，銀灰色，生活在淡水中，是常見的食用魚，俗稱赤眼鱒。

12 鱘 [鲟]　鱘 鱘 鱘 鱘 鱘 鱘　鱘

(普) xún　(粵) cam⁴ 尋

鱘魚，體形近似圓筒形，長可達三米多，背部深灰或灰黃色，腹部白色，口尖而小，生活在沿海或淡水中，中華鱘是中國特有品種。

13 鱧 [鳢]　鱧 鱧 鱧 鱧 鱧 鱧　鱧

(普) lǐ　(粵) lai⁵ 禮

魚名，身體長圓筒形，青褐色，頭扁，性兇猛，肉肥美，可食用，俗稱黑魚。

14 鱭 [鲚]　鱭 鱭 鱭 鱭 鱭 鱭　鱭

(普) jì　(粵) cai⁵ 妻 ⁵

鱭魚，銀白色，小頭，尾尖細，生活在海中，俗稱鳳尾魚。

16 鱷[鳄] 鱷鱷鱷鱷鱷鱷 鱷
(普)è (粵)ngok⁶ 岳

鱷魚，兇惡的爬行動物，體長三至六米，灰褐色，頭和軀幹扁平，體表有硬皮和角質鱗，四肢短，長尾，善於爬行和游泳，多生活在熱帶和亞熱帶海濱及江河湖澤中，其中揚子鱷是中國特產。

16 鱸[鲈] 鱸鱸鱸鱸鱸鱸 鱸
(普)lú (粵)lou⁴ 勞

鱸魚，大嘴細鱗，銀灰色，背部和背鰭有黑斑，肉味鮮美。

鳥部

0 鳥[鸟] 鳥鳥鳥鳥鳥鳥 鳥
(普)niǎo (粵)niu⁵ 裊

長翅膀、能飛翔的禽鳥。全身有羽毛，如鷹、燕、麻雀：益鳥 / 啄木鳥。
【鳥瞰】niǎo kàn ① 從高處往下看：登上太平山頂，鳥瞰維港全景。(同) 俯瞰 ② 概括性的説明、描述。多用作標題：世界環境保護現狀鳥瞰。
【鳥語花香】niǎo yǔ huā xiāng ① 鳥兒歌唱，花兒飄香。形容春天美麗和暖的景象。(同) 花香鳥語

2 鳧[凫] 鳧鳧鳧鳧鳧鳧 鳧
(普)fú (粵)fu⁴ 符

① 形狀像鴨子的水鳥，會飛，善長游水，成羣生

活在湖泊中，俗稱"野鴨"。② 游動：我不會鳧水 / 一羣野鴨在鳧水。

2 鳩[鸠] 鳩鳩鳩鳩鳩鳩 鳩
(普)jiū (粵)kau¹ 溝

① 形狀像鴿子的鳥。常見的是斑鳩，羽毛灰褐色，有斑紋。② 糾集、集合：鳩集一羣烏合之眾。

3 鳴[鸣] 鳴鳴鳴鳴鳴鳴 鳴
(普)míng (粵)ming⁴ 明

① (鳥獸或昆蟲) 叫：鳥鳴 / 鹿鳴 / 蟲鳴。② 發出聲音：雷鳴 / 禮炮齊鳴。③ 使發出聲音：鳴笛 / 鳴槍示警。④ 表示；發表：鳴謝 / 替人鳴不平。
【鳴謝】míng xiè 公開表示謝意：登報鳴謝。(同) 致謝
【鳴冤叫屈】míng yuān jiào qū 叫喊冤屈；申訴冤枉：不停地鳴冤叫屈，好像受了多大委屈似的。

3 鳳[凤] 鳳鳳鳳鳳鳳鳳 鳳
(普)fèng (粵)fung⁶ 奉

① 鳳凰：百鳥朝鳳。② 有鳳凰形象、圖案的：鳳冠。
【鳳凰】fèng huáng 古代傳説中的百鳥之王。雄的叫鳳，雌的叫凰，通稱鳳凰或鳳。中國傳統上以鳳凰象徵祥瑞。
【鳳毛麟角】fèng máo lín jiǎo 鳳凰的毛，麒麟的角，比喻極難得的人才和事物。

4 鴉[鸦] 鴉鴉鴉鴉鴉鴉 鴉
(普)yā (粵)aa¹

一種黑色的鳥類，大嘴長翅，以烏鴉最常見。

【鴉片】yā piàn 一種毒品，也可藥用，俗稱大煙。
【鴉雀無聲】yā què wú shēng 連烏鴉、麻雀的聲音都沒有。形容非常安靜。◎ 鴉鵲無聲

5 **鴨**[鸭]　鴨鴨鴨鴨鴨鴨　鴨
(普) yā　(粵) aap³
一種鳥類，扁嘴短腿，趾間有蹼，善長游水，分家鴨、野鴨兩種，通常指家鴨，肉蛋供食用。

5 **鴦**[鸯]　鴦鴦鴦鴦鴦鴦　鴦
(普) yāng　(粵) joeng¹ 央
鴛鴦。詳見 "鴛"。

5 **鴕**[鸵]　鴕鴕鴕鴕鴕鴕　鴕
(普) tuó　(粵) to⁴ 佗
鴕鳥，在現代鳥類中最大，長腿善跑，兩翼退化，不能飛，雄鳥高大，雌鳥稍小，生活在非洲草原和沙漠地區。

5 **鴛**[鸳]　鴛鴛鴛鴛鴛鴛　鴛
(普) yuān　(粵) jyun¹ 淵
鴛鴦：一種形體像野鴨的鳥，比鴨小，善長游水，羽毛光澤漂亮，雌雄成對而居，多比喻夫妻：鴛鴦戲水。

6 **鴿**[鸽]　鴿鴿鴿鴿鴿鴿　鴿
(普) gē　(粵) gap³ 急³
鴿子，分野鴿和家鴿，家鴿經過訓練可以傳送信息，常用作和平的象徵：信鴿 / 和平鴿。

6 **鴻**[鸿]　鴻鴻鴻鴻鴻鴻　鴻
(普) hóng　(粵) hung⁴ 紅
① 大雁，羣居在水邊的一種候鳥。② 大：鴻福齊天。
【鴻毛】hóng máo 大雁的羽毛，比喻微不足道的東西：輕如鴻毛。
【鴻運】hóng yùn 紅運、好運氣：鴻運當頭。◎ 厄運
【鴻圖】hóng tú 遠大宏偉的設想或規劃：大展鴻圖。

7 **鵑**[鹃]　鵑鵑鵑鵑鵑鵑　鵑
(普) juān　(粵) gyun¹ 捐
杜鵑：一種益鳥，又名布穀、子規，常在初夏晝夜鳴叫。

7 **鵝**[鹅]　鵝鵝鵝鵝鵝鵝　鵝
(普) é　(粵) ngo⁴ 娥
家禽，羽毛白色或灰色，頸長尾短，腳有蹼，善長游水，肉和蛋供食用：鵝黃（像幼鵝絨毛那種淡黃色）/ 鵝毛（比喻微薄的禮物）/ 鵝行鴨步（形容走路緩慢而搖擺）。 (俗) 千里送鵝毛，禮輕情意重

8 **鵡**[鹉]　鵡鵡鵡鵡鵡鵡　鵡
(普) wǔ　(粵) mou⁵ 武
鸚鵡。詳見 "鸚"。

8 **鵲**[鹊]　鵲鵲鵲鵲鵲鵲　鵲
(普) què　(粵) coek³ 綽 / zoek³ 雀
喜鵲。中國民俗認為喜鵲鳴叫是吉兆，稱作

"鵲喜"。

鹌 [鹌]　鹌鹌鹌鹌鹌鹌　鹌
(普) ān (粤) am¹

鹌鶉：一種頭小尾短的鳥，羽毛赤褐色，肉和蛋味美供食用。

鵬 [鹏]　鵬鵬鵬鵬鵬鵬　鵬
(普) péng (粤) paang⁴ 彭

傳說中最大的鳥：大鵬展翅／鵬程萬里（前程遠大）。

鵰　鵰鵰鵰鵰鵰鵰　鵰
(普) diāo (粤) diu¹ 丟

雕。一種類似蒼鷹的猛禽，目光銳利，自高空搏擊地面小動物捕食。

鶉 [鹑]　鶉鶉鶉鶉鶉鶉　鶉
(普) chún (粤) seon⁴ 純

鹌鶉。詳見"鹌"。

鶩 [鹜]　鶩鶩鶩鶩鶩鶩　鶩
(普) wù (粤) mou⁶ 冒

鴨子：趨之若鶩（像一羣鴨子爭先恐後跑過去）。

鷂 [鹞]　鷂鷂鷂鷂鷂鷂　鷂
(普) yào (粤) jiu⁶ 耀

一種像鷹的猛禽，比鷹小，羽毛灰褐色，捕食小鳥，又叫"鷂鷹"、"鷂子"。

鶯 [莺]　鶯鶯鶯鶯鶯鶯　鶯
(普) yīng (粤) ang¹

① 一種體形小巧的鳥，種類很多，羽毛褐色或暗綠色，嘴短而尖，叫聲清脆動聽，吃害蟲，是益鳥。② 黃鶯，又叫黃鸝：鶯聲燕語／鶯歌燕舞。

鶴 [鹤]　鶴鶴鶴鶴鶴鶴　鶴
(普) hè (粤) hok⁶ 學

生活在水邊的一種鳥，體大頭小，頸、嘴、腳都很長，羽毛白色或灰色，翅膀寬大善飛，吃魚蝦之類：鶴立雞羣（比喻儀表或才能非常出眾）。

鷙 [鸷]　鷙鷙鷙鷙鷙鷙　鷙
(普) zhì (粤) zi³ 至

① 兇猛的鳥，如鷹、鵰等。② 兇猛：鷙鳥／鷙禽。

鷗 [鸥]　鷗鷗鷗鷗鷗鷗　鷗
(普) ōu (粤) au¹

一種水鳥，長長的翅膀很善飛，羽毛白色或灰色，主要捕食魚類：海鷗。

鷸 [鹬]　鷸鷸鷸鷸鷸鷸　鷸
(普) yù (粤) wat⁶ 屈⁶

一種長腿長嘴的小鳥，羽毛茶褐色，在淺水邊或水田中覓食小魚、貝類、昆蟲等。(俗) 鷸蚌相爭，漁人得利

鷥 [鹭]　鷥鷥鷥鷥鷥鷥　鷥
(普) sī (粤) si¹ 思

鷺鷥。詳見"鷺"。

13 鷺 [鹭]　鷺 鷺 鷺 鷺 鷺 鷺　鷺

(普)lù (粤)lou⁶ 路

一種身體瘦削的水鳥，嘴直而尖，頸和腳很長，生活在河湖岸邊或水田中，常見的有白鷺、蒼鷺、綠鷺等品種：鷺鷥（又叫白鷺，一種羽毛白色的鷺）。

13 鷹 [鹰]　鷹 鷹 鷹 鷹 鷹 鷹　鷹

(普)yīng (粤)jing¹ 英

一種常見的飛禽，翅膀大、雙爪銳利、上嘴彎曲如鈎，兇猛善飛翔，捕食小鳥小動物和家禽。

17 鸚 [鹦]　鸚 鸚 鸚 鸚 鸚 鸚　鸚

(普)yīng (粤)jing¹ 英

鸚鵡：一種能模仿人話語的鳥，嘴呈鈎狀，下嘴短小，羽毛有白、赤、黃、綠等美麗色彩，產於熱帶、亞熱帶，俗稱"鸚哥"。

【鸚鵡學舌】yīng wǔ xué shé 人云亦云，跟着別人說。

19 鸝 [鹂]　鸝 鸝 鸝 鸝 鸝 鸝　鸝

(普)lí (粤)lei⁴ 離

黃鸝。

鹵 部

0 鹵 [卤]　鹵 鹵 鹵 鹵 鹵 鹵　鹵

(普)lǔ (粤)lou⁵ 老

① 鹽鹵。熬鹽剩下的汁，黑色，味苦有毒：鹵水。

② 濃汁：鹵汁（做鹵味菜用的濃湯汁）。③ 用鹽水、醬油、五香等調味品或加配料調煮食品：鹵味（用鹵法做成的冷菜，如鹵鴨、鹵肉、鹵豆腐乾）。

9 鹹 [咸]　鹹 鹹 鹹 鹹 鹹 鹹　鹹

(普)xián (粤)haam⁴ 咸

像鹽的味道：鹹菜（用鹽腌製的菜蔬）。

13 鹽 [盐]　鹽 鹽 鹽 鹽 鹽 鹽　鹽

(普)yán (粤)jim⁴ 嚴

食鹽：海鹽／食鹽／鹽湖（含鹽分超常的鹹水湖）。

鹿 部

0 鹿　鹿 鹿 鹿 鹿 鹿 鹿　鹿

(普)lù (粤)luk⁶ 六

哺乳動物。毛黃褐色，腿細長，一般雄的頭上有角，角可入藥。性情溫馴，聽覺、嗅覺很靈敏，善於奔跑：鹿茸（有茸毛、沒長成硬骨的雄鹿的角，是名貴中藥）。

6 麋　麋 麋 麋 麋 麋 麋　麋

(普)mí (粤)mei⁴ 眉

麋鹿，珍貴的哺乳動物，毛淡褐色，雄性長角，角像鹿，頭像馬，身像驢，蹄像牛，故又稱"四不像"。

麥部

麓

麓 麓 麓 麓 麓 麓 麓

(普)lù (粵)luk¹ 碌

山腳：山麓／泰山南麓。

麗[丽]⁽一⁾

麗 麗 麗 麗 麗 麗 麗

(普)lì (粵)lai⁶ 例

① 好看；美好：豔麗／秀麗／山河壯麗。② 附着；依附：附麗。

麗[丽]⁽二⁾

(普)lí (粵)lai⁶ 例

地理用字：麗水（浙江地名）；高麗（朝鮮歷史上的王朝）。

麒

麒 麒 麒 麒 麒 麒 麒

(普)qí (粵)kei⁴ 其

麒麟：傳說中的動物，頭上長角，全身有鱗甲，形體像鹿但比鹿大，古人作為吉祥的象徵。

麝

麝 麝 麝 麝 麝 麝 麝

(普)shè (粵)se⁶ 射

哺乳動物，俗稱香獐，無角，後肢長前肢短，善於跳躍，雄的肚臍下有香腺，分泌的麝香可製香料，也是名貴中藥。

麟

麟 麟 麟 麟 麟 麟 麟

(普)lín (粵)leon⁴ 鄰

麒麟。詳見"麒"。

麥[麦]

麥 麥 麥 麥 麥 麥 麥

(普)mài (粵)mak⁶ 默

糧食作物，有大麥、小麥、燕麥、蕎麥等品種，通常指小麥，果實磨成麵粉供食用，也可釀酒、製糖：麥芒（麥穗上長的針狀物）。

麪[面]

麪 麪 麪 麪 麪 麪 麪

(普)miàn (粵)min⁶ 面

同"麵"。詳見"麵"。

麵[面]

麵 麵 麵 麵 麵 麵 麵

(普)miàn (粵)min⁶ 面

① 小麥磨成的粉；糧食磨成的粉：麵粉／玉米麵。② 麵條：炸醬麵／雞湯麵。

麻部

麻⁽一⁾

麻 麻 麻 麻 麻 麻 麻

(普)má (粵)maa⁴ 痲

① 不平，不光滑：麻玻璃。② 面部的疤痕：麻子。③ 有細碎斑點的：麻雀。④ 麻木，感覺不靈：腿壓麻了／吃花椒，舌頭發麻。

【麻木】má mù ① 知覺不靈：凍得手腳麻木。② 反應遲鈍：揮之不去的痛苦讓她麻木了。反 靈敏

【麻利】má li 又快又利索：動作麻利。

【麻痺】má bì ① 身體的感覺或運動功能完全或部分喪失：小兒麻痺症。

【麻煩】má fan ① 煩瑣，費周折：麻煩事／不給老師添麻煩。② 打擾，給別人找來事：不輕易麻煩人。③ 難對付的事、棘手的問題：惹上麻煩了／這些事麻煩死了。

【麻醉】má zuì ① 使人全部或部分肢體暫時失去知覺：全身麻醉／局部麻醉。② 使意識模糊、意志消沉：借酒澆愁，麻醉自己。

【麻木不仁】má mù bù rén 比喻反應遲鈍或漠不關心。不仁，麻痺或失去感覺。

0 麻 (二)

(普) mā (粵) maa⁴ 麻

麻麻，剛剛夠、差不多：麻麻亮（天剛剛亮）／麻麻黑（天色晦暗，近似黑色）。

3 麼 [么] (一)　麼麼麼麼麼麼 麼

(普) mó (粵) mo¹ 魔

細小：麼蟲／么麼小丑（不值一提的小人）。

3 麼 [么] (二)

(普) me (粵) mo¹ 魔

見"這麼"、"那麼"、"怎麼"、"甚麼"、"為甚麼"。

黃部

0 黃 [黃]　黃黃黃黃黃黃 黃

(普) huáng (粵) wong⁴ 王

① 像金子或向日葵花那樣的顏色：黃花／黃鶯（黃鸝）／金黃色。② 顏色變黃：秋風吹動樹葉黃。③ 黃顏色的東西：雞蛋黃。④ 淫穢的、色情的：黃色小說。⑤ 黃帝：炎黃子孫。

【黃色】huáng sè ① 黃顏色。② 象徵下流、低級、色情：黃色電影。

【黃金】huáng jīn ① 金子。② 比喻寶貴：黃金地段／黃金時間。

【黃昏】huáng hūn 日落到天黑的一段時間：日落黃昏。(同) 傍晚

　〔古詩文〕夕陽無限好，只是近黃昏。

【黃帝】huáng dì 原始部落聯盟的首領，號軒轅氏，傳說為中國中原各族的共同祖先。

【黃鸝】huáng lí 又名黃鶯。羽毛黃色的觀賞鳥，嘴淡紅色，叫聲清脆悅耳。

　〔古詩〕兩個黃鸝鳴翠柳，一行白鷺上青天。窗含西嶺千秋雪，門泊東吳萬里船。（《絕句》杜甫）

【黃梅天】huáng méi tiān 中國長江下游地區在夏初連續陰雨的天氣。因正是梅子黃熟的時候，故稱，又叫梅雨天。

【黃道吉日】huáng dào jí rì 好日子，吉祥日子。

黍部

黍

黍 黍 黍 黍 黍 黍

(普)shǔ (粤)syu² 鼠

黍子，一種有黏性的米，又叫黃米，在中國北方
種植，相當於南方產的糯米，食用、做年糕或
釀酒。

黎

黎 黎 黎 黎 黎 黎

(普)lí (粤)lai⁴ 犁

① 眾：黎民（百姓、民眾）。② 靠近、接近：黎
明（天蒙蒙亮的時候）。③ 姓。(俗)黎明即起，灑
掃庭除

黏

黏 黏 黏 黏 黏 黏

(普)nián (粤)nim⁴ 念⁴

能把兩種東西粘連在一起的性質：膠水黏手 / 糯
米是黏性米。

【黏土】nián tǔ 一種顆粒細碎、與水混合後有黏
性和可塑性的土壤。

【黏稠】nián chóu 濃度大黏性大，不稀鬆：黏稠
的粥 / 原油是黏稠的黑色物質。

黑部

黑

黑 黑 黑 黑 黑 黑

(普)hēi (粤)hak¹ 刻

① 像煤或墨的顏色：墨黑 / 黑白分明。② 沒有
光亮；光線昏暗：黑漆漆 / 山洞裏很黑。③ 夜
晚：起早摸黑。④ 秘密的；不合法的：黑話 / 黑
社會。⑤ 壞；惡毒：黑心 / 心毒手黑。

【黑白】hēi bái ① 黑色和白色：黑白分明的眼睛
透出一股靈氣。② 比喻是非、善惡：混淆黑白 /
顛倒黑白。

【黑色】hēi sè ① 黑顏色：黑色轎車。② 非法的、
來路不正的：黑色交易 / 黑色收入。

【黑暗】hēi àn ① 沒有光亮：窗外一片黑暗。
(反)光明 ② 比喻暗無天日：黑暗勢力 / 黑暗統治。

【黑社會】hēi shè huì 社會上秘密結合起來，從
事犯罪活動的黑勢力或組織。

墨

墨 墨 墨 墨 墨 墨

(普)mò (粤)mak⁶ 默

① 塊狀黑色顏料。寫毛筆字、畫國畫用。② 墨
汁：墨都滴到書上了。③ 黑色；深色：墨黑 / 墨
綠（深綠）/ 墨鏡。④ 比喻學問、知識：胸無點
墨。(俗)近朱者赤，近墨者黑

【墨寶】mò bǎo ① 珍貴的字畫。② 尊稱他人的
字畫。

【墨守成規】mò shǒu chéng guī 形容人固執守
舊，不肯變通。(同)因循守舊 (反)破舊立新 * 推陳
出新

默守成規 "默"意思是不説話。"墨"在這裏指墨子。墨子善於守城,所以稱"墨守"。"墨守成規"後來用來形容死守老規矩,不肯改變。

4 默　默默默默默默　默

（普）mò （粵）mak⁶ 脈

① 不説話,不出聲:沉默 / 默認(默許) / 默不作聲。② 無形、暗中:潛移默化。③ 默寫:默生字 / 默書(憑記憶寫出來)。

【默契】mò qì ① 表面不明説,互相悄悄合作:配合默契。② 私密協議;口頭約定:雙方達成了默契。

【默哀】mò āi 默默地低頭站着哀悼死者:為死者默哀。

【默許】mò xǔ 實際同意認可,只是不明説。

【默然】mò rán 形容靜默不説話的樣子:默然良久,才説了一句:"那好吧。"

【默默】mò mò 不説話、不出聲:默默無言 / 不少前線工作者都在默默地為社會付出。 同 沉默 * 靜默

【默讀】mò dú 不出聲地讀書:學習古文既要朗讀,也要默讀。 反 朗讀

4 黔　黔黔黔黔黔黔　黔

（普）qián （粵）kim⁴ 鉗

貴州的別稱:黔驢技窮。

【黔驢技窮】qián lú jì qióng 唐代柳宗元在《三戒·黔之驢》這篇文章中説:黔地本無驢,有人從外地帶來一頭放在山下,一個龐然大物,叫得又很響,老虎起初很害怕,遠遠躲開,後來逐漸接近驢、戲弄驢,驢發狠踢了老虎一腳,再也沒別的動作,老虎明白驢的本事僅此而已,就撲上去把驢咬死了。後人用"黔驢技窮"表示僅有的一點本領用完了,再也拿不出別的辦法。

5 點[点]　點點點點點點　點

（普）diǎn （粵）dim² 店²

① 液體的小滴:水點 / 雨點。② 向下滴、向下落:點眼藥水。③ 漢字的筆劃,形狀是"、":三點水。④ 用筆加上點子:畫龍點睛。⑤ 小的痕跡:斑點 / 污點。⑥ 一定的位置或限度:起點 / 終點 / 沸點。⑦ 方面;部分:重點 / 試點 / 要點。⑧ 計算時間的單位,一小時為一點,一晝夜的二十四分之一:早上七點起牀。⑨ 鐘點:正點到達 / 到點了,快走。⑩ 點綴:裝點 / 點染。⑪ 向下微動或一觸即離的動作:點頭稱是 / 蜻蜓點水。⑫ 引燃火:點燈 / 點火把。⑬ 核對;清查:點鈔票 / 清點貨物。⑭ 指定;選定:點人 / 點菜。⑮ 指點;啟示:點撥 / 點到為止。⑯ 點心:茶點 / 各式西點。⑰ 節奏;節拍:鼓點 / 步點。⑱ 表示少量、一點點:喝點水 / 多少吃點兒。⑲ 與數目字連用,表示事項的數目:兩點説明 / 三點建議。俗 只許州官放火,不許百姓點燈

【點心】diǎn xin 正餐以外所吃的食品,如糕餅之類:請吃些點心吧。

【點兒】diǎnr ① 細小的斑痕:衣服上有個油點兒。② 節奏、節拍:鼓點兒 / 鑼沒敲在點兒上。③ 要害、關鍵:廢話連篇,一句也沒説在點兒上。④ 漢字的一種筆劃,形狀為"、":一點兒一橫(丶)是個部首字,讀 tóu。⑤ 很少的量,一點點:往牛奶裏加點兒糖。

【點綴】diǎn zhuì ① 加以裝飾、襯托使更好看:大廈正面點綴着紅藍兩色的彩燈。② 裝點門面:請顧問不是為了點綴門面。 同 裝點 * 裝飾

點輟 "輟"意思是中止。"綴"意思是縫合,引申為裝飾。

【點頭】diǎn tóu 頭稍微向下動一下再回來,表示:(1) 同意、贊同:他點頭同意了。(2) 明白了、知道了:心領神會,含笑點了點頭。(3) 向

對方打招呼：雙方微笑着點點頭。

【點題】diǎn tí 用簡要的話語揭示主題：文章結尾巧妙地點題。 反 跑題

【點鐘】diǎn zhōng 鐘錶整點的刻度，指晝夜二十四小時中的各個小時：午夜一點鐘／七點鐘起牀，八點鐘上學。

---

5 **黜**　黜 黜 黜 黜 黜 黜　黜

普 chù 粵 ceot¹ 出

罷免；革除（官職）：罷黜／廢黜。

---

5 **黝**　黝 黝 黝 黝 黝 黝　黝

普 yǒu 粵 jau² 休²

淡黑色：黝黑。

【黝黑】yǒu hēi ① 青黑色：皮膚黝黑。② 黑暗：窗外一片黝黑。 反 潔白＊白淨

---

5 **黛**　黛 黛 黛 黛 黛 黛　黛

普 dài 粵 doi⁶ 代

① 青黑色的顏料。古代婦女用來畫眉：眉黛（指女子的眉毛）。② 青黑色：黛色／黛綠（青黑色；墨綠色）。

---

8 **黨**[党]　黨 黨 黨 黨 黨 黨　黨

普 dǎng 粵 dong² 擋

① 政黨。② 小集團：結黨營私。③ 偏袒：不偏不黨。

【黨派】dǎng pài ① 政黨的統稱。② 同一政黨中的不同派別。

---

9 **黯**　黯 黯 黯 黯 黯 黯　黯

普 àn 粵 am²

① 昏暗；暗淡：黯淡／黯然。② 頹喪；消沉：神色黯然。

【黯淡】àn dàn ① 昏暗；不光明：燈光黯淡／前途黯淡。 反 明亮 ② 不鮮豔：色彩黯淡。 反 鮮明

【黯然】àn rán ① 晦暗不明的樣子：黯然無光。反 明亮 ② 形容感傷頹喪：黯然神傷。 反 昂然

---

15 **黷**[黩]　黷 黷 黷 黷 黷 黷　黷

普 dú 粵 duk⁶ 獨

濫用：窮兵黷武（好戰、濫用武力）。

黹 部

---

0 **黹**　黹 黹 黹 黹 黹 黹　黹

普 zhǐ 粵 zi² 只

縫紉；刺繡：針黹（針線活兒）。

黽 部

---

0 **黽**[黾]（一）　黽 黽 黽 黽 黽 黽　黽

普 mǐn 粵 man⁵ 敏

黽勉：勤勉，勤奮盡力。

黽部

0 **黽** [黾] (二)

(普)miǎn (粵)man⁵ 敏

黽池：地名，在河南省。

11 **鼇** [鳌] 鼇鼇鼇鼇鼇鼇 鼇

(普)áo (粵)ngou⁴ 遨

同 "鰲"。詳見 "鰲"。

11 **鱉** [鳖] 鱉鱉鱉鱉鱉鱉 鱉

(普)biē (粵)bit³ 別³

形狀像龜的爬行動物，背上有軟皮，軟皮四周有軟邊，生活在淡水中，俗稱 "甲魚"、"團魚"、"王八"。

鼎部

0 **鼎** 鼎鼎鼎鼎鼎鼎

(普)dǐng (粵)ding² 丁²

① 古代烹煮用的器具，多為圓形，三足兩耳，也有長方形四足的。古代把鼎當作傳國的寶器，所以也比喻王位、帝業、國家。② 鼎有三足，用來比喻三方對峙：鼎足之勢（比喻三方面對峙的局勢）。③ 大；盛大：鼎力相助 / 大名鼎鼎。④ 更新：革故鼎新（革新）。

【鼎力】dǐng lì 大力。表示請託或感謝用的敬語：多蒙鼎力相助 / 懇請鼎力支持。

【鼎沸】dǐng fèi 像鼎裏滾水沸騰一樣。形容喧鬧、嘈雜：人聲鼎沸。 (反)平靜

鼓部

0 **鼓** 鼓鼓鼓鼓鼓鼓 鼓

(普)gǔ (粵)gu² 古

① 一種打擊樂器，圓桶形或扁圓形，中空，一面或兩面蒙着皮革，打擊皮革發聲：銅鼓 / 敲鑼打鼓。② 鼓聲：鑼鼓喧天。③ 彈、拍打樂器或東西發出聲響：鼓琴 / 鼓掌。④ 形狀、作用像鼓的：石鼓 / 耳鼓。⑤ 激發；振奮：鼓勵 / 鼓足勇氣。⑥ 凸起：鼓着嘴 / 書包裝得鼓起來。⑦ 形容凸起：口袋鼓鼓的。⑧ 古代夜間擊鼓報時，幾更又稱幾鼓：五鼓（五更）。

【鼓動】gǔ dòng ① 抖動、顫動、扇動：鼓動雙翅。② 用宣傳手段激發人們的情緒，推動人們行動起來：宣傳鼓動。③ 煽動：暗中鼓動鬧學潮。

【鼓掌】gǔ zhǎng 拍手，表示支持、讚賞、歡迎、感謝或興高采烈。

【鼓舞】gǔ wǔ ① 振作；興奮：令人鼓舞 / 歡欣鼓舞。② 使對方振作和興奮起來：鼓舞鬥志 / 鼓舞人心。 (反)洩氣

【鼓勵】gǔ lì 激發和勉勵：相互支持鼓勵 / 鼓勵他大膽去做。 (同)激勵 * 勉勵

5 **鼕** [冬] 鼕鼕鼕鼕鼕鼕 鼕

(普)dōng (粵)dung¹ 冬

形容敲鼓、敲門的聲音：鼕鼕鼕敲起鼓來。

鼠 部

0 鼠 鼠鼠鼠鼠鼠鼠 鼠

(普)shǔ (粵)syu² 暑

老鼠。哺乳動物。種類很多,一般身體小,尾巴長。吃糧食,咬壞衣物,能傳播鼠疫等疾病,為害很大。普通話俗稱"耗子"。

【鼠目寸光】shǔ mù cùn guāng 比喻眼光短淺,缺乏遠見。(同)井蛙之見 * 目光短淺 (反)高瞻遠矚

10 鼴 鼴鼴鼴鼴鼴鼴 鼴

(普)yǎn (粵)jin² 演

鼴鼠,外形像老鼠的哺乳動物,黑褐色,尖頭長嘴小眼睛,有利爪,善於掘土,以挖掘的土洞為穴,捕食昆蟲,也吃植物的根,對農作物有害。

鼻 部

0 鼻 鼻鼻鼻鼻鼻鼻 鼻

(普)bí (粵)bei⁶ 備

① 鼻子,人和高等動物呼吸和聞氣味的器官。② 器物上凸起或有孔的部分:門鼻兒 / 針鼻兒。③ 開端的;創始的:鼻祖(始祖)。

【鼻息】bí xī ① 自鼻腔出入的氣息:仰人鼻息。② 鼾聲:鼻息如雷。

【鼻梁】bí liáng 鼻子正中高起的部分:高鼻梁比扁鼻梁漂亮。

3 鼾 鼾鼾鼾鼾鼾鼾 鼾

(普)hān (粵)hon⁴ 寒

入睡後粗重的呼吸聲,俗稱"打呼嚕":鼾聲如雷 / 鼾睡(熟睡並打呼嚕)。

22 齈 齈齈齈齈齈齈 齈

(普)nàng (粵)nong⁶ 囊⁶

鼻塞不通,發音渾濁不清:受了涼,鼻子發齈。

齊 部

0 齊[齐] 齊齊齊齊齊齊 齊

(普)qí (粵)cai⁴ 妻⁴

① 整齊,長短或大小一致:參差不齊 / 排得很齊。② 平,高低一樣:兩人一般齊。③ 一致:人多心不齊。④ 一同:齊唱 / 百花齊放。⑤ 完備;全:齊備 / 人到齊了。⑥ 周朝諸侯國名,在今山東及河北東南部,春秋時曾為霸主,戰國時為七雄之一,後被秦所滅。⑦ 朝代名。南北朝時代建有南齊和北齊兩國。(俗)人心齊,泰山移

【齊心】qí xīn 同心,看法想法一致。

〔附加詞〕齊心協力:同心一致,全力合作。

【齊全】qí quán 應該有的都有:種類齊全。

【齊備】qí bèi 齊全:齊備各色時尚女裝。(同)完備 (反)欠缺

【齊整】qí zhěng ① 整齊,不雜不亂:小城的街巷很齊整。(同)整齊 (反)雜亂 ② 端正;漂亮:相貌端莊齊整。

3 **齋**[斋] 齋齋齋齋齋齋 齋

普zhāi 粵zaai¹ 債¹

① 齋戒：齋日。② 佛教和道教徒吃的素食：
吃齋唸佛。③ 供奉神佛的食品：齋供／齋果。
④ 向僧、道、窮苦人施捨飲食：齋僧。⑤ 房屋，
多用作書房、商店的名稱：書齋／榮寶齋。
【齋戒】zhāi jiè ① 伊斯蘭教教規：成年穆斯林在
伊斯蘭教曆九月的白天不得進飲食，稱作齋戒或
封齋。② 中國古代祭祀前沐浴更衣、吃素、戒
除嗜慾，以示虔誠，叫作齋戒。
【齋飯】zhāi fàn ① 施給僧尼飯食。② 寺廟中的
素食。同齋食 反葷腥
【齋醮】zhāi jiào 僧道設壇祈禱，替人求福或超
度亡靈。同打醮

齒部

0 **齒**[齿] 齒齒齒齒齒齒 齒

普chǐ 粵ci² 此

① 牙齒：齒冷（恥笑）／脣齒相依／咬牙切齒。
② 像牙齒那樣整齊排列的東西：鋸齒／梳齒。
③ 帶齒的：齒輪。④ 並列；引為同類：不齒於
人類。⑤ 指年齡：年齒／齒口（牲口的年齡）。
⑥ 說到、提起：為人所不齒。

5 **齟**[龃] 齟齟齟齟齟齟 齟

普jǔ 粵zeoi² 咀

見“齟齬”。
【齟齬】jǔ yǔ 比喻互相抵觸，意見不一致：合作
久了，有些磨擦齟齬也就難免了。反融洽

5 **齡**[龄] 齡齡齡齡齡齡 齡

普líng 粵ling⁴ 零

① 歲數：年齡／高齡。② 年數：工齡／樹齡。

5 **齙**[龅] 齙齙齙齙齙齙 齙

普bāo 粵baau⁶ 爆⁶

齙牙，突出嘴脣外的牙齒。

6 **齧**[啮] 齧齧齧齧齧齧 齧

普niè 粵jit⁶ 熱

咬；啃：齧齒動物。

6 **齜**[龇] 齜齜齜齜齜齜 齜

普zī 粵zi¹ 之

張嘴露出牙齒：齜牙咧嘴。

6 **齦**[龈] 齦齦齦齦齦齦 齦

普yín 粵ngan⁴ 銀

牙牀，包住牙根的肉：牙齦。

7 **齬**[龉] 齬齬齬齬齬齬 齬

普yǔ 粵jyu⁵ 雨

見“齟齬”。

7 **齪**[龊] 齪齪齪齪齪齪 齪

普chuò 粵cuk¹ 速

見“齷齪”。

齲[龋] 齲齲齲齲齲齲

〔普〕qǔ 〔粵〕geoi² 舉

牙齒被腐蝕形成空洞或缺損：小孩吃糖多，容易
生齲齒。

【齲齒】qǔ chǐ ① 牙齒發生腐蝕病變，破壞釉質，
形成空洞。② 指發生腐蝕病變的牙齒，俗稱"蛀
牙"或"蟲牙"。

齷[龌] 齷齷齷齷齷齷

〔普〕wò 〔粵〕ak¹

見"齷齪"。

【齷齪】wò chuò ① 不乾淨；骯髒：衣着齷齪。
② 形容人品卑劣：卑鄙齷齪。

龍 部

龍[龙] 龍龍龍龍龍龍 龍

〔普〕lóng 〔粵〕lung⁴ 隆

① 傳説中的一種神異動物，身體很長，有角、
有鱗、有腳，能飛、能走、能興雲降雨：龍騰虎
躍 / 畫龍點睛。② 古代象徵帝王：龍種 / 龍袍 /
龍顏大怒。③ 形狀像龍或裝飾龍的圖案的：龍
燈 / 龍船（龍舟）。

【龍王】lóng wáng 神話傳説中統領水中魚蝦等
水族的王，主管興雲降雨，古代天旱時人們向龍
王求雨。龍王住的水下宮殿稱作龍宮。

【龍井】lóng jǐng 杭州西湖西南的地名，該地的
井水非常清冽，素享盛名，以出產著名的綠茶龍
井茶聞名於世。

【龍舟】lóng zhōu 裝飾成龍形的船；中國許多地
方端午節舉行比賽划龍船的活動。

【龍門】lóng mén ① 地名，在山西吉縣同陝西交
界處的黃河大峽谷中，黃河自壺口咆哮而下至峽
谷最窄處，形如門戶，水流湍急，稱作"龍門"。
相傳大禹鑿開龍門，疏導黃河水流，每到晚春時
節，黃河鯉魚爭相逆流而上，跳躍龍門，變成"龍
升天"，後人把權貴人家比作龍門，有"一登龍
門，身價百倍"的説法。② 指龍門石窟，位於河
南洛陽市伊水岸邊龍門山上，與大同雲岡石窟、
敦煌莫高窟並稱三大石窟，是寶貴的佛教藝術
遺產。

【龍頭】lóng tóu ① 自來水管或其他液體容器上
的放水活門：打開水龍頭。② 帶頭的、起主導
作用的：龍頭企業 / 龍頭產品。③ 江湖上稱幫會
首領：龍頭老大。

【龍馬精神】lóng mǎ jīng shén 比喻人精神非常
旺盛，騰騰向上。龍馬，古代傳説中的神馬。

龕[龛] 龕龕龕龕龕龕 龕

〔普〕kān 〔粵〕ham¹ 堪

供奉神佛的小閣子或石室：佛龕 / 石龕 / 骨灰龕。

龔[龚] 龔龔龔龔龔龔

〔普〕gōng 〔粵〕gung¹ 工

姓。

龠 部

龠 龠龠龠龠龠龠 龠

〔普〕yuè 〔粵〕joek⁶ 若

古代一種形狀像笛子的管樂器。

龜 部

龜[龟]⁽¹⁾　龜龜龜龜龜龜

(普) guī　(粵) gwai¹ 歸

爬行動物，長扁圓形，腹背都有硬甲，頭尾和腳能縮入甲殼內，多生活在水邊，以烏龜最為常見，至於體形很大的海龜，則生活在海洋和濱海地區：龜甲（烏龜的硬殼，古人用來占卜）。
【龜鶴】guīhè 古人認為龜和鶴都是長壽的靈物，故用來象徵長壽：龜齡鶴壽／龜鶴延年。

龜[龟]⁽²⁾

(普) jūn　(粵) gwan¹ 軍

同"皸"。皮膚因受凍或乾燥而裂開：龜裂。

龜[龟]⁽³⁾

(普) qiū　(粵) gwai¹ 杻

龜茲（古代西域國名，在今新疆庫車一帶）。

附錄一
漢字書寫筆順規則表

	規　則	例　字
基本規則	1. 先橫後豎	一十｜二干
	2. 先撇後捺	ノ人｜才木
	3. 從上到下	一二三｜一丆亘亘
	4. 從左到右	亻仁｜王玗班
	5. 先外後	冂月｜門問
	6. 先外後 再封口	丨冂日｜冂囗田
	7. 先中間後兩旁	亅小｜丮承
補充規則	**1. 帶點的字**	
	(1) 點在左上先寫點	丶斗｜丶為
	(2) 點在右上後寫點	戈戈｜戎我
	(3) 點在 面後寫點	瓦瓦｜又叉
	2. 兩面包圍的字	
	(1) 右上包圍結構，先外後	勹句｜冂司
	(2) 左上包圍結構，先外後	厂原｜戶房
	(3) 左下包圍結構，先 後外	斤近｜聿建
	3. 三面包圍結構的字	
	(1) 缺口朝上的，先 後外	乂凶｜釆函
	(2) 缺口朝下的，先外後	冂向｜冂周
	(3) 缺口朝右的，先上後 再右下	一王匡｜一兀匹

附錄二
漢字合體字結構類型表

結　構	例　字
1. 上下結構	音　奇　恩　意
2. 左右結構	羽　梧　部　謝
3. 左上右包圍結構	風　周　閡
4. 左下右包圍結構	凶　函
5. 左下包圍結構	廷　避　起
6. 上左下包圍結構	匠　匪　匯
7. 上左包圍結構	庫　厚　盧
8. 上右包圍結構	句　司
9. 全包圍結構	因　圓

附錄三
漢字偏旁名稱表

偏旁	名稱	例字
乙	乙字旁	九 乾
人 亻	人字頭 單人旁 單立人	介 倍
儿	儿字底	兄 光
入	入字旁 入字頭	全 內
八	八字頭 八字底	公 兵
冖	禿寶蓋	冠 冤
冫	兩點水	冰 冬
几	几字旁	凡 凱
凵	山字底	凶 出
刀 刂	刀字旁 立刀旁	初 刻
力	力字旁 力字底	功 勞
勹	包字頭 包字框	勻 匈
匕	匕字旁	化 匙
匚	三框欄 匠字框	匠 匯
匸	區字框	匹 區
十	十字頭 十字旁	南 協
卜	卜字頭 卜字旁	占 卦
阝	單耳旁 單耳刀	印 卻
厂	廠字頭 雁字頭	厚 原
厶	私字頭	去 參
又	又字旁 又字底	取 受
口	口字旁 口字底	叫 否
囗	大口框 四框欄	困 國

偏旁	名稱	例字
土 圡	提土旁 土字底	坡 塞
士	士字頭	壺 壽
夂	夏字底	夏
夕	夕字旁 夕字頭 夕字底	外 多
大	大字頭 大字底	奇 契
女	女字旁 女字底	好 婆
子 孑	子字旁 子字底	孔 學
宀	寶蓋頭	守 家
寸	寸字旁 寸字底	寺 封
小	小字旁	少 尚
尢	尤字旁	尤 就
尸	尸字頭	尾 居
山	山字頭 山字旁 山字底	岩 峻 巒
巛	川字頭	巢
工	工字旁 工字底	攻 差
己	己字旁	己 巴
巾	巾字旁 巾字底	帆 帶
广	廣字旁 廣字頭	店 座
廴	建字底	延 建
廾	弄字底	弄 弊
弓	弓字旁	引 強
彐	尋字頭	彗 彙
彡	三撇兒	形 彩

偏旁	名稱	例字
彳	雙人旁 雙立人	往 徐
心忄⺗	心字底 豎心旁 豎心底	思 悔 恭
戈	戈字旁	成 戲
户	户字頭	房 扇
手扌	提手旁 手字底	提 拿
攴攵	反文旁	收 放
文	文字旁	斌 斑
斗	斗字旁	料 斜
斤	斤字旁	欣 斷
日	日字頭 日字旁 日字底	早 明 昏
曰	曰字頭 曰字底	最 書
月	月字旁	服 朗
木	木字旁 木字底	材 棠
欠	欠字旁	欺 歌
止	止字頭 止字旁 止字底	歲 此 歷
歹	歹字旁	殃 殘
殳	殳字旁	段 毀
毛	毛字底 毛字旁	毫 毽
气	氣字旁	氧 氛
水氵	三點水 水字底	江 漿
火灬	火字旁 火字底 四點底	炊 焚 煎
爪爫	爪字旁 爪字頭	爬 爭
父	父字頭	爸 爺
爻	雙叉兒	爽 爾
爿丬	將字旁	壯 牆
片	片字旁	版 牌
牛牜	牛字旁 牛字底	牲 犀
犬犭	犬字旁 反犬旁	獻 狗
玉王	玉字底 玉字旁 斜王旁	璧 珍
瓜	瓜字旁	瓢 瓤

偏旁	名稱	例字
瓦	瓦字旁 瓦字底	瓶 瓷
甘	甘字旁 甘字頭	甜 甚
生	生字旁 生字底	甥 產
田	田字頭 田字旁	男 畔
疋	疋字旁	疏 疑
疒	病字頭 病字旁	疾 疲
癶	登字頭	登 發
白	白字頭 白字旁	皂 的
皿	皿字底 皿墩底	益 盒
目	目字旁 目字底	眼 督
矛	矛字旁	矜
矢	矢字旁	知 矮
石	石字頭 石字旁 石字底	泵 破 磐
示礻	示字旁	社 祭
禸	禹字旁	禹 禽
禾	禾木旁	稻 秋
穴	穴寶蓋	空 突
立亠	立字頭 立字旁	章 站
竹⺮	竹字頭	笑 笛
米	米字旁 米字底	粒 粟
糸糹	絞絲旁 亂絞絲 絲字底	級 素
缶	缶字旁 缶字底	缸 罄
网罒	四字頭	羅 罪
羊⺶⺷	羊字頭 羊字旁 斜羊旁	羨 羚
羽	羽字頭 羽字旁 羽字底	習 翅 翁
老	老字頭	考 者
而	而字頭 而字旁	耍 耐
耒	耒字旁	耕 耗
耳	耳字旁 耳字底	聆 聲
聿	聿字旁 聿字底	肆 肇

偏旁	名稱	例字	偏旁	名稱	例字
肉月	肉字旁 肉月兒 肉月底	肥 胃	酉	酉字旁 酉字底	醉 醬
臣	臣字旁	臥 臨	金	金字旁 金字底	鐵 鑒
自	自字頭	臭	門	門字框	閉 開
至	至字旁 至字底	致 臺	阜阝(左)	左耳旁	降 陽
臼	臼字頭 臼字底	舅 舊	隹	隹字頭 隹字旁	集 雄
舌	舌字旁	舍 舒	雨	雨字頭	雲 雪
舟	舟字旁	船 航	青	青字旁	靖 靜
艮	艮字底 艮字旁	良 艱	革	革字旁	鞋 靴
艸 ⺿	草字頭	花 英	韋	韋字旁	韌 韓
虍	虎字頭	虛 處	音	音字旁 音字底	韻 響
虫	蟲字旁 蟲字底	蚊 蜜	頁	頁字旁	頂 頭
血	血字旁	衊	風	風字旁	颱 飄
行	行字框	街 衝	食飠	食字旁 食字底	飲 餐
衣⻖	衣字旁 衣字框 衣字底	衫 裏 袋	馬	馬字旁 馬字底	馳 駕
襾 西	西字頭	要 覆	骨	骨字旁	骼 體
見	見字旁 見字底	視 覺	髟	髟字頭	髮 鬍
角	角字旁	觸 解	鬥	鬥字框	鬧 鬨
言	言字旁	許 說	鬼	鬼字旁	魂 魏
豆	豆字旁 豆字底	豌 豐	魚	魚字旁	鮮 鱗
豕	豕字旁 豕字底	豬 豪	鳥	鳥字旁 鳥字底	鴿 鷺
豸	豸字旁	豹 貓	鹵	鹵字旁	鹹 鹼
貝	貝字旁 貝字底	財 貴	鹿	鹿字旁 鹿字底	麟 麗
走	走字旁	起 超	麥	麥字旁	麩
足⻊	足字旁 足字底	踏 跫	麻	麻字頭	麼
身	身字旁	躬 軀	黍	黍字旁	黏 黎
車	車字旁	輪 轉	黑	黑字頭 黑字旁 黑字底	墨 默 黛
辰	辰字頭 辰字底	辱 農	鼠	鼠字旁	鼬
辛	辛字旁	辣 辦	齊	齊字頭	齊 齋
辵辶	走之底	迎 返	齒	齒字旁	齡 齣
邑阝(右)	右耳旁	都 郊			